束沛德自选集·文论卷一

耕耘与守望

作家出版社

作者八旬留影 （2011年10月）

概括起来说，近几年儿童文学的新进展，呈现出为下几个特色：

一是在着力刻画孩子生活的同时，力求把孩子的小世界、小社会同成人生活的大世界、大社会联结起来。在广阔的、色彩斑烂的社会背景下描写少年儿童的生活，或从少年儿童的视角来展现丰富多采的社会生活。这在少年小说、报告文学中表现得尤为明显。

二是更加注意从生活出发，从普通、平凡的日常生活中写人物、写性格，着力描写少年儿童的内心世界、感情世界，力求贴近孩子的

作者手迹

在巴金寓所（从左至右）茹志鹃、谢永旺、张光年、巴金、谌容、束沛德（1986年3月）

祝贺冰心老人90华诞（1989年10月）

严文井与作者（1989年2月）

沙汀与作者（1984年2月）

唐弢与作者（1989年4月）

在中国作协主席团会上（从左至右）冯牧、束沛德、唐达成（1986年6月）

在中国作协第六次全国代表大会上（从左至右）金炳华、袁鹰、束沛德（2001年12月）

铁凝与作者（2007年12月）

目 录

童诗赏析

小说漫评

散文琐谈

童话探讨

评论印象

习作点评

报刊风景

书信序跋

童诗赏析

情趣从何而来

——谈谈柯岩的儿童诗

一

柯岩是儿童文学队伍里的一个新兵。她的处女作《儿童诗三首》发表在 1955 年 12 月号《人民文学》上。在这三首短诗里，作者以她生动的笔触和明快的调子表现了幼年儿童的生活、兴趣和志向。从这些诗篇的字里行间，我们看到了青年诗人的才华的闪光。

最近一年多来，柯岩又陆续在《人民文学》《文艺学习》《中国少年报》和《文艺月报》等报刊上发表了不少首儿童诗。这些诗大多是描写年龄较小的学前儿童或学龄儿童的，而且大多是从儿童的家庭生活、日常生活中汲取题材的。从当前儿童诗歌创作的整体水平来看，我以为这些诗都能称得上好诗。其中《帽子的秘密》（《人民文学》1956 年 4 月号）、《看球记》（《文艺学习》1956 年 10 月号）、《爸爸的眼镜》（《人民文学》1956 年 6 月号）、《小红马的遭遇》（《人民文学》1957 年 3 月号）等又显得特别有光彩。

我读柯岩的诗，特别感兴趣的是，她的诗篇里充满着令人激动的儿童情趣。在我看来，目前的很多儿童文学作品，包括儿童诗在内，还非常缺乏这种情趣。柯岩正是在这方面显示出她创作的鲜明特色。

二

从柯岩的儿童诗里可以看出，诗的情趣是从生活中来，从儿童世界里来的。我们时代儿童的生活真正是丰富多彩的，他们有着许许多多奇幻美丽的梦想，也有着许许多多引人发笑的问题。他们的理想、渴望往往带着英雄主义、乐观主义的色彩，甚至连他们的苦恼、委屈也都是天真有趣的。如果一个儿童文学作家能够深入儿童的内心世界里去，他就一定能发现有趣的、引人入胜的东西。就拿《帽子的秘密》这首诗来说吧，作者正是抓取了儿童游戏中一个非常有趣的冲突，作为作品的情节的。诗一开头就吸引了读者的兴趣，使我们同诗中的妈妈和弟弟一样地感到奇怪：为什么哥哥的帽檐缝了又缝，却老是掉下来呢？当弟弟终于发现哥哥摘下帽檐扮演海军的秘密时，他忽然被哥哥的"部下"抓住了。接着，作者用鲜明的色彩给我们画出了一幅既严肃又有趣的儿童生活图景：

> 两个水兵向哥哥敬礼，
> 报告抓到了什么"奸细"，
> 哥哥看也不看我一眼，
> 就下命令把我枪毙。

> 我生气地说："我不是什么奸细，
> 我是你的弟弟！"
> 可是哥哥皱着眉说：
> "是奸细就不是弟弟！"

> 这么欺负人还能行？
> 我就又踢又打吵个不停，
> 两个水兵只好安慰我，
> 说枪毙是假的一点不疼。

> 我说："反正我不能叫你们枪毙，
> 不管它疼还是不疼；
> 我长大了要当解放军，
> 随便说我是奸细就不成！"

水兵们都哈哈大笑，

哥哥也只得把命令取消，

大伙说："这可不是个胆小鬼，

欢迎他参加我们'海军部队'。"

　　这段富有情趣的描写具有很强的艺术魅力。它会使小读者感到很亲切，好像诗中的主人公就是他自己和他的同伴。诗的情趣会激起孩子们快乐的情绪，丰富他们的想象。而对我们这些大读者来说，它又把我们带回到童年时代，使我们好像也生活在孩子们中间，感到和孩子们是那么接近，甚至想参加到孩子们游戏的行列中去，和他们一块儿跳跳蹦蹦，说说笑笑，打打闹闹。这可以说是诗中的儿童情趣唤起了我们纯真的童心。

　　这种儿童情趣当然不是向壁虚构的，也不是离开儿童生活去添油加醋。它是诗人用儿童的眼光从生活中观察、发现出来的。柯岩之所以能够把儿童的心理、儿童的性格描绘得那么惟妙惟肖，之所以能够揭示出许多别人没有发现的儿童情趣，我以为，它的秘诀正在于她真正生活在她的小主人公的世界里；她的心灵、她的气质都同孩子们十分相近，她那儿童的眼光可以洞察孩子们心底的秘密。

　　我们还可以举出《小红花》（《人民文学》1956 年 6 月号）这首颇有情趣的诗来谈一谈。它描写几个儿童十分热心地栽培一朵小红花。他们一会儿把它端到太阳底下，一会儿又把它端到厨房里的灶台上；一会儿用手摸摸花，一会儿又用湿布擦擦叶子。他们盼望着小红花快快长大，准备在五一节送给妈妈。可是由于他们爱之太深，抚之太勤，结果却断送了这朵小红花的生命。这首诗的构思相当新鲜，它是从儿童生活中来的，有着相当浓烈的生活真实感。作者表达出孩子们一种美好的感情，一种善良的愿望，以及他们经历到的事与愿违的苦恼。诗里跳动着一颗颗天真的童心，洋溢着一片可爱的稚气。当他们"揠苗助长"的时候，我感到好笑；当他们折断了小红花还不知道错在哪儿的时候，我又很同情。在这里，作者并没有特别刻意渲染什么，而是朴素地、忠实地表现了儿童真实的性格。这就说明了在儿童天真活泼的性格里孕育着丰富的情趣，作品揭示出儿童的性格以及他们的性格冲突，就一定会生动有趣。

当然，并不是只有表现儿童生活的作品才能有情趣，表现成人生活、现实生活各个方面的儿童文学作品也都是可以写得富有情趣的。因为我们为之献身的共产主义事业正是各种有趣的创造性劳动的总和。我们的劳动已经创造出丰富的、美丽的、神奇的新事物，这种新事物就是生活中最有趣的东西。而且，在那些最困难的工作、最艰苦的环境里往往有着特别迷人的趣味。重要的问题是我们的儿童文学作家要置身于热火朝天的社会主义建设的洪流里，要善于从生活中观察、探索、选择、揭示出那些动人的、有趣的东西，来激励鼓舞我们的孩子。

柯岩的儿童诗从家庭生活、日常生活的角度成功地表现出了儿童世界的一些情趣。自然，这还只是现实世界、儿童世界里蕴藏着的趣味的一鳞半爪。在这方面还有着一片无垠的未被开垦的处女地，等待着我们的诗人、作家去开拓、去耕耘！

三

我们说现实生活里蕴藏着无穷的情趣，这是不是意味着，有趣的事物都一目了然地摆在作家面前，只要把这些事物摹写下来，就会使作品富有情趣呢？不，不是这样的！作品的情趣，不仅是作家在生活中独特的发现，而且是和作家巧妙的构思、生动的想象分不开的。没有这种创造性的构思和想象，就不能把生活中有趣的事物充分地揭示出来。

这里可以试举柯岩的《看球记》一诗来探讨一下。这首诗通过几个年龄较小的儿童看一场小足球比赛时的心情和反应，表现了这一代儿童生活的欢乐和幸福，表现了儿童们的性格、兴趣和爱好从小就得到了健康的发展。诗的这个思想不是直截了当地说出来的，而是借着有趣的构思、有趣的情节表达出来的。诗中描写小弟在球赛刚结束时，挤到球员旁边，一把抱住9号球员，称赞他很勇敢。接着，作者写出了最精彩、最逗人的两节：

夜里大家已经睡熟，

可是小弟还在梦里踢球，

一脚把被窝踢到床下，

还用脑袋拼命去顶枕头。

妈妈叹口气去给他盖被，

他一脚丫正踢着妈妈的手。

妈妈笑着把他侧过身去，

一看，背心上还用红墨水涂了个大"9"。

　　当我读到这里，不禁失声大笑起来。这是一个多么富有喜剧色彩的镜头，里面洋溢着多少令人喜悦的情趣啊！从这儿可以看出，这首诗艺术构思的巧妙之处就在于它把儿童真实的生活和梦境的情景相互对照、相互辉映，交织成一幅绚丽的儿童世界的图画，突出地表现出了一个孩子活泼可爱的性格。也许现实生活不一定会提供这样一幅完整的儿童内心生活的图画，但是作者的本领和技巧正是在这里显露出来：她没有拘泥于生活的本来面貌，她善于从生活出发，从自己的生活积累中抽取出有用的材料，形成了新鲜的、有趣的构思。如果诗中不描写小弟在梦境里那些可笑又可爱的行为，不把小弟的生活和梦境巧妙地联结起来，那么这首诗就不会那么生动有趣了。

　　在柯岩的另外一首诗《爸爸的眼镜》里，我们又可以看出作者生动的想象怎样使诗的情趣变得浓郁起来。这首诗描写小弟的爸爸在上班前忽然发觉自己的眼镜不见了，于是一家人手忙脚乱地到处寻找，找了半天也找不到。后来才发现：原来是小弟躲在储藏室里，把爸爸的眼镜架在自己的翘鼻子上睡着了。这首诗的故事情节是引人入胜的。作者抓住小弟戴眼镜这个有趣的情节展开了丰富的想象，借着小弟的梦，巧妙地揭示出一个幼年儿童的内心世界。

　　小弟在梦里想到许多引人发笑的问题：为什么爸爸把眼镜往鼻子上一架，就会解答姐姐拿去的算术题？为什么爸爸把眼镜往鼻子上一架，就能用妹妹拿去的红笔画出闪亮的红星和一座座高楼大厦？为什么爸爸把眼镜往鼻子上一架，就能念出妈妈拿去的厚厚的书里的苏联话……接着，作者生动地揭示出了小弟的渴望和苦恼：

我也想知道算术怎么算，
我也要知道祖国多伟大，
我也要把红星画在大楼上，
我也要会说苏联话。

眼镜呵眼镜，
为什么你光帮爸爸的忙？
眼镜呵眼镜，
为什么你不听我的话！

小弟的这些天真的、有趣的想法，自然不会是一个幼年儿童的梦境的真实记录。这也许是作者在生活里看到了小孩偷偷摸摸地戴上大人的眼镜这样一件有趣的事情，因而勾起了作者的想象，把作者引入了儿童世界。于是作者用儿童的眼光、儿童的思维方式观察着、思考着那些引起儿童兴趣的事物，最后，作者用活泼的想象编织成了一个新的画面——小弟的有趣的梦。从这里，我们可以看出，作者生动活泼的想象使得诗的情节发展了，丰富了，不难设想，如果这首诗止于描述小弟戴爸爸的眼镜这个生活现象上，而不通过小弟在梦里和眼镜吵架这个情节，揭示出他的天真烂漫的心理、探求知识的愿望，那么，不仅这首诗的构思显得不完整，而且它的情趣将要打个不小的折扣。

儿童是富于想象的，在学前儿童的心理发展上，想象又起着特别重要的作用。幼年儿童往往是通过富有创造性想象的游戏来认识、掌握世界上的一些事物的。从《爸爸的眼镜》和另外一些诗来看，柯岩是懂得幼年儿童的这个心理特征的，而且善于借助儿童自己的想象揭示出儿童世界的情趣。在《儿童诗三首》里，描写孩子们把小板凳摆成一排当火车开（《坐火车》），把一根小竹竿一会儿当马骑，一会儿又当枪放（《我的小竹竿》）。这些虽然都是儿童普通的日常生活，不是什么特别新鲜、稀罕的事情，但这些活动里充满了孩子们所特有的想象，带着儿童世界所特有的声音和色彩。当小读者从诗篇里看到：孩子们幻想着这列"火车"跑遍全中国，幻想着用那杆"枪"消灭侵略我们的强盗……他们会感到无比的快活。这是因为作者从那些活动里面发掘、揭示出了儿童的趣味，而且又用自己的想象把这种儿童趣味渲染上一层富有魅力的色彩。

我以为，从柯岩的儿童诗里，可以觉察出这样一点：儿童文学需要有想象，需要有比成人文学更大胆、更丰富的想象。但这种想象一定要符合儿童的心理状态和他们的理解能力，不能用成人的想象来代替儿童的想象。对现实生活和儿童心理的理解愈深，作者就能借着想象的翅膀飞得愈高愈远；以现实为基础的想象愈加开阔、丰富，那么，作品揭示出来的情趣就会愈加浓郁，愈加具有打动儿童心灵的力量。

四

柯岩诗中的儿童形象，无论是《看球记》里的小弟，《放学以后》（《中国少年报》1956年12月13日）里的小华，还是《帽子的秘密》里的哥哥和弟弟，都是一个个活泼有趣、有个性的人物。我认为，正是这些小主人公的鲜明性格，吸引了儿童的兴趣。因此，谈到柯岩诗中的情趣，又不能不稍微说一说作者揭示人物性格的艺术手法上的特色。

在我看来，从行动中揭示性格，这固然是一切文学体裁描写人物的一个重要手法，但对儿童文学来说，确有着特别重要的意义。因为儿童不喜欢慢吞吞的、连篇累牍的叙述，不喜欢静止的、细腻入微的心理描写。他们怀着强烈的兴趣注视着作品中主人公的行动，他们的情绪总是跟随着主人公的行动变化、发展的。儿童诗这种"复杂而细致的体裁"在创造人物性格上虽然有自己的规律，自己的方法，但它也不能不考虑到儿童的这个心理特点的要求。苏联著名诗人马尔夏克说，给孩子们写的诗，应当是积极的、行动的、有韵脚的。我想，这正是根据儿童好动的特点，要求儿童诗从行动中来表现人物，使小读者也和小主人公一同行动起来、活跃起来。

从柯岩的儿童诗里可以看出，作者是善于从行动中来揭示儿童的性格的。而且在这方面，作者还有她自己独特的艺术手法，那就是她善于从儿童的日常生活中选择一些有趣而又是必要的细节、动作和冲突把儿童的性格勾画出来。在她的诗篇里，没有琐碎的、毫无意义的细节描写；她选择的每一个细节，差不多都是与人物的行动紧密地结合在一起的。在《看球记》一诗中，作者只用寥寥几笔就把小弟的性格栩栩如生地揭示出来了：球赛前，"小弟从清早就在院子里看天，有一朵乌云他就急得跺脚"。当爸爸、妈妈、妹妹各自根据某种理由希望"青岛"队或"新疆"队获胜的时候，"只有小弟什么也不懂，他说最好让两边都赢"。这个想法多么有趣！这里，作者把小弟的天真、善良的心灵打开在我们面前了。再读下去，诗中描写球赛进行中，"有一次'新疆'把球踢出场外，他站起来差一点跳出了看台"。小弟的这个行动不禁使我们为他捏一把汗，担心他真的从看台上摔下去。诗的结尾，描写小弟在梦里踢球，用脚踢被窝，用脑袋顶枕头。通过这些连续的有趣的动作，一个天真活泼的儿童形象就令人难忘地印在读者的心坎里了。

在一首短诗里，用很朴素的笔触刻画出一个活生生的儿童形象。这里虽然没有什么秘诀，但它确实显示出作者自己的艺术手法。这种艺术手法是贯穿在作者观察生活的角度、提炼题材的角度上的。从《看球记》可以看出，作者从观察、体验生活的时候起，就注意抓取那些富有特征的有趣细节、动作和冲突；在题材提炼的过程中，她又把这些有趣的细节、动作和冲突构成作品的基本情节，并且把它凸显出来。通过这个有趣的情节，作者表现出了小弟的性格。如果没有动作，没有冲突，没有情节，那么也就不能在诗中鲜明地揭示出性格。

《放学以后》这首诗尽管在题材的提炼、语言的锤炼上还存在着缺点，但它仍不失为一首有趣的诗。诗中描写两个孩子放学以后听到歌声和笑声，想尽办法探听是怎么一回事；而新成立的舞蹈小组，为了在晚会上表演新鲜的节目，却想尽办法不让别人看他们排练。一方要保守秘密，另一方要探听秘密，于是引起一场有趣的冲突：两个孩子刚迈上礼堂的台阶，就被舞蹈小组的一个六年级学生撵了出来。他们又爬上了房，想从烟囱眼往里望，可是烟囱眼早塞上了报纸卷；他们又从后台木板壁的夹缝中往里钻，终于爬到了侧幕旁边，看见舞蹈小组在排练民族团结舞。他们看着看着，不禁笑出了声，被正在排演的同学发现了，挨了一顿责骂。这首诗的情节就是以这个有趣的冲突为基础的，因此它一步一步地引人入胜。也正是通过这个有趣的冲突和那一连串的行动，揭示出了两个顽皮的孩子好奇的心理。我以为，诗中主人公的那些鲜明的、"神出鬼没"的行动，特别富有令人着迷的趣味，它使小读者也想参加到人物的活动中去，和小主人公一起行动。

《"小兵"的故事》（包括《帽子的秘密》《两个"将军"》《军医和护士》三首）里的有趣的、连贯的情节也是由几个孩子之间的关系和冲突构成的。而这种关系和冲突在作品中是通过具有特征的行动表现出来的。在《帽子的秘密》里，通过扮演海军的哥哥下令枪毙被当作奸细的弟弟这个有趣的戏剧性的冲突，刻画了两个生动的儿童形象。特别是从小弟被抓住后，又踢又打又吵的行动里，我们感到小弟这个孩子是那么倔强、有志气，自尊心是那么强，敌我、是非界限是那么鲜明。我们时代中一个儿童的真实而闪光的性格就这样深入了小读者的心灵。在《两个"将军"》里展开的儿童生活图景更显得有声有色：

> 哥哥当了大"将军"，
> 派我当他的警卫员。
> ……
> 他一天对我下一百次命令，
> 哪一次慢一点都不行。
> 一会儿"稍息"，一会儿"立正"，
> 一会儿跑步一会儿停。
>
> 一会儿下令"向妹妹进攻！"

一会儿下令"向弟弟冲锋！"
他一刀砍伤了妹妹的小泥人，
我一枪刺破了弟弟的大布熊。

弟弟哭着要报仇，
带着妹妹来反攻，
小桌小凳当坦克，
炮声震耳轰隆隆。

"将军"拿枕头挡不住，
我拿被窝把头蒙，
奶奶从厨房赶过来，
气得半天不做声。

在这里，人物描写富有鲜明的动作性。小主人公几乎一刻也没有离开行动，就在这种连续的、紧张的、具体的行动里，描绘出了一个活泼而又淘气的"将军"形象。接着，诗中又通过具体的行动，描绘出了另一个活泼而惹人喜爱的"将军"——隔壁小林的哥哥。一个"将军"欺负弟弟妹妹，惹大人生气；另一个"将军"爱护弟弟妹妹，和他们一同玩，并帮助大人做事。作者把这两个"将军"的具体行动形成鲜明的、强烈的对比，使小读者从主人公的行动中感受到什么是好的，什么是不好的。

在我看来，柯岩的这种通过人物的鲜明的、具有特征的行动来揭示性格的艺术手法，是增加作品趣味性的一个重要因素，是符合儿童的兴趣和年龄特征的。

也许可以这样说，儿童诗的形象如果离开人物的具体行动，就不会鲜明生动，不会引人入胜。

五

用儿童的眼光观察生活，从生活本身发现有趣的事物，以生活为基础的巧妙构思和生动想象，通过具有特征的行动揭示性格，我以为柯岩就是借着这些艺术手段使得她的诗篇充满情趣的。我在这篇文章里着重探讨这个问题，是由于我感到趣味问题对儿童文学来说，是一个非常重要的问题；它是和儿童文学的任务——用共产主义思想教育儿童一代的任务紧密联系着的。

在柯岩的诗篇里，是用明朗、高尚的儿童性格去感染、影响儿童的感情和意志的。当小读者看到这些富有情趣的诗篇，一定会欢笑、会激动。像《帽子的秘密》里弟弟那种倔强、活泼的性格，《小红花》里那几个孩子的一片纯洁、善良的童心，《看球记》里小弟那种天真无邪的稚气，怎么会不使儿童幼小的心灵受到陶冶和启示，怎么会不使他们的精神丰富起来，感情善良起来呢？我想，作品的教育意义正是包含在这些生动的艺术形象和鲜明的生活图画里，而不是在艺术形象之外去进行枯燥乏味的说教、训诫、议论。

如果我们用功利主义的观点来理解儿童文学的教育意义，把儿童文学作品当作"立见功效"的万用膏药，那么我们就忽视了文学的美学要求，忽视了文学在塑造儿童心灵上的那种潜移默化的影响。我认为，既然儿童文学以艺术形象作为自己的教育手段，那么，一篇儿童文学作品的教育意义也只能在于借助人物形象的艺术说服力和感染力来帮助年青一代形成共产主义的人生观。在这里，需要探讨的问题是儿童文学到底怎么样才能更好地完成以共产主义精神教育年青一代的任务。在我看来，重要的关键之一是儿童文学作品一定要写得有趣，也就是要用有趣的形式揭示出有趣的事物。如果作品"没有趣味，孩子就要打哈欠，掩上了它，那么作家的所有意思不管怎么好，就只有他自己、他的妻子、编辑、排字工人和校对人员欣赏了"。（波列伏依）而且我们强调儿童文学的趣味性，还不仅是考虑到儿童的年龄特征和特殊需要，不仅是从儿童的兴趣出发，更重要的是为了把儿童一代培养成为未来的活泼、乐观、生气勃勃的共产主义建设者。

只有当作家在儿童面前揭示出生活中有趣的、美好的、新奇的事物，才能使儿童的想象丰富起来，思想开阔起来，并坚定、乐观地奔向共产主义的未来。

当然，我们的儿童文学需要的是高尚的、健康的趣味，而不是庸俗的、无聊的、虚伪的趣味。这就要求我们的儿童文学作家首先应当是一个心地纯洁、道德高尚的人，是一个为人民利益斗争的积极战士；他不只是要用儿童的眼光，更重要的是要用马克思主义的眼光去观察、研究生活，把马克思主义思想和生活的真实、生活的情趣融合在一起。只有这样，才能写出趣味高尚的作品。从柯岩的诗里，我们可以看出她不是用轻佻的逗笑、油滑的噱头来廉价地博得孩子的笑声，而是用生活中真实的趣味来打动孩子的心灵的。我想，高尚的、健康的趣味只有从我们时代人民的生活和斗争中去发现。离开生活的真实追寻到的离奇的趣味，或者是挖空心思编造出来的小趣味，一定是庸俗的、灰色的、没有意思、没有生命的。

我看，趣味主义、唯美主义在任何时候都是要坚决反对的，但也不必因此忌讳谈论儿童文学的趣味问题。应当让我们的儿童读到更多的像柯岩的儿童诗那样富有情趣的作品。

1957 年 2 月写，10 月修改

附注： 本文中所引诗句出自柯岩的诗集《大红花》(中国少年儿童出版社)、《"小兵"的故事》(天津人民出版社)。

生活美·心灵美·艺术美

——再谈柯岩的儿童诗

柯岩同志是在儿童文学园地里辛勤耕耘、用自己的心血浇灌祖国花朵的一名出色的园丁。50 年代中期，她在我国文坛崭露头角，以其生动活泼、富有情趣的儿童诗而引人注目。收在《"小迷糊"阿姨》这个集子里的 40 首儿童诗和 4 个儿童剧，就是她在 17 年间献给孩子们的礼物。这个集子里的大部分作品，包括最近在全国第二次少年儿童文学创作评奖中荣获一等奖的《"小兵"的故事》，经受了历史风雨的考验，如今依然保持着扣动孩子心弦的艺术魅力，具有旺盛的生命力。粉碎"四人帮"后三年多来，柯岩同志活跃在文学战线上，更加勤奋地运用诗、报告文学、散文、剧本等多种文学样式歌颂老一辈革命家，为社会主义新人塑像，先后发表了脍炙人口的诗篇《周总理，你在哪里》、光彩照人的报告文学《船长》等。同时，她仍然满腔热情、孜孜不倦地为孩子们写作，先后发表了《陈景润叔叔的来信》《我的爷爷》等动人的诗篇。

对柯岩儿童诗的创作特色，过去有过一些评论。我在 1957 年也写过一篇题为《情趣从何而来？》的评论文章（见《文艺报》1957 年第 35 号）。在那篇拙作中，我谈到柯岩的儿童诗之所以富有令人激动的儿童情趣，是由于她善于用儿童的眼光观察、发现生活中有趣的事物，并运用巧妙的构思和丰富的想象把它充分揭示出来；同时还由于她善于通过具有特征的行动展示儿童的性格。在这篇文章里，我就不再重复过去已经谈过的那些看法和意见，而是想从另一个角度来谈一谈重读柯岩的儿童诗，包括她的一部分近作以后的感想。

党要求我们把少年儿童一代培养成为有理想、有觉悟、有科学文化知识和优美道德情操的社会主义新人。儿童文学作家是儿童灵魂的工程师之一，他们同教师、家长及社会各方面的力量一起，共同担负着用共产主义思想塑造一代新人的光荣职责。"灵魂工程"是一项复杂而细致的精神劳动。作家参与这项工程，是运用它特有的艺术手段，通过具体的、感性的艺术形象，来陶冶、塑造儿童的灵魂的。因此，从事儿童文学创作的作家，除了同所有的儿童工作者一样，必须具备热爱儿童的基本品质，学会教育孩子的艺术之外，还要掌握通过艺术形象塑造儿童灵魂的特殊本领。读了柯岩的儿童诗，深切地感到她是具备这些基本品质和条件的，称得上是一个塑造儿童灵魂的能工巧匠。

儿童灵魂要用人类最崇高、最美好的共产主义思想来塑造。但这种共产主义思想不是在作品中正面地、直接地说出来，而是通过对生活的具体描绘，借助生动的艺术形象来体现的。从柯岩的儿童诗中，我们可以看出，她努力发掘现实生活的美，深入探索孩子心灵的美，并刻意追求艺术形式和语言的美。她在自己的创作实践中，力求革命的思想内容和优美的艺术形式的统一，真、善、美的统一。她运用生动的、巧妙的、有趣的形式来揭示美好的事物、美好的品质，给小读者以思想上的启示和教育，精神、情操上的愉悦和陶冶以及美的享受，把儿童文学的教育作用、认识作用、审美作用水乳交融地结合起来。《"小迷糊"阿姨》集子中的大部分诗篇，真实地描绘了新中国儿童的生活图景，生动地揭示了孩子们单纯而美好的内心世界，抒写了他们的爱与恨，梦想与追求，欢乐与苦恼，友谊与争吵。就拿有广泛影响的《"小兵"的故事》来说，它包括三首人物、情节互相连贯的短诗，都是取材于儿童日常"练兵""打仗"的游戏生活。诗中所描绘的儿童扯下帽檐扮演海军，抓"奸细"，打冲锋，不让年龄太小的弟弟妹妹参加正在操练的队伍这类生活现象，是我们在日常生活中司空见惯的。作者的本领在于她善于从这些看似平凡的生活中发掘出富有情趣、充满诗意的东西；透过生活现象，洞察孩子心灵的高尚和优美。《帽子的秘密》刻画的那个倔强、可爱的弟弟形象，具有迷人的艺术魅力。当哥哥要把他当作"奸细"枪毙，两个水兵好意劝慰"说枪毙是假的一点不疼"的时候，他的回答是：

反正我不能叫你们枪毙，

不管它疼还是不疼；

我长大了要当解放军，

随便说我是奸细就不成！

　　作者只用了几行诗，就把一个孩子纯洁无瑕的内心世界揭示得淋漓尽致。爱憎那么分明，敌我界限那么清楚，充分显示了我们时代儿童一代刚毅的性格。在《军医和护士》一诗中，诗人从儿童天地里敏锐地捕捉住孩子心灵深处迸发出的感情的火花，通过活生生的艺术形象，真实而鲜明地表现了我们时代广大少年儿童所特有的那种热爱解放军、崇敬解放军，热切地希望自己有朝一日也当上解放军的美好情感和心愿。当年龄只有四五岁的弟弟妹妹坚决要求参加哥哥们练兵的行列时，当了"将军"的两位哥哥却煞有介事地表示"岁数太小不能收"。后来只是因为他们都有"一技之长"——弟弟"在幼儿园给小朋友打过针"，妹妹"会给洋娃娃洗衣服"，才被收下当军医和护士。这里通过生动有趣的情节，自然而然地流露出富有教育意义的思想内涵，启示孩子们懂得只有今天掌握为人民服务的知识、技能和本领，明天才能够做建设祖国和保卫祖国的主力军。这样也就较好地发挥了文学"寓教育于娱乐之中"的特殊功能。

　　柯岩同志以极其敏锐的眼光注意观察、发现儿童生活中新事物的萌芽，从中发掘生活美，探索心灵美，把它们展示在小读者面前。《"告状"》《姐姐的本子》《小红花》《眼镜惹出了什么事情》等诗，都写了幼年儿童做的一些可笑又可气的事情，但在这些幼稚可笑的行为里，却蕴藏着孩子们美好的、非常可贵的思想感情。作者以爱护幼芽的满腔热情，肯定、赞扬了孩子们爱憎分明的感情、对新事物的好奇心和渴望求知的良好愿望。同时，又用亲切的、循循善诱的调子给正在成长的孩子以启示和引导。《"告状"》一诗描述小弟因为在新买来的小人书上画画，而被姐姐向爸爸告了状。可小弟笔下的五颜六色却倾泻出新中国儿童对地主、坏蛋、狗腿子、叛徒等败类的满腔怒火和对人民战士的无限深情和信赖：

　　看，红眼的地主长着乱草胡子，

红缨枪对准的是坏蛋的胸膛,

狗腿子的脸上戳了好些洞洞,

黑心的叛徒被棕绳五花大绑。

看,书边上新添的是解放军战士,

草绿色军装上戴着金闪闪的奖章,

太阳照着他红彤彤的脸,

那拿枪的姿势和小弟一模一样……

作者以鲜明的感情色彩描绘出我们儿童一代从小就知道爱谁恨谁,什么是正面力量,什么是反面力量,什么是应当美化的,什么是应当丑化的。诗篇揭示出的小弟纯洁美丽的心灵,会给小读者以思想上的启迪、性情上的陶冶,对帮助他们形成革命人生观,培养健康的审美观念,是有益处的。

我们的生活充满阳光,充满光明、美好、不平凡的事物。我们的儿童心地纯洁、善良,对未来充满奇丽的幻想和希望。但是,我们的社会还不是一切都已尽善尽美,生活中也还充满着困难、麻烦、新与旧的矛盾斗争,存在着消极、落后、丑恶的东西。而孩子毕竟天真幼稚,总是存有年龄赋予他们的一些特点和弱点,旧思想旧习惯往往无孔不入地侵袭着儿童一代;"四人帮"的流毒也在这一代孩子的心灵上投下了阴影。儿童文学作家要塑造儿童灵魂,培养一代新人,就不能回避描写现实生活中的矛盾斗争,不能回避描写孩子摆脱旧思想的束缚、克服缺点、健康成长的过程。当然,这种描写要充分考虑儿童的年龄、心理特征,适合于对他们进行共产主义教育和美的教育,要充分显示出生活中光明战胜黑暗、先进战胜落后、美战胜丑的强大力量。柯岩同志充分意识到:了解孩子,"教导他们正确地去认识世界,踏入生活;保护他们,不让他们受到资产阶级及其他坏思想的侵袭,让他们在祖国一日千里日新月异的生活中健康地成长起来,这应该是我们这一代成年人对党应尽的责任和义务"(《"小迷糊"阿姨》后记)。她写的一部分作品,描写了孩子们的苦恼、争吵和矛盾，善意地批评了他们的一些缺点，生动描述了他们在成人的帮助下进步、提高的过程。如《"小迷糊"阿姨》《流星》《绝交》《我们怎样消灭两分》《陈景润叔叔的来信》等，都是写得相当成功的。作者把现实生活中正面的、积极的、先进的力量充分地揭示出来，令人信服地表现出孩子们在社会主义祖国的沃土上一定会茁壮地成长，在建设新生活的斗争熔炉里一定会百炼成钢。《"小迷糊"阿姨》一诗描述在一出儿童剧中扮演"小迷糊"的演员阿姨怎样帮助、带动一位绰号"小迷糊"的同学克服缺点，走向生活。这首诗的情节是很动人的。离开母校 10 年之后，当"小迷糊"同学成了工程师，回北京参加先进生产者会议的时候，没有忘记去看望曾经为他的进步、成长呕心沥血的"小迷糊"阿姨。这时，演员阿姨虽已头发花白，但仍在舞台上扮演着"小调皮"，继续用她创造的角色，带动孩子一起前进。作者着力渲染的这种对自己从事的事业的执着的爱，对同志情谊的忠诚不渝，有助于陶冶儿童的灵魂，培养高尚的情操。《陈景润叔叔的来信》是柯岩同志在粉碎"四人帮"之后的新作。这首诗描写一个对自己要求不严，甚至有点自暴自弃的孩子，如何在老师及集体的帮助下恢复前进的勇气和信心。诗中刻画的小华同学，是一个受到十年动荡余波的冲击，精神受了伤的孩子，他的身上带着时代的烙印。作者充分理解和爱护这样的少年儿童，没有用过激的语言责怪他们，更没有站在一旁对他们冷嘲热讽，而是细心发现、充分肯定他们身上的积极因素，激励他们急起直追，并善于利用榜样的力量，鼓舞他们奔向新的灿烂的生活。陈景润叔叔是召唤孩子们为祖国四化大显身手的生动榜样。陈叔叔的来信像春风鼓起了小华的翅膀，像雨露滋润了他的心房，他要飞起来，去追赶那迎着太阳飞翔的小鸟。在这里，作者用简洁的笔触表现了向四化进军的生活美，也展示了有缺点的孩子奋发向上、展翅飞翔的内心美。

柯岩同志在 50 年代步入文坛的时候，她的儿童诗主要是以儿童生活为题材的。但她并没有把自己的视野局限在儿童天地里，随着现实生活的发展以及作者生活、创作阅历的丰富，她越来越广泛地开拓自己的题材范围，勇敢地探索着表现多种多样的题材，包括重大的社会、政治题材和主题。柯岩表现重大题材的儿童诗，仍然保持着她的鲜明的创作特色，而且有了新的发展。她在这些诗篇中满怀激情地表现、讴歌为建设新生活而斗争的社会主义新人和老一代革命战士的精神美，也展示了挣扎在资本主义桎梏下的劳动人民和少年儿童的淳朴、善良的品格美；用娓娓而谈的讲故事的方式，给小读者打开了认识整个世界、认识复杂生活的窗口。60年代初，她写了《雷锋》《我对雷锋叔叔说》《向雷锋叔叔致敬》等诗，在绚丽多彩的时代背景下，刻画了值得孩子学习和仿效的社会主义新人形象。诗人以饱蘸着阶级深情的笔墨，抒写了雷锋苦难的童年，在小读者面前展现了一幅血与泪交织成的旧社会的生活图景，激发起他们对人吃人的旧制度的深刻的恨。作者喊出的雷锋愤怒抗争的呼声，正表达了孩子们共同的心声：

> 我要把老天你翻个个儿，
> 我要把大地你踩塌，
> 我要让哥哥弟弟张嘴笑，
> 我要叫你们赔我的亲爹妈！

柯岩的这几首写雷锋的诗篇，都是采取叙事与抒情相结合的艺术手法，简洁地抒写了雷锋在党的阳光雨露下的成长过程，概括地描述了他在平凡的岗位上创造的英雄业绩，生动地揭示了他热爱党、热爱人民、忠于革命事业的高贵品质和大公无私、纯洁优美的心灵。诗人在孩子面前树立起的雷锋形象，是一个我们时代的伟大的英雄形象，也是一个令小读者感到亲切、熟悉、值得学习的生动榜样。雷锋形象，给少年儿童一代指引了一条通向光荣、壮丽的人生的宽广道路。《讲给少先队员听》一诗生动地讲述了60年代初期发生在贫民窟里的一个悲惨的故事：可怜的孩子玛丽和谢克盼望着妈妈下班回家给他们带来一块小蛋糕和一个小苹果；而妈妈却因为在阔东家捡了小狗吃剩的烂苹果和蛋糕渣，被阔太太告了状，被警察抓走，再也回不了家。诗的情节很动人，主题很尖锐，写得也很有感情，真实地反映了资本主义世界劳动人民和儿童的苦难生活和悲惨命运。诗人的感情与诗中小主人公的感情水乳交融地结合在一起，把小玛丽的善良、懂事、富于同情心刻画得细致入微，同阔太太的凶狠、残忍、没有人性，形成鲜明的对照。读了这首诗，小读者们会通过艺术形象更加具体、深刻地认识资本主义的本质，唤起他们热爱社会主义、热爱幸福生活的情感。柯岩的近作《我的爷爷》，刻画了一个饱经革命风霜，同人民心连心，眼睛亮，骨头硬的铁铮铮的革命老战士形象。老爷爷南征北战的革命生涯，在"四人帮"横行时期受迫害、打击的遭遇以及他抵制"四人帮"的斗争经历，是有典型意义的。尽管这首500行的长诗的某些片断存有形象化不够的缺点，但总的来说，它对帮助孩子们认识生活的复杂性、斗争的曲折性，还是很有意义的。老爷爷对党的赤胆忠心，"横眉冷对千夫指，俯首甘为孺子牛"的高贵品德，敢于斗争、善于斗争的革命胆略和风格，都会在小读者的心灵中留下深刻的美好记忆，增强他们对生活中真假、善恶、美丑的识别、判断能力。

塑造儿童灵魂，须借助于艺术形象的潜移默化的力量。只有思想性与艺术性统一的儿童文学作品，才能更好地对少年儿童一代进行思想品德教育、知识教育和美的教育。高尔基说："只有用合适的优美的外衣装饰了您的思想的时候，人们才会倾听您的诗。"儿童诗也是如此。柯岩同志努力发掘生活美，探索心灵美，并通过优美的艺术形式把它表现出来，构成艺术美。她的儿童诗具有鲜明的艺术特色，概括起来说，就是在情节结构上具有引人入胜的故事；在人物塑造上，善于从行动中刻画性格并注意揭示人物的内心美；在艺术风格上，富有令人愉悦的儿童情趣；在语言运用上，力求清新、活泼，富有节奏和韵律。

柯岩的儿童诗之所以形成上述艺术特色，固然是同她的经历、教养、气质和艺术趣味分不开，同时也同她悉心研究不同年龄儿童的心理特征分不开。她对我们时代不同年龄儿童的心理特征作了认真的探索、研究，并在自己的创作实践中，按照学龄前儿童、学龄初期儿童、少年的不同心理、兴趣、特殊需要和接受、理解能力，来创作适合于他们说唱、朗诵或阅读的儿童诗，努力探求为儿童所喜闻乐见的表现形式。她为学龄前儿童写的诗，如《大红花》《小弟和小猫》以及《我的小竹竿》《坐火车》《小熊拔牙》等儿童游戏诗，都具有诗句简短、节奏明快、韵脚完整、音乐性强的特点，并可作为孩子们游戏、演唱的材料。写给学龄初期儿童的诗，如《"小兵"的故事》《放学以后》《看球记》《流星》等，都有引人入胜的生动情节，故事性强，特别注意表现人物的具体行动。为少年读者写的诗，如《爸爸的客人》《向雷锋叔叔致敬》《我的爷爷》等，则既富有英雄色彩，又富有抒情味道。柯岩同志在探索与儿童年龄特征相适应的表现形式、表现手法方面，是有独创精神和革新勇气的，她已经取得了一定的成就，正在向新的高度攀登。

我们热切希望柯岩同志在为大读者谱写新长征壮丽篇章的同时，也为亿万小读者写出新长征路上《"小兵"的故事》，写出更多更出色的儿童文学作品。

1980 年 5 月

红线串着爱与美

——推荐金波的儿童诗

金波是活跃在我国儿童诗坛的一位富有独创性的诗人。

他于上世纪 50 年代中期开始发表作品，至今已出版了十多本儿童诗集、歌词集。收集他各时期代表作的选集有两种，于 1983 年、1990 年分别由人民文学出版社、明天出版社出版。他的组诗《春的消息》曾先后获首届（1980-1981）儿童文学园丁奖、中国作家协会首届（1980-1985）全国优秀儿童文学奖；歌词《在老师身边》获第二次（1954-1979）全国少年儿童文艺创作评奖一等奖。

金波的儿童诗在思想、艺术上具有鲜明的特色。

在思想内涵上，他的儿童诗贯串着"爱"与"美"的一根红线，从而被一些评论家誉为"美的向导，爱的使者"。

诗人真挚地表现了少年儿童热爱大自然、拥抱大自然的美好感情。他善于以儿童的眼光去审视、以儿童的心灵去感应大自然一切美好的事物。诗人笔下的蓝天、白云、阳光、繁星、春雨、微风、大海、小溪、鲜花、绿叶、小鸟、流萤、白蝴蝶、红蜻蜓……都与孩子的思想感情水乳交融地结合在一起。"借景抒情""托物咏志"，通过对大自然万物的描绘，生动地表现了少年儿童的追求、渴望、兴趣、爱好，表现了孩子们纯真的感情，美丽的心灵。《春的消息》《鸟儿来信》《小鹿》《天绿》《绿色的太阳》等诗篇都展现了人与自然的和谐、孩子与大自然融为一体的美好意境与情趣，揭示了孩子的天真无邪、心地善良。诗人满腔热情倾注于自然界的绿色，浓墨重彩地描绘生机盎然的绿色世界，实际上是对生命的赞歌，对充满青春活力的未来一代的赞歌，也是对世间一切美好事物的礼赞。在他的不少诗篇中，把爱自然与爱家乡、爱亲人、爱祖国、爱人类的感情很巧妙自然地统一起来，融会贯通，没有一点儿故意雕琢、矫揉造作的痕迹。

在金波的儿童诗中，有相当一部分作品的题材内容，由人与自然的和谐，延伸、扩展为人与人之间的和谐，着力表现了母子、兄妹、师生、同伴之间相互关心、体贴、帮助、信任的关系。这些作品来自诗人对于现实生活的新鲜感受和独到发现，闪耀着时代的光彩。如《风筝》《电车上的遐想》《蟋蟀》等，都写得情真意切，细致入微，读来令人憧憬充满爱与温暖的人间关系，向往更加美好的生活、世界与未来。

在艺术风格上，金波是一个独树一帜，具有鲜明个性特点的诗人。

他的诗作富有浓郁的抒情性。诗人善于借大自然之"景"，抒小孩子之"情"，往往达到情景交融的完美境界。由于他极为重视培养少年儿童对于美的感觉，要使他们从小懂得正确地鉴别美、欣赏美、发现美、创造美，因而不遗余力地在"以情动人"上下功夫，力求以抒发主人公真挚、丰富的感情，拨动孩子的心弦，以陶冶他们的心灵和情操。

金波的儿童诗还具有构思精巧、想象丰富、比喻新颖、意境优美的特色。如《湖》《流萤》等，都写得十分优美，充满诗情画意。

富有音乐性，是金波儿童诗的又一特色。他的诗语言简洁，节奏明快，富有音韵，读来流畅、悦耳，正像一位著名的歌词作家所称赞的，像"泉水一般清亮，鸟语一般婉转"。他的不少短诗、歌词谱曲后在少年儿童中广为流传。

1991 年 7 月 27 日

附注：本文系作者作为国际安徒生文学奖的语言顾问，向 1992 年度安徒生奖评委会所作关于金波作品的评介。

真善美的孩子天地
——读《林焕彰儿童诗选》

林焕彰先生是台湾的一位成绩卓著的儿童诗人，也是一位积极致力于海峡两岸儿童文学交流的热心的朋友。读完《林焕彰儿童诗选》（安徽少年儿童出版社），对他在儿童诗创作方面已经取得的成就及其创作特色，有了一个粗浅的、概略的了解。

林焕彰先生在谈到用什么样的态度来为儿童写诗时，鲜明、响亮地提出："给他们最好的。"他还进一步作了解释："这里所说的'最好的'，必须包括'意识上'的好和'表现上'的好，使儿童阅读之后，能真正得到愉快，而又有所领悟。"他的创作主张如此，在创作实践上，他也是既注重内容和立意，又讲究形式和表现方法，并力求思想与艺术的统一、内容与形式的统一。他善于把自己感受和体验到的少年儿童生活、思想感情，通过完美的、独特的艺术形式表现出来。我以为，他独具的匠心和功力，正表现在对亲情、友情，儿童天性的真、善、美的探索和对高品位的诗美的追求上。

"词人者，不失其赤子之心者也。"（王国维：《人间词话》）林焕彰这位诗人就怀有一颗纯真的童心，一颗炽热的赤子之心。他细心地体察和把握少年儿童天真烂漫、充满童趣的生活，从中揭示孩子善良、纯洁的内心世界。《放暑假》描写一个孩子学钓鱼，却天真地对鱼儿说：你们千万不要来上钩。《我有话跟您说》则描写一个孩子请爸爸买个漂亮的铅笔盒，说是要给帮他写了很多字的铅笔一间舒舒服服的房子住。《希望》写小主人公企盼自己在小河边放的一只小纸船平安地走向蓝蓝的海洋。这些诗把孩子的心态描写得活灵活现、惟妙惟肖，把他们美好、善良的愿望、憧憬，可说是揭示得淋漓尽致。诗人在这里所表现的美好的感情，与众多的小读者相通，符合他们的心理特征，因而也就能扣动他们的心弦。

林焕彰先生从不讳言儿童诗的教育功能，但他深知诗的思想和教训离不开艺术形象。他善于把母爱、友情这样一些具有启迪意义的思想内涵寓于生动的形象和富有童趣的描写之中。《斑马》一诗，写小主人公从斑马穿的漂亮的花衣服，联想到自己身上穿的漂亮衣服，"针针慈母手中线"，由此很自然地引发出一个孩子对母亲纯真的爱。《小蚂蚁》一诗，写小蚂蚁碰见后总要点点头，相互关照，很自然地启示孩子们在日常生活中也要相互关心、相互帮助。《萤火虫》则把听妈妈的话这一蕴含深意的主题熔铸到萤火虫在夜里乖乖地提着小灯笼出来玩耍这个鲜明形象之中。在《家》这首诗中诗人写道："家是一盏灯／用妈妈的爱心点亮的／叫我们不要走错路／叫爸爸下班快快回家。"诗人用灯这个贴切的比喻把家庭的温馨、母爱的光辉，父子、母子的至爱深情写得极为动人，有很强的艺术感染力。无论是小蚂蚁点头，斑马穿花衣服，还是提着小灯笼的萤火虫或一盏照明灯，都是孩子们所见所闻，十分熟悉的生活现象。诗人独具慧眼，从这里捕捉到生活的诗意、生活的美，捕捉到新鲜、优美的形象，并从中发掘出能给孩子以启迪的内涵，用亲切质朴的笔触写来，不露一点说教的痕迹，不给人丝毫矫揉造作的感觉。这些诗的艺术效果，达到了诗人孜孜以求的"读起来很愉快，读后觉得自己又聪明了许多——所追求的儿童诗的教育功能"。

林焕彰先生的儿童诗富于想象，富于情趣，富于美感。

没有想象就没有诗，而想象要新颖、要有独创性，儿童诗也是如此。生活的视野愈开阔，就愈能张开想象的翅膀，飞翔得更辽远。林焕彰先生的生活阅历相当丰富，同时他也是生活中的有心人，善于用诗人的、又是儿童的眼光摄取富有美感和诗情画意的事物、景象。正因为对生活有着新鲜的感受和独特的发现，才能激发他丰富的想象力，并借助比喻、联想等艺术手法创造出新鲜生动的形象。你看，在林焕彰的笔下，树上挂着的彩虹好比妹妹从窗口飘出去的围巾，有蝉在鸣的树好比会唱歌的伞，雨后的椰子树像是一把把打扫被乌云弄脏了的天空的掸子，穿白衣服的鹭鸶像是乡村的旧绅，在水田中慢慢地散步；而面对凌晨天上越来越少的星星，诗人则想象它们是到海上捕鱼去了。在这些诗篇里，情与景交融在一起，诗情与形象融为一体。诗人运用联翩的想象，给我们描绘了一幅又一幅诗意盎然的画面，展现出有色彩和音响的、优美的境界和氛围，小读者读来一定会感到心旷神怡。

林焕彰的儿童诗富于想象，还表现在他注重运用拟人化的手法刻画孩子的心理、性格上。在《冬风》《都是他不好》等诗中，把风比作一个调皮捣蛋的野孩子、坏孩子，借此刻画、烘托出小主人公心不在焉、不能专心读书的弱点。诗篇的字里行间浸透着诗人对未来一代的挚爱和希望，表现出孩子有着克服自身弱点的信心和潜力。诗人从儿童的视角观察树、山、太阳等自然景物，用童心去编织他们的七彩生活："树喜欢站着／看我们游戏"。"就是不肯走动／不肯跟我玩耍。"（《树》）山"懒得跑动／又怕跌倒／总是那样站着／玩一整天，一个鬼儿也没捉到。"（《山也爱捉迷藏》）太阳"一到冬天，天还没暗／游戏还没做完／他就急急忙忙赶回家了！"（《太阳也怕冷》）拟人化的手法在这些诗篇里运用得很妥帖，相当成功地勾勒出了孩子天真无邪、活泼可爱的神情、脾气，从而使诗篇洋溢着更加浓郁的儿童情趣。

在儿童诗的技巧、形式和表现手法上，林焕彰先生刻意追求更高的艺术品位，讲究结构、节奏、韵律、语言，显示了独特的审美情趣和鲜明的艺术个性。他的不少诗篇巧妙地运用了重叠、排比、比喻、对仗等艺术手法，或用同一的语句来加强诗的感情力度，或在诗行的排列上，构成一种匀齐的美、和谐的美。如《妈妈的话》《蜻蜓》《快乐的庄稼》《小狗》《小蚂蚁的歌》等，在诗的形式美、语言美的追求上所达到的高度，是值得称道的。

从总体上看，林焕彰先生的儿童诗可说是把健康的思想内涵与精致的艺术形式统一起来的上乘之作。当然，并非说他这本选集中的每篇诗作都是精品佳作。我以为，其中有些诗篇还存在构思、立意的雷同，或在形式上过于雕琢，语言失之于累赘等问题。我们真诚地期待着林焕彰先生在儿童诗的创作上精益求精，更上一层楼，写出更多的为海峡两岸的小朋友所喜爱和传诵的诗篇！

1992 年 5 月

让童诗伴随娃娃成长

小朋友，刚才听了你们的朗诵，很高兴，好像让我这个70多岁的老爷爷又回到了童年时代。我真想和你们一起看图、识字、唱歌、朗诵、做游戏。

知道你们喜欢儿歌、童诗，这次给你们带来了节日的礼物——《幼儿园新诗朗诵》。摆在你们面前的这套书，好像一列长长的小火车，上面坐着爷爷、奶奶、爸爸、妈妈，还有树阿姨、湖水姑娘、秋风姑娘、鸟儿翻译家。火车车厢里还陈列着野菊花、金苹果、小灯笼，还可以看到你们喜欢的青蛙、蟋蟀、萤火虫。三本书在你们面前展开一个美的世界、快乐的世界。有趣的诗篇，美丽的图画，一定会让小朋友爱不释手，久久难忘。

儿歌、童诗是孩提时代不可或缺的维生素，是儿童心灵成长的最佳营养素。"一杯牛奶，可以强壮一个民族"，一代儿童的小小心灵同样需要文学乳汁的哺育、滋养。

小朋友，希望你们从小就爱读新诗、背新诗。如果你们能多记住、背诵几首好的新诗、儿歌、古典诗，爷爷奶奶、爸爸妈妈和老师就会夸你是个聪明、记性好、能说会道、快乐活泼的孩子。让这些优美的诗歌伴随你们成长，你就可能成为一个心地善良、感情丰富、思想活跃的人。

朗诵是童诗的桥梁，通向千万娃娃的心。让我们一起来朗读、背诵这些优美、有趣、快乐的儿童诗。让我们一起走进一个神奇美妙的世界。愿更多的好诗在娃娃心中生根、发芽、开花！

2004 年 6 月

与幼儿园老师谈童诗

能来到著名的山城同大家相聚，我感到十分高兴。刚才见到幼儿园老师给小朋友上课，让我想起自己近70年前——四五岁的时候在江苏丹阳正则小学幼稚园的情景。在大教室里，一张张小板凳围成一圈，老师领着我们拍手唱歌，玩藏手绢的游戏。小班、大班的两位荆老师是姐妹俩，她们的音容笑貌，至今还清晰地浮现在我的眼前。幼儿园老师是人的一生中的启蒙老师，他们对孩子性格的形成有着独特的、深刻的影响。我对幼儿园老师怀着深深的敬意和感激之情。

润物细无声

全面建设小康社会是我们的奋斗目标。我们为之奋斗的小康，是政治、经济、文化和人的全面发展的小康。以人为本，人的全面发展，要求提高人的综合素质，德、智、体、美全面发展。综合素质中必不可少地包含对艺术的感受力、鉴赏力、创造力。而人的素质的提高，要从娃娃抓起。

文学对于陶冶幼儿性格、培育幼儿美感及促进幼儿的精神成长、心灵成长，具有"润物细无声"的潜移默化的影响和作用。

幼儿文学是启蒙的文学，通过艺术形象在德、智、体、美诸方面给孩子们以启蒙、熏陶；幼儿文学是快乐的文学，凭借蕴含的情趣、幽默，给孩子们带来快乐、抚慰和关爱；幼儿文学是浸透着爱和美的文学，它会培养孩子们美好善良的情感和真挚温馨的爱心；幼儿文学是富于想象力的文学，它会给孩子们插上想象的翅膀，让纯真的童心绽放想象的花朵。

在幼儿文学中，最早走进娃娃中间的是歌谣。在摇篮里，在妈妈的怀抱里，婴幼儿就开始享受儿歌、摇篮曲，从小得到文学乳汁的哺育、滋养。喜爱歌谣，可说是儿童的天性。儿歌、童诗是人之初、生命的初始阶段不可缺少的阳光、水分和空气。正因为如此，念儿歌、诵新诗与听故事、画图画、做游戏一样，是幼儿园的一门必修课。

一个好选本

在这里，我向大家郑重推荐由中国作家协会儿童文学委员会选编、陕西人民美术出版社出版的《幼儿园新诗朗诵》（分大、中、小班，上、下册）。这是为贯彻落实《中共中央国务院关于进一步加强和改进未成年人思想道德建设的若干意见》而推出的一套有利于提高儿童道德文化素质的幼儿诗选。

这是一个好的选本，经过编者选精拔萃，精心编选，汇集了适合幼儿的新诗中的上乘之作、优秀之作，是一个适合亲子共读的优秀选本。

从作者阵容来看，从现代儿童文学开山祖师叶圣陶到年方 10 岁的小诗人伊水，覆盖了五世同堂的儿童文学大家庭。大家熟悉的诗人任溶溶、圣野、张继楼、柯岩、金波、张秋生、樊发稼、高洪波、郑春华、薛卫民、王宜振、徐鲁等有代表性的作品尽收其中。书中还收入港台作家黄庆云、林良、谢武彰、林武宪、方素珍等的作品。

从题材、主题来看，选编者特别注重贴近幼儿生活，亲近、崇尚大自然，能引起孩子兴趣，激发他们想象力的作品。收入书中的《摇篮》《鞋》《梦》《散步》《蜡笔画》《爸爸的脸》等，都取材于幼儿的日常生活，孩子读来会感到非常亲切。而描写太阳、月亮、风、雪、露、云、山、湖、花、鸟、虫、鱼的作品，会帮助娃娃以小小的心灵去感受大自然的美，在他们幼小的心田里撒播爱和美的种子。书中还收入一些有趣好玩的作品，如《头发和胡子》《我喜欢你，狐狸》《青蛙写诗》《夕阳》《不落的金苹果》等，则会给孩子们带来快乐和笑声。

从文本、版式、图画来看，这套书也颇具特色。当今我们已进入读图时代，色彩艳丽的图画，使文本变得更加生动、形象，令人赏心悦目，对孩子有了更大的吸引力。一诗一画，诗画结合，相映成趣，是这套《幼儿园新诗朗诵》的艺术魅力所在。在形式、语言上，收入书中的作品大多琅琅上口，易懂易记，句子简洁，韵脚整齐，节奏明快，富于音乐美，适合朗诵。

有的研究者认为，幼儿文学精品，除了一般文学艺术精品的标准外，还应当有两个标准：一是能给孩提时代带来快乐，二是能给未来保留美好记忆。我以为，《幼儿园新诗朗诵》大体上是符合这两个标准的。

扮演三个角色

幼儿园的老师，是人生道路上最早的老师。幼儿园老师的思想素质、业务素质，包括他们的文学艺术素养，对孩子的精神成长、心灵成长，会有着深刻的、不可磨灭的影响。

要把《幼儿园新诗朗诵》这套书送到娃娃中去，真正使他们喜爱和接受，首先要求幼儿园老师努力提高自己的文学素养和艺术本领，承担三重身份，扮演好三个角色：

首先，当好一个读者。不仅要在字面上读懂读熟作品，而且要融会贯通地体会、领悟作品的内涵、意境，先让自己感动，才可能让孩子们感动。

其次，当好一个传播者。朗诵、讲述要有充沛的感情，发自肺腑的真情。诗的朗诵，包括儿童诗的朗诵，是一门艺术。如何通过抑扬顿挫、清晰悦耳的语言，把诗的巧妙的构思、新奇的想象、优美的意境自然而真切地传达给娃娃，这是需要下一番功夫的。如能结合诗的内容，编成一个故事，娓娓动听地讲给孩子们听，有人物、有情节、有形象，当会收到更好的艺术效果。

再次，争取当一个作者。幼儿园老师要发挥自己熟悉幼儿生活、心理的优势，做生活中的有心人，从幼儿的日常生活中发现、捕捉诗情画意，勇敢地拿起笔来，试写一些包括儿歌、童诗在内的幼儿文学作品。我深切地希望在你们中间出现更多的"郑春华！"

2004 年 6 月

一次成功的"大题小作"

——评《唱响荣辱观》新儿歌

2006年3月4日胡锦涛总书记在看望出席全国政协十届四次会议的委员时,提出"八荣八耻"的社会主义荣辱观,时隔不久,一批关心下一代、钟情于儿童文艺的热心人,发起开展"唱响荣辱观"新儿歌创作征集推广活动。这项活动得到专业、业余作者及各界人士的大力支持,短短几个月时间,征集到上万件作品。经过认真的初评、复评,从中遴选出一批优秀作品,辑印成册,题为《童声里的中国》的新儿歌图书、有声读物即将问世。学习、宣传、推广"八荣八耻"新儿歌的活动也即将在广大少年儿童中拉开帷幕。我作为这项活动的一个最早支持者和一个参与儿歌复评工作的评委会成员,此时此刻,心里还是挺高兴的。

最近一段时间,我们都在学习谈论建设和谐文化、构建和谐社会。我们知道,社会主义核心价值体系是建设和谐文化的根本;而社会主义荣辱观是构成社会主义核心价值的基本内涵之一。树立以"八荣八耻"为主要内容的社会主义荣辱观,培养文明道德风尚,尤其要加强青少年思想道德建设。文学艺术对培养少年儿童高尚的情操和道德品格,对他们的心灵成长、精神成长,有着润物细无声、潜移默化的独特作用。而儿歌是婴幼儿最早接触的一种文学形式,孩子从中得到文学的滋养和美的熏陶,对他的一生都会产生深刻的、有益的影响。

"唱响荣辱观"活动把社会主义荣辱观教育融入对少年儿童的文学启蒙教育之中,寓思想品德教育于孩子喜闻乐见的儿歌形式之中。从娃娃抓起,让他们从小就感知、领悟什么思想品德是美的,什么是丑的;什么行为习惯是好的,什么是不好的。在他们幼小稚嫩的心灵里撒播爱的种子,真善美的种子,打好人性的底子、思想道德的基础。这是为塑造未来一代心灵的伟大工程添砖加瓦,是一件值得为之呕心沥血的事情。

毋庸讳言，"八荣八耻"是个大题目、大题材，无论热爱祖国、服务人民，还是团结互助、诚实守信，都是大主题。如何让幼儿、低年级小学生从篇幅短小的儿歌中感知、明白、接受这些所要表达的意思、道理，不能不说是一件难度不小的事情。这就要求作者必须把握儿歌内容浅显，贴近生活，以小见大，形象具体的特点。要善于捕捉、选择幼儿日常生活中所接触和熟悉的事物，化为具体、生动的艺术形象，内容单纯浅近又富有情趣，这样幼儿才"乐闻而易晓"。小小年纪的刘天仪写的《中国赢啦》，短短的四句："升国旗啦，唱国歌啦，冠军哭啦，中国赢啦"，抓住孩子十分熟悉的情景，极为自然地表达了为祖国骄傲的爱国主义情感。彭万洲的《下雨》，表现孩子眼中的世界：绿树张开大伞为小鸟挡雨，蘑菇撑开小伞为蚂蚁遮雨，由此情不自禁地联想到要拿上雨具去接在田野上劳作的爸爸妈妈。这里没有一点空洞、枯燥乏味的说教、训诫，但从一缕出自儿童胸臆的温馨亲情中，却可以自然、深切地感受到那种处处、事事为他人着想，"服务人民"的可贵精神。看来，只要牢牢把握儿歌的特点，贴近幼儿生活，抓住幼儿心理，巧于艺术构思，善于捕捉形象，那么，"以小见大"的艺术效应还是完全可以达到的。可以说，用新儿歌唱响荣辱观这次创作实践，是一次成功的"大题小作"。

　　"唱响荣辱观"新儿歌，贵在一个新字。随着时代的变迁，新儿歌在思想内容、题材上要出新，艺术结构、语言、表现手法上也要出新。从《童声里的中国》可以清晰地看到，不少作品内容丰富，富有时代特色，生活气息浓郁，从中可以了解到当代幼儿的思想感情，他们对美好事物的追求和对美好明天的向往。张春明的《小网虫》表达了生活在信息时代的孩子对新鲜事物的热爱和追求。作品中把天上的飞虫、地上的爬虫与爱好上网的小孩——小网虫联在一起，构思新颖，别具情趣；抒情主人公率真地表白"我是好网虫"，一个活泼可爱的当代儿童形象就鲜活地呈现在眼前。张铁苏的《官老鼠》，用贴近幼儿生活的比喻，来刻画当下那些手伸得很长的贪官，即使幼儿不谙世事，生活知识有限，但这样的具体描述也还是易于被他们理解、接受，并激发起对"官老鼠"的愤恨的。《长翅膀的汽车》取材于都市生活，现实感很强，反映了幼儿天真烂漫的想象力。

儿歌是口耳相授、代代相传、历史久远的传统形式。不少传统儿歌语言简洁明了，讲究韵律，琅琅上口，易记易诵，形式多样，多姿多彩，在语言、结构、表现手法上有很多优点和特色值得新儿歌作者借鉴吸收。要力求在借鉴传统的基础上出新。徐焕云的《种豆豆》借鉴数数歌，金本的《小龙头乐啦》采用设问、回复、象声、叠词叠韵，形式活泼，音韵和谐，在推陈出新上都是相当成功的。

唱响荣辱观，让"八荣八耻"的儿歌走进千家万户，深入孩子心灵，成为伴随他们成长的优美的、难忘的旋律。

2007 年 7 月 11 日

少年抒情长诗的新收获

——《飞翔的中国》读后

一向热情关注国家大事、擅长于重大题材创作的诗人商泽军，最近推出一部长达4000多行的少年抒情长诗《飞翔的中国》，是对新中国60华诞的真诚祝福，也是献给少年朋友的一本生动、形象的爱国主义教材。

我读了这部为新中国放歌的抒情长诗，总的印象是视野开阔，内涵丰富，感情豪放，气势恢宏，格调高昂。

展现新中国60年的风雨历程和国家、人民面貌的巨变，是一个既有意义而又颇为难以驾驭的重大题材。但对曾写过《诗人毛泽东》《决战中国》《奥运中国》《国殇：诗记汶川》等长诗的商泽军来说，凭借自己已有的厚实生活积累和娴熟的写作经验，来写这首政治抒情诗，可说是厚积薄发，驾轻就熟。

这首抒情长诗在立意、构思、题材提炼、艺术手法上有不少引人注目的特色，我特别注意到以下几点：

一是善于抓住新中国60年变迁中举世瞩目、撼人心魄的重大事件、重大现象和指点江山、指挥若定的历史人物来展示新中国前进的步伐，勾勒人民精神面貌的变化。从南湖船上党的诞生到过雪山、草地的长征，从天安门的开国盛典到以水立方、鸟巢为标志的奥运，从抗洪、抗冰雪、抗震到载人飞船升天，从诗人毛泽东到"小平，您好！"……诗人从悠悠的历史岁月和纷繁复杂的现实生活中选择人民大众和少年儿童熟悉、难忘的经历，包括历史进程中遇到的艰辛、困难、挫折乃至失败，熔铸进整首诗的意境之中，颂扬了中国人民坚韧不屈的硬骨头精神，赞美了领袖人物的大智大勇和丰富、独特的品格。

二是善于从少年儿童熟悉的事物或概念中提取意象，化为生动、鲜明的形象。诗人不是空泛地赞咏祖国如何伟大、如何可爱，新中国这个概念在诗人的笔下化为一个又一个富有时代色泽而又具体可感的意象。比如，写北京城市的变化，从拉洋车的祥子、卖炸酱面的虎妞、提笼架的八旗老爷子到鲁西南农民工的馒头、立交桥下的保姆市场、中关村的CEO，在新旧对比中，让我们深切感受到城市面貌的巨变，不得不由衷赞叹改革开放带来的进步。又如，从新娘的红盖头、孩子堆的雪人、襁衣上贴的"喜"字、站在村口等儿子回家的老人，让我们从乡村春节欢乐的氛围中，强烈感受到祖国令人骄傲、自豪的形象在这里闪出耀目的光彩，从而与诗人表达的深沉、热烈的爱国情感产生共鸣。

三是善于选择新的表现角度，即善于剪裁，又善于概括。伟人毛泽东、邓小平，他们的丰功伟绩可说是有说不完的故事，唱不完的歌。而商泽军独辟蹊径，别开生面，紧紧抓住作为诗人的毛泽东来表现他复杂、独特的性格、气质。他又紧紧扣住发自肺腑的、亲切朴实的"小平，您好"四个字来表现领袖在人们群众中的位置和威信。从这里，不难看出作者面对纷纭复杂的生活素材，多么善于巧妙地选择、剪裁；又多么善于将自己满腔的真情实感加以概括、提炼。又如，用剪纸来表达我国城市、乡村的父老乡亲期盼奥运的心情："我们剪纸／剪出一个一个的季节／春了，秋了／那剪纸里露出一个个的人／有踢腿的有射箭的／只要是吹一口气／季节和人就活了／他们就会鼓掌……"如此新颖的取材角度和构思，来自诗人对现实生活的新的感受，新的发现。向壁虚构，闭门造车，是不会汲取到如此浓郁的诗情画意和如此感人的艺术形象的。

《飞翔的中国》的抒情主人公是我，即诗人自己。诗人并没有刻意以孩子的眼睛来观察、以孩子的心灵来体会祖国的巨变。但整首长诗所描绘、咏唱的一切事物、人物、现象、情景，又都是孩子熟悉、感兴趣、易于理解、接受的。它道出了广大少年朋友的心声，能激起他们的感情共鸣。说道这里，我不禁想起诗人、评论家谭旭东在评析王宜振诗作时所说的："要尽量打通儿童诗与成人诗的艺术障碍，让自己的儿童诗给儿童和成人一个公共的审美空间。"兼写成人诗和儿童诗的商泽军，是不是在诗艺追求上也在努力建构这样一个"全新的审美空间"呢！？

2009年9月22日

小说漫评

感情深处的浪花

——读张有德的《晨》

张有德的一篇题名为《晨》(《长江文艺》1957 年 10 月号）的短篇小说，好像是早晨的田野上散发出来的一股清新的气息，它启发人们反复去思考庄严的人生，检查自己肩头的责任。

这篇小说的作者从壮丽的现实生活里，截取了珍贵的，也许并不引人注目的一个片段：一个在乡村小学工作多年的李老师要调到省里去工作了，来接替她工作的是一个刚从师范学校毕业的年轻姑娘——王玉琳。从王玉琳来到乡间，到第二天早晨她上车站送别李老师，前后不到一天的时间里，李老师向她交代了工作，孩子们来和亲爱的李老师道别……作者的眼光透过这一生活片段，敏锐地看到了两颗新时代的教师的心和几十颗纯洁的童心。从作品中，我们可以看出，作者善于从一刹那的生活进程中，探索人们感情深处所激起的波澜，来展示当代普通人内心世界的质朴和美丽。

读完这篇小说，萦绕在我们心头的是，主人公王玉琳在人生的道路上，经历了平常而又美丽的第一天后，在心灵深处生长起来的珍贵的思想感情——对孩子、对事业的责任感。

小说是围绕着孩子们对李老师依依惜别这个基本情节展开的。师生之间的深挚感情在作品中描绘得相当动人。我们看见，两个孩子摸黑偷偷地来到李老师窗前，向她道别；早晨 4 点钟，对孩子们来说不是太早了点吗？可全班同学都赶到了车站，整齐地排着队欢送李老师；有人抱着西瓜等作为赠礼，还有人要认李老师做干妈，这多逗人喜爱啊！从这里，我们看到了一个热心而又质朴的乡村女教师在孩子们幼小的心灵里留下了多么美好、深刻的印象。

也正是李老师和孩子们之间的这种真实、深沉的感情，扣动了王玉琳的心弦。作者紧紧抓住这一点，相当细致地刻画了年轻的王玉琳在感情上的起伏变化。刚刚走上新的生活道路的王玉琳，本来是不了解教育工作的甘苦，也不懂得孩子的心灵的。当她来到乡村小学以后，李老师的一言一语、一举一动，对她来说，真像是一本活的教科书。这本书教授给她的东西是从师范学校的课本上所不能学到的。

当王玉琳亲眼看到孩子们为李老师的调走而在课堂里、车站上流下眼泪的情景，她真正懂得了：只有用全部心血和毕生的精力去培植、灌溉人类未来的花朵——孩子，才能够得到孩子们真诚的热爱和信任。当王玉琳不止一次地听到李老师满怀信任地向孩子们介绍她，并要孩子们好好听她的话的时候，她慢慢地意识到自己责任的重大，同时为自己的幼稚无知而感到羞愧。而当载着李老师的火车开走以后，王玉琳在孩子们中间走着，看着 50 个孩子红红的脸，她的感情深处激起了一个美丽的浪花："她觉得这些孩子不是在跟着她走，而是在她肩上放着。"作者又充满感情地写道："她把步子迈得慢而大，重而稳，完全不像个刚满 20 岁的姑娘。是呵，她已不是一位普通的姑娘了，她挑着千斤重担，在生活的道路上走着。"读到这里，我们深切地感到，正像作者在小说开头以富有色彩的笔触所描述的秋庄稼在夜晚发出"嘎吧嘎吧"拔节的声音一样，从王玉琳这个年轻教师身上，我们仿佛也听到了这种声音。她在一个昼夜之间，迅速地成长了。王玉琳像海绵一样从生活的海洋里，从李老师那里，一点一滴地吸取了充足的水分，使自己变成了一个爱孩子、有责任感的人了。她从李老师手里接收过来的，不是几十本算草本和作文簿，而是祖国托付给她的 50 个活泼的孩子，50 颗纯洁的童心和那教育孩子的艺术与事业心。

一个年轻人第一次意识到自己的肩上挑着千斤重担，而迈开了坚定的步子。这就是作者从生活深处提炼、发掘出来的闪光的、具有典型意义的东西。作者把自己的这篇小说题名为《晨》，也是很有意味的——王玉琳在人生的道路上迈出的第一步，正是她一生的早晨。我想，作者如果没有真实的生活体验和深刻的艺术感受，就不可能对这一瞬间的生活概括到具有人生哲学意味的高度，这篇小说也就不会具有那么亲切感人的情愫。

1957 年 12 月 1 日

漫谈《夜奔盘山》的少年形象

  长正同志是儿童文学园地里一名辛勤的园丁。3年前,他为孩子们写了一部中篇小说《夜奔盘山》;今年春天,他又给孩子们写出了一篇特写《沟河红莲》。这两部作品都是由少年儿童出版社出版,并已发行了十几万册,特别是《夜奔盘山》,已经在小读者中广为流传,成为他们喜爱的读物之一。全面而详尽地论述这两部儿童文学作品的成败得失,不是这篇短文所能完成的任务,我在这里只能谈一谈读了《夜奔盘山》的感想。

  塑造革命历史斗争中的少年英雄形象,对培养少年儿童一代的革命品质,具有十分重要的意义。新中国成立10年来的儿童文学创作,在这方面已经取得了令人瞩目的成就。如华山同志的《鸡毛信》中少年英雄海娃的形象,管桦同志的《小英雄雨来》、李伯宁同志的《铁娃娃》中的小主人公形象,以及其他优秀作品里的红小鬼、小八路形象,已长久地活在千百万小读者的心里,成为他们"好好学习,天天向上"的光辉榜样。长正同志的《夜奔盘山》也比较成功地塑造了小牛子、杜和山两个少年形象,展示了他们在历史暴风雨中勇往直前、宁死不屈的性格,从而激励了小读者的革命上进心和斗争热情。

  《夜奔盘山》的整个内容是一个工厂的党支部书记——小说主人公小牛子自述少年时代从走投无路到走向革命的一段经历。事情发生在烽火连天的抗日战争年代。小牛子的父亲——一个炼铁工人、八路军的地下工作人员被日本鬼子抓走了;小牛子不甘心在地主、保长的鞭子下忍气吞声地生活,一家人陷入了饥寒交迫的境地。小牛子的母亲,一个善良而又懦弱、惯于逆来顺受的妇女发出了悲恸欲绝的呼唤:"我们穷人的路在哪里?"作品通过小牛子这个具体形象,具有艺术说服力地回答了这个问题:在共产党的指引下,组织起来进行革命斗争,才是穷人的阳关大道。我以为，作品的教育意义也正在于它生动地揭示了这个生活的真理。它以活生生的事实告诉小读者：我们的祖辈、父兄一辈通过多么艰难的道路才找到了党，经历了多么严酷的斗争才把自己锻炼成为一个坚强的革命战士。生活在 60 年代的少年儿童一代，自然再也不会经历小牛子那样苦难的童年，走上革命的生活道路和小牛子比起来也容易得多。不过，也必须看到，尽管国内大规模的、急风暴雨式的群众阶级斗争已基本结束，但社会主义革命和社会主义建设事业绝不会一帆风顺，仍然会有困难、有斗争；而且帝国主义存在一天，我们就一刻也不能放下手中武器。这一切都要求我们用革命理想去武装少年儿童一代，从小培养他们坚强的革命意志和征服困难的大无畏精神，成为共产主义事业可靠的接班人。无疑地，像《夜奔盘山》这样的作品是会让小读者受到一次生动的革命传统教育和阶级教育的。

这篇作品渗透着爱憎分明的阶级情感。小牛子小时候就从他爹那里知道了抗日根据地盘山的情形。他爱盘山，关心盘山，向往盘山，是因为那里有八路军的军工厂，是穷人的命根；他爱孟大爷、赵大叔、杜和山，从心坎里佩服他们，是因为他们把他引上一条光明的道路，并用自己的行动教给他在敌人铁蹄下应当如何生活、如何斗争。而日本鬼子、汉奸、特务的狰狞残暴、穷凶极恶，更加激起了小牛子的民族的、阶级的深仇大恨，在他幼小的心灵里点燃起愤怒的斗争火焰。这种鲜明的爱憎态度在小说里是通过具体的艺术情节展示出来的。当小牛子用自己偷出的生铁制造、又亲手埋下的地雷炸翻了鬼子的汽车和火车时，他"高兴得泪珠儿落将下来"。在他被敌人抓起来并遭到严刑拷打后，一看到由于自己的破坏而使鬼子的 11 号高炉不能冒烟的景象，他又"从心里透着高兴"。读到这里，我们深切地感到，小牛子已经把自己的命运同祖国的命运紧密地联系了起来，他的欢乐、他的喜悦是同广大人民群众相通的。他的精神境界逐渐提升到了这样一个新的高度：人民的利益重如泰山，个人的命运轻如鸿毛。对人民的爱愈真切，对敌人的恨也就愈强烈。当我们看到小牛子一脚狠狠踢倒出卖他的汉奸刘二嘎的场面，以及他一口狠狠咬住打孟大爷的鬼子队长小胡子的胳膊不放的场面时，就会强烈地感到，小牛子如此义愤填膺，绝不是出于个人的冤仇，而是集中地表达了人民对敌人的愤怒和憎恨。

《夜奔盘山》艺术地体现了"爱人民之所爱，恨人民之所恨"的思想情感，给了小读者强烈的感染，而且启发小读者更深刻地认识到：在今天应当爱什么、恨什么？谁是朋友、谁是敌人？爱祖国、爱人民、爱社会主义，恨反动派、恨剥削者、恨帝国主义，是我们时代少年儿童的思想道德标准。《夜奔盘山》对于帮助少年一代形成这种新的世界观、道德观，肯定是有益的。

作者在他的小说里着重刻画的小牛子的形象及其伙伴杜和山的形象，虽然还不能说已经十分鲜明、丰满，但确实是两个生动可爱的少年形象。在我看来，作者在塑造人物的性格上有着自己的特色和优点，同时也存在着一些问题和缺点。而这些优点和缺点又仿佛是纠缠在一起的。

首先，我们看到作者在这篇作品中既突出地表现了小主人公性格中的优点，同时也不回避描述他们性格中的弱点，很有艺术说服力地反映了他们性格不断改变，思想品质不断成长的过程。作者没有把少年描绘成天生的英雄或神出鬼没的超人，而是让他们在整个社会生活中处于一个适当的地位；着重表现了党和人民对他们的教养和影响。比如，小牛子也并不是一开始就具有鲜明的民族意识和阶级意识的。当别人指出他不该为鬼子工厂拼命干活时，他却说："拿着人家钱，干活就得像个样，不能糊弄人。"当杜和山让他一同去扒火车偷煤时，他又怕人家骂他是贼。从这里可以看出，小牛子妈所抱的"屈死别告状，穷死不做贼"的为人处世之道，同样束缚着小牛子的思想，蒙蔽了他的眼睛，使他一时认识不到：怎样做才有损于敌人而有利于人民？后来，由于杜和山的启发、帮助，特别是赵大叔的指示——团结大伙，破坏生产，才擦亮了他的眼睛，使他找到了一条正确的斗争道路。于是，小牛子把自己的所作所为同革命斗争的利益联系起来，"把刀子照准敌人心尖子上扎"，终于叫鬼子的机器瘫痪了。显然，正是因为作者具体地描写了小牛子从不自觉到自觉地同敌人斗争的过程，小牛子作为一个自觉的革命者的形象才显得格外真实动人。离开党和父兄一辈的教养和抚育，离开革命斗争的锻炼和考验，孤立地、片面地夸大少年英雄个人的禀赋和作用，不仅会使作品丧失真实性和艺术说服力，而且对少年读者也是没有教益的。应当指出，《夜奔盘山》的作者一方面相当成功地刻画了杜和山这个生龙活虎般的人物，有力地显示了他性格的锋芒和光彩；另一方面却或多或少夸大了杜和山的作用。杜和山的聪明机智、斗争经验、革命胆略究竟从何而来？在作品中没有形象、具体地揭示出来。特别是小牛子初进工厂时，比他大一岁的杜和山似乎成了他的第一个引路人，忽略和贬低了党和成年人的作用和影响。这是不符合生活的真实的。

小牛子在尖锐的对敌斗争中，开头还不免表现得怯懦、紧张，经过千锤百炼，他才能在敌人的刺刀下表现出"头可断，血可流"的英雄本色。这样描写是合情合理的。可是，作者过分渲染了少年儿童这种懦弱、恐惧的心理。比如，作品描写小牛子偷煤时见到矿警，竟吓得"瘫痪在地上了"。而他跟随赵大叔去埋地雷时的心情，更是被渲染得令人毛骨悚然：

> 我一头扎在地上，再也不敢动一动。我想：万一……枪一响……天啊！我的腿肚子，好像着凉抽了筋，差不多不能动了。
>
> ……就在沟沿前面的绿草里，埋着无数的地雷。看着那儿，我浑身都发麻了，好像一动就要碰着地雷，就像毛驴一样，被炸得胳臂、腿，都要飞上天空。

很明显，把少年怯懦、恐惧的心理强调到如此不适当的程度，那就等于在他们的性格上投下了阴影，损害了少年英雄形象的完美。而且，这样的描写只能引起少年读者的畏缩心理，而不能激励他们的勇气和斗争精神，不能帮助他们培养起勇敢、坚强的性格。我以为，一个儿童文学作者在进行艺术概括、典型化的时候，应当忽略和舍弃那些不适合儿童心理特征的东西。只有这样，写出的作品才会有益于小读者的身心健康，引起小读者的兴趣。

其次，《夜奔盘山》的作者在塑造人物性格上的另一特点是：善于把小主人公放到严酷的斗争环境里，经受严峻的考验，让他们的性格在斗争中得到发展。作者总是从事件的发展和人物的行动中来展示他们的性格，而不是孤立地、静止地描写人物的内心世界。

这篇小说的故事情节是引人入胜的。作者在小读者面前展开一个又一个紧张、激烈、惊险的斗争场面，正是为了描绘和突出人物的性格。比如，通过扒火车、偷铜瓦这些惊心动魄的情节，我们可以清晰地看到小牛子和杜和山这两个少年在性格上的不同特征。小牛子是聪明、善良而又有点怯懦，而杜和山要比他老练、成熟得多，机智、大胆而又沉着。后来，随着斗争的发展，小牛子骨头愈来愈硬，变得更加勇敢坚强了。他扔合金瓦破坏生产的事情被汉奸告发后，敌人严厉地审问、拷打，却不能从他嘴里掏出一个字。鬼子队长小胡子问他：八路军、共产党在哪里？他胡言乱语，气得敌人无可奈何。这时候，小牛子不再像扒火车、偷铜瓦时那样紧张，而是变得相当镇静且有办法了。最后，当敌人用洋刀砍他的脖子，他还破口大骂：日本鬼子就要完蛋！到这里，一个生动的少年英雄形象就活现在小读者的面前，使他们深受感动，并把他当作自己思想、行为上的光辉榜样。

　　严酷的斗争是考验一个人的思想品质的试金石。在尖锐重大的斗争里，一个人的性格往往表现得更加鲜明突出，而且会有比较明显的发展。《夜奔盘山》的作者善于从严峻的、残酷的斗争里揭示出少年英雄性格中闪闪发光的东西，这是他的长处。但是，在这篇作品里，有时作者自然主义地描写敌人的残酷，把人们在精神上、肉体上所受的摧残和痛苦，血淋淋地一览无余地展现在小读者的面前，以致会使他们心惊胆战，不敢再往下读。下面是特务鞭打小牛子的一段描写：

　　　　特务像狗一样地围上来，鞭子刷刷地带着风响，雨点似的落在我的肩上、头上、脸上、脊背上。我满地滚着，肉，一条条地随着鞭子肿起来、裂开了；衣服开了花；血，从伤痕里渗出来……我把嘴唇上的肉都咬破了，死也不肯吐一个字！他们用鞭子抽完了，又用竹筷劈成签，扎进我的手指甲盖里。

　　作品中不止一次地描写这种过分残暴的场景，不难设想，它的残酷描写不仅会使少年读者被吓住，即使是成年人恐怕也不忍卒读。这样的描写对于小读者来说，只能引起生理上的刺激，产生一种恐怖、畏缩的情绪，而不能真正激起对敌人的憎恨，鼓舞他们的斗志。由此看来，儿童文学作品中表现残酷的敌我斗争和艰难困苦的现实，无论如何要考虑到儿童的年龄、心理特征和理解力，要掌握分寸，不要随意地描绘。这类题材的作品应当是充满了革命乐观主义的精神，必须使革命乐观主义、革命英雄主义的精神压倒黑云压顶的沉重气氛和敌人张牙舞爪的气焰。

对于《夜奔盘山》，我要说的就是这一些。最近，我们欣喜地看到长正同志又写出了一篇以共青团员、小学教师田淑莲的英雄事迹为题材的特写《洵河红莲》。这篇作品热情地歌颂了主人公舍己为人的共产主义精神，很有艺术说服力地表现了社会主义新人物、新形象的形成和发展。时代的车轮飞速前进，作者笔下的人物也在大踏步前进。《洵河红莲》中田淑莲的形象比起《夜奔盘山》中小牛子的形象来，闪耀着更加强烈的共产主义的光辉，这些都是可喜的成就。我们希望长正同志进一步掌握革命现实主义与革命浪漫主义相结合的创作原则，更好地研究、熟悉生活斗争和儿童的心理特征，这样，就会为孩子们写出更加出色的作品。

1960 年 4 月

谱写善良心灵的歌

　　刘厚明的《黑箭》，在当前少年儿童题材的作品中，称得上是一篇上乘之作。

　　这个短篇着力塑造了一个令人同情的失足少年的生动形象。作者相当熟悉工读学校的生活，对失足青少年思想、感情、性格的发展变化有深切的了解和体验。小主人公邢玉柱的形象之所以写得有血有肉、真实感人，正是由于作者从生活出发，尊重生活的辩证法，用革命现实主义的解剖刀剖析了他的单纯而又复杂的性格。少年玉柱没有温暖与欢乐，没有母爱与友情。他在后妈、爸爸的"冷眼和拳头"下长大，心灵深处埋下了恨的种子，与世对立，自暴自弃，以致甘心沉沦，失足泥潭。作品一方面揭示了他心灵上的创伤，另一方面又捕捉住他思想性格中的闪光点。小说通过玉柱为没娘又没主人的小狗偷食物和药品，构成工读学校的"失盗案"这个饶有趣味的情节，充分表现了主人公心地善良、富有同情心。玉柱把自己的爱和同情倾注在一只无依无靠、可怜巴巴的小狗"黑箭"身上，完全符合这个具有独特经历的孩子的心理特征。从一个失足少年复杂矛盾的性格之中发掘、提炼美和善，着力揭示人性美、心灵美，表现了作者探索的勇气和敏锐的眼力，这是难能可贵的。

　　《黑箭》无论是对小读者还是成人读者，都是一篇既有教益又有兴味的作品。它通过对艺术形象的创造引人思索一个社会关注的问题：怎么对待失足青少年？怎么启迪他们的心灵？是满腔热情、循循善诱，还是冷若冰霜、另眼相看？作品通过玉柱的失足与转变的描写，具有艺术说服力地回答了这个问题。我们看到，冷眼和拳头不仅没有使玉柱惊醒过来，反而使他沉沦下去。而虎子、虎子妈、老校长对玉柱的关心、理解、信任和支持，像一团暖烘烘的火，点燃了他蕴藏在心底的渴望上进、追求光明的火苗。特别是让他当了工读学校的狗倌，更使他生平第一次意识到自己在集体中的位置和责任。心灵上笼罩着"十年动乱"阴影的孩子，是多么需要关怀、同情、信任和激励啊！我们的文学应当通过自身特有的艺术手段对少年儿童进行爱的教育，在他们的心田上播撒爱的种子、善和美的种子，用炽热的爱拂去孩子心灵上的灰尘。《黑箭》的作者凭着自己对生活的细致观察和独特见解，从大量的生活素材中提炼出具有深刻教育意义的主题，谱写了一曲善良心灵之歌，歌颂了人与人之间美好、善良的感情。我以为，这篇小说的思想性，也就表现在这里。

美中不足的是，在这么一篇着力于描写人的美好善良感情的小说中，出现了个别未经精心提炼的、与整个作品的基调不相和谐的情节，如玉柱爸一怒之下一菜刀剁掉儿子一个半手指的描写，每读至此，总给人一种生理上的刺激，在感情上实在难以忍受。生活中也许真有其事，但是把它写进作品，总还要经过必要的选择、提炼，考虑它是否符合人物性格、感情的真实，是否有益于读者，特别是小读者的身心健康。

1982 年 4 月

赞《芨芨草》

　　《芨芨草》是一篇既适合成人读者又适合小读者阅读的短篇佳作。作者鲍昌用儿童的眼光观察，用儿童的语言描述了一个地质勘探队员和他的儿子在"左"的错误伤害下的坎坷经历和坚忍不拔的精神。写给孩子们看的作品，题材范围当然不能拘囿于儿童生活，应当用孩子们所能理解和接受的、生动精致的形式，广泛地反映成年人为建设新生活而从事的伟大斗争，从而使孩子们通过鲜明的艺术形象，正确地认识现实生活的复杂性和除旧布新斗争的艰巨性，体味到人生的酸甜苦辣，同时又吸取向上的力量。《芨芨草》正是在这方面值得称赞的。

　　高尔基说过："艺术的精神就是力求用词句、色彩、声音把您的心灵中所有的美好的东西，把人的身上所有的最珍贵的东西——高尚的、自豪的、优美的东西，都体现出来。"《芨芨草》着力开掘了一个正直的、富有爱国热忱的、忍辱负重的知识分子心灵深处一切美好、崇高的东西。作品主人公爸爸——一个地质队员，在蒙受屈辱的最艰难的时刻，始终没有失去对生活的信心，没有减弱对祖国母亲的感情。他把个人的荣辱、得失完全置之度外，一心扑在自己热爱的地质勘探工作上，把自己的汗水、心血和生命全部奉献给祖国壮丽的建设事业。当我们看到主人公爸爸累出了病，还乐呵呵地表示"现在大家都学焦裕禄，像我这样的人，不是更得学吗？"的时候，不能不深切地感到：作者相当真实地刻画出了五六十年代中国知识分子那种虔诚的、夹着尾巴做人的心理和情感。我们不禁从内心深处发出"中国知识分子真是价廉物美、经久耐磨"的感叹。作品热情歌颂了主人公在逆境中同各种困难拼搏，勇往直前，百折不挠的顽强性格，赞美了主人公对事业的执着追求，赞美了他顶着风沙，到处给人们开路的芨芨草精神。这种顽强的芨芨草精神，是作者凭自己的心灵从实际生活中直接体验来的，因而作品能以强大的艺术说服力启迪小读者懂得：生活道路会有坎坷曲折，个人命运会有苦涩辛酸，革命和建设事业也都会付出代价，面对这一切，一个革命者应当不怕困难，不怕挫折，敢于奋斗，开拓前进。作品的基调是明朗的、昂扬的。我以为，儿童文学领域里需要更多的像《芨芨草》这样既写出了严峻的现实而又给人以勇气、信心和力量的作品，帮助孩子正确地认识社会、看待人生。

1983 年 3 月 4 日

感人至深的父子情

——析《雨》

  《雨》(作者张文军,原载《鸭绿江》1984年第8期)全文不足2500字,却写得情真意切,质朴动人。这不是一篇以故事情节取胜,而是以刻画孩子心理见长的、别具特色的儿童小说。也许小说的作者还是一个写作初学者,但从他布局谋篇、运笔用墨的情况看,我们不能不叹服他是深知文学要写人,要揭示人物心灵的奥秘,要以情动人这些基本原理的。

  作品并没有孤立地、静止地去挖掘和表现孩子的内心活动,而是把主人公放在一定的环境和背景中,按照他的身份、经历、年龄,很自然地写出了他的真实而美好的心灵世界。小说巧妙地选取这么一个生活场景:考场外黄梅雨连绵不断,考场内回答着"什么叫梅雨"的试题,心中企盼着的是亲人送来雨具……雨,雨,雨,周围的一切,都离不开"令人心烦的雨"。就在这个特定的情境中,展开了对主人公小旺内心活动的描写。小旺料想自己家里不会有人送伞来,就希望"最好都没人送,要淋就淋大家吧";当他见到小杨豆接过爸爸送来的雨伞得意地笑时,心中就不免暗暗地骂人家"这个坏蛋"。这些"幸灾乐祸"和羡妒的心理活动描写,符合孩子的年龄特征,因而令人感到惟妙惟肖,活灵活现。

  尤其值得称道的是,这篇作品用孩子的眼光来观察父母的言谈举止,用孩子的心灵来感受人情世故,把学校同家庭、社会联结起来描写,把人物放到人民为建设新生活而斗争的背景中来描写,揭示出来的人物的思想情感闪耀着时代的光彩,因而能给少年读者以有益的熏陶和启迪。随着主人公急切盼望亲人送雨伞的思想活动,作品就把他身处的那个充满争吵,不那么团结和睦的家庭展现在读者面前。作者捕捉、选择日常生活中富有表现力的场景、细节、语言,勾画了思想性格各异的爸爸、妈妈两个形象。爸爸起早贪黑,忘我劳动,不怕累,不怕苦,常说:"活人,活人，没活干还能算大活人吗?"质朴的语言掷地做金石声，十分鲜明地表现了一个先进的炼钢工人的人生态度。而妈妈听说爸爸领工资后寄了10元钱给爷爷，就不住地嘟囔："还不完的账，啥时能填满无底洞!"一句牢骚话，简洁地勾勒出一个沾染鄙吝习气的妇女的形象。一个心胸宽广，奋发有为；一个目光短浅，庸庸碌碌。从两个人物性格的鲜明对比中，从"我"对父母争吵、矛盾的叙述及"我"对人物、事件的不同态度中，我们深切地感受到主人公爱憎分明的感情倾向。小旺热爱、钦佩他的劳动勤奋、心地善良的爸爸，爸爸也无微不至地关心、体贴他的儿子。特别动人心弦的是，作品结尾描写，出乎小旺的意料，没来得及换衣服、全身淋湿了的爸爸，突然出现在教室门口，给他送来了雨具，并迫不及待地让他快换了雨靴去接弟弟。这个场景亲切而又感人、集中而又凝练地描绘了至亲至爱的父子之情。此时此刻，小旺"心里翻腾着，我的卷子上只答了个梅雨，我觉得我欠下了爸爸的账"，从这种感激而又抱愧的心情中，我们清晰地了解到这个孩子身上蕴藏着奋发向上的力量。我们理解了他曾经有过的烦恼，原谅了他没有学好、考好的过错，也相信他一定会急起直追，拿出好成绩来，向他的爸爸——劳动人民还"账"。

这篇小说还具有寓情于景、情景交融的特色。"一切景语皆情语"，写景，是为了衬托人物的情绪和心理活动，为了烘托人物的性格。《雨》的作者在写景时，不同于一般小说之处在于他抓住孩子天真无邪、富于幻想的特点，透过孩子特有的奇妙的想象、丰富的联想，来抒发对景物的主观感受。从黄梅雨联想到话梅糖，引出爸爸的话"凡事有苦才有甜"；从窗玻璃上往下淌的雨水留下的道道水印，联想到止不住的泪、爱哭鼻子的弟弟；从教室楼顶上的排水管嗡嗡响，联想到家里爸爸妈妈三天两头吵架，吵得自己头脑嗡嗡响。触景生情，情从景出，情和景和谐地交织在一起。同样的景物，由于人物不同的处境，产生了迥然不同的主观感受。当主人公断定家里不会有人送伞来，感到心烦意乱的时刻，在他的眼中，一切景物好像都是灰暗的、死气沉沉的，窗玻璃上往下淌的雨水像止不住的泪，低垂着头的柳树像可怜的落汤鸡……而当他的父亲顶风冒雨送来雨具，使他体味到父子之间骨肉至亲的温暖时，他眼中的一切景物，顿然又都变成了光明的、生气勃勃的，打在伞上的雨点像咚咚鼓点，尝尝雨水像甜甜的话梅糖，垂柳似乎也变得更绿了。从头到尾，通篇着意写雨中景物，借此有力地渲染了主人公焦急、烦恼、激动、喜悦的情绪。人物感情真挚而又蕴藉，不是一览无余，而是给读者留下了展开想象翅膀的充分余地。少年读者会从中受到高尚理想和美好情感的熏陶和感染，丰富、提高自己的精神境界。

在我看来，打开了孩子的心扉，揭示了感人至深的美好情愫，就是《雨》这篇小说成功的主要之点。

1984 年 9 月

从严峻艰辛中写出美

——浅谈常新港的儿童小说

常新港这个新作者的名字，对于儿童文学界和少年读者来说，已经是不陌生的了。近两年来，《儿童文学选刊》先后选载过他的《回来吧，伙伴》《独船》《儿子·父亲·守林人》《冬天里的故事》等四篇小说。我读了这几篇作品以及他发表在上海《少年文艺》上的《山那边，有一片草地》《在雪谷里》《列车，在黄昏驶过小站》之后，想就常新港儿童小说的主要特色及它的成就和不足，谈谈自己粗浅的印象和看法。

打开常新港的作品，迎面扑来一股沁人肺腑的新鲜气息。小说抒写的都是北国少年的故事，具有独特的色彩、音响、气氛、情致。莽莽的森林，幽幽的冰河，深深的山谷，密密的草地，风雪的呼啸，禽兽的吼鸣，河上的独船，林中的独屋……展现在少年读者面前的是一幅幅斑斓多彩、令人神往的北国风情画。作者着力描绘、渲染冰天雪地的北国风光，当然不是为写景而写景，而是力图在一个更为广阔的天地里展示北国少年的心灵世界。在作者看来，"一旦走进生活的纵深地带，作品里的少年儿童，便与社会这个大世界相通了"，在那里，孩子的内心秘密、真情实感，就充分显露出来。我以为，常新港在创作上这种执着的追求和探索，是有意义的，而且取得了可喜的成功。常新港的小说，给我们留下的印象，不只是弥漫皑皑白雪、充满浓郁草香的北方景色，更突出的还是那些淳朴刚强的北国少年的精神风貌、性格、命运，那里面蕴含着沉甸甸的、动人心魄的生活内涵。

小说的作者直面现实，直面人生，不粉饰生活，不回避描写生活中的严峻、辛酸、痛苦、困难。他善于从苦难中看到刚毅，从悲壮中看到力量，极力从严峻、艰辛中写出美和善。《独船》中的石牙、《回来吧，伙伴》中的全子、《儿子·父亲·守林人》中的小东、《在雪谷里》的小生，这些小主人公几乎都是身处逆境，遭受厄运，他们稚嫩的心灵过早地承受着太多太深的磨难和痛苦。有的舍己为人，勇敢献身，以致造成悲壮的结局。应当说，选取、处理这样的题材，确有一定的尖锐性和难度。因为我们的儿童文学，按照少年儿童追求光辉的、不平凡的固有天性和培养一代有理想、有道德、有文化、有纪律的社会主义新人的要求，期望作者着重描写人民群众建设新生活的英雄业绩，表现生活中先进的、光明的、美好的事物。高尔基说过："不真实是不对的，但是，对儿童必要的并非真实的全部，因为真实的某些部分对儿童是有害的。"在儿童文学创作中，不宜过分渲染现实生活中的阴暗面和感伤主义的东西。然而，这丝毫也不意味着儿童文学不能描写新事物成长的曲折艰难的历程，不能表现建设新生活的矛盾斗争和新人物遇到困难、失败、痛苦以致流血牺牲。重要的问题在于这种描写要符合少年儿童的年龄特征、心理特征，适合他们的理解水平和接受能力。对于十一二岁到十五六岁的正在走向成熟的少年读者来说，按照他们的特点和要求，通过文学作品使他们循序渐进地了解成人世界的某些生活，多少懂得一点生活的复杂性，尝一尝人生的酸甜苦辣，是大有教益的。这将有助于把少年儿童一代培养成为意志坚强、不屈不挠的建设新生活的战士、共产主义事业的可靠接班人。常新港的这几篇作品，之所以值得推荐，正在于他机智巧妙地、很有分寸地处理了难以驾驭的题材，写了生活的严峻、艰辛，写了孩子的委屈、痛苦，给人的审美感受却是崇高、健康的。以《独船》中的石牙为例，他的身世、遭际，他那颗寻求、呼唤小伙伴的友谊、尊重、理解、同情的赤诚的心，他那忠于友谊、舍己为人的悲壮行为，在少年读者心底唤起的并非低沉、压抑的情绪，而是一种壮美的、昂扬的情感。少年石牙的命运，不仅促使成人读者认真思索"我们现在怎样做父亲"这个严峻的问题，同时也启迪小读者严肃思考同伴情谊、人际关系这些重要的人生课题。

　　为了塑造出具有坚强性格的北国少年形象，作者努力向生活的深处开掘，向孩子的心灵深处开掘。透过纷繁芜杂的生活表层，从底层挖掘出那些沉淀下来的、能够表现我们时代少年的活力、素质的东西，写出勇敢顽强、坚忍不拔的品格美。作者笔下的石牙、全子、小生、小东以及《山那边，有一片草地》中的黑皮肤少年、《冬天里的故事》中的小木匠，都有着北国少年的独特风采，朴实、敦厚、刚强、正直。在他们身上，既渗透着我们民族的那种百折不挠、勇往直前、见义勇为、舍己为人的传统品德，又富有北方男子汉豪壮、雄浑的气概。在我们的儿童文学创作中，需要有这样的刻画少年强者形象的作品，它会给少年读者以信心、勇气和力量，鼓舞、激励他们去迎接困难，战胜困难，追求、创造更加美好的明天。

揭示少年丰富的内心世界，要求作者把笔触伸向少年思想更深的层次。挖得深，才能挖到别人没有挖着的闪光的、有新意的东西，才能窥见隐藏在孩子心底的欢乐或苦痛的真情实感。常新港没有对少年的思想感情作简单化、单一化的描写，而是力图多层次、多侧面地来展现。比如，《独船》真实地描写了石牙生活在缺乏同伴友谊、尊重的氛围之中的孤独感，又深入一层地表现了他极力挣脱不堪忍受的孤独感处境，渴望加入集体行列的急切心情，进而更深一层，用富有悲壮色彩舍己救人的一笔，勾勒出少年石牙心灵的崇高和美丽。人物的思想层次条分缕析，极为清晰，小主人公的性格就显得较为丰满。《在雪谷里》这篇小说也是如此，它生动地揭示了一个对继父存有感情隔阂的少年的独特心态，很自然地写出了继父的亲子之情如何滋润了一个失却父爱的少年的心田。小生性情忧郁而又性格倔强，讨厌继父而又渴求父爱。作者刻画人物，不只写一点、一面，而是写若干个点和面，这样人物形象就活灵活现、有血有肉了。《列车，在黄昏驶过小站》中的黑鸣，更是一个色彩斑斓、具有多种性格特征的少年形象。从一个角度看，他是一个调皮、捣蛋的野孩子；从另一个角度看，他又是一个急公好义、扶弱抑强的好孩子。疾言厉色与心地善良，举止粗野与见义勇为，惹人讨嫌与令人喜爱，这些看来相互矛盾的不同侧面，水乳交融地交织在一起，构成了少年黑鸣的完整性格，多侧面、多角度地展现当代少年性格的丰富性、复杂性。

肯定常新港的儿童小说有特色、有新意，并非说他的作品已经尽善尽美。依我看来，无论是对生活底蕴、人物性格的开掘，还是对艺术美的追求，都还有待于作者继续努力探索，精益求精，以期更上一层楼。

作者刻意从严峻艰辛中表现北国少年，反映现实生活在他们身上的投影或折光，这是值得称道的。但是，有些小说中的少年形象，还不能令人强烈地感受到时代精神在他们身上的光照。比如，《回来吧，伙伴》中的主人公全子，他的关心伙伴、舍己为人的新品质的形成，与环境、时代的联系，就表现得不那么充分。令人感到这个故事似乎既可发生在80年代，也可发生在50年代，没能更好地展现出新生活的激流对少年性格成长、发展的影响。

情节重复、人物雷同是创作之大忌。常新港的某些作品中已经出现了与自己重复的现象。比如，至少有3篇作品写到了主人公迷路，上山采榛子、拾柴火迷路，或进山打猎迷路。而石牙的父亲与小东的父亲，同样的家长作风、暴躁脾气，也给人以面目相似、性格相仿的印象。这些似都说明作者的生活根底还不够厚实，库存的原料还略嫌不足。这需要作者把根扎得更深一点，不断丰富自己的生活积累。

在艺术表现手法上，似也不必过早地把自己束缚在一种写法、一种格调上。应当多方探索，博采众长，努力练就几副笔墨。在语言的锤炼上，保持朴实、洗练的同时，要讲究丰富、优美，要富有色彩和魅力，要绘声绘色、惟妙惟肖地为当代少年传神写照。

我们期待着常新港在儿童小说的创作上，早日跃上一个新的高度。

1985 年 9 月 14 日

在黑色冻土上深耕细耘

——《独船》序

常新港是在北大荒这块神奇的土地上成长起来的一个儿童文学新人。他步入文坛仅有四五年光景，如今却已脱颖而出，以其独具芳香的创作成果而引人注目。收入《独船》这本集子里的十多篇儿童小说，就是他在黑色的冻土上深耕细耘的最初收获。

50年代，10万转业大军的脚步惊醒了沉睡的千古荒原。常新港的父亲就是当时奔赴北大荒的转业军人之一。小小年纪的常新港跟随父母来到冰天雪地的北国边城，从此与北大荒结下了不解之缘。他的童年、少年时代都在北大荒度过，成年累月和北大荒的孩子学习、嬉闹在一起，对他们的希冀、追求、欢乐和苦恼有着深切的了解。高中毕业后，他参加过修建水库的劳动，当过车工，后来又在师范专科学校做过宣传工作，现在《北大荒文学》杂志当编辑。他的这些经历，使他受到了多方面的磨炼，体味到创业的艰难困苦和人生的严峻壮美。在北大荒落户20个春秋，大地母亲给他以营养，生活激流给他以诗情，因而使他"有一种深深的富足感"。唯其如此，常新港的儿童小说写得质朴真切，作品中的情节、人物犹如从生活的源泉里喷涌而出，富有泥土的芳香和青春的活力。

我和常新港只有一面之缘。那是去年深秋，在贵阳花溪的一次儿童文学创作座谈会上，我们相识了，没有来得及深谈，就匆匆分手了。他给我留下的印象，是一个眉目清秀、谈吐腼腆、举止文静的年轻人。从他的面庞上一点也看不出北方风雪严寒侵袭留下的痕迹，似乎也没有濡染上北方男子汉那种彪悍、粗犷的气质。然而，从他的作品里却可以明显地看出，北大荒的山川地貌、风土人情对他的熏陶和影响。他情意酣畅地勾勒出一幅幅色泽鲜明的北方风情画，塑造出一个个血肉丰满的北国少年形象。他的儿童小说富有雄浑壮阔的阳刚之美，名副其实地属于在新时期文苑中独树一帜的"北大荒文学"。也许可以说，常新港以其塑造的少年儿童形象丰富了"北大荒文学"的长廊。

作者是怀着对北大荒深沉、真挚的爱为北国少年塑像的。他笔下的北国少年形象，有着雪压冰封的北国特有的气度和风采。他着力表现在逆境中拼搏苦斗的北方少年，从他们身上开掘北大荒人那种豪迈、憨厚、坚忍不拔、开拓进取的性格。作品里的小主人公往往生活在艰难困苦的环境之中，他们面对家境贫困、坎坷和不幸，或是面对缺乏相互尊重、理解、友爱的人际关系，都从不低头、从不屈服。作者写他们在厄运中抗争，在困境中进取，从苦难中发现刚强，从严峻中发现壮美，赞美了少年男子汉不屈不挠的硬骨头精神。《回来吧，伙伴》中的全子、《独船》中的石牙、《儿子·父亲·守林人》中的小东、《山那边，有一片草地》中黑皮肤少年、《在雪谷里》中的小生，这些少年形象揭示出北大荒新一代的性格美、心灵美，特别是他们身上那股憨直、倔强劲儿，肯定无疑地会给小读者以激励和启迪。

一个作者选取、提炼的题材、人物、情节，总是和他熟悉的特定生活分不开的。常新港按照自己的生活积累，努力"挖掘那些沉在记忆深处不肯离去的孩子的形象"。他寻觅、追踪，然后诉诸笔墨的主要是在困境中奋发进取的北大荒孩子，这与他的生活经历、家庭遭际不无关系。读了作者为这本集子写的《后记》，就不难发现不少作品中都有他自己的身影。而《白山林》这篇小说的主人公——一个15岁的少年，好像就是作者的自我写照，那里面分明跳动着作者自己的脉搏，流淌着作者自己的血和泪。"十年动乱"的特殊岁月，迫使刚刚懂事的孩子过早地挑起生活的重担，备尝人生的严酷和痛苦。正因为如此，作者才能以饱蘸深情的笔触，洞幽察微地写出不幸少年的爱与恨，写出他们对人间的美好情愫及对未来的热烈憧憬和不懈追求。

近年来，儿童文学园地里也涌动着一股寻求开拓、创新、突破的热流。常新港就是一个在思想、艺术上勇于探索的年轻人，他对社会、对人生、对艺术都有自己的美学追求。他从孩子的视角观察生活，他对生活美的感受和把握是独特的。他的一些作品的艺术构思独出心裁，在艺术表现上也别具风采。如《独船》《在雪谷里》《冬天的故事》《白桦林，不说话》等作品，凝聚着对人情世相、人际关系、伦理道德的深沉思考，包蕴着沉甸甸的、具有深厚内涵和强大力量的东西。在这些作品里，往往把孩子与大人之间、孩子相互之间的感情冲突、心灵撞击写得极其强烈，动人心弦以至摄魂震魄，给人以崇高美、豪壮美的享受。作者还善于把富有特色的北方自然景物与北方少年的生活、命运交织在一起描写，沉默的白桦林、发怒的小黑河、孤独的茅草屋、寂寞的沼泽地，都是为了更充分地展示小主人公的感情世界。在广阔的社会这个大世界里，孩子们的理想、梦幻、尊严、友爱、孤独、忧伤……确实比在课堂、家庭里表现得更为鲜明、浓烈。

　　常新港在创作上的探索和追求，已经引起儿童文学界的注意和兴趣。对他的某些作品如《独船》，还在刊物上展开了不同意见的讨论和争鸣。我以为，这对于活跃学术空气，打开创作思路，鼓励探索创新，都是有好处的。应当进一步提倡和发扬这种平等的、说理的自由论争的风气。对常新港儿童小说的成败得失，我在一篇题为《从严峻艰辛中写出美》的文章中提出过一些粗浅的看法，这里就不再赘述了。我真诚地希望常新港充分发挥自己扎根北大荒的优势，更好地投身于北大荒人建设新生活的斗争，永远保持那种"深深的富足感"，并不断开阔自己的视野，努力提高思想、艺术素养，为塑造出更有光彩的、令人难忘的小北大荒人形象而不惜呕心沥血。

1986 年 7 月 15 日于北京

情真意切的教育诗篇

——读孙云晓的《孩子，抬起头》

以擅长少年报告文学写作而驰名儿童文学界的孙云晓，涉足长篇小说创作领域不到两年，继去年春天推出长篇传记小说《赖宁的世界》之后，最近又推出了描写辅导员和少先队生活的长篇教育小说《孩子，抬起头》（海燕出版社）。

全国有 370 万辅导员，他们联系、引导着一亿三千万少先队员。广大辅导员默默无闻、辛勤工作，把自己的宝贵青春和聪明才智无私地献给了塑造儿童心灵、培育社会主义"四有"新人的崇高事业。为优秀辅导员塑像立传，应当是文学创作不可忽略的一个重要题材。然而，长期以来，作家对这一领域涉猎较少，写辅导员的短篇作品还有一些，而长篇作品当推孙云晓的《孩子，抬起头》为第一部。

读完这部 20 多万字的作品，我以为这是一本饶有趣味而又给人启迪的书。作品的主题思想并不新鲜，似是作者曾经写过的报告文学《"邪门大队长"的冤屈》题旨的延伸、深化和扩大。通篇作品贯穿着一根红线，那就是：尊重孩子，保护孩子的自尊心，彻底解放被抛弃、被遗忘、被冤枉的孩子，让每个孩子都抬起头走路，充满信心和勇气地走向生活。这部作品的可贵之处在于：寓新颖、独特的教育思想于充满诗情童趣的少先队活动之中，在一定程度上达到了教育学与诗意的融合，可说是情真意切的教育诗篇。作品在我们面前展开了一幅幅色彩绚丽、富有情趣的少先队生活图景。如举办"勇敢者的道路"夏令营，自然形成的"帮赵丰收小组"，成立争气鼓号队，开展"寻找孩子们身上可爱的缺点""向您致礼"等活动，都写得有声有色，兴味盎然。通过智力障碍儿童周三毛的入队、残疾孩子赵丰收的成长、调皮大王刘澄宇的转变等情节，真实地描写了孩子们树立自尊、自爱、自立观念，健康成长的过程，也生动地展示了优秀辅导员教育孩子的艺术。随着作品情节的发展，巧妙而自然地表述了"孩子们身上的缺点大都带有可爱性""首先是爱，不仅仅是微笑，而严格要求往往是更高层次的爱"的思想，揭示了培养"被遗忘的孩子"一要关心尊重，二要教会他们自尊，三要学会用"多把尺子去衡量"的奥秘，颂扬了默默无闻地前进、迎着惊涛骇浪奋力搏击的"潜水艇精神"。这些思想、精神不是游离于作品情节之外附加上去的，而是同艺术形象交融在一起，符合作品所描绘的少先队的生活逻辑和人物的性格逻辑的。因此，我们读这部作品，不仅为它所蕴含的对孩子、对未来的真挚温馨的爱所感染和打动，而且会情不自禁地扪心自问：我们这些成年人，做父母、当老师的，是不是尊重孩子、理解孩子，是不是懂得保护孩子最宝贵的东西——自尊心？是不是摒弃了旧的教育思想、教育方法的桎梏，掌握了教育的辩证法和辅导艺术？这种扣人心弦、引人思索的艺术效应，正是这部教育小说的力量所在，也是它成功的主要之点。

《孩子，抬起头》这部小说以饱蘸感情的笔触着力刻画了两个优秀辅导员的形象：一个是生活阅历较广、富有经验的老辅导员韩风震，另一个是心地善良、富有朝气的年轻辅导员陆红薇。这两个人物同样怀有一颗一辈子献身红领巾事业的赤子之心，但又各自有着不同的经历、气质和性格特征。作者用浓墨重彩刻画韩风震这个人物，注重从行动中揭示他的思想性格，使我们清晰地看到：他既是一位身体力行、勇于探索的实干家，"少先队的拼命三郎"，又是一位能谋善断、勤于思考的教育家、少先队理论家。作品描写他在 44 岁时主动要求重返少先队工作岗位，继续当孩子王；身患绝症，动完手术，又立即投入向理论进军的战斗，由此展现出他崇高的、忘我奉献的精神境界。我们读到这里，不能不为之感动、叹服。与韩风震的质朴、严谨、沉稳、果断相映衬，年轻的陆红薇则显露出善良、真诚、热情、开朗的性格特点。作者从工作、事业、友谊、爱情多侧面地勾勒了陆红薇思想性格发展的轨迹，挖掘了当代青年身上潜在的美质。从她在师范学校毕业之后主动请求到老大难单位工作，到她与于勇合作写调查报告、反映学校片面追求升学率的不正之风，以及她在秦万隆、于勇这两个追求者之间做出的抉择，我们清晰地看到她敢于走自己的路，勇于在生活中冲击、碰撞。作品令人信服地展示了她经受生活磨炼而日趋成熟的过程。陆红薇走过来的路，再好不过地证实了她的老师所说的意味深长的话："人生就是磕磕绊绊才有味道""酸甜苦辣都是营养啊"。陆红薇与韩风震这两个优秀辅导员形象，都是作者从现实生活中采撷、提炼出来的，相当真实地反映了我国新、老两代辅导员的精神风貌。

《孩子，抬起头》是作者从事长篇创作的尝试和探索。既然是探索，就不能要求它完美无缺。在我看来，这部作品也存在着一些不容讳言的缺点。也许是由于作者惯于用报告文学这种纪实性体裁写作，这部小说有些地方似拘泥于真人真事，没有放开手脚，笔墨不够洒脱。特别是作品后半部，写韩风震潜心理论研究，作者花了不少笔墨具体阐述"帮赵丰收小组"长盛不衰的五个奥秘、冤枉孩子的悲剧成因的四个方面、"我之最"活动的七项内容、关于平衡心理教育法论文的要点，这些平铺直叙的报告、总结式的文字，似乎与小说这种文体大相径庭，读来未免令人感到冗长、沉闷，减弱了作品以情感人的艺术力量。可能也是由于受真人真事的限制，作品对主人公遇到的困难、障碍，特别是两种教育思想、教育方法的矛盾冲突揭示得不够充分，未能更深刻地从矛盾冲突中来揭示人物崇高、美好的心灵，这样也就不能不影响到人物形象的丰满、厚实。

孙云晓年富力强，朝气蓬勃，富有创作潜力。深切地希望他在已经取得的成绩的基础上，更好地总结创作的成败得失，辛勤耕耘，精益求精，写出更有深度、力度的好作品。

1991 年 3 月 27 日

在"自我"与"历险"上做文章

——简评李国伟的儿童文学创作

近些年来，儿童文学创作在体裁、样式上可说是花样翻新、名目繁多。单就儿童小说来说，除了我们所熟悉的科幻小说、动物小说、历史小说、教育小说……又出现了含谜小说、自我历险小说这样一些新品种。

李国伟说自己是中国写自我历险小说的"第一人"，这倒也不是自吹自擂，他确实是最早把这株新的花朵奉献给小读者的。从 1985 年到现在，历时八载，他在这块园地上苦心经营，终于推出一套上百万字的自我历险小说系列，这种勤于开拓、勇于探索的精神，是值得赞扬的。

历险小说有着悠久的历史和优秀的传统，如马克·吐温的《汤姆·索亚历险记》《哈克贝利·芬历险记》和斯蒂文森的《荒岛探宝记》，都是蜚声文坛、脍炙人口的历险小说代表作。自我历险小说则是传统历险小说的一个发展，它继承了传统历险小说注重编织惊险紧张的情节、颂扬勇敢冒险精神的特色，又注入了以第二人称为叙事视角，吸引小读者积极参与故事的再创造，充满了游戏精神等新质素。它已成为儿童文学中雅俗共赏、富于娱乐性的一种新样式。

李国伟的自我历险小说给我的最初印象是新鲜、有趣，具有吸引力。它紧紧抓住了少年儿童好奇、渴望历险、追求不平凡事物的心理特征，适应了他们的审美需求。他的作品，善于构建一个光怪陆离的世界，营造一种紧张神秘的气氛。随着主人公的历险过程，把小读者带入莽莽的大森林，原始土著的村落，边境城市的咖啡馆，人生地不熟的异国他乡……在这些陌生而神奇的环境里，小读者接触到闻所未闻、见所未见的人和事，从而打开了眼界，增长了知识。当小读者看到一个象群为遭匪徒枪杀的大象阿罕报仇，并在巨大的象冢前举行葬礼的情景时，不禁为主人公（即小读者自己）失去忠实、敦厚的大象阿罕而感到哀伤和惋惜，也了解到大象是多么富有情义的动物。当小读者看到原始部落的土著举行祭神仪式，为患病的孩子驱赶恶魔的情景时，不仅为主人公的命运捏一把汗，同时也为当今原始部落土著依然如此愚昧无知而震惊。至于那个进行武装贩毒活动的秘密毒窟，那拐卖儿童的犯罪集团的黑窝，对于怀有好奇心理的少年读者来说，更是神秘莫测，非要探个究竟不可了。作者从少年儿童的视角来描述主人公的历险过程，紧紧扣住少年儿童感兴趣的题材内容，展现毒枭们奇异、独特的活动方式和生活习俗，反映少年警队、公安人员与歹徒展开的惊心动魄的斗争，以曲折离奇的情节，满足了小读者喜欢冒险、向往建立功勋的心理要求，给他们带来了难以忘怀的乐趣。

作者还善于在故事发展的关键时刻，不失时机又不露痕迹地提出令人困惑的矛盾、谜团、难题，让小读者根据自己的知识、经验、性格、习惯来做出分析、判断和抉择。正像作者说的："当你打开自我历险小说时，读者'你'便已成为书中主人公了。'你'直接参与到小说的情节中，小说情节的发展，必须由'你'来推动。少年人的历险渴望，便在这种直接的参与中得到了最大的满足。"在我看来，只有抓住足以揭示人物性格、关系人物命运、影响故事全局的关键之处，精心提炼出启人思路又耐人寻味的矛盾、问题，才能吸引小读者更快地进入角色，积极参与故事情节的再创造。譬如，《误闯毒窟》一书的第 38 页设置了三种不同的选择："你"看到只有一个烂醉如泥的匪兵看守依娜和 S 国的飞行员，"你"是立刻上前救依娜和飞行员，还是立刻离开树林去找缉毒人员，或者是先让大象阿罕冲进寨子里。"你"站在三岔路口，究竟选择哪一条路，该不该冒风险，会不会中圈套，哪种选择最明智，这是颇费踌躇的，但又必须当机立断。不同的选择，显示出"你"（即小读者）不同的思想性格，也就带来不同的故事结局。自我历险小说的魅力也就在这里：把游戏精神渗透到人物的具体行动中，使小读者在直接参与、投入人物探险、历险、冒险行动的过程中，获得了游戏时令人激动不已的乐趣。相反，如果作品设置的矛盾和选择是肤浅的，是一目了然、无足轻重的，那就索然寡味了。在李国伟的作品中，有的地方也存在这样的缺陷。

自我历险小说的一个特色是情节性强。但它不止于追求故事情节的曲折离奇惊险刺激，按照这种体裁、样式的特点和它特有的容量，也还是尽可能注重人物性格的刻画的。只是在自我历险小说中，同一个主人公——"你"，要按照不同的选择，写出几种截然不同的性格。在这方面给作者留下了驰骋想象、进行艺术创造的广阔天地。在特定的环境和条件下，主人公选择的行动是否符合人物的性格，有没有连贯性，不同的抉择导致的不同结局是否合情合理，这就要看作者的艺术本领了。我觉得，李国伟还是力求从容不迫地用简洁、朴素的笔触勾勒出不同人物的个性的。主人公尽管有不同的选择，故事尽管有不同的结局，但作者的倾向性是很鲜明的。他通过笔下人物的行动，颂扬了机智、勇敢、坚毅、沉着、独立思考、敢于冒险等可贵品质，批评了自私、怯懦、粗心、不动脑筋等性格弱点，同时也鞭挞了歹徒的贪婪、狠毒、狡猾、虚伪。小读者可以从作品的字里行间强烈地感受到作者的爱与憎，从中得到启迪和教益，学会辨别是与非、善与恶、美与丑。

李国伟在自我历险小说的创作道路上，是走在前列的。我期待着他再接再厉，登上一个新台阶，在"自我"与"历险"上下功夫，从错综复杂的生活中提炼出更精彩的、引人入胜的惊险情节，从跨越艰难险阻的行动中更充分地揭示"自我"——主人公的性格，把教育意蕴、生活知识、游戏精神更巧妙地寓于情节、形象之中，把文学语言锤炼得更加精粹、生动、优美，写出文学品位更高、艺术魅力更强、雅俗共赏的自我历险小说来！

1993 年 4 月 25 日

勇敢的探索者

——刘先平作品印象

在新时期儿童文苑里，从事大自然探险题材的长篇创作，刘先平是个勇敢的探索者。不久前中国青年出版社出版的《刘先平大自然探险》长篇系列，一套五卷，洋洋 130 多万言，装帧精美，蔚为大观。在书的封面、扉页上分别标明：《云海探奇》是"中国第一部描写在猿猴世界探险的长篇小说"，《呦呦鹿鸣》是"中国第一部描写在梅花鹿世界探险的长篇小说"，《千鸟谷追踪》是"中国第一部描写在鸟类王国探险的长篇小说"，《大熊猫传奇》是"中国第一部描写在大熊猫世界探险的长篇小说"。刘先平拥有这么四个"第一部"，在大自然探险文学领域也许算是国中第一人了。《云海探奇》脱稿于 1978 年 10 月，出版于 1980 年 1 月，那还是新时期文学的发轫时期、开创时期。

刘先平这几部长篇小说，探索人与自然的主题，揭示动物世界的奥秘，在儿童文学领域里开拓了一片新的天地，在审美视角、审美意识上进入一个新的层次。

大自然是人类的母亲，她以甜美丰富的乳汁哺育了人类。人类应当由衷地感谢大自然对自己的慷慨馈赠。然而，随着现代工业、科学技术的发展，世界人口的急遽膨胀和城市化进程的加快，对大自然贪得无厌的索取，自然环境已经遭到了无情的破坏。保护自然环境，关注生态平衡，已经成为全球普遍关注的时代课题。

我们的儿童文学理应按照自己的艺术特征，通过生动鲜明的艺术形象来帮助少年儿童热爱自然、保护自然。有的作家说："儿童文学，恐怕是最接近大自然的文学。"有的评论家说，儿童文学表现了"对于自然母亲的一往情深的钟爱"。我以为，这些看法是颇有见地的。描写大自然的文学作品，对于少年儿童心灵的陶冶、性格的熔铸，具有不可忽视的潜移默化的作用。而探险小说这种体裁样式，适应了少年儿童生性好动好奇、渴望探险历险、追求不平凡事物、求知欲旺盛的心理特征，符合他们的审美需求，因而为他们所喜闻乐见。刘先平从小喜爱在故乡的荒山野岭参与种种探险活动；走出校门后，从事过多年中学教学工作，当过班主任、少先队辅导员。他爱好生物学，研读过不少关于生物方面的科学著作。后来，又有机会跟随野生动物科学考察队作过多次考察，有着厚实的生活积累。刘先平致力于大自然探险长篇系列创作，并认定青少年为主要读者对象，正是从自己的生活经历、兴趣特长、审美个性出发所做出的一种最佳选择。这种选择既顺乎世界潮流——儿童文学的发展趋向，又合乎赤子之心——少年儿童的审美情趣，可说是具有远见卓识的。

读了刘先平的一些作品，我脑海里留下了这么几点清晰的印象：

一是炽热的爱国主义情感渗透在作品对祖国的壮丽河山、自然风光、珍禽异兽的描述和人们不畏困难、历尽艰险、自觉保护自然的行动里。作者曾谈到写这些作品的初衷：热切地期望青少年"热爱祖国的每一片绿叶，每一座山峰，每一条小溪"，由此"升华为对祖国的热爱"。从作品的艺术效果来看，作者的愿望、意图基本上实现了。小读者随着小说故事情节的发展，不仅领略到大自然的美好景色，并同作品中的主人公一起去参与保护珍禽异兽、保护自然环境的斗争，从而在心底点燃对祖国锦绣河山的热爱之情；进而启迪他们去思索、去追求、去立志，为实现四化、振兴中华奉献自己的力量。

二是把描写自然世界与表现现实人生、揭示动物王国的奥秘与探索孩子心灵的奥秘巧妙地融合在一起。作品里写了冰山、雪原、险谷、密林、奇松、怪石、云海、温泉，写了短尾猴、梅花鹿、相思鸟、大熊猫等珍禽异兽；同时以饱含深情的笔墨描写了科学工作者、中学教师、护林员等人物的遭际、命运和孩子的成长。如《云海探奇》描述护林人罗大爷和他的两个孙子望春、黑河如何历尽艰难协助大学教师王陵阳及其考察组揭开了野人之谜——新型短尾猴的奥秘。作者将人和大自然作为一个整体来观照，既让你窥视到动物世界新奇、神秘的生活形态和弱肉强食的生存状态，也让你领悟到人与大自然紧密的、不可分割的依存关系，由此启迪、引导小读者去追求人与自然和谐统一的理想境界。

三是广泛、丰富的科学知识与引人入胜的故事情节交织在一起，有益又有趣。书中描述的大熊猫在箭竹开花后的逃难经历，短尾猴的社群组织结构和雄猴争王的悲惨结局，梅花鹿奇特的步链和破译粪的密码等等，既能给小读者普及有益的科学知识，又能激发他们的想象和思考。看来，作者在自己的创作中紧紧地把握住了两点：首先，既然反映的是自然保护、科学探险生活，那就力求通过文学手法使小读者"多识十鸟兽草木之名"，亲近自然，认识自然，获得更多的自然科学知识，开阔他们的视野，启迪他们的智慧。其次，既然选择的是探险小说体裁，那就力求把故事讲得生动有趣，娓娓动听，起伏跌宕，引人入胜；通过曲折惊险的故事情节和富有个性的人物形象，给小读者以情操、性格上的陶冶。作者在艺术上追求的是科学性、知识性与文学性、趣味性的完美结合，力求把有关动物的形状、习性、特征、生活环境的知识融会、渗透于生动的、激荡人心的故事情节之中。

儿童文学负有塑造未来民族性格的天职。儿童文学中"自然的母题"，包括表现保护自然、大自然探险的作品，在塑造新世纪的民族魂和培养新一代开拓进取、百折不挠的性格这一巨大的社会系统工程中，具有它的不可替代的、特殊的作用。热切地期望有更多的儿童文学作家、成人文学作家加入描绘自然、表现人类与大自然这个题材和主题的行列中来，和刘先平一起，更充分地展示大自然的丰富、神奇和美妙，让跨世纪的一代新人更加热爱大自然、向往大自然，并用自己的热情、智慧去为争取人与自然的和谐而努力！

1996 年 11 月 1 日

中学生心灵之歌

——推荐《花季·雨季》

海天出版社出版的长篇小说《花季·雨季》问世后，被誉为"90年代的青春之歌"，在全国第七届书市上成为第一畅销书。短短半年，已累计印行15万册，似仍呈供不应求之势。

这是一本反映90年代深圳特区中学生生活的小说。作者郁秀是个初露才华的文学新秀。开始写这本书时，她年方二八，修改定稿时她也才二十出头。作者生活在她的作品主人公中间，创作素材是从鲜活、沸腾、色彩缤纷的特区校园生活中采撷来的。她以真挚的感情、质朴的笔触叙述同龄人的故事，读来令人感到格外真实、自然、亲切、流畅，没有一点矫揉造作、虚情假意的痕迹，给当代文苑带来一股令人心旷神怡的清新之风。这部30多万字的小说谱写了一曲跨世纪新人的心灵之歌、希望之歌，格调明快，催人奋进，是当代少年儿童文学、校园文学中的上乘之作、优秀之作，也是近年来长篇小说创作的一个新的、可喜的收获。

"16岁是花季，17岁是雨季，是最美好、最活泼、最灿烂的时光。"小说写的就是一群风华正茂的少男少女的学习与生活、理想与追求、欢乐与苦恼。作者把中学生的生活天地、情感世界置于改革开放的时代背景、商品经济的汹涌大潮、经济特区的特殊环境之中来描写，用"少年一代在时代大潮涌动下茁壮成长"这根主线，把考试、秋游、知识大赛、课堂讨论、出板报、篮球赛、同窗情、师生恋这些色彩缤纷的校园生活与90年代初都市中学生亲历的移民、打工、炒股、出国、代沟、父母离异这些光怪陆离的社会生活交织在一起，抒写特区少年人在成长道路上不同的经历和遭遇，不同的追求和心态。校园内外的生活水乳交融地融合在一起，虽不能说是天衣无缝、无懈可击，但确实是相当巧妙、妥帖的。

作品充满浓郁的生活气息和鲜明的地域特色。作者根据自己在深圳这片热土上的感受和体验，把社会转型期色彩斑斓的生活现象、矛盾冲突提炼、编织为生动的作品情节；并用一种新的观念、开放的眼光来认识、描述中学生遇到的那些新的、令人困惑或感到棘手的问题，给同龄人乃至父辈们以有益的启迪。书中描写高一（4）班文艺委员刘夏面对父母不幸婚姻的破裂，在男同学、好友王笑天的启发帮助下，冲破了没有爱情也要厮守一辈子的传统观念，冷静地接受了父母离异带来的冲击和考验。当爸爸妈妈让她做出今后究竟跟着谁的选择时，她的回答是："不要让我选择！""属于我的，我都要。"她爱爸爸也爱妈妈，于是做出了在爸爸妈妈两个家分别住的决定。这是多么理智，又是多么富有浓郁亲情的抉择！没有十多年的改革开放，没有十多年特区的两个文明建设，大概少年一代在家庭伦理道德观念上也不会出现如此明显的变化吧。

出国也是改革开放以来城市青少年中间谈论的一个中心话题。书中描写面对出国潮的高一（4）班班长萧遥毅然放弃了在国外工作的父母为其提供的出国机会，明确地表示：只有凭自己的本事出去，才是唯一可接受的方式。他要在自己拥有那份财力、精力、智力、魄力时，才投入"洋插队"的潮流。小说清晰地勾勒了萧遥这个有抱负、有主见的少年的情怀，也对年轻人如何对待出国热这个热门话题做出了颇有见地、耐人寻味的回答。

年纪轻轻的郁秀，她那童稚而又敏锐的眼光也没有放过社会急遽变化中形形色色的人情世态。她根据所见所闻、所感所悟，在小说中对生活中消极、负面的东西做了适度的描写。这对帮助少年读者咀嚼人生、认识生活的复杂性也是很有好处的。"勤工俭学不容易"这一节描述高一（4）班同学萧遥、王笑天寒假参加勤工俭学，联手摆小摊出售旅游公司的处理品，没想到却被工商所当作非法经营而扣留，并要罚款千元。正在相持不下时，机灵的王笑天假装打了个电话到公安局，找他的爸爸王局长。工商所的"上司"以为真是局长秘书接电话，态度立即来了个180°大转弯，表示是一场误会，马上就放人了。当你读到这里，不免摇头叹息，一股苦涩之情油然而生；同时又不能不叹服作者真切地表现了严峻的社会现实。

《花季·雨季》刻画了一组家庭境遇、志趣爱好、性格气质各异的中学生群像。除了前面提到的萧遥、王笑天、刘夏外，还有以"吃得苦中苦，方为人上人"为座右铭的"英才生"陈明，信奉"没有钱万万不能"、绰号"活宝"的余发，事事缺乏自信的林晓旭，自称为"孤独的小鸟"的柳清。这同一班级的男生女生，对学业、打工、出国的不同态度，对友情、早恋、未来的不同追求，显示了各自的思维方式和个性色彩。在这组中学生群像中，我以为谢欣然这个品学兼优的女孩，给人留下更加难以忘怀的印象。为了解决家里进深圳的户口，谢欣然勉强跟着她那安分守己、讷于言辞的爸爸，带着一瓶人头马和几盒美国鹰牌花旗参茶去看望公安局王局长，恰好在那里遇见同班同学王笑天，没想到王笑天正是王局长的儿子。那一幕，把谢欣然的尴尬和她那即使"刀架在脖子上也不去"求情的心理揭示得淋漓尽致。在"被提升为拉长"这一节中，通过谢欣然假期到独资企业打工，接触日本老板、车间总管及打工妹所尝到的酸甜苦辣，很有艺术说服力地表现了她的成长过程。写她对英语老师上公开课耍花招这件事，由反感到学会包容、豁达，则准确地表现出她在待人接物、为人处世上的发展变化，使我们越发感到这个女孩感情世界真挚丰富，在一天天走向成熟。

郁秀熟悉中学生的阅读心理、审美情趣和欣赏习惯。她在艺术表现手法上作了一些尝试，比如用流行歌曲的唱词来表现主人公的心理、情绪，用一些外来词、方言来丰富作品的叙述语言和人物对白，这些都是少年读者喜闻乐见的。同时，这又是一本老少咸宜的书。它打开一扇通向当代少年心灵的窗扉，做父母的、当爷爷奶奶的以及教师、少年儿童工作者可以从中更好地了解90年代的中学生，特别是都市中学生的所思所想、所喜所忧，了解他们的向往、追求和独特的思维方式、行为准则，从而可以真正同他们进行平等的对话、心灵的沟通、感情的交流，在两代人之间架起一座相互理解、相互尊重的桥梁。有的论者把这本小说看作形象化的少年心理学，我看是不无道理的。

1997 年 3 月 23 日

打开孩子的心扉

——喜读《我要做好孩子》

70 年代末 80 年代初活跃于儿童文苑的黄蓓佳，为孩子们写了《小船，小船》《阿兔》《心声》《芦花飘飞的时候》等中、短篇小说。这些作品以擅长于发掘、刻画孩子的美好心灵、富有抒情色彩而赢得好评。时隔十多年，黄蓓佳在从事多年成人文学创作、积累了相当的创作经验，并对少年儿童生活有了新的感受和体验之后，又一次拿起笔来为孩子们写作，奉献出一部洋溢新鲜时代气息、格调明朗的长篇小说《我要做好孩子》（江苏少年儿童出版社）。这表明黄蓓佳对儿童文学情有独钟，对未来一代怀有炽热的挚爱之情。

《我要做好孩子》这部小说取材于日常的学校、家庭生活，写的是一个六年级小学生和同学、老师、家长之间的一些普普通通、平平常常的事情。看似信手拈来、全不费工夫，其实是"厚积薄发"，是作者多年来对儿童生活有了新的积累、真切体验后的有感而发。在十多年前，黄蓓佳在《我寻找一支桨》一文中，极其清醒地意识到："我的生活是小船借以航行的河流。这河流太浅了，小船行驶过一段之后，似乎有了快要搁浅的危险。必须注入更多的水。"水的源头是儿童生活。这些年黄蓓佳往河道里注入了足够的水，现在她又划着自己的文学小船继续向孩子们的心灵深处行驶了。

我读这部作品，深切地感到，作者是把孩子当作朋友的，她以一种亲切的、完全平等的态度来同他们对话。这样，她就能打开孩子的心扉，走进他们的内心世界。小说通过娓娓道来的生活故事，艺术地表现了十一二岁孩子们的追求和渴望、喜悦和苦恼，真实地反映了当代儿童的心声及其期盼得到成年人理解、信任的愿望。抒写小学生的真情实感，十分贴近90 年代孩子的生活和心灵，正是这部小说的艺术吸引力、感染力之所在。

作品着力刻画的六年级小学生金铃，是我们似曾相识而又很有个性特点的一个普通女孩，她像是生活在我们周围的那群系着红领巾、背着沉重书包的高小生中的一个。金铃面对着做不完的作业，没完没了的考试，过于看重分数和名次的老师、家长，以及被逼着进强化训练班、学钢琴、减肥等等，所有这些，似是当代小学生共同的遭际和命运。她体能上、精神上承受的负担、压力，可说是烙有鲜明的时代印记。小说作者紧紧抓住金铃那大大咧咧、天真烂漫的性格与一味追求高分、升学率的教育环境之间的矛盾，和她那比上不足、比下有余的平平表现与家长、老师过高的期望值之间的矛盾来编织故事情节。从这些矛盾冲突中展现主人公事与愿违的苦恼和不被大人理解、看重的委屈，揭示出她那单纯而又色彩斑斓的内心世界。当我们听到不堪重负的金铃发出"老鼠太可怜了，没有人喜欢的动物太委屈了！……我就是可怜的老鼠""做人有什么意思啊？除了学习还是学习，一点点快乐都没有，一点点自由都没有，还不如做一条蚕宝宝呢"这撼人心魄的呼唤时，越发深切地感到，沉重的书包不仅压垮了孩子稚嫩的肩膀，而且严重地压抑着他们整个的心灵。小读者读到这里，会为主人公倾吐出他们想说的心里话，宣泄了积淀在他们内心深处的苦涩、愤懑的感情而得到满足。而大读者则不能不引起深沉的思索，回应孩子们真诚的、发自肺腑的期待理解和信任的呼唤。

　　黄蓓佳笔下的金铃，是一个善良、正直、机灵、有头脑的孩子，她可不是"窝窝囊囊""烂泥巴扶不上墙"。作者用饱含深情的笔触，通过主人公富有个性色彩、不同寻常的思想行为，如：自作主张地把一个没家的小女孩领回家，用自己仅有的一块二毛零花钱买了一枝康乃馨送给病中的邢老师，为挨饿的蚕宝宝找桑叶而东奔西跑、翻墙越栏……揭示出她那重感情、富有同情心、纯真美好的心灵。尤为精彩动人的是，作者从90年代孩子的生活、思想实际出发，努力挖掘他们性格中那些闪光的、积极向上的、最可宝贵的东西。书中描写金铃在"扔垫子"事件上受了委屈后的心理和讨回公道的过程，生动地表现了她的机灵、正直和是非分明、爱憎分明的品质。这件事不仅激发了她要争取做一个好孩子的上进心，而且在她幼小的心灵里竖立起一根标杆，一个与传统的、流行的观念不同的好孩子的标准，即：不把成绩看作衡量一切的标准，而诚实、不自私怯懦、品学兼优、心智健全发展才是最重要的。金铃在长辈的理解、帮助、引导下，克服自身的弱点，越过成长道路上的障碍，一步一步接近她努力追求的那个让老师、家长都满意的好孩子的目标。作品所提出的应当做一个什么样的好孩子的严肃课题，对小读者、大读者都是有启迪意义的。正如一位论者所说的：光有品性没有知识是脆弱的，但没有品性光有知识是危险的，是对社会的潜在威胁。

一本优秀的儿童文学作品，总是深入浅出、老少咸宜的。《我要做好孩子》与不久前受到广泛好评的长篇小说《花季·雨季》一样，深入儿童内心世界，内涵丰富，语言浅显流畅，是孩子们和成年人都会饶有兴味阅读的书。孩子们从这本书里可以倾听到自己的声音，寻觅到自己的身影。成年人则可以从书中感受到孩子们的呼吸、脉搏，了解、把握 90 年代儿童的心灵成长轨迹，从而引发出关于如何教育孩子做人、如何塑造孩子的性格，乃至我们应当把一支什么样的四化后备军、生力军带入 21 世纪诸多问题的思索，得到有益的启迪。

1997 年 4 月 1 日

短暂而闪光的一生

——读《小萝卜头》

凡是读过小说《红岩》、看过电影《在烈火中永生》或参观过血迹斑斑的"中美合作所"展览的，都牢牢记住了小萝卜头这个光彩熠熠、可亲可爱的名字，并为他的苦难命运和可爱性格深深地打动。广大读者、观众特别是少年儿童，希望更多地了解小萝卜头的身世、遭际、成长过程以及他的感情世界，以从他身上汲取奋发向上、勇往直前的精神力量。长篇儿童小说《小萝卜头》，满足了小读者的愿望和精神需求。

这本小说的两位作者都是生气勃勃、勤于笔耕的年轻人。他们不辞辛劳、跋山涉水，足迹遍及大江南北，深入访问考察，广泛搜集素材，做了比较充分的创作准备。小说以宋振中烈士为原型进行艺术加工，着力塑造了有血有肉的小萝卜头的可爱形象，生动地展现了他短暂而闪光的一生。

小萝卜头出生后不久就生活在布满脚镣手铐、刺刀电网的特殊环境里。在他不足九年的生命历程中，从苏州监狱到西安大雁塔牢房，从贵州息烽监狱到重庆白公馆集中营，留下了他那一长串清晰可辨的小小的脚印。正是革命的、战斗的岁月，暗无天日的铁窗生活，铸就了小萝卜头稚嫩而早熟、纯真而顽强的性格。作品真实生动、令人信服地揭示了小萝卜头在成年人的启迪、影响下迅速拔节成长的过程。作品中革命者、爱国志士对小萝卜头的关心爱护、帮助引导，被描写得亲切真挚，很有艺术感染力。

书中描写共产党人罗世光在小萝卜头3岁生日那天，用白纸给他折了一只小飞机，又替他起了"宋振中"这个寄予热望的名字，在他幼小的心灵里撒下了振兴中华的火种。尤为动人心魄的是，担任启蒙老师的爱国将军黄显声发现小萝卜头没有按自己的要求，把课文中"我是一个好孩子""我爱中国共产党"两句话抄写完10遍，就去玩小花猫后，十分动情地告诉他：这本用毛边草纸做的，还没有编完的手写课本，是几天前被反动派杀害的罗世光亲自编的。这件事极大地震撼了小萝卜头，成了鞭策他快快成长的强大动力。他"眼眶里噙满了泪花，一双小拳头攥得紧紧的：'黄伯伯，我再也不贪玩了，一定学好本领，长大了替罗伯伯报仇！'"。读到这里，我们真切地感受到小萝卜头一下子长大了。他那真诚的、发自肺腑的誓言，正是罗世光这样的革命烈士用自己的行动乃至鲜血、生命熏陶、感染的结果。

小萝卜头这株在特殊土壤里生长出来的嫩苗，尽管先天不足、后天失调，但他又得天独厚，得到众多革命者、爱国者的关怀和抚育，从他们身上汲取了丰富的营养，逐渐成长为一个机灵、懂事的好孩子。我们从作品中了解到，由于坚持抗日而被蒋介石关进监狱的黄将军，不仅教小萝卜头识了一两千个字，学会了一些俄语，还教他通过背诵报纸上的新闻给难友们源源不断地提供情报、消息。当同一囚室的川东特委妇女委员芬姐等想方设法把解放军淮海战役大捷的喜讯告诉难友，并准备在春节组织一次欢庆会时，小萝卜头自告奋勇到各个牢房去传递消息。小小年纪，稚嫩的肩膀，本还不该让他挑这样的担子，但特殊斗争环境的特殊工作需要，加上小萝卜头有一点自由的特殊身份，芬姐就毫不犹豫、充分信任地让他担当通风报信的任务。正是通过这一次又一次的锤炼，小萝卜头变得越发聪明机智，练就了急中生智、随机应变地对付敌人的本领。作者恰如其分地表现了有觉悟、有经验的成年人作为孩子的引路人所起的教育、启迪作用，饱含深情地描写了孩子在革命的暴风雨中锻炼成长，读来真实可信，富有艺术说服力。

敌人的穷凶极恶、残酷无情，也从反面教育了小萝卜头，使他疾恶如仇，爱憎愈加分明。作品展开这么一幅黑白分明的画面：小萝卜头听妈妈的话，放飞了自己捉住的美丽的小蜻蜓，竟又被特务杨进兴抓去残忍地掐断翅膀、拔掉小腿、扯掉脑袋，还把那蠕动着的尸体举到小萝卜头面前。小说通过对待小昆虫的两种态度的对比描写，既充分揭示了小萝卜头爱护一切生命、向往自由的善良心灵，也淋漓尽致地揭露了狗特务嗜血成性、毫无人性的丑恶嘴脸。面对自己心爱的、活生生的小蜻蜓被残杀的惨不忍睹的情景，小萝卜头怎能不感到无限痛苦，以致心中升起愤怒、仇恨的火焰呢！从这里，小读者很自然地会获得善与恶、爱与恨、美与丑的启迪。

这本小说的成功之处还在于它对小主人公内心世界的揭示，既富有暴风骤雨的时代色泽，又合乎儿童的年龄特征、心理特征。小萝卜头前后坐了8年牢，接触了不同寻常的人和事，品尝了人生的酸甜苦辣，有着与他那年龄不相称的生活阅历。然而，他毕竟是个孩子，是个在人世间仅仅活了八九个年头的孩子。他和同龄的孩子一样，有着纯真的童真童趣，充满多彩的梦幻和期待。只是他长年生活在黑暗险恶的监牢里，铁栅电网封闭了他的童年天地，因而他的生活、学习、游戏以至梦境无不笼罩着白色恐怖的阴影。小说作者在这方面是花了功夫的，他们以清新简洁的笔触相当真实地展现了小萝卜头在特殊环境下纯真的、充满遐思幻想的感情世界。作品描写小萝卜头在墙角、地板上寻找各种小昆虫，一看就是几小时；捡到一只毛茸茸的叫天子，成了狱中三个小伙伴爱不释手的宝贝；一副小小的扑克牌玩得津津有味……可是，无情的特务连一只叫天子、一副扑克牌也要抢走，不让孩子们尽情地痛快地玩。被剥夺了快乐童年的孩子，幼小的心灵受到多么严重的摧残，读来真是令人心酸！小萝卜头长到7岁，在特务的押送下，随生命垂危的妈妈进城看病时，才从轿子的小小透气孔第一次看见外面的世界。令人心灵震颤的是，小萝卜头憧憬外面奇妙世界的梦，也摆脱不了人间地狱的魔影。他那充满绿草、野花、小溪、森林、梅花鹿、仙鹤的五彩缤纷的美梦，竟突然变为满眼都是面目狰狞的特务、红舌头冒着热腥气的狼狗、闪着寒光的刺刀的令人恐怖的噩梦。作者通过这个梦境的描写，既展示了一个天真烂漫的孩子憧憬、向往自由美好生活的内心世界，又表现了敌人的长期迫害、折磨在孩子心灵上投下的阴影。书中对身体瘦弱的小萝卜头执拗地、毫不气馁地练习拿大顶的描写，也很精彩、动人。当难友们正忙碌着帮小萝卜头父母收拾东西，送他们随杨虎城将军转移贵州时，小萝卜头居然跑到墙角去练拿大顶，并对大家兴奋地叫着："成功啦，我成功啦！""真好玩，妈妈，我看到的一切全变了，一切为什么都是倒着的啊？"这完全是孩子的语言、动作、心理、情趣，也只有孩子才会在如此紧张的时刻去做这样的事。通过这些，作者把一个天真无邪而又顽强执着的孩子写得活灵活现!

这本儿童小说对于白色恐怖下的难友情、师生情、母子情的描写,富有浓烈的时代气息和温馨的感情色彩。黄显声将军送给小萝卜头一瓶鱼肝油作为生日礼物,小萝卜头立即送给刚被严刑拷打、遍体鳞伤的芬姐喝。两人让来让去,谁也不肯喝。最后拉了钩,同意你喝一口我喝一口。可轮流喝了好一会儿,碗里却一点也没见少。读到这里,小读者又怎能不为那同甘苦、共患难、心中只有他人、唯独没有自己的高尚情操所打动呢?小萝卜头对新入狱的寻真姐姐说的几句话,也令人久久难以忘怀:"寻真姐姐,我可是这里的老政治犯了,这里的人我都认识,牢房里的每一只小虫虫都认识我哩。你要是有什么事情,我可以帮助你。"在黑暗笼罩的日子里,难友之间心心相通、息息相关、相互关心、相互帮助,这是人世间多么纯洁、美好的感情啊!当今的孩子要提高自身的素质,学会生存,学会关心他人,可以从小萝卜头身上汲取多少丰富的营养啊!它的价值是乐百氏 AD 钙奶、喜之郎果冻布丁等无法比拟也不可代替的。

忘记血写的历史就意味着背叛。革命历史题材的儿童文学作品,为当代少年儿童的爱国主义、革命英雄主义、革命传统教育,提供了生动的、形象化的教材。当代儿童文学的人物画廊里,已经有了海娃、雨来、小荣、张嘎、潘冬子等栩栩如生的小英雄、小战士形象,如今又增添了小萝卜头这个独具魅力的可爱形象。我相信,《小萝卜头》这本小说对于当代少年儿童抚今思昔,忆苦思甜,了解黎明前的黑暗,体会幸福生活的来之不易,品尝生活的酸甜苦辣,增强战胜困难、建设新生活的勇气和信心,是会起潜移默化的启迪、激励作用的。

愿小萝卜头的形象深深地镌刻在跨世纪一代新人的心坎上!

1997 年 12 月 26 日

喜看新人亮相

——读《花季小说丛书》

三年前，我在一篇题为《儿童文苑的三喜三忧》的文章中曾经谈到："忧的是儿童文学创作队伍青黄不接，近几年涌现的有才华、有潜力的文学新人相对而言数量不多。"近些年来，由于认真贯彻、落实江泽民总书记关于繁荣少儿文艺等"三大件"的指示，儿童文学创作队伍后继乏人的状况有了明显的改变。《花季小说》丛书的八位作者都是在儿童文苑初露才华、生气勃勃的年轻人。他们的年龄大多在30岁左右，不少是大学或研究生科班出身，有一定的文学素养，起点较高，在从事长篇创作之前，都写过不少散文、短篇或中篇小说，已做了相当充分的创作准备。其中有几位还是天天同文字打交道的报刊编辑。福建少年儿童出版社以丛书的形式郑重推出这八位作者的长篇处女作，表现了他们大力扶持儿童文学新生代的热情和勇气。这是一个富有眼光和魄力的举措，值得赞扬和鼓励。

八本小说的作者有着各具特色的生活经历，他们之中有的从小在山区放牛、砍柴，有的在钢城度过童年和少年，有的曾在大西北落户三年，有的当过教师、工人和经理。丰富的社会生活给他们以创作的灵感、激情和素材。小说讲述的都是他们亲身经历的或自己熟悉的同龄人在我国色彩斑驳的现实土壤上扎根成长的故事。作品着重刻画了当代少男少女跨进青春门槛的心灵历程，生动细致地诉说他们的欢乐和激动，困惑和苦闷。作者用清新的笔触抒写自己真切的心灵感受，富有浓郁的青春气息。八本作品的基调都是健康明朗的。即使写生活中的严峻、艰辛，写主人公的孤独、沮丧，仍能给人以战胜困难、勇往直前的信心和力量。

《花季小说》丛书题材广泛多样，从江边小城到大都市，从僻远山村到钢铁基地；主人公的理想、性格、遭遇、命运也千差万别；八位作者的叙事方式、表现手法则各有所长。所有这些，对帮助少年读者开阔视野、领悟人生、陶冶性情、培育美感，都是大有益处的。这套丛书展现了儿童文学新生代的整体水平，它预示着我国儿童文学的希望和未来。

1998 年 3 月

一部不同凡响的力作

——读《一百个中国孩子的梦》

董宏猷的《一百个中国孩子的梦》（二十一世纪出版社）是一部独具匠心、不同凡响的儿童文学力作。在儿童小说的文体探索上，董宏猷可说是一个走在前面的闯将。他把童话的幻想、夸张、变形、荒诞巧妙地引入小说这种体裁之中，又从长于抒情的诗和散文、蕴含哲理的寓言等体裁中吸取了养分，从而找到了一种得以更自由地驰骋想象、更充分地揭示孩子内心世界的文体——梦幻体儿童小说。从《奇妙的"作业机"》《克隆娃》《洋蛐蛐》《透明人》等篇所展现的孩子的梦幻世界中，我们清晰地谛听到当代儿童发自内心的歌唱和呐喊，真切地感受到他们的脉搏和呼吸。作者对不同年龄阶段、不同民族地域、不同家庭境遇的孩子生活可说是非常熟悉。他对童心童情、至真至善的寻觅和思考，对少年儿童所思所想、所爱所恨的透彻了解和准确把握，不能不令人折服。诚然，对一个作家，尤其是儿童文学作家来说，"保持天真比保持才华更难，而丧失天真则比丧失才华更致命。"董宏猷的难能可贵，正在于他依然保持着儿童的天真，保持着孩子般自由而活泼的天性，因而他能洞察儿童心灵世界的奥秘，并能挥洒自如地加以表现。

孩子的梦境也是现实人生的一种折射。富有拥抱现实热情和直面人生勇气的董宏猷，不回避"人之初"旅程中的风雨雷电，不粉饰现实人生的严峻、艰辛，在广阔的人间万象的背景下，全方位、多侧面地扫描了各种生存状态下孩子的精神世界。《希望》《救救爸爸》《一封刚刚开头的信》《山不转水转》等篇，折射出打工、赌博、吸毒、犯罪等社会问题在儿童心灵上留下的阴影。在这里，梦幻与现实交织在一起，既让孩子们从严峻的现实中品味到人生的酸甜苦辣，又让孩子们通过梦幻这个五光十色的万花筒看到伟大变革时代的闪光点，从而得到勇气和力量，对美好的未来满怀希望。

　　我以为，这部 40 万言的梦幻体儿童小说，是作者以饱含深情的笔触写下的一部当代中国儿童心灵面面观。小读者可以从这面镜子中找到自己熟悉的身影，家长和老师则可以从中看到跨世纪的新一代在时代激流涌动下的成长过程和心灵轨迹。

1998 年 3 月 6 日

充满爱心的教育诗

——读《都市少年三部曲》

当过多年音乐教师、报纸编辑，业余从事文学创作的金叶，初次涉足少年儿童文学领域，就推出了一部近 60 万字的长篇小说《都市少年三部曲》——《太阳桥》《月亮船》《星星河》。认识和关心金叶的朋友都以惊喜的目光注视着她在文学创作上迈出的新步伐与已取得的可喜的成果。儿童文学界同人则为自己的队伍里增添了这么一位富有朝气和才华的女兵而感到由衷的高兴。

金叶用诗意的、审美的眼光来观察大变革时代都市少年的生活和心灵。这部长篇小说从学校、家庭、社会三个角度，全景式地、相当开阔地展现了当代都市少年的成长环境、成长过程，特别是他们纯真美丽而又丰富多样的心灵历程。整个作品贯穿着一根热爱孩子、关心祖国未来一代的红线，感情真挚、炽热，是一首从心灵深处流淌出来的、赞美青春少年茁壮成长的歌。

《都市少年三部曲》可说是富有时代光泽、中国特色的教育诗。它把爱是最好的教育方法，孩子成长最需要的是情感、心灵的关怀和对他们的尊重，家庭教育的首要任务是人格教育，孩子成长的一半主要取决于大人的文化修养和对于教育的认识水平，孩子要面对困难、学会坚强，要融入社会的大环境，懂得爱别人等一系列富有革新精神的教育思想、原则，寓于娓娓道来的故事和生动的艺术形象之中，努力追求教育学与爱心诗意的渗透、融合。从林苗苗、刘力、杨蓓灵、李大力、严小刚、方圆圆的遭际和感情历程以及王大辉、严言、乐斌、奶奶等成人的思想行为里，我们深切地领略到爱的力量、人格的美和教育孩子的艺术。

在文体上，这部教育诗式的长篇小说，融合随笔、札记、日记、书简、通讯、议论等多种不同的文学体裁于一体。在结构上也独出心裁，不乏新意。《太阳桥》把有关学校教育的生活素材浓缩于初三（3）班九个日日夜夜的生活故事之中，《月亮船》则把有关家庭教育的内涵集中于严厉、严言、严明姐弟仁的家庭之中，读来令人感到十分真切、紧凑。金叶的文笔清新、流畅，这也许正得益于她的音乐科班出身，我们从她不少篇章的字里行间都能感受到一种声音美、节奏美、旋律美。

1998 年 3 月 22 日

内蕴丰厚　艺术精致

——读《草房子》

　　曹文轩在儿童文学领域里，是一个具有鲜明的创作主张和自觉的美学追求的作家。他在80年代中期提出的"儿童文学作家是未来民族性格的塑造者"，曾深深地影响了新时期以来的儿童文苑。他的长篇少年小说《山羊不吃天堂草》以及《弓》《第十一根红布条》《古堡》《再见了，我的小星星》《红葫芦》等短篇小说，都在儿童文学小百花园里闪耀着夺目的光彩。

　　江苏少年儿童出版社新近推出的《草房子》，是曹文轩又一部令人荡气回肠、富有艺术魅力的力作。在我看来，它给少年儿童小说带来了新鲜的气息、独特的韵味，是我国儿童文学创作一个新的、重大的收获。与当前成人文学的诸多长篇小说相比，它在文学品位、艺术质量上也是一部毫不逊色的上乘之作。

　　曹文轩深谙文学艺术的特征是借助生动的艺术形象以情感人。正如他自己说的，小说包括儿童小说万不能离开"情"这个轴心。《草房子》这部20万字的小说，没有刻意去编织一个起伏跌宕、曲折动人的故事，而是以优美细腻的抒情笔墨倒叙了农村少年桑桑已逝去的6年小学岁月，生动地描述了他在那段时间里所接触的平平常常而又色彩斑斓的，曾对他的成长产生过潜移默化影响的那些人和事。

　　读完这部小说，清晰地浮现在我眼前的是与小说主人公桑桑朝夕相处、息息相关的那些老师、同学、亲人、邻居的鲜活形象。宁死也不肯离开自己用几十年心血和汗水换来的那片土地的秦大奶奶，家境一落千丈过早咀嚼生活艰辛的杜小康，相互爱慕而又终不能如愿的蒋一轮和雀月，讲奶奶的故事、唱无歌词的温幼菊，随浸月寺和尚出走的纸月……这些人物的遭遇和命运，在桑桑幼小的心灵里烙下了深深的、刻骨铭心的印记，帮助他懂得善良、懂得同情，学会坚韧、学会面对，从而逐步领悟到："所有的人，都是在这一串串轻松与沉重、欢乐与苦涩、希望与失落相伴的遭遇中长大的。"当桑桑告别油麻地的草房子时，我们深切地感觉到，这个原本特别淘气的男孩已成长为一个多少体味到人生况味的少年了。

《草房子》的艺术魅力来自它对普通人的人性美、人情美的揭示和对人间美好感情的呼唤。比如，书中描写历经磨难、遭受厄运的杜小康从大芦荡回村时，还特意给桑桑带回 5 个双黄大鸭蛋；而桑桑则毫不犹豫地卖掉自己心爱的 10 只鸽子，把所得的 20 元钱支持杜小康摆小摊以度过艰难的日子。所有这些，作者都写得质朴自然，不加雕饰，于平常中透出人性至真至善的闪光点，那种真挚纯洁的友情和善良的同情心，深深撼动读者的心灵。桑桑对秦大奶奶的同情、理解，纸月对病中桑桑的特别关注，桑乔对儿子桑桑充满怜悯与负疚的骨肉之情，也都写得温情脉脉，动人心弦。

这是一部艺术上相当精致的小说。作者善于营造充满诗情画意的艺术氛围，整个作品读来像叙事诗，像抒情散文，格调优美高雅，给小读者和大读者一种恬淡、宁静而又内蕴丰厚的美感享受。

我想，深入研究、探讨《草房子》这部作品，对于我国儿童文学创作进一步拓宽题材范围，提高文学品位，增强艺术魅力，都有启迪、借鉴的意义。

1998 年 3 月 28 日

为幽默儿童文学喝彩

在春暖花开的时节，我们相聚在一起，探讨中国幽默儿童文学创作的问题，这本身就是一件令人愉悦的事情。

幽默是一种智慧，一种情趣，一种高雅的精神气质和文化品格。

发扬、强化儿童文学的幽默品格，是培养具有奋发向上、乐观开朗性格的一代新人的需要；也是增强作品的艺术魅力，让儿童文学拥有更多的小读者的需要。

新时期以来，我国的儿童文学创作，在注重寓教于乐、追求有益与有趣的统一方面，有了明显的进步。然而从创作总体状况来看，仍然存在着严肃深沉、平淡单调有余，诙谐风趣、轻松洒脱不足的弱点。浙江少年儿童出版社从90年代初开始，陆续推出一套《中国幽默儿童文学》创作丛书。这套丛书的问世，对促进儿童文学发挥独特的幽默功能，满足小读者的审美情趣，发展他们的想象力、创造力，必将起到有益的作用。

这套包括9本小说、6本童话、2本诗歌的丛书，在作者阵容、题材样式、整体水准等方面，展示了当前我国儿童文学创作的面貌和实绩，在一定意义上可说是当代儿童文苑的缩影。

丛书的16位作者，从年逾古稀、笔力犹健的幽默大家任溶溶到生气勃勃、崭露头角的小将孙迎，有老也有少，而以儿童文学的中坚力量——思想、艺术上日趋成熟的中年作者为主。这些作者都是善于讲故事、说笑话的能手。

在题材内容上，收入丛书的17部作品，有反映校园生活的，也有描写动物世界、幻想故事的。不少作者把既贴近生活又充分驰骋想象，力求幻想与现实的水乳交融，作为自己在艺术上攀登的一个目标、一个高地。在体裁样式上，以小说居多，童话次之，童诗较少，而寓言、科幻小说等则空缺，这也反映了当前儿童文学体裁多样化而又不均衡发展的状况。在艺术风格上，幽默风趣是丛书作者共同的艺术追求；而表现幽默的色彩、手法则八仙过海，各显其能。同样是写校园生活的小说，韩辉光执着于捕捉、编织引人入胜的故事；而梅子涵则钟情于一种独特的叙事方式、语调的追求，在从容、平缓而生动的叙述中透出童情童趣。同样是以睿智、幽默著称的两位儿童诗人，任溶溶贴近生活，构思新颖，往往不动声色，出奇制胜；而高洪波则巧妙地寓庄于谐，寓理于趣，充满轻松的调侃而又意味深长。从杨红樱和汤素兰两位女作家亦真亦幻的童话里，也能读出不同的谐趣来。

在我看来，收入这套丛书的作品，无论在思想性、艺术性、可读性上，都是当前我国幽默儿童文学的上乘之作，值得向小读者推荐。

愿幽默儿童文学有更大的发展。愿亿万少年儿童在轻松愉快的氛围中成长，面带会心的微笑迎接即将到来的新世纪。

1999 年 3 月 23 日

题材·人物·特色
——读黄同甫儿童小说随想

一

黄同甫的儿童小说姊妹篇《拳师和他的孙子》(中篇)、《盲童的笛声》(长篇)发表于20世纪80年代。从作品问世到现在,10多年过去了。今天重读这两部以抗日战争为背景,描写豫北枣林沙区一带军民战斗生活的作品,依然为作者笔下张小夯、李三扔这些孩子的苦难命运和他们在抗日烽火中成长的人生历程所震撼。我深深地感觉到,身处世纪之交的少年儿童,非常需要读一点这类革命历史题材、战争题材的文学作品。这对帮助孩子们了解我们中华民族经受的深重灾难、中国人民及其军队反抗侵略、争取解放的英雄业绩,从而对于激励、鼓舞他们奋发向上,从小树立起为建设四化、振兴中华而建功立业的远大志向,一定会起到潜移默化的作用。由此想到,发展、繁荣少年儿童文学创作,固然要鼓励、提倡作家关注现实题材、当代儿童生活题材,但也不能忽略、冷落历史题材,尤其是革命历史题材。孩子们既需要《男生贾里》《花季·雨季》《我要做好孩子》《草房子》这样贴近当代生活的作品,也需要《荒漠奇踪》《盐丁儿》《赤色小子》《盲童的笛声》这类描写往昔岁月的作品。从事儿童文学创作、出版的朋友要重视并充分估计后一类作品在培养广大少年儿童的民族自尊心、自信心、爱国主义感情和英雄主义精神上,所具有的其他题材作品不可替代的教育作用和审美价值。

二

读完《拳师和他的孙子》和《盲童的笛声》这两部小说,深深镌刻在我脑际的是张老拳、张铁锤、张老二、老王头这些个性鲜明、感人至深的成人形象和张小夯、李三扔及其小伙伴这些活泼可爱、有血有肉的儿童形象。作者以饱含深情的笔触，富有艺术说服力地表现了张小夯、李三扔在硝烟弥漫的战火中锻炼成长的过程。盲童李三扔本是个普普通通的苦孩子，一个从小爱扔坷垃、缘城墙、下潭摸鱼、上树偷枣的"捣包蛋"。只是由于童年饱尝人世间的痛苦和辛酸，目睹日寇的烧杀抢掠，尤其是父老乡亲惨遭日本鬼子的杀害，在他幼小的心灵里，埋下了仇恨的种子。小说着力描写李三扔在女"抗联"的教诲、指引下，意识到唱歌、吹笛也能为国家"出点小力"，于是自觉投身抗战剧团，成为一名小文艺战士。作者不是孤立地、静止地刻画主人公的内心世界，而是从日常行动中、对敌斗争中揭示其顽强学习、积极进取、勇挑重担、爱憎分明等新品质、性格的形成、发展。当我们从作品中看到李三扔站在高高的城楼上，以自己奔放、昂扬的笛声，作为接应我军进城歼敌的联络信号，直到生命最后一刻的场景，一个抗日小英雄的形象便清晰地浮现在我们眼前，他那性格的光辉，产生了撼人心魄的力量。

在《拳师和他的孙子》中，写张小夯的成长，由一个卖碱的穷孩子成长为我军白马团的侦察员，也是紧紧抓住小主人公在战争环境里所经历的悲欢离合，抓住足以显示其性格发展变化的行为举止，把人物命运与抗日战争的描写融会在一起，着力表现了成年人——劳动人民、革命战士对孩子的影响。作品成功地描写了张小夯由报私仇到报国仇的精神升华，塑造出一个有觉悟、有纪律的小战士的可爱形象。

党和人民期望儿童文学作家塑造出能成为广大少年儿童的楷模和朋友的典型形象。黄同甫的儿童小说给予我们这样的启示：无论是现实题材还是革命历史题材，坚持从实际生活出发，善于从普通、平凡的孩子身上发掘新的、美的品质和独特的性格，注意从矛盾冲突中表现他们成长与发展的过程，表现他们与时代和社会环境的关系，就有可能写出闪耀着时代光泽、足以成为孩子们的楷模和朋友的、血肉丰满的儿童形象来。

三

传奇的故事情节，浓郁的地方色彩，鲜活的群众语言，构成黄同甫儿童小说雅俗共赏的艺术特色。

《拳师和他的孙子》《盲童的笛声》的故事情节都具有传奇色彩。作者从纷繁的矛盾冲突中提炼出生动的情节，曲折惊险，起伏跌宕，悬念迭出，引人入胜。张老拳、张铁锤、张小夯祖孙三代是拳术世家，个个都是武林高手。他们的经历、遭遇，他们与鬼子、伪军、汉奸、恶霸的矛盾、斗争，演绎出一个又一个富有传奇性、惊险性、令人惊心动魄的故事。"缺乏戏剧性的长篇小说，是生气索然而沉闷的。"（别林斯基语）黄同甫擅长于戏剧创作，又从章回体小说、评书中汲取了艺术养料，因而使他的儿童小说具有较强的吸引力和可读性。

读黄同甫的儿童小说，一股浓郁的乡土气息迎面扑来，作者长于描写农村的民风民俗民情。在《盲童的笛声》中，对正月十五传统庙会的描写，热闹欢腾，有声有色，展现了一幅色彩绚丽的豫北乡镇的风俗画。这部小说中关于蔡家班给日伪军在戏楼唱《南阳关》、在关帝庙前唱堂会的细致描写，也都富有地方特色，并由此表现了劳动人民在对敌斗争中的机智、勇敢。

儿童文学作品的语言要求准确、鲜明、生动、形象，要符合不同年龄段小读者的理解能力和接受能力。黄同甫作品的语言既丰富鲜活，又通俗易懂。他善于向人民群众的语言学习，从民间流传的成语、俗话、谚语、歇后语中提炼出大量生动活泼、形象化的语汇、词汇，丰富了作品的叙述语言和人物对话。如"要饭的卖葡萄——穷酸一嘟噜""虾牛掉井里——有力使不上""一屁股蹾锣上——响当当的了"，又如"说起吹笛子的事，竟是大盆里面摞小盆，一套一套哩""正痒痒哩，恰好搔到了痒处；正瞌睡哩，偏偏塞给个枕头，他张老二心里能不高兴吗！"诸如此类生动活泼、琅琅上口的语言，在黄同甫的小说中俯拾皆是。我想，多读一点这样的作品，对改变少年儿童的"娃娃腔""学生腔""大人腔"等语言贫乏无味的状况，是大有裨益的。

少年儿童读者的审美需求是多层次的，阅读兴趣、欣赏习惯也是多样化的。正像他们既喜欢肯德基、麦当劳、喜之郎，又喜欢烤白薯、煮玉米、爆米花一样，作为精神食粮的文学作品也应当丰富多彩。继承民族化、大众化的文学传统，借鉴、汲取通俗文学的优秀成果，创作出雅俗共赏，为孩子所喜闻乐见的作品，也是儿童文学在艺术上探索、创新的一条路子。

1999 年 6 月 27 日

新的气息　新的活力

——简评《金太阳丛书》

提倡、鼓励成人文学作家为少年儿童写作，可说是我国当代儿童文学发展史上的一个优良传统。远在 1955 年 9 月《人民日报》发表题为《大量创作、出版、发行少年儿童读物》的社论之后，郭沫若、冰心等著名作家就响亮地发出"一人一篇"的号召。进入新时期，1986 年中国作家协会主席团再次要求"作协总会会员及各地分会会员，首先是理事会和主席团的成员，从现在起到明年年底这一年半内，每人为少年儿童写作或翻译一篇作品或评论文章"。到了 20 世纪 90 年代中期，江泽民总书记作了关于繁荣少儿文艺的指示，儿童文学与长篇小说、影视文学一起，被列入要重点抓的"三大件"之一。《人民日报》评论员文章《让儿童文学繁花似锦》又一次提出："要吸引更多的成人文学作家和有条件的科学家、老红军、老战士为少年儿童写作、讲故事。"

正是在这样一种背景下，近几年来，各地文学团体、宣传出版部门都极其重视组织成人文学作家为少年儿童写作，并取得了一批引人注目的可喜成果。如明天出版社的《金犀牛丛书》《猎豹丛书》，湖北少年儿童出版社的《鸽子树丛书》等，都是成人文学作家奉献给孩子们的新作品。最近河北少年儿童出版社又推出精心策划、编选的《金太阳丛书》，一套 9 种，大多是当前创作活跃、年龄在 50 岁上下的成人文学作家所写的长篇儿童小说。

读了收入《金太阳丛书》的《问女何所思》《流血的太阳》《高高的河堤》等作品，以及《金犀牛丛书》《猎豹丛书》《鸽子树丛书》中的部分作品，我深深地感觉到，成人文学作家加盟儿童文学创作，给儿童文苑带来了一股新鲜的气息，注入了新的活力，使儿童文学这个小百花园更加丰富多彩了。成人文学作家的这些儿童文学新作，在如何以更加开阔的视野开拓题材范围，如何以新颖的、独特的视角切入儿童生活和成人生活，如何更加充分、深入地揭示儿童的心灵世界，如何博采众长、丰富儿童文学的表现手法、叙事方式等方面，都给了我们不少有益的启迪。

从当代社会矛盾、冲突中，从社会转型期的家庭、学校环境中，真实而深刻地表现少年儿童的生存状态和成长过程，是从事儿童小说创作的作家苦苦探索并力求有所突破的一个课题。王小鹰的《问女何所思》在这方面作了有意义的尝试。小说把一个 14 岁的普通女孩，置于父母离异、应试教育的旋涡之中，从家庭、校园、社会多侧面地、充分地揭示了她所经历和体验的苦恼、委屈、痛楚、磨难。作家王小鹰以主人公邻居、阿姨的身份进入作品的情节，把主人公当作朋友，亲切平等地、推心置腹地同她谈心、对话，一步步、一层层地打开女孩的心扉，让读者真真切切地感受到主人公小小心灵所承受的过重的负载和压力。作者对当今孩子面临的严峻现实和心灵历程，没有轻描淡写，没有避重就轻，而是尽可能地深入开掘，把它写足写透。让小读者从主人公艰难的成长历程中领悟到如何正确对待困难、挫折、失败，在不断的摸索、磨炼中坚强、成熟起来。

儿童文学中如何表现人性、人情，也是一个值得探讨的题目。竹林的《流血的太阳》，从人性、人情的视角切入抗日战争的传统题材，用一种新的审美眼光重新审视战争、表现战争，着力描绘了阿毛、阿雪这些普通农家孩子在血与火的斗争中的遭际、命运，揭示了劳动人民孩子的人性美、人情美。特别是小说刻画的阿狗形象，颇有新意。他对身为保长的汉奸爸爸又爱又恨、对爸爸被日本飞机炸死既悲哀又宽慰的描写，有深度、力度又有分寸，能引起小读者的感情共鸣。作者坚持从生活实际出发，从特定环境的儿童心理出发，没有把孩子的感情世界简单化，较好地把握了人的阶级性和共性的统一。

在艺术样式、风格、表现手法上创新，寻求新的为少年儿童所喜闻乐见的文体，也是为儿童写作的作家执着追求的一个目标。刘庆邦的《高高的河堤》在这方面给我们提供了一些可供参考、借鉴的经验。小说作者有着难以忘怀的童年情结，极为重视童年生活对自己的馈赠。这部小说用儿童眼光记叙了小主人公童年时代的见闻、经历、遭遇，以饱蘸深情的笔墨抒写了乡情、亲情、友情、童情。在作者笔下，山川树木、花鸟虫鱼、亲朋邻里、乡俚民俗都亲切温馨、活泼可爱，字里行间充溢着对优美大自然的歌颂，对淳朴乡人的礼赞。全书分为46节，每一节都可独立成篇，是一篇一篇情趣盎然的叙事散文；所有章节连贯起来，则是一部富有童情童趣和乡土气息的儿童小说。

企盼更多的成人文学作家加盟儿童文学创作。企盼儿童文学作家和成人文学作家彼此学习，优势互补，扬长避短，共同提高，为创作出孩子们所喜爱的儿童文学精品携手并进！

1999 年 7 月 13 日

心中唯有小读者

——漫评秦文君

新时期之初涌现的一批年轻的儿童文学作家，如今已成为儿童文苑的中坚力量，秦文君乃是其中的佼佼者。安徽少年儿童出版社出版的五卷《秦文君文集》，集中展示了她近 20 年勤耕细耘的创作成果，也从一个侧面反映了新时期以来我国儿童文学创作不断探索、创新所取得的成就和业绩。

秦文君是一个在创作上有远大抱负，在艺术上不懈追求的女作家。她对儿童文学情有独钟，矢志不渝地为少年儿童写作。10 年前她就雄心勃勃地宣称：要力争为孩子们写 50 本书。由于她的生活积累和在思想、艺术上不断充电，加上超常的勤奋，她已日益接近这个目标。当然，创作高产固然可喜，而更重要的还在于质量，要以质取胜。从五卷《秦文君文集》中，我们高兴地看到她在创作手法、风格上的成功嬗变及其在思想、艺术上的日趋成熟。

"理想主义、游戏精神、幻想，这些是儿童文学最基本的法宝""以走入少儿心灵为本""以单纯有趣的形式讲述人类的道义、情感"。这是秦文君的儿童文学观和创作主张，是她在创作实践中遵循的基本原则。这里，我简略地谈谈秦文君的代表作《男生贾里》系列的成就和特色，及其对当代儿童文学（尤其是少年小说）的发展所具有的独特的、开拓性的意义和价值。

秦文君精心为当代中学生塑像，丰富了我国当代儿童文学的人物长廊。作者以饱蘸深情的笔触，刻画了贾里、贾梅、鲁智胜、林晓梅等富有当代特征、性格各异、栩栩如生的中学生艺术群像。这些人物形象之所以能赢得少年读者的喜爱，就在于作者真正贴近 20 世纪 90 年代中学生的生活、心理，准确把握了他们所特有的思维方式、行为方式。书中描写的选举风波、生日派对、假期打工、歌星效应、荧屏小姐、礼仪大赛、父子热线、家教老邹、家庭小报、女子同盟等，无不带有90年代大都市中学生生活的鲜明印记，充溢着一股浓郁的时代气息。作品正是通过这些富于时代特征的故事情节、生活细节，深入开掘、刻画主人公的内心世界、感情世界。贾里的聪明机智、正直侠义、自命不凡、争胜好强，贾梅的善良憨厚、随和大度、善于模仿、崇尚时髦，鲁智胜的讲义气、愿为朋友两肋插刀、自作聪明而又有点自知之明，林晓梅的才情过人、超凡脱俗、敢于冒尖、咄咄逼人，这一个个优点鲜明、缺点也突出的普普通通、平平常常的少年形象，来自色彩缤纷的校园生活，顺畅无阻地走进中学生的心灵。

把富于轻喜剧色彩的幽默品格、游戏精神注入《男生贾里》系列，增强了作品的艺术魅力，提升了少年小说的审美品质。秦文君是一个具有幽默气质和禀赋的作家。读她早期的长篇少年小说《十六岁少女》，就不禁赞赏她用不乏诙谐的语言表现一个少女充满艰辛的人生历程，把幽默与磨难、痛楚融合在一起，撼人心魄。《男生贾里》系列体现了作者艺术风格的嬗变、发展，她对幽默精神品格的把握和体现，显得更加从容、老到和圆熟了。秦文君的幽默诙谐，可说是贯串在系列故事的每一个情节、细节、场面和对话之中，浸透到主人公的性格和心灵里。作者把有关亲情、友谊、理想、道德、人际关系的丰富而深刻的思想内涵寓于生动有趣的故事里，读来令人感到亲切、活泼、轻松、愉悦。

找到一种少年儿童喜闻乐见的叙事结构和方式——"糖葫芦串式"的系列故事，切合大多数小读者的审美趣味、欣赏习惯。秦文君一向把"为小读者"当作自己的创作准则。在她看来，所有艺术上的探索，都要围绕少儿的视角、情感、喜怒哀乐、审美、接受文学的规律这个根本，"忘了本，所有的努力都变得微不足道"。"糖葫芦串式"的系列故事，在篇章结构上尽管情节、场次不连贯，但主要人物具有连贯性，贯穿全书。因此，这种体裁兼具短篇小说和长篇小说的特征和优势，既可以撷取中学生生活的一个片段或侧面，独立成篇，以小见大；又有一定的规模和容量，得以比较广阔地反映中学生的生活面貌，比较充分地展示人物性格的丰富性。秦文君紧紧把握以少儿为本，得心应手地运用这种叙事结构和方式，自由地驰骋艺术想象，巧妙地编织故事情节，生动地刻画少年儿童熟悉、喜爱的同龄人形象，因而使她的少年小说风靡校园，受到广大小读者的青睐。

我们需要更多像秦文君这样同当代孩子心连心，勇于以少儿为本，在文体上探索、创新，力求让自己的作品走进小读者心灵的作家。

1999 年 8 月

小表叔角色　大自然视角
——略述金曾豪的少年小说观

　　金曾豪是一位具有创作实力和自己的创作主张的儿童文学作家。在我国当代儿童文苑里，称得上是一位重量级的作家。这不只是说他笔耕 20 年，在创作数量上，拥有各类作品近 400 万字，并有洋洋百万言的《金曾豪文集》四卷问世；更重要的在于创作质量，他的长篇小说《狼的故事》《青春口哨》《苍狼》连续荣获中国作家协会第二、三、四届全国优秀儿童文学奖，就足以说明他的创作达到较高的思想、艺术水准，及其在儿童文学领域里不可小觑的地位和影响。

　　崛起于 80 年代、90 年代之交的金曾豪，既是一位写动物小说的能手，又是一位善于为当代少年塑像的高手。两副笔墨，驾驭自如，这在当今儿童文苑，不说是绝无仅有，却也不可多得。他选择这类题材、文体，是与其生活积累、文化积累、审美情趣分不开的。在不断积累生活、知识和不断创作实践过程中，金曾豪逐步形成自己的创作特色、风格，也有了自己的越来越清晰明确的创作观念、主张。

　　阅读他的作品及其谈创作的一些文章，我对他的下列创作经验、创作主张，特别感到兴趣。我以为，这几点正是他的创作获得成功的奥秘所在，也是他的少年小说在思想、艺术上的主要特色。在这里，我愿意向同行们作一概略的介绍。从事儿童文学创作的朋友，也许能从中得到一点启迪。

一曰："把完整的社会展示给少年，把完整的少年展示给社会"

　　在金曾豪看来，以少年读者为对象的小说应当展示社会生活的各个方面，既要展示生活中正面的、美好的一面，也要展示生活中反面的、丑陋的一面。描写少年儿童，既要努力表现他们积极的、奋发向上的一面；也可以反映不利于儿童身心发展的小环境给他们带来的消极的、负面的影响。

现实生活是纷繁复杂的，假、丑、恶总是伴随真、善、美同时存在的，新事物的成长也总要经历艰难曲折的历程。对于正在逐步走向成熟的少年读者，让他们通过文学作品多少懂得一点生活的复杂性、多样性，多少尝一尝人生的甜酸苦辣，学会直面现实、应对困难，是十分必要的。长篇小说《青春口哨》正是在一个宽阔的社会、历史、文化背景下，将城乡少年生活交叉起来描写，把主人公喜怒哀乐的"小感情"融入对时代、对人民、对未来的"大感情"之中，让我们清晰地听到了一种充满时代气息的青春旋律。长篇小说《魔树》也是力图在自然、社会、历史、人生交融的宏阔背景下，表现祖孙三代的人生悲剧，颂扬面对困难、自强自立的精神。

二曰："让自己充当'小表叔'的角色"

金曾豪在一篇题为《三点随想》的短文中谈到："对于小读者，我不当老师，更不当班主任、校长；不当爷爷婆婆，更不当爸爸妈妈。我总让自己充当'小表叔'的角色。"他还曾谈起，描写当代少年生活，取的是"小舅舅"视角。

不管是小表叔还是小舅舅，尽管在辈分上高一点，年龄也许大几岁，但在思想、感情、心理上同表侄、外甥没什么距离、隔阂，可以成为嬉戏追逐在一起的伙伴和无话不谈的知心朋友。小表叔不是居高临下，板起面孔教训侄儿们，而是在日常生活中凭借自己的小聪明，出点子、拿主意，逐步赢得孩子们的信任和尊重。金曾豪在《秘方　秘方　秘方》《书香门第》这样一些作品里，敞开心扉同少年朋友娓娓而谈，借着引人入胜的传奇故事和有血有肉的艺术形象动之以情，晓之以理，让孩子们领悟到为人、处世的人生之道。这些作品的特色贵在真实、真挚。真实、真挚才能使小读者产生亲切感，很自然地进入你构建的小说世界。在这里，我不禁想起著名画家、诗人黄永玉讲的："真挚比技巧更重要，所以鸟总比人唱得好。"

三曰："大自然视角"或"上帝视角"

金曾豪认为，所有的生物都是自然之子。用大自然母亲的目光、"上帝"的目光来看，一切生命的权利都是平等的。写动物小说，应当放弃以人为中心的利害准则，也不把动物当作人类社会道德观念的符号或某类人物的化身。

动物与人共同享有地球这个生存家园。不应当把动物看成低人一等，不能用人类的伦理道德来评判动物的行为，也不能把人的思维方式强加于动物，而是应当按照动物自己的生活习性、行为方式和弱肉强食的丛林法则来表现。这样，才能更生动、真实地描绘出一个独特的、真正属于动物自己的世界。金曾豪的动物小说从《狼的故事》到《苍狼》，都是采取"动物看人""动物看动物"这样一个新的视角，从而取得了引人生趣又耐人寻味的艺术效果。表现视角、审美视角的转换，不仅丰富了动物小说的人文内涵，而且充分显示了它粗犷、雄壮、神秘的美学品格。

四曰："写的是'这一个'而不是'这一类'"

在金曾豪看来，动物有感情，有个性，有自己的精神世界，动物小说的笔触应当伸向动物本体，进入动物的内心。动物小说写真实的、自在的动物，不是"这一类"，而是"这一个"。

文学作品尤其是叙事文学，要求创造鲜明的典型形象，即具有更大概括性而又与众不同的"这一个"形象。金曾豪深深懂得文学创作这一基本原理。从他的动物小说中，可以清晰地看出，他满怀激情、千方百计地塑造动物的"这一个"形象，努力揭示动物的感情世界、内心世界，表现他们的喜怒哀乐、七情六欲和不同的遭际命运、个性特征。《狼的故事》塑造了一个在险恶境遇中顽强拼搏的独狼形象，唱出了一曲生命的赞歌，具有强烈的艺术感染力、震撼力。《苍狼》生动地讲述一个狼的家庭舍生忘死地冲破人为的藩篱，执着地寻找自己家园的故事。小说中的公狼、母狼、狼大哥各具个性特征的形象，给我们留下了难以忘怀的印象。在表现当代少年生活的小说中，金曾豪同样着力于塑造鲜明、独特的"这一个"形象。《青春口哨》刻画了江南小城里几个出身不同、性格各异的少年形象：知识分子家庭出身的天平英俊、潇洒而富有才气，个体户大款的儿子郑康儿开朗、幽默而又不失精明，农民的后代桑堤沉稳而有胆有略。这部小说充分展示了当代少年人的生存状态、理想追求和精神气质。

五曰："想象是作家的权利"

金曾豪不止一次地谈到，人类世界和动物世界的沟通非常困难，人很难真正进入动物的内心世界。要写好动物小说，表现动物的内心，除了得助于动物学家的研究成果，还得靠作家展开想象的翅膀。

没有想象就没有文学艺术。决定一个作家才华高下的主要是想象力。不仅写动物小说需要想象，表现少年生活的小说也需要想象。对儿童文学作家来说，想象力显得尤为重要。正如别林斯基所说："生气勃勃的、富有诗意的想象力，是培养儿童文学作家的一系列必备条件中的不可或缺的条件"。

想象力固然有作家的禀赋、气质等因素，但更重要的还是源自厚实的生活经验、广博的知识积累和丰富的艺术素养。金曾豪说："想象的起飞是应当有一条足够长的'跑道'的。"我想，他那长长的"跑道"，正是建筑在具有丰厚文化积淀和鲜明时代色泽的现实生活土壤之上的，也是建构在悉心研究动物学家的研究成果、掌握科学知识的基础之上的。他的动物小说、少年小说，立足现实大地，自由驰骋想象，用自己的心灵去感受、体会，将现实人生与艺术想象水乳交融地黏合在一起，刻意创造富有人文内涵和个性色彩的形象。

以上五点，是金曾豪多年创作经验的总结，也是他一以贯之遵循的创作准则和在艺术上坚持不懈奋力追求的目标。我们相信，随着新世纪儿童文学的发展趋势、未来一代的审美需求和自己创作实践经验的积累，金曾豪还会不断调整、更新、丰富自己的创作观念、主张，创作出更多富有新意、激情和艺术魅力的好作品。热切期待金曾豪如愿完成"小男孩系列""大自然系列"两大少年小说系列，为百花争妍的儿童文苑增光添彩！

2000 年 11 月 25 日

打开一片新天地

——读《生命状态文学丛书》

　　继近些年儿童文苑先后打出"大幻想文学""幽默文学""大自然文学"等五光十色的旗帜之后，湖南少年儿童出版社以"关注生命，了解生命，珍惜生命"为主旨，倡导"生命状态文学"，推出一套包括金曾豪的《鹤唳》、陈自仁的《猴徙》、薛屹峰的《鳄踪》、方敏的《大绝唱》、王树槐的《命运之角》五部长篇小说的丛书。在我看来，这对拓宽儿童文学创作、出版的视野、思路，是别出心裁、富有创意的，是一次具有开拓意义的探索。

　　从文体上说，生命状态文学不是童话、寓言故事，也不是动物小说，它是文学与科学联姻的一个新生儿。从题材和主题上说，它以大自然中的生命群体作为表现对象，呼唤强化生命意识，呼唤人与自然的和谐发展，这正是大自然文学极力张扬的一个命题。不管怎么说，生命状态文学首先是文学，它仍然是按照文学艺术的形象思维、以情感人的审美特征来创作的。正因为如此，这些作品不只是增长了我们对所描写的那些动物的形态、生活习性等方面的知识，更重要的是通过对它们的生命历程、命运遭际的描写，使作品具有强烈的艺术感染力和震撼力，从而引发我们对生命的本质、意义和价值的思考。

　　生命状态文学不把人类、社会人生作为主要表现对象，而是"把目光投向人类以外更广阔的生命领域"，以非人类的生命物种作为描写对象。这套丛书已问世的五部作品都是以珍稀动物、国家一级保护动物丹顶鹤、金丝猴、扬子鳄、羚牛、河狸为主角的。堪称"国宝"的珍稀动物，濒临灭绝的险境，它们的命运尤为人们所关注；同时，它们又往往具有美学价值、科学价值和经济价值。让它们在作品中扮演主角，观赏它们在大自然这个舞台上演绎的故事，自然会引起读者浓厚的兴趣。

这五部小说的作者一方面依据动物学、生态学、地理学等方面的科学知识，从容、客观地描述某一动物群体的生存状态、繁衍历程、生活习性、行为规则；另一方面，又遵循文学重在塑造"这一个"的原则，饱蘸笔墨着力刻画几个具有不同个性、命运的动物个体形象。如《鹤唳》中的大个儿、环环，《河狸》中的香团子、白爪子、蘑菇头，《鳄踪》中的残尾、黑背，《猴徙》中的红头发、大犬牙，《命运之角》中的长胡子、蓝鼻子、大角，我们不仅记住了它们的名字、形态，而且为它们艰辛、悲惨的命运遭际所打动和震撼。一出壳就和人类生活在一起，有幸被生物学教授在足上戴了金属环而放归自然的公鹤环环，经历了漫长而艰难的生命历程，才逐渐适应鹤群生活，找到伴侣斑斑，真正回到鹤的世界。环环为了找回被人类捕捉的斑斑和小斑儿，在芦苇荡上声嘶力竭地悲鸣，直至口角流血，昏厥过去。它奋不顾身地为白鹳、天鹅充当警鹤，最后没能逃脱被枪弹击中而丧生的厄运。面对坠落在地的环环足上那编号 CS004 的环志，我们不能不为它交织着喜与忧、血与泪的可悲可泣的一生而扼腕叹息。

　　大自然是人类的母亲，也是地球上整个生命物种的母亲。一切生命物种的生存、繁衍、发展、消亡，都离不开大自然，也离不开生命群体构成的社会。《生命状态文学丛书》的作者大多是善于编织故事的能手。他们在细致观察、体验某一种动物的生活习性、行为规矩和它们与大自然、与人类及其他动物的矛盾冲突的基础上驰骋想象，捕捉灵感，提炼情节，安排结构。起伏跌宕、趣味横生的故事，正是小说的魅力所在，尤其是少年儿童小说，更离不开生动曲折、引人入胜的故事。《大绝唱》描写善于修筑拦河大坝的河狸家族，与九曲河畔的新移民，为了种群自身的繁衍、生存、发展，展开了激烈顽强的斗争：人们开水渠，河狸堵渠口；河狸筑大坝，人们拆大坝，你来我往，反复较量，势单力薄的河狸终究不是双足站立、"万物之灵"人类的对手，结局是河狸种群灭绝的大悲剧。小说中描写雄狸白爪子、雌狸蘑菇头为了保卫自己的家园，为了家族的生存，奋力开掘坝底洞口，一个被树枝卡在坝底，一个被巨石压在河底，付出了自己的鲜血和生命。它们可歌可泣的行为和命运，真是撼人心魄。这些故事从动物的生活中来，而关于动物的知识又寓于生动的故事之中，知识性与文学性二者结合得和谐、自然。

《生命状态文学丛书》的作者在艺术的追求上，也有一些引人注目的特色：一是语言生动，文笔优美。由于描写对象所限，作品没有角色对话，没有心理描写，主要是借着张弛有致的叙述、生动简洁的白描，吸引读者饶有兴味地读下去。其中有的作品，对自然环境的描写，对动物形态、声音、动作的描写，像优美的散文诗，读来令人赏心悦目。二是追求诗情与哲理的融合。在抒情的、富于诗意的描写中，在充满悬念的故事中，激发读者探索生命奥秘的热情，启迪读者观照人类世界，了解生命的艰辛和壮丽，思索生命的意义和价值，追求理想的生命境界。三是尽可能满足少年儿童亲近大自然、钟爱大自然的精神需求和审美情趣。适应儿童好奇、喜欢探索的天性，引领他们去结识千姿百态的动物，领略变化万千的大自然之美，鲜活顽强的生命之美，从而让他们感到趣味盎然，浮想联翩，精神焕发。我以为，生命状态文学尽管还是一种处于萌芽状态、尚不成熟的文学品种、样式，但它毕竟在我们面前打开了一片新的天地，这是值得肯定和赞许的。

2001 年 3 月 5 日

喜读《非法智慧》

我们处在一个信息时代、高科技时代、知识经济时代，以信息科技和生命科技为核心的现代科学技术突飞猛进、日新月异，"网络就是21世纪"。党中央提出了"科教兴国"的基本国策。伟大时代呼唤科学文艺、科幻文学。

肩负着建设四化、振兴中华历史重任的少年儿童一代，应当具有综合素质，精神道德素质、科学文化素质。要从小培养他们热爱科学、向往科学。科学文艺、科幻文学作品对丰富、启发少年儿童的想象力和创造力具有独特的作用。少年儿童喜欢、期待优秀的科学文艺、科幻作品。来自小读者的问卷调查清晰地表明：科幻、探险、宇宙奥秘这类题材的作品，都是孩子们最感兴趣的。优秀的科幻小说是最有希望进入畅销书行列的一种文学体裁、样式。

正因为如此，我们要大力促进科学文艺、科幻小说创作的发展、繁荣。去年中国作协与中国科协联合召开了全国科普创作会议。今年1月，中国作协主席团通过的《关于进一步加强儿童文学工作的决议》中又提出：与中国科协密切合作，做好文学家与科学家优势互补的联姻工作，共同促进科学文艺创作的发展。作协与科协、新闻出版署联合举办的科普创作评奖已正式启动；作协儿童文学委员会也把探讨、评介少儿科学文艺、科幻小说列入自己的工作日程。

张之路的长篇科幻小说《非法智慧》是当前日趋活跃的科幻创作的一个新的、可喜的收获。这是一本蕴含着丰富的科学想象和浓烈的人文关怀精神的好书，也是一本构思新颖、饶有趣味、能引起少年阅读兴趣的、好看的书。

作者的两只脚，一脚踩在前沿科技上，一脚踩在现实生活土壤上，把现代科学技术与校园生活巧妙、自然地结合起来，张之路原来是学物理的，广泛涉猎各学科的新知识，关注生物医学、生命科学等现代科学技术的发展，善于从中捕捉、吸取新的信息、新的成果。他充分发挥自己的优势和擅长，以一定的科学依据为基础，展开幻想的翅膀，翱翔于校园生活与人世间。植入人体的七星瓢虫芯片，实际上是由微型计算机、数据库、无线上网接收器组成的，这都是已经市场化的技术，并不是处于科技前沿的新成果。作者的创新，是把它植入人体。围绕对植入陆羽身上的七星瓢虫芯片的控制、反控制的斗争，演绎出精彩纷呈、扣人心弦的故事。

以陆教授为代表的一方，要造就电脑与人脑结合、智慧非凡的机器与人的"混血儿"；而以陆教授的助手姜地及其背后的陌生人为一方，则企图控制各行各业、各个领域的精英，让全世界听命于他们。

小说按照文学的审美特征、创作规律刻画人物形象，编织故事情节。中学生陆羽、郭周、桑薇和陆教授（老袋鼠）及其助手姜地、段梦老师等人物形象，都以各不相同的思想、行为，给人留下难忘的印象。故事跌宕曲折，惊险紧张，可说是引人入胜，动人心魄。巧妙地设置悬念，也增强了小说吸引读者的艺术魅力。

科幻小说是曲折地反映社会现实的一面镜子。《非法智慧》融入了作者对生活的体验、感悟与思考。小说把科学人性化的问题摆到读者面前。科学技术的发展，究竟是给人类带来幸福还是带来痛苦、祸害，关键是掌握在什么人的手里。作品对科技发展的负面效应，提出发人深省的警示。蕴含在故事中的人文精神，令人怦然心动。

读完这本小说，如果说还有什么不满足的地方，那就是感到幻想的色彩还不够浓烈，作者立足科技前沿、面向未来的想象力似乎还没有达到自由驰骋的地步。对环境、场景和人物内心世界的描写，似过分拘泥于现实。张之路是一位在儿童小说、电影诸方面卓有成就，思想、艺术上日趋成熟、创作正处于旺盛期的作家。我们有理由期待他在科幻创作方面为小读者奉献出艺术生命力更久远的精品力作。

2001 年 3 月 20 日

贵在不懈探索

—— 读《天棠街 3 号》

　　《天棠街 3 号》是新世纪之初我国儿童文苑的新收获、新成果。文学艺术贵在创新，没有独创，没有革新，文学艺术就不能前进，也就失去它特有的魅力。秦文君是一位富有爱心、责任感和不断探索、创新精神的作家。从《天棠街 3 号》我注意到，她依然执着地坚持"以走入少儿心灵为本""以单纯有趣的形式讲叙人类的道义、情感"、追求"艺术的和大众的（儿童化的）"完美结合这样一些基本的创作理念、原则。同时，我也高兴地看到，她又十分注重开拓艺术视野，寻求独特视角，丰富表现手法，从而使这部小说或多或少地突破了一些论者所谓的"难以突破的'男生贾里模式'"，有了一些新的质素：新的构思、新的意蕴、新的形象、新的色调。

　　秦文君是一位善于编故事的高手，她的作品素来以故事、以趣味、以灵气取胜。在《天棠街 3 号》这部新作中，她依然保持、发扬了自己固有的特色。从一只高挂在家门前的"天棠街 3 号"信箱、一枚始终揣在郎郎裤袋里的镶嵌着蓝宝石的戒指、一个整天挂在解伟脖颈上的俄罗斯军用望远镜、一瓶不知去向的洋酒……演绎出一串引人入胜、扣人心弦的故事。同秦文君以往的作品相比，这部小说更加注意开掘这些故事里面蕴含的浓浓的、割不断的亲情，少年间单纯、真挚、重信义的友情，成年人温馨、痛苦、期待交织在一起的恋情，笔墨酣畅地表述人类共有而又是少年心灵能够感受的那份情感，因而有了更为深沉的人文内涵。

　　力求走进少年儿童的内心世界、感情世界，是秦文君在刻画人物上奋力追求的目标。她对当代都市少年的生存状态、心理状态可说是烂熟于心，对他们的欢乐、苦恼、困惑、期待，有着细致准确的了解和把握。《天棠街 3 号》为秦文君立志塑造的"当代中学生艺术群像"又增添了几个新的、个性鲜明的不同于贾里、贾梅、鲁智胜、林晓梅的少年形象，进一步丰富了我国当代儿童文学的人物长廊。单纯、善良而又有几分忧郁的郎郎，美丽、爽朗、泼辣、大胆的苏风，流里流气、令人生厌又令人忧心的尻，都给读者留下了深刻的、难以忘怀的印象。

秦文君对当代校园生活情有独钟，熟悉都市少年生活是她的优势和强项。从《天棠街 3 号》这部新作可以看出，这次她动用了自己生活库存中另外一份财富，即她从小耳濡目染、极其熟悉的上海里弄百姓人家的日常生活。她的笔触更多地伸入色彩斑斓的家庭生活，把校园生活与家庭生活交叉起来描写。平吉里一幢三层小楼里外婆、小外婆、小小外婆和郎郎妈富小芙，以及那个柴伯伯的音容笑貌、饮食服饰、悲欢离合、生老病死，从八仙桌上的各式早点菜肴到亲朋之间的礼尚往来，从三个老太太的喋喋不休到小外婆的老姑娘脾气，都被描绘得活灵活现、有声有色，充溢着老上海特有的气韵、风味。而对这些家庭生活、成人生活的描写，又都与少年生存、成长的环境及其精神成长、心灵成长的历程紧紧相连，让我们清晰地看到少年成长过程中经历的艰辛、苦涩，品尝少年人生的酸甜苦辣。

在艺术格调上，秦文君的作品也是不断嬗变、发展和丰富的。从她早期作品的深沉凝重、质朴敦厚，到"男生贾里"系列的一改"戏路"，开始追求明朗轻松、幽默诙谐；而这次我们又从《天棠街 3 号》中读出了不乏诙谐的笔调中略带淡淡的忧伤。这种格调是同作品所表述的成长的主题、内涵和谐一致的，是会被广大小读者所接受和喜爱的。

我以为，秦文君的这些探索是成功的。因为她所有艺术上的探索，都没有忘掉走入少儿心灵这个根本。

2001 年 6 月 15 日

有品位和特色的好书

——推荐《徐鲁青春文学精选》

《徐鲁青春文学精选》（6 册，青岛出版社）确实是一个经过精心编选的、称得上优秀的选本。收入这个选集的散文、诗歌、小说等作品，大多是适合少年朋友阅读和欣赏的上乘之作、精粹之作。这部文集不仅集中展示了徐鲁个人青春文学创作的风貌、成就，同时也从一个侧面反映了当代中国青春文学、成长文学所达到的思想、艺术水准。

徐鲁的作品叙少男少女之事，抒少男少女之情，富有浓郁的时代气息、青春气息。无论是抒写在故乡的童年生活往事，还是描写当代中学生的校园生活，作者都把笔墨挥洒在少年的生命成长、心灵成长的历程上，细致入微地抒写了少年的激情、理想、憧憬、梦幻，同时也真实生动地刻画了少年成长过程中的痛苦、烦恼、忧郁和艰辛。年轻人读他的作品，会感到格外亲切，从中可以窥见自己的身影和成长的轨迹。

以情感人是文学的特征和魅力之所在。徐鲁写文学家、艺术家的生活、写作故事，不止于复述故事，而是通过名人的命运、遭际，来揭示心灵的崇高、美丽、善良，颂扬人与人之间真挚、美好的感情。他与多思多梦的少年谈心、对话，也重在心灵的沟通、感情的交流。他站在同龄人的位置上，同他们谈人生、谈生命、谈读书、谈未来，张扬纯真的乡情、人情、亲情、友情、爱情，启迪、激励少年一代更加热爱生活，热爱大自然，热爱祖国，热爱世界。

《徐鲁青春文学精选》呈现出作者鲜明的个性特征。"文如其人"，读徐鲁的作品，可以强烈地感受到他那抒情诗人的气质，那理想主义的浪漫情怀，那善良、质朴而又多少有点忧郁的性格，还有那渗透在字里行间的书卷气息。所有这些，使得他的作品具有与众不同的特色和魅力，即视野开阔、学识丰厚、情感真挚、格调优雅。

我以为，这套富有文学品位和青春特色的好书，对正在成长的少男少女，在心理引导、情操陶冶和审美情趣的培养上，会发挥一定的潜移默化的作用。

2003 年 6 月

倾情于孩子的精神成长

——读《亲亲我的妈妈》

思想、艺术上日益成熟的黄蓓佳，在儿童小说创作上，驾轻就熟地步入了快车道。近 10 年间，她持续不断地为孩子们奉献了 5 部堪称佳作的长篇。这样的创作实绩，不能不令人瞩目。综观收入《黄蓓佳倾情小说系列》的 6 部作品，包括长篇小说《我要做好孩子》《今天我是红旗手》《我飞了》《漂来的狗儿》《亲亲我的妈妈》和中短篇作品集《小船，小船》，似有这样几个共同特色：

其一，大多是为中高年级小学生画像，善于把孩子的小世界与成人的大世界融会贯通起来描绘，满怀深情地关注少年儿童的心灵成长、精神成长。

其二，具有明朗、昂扬向上的价值取向、美学取向，作品的字里行间闪耀着理想的、道义的、人性的光辉。

其三，力求把"感动当下"与"追随永恒"统一起来，不仅要让今天的读者喜闻乐见，在感情上引起共鸣；而且要使之具有较为久远的艺术生命力，在若干年后还能让人细细回味、思索。

其四，读者对象定位明确，面向童年期的孩子，即小学生，同时兼顾家长、老师等成人读者，力求老少咸宜，适合于亲子共读。

最近荣获第十届"五个一工程·入选作品奖"的《亲亲我的妈妈》，这部新作同样具有上述这些特色，只是在题材开掘、人物刻画、艺术表现上，作者又有一些新的探索、新的追求。

与《我要做好孩子》《今天我是升旗手》《我飞了》等作品一样，《亲亲我的妈妈》依然是写孩子的成长。但这次作者把关注的目光投向单亲家庭的孩子。随着现代社会的发展，父母离异率的上升，单亲孩子成了当今社会中日益凸显出来的一个特殊群体。他们面对的困难，背负的压力，尤其是精神、心理上的负载是超常的、非同一般、难以承受的。描写孩子勇敢面对单亲家庭的特殊环境，努力与单身妈妈搭起沟通的桥梁，突出重围，走出阴影，在成长的道路上向前迈进，是一个引人关切、富有人性内涵的题材。作者敏锐地抓住它，凭借自己厚实的生活积累和独特的感悟、思考，颇有艺术说服力、感染力地回答了这一困扰人们的沉重话题。

文学艺术贵在独创、创新，贵在千姿百态。无论是构思、结构、人物、情节，都切忌单一、类同、千篇一律，既不能重复别人，也不要重复自己。黄蓓佳在文学创作上是一个勇于超越自我，不断有新的追求的人。她总是同自己过不去，给自己出新题目，大胆地去作种种新的尝试，新的探索。在塑造人物形象上，她在《我要做好孩子》中，刻画了一个普普通通却努力向上的女孩金铃，而在《今天我是升旗手》中，又刻意塑造了一个充满阳刚之气、出类拔萃的男孩肖晓。在《我飞了》中，刻画了一个心地善良、重友情、富有同情心的单明明，而在《亲亲我的妈妈》中又塑造了一个善解人意、自强自立的小小男子汉赵安迪。小名弟弟的赵安迪和单明明，虽然同样是单亲家庭的孩子，都有沉默孤独的一面，但却是各具个性特征的"这一个"。弟弟之所以成为一个新的、独特的儿童形象，在于作者用温情脉脉的笔触刻画出他丰富、纯真的情感世界，层次分明地勾勒出他在特殊环境下铸就的沉稳、坚毅的品质。

文学艺术的基本特性是借助艺术形象以情感人。黄蓓佳深谙个中道理，她步入儿童文苑不久，就领悟到："唯有那些写人和人之间的感情，写得真挚、深切、纯洁、隽永的"，才会为孩子们所喜爱，以至久久不能忘怀。在《亲亲我的妈妈》中，作者紧紧扣住舒一眉和弟弟母子之间由陌生、隔阂、冷落到沟通、理解、亲近这条主线，把血浓于水、永远难以割舍的骨肉情写得丝丝入扣，动人心弦。故事是以弟弟为主角、为中心展开的。弟弟出世不久，他妈就抛夫别子到省城去发展自己的事业，从小没有享受过母爱。直到10岁因父亲车祸身亡，弟弟才得以来到妈妈身边。但母子之间若即若离，不亲不热，一天说不上两句话，看不到妈妈一个笑容，家里的气氛压抑得几乎令人窒息。弟弟的遭际和处境不禁令人怜悯、同情。可黄蓓佳笔下的弟弟，是一个懂事的孩子，一个渴望得到母爱的孩子。他喜欢妈妈身上散发的淡淡的甜橙般的香味，乐于享受妈妈为他扎纱布那指尖的温存和爱抚，没有因为妈妈的冷漠而泄气、疏离。他尊重妈妈，体贴妈妈，处处事事为妈妈着想，在母子沟通的过程中始终扮演着积极、主动的角色。特别是当他了解妈妈患有抑郁症后，真正成了妈妈所期盼的"这个家里的小男人""一个男性的朋友"。在舒一眉陷于苦闷、忧郁的时候，弟弟在眼镜店店主卫东平、表姐可儿的指点、合作下，帮助她在面临下岗时重新点燃起希望的信心，摆脱了极其自私的男友没完没了的纠缠。尤为感人肺腑的是，作品描述弟弟悄不作声地准备了几样爸爸爱吃的菜，与毫无精神准备的妈妈一起来纪念爸爸的生日时，舒一眉感动了，醒悟了，由衷地道出了"对不起"。母子终于相拥在一起，两颗心紧紧联结、亲密无间了。从这些生动、细致的描写中可以清晰地看出，单亲家庭的特殊环境，确实给了弟弟一份特殊的营养，使他从小培养起自立自强的意识、品质，在忧伤与快乐中成长。一个有心眼、富感情、血肉丰满的小小男子汉形象就活灵活现地站立在我们面前。这个可爱的、有鲜明个性的儿童形象，丰富了我国当代儿童文学的人物画廊。

时代在前进，生活在变革，少年儿童的阅读兴趣、审美需求也在不断发展变化。黄蓓佳的儿童小说创作也在"努力追赶孩子们前进的步伐"。在艺术表现手法、写作风格上，她坚持直面生活的现实主义，但也尝试运用幻想与现实结合、轻喜剧式的幽默，偶尔也采用现代小说常用的象征手法、意识流手法。在《亲亲我的妈妈》的故事、人物、语言上，她又巧妙而自然地融入时尚的、青春的、流行的新元素，更加注重趣味性、可读性，锲而不舍地向着艺术性与大众化的统一、有趣味又有思想的艺术境界登攀。

2006 年 5 月

东北小虎队在成长

衷心祝贺《小虎队儿童文学丛书》的出版。

从 1997 年辽宁少年儿童出版社推出《棒槌鸟儿童文学丛书》到现在，过去了将近 10 年时间。这十年，社会在进步，生活在发展，东北小虎队也在成长。

如今，小虎队已成为一个富有充沛创作活力和鲜明地域特色的青年创作群体。

这个创作群体实力相当雄厚，不断为小读者奉献出思想性、艺术性、可读性俱佳的作品。如获中国作协第五、六届全国优秀儿童文学奖的《随蒲公英一起飞的女孩》（薛涛）、《轰然作响的记忆》（刘东）、《骑扁马的扁人》（王立春），获第六届宋庆龄儿童文学奖的《吹口琴的小野兔阿洛兹》（常星儿）等。

这个创作群体不断新陈代谢，后继有人，富有朝气和活力的新生力量层出不穷。这次推出的《小虎队儿童文学丛书》与 9 年前的《棒槌鸟儿童文学丛书》相比，就有三张新面孔（刘东、于立极、许迎坡）呈现在我们面前。

这个创作群体扎根现实生活沃土，共同追求浓郁地方特色、淳朴创作风格，又各自发挥自己的优势、擅长和个性。在以中短篇小说为强项的基础上，覆盖的创作体裁、样式越来越丰富多样了，兼及童话、诗歌、幼儿文学等。

这个创作群体还有一个优势，就是有一位事业心很强又很懂行、具有组织才能的领军人物赵郁秀。她为小虎队的成长加油打气，擂鼓助威，奉献出自己的心血和精力。正因为有了她，《棒槌鸟》《小虎队》才得以顺利问世，她确实是功不可没。

在中华大地上，从南到北，从东到西，到处都可见到儿童文学组织工作者活跃的身影。赵郁秀就是突出的一位。其他还有浙江的倪树根、安徽的刘先平、湖北的董宏猷、重庆的张继楼、广东的王俊康等。我想，如果每个省、市都有一位热心为"小儿科"鼓与呼的领军人，那么，可以预期，儿童文学"小虎队"这样的创作群体就会在全国更多地方出现，小百花园一定会呈现出更加绚丽的景色，散发出更加浓郁的芳香。

在研讨《小虎队儿童文学丛书》时，我想就儿童文学直面现实、直面苦难的话题，谈一点看法。读了许迎坡的《寻找爸爸的天空》这个短篇小说集，再次引发我对这一问题的思考。

一段时间以来，我们的儿童文学创作大多是以都市少年儿童的生活为对象，而且把过多的笔墨诉诸于时尚的、流行的、贵族化的元素，较少触及生活中艰辛、严峻、苦难的一面，无怪乎有的论者发出："儿童文学要直面苦难的缺失"的感叹。

儿童文学要不要直面现实，可不可以直面苦难？答复是肯定的。20年前，我在评论常新港的儿童小说时，就发表过这样的看法："对于十一二岁到十五六岁正走向成熟的少年读者来说，按照他们的特点和要求，通过文学作品使他们循序渐进地了解成人世界的某些生活，多少懂得一点生活的复杂性，尝一尝人生的酸甜苦辣，是大有教益的。这将有助于把少年儿童一代培养成为意志坚强、不屈不挠的建设新生活的战士、共产主义事业的可靠接班人。"从理论上、思想上，也许儿童文学界的朋友都会认同这个看法，但在创作实践中勇于尝试、探索者似为数不多。直面苦难的革命历史题材作品，如张品成的《赤色小子》《十五岁的长征》，描写新时期以前、上世纪五六十年代的农村苦难生活，如曹文轩的《草房子》《青铜葵花》，都是相当成功的。而在反映当今现实生活的作品中，直面现实、直面苦难的似屈指可数。

这次我们高兴地看到许迎坡《寻找爸爸的天空》。这本短篇集取材于农村或城镇平民子女生活。它直面现实和人生，直面儿童的生存状态，不粉饰生活，不回避描写生活中严峻、艰辛、磨难、痛苦。他把小主人公置于父母下岗、离异、赌博、疾病等等复杂严酷的生活环境里，写他们在厄运中抗争，在困境中进取，在苦难中成长，令人读后不能不为当代这些少年儿童的遭际和命运而感叹以至震撼。

儿童文学作品不是不能描写苦难，问题是在于如何描写。在这方面，许迎坡的创作实践也给我们提供了一些可资参考的经验。

《寻找爸爸的天空》着力刻画了一些北方少年强者的形象，如李一民、祥子、黑子、老三、木木等。作者善于从苦难中发现刚强坚韧，从严峻中挖掘善良豪爽，揭示了北方少年的性格美、心灵美、人性美，特别是他们身上那股憨直、倔强、自立的劲儿。因此，作品虽然描写了苦难艰辛，写了孩子的磨难、不幸，但给人的审美享受却是奋发向上的、崇高健康的，并不会让小读者感到压抑、阴郁、低沉、悲凉。

同时，我们注意到作者聪明巧妙、很有分寸地处理了写困境逆境中少年这种难以驾驭的题材。从儿童的视角来观察、表现生活，充分考虑作品中对苦难的描写要适度，不过分渲染，力求符合少年儿童的年龄特征、心理特征，适合他们理解水平和接受能力。从祥子与冤家对头的儿子李金财用"石头剪子布"这种游戏方式来决定输赢的描写中，孩子会领略到天真的童趣；从福子、铁蛋游泳后捂着裤裆回家的描写中，孩子会品尝到幽默风趣。童趣、幽默、亲情淡化了苦难，更易于为少年读者接受。

我们的少年儿童文学，十分需要像《寻找爸爸的天空》这样刻画少年强者形象的作品，赞扬少年男子汉不屈不挠的硬骨头精神。它会起到给少年读者在精神上补钙的作用，给他们以信心、勇气和力量，鼓舞、激励他们去迎接困难、战胜困难，追求、创造更加美好的明天。

2006 年 12 月 7 日

我读《猫眼小子包达达》系列

　　葛竞是儿童文苑一位生气勃勃、富有创作激情和实力的年轻作家。她的"魔法学校"系列风靡校园，赢得了众多的小读者。这次她推出精心打造的"猫眼小子包达达"系列，给当前相对喧嚣浮躁的儿童文坛，吹来了一阵清新之风，令人舒畅、愉悦。

　　创作贵在创新。一个有抱负、有作为的作家总是不满足于自己已经取得的成就，力求在艺术上有新的探索、新的开拓，求新、求变，勇于突破自己。葛竞这次创作实践，在艺术创新上又迈出可喜的、坚实的一步。首先，她在小说体裁中糅进了童话的手法，扩大了想象的空间。其次，她在表现手法上，发扬写实的优势，又巧妙自然地吸取了历险、侦探、魔法、科幻种种写法的特长，增强了作品的趣味性。再次，在构思、结构、情节上环环相扣，层层深入，巧设悬念，引人入胜，增强了作品的艺术吸引力。

　　文学是人学。叙事体裁的文学创作，包括小说、童话，贵在人物塑造。"猫眼小子包达达"系列的主要成就正在于它笔墨酣畅地刻画了一个富有时代特征、聪明机智、不畏艰险的少年形象。我记得，一位著名的文化人说过："聪明和智慧是有区别的。智慧需要丰富的知识基础，经过个人的努力也许能较好地积累起来。但智慧的成长则需要丰富的阅历和自我磨炼——这需要时间。"从作品中，我们清晰地看到，小主人公包达达在与种种困难险阻的斗争、惊心动魄的善与恶的斗争中经受了磨难。他善于运用自己学到的知识，预测可能发生的事情，解开了一个又一个令人困惑的谜团、难题。从这里小读者不难得到有益的启迪：在自己的心灵成长、精神成长中，智慧的成长，不仅要在文化上、知识上不断丰富、充实自己，更要注重在日常生活中、工作实践中不断磨炼、提高自己。

我相信猫眼小子包达达将会成为小朋友可亲可爱的一个新伙伴；同时期盼作者进一步精心打磨，在揭示人物内心世界、情感世界的丰富性上更上一层楼，使之真正成为丰富我国当代少年儿童文学人物画廊的又一个新形象。

2007 年 8 月 22 日

程玮梦中的书

——《少女的红围巾》读后

新时期文学发轫时期，儿童文学队伍中涌现出一批生气勃勃的年轻作家，程玮是其中屈指可数的佼佼者。她也是最早开拓我国少年文学疆域的尖兵之一。

在我的印象中，程玮的作品富有浓郁的时代色泽和生活气息，擅长于刻画少男少女的感情世界，在艺术手法上勇于探索、变革，语言清新流畅，格调隽永亲切。她的创作实绩和成就，赢得了业内人士的好评和广大小读者的赞赏。

上世纪90年代初，程玮发表出版了长篇小说《少女的红发卡》后不久，骤然从儿童文苑消失得无影无踪。她在国外闯荡了十多年，又回归儿童文学队伍，重新点燃起为少年儿童写作的激情。这次收入《程玮至真小说散文系列》的长篇小说《少女的红围巾》、散文集《风中私语》，就是她近年的新作。她对儿童文学的热情、兴趣一如既往，对生活中新事物的发现、观察越发锐敏。我为她以新的面貌、新的风姿重新登上儿童文学舞台而感到由衷的高兴。

国际题材、涉外题材，即描写异域少年儿童生活或表现中外儿童在一起学习、生活的作品，在我国儿童文学创作中一向比较薄弱。但在这方面，程玮倒是走在前头的，她发表于上世纪80年代的短篇小说《SEE YOU》、中篇小说《来自异国的孩子》等，都是我国新时期以来最早反映中外儿童生活而引人瞩目的佳作。这次程玮又凭借她大学时代对留学生生活的熟悉了解，特别是她近十多年落户德国的丰富生活阅历和对留学、移民生活新的感悟，写出了别开生面、让人耳目一新的《少女的红围巾》。

1990年程玮在日本大阪国际儿童文学年会上曾谈到："我梦中的书应该是一本美的书"，"一本隽永、长久的书"，"一本低低絮语、敞开心扉的书"。她还不止一次地表示；在创作上不愿"重复自己"，要"有新鲜的东西提供给读者"。我以为，《少女的红围巾》这本小说似标志着她的梦想正在变为现实；或者至少可以说，她正向自己奋力追求的那个艺术境地靠拢。这是一本情深意长、耐人寻味、具有较高艺术品位和欣赏价值的书，少年读者和成人读者都会从中得到程度不同的人生启迪和审美愉悦。

《少女的红围巾》推开了一扇生活的窗子，让我们从一个角度、一个侧面看到外面的世界既精彩又无奈、色彩绚丽又斑驳。小说虽没什么一波三折、起伏跌宕的情节，但作者用亲切的、温情脉脉的笔触叙写留学生平凡的日常生活，真实生动地展示出一幅我国当代少年在异国他乡学习、成长、奋斗的生活图景。作品的女主人公、初出国门的雨儿和另外两个出国求学的男生杨光、土豆，合租了公寓楼里一套三间的住房；随后又住进来一个离开父母、要独自谋生而又暂时无处栖身的德国女孩约翰娜。作者聪颖、巧妙地选择了三间房这个小天地，几个年轻人以及他们之间的新鲜、生动、五味俱全的故事就在这里精彩纷呈地演绎出来。一次，雨儿参加慈善酒会，无意中发现她心目中很优秀的男孩杨光竟在音乐厅女洗手间打扫卫生。她觉得一个男人干这种活太窝囊，可杨光却没表示出一丝尴尬，显得很坦然。而雨儿在红灯区一个酒吧打工——弹钢琴，有一次，由于不能容忍一个日本客人的又吼又骂，竟把一杯啤酒泼到那人的头上。为此她受到老板的批评，不禁委屈得流下了眼泪。经历了这两件事，雨儿从杨光身上学到"重要的一课"，意识到自己的糊涂、幼稚。我们高兴地看到，雨儿吃一堑长一智，在日常磨炼中逐步成长了。严峻的现实教育了她，对打工、金钱、荣辱、自尊心等，在思想观念上有了变化，迎接生活挑战的承受力也有了提高。

小说通过对德国女孩约翰娜离开家庭、独立谋生的经历、遭际，生动地展现了东西方文化、传统、道德的差异和冲突。按照德国的传统，一个人过了18岁，要独自出门旅行一次，以便认识世界，体验人生，学会独立生存的本领。约翰娜所属的施耐特家族，更要求子女成年之后，头三年要自食其力，不能花家里的钱。约翰娜高中毕业后离开了家庭。尽管她出身于富豪家庭，父母腰缠万贯，但在她没有打工挣钱之前，不仅付不出该付给雨儿、杨光等的房费和饭费，有时连吃一顿麦当劳的钱都没有。租房得不到父母的经济担保，以至一度她又不得不搬回父母家里去。在她看来，这样走回头路，是"一件令人羞耻的事"。雨儿与约翰娜，经历了一个相逢、相识、相交、相知的过程。对她的白吃白住，也由讨厌、气愤转为原谅、理解。约翰娜的遭际，喜与忧，成功与挫折，雨儿感同身受，从中尝到了独立生存的艰辛，体味到生活的甜酸苦辣，深深地领悟到：要真正做一个从形式到内涵都独立的人，还有很远的路要走。《少女的红围巾》这部小说弘扬自主、自强、自立的精神，对处处、事事都有父母精心呵护、遮风挡雨的中国少年儿童来说，有着激励、启迪、警示的意义。

作品着力刻画的另一个人物形象是出身农村贫寒家庭、从小矢志改变自己命运的于阡。在我看来，于阡是一个血肉丰满、感情丰富、富有立体感的形象。她的经历、遭际和命运耐人寻味，感人至深。作者把于阡放置在与江老师、焦竹、雨儿诸多人物的关系中，多侧面地深入揭示她的内心世界、感情世界。江老师是她的启蒙老师、改变人生道路的引路人。她一生不会忘记江老师在她孩提时代对她说的那句亲切、温馨的话："来，你跟我走。"和最初教她的五个字："窗前明月光"。从此，这个不愿像她妈妈、奶奶那样生活的农村女孩，迈出了改变自己命运的第一步。在江老师的激励、感召下，她刻苦学习，奋发向上，终于走出农村，上了大学。大学毕业又出国进修，拿到博士学位，当上德国一个大公司对中国部门的主管。她由衷感激给予她以新生命的江老师，并日渐萌生出一个少女对年轻老师朦胧的爱。于阡一生只爱过江老师一个人，始终不能割舍那缕埋藏在心底的、深深的爱恋之情。可是，事与愿违，尽管江老师理解、珍惜于阡的那份感情，但他已经有了伴侣，有了家庭，出于道德和责任，他不能再和于阡走到一起。作者满含深情地叙述于阡自强、自立的人生历程和她与江老师之间的感情故事，娓娓道来，丝丝入扣，颇具艺术吸引力和感染力。

于阡与她的大学同学焦竹的关系，可说是形影不离，在学校里已慢慢地成了公认的一对。焦竹对于阡的关爱无微不至。尝过"文革"中饿肚子苦头的焦竹，每周六都要约家境清贫、饥肠辘辘的于阡到学校后门口的"小锅面"吃一碗面条。他决心要给于阡一个温暖、平安的家，一个能笑能哭的地方。焦竹即将去美国留学时，让于阡上英文补习班，等到明年春天要帮于阡办出国手续。于阡对焦竹的爱，心里有过矛盾，一度也想中止，但始终没有挑明。直到焦竹即将登机出国的那一刻，于阡才鼓起勇气对他说出自己的心里话："到了美国，你把我忘了吧！""焦竹，其实，我从来没有爱过你！""在遇到你的时候，我的心已经给了别人。我无法收它回来。"这对一辈子也只爱过于阡一个人的焦竹来说，无疑是晴天霹雳。即使如此，真心疼爱于阡的焦竹，每年圣诞节，都从美国飞来德国，陪伴于阡度过平安夜。直到于阡疾病缠身，已感到来日无多的时刻，焦竹还陪伴于阡去西藏看一看她久已向往的珠穆朗玛峰。他一个人陪在于阡身边，让她度过生命中最美丽的最后的日子。作者把于阡和焦竹之间那种难解难分而又扑朔迷离的友情、爱情，以及他俩对各自一见倾心的人那份真挚，那份忠诚，可说是描写得细致入微，扣人心弦。

再说于阡和雨儿。于阡是雨儿父亲即江老师的学生，也是雨儿到国外闯荡后的第一个引路人。雨儿刚到德国，住在于阡家里。初来乍到，对异国他乡的一切，都感到又新鲜又陌生。于阡暗暗把雨儿当成自己的女儿，对她的言谈举止、服饰打扮，都直率地一一加以指点。每当雨儿遇到麻烦、挫折或困惑，她根据自己的切身体会，诚恳地告诫雨儿："在这个世界上，只要是靠劳动挣来的钱，每一分钱都是光荣的。""不管时代怎么发展，不管现代女性的观念有多大的变化，我想对你说，要把你的第一次给你真正爱的人，记住我的话。""穷困可以磨炼一个人，但也会让一个人变得卑贱。"特别在她最后写给雨儿的信中，情真意切地说："一个女人可以不美丽，可以不富有，但一定要独立。"在于阡亲切而又严格的言传身教下，雨儿沿着自立自强的路一步一个脚印地向前行。尤其令人感动的是，于阡在生命的最后时刻，向雨儿敞开心扉，不加掩饰、毫无保留地告诉她："你的父亲是我一生深爱着的人。可是他从来没有爱过我，请你不要责怪他。""焦竹和你父亲，是我在这个世界上永远心怀感激、永远无法回报的两个人。""这些年来，我总是在忙忙碌碌，活得很浮躁。……我忽略了我自己的感情，也忽略了别人的感情。"作品借着生动、具体的故事情节和心理描写，表达了于阡、焦竹那代人走过的艰辛的路和他们追求爱情、道德和理想完美统一的梦想，给读者留下了想象、思索的广阔空间，让我们细细品味、咀嚼那个令人荡气回肠、感慨不已的人生故事、情感故事的人文内涵和精神价值。

有天赋、有才华的程玮深谙艺术的儿童文学的真谛和本质特征。她着力于理想、情怀、纯美、境界的抒写，紧紧把握以情感人，以美育人，强调审美价值。她刻意在让读者感动上下功夫。我们从作品中饱含深情、浓墨重彩描写的那条轻柔鲜艳的红围巾，那碗热气腾腾、飘满油花的牛肉面，那张于阡和雨儿父母合影的黑白照，那幅挂在壁炉上方的珠穆朗玛峰油画，那个在刺骨的寒风中向于阡要一支铅笔的藏族小女孩……深切地感受到那浓浓的、真挚动人的亲情、友情、爱情。这正是作品长久的艺术魅力所在。

写到这里，我不由得想起西班牙当代文学大师贡萨洛·托伦特·巴列斯特尔特说的："要想写出好作品，首先需要的是天分，其次是经验。如果再有些想象力，那就再好不过了。世界上一切好的文学作品无非出自这三个要素。"我以为，天才，经验，想象力，也正是程玮小说创作获得成功最基本的法宝。

2008 年清明节

有胆有识的拓荒者

——略说刘先平

　　刘先平是我国最早投入大自然文学创作的拓荒者。从 1978 年至今，30 个春秋，他执着地、专心致志地在这块园地上开拓、耕耘，取得了丰硕的、令人瞩目的收获。最近安徽少年儿童出版社隆重推出的《大自然在召唤》九卷，蔚为大观，集中展示了他出色的、最具代表性的创作实绩和成就。

　　刘先平的大自然探险作品，让我们深切地感受到，大自然文学是我国辽阔的文学版图上独领风骚的一片绿洲，原始、自然、清新、淳朴、神奇、奥秘，显示出野趣无限，魅力无穷。

　　我以为，刘先平在大自然文学创作上获得成功的奥秘，归根到底，在于：他有一颗热爱大自然、拥抱大自然的赤子之心；他坚持迈开双脚，跋山涉水，把考察、度量大自然作为第一位工作；他在创作上敢于探索、勇于创新，有自己独特的审美视角和艺术追求。这次重读刘先平的作品，我不能不由衷赞赏他有胆有识，不愧为一位富有远见卓识、勇敢走在前面的大自然文学的排头兵和杰出代表。

　　"有胆有识"。我在这里所说的"胆"，不仅是指他五上青藏高原，两次横穿中国、从南北两线走进帕米尔高原，三次进入怒江大峡谷，走遍崇山峻岭、大漠戈壁、瀚海冰川、莽莽森林，有着无比的勇气和胆量；更主要的是说他在文体上敢于大胆创新。他的"探险长篇系列"是以小说体裁写成的动物故事、传记；他的"探险纪实系列"是以散文笔调写成的纪实文学、游记。他把小说的叙事、散文的抒情、纪实文学的真实、摄影文学的逼真、传神，水乳交融在一起，构筑成别具特色的大自然探险文学。这是他为建设中国特色的大自然文学做出的独特贡献。我在这里所说的"识"，不仅是指他富有从事大自然文学创作所必须具备的动物学、生物学、生态学、地理学等方面的科学知识，更主要的是说他具有一个智者善待自然的识见和胸襟。他较早走出"大自然属于人类"的误区，敏锐而有深度地领悟到"人类属于大自然""人与自然必须和谐发展，共存共荣"。他怀着对大自然母亲感激、敬畏之心，用真实生动的作品发言，呼唤强化生命意识，强化生态平衡，呼唤树立生态道德、建设生态文明。刘先平说："如诗如画的美丽大自然被破坏得支离破碎，激起了我无限的悲愤和忧虑"。这种忧患意识、危机意识，正是他创作灵感、创作激情之源，开拓、探索、创新的活力之本。

　　大自然文学不仅属于少年儿童，而且属于全人类。大自然是儿童文学的三大母题之一，也是文学三大永恒主题之一。在大自然这个宽广的天地里，作家是大有可为的。期盼有更多的、像刘先平那样胆识兼具的作家加入大自然文学的行列，为我们构筑五彩缤纷的野生动植物、自然万物的世界，展现人与自然和谐发展的新天地，从而使我们置身于美丽神奇的大自然怀抱，领悟"天人合一""天地人和"的哲理和情趣。愿生态道德在亿万人们心灵深处生根、开花，让生态文明之风吹遍华夏大地。

2009 年 2 月 28 日

坚守率真与善良

——略谈牧笛作品

张牧笛这个名字，对我来说，一点也不陌生。近些年来，不时从报刊上读到她的作品以及对她的诗文的评介文字。这次读了她的长篇小说《走走停停》、散文集《像南瓜，默默成长》，深切地感到她在文学上很有灵气、才气，也很有创作潜力。有的论者称赞她是"90后"中的佼佼者，儿童文学天空里的一颗闪耀的星星。我打心眼里赞同这个评价。

牧笛在文学上起步早，从12岁起就与文字打交道，涉足诗坛文苑，小小年纪如今已有了六七年"写龄"。她的文学领悟力很强，艺术感觉敏锐、细腻。开始写诗，随后又写散文、童话、小说，涉足几种文学样式，练就几副笔墨。她读了不少书，创作上的准备比较充分，语言文字丰富、优美，富有感情色彩。在本质上、禀赋上，她是个诗人，散文也好，小说也好，都蕴含着浓郁的诗情、诗意、诗味。这是我对牧笛的总体印象。

牧笛的作品，无论是《走走停停》还是《像南瓜，默默成长》，都来自对生活的真切感受。读她的作品，可说是让我们经历了、领略了一次当代都市少年心灵之旅、精神之旅。从她的作品中可以深切感受到青春年少的向往、幻想、纯真、激情，也可以体味到他们难以摆脱的那份孤独、忧伤、烦恼、无奈。

《走走停停》这部长篇小说，以抒情的笔触叙写了初中生的生活和感情，在一定层面上可说是少男少女的心灵自传。这本诗意很浓的小说，没有起伏跌宕的故事情节，没有错综复杂的矛盾冲突，作者从发生在校园里那些平常的、司空见惯的事情、活动中，诸如校园艺术节、运动会、篮球赛、假日旅游、合唱比赛、崇尚歌星、动漫等等，捕捉他们的欣喜、激动、困惑、不安，深入揭示他们的感情世界、内心世界。

读了这本小说，我不禁这样想：长篇小说也可以这么写。书中有叙事、有抒情、有议论，有夹叙夹议，而所有这些，都是为了更好地表现人物的思想、感情。比如，书中写到青橙九岁生日时她妈妈送给她一首诗，青橙领悟到妈妈的一番心意："妈妈是希望她拥有一颗会领略生活之美的心灵，并用心灵的诗意和美好对抗现实中所有的不幸。妈妈是要她明白，偶尔一次雨的洗礼，或是雷的袭击，其实都是一种气度，一种激情，一种深刻。虽有痛苦，但痛得纯粹，痛得美丽，痛得有价值。"这里饱含着作者对母爱、人生的思考，富有哲理，闪闪发光，引人思索。又如：青橙与佑安关于诗歌的议论，关于朋友的议论，以及青橙与卡卡关于信仰的谈话、青橙与王子关于心事的诉说……等等。你读着这些文字，并不觉得枯燥乏味，因为它都是紧紧围绕揭示主人公的精神世界而展开的，是为了更好地表现一个十四岁的女孩对成长的体验、感悟，对生活、人生、理想、未来的思考。在我看来，牧笛不拘泥于长篇小说这种体裁在结构、叙事方式上固有的特征，勇于探索、突破，从而为我们提供了一个新鲜的、富有创意的文本。

我们常说情节是人物性格发展的历史。没有多少故事情节的《走走停停》，凭借生动、富有特征的心理描写、细节描写，为我们勾勒出几个个性鲜明的初中男生女生形象。作者着墨最多的主人公青橙，感情纯真，内心丰富，给人留下了难忘的印象。她和桑末关于梦想的谈话，桑末的梦想是热带雨林："因为……我喜欢森林。树是灵性的东西，我想听树讲话。"青橙的梦想是大海："只是想想海的姿态，她的心都会变得开阔起来。一闪一闪的念头，就像海的波光，起伏奔流着激情壮丽，让心都迷蒙了。"紧接着一段青橙在猫咪森林与桑末相逢的梦境描写，富有浪漫气息，真实地表现了主人公单纯、美丽的向往。书中描写青橙、桑末、莫小郁三人之间的感情纠葛，起伏变化，入情入理。表现青橙内心"那点刻薄的醋意和小小的难过"，很生动细腻，而又把握一定的分寸，点到为止。痴迷文学、想为雨果守墓的西洌，也是写得相当成功的。她的执着、倔强，对文学品质的坚守，让青橙领悟到"对人真诚的敬意"也是一种信仰，交上西洌这样独特的一个朋友很幸福。青橙珍惜这份友谊，从一个侧面进一步衬托出她追求高品位、高格调，她感情的丰富与美丽。

在人物描写上，我觉得对桑末、王子这两个人物的刻画，在分寸的把握上还没完全到位。写桑末的英俊、优秀、坚定、沉着，似写得过于完美、理想化，让人感到他没有敞开心扉，不是那么血肉丰满，可亲可爱。正像青橙说的："她觉得她看到的桑末，仿佛是她所能看到的他的全部，又仿佛只是他很少的一些内在。"而青橙与王子的关系，只因为一次作文大赛颁奖会上的偶然相逢，青橙对陌生的王子就表现得那么友好、亲近、信任，而王子对青橙也如此关爱、帮助，对他们密切交往的描写，缺乏必要的铺垫，让人感到不够自然，因而也就削弱了艺术说服力、感染力。从生活到艺术，离不开想象。我记得西班牙一位当代文学大师说过：要想写出好的作品，首先需要的是天分，其次是经验；如果再有些想象力，那就再好不过了。原本富有诗意想象的牧笛，在塑造人物形象上，还要进一步扩大艺术想象的空间。

收入《像南瓜，默默成长》集子中的那些散文，我也很赞赏。那些回忆童年时光的文字，那些记叙外公外婆、老师文友等人物的篇章，都情真意切，感人至深。这里我想特别说一说牧笛写的那些读书笔记给我的启迪。这些读书笔记，也是一种别具特色的书评。如对《青铜葵花》《四弟的伊甸园》《骑扁马的扁人》等诗文的述评，没有名词术语的堆砌，没有八股气息的老生常谈，也没有面面俱到的长篇大论，有的是清新、简洁的心里话，犹如一篇篇优美的散文，笔墨酣畅地表达自己特有的、真切的感受，"源于内心深处真挚的情感"。作品中的情景风光、人物命运，哪些让她赏心悦目，哪些让她深受感动，都以温情脉脉的笔触淋漓尽致地表达出来，让我们一起分享她所发现和感受的美好事物。牧笛努力做到"表达我真实的感觉"，实话实说，绝不言不由衷，这应当是对作品评论最起码、最基本的要求。唯其如此，也才算是"讲真话，把心交给读者"（巴金语）。

牧笛很年轻，前途似锦。我深切地希望她永远坚守童年珍贵的品质，一是率真，二是善良；在人生的道路上一步一个脚印地走下去，向着至真至美的文学高地，一个台阶一个台阶地向上登攀。

2009 年 7 月 21 日

从《半夜飙车》想起的

挪威，在我的心目中是北欧一个极其美丽的国度。它有着广阔的峡湾，密密的森林，迷人的风土人情，人与自然的和谐融合，令人心驰神往。现实主义的戏剧大师亨利克·易卜生就诞生在这个国家；他是整个欧洲19世纪现实主义戏剧的一面旗帜。风靡全球、被称作"哲学史小说"的《苏菲的世界》，也出自挪威当代著名作家乔斯坦·贾德的手笔。

挪威的儿童文学也耀人眼目。托·埃格纳有当代安徒生之美称，他的《豆蔻镇的居民和强盗》被誉为长篇诗体童话。这部作品表现了优美的人情，是一曲赞扬善良、同情、友爱的颂歌。曾获国际安徒生奖的托·豪根，他的小说《黑鸟》，在反映现实生活的力度、开掘人物的内心世界上，都是令人击节赞赏的。

湖南少年儿童出版社最近推出挪威当代幻想文学的代表人物拉格纳尔·霍夫兰德《半夜飙车》《小熊小狗跑出来》，也都是当代世界儿童文学宝库中的优秀之作、精粹之作。

读了《半夜飙车》，我有两点印象和感受：

一是作者直面现实和人生，不回避描写生活中严峻、艰辛、磨难、苦涩，敢于揭示生活中矛盾、复杂的一面。作品中写到"猛霸帮"（流氓集团）的小混混、头儿，写到主人公的哥哥雷蒙德在马跳崖上与"猛霸帮"约翰尼·蒙姆巴的生死飙车赛，以及雷蒙德与两个恶汉的短兵相接、格斗肉搏……读到这些，我不禁发出这样的感慨：人文指数排名世界第一的挪威，社会现实生活中竟也充满着如此激烈的矛盾、冲突，并不是到处温情脉脉、莺歌燕舞。作者从生活中提炼情节，编织故事，把小主人公"我"置于如此复杂严酷的生活环境里，写他在厄运中抗争，在苦难中成长，写他独特的遭际、命运。随着情节的发展，一个敢于独立面对生活的小男子汉的形象、性格就生动、鲜明地展现出来了。

我在 20 多年前，评论常新港的小说时，曾发表过这样的看法："对于十一二岁到十五、十六岁正走向成熟的少年读者来说，按照他们的特点和要求，通过文学作品使他们循序渐进地了解成人世界的某些生活，多少懂得一点儿生活的复杂性，尝一尝人生的酸甜苦辣，是大有教益的。这将有助于把少年儿童一代培养成为意志坚强、不屈不挠的建设新生活的战士。"我很赞赏《半夜飙车》的作者写困境、逆境中的少年，写生活中的艰难、痛楚，写少年面对麻烦、风险时的所思所想、所作所为，都巧妙、机智、适度，不过分渲染，把握一定的分寸。力求达到好看又好玩，符合少年读者的心理特征，适合他们的接受能力、审美需求。

二是《半夜飙车》的翻译出版，为我国儿童文苑关于成长小说、成长文学的讨论和创作实践，提供了一个可资借鉴的有价值的文本。它对我们开阔眼界，拓宽思路，广开文路，富有启迪意义。

近些年来，我国少年儿童文学创作中，已相继出现一批优秀的、堪称佳作的成长小说，如曹文轩的《草房子》《细米》，秦文君的《天棠街 3 号》，程玮的《少女的红发卡》等。但就成长小说的总体状况来看，在思想、艺术上都还有很大的提升空间。在这方面，我们应当采取既不要妄自菲薄、又不要妄自尊大的态度。要打开窗户看世界，加强中外儿童文学交流，吸取外国一切优秀的文学成果，拓宽我们创作视野，提高我们的艺术表现力，丰富、提高我国儿童文学读物的品种和质量。

《夜半飙车》启示我们，在题材选择上，表现生活的内容、广度上，要敢于进一步打破一些条条框框的束缚。放眼世界，"儿童图书已经向所有题材和问题开放。目前，几乎没有一个同成年人相关的题材或问题不在儿童图书中加以讨论。对成年人的各种现实主义的描写，包括由此而产生的种种弱点和困难，已经不再是禁区了。"（［奥地利］露西亚·宾德博士语）当然，描写各种题材时，一定要像《半夜飙车》的作者那样，充分考虑少年读者的阅读能力、欣赏水平，真正做到有趣有味又有意思。

写成长小说，要敢于面对生活的真实，既赞扬真、善、美，又不回避假、丑、恶，要真实、生动地表现主人公亲历艰辛、挫折、顿悟、成长、迈向人生的心路历程，并能给读者以奋发向上的信心和力量，对未来充满希望和期待。

在叙事方式、艺术表现手法上，超越现实，驰骋想象，现实主义与现代派巧妙结合，也都值得我们细细赏览、品味。

2009 年 10 月

附注：本文系 2009 年 10 月 16 日在"中挪儿童文学与青少年成长"论坛上的发言。

赞全媒体动物小说《义犬》问世

金曾豪是一位擅长写动物小说的能手，在我国儿童文苑不说是首屈一指，也是数一数二，名列前茅的。他先后获得四次中国作协的优秀儿童文学奖，其中有两次是以动物小说《狼的故事》《苍狼》获此殊荣的。他在动物小说方面的创作实绩、文学品质是令人刮目相看的。

金曾豪在动物小说创作上，有鲜明的创作理念、创作主张，有自己不懈的艺术追求。他认为应当用"上帝的视角""大自然母亲的视角"来写动物，采取"动物看人""动物看动物"这样一种新的视角，来描写动物自己的世界。在创作实践上努力遵循动物世界的自然法则，力求进入动物的内心，写出动物的情感、个性。他尽量避免把作品中的动物角色拟人化、人格化，以人类社会的利害准则、道德标准和审美原则来评判是非曲直，不把动物当作人类社会道德观念的符号或某种人物性格类型的化身。

《义犬》（中国轻工业出版社出版）是金曾豪关于动物小说创作主张的又一次新的探索，也是一次成功的实践。这是一部文学品位较高、可读性较强的好作品。

这本动物小说的故事情节矛盾丛生，一波三折，富有悬念，引人入胜。"故事是小说的基本面"（福斯特语）。一个生动的、有趣的故事，可以吸引读者饶有兴味地读下去。《义犬》中描写的黑豆与小老虎阿斗亲热的、命运与共的关系，黑豆与新、老主人二林子、巫三哥的相遇、相识、相知，都写得环环相连、层层切入，扣人心弦。

随着作品情节的发展，塑造了一个活生生的、有血有肉、有情有义的义犬黑豆的形象，生动地揭示出它勇敢、机警、忠诚的情感、个性。比如，黑豆一出场，就令人难忘。当它的哥哥大头被陌生人带走，别的小狗连吭一声都不敢，它却"汪汪"呼叫，不顾一切地去追大头。作品结尾写它在新、老主人之间的艰难抉择：既用身体挡住了巫三哥射向二林子的子弹，又用身体挡住了二林子用火铳射向巫三哥的所有火药和霰弹，对新、老主人，它谁也不愿割舍，终于献出自己的生命。作者画龙点睛的生花妙笔，不禁让读者感慨、唏嘘。

作者十分熟悉动物的生存状态、生活习性、行为方式，比如，作品中紧紧抓住气味线来展开故事情节，对动物的嗅觉，动物身上特有的气味，做足了文章。黑豆伏击黄鼬，它循着气味线，找绑架李老中爷孙的匪徒、抓偷田黄麒麟的小偷，读来觉得真实可信，颇有艺术说服力。

我以为，作者之所以能真实、生动揭示动物内心世界，是借助于对动物生活的观察、体验，对动物学、丛林知识的学习、把握，以及富有诗意的想象力的飞翔。

在《义犬》中，我们还深切地感到作者善于充分调动、巧妙运用自己厚实的生活积累。金曾豪出身中医世家，父亲是个乡村医生。作品中所描写的人物、环境，开居仁堂的宗爷，看管药圃的李老中爷孙俩，还有那四季飘香的大药谷，都是作者所熟悉，耳濡目染，有深切感受的。生活中的故事感动了作者，又驰骋想象，精心编织成富有魅力的文学故事，可以说写来驾轻就熟，得心应手。

《义犬》给人的启示，不是直露的、单一的，而是含蓄的、多重的。对主人的忠诚，对本分工作的坚守，对大自然的钟爱，对他人诚信、宽容……给读者留下了想象、思索的广阔空间。

作为我国首部原创全媒体动物小说《义犬》，让纸质文本与电子媒体（影视、网络、博客、手机、动漫……）联手、互动，从而使作家的优秀作品进入更多读者的视野，为少年儿童文学的传播带来新的机会与可能；同时也为阅读、推广的多渠道、多方式，开辟出一个崭新的发展天地。我情不自禁地为之鼓掌、喝彩！

2009 年 11 月 11 日

别开生面的成长小说

　　——《我的儿子皮卡》读后

　　《我的儿子皮卡》系列是一部富有文学品位和艺术特色的优秀儿童小说。在曹文轩的创作中，则可说是一部别开生面、闪耀着新的亮点的力作。

　　这部儿童成长系列小说的前四册：《尖叫》《仰望天空的猫》《再见，钢琴》《淘金兄弟》，描写了小主人公皮卡从出生到上学前有趣、多彩的故事，是当今幼儿生活真实的艺术写照。

　　打开这部作品，一股清新、浓郁的生活气息扑面而来让你感到十分亲切。作者以饱蘸深情的笔触描写家乡——苏北盐城油麻地那田野、河流、风车、白帆，那宅旁的树林，河边的芦苇，一望无际的稻田，星河灿烂的天空，还有那蜻蜓、橘猫、鸽子、小白牛这些童年时代最好的游戏伙伴，所有这些，构成皮卡在人之初亲密接触自然万物、得天独厚的生长环境。而整天围着皮卡转，对他百般宠爱、呵护的爷爷、奶奶、四个姑姑，还有与他作伴的那些淳朴的乡村小孩，既让他充分享受了温馨的亲情、友谊，也让他从乡村大地吸取了有益于自己成长的养分。从乡村回到大城市，展开在皮卡面前的又是另一个新的天地：耸天而立的高楼大厦，川流不息的来往车辆，开着本田轿车兜风，在"渔夫码头"大酒店品尝海鲜，按照妈妈的愿望被逼着学钢琴，兄弟俩摆地摊卖杂志，与卖茶鸡蛋的农民工家的小女孩不期而遇又不辞而别……皮卡就是在城市这些新的风景、新的事物熏陶下一天一天、一步一步地长大的。曹文轩对家乡油麻地的童年记忆、对长年守望的大城市的生活体验，以及日积月累的育儿经验，可说是烂熟于心，信手拈来，勾勒出一幅色彩斑斓的城乡交错的生活图景，编织出一个个动人的、趣味盎然的故事，让小读者或多或少地领略既陌生又熟悉、日新月异的现实生活，细细品味孩提时代那一段自由、快乐的成长岁月。

　　《我的儿子皮卡》塑造了一个有血有肉、活灵活现、又淘气又可爱的幼儿形象，为我国长长的儿童文学人物画廊又增添了一个新的、令人难忘的艺术形象。作者善于捕捉、选择富于儿童特征、引人生趣的表情、姿态、动作、行为来刻画皮卡心灵成长、精神成长的历程。作品中写皮卡热衷于尖叫，我们会深切地感受到，那是他要宣泄兴奋、激动、好胜、气愤之情，以及对在远方的父母的思念之情；而尖叫声的永远消失，则表达了他对被自己的尖叫声伤害了的小女孩的悔恨、抱愧之情。从这里我们清晰地看到，一个天真烂漫的孩子由懵懵懂懂到逐渐懂事，在成长路上留下的小小脚印。

小说中描写皮卡撕下床上好端端的一张芦席的芦苇条帮助鸽子筑窝；描写他代幼儿园的杜夏老师受过，一口咬定脸上的伤痕是妈妈的戒指划伤的；他为来自农村的女孩草环在幼儿园受嘲弄、歧视鸣不平、解围……这些精彩的故事情节，把皮卡善良、纯真、富有同情心的内心世界完整、真实地呈现在读者面前，令人感动、喜悦和称赞。

曹文轩在创作上执着地"追求永恒"，这一点在《我的儿子皮卡》中依然一以贯之，持之以恒。但在叙事方式上，这个系列小说采取了一种独特的、轻松自如、不加雕琢的谐趣笔调。作品的语言则轻快流畅，如行云流水。蕴含于作品中的幽默、谐趣，是从儿童生活、儿童心灵深处开掘出来的，不是低俗、浅薄、轻佻、平庸的噱头、搞笑。比如，无本驾驶的爸爸在通过高速路口时，皮卡竟直率地、毫不犹豫地大声对警察说："这个人，他没有本！"读到这里，你不禁会发出会心的微笑，引起深深的思索。作者把幽默与纯真的童心童情童趣联结在一起，把幽默与感人至深的人性美、人情美联结在一起，让小读者沉浸在审美愉悦、艺术享受之中，在轻快愉快的氛围中成长，变得越来越聪明、机智、乐观、活泼。

总之，这是一部诙谐有趣而意味深长、兼具感染力和可读性的精粹之作，我乐于向小读者和为人父母的大读者推荐，并热切期盼早日看到皮卡在成长路上继续前行的矫健身影。

2010 年 4 月 5 日

"彩乌鸦"展翅高飞的奥秘

二十一世纪出版社是一个有胆有识、追求卓越、不断开拓创新的团队。在我的印象中，从上世纪80年代以来，它的所作所为，有几件事令人刮目相看、难以忘怀：一是1986年10月在庐山召开中青年作家会议后，出版了《新潮儿童文学创作丛书》，记录下当代儿童文学发展史上灿烂的一页；二是1997年10月在三清山召开的跨世纪中国少年小说创研会上，率先举起了"大幻想文学"的旗帜；三是从2002年引进德国的"彩乌鸦系列"到2009年开始出版"彩乌鸦中文原创系列"，为当代我国儿童文学的创作、出版、提供了成功的、可资借鉴的经验；四是2007年10月牵头建立"中国儿童阅读推广人论坛"，发表了"南昌宣言"，为儿童文学的阅读推广打开了一条通道。

这次二十一世纪出版社组织儿童文学芳菲之旅，开展以"'彩乌鸦'和新文化时代"为主题的讨论，对推动我国儿童文学创作、出版、阅读推广，必将又一次起到引领的作用。

我们处在世界多极化、经济全球化的时代，处在高科技时代、网络时代、信息时代。在这样的大背景、大环境之下，文学越来越明显地进入纯文学、通俗文学、网络文学多元化发展的时代。在儿童文学疆域里，也呈现出艺术的儿童文学、大众的儿童文学、雅俗共赏的儿童文学多元并存，兼容并包，齐头并进的格局。"彩乌鸦中文原创系列"就是在这种背景、格局下脱颖而出的优秀之作、精粹之作。我以为，它成功的奥秘在于：具有较高的文学品位和审美价值。力求做到思想内涵与艺术形式的完美统一，思想性、文学性和可读性的完美统一。"一口气读完，一辈子不忘"的编辑理念所追求的正是：为小读者所喜闻乐见而又具有长久的艺术生命力。

第一，坚持儿童本位，心中唯有小读者。从内容到形式都充分考虑小读者的阅读兴趣、欣赏能力，有故事，有趣味，篇幅大多在五六万字，短小精悍。

第二，讲究文图并茂。精致的、多彩的、富有创造性的插图，不只是给文本增光添彩，而且是对文本的一种新颖、独特的诠释，成为"彩乌鸦"系列不可或缺的一个组成部分。

第三，编辑独到的眼光和功力。从作品题材内容的选择侧重于爱、生命、成长、人与自然的和谐，到作者阵容既重视名家名作又关注新人新作，都可以看出编辑独到的、一流的眼光和功力。

"彩乌鸦文中原创系列"的成功，对我国儿童文学的创作出版，有些什么启示呢？

其一，发展原创是繁荣儿童文学之本。艺术的、大众的、雅俗共赏的儿童文学都要发展。既要大力提倡、鼓励具有文学品位和长久艺术生命力的创作，努力使之占有儿童文学的主流地位；同时也要使大众的、通俗的儿童文学都有适当的发展空间。冒险、惊险、科幻、魔幻、探险、侦探、推理、悬疑、武侠等诸多品种都可在儿童文苑占有一席之地。

其二，坚持文学的基本品质，坚持儿童文学的核心价值观。巴金老人说："文学的目的就是要人变得更好"。儿童文学是爱的文学，以善为美的文学。坚守文学的人文关怀和审美品质，讴歌、弘扬真、善、美，是儿童文学的总主题和基调。在少年儿童心灵里撒播爱的种子，真、善、美的种子，打好坚实的人性底子，充分发挥文学以情感人、以美育人的优势和魅力。

其三，讲究质量，以质取胜。艺术的、大众的儿童文学都有文野、高低、优劣、粗细之分。要把提高作品思想艺术质量放在第一位，坚持一以当十，少而精。让作家更从容地潜心创作，细细打磨，不浮躁，不急功近利。编辑要把握一定的尺度、水准，在作品质量面前人人平等，不讲情面，不徇私情。要让作家真正感觉到进入"彩乌鸦"这样的原创系列，是对作品品质、质量的认可，是在创作上达到了一定的高度。

其四，引导读者，提高读者。儿童文学的服务对象是少年儿童，毋庸置疑，在内容和形式上都应当适合小读者的精神需求。但适合，不是迎合，不是媚俗，要满腔热忱、循循善诱地引导小读者，提高小读者，帮助他们提高鉴赏水平和审美情趣。加强儿童文学评论，让评论真正走进小读者中去。进一步开展阅读推广活动，让家长、教师、社会方方面面更多关注少年儿童的文学阅读，让儿童文学的阅读欣赏更好地融入中小学语文教育。

其五，倾情全力打造品牌。编辑、出版人要进一步树立品牌意识，坚信品牌的号召力、吸引力。从选题策划、作者认定、编辑加工、插图绘制、装帧设计都要狠抓品牌建设，把对图书的品质追求与市场的成功运作营销很好地结合起来，坚定不移地打造读者信得过的、驰名中外的品牌，以纯正的文学品质和高雅的审美价值赢得新时代的亿万小读者。

2010 年 4 月

精湛而独特的力作

——我读《腰门》

彭学军是我国儿童文苑一位富有鲜明创作个性、思想艺术上日趋成熟的女作家。《腰门》是她继《你是我的妹》之后又一部长篇力作,堪称进入新世纪后我国长篇少儿小说的重要收获。

作者十分珍惜童年生活对自己的馈赠,善于从童年经历、记忆中捕捉童年时代的情景、气息、感觉和趣味。《腰门》这部小说采取第一人称的叙事手法,通过传统民宅颇具特色的"腰门"这个独特的视角,深情回望童年所见所闻的人和事,生动真切地表现了一个寄养在湘西小城的女孩沙吉从6岁到13岁平凡而独特的成长历程。从"腰门"切入,是作者聪明的选择。从这个小小窗口窥见的一方土地,沙吉汲取到成长所不可或缺的养料,体味到初涉人世的酸甜苦辣。

作品中小主人公沙吉的形象鲜明生动,令人难忘。另一些人物,如不会说话的水、兔子嘴巴的青榴,云婆婆和未出场的麻脸奶奶等,也都刻画得相当成功。这些人物的遭际、命运,拨动了读者的心弦。作者着力表现人性的美,生命成长、精神成长的美,写出了人物内心的纯真、善良、伤痛、无奈,给人以深深的感动和丰富的审美享受,充分显示了文学以情感人的魅力。

这是一部具有浓郁地域特色和纯正文学品质的作品。交织在故事情节、人物命运中的吊脚楼、青石板路、蜡染、姜糖、苗歌、河灯……展现了令人心旷神怡的湘西风情、文化韵味。生动、感人细节描写,清纯、诗意的艺术追求,明丽、鲜活的文学语言,使这部作品具有很高的文学品位和独特的审美价值。

正因为《腰门》饱含深情表现了人类普遍关注的少年儿童成长这个主题,抒写了能引起普天下孩子共鸣的单纯、善良之情,又展现了蕴含"中国作风、中国气派"的地域特色。因此，我以为它适合于迈出国门，走向世界，推荐给全球不同肤色、不同语言的亿万孩子们。

2010 年 5 月 24 日

文学品质与艺术个性

——我读曹文轩

曹文轩又是作家又是教授、学者。他是学养丰厚的学者型作家，又是富有作家气质的才子型学者。在我的心目中，他是文学界不可多得的人才。

就他的文学成就来说，无疑他是儿童文学界一位重量级、标杆性的作家，一位令人折服的领军人物。他在儿童文学创作思想、艺术上达到的高度，代表了当代中国儿童文学的最高水准，可说是登上当代儿童长篇小说的艺术高地。我以为，曹文轩的儿童文学精品力作，与当代成人文学的优秀长篇小说放在一起，是完全可以平起平坐，毫不逊色的，称得上是一流作品。

曹文轩是一个有着鲜明的文学主张和自觉的美学追求的作家。早在上世纪 80 年代初，他就鲜明地提出："儿童文学作家是民族未来性格的塑造者"。几年前，他又进一步发展、完善自己的看法，明确提出："儿童文学的使命在于为人类提供良好的人性基础"，"目的都是为人打'精神的底子'"。他还提出："美、情调、意境、诗化、感动、悲悯、善，所有这一切，我都将它们看成文学不可或缺的元素"。他认为文学应该给孩子道义感、情调、悲悯情怀，并应将诗意看作儿童文学的特性。曹文轩这些新颖独特的、富有真知灼见的主张、理念、意识，对从事儿童文学的朋友起了启迪心智、拓宽视野的作用，对新时期的儿童文苑产生相当广泛、深刻的影响。

纵观曹文轩的创作，从短篇小说《第十一根红布条》《古堡》到《再见了，我的小星星》《阿雏》，从长篇小说《山羊不吃天堂草》《草房子》《红瓦》《根鸟》到《细米》《青铜葵花》，从幻想小说《大王书》到儿童成长小说系列《我的儿子皮卡》，可以清晰地看出，他把自己鲜明的文学主张、创作理念不露痕迹、自然而然地融入自己生动的创作实践之中。在我的印象中，他的文学成就和特色，有两点尤为难能可贵而又令人难忘。

一是坚守文学品质

曹文轩重视、熟悉文学的特征、功能，推崇遵循文学内部规律。他认为："文学有一个任何意识形态都不具备的特殊功能，这就是对人类情感的作用。"在他看来，情感的作用绝不亚于思想的作用；美感的力量，美的力量绝不亚于思想的力量。强调以情感人，强调审美，以艺术形象、情感、诗意、美感来拨动人的心弦，直击人的心灵深处。读曹文轩的小说，你会沉浸在一种充满"温馨和温暖"的艺术氛围里，为他所刻画人物的遭遇和命运，普通人的人性美、人情美，淳朴浓郁的乡风、乡俗、乡情、乡韵所打动。时隔十多年，我依然没有忘记历经磨难、遭受厄运的杜小康从大芦荡回村时，还特意给桑桑带回的那5个双黄大鸭蛋；也没有忘记桑桑卖掉自己心爱的鸽子，把所得的钱支持杜小康摆小摊。你不能不为那真挚纯洁的友情和善良的同情心所打动。这就是文学的令人感动的力量。曹文轩认定，感动孩子们的，应是道义的力量、情感的力量、智慧的力量和美的力量；感动人的这些东西是永在的、千古不变的。他的所有作品就是紧紧扣住令人永恒感动的"情"这个轴心来构思、结构、叙写的。

二是在艺术风格上独树一帜

曹文轩一向尊重艺术个性，并按照自己的经历、经验、性格、气质、教养、美学趣味，来发展自己的艺术个性，逐步形成并日趋成熟独特的创作风格。他不止一次地表白："我在理性上是个现代主义者，而在情感上与美学趣味上却是个古典主义者"。有的论者把他看作"一位古典风格的现代主义者"。他喜欢浪漫主义的情调；认为忧郁是美的，是一种高贵的品质，主张"文学要有一种忧郁的情调"。他还认为："幽默是一种优秀的品质，幽默是在一种不露声色的有风度的平静之下所显示出来的一种十分内在的智慧"。他在一次访谈中，回答"您小说中梦想的美学原则"这一提问时，是这么说的："向上、飞翔、远离垃圾、守住诗性、适度忧伤、不虚情假意、不瞪眼珠子、不挥老拳、怜悯天下等等"。这几行字是他对自己的美学态度与艺术追求全面而简要的概括，也是解读、诠释他所有文本的内涵、意蕴、风格、特色的一把钥匙。厚重、深沉、浪漫、优雅、忧伤、幽默，这样一种创作基调、风格，使曹文轩成为文学领域，特别是儿童领域里独树一帜的"这一个"。他的新作《我的儿子皮卡》系列，把幽默与纯真的童心童情童趣联结在一起，与感人至深的人性美、人情美联结在一起，让读者沉浸在由衷的感动和审美的愉悦之中。作者在这个系列作品中，按照题材内容和描写对象，更多地驰骋一副轻松自如而诙谐有趣的笔墨；在基本脉络上，依然是他创作风格的承接、延伸和拓展。

我赞赏坚守文学品质、发扬艺术个性的曹文轩，为《草房子》创下的百刷纪录而拍手叫好，期盼他为读者继续奉献具有永恒艺术魅力的经典之作！

2010 年 8 月 27 日

雅俗共赏的精粹之作

——《活宝三人组》读后

我一口气、饶有兴味地读完《活宝三人组》第一辑四册，真切地感到它是一组既有趣味又有品位的校园小说，不愧为日本大众儿童文学的代表之作、出类拔萃之作。

这四本小说之所以能吸引小读者和成人读者兴致勃勃、快速顺畅地读下去，一是在于它有起伏跌宕、引人入胜的故事；二是在于它着力刻画的三个生动活泼、个性鲜明的男孩形象惹人喜爱。

作者那须正干是一位善于编织故事的能手。他尊重孩子们乐于听故事的天性，又十分讲究说故事的艺术和技巧。小说取材于校园生活，但作者并没有把笔触局限于狭窄的校园小天地，而是把焦距对准孩子的关注点、兴奋点，生动描绘孩子们最感兴趣的漫游、探险、历险、侦破及追踪、探寻初来乍到的插班女生的秘密，在小读者面前展开绚丽多彩的社会万象的大天地。孩子的小世界与社会的大世界水乳交融地交织在一起，这样，正好满足了孩子好奇、求新的天性，给他们以悦目怡性、"险极则快"的审美享受。

小说作者娴熟地运用了设置悬念的艺术表现手法。无论是侦破凶杀案的《侦探队》、漂流到无人岛上的《探险记》，还是揭开插班生漂亮女孩"编造谎言"的秘密，一个个离奇、曲折的故事线索，一个个令人关注、期待的悬疑，可说是悬念丛生，谜团重重，纵横交错，扑朔迷离，让你情不自禁地跟随书中的三个小主人公一起去探险、侦探、推理、解破。而结局、谜底往往是出乎意料、变幻莫测。不读到作品的结尾，你根本猜不出事情的结果。当我们最后面对的杀人犯是偷了东家钱、企图灭口的水野；而可爱的真子是为父亲逃避逼债的家伙而不断撒谎……此时稍加回想，其实在前面随着故事情节的推进，早已不断露出蛛丝马迹。你不由得赞叹、信服作者一步一步、一点一点埋下的伏线，布下的疑阵，环环相扣，合情合理，天衣无缝，无懈可击。这充分显示了作家擅长于艺术想象、虚构的功力和本领，也正是作品激发读者阅读兴趣、快乐的魅力所在。

作品中离奇曲折、生动有趣的故事，都是由贯串全书的三个外貌、性格各异的男孩演绎出来的。在《出场记》中，三个小主公一亮相，就给人留下清晰的、迥然不同的印象。在卫生间里遇到小偷的博士，戴着眼镜坐在马桶上看的是《世界百科事典》；胖乎乎的阿慢辨清出博士从窗口丢下的卫生纸上，写的是"寻求救助"；小个子的八谷飞心急火燎，狂奔快跑，慌乱之中要打119电话找消防队，而阿慢当机立断"打119不如打110"找警察好。从这么一个情节里，博士的好学、肯动脑子，阿慢的细心、沉着应对，八谷飞的说干就干、毛毛糙糙，就一一生动地展现出来了。又如，在《探险记》中，活宝三人组自作主张驾驶摩托艇出海，到头盔岛去野营，结果迷失了方向，被困在一个荒无人烟的岛上。三个漂流到无人岛上孤立无援的男孩的遭际、命运，引起了小读者的深切关注。聪明的作者紧紧扣住这一点来描写孩子历险探险的故事。找食物，找柴火，搭帐篷，寻道路、从捡到的空火柴盒和被砍伐的树来判断岛上有无人烟，随后又遇到凶猛的狮子、离群索居的孤寡老人……一个个惊险的场面，一次次奇特的遭际，近似鲁滨逊的冒险经历，读来不禁令人凝神屏息、惊心动魄。

尤为令人赞叹的是，作者善于从行动和细节描写中来揭示人物的思想性格。三个男孩爱好、习性迥异，为野营准备的背囊里带的物品也互不相同。阿慢带的食物最丰富，甜饼干、咸饼干、水果罐头、巧克力一应俱全。八谷飞带的除了洗漱用具，只有扑克、象棋、漫画杂志、钓鱼竿、潜水镜。而博士却带了《探险入门》、指南针、圆规和应急药品等。从这里不难看出作者精心观察、选择细小的事情来表现人物个性的功夫。小说中还描写博士用随身所带的量角器、地图和《探险入门》等，根据太阳的位置和北极星的角度，来测量自己在海上所处的位置。尽管弄错了经纬度，结果失之毫厘，差之千里，但博士那爱书成癖、勤于思考和推理的形象，深深镌刻在小读者的心坎里。又如，书中描写活宝三人组帮助老伯伯捉狮子，八谷飞毫不犹豫地第一个替年老体弱的老伯伯爬上树，而且及时拉开打着活结的绳头，关死了笼门。而虽然也爬上树的阿慢，听到狮子的吼叫，却不禁惊叫一声，吓得憋不住尿。从这样的行动对比描写中，八谷飞的大胆、敏捷、敢于冒险和阿慢的胆小、温顺，就简洁、逼真、恰如其分地勾勒出来了。儿童小说不宜静止地刻画孩子的心理、感情，从行动中、行为举止中来描写，既符合孩子好动好玩的天性，也符合他们的阅读心理、审美趣味。

　　《活宝三人组》精彩、有趣的故事里面蕴含着小小男子汉淳朴的友情、至真至深的亲情、善良的同情心、坚强的进取精神、自立自主自强的品格。小读者会从小主人公成长的快乐、烦恼中，窥见自己的面影、倾听到自己的心声。这几本小说又好玩又感人，是雅俗共赏的智慧之作、精粹之作。那须正干成功的创作实践，给予我们这样的启示：把大众的儿童文学与艺术的儿童文学某些特色、元素巧妙、自然地糅合在一起，创造出既情真意切又娱目快心、叫好又叫座的作品，是大有希望、完全可能的。

2010 年 10 月 12 日

贵在独创

——读《千雯之舞》

当我步入八秩老人行列之际，竟然用一天的时间一口气从头到尾读完一部长达25万字的长篇小说，我不禁为自己的阅读速度沾沾自喜，更为张之路的新作《千雯之舞》的强大艺术吸引力而啧啧称赞。

文学创作是极富个性色彩的创造性劳动。创作贵在独创。张之路的《千雯之舞》别出心裁，勇于开拓，在题材的选择、情节的提炼、故事的编织、细节的描写、想象的驰骋、语言的锤炼上，可说是把文学的独创性发挥得淋漓尽致。

这部小说把人的世界与字的世界、当下生活与历史天地交叉起来描写。有起伏跌宕、引人入胜的故事，有活生生的、有血有肉的人物，有悲欢离合、扣人心弦的感情波澜，故事性、知识性、趣味性和谐、自然地交融在一起，从而使作品具有趣味盎然、耐人寻味的可读性。作者不仅以生动、细腻的笔触刻画现实中的人物，同时赋予书中写到的每个汉字以鲜活的个性和生命。按照每个汉字的字形、字音、字义，在情节的推进中，让它们各自扮演了身份各异、恰如其分的角色。读来令人感到生动活泼，准确到位，富有艺术说服力。特别是千雯这个形象，对爱情的忠诚，对诺言的坚信，感人至深，令人难以忘怀。

文学创作，尤其是儿童文学，离不开自由、充分的想象、幻想。我记得，一位西班牙作家说过，天分、经验、想象力，是写出好作品的三个要素。我国儿童文学作家彭懿则认为：想象力＋故事＋暖暖的爱，是儿童文学赖以立足的三要素。《千雯之舞》作者张之路也认为：好的儿童文学作品应该包含三要素：理想、思想、幻想。由此可见，作家都十分看重想象力在文学创作中不可或缺的位置。《千雯之舞》这部小说有着丰沛的想象力，它在汉字上放飞想象，大做文章，特别是在一本能使人变成字的蠹鱼之书和一条能使字变成人的项链玉石上做足了文章，使之具有改变人物遭际和命运的神奇魔力。作者的这种想象不是凭空而来，向壁虚构，而是深深扎根于现实的土壤。我们真切地感受到：《千雯之舞》具有含蓄而巧妙的折射现实的穿透力。无论是写三百年前的莫千雯、杨天飒、顾远谋还是当下的桑南、老馆长，或是字的世界里的雯、爽、字仙、蚂蚁奇兵，人与人、人与字、字与字之间演绎出一幕幕、一出出斗智斗勇、紧张惊险、精彩纷呈的好戏，里面表现的正义与邪恶、良知与阴谋、爱与恨、生与死的争斗，从中不难捉摸到当今的世道人心。

也许是由于作者让作品的某些篇章承载了过重的普及汉字知识的负荷，因而或多或少地削弱了小说借着形象以情感人的力量，但从总体上看，它依然是一部富有文化内涵和艺术独创性的好书。我相信，它必将激起小读者和大读者对汉字、对传统文化、对中华文明的热情和兴趣。我为张之路这部新作由衷地拍手叫好！

2011 年 1 月 10 日

征服读者的奥秘

——写在《城南旧事》出版五十周年之际

今年是著名作家林海音逝世 10 周年和她的代表作《城南旧事》出版 50 周年的日子。随着上世纪 80 年代初《城南旧事》电影的放映、小说的出版,林海音的名字在中华大地可说是家喻户晓,尽人皆知。

《城南旧事》大获成功,以永恒的艺术魅力征服如此众多的读者、观众,在创作上究竟给予我们什么样的启示呢?

一是要珍惜童年生活的馈赠

林海音在《冬阳 童年 骆驼队——〈城南旧事〉》出版后记中写道:"北京城南的胡同、四合院、西山脚下的毛驴,以及脖子上挂着铃铛的骆驼,……这些都给了我不尽的创作灵感。""我是多么想童年住在北京城南的那些景色和人物啊!我对自己说,把它们写下来吧,让实际的童年过去,心灵的童年永存下来。"《城南旧事》描写的是作者从 6 岁到 13 岁所经历和熟悉的人和事。作者写这些小说的时候已是人到中年,进入不惑之年。也就是说,作品中的人物、故事已在作者脑海里储存了 30 年。那确实是作者心灵深处发酵过的一坛陈年老酒。陈年佳酿,历久弥香。作者历经沧桑,对人生百态的观察和体悟越发透彻、深刻。在这个时候回眸童年往事,就能深入开掘出其中充满人性光辉的社会文化内涵。一个作家,特别是从事儿童文学创作的,要由衷感谢童年生活对自己的馈赠,善于从童年经历、记忆中捕捉童年时代的情景、气息、感觉和趣味,始终保持用儿童的眼睛和心灵来观察、体验难以忘怀的那些人和事。

二是要掌握以小见大的艺术本领

《城南旧事》记叙的都是上世纪 20 年代京华故都的"城南旧事";作品中的主人公都是普通的人、平凡的人。小说通过小孩的眼光来看成人世界发生的事情,展现大人世界的悲欢离合、喜怒哀乐、酸甜苦辣。英子的眼光天真、纯净,心灵质朴、善良,因而她展现的成人世界别有一番色彩和情调:单纯与复杂、清澈与朦胧、喜悦与哀伤、温暖与阴冷交织在一起,让你既闻到世间的烟火味,又窥见人间真善美的感情火花。林海音写大时代的小故事,看到小故事后面的大人生,在小说创作中充分显示了以小见大的杰出才能。而这正是短篇小说艺术的优长、特色和精髓。

三是要把握文学以情感人的本质特征

读林海音的《城南旧事》,吸引你关注的往往是作品中人物的遭际和命运。《惠安馆》里疯女人秀贞,她那相好的大学生思康一去不复返,生下的女儿小桂子又被家人扔到齐化门城根下。对亲人的深深思念,使她精神恍惚、神经错乱。当英子让秀贞讲思康三叔的故事时,秀贞的眼泪掉了下来,"还说呢,人都没影儿了,都没影儿了,老的!小的!"读到这里,我们的心灵为之震撼,泪水也不禁夺眶而出。当我们从《驴打滚儿》中读到与英子朝夕相处的乳母宋妈,儿子小栓子掉进河里淹死,女儿丫头子被丈夫卖给人家。我们望着她那骑着毛驴回家去的身影,又怎能不同情她的凄苦悲惨的命运呢?!作者着力写人的命运,写人的内心世界、感情世界,表现他们特别是妇女心灵的痛苦和命运的凄惨。我们被作者笔下的脉脉温情、淡淡哀伤所打动。这就是文学以情感人的特有力量。

四是孜孜以求久远的艺术魅力

我以为,林海音的小说写得从容、自然而又生动、细腻,构思精巧,描写精细,艺术手法精湛,一篇篇都是精致的艺术品。而这些小说所描写的内容又都是人类命运共有的东西，因而经得起时间的汰洗，具有久远、永恒的艺术魅力。小说的素材虽然都是作者熟悉的人和事，但结构极其精巧，编织出的故事情节富有吸引力、感染力。如《惠安馆》中描写英子从妞儿的遍体伤痕了解到她的身世，又看清她脖子后头的那块青记，从而断定她就是秀贞一直寻找的小桂子，终于帮助她们母女重逢。又如，《我们看海去》中描写的那个出没在荒草丛中的小偷是为了供弟弟上学而被迫走上偷盗之路的，而巡警能够破案却正好是英子提供了小偷送她的那个小铜佛。故事虽不是一波三折，起伏跌宕，但编织得天衣无缝，引人入胜。人物之间的关系也写得真实可信，丝丝入扣。天真、稚嫩的英子，分不清天空和大海，好人与坏人，小读者乃至大读者面对如此人生百态，又何尝不需要细细思索、咀嚼、回味呢？作品强大的艺术魅力"让心灵的童年永存下来"，这正是林海音在文学上的主要成就。

五是以富有民族色泽的文学精品作为两岸文化交流的桥梁

《城南旧事》称得上经典之作、传世之作；特别是它具有的民族特色、地方特色，为中华儿女所喜闻乐见。两岸文化交流，重在两岸人民心灵的交流、沟通，感情的交流、沟通。一部《城南旧事》的小说、电影，它的艺术形象呈现的情感的力量、道义的力量深入人心，其作用和影响是难以估量的。创作、出版更多的能引起两岸人民思想、感情共鸣的文学精品力作，是加强两岸文化交流题中应有之义，也是文化人、出版人不可推诿的义务和责任。

2011 年 10 月

三赞老臣

在我的印象中，上世纪 90 年代在儿童文苑崭露头角、被称作第五代的作家，都有着心系孩子的赤诚情怀，生气勃勃的创作姿态，锐意进取的创新精神，不拘一格的艺术追求。老臣就是这个作家群中的佼佼者，一个创作特色鲜明、艺术上日趋成熟的小说家。

就我对老臣创作成就和特色的粗略了解，我以为下列几点尤其值得赞赏。

一赞老臣作品浓郁的地域色泽

老臣善于把辽西大地富有特色的自然景物、地方风情（女儿河、古塔、废墟、沟谷、民谣……）与少年的生活遭际、命运交织起来描写；笔墨酣畅地表现了辽西少年在逆境、厄运中显示出的质朴、坚韧、刚毅、倔强的品质、性格。丰富了儿童文学画廊中北方小小男子汉形象，为孩子们奉献了充满山野气息、泥土芳香的阅读文本，是老臣令人瞩目的贡献。

二赞老臣追求诗意、善与美的创作理念

在老臣看来，"每一颗童心都蕴含无数的诗意"，"儿童文学正因为以善与美为主题，才得以在文学的天地间，充满诗意地栖居"。辽西的山山水水哺育了老臣，他极为重视童年生活对自己的馈赠。他以敏锐的眼光从生活深处发现、开掘美、诗意和情趣，从孩子心灵深处寻觅、捕捉美好的、闪光的素质。从他的作品中，我们清晰地窥见主人公在贫瘠、阴影、泥潭中向往、追寻阳光和热力，在艰辛、苦涩、不幸中铸就刚强、壮美、顽强的生命力。因而老臣的作品就富有滋润心灵的诗意、催人奋进的基调。

三赞老臣语言文字的艺术魅力

文学是语言的艺术。老臣在语言的锤炼上，既注重朴实、洗练、简洁，又讲究丰富、优美、富有色彩和魅力。我十分赞赏老臣用流畅、绚丽多彩的文字绘声绘色、惟妙惟肖地叙述人物的故事，刻画他们的内心世界。他的小说字里行间常常令人感到情深深、意浓浓、诗意盎然、富有抒情味。比如，《漂过女儿河》的"尾声"，读来就像是一首声情并茂的散文诗。

老臣已下海多年。近些年他一边做生意，忙投资；一边继续关注儿童文学，紧握手中的笔。深切期待老臣保持和发扬亦文亦商的智慧与勇气，在市场经济大潮汹涌面前，保持从容、沉静、淡定的写作姿态，坚守文学品质，追求艺术独创，为孩子们奉献新的、精彩的作品。

2011 年 12 月

立足现实与历史的奇妙穿越

——《我和爷爷是战友》读后

　　读完《我和爷爷是战友》这部小说，我的第一个感受是：这种革命战争历史题材的作品在儿童文学创作领域里似乎是久违了。在《小兵张嘎》《闪闪的红星》及前些年张品成的《赤色小子》《十五的长征》、殷健灵的《1937·少年夏之秋》之后，近些年战争题材的儿童小说写得成功、富有新意、引人注目的可说是凤毛麟角，难得一见。

　　《我和爷爷是战友》是年轻作者赖尔怀着充沛的激情写出来的，富有爱国主义、英雄主义精神的描写抗日战争的好作品。他对培养当代少年坚强、勇敢、正义、刚毅的品质必将发挥潜移默化的独特作用；是少年精神成长、心灵成长中"补钙"不可或缺的营养上品。

　　这部小说的构思新颖、奇妙。奇就奇在两个"90后"高三生竟一下子穿越到抗日战争年代新四军队伍中，在那里生活、战斗了两年多。妙就妙在"90后"高中生与新四军的年轻战士，从生疏隔阂、格格不入到志同道合、相帮相扶，成了共患难、同生死的战友。明明你知道这种穿越不可能发生，是文学的虚构，但绘声绘色的真实描写，却让你仿佛身临其境，觉得作者笔下演绎的战斗故事、人物遭际都那么真切。作者凭借对"90后"高中生生存状态、感情世界、性格特征的把握和熟稔，凭借对新四军战士生活素材的大量积累和深切感受，从而得以脚踏现实生活的土壤，立足抗战史实的坚实基础，驰骋想象，穿越时空，精心编织出"90后""三八式"两代年轻人共同抗击日寇、保家卫国的威武雄壮的故事。两个17岁的当代少年加入转战苏皖的新四军行列里，他们的言谈举止、生活方式、道德观、价值观都经受了战斗的洗礼。亦真亦幻、亦虚亦实的穿越，餐风宿露，枪林弹雨，终于铸就出与原来迥然不同、具有新的品质、新的精神追求的好小子。从抗日战争的历史里努力寻觅、发现、开掘丰富的人文内涵、美好的道德情操、可爱的战士形象，这正是《我和爷爷是战友》奇妙的艺术魅力之所在。

真实而生动、颇具艺术说服力地表现了主人公在战斗里成长，是这部小说引人瞩目的成就。艰苦的环境，严酷的斗争，从中最能表现一个人的意志、品格、感情、智慧。作者不回避描写战争的严酷、惨烈，从血与火的考验、生与死的搏斗中揭示主人公李扬帆、林晓哲的成长。这两个原本衣食无忧，没吃过任何苦头的"90后"，刚到新四军队伍里面对着糙米糊糊，李扬帆想吃的是肯德基的新奥尔良烤翅，林晓哲想吃的则是他妈烧的红烧肉。遇到新鲜事或麻烦事，李扬帆总是以日本动漫、好莱坞大片、网络游戏来对比；而林晓哲不是默念《蜀道难》就是《兵车行》，满脑子还是模拟试卷和堆积成山的习题。初上战场，李扬帆曾有过逃跑的念头，林晓哲则吓得尿湿了裤子。他们的所思所想，所作所为，与周围的新四军战士形成鲜明的对比，强烈的反差。以历史观照现实，审视当下，会产生发人深思、催人奋进的强大力量。正是经历了一场又一场战火纷飞、腥风血雨的战斗，李扬帆目睹了自己所在班——三班的十一个战士，只剩下罗广胡和自己，其余全都牺牲了；敌人的凶狠残暴，战友的舍生忘死，血流成河、尸横遍野的严峻事实，终于使他逐步醒悟了。他不再把李排长说的"国家兴亡，匹夫有责"看成"陈词滥调"，也不再把战争看成"灭绝人性""不讲人权"。他从怯弱到坚定，从恐惧到无畏，胸中点燃起同仇敌忾、奋勇杀敌的火焰。在前线火光的照耀下，我们清晰地窥见李扬帆身上生长出新的、闪闪发光的品质。

小说真实地、形象地描写了战争之激烈，牺牲之悲壮，伤亡之惨重，但又不过分渲染这种残酷恐怖，而是充分考虑到少年读者的年龄、心理特征，恰如其分地把握一个"度"，注意掌握分寸，力求使这种描写能激发少年的英雄主义、乐观主义精神，鼓励他们奋发向上，勇往直前。

尤其感人肺腑、催人泪下的是作品揭示了战火烛照下战士的人性美、人情美。胆小的林晓哲深更半夜偷偷摸摸奔向尸横遍野的战场，是要去翻找出白天牺牲的战友孙老师的尸体，挖坑埋好；而且他心中牢牢记住要替孙老师教11岁的小阿牛识字、写字的承诺。这不能不使曾有逃跑念头的李扬帆自愧弗如，并从战友付出的鲜血和生命中懂得了什么叫"打仗"，什么叫"战场"。一个战士倒下，两个、三个、更多的战士站起来，从中汲取了勇气和力量，继续前进，心灵熔铸得越发纯净和坚强。老战士周水生因被李扬帆挖坑时不慎锄伤而患上破伤风，没法治疗，生命垂危。临终前，他坚持要把特为他做的病号饭——白粥煮蛋中的那颗鸡蛋留给小阿牛吃。这个小小的细节，把新四军队伍里的战友情表现得淋漓尽致。写人，写人的命运、遭际，写战士内心世界的崇高、美丽，把烽火连天的战地生活与战士丰富壮美的感情世界交织起来描写，这样以情感人的战争题材儿童小说，就会赢得小读者的接受和喜爱。《我和爷爷是战友》在这方面还有加工、提高的不小的空间。

2012 年 3 月 16 日

植根生活　驰骋想象

——读汪玥含《狂想家黄想想》

　　汪玥含是当今儿童文苑一位生气勃勃、富有活力的青年作家。她在校园青春小说、儿童小说创作上均有令人瞩目的可喜成果，她的创作成就和特色值得探讨。我读了《狂想家黄想想》系列的三个中篇（《黄想想的盛宴狂想》《黄想想的脏薯条》《黄想想遇见女生》），有这么一个印象：汪玥含是一位贴近儿童生活又善于驰骋想象、坚守文学品格又追求艺术特色的写作能手。

　　最近一个时期，"中国梦"成了官方、民间、媒体最为关注的热门话题。我读汪玥含的三个中篇，深切地感受到，她是在追寻五彩斑斓的童年梦。少年儿童是祖国的希望与未来，实现中华民族伟大复兴的历史重任落在他们身上。从狂想家黄想想和他的同学的身上，我们读到了一种积极进取、奋发向上的精、气、神。作品基调昂扬、明朗、温暖、快乐。

　　作品主人公黄想想从小就爱狂想。在幼儿园，每天午睡都睡不着，在自己想象的世界里不停地游荡。从奥特曼到孙悟空，从霸王龙到圣斗士；躺在床上，闭上眼睛，把保时捷、法拉利、宝马、奔驰、三菱，漂移各种赛车开得飞快。他的这些想象植根于生活土壤，真实反映了当代都市孩子的兴趣、爱好，也符合他们的年龄特征和心理特征。作者的本领在于：敏锐地从日常生活中发现、捕捉孩子身上美好、向上、闪光、稚气的东西，又善于把它们编织成有趣的、引人入胜的故事，吸引读者一口气读下去。书中描写生长在单亲家庭，又从来没有养过宠物的黄想想，向同学大讲自己的爸爸在澳大利亚有个农场，养着袋鼠、考拉、袋熊，自己得过"动物小专家"称号，爸爸因为给学校捐款被聘为"客座教授"。故事讲得有声有色，有头有尾，让同学们惊羡不已，无比陶醉。黄想想的想象并非凭空产生，而是来自他熟悉的《动物世界》；同时也反映他的小小心灵渴望父爱、亲情的滋润。

　　想象力与天分、经验被看作写出好作品的三要素。歌德说："不管是文学、艺术还是科学领域，要想做成大事，都需要杰出的想象力。"孩子的想象往往带有一定的夸大性，喜欢夸大事物的某些特征和情节。汪玥含深谙个中道理，她把夸张浸透到丰沛、活泼的想象中，使得狂想家黄想想所思所想、所作所为越发有趣、好笑。书中描写黄想想崇拜绘画大师阿子卷卷的长头发，竟然把玉米棒上的须须用透明胶粘在自己头发上。他又如法炮制了一张阿子那样的名片，自封为"环球世界总公司董事长"和"艺术总监"。拿着名片四处旅行，对着镜子与外国人对话、谈生意，回国翻山越岭，穿行于用家里的桌子、柜子、台灯、花瓶、墨水瓶、盆花、橘子布置成的羊肠小道、茂密丛林之间。最后黄想想的"长头发"挂在了路边的"花"和"树枝"上，并被打翻的墨水瓶染成了深蓝色。作者熟悉儿童的思维特征，用幽默、夸张的笔调，把小主人美好的向往、纯真而富有想象的心灵世界展现得淋漓尽致。读到这里，你不禁会捧腹大笑。

　　文学作品，包括儿童文学中叙事体裁的小说、童话，还是要注重塑造人物形象的。前些日子，从《文艺报》上读到一篇题为《文学人物画廊就要关闭了》的短文；文章作者感叹每年发表出版为数极多的小说，却难留下一两个有血有肉的人物形象。这也许有点极而言之，但提出的问题也还是值得儿童文学作者关注的。尽管这些年儿童文学作品也塑造出皮皮鲁、大头儿子、贾里、贾梅、马小跳、皮卡这样一些生动的、为小读者接受和喜爱的人物形象，但只见故事、不见人物的现象还是屡见不鲜。本来故事情节是人物性格发展的历史，精心编织故事才有可能表现出人物的性格。我以为，汪玥含的中篇系列还是着力刻画人物的。狂想家黄想想这个儿童形象虽然还不是那么血肉丰满，但已生动清晰地表现出他的个性特点。他的好学向上又斯文温顺，酷爱狂想又慢条斯理，好胜心强又胆怯软弱，给我们留下难忘的印象。黄想想与花花、马莉哲玩过家家，他一次又一次被使唤去买菜做饭，送生病的"妈妈"去医院，假装成孙悟空翻山越岭去探险挖宝，被小伙伴折腾得气喘吁吁，体力不支，无奈地发出"孙悟空是被你们两个给累死"的感叹。他的言听计从，说做就做，充分揭示了他性格中听话、温顺、认真、实干的一面。又如，他以两张游戏卡与唐纯交换彩色迷宫书而受骗之后，在家里摩拳擦掌，与妈妈散步时讲班上的故事，想象着把唐纯打昏在地。从他欲解心头之恨而又临阵怯场的思想行为里，我们又看到了他心地善良、缺乏勇气的一面。作者把发生在黄想想与同学、老师、亲人之间的一个又一个有趣的故事连缀起来，随着故事情节的推进，一个生动、可爱的小男生形象就刻印在我们的脑海里了。

汪玥含坚持儿童文学"深入浅出"的写作准则，文字浅显、流畅。她以亲切平等的姿态，轻松自如的叙事方式，面对面地与孩子对话、交流，完满地实现大人与孩子的心灵沟通。这个中篇系列是适合小学生阅读的优秀文本。愿汪玥含的《狂想家黄想想》系列走进广大小读者，为他们所喜闻乐见。

2013 年 6 月 27 日

从"彩乌鸦"说到中篇创作

"彩乌鸦中文原创系列"在儿童文学界、出版界和读者群中已经逐渐成为有相当知名度和特色的图书品牌。

三年前，在南昌召开的"彩乌鸦"和新文化时代研讨会上，我曾谈到"彩乌鸦"成功的奥秘在于：第一，具有较高的文学品位和审美价值；第二，坚持儿童本位，心中唯有小读者；第三，讲究图文并茂；第四，编辑具有独到的眼光和功夫。在那次会上，我还谈到"彩乌鸦"的成功，对我国儿童文学的创作出版有五点启示：一是发展原创是繁荣儿童文学之本；二是坚持文学的基本品质，坚持儿童文学的核心价值观；三是讲究质量，以质取胜；四是引导读者，提高读者；五是倾情全力打造品牌。

时隔三年，有幸再次参加在京召开的这次"彩乌鸦"研讨会，我的上述基本估计和看法没有改变。我依然十分赞赏"一口气读完　一辈子不忘"的编辑理念。我以为，这是二十一世纪出版人对文学品质和艺术魅力的追求，也是作者、读者、编者用以衡量作品思想、艺术水准的一把公正、严格的尺子。

靠什么来达到"一口气读完，一辈子不忘"？这就要求作品在思想、艺术上具有强大的吸引力、感染力。不仅在当下为读者所喜闻乐见，给他们带来快乐和感动；而且经得起时间的检验，有较为长久的艺术生命力，能永远留在读者的童年记忆里。吸引力、感染力从何而来？这就有赖于作品本身好看的故事、鲜活的人物、真挚的感情、生动的文字。既精粹、精彩又精致、精美，"彩乌鸦"已经问世的 20 本原创作品，大体上已达到或接近这个目标。

"彩乌鸦中文原创系列"从 2007 年启动，2009 年第一本书面世，至今五六年时间，总共出版了 20 种。20 种，在浩如烟海、不胜枚举的图书之林中，可说是微乎其微。编辑、出版人真正坚持了"少而精""慢功出细活"，宁可少些，但要好些，宁可慢些，但要细些，追求品质，讲究质量，把质量放在第一位，以质取胜。在当下图书市场竞争激烈的情况下，始终不渝地做到这一点，确是难能可贵的。

这次我再次浏览了手边能找到的几本校园小说，包括张之路的《弯弯》、彭学军的《奔跑的女孩》、李潼的《大声公》、王淑芬的《我是白痴》等。读了这些作品，引发出我的一个想法：在儿童文学领域，要鼓励、提倡作家多写一些中篇儿童小说、中篇童话。从我读过的这些作品中，可以清晰地看出中篇体裁的特色和长处：

一是容量不大不小，篇幅不长不短，一般三五万字，适合孩子，特别是中低年级小学生在较短时间内读完，不像读长篇那么费时，又比读短篇解馋、过瘾。

二是可以写一个较为完整，但又不过于复杂的故事，反映的生活相对单纯集中，符合孩子渴望了解事情或人物来龙去脉的阅读心理、习惯。

三是可以刻画一个主要人物或两三个人物形象，从他们的一段生活经历或若干生活侧面，揭示他们的个性特点。

四是有利于作家提高艺术概括力，更加注重作品的艺术构思、情节的提炼，用更简洁、省俭的笔墨来叙事写人。

在我国现、当代文学史上，写中篇的大家、能手，中篇精品力作屡见不鲜。鲁迅的《阿Q正传》、赵树理的《李有才板话》、孙犁的《铁木前传》和新时期以来谌容的《人到中年》、鲁彦周的《天云山传奇》等，都是脍炙人口的中篇杰作。在儿童文学领域，也有徐光耀的《小兵张嘎》、李心田的《闪闪的红星》等流传至今的中篇佳作。我深切希望"彩乌鸦"吸引更多的作家来写中篇，坚持不懈地把发展繁荣中篇创作当作自己的一种责任，多推出一些像《你是我的妹》《弯弯》这样的优秀之作。

我读了收入"彩乌鸦"系列的几本校园小说，还想说一点粗浅的印象和感受：

校园不是一个孤立的存在，它是社会的一角，现实生活的一个方面。写一个班级，不必拘泥于描写教室、操场、同学之间、师生之间的关系，可以联系到学生的家庭、他们的父母兄弟，联系到社会上的一些人、事和自然万物。要善于把孩子的小世界、小社会与成人的大世界、大社会联系、交融起来描写。比如，《大声公》写同学们到翠峰湖探险、到典雅的陈家大厝作毕业旅行，写鼓号乐队到渔港玩耍以及校园遭遇地震侵袭的情景。这样，既真实、生动地展现了学生丰富多彩的生活，又让读者开阔了眼界，获得了不少新鲜、有益又有趣的知识。

　　塑造人物形象，刻画人物的性格，这是小说家的根本着力点所在。儿童小说能不能感动读者、征服读者，也要看它是否成功地创造出有血有肉、栩栩如生的儿童形象或与儿童不可分割的成人形象。生活是五彩缤纷的，人物是多种多样的。少年儿童由于成长环境、文化教养、生活经历、天分禀赋的不同，也就形成各自不同的个性特点。题材、风格、表现手法要多样化，人物形象、性格也要注重多样化，力求写出熟悉又陌生的"这一个"，写出新的、独特的、与众不同的儿童形象来。从"彩乌鸦"的几本校园小说里，可以看到作者在这方面的用心和努力。《弯弯》写一个普普通通、平平常常、纯真、善良而又不乏想象力、创造力的女孩。《奔跑的女孩》写了少年体校两个贴心、知己而梦想、性情又不尽相同的女孩。《我是白痴》则写了一个身患残疾而"每天都很快乐"的男孩。这些小主人公的个性特点鲜明，都有自己独特的内心世界。作者刻画这些儿童形象的笔调，或幽默风趣，或情真意切，或轻松流畅，让读者在心里久久回味、思索，引起感情共鸣，难以忘怀。

2013 年 4 月 28 日

天真比才华更重要

——读《童年河》有感

前不久，我外甥女的女儿，一个小学四年级的学生，从马鞍山给我寄来一封信，说是她所在学校最近布置一次作文作业，是和一位亲友书信往来。她在信中说是非常喜欢阅读文学作品，希望我推荐一些优秀读物。我在回信中，谈起自己童年、少年时代的读、写情况，并向她推荐了几本儿童小说和童话，其中第一本就是刚读完的《童年河》。

赵丽宏的这本长篇小说真挚、感人、亲切、流畅，是富有文学品质和艺术特色的优秀之作，可说是近些年儿童文学园地上难得的、可喜的收获。

作者非常珍惜童年生活对自己的馈赠，永远保持孩子那种天真、单纯的心态。写儿童文学作品，一定要有童心，万万不能失去童心。保持童心、天真比富有天分、才华更重要，而丧失童心、天真比丧失才华更致命。童年生活的回忆给作者以天真、稚气、灵感、激情。正因为永葆童心和天真，才能在感情上、心灵上与当今的孩子息息相通。这是作为成人文学作家、诗人的赵丽宏，初次涉足儿童文学领域之所以能大获成功、赢得读者的奥秘所在。

文学的魅力在于以情感人。《童年河》的作者善于捕捉日常生活中那些闪光的、动人以情的事物，在小说中着力表现了普天下少年儿童心灵能共同感受的感情，比如亲情、友情、乡情、同情心、悲悯情怀、对未来美好生活的向往，等等。主人公雪弟与亲婆（祖母）之间祖孙情、与阿爹（父亲）之间的父子情，与牛嘎糖、小蜜蜂、唐彩彩之间的同窗情谊，以及对唐彩彩一家遭遇厄运的同情，都写得相当真挚、动人，富有浓郁的感情色彩。"艺术是一门学会真诚的功课"（罗丹语），真挚确实比技巧更重要。

作者注重通过人物与人物、人物与环境之间的关系来揭示孩子的精神成长、心灵成长。从雪弟跟着阿爹到上海，舍不得离开乡下的亲婆，到亲婆把雪弟偷吃一个苹果的事揽在自己身上；从雪弟与同学一起用西瓜皮扔"疯老太"，亲婆明了真相后，执意要他去道歉，到他面对亲婆的去世，初次尝到失去亲人的悲痛，随着故事情节的推进，我们深切地感受到，雪弟在大人的呵护、点拨、导引、磨炼下，一点一滴地明白了待人、处世的ABC，在身心、品行上一天天地长大了。亲婆对雪弟的那份无微不至的关爱之情，深深地刻印在他的心坎上，成了他向上、向善前行路上一盏永不熄灭的灯。唐彩彩一家的遭遇和命运，也是帮助雪弟初步接触社会、面向人生、茁壮成长的一个阶梯。从雪弟喜欢闻坐在他前排的唐彩彩淡淡的香味，第一次走进彩彩家，对一个知识分子家庭的新鲜、陌生、神秘感，到他随班主任一起去给彩彩送课本，见到书房里一片狼藉，对彩彩将随父母"被遣送回乡"所引起的忧伤，我们真切地看到一个初涉人世、不明事理的孩子，开始尝到人生的酸甜苦辣，在幼小的心灵深处打上了无法抹掉的时代烙印。小说中描述雪弟对家境清贫的牛嘎糖去不了大世界的同情，对和他一起救人的陈大鸭子和小鸭子的深情关切，请求谢校长让他们来上学……在诸多人际关系的描写中，一个单纯、善良、向上、在成长中的雪弟形象就生动、清晰地呈现在我的面前。

这本小说在叙事方式上也力求质朴、亲切、自然，不加雕琢，不事铺陈，结构、语言文字如行云流水，娓娓道来，层次分明，前呼后应，读来感到十分流利顺畅，没有一点虚情假意，矫揉造作。

期盼着有更多的成人文学作家加盟儿童文学，写出孩子们喜闻乐见的作品。也真诚希望儿童文学作家既不要妄自菲薄，也不要妄自尊大，要善于借鉴成人文学作家的经验，开阔眼界，博采众长，不断丰富、提高自己。张炜说过："一个从诗写到散文，到小小说，到短篇小说的人，往往是一个可信的、能够走远的作家""一个好的写作者，首先是一个好的儿童文学作家，和一个好的诗人"。我以为这话不无道理，赵丽宏的成功就是一个例证。

2014 年 1 月 6 日

推荐《九月的冰河》

　　薛涛的中篇小说《九月的冰河》描写了中俄边境、隔河相望的一个中国男孩和一个俄罗斯男孩与他们的爱犬九月之间的故事。两个男孩的喜怒哀乐和成长，与爱犬九月的遭遇、命运紧密地交织在一起。这是一篇构思精巧、以情动人的儿童文学佳作。

　　故事发生在充满北国风情的冰河两岸。黑魆魆的森林，漫天飞舞的雪花，冰冻覆盖的界河，屹立崖顶的哨所，穿行于山林中的狼群、黑瞎子、傻狍子，往来于国境线两侧的中俄巡逻兵，还有那用桦树皮吹响的清脆笛音，所有这一切，构成作品浓郁的地域特色。独特、新鲜而陌生的自然景物、生活环境，有着强烈的艺术吸引力，激发起读者的阅读兴趣和审美期待。

　　作者选择了少年读者尤感兴趣的冒险、历险题材。故事情节的发展一波三折，引人入胜。小说描写小满三番两次想方设法越境过河去寻找、营救九月；尼古拉则执意游过河把受了伤的小满送回对岸。他俩面临狼群追逐、被越境走私者抛弃的生命威胁，都不惜牺牲自己；生死关头依然念念不忘照顾好爱犬九月。在崖顶与狼群搏斗的九月，救了大家，自己却跌进深谷。这些故事都写得有声有色，撼人心魄。但更为出彩的不在于情节的紧张惊险，起伏跌宕，而在于作者以饱含深情的笔触生动地刻画了两个男孩的性格和内心世界。小满甘冒风险，勇于行动，临危不惧，舍生取义，表现了一个北方小男子汉刚毅、顽强的品格。尼古拉由于父母双亡，有点抑郁、自闭，但十分看重友谊，懂得感恩，是一个心地善良、明白事理的俄罗斯男孩。九月有情有义，与主人相依相偎，关键时刻挺身而出，无限忠诚，确是一条有个性、有思想的狗。

　　《九月的冰河》通篇作品的字里行间洋溢着孩子与孩子之间、孩子与狗之间感人至深的真情。它所表现的两个男孩与爱犬九月之间的同患难、共命运、生死不渝的情谊,会引发小读者和大读者对友谊、和谐、生命、死亡的种种思考,给人以坚韧不拔、勇往直前的力量。

2014 年 3 月 23 日

赤子情怀与传奇色彩

　　——读《少年与海》

　　张炜是一位令人瞩目的重量级作家。我很赞赏张炜热爱、尊重儿童文学的创作态度。我记得，他在一次演讲中曾说过："一个从诗写到散文，到小小说，到短篇小说的人，往往是一个可信的、能够走远的作家。"他还说，"一个好的写作者，首先是一个好的儿童文学作家，和一个好的诗人。"我以为，他之所以把儿童文学和诗歌放到了如此重要、崇高的地位，那是来自他对文学艺术特征、功能的真知灼见。写诗、写儿童文学，那是尤其需要冰清玉润的赤子情怀的，是特别注重以善良、纯净、美好、高尚的感情陶冶人的，也是力求以富于诗意、想象的语言来与读者亲切地对话交流的。而所有这些文学的看家本领、特殊的基本功，都首先要从诗和儿童文学的创作实践中尝试、磨炼。张炜看重儿童文学的态度与对儿童文学不屑一顾或看作"小菜一碟"的偏见相比，可说有天壤之别。

　　正因为如此，张炜以其创作理念与创作实践的完美统一，为我们提供了一个生动的、有说服力的范例。他在小说、散文、诗、儿童文学特别是长篇小说方面取得可圈可点的出色成就，证明他确实是一个好的、可信的、能够走得远的作家。2012 年初，张炜奉献了长篇儿童小说《半岛哈里哈气》。时隔两年，他又推出优秀的、富有鲜明色泽的长篇新作《少年与海》。如此勤奋、不懈地为少年儿童写作，充分体现了他对未来一代精神成长、心灵成长的倾情关注。我想，他既不是"奉命写作"，也不是接受什么"加工订货"，而完全是出于一种自觉的责任担当，也是回应自己心灵的呼唤。前不久，他曾有过这样的表示："我可能会转过头来，一而再、再而三地从童年的视角写人生、写社会和写人性。"我们热切期待着！

　　读了《少年与海》，我以为，张炜这次创作实践的成功给予我们不少有益的启示。

一是作者善于发挥自己的优势和擅长。

张炜是在山东海边林野中长大成人的。他对自己多姿多彩的家园有着难解难分的情结。那里的山川海滩、风花雪月、飞禽走兽、自然万物、风俗人情，不仅深深扎根在他童年的记忆里，而且始终没有割断与海边林野的联系。小说中不止一次写到的"嚼起来'咔嚓咔嚓'的地瓜糖"，那是多么饱含深情、富有地域色彩的一笔啊！特别难能可贵的是，作者从祖辈、长辈、乡亲那里听来的耳熟能详的民间传说、神灵怪异故事中开发创作资源，又从我国传奇小说、神怪小说的传统中汲取了养料；然后凭借巧妙的想象、构思，精心编织出亦真亦幻、富有传奇色彩的篇章来。由此也不难看出，如果一个作家生活阅历丰富，又能保持天真、保持童心，珍惜童年生活对自己的馈赠，那么，一旦水到渠成，就有可能来一次厚积薄发，开拓、展现出儿童文学创作的无限可能性，从而产生面目一新、富有鲜明特色的力作佳构。

二是娴熟地采取儿童视角，展现广阔、丰富的社会人生、心灵世界。

张炜认为："真正适合儿童，让儿童喜欢的文学作品，就视野的开阔与思想的深邃来说，就表达社会生活的广度与深度来说，与一般意义上的'成人文学'没有什么两样。"他又说，"作者要展现心灵世界的开阔与纵深度，采取儿童视角是极为重要的。"张炜是一个有着强烈社会责任感的作家，对历史、社会、人生、人性一向有着深沉、睿智的思考。《少年与海》虽然写的是小爱物、袍子精、蘑菇婆婆、牙医伍伯这样的角色和人与妖之间的神秘故事，但它是以三个乡村少年清澈的童真目光来观察、探究人世间、自然界发生的奇人奇事、神魔妖怪的。孩子们天性好奇，乐于探险、揭秘，什么也遮蔽不了他们的眼睛。这样，作品在读者面前就展开一个神奇又真实、恐怖又有趣、"险极则快"的世界。这个人中有妖、妖中有人的世界，同样充满了爱恨情仇、悲欢离合、是非恩怨、生死博弈。随着故事的推进，我们从中不时或隐约或清晰地感受到现实生活的投影和折光。这些引人入胜的神奇故事，潜移默化、润物细无声地帮助少年读者逐渐体味、认识生活和人性的复杂性、多样性。小说中的老歪发出这样的感慨："野物、林木和人一样，也有一条命，天地万物相加就是'日子'！它们没了，日子也就没了！它们多起来，日子才会多起来。"对人与自然和谐相处的呼唤，对生态道德、生态文明的呼唤，是多么发人深省的当代话题啊！这部小说不少篇章的字里行间传递出的对当代社会、现实生活中负面、阴暗面的否定和批判，笔锋所向，是撼人心魄的。

三是对文学的"诗与真"的不懈追求。

我注意到，张炜在一次演讲中说过："文学既是浪漫的事业，又是质朴的事业。文学的一生，应当是追求真理的一生，向往诗境的一生。"他还说，"一个人一生向往诗意，向往完美，向往语言，向往想象，走入理性，就不可能是一个粗劣的野蛮人，就会是一个文明社会的组成部分。"张炜的文学作品，包括他的儿童文学作品，都坚守文学的品质，注重诗意的想象、真挚的心灵交流和语言的生动简洁，着力追求真、善、美。从《少年与海》奇幻与现实、浪漫与质朴的交融书写中，我们谛听到真诚、明朗、健康、积极的基调，这是有益于一代新人健康、快乐成长的，有益于把他们培养成为胸襟开阔、心地善良、情操优美、想象丰富、勇于开拓创新的现代文明人的。

2014 年 5 月 15 日

可喜的新收获

——点评几位文友的近作

不久前，长江少年儿童出版社精心编选出版的《全国优秀儿童文学奖获奖作家书系》，同时推出李学斌、李东华、安武林、孙卫卫四位作家的18本作品，包括长篇小说、中篇小说、童话集、散文集，集中展示了这几位作家的创作成果，可说是当前儿童文学创作可喜的新收获。

这次创作研讨会的研究对象，李学斌等四位唱主角的，都是我熟悉并一直关注的文友。他们年富力强，潜心写作，正处于创作旺盛的最佳期，已成为当今儿童文学队伍里的中坚力量。他们的作品所呈现的生气勃勃的创作态势、执着追求的文学品格、勇于探索的创新精神、日趋鲜明的创作特色，可圈可点，令人瞩目。

这四位作家的作品，过去我读过一些，这次又分别读了他们一两本作品，蜻蜓点水，浮光掠影，没有作深入的研究、思考，只能三言两语、粗略地谈一点读后的印象。

文学的魅力在于以情感人。李学斌的《咫尺天堂》正是在这方面显示出它的功力和特色。小说描写小主人公纪超在妈妈患了癌症后心灵深处泛起的波澜，在承受烦恼、孤独、痛苦、困难的磨炼中一步一步地成长。病中妈妈的坚强、乐观和对儿子纪超的深情关爱；妈妈去世前后，纪超与爸爸相依为命的父子之情，奶奶对纪超又爱又疼的祖孙之情和对病中的儿媳百般关爱照顾的婆媳之情，都写得真实生动，丝丝入扣，富有艺术感染力。作品的成功正表现在这种至善至美、感人至深的亲情上。这本日记体的小说，多侧面地描写了纪超在一个学年中所经历的丰富多彩的校园内外生活，颇多精彩有趣之处，可也有些章节如"丛林枪战""魔术表演"等，平铺直叙，略嫌冗长、拖沓，感情色彩似不够浓。

叙事体裁的作品，包括中长篇儿童小说，要在创造人物形象、塑造人物性格上下功夫。李东华的《你是我的反义词》写了两个家境、追求、爱好、个性各异、有棱有角的少男少女：一个娇气、任性而心地善良的男生郑伊杰和一个较真、硬朗、乐于助人的女生蒋佳佳。作者善于从当下生活中汲取素材，编织故事，设置悬念，以抒情而又涉笔成趣的文字，把郑伊杰和蒋佳佳之间从不断争吵、冲撞到相互理解、友好的关系，写得自然、流畅，颇有艺术说服力。作品中融入时尚的、流行的新元素，也有助于刻画人物的性格，如郑伊杰对歌星周杰伦的迷恋，蒋佳佳给郑伊杰的表妹当家教挣钱，读来饶有情趣，也让我们更清晰地了解主人公不同的遭际、命运及其性格的形成。当然，如果按照塑造独特的"这一个"，为儿童文学画廊增添令人难忘的典型形象来要求，李东华笔下的人物还有距离，也许是在揭示人物内心世界上欠火候，缺少一点新的、独具慧眼的发现。

要写出好的作品，离不开丰富的想象力。以幻想见长的童话，更要张开想象的翅膀自由飞翔。安武林的《水里的怪物》，其中不少篇章如"米粒上的花朵""核桃鼠和他的伙伴们"，都是充满想象力的，而且巧妙地折射了现实生活和儿童天地。这些诗体故事能给孩子以爱心、诗意、友善、温暖、快乐、自信，给孩子以奋发向上、乐观进取的正能量。正像书中熊爸爸写给狐狸小姐的信中所说："你富有智慧，具有亲和力，仁慈，有一颗柔软的心，对孩子们无比热爱。"我以为用这些话来称赞安武林和他的童话，是十分合适、恰当的。不过，他也有一些作品在题材、构思、情节、人物造型上，给人以雷同、重复的感觉，难免有似曾相识的印象。

儿童散文贵在真诚，讲真话，抒真情，以亲切平等的态度同孩子进行心灵对话。过去读过孙卫卫的《小小孩的春天》《喜欢书》，这次又读了他的《只有一个你》，我深切地感到，卫卫是一个有心人，他把在工作、读书、朋友交往、日常生活中所见所闻所感随时记录下来；写作的时候又紧紧把握"小小孩"的视角。因此，读他的散文，总感到亲切、淳朴、平实、简洁，没有一点矫揉造作；同时，还能真切地感受到书香的芬芳和书虫子的痴情。在这里，我愿重复一下我为他的《纯真系列》所写的推荐语："对于一个儿童文学作家来说，特别重要的是永葆童心。中外作家都极为重视在气质上保持天真，珍惜童年时代生活对自己的馈赠。孙卫卫兼有作家、编辑、书评人、公务员多重身份，但是，当他投入儿童文学写作的时候，我觉得他永远是个天真烂漫的孩子。"这可说是我对孙卫卫的总体印象；其中也蕴含着我对他的一点期待，希望他更上一层楼，拓宽视野，增长阅历，进一步提升自己的素养和功力。

上面谈到的注重以情感人、着力刻画人物、驰骋艺术想象、抒发真情实感，这些听起来无甚新意的老生常谈，却是提高创作质量的题中应有之义，至关紧要，不可忽视。创作还是要讲究少而精，宁可少些，但要好些，在思想性、艺术性、可读性上精益求精，力求精湛、精彩、精致、精粹，努力创造出具有久远艺术生命力的精品来。

2014 年 10 月 7 日

寻找最佳契合点

二十一世纪出版社集团是一个勇于开拓创新、善于学习借鉴的优秀团队。而他们的文学编辑板块则是这个团队中的一个精锐分支。

继"彩乌鸦书系""不老泉文库"等之后，这次又推出《零时差·YA书系》，这充分说明书系策划人魏刚强、责任编辑彭学军等的出版理念与时俱进，热情关怀年轻的成年人的阅读期待。从这个书系的策划、编辑、出版，可以清晰地看出他们视野的开阔，目光的敏锐，探索的勇气。积多年阅读的经验，我对在张秋林社长的统领下，钢强、学军、林云们推出的文学图书，在文学品质、艺术魅力上怀有一种深信不疑的信任感。

读了《托德日记》《宠爱珍娜》，我认为这确实是两本别具匠心、特色鲜明的书。无论是在题材内容、取材角度、表现手法、人物心理刻画、情节设置等方面，都有不少独特的、非同寻常的特点和色彩，富有艺术吸引力、感染力。

优秀的少年儿童文学作品是超越时空、不分国界的。它们往往描写人类普遍关注又是普天下的少年儿童心灵能共同感受的东西。《托德日记》《宠爱珍娜》触及的生命、成长、死亡、尊重人的权利、关心残疾人、人际关系等，都反映了当今国际儿童读物的潮流、走向，也都具有成年人、小大人（年轻的成年人）共享的审美价值。这样的作品对我们的作家开阔视野，广开文路，勇于独创是大有裨益的。

二十一世纪出版社一向关注、重视青少年读物的阅读推广。"建立一所没有围墙的学校，为0～18岁儿童、青少年的快乐阅读、健康成长提供精神食粮"，是他们不懈追求的目标。《零时差·YA书系》面向13～17岁的年轻成年人，是他们落实这一目标的又一新的举措。我深切希望二十一世纪出版社集团以《零时差·YA书系》为切入点，对当今青少年的阅读状况，首先是年轻的成年人的阅读状况做一次深入的调查研究，认真倾听他们的声音，了解他们的阅读兴趣、审美需求，以及他们对青少年读物的创作、出版有些什么要求、意见和建议。可以选择一个学校初中、高中的一个班级的学生阅读《零时差·YA 书系》的作品，然后召开座谈会，听取他们的意见。或者也可以举办读《零时差·YA 书系》的书评大赛。冰心老人曾经说过："作品是写给孩子们看的，写得好不好，孩子们最有发言权；他们的眼睛是雪亮的，往往是最好的评论家。"

总之，我们要努力寻找时代潮流与中国国情，即国际儿童读物走向、发展趋势、成功经验与我国青少年生存状态、阅读需求、阅读心理、欣赏习惯的最佳结合。期盼二十一世纪出版社集团走在前面，为促进创作、出版更多适合年轻成年人的文学图书做出更大的贡献。

2015 年 3 月 1 日

简评《楚楚的离歌》

　　沈涛是一位彝族女作家。她担任小学老师多年，熟悉儿童的生活、心理和语言。近些年，她致力于现实题材的儿童文学创作，已逐渐形成自己独特的写作风格。

　　《楚楚的离歌》从当今社会引人关注的拐卖儿童这一热点取材。小说描写被拐到美丽海滨城市，度过了十年优裕、阔绰、幸福、娇惯生活的楚楚，送回到偏僻山村的亲生母亲身边。短短的半年时光，她从艰辛的乡间生活、淳朴的同窗友谊、优美的地域风情中，得到前所未有的磨炼与砥砺。作品以真实的图景、生动的细节、流畅的语言，颇有艺术说服力地表现了一个被拐卖儿童精神的蜕变、心灵的成长。

　　楚楚对清贫苍老的亲生母亲，从陌生到熟悉，从亲近到难舍难分，写得入情入理，洋溢于字里行间的血浓于水的亲情，感人至深。

　　这是一部富有现实意义和正能量的优秀小说。孩子们会从城乡条件差异、都市、山村儿童不同遭际命运的鲜明对比中，懂得感恩、孝顺、知足、俭朴、善良、大方、同情、谅解等美德，激发他们奋发向上、乐观进取的精神，从小立志长大后献身于建设美好新生活。

　　我乐于向读者推荐这本有品位、有温度，也有可读性的作品。

2016 年 2 月 25 日

与殷健灵漫谈《野芒坡》

收到你的新著大作《野芒坡》，已是三周前的事。这两天，总算安静地坐下来，一口气把它读完了。

我的印象：这是一本有品位、有厚度、有温度的好书。

我由衷地赞赏你有胆有识：你颇有勇气地把自己的笔触伸入一个相对遥远、陌生的特殊年代（一百多年前的清末民初）、特殊环境（土山湾的圣母院、野芒坡的孤儿院），生动地、富有艺术感染力地表现了一个失去母爱、可怜的孩子独特的成长历程和他的心灵世界。

读完作品，深切地感受到，你做了充分的创作准备，在体验生活的过程中，认真、深入地思考了诸如教会、传教士的影响力、东西文化艺术交汇的价值、对人生航向的选择、对人性、人情的开掘和表现等话题，进一步点燃了你的创作激情。然后把你深思熟虑得出的真知灼见，聪明、巧妙、不露痕迹、水乳交融地渗透到作品的故事情节、人物性格发展中，从而使作品有了丰富的内涵，给读者留下思索、回味的空间。

你着力于人物心灵的探索、揭示，下功夫刻画"这一个"。小主人公幼安从厄运、黑暗中一路走来，寻找自我，执着地追求美和艺术，终于点亮心灵之光。这个少年形象有血有肉，栩栩如生。其他如神父安仁斋的善良、平和、对孩子炽热的爱，展现出人性、人格之美；被称作"病孩中的天使"的若瑟之虔诚、纯净、隐忍、自省，也都写得动人心弦，可圈可点。

作品的语言，无论是叙述语言还是人物对话，都简洁、流畅而又富感情，有色彩，读来令人赏心悦目。

在讲究文学性、艺术性上，最近荣获国际安徒生奖的曹文轩，可说是出类拔萃，令人瞩目。在我的心目中，老作家金波，还有你和彭学军等在这方面的追求，也是颇具功力、成绩斐然的。

当我读完你的作品时，从昨日《中华读书报》上高兴地看到，该报已把你这本小说列入"2016年六一童书推荐"书目。这是对你辛勤笔耕付出的心血、精力的肯定和鼓励。我想，除了曹文轩、刘绪源已为你这本书写了颇有见地的序言外，还会有更多的文友、读者来关注这本书、谈论这本书。我毕竟年纪大了，似乎连书评也写不动了，只能写这封信粗略地谈一点读后感。顺便告诉你，刚收到这本书，我老伴就饶有兴味地从头到尾读了一遍，她情不自禁地称赞此书取材独特，形象鲜活，情景交融，文笔优美。这也是读者发出的一种声音吧，从一个侧面说明你的作品老少咸宜。

5月中下旬，我和老伴将前往杭州中国作协创作之家休息十天。

回程中，路过苏州，准备到我四弟和侄儿处小住两天。"上有天堂，下有苏杭"。年届耄耋，还能有机会和精力再次去这两个名城胜地走一走、看一看，还是聊以自慰的。只是与上海擦肩而过，不能同你见面聊聊，未免有点遗憾。

你一向勤于读书、写作，又忙于编辑、采访。可得注意保健哦，有张有弛，有劳有逸，该休整就得休整一下，期盼你永远保持一份好心情和充沛的精力。

即将告别鸟语花香的春天，迎来绿意盎然的初夏。

祝你健康、快乐！

2016 年 4 月 28 日

细荷与薄荷一起成长

　　谢倩霓似乎对薄荷这种植物情有独钟。过去她写过儿童长篇小说《薄荷香女孩》，这次她推出的三本长篇小说《一个人的花园》《总有一朵微笑》《一路遇见你》，又冠之以"薄荷香纯美成长花园"，小说主人公的名字也叫细荷。从细荷奶奶种在大水缸里的薄荷，到职业农校大片土地上的薄荷，读这部作品，从头到尾，我们不时闻到了薄荷那股特殊的清香，也领略到薄荷顽强的生命力。

　　作者选取入学前后、三年级、小学毕业三个至关重要的时间节点，以亲切、淡雅、清新、流畅的笔触，富有艺术感染力地描绘了一个乡镇女孩从五六岁到十一二岁的成长历程。

　　小说多角度、多侧面地表现了孩子的成长，显示了作者扎实的生活底蕴，字里行间蕴含着作者关于童年、关于家乡的深刻记忆。作者的视野、笔墨没有局限于或拘泥于家庭、校园，而是随着主人公生活环境的变化和日常接触的各色人物，让她在更开阔、更丰富的世界里增长见识，得到锻炼。作者把校园内外的生活、孩子的小天地和成人的大世界很自然地联结、交织起来描写。山口镇发大水后，细荷随着奶奶到乡下舅舅家，从表妹红姑抱怨"害我红薯丝饭都吃不饱"，到表哥立根和表妹红姑因缴不起学费不能同时上学的严峻现实中，主人公细荷第一次尝到生活的艰辛和无奈，开始懂得："原来，有一些事情，大人也是没有办法的。"小说还描写细荷随同学香草到大山深处去捡野生的板栗、洋桃，从而了解到香草一家的遭际和命运。香草的爸爸在砍柴时不幸摔下悬崖身亡，香草的姆妈成了村里小学堂没有编制的老师，只能领到一点点代课的薪水，还得靠香草细舅种木耳资助，勉强过日子。如此严峻艰辛的生存状态，怎么能不在细荷的心灵深处留下难以磨灭的印象呢。

作品中描写的香草的姆妈和细舅，还有来自上海的教舞蹈的潘老师，来自浙江的木匠师傅陈博士，给妹妹治骨折的老医师，这些人物的所作所为，让细荷感到惊异，产生一种说不出的滋味，一种发自心底的敬意。他们都是细荷成长路上的领路人，激起她一步一步确立自己的志向和行为准则，唤起她对"远方"、未来的憧憬和向往。

细节描写是塑造艺术形象的重要手段。谢倩霓善于选择生动、精彩、富有艺术表现力的细节来展开故事情节，刻画人物形象。从来没穿过新衣的细荷，妈妈花五块钱给她买了一件漂亮的小红花灯芯绒罩衫。没想到这件相对便宜的衣裳，竟然是小偷卖给妈妈的。细荷只穿了一天，就被百货商店的售货员要走了。小说刻画一个爱美的女孩从喜悦到失落的心情，令人难以忘怀。当细荷在舅舅家看到表妹红姑穿着打了补丁的裤子、褂子，她还想着把那件得而复失的小红花罩衫借给红姑穿几天哩。她那善良、富有同情心，在这里得到真切、细腻的表现。当她帮陈公公择豆角，从豆角两边长着两根筋，她又联想到那件小红花罩衫前襟上镶嵌着的白花边。由此，不难深切地感受到，只穿了一天的小红花罩衫，在小主人公细荷的心里占据着什么位置，有着多重的分量。又如，小说里描写细荷对薄荷这种植物，从不了解到了解，从不喜欢到喜欢，也从一个侧面反映了细荷心灵成长、精神成长的历程。细荷情不自禁地赞赏："薄荷最好养，一点儿也不娇气，它不怕虫咬，不怕鸟吃，不怕天冷，不怕天热，随便种到哪里，它都长得高高兴兴的。"对薄荷顽强生命力的颂扬，正反映了细荷由乖、不声不响、老实、懂事到有主见、有志向的发展、变化。细荷与薄荷相伴而行，一起成长。

富有清淡、素雅的地域色彩，也是这部小说的一个鲜明特色。故事发生在小镇与乡村的交叉地带。山口老街的那青石板路、黄泥巴房、小溪流、小拱桥，河背乡下那红薯丝饭、辣椒炒酸菜、菊花凉茶，还有细荷奶奶到河背乡下买两块豆腐当礼物，祝贺老乡亲添曾孙等风土人情的描写，充满来自乡镇的泥土芳香，读来感到又新鲜又亲切，又陌生又熟悉，颇有艺术感染力、吸引力。

扎实的生活底蕴，生动的细节描写，淡雅的地域特色，可说是谢倩霓"薄荷香纯美成长花园"的优势和特色。

2015 年 4 月 27 日

北京大院里的成长故事

——读肖复兴《红脸儿》

肖复兴一向钟情于青少年文学。上世纪80年代末、90年代初，他出版的长篇小说青春三部曲《早恋》《青春梦幻曲》《青春奏鸣曲》、报告文学集《和当代中学生对话》等，深受读者特别是中学生喜爱。这次他又推出取材于自己童年生活的儿童长篇小说《红脸儿》。这是一部情深意切、写得真挚生动的好作品，是当今儿童文学园地里可贵的新收获。

《红脸儿》以上世纪50年代北京城南一个大四合院为背景，倾情抒写孩子在诸多家庭、街坊言传身教、悲欢离合影响下成长的故事。小说笔墨酣畅、童趣盎然地描写了孩子童年时代热衷的打雪仗、踢足球、爬城墙、放花炮、编蝈蝈、玩竹鸟、上树摘枣、厕所涂鸦、垛口"茬架"等等花样百出的游戏，以及由此生发的时好时孬、一波三折的友谊。全书自始至终贯穿着几个不同身世、遭际、命运孩子家庭的纠葛、变故。作者巧妙地、自如地将天真烂漫、透明的儿童世界与复杂神秘、谜团重重的成人世界交织在一起描写。让初涉人世、懵懵懂懂的孩子从发生在自己身边的那些充满爱恨恩怨的人生故事中，渐渐体会、领略友情、亲情、爱情、乡情的内涵和魅力，从而一点一点地懂得尊重、同情、宽容、感恩、坚强、沉着，学会面对困难艰辛，面对生死离别。

这部小说乍一看来，似没有什么鲜明的时代色彩，也没刻意追求什么教育意味。但我们从书中描写少先队员捧着和平鸽的年画、爬上房顶看国庆礼花、歌唱《让我们荡起双桨》、背绣着红五角星书包中，还是可以清晰了解这是发生在中华人民共和国诞生之初的故事，可以感受到时代变迁的清新气息。这是时代大潮中的一朵小浪花。

肖复兴在一次访谈中说过，要用童心的光彩来照亮过去的生活，"儿童文学的本质就在于能不能把握这些，把最简单、最单纯的东西写出来"。

他在自己的创作实践中正是努力这样做的，让故事说话，让作品主人公说话，在娓娓道来的平常又多彩的故事，普通百姓和谐又矛盾的人物关系中，给在成长路上的孩子们以有益的人生启迪。我以为，这正是这部小说的思想、艺术魅力所在。

小说对几个孩子形象、性格的刻画，可说是别出心裁，颇具特色。作者把几个小主人公放在身世扑朔迷离、家庭爱恨纠葛的旋涡中来历练，他们在亲和情上面临尴尬的两难选择："红脸儿"大华到底应该跟着一把屎一把尿把自己拉扯大的小姑和是自己亲妈的大姑，还是跟着一个从没有见过面却是亲生父亲的男人走？"刀螂腿"玉萍是应当留在从呱呱坠地就抱养自己的养父母牛大叔、牛大嫂身边，还是回到一直想念、寻找自己的亲生父亲身边？书中还描述了"我"有了二姨当新妈，依然不时情不自禁怀念自己故去的亲妈。作者从这样剪不断理还乱、难分难解的情结中，充分揭示小主人公内心的痛苦、忧伤，并从他们困惑、纠结到做出抉择中，表现了他们的日益成长。笔触伸入人性、人情层面，直抵心灵深处的人间真情，具有撼人心魄的感染力。

按照孩子不同的身世、教养，多侧面地刻画他们的性格，作者从生活实际出发，从儿童特征出发，分寸把握得比较好，没有作简单化、单一化的处理，如大华富同情心，乐于助人，沉稳从容："我"纯真、善良、憨厚，有时又不免胆小软弱；九子是个浑球儿、捣蛋鬼，出招使坏欺负、孤立脸上长着红痣的大华，但他身上也有仗义、懂事的一面。着力表现孩子的个性特点，力求塑造出血肉丰满的形象。书中一些情节，表现孩子的不服输、逞能、记仇、失落等心态，也都恰如其分，惟妙惟肖。

文学是语言的艺术。《红脸儿》的语言文字生动流畅，如行云流水。这部作品的京味特色，固然与人文历史、地域风情、生活习俗的描写紧密相连，而更多的是源自京调京韵的语言。作者熟练地运用标准的、经过提炼的北京话来写，又善于巧妙地吸纳方言、成语、歇后语、童谣使之更加丰富。一打开作品，读者就会被生动幽默的文字所吸引。如："脚底下一打滑，来了个老太太钻被窝——一个四仰八叉，摔倒在了雪地上""这帮小子，三天不打，上房揭瓦，会蹬着鼻子上脸的""屎壳郎趴铁轨上充大铆钉来了""一畦萝卜一畦菜，自己的孩子自己爱"……这样精彩、形象的语言，俯拾即是。

书中还有不少描写农村景色、合唱团歌声、孩子身影心态的文字，犹如优美的散文，读来有滋有味。单就语言文字来说，这本书对提高小读者的鉴赏力和表现力，也是大有裨益的。

2016 年 7 月 6 日

时代色泽　南国风情

——浅谈王勇英和她的《乌衣》

去年隆冬时节，在中国作协第九次代表大会上，王勇英作为自由撰稿人的代表，被选入作协领导机构——新一届全国委员会，这是对她十多年来文学创作成就的肯定和认同。我是举双手赞成，投了她一票的。

在我的印象中，王勇英敢于探索，勇于创新；创作的路子比较宽，善于运用多副笔墨、多种手法进行创作。她在文学上起步的那些年，推出了淘气小子王小瞧、魔法小子朱皮皮、疯丫头王点点、捣蛋双胞胎、侦探王魔幻历险等系列，这些作品汇聚了怪异、热闹、冒险、侦探、魔幻、科幻诸多品种、元素，似大多属于大众的儿童文学范畴。而2011年出版的"弄泥的童年风景"系列和这次研讨的《乌衣》等，似作了另一种选择、尝试，更多地采取现实主义手法，属于艺术的儿童文学范畴。在我看来，艺术的儿童文学着力于以情感人、以美育人，强调人文关怀、审美愉悦。大众的儿童文学侧重于快乐、轻松、热闹、怪诞、幽默、诙谐、娱乐身心。小读者喜欢艺术的儿童文学，主要在于感动；喜欢大众的儿童文学，则主要是好玩。从王勇英近些年的创作发展来看，似在探索、追求兼有艺术的和大众的儿童文学的某些特色、元素，力求二者的巧妙融合，做到有益又有趣，雅俗共赏。

这次我读了新蕾出版社新出的王勇英的小说《乌衣》，粗略地谈一点读后的印象。

我认为，《乌衣》是一本富有时代色泽、民族特色的儿童小说，是当今儿童文学创作的一个新的、可喜的收获。

在作品取材上，很独特、巧妙。作者把对现实生活的深切感受和刻骨铭心的童年记忆交融、捏合在一起，把读者引领到一个熟悉又陌生、新鲜又古朴的城乡交叉地带，编织了一群孩子在乡村城市化进程中成长的故事。在绿树成荫的山林、田野上，高楼大厦矗立而起，花园别墅尽现眼前。新开发城区新建的学校，让一群不同民族、装束、生活习惯、兴趣爱好、家庭背景的孩子相聚到一起。新的生活环境、习俗，多元的思想、文化，自然会引发出不少矛盾冲突，作者真实、生动地表现了孩子们在喜悦、迷茫中的成长。来自外地的一些学生，他们的家长有的是区长、老板、地产大佬、服装设计师。学校的不少设施都是由这些有钱的家长捐款资助的，这就使原住民学生的自尊心受到伤害。当地壮族学生穿黑麻布衣、扎绣花腰带，竟不时遭到外来生的嘲笑，气得忍无可忍的男生三宝出手打了人，由于他不愿道歉、赔偿而退了学。作者贴近生活，选择校园里的这么一个冲突，生动地表现了城乡孩子"土著派"和"外来帮"在时代大潮冲击下心理、感情的变化，让读者身临其境、感同身受。

作品主人公乌衣的形象，刻画得相当生动、丰满。她生长在热爱田地、稻谷的农民家里，从小爱唱奶奶教给她的民间歌谣，喜欢稻花的清香、米粑的香味。她不怕外来生的嘲笑、调侃，理直气壮地穿黑色的粗麻壮衣。作者通过描写她和秀儿、唐未迟之间或误会或理解的同学情谊，给我们勾勒出一个纯真、爽朗、大胆、有点野气的"土著掌门人"的鲜明形象。由于乌衣对本民族习俗、装束的选择和坚守，从而被一位同学的妈妈、服装设计师白衣看中。她穿上自己的黑色麻布壮族服装，成了上台走秀的模特；并在国际民歌节的东南亚国际服装节大展台上，充分展现了注入壮族服饰元素的现代时尚设计风格的麻布衣裳的风采。乌衣在接受采访时，表达了发自肺腑的感情："奶奶天天捧着布一针一线绣花，把衣裳焐得暖暖的，我穿着奶奶做的衣裳，就像都被我奶奶抱在怀里焐着，也暖暖的。我觉得，我穿的黑色的麻布衣最好看了，我骄傲呢。"时代的变迁，当代生活的发展，给乌衣带来新的机遇，改变着她的命运，正使她立志做一个服装设计师的梦想成真。作者编织的这个故事植根于现实生活的土壤，真实、生动，富有艺术说服力，从中我们也能深切地感受到当代人和孩子们坚定的民族文化自信。

富有南国地域风情和壮族民族特色，也是这本小说的一个鲜明特色。对传统习俗蚂拐节、打扁担的描写，以及对壮家特色小吃、民谣童谣、亲子野餐聚会等的描写，也多姿多彩，生动有趣，让你深深体验和感受到壮家风情。

王勇英年富力强，正处在创作活跃、旺盛期，真诚地祝愿她在创作上有新的开拓，在思想、艺术上更上一层楼！

2017 年 1 月 12 日

一曲好家风的赞歌

家庭是孩子精神成长、心灵成长不可绕过的一个港湾。家教、家风对培养孩子的良好习惯，塑造孩子的优良品格，有着重要的、不可忽视的作用和影响。讲述家庭、家族故事，关注家风建设，已越来越多地进入有识见的儿童文学作家的视野。孙卫卫的《一诺的家风》，就是以此为题材和主题的一本成功的儿童小说。

这本小说以亲切淳朴的笔触描述了发生在一户普通人家真实感人的故事。小主人公唐一诺原本生活在农村。为了给患有先天性心脏病的妹妹唐一言治病，他跟随妈妈、妹妹一起搬进城，和在一所大学后勤部门当合同工的爸爸住进城中村的大杂院。租房子要钱，给妹妹治病要钱，上乒乓球特训班也要钱，而刚进城的妈妈又一时找不到合适的工作。这样一诺的家境越发窘困了。

面对这样的困难，小小的一诺看在眼里，记在心里。他不仅通过一个同学爸爸的介绍，教酒馆老板的孩子打乒乓球并辅导功课，挣些钱贴补家用；而且一直牵挂着为原本在乡村当老师的妈妈找一份工作，以至心急火燎地找能掐会算的于老爷爷为他妈算一卦。一诺之所以能做到"穷人的孩子早当家"，那是与祖辈、父辈的言传身教分不开的。一诺爸爸十二岁生日，爷爷抄了一份《弟子规》给他；一诺过十二岁生日，爸爸也买了一本《弟子规》送他。《弟子规》中的"凡出言，信为先"，深深刻印在一诺的心坎里；他也永远忘不了爷爷说的，只有能吃苦的人，将来才会更有出息。妈妈对一诺的要求从小就很严格，她不让一诺拿公家的信纸，心里想的是："好比他是一棵小树，从一开始就要让它长得笔直。"一诺妈妈被所在公司辞退，是由于她拒绝老总把几笔违规开支在账面上做平；她主动辞去夜总会领班，则是由于那里乌烟瘴气，不堪入目。爸爸的生日礼物，妈妈对工作的选择，这些行动所传递出的那份诚信、正直、大公无私，润物细无声地滋养了一诺的身心。家庭这种精神上的馈赠，相比于物质，对孩子的成长有着更为深远的影响。随着故事情节的推进，读者被一诺的懂事明理、自强自立所打动，也被他家代代相传的好家风所感召。

一个生动、有趣、贴近生活而又富有想象的故事，往往是一篇小说吸引、感动孩子的奥秘所在。原本擅长写散文的孙卫卫也善于从他熟悉的少年儿童家庭生活、校园生活中提炼情节，编织故事。作者精心设计、合理安排了几组人物：一诺、一言和他俩的父母，一言和她的亲生父母，一诺和同学蒋松风、周宇飞，于老爷爷和他的女儿——区教育局副局长，等等。这些人物在作品中各就各位，扮演自己的角色，又纵横交错，前后呼应，演绎出一个个鲜活的、充满爱心、情义的故事。特别值得称赞的是作者善于运用设置悬念的艺术表现手法，以令人关注、期待的悬念，激发、调动读者的阅读兴趣，吸引他们一步一步、迫不及待地去了解人物的命运和遭际。

一言是九年前一诺奶奶从县城福利院附近抱回家的。一诺妈妈一直把她当亲生女儿，对她百般关爱呵护。为了给一言做心脏手术，一诺一家人含辛茹苦，想方设法，筹措手术费用。遗弃患先天性心脏病一言的究竟是谁呢？从小说的开头，读者就关注这个"扣子"。直到一诺与同班同学周宇飞在学校打了一架，宇飞妈妈气势汹汹地上门来告状，这时"扣子"才解开，原来她就是遗弃一言的亲妈妈。一言的长相，脖子后面的胎记，DNA亲子鉴定，无可怀疑地认定宇飞妈妈是一言的亲生母亲。这个出乎意料又改变不了的事实，对唐一诺一家，尽管在感情上难舍难分，难以承受，但经过协商，又开了家庭会议，他们还是信守诺言，通情达理，让一言搬到周家去住。读到这里，读者记住的不只是起伏跌宕的故事本身，而是在人物的实际行动背后所蕴含的那份超越血缘的、浓浓的亲情，那种设身处地为他人设想的善良、大度，和一言为定、说到做到的诚信。我们从中深切感受并分享到那缕从心灵深处流淌出来的至纯至真至善至美的爱。

为一诺妈妈找一份合适的、满意的工作，也是贯串小说始终的一个主要情节。这件事关系一诺一家的经济来源和家庭生活的安定幸福。一诺妈妈在乡下是有名的骨干教师。但进城后，面对那么多师范院校、名牌大学的毕业生，只有中师学历的她，自喻为"大海里的一个小虾米"，找工作遇到不少挫折和麻烦。她在文化公司做文案兼会计，在报社当过校对，在 KTV 当过领班，还在家政公司当了小时工，却一直找不到一份到学校教书的工作。一诺无时无刻不为妈妈找不到工作发愁，当他把妈妈想当教师的愿望告诉大杂院小卖部的于老爷爷时，老爷爷口中念念有词，占了一卜，干脆利落地对一诺说："回家告诉你妈妈，该吃就吃，该睡就睡，工作快了，快了。"后来老爷爷一次又一次地告诉一诺："不出一周，会有人主动和你妈妈联系"，"我说的那个事今天可能会实现"，"少安毋躁……你就等着吧。"这是怎么一回事呢？难道于老爷爷真的会神机妙算，预言未来吗！？一诺和他妈妈疑惑重重，读者也疑惑重重。哦，像是层层剥笋似的，最终谜底揭开了，原来一诺最初在青青酒店遇到的那位检查组组长、区教育局女副局长，正是于老爷爷的父亲。热心的、乐于助人的于老爷爷向他女儿推荐了一诺妈妈。正因为如此，他才敢于那么未卜先知、信心满满地帮助一诺妈妈如愿找到自己热爱的工作。作者巧妙地设置这个悬念，越发加深了读者对人物遭际、命运的关切之情，产生引人入胜的艺术魅力；同时也生动展示了一诺对母亲的关爱、尊重和他一家团结、和谐、温馨的家庭氛围。

注重家风是中华民族的优良品格，而勤劳节俭是中华民族的传统美德。古人说："勤苦俭约未有不兴，骄奢倦怠未有不败。"世家子弟，当今的官二代，最易犯的是一个奢字、一个骄字。在《一诺的家风》这本小说中，也对出身不同、家境不同、教养不同的两个孩子做了鲜明的对比：唐一诺奋发向上，吃苦耐劳，勇于担当，不卑不亢，是由于他来自农村，家境清贫，从小受到祖辈、父辈传承的好家风的熏陶。而他的同学周宇飞虚荣心强，嫉妒心重，缺乏一份对生活的谦卑和敬畏感，沾染了"纨绔子弟"的习气，则是由于他当了副市长、犯了错误被降职的爸爸，从小教育他做人上人；而他辞职经商的妈妈，一心忙于为孩子将来出国留学攒钱，平时对他放纵娇惯，不加约束。从这里我们可以清晰地看出，不同的家风对孩子成长留下的烙印真有天壤之别。

忠厚老实，勤劳节俭，诚信善良，孝敬忍让，是一诺一家祖孙三代传承、弘扬的家风、门风。如今无论赋予它什么新的内涵和色彩，它依然是我们指引孩子成长和成功的精神财富。愿广大有志向的小读者和"望子成龙"的父母们都把它铭记在心、发扬光大。

2017 年 5 月 11 日

读《天青》随想

《天青》是一本富有文学品格、艺术魅力的少年小说。读这本书，我深切感受到它那独特的、不同凡响的气质和力量。我从中读到久违了的历史题材、英雄形象、语言风格。

呼唤历史题材

在儿童文学创作领域里，不乏以校园、家庭、大自然、动物、科幻、冒险、悬疑为题材的小说，唯独缺少历史题材的小说，而把历史与幻想、史实与虚构交织在一起的历史题材小说，那更是凤毛麟角了。

从魏晋到大宋，从大宋到清末，《天青》的历史背景绵长延续上千年。贯串作品始终的主人公青姬，是来自天上青帝之女的化身，在人间是一个有生命、有感情、有灵性的稀世珍宝、神奇人物。亦真亦幻，水乳交融。

青姬来到世间的经历，从皇帝爱不释手的青瓷酒盏到碎裂为渗透英雄鲜血的小瓷片，从镶在蕉雨琴上的青玉琴饰到修复为金杏脖颈上的青瓷挂饰，她一生的遭际和命运见证了历史风云变幻，千年沧桑岁月。国家的兴盛衰亡，都市的繁华冷落，外族的杀伐战乱，将士的浴血奋战，官场的倾轧争斗，百姓的悲欢离合，青姬都历历在目，铭刻于心。

作者从一片青瓷的独特视角，以主人公青姬第一人称来讲中国历史上生动的、扣人心弦的故事，着力刻画人物的心灵世界，纵情抒发自己的喜怒哀乐，因而使这本小说具有强烈的艺术吸引力、感染力。

《天青》写富有中国元素、特色的汝窑青瓷，写中国历史上的爱国将士，弘扬中华民族的优秀传统文化，激发人们的爱国主义情感和奋发上进、不屈不挠的精神品质，必然会对广大读者起到润物细无声、潜移默化的独特作用。

处于泛娱乐时代的少年读者，非常需要《天青》这种纯文学作品的滋养。

呼唤英雄形象

红线穿珍珠。《天青》用一只酒壶、一块瓷片、一张古琴背后的爱国之情、报国之志这根红线，把秦哥、宗泽、岳飞、文天祥、谭嗣同这些爱国英雄、民族英雄串联起来，以饱含深情的笔触刻画英雄人物的崇高精神境界。岳飞的精忠报国，文天祥的宁死不屈，谭嗣同的舍生取义，都写得有血有肉，栩栩如生，谱写了一曲爱国之歌、英雄之歌、正气之歌。让我们从中感受到气壮山河的爱国情怀，一往无前的英雄气概，大义磅礴的民族气节，光明磊落的博大胸怀。

我们的时代不缺少英雄，我们的身边不缺少先锋、楷模，关键是我们的作家是否有一双敏锐的慧眼去发现英雄。我们的儿童文学创作，既要为孩子们努力塑造改革者、建设者这样新的"当代英雄"，也要精心塑造中国古代、现近代历史上那些功标青史的英雄形象，弘扬爱国主义精神，张扬新时代的英雄主义，为少年儿童树立精神、道德方面的楷模和榜样，激励和鼓舞他们为建设四化、振兴中华建功立业。

呼唤语言风格

儿童文学是浅语艺术。为少年儿童写作，在语言上，既不要华丽繁杂，过于雕琢，也不要平淡无味，过于直白。要力求简洁洗练而又精致优美，具有形象性和感情色彩，充分发挥文学语言的表现功能和美感魅力。从《天青》中我们清晰看到了那种属于李秋沅自己的文学语言。无论是叙述故事情节还是描绘环境景物，展现生活画面还是刻画人物内心，她的文字都清丽、温婉、新鲜、纯净，绘声绘色，富有色泽和韵律，让人浸沉在富有诗意的境界里，如临其境，感同身受。

令人赏心悦目的个性化语言，鲜明的独特的语言风格，显示了作家李秋沅在思想艺术、文字功力上日趋成熟。

耐人寻味、咀嚼的文学语言，有利于培育、提高少年儿童读者的审美能力和鉴赏水平。对语言个性化的追求，也是当今提高儿童文学创作质量题中应有之义。

2017 年 5 月 26 日

为少数民族原创儿童文学喝彩

我来参加这次《中国当代少数民族儿童文学原创书系》(以下简称《原创书系》)座谈会,不敢说是对少数民族儿童文学情有独钟,但也不是自作多情。对少数民族儿童文学确有一种特殊的、难解难分的情缘。我长期做文学组织工作,担任多年作协书记处书记、创联部主任,一直分管儿童文学工作,而少数民族文学办事机构也设在创联部。上世纪 80 年代召开第一次、第二次全国少数民族文学创作会议,我都参与了筹备、组织工作,并担任过会议秘书长。80 年代初申请创办《民族文学》杂志的报告,是我在一个假日执笔起草,上报中宣部,经周扬同志批准的。我也参与过少数民族奖的评选工作,还为少数民族参观访问团团长写过参观访问小结。正因为有这一段经历,因而我满怀热情和兴趣来参加这次座谈会,与作者、编者和朋友们见面。我愿为少数民族儿童文学的发展,做一点鼓与呼。

面对这套《中国当代少数民族儿童文学原创书系》,我想起两个重要的关键词:一是少数民族,二是原创。

少数民族文学和儿童文学是在诸文学门类中需要特别关注、扶持的两大项。我国是多民族国家,除汉族外,有 55 个少数民族。实现两个一百年的奋斗目标,实现中华民族伟大复兴的中国梦,各少数民族也要同步前行,齐头并进,一个也不能掉队。全国 3.7 亿少年儿童,是最大的文学读者群。儿童文学是少年儿童精神成长、心灵成长不可或缺的最佳维生素。因此,作协除鲁迅奖、茅盾奖外,还单独设立少数民族文学奖和儿童文学奖,以资鼓励、奖掖。

发展原创是繁荣儿童文学的根本,重中之重。尊重原创,支持原创,激励、调动各族作家的创造性、积极性,为亿万小读者奉献更好更多反映少数民族孩子生活的作品，是一件很有意义的重要事情。辽宁少儿出版社率先来抓少数民族儿童文学原创新作的出版，是有眼光、有气魄、有创意的举措。我相信在当代中国儿童文学史、少数民族文学史、出版史上，会浓墨重彩地记上一笔。

要殚精竭虑、持之以恒地抓导向、抓队伍、抓质量，特别要在图书的品质和特色上下功夫，力求把《原创书系》打造成儿童文学原创图书中驰名的、读者信得过的品牌。功夫不负有心人，坚持辛勤耕耘，一定会开花结果。

对这套《原创书系》的特色、亮点，谈一点我的印象：

一是展现了新态势、新面貌。集中展示了当代少数民族儿童文学生气勃勃发展的新态势，生动体现了少数民族作家讲究文学品质、民族特色的新面貌。

二是打开新天地，充满新气息。原汁原味地表现了少数民族地区孩子的生存状态和内心世界。作者不回避写环境的偏僻贫困，生活的艰辛，遭遇的坎坷。着力刻画少数民族儿童渴望上学求知，渴望了解外部世界的心愿，反映他们心理素质的发展变化。这套书系展现了那片我们陌生的、常常被遗忘的新天地，让我们深深感受到一股与都市儿童生活大不一样的新鲜气息。

三是显示了新活力、新追求。《原创书系》的十位作者起点高，有厚实的生活底子，有相当的创作经验，较充分的创作准备，显示了当代少数民族儿童文学作家队伍的实力、活力、潜力。他们大多已是中国作协会员，不是初出茅庐、崭露头角的新面孔。

这些作家执着追求时代精神与民族特色、民族性与当代性的结合、思想与艺术的完美统一，力求将优秀的民族文化传统水乳交融于当代少数民族儿童生活的书写之中。

我热切期盼把《当代中国少数民族儿童文学原创书系》继续编写下去，吸引、组织更多少数民族作家参加进来，覆盖更多的少数民族。在文体上除了长篇小说外，是否也可考虑把相对薄弱的童话包括进来。同时，大力加强宣传评介。除了开好这次研讨会、推介会。希望有更多报刊报道介绍,《文艺报》的"儿童文学评论"版、"少数民族文学"专版以及《文学报》《中华读书报》,是否都可发点文章予以评介。还要做好阅读推介工作,使之更好地走进城市和少数民族地区广大小读者中去。如组织作者与小读者见面会、作品鉴赏会等。

最后,我提出一个不成熟的想法:辽宁少儿出版社、辽宁出版集团是否可把出版一套规模更大、品质更高的《中国当代少数民族儿童文学原创书系》列入选题计划,用两年或三四年时间,把它做成向中华人民共和国70周年或建党100周年的献礼书。

2017 年 8 月 23 日

"彩乌鸦"的洋为中用

17年前，"彩乌鸦"从德国莱茵河畔飞翔到中华大地。它的生气勃勃，它的绚丽多彩，确实令人耳目一新。不久前，拿到漂亮、精致的《"彩乌鸦"10周年版》虹之辑、霓之辑，越发感到喜悦、亲切。由衷感谢来自远方的德国青少年文学研究院院长等为我们推介了这套令人爱不释手的书，也真诚感谢张秋林、魏刚强、彭学军、程玮等出版人、责任编辑、翻译为此书问世所付出的心血、智慧。

我们的儿童文学要提高思想艺术水准，从"高原"登上"高峰"，既要善于从我国优秀的民族文学传统中吸取养料，又要善于借鉴世界一切优秀儿童文学的成果。"彩乌鸦"系列的引进，在我国和外国文化出版界、青少年读者之间，架起了一道沟通、交流的桥梁，使我们得以开阔眼界，拓宽思路，兼容并包，博采众长。

"他山之石，可以攻玉。""彩乌鸦"在我国降临、落户、繁衍，是一次富有眼光的、成功的"洋为中用"，也是一次富有创意的、巧妙的"嫁接"。

"洋为中用"，为谁所用？做什么用？

一是为小读者所用。小读者从"彩乌鸦"系列深刻表达爱、成长、生命、自然主题、妙趣横生的故事、充满童趣和想象的描写、生动质朴的语言中，可以感受到异域少年儿童的生活、感情，丰富自己的精神世界。

二是为创作者所用。"彩乌鸦系列"为我国儿童文学作家提供了一种可资学习、借鉴的优秀文本，从中可以学习外国同行的创新精神和艺术经验。如何表达爱和成长的主题，如何选择写实和幻想的题材，如何增强作品的文学性、趣味性、可读性，有心的作者都会从中得到启迪，感受经典的品质和魅力。

三是为出版人所用。"彩乌鸦"的题材风格多样、文学性强、短小精悍，启发编辑执着追求"一口气读完，一辈子不忘"的编辑理念，从而有了嫁接成功的"彩乌鸦中文原创系列"，落地生根，开花结果。编辑、出版人倾情打造"彩乌鸦"品牌，从选题、编辑、插图、装帧，努力加强品牌建设，赢得了读者、作者和出版界同人的赞许。

　　祝愿《"彩乌鸦"10周年版》问世！愿"彩乌鸦"飞得更高更远，飞向祖国东西南北中！

2019 年 1 月 9 日

动人心弦的心灵成长之歌

——读李东华新作《焰火》

　　我和东华是老同事，从 1997 到 2007 年，在中国作协儿委会同事 10 年，度过了一段真诚相待、愉快合作的日子。我从二线退下来之后，依然和东华保持着联系，一直相互关心，算得上是忘年交的老朋友。作为一个守望者，20 多个春秋，我见证了东华从涉足儿童文苑到成为当今儿童文学队伍中坚力量的奋进历程，也满怀喜悦地看到她在儿童文学上空创作、评论比翼双飞、自由翱翔的矫健姿影。

　　东华的新作《焰火》是写少年心灵成长的。从中我高兴地窥见作者的成长，精神的成长，心灵的成长，笔力的成长，思想、艺术上一步一步走向成熟。原本聪颖又勤奋、热情又敏锐的东华，如今是越发睿智、开阔、从容、沉稳了。

　　从《焰火》中，我深切地感受到，经过多年的创作实践和淬炼，东华巧妙构思的匠心，剪裁素材的本领，编织故事的功夫，驾驭文字的能力，都明显大幅提升了。对她在艺术上的探索创新、不懈追求，不能不由衷赞赏、感佩。

　　《焰火》的文字、辞藻并不花哨，但纯净清澈，富有温度、色彩和诗意，行云流水般地描述了 14 岁的少男少女心灵成长的故事。

　　以情感人是文学的特征和功能，也是文学的魅力所在。东华讲究文学品质、审美价值，紧紧把握以情感人，把功夫用在让读者感动上。《焰火》之所以具有动人心弦的力量，在于它以优美细腻的笔触刻画了不同境遇、个性的少女艾米和哈娜丰富、微妙的感情世界，在于它生动揭示了哈娜的美和善在艾米内心深处掀起的波澜。

　　《焰火》的故事情节并非一波三折，起伏跌宕，但它把一个发生在校园初二班里的故事讲得生动、精致、合情合理，有说服力，让读者相信如同发生在自己身边一样。作者善于运用设置悬念的艺术表现手法。令人关注、期待的悬念，会让读者对作品中的人物境遇命运产生关切之情，引人入胜，富有艺术吸引力。艾米渴望听到来自对面楼上的钢琴声，那清瘦、忧郁、光头的弹琴少年，原来就是那漂亮的、披着长长的深栗色头发、让她惊讶、嫉妒的哈娜。在困难时刻伸出援手，借给她急需的 120 块学费的，也是这个哈娜。这一切似在意料之外，又在情理之中，故事编织得天衣无缝，让你不得不信服生活的真实力量。哈娜的病情、身世，是又一个令人关注的悬念，随着情节的发展，扣子一个又一个地解开，读者为哈娜的遭际、命运而深深感动。

作者着力开掘、揭示人物的内心世界、感情世界，勇于探索少女心灵的奥秘和成长历程。天生丽质、多才多艺、引人注目的哈娜的出现，给"不漂亮的极为平常的"艾米的生活、心灵带来巨大的冲击。"哈娜就是一块天外飞来的陨石，不偏不倚，正好砸在我的头上。"小说通过第一人称"我"——主人公艾米的内心独白来揭示自己的感情世界。哈娜成了艾米的一面镜子，与哈娜两相对照，把艾米的羡慕、嫉妒、烦恼、失落、懊悔、自责的微妙心理表现得淋漓尽致。面对哈娜会弹钢琴，"我的脸上一如既往地云淡风清，我的心却像被蜜蜂蜇了一下"。当艾米得知病中的哈娜收留了自己的小黄狗时，不禁气愤地自责："我变成了一个坏人。一个告密的人，一个遗弃了小黄狗的人，一个被嫉妒的火焰焚烧得几乎每时每刻都在发出尖叫的人。"她毫不留情地剖析自己，坦露自己的内心活动："我找不到我了。'哈娜'两个字是巨大的存在，天空一样的无边无际，我像只可怜的从体积上来说完全可以忽略不计的小鸟，无论如何都飞不出她的边界；她像洪水一样扫荡一切，凡她流经的地方，都必将留下她的痕迹。"从这里我们清晰地看到艾米的成长。她的自尊、要强、不服输，被哈娜的纯净、美好的品行征服了，对哈娜的向上向善向美，不能不由衷感佩。真是"你瞬间的闪耀，是点亮我一生的光"。

设置悬念，内心独白，并不是什么新鲜的艺术表现手法，但东华把它们运用得丝丝入扣，恰到好处，从而得以充分展示人物的思想、性格，强有力地吸引读者，作品就有了拨动心弦的力量，谱写出一曲动人的心灵成长之歌。

　　《焰火》是一本精粹的、别具特色、不同凡响的成长小说。祝愿东华的《致成长》系列作品越写越精彩、精湛。

2019 年 5 月

散 文 琐 谈

触目惊心　警钟长鸣

——读《白魔祭坛上的童男童女》

读了谷应写的这本 17 万字的《白魔祭坛上的童男童女》，心情久久不能平静。这是一本用文学手法写成的、具有震撼力的调查笔记，是一本富有新意和特色的纪实小说、报告小说。

谷应是一位具有强烈的社会责任感、时代使命感的女作家。她遵时代之命、人民之命，怀着饱满的政治热情和对未来一代的炽热真情和爱心，把笔触深入我们社会生活的一角——少年吸毒、犯罪这个领域里。作品生动地揭示了"海洛因"这个白色恶魔怎样把人变成鬼，用活生生的、令人触目惊心的现实唤起人们对少年吸毒这一社会问题的高度关注。

这部作品之所以具有较强的艺术说服力、震撼力，正在于它是用事实说话。作者为了写这本书，作了广泛、深入的社会调查，付出了艰辛的劳动。这种采访，确实是"既耗精力又耗时间"。但一分耕耘，一分收获，作者呈现在读者面前的，是一本内涵丰富、很有分量、值得一读的好书。

全书分为五章，每一章都从不同的角度、不同的侧面描述了少年吸毒者由孤独、痛苦、绝望到沉沦、堕落的过程，写出了他们可怜又可悲的遭遇和命运，揭示了少年吸毒这个现象的社会根源。家境富裕的中学生何小娟，小学毕业那年还当选为红领巾中队长，只因接触小学同班的"懒猫"，就不知不觉地沾上毒品而不能自拔，以致使家长望女成凤的梦想化为泡影。有的孩子由于父母离异，或被老师惩罚，心灵被扭曲和伤害，而走上了吸毒之路。书中对不同家庭、不同教养的少年吸毒者的不同心态、不同遭际，写得入情入理、真实可信。

作品撼人心魄的力量，可说是来自严酷的生活本身。17 岁的小黑子吸毒成瘾，为了夺得一条金链换海洛因，竟然丧尽天良，用匕首捅死他的邻居、苦心栽培他的扈老师。"海洛因"这个恶魔泯灭了人性，腐蚀了童男童女的灵魂，把他们推入罪恶的深渊。面对如此严峻的社会现实，怎能不令人心碎肠断、怒火中烧？

谷应把报告小说引入了少年文学领域，在体裁、样式上作了新的探索。作者说：这部作品"不是纯文学的小说，也不是纯社会调查报告，是一种小说笔调的社会调查，姑且称之为'报告小说'吧"。在这之前，谷应还写过一本反映当代少年心迹的《危险的年龄》。从先后问世的这两部作品可以清晰地看出，作者在艺术上别具匠心，富有创新意识。写的是真实故事，但又不受真人真事的限制。她将搜集来的大量生活素材，作了必要的剪裁、提炼、集中、概括，使之具有更典型的意义。作者的笔触又不止于描述事件、现象，而是深入少年的内心世界，真实而生动地表现他们的思想情绪、精神状态。

科学家李政道说："科学和艺术是不可分割的，就像一枚硬币的两面。它们共同的基础是人类的创造力，它们追求的目标都是真理的普遍性。"谷应深谙个中道理，她力求使作品在具有社会性的同时获得科学性，从而使少年读者从中得到有益于人生的感悟、启迪。《白魔祭坛上的童男童女》每一章开头都写有题记，或引用伊索寓言，或摘录传说、奇闻、夜话。而在每一节后面又都附录一段专家、学者的意见，或引用一段资料，写一段调查后记。作者用这些论述、资料来阐述观点，深化主题，从而使这本书富有知识性。

也许有的家长、老师会有这样的疑虑：选择少年吸毒题材，反映我们社会生活中的消极面、阴暗面，对少年读者是否会产生负面影响？我以为，对于正在逐步走向成熟的少年，通过文学作品让他们多少懂得一点生活的复杂性，增强他们对生活中假、恶、丑事物的识别、批判、抵制能力，是必要也是有益的。当然这种描写要顾及少年的年龄特征、心理特征，要适合他们的理解水平和接受能力。要表现出生活中正面的、积极的一面终将战胜反面的、丑恶的一面。比如，书中第五章《魂兮归来》就很有说服力地描写了一位边防军教导员帮助18岁的外甥戒毒、断毒的过程，给人以希望、信心和力量。

"一个全民抵制毒品的社会，是难有吸毒和贩毒者的活动空间的。"

"抵制毒品，唯有认识毒品；认识毒品，当从童年少年时代开始。"面对少年吸毒这个不幸的社会问题，我们再也不能沉默，不能遮遮掩掩，禁毒已到了警钟长鸣、刻不容缓的时刻。感谢作者为少年读者和成年读者提供了这样一本认识毒品的生动的、形象化的教材，这样一本富有警示意义的好书！

1996 年 6 月

直面现实　引人思索

——读《少儿教育纪实文学丛书》

　　如何使我国 6600 多万独生子女健康成长，如何使我国 800 多万残疾儿童与健全儿童一样走上自立自强之路，如何拯救、改造失足少年成为于社会有用的新人，是当前社会普遍关注的热门话题。收入《少儿教育纪实文学丛书》（湖北少年儿童出版社）中的《新人类的呼唤》（孙云晓、孙宏艳）、《同享七彩阳光》（周甲禄、邓猛、袁朝）、《还你一片蓝天》（李凤杰）三本书的作者怀着对祖国下一代的炽热爱心和强烈的社会责任感，站在世纪之交的时代高度，热情而又冷静地审视、剖析了我国独生子女教育的成败得失，生动而又细致地勾勒、描述了我国残疾儿童教育、失足少年教育的状况、成就和经验。这是三本直面现实的、调查报告式的长篇纪实作品。书中既有广角镜式、全方位、多角度的扫描，又有近距离的、一个个典型事例的描述，内涵丰富，信息量大，读来感到既新鲜又实在，沉甸甸的，引人思索。

　　《少儿教育纪实文学丛书》的价值和魅力，首先在于它的真实性。三本书的作者对所描写的对象作了广泛深入的调查，占有丰富、翔实的材料，从中选取最具说服力的典型事例，鲜明地体现各自的重大主题。当你从《新人类的呼唤》一书中读到一个 15 岁的女中学生准备了两个日记本，把专写豪言壮语的一本送给父母，把记录心声的那一本留给自己；还有那被父母逼着学小提琴的女孩子，在很多小纸片上写着："打倒闵惠琴（妈妈）！"面对这些活生生的事实，心灵不能不为之震颤，从而猛然醒悟：不了解孩子的天性、心理、兴趣、爱好，就不是合格的家长。而书中所写长年累月坚持深更半夜到荒郊野外拍天文照片、获青少年摄影大赛一等奖的病孩田磊，身患绝症但品学兼优、应邀去美国迪斯尼乐园观光的女孩李欢……这一个个真实的故事，又使我们领悟到：支持孩子面对困难，与命运抗争，才是父母对子女真正的爱。纪实文学正是以其记叙真人真事所特有的力量征服了读者。

在坚持真实的基础上，力求将真实的资料、生动的描写与精辟的议论结合起来，是收入这套丛书的三部作品的共同特色，也是它们之所以具有较强的吸引力、感染力的主要因素，这是一方面。另一方面，三本书又各具特色，相比而言，《新人类的呼唤》以深刻、独到的分析、议论见长，书中有着不少闪光的、给人启迪的思想观点。《还你一片蓝天》以生动的描绘取胜，少年犯的遭际、命运及公安干警改造少年犯的良苦用心和艰辛历程，都写得细致动人，真实可信。《同享七彩阳光》则更注意宏观把握与微观透视的结合，既勾勒了新中国特殊教育发展史，又刻画了众多在特殊教育园地上默默耕耘的出色园丁的生动形象。

我以为，这套丛书的出版，对发展、繁荣少儿纪实文学，必将起到积极的推动作用。

1998 年 4 月 19 日

奉献给孩子们的绿色

保护自然资源和生态环境，是当今世界的严峻话题，也是我国的基本国策。这是事关中华民族的生存发展和子孙后代幸福的大事。近些年来，人与自然、环境保护的题材、主题，越来越引起更多作家的关注。在儿童文学领域里，刘先平推出的五卷"大自然探险"长篇系列，赢得了广泛的好评。钟情于展示大自然之美的散文家郭风、吴然及诗人鲁兵、金波等，均不乏力作佳构。老作家袁静、中年作家饶远致力于环保童话的创作，也取得了可喜的成绩。现在，中国工人出版社又推出了工人作家郭全的"大自然探秘"系列之二《红海滩·黑嘴鸥》，这是继三年前问世的《阿娟和她的丹顶鹤》之后，郭全向小读者奉献的又一部长篇故事，是生态环保题材儿童文学创作的又一新收获、新成果。

故事是雅俗共赏、老少咸宜的一种文学体裁、样式。动物故事、生活故事、历史故事、名人故事都是为孩子们所喜闻乐见的。《红海滩·黑嘴鸥》的作者充分运用、发挥故事这一体裁情节生动、波澜起伏、层次清晰、有头有尾的特点，并尽可能开掘、扩大它的潜能和容量，用 12 万字的篇幅有声有色地讲述了一个生动而又完整的故事：3 个讲信义、重承诺的孩子，踏遍百里海滩，历尽千辛万苦，终于寻找到一只远飞的黑嘴鸥——"黑雨点儿"，给它戴上鲜红的脚旗，如愿地让它飞到香港自然保护区过冬。随着作品故事情节的发展，小读者不仅为作品主人公热爱鸟类、保护鸟类的真挚感情和不怕困难、勇往直前的精神所打动，而且饶有兴味地获得了有关濒危物种黑嘴鸥的形态、特征、习性的知识，了解到黑嘴鸥有着随潮汐赶海觅食的习惯，懂得它们的窝为什么总是挨着红海滩，谁是伤害它们的天敌，等等。启人心智的动物知识与引人入胜的儿童生活故事自然、和谐地融合在一起，因而使这本书具有吸引孩子阅读的可读性、感染力。

作品的语言简洁生动，娓娓道来，晓畅易懂。而其中有些篇章写得优美、抒情，像散文诗。《红海滩》一章，不仅让孩子们领略了红海滩这一鲜为人知的奇特景观，而且使他们懂得了"只有经过磨炼，经过捶打，人才能坚强起来"的道理。从这些描写中可以看出作者在艺术上追求诗与哲理交融的匠心。

《红海滩·黑嘴鸥》能给予孩子们什么样的启迪呢？我以为，从寻找"黑雨点儿"的故事中，孩子们会领悟到鸟类是人类朝夕相处的亲密朋友，保护鸟类、热爱生灵、捍卫绿色家园，是作为新世纪主人的少年儿童一代应尽的一份神圣责任，也是作为现代人应有的一种文明意识。不能贪得无厌地一味向大自然索取，而是要亲近自然、热爱自然、保护自然，做人类母亲大自然的小卫士。

跨世纪的小读者呼唤绿色精神食粮。愿郭全的"大自然探秘"系列一部又一部顺利问世，一本比一本写得更生动、更丰富、更精彩！

1999 年 4 月 15 日

真实的故事动人心弦

中国工人出版社出版的《100个系列》，包括《100个男孩子的故事》《100个女孩子的故事》，是来自生活的真实的故事。书中所写的都是发生在20世纪90年代中学校园、普通百姓人家，亦即发生在我们身边的、听起来平平常常而又富有启迪意义的故事。

作者刘德华是个生活中的有心人。他细心观察、体验当代中学生的生活、思想、感情、心理，善于从不同层面、不同角度发掘、捕捉那些闪耀着时代光泽、青春气息的动人心弦的故事。

从《100个系列》故事中，我们不仅可以清晰地看到当今男孩女孩的面影；而且可以约略窥见他们心底的秘密，了解他们的所思所想，所喜所忧，所爱所恨，他们的志向、渴望、追求和困惑。在一定程度上，可以说这本书打开了一扇通向当代少男少女的心灵之窗，在成人和孩子之间架起一座相互沟通、理解的桥梁。

作者着力挖掘生活中积极向上、真善美的东西，热情赞扬当代少年勤于学习和思考、勇于探索和进取的精神。如《天高任鸟飞》《珍惜生命中的每一天》《投自己一票》《去成都》《石头》等篇，真实而生动地表现了孩子们奋发向上、执着追求、敢于闯荡、刚强不屈的性格，给我们留下了难以忘怀的印象。同时，作者又不回避描写现实生活中严峻、艰难、复杂的一面，激励小读者直面人生，正视困难。如《彬彬之死》《小小少年犯》《和妈妈一起去探监》等篇，读后令人心灵震颤，无论是小读者还是做父母、当老师的成人读者都会掩卷沉思，从中引出有益的教训。

两本故事的文字简洁、清晰、流畅，犹如一泓清泉缓缓流入孩子的心田；又如一位知心、知音的朋友同你娓娓而谈，轻轻拨动你的心弦，让你在心灵深处引起共鸣。这样一种兼具启迪性、可读性和感染力的书，我乐于向小读者和大读者推荐。

1999 年 6 月 19 日

一本富于人文内涵的好书

——读《中国孩子的梦》

谷应是执着的美的追求者，是生活的有心人。她永远怀着一颗纯真的童心，既重视童年生活对自己的馈赠，又善于从绚丽多彩的各族人民、少年儿童的生活里捕捉、采撷那些美好的、闪光的、富于诗情画意的事物，抒写出感情真切、文笔优美的散文、故事，把真、善、美的种子撒播到小读者的心坎里。《中国孩子的梦》是她和多位摄影者、书籍编者、装帧者共同献给孩子的又一件精美的礼物，也是献给祖国母亲 50 华诞的一份礼物。

《中国孩子的梦》是一本富于人文内涵和鲜明民族特色的书，一本新颖、丰富、美丽的书。我相信，小读者和大读者都会爱不释手。

这本书把反映各族人民、少年儿童的生活、创造、风土人情、自然景观的散文、艺术摄影、手工艺品图片、知识性的资料等几种体裁和样式巧妙、和谐地交织在一起，给读者提供了一个兼具文学性、知识性、趣味性的新颖别致的文本，既给人以有关各民族概况、民俗、文化艺术等方面的知识，又给人以美的享受和精神愉悦。

这本书丰富的人文内涵，首先体现在弘扬中华民族优秀的文化传统上。书中散文、图片所展示的多种构思精巧、色彩斑斓的手工艺品，充分体现了各族少年儿童的聪明才智以及丰富的想象力、创造力，也反映出它们各自鲜明的民族特色、地域特色和悠久深厚的历史文化传统。从彝族大凉山三色漆文化中，读者可以深深地懂得彝族之所以特别崇拜红、黄、黑三种颜色，是因为红代表火、黄代表阳光、黑代表水，三者是彝族人民生活须臾不能离的；布依族幺妹儿穿的那身水花纹的、衣襟上描着鱼婆虾公的蜡染衣裙，那是她们的祖先奶奶从黄果树大瀑布那里学来的。从这里读者可以清晰地了解到服饰文化、蜡染艺术与自然环境、地域风情密不可分的关系。

这本书丰富的人文内涵还体现在崇尚大自然、拥抱大自然，淳朴、真诚、温馨的人情、人际关系和积极、强劲的生命意识、生命活力上。这本书不仅展现了西双版纳、跳舞的山、天山牧场等自然景色的美，尤为引人注目的是各民族人民、儿童的心灵美、道德美。从藏医图迪桑的家乡——菩日阿山沟，我们不仅被那清澈见底的小溪，那五颜六色的球形树冠所打动，而更为动人心弦的则是图迪桑土楼前溪畔孩子们琅琅的读书声，这有力地展现了藏族新一代美好的梦想、向往和追求。从蒙古族小乌力吉对"达尔罕"——摔跤冠军的敬佩之情中，从回族少年而沙自愿"把斋"，要做古代穆斯林圣贤那样的人的志向中，从哈尼族姑娘临近街子换新衣的勤俭习惯中，小读者都可以感受到一种强劲旺盛的生命活力和崇尚道德的人文精神。

这本高扬人文精神、充满诗情画意而又色彩鲜丽丰富的书，对孩子们陶冶性情、净化心灵、培养审美情趣大有裨益，我乐于向小读者推荐。

1999 年 9 月 14 日

有益又有趣

　　——读《小霞客游记》

　　《小霞客游记》是一部记叙小旅行家祖国东西南北中之旅的、卷帙浩繁的长篇少年游记。这套游记包括东北游、华北游、西北游、华东游、华中游、华南游、西南游、西藏游、港澳游、台湾游等 10 种，约 120 万字，可谓洋洋大观。11 位作者中，既有富有创作经验的老作家黄庆云；也有好几位创作旺盛、年富力强的中年作家，如吴然、金本、郭大森、蔺瑾、许延风等。

　　这是一套有益又有趣的书。内容丰富生动，文笔简洁优美。

　　之所以说它有益，一是展现了祖国山川景物的千姿百态，反映了祖国绚丽多彩的风貌，有助于激发少年儿童读者的爱国主义情感。二是描写了祖国最负盛名的山岳、河流、湖泊、瀑布、草原、森林、奇花、异草，让少年儿童读者共享山林、泥土散发出的芳香，从而唤起他们热爱大自然的感情，保护大自然的意识。三是从小主人公走南闯北、跋山涉水的经历中，既汲取了妙趣横生的地理、文史知识，也学习到那种敢于探险冒险、勇于跨越困难险阻的精神。

　　之所以说它有趣，首先在于它是从儿童的视角，紧紧抓住小读者感到新鲜、神奇、有趣的山川景物、花鸟虫鱼，加以生动的描写。比如，《港澳游》一书中描述海洋剧场的女教练指挥海豚、杀人鲸表演的那一幕幕，真是扣人心弦，令人叫绝。《西南游》中写花溪，很自然地联系到半个世纪前，文学大师巴金和肖珊在花溪结婚，欢度蜜月；又写了 30 多年前，一群中学生簇拥着参观花溪人民公园的周总理，读来令人感到很亲切、有味。有趣还在于刻画了一个可爱的小霞客徐小松的形象。这个人物贯穿全书，增强了游记的吸引力。无论是他独自乘火车去游西南，还是同婆婆一起去游香港，写他旅途中所见所闻、所感所悟，纪实与抒情结合得比较好，既生动记述了他亲见亲历的名胜古迹，风土人情；又简洁地抒写了他游历时的印象、感受。《弄岛一日记》中，记述小霞客第一次在傣家竹楼过夜，对傣族风土人情、生活习俗的描写，给小读者留下难以忘怀的印象。《维多利亚公园》中，记述"城市论坛"关于香港需不需要母语教学的辩论，也会对香港的昨天、今天与明天，给小读者以有益的启迪。

这套书有趣还在于把历史与现实、自然与社会交织起来描写，引人生趣又令人思索。如写春城昆明，从圆通山樱花海棠烂漫、绯红写到1999世博会的魅力和风采；写大都会香港，从昔日的大钟楼、皇后像写到宏伟的新机场、举世无双的青马大桥，以至欢庆香港回归的五彩缤纷的烟花，让小读者清晰地看到这些地方的发展变化，很有说服力、感染力。

2000 年 1 月 18 日

体味"寻找"的苦与乐

——读《大自然探险纪实》系列

大自然文学成了世纪之交儿童文学令人瞩目的一种创作走势,它是时代的呼唤、地球母亲的呼唤,也是亿万小读者的呼唤。

刘先平是大自然探险文学热心的倡导者、辛勤的耕耘者。20多年来,他在这个领域里不知疲倦地探索、开拓,创作上不断有新的收获。继1996年8月由中国青年出版社推出一套5卷"大自然探险"长篇系列(其中4卷是长篇小说)之后,时隔5年,又于2001年8月由中国少年儿童出版社推出一套4册"大自然探险纪实"系列,集中展示了作者多年来野外考察所得的散文创作成果。

"大自然探险纪实"系列的价值与魅力,首先在于篇篇都是真实的故事,都是作者跋山涉水、历尽千辛万苦采撷来的关于野生动物的生存环境、生活习性、生命状态、繁衍历程的真实记录。这个系列所收入的4本作品,书名都冠以"寻找"二字:《寻找相思鸟》《寻找香榧王》《寻找魔鹿》《寻找猴国》。寻找是一种期待、一种向往,寻找的过程充满艰辛、磨难、迷惘与危险。探索大自然的奥秘、野生生物世界的奥秘,就得不怕劳苦、不畏艰险、翻山越岭、披荆斩棘、风餐露宿、流汗流血。而寻找又是一种乐趣、一种享受。寻找充满了诱惑和魅力,在寻找的过程中解开了一个个悬念、谜团、疑问和生命密码,就会情不自禁地沉浸在发现的喜悦和激动之中。作者围绕"寻找"做文章,引领孩子们一起去寻找、探索神秘、奇妙的大自然,满足了少年儿童好奇的天性、喜爱探险历险的心理;也有利于培养他们迎难而上、勇往直前、顽强拼搏、百折不挠的意志品质。

这个系列作品的优点和特色,还在于它把大自然的诗情画意、有益有趣的自然知识和"天人合一"的哲理意蕴巧妙、自然地交织在一起。作者是一个钟爱、迷恋大自然的有心人，对山野、大漠、森林、溪流中的各种声音、色彩、气息感觉特别敏锐，观察格外细致。他细心倾听各种鸟鸣声，从白腰雨燕的呢喃声中，引领我们去了解作为乳燕生命的摇篮的燕窝是如何制成的；从斑鸠的咕咕声中，引领我们去分辨同属一个家族的 4 种不同的斑鸠，并勾起我们对童年、故乡、亲人的回忆与思念。他冒着劈头盖脸的闷雨，去探寻色彩缤纷的蘑菇世界，引导我们识别各种蘑菇的不同形态、性能、价值，认识真菌所具有的化腐朽为神奇的作用。丰富的自然科学知识寓于生动的文学描写之中，读来别有一番意蕴和滋味。尤为动人心弦的是，作者描写有灵性、有感情、知恩图报的小松鼠一路伴行；滂沱大雨，小鸟扑入怀抱寻找避雨港；在异国他乡和小妮娜一起喂长尾鹦鹉，沟通了人与鸟、大人与小孩子之间的感情；从树王沉水樟的遭遇引发出"饱经沧桑是种美，永葆青春，更美"的感叹。所有这些篇章都写得情真意切，鲜明生动地揭示了人与自然和谐发展、"天人合一"的美好理想。作者紧紧把握、极力张扬"人类属于大自然"这个常说常新的重要命题，用自己的亲身经历和感受，写出一篇篇真实的大自然探险故事，启迪小读者领悟：作为大自然之子的人类，只有保护大自然的义务，没有毁坏大自然的权利。

我们还得感谢刘先平的伴侣李珍英。在漫长、艰难的探险路程中，她与作者一路同行，克服了种种难以想象的困难，抓住那稍纵即逝的瞬间，拍下了许多弥足珍贵的照片，从而使这个系列作品图文并茂，相映成趣，更加适合少年儿童的阅读兴趣和欣赏习惯。

2002 年 1 月 13 日

感人肺腑的真实故事

——《蓝天下的课桌》读后

    进城务工的农民是我国现代化建设的一支重要力量，也是城市居民日常生活中不可或缺的一支劳动大军、服务大军。从建筑工地的工人、开出租车的司机到餐馆的服务员、家庭的钟点工，从卖菜的、送奶的到修鞋的、收废品的，在我们的周围，几乎每个角落都能看到农民工淳朴的面庞、忙碌的身影。可以毫不夸张地说，如今假若没有农民工，城市生活就不能正常运转。占有如此重要位置的新生活建设者——农民工这个社会群体理应进入文学艺术家的视野；他们的生存状态、精神状态和遭际命运理应在作家的笔下得到真实、生动的表现。

    农民工子女，无论是随父母进城的还是在乡村留守的，他们都是我国3.67亿少年儿童中的一部分，同样是祖国的未来、民族的希望。多年来，党和国家高度关注农民工子女的健康成长，千方百计为他们提供受教育的机会，保障他们平等接受义务教育的权利。我们高兴地看到，在关注农民工及其子女这个弱势群体上，儿童文学没有缺席。一些怀着纯真爱心和高度责任感、使命感的儿童文学作家敏锐地、深情地把自己的笔触深入农民工子女的现实生活和内心世界。2006年，李学斌推出儿童小说《蔚蓝色的天空》；2007年，伍美珍、刘君早推出报告文学《蓝天下的课桌》，这都是儿童文学创作、出版界最早奉献的表现这一重要题材的优秀成果。

    少年报告文学是文学的轻骑兵，便于迅速反映当代少年儿童的生存状态、精神状态。它以聚焦少年儿童关注的新闻人物、重要现象、热门话题见长，以十分贴近少年儿童的生活和心灵取胜。少年报告文学把新闻的真实性、时效性与文学的形象性、可读性巧妙地、水乳交融地结合在一起。坚持真人真事的原则，富有时代特色和现实教育意义，具有文学的感染力、震撼力，是少年报告文学赢得少年读者的优势和魅力所在。在我看来，《蓝天下的课桌》正是以其记叙真人真事所特有的力量征服了少年读者。两位作者不辞辛劳，一次又一次走进农民工子弟学校、家庭，作了广泛、深入的调查。他们将搜集到的大量生活素材，作了必要的剪裁、提炼，从中选取具有典型意义的个案。笔触又不止于描述事件、现象，而是想方设法走进农民工子女的精神世界、感情世界，原汁原味地表现他们的理想、憧憬、痛苦、烦恼。例如，在《鲁达欣和妈妈的梦想》这一篇中，我们从小小年纪的鲁达欣面对爸爸早亡、妈妈生病、没有固定经济来源的巨大压力和他在墙上涂抹的文字："一切不都是为了填饱肚子吗？""妈妈善意的谎言"中，深切地感受到那份严峻、艰辛、沉重、无奈，真是幼小稚嫩的心灵不能承受之重。然而，看到他抄在自己的"光荣榜"旁边的鼓励自己的话："沟算什么呢，坎算什么呢，走过去，头上依然是蓝天，脚下依然是大路！"我们又情不自禁地为他面对困难、与命运抗争、不屈不挠、勇往直前的信心和勇气而欣慰、赞赏。生活在城市、都会，特别是那些家境富裕、无忧无虑的独生子女，非常需要了解、体味农民工子女的艰难生存状态以及他们备尝的酸甜苦辣。作者直面人生，正视现实，不回避艰辛、坎坷，又敏于发现、捕捉生活中的新事物，着力挖掘孩子身上真善美的闪光点，从而为我们打开了一扇通向农民工子女的心灵之窗，在城市孩子和农村孩子之间、成人和孩子之间架起一座相互沟通、理解的桥梁。书中一些篇章描述了初进城市的农民工子女特别是残疾儿童，常常抱有孤独、自卑、迷惘、委屈的心态，而城市孩子对他们又往往冷落、疏远、歧视乃至嘲笑。作者以真实的故事描写城乡孩子之间相互关系的发展变化，情真意切地肯定了相互关爱、理解、同情、包容的好品质、好作风。这些故事犹如一面明亮的镜子，小读者不难从这里照见自己，照见同龄人，也会窥见理解和体贴自己的成人朋友的面影。

《蓝天下的课桌》在结构、表现形式、写法上颇为独到新颖，别开生面。每篇作品都由"现场""故事""采访后记""阳光姐姐说新闻"四个单元组成。作者很好地把握当今少年读者喜欢原汁原味、用事实说话的纪实作品的阅读心理，在坚持真实的基础上，力求将现场的新闻采访、真实的故事描写、精到的议论评点结合起来。有报告，有故事，有分析，有议论，构成这本书的鲜明特色，也是它具有较强吸引力的关键所在。例如，在《光彩夺目的彩虹》中，当我们领略彩虹一家（爸爸、妈妈、姐妹仨）凭着自己勤奋学习、刻苦拼搏，历经艰难，逐步融入都市生活的成功喜悦之际，我们读到彩虹发自肺腑的心里话："我的父母都是极普通的人，他们让我从小就体验平凡，并学会超越平凡。""家是港湾，父母是指路明灯，他们照亮回家的路。"而作者在"采访后记"中更画龙点睛地作了评析："没有这么坎坷而丰富的生活，就没有如此丰硕如此美丽的人生收获，这应当是每个养尊处优的城市孩子所应当羡慕彩虹的地方。"在作品的结尾，针对有的公办学校清退成绩不好的农民工子女的现象，一向温柔和蔼的阳光姐姐也不禁义愤填膺，不平则鸣："那些被清退的孩子说，本地学生即使考零分也能留下，为什么我们不及格就要走？孩子们这样的质问，真的应该令教育部门脸红啊！"作者充分发挥报告文学博采多种文体之长的特色，把它的真实性、形象性、抒情性、思辨性、述评性恰到好处地糅合在一起；这样，就既能让读者感动，又令读者深思。我相信，《蓝天下的课桌》这本书一定会唤起众多小读者、大读者和社会方方面面更加关注农民工子女的快乐健康成长。

2009 年 6 月 23 日

自然美与心灵美交相辉映

——读《美丽的西沙群岛》

《美丽的西沙群岛》是一本面向少年读者，兼具思想性、知识性、可读性的优秀纪实文学作品。

这本书的可贵，首先在于它的亲历性、在场感。作者不畏艰险，两度乘风破浪，跨海越洋，亲临西沙群岛现场探险，用自己的眼睛和心灵观察、了解、体验、探究，真实而生动地记录下自己所见所闻的自然万物、人和事。"在场主义"的写作姿态、精神，让读者如同身临其境，深切感受到西沙群岛的新鲜、神奇、美丽、富饶，分享作者"发现的乐趣"。

作品的字里行间流淌着一股扣人心弦的爱国主义涓涓细流。书中描写一个家境富裕、原本学绘画、摄影的大学生，为了以自己的行动"引起我们这一代人对祖国海疆的关注"，志愿来到西沙当兵。当他在北京参加完摄影比赛，一回到他守卫的中建岛，就迈开大步径直走到迎风飘扬的五星红旗下，立正敬礼，庄重地宣示："战士乔憨向祖国报到！"读到这里，少年读者怎能不与情系祖国、具有强烈海疆意识的最可爱的人产生感情共鸣呢！？当来岛视察的部队首长问起在琛航岛服役十六年零七个月的士官侯占朝："长期生活在小岛上，就不怕被人遗忘？"他的回答干脆响亮："至少有两个人记住我！一个是我的母亲，因为我一直都在母亲的心中；另一个是我的祖国，因为祖国一直在我心中。"对祖国的热爱和忠诚，"祖国在我心中"，这是每一个守疆战士共同拥有的朴实而崇高的感情。正是凭借"爱国爱岛，乐守天涯"的壮志豪情，他们战胜了烈日灼人、淡水奇缺、寂寞难耐的一个又一个艰难险阻，自觉地坚守自己的岗位上。

大自然文学作家刘先平是生态文明建设热情的倡导者、践行者。他在这本新著中，把探究、揭示海洋世界的奥秘与张扬保护海洋生态、提高生态道德修养巧妙地融合在一起。正像作者在书的"引子"中尖锐地提出的："谁都知道我国有九百六十万平方千米的辽阔国土，但又有多少人知道，我国还有三百万平方千米的海疆？"是的，我们确实缺乏起码的海疆意识。这本书不仅用优美的文笔给少年读者描绘了绿树银滩、霞光耀眼的西沙风光，浪花朵朵、五彩斑斓的海洋世界，让他们见识海螺会跳、飞鱼会飞、海龟有情有义、水母能预测天气的新奇神秘；而且用富有艺术感染力、说服力的第一手材料展示了守卫海疆的普通战士自觉保卫海洋生态的可贵品格。珊瑚是海洋中重要的生态系统，能否保护好它，关系到珊瑚礁中四千多种鱼的生死存亡。而长棘海星是珊瑚虫的大克星，它能吃掉数以万计的珊瑚虫。普通战士小安写了发现凤尾螺制服长棘海星的报告，请相关部门赶快采取措施。从这里小读者可以清晰地看到，每个守疆战士又都是保卫海洋生态的哨兵。我们不能不由衷地赞佩。又如，书中描述东岛的野牛专吃抗风桐的新叶。野牛多了，抗风桐的生存受到了威胁，鲣鸟、军舰鸟也就失去了栖息地。战士小李告诉我们：经过多年的考察，野牛的数量应该控制在二百五十头左右。超过三百头，生态就会失衡。这个普通战士深深懂得把保护生态平衡、建设美好家园与保家卫国紧紧地联系在一起，表现出很高的生态道德修养。

在我看来，《美丽的西沙群岛》这本纪实作品的最大特色在于充分展现了海疆的自然美与战士的心灵美交相辉映，引人入胜。它对激发爱国主义感情、唤起海洋意识、树立生态道德，都会发挥潜移默化的独特作用，我乐于向小读者和大读者推荐。

2012 年 5 月 27 日

情真意切的少年成长启示录

在我的心目中，殷健灵是活跃于当今儿童文苑、成绩斐然的佼佼者，也是为数不多的执着坚守文学品格、讲究艺术独创性的女作家之一。她的创作兼及小说、散文、报告文学、诗歌、幼儿文学、评论多种体裁，而尤擅长小说、散文写作。进入新世纪，她的小说《纸人》《野芒坡》，散文《爱——外婆和我》等问世后，获得广泛好评，为小读者和大读者所喜爱。

殷健灵一向关注少年儿童的生命成长、精神成长，着力于探索、揭示孩子成长中的心灵。摆在我们面前的这本《致成长中的你——十五封青春书简》，就是她敞开心扉与青春期少男少女对话交流的一份真实记录，可说是一本情真意切的少年成长启示录，也是照亮少年在成长路上前行的一盏明灯。

朦胧年华的青春期，是人生旅程中极其柔弱、敏感而又十分重要的一个阶段。这里有绕不过去的坎，也有躲不过的风雨。初涉人世的少年能不能自信而又顺畅地走过这条路，在一定程度上，关系到他们的前程和未来。殷健灵是个胸怀大爱的有心人，心中永远有少年，乐于并善于用自己的智慧和经验，引导少年们度过这段敏感、青涩的岁月，用脉脉温情温暖、滋润他们成长中的心灵。

以身说法、将心比心是《致成长中的你》这本书的最大优势和鲜明特色。

要帮助、启迪、引导少男少女，首先就得了解少男少女；得深入他们内心的"秘密王国"，找准他们关注、困惑、迷惘并渴望得到回答的问题。殷健灵尽管已届不惑之年，但她永葆童心，永葆青春，似乎永远生活在孩子们中间。她十分珍惜童年、少年生活对自己的馈赠，对少男少女的喜怒哀乐了如指掌，铭刻于心。她在写给少年 J 的这些书信中，找回少年时代的自己，把自己完全摆进去，用自己亲身的经历和感受，用活生生的事例，亲切地娓娓而谈。

她用揽镜自照来启发少年清晰地了解自己，勇敢面对真实的自己。她用时断时续写日记的习惯和日记本的遭遇，来表露自己花季的心情和与父母、长辈沟通的不可或缺。书中写到的那发生在母女和父女之间的三个故事，鲜活的生活，鲜活的人物，更让我们深切地感受到，由于父母的离异、家庭的变故，两代人之间的沟通又是何其艰难！而缺乏这样的沟通，对于需要爱的抚慰的少年，又是多大的伤害和打击！

让事实说话，用自己的所见所闻做证，设身处地地为少年着想，这比枯燥的说教更有说服力、感染力。

童年、少年时代的记忆、经历，是一笔宝贵的财富。但对这本书的作者来说，毕竟也是 30 年前的往事了。如今与少年对话，不能只停留在对往事的回望和追忆上，而是要置身当代，用新的眼光、先进的理念来检视和反省，作出与时俱进的回答。而这对殷健灵来说，正是她的强项。她是法学学士、文学硕士，又是国家二级心理咨询师。她可以凭借自己的学识、智慧、才能，以及作为一个过来人拥有的对青春、对生命、对人生的感悟，游刃有余地对青春期少年面临的困惑、烦恼，给予高瞻远瞩、实事求是的分析和诠释。比如，她在第二封信中谈到"孤独"："在某种意义上，孤独是一种高贵的体验，它只属于你自己，而你，需要学着用欣赏的心情去享受它。与孤独和解，而不是只领受它给予你的煎熬。"她在第五封信中谈到"人生之旅"："人生中的任何阶段，都值得你怀着珍惜之心去记取。总有一天，你所憎厌和抱怨的这些日子，都会成为将来你年老时无限怀恋的记忆。"她在第八封信中引用美国作家 E.B. 怀特说的"我生活的主题就是，面对复杂，保持欢喜"之后，深有体会地说："'笑对生活'，说来容易，大多数人却无法做到。抵抗住生活的重压，不是靠肩膀，而是靠一颗柔韧乐观的心，靠你的目光去化解生活的沉重。"这些近乎座右铭的名言、警句，不是凭空臆造出来的，而是从书中写到的故事和作者的遭际中自然而然地引申、提炼出来的。每读到这里，你会感同身受，心悦诚服。

这本书还有一个亮点，即自始至终贯串着鼓励少年向上、向善的基调。它不止于为青春期少男少女释疑解惑，还期盼能为他们的成长打精神底子，为培养完美人格、提高人文素质添砖加瓦。作者通过自叙童年、少年时代的阅读生涯，引导、激励少年博览群书，与文学为伴，爱艺术和美，追求诗意人生；从小培养悲悯之心、恻隐之心、虔敬之心。唯其如此，长大之后，才有可能成为胸怀博大、视野开阔、情操优美、想象丰富的现代文明人。

我还赞赏这本书信体散文，在每封信前都有一首紧扣主题的感情真挚、扣人心弦的诗，书中并配有若干新颖别致、色彩和谐、耐人寻味的插图。文、诗、图巧妙地交织一起，面目焕然一新，令人爱不释手。

这本书老少咸宜，不仅适合于少男少女，成年读者也会从中得到启迪，它有助于两代读者之间的心灵、感情沟通。

2016 年 9 月

乡情·亲情·童情

——读沈家琪的儿童散文

　　我和沈家琪有一面之缘，那是 2006 年 8 月在上海宝山参加纪念陈伯吹先生诞辰 100 周年纪念活动期间。

　　沈家琪从 1969 年开始发表作品，从事创作已近 50 年，是一位富有经验的老作家了。前不久收到《沈家琪自选集》十卷。收入选集的洋洋 300 多万字，是从 1300 万字中筛选出来的。面对这包括中长篇小说、报告文学、散文、诗歌、儿童文学等多种体裁的十大卷，我不禁肃然起敬，由衷佩服这样一位在文学园地默默耕耘了半个世纪的辛勤园丁。当今百花齐放的文苑，就是由成千上万像沈家琪这样勤奋的劳动者用汗水、心血浇灌出来的。从自选集的"后记"中，我了解到，1976—1996 年，是沈家琪步入儿童文学创作的阶段，他的很多儿童文学作品都是在这段时间创作的。上世纪八九十年代，也正是我在中国作协分工联系儿童文学工作的日子。我没能更早结识沈家琪，更多关注沈家琪，似有一种没有尽到自己责任的歉意。由此想到，在我国又有多少有才能、有潜力的作家，没能及时地、更早地得到应有的评介和推荐啊！

　　面对十大本自选集，我很发怵，不知从何着手进入沈家琪的文学世界。我主要做文学组织工作，写些儿童文学评论，也多少写一点散文。几年前，还参加过编选《中国儿童文学六十年典藏·散文选》。因此，我想粗略地谈一点读了沈家琪儿童散文的印象。

　　少年儿童散文同成年人散文一样，可以记人叙事，可以状物写景，也可以抒情议论，是一种十分自由、灵活的文学体裁；同时，它又是多种文体写作的基础。

　　沈家琪的儿童散文题材广泛多样，感情真挚亲切，富有乡土气息和童情童趣。

他十分珍惜童年生活对自己的馈赠。他深有体会地说："童年的生活是在乡土的阳光和雨点蹦跳声中溅出来的，是幼稚和快乐凝聚成了金不换。童年的生活不会在生命的故事中流失，它是空余时间放在嘴里咀嚼一遍的甜蜜。"

他把刻骨铭心的童年回忆与对新生活、家乡面貌的感受，水乳交融地织在一起，让人读来感到十分亲切。比如，从日常生活中常用雨伞写到高高的、神秘的"伞"——现代化雷达，并由此展现了孩子和解放军叔叔之间的动人情谊。

从故乡江边的满天繁星，写到如今宝钢高炉、高楼闪闪烁烁，如串串明珠般的灯海；耿发大伯讲星星的故事，又让孩子们了解到老一辈成长的经历、苦难的遭遇和命运。短短的散文中，穿插一个生动的小故事，就增强了作品的艺术感染力和可读性。

富有真情实感、童心童趣是儿童散文的灵魂和血脉。沈家琪的散文，用纯真的儿童眼光，写到故乡橘园、竹园、枣树、凤仙花等等，娓娓道来，表达了对故乡难解难分的情结。作者的笔触不止于对景物的描绘，而是很自然、巧妙地深入对亲人感情、品格、心灵的揭示。如《竹园记事》中写妈妈把两根小青竹送给村民何大妈，作为搬家时引路用，由此展现了妈妈如"园中一枝高大的竹"的品格。书中还有不少抒写母亲的篇章，字里行间充满了出自肺腑的浓浓的亲情。在《枣树的回忆》中，写隔壁邻居80多岁的仁宝老人，为了支援钢城建设，与陪伴了他一辈子的那棵枣树难舍难分的感情，真是动人心弦。

作者不仅具有生动、具体描绘事物的能力，而且善于用简洁、清新的语言文字来抒发热爱自然的深挚感情。《春天的歌》写了春笋、春花、春雨；《秋景》写了秋风、秋雨、秋阳、秋虫、秋叶、秋月、秋收，我以为这是两组有感情、有文采的美文。文中写到春笋"终于一天，你顶开了顽石向着春天呼喊：我来啦！""随意捡起路上的一片树叶，你会发现树叶上写满了恋土的情书，还有大自然发给大地的奖章。"这些文字会给小读者以奋发向上、执着追求的力量。

作者像海绵一样，善于从生活的海洋中吸取养料。但有些篇章似对生活素材缺乏更好的提炼、剪裁，显得平铺直叙，没能更深入地开掘出生活中的美和诗情画意。

2017 年 1 月 18 日

童话探讨

幻想也要以真实为基础

——评欧阳山的童话《慧眼》

今年1月号的《作品》月刊上，发表了欧阳山的一篇儿童文学作品《慧眼》。尽管刊物目录上标明这篇作品的体裁是小说，但是我们却有充分的理由把它看作童话。因为《慧眼》不是像小说那样真实地描写生活，其中包含的虚构、幻想的成分已越出小说这种体裁所许可的范围。先让我们看一看它的主要情节吧：农村里的一个孩子周邦，从小就长了一双漂亮的大眼睛，这双眼睛能透过人体的肌肉，看见别人的心。他能看出诚实的人的心是红的，撒谎的人的心是黑的。可是由于他年纪很小，听了别人的夸奖和恭维，就昏头昏脑、骄傲起来，也就辨别不出心的颜色了。因此，他被地主、农业生产合作社里的懒汉及其儿子所欺骗和利用。后来在父亲、母亲和群众的教育帮助下，他才能真正看清别人的心。

从上面简单的叙述中，我们已不难看出，作者是企图用童话的形式来处理现实题材的。作者的这种尝试未尝没有意义，因为运用童话的形式反映我们时代的生活，在我们儿童文学的创作实践中至今还是一个没有很好解决的问题，需要有更多的创作者勇敢地、大胆地来尝试。但是，《慧眼》这篇作品表明：作者的这个尝试失败了，并且走上了形式主义的道路。这主要表现在作品的现实内容和童话形式的脱节上。

《慧眼》的主人公周邦是一个幻想的形象：作者赋予他以奇特的智慧、非凡的本领——具有一双能透视人心的慧眼。这作为童话里的一个形象，本来是没有什么不可以的。但是，当作者把这样一个神奇的人物引入现实生活的环境里，让他同我们时代的普通人生活在一起，和同他年龄相仿的孩子们一起游戏和学习时，却不得不使我们疑惑起来了：现实生活中真的会有这样的神童吗？童话这个体裁难道可以允许作者任意幻想吗？

很明显，童话需要幻想，需要积极的、美丽的幻想；但是这种幻想一定要以现实为基础。归根到底，只有生活的真实才是童话的基础。然而在《慧眼》这篇童话中，周邦这个形象恰恰是缺乏生活的真实依据的，是脱离了儿童的性格特征和心理特征的。作品中描写主人公周邦刚会说话的时候，就老是指着别人的心窝说："会动的，给我。这会动的，给我。"当周邦7岁的时候，他想着许多事儿。"牛啦，狗啦，小鸡、小鸭啦，各种各样的小鱼啦，小鸟啦。其中有一样，想得顶多的，就是人们的心的颜色这个问题。"在这里，我们实在不能理解：一个生活在我们时代，而且是生活在农业合作社的现实环境中的7岁的孩子，怎么可能有这种"慧眼"？又怎么会思索着"心的颜色"这样一个神秘的稀奇古怪的问题呢？

更严重的问题还在于，作者对于上述描写，不仅没有丝毫暗示读者那只是一种童话的虚构，却努力使人们相信这一切都是实实在在的今天现实中的事。在作品里，我们多次看到作者描写周邦"的确看得见别人的心"，并且说有许多解放军叔叔和工作队的干部知道周邦具有这种本领。作品中有这样一些情节：当懒汉陈顺的儿子陈威要和周邦玩滚牛、掷骰子，并撒谎说"没钱也不要紧，你赢了，我输现的，我赢了，你欠着"的时候，周邦顿时看出陈威的心在"突突地跳，颜色是黑的"。当懒汉陈顺加入农业合作社后，为了逃避车水浸田的劳动，就借口腰疼以图达到请假的目的时，他恭维周邦说："神童就是神童。周围百儿八十里，没有哪个不晓得你的了。……像你这样的人，要五百年才出一个呢。"周邦听了这番话，"偷眼望了望陈顺的心，只见它在突突地跳，像有点黑，又像有点红，看不清楚，再定神一看，是一片大红色。"……当我们读到这里的时候，我们不能不问：在我们时代的普通人中间，为什么会有这样一个具有奇异的魔力的孩子？作者这样描写，究竟有什么现实根据呢？可以肯定地说，"慧眼"周邦这个形象不是植根于现实生活，不是在综合、概括生活现象的基础上通过幻想创造出来的，而是没有生活根据的胡编瞎想。

童话中的一些情节，如上面提到的滚牛、掷骰子、陈顺和周邦的谈话等，作者用现实主义的手法如实地描绘出来，读者是可以理解的；可是在这些事件的发展中穿插着"慧眼"辨别"心的颜色"这个不可思议的情节，读者就完全不能了解，不能不感到奇怪。作者没有把虚构和生活有机地融合在一起，因此这种虚构就不能在读者心中生根，读者在感情上是排斥这种虚构和现实的生硬"结合"的。

作者把童话的环境（时间、地点等）描写得那样具体："解放那一年，周邦才四岁""那一天正是春节——旧历过年的好日子""到了一九五四年的春天，周邦又长高了，眼睛也更大，更漂亮了"，以及"青年纠察队""青年突击队""社务委员会"，等等，简直使读者不能不相信童话中的一切情节都是真正发生过的事件；可是读者又不能相信生活中真有这样荒诞的事件，因为每个读者都清楚地了解，在现实世界中毕竟是不会有周邦那样的神童的。作者把童话的背景过于"现实化"，而不是在充满着奇幻的浪漫气氛中展开情节，因而使得读者愈加怀疑童话故事的真实基础，愈加尖锐地感觉到童话形象和现实环境的冲突。环境是具体的、现实的，人物是幻想的、神奇化了的，两者之间的矛盾在读者的印象中是很难抹掉的。

问题还不仅仅在这里，如果我们更进一步地去探讨一下，那么我们就会感到，作者最初的构思恐怕就未必是正确的，未必是合乎生活的真理的。慧眼和千里眼、顺风耳一样，是一个产生于过去历史时代的、传统的童话形象，作家如果沿用这些形象来反映今天孩子们的幻想，当然是可以的。但是作者必须了解，任何一个童话形象都是有着产生它的历史条件和现实依据的。如中国童话中的千里眼、顺风耳、飞毛腿及外国童话中的魔术师、飞行毡等等，虽然我们看起来感到非常神秘，但它绝不是凭空产生，而是反映了过去的历史时代劳动人民的智慧和愿望的。比如，千里眼是表示人们想看得更远的愿望，飞行毡是反映人们想要飞行的愿望——归根结底，是表达着人民的创造精神和征服自然、驾驭自然的愿望。在童话里，人民的这种愿望通过丰富、合理的幻想更加鲜明地表现了出来。慧眼这个传统的童话形象，同样也表示了人们渴望洞察事物奥秘，渴望自己具有非凡智慧的愿望。这种幻想的形象在过去的神话、童话作品里出现，是有着它自己的历史的、时代的现实基础的。但《慧眼》这篇童话却明明白白告诉我们，它的环境不仅是我们今天的时代，而且还是我们的真实日常生活中的事。而我们今天的生活中的"慧眼"，应该是党和劳动人民高度智慧的表现，是党和劳动人民能够洞察事物的本质和发展规律的本领。可是，在《慧眼》这篇童话里，作者却把一个年幼的孩子描写成了今天现实生活的主宰者，似乎党和劳动人民在生活中无能为力，而只得常常求助于一个幻想出来的、具有一双神秘"慧眼"的小孩——这难道是对生活中的美好事物的歌颂吗？也许作者的本意，正是想把"慧眼"这个小孩寓意为劳动人民的智慧，也就是说，作者也许是想要把劳动人民的智慧借这个有"慧眼"的小孩而人格化，但是，我们却不能从作品中得到这样的感受。我们从作品只能看到农业社的懒汉陈顺借故请假，只要通过慧眼的检验，生产队队长——周邦的父亲周华马上就准假了等这一类所谓现实性的情节——而恰恰这些所谓现实性是根本不真实的，因为这破坏了生活的逻辑，歪曲了当前农村中人们的真实关系。

我们还可以了解到，作者是想借着慧眼这个童话形象向孩子们揭示这样一个真理：一个人无论怎样聪颖过人，都不该骄傲。但是，既然作者的构思脱离了生活的真实，作品对生活的描绘，也就不能不是一幅被歪曲了的图画。正因为《慧眼》这篇童话的基本构思不正确且丧失了同生活的联系，因此必然有损它的效果，降低它的教育意义和艺术力量。作者既没有用全部热情把慧眼描写成人民的智慧和力量的化身，也没有能够鲜明有力地表现出我们时代的慧眼应该摆脱骄傲这个弱点的必要。"不该自恃聪明而骄傲"，作者企图说明的只不过是这样一点教训而已。而这个教训也只是肤浅地表面地体现出来的，不是通过真实和幻想相结合的形象揭示出来的。相反，作者比较具体地描写了的倒是周邦如何去看人们的心的颜色，然而在作者所描写的现实环境中，这种神秘的力量却是不可信的，因而它在少年儿童读者中所产生的影响，也不可能是有益的，而只能导致他们思想上的混乱。少年儿童文学作品，包括童话在内，应该通过具有魅力的艺术形象来培养年轻一代的共产主义品质，帮助他们逐渐形成唯物主义的世界观。《慧眼》这篇作品的客观效果恰恰是和这个伟大的目的背道而驰的，它不能通过自己特有的力量来影响、促进儿童身心的健康发展。

整体说来，这篇童话在艺术上也是枯燥无味的，既缺乏丰富的令人生趣的幻想，也缺乏优美的情调和幽默感。它不能帮助少年读者通过童话的形式去理解丰富多彩的现实生活，也不能启发他们的创造力、想象力，更不能引导他们去展望明天的崇高的理想境界。

《慧眼》这篇童话之所以存在上述这些问题，我想主要是由于作者对童话这种体裁的基本特征与内在的发展规律了解、掌握得还不够，同时也在于作者对现实生活和儿童生活的了解不够，以及对应当如何正确地反映现实生活和儿童生活的把握不够。没有把握到生活的真实，自然也就不能从生活中产生合理的幻想，不能把童话的幻想建立在真实的基础之上。我认为，这恐怕就是《慧眼》这篇童话之所以失败的原因。

1956 年 3 月

人性美的深情礼赞

——林良童话赏析

　　林良先生是台湾地区著名散文作家、儿童文学作家。他的散文集《小太阳》于 1973 年获中山文艺创作奖。他曾任台湾儿童文学学会第一届理事长。在儿童文学创作上，是个多面手，诗、儿歌、散文、故事、传记、童话、广播剧，多种体裁，得心应手，均有佳作。这里，我想评析一下他的童话创作。

　　一年多以前，最初读到林良的童话《绿池的白鹅》，就被它那浓郁的人情味、温馨的诗意美和沁人心脾的艺术感染力所打动。近日又读了林良另外两篇童话：《汪汪的家》《我要一个家》（均被选入桂文亚女士主编的《银线星星——台湾趣味童话选》一书，作家出版社、台湾民生报联合出版），再一次被这位大手笔热情拥抱宇宙万物的宽阔胸怀和熟练驾驭文学语言的艺术功力所折服。

　　《汪汪的家》《我要一个家》这两篇童话都以狗为主人公，将狗拟人化，赋予狗以人性，写狗对家庭的向往和眷恋，写狗与狗之间、狗与人之间的友情。作者并没有花多少力气去编织曲折离奇的故事情节，而是用亲切而简洁的笔触勾勒主人公的性格特征，揭示他的感情世界，塑造出富有善良人性的艺术形象。

　　作者笔下的汪汪是一个很爱家、很懂事、很有人情味的小狗。当他的爸爸外出打工，他和妈妈在家挨饿受冻的时候，他要倒一杯开水给妈妈喝，还要出去砍柴火生火炉；妈妈不放心，不让他出门，他亲热地靠在妈妈怀里，表示要和妈妈一起挨饿，一起受冻。当汪汪听到远处传来马车的铃声，急不可耐地去开门迎接爸爸，面对呼啸的北风，情不自禁地呼喊："爸爸爸爸爸爸！"这些描写生动地展现了汪汪对爸爸妈妈的关心和体贴，浓浓的亲情跃然纸上，扣人心弦。作者展示小狗汪汪美好、可爱的性格时，是紧扣幼儿的生活、贴近幼儿的心灵的。汪汪的那些动作、语言，是从幼儿日常生活中采撷、提炼出来的，因而儿童读来会感到格外的亲切，以至发出会心的微笑。

作品刻画汪汪性格最为成功之处在于：从情节发展的关键时刻，展现了主人公品格的美，情操的美，人性、人情的美。作者先用饱蘸感情的笔墨渲染了汪汪家庭特有的温馨、和谐、幸福的气氛：外出打工的爸爸平安地回到了家，带回来足够过冬的劈柴、面粉、肉、香料等好东西，妈妈在大壁炉里生上了火，屋里很暖和，一家人正准备关起门来过一个舒舒服服的冬天。而屋外正是寒风凛冽，大雪纷飞，连"狗也不出门"的坏天气。恰是在这个屋内外环境、条件反差如此鲜明的时刻，汪汪却出人意料地说："我们还不能关门。我还要出门。"作者紧紧抓住这个人物性格的闪光点，着力开掘汪汪善良、美好的心灵：原来，汪汪心里一直惦记着在困难的日子里帮助过他们的张伯母。在汪汪家揭不开锅的时候，张伯母曾把家中仅够吃 6 天的粮食，分给他们一半。稚气未脱的汪汪未曾忘记同患难、共命运的亲友，解囊相助、扶危济困的恩人。他心里盘算着："他们跟我们一样，也已经饿了两天了。"于是，一家人又忙碌着搬出家里所有粮食、劈柴的一半，冒着风雪去送给前村的张伯母。写到这里，人世间那种情同手足、血肉相连的最美好、最珍贵的感情，就被表现得淋漓尽致了。

我们不能不由衷赞叹林良深谙文学艺术的基本特征——通过艺术形象来反映社会生活。在他的笔下，一个个平常的故事娓娓道来，人物的美好感情在朴素、自然的叙述中流泻出来，没有一点说教、训诫的味道，也没有一丝矫揉造作的痕迹。作品的题旨隐含在情节和形象之中，一切让艺术形象来说话。借助生动的艺术形象，孩子们就不知不觉地接受了作者所张扬的有关道德、品格、情操的价值尺度。

我们再来看一看《我要一个家》这篇童话。它的故事情节可说是更加单纯、平淡：叫不出"汪汪"、只会叫"哀哀"的小黄狗，没有自己的名字，所有的狗朋友只好叫他"哀哀"。哀哀没有自己的家，他很羡慕别的狗都有一个温暖的家，有照顾自己的男主人、女主人和小孩子。他急切希望找到一个家。找了好几天，碰了好几次壁，这使他很失望。后来，终于被喜欢哀哀的两个小孩子和女主人收留了下来。这么一个平常的、并不新奇的故事，为什么会具有吸引低幼儿童的艺术魅力呢？在我看来，它的秘诀仍在于注重写人物的感情，塑造出了富有鲜明个性的、栩栩如生的童话形象。

作者凭着对动物生活、脾性和幼儿生活、心理的精细观察和熟稔把握，抓住动物的富有特征的动作、语言，赋予幼儿的感情、心理和性格，让小读者从动物世界很自然地联想到儿童世界、人类世界，在与作品主人公的感情交流、沟通中，受到有关待人接物的 ABC 的潜移默化的影响。

哀哀在找家的过程中，一次又一次地被男主人、女主人拒之于大门之外。这时，他虽然感到失望，但总忘不了摇摇尾巴，对主人表示"对不起"。

当发音不准的小女孩把他的名字叫作"爱爱"的时候，他一次又一次很认真地加以纠正："是哀哀，不是爱爱。"

当两个小孩和女主人同意收留哀哀的时候，他却扭身往巷子外跑，原来他急于去告诉狗朋友：我已经有了一个家。

通过这么几处细节的描写，哀哀那憨厚、认真、懂礼貌、重友情的性格特点就清晰地、活灵活现地表现出来。被作者细致描写的那种人与狗、狗与狗之间的感情，也是低幼儿童所能理解和接受的，这就在他们的幼小心灵里，撒下了真、善、美的种子。

林良根据自己的创作实践，深有体会地说："对现实生活细密的观察，从现实生活出发，有助于想象的充实""观察得越多，他的想象可能越充实。还有他可以运用的细节也会越多。"确实如此，正是从生活出发，借助富有创意的想象，作者才能从小黄狗摇尾巴的动作里，从他"哀哀哀哀哀，哀哀，哀哀哀哀"的叫声中，破译出那么多精彩而又入情入理的幼儿化的语言，营造出一个温情脉脉、诗意盎然的童话世界。

读林良《汪汪的家》和《我要一个家》，从头到尾，都会沉浸在一种阅读的快感之中。他那亲切、鲜活、清爽、浅显的文字，一下子就把读者带入如诗如画的童话世界。在他的作品里，没有刻意雕琢的华丽辞藻，没有佶屈聱牙的欧化词句，浅白晓畅，简洁精练，真是一位名副其实的"浅语的艺术"高手。且看《汪汪的家》中的一段精彩描写：

> 马铃声越来越近。他们在昏暗的天色里，看见一辆马拉的小
> 货车。爸爸就坐在车上，摇着鞭子。外面风声呼呼，但是汪汪的
> 叫声更高、更尖。他大叫："爸爸爸爸爸爸！"

从这里我们可以看到，每个句子都很短，文字已经简练到让你无法再去掉一个字。每一句话所要表达的意思又那么清晰、那么准确，而且是有声有色，呼之欲出。汪汪急促地叫喊"爸爸爸爸爸爸"这符合幼儿口吻的一笔，多么传神地刻画出父子别后相会的那种激动、喜悦的心情啊！

在《我要一个家》中，"哀哀"和"咪咪"的一段对话，也写得惟妙惟肖，符合幼儿特征：

> 他跟"咪咪"说："我要找一个家。"
> "咪咪"说："很难。"
> 他说："很难，我还是要找。"
> "咪咪"说："会有小孩子要你吗？"
> 他说："会会会，一定会。我明天就去找。"

作者在这里按照幼儿的思维方式和语言特点写出的这段浅显明白的对话，真是产生了"如闻其声，如见其人"的艺术效果。读到这里，定会引起小读者感情上的共鸣，他们会同童话中的主人公——自信、执着的哀哀一样，对明天、对美好生活满怀希望和信心。

总而言之，林良先生营造的洋溢着人世间至诚至真至善至美之情的童话，给人以温暖和挚爱，给人以同情和关怀，可说是陶冶孩子情操的优美的音乐和富有诗的魅力的故事。

1994 年 1 月 5 日

熟悉而又亲切

——读《当心你自己身上的小妖精》

不久前，我收到任溶溶送给我的一本装帧精美的书《给我的巨人朋友》。打开书的扉页，在作者任溶溶的签名下面，很醒目地写着一行字："我70岁了！"挺新鲜、有趣。这是一本很厚的书，共有580页。小朋友喜欢的儿童诗《爸爸的老师》《你们说我爸爸是干什么的？》、童话《"没头脑"和"不高兴"》、故事《丁丁探案》等作品都收进去了。现在你听到的故事《当心你自己身上的小妖精》就是这位善良又风趣的任溶溶爷爷写的。

任溶溶爷爷娓娓道来的这个故事，就像是发生在你周围的很平常但又很有趣的事情。你听起来，一定会觉得很熟悉、很亲切。作品中的主人公多多是从生活中来的，活灵活现，很有性格特点，很像你或你周围的小伙伴。你是不是也像多多一样，本来很乖，讲道理，不瞎吵瞎闹，爸爸妈妈都喜欢你。后来，不知怎么搞的，一下子就不乖了，动不动就大吵大闹，自己也管不住自己，爸爸妈妈也就没法子喜欢你了。你也和多多一样，挺苦恼吧！

这是怎么一回事呢？作者在这里设置了一个悬念，吸引孩子们凝神屏息地听下去。多多早晨满可以吃下妈妈准备的牛奶面包，为什么却非要大吵大闹要吃油条？家里小汽车已经够多的了，为什么经过玩具店时，多多又吵着哭着要买小汽车？……你一定也感到莫名其妙，急于要弄清究竟出了什么毛病。善于用脑子分析问题的爷爷揭开了谜团，原来是趁多多生病那会儿，一个专门捣乱的小妖精——脾气精钻进他身体里了。作家任溶溶爷爷抓住幼儿天真、好奇、富于幻想的特点和充满游戏精神的思维方式，巧妙地推出一个似真似假、亦真亦假的童话里才有的人物形象——小妖精。你一定觉得很好玩、很有趣吧！这小妖精有着神奇的力量和不可捉摸的性情，它在多多肚子里兴风作浪，多多就是没法治它。你也一定感到小妖精这形象真实可信，因为在你的日常生活中，它曾不止一次地找过你的麻烦。你听着这个故事，就不知不觉地走到故事中来，要和多多一起来对付专门捣乱的小妖精。

　　你看，多多毕竟是个"乖的时候多"的可爱的孩子。他是要乖的，不愿意老发脾气，让爸爸妈妈着急，也不愿让人家看到他那"张大嘴哭叫，像只怪兽似的，多么丑"的面孔。他求爷爷帮他赶走脾气精。他按爷爷教给的办法，一次又一次地跟脾气精斗，最后终于打败了它。从故事中你可以看出，多多赶走脾气精可是下了很大决心，费了很大力气的。当妈妈让他吃点青菜、让他快点睡午觉时，他一次又一次地张大嘴巴，差一点又要发作了。要不是爷爷及时在他耳边轻轻说声"脾气精"，使他记起爷爷说的："我才不听你这一套呢!"他可能会败在脾气精手下。在任溶溶爷爷的笔下，多多凭着自己的意志和力量，一步一步战胜脾气精的过程，写得很生动、很有说服力。从多多的行动里，小朋友一定会自然地领会到：要改掉自己身上的缺点，主要得靠自己跟缺点斗。具有英雄气概的小巨人，完全有力量战胜可恶的小妖精。这正是任溶溶爷爷让你"在嘻嘻哈哈的笑声中接受的道理"。

1994 年 1 月 21 日

让"大灰狼"深入人心

《大灰狼画报》在低幼儿童期刊中是个富有独特创意的品牌，办了10年，在儿童文学界和小读者中间已具有一定的知名度。但要真正成为广大小读者爱不释手、在全国具有广泛影响的名牌期刊，还得在提高刊物质量、发扬自己的特色上狠下功夫。

拥有一个相对稳定的、思想业务素质较好的作者群；致力于推出优美精致的、文画一体的童话故事；鼓励艺术上的探索、创新，这是《大灰狼画报》的优势和特色。提高刊物质量，"创名牌"，要从保持和发扬这些优势、特色入手。

既然画报以大灰狼命名，又确立了"美国有米老鼠，中国有大灰狼！"这么一个奋力追求的目标，那就要在大灰狼上做大文章。精心组织富有独创性、艺术精湛的作家、画家创作以大灰狼为主要角色的系列童话，编织大灰狼的一连串妙趣横生、引人入胜的故事。让大灰狼的形象从外形到内心都有自己的鲜明特征，有其独特的感情世界，造型生动奇特，想象丰富绮丽，成为孩子们熟悉、喜爱的童话形象，以至能像米老鼠那样，深入童心，家喻户晓，具有长久的艺术魅力。同时，努力创造条件，充分利用现代媒体，让画报上连载的童话故事走进图书、荧屏、银幕，使之拥有更多的读者、观众。我们期待着出现一个与众不同、独具魅力的大灰狼形象，真正做到"只此一家，别无分店"，仅仅属于二十一世纪出版社！

除了抓好关于大灰狼的童话故事这个拳头产品外，画报上还要有更多色彩缤纷的贴近幼儿心理、张扬游戏精神的童话，并力求把童趣盎然的游戏精神与如诗如画的意境韵味巧妙地交融在一起，使小读者看了作品不仅觉得好玩、来劲，而且多少能得到一点新的感受、体验，不断丰富他们的想象世界和感情世界。

文字与图画、文学与美术珠联璧合，相得益彰，是幼儿文学特有的艺术魅力之所在。有了精彩的童话文本，还要由熟谙幼儿心理、富于文学素养的画家进行艺术的再创造，把奇妙的童话故事通过七彩画面生动地表现出来，图文并茂，相映成趣，使小读者获得爱和美的熏陶、感染。

1997 年 12 月

孩子心目中的"真心英雄"

　　海天出版社继 1996 年推出 18 岁的高中生郁秀的长篇小说《花季·雨季》之后，时隔两年，半年前又推出 14 岁的初中生张天天的幻想故事系列《真心英雄（一）》，再次表现了他们支持初出茅庐、不知名的年轻作者的热情和勇气。为生气勃勃的新生力量铺路搭桥，是值得出版界发扬光大的好风气。

　　《真心英雄（一）》在体裁样式上似小说也似童话，又不同于通常界定的小说、童话，它把小说的叙事、写实与童话的幻想、夸张融会在一起，构成一种亦真亦幻的综合文体，可称之为童话小说或幻想故事。这种文体有利于作者驰骋想象，开拓幻想空间。孩子的天性渴望幻想，追求新奇。《真心英雄（一）》正是以大胆奇特的构思、离奇惊险的情节来满足小读者的阅读心理和审美情趣。作品生动地描述了四个真心英雄为了维护地球和另一个星球——明星上的正义与和平，历尽艰难险阻，使尽浑身解数，同恶魔古拉玛进行殊死战斗的历程。故事的时空变幻极大，场景变换很快，从当今北京王府井的四合院到 7000 万年前另一个星球的王宫，从 20 世纪台北的电视台到清朝乾隆的皇宫、水牢；普通的地球人、具有超常能力的地球人与外星人联袂演出了一出紧张、热闹、精彩的好戏。少年儿童读来会感到很好玩、带劲、过瘾。

　　小小年纪的作者虽然生活阅历有限，但他像海绵一样，从方方面面、点点滴滴、直接间接的生活中尽可能汲取一切有用的素材和养料，经过提炼加工，编织成生动有趣的故事情节。书中描写古来南、古来东、古东西几个女孩对亚洲小旋风、青春偶像的崇拜；李志颖、古来北不时唱起《为什么受伤的总是我》《雨季》《问晴空》等流行歌曲，这些都是从当代都市青年的日常生活中采撷来的，里面蕴含着作者真切的生活感受。而金博士与古来南、乾隆皇帝相会于桃花源；乾隆宠臣和珅奉承巴结化装成假乾隆的古拉玛等等，则是作者从名家名篇、历史故事移植过来，做了一番改造，然后巧妙地组织到故事中去。通观整个作品，真真假假，虚虚实实，生活与幻想、现实与历史交错、融会在一起，读来令人感到顺畅、自然。从这里可以看出，这位年轻作者具有一定的文学悟性和才气。

这篇幻想故事还有一个引人注目的特色，那就是运用富有现代化色彩的科技宝物来展开故事情节，表现作品主人公神奇、超常的魔力。真心项链、开天裂地神剑、千节棍、泥塑鸭子等这些看来都是古老的、传统的宝物，而作者根据现代科学技术、信息技术的发展，赋予它们以感应生物场的位置、打开地球能量库、连接和控制人的意念等功能，乍一看来，似乎是想入非非，细一琢磨，又觉得入情入理、真实可信。真心英雄的真心项链变幻出的真心威力，不仅会给小读者以爱心、亲情、友爱、互助、坚强、勇敢的精神熏陶；而且会给他们以热爱科学、探求新知的启迪、激励。

《真心英雄（一）》作为一个少年作者的处女作，能写成现在这个模样，应当说是难能可贵的了。而且它还只是幻想系列的第一部，作者准备继续写下去。因此在这里不妨简略地提出几点不成熟的想法和意见，供作者、编者参考：一是如何赋予善与恶、正与邪的斗争这个老主题以更鲜明亮丽的时代光泽、色彩；二是如何进一步设置悬念，提炼情节，使故事更加起伏跌宕，引人入胜；三是卡通插图与故事文本如何更好地衔接、配合，以便于阅读、欣赏。

1999 年 5 月 4 日

首先要有一个好的故事脚本

——评介《一个中国孩子的英雄喜剧》

　　"创作出我们自己的、为少年儿童喜爱的、富有艺术魅力的卡通读物。"这是三年前我国出版界、文学界、美术界共同提出的一个奋力追求的目标。经过作家、画家和有关各方的不懈努力，我们正一步一步地接近这个目标。接力出版社不久前推出的长篇动画丛书《一个中国孩子的英雄喜剧》（以下简称《英雄喜剧》），就是我国动画故事创作的一个新成果。

　　这套动画故事丛书寓有关少儿行为规范的丰富内涵于充满童趣的故事和生动鲜明的形象之中，题材、构思、人物造型都有新意，艺术性、可读性比较强。

　　动画故事是绘画与语言文字、文学与美术巧妙结合的一种艺术样式。卡通文学是卡通艺术的基础。没有一个好的文学故事脚本，再高明的画家也无法施展自己的才能，赢得众多的小读者。《英雄喜剧》的成功，首先就在于几位富有创作实力的儿童文学作家精心编织了一个既贴近孩子生活又富于童话色彩，具有艺术感染力、吸引力的故事。

　　《英雄喜剧》的故事是从生活中来，从当代中国儿童的生活中来的。向往当超级英雄，钟情于激光皇码，跋山涉水探索克隆的秘密，飞越太空寻找彩虹鸟……都鲜明地表现了当今孩子的梦想和追求。而贪吃、挑食、厌食，不会做家务活，买电影票加塞，用"嘿，嘿，嘿"代替所有的称呼，做作业不肯动脑子……则真实地反映了当今不少孩子身上存在的毛病和缺点。作者善于从发生在孩子身边的事情中，从孩子日常的生活、思想行为中提炼那些富有当代孩子特征的东西，编织成生动有趣的故事，使孩子们读来有一种格外的亲切感。

　　这部长篇动画故事是由许多引人入胜、情趣盎然的情节连缀起来的。作品主人公在实现英雄梦的过程中，遇到了不少困难、挫折、困惑和矛盾。作者紧紧抓住这些矛盾冲突，采用夸张的艺术手法，熔铸成作品一个又一个精彩的、令人发噱的情节，因而产生了极其强烈的艺术效果。如书中描写爱吃糖的大豆芽，浑身蜂蜜味，招来了"陆军"——蚂蚁、"空军"——蜜蜂，还有大狗熊；只会按"傻瓜按钮"的聪仔，不会按防御按钮打败太空恶魔，却错按了"迎接贵宾""馈赠食物"的按钮，闹了个大笑话。这些情节想象奇特，不落俗套，读来妙趣横生，符合孩子们的审美情趣和阅读心理。

动画故事还要有个性特点鲜明、令人难忘的人物形象。《英雄喜剧》着重刻画的聪仔，聪明机灵，积极向上，崇尚英雄，但他身上也有一般孩子常有的贪吃、不讲卫生等毛病。作者是从实际生活出发来写人物的，而不是把人物当作传递某种理念、行为规范的道具。书中其他人物，如淘气的晓亮、"马大哈"的豆芽菜、胆小的莎莎，也都是活生生的、有个性特点的，是孩子们可亲可近的。

《英雄喜剧》的故事还有一个特色，即富有浓郁的童话色彩。几个活泼可爱的孩子活动在亦真亦幻的童话世界里，他们运用代表现代高科技水平的激光皇码，执着地、锲而不舍地追寻具有神奇魔力的宝物——星星石、月亮树、太阳花、彩虹鸟。作者在孩子面前展开一个瑰丽的、异想天开的幻想世界，启迪、引导他们更大地张开想象的翅膀，在真、善、美的追求中自由翱翔。

1998 年 3 月

亦真亦幻　和谐自然

　　动画故事系列《精灵鸭》在反映当代生活、追求幻想与现实的和谐结合上，做了一次认真而有益的探索。这是一套富有鲜明的时代气息和奇妙的想象魅力、图文并茂的文学读物。小读者一边阅读引人入胜的故事，一边观赏生动优美的图画，会感到轻松愉快、趣味盎然。

　　《精灵鸭》把色彩纷呈的当代生活融入动画故事之中，真实地、多侧面地展现了当代儿童所处的宠爱与压力并存的生活环境和欢乐与苦恼交织的内心世界。书中对小主人公元元和他的伙伴面对的做不完的作业、上学因交通堵塞而迟到、当了小球星而招架不了媒体的炒作、接待国际学生旅行团却不懂外语诸如此类的苦恼和困难，写得细腻逼真，活灵活现。这些都是当今孩子熟悉的、发生在他们身边的事情。孩子们走进动画故事之中，浓郁的校园、家庭生活气息迎面扑来，如同身临其境，感到格外亲切。而尤其引人发噱的是作品描述来自另一星球的一只精灵鸭，加入了孩子们的行列，成为他们朝夕与共的亲密朋友。精灵鸭原来生活在比地球先进几千万年的戈得兰星球，受过良好的教育，精通宇宙里许多生命的语言。他凭借自己超凡的智慧、神奇的本领，用手中那根魔力羽毛，发明创造了神笔、绿色足球衣、汽车旱冰鞋、学习眼镜、超霸王翻译机……帮助元元征服了生活道路上一个又一个拦路虎。精灵鸭的语言、行动、故事是幻想的、夸张的、富有浪漫色彩的，但这种幻想又是植根于现实生活的土壤中的，完全符合当代儿童的愿望、心理和情感。《精灵鸭》从生活出发展开幻想，在幻想情境中再现现实，幻想与现实交融，似真似幻，亦真亦幻，和谐自然。作品既清晰地勾勒了富有时代特征的社会生活风貌，帮助孩子们认识生活、品味生活；又别具匠心地构建了一个孩子们向往的神奇美妙的幻想世界，鼓舞孩子张开想象的翅膀自由飞翔，从而使他们的感情得到宣泄，心灵得到抚慰。

作品着力刻画的精灵鸭，是个有血有肉、富于个性的拟人化的童话形象。他聪明机灵，正直坦诚，善解人意，乐于助人。从他给有病的老人提供既保暖又防病的玻丝太空服、给买不起新书的山区孩子赠送有声有色的希望课本、同元元依依惜别并给他留下生日礼物等一系列行动中，我们触摸到了他那颗热情似火的爱心，谛听到了他对温馨、和谐、友爱、互助的精神境界和人际关系的礼赞和呼唤。作者在赋予精灵鸭以人的思想感情、人的性格的同时，并没有忽略、忘掉鸭子自身的特征、生活习性，而是努力追求物性与人性的统一。我们从动画故事中不时看到精灵鸭抖着羽毛、张开翅膀、咧着大嘴、踱着方步、哼着小曲、嘎嘎大笑的生动描绘。造型生动新颖、色彩鲜明和谐的精灵鸭形象，会给小读者留下深刻的、久久难忘的印象。

精彩的童话文本为画家提供了发挥想象、施展才能的广阔天地，而精湛的、富有民族特色和风格的构图、造型，又给作家的童话文本增光添彩，文学与图画浑然一体，相得益彰，因而使动画故事系列《精灵鸭》具有较高的文学品位和欣赏价值。

1998 年 5 月 1 日

撒播绿色种子的饶远

在我的印象中，生态平衡、环境保护这个全球普遍关注的问题，较早地进入了饶远的视野。在我国儿童文苑中，饶远是为数不多、致力于环保题材创作的作家之一，并且取得了可喜的成绩。多年来，饶远对生态环保童话情有独钟，在这块园地里勤奋地、执着地深耕细耘，在孩子的心田上撒播绿色的种子，给予他们饱含诗情和童趣的审美享受。他笔下的马乔乔及其伙伴的形象，启迪孩子们热爱大自然、亲近大自然，点燃他们优化生态环境、保卫地球母亲的炽热感情，激励他们去建设一个美丽、和谐、温馨、安宁的绿色世界。我为他已经取得的创作成就感到由衷的高兴。

希望饶远坚定地走自己的路，继续探索创新，多方汲取营养，努力超越自己，在探求幻想与现实水乳交融、环保意识含而不露、艺术风格独树一帜等方面更上一层楼。

1998 年 7 月 4 日

关注寓言文学

寓言是一种具有劝谕或讽刺意味的文学体裁，也是为少年儿童读者所喜爱和接受的一种文学样式。优秀的寓言作品，融故事与教训、情趣与哲理、睿智与幽默、含蓄与鲜明于一体，具有形象鲜明、故事简洁、寓意深刻、语言精练的艺术特征。它对打开读者心灵之门，启迪智慧，丰富想象力，有着其他文学体裁不可替代的功能和作用。

新时期以来，寓言文学得到前所未有的发展，有了一批可喜的创作成果，也有一批执着于寓言创作的新老作者。然而又不能不看到，寓言文学仍处于补白、聊备一格这样一种被冷落的境地，没有得到应有的重视。这次，中国工人出版社、中国寓言文学研究会等单位联合召开繁荣寓言文学创作研讨会暨《采薇寓言》首发式，必将对鼓励寓言创作队伍的士气、提高寓言创作质量，有所激励和推动。

我高兴地注意到，近年来文学界和儿童文苑还是做了一些有利于寓言文学发展的可喜的事情：去年 11 月中国寓言文学研究会在湖南长沙召开第八届年会，来自 20 多个省、市的作家、学者近 100 人，深入研讨了如何繁荣新世纪的寓言文学的问题。《小学生导刊》编辑部和中国作家协会儿童文学委员会、湖南省寓言童话文学研究会等单位为了推动童话寓言创作，联合举办了第二届张天翼童话寓言奖的评选活动，在入围的 17 篇作品中有《阿唐的脚》《母鸡·萤火虫·驴》《山泉·大树和雄鹰》等三篇寓言。前不久，新闻出版总署与中国儿童少年基金会联合举办了第五届全国优秀少儿图书奖评选活动，福建少年儿童出版社出版的《中国当代寓言精品丛书》获得三等奖。寓言文学研究也有新成果，陈蒲清教授推出了《中国现代寓言史纲》等专著。两年前，为庆祝新中国成立 50 周年而编选的几种《儿童文学选集》，也都选入若干篇有代表性的寓言。我协助严文井主编的

《中华人民共和国50年文学名作文库·儿童文学卷》就选入9篇寓言、寓言诗。这些情况说明，当代寓言文学还没完全陷于被遗忘的角落。但愿我们这次研讨会能为发展、繁荣寓言文学再加一点油，再点一把火。

《采薇寓言》收入50篇作品，其中不少是富有新鲜的时代气息和现实教育意义的。拉·封丹说："一个寓言可分为身体与灵魂两部：所述的故事好比是身体，所给予人们的教训好比是灵魂。"采薇善于把耐人寻味的教训、道理蕴含在生动、简洁的故事之中，读起来饶有兴味。樊发稼先生在序言中列举的那些篇章以及《猫的代表》《活虾与假虾》《左脚与右脚》等篇，都是写得较好的。

同当前整个寓言创作的状况一样，采薇也面临着一个如何进一步提高创作质量的问题。既要在贴近时代、贴近儿童生活上狠下功夫，也要在思想、艺术创新、锤炼语言上狠下功夫。近些年来，儿童文苑高扬幻想文学、幽默文学两面美学旗帜。寓言具有机智、幽默、意趣盎然、想象丰富的艺术特征，是以富有想象和意味取胜的文学体裁，也是以幽默取胜的文学体裁。深切地期望包括采薇在内的寓言作家，在扩大想象空间、增强幽默感上多做文章，精心创造出更多精彩、优美的寓言来。

让我们更多地关注寓言文学，让它在大、小百花园里占据应有的重要位置，放射出夺目的光彩！

2001 年 7 月 27 日

推荐"米球球"系列

郑春华是当代中国幼儿文苑最有才气、功力和成就的作家之一。她和画家程思新合作，共同推出的《"大头儿子"妈妈讲故事——米球球系列》，是当前图画故事书创作中令人瞩目的新收获、新成就。

每个孩子都渴望有一方仅仅属于自己的小天地，渴望完全按照自己的意愿做自己喜欢做的事情。作者凭借敏锐的观察力和对幼儿生活世界、想象世界的透彻了解，聪明地选取便于隐藏孩子秘密的小阁楼作为背景，从平凡的、司空见惯的日常生活中提炼出一个又一个单纯、轻松、有趣的故事，巧妙地表现了儿童渴望成长、渴望主宰自己生活的愿望、心理。挂上"5号半"门牌期待亲朋的新年贺卡，带着小凳子到外婆家开电梯，自己动手做生日蛋糕放进了一大盒发酵粉……所有这些只能是属于孩子的向往、兴趣、行为，在作者笔下表现得有声有色、妙趣横生，淋漓尽致地抒写了童年的无限快乐、绮丽想象和儿童成长中的自我意识。

米球球系列故事洋溢着浓郁的现代都市生活气息，渗透着亲情、友情、同情、互助、新的人际关系等人类美好的感情。比如，米球球从阁楼上用数码相机往下拍了许多照片，作为送给爸妈结婚纪念的礼物。这些由上往下取景的照片，使爸爸妈妈产生了从飞机上俯瞰大地的感觉。从这富有时代色彩、充满儿童情趣的生活情景里，可以强烈地感受到浓浓的父子、母子亲情。

作品体现了作者先进的儿童观，传达了一种鼓励孩子独立自主、按照个性自由发展的开放思维。通篇故事没有一点枯燥的说教，父母对孩子点拨、导引都寓于生动的故事情节之中。让孩子通过自己的实践、经验，明白什么是对的、什么是错的。米球球这个追求新奇、勇于尝试、可笑又可爱的幼儿形象，丰富了幼儿文学的人物画廊。

这套书的魅力还在于文字与绘画结合得较好，图文并茂，相得益彰。这是一个适合于亲子共读的优秀文本，在亲切、和谐的氛围中，孩子会得到快乐、温馨和美感，大人也会有所感动和启迪。我以为，这套《米球球系列》给"大头儿子"这个驰名品牌增添了新的光彩。

2003 年 5 月 28 日

迷人的诗体故事

——读《板凳狗幼儿童话》系列

在我的印象中，高洪波在创作实践上一向注重并追求"给孩子们一点快乐"。正因为如此，他对于尤为讲究给孩子们以快乐和想象的幼儿文学更是情有独钟，乐此不疲。近些年，洪波致力于幼儿童话创作，取得了可喜的成就。不久前问世的《板凳狗幼儿童话系列》（四册），是他最新的创作成果。

读了洪波的新作，我不禁想起俄罗斯大诗人普希金深情赞扬奶娘给他讲的童话所说的："这些故事有多迷人啊，每则都是一部好诗！"如果说童话是"一种献给儿童的特殊的诗体"（严文井语），那么，洪波的这些幼儿童话，似可称之为"诗体故事"。这些童话故事具有巧妙的艺术构思，开阔的想象空间，鲜明的个性描写，浓郁的诗情画意，还有琅琅上口的音韵节奏。

精彩、迷人的故事是幼儿童话的艺术魅力所在。无论是篇幅稍长的《不不兔和马蹄铁》《大耳朵聪聪和板凳狗》，还是短小的《墙角里的声音》《蘑菇伞店》，都有线索相对单纯但又生动有趣的故事情节。这些故事来自作者对幼儿丰富多彩生活的体验和提炼，也来自植根于生活土壤的独创性的构思和想象。洪波是个有情人，也是一个有心人。他怀有赤子情怀，对孩子有炽热的感情；又无时无刻不用心观察、感受、捕捉孩子日常的生活和心理，像海绵一样从生活中吸取养料、汲取素材、情节、诗情和画意。他又用心读书，涉猎甚广，积累了多方面的知识。这样，他在以一次快乐的旅行为题材的童话《大耳朵聪聪和板凳狗》中就能随心所欲、信手拈来他所熟悉而又感兴趣的那些生活素材和知识，把它们巧妙地编织到故事中去。小主人公的足迹踏遍了森林、高山、集市、停车场，以及尼亚加拉大瀑布、好莱坞影视城、里约热内卢的足球场、智利的复活节岛。在极为广阔的天地里，作者的想象自由驰骋，别出心裁地展现出一幕幕风趣幽默、精彩纷呈的喜剧：小动物们在大森林体育场举行比懒大赛；板凳狗在巴西当上了教练员；大耳朵和大胡子在集市里做了一笔用板凳狗换哈巴狗的不成功的交易……这些富有想象力的故事，都以现实生活为基础，出乎情理之外，又入乎情理之中，贴近幼儿的生活和心理，因而就能调动他们的欣赏兴趣，为他们所接受和喜爱。

洪波这些幼儿童话中的主人公大多是小动物。小刺猬、小兔子、老鼠、花猫、大象、河马等，在他以往的童话寓言诗中都曾亮过相。作者再次让它们在童话中登场，特别注意赋予鲜明的个性。刻画得最为成功的当推不不兔这个动物形象。从它身上，我们可以清晰而亲切地把握到一个咿呀学语、处处事事都爱说"不"的幼儿性格特征。可以说，在我国的幼儿文学画廊里又增添了一个独特、逼真的艺术形象。

诗情与哲理的交融，是洪波在幼儿童话创作中奋力追求的境界。洪波是一个诗人，他对幼儿的生活和周围的一切事物，总是以儿童的眼睛和心灵，给予诗意的感受和理解；并善于从平凡的日常生活中寻觅到诗情画意。不不兔、板凳狗童话故事的字里行间都洋溢着浓郁的诗意。《雪花的重量》《调皮的小樱桃》《小风筝》这些短小的童话，更是诗意葱茏，诗味盎然，读起来就像一首首优美的散文诗。你听："雪仍在落着。天地之间，一片白茫茫的景象。绿色的竹林也渐渐被雪染白，竹梢悄悄弯下了腰……""不用蹦，不再跑，小小樱桃要睡觉。春天到，百花笑，石缝里的樱桃不见了。有棵小小樱桃树，结满一树红樱桃……"洪波心中有诗，诗中有画，如诗如画的描写，通过亲子共读，会给孩子们带来快乐和美的享受。

尤为可贵的是美丽的诗体故事里还蕴藏着哲理的意味和生活的真谛。在《漂亮旅行车》里，描述大耳朵聪聪在碰运气车场挑中的漂亮、崭新的99号红色旅行车，却是一辆根本开不动的模型车。由此父母、家长可以启迪孩子去学会识别什么好、什么不好，拒绝那些中看不中用的东西。在《星光大道》里，描写大耳朵聪聪没能如愿在众多明星留名、按手印的水泥墙上留下自己的手印，却救活了一只被水泥粘住的小瓢虫。从这个童话揭示的"有所失又有所得"的哲理中，小朋友会领略到关爱小动物、呵护小生命的美好感情。其他如《雪花的重量》《采草莓》《三只气球》也都蕴含着"轻与重""快与慢""高与低"等哲学意味的内涵，耐人寻味。也许幼儿今天还不能领略和接受这些生活哲理，但孩提时代的这种文学熏陶，一定会使他们终身受益。

专门研究幼儿文学的黄云生教授认为："对于幼儿文学精品来说，除了一般文学艺术的精品标准外还应有两个标准：一是能给孩提时代带来快乐，二是能给未来保留美好记忆。"在我看来，洪波的幼儿童话还不能说已经完全达到这个标准，但正逐步向这个标准靠拢。就拿我们这次研讨的这个作品系列来说，也存在一些美中不足的地方。一是有些作品在题材、构思、情节、场景上，似有重复、雷同的毛病，如《捣蛋鬼》与《捣蛋小老鼠》《小河里的草帽》与《大耳朵聪聪和板凳狗》中"天上的草帽"一节，就有这个问题。二是有些遣词用语还须更好地推敲，如"端详着漂亮的马蹄铁""故做坚强状""剩下的全是无奈"等，似都不够浅显、易懂、口语化。

2006 年 3 月 29 日

祝"宝贝第一"走进千家万户

夏辇生是活跃于当代儿童文苑的一位富有探索、创新精神的女作家。读了她新近推出的《宝贝第一童话系列》，眼睛为之一亮，心弦为之一动。在我的阅读视野中，它称得上一部幼儿文学的上乘之作，优秀之作。我情不自禁地为作者基于先进教育理念和求新、求异、求变法则的创作实践的成功而拍手叫好。

主人公宝贝熊波比和他的伙伴演绎出的一个又一个精彩生动的童话故事，是从生活中来。作者以自己对幼儿生活的独特感受和把握为基础，自由地放飞想象，把幻想与现实水乳交融地结合起来。过生日、驾车郊游、放风筝、踢毽子等都是孩子们熟悉而又饶有情趣的生活。小读者会感到作品所讲述的故事同自己的生活贴得很近；同时作者又给他们呈现一个幻想世界，给他们留下了驰骋想象的广阔空间。比如，在《放风筝》中，大鹏鸟风筝挣断了线飞走了，这是孩子们在日常生活中经历过、能认知的事情；而借助宝物心愿果实现飞上蓝天看看远方风景的愿望，又很符合幼儿那懵懵懂懂、真幻不分的年龄特征、心理状态。特别精彩的是，作者在这里又巧妙而自然地点了一笔：宝贝熊因为身体太肥飞不高看不远，急得哇哇大哭。这就不由得使小朋友跟着主人公着急；他们会在父母的提示下，开动小脑筋想一想这是为什么。由此在"润物细无声"中，一点一滴地受到如何健康、快乐成长的启迪。

作品着力刻画的主人公宝贝熊，聪明、善良、快乐、热情，乐于助人而又有点爱逞能，是一个独特又可爱的形象。宝贝熊的伙伴，如好强、不服气而又有点娇气、爱哭的小怪物，爱美又调皮的美美兔，自鸣得意的长尾巴小鸟等，虽然着墨不多，但也都给人留下了难忘的形象。精巧、别出心裁的构思和故事情节，使童话中的动物形象活脱脱地呈现在你面前。比如，在《宝贝第一》中宝贝熊和小怪物通过赛跑来比谁是宝贝第一的情节，一波三折，引人入胜。尤其是那出人意料而又合乎情理的故事结局："两个小伙伴同时跨过了终点线"，可说是妙笔生花。皆大欢喜的"双赢"结局，既充分表现了宝贝熊、小怪物好胜、互不服输的个性；又生动揭示了宝贝熊宁可不得冠军也不忘关爱、帮助遇到麻烦的小伙伴的那份好心肠、好品质。在这里，"善良是一份美好"这个主题，同其他故事中所表达的"诚实是一份清纯""关怀是一份美丽""奉献是一份快乐""分享是一份幸福"等都蕴含在生动的情节、形象、画面之中，不需要作者用另外的文字特别说出来。读者在阅读观赏中，就能不知不觉地体味到浸透在作品字里行间的爱与美，真诚、善良与温馨。这就是文学艺术的奥秘和魅力所在。

这个童话系列富有游戏色彩。每则故事，随着情节的发展，作者都精心设计了让小读者"想一想""认一认""找一找"的游戏。这符合幼儿好奇、爱玩的心理，会激发他们的阅读兴趣，吸引他们快乐地去寻找、探索、猜测，从而有助于孩子观察力、想象力、判断力的培养和提高。

在我看来，《宝贝第一童话系列》是一套适合亲子共读的图画故事书。绘画与文字和谐结合，交相辉映，增强了作品的艺术吸引力、感染力。对美术，我是门外汉。但我十分赞赏精微工作室的画家朋友们，用简洁质朴略带夸张的笔触所表现出的单纯、明朗的童真童趣。刻在我们记忆里的那些生动活泼、憨态可掬的动物形象，是作家和画家珠联璧合，一起呕心沥血为我们塑造的。

我真诚地祝愿"宝贝第一"这个品牌成功地走进众多幼儿园，走进千家万户，深入童心，真正成为小孩和大人信得过、爱不释手的名牌产品。

2006 年 6 月

冰波的新追求

冰波是一个在艺术上不懈追求、富有鲜明创作个性的童话作家，是当代童话创作队伍中的佼佼者。

创新是文学艺术的生命。胡锦涛总书记几天前在八次文代会、七次作代会上又一次强调文艺工作者要大力发扬创新精神。没有创造，没有革新，文学艺术就不能前进，不能发展，也不能适应人民群众包括少年儿童的精神需求。童话创作也是如此。冰波是深谙个中道理的，他早就悟出了："我'变'故我在"。从《窗下的树皮小屋》到《毒蜘蛛之死》，从《狼蝙蝠》到《阿笨猫全传》，我们清晰地看到了他在艺术追求上的不断嬗变。从新推出的《南瓜堡之小仙女眉眉系列》，我们又高兴地看到了他创作特色的变化，一种新的、更高的追求。他追求运用一种平实、质朴的叙事方式，来展示一种富有内涵和意境的艺术美。《小仙女》的故事看似简单而内蕴丰富，看似平实而意味深长，看似异想天开而又贴近生活，当代气息扑面而来。只有一条清明河、一座心心塔、一口古井、一个鸣哇洞的南瓜堡，这么一个狭小天地，成了冰波自由驰骋想象的大世界。眉眉、岛岛、孤独狼、大熊、老神仙屈指可数的这么几个人物，却演绎出那么多神奇、有趣的故事。这就不能不令人叹服：冰波啊冰波，你真是个善于编织故事的能手。

冰波童话从抒情到叙事，到着重人物性格刻画的转变，是他思想艺术日趋成熟的表现。但这么变那么变，抒情也好叙事也好，万变不离其宗，他抒的始终是孩童之情，叙的始终是孩童之事，始终执着追求意境、意蕴，追求富有内涵的幽默、情趣。

上世纪 90 年代初，我在《〈世界童话精品〉序》中曾表述过这样的看法：童话的艺术魅力来自幻想与现实的巧妙结合；来自诗情与哲理的水乳交融；来自夸张的人物形象与奇妙的故事情节的相互交织；来自耐人寻味的幽默与沁人肺腑的情趣交相映辉。我以为，冰波的童话创作，正向着兼有童话的这样一些艺术品质而努力。《小仙女眉眉系列》在寻求这种特色上又迈出了新的、坚实的一步。热切期盼冰波在童话创作上有新的拓展，新的收获。

2006 年 11 月 15 日

永远纯真的郑春华

郑春华是一位描写幼儿生活的能手、高手，是我国低幼儿童文苑里出类拔萃的重量级作家。

我高兴地看到，郑春华笔下的幼儿、儿童在自由、快乐、健康地成长；郑春华本人也在稳健地、一步一个脚印地成长，在思想、艺术上日益走向成熟。

郑春华对儿童文学的突出贡献在于：以大头儿子、贝加、卷毛头、米球球、马鸣加一系列栩栩如生、个性鲜明的艺术形象丰富了我国幼儿文学的人物画廊；以亲切、明朗、温馨、幽默的创作风格在儿童文苑独树一帜；成功地创立了"大头儿子"这个妇孺皆知、誉满华夏的驰名品牌；为千家万户提供了亲子共读的优秀文本。

纵观郑春华近30年的创作历程，她之所以能获得成功，我以为有这么几点值得重视和思考：

其一，保持宽松、愉悦的创作心态。创作需要情绪，需要激情，从事幼儿文学创作，更要有一份好心情。郑春华十分珍惜童年生活对自己的馈赠，始终保持纯真的童心，"保持了小时候玩洋娃娃的心情进行儿童文学写作"。自己沉浸在快乐、感动之中，写出的作品也才有可能让孩子快乐、感动。

其二，努力做生活的有心人，孩子的贴心人。郑春华生花之笔描写的都是孩子们当下平平常常的、司空见惯的日常生活。她的优势和本领在于：善于从平凡琐细的生活中发现美、诗意和情趣；善于捕捉生动的、富有特征的生活细节；又善于发现孩子身上的良好素质，准确细致地把握孩子的内心世界、感情世界。这样写出的作品就能贴近孩子心灵，让他们感动。

其三，在艺术品格上有着独特的追求。郑春华认定幼儿文学是一种充满爱心和快乐的文学。从她的作品中可以清晰地看出，她执着地追求爱心、智慧、诗意的交织，想象、趣味、幽默的融合。在充满阳光的生活气息和妙趣横生、想象奇妙的儿童天地里，让读者领略到浓浓的父子情、母子情、师生情和动人心弦的友情。

其四，十分讲究浅语艺术。文学是语言的艺术。儿童文学尤其是低幼文学，则是浅语的艺术。无论是写童话、故事还是小说，郑春华的文字都单纯明快，质朴平实，明白浅显，在生活化、口语化上可说是达到无懈可击的程度。她又是一位出色的儿童诗人，遣词造句，一向注意韵脚、音节，富有音乐性、节奏感，读来琅琅上口，娓娓动听，因而易于为孩子所接受和喜爱。

在心态、气质、个性上，郑春华永远是个长不大的孩子，愿她的作品也永远保持纯真的儿童本色。

2007 年 6 月

为《皮皮鲁总动员》叫好

著名儿童文学作家郑渊洁的《皮皮鲁总动员》由舒克贝塔系列、大灰狼罗克系列、鲁西西系列、皮皮鲁大长篇等七大系列、54册图书组成，可说是迄今为止我国原创儿童文学最大规模的作品专辑。

在四川汶川发生"5·12"大地震后不到半个月，在北京举办的《皮皮鲁总动员》整舰起航仪式上，作者郑渊洁和二十一世纪出版社社长张秋林决定将"皮皮鲁大长篇"首印预期收益60万元全部捐献出来，用于抗震救灾。这是2008年中国少儿出版界耀人眼目的一个亮点，也是儿童文学作家、出版人参加抗震救灾的一个实际行动。我真诚地祝愿《皮皮鲁总动员》这艘满载精神食粮的巨舰，乘风破浪，驶向大江南北，驶向五湖四海，给孩子们送去爱心、温馨和快乐。

郑渊洁是我国新时期童话界、儿童文学界一个知名度很高、影响力很大的重量级人物。他被誉为"童话大王"，名副其实，当之无愧。

郑渊洁的成就在于艺术上的标新立异，以奇幻、荒诞、热闹、幽默的风格在儿童文苑独树一帜，成为我国"热闹派"童话的代表人物。他塑造的皮皮鲁、鲁西西、舒克、贝塔、罗克、鲍尔等童话形象，个性鲜明，情趣横生，赢得了成千上万小读者的喜爱和赞赏。郑渊洁的童话作品想象奇特丰富而又贴近现实生活和儿童心理；他以一种平等的态度面对小读者，歌颂什么、赞扬什么，鞭挞什么，反对什么，爱憎分明，却又没有一点耳提面命、动辄训人的意味；他的作品富有现代意识，充满现代科技色彩的魔力、魔法，尽可能更多地容纳了当代科技知识、信息，有利于丰富、提升孩子的想象力、创造力。这些，正是郑渊洁童话艺术魅力之所在。

此时此刻，举办"《皮皮鲁总动员》整舰起航"庆祝活动，我们心里不能不牵挂着汶川灾区成千上万的孩子。我深切地期盼皮皮鲁形象能对他们起一点潜移默化的心理抚慰作用，给他们带来快乐、希望、信心，为孩子点亮一盏心灯。我也希望喜爱皮皮鲁的小读者，和灾区孩子心连心，手拉手，共渡难关，并好好学习灾区孩子所表现出的临危不惧、不怕困难、乐于助人、知恩感恩的美好道德品质。

2008 年 5 月 26 日

异彩纷呈的集体亮相

——推荐《中国新儿童文学书系·"特一代"系列》

这是我国第五代儿童文学作家一次异彩纷呈的集体亮相。我情不自禁地为他们心系孩子的赤诚情怀、生气勃勃的创作姿态、锐意进取的创新精神、不拘一格的艺术追求拍手叫好。他们是新世纪儿童文学更大繁荣的希望所在。

2008 年 7 月

浅谈幼儿童话形象塑造

——读《幼儿文学60年经典》

　　新中国成立60年来，特别是改革开放30年来，作为少年儿童文学中重要的、最具特色的一个组成部分的幼儿文学，也取得了长足的进步和发展。不久前问世的《幼儿文学60年经典》（中国少年儿童出版社出版），就是从枝繁叶茂、花团锦簇的幼儿文苑里精心采撷而来，它浓缩而有说服力地展示了60年幼儿文学创作的丰硕成果。

　　童话是深受幼儿喜爱的一种文学体裁。在当代幼儿文学创作中，童话的成就尤为突出。收入《幼儿文学60年经典》的作品，童话占据绝对优势。被称作特殊诗体故事的童话，也是一种叙事体裁，同样是以刻画人物、塑造形象见长。幼儿文学画廊里，一系列鲜明的、富有个性的童话形象，从上世纪五六十年代的钓鱼的小猫、过河的小马、找妈妈的小蝌蚪，到八九十年代的雪孩子、黑猫警长、小蛋壳、岩石上的小蝌蚪，深深地镌刻在一代又一代幼儿的心坎里。这些童话形象之所以能经受住时间的考验，具有较为长久的艺术生命力，其中有些什么奥秘呢？我以为，从一些富有经验的作家成功的创作实践来看，以下几点是值得我们细细揣摩、思索的：

　　鲜明的、令人难忘的童话形象，包括拟人化的动物形象和宇宙万物形象，离不开生动、有趣的故事。幼儿爱听童话故事，正是因为奇妙、迷人、情趣盎然的故事情节，紧紧吸引着他们的注意力，唤起他们的好奇心。无论是《找妈妈的小蝌蚪》还是《岩石上的小蝌蚪》，无论《小猫钓鱼》还是《梅花鹿的角树》，这些童话作者都是善于编织故事的能手。他们从现实生活、大千世界里精心选择、提炼多姿多彩的题材和精彩、感人的情节，经过巧妙的艺术构思，演绎出一个个单纯、新颖、神奇的故事。这些故事情节往往与幼儿的生活、思想感情贴得很近；同时又给他们留下驰骋想象的广阔空间,力求把幼儿纯真的感情世界与丰富的幻想世界和谐地结合在一起。正是随着真幻交融的故事情节的进展,童话中的人物形象逐渐鲜明、丰满起来。情节是人物性格发展的历史,这个文学原理同样适用于幼儿童话;只是情节相对比较单纯简明,不是那么一波三折、起伏跌宕,但它具有吸引幼儿的巨大魅力。

栩栩如生、令人难忘的童话形象,离不开鲜明的个性描写。幼儿童话中的主人公大多是小动物,小狗、小猫、小马、小熊……童话作者赋予这些动物以幼儿的思想、感情,幼儿的心理、性格;同时又极其注意把握这些动物自身的生活、习性、特征,力求把物性与人性结合得和谐、自然。以孙幼军的短篇童话《小狗的小房子》为例,作品中刻画了一个憨厚、随和的小狗和一个娇气、任性的小猫背着小房子去河边玩的故事。由于作者对幼儿的生活、心理的熟悉和细节描写的到位,两个拟人化的形象描绘得活灵活现,惟妙惟肖。幼儿听了这个故事,觉得事情似乎就发生在自己身边,从小狗、小猫的脾气、行为、对话中,他们会隐隐约约看到自己的影子,听到自己的声音。冰子的《小蛋壳历险记》描画弱小、处于逆境的主人公小蛋壳在闯世界的艰辛旅程中,不向困难低头,与命运抗争,勇往直前,在幼儿面前展现了一个新颖、独特的艺术形象。小蛋壳机敏、勇敢、顽强、自信的性格,像甘露细雨润物细无声地滋润了幼儿的心田。

塑造鲜明、独特的童话形象,也离不开从生活中发现、捕捉爱心、诗意,挖掘能唤起孩子感情共鸣的真、善、美。文学的力量在于以情感人,以美育人。作家的本领则在于独特的审美发现,"世界并不缺少美,缺少的只是发现美的眼睛。"(罗丹语)作家艺术地、充满诗意想象地表现生活的美,心灵世界、感情世界的美,就会让孩子们感动。谢华的《岩石上的小蝌蚪》就是这样的精品佳构。两只痴情、执着的小蝌蚪满怀信心地期盼着许诺要带它们回家的小哥哥的到来。可是,由于贪玩的小哥哥失信,造成了两只可爱的小蝌蚪终于被太阳晒死在大岩石上的结局。小蝌蚪的遭遇和命运牵动着幼儿的心。纯真、善良、重友情的小蝌蚪之死,不禁让他们发出"小蝌蚪真可怜!"的感叹。他们深深沉浸在怜悯、同情的情感氛围之中,强烈的艺术感染力打动了他们幼小稚嫩的心灵。嵇鸿的《雪孩子》

也是一篇感人至深的幼儿童话。雪孩子冒着大火救出酣睡的小白兔，它那临危不惧、舍己救人的美好品质，引起孩子心灵的震撼。《岩石上的小蝌蚪》《雪孩子》这两篇作品的结尾虽然都写到生命的毁灭，但写得相当含蓄、委婉，流荡着浓郁的温情和诗意，不会让小朋友感到压抑、哀伤或恐惧。

以上这些了无新意的一孔之见，是最近一段日子我和6岁的孙子"亲子共读"（祖孙共读）得来的印象和感受。重温这些名篇佳构，我越发深切地体会到：个性鲜明的人物形象与情趣盎然的故事情节相交织，是幼儿童话的艺术魅力所在。

2009 年 10 月 5 日

贵在滋润孩子的心灵

　　——读《魔法小仙子》

　　晓玲叮当是新世纪崭露头角、富有灵气和活力的儿童文学新秀。在短短的几年时间里，她以特色鲜明的童话受到广大小读者的青睐，赢得"魔法姐姐"的美誉。

　　《魔法小仙子》心灵童话系列是晓玲叮当历时七年精心打造的代表作。这是一部想象丰富、趣味盎然、有益于陶冶孩子品格、滋润孩子心灵的童话佳作，是当前我国少儿图书市场上具有文学品位的畅销书。

　　叙事体裁的儿童文学，包括小说、童话在内，它们成功的奥秘离不开生动、精彩、引人入胜的故事。当今的儿童特别喜欢诙谐夸张、富于幻想的故事。晓玲叮当深谙童话创作成功的奥秘和孩子们的欣赏趣味，凭借自己从小热衷于想象的优势，在编织梦想、编织故事上大做文章。读了《魔法小仙子》，我不得不赞赏晓玲叮当是一个善于编故事的能手。她以智慧、幽默的笔触构筑了一个神秘、奇妙、五彩缤纷的仙子国世界。仙子国里有国王和众多好仙子、坏仙子；在他们的周围，有亲密的朋友，也有凶恶的敌人，包括各种精灵、怪物、魔法师。仙子国成员活动的场所遍及山林江湖和峡谷岛屿。尤其引人生趣的是，仙子国有自己的语言、法规、货币、学校、医院，还有自己的报纸、歌曲、舞蹈、节日。这一切都是作者以丰沛奔放的想象力虚构的奇幻仙境，在自然界、现实生活中是不可能出现的。然而从作者栩栩如生的描写中，又让我们深切地感受到，仙子国里的人物似乎就生活在我们身边，他们的所作所为，以至一言一语、一举一动，都似曾相识。那个为仙子孩们设立的向日葵盘学校，为了防止调皮、任性的小仙孩捉弄人类，特意制定了《仙子和人类相处的若干规定》，还有什么《关于"规定"的补充规定》和《关于"补充规定"的补充规定》。从仙孩儿受处罚的遭遇，我们不禁联想到太多的清规戒律，会不会压抑、伤害孩子们好动好玩的天性啊！？正因为作者的幻想植根于现实的土壤，源自于生活的体验、感悟，同时又与现实拉开距离，若即若离，营造了一个亦真亦幻、似真似幻的童话世界——仙子王国，从而激发起读者探寻奥秘的兴趣，拓宽了驰骋想象的空间。这正是童话的艺术魅力所在。

善与恶、美与丑的冲突、较量贯串《魔法小仙子》全书的始终，故事情节起伏跌宕，环环相扣，高潮迭起，险象环生，从而使这个童话系列像磁石般吸引小读者怀着浓郁的兴趣，爱不释手地读下去。以仙子国普灵王和聪明可爱的众仙子为一方，恶女巫凶巴巴及其帮凶乌鸦黑皮等为另一方，围绕争夺与维护仙人国的统治权，展开了殊死的搏斗。花样翻新的魔法，神秘莫测的咒语，斗智斗勇，曲折紧张，精彩纷呈，读来令人凝神屏息，惊心动魄。五十个仙子，五十个故事，用善与恶的斗争这根主线把它们串联起来，编织成一个充满奇思妙想、扣人心弦的系列魔幻故事。每个故事里面都蕴含着耐人寻味的情感、思想、智慧，爱的抚慰、真善美的熏陶寓于优美的、妙趣横生的童话故事之中，较为完美地体现了教育性、文学性与可读性的统一。

童话不仅要有感人、有趣的故事，更要着力塑造鲜明的、令人难忘的形象。童话形象的塑造，离不开生动、精彩的故事；编织故事正是为了塑造形象。在《魔法小仙子》里，作者笔墨酣畅地刻画出雏菊仙子、铃兰仙子、紫薇仙子、金盏仙子、丝石竹仙子等一系列独特的、个性鲜明的形象。每朵花亦即每个小仙子都有自己的故事。"情节是人物性格发展的历史"。随着故事情节的推进、发展，小仙子的形象、个性特征也就逐渐鲜明、丰满起来。在《仙境守护神》中描述凶巴巴处心积虑要毁掉仙子国的魔力之源"神灯珠宝星"，而雏菊仙子顶住威逼利诱，戳穿阴谋诡计，宁死也不把守护神灯的咒语告诉凶巴巴，生动展现了一个可爱的，把责任、纪律看得比自己生命更重要的小仙子形象。

晓玲叮当赋予花朵亦即仙子以各自不同的感情世界、品格特征，并善于从小仙子不同的言谈举止、思想行为的鲜明对比中来凸显它们的个性。在《女巫的新诡计》中，为了当上普罗王的特别助理，构骨仙子在恶女巫的指使下，用甜言蜜语蒙骗了仙子国的大多数成员。而仗义执言的达木兰不怕碰钉子、受冷遇、关禁闭，终于根据《实用魔法》制作出"真真油"，戳穿了构骨仙子的谎言和恶女巫的诡计，使一时糊涂的普罗王醒悟过来。在这一回合里，君子兰仙子（达木兰）的真诚与构骨仙子的虚伪两相对照，大相径庭，给人留下深刻的、难以忘怀的印象。

《魔法小仙子》心灵童话系列贵在揭示了小仙子在不同经历、遭遇中碰撞出的思想火花，揭示了心灵的纯真、崇高与美丽，可说是滋润孩子心灵的上佳补品。50个小仙子身上所承载的50种美德：善良、诚实、勇敢、谦逊、勤劳、宽容、乐观、团结、同情、分享、坚韧、奉献等等，正是当代少年儿童所应当学习、发扬的。这些道德品质，既是中华民族的传统美德，也是全人类所共同推崇、倡导的道德修养、思想品质。修身，乃人生的立身之本。我们需要培养品学兼优的学生，需要造就德才兼备的人才，需要培育一代有理想、有道德、有文化、有纪律的社会主义新人。在这里，都是把品德放在头等重要的位置。毫无疑问，在新时代、新时期，为了建设四化、振兴中华，理应进一步继承、发扬一切优美的道德品质。晓玲叮当顺应时代的召唤，在自己的创作实践中，寓素质教育于生动的童话故事之中，把德育与美育完美统一于加强未成年人思想道德建设的宏大主题之中。这是一个聪慧的、颇有见地的选择，值得为之拍手叫好。至于对美德的颂扬，是否略显直白、浅露，那是个值得探讨的创作问题。在我看来，从作品的整体来说，《魔法小仙子》是从生活中来，在现实的基础上驰骋想象，凭借艺术形象反映生活、表现主题，并采用了儿童所喜闻乐见的文学形式，收到了寓教于乐、潜移默化的艺术效果。应当说，这是一次富有创意的、成功的创作实践。

2011 年 5 月 15 日

心中有孩子　笔下有精灵

——苏梅印象

我结识苏梅的时间不算太长，也就是六七年光景。

我记得，1997年春暖花开时节，我刚从中国作协书记处岗位上退下来，还担任着儿童文学委员会负责人。我与时任作协书记处书记的高洪波一起赴苏州参加江苏省作协、江苏少年儿童出版社召开的儿童文学创作座谈会。在那次会上，还没看到苏梅的身影，没听到她的声音。那时，她还是一个刚跨进儿童文学门槛的青年习作者，还很少在大庭广众下出头露面。

时隔十年，2006年盛夏，我和金波、樊发稼兄一起去苏州木渎参加全国小诗人夏令营活动，那才有缘与苏梅相识。特别是她陪同我和樊发稼去昆山阳澄湖畔参观正在建造中的玉山胜境（名人文化村），一路海阔天空、自由、无拘束地交谈，我才对苏梅的经历、工作、创作有了粗略的了解。她的热情、真挚、清纯、素雅，给我留下清晰的印象。也就从这个时候起，我开始关注这个已在苏州儿童文苑崭露头角的新人。

新世纪头十年，我不时从《幼儿故事大王》《童话王国》《幼儿智力世界》等刊物上读到苏梅的童话作品。特别是我还在主持中国作协第六、七届全国优秀儿童文学奖的评选工作时，注意到各地报来参评"青年作者短篇佳作"奖的作品中，有苏梅的童话《恐龙妈妈藏蛋》《红红的柿子树》。那时，中国作协儿童文学委员会每年编选的《儿童文学年度选》，发稿前一般也都经我过目。在《2005年中国年度童话》《2006年中国年度童话》中分别选入了苏梅的《再见，大头蟋蟀》《香香国来了臭妖怪》《红红的柿子树》。尽管苏梅的作品当年没能获奖，但我从她的童话里感受到一缕灵秀之气，觉得她是个有潜力、有发展前途的儿童文学新人。至今我的眼前还浮现着小猪阿罗种下的那棵柿子树，挂满了像一盏盏红灯笼似的大柿子，邀来了小老鼠、刺猬、小猫、小狗、兔子、小鸟做客，一起品尝又红又甜的大柿子，阿罗终于有了众多的好朋友。作品传递的友谊、分享、劳动的喜悦，像山涧清澈的泉水流淌进孩子的心田。我也没有忘记，忠于友谊的小紫花，为了再次见到曾为拯救自己"两肋插刀"而受了伤的大头蟋蟀，不惜让小蜂鸟咬断自己的花茎，躺到大蟋蟀的洞口，等候冬眠的大头蟋蟀醒来。这则童话故事透出的见义勇为、忠贞不渝的美好情愫，怎能不让小孩子怦然心动呢？！苏梅深谙文学的特征和功能，她在艺术效果的追求上，总是着力在"感动""审美愉悦"上下功夫。

近些年，苏梅在创作上更加活跃了，创作的路子更宽，作品的数量、质量也都有所上升，已逐渐成为我国低幼文学队伍里的中坚力量，在儿童文学界、出版界已小有名气。2010—2011年度童话选中，都有她的作品入选。中篇童话《乔爷爷的神奇拐杖》获2011年冰心儿童文学新作奖。她的系列主题童话作品，如数学童话、科学童话、礼仪童话等已先后问世。三套原创图画书共84册也将陆续推出。面对她创作上这些可喜的收获与进展，我强烈地感受到，苏梅在创作上已步入快车道。

在不长的时间里，苏梅取得令人刮目相看的成绩，并不是偶然的，而是她注意发扬自己的优势，辛勤耕耘，力求在创作上更上一层楼的结果。她有些什么优势呢？

对儿童文学情有独钟。一心扑在幼儿教育、低幼文学上。

丰厚的生活底蕴。十三年幼儿园老师的职业生涯，是一口可以不断开掘、深挖的井，是取之不尽、用之不竭的创作泉源。

与当代孩子的紧密联系。经常、积极地参加读书推广活动，使她对当今孩子的阅读心理、欣赏习惯、审美情趣了如指掌。

勤于学习，善于借鉴。编选《花木马亲子故事屋》，广泛阅读名家力作，选精拔萃；开讲座，办培训班，解读中外名著，推荐阅读书目，使她大大开阔了眼界，从中外经典名著中汲取艺术营养，不断提高自己的文学素养、艺术表现力。

勇于探索，敢于尝试。她又写又编又投身阅读推广，在创作、工作实践中学习、提高。在文学体裁、样式、表现手法上，不墨守成规，勇于作多方面、多样化的尝试。

正因为苏梅在上述几方面有着明显的优势和长处，因此她在创作上有了长足的进步。读她这本题为《红红的柿子树》的短篇童话集，我真切地感受到，她的童话创作逐渐形成自己的鲜明特色：善于编织情趣盎然的故事，寓道德、品质、情操的熏陶、熔铸于生动的故事情节和优美的童话意境中；植根于现实生活土壤，张开想象的翅膀，自由翱翔于蓝天、白云、红花、绿草、鸟兽虫鱼之间；着力刻画童话形象，笔下的花、鸟、人、物有感情、有个性，神奇精灵，栩栩如生；基本采用亲切、温馨、快乐的暖色调，把爱、善、美、智、仁、勇潜移默化地渗入孩子心灵深处；讲究浅语艺术，语言文字力求清新、简洁、浅显，读起来琅琅上口。当然，我不是说苏梅在上述诸多方面已臻于成熟和完美，但至少可以看到她在艺术追求上，是朝着这个方向、目标登攀的。

苏梅正处于年富力强、创作旺盛的最佳时期。我深切希望她在创作道路上踏踏实实、一步一个脚印地继续前行。在市场化、商业化大潮面前，在纷至沓来的约稿面前，要清醒、冷静，有自己的选择、决断，切不要来者不拒。创作是以一当十，讲究质量、以质取胜的，一本精品力作抵过十本、百本平庸的书。无论在什么情况下，都要坚持写得从容些、精致些，把功夫用在提高作品的思想艺术质量上，努力创造出具有永恒的思想艺术魅力、为广大少年儿童爱不释手的优秀作品来。这是作家的第一要务，也是值得毕生为之奋斗的宏伟目标。聪明的苏梅对此早就心知肚明，原本用不着我来唠叨的。那么，这些多余的话，权当是一个淡出儿童文苑的老人对当前创作浮躁状况的一点感慨和提醒吧。

2012 年 3 月 2 日

一次成功的"洋为中用"

　　"男婴笔会"的朋友们（金波、高洪波、葛冰、白冰、刘炳钧五位作家）富有低幼童话创作经验，又善于借鉴，勇于尝试，在儿童网游故事写作上迈出可贵的、坚实的一步，为儿童文学打开一片新天地。对此，我又欣喜又感佩。

　　《植物大战僵尸·武器秘密故事》（中国少年儿童出版社出版）12 册，取材、构思源自风靡全球的网络游戏，是一次值得肯定、赞扬的移花接木，一次成功的"洋为中用"的创作实践。

　　这套图画故事书之所以不胫而走，风靡校园内外，赢得广大小读者的青睐，在我看来是由于它具有以下优势和特色：

　　一是故事中的人物形象都是孩子们所熟悉、喜爱、接受的。无论是植物王国的向日葵、豌豆射手、坚果、樱桃炸弹、倭瓜、大嘴花，还是僵尸世界的普通僵尸、旗子僵尸、铁桶僵尸、铁栅门僵尸，都是小朋友玩网络游戏时早已结识、形影不离的伙伴。他们的形象很自然地吸引孩子们的眼球，感到格外亲切，对他们的所作所为、遭际命运、喜怒哀乐也会特别关注。作者的本领和功夫在于赋予这些植物战士和僵尸以不同的面目、性格、心理特点。在这方面，作者充分考虑不同植物的外形、习性，以此为依据来展现他们在战斗中的本领，演绎他们的故事。《熏你一个大跟头》描写大蒜利用自己特有的刺鼻味儿熏走一个又一个僵尸，就写得颇有艺术说服力。自命为"大英雄"的铁桶僵尸，最后落得一败涂地的下场，也准确地刻画出了他骄傲自满的性格。

　　二是善于编织富有动作性、游戏性的故事。故事是儿童文学的基础、基本面，特别是幼儿文学更离不开精彩、有趣的故事。否则，孩子就没有耐心读下去。《植物大战僵尸·武器秘密故事》的作者深谙个中道理，他们聪明地选择了一个新颖的取材角度，即在植物武器秘密（武器的特点、功能）上驰骋想象，大做文章。植物王国为一方，僵尸世界为一方，两大营垒，有计有谋，有攻有守，斗智斗勇，双方展开紧张、激烈的战斗。一个个出奇制胜的动作，一次次你死我活的冲突，构成行动性很强的、正义与邪恶搏斗、较量的故事。小读者特别是男孩看来，自然会觉得好玩、过瘾。从行动中推进情节发展，揭示人物性格，显示了作者巧妙的构思、丰富的想象力。

三是富于民族文化底蕴，巧妙地撒播中华民族美德的种子。

网游《植物大战僵尸》是舶来品，在创编图画故事的过程中力求使之本土化，让它在我们民族的土壤里生根、发芽、开花。作者别具匠心的再创造，把中华民族优秀的传统道德品质，诸如爱心、善良、奉献、友谊、团结、刻苦、谦虚、自信、包容、助人为乐……寓于智慧、新颖、生动、有趣的故事情节和人物形象之中，让你在阅读中既享受到游戏性的快乐、幽默和惊险，又不知不觉、潜移默化地接受了正确的价值观、道德观和做人处世的行为方式。真善美、智仁勇就润物细无声地撒播到儿童幼小的心灵深处。塑造民族未来性格，培育孩子优美品德，也就该这样一点一滴、一步一步地夯实基础。

综上所述，我以为《植物大战僵尸·武器秘密故事》是儿童网游文学创作的新收获；它把孩子从网络游戏、指尖游戏引向图书阅读、心灵陶冶，既扩大了儿童文学的题材范围，又提升了网络游戏的文化品位，功不可没。我们应当认真总结这次创作实践的经验。

当然，毋庸讳言，这套图画故事也还没有达到精致、完美的程度，在思想艺术上、内容形式上都还有提升的空间。比如，故事的连贯性，如何环环相扣，起承转合，向前推进，似还衔接得不那么紧密自然。植物大战僵尸的困难、挫折写得不够充分，也就或多或少削弱了故事的吸引力。对人物内心、性格特征的开掘，还可再下点功夫，使之更加血肉丰满。

热切期待出现更多我们自己的儿童网游创作的精品佳构，打造出我们自己的、响当当的少儿网游图书品牌。

1999 年 7 月 13 日

汤汤童话的新拓展

汤汤 2003 年在童话创作上起步，历时 9 年，如今已成为我国儿童文学界一位颇为活跃的、写童话故事的能手。她的脱颖而出，快速成长，确实令人欣喜和赞赏。

去年春天，她赠我以新出大作《别去五厘米之外》一书。我在回信中曾谈道："从你的作品中可以感受到，你总是在生活中有所感悟，经过精巧的构思，化为生动的童话形象。作品的意蕴不是那么直露，而是包含在有趣的故事情节之中。你的语言简洁、清爽，读来令人感到有滋有味。"这次读《汤汤奇异童话系列》（包括《喜地的牙》《青草国的鹅》《一只蛤蟆叫太阳》），总体印象亦复如此。同时，深切地感受到她在童话创作上又有新的拓展与收获。

在幻想与现实的融合上，让真实的日常生活更自然地扑进童话。汤汤一直坚守在小学老师的岗位上，对少年儿童的生活、心理、感情和愿望有着充分的了解与把握，凭借她的这个优势，充分调动这方面的积累，驾轻就熟地选择校园作为童话主人公活动的主要场所，真实生动地展现了学校日常生活的情景。在《青草国的鹅》中有两条情节线索：一条是似真似幻的青草国的幻想故事线索；一条是发生在学校里的草樱的真实故事线索。幻想故事和真实故事交织在一起，奇异的幻想中有现实生活，真实生活中有幻想色彩，二者和谐统一，共同推动整个童话故事的发展。《一只蛤蟆叫太阳》中描写太阳的养父母为了让他上最好的敏一实验小学，交了三万元赞助费，以至存折上只剩下仅有的 642 元。而当他们发现太阳根本学不进课本上的东西，又不禁想把他转到可以免收学费的川杨小学。读到这里，让人感同身受，感慨不已，不能不称赞作者在童话故事中如此紧密而自然地贴近现实的用心和功夫。

更加注重发挥文学"以情感人"潜移默化的功能。汤汤曾说过："故事可以热闹、好玩，但内核应该是诗意的、深刻的，能拨动人的心弦，哪怕只有一下。"《汤汤奇异童话系列》的三个中篇，诗意地、温情脉脉地表达了爱心与亲情、友谊与互助、善良与宽容、同情与理解、担当与感恩诸多感人至深而又耐人寻味的内涵。《青草国的鹅》中的草樱、《一只蛤蟆叫太阳》中的太阳对故乡的无限眷念，对人世间的热切向往，对亲人、同伴深沉执着的爱，像清澈、纯净的涓涓细流静静地、缓缓地流淌到读者的心灵深处。《喜地的牙》着力表现孩子生命成长、精神成长的艰辛和疼痛，描写妈妈、姐姐不论喜地在换牙过程中模样变得多么丑陋怪异，依然坚定执着地保持对他的关爱和呵护。深厚温馨的亲情贯串在作品的字里行间，令人感动。只是一再描述"掉牙，睡觉，发脾气，长新牙，发烧，身体出现某种可怕的变化"的换牙过程，在情节安排、表现手法上略显重复、单调，读来感到有点沉闷，这不免多少削弱了作品的艺术感染力、吸引力。

更加着力于个性化童话形象的塑造。优秀的童话不仅要有精彩、好看的故事，更要有栩栩如生、令人难忘的童话形象。汤汤笔下的太阳、草樱，既是人，活生生的男孩或女孩，又是物，泥潭里的蛤蟆或青草国的鹅。人有人性，物有物性。作者在塑造童话形象时，既充分考虑孩子的思想、感情、心理，又准确把握动物的生活、习性、特征，力求在兼顾人性、物性的基础上来揭示童话主人公的性格。我以为，作者的创作实践是成功的，在奇妙、温馨、充满诗意的童话故事里勾勒出可爱的、富有独特个性的童话形象。太阳的憨厚、善良、有情有义，通过生动的细节描写和逼真的心理刻画，清晰地呈现在读者面前。用四只脚拍打草叶上的露珠，是太阳最喜欢的游戏。他正是凭借这一招，赢得省少儿爵士鼓比赛的冠军。在这里，物性与人性和谐、完美地统一在太阳身上；并借此表现了他不在乎自己的名利、处处替他人着想的美好品格。对草樱的个性刻画，也是既符合物性，又自然地与人性相结合。她那么热爱湿润、碧绿、鲜嫩、柔软的青草；跟兰米老师学跳《天鹅之梦》舞时，总禁不住发出"嘎嘎"的叫声。在人世间，她忘不了青草国；在青草国，她又不想当公主，只想做一个人类的女孩。童话故事真切地展现了草樱徘徊在两个不同世界之间、到底是做一只鹅还是做一个舞蹈家那种左右两难、不可兼得的矛盾心理。

　　回望汤汤走过的创作路，我以为，她不仅善于扬长避短，还勇于取长补短。我真诚地希望她珍惜、把握得天独厚的机遇，进一步开阔视野，丰富学养，扩充生活积累，提高艺术本领，写得更精彩、精致、精粹些，努力创造出富有长久艺术生命力的童话精品来。

2012 年 12 月 1 日

苏梅童话绘本的魅力

　　炎炎夏日，骄阳似火，我满怀热情来参加这次苏梅幼儿文学作品暨"苏梅童话绘本系列"新书发布会。

　　我对苏梅近些年的儿童文学创作，可说是一直投以深情关注的目光。每当她在创作上有了新的拓展、新的收获时，我由衷地为之高兴。一年多前，当她的短篇童话集《红红的柿子树》问世之际，我写过一篇题为《心中有孩子　笔下有精灵》的苏梅印象，对她在创作上具有的优势及其童话创作的特色，谈过一些粗浅的看法。这次读了她的《自然童话绘本》《数学童话绘本》，更清晰地看到她正以坚实的步伐继续行进在探索幼儿童话创新之路上，对被喻为幼儿"人生第一书"的绘本创作做出了独特的、引人注目的贡献。由文本童话向绘本童话的转变，使她的作品以新的面貌、新的风姿呈现在小读者面前。

　　《苏梅童话绘本系列》是童话故事与科学知识的完美融合，语言文字与绘画艺术的完美融合。在我国刚刚起步、相对薄弱的原创绘本中，苏梅的系列作品可说是让人眼睛为之一亮的新收获。

　　苏梅的作品，无论是自然童话还是数学童话，每一篇都有一个优美的、隽永的故事。这些故事都是从鲜活的生活中来，非常贴近孩子身边的事物，贴近孩子的心理。故事里面蕴含的真、善、美的思想感情，给孩子的性情、品行以温馨、快乐的熏陶。《棒棒猪的新领带》构思精巧，故事编织得奇妙有趣。主人公棒棒猪心地善良，慷慨大度，时时处处为他人着想，它的美好思想行为，像一阵暖暖的春风吹入幼儿的心扉。

　　苏梅的童话故事不仅给孩子以情感、品德的陶冶，而且深入浅出、不露痕迹地传递了有关自然、数学、科学的知识。这些知识并非枯燥无味地叙述出来，而是巧妙地隐藏、渗透在生动有趣的故事里；随着故事情节的发展，自然而然、水到渠成地传达出来。《太阳眼镜在哪里》中的熊小小收拾满屋子乱七八糟的东西，把餐具、文具、工具、图书分门别类地放回橱柜、抽屉、工具箱、书架上，从中小朋友就不知不觉地初步认知了数学概念中的"分类"。《玻璃和琥珀弹珠》中写花斑猪竟然蹲在洗澡盆里想变成一只琥珀猪，这个妙趣横生的故事情节，更加激发了小朋友了解琥珀如何形成的兴趣，扩大了他们想象的空间。

《苏梅童话绘本系列》图文并茂，珠联璧合，是作家、画家呕心沥血、通力合作的成果。这个绘本系列是由作家写了童话故事，然后再由画家根据故事内容来绘制的。我看了这套绘本，深切地感到它既是用语言文字讲故事，也是用图画讲故事，可说是文字、绘画并重，各自用不同的方法、手段来表现故事的同一个主题，两者的融合天衣无缝，浑然一体。画家的作品精致、清新、特色鲜明、富有个性，不仅贴切、完整地表达了作家提供的文本内容，而且挖掘了、更加突出了故事中一些生动有趣的情节、细节，从而更充分地发挥了绘本的艺术魅力。例如，在《棒棒猪的新领带》中跳跳猴弯着腰、低着头从裤裆下倒着看棒棒猪为他缝补的裤子画面，突出那两个圆形大洞，巧妙地融入数学知识，很传神、幽默、好玩，富有想象力，增强了作品的艺术效果。

我以为，苏梅的童话绘本系列是适合亲子共读，老少咸宜的，它会激励、启迪、引领孩子及其父母向往大自然，亲近大自然，快乐轻松地走进奇妙的数学世界、科学世界。寒假期间，我收到《自然童话绘本》，祖孙三代共读。不仅我的两个孙子非常喜爱书中可爱的麦子小姐、机智的咖啡豆娃娃、逗人的花斑猪，连我这个年逾八秩的老爷爷，读后也不禁勾起不少童年回忆。回想当年在小学五年级时，傅老师上的自然课，激发起我拥抱大自然、探索大自然奥秘的兴趣和热情。我与同学结伴到城郊练湖摸小鱼小蟹，爬上桑树采摘桑葚，划着小船到池塘里采菱的情景，至今历历在目。我情不自禁地立即带着两个小孙子到小区花园、草坪上去。我还向往着有朝一日带他们到家乡的田野上去，到远方密密的森林中去。童话绘本的感染力、吸引力又是多么强烈啊！

优美隽永的故事，含而不露的知识，贴切鲜丽的图画，文学与绘画的完美融合，文学性、知识性、趣味性的有机统一，这正是苏梅童话绘本的魅力所在。

2013 年 6 月 19 日

一波三折的冒险之旅

孩子的天性喜欢探险、历险、冒险。富于探险、冒险精神的游戏与有趣的故事巧妙地交织在一起，会激发孩子们好奇、探索的兴趣，让他们在想象的世界里自由遨游。勇于创新的著名儿童文学作家金波，努力提升风靡全球的植物大战僵尸网络游戏的文化品位。他驰骋想象，精心构思，编织出充满行动性、战斗性的引人入胜的故事；并把孩子能够领悟的人生智慧自然而然地蕴含在人物关系中，孩子们在寓教于乐的阅读中得到了审美愉悦、感动和启迪。

书中描述火炬树桩和双重射手坐上能翻山越岭、腾云驾雾的时空穿梭机，开始了冒险之旅。他们勇于冒险，是为了寻找能增强自身攻击力的能量豆。寻找的过程一波三折，充满了困难与艰险。当他们进入美丽的埃及金字塔，却陷入探险家僵尸的圈套。他们一次又一次地被迷惑、误导，几乎分不清谁是朋友、谁是敌人，险些遭到僵尸的暗算。幸亏得到挺身而出、使出绝招的冰冻生菜和回旋镖射手的帮助，才化险为夷，走出困境，并如愿以偿地收获了属于自己的能量豆。

孩子随着书中斗志斗勇、有惊有险故事情节的推进，深切关注主人公的遭际和命运，从中体味寻找的甘苦，逐步学会辨别真与伪、善与恶、敌与友，培养自己的观察力、思考力、判断力。

2013 年 7 月 16 日

图文并茂　赏心悦目

　　《中国风幼儿文学名家绘本书系》（以下简称《绘本书系》）是一套充满爱心、智慧、童心童趣的图画故事书。

　　《绘本书系》的编选者巧妙地把十多位作家的几十篇精短童话故事，分别编入这套书的春之卷、夏之卷、秋之卷、冬之卷。优秀的故事和图画引领娃娃们走进色彩缤纷的艺术天地，在那里不仅可以感知春、夏、秋、冬的色彩、音响、气息、味道，更可贵的是可以体味蕴含在一年四季的故事里的诗情画意，不知不觉、一点一滴地学会辨别什么美什么丑，什么好什么不好。

　　童话故事的作者都是幼儿文学的高手，他们善于从日常生活中提炼题材，编织富有情趣的故事；敢于放飞神奇美妙的艺术幻想，展开娃娃喜爱的想象世界；注重塑造生动鲜活的童话形象，运用浅近平易、琅琅上口的语言，因而这些作品都富有文学品位和艺术魅力。

　　加入这个《绘本书系》创作的画家也都出手不凡，富有创意、善于发挥。他们用色彩绚丽、和谐的图画和作家一起讲述精彩的故事，更加鲜明突出地展示童话人物的精、气、神。图文并茂，珠联璧合，让娃娃赏心悦目，爱不释手；也让妈妈乐于参与亲子互动，在饱含深情的讲读中，和孩子一起度过幸福的时光。

2013 年 11 月 10 日

幽默也是一种心灵美

——读《超级笑笑鼠》系列

少年儿童的文学阅读，如果说有经典阅读与时尚阅读、深阅读与浅阅读之分的话，那么，晓玲叮当的幽默新童话系列《超级笑笑鼠》可说是一个非常适合孩子快乐阅读、轻松阅读的优秀文本。

晓玲叮当是一位富有丰沛想象力和幽默气质的年轻女作家。她的《魔法小仙子》给我们构筑了一个以五十个仙子为主人公的色彩缤纷的植物王国；而在《超级笑笑鼠》中，她展开想象的翅膀，自由翱翔于森林边上的嘻哈镇，又为我们营造了一个生龙活虎、光怪陆离的动物王国。

作者十分熟悉当今孩子的感情、心理、阅读兴趣、欣赏习惯。她的创作灵感、激情、想象都来自孩子丰富多彩的日常生活，来自那些自称"叮叮党"的众多粉丝的精神需求。她像一位聪明、热情、富有经验的导游，不经意间就把小朋友引进神奇、有趣、陌生而又新鲜的嘻哈镇，口若悬河、滔滔不绝地向他们讲述发生在嘻哈镇的趣味盎然、引人入胜的故事。嘻哈镇是一个动物世界，同人间一样，它那里也有自己的法律、传统、习俗、语言，甚至还有自己的镇歌《嘻哈镇之歌》。那里的法律规定："对欢笑、快乐和爱不收税"，吵架"超过 72 小时还不和好者每天罚银币两枚"，兔歪歪和小猪酷呆呆就因此收到过罚款单。赏罚如此分明，既生动反映了嘻哈镇居民的行为规则，也巧妙地、不露痕迹地折射了身边的日常生活，不禁让孩子从中照见自己的面影。

随着故事的推进，作者引领小朋友怀着好奇心、新鲜感结识了嘻哈镇一群嘻嘻哈哈、彼此相亲相爱的居民。书中刻画的笑笑鼠、咕噜牛、老龙咪咪、小猪酷呆呆、小鸡布丁、兔歪歪、丢丢蛇、嬉皮猴……都有自己的性别、爱称、绰号、爱好、愿望、口味、口头禅，有的还有人生格言。作者善于将这些动物拟人化、人格化，赋予他们各自不同的思想、感情、性格、语言。从这些动物演绎的尾巴比赛、另类动物选秀赛、竞选梦幻岛岛主、到森林或大海探险、开设"根治烦恼门诊部"等精彩故事中，小读者很自然地、饶有兴味地关注他们的言行、表现、遭遇和命运。笑笑鼠是本书的女一号，作者着力刻画的主人公。她的外表和内心，都给小读者留下极其鲜明的印象。笑笑鼠那双闪闪发亮、黑豆子似的眼睛，那条超级光滑美丽的尾巴，还有那脸上永远露着的官方认可的"招牌微笑"，从故事一开始就让你过目不忘。她作为上世纪"迷茫派"诗歌领军人物的嫡孙女，有个内涵丰富、特别响亮的笔名，叫作：笑士比亚都德歌德王尔德。她在虫虫大比拼、竞选梦幻岛岛主的活动中，充分发挥自己的优势，大笔一挥，游刃有余地为她的宠物毛毛虫起草了一篇题为《相信我，我能行》的演讲稿，写下了闪闪发光的名言："不想当蜂王的蜜蜂不是好蜜蜂，不想当继承人的虫虫不是好虫虫。"她带领探险别动队到傻瓜森林去探险，不仅为失恋的鸵鸟胡罗儿炮制了一首火辣辣的情诗，还设计了亲自担任总指挥的"弹丸 A 行动"。经过一波三折，终于撮合胡罗儿和小姑娘图图永结同心。正是借着这些诙谐、令人爆笑的情节，一个机灵、热情、异想天开、敢于冒险的笑笑鼠形象，就深深刻印在孩子的心灵深处。其他动物形象也都写得生动活泼、个性鲜明。如老龙咪咪的爱唠叨，小鸡布丁的爱捣鼓，经济大鳄的爱吹牛，特别是咕噜牛的爱数钱，爱财如命，精于算计，更是写得惟妙惟肖，入木三分。书中描写嘻哈镇举行年度尾巴比赛，咕噜牛是这次大赛的赞助商，她将为冠军提供 24K 足金打造的"尾巴戒指"。参加决赛的有哆哆虎娃、大马哈哈和笑笑鼠，其中以笑笑鼠的尾巴最为纤细小巧。咕噜牛为了尽量节省打造"尾巴戒指"的足金，竟在决赛前把抢答题的答案悄悄地告诉笑笑鼠，最后笑笑鼠无可非议地登上冠军宝座。你看，寥寥数笔，一个生动、精彩的细节，把心地善良而又吝啬、小气的老牛形象活灵活现地呈现在小读者面前，不禁逗得人发出会心的微笑。

幽默不只是一种文字风格、一种表现手法，还是一种积极、健康的人生态度，一种开朗、乐观的精神气质，它也是心灵美的一种表现。我欣喜地注意到，晓玲叮当在编织故事、刻画形象、语言文字等方面，紧紧把握幽默、诙谐、情趣的总格调，作了新的、多样化的探索、尝试。在选择题材、提炼情节上，她更多地在孩子们尤感兴趣的竞争、比赛、探秘、冒险上驰骋笔墨。在叙事方式上，她力求在童话故事中注入许多当代生活中时尚的、流行的元素，什么"叽里呱啦八卦网"呀，"兔肉收索"呀，都与当今孩子们热衷的网络游戏紧密相连。在语言运用上，作者别出心裁地巧用成语、谚语、歇后语、歌谣来丰富人物的语言，凸显他们的个性特点。晓玲叮当在这些方面的孜孜追求、精心创造，才使得《超级笑笑鼠》这个童话系列在带给孩子们欢笑的同时，也不知不觉、一点一滴地在他们幼小心田里播下关于智慧、勇气、善良、正义、友情、生命、成长的种子，为他们打开一扇扇通向生活、通向世界的窗户。

2013 年 11 月 30 日

有意味有温度有色彩

——读《面包男孩2》

李姗姗近些年来创作相当活跃、强劲，是儿童文学队伍里充满朝气、活力，颇具实力的一位年轻女作家。

两年多前，她的长篇童话《面包男孩》问世后，获得广泛好评。最近推出的《面包男孩2·你爱苦瓜我爱糖》又引人瞩目。这本作品是她创作上的新收获，它延续、发扬了上一本《面包男孩》的优长和特色，在思想、艺术上有不少可圈可点之处，我以为，主要表现在以下几个方面：

其一，脚踏现实泥土，张开想象的翅膀，现实和幻想水乳交融地编织在一起。

书中描写的那些发生在逍遥岛、不老屯镇、梦之屋、周氏面包房、书香小学的故事和人物，与生活贴得很近，似乎都是我们熟悉的、司空见惯的，因而感到特别亲切。作者是个有心人，善于从日常生活中捕捉那些有意味、有特点、有色彩的事物。主人公小面包邀请同学来家画梦之屋，罗德叔吃过晚饭忙着去超市买晚间特价水果。这既表现了罗德叔的热情好客，也表现他的节俭、精打细算。作者的笔触不止于此，她在现实生活的基础上，巧妙而自然地展开想象，描写小面包在"梦之屋绘画大赛"中第一个画完后，马上用行动实现自己"我要做一个了不起的面包师"的梦想，烤出了一盘热腾腾、香喷喷的面包，当作绘画大赛的特别奖品。亦真亦幻，现实生活与梦想、幻想的交融，在这里可说是水到渠成，天衣无缝。又如，作品中描述罗德叔和周氏面包房老板龅牙周展开最强面包师大赛。龅牙周赛前私底下送礼收买评委，又派发代金券收买观众。读到这里，读者很自然地会联想到当下生活中屡见不鲜的这类阴暗、丑陋的事情，不禁会摇头感慨，或嗤之以鼻，从中会多少了解一点生活的复杂性。由于罗德叔到森林深处救小面包而受了伤，昏迷不醒，不能参加比赛。小面包用爱的魔法变成了罗德叔参赛。在群众的举报、姐姐的帮助下，战胜了龅牙周的弄虚作假、坑蒙拐骗。他以创新的百变梦幻面包——"彩虹面包塔"，最终成了大赛的获胜者。展开在读者面前的生活图景很生动真实，而丰富、奇妙的想象又在情理之中。这是童话的艺术魅力，也是作者的写作本领。

其二，着力写人物成长、性格发展，主人公的形象比上一本更加丰满、鲜明，作品蕴含的人生意义、生命真谛也越发清晰，打动人心。

面包男孩是个调皮可爱、充满阳光的普通孩子，又是一个富于梦想、勇于行动、能玩魔法的小精灵。他在书香小学满怀兴趣地跟着同学学习捏泥人，而回到家里梦之屋，忙着用泥人玩偶换来的面粉，千方百计、偷偷摸摸地学着罗德叔和面、揉面团、定性、装饰、烘烤，做面包。从他的行动中，我们看到了认真、快乐、勇敢、自信。善良、执着、热爱自己事业、乐于奉献的罗德叔并非那么完美。他也有毛病，缺乏耐心，脾气暴躁，动辄训斥孩子。但在遭遇了龙卷风和海上历险，经历了与"炫得发光、酷得结冰、帅得冒泡"的龅牙周冲突与斗争后，他也和小面包一起成长了，逐步懂得了关爱、鼓励、理解、尊重孩子，给予小面包温度、梦想、思想和智慧。尤为感人的，书中描写罗德叔历尽千辛万苦、在蓝雾山藤蔓迷宫终于找到了小面包，用微弱的声音呼喊："儿子……"，没有一点埋怨，嘴角泛起微笑时，我们为爸爸的爱、亲子之情深深打动。爱的力量化解了父子之间的隔阂、误会，罗德叔有了更强的爱心、责任心，小面包变得越发乐观、自信。

不久前，我在一篇文章中曾经谈到，优秀的童话不仅会让小读者为精彩的故事所吸引和打动，还会引导他们感受、体会作品所蕴含的崇高的感情、优美的意境，从中一点一滴、多多少少领略人生的意义、生命的奥秘，润物细无声地滋养他们的心灵。李姗姗的《面包男孩2》就具有这样的感染力和影响力。它通过生动的故事、人物形象激励读者面对困难艰辛，磨砺勇气和毅力，勇往直前，相信"风雨过后就是彩虹"。"宁吃苦瓜不吃糖"的成人，要理解、尊重"不爱苦瓜只爱糖"的孩子；而"不爱苦瓜只爱糖"的孩子也要尝尝苦瓜的味道，学会体味生活的酸甜苦辣。这本童话的丰富内涵、寓意，传播的勇敢、坚韧、乐观、自信、勤劳、奉献、诚实、温馨、理解、尊重的美德，值得细细体悟和大力弘扬。至于主题思想的表达，有些细节、对话，是否有点直白，如何更含蓄一点，这倒是值得作者思考的。

其三，作品的语言文字有温度、有节奏、有色彩。

在《面包男孩2》中，得心应手的排比，恰到好处的形容，有声有色的记叙，又叙事又抒情、琅琅上口的儿歌，俯拾即是。

"一间间店铺填满了小镇的空白，走动的人群填补了街道的空白，爽朗的笑声填补了人与人的空白，剩下的空白呢，全都被一缕缕诱人的香味给填补了。"这是描写美食街的情景。

"他眉飞色舞、声情并茂、手舞足蹈、兴奋异常，有时候伸长手臂像要摘天上的星星，有时候双手捂脸仿佛有野兽出没，有时候捶胸顿足好似忏悔莫及，有时候又幸福得宛如正在融化的冰淇淋。"这是形容罗德叔给小面包讲故事的姿态、神情。

"最让人着迷的，是那一缕缕的香气：有的香气就像长了脚，你走一步，它走一步；有的香气就像长了翅膀，蝴蝶飞到哪儿，它就飞到哪儿；有的香气会爬楼梯，竟然上了三楼；有的香气喜欢钻门缝，淘气地跑到教室里和同学们一起听课。"这是描述书香小屋的桂花树散发出的浓郁香气。

这些语言文字漂亮而不花哨，干净而不平淡，繁复而不啰唆，锤炼而非雕琢，读来令人赏心悦目，得到美的享受。

童话大家格林兄弟说："童话的朴素诗情能教诲每个人以纯真。"国庆假日，年届耄耋的我，兴致勃勃、津津有味地品读了李姗姗的这本童话，似又让我回到纯真的童年世界，我为自己没有失却童心而欣慰。热切期待《面包男孩3》早日与读者见面。

2018 年 10 月 10 日

让孩子学会欣赏童话

童话是孩子们喜闻乐见的一种文学体裁。也是少年儿童文学中最契合儿童思维方式、儿童特点最鲜明的文体。

童话对于儿童开拓视野、启迪心智、陶冶情操、激发想象，具有不可低估的价值和影响。格林兄弟说："童话的朴素诗情能够教会每个人以纯真。"严文井说：童话是"一种献给儿童的特殊的诗体"。

在我看来，童话是少年儿童精神成长、心灵成长不可或缺的维生素，是最珍贵的精神滋养品。童年时代有没有童话陪伴大不一样：有童话相伴，会很快乐，很有趣，会有梦想，活泼开朗；没有童话相伴，也就少了童情童趣，少了奇思妙想，失却真正快乐的童年。毫不夸张地说，在某种意义上，优秀的童话可受用一生，影响一生。

正因为如此，组织、推动、指导孩子阅读童话，加强童话教育就显得十分必要了。我相信，召开的这次童话教学观摩研讨会，在梳理总结近些年童话教育经验的基础上，对提高童话教学水平，进一步深入开展童话的阅读推广，必将发挥积极的作用。

研讨童话教育，很自然的就会想起我国童话理论教学早期开拓者、探索者洪汛涛和他的大著《童话学》。

即将迎来新中国 70 周年华诞，此时此刻，我们忘不了对当代儿童文学做出重要贡献的洪汛涛。在我的印象中，他的主要成就可概括为"四个一"，即一支笔（神笔马良）、一本书（童话学）、一句话（《童话育人》）、一扇门（率先打开两岸交流之门）。这里，只简略地谈谈他倡导的"童话育人"的理念。他在开展"童话引路"实践，推动"童话阅读"工程方面，扎扎实实地做了很多有益的工作。他鲜明地提出：要"把少年儿童从喜爱童话，提高到欣赏童话"。这就把给孩子做好童话阅读的教学、辅导工作，摆到了教师、家长和儿童文学工作者面前。要通过生动、多样的方式，让孩子们懂得童话的功能和特征，学会欣赏优秀童话的内涵和特色。他在谈到童话道路时，明确而完整地提出："这儿童的、文学的、幻想的、向上的、中国的、当代的、趣味的、优美的、多样的、发展的种种要求，就是我们童话所要向前延展的通向明天的道路。"我以为，洪汛涛对童话提出的十个要求，正是当今我们指导童话阅读欣赏，加强童话教育，应当认真思考、努力把握的要点和准则。

童话的艺术魅力从何而来？一是来自幻想与现实的巧妙结合，来自它所营造的亦真亦幻、似真似幻的光怪陆离的童话世界。二是来自诗情与哲理的水乳交融，来自如诗如画的童话世界所蕴含的深邃的生活哲理。三是来自神奇灵敏的童话形象与引人入胜的故事情节相交织，来自那个性鲜明、栩栩如生的超人体、拟人体、常人体的童话人物。四是来自耐人寻味的幽默、沁人心脾的情趣与天真烂漫的游戏精神。

愿当今的孩子都怀着热情和兴趣阅读童话，喜爱童话，欣赏童话，了解童话的意义和魅力所在。愿幼年、童年时代，有童话相伴的孩子，长大以后，多一点想象力，多一点创新力，多一点人性美，多一点梦想、诗意、情趣和幽默！

2019 年 4 月 8 日

赞栽花人和护花人

我作为一个儿童文学组织工作者，一个文学战线上的老兵，对杨明火作品研讨会的召开，表示由衷的祝贺！

杨明火同志在我国儿童文苑默默耕耘了 50 个春秋，是一个恪尽职守、精心栽花、育花的老园丁。

他的儿童文学创作涉猎小说、诗歌、童话、寓言、散文诸多体裁、样式，是一个名副其实的多面手。

他致力于跨文体写作，显示了可贵的创作激情和艺术探索的勇气。他的儿童诗，包括十四行诗，追求"心美、形美、音美"，水蜜桃与橄榄果色、香、味的融合。他的童话，寻求意趣、诗情与哲理的交融，弘扬"千里马奋蹄疾驰"的时代精神。他的寓言创作，追求与时俱进，尝试打破文体的界限。他在创作实践上的这些努力，都给我留下了难忘的印象。

我还为杨明火在漫长的笔耕岁月里遇到了热心、细心、精心的惜花、护花人而庆幸。在他已出版的一本长篇小说和四本童诗、童话、寓言集中，圣野、樊发稼为其中的四本分别写了热情洋溢、评析中肯的序；金波则为十四行儿童诗集《长颈鹿的故事》写了言简意赅的评论，并对收入集中的每一首诗做了精到的点评。这些文字不仅表现出文友、同行之间相互关爱、切磋技艺的珍贵友情；同时也为提高小读者的审美情趣和鉴赏能力起了导引、点拨的作用。儿童文苑需要更多像圣野、金波、发稼这样出色的护花人。

热切期盼杨明火同志永远保持对未来一代和儿童文学事业执着、深沉的爱，不断丰富自己的学养，开拓自己的视野，坚持自己的艺术追求，在创作上更上一层楼，为小读者奉献出富有更高文学品位、更强艺术魅力的好作品。

祝研讨会圆满成功！

2007 年 9 月 15 日

新书点评五题

韩静慧的故事系列

感谢女作家韩静慧又给孩子们奉献出《河马卡拉和他的一家》这套有益又有趣的系列图书。书中幼儿成长的真实故事与充满情趣的幻想世界和谐、巧妙地交织在一起，情节引人入胜，人物栩栩如生，诙谐鲜活，意蕴新颖深长，充分显示了作者在艺术上别出心裁的追求。

这套书不仅会为孩子们所喜闻乐见，也会引发教师和家长们深入思考：如何构建学校、家庭、社会三者之间的和谐教育的平台，让孩子们健康快乐地成长。

2007 年 1 月

肖存玉的纪实佳作

《别放弃我》是一部真实记录、抒述拯救失足少年心灵的教育诗，充满爱心，情真意切，读来令人震撼和感动。作家肖存玉全心全意致力于教育、帮助误入歧途的少年这个特殊的弱势群体，确实难能可贵，让人肃然起敬。

2010 年 2 月 26 日

三三的少年小说

纯真、聪颖的三三凭借对童年生活的鲜活记忆和对当今少年的真切了解，精巧地编织出一个个关于成长的情趣盎然、色彩缤纷、感人至深的故事。作品中的人物形象鲜明独特、惟妙惟肖。作者特别善于用新颖、别致的叙事方式和丰富、感人的细节揭示少年尤其是少女心灵的奥秘。准确而生动地表现了少年成长中的快乐、温馨、困惑和伤痛，温情脉脉地抒写了对生活、生命、情感、梦想的诗意感受，拨动小读者的心弦，引起他们强烈的感情共鸣。作品的语言文字清丽优雅，晶莹剔透，富有艺术感染力。

2010 年 11 月 20 日

凡夫的寓言系列

《人生智慧——苏格拉底对你说》是寓言家凡夫历时二十个春秋呕心沥血、精雕细刻的力作。以苏格拉底作为贯串系列寓言始终的主角，是别具匠心的艺术独创；一个富有真知灼见、可亲可敬的智者形象，活跃于读者心目中。作者善于从司空见惯的寻常生活中开掘出令人会心一笑或让人咀嚼回味的意蕴。

富有时代光泽和色彩，讲究故事与哲理的水乳交融，语言简洁凝练，是凡夫寓言的鲜明特色。

2011 年 4 月 21 日

高品位的原创绘本

《中国儿童文学大家绘本》（六册，湖南少年儿童出版社出版）是我国原创图画书中难得的上品。

这套图画书的主题极其鲜明清晰。作家、绘图者以简洁、生动的语言、画面共同讲述了关于爱、友谊、分享、感恩、责任与成长的故事，以高品质的文学艺术乳汁滋养孩子稚嫩的心灵。

隽永、迷人的诗体故事与绚丽、精致的绘画艺术水乳交融，图文互动互补，共同营造了一个诗中有画、画中有诗、洋溢着诗情画意的美妙境界。

这些图画书中的故事贴近孩子生活和心灵，具有吸引孩子亲近、接受的艺术魅力。同时，它十分适合亲子共读，大人可以和孩子一起分享阅读、欣赏的快乐。

2011 年 4 月 21 日

选精拔萃的《我喜欢你》

　　金波堪称当今儿童文苑成绩卓著、风格鲜明的大家。他的创作兼及诗歌、散文、童话、散文诗、随笔、评论多种体裁、样式，均有令人瞩目的建树。《我喜欢你》儿童文学精品系列是从他五十多年所写作品中选精拔萃汇编而成，集中展示了他的创作成果和风貌，也足以代表当代中国儿童文学在思想、艺术上达到的高度。这个作品系列最鲜明的特色是：坚守文学品质与追求艺术创新的完美结合。在思想内涵上，对生命、对大自然的讴歌，对乡情、亲情、友情、童情的咏唱，字里行间流淌着沁人心脾的爱与美。在艺术表现上，想象丰富，构思精巧，意境优美，语言纯净，可说是极其精湛。此书的装帧设计也新颖别致。这是一套有益于滋养少年儿童心灵成长的经典之作，也是值得成人细细品赏的优秀文本。

2012 年 11 月 13 日

评论印象

温故而知新

——缅怀陈伯老

当我们怀着崇敬的心情纪念德高望重的儿童文学老前辈陈伯吹先生逝世 10 周年的时候，首先想起的是他老人家那永远和蔼慈祥的笑容，那谦逊质朴的谈吐，还有他那一颗始终与孩子息息相通、永不泯灭的童心。

陈伯老从 1923 年夏开始写作中篇小说《学校生活记》到 1997 年 11 月 6 日谢世，在儿童文苑辛勤耕耘了整整七十五个春秋。他的一生，都与儿童文学创作、理论研究、翻译、编辑出版、教学、组织工作紧紧联结在一起，专心致志，心无旁骛，真正把毕生的心血、精力全部奉献给了儿童文学事业。他的创作涵盖诗歌、童话、小说、散文、报告文学、寓言、故事、戏剧、科学文艺、幼儿文学各种体裁、样式。他专门从事儿童文学工作时间之长，涉猎儿童文学领域、门类、体裁之广，在我国现当代文学史上可说是绝无仅有，称得上国中第一人。

陈伯老对我国儿童文学发展的贡献是杰出的、多方位的，他的创作、论著、译述颇丰，给我们留下了一笔弥足珍贵的精神财富。多年来，他在儿童文学领域里所倡导、张扬的一些理念、观点、主张，至今依然闪耀着真知灼见的光芒，富有现实意义，值得我们反复温习、深入研究。这里仅就我亲耳听到的、陈伯老上世纪 50 年代、80 年代在中国作家协会举行的几次会议上所提出的若干意见和建议，作一个概略的介绍和述评。

高度重视小学语文教材书

陈伯老年轻的时候当过七年小学教师。他跨入文化出版界不久，在上世纪 30 年代初，就编辑过一套初级《复兴国语课本》和《儿童默读课本》。抗战期间在重庆北碚编译馆负责编辑小学语文教科书。新中国成立以后，上世纪50年代中期，他又在人民教育出版社编选中、小学语文教科书，并写了《谈童话与小学语文教学》《谈寓言与小学语文教学》等指导、帮助教师在教学中运用儿童文学作品的文章。像他这样有成就、有影响的儿童文学作家、理论家，积极参与小学语文教材的编选，确实难能可贵。尤其令人感动的是他对这项工作一以贯之的关注和不遗余力的呼唤。在1956年3月中国作家协会第二次理事会（扩大）会议上，他专门就这个问题作了发言。他走上讲坛，一开头就满怀深情地说："我也仿佛听到了一亿二千万个可爱的小公民督促的声音，仿佛看到了一亿二千万双小手像森林般伸向前来要书看。"他恳切请求作家们"为小孩子写大文学"（高尔基语），特别是要写出能选入小学语文教科书的优秀儿童文学作品来。

陈伯老对小学语文教科书的作用、价值和影响作了清晰而有说服力的阐述。在他看来，"小学教育是祖国百年大计的根本的教育，而小学语文教科书是所有大、中、小学教科书中最重要的一种教科书。小学语文教科书基本上应该是儿童文学作品的读本"；选入教科书的文学作品，将深深地"教育、影响我们在人生大道上跨出第一步的、先入为主的、可塑性最大的孩子们"。他为了说明教科书的巨大影响，在发言中还特别引用苏联著名儿童文学家萨·马尔夏克的一席话："教科书是比任何别的书有影响、有更大的发行数字。它是每一个学校每一个学生都要用的；它是从第一行起到最末一行都让人记在心里头的。它送到我们广大的国土的遥远角落，比最鼓舞人的小说和诗还要快得多"。

正因为小学语文教科书对一个少年儿童心灵的成长、品性的培养有着极其重要的作用，因此，陈伯老认为选入教科书的作品，"条件是比较多的，而且是严格的，首先是最好的思想内容，而且是最好的艺术形式，要写得短小精悍，要写得生动活泼，要少用生僻的、艰难的、冗长的字句等等。"归根到底一句话，应该是"最最优秀的、具有高度思想性艺术性的作品""典范的文学作品"。当今，我们编选小学语文教材注重教育性、趣味性、艺术性、文学语言教育价值，这些标准可说是同陈伯老30年前的主张一脉相承的。

素质教育的深入，要求进一步改革小学语文教育。真正使儿童文学作品成为小学语文教科书的主体，借以加强对孩子的文学教育，帮助他们从小打好人性基础、人的"精神底子"，应当是小学语文教育改革的关键所在。需要更多的作家关注小学语文教材书的编选，并力争为孩子们写出能进入教科书的优秀作品；也需要一批一流的儿童文学作家、理论家、评论家，像陈伯老那样积极、热情地加入小学语文教材的编辑队伍中来。

大力提倡科学文艺

我们处在信息时代、高科技时代、知识经济时代。我们面对着时代赋予的"建设四化、振兴中华"的伟大历史使命。科学技术是第一生产力；科学技术现代化是实现中华民族伟大复兴的强大动力。今天的少年儿童是四化建设的后备军，未来世界的主人。只有让千千万万少年儿童热爱科学、学习科学、掌握科学技术，培养造就一支浩浩荡荡的科学大军，才能提高我们整个民族的科学文化水平，也才能实现振兴中华的历史使命。科学文艺在激发少年儿童对科学的兴趣、向少年儿童普及科学知识方面，起着重要而独特的作用。在科技迅猛发展的今天，发展科学文艺的重要性、迫切性就不言而喻了。

陈伯老对科学文艺的鼓吹、提倡由来已久。从旧中国到新中国，从上世纪 50 年代到 80 年代，他在论文、书评、作品研讨会、作家代表会各种场合都满腔热情、千方百计为发展科学文艺而呼唤。在战火纷飞的 1947 年，陈伯老就"盼望不久即来的民主新中国，能够集合人力物力，完成这样的一部'小人'阅读的'大书'"，即包含社会、自然两大类题材的儿童读物。在我国进入大规模有计划经济建设的 50 年代初，他鲜明地提出：科学文艺读物是整个儿童文学所不可缺少的重要的组成部分，"从来也没有像今天这样迫切地需要，它也该迈进一大步"，"我们的作家义不容辞地有责任来开垦这块未开垦的土地"。他还在题为《向先进的苏联儿童文学学习》的长篇论文中，由衷称赞科学文艺是苏联儿童文学成就中最"光彩夺目的一颗"；并极为赞赏苏联科学文艺倡导者伊林所说的："将来的文学是用科学来全副武装的文学。"

进入历史新时期，在 1984 年底中国作家协会召开的第四次会员代表大会期间，陈伯老先在上海代表团的分组讨论会上就发展科学文艺作了发言；然后又不辞辛劳，连续两天凌晨三点半起床，赶写出题为《在儿童文学阵地上，高举起科学文艺的旗帜》的书面发言。他说：处在历史大变革时代，儿童文学在体裁、样式上也要有所革新，要特别重视科学文艺作品的创作，重视智力开发和智力投资，使少年儿童在获得文学欣赏的美的享受的同时，又能不太费力地汲取有用的科学知识和技术，使之从小就对科技有感情、有兴趣，日长月久，自然而然地爱科学，钻研科学，运用科学，成为四化建设的勇士和闯将。他紧密联系现状，直率而尖锐地指出："现在科学性的文艺作品寥若晨星，不能满足小读者的需要。文艺界和教育界都应当重视科学文艺的创作，必须把它提到战略高度来认识、估量、对待。儿童文学界高举起科学文艺的旗帜的时候到了。"

面对陈伯老 20 多年前发出的这一振聋发聩的呼唤，我们能无动于衷、心安理得吗？诚然，近些年来，少儿科学文艺的状况取得了有目共睹的进展，但陈伯老当年所描述的"三亿儿童少年在科学文艺的窗口外面，不免显得不耐烦，而且在那水灵灵的眼睛里闪射出饥饿的光芒"，这种状况似还没有得到根本改变。特别是缺乏科学性与文学性、知识性与趣味性有机统一的优秀作品。看来，没有相当的科学技术知识，没有较高的文学素养，没有较为丰富的想象力，很难写出像陈伯老所要求的那种把知识"间接披上艺术的外表，诉诸于儿童的感情、想象、思想各方面，使其在兴趣横生中领受科学知识与技能"的优秀作品。

大声疾呼培养编辑

陈伯老不仅是一位卓有成就的儿童文学作家、理论家、翻译家；同时还是一位资深的、杰出的编辑家。他的一生与儿童文学报刊、图书的编辑工作结下了难分难解的情结。除了前面提到的长期编选小学语文教科书的经历外，从上世纪 30 年代初到 50 年代初这 20 年间，他先后主编过《小学生》《儿童杂志》《常识画报》《小朋友》《大公报·现代儿童》等报刊，并主编或与人合编规模宏大的《小朋友丛书》30 多种、《儿童半角丛书》200 本、《新连环画》80 册等图书。新中国成立以后，他先后担任少年儿童出版社副社长长达 20 多年，担负了大量图书的编审工作。长期的编辑生涯，使他深深懂得了编辑的职责、作用、地位和甘苦。

当陈伯老从人民教育出版社转到中国作家协会当专业作家之际，1957 年 5 月 25 日，他在中国作家协会整风座谈会上作了长篇发言［此发言后整理成《谈儿童文学工作中的几个问题》一文，收入《陈伯吹文集》（4）理论卷］。在这篇发言中，陈伯老从宏观上、全局上提纲挈领地阐述了促进儿童文学发展的几个重要问题。他明确地提出：做好儿童文学工作，"首先应该抓住'繁荣创作'这个关键性问题"；"在'繁荣创作'的同时，必须要并肩齐进地'建设理论'"。特别引人注意的是他在发言中还鲜明、响亮地提出："培养编辑也是当前的急务"。在他看来，编辑支撑了儿童文学天下的"半壁江山"，繁荣创作的另一个原动力，是要由编辑来担负的。他说"要知道光有作家，没有编辑是不行的，他们是在向文艺进军中的两个相辅而行的轮子。而作家往往由编辑发现、赏识，并爱护、支持，甚至于在培养中成长起来的。"在这里，陈伯老把编辑在发展繁荣创作中的作用提到了与作家同等重要的位置，充分体现了对编辑创造性劳动的尊重。这也是他作为一名老园丁出自肺腑的经验之谈。

在这篇发言中，陈伯老紧密联系编辑工作实际，很有针对性地回答了审稿中必须正确看待、处理的一些问题，诸如：既要重视大题材，也不能忽略"即小见大"的各种题材；注意儿童文学的特点，力求"儿童本位"一些；寓思想教育意义于艺术形象和儿童情趣之中，别让它"毛遂自荐"地脱颖而出；情节要生动有趣、引人入胜，景物、心理、细节描写要适合儿童的接受程度；体裁样式要多式多样，并注意它区别于成人文学同类体裁的特点；讲究艺术性、独创性，避免写法类同、单一等等。陈伯老对儿童文学提出的这些要求，至今有着鲜活的现实意义，值得编辑、作家们深长思之。在这里，还要特别指出，在上世纪 60 年代作为批判陈伯吹的"童心论"的主要论据之一，就是在这篇发言中提出来的。陈伯老当年是这么说的："如果审读儿童文学作品不从'儿童观点'出发，不在'儿童情趣'上体会，不怀着一颗'童心'去欣赏鉴别，一定会有'沧海遗珠'的遗憾；被发表和被出版的作品，很可能得到成年人的同声赞美，而真正的小读者未必感到有兴趣。"陈伯老在这里强调的"儿童观点""儿童情趣""童心"，无非是要求编辑了解、熟悉少年儿童的心理、思想、感情，重视儿童文学的特点，不能以成人的眼光、尺子去看待、衡量。这是言之有理，讲得很准确、到位的。当年遭到口诛笔伐的所谓"童心论"，如今已被儿童文学界的朋友所认同和接受，毋庸置疑了。然而，我们不能忘记陈伯老怀着拳拳之忱提出的期望和要求："在大声疾呼培养作家的同时，不能熟视无睹地不提'培养编辑'，这在儿童文学方面为了繁荣创作，提高质量，为了丰富孩子们的精神食粮，更加有十万火急的需要。"当前，我们的儿童文学创作要更上一层楼，要赢得更多的小读者，提高编辑的思想素质与业务素质仍是题中应有之义。同作家一样，编辑也要开阔视野，加强思想理论武装；要熟悉生活，熟悉孩子思想、感情、阅读心理、审美趣味；要提高文化素养、艺术鉴赏力，勇于创新。只有这样，才有可能创作、出版更多思想性、艺术性、可读性完美统一的好作品，满足亿万小读者日益增长的精神需求。

温故而知新。重温陈伯老二十年前乃至五十年前情深意长、富有前瞻性的教诲，细细领会它的内涵，准确把握它的精神，把它切实地用到栽花、育花、护花的工作中去，使小百花园万紫千红、硕果累累，这才对得起这位一辈子忠于职守、默默耕耘的老园丁。

2006 年 6 月

陈伯吹与儿童文学理论建设

陈伯吹先生是个正直善良、宽厚谦逊的人。对他的人品文品，儿童文学界乃至整个文学界可说是有口皆碑。

自谦为"大时代中的小人物"、文艺大军中的"小兵丁"的陈伯老，是我国现当代儿童文学大家。尤为难能可贵的，他是一个儿童文学多面手、百事通。创作、理论研究、翻译、编辑出版、教学、组织工作诸方面，他样样在行、门门精通。像他这样的儿童文学全才，确乎是前无古人，后少来者。

陈伯老对儿童文学的贡献是巨大的、多方面的，值得我们学习、借鉴和发扬的东西很多。这里，仅就我涉足较早较多的儿童文学理论批评，谈一谈陈伯老在这个领域的成就、贡献及对我的教益和启迪。

陈伯老历来极其重视儿童文学理论建设。在他看来，创作与理论是"儿童文学事业的具有内在联系的两个方面，起着相互影响的作用"。因此，"在'繁荣创作'的同时，必须要并肩齐进地'建设理论'。而建设理论的目的，仍然是为了繁荣创作。"正是基于这样的认识，几十年来，陈伯老在儿童文苑一直扮演着作家兼理论家的双重角色。在上世纪 30 年代，他就积极参与我国现代儿童文学理论建设，著有《儿童故事研究》《儿童文学研究》（与陈济成合著）。50 年代，陈伯老成为我国儿童文学理论界最有影响的代表人物。他的《儿童文学简论》是新中国成立以来最早面世的一部儿童文学论著。进入历史新时期，陈伯老对理论研究依然热情不减，乐此不疲，又写了不少颇有见地与深度的论文、书评。在我看来，陈伯老在儿童文学理论上的建树不亚于其在创作上的成就，或者可说是二者交相辉映，各有千秋。

纵观陈伯老的儿童文学理论研究，不难发现他的一些基本观点和呈现出的优势、特色：

注重教育作用　陈伯老从不讳言儿童文学所担负的教育任务和儿童文学作品应有的教育意义。在坚持儿童文学的教育方向性上，他的态度一以贯之，极其鲜明，斩钉截铁，毫不含糊。他紧紧扣住儿童文学的特点、特殊性，反复论述、强调儿童文学的教育作用、年龄特征和艺术特征，以及思想性、艺术性与儿童性的统一。他强调教育意义应该"融合在儿童情趣之中，深藏在艺术形象里头"，"附丽在具有诗情画意的想象本身"，"是个轻快愉快的过程"；明确否定和反对那种一味强调思想性和教育意义而忽略、轻视艺术性的错误观点。陈伯老1956年提出的、曾被当作"童心论"批判的那个著名观点："一个有成就的作家，愿意和儿童站在一起，善于从儿童的角度出发，以儿童的耳朵去听，以儿童的眼睛去看，特别是以儿童的心灵去体会，就必然会写出儿童能看得懂、喜欢看的作品来。"实际上是对儿童文学特殊性首先要照顾儿童年龄特征的一个形象的、生动的诠释。无非是强调了解儿童、熟悉儿童是儿童文学作家第一位的工作。只有了解熟悉少年儿童的思想、感情、趣味，才能写出为他们所喜闻乐见的作品，从而也才能发挥它的教育作用。

长于宏观研究　陈伯老在理论研究中坚持从实际出发，力求从宏观上把握儿童文学现状，对成绩、发展趋势、存在的问题和发展前景作全面考察、透辟分析和判断。发表于上世纪40年代的《儿童读物的编著与供应》《儿童读物的检讨与展望》和50年代的《关于儿童文学的现状和进展》《谈儿童文学创作上的几个问题》《谈儿童文学工作中的几个问题》等论文，都是陈伯老作了充分的调查研究，占有大量材料，条分缕析，深思熟虑，作出的概括和总结。由此，可以清晰地看到陈伯老作为一个儿童文学领军人物所具备的那种高瞻远瞩、洞察全局的气魄和才能。到了80年代、90年代，年届耄耋的陈伯老依然坚持每年对"儿童文学园丁奖"（后改名为陈伯吹儿童文学奖）获奖作品作鸟瞰式的述评，并结合年度创作状况作概括的回顾和展望。我们不能不佩服陈伯老几十年如一日，目光四射地关注儿童文学全局和发展态势的胸怀和责任感。

善于洋为中用　陈伯老一向重视学习、借鉴外国优秀儿童文学创作成果、研究成果，在中外儿童文学的对照、比较中，探索成败得失，总结经验教训，提出自己的比较系统、完整的意见或独特的、富有前瞻性的主张。陈伯老从 30 年代至 50 年代，翻译过不少优秀的外国童话、童话诗和小说，写了不少介绍外国作家与儿童文学的文章。他对欧美特别是苏联儿童文学作家作品可说是了如指掌、如数家珍，因而在论证相关问题时，得以信手拈来，广征博引。他于 1958 年出版《在学习苏联儿童文学的道路上》一书，全面、系统地评介了苏联儿童文学的成就、经验和影响。从中可以看出，他的一些学术观点、理论主张，如对教育作用的强调，对科学文艺的重视，对幼儿文学的关注，对游戏精神的张扬，以及学校小说不局限于写学校、写儿童等等，都受了苏联儿童文学理论、创作的启示和影响。陈伯老所具有的放眼世界、视野开阔、善于借鉴、洋为中用的优势，使他的理论研究达到他所处那个时代所能达到的高度。

热心浇灌新花 期盼有更多的作家为少年儿童写作，写出更多的好作品，对下一代进行文学教育，是陈伯老一生的愿望和追求。几十年来，他始终满怀深情地鼓励优秀创作，大力扶持新人成长。新中国成立之前，他在主编《小朋友》杂志、《大公报·现代儿童》副刊期间，就联系、团结一批儿童文学作家，并发现、培养了一批儿童文学新人，如后来成为儿童文学队伍中坚力量的黄衣青、方轶群、鲁兵、圣野、施雁冰、任大霖等。新中国成立以后，特别是改革开放以后，他更是不遗余力地为新作者、好作品鼓与呼。从 1985 年到 1996 年，他出版了四本有关儿童文学的序跋集：《他山漫步》《天涯芳草》《火树银花》《苍松翠柏》，书中对中青年作家作品的推荐、评介，占有相当突出的位置。杲向真、圣野、钟子芒、邬朝祝、孙毅、任大霖、李昆纯、胡景芳、邱勋、樊发稼、程逸汝、张锦江、刘健屏、程玮等老中青作家不同体裁的作品，都有幸得到陈伯老的鼓励和指点。在为"陈伯吹儿童文学奖"获奖作品所写述评中，差不多对每部（篇）获奖作品都作了亲切中肯的评析。正因为他抱着"撷取其精华，作为自己学习的借鉴"这样一种态度，因此他总是"以鼓励为主"，笔端流淌着深情，充分肯定其成就，赞扬其特色，激励作者在创作上更上一层楼。陈伯老所掌握的批评尺度，与他注重教育作用和儿童年龄特征、力求思想性与艺术性的统一的儿童文学观是完全一致的。他还善于把作品评论与文体研究统一起来，在总结创作经验的基础上，对各种体裁的艺术特征、发展趋向作了深入的思考和探索。

作为儿童文学理论批评工作者，我们要学习和发扬陈伯老那种始终关注理论建设、不懈探索追求的精神；还要学习、发扬他那种理论联系实际的求实精神和大胆"拿来"、洋为中用的理论勇气。同时，也不能忘记学习他勤于耕耘、热心培育新苗、浇灌新花的园丁精神。让我们锲而不舍地开拓进取，力争早日迎来陈伯老所期盼的小百花园里创作与理论比翼齐飞的喜人景象。

2006 年 7 月 4 日

人品文品兼优的金近

金近同志已经离开我们一年多了。他那亲切和蔼的音容笑貌，质朴无华的谈吐举止，至今清晰地浮现在我眼前，使我油然而生深深的怀念和敬意。他一辈子在儿童文学园地里辛勤地耕耘，为亿万孩子默默地奉献了毕生的心血和精力。他写下的大量优美、精湛的作品，丰富了我国现当代儿童文学的宝库。他是一位品格高尚、心地纯洁而在艺术上又有很高造诣的儿童文学大家。今天，我们召开研讨会，深入探讨、研究他的生活态度、创作态度及其作品的思想、艺术特色，对于提高儿童文学创作的质量和儿童文学队伍的素质，将会提供不少有益的启示和宝贵的经验。

我和金近同志相识于50年代初。可以说，我和他差不多是同时跨进作家协会大门的。那时，金近同志已是一个在创作上有相当成就的中年人，他协助张天翼同志主持儿童文学组工作，而我则是一个刚刚进入文学圈的年轻人，在创作委员会做秘书工作。1953年，全国文协改为作协前后，作协创作委员会学习苏联作家协会采用社会活动方式开展创作工作的经验，将从事创作的会员，按照其写作的文学样式，分别编入小说、散文、诗歌、剧本、儿童文学、通俗文学等组。各组都设有一个干事会，负责筹划、组织该组的创作活动。金近是儿童文学组干事会的成员、副组长，他积极协助张天翼同志组织有关儿童文学作品、创作问题的讨论，同青年作者座谈，同少年儿童见面、过队日，等等。在我的印象中，儿童文学组的工作生机勃勃而又卓有成效。叶圣陶、冰心、严文井、高士其、叶君健、贺宜、金近、袁鹰等，经常和青年作者在一起讨论作品。当年参加过这个组活动的一些青年作者，至今回忆起来都感到受益匪浅。我还记得，1955年9月16日《人民日报》发表题为《大量创作、出版、发行少年儿童读物》的社论后，儿童文学组随即召开了扩大干事会，讨论了关于发展少年儿童文学创作问题和如何采取措施改变少年儿童读物严重奇缺的状况。并且拟定了具体名单，组织在京作家及各地作家为少年儿童写文学作品。金近同志不仅是这项活动的热心的组织者，而且以实际行动热烈响应《人民日报》社论的号召，率先向创作委员会提出写一本反映农村儿童生活的诗集的创作计划。我们都知道，金近办事极其认真负责，说一不二，一丝不苟，一年之后，他果真向孩子们奉献了一本儿童诗集《在我们的村子里》。在中国人民保卫儿童全国委员会等单位举办的第一次（1949—1953）全国少年儿童文艺创作评奖活动中，金近作为评奖委员会的委员，做了大量的组织工作和审读、评选工作。

1957年，金近同志响应党的文艺工作者深入基层的号召，深入浙江山区做基层工作，体验生活，一蹲就是五六年。只是在作协和团中央负责同志提出要重视儿童文学、办一个儿童文学刊物的设想后，他才于1963年初自觉地服从工作需要，离开山区，回到北京积极参与作协、团中央联合创办的《儿童文学》的筹备工作，并主持刊物日常编辑工作。粉碎"四人帮"后，在历史新时期，金近同志负责《儿童文学》的复刊；在1978年作协恢复工作后，他一直担任作协儿童文学委员会副主任委员。这时，他的编制虽然已不在作协，但他实际担负了组织、指导作协的儿童文学工作。儿童文学委员会的活动计划，大多是经他与严文井同志共同商定，然后由他付诸实施的。1983年，他在天津主持召开京津地区儿童小说作者座谈会，他在会上强调：要提高作品质量，"首先要熟悉生活"。他语重心长地希望中青年作者"争取做个称职的灵魂工程师，用我们的笔来细致描绘我们这个生气勃勃的时代，来精心刻画我们下一代可爱的形象"。1984年，他又在江西南昌、井冈山主持召开华东地区儿童历史小说创作座谈会，他开宗明义地提出："只有了解过去，才能懂得未来"，"为了让我们的下一代变得更聪明些，希望同志们拿起笔来，多写儿童历史小说"。他充分肯定了儿童历史小说在向年轻一代进行爱国主义教育和革命传统教育中不可忽视、不可替代的作用，并列举了一些值得描写和讴歌的历史人物、事件，特别是可歌可泣的革命历史、英雄人物，从而大大拓宽了作者的视野和思路。

在他主持作协儿童文学委员会工作期间，还组织了儿童文学作家赴西安、延安、海南岛、北京郊区等地参观访问，召开了儿童文学报刊编辑座谈会，举行由小学教师、少先队辅导员、幼儿园保育员主讲的报告会，等等。

上面我从作协工作的角度，粗略地勾画了金近同志从50年代到80年代在儿童文学领域里所做的切实的、开拓性的工作。仅就这些情况，也可以清楚地看出，金近同志不仅是一位著名的儿童文学作家，而且是一位出色的、有才干的儿童文学组织工作者。他曾为繁荣当代中国的少年儿童文学耗费了不少心血，做出了不可磨灭的贡献。当代中国儿童文学史册上应当记上这一笔！

金近同志的一生，是勤奋笔耕、著述甚丰的一生。他在创作上是名副其实的多面手，童话、诗歌、小说、散文、寓言，十八般武艺兼而用之，同时他还撰写评论文章，翻译外国作品。从他的生活实践、创作实践以及有关儿童文学的论述中，可以看出他的文艺思想、创作道路是一以贯之地努力实践马列主义思想、党的文艺路线的。我以为，其中至少有以下几点值得我们学习和发扬，也是我们研讨他的作品时不可忽略、应当紧紧把握的。

第一，人品与文品的高度统一

要做一个儿童灵魂工程师，首先要求儿童文学作家自身具有崇高、优美的心灵。金近同志不愧为一个高尚的人，正直的人，他的身上集中了中国劳动人民和优秀知识分子具有的忠厚淳朴、淡泊名利、虚怀若谷、宽宏大度、表里一致、平易近人的品格、作风。特别是他的质朴，可以说是罕见的。"文如其人"，作文与为人一致，他的作品的主要特色也是于朴素中见优美。正像他自己说的，"要描写一颗宝石，应该描写得很优美，很朴素。朴素跟优美并不冲突"。无论是他五六十年代写的《小鸭子学游水》《小鲤鱼跳龙门》《狐狸打猎人的故事》，还是新时期写的《小白杨要接班》《骗子和宝镜》《他有条尾巴》，读来都觉得情感真挚，诗意浓郁，清新明丽，简洁流畅，毫无矫揉造作、呆滞晦涩之处，让我们从朴实的描写中获得了极大的美的享受。

第二，深深扎根现实生活土壤

金近同志在旧社会饱尝人生的艰辛，有丰富的生活阅历。他生长在农村，后来当过几家商店的学徒，小书店的校对，私人办公室的抄写员，儿童教养院的教导员，也当过报馆的编辑、记者。新中国成立以后，他先是到北京郊区蹲点一年，住在一个小学里，参加搞农业合作化的工作组；后又到浙江山区落户，住在一户三个孤儿家，做了五年多基层工作，担任乡总支书记等职务。他深切体会到："搞儿童文学同样要接触群众，熟悉多方面的生活"，"决定作品寿命长短的主要因素，那就是生活积累，有了这个，巧媳妇不用担心'无米之炊'了"。正因为他有如此丰富、广泛的生活经历，又有自己固定的生活基地，同人民群众和少年儿童一直保持着紧密的联系，因此他的创作源泉永不枯竭，创作生命长盛不衰。金近的童话、诗歌、小说等作品，之所以永远闪耀着时代的光彩，散发出泥土的芳香，他笔下的儿童形象、动物形象之所以那么惟妙惟肖、活灵活现，都是同他了解、熟悉生活，了解、熟悉孩子的心理特点分不开的。

第三，重视教育作用又不忽视艺术特征

金近同志是一位有着高度社会责任感的作家。他在 1987 年 4 月 10 日的日记中写道："做个作家，首先一条是要有美德：关心人民、说真话、让人民知道，为人民说真话——知心话；关心下一代身心健康，等等。"正是出于对未来一代的关怀和挚爱，他把自己毕生的精力奉献给儿童文学事业，一辈子始终不渝地把为孩子写作，用自己的作品来引导、影响、鼓舞孩子，当作崇高的不可推卸的职责。他从不忌讳谈儿童文学的教育作用、教育意义，甚至直言不讳地说："我们要做个医治孩子们心灵的名副其实的小儿科大夫。"当然，他十分懂得儿童文学对孩子的教育，不只是思想政治教育而是包含着净化心灵、陶冶性情、启迪智慧、培养审美能力诸方面的。所以，金近在强调儿童文学的教育意义的同时，又十分重视儿童文学的艺术特征。他一再阐明儿童文学要通过生动的艺术形象去打动读者的心灵，要有儿童的特点；他认为，"儿童文学更需要丰富的幻想、美好的理想、浓郁的诗意"，"比一般文学更需要生动、活泼、有趣"，"要有

更多的浪漫主义色彩"。他的那些优美的童话就是遵循这样的创作思想、原则写出的，真正完美地达到了"寓教于乐"。这里还要提到金近同志在50年代写的《小队长的苦恼》《最糊涂的同学》等儿童诗。这是作者怀着对下一代的一片爱心，针对孩子中间存在的某些弱点、缺点，为了"在孩子们思想没定型的时候进行教育"而作，今天读起来仍感到感情炽热、形象生动、笔触亲切，没有一点说教、训诫的味道。我们今天仍然十分需要这样的善意的、温和的、幽默风趣的讽刺诗！

第四，尊重传统，勇于创新

金近同志创作态度一贯严谨，恪守他所遵循、坚持的创作准则。然而，从他的创作历程来看，在艺术风格、表现方法上并不是因循守旧、一成不变的。他鲜明地提出："在文学创作上确实不能墨守成规，要敢于大胆创新，容许别出心裁地做些新探索，新尝试。"在文学创新问题上，他一方面反对根本否定继承和发扬传统，不赞成对我们民族优秀的文学传统采取虚无主义的态度；另一方面，他反对脱离现实生活去侈谈创新，不赞成把创新与更好地反映我们这个时代割裂开来。他的这些见解言简意赅地回答了创新与时代、创新与传统的关系问题，很有针对性，可说是切中时弊，值得我们深长思之。金近在创作实践中，不仅善于从中国古典文学、传统戏曲、民间文学和外国文学中吸取丰富的养分，逐步形成为中国亿万小读者所喜闻乐见的独特风格；同时，他敢于从生活出发，在题材内容、主题思想上出新，努力反映我们伟大的时代，反映当代少年儿童新的精神风貌。粉碎"四人帮"后，在儿童文学园地里，他最早推出一批充满时代气息的童话，如《小白杨要接班》《小灰鸽历险记》《书柜里的故事》等，就突出地表现了作者在思想上、艺术上创新的胆识和功力。

金近同志给孩子们留下了丰富、精美的精神食粮，也给文学界朋友留下了宝贵的创作、生活经验。他在很多方面值得我们学习和借鉴，概括起来说，最根本、最主要之点是：老老实实地做人，老老实实地作文，老老实实地为少年儿童服务。让我们把金近同志高尚的人品、文品发扬光大！

1990 年 10 月

爱文学爱儿童的典范

——我眼中的林良先生

林良是台湾地区现当代儿童文学之父，享有大家长、领航者、常青树的美誉。在大陆，他也是一位声名显赫、为业内人士和众多读者所敬重的文学前辈。林良说，儿童文学作家应当把爱文学、爱儿童两种美质兼具于一身。他本人就是这样一位始终不渝对文学、对儿童爱得极其真挚、深沉，把爱文学与爱儿童完美统一于一身的典范。

由于海峡两岸长期隔绝的历史原因，对林良这样一位从事儿童文学创作、工作长达六十多年、成绩卓著的名家，我却一直无缘识荆。直到十三年前，2001 年 11 月赴台湾参加台东师范学院举办的华文世界儿童文学学术研讨会，我才和林良先生有一面之缘。我清晰地记得，林良作为研讨会第一场论文发表的主持人，那儒雅大方的风度，那平和质朴的谈吐，至今难以忘怀。我的相册上还保存着一张照片，那是会议期间一天清晨，我和林良、马景贤、李潼先生等一起登上住处（台东公教会馆）附近鲤鱼山的合影。当年林良先生已 77 岁高龄，依然步履稳健，精神矍铄。他那老当益壮、勇于登攀的精神，曾给我以很大的激励和鼓舞。

上世纪 80 年代末，两岸儿童文学交流之门打开后，我终于有机会分享台湾儿童文学作家的创作成果，欣赏到林良先生的作品，领略他的文学主张，给我不少启迪与教益。

1993 年 8 月，在四川温江召开的海峡两岸童话童诗研讨会上，我在题为《共同的探索与追求——试谈海峡两岸童话理论和创作之异同》的发言中，谈到着力表现人与自然的融合时，满怀热情地推崇林良先生宣扬的"民胞物与"的精神。在他看来："童话作家把'人性'赋予天地万物，因此在构思、取材的时候，拥抱的是一个比'人的社会'宽广得多的大宇宙。他对天地万物寄予同情，因为它'了解'他们。他写作的时候怀有'民胞物与'的胸襟，同时也品尝'民胞物与'的乐趣。"他还谈道："童话对宇宙万物的关怀与同情，跟我们的'天人合一''民胞物与'的民族思考是相吻合的。"在那次发言中，我还赞扬了林良的童话《绿色的白鹅》，认为它具有美丽的创造性的想象，展现了温馨动人的友爱之情和诗意美。这种爱及一切的仁慈之心，不仅从事童话创作、大自然文学创作的朋友要把它润物细无声地浸透到作品中去；对我们所有儿童文学工作者的修身养性，也是不可或缺的。过去是这样，今后也还是这样。

在这之后不久，桂文亚女士编选的《银钱星星——台湾趣味童话选》由作家出版社、台湾民生报联合出版。在这本书的出版座谈会上，我作了题为《人性美的深情礼赞——林良童话赏析》的发言。我由衷称赞《汪汪的家》《我要一个家》塑造出富有善良人性的艺术形象，颂扬了人世间至诚至真至善至美之情，给人以温暖与挚爱，给人以同情与关怀。我又一次为林良这位大手笔热情拥抱宇宙万物的宽阔胸怀和熟练驾驭文学语言的艺术功力所折服。

2005年参与湖北少年儿童出版社编选《百年百部中国儿童文学经典书系》的工作，使我有机会细细品味林良风靡台湾的名著《小太阳》。这是一本充满着温馨、和谐的亲子之情和家庭生活情趣的散文精品，读来令人赏心悦目，回味无穷。我不禁联想到，这本书就其读者覆盖面和经得起时间检验、经久不衰的艺术生命力来说，似可与冰心老人的《寄小读者》媲美。

无论是《小太阳》，还是上述童话《汪汪的家》《我要一个家》，以及这次我读到的《爸爸的16封信》《林良爷爷的30封信》，都贯穿着温暖亲切的"我爱我家"的深挚热情。林良先生确是一位创造"家的文学"的高手。他呼唤人与人之间的真诚、友爱、宽容、和谐，深切盼望：每个人都能好好地爱自己的家。小读者只有首先爱自己的家，才会懂得爱朋友，爱师长，爱家乡，爱国家，爱人类，爱自然。林良先生满怀热情，笔耕不辍，做的就是向孩子心灵深处播种爱的种子、真善美种子的工作。

林良先生不仅在创作上硕果累累，而且在儿童文学理论上富有真知灼见。他的《浅语的艺术》《纯真的境界》，就是两本引人瞩目的经典之作。

林良的理论、评论饱含着丰富的生活感悟和创作甘苦，深入浅出，完全没有那一副令人生厌的"理论八股"的面孔、架势。1997年，我在为张美妮、巢扬主编的《中国新时期幼儿文学大系》作序时，曾把林良先生倡导的"浅语的艺术"，作为提高幼儿文学创作质量、增强它的艺术魅力不可或缺的要素。文学是语言的艺术，"儿童文学是浅语的艺术"，在林良为儿童文学所下的这个定义中，"浅语""艺术"两个关键词，一个也不能少。浅语是指儿童听得懂、看得懂的浅显语言。文学创作，包括幼儿文学创作，是一种艺术，它不能离开文学艺术的本质、功能和特征，要借着艺术形象反映生活，要以情感人，给人以审美愉悦。在我看来，幼儿文学是通过成年人和娃娃一讲一听这种独特的传播、接受方式来推广的，理应更讲究"浅语的艺术"，作品的语言要求浅近易懂，句子短小，音节鲜明，念起来琅琅上口，听起来明白晓畅。

"浅语的艺术"，是林良先生对可爱的"儿童文学"的可爱的阐释。如此精辟、透彻的理论，确实是他用黑发换白发，呕心沥血、殚精竭虑的结晶。

林良先生的人品与文品，特别是他数十年如一日热爱文学、热爱儿童，执着追求儿童文学的纯真境界，积极倡导并认真践行浅语的艺术，永远值得我们好好地学习。

2014 年 9 月 19 日

细心倾听老战士的肺腑之言

——略述陈模的儿童文学观

陈模同志是儿童文学战线的一位老战士，儿童文学小百花园里的一位老园丁。他怀着一颗童心，满腔热忱，数十年如一日，在儿童文学园地里笔耕不辍。无论是在工作岗位上，还是退居到二线，他对儿童文学事业的那种一往情深、执着追求、不断开拓的精神，实在令人感动、钦佩。

陈模是一位卓有成就的儿童文学作家。他的创作成就主要表现在小说、报告文学、寓言等方面，代表性作品有长篇儿童小说《奇花》，中、短篇小说《爱的火焰》《失去祖国的孩子》，长篇少年小说《铁哥传奇》及成人报告文学《徐秋影案件沉冤大白记》等。为了从理论与实践的结合上来了解、探究陈模的创作经验和他走过的文学道路，我想在这篇短文中对陈模的儿童文学主张、见解，试作一个概略的评述。

陈模不是专门从事儿童文学研究和评论的，但新时期以来的十多年，他在致力于儿童文学创作的同时，也写了不少儿童文学论文、作品评论、创作体会一类的文章。这些文章，一部分是对当代儿童文学的发展作历史回顾，或对儿童文学现状作宏观扫描，如《儿童文学是为儿童服务的文学——新中国成立以来27年儿童文学的回顾》《迎接九十年代儿童文学的新曙光》《关于北京儿童文学作家群的思考》等。另一部分是作微观探索，对某个作家、某部作品进行剖析、评介的，如对曹文轩、黄世衡、程远儿童小说的评论，对郑渊洁、黄一辉童话的评论，对晓晴的儿童诗的评论等。

读了陈模的这些文章，并联系他的创作实践来思索，我的一个突出印象是：陈模是在儿童文学领域里热情宣传、认真贯彻毛泽东文艺思想和党的文艺路线的，是我们队伍中努力实践《在延安文艺座谈会上的讲话》精神和邓小平同志建设中国特色的社会主义文艺的论述的一名忠诚而积极的老兵。

陈模一贯宣扬、倡导的儿童文学主张，概括起来，大致可分为以下四个方面。

一、鲜明地提出"儿童文学是为儿童服务的文学"

我们的文艺坚持为人民服务、为社会主义服务的方向。当代中国儿童文学是社会主义文学的一个组成部分，它理所当然地要为广大少年儿童服务，为培育一代"四有"新人、提高中华民族精神素质服务。陈模在回顾新中国成立以来儿童文学发展的历史、总结经验的基础上，鲜明地提出："儿童文学是为儿童服务的文学。"他说："儿童文学之所以存在和特别需要，因为它有自己特定的对象——我国从幼儿园的娃娃到初中生的三亿多小读者。"随后，他又进一步指出，这种特殊对象分为学龄前、低幼、儿童、少年四个层次，要明确是为哪个层次的孩子写的。这就是说，要根据不同的年龄特点，不同的心理、习惯、兴趣、爱好，写出小读者喜闻乐见的文学作品。在陈模看来，儿童文学的"基本要求是，让孩子们爱看，看得懂，能从中受到一定的教育；它也要求主题和形象的鲜明性，基调明朗、乐观、向上"。这就明确回答了我们的儿童文学为谁服务和如何服务得好的问题。

陈模要求儿童文学"为儿童服务""代表儿童利益"，但他并不赞成对儿童文学的功能、儿童文学的教育作用做过于狭隘的理解。他主张对孩子进行德、智、体、美的全面教育，充分发挥儿童文学的教育功能、认识功能、审美功能和娱乐功能。也就是说，要满足少年儿童多方面的精神需要，陶冶孩子的品格、情操，增长孩子的知识是一种服务，提高孩子的审美情趣，愉悦孩子的身心，也是一种服务。服务的方式、渠道是多方面的。

二、弘扬主旋律，提倡多样化

陈模作为一名资深的青少年工作者，时刻不忘用爱国主义、共产主义思想教育未来一代的神圣任务。他不止一次地大声疾呼："我们应该以高度的责任感、使命感，用文学的形象化的手段，把爱国主义教育、革命传统教育、集体主义教育及劳动教育，渗透到各种作品中去。"他还清楚而响亮地提出："爱国主义是儿童文学的经久不衰的、富有生命力的重大主题。"他满怀激情地赞扬那些启迪少年儿童具有昂扬向上精神，培养孩子们的民族自尊心、自信心与自立、自主精神的作品，并身体力行，以自己的创作成果——《奇花》《失去祖国的孩子》等一系列作品奏响爱国主义的主旋律。

在弘扬儿童文学主旋律的同时，陈模又大力提倡和鼓励儿童文学题材、体裁、样式、风格的多样化。在他看来，无论是为了对孩子们进行德、智、体、美的全面教育，还是为了反映生活本身的丰富多彩，让孩子们尝尝社会、人生的酸甜苦辣，儿童文学的内容题材都应当多样化。在创作方法、艺术表现手法上，他既执着地坚持革命现实主义，也热情地肯定浪漫主义及夸张、变形、象征等手法。在剖析北京儿童文学作家群的特点时，陈模把"体裁、风格的多样化"作为其主要特点之一，满怀喜悦之情赞扬了北京地区儿童文学创作呈现出的丰富性、多样性。

主旋律与多样化的统一，是我们党对文艺创作的总的要求，也是陈模长期以来在创作上孜孜以求的一个目标。

三、坚持深入生活，熟悉儿童

生活是文艺创作的唯一源泉。儿童文学创作要更好地贴近时代、贴近生活、贴近小读者，作者就必须经常、自觉地投身现实生活和孩子天地，更多地了解儿童、熟悉儿童。陈模在谈自己的创作体会时，第一条就讲到"不要脱离生活的根据地"。他说自己的优势，就是"有较多的生活积累"。他劝生活在工厂、农村、学校、商店等基层单位的青年作者，切不要轻视自己的岗位，要积极地参与那里的一切活动，从中观察、体验、研究、分析一切人，要和他们同呼吸、共命运，感受他们脉搏的跳动。他热切期望儿童文学作家深入丰富多彩的生活中去、到基层去，多接触实际，同少年儿童交朋友，倾听他们的心声，不断充实、丰富自己的生活积累。

陈模在考察儿童文学创作、儿童文学队伍的现状之后，一针见血地指出：提高创作质量、提高队伍素质"关键的一环还是深入生活"。他坚定地认为，"作家只有更多地理解、钻进孩子的心窝，写出的作品才能引起他们的共鸣""只有摆正生活与创作的关系，才能克服当前创作上存在的脱离少年儿童实际、成人化、缺乏民族特色等不良倾向和问题"。

四、保持、发扬优良传统与民族特色

儿童文学同成人文学一样，也有一个正确处理继承、借鉴与发展、创新的关系问题。陈模认为，儿童文学同样要注意弘扬民族优良的文化传统。随着改革开放，借鉴、汲取外来的文化精华是完全必要的，但我们的儿童文学仍然应当具有中国的、民族的特色。"只有深深地植根于本民族、本地区人民和儿童生活的土壤中，才能写出有民族、地区特色的儿童文学作品""越是民族化的儿童文学作品，越是容易走向世界"。

陈模在阐述自己对90年代发展我国儿童文学的十点构想时，其中第五点就谈道："在继承、发扬民族优良文化传统上有所突破""要把自己的儿童文学创作与认真学习、挖掘优秀的传统文化、民间文艺结合起来"。他认为，儿童文学若能具有浓郁的民族色彩和地方色彩，就会增强作品的丰富性与可读性，也就会赢得越来越多的小读者。

当然，陈模并没有把民族性看成一种停滞的、一成不变的东西。他十分重视民族特色与时代特色之间的联系，他明确地指出：随着时代的发展、生活条件的变化，孩子们的思想、性格、美学趣味、气质等，也自然在发展着、变化着，民族性和时代的发展是有联系的。

陈模如此强调儿童文学创作的民族特色，归根到底，是为了写出的作品能更好地为亿万小读者所接受和理解，真正成为他们喜闻乐见、爱不释手的好伙伴。

上面我不厌其详地复述了陈模关于儿童文学的一些主张、见解。乍一看来，也许会觉得这是一些老生常谈，似乎没有多少新意。但是，我以为，细心倾听一下这位老战士、老园丁的肺腑之言，不仅有助于我们更好地了解他为人为文的准则和经验，而且有利于促进儿童文学创作的发展和提高，为孩子们提供更多更好的精神食粮。

1994 年 3 月

需要更多的浦漫汀

《浦漫汀儿童文学论稿》研讨会的召开，是儿童文学界的一件盛事、喜事。在我的经历、印象中，专门为一位儿童文学理论家召开研讨会，似乎是前所未有的事情。这意味着作为儿童文学一翼的理论批评的地位、价值、作用，受到了应有的重视。同时也表明浦漫汀教授在儿童文学研究、理论建设上卓有成就与建树，值得我们深入地探讨、研究。这次会议对于一向被冷落的儿童文学理论批评工作者是极大的激励、鼓舞，将会起到提高士气、凝聚力量的作用。

河北少年儿童出版社新出的《浦漫汀儿童文学论稿》，连同几年前问世的《浦漫汀儿童文学评论集》（海燕出版社出版），这两厚册80多万字，汇集了浦漫汀从事儿童文学研究近半个世纪，特别是上世纪80年代以来的主要成果。综览这两本书，我深切地感到，作为教授、学者、批评家的浦漫汀，童心永驻，视野开阔，学养丰厚，学风严谨。

从事儿童文学理论批评，需要爱心、激情、锐敏、才识，浦漫汀身上兼有这些品格和素养。她几十年如一日，不改初衷，痴情依旧，忠诚地守卫着儿童文学阵地，把自己的满腔热情、心血都倾注在儿童文学上。儿童文学成了她血肉之躯的一个不可分割的部分。她工作在高等学府，授课演讲，教书育人。但她从来没有把自己封闭在课堂、书斋里，而是目光四射，以极大的热情关注现实，放眼世界。她既潜心于基本理论、史论的研究，又十分重视对儿童文学现状的研究，可以说古今中外，涉猎甚广。在学风上，浦漫汀认真严谨，一丝不苟，坚持把广泛、认真阅读作品作为第一位工作。正因为对历史、现状烂熟于心，对中外古今的作家作品了如指掌，如数家珍，动笔为文，著书立说，才能新手拈来，挥洒自如。她坚持从创作实际出发，对作家作品做深入、具体的剖析，有的放矢，言之有物，决不作"空对空"的泛泛之谈。

尤为难能可贵的是，浦漫汀有自己鲜明的、一以贯之的儿童文学主张，其中不乏独到的见解。例如：

其一，强调儿童文学的审美功能。她认为儿童文学对提高孩子们的素质，具有多方面的功能，而其主要功能在于培养孩子们的美感和审美能力。作品的一切社会功能都只能通过艺术美来完成。

其二，倡导精品意识。在她看来，真正的精品不仅能体现时代精神，而且能经受得住时间的检验，更有典范性与长久的价值和艺术生命力。

其三，尊重小读者的阅读心理、审美需求。她一再强调创作主体与具体的欣赏主体的审美意识的协调一致，要照顾孩子的心理、年龄特征、审美志趣与可接受性，恪守以童心审世度人的原则。

其四，追求完整、合理的儿童文学格局。她认为当前世界儿童文学的格局主要是由温情型、教育型、游戏型、冒险型四大类别构成；幽默儿童文学的发展、成熟，将使我国儿童文学格局更趋完整、合理。

其五，主张文学评论多谈优点。在她看来，对作家作品的评论，要思想、艺术兼顾，既要深入诠释其思想内涵、意义、价值，又要细致剖析其艺术手法、风格特色和美学价值。她还主张评论要尽量发掘其优点，不要老盯住其缺点不放，特别是对崭露头角的文学新人。

从《浦漫汀儿童文学论稿》中采撷的上述几点，是浦漫汀长期在儿童文学教学与研究领域里艰辛跋涉、呕心沥血得来的，是她研究中外儿童文学优秀成果之经验的总结和升华。从中不难看出，她那万变不离其宗的一切"为了孩子，为了未来"的志向、主旨。细细品味、咀嚼她的这些肺腑之言，会给当今儿童文学的创作实践、理论批评实践以有益的启迪。

为了加强理论批评，促进创作繁荣，儿童文学界需要更多的浦漫汀！

2003 年 9 月 15 日

激情似火　胆识过人

——樊发稼的评论特色

2005 年初夏时节，樊发稼创作五十周年座谈会在安徽合肥举行之际，我正在加拿大蒙特利尔探亲，未能赴会，至今引以为憾。当时我曾向座谈会发去一封贺信。信中写道：

> 发稼同志是长期在我国儿童文苑辛勤耕耘的一名出色的老园丁，也是新时期儿童文学理论队伍的排头兵。他在儿童文学评论、创作（兼及诗、散文、寓言、小小说等）和文学组织工作诸方面，都取得了令人瞩目的优异成绩，为我国当代儿童文学事业的发展、繁荣，做出了独特的贡献。他视野之开阔，思路之清晰，感情之炽热，文字之优美，素为文友和读者所称道。我与他在中国作协儿委会共事多年，他办事之认真，作风之严谨，联系文友之广泛，扶持新秀之热忱，真是难能可贵，永远是我学习的榜样。深情地祝愿发稼同志一如既往、精力充沛地驰骋于儿童文苑，身笔双健，青春永驻！

这短短的二三百字，简要地描述了我对当代著名儿童文学家发稼的总体印象和评估，也表达了我对这位能推心置腹、促膝长谈的老友的深情祝福。

值此《樊发稼三十年儿童文学评论选》即将付梓之际，作为同行同道，我愿就他在儿童文学评论方面的成就和特色，概略地谈一谈我的看法。

发稼在上世纪 50 年代十七八岁时开始写作，但涉足儿童文学评论，已进入不惑之年，正值新时期文学发轫期。从 1980 年到现在，整整三十年，他乐此不疲地始终活跃在儿童文学研究、评论战线上。在相当一段时间里，他是中国社会科学院唯一的儿童文学研究者，也是我国寥寥无几的专业儿童文学研究者之一。

三十年间，他已出版儿童文学评论集 11 本。他的研究、评论涉及宏观研究、文体分类研究、作家作品研究、儿童文学史研究、台港儿童文学研究等。他既关注当代创作思潮、最新创作现象的考察和研究，也重视对儿童文学发展史的描述和勾勒，而把研究、评论的重点放在当代作家作品上。他的评论涵盖小说、童话、寓言、诗歌、散文、纪实文学、科学文艺、幼儿文学、剧本各种体裁、样式。在我的印象中，他是儿童文学界阅读作品最多、联系作家最广、跟踪发展趋势最紧、恪守本职岗位最好的评论家之一。可以这么说，新时期以来，几乎每一部儿童文学精品佳构的问世，每一个儿童文学新秀的涌现，都在这位视野开阔、目光如炬的评论家关注范围之内，其中不少作家作品得到他热情、中肯的评说。通览他的全部评论文字，犹如读了半部当代儿童文学简史或半部新时期儿童文学史。

樊发稼儿童文学评论的特色，我以为可用激情、胆识、慧眼、率真八个字来概括。

发稼是个热情澎湃的诗人。文如其人，他的评论文字也富有火样的激情。这种激情来自他对少年儿童一代的一片热忱和赤诚，来自他对儿童文学事业的敬畏和痴迷。他曾这样表白："儿童文学是一项高尚的事业。我始终以一种近乎宗教徒般的虔诚，兢兢业业地工作着。"发稼几十年如一日，热情关注儿童文苑的林林总总，每发现佳作新人就喜不自胜，情不自禁地倾情倾力加以推介。他以富有感情色彩的笔墨描述自己的阅读感受，"好高兴""好激动""心动不已""十分惬意""嘤嘤低泣"，喜悦、感动之情往往流溢于字里行间。他又以"我保证""我敢负责地说"这样坚定的、斩钉截铁的口吻来判断某部作品在儿童文苑"实属罕见""屈指可数""当下重要的新收获""当下文学的一件盛事"，表现了一个评论家的十足自信。这份自信建构在对大量文本的仔细阅读、比较，对创作现状的充分了解、把握之上。正因为对全局了然于胸，才能对一部作品在当前儿童文学创作或文学史上的地位、意义、价值作出正确评估。

一个文学批评家应当有胆有识，既要勇于支持创作中的新事物，鼓励作家在思想艺术上探索和创新；也要敢于发表自己独特的、富有新意的见地。发稼从事儿童文学评论，尽管是半路出家，但他善于学习，勤于思考，修养有素，在儿童文学研究上不乏真知灼见。比如，近些年业内人士对儿童文学呈现"多元共存，兼容并包"格局逐渐形成共识。其实早在1986年发稼就期待儿童文学在题材、内容、艺术表现手法上"百花争艳，多元并存，各具姿彩"。这是多么富有前瞻性的预见，不能不令人叹服。此外，发稼表述的"儿童文学是爱的文学""发展原创是繁荣儿童文学之根本""文学是幼儿读物的灵魂""以幼儿童话为中心，促进新世纪幼儿文学的全面繁荣"等观点、理念，也都新颖、富有创意，对儿童文学创作、工作具有指导意义。

　　慧眼识英才，识新秀。一个出色的文学批评家总是目光四射，怀着识才、爱才、惜才的拳拳之心，用敏锐的、审美的眼光从文海书林中探宝求珠，选精拔萃，及时推出力作佳构，新人新作。发稼作为一个"以发现、支持和促进文学新人为己任的评论工作者"，更是热情满怀，不遗余力地培植新苗，浇灌新花，心甘情愿做培育新人的泥土。上世纪80年代涌现的夏有志、秦文君、曹文轩、董宏猷、金曾豪、程玮等，90年代与世纪之交脱颖而出的郁秀、牧铃、葛竞、刘东、王一梅、伍美珍等儿童文坛新秀，还有更陌生的、崭露头角的年轻作者，都在他的笔下得到亲切而生动的评述。发稼是作家兼评论家，深知创作的甘苦，又十分注重文本的阅读，坚持理论联系创作实际，因此他对作品的思想内涵、艺术特色了如指掌，对每一篇作品的成败得失烂熟于心，评论往往能切中肯綮，不会隔靴抓痒。尤为可贵的是，他既熟悉作家的"文"，又了解他们的"人"，能够在思想、感情、心灵上与作家沟通、交流。

　　儿童文学评论同整个文学评论一样，必须坚持公正、健康、科学、说理的批评品格，真正做到求真务实，长处说长，短处说短，而不是一味赞扬，盲目喝彩。发稼是个正直、率真的评论家，他主张"大力提倡讲真话。绝对不要人云亦云，不说违心话，不写违心文字"，"要以良知写评论文章"。我记得，发稼在评论文章或研讨会上不止一次地表示"恕我直言""不敢苟同""有可商榷之处"。他对力作佳构的赞扬往往热情洋溢、浓墨重彩，而对作品的弱点、不足或值得注意的创作现象、思潮，则能直率地、不讲情面而又与人为善地提出批评或不同意见。比如，对有些评论家"言必称希腊"的批评姿态，对当下中国儿童文学"处于最低谷状态"的评估，关于幻想文学是对童话"一次彻底的颠覆和超越"的立论以及对《岩石上的小蝌蚪》的非议等，他都及时地、鲜明地提出了自己不同的看法和意见。对这些创作现象、问题的看法，可以仁者见仁，智者见智，并非发稼一锤定音，但重要的、可贵的、值得赞扬的是发稼这种独立思考、敢于批评、敢于争论的品格和勇气。

文学评论是一项艰辛而又寂寞的事业。发稼不畏艰辛，甘于寂寞，长期跋涉在这个领域，为儿童文学的发展默默地、踏实地做着铺路石般的工作。摆在我们面前的这本《樊发稼三十年儿童文学评论选》，是他呕心沥血、艰辛劳动的结晶。作为他的挚友，我表示由衷的敬意。真诚祝愿儿童文学评论园林中这棵常青树，永远挺拔苍郁，生意盎然！

2010 年 4 月 21 日

打开青少年读写之门的能手

摆在我们面前的《庄之明文集》三卷，是之明在儿童文苑辛勤耕耘几十年劳动成果的集中展示。面对如此丰富、精致、厚重的一部大书，不禁令人肃然起敬。

之明当过16年中学老师，是富有经验的语文教师；当过近30年刊物和出版社的编辑，是资深的文学编辑，曾被评为"首届全国百佳出版工作者"；从事文学创作达半个世纪，是优秀的儿童文学作家。他兼具教师、编辑、作家三种角色的素质与功底，"一生从事的都是铸造灵魂的神圣事业"。之明的人生经历和走过的写作道路，在儿童文学界可说是有一定的代表性。值得称道的是之明在他从事的各个工作岗位上都作出了令人艳羡的业绩和成就。

之明的三卷文集，收入的作品覆盖小说、故事、散文、游记、纪实、诗歌、影视剧本、评论等多种体裁。在这里我不谈他在小说、散文等方面的成就和特色，仅谈谈我对《庄之明文集·读写知识卷》的印象和看法。我以为，这是庄之明对儿童文学乃至语文教育的独特贡献，是儿童文学界他人难以企及也无法比拟的。

关注中小学生的文学阅读和作文写作，提高他们的阅读能力和写作水平，是广大家长、教师和社会各界共同关注的事情，也是一项意义重大的文学普及工作。它关系到给青少年打精神底子，练文字基本功，是提高未来一代精神素质、文学修养、文字或口头表达能力不可或缺的。不少儿童文学作家在这方面扎扎实实地做了许多有益的工作，庄之明就是其中突出的一个。他起步早，持之以恒，并勇于探索、创新。

我过去读过他的《打开写作之门》《一百个文学形象》（与人合作）等书，这次又浏览了《读写知识卷》中不少篇章。概括起来说，庄之明有关读写知识的著述，内容涵盖面广、针对性强、形式活泼、文字生动。

一是真挚的感情与广博的知识水乳交融。

《读写知识卷》虽然不是一本文学词典、作文词典式的工具书，也不是一本系统的写作学，但它涵盖的内容包罗中小学生阅读写作的方方面面：有关文学的一些基本原理，文学的体裁及其分类，古今中外文学名著的故事人物，一些艺术常识以及阅读、写作的技巧、方法尽收其中。庄之明说："为孩子们工作是我最快乐、最充实的人生。"正因为他怀着爱孩子、爱文学、培育文学新苗的拳拳之忱和良苦用心来撰写这类普及性的辅导文章，因此字里行间充盈着真情，读来趣味盎然，一点也不会感到内容庞杂，枯燥乏味。

二是理论与实际结合，观点与材料统一。

这卷书的主要优点和特色是从实际出发，从孩子的需要出发，有的放矢，针对性强，而不是脱离实际的泛泛而谈，也不是干巴巴地讲大道理。作者针对学生提出的各种问题，来讲解文学知识、文章作法，介绍名家名篇；结合自己的阅读心得、创作体会，现身说法，启发孩子如何提高阅读能力和写作水平。由于作者当了多年老师，一直与学生保持紧密联系，对他们在阅读中的所思所想，所爱所烦，在写作中的成败得失、困惑、苦恼，有着深切的了解，因而讲解、回答问题就不会隔靴搔痒，不痛不痒。尤为成功的是举例说明问题，作具体的分析。比如《如何评判一篇文章的成败——从〈报刊亭〉的修改谈起》，就颇有说服力。

三是采取孩子喜闻乐见的形式，激发他们的读写兴趣。

庄之明在《好书伴我成长（自序）》中写道："兴趣是入门的向导"，他强调在不懈的追求中培养读书的兴趣。正因为如此，他在传授读写知识时，也十分注重启发孩子的自觉和兴趣，尽可能采用孩子们喜爱的、乐于接受的形式和方式。比如，孩子们都爱听故事，他介绍"中外文学名著人物故事"，就用简洁、流畅的文字将《西游记》《红楼梦》《青春之歌》《神笔马良》《上尉的女儿》《德伯家的苔丝》中的主人公孙悟空、贾宝玉、林道静、马良、普加乔夫、苔丝的故事娓娓道来，让小读者听得津津有味；然后再用极其精练的文字对这本名著给予概括的评价。这样，就可激发起读者的阅读兴趣。又如，采用一问一答，介绍有关中外文学艺术的一些知识，也是生动活泼、明白易懂的方式。

庄之明不愧为一位打开青少年读写之门的能手。他向少年朋友传授读写知识、提高文学素养的经验弥足珍贵。今天重温他的殚精竭虑的经验之谈，对在少年儿童中做好文学阅读推广工作，会有启迪、借鉴的意义和作用。

2012 年 1 月 4 日

需要这样的领军人物

——评说王俊康

以校园儿童诗驰名南方文坛的王俊康，是一位回族作家，也是广东儿童文学界一位颇具影响力的领军人物。

我与俊康相识多年，由于同在文学团体做一点儿童文学组织工作，加上偶尔也写一点评论儿童诗的文章，因而我和他之间很自然地有了一种志同道合的同行情谊。2005年初冬时节，蒙俊康邀约我赴深圳参加一次儿童文学活动。他当面以两大本沉甸甸的《王俊康文集》（上下卷）相赠。拿到书后，我挑灯夜读，首先饶有兴味地浏览了收入文集的讲话、序言、书评、随笔、书信，对他的儿童文学观、创作追求和从事组织工作的甘苦有了更多更深的了解。我深切地感到，他是一位难得的、有作为的儿童文学组织工作者。他具有的一些优势、擅长和特色，很值得做组织工作的朋友揣摩和借鉴。

始终与孩子相伴的经历，为俊康做好文学组织工作夯实了基础。

俊康从师范学校毕业后，当过多年小学教师、少先队总辅导员。随后又在少年宫当辅导老师，主持举办少年儿童文学讲习班、小记者小作家培训班。调入广东省作家协会后，先当了多年少年文艺报刊（《少年文艺报》《少男少女》）的编辑、副主编，然后才走上主持儿童文学工作的岗位。他这样一种看来相对单纯的履历，对于做组织工作，可说是得天独厚，再合适不过了。因为无论是做教师、辅导员还是编辑，天天都和孩子打交道，对孩子的思想、感情、精神需求，审美情趣，有了比较充分、深入的了解，对孩子也就有了炽热、深沉的爱。正如他自己说的："我的心永远年轻，永远和孩子在一起。"了解、熟悉自己的工作对象、接受对象，一切活动的创意、策划、构思才能抓到点子上，讲话、发言也才能说到小朋友和大朋友的心坎上。心中有孩子，热爱孩子，熟悉孩子，可说是做好儿童文学组织工作的基本功。否则，就会失去工作的热情和原动力，一切工作、活动也必然与孩子的愿望、期待相距甚远。

准确、全面地认识儿童文学的价值、功能，使俊康在组织工作中一以贯之坚持正确的导向。

在他看来，"优秀儿童文学，从来都是引导孩子积极向上、健康成长的精神食粮，是他们成长过程中必不可少的营养"，它能"使广大少年儿童得到欢乐，获得教益，学会审美，提高素质，从而促使他们充满信心走上人生的道路"。他又深谙文学艺术的特征，一再强调："'寓教于乐'、'润物无声'是儿童文学走向成功的诀窍，是让孩子心领神会、触类旁通的绝招。"也许是由于他有从事党务工作的经历，因此在工作中总是自觉地宣传、贯彻党的方针政策。他认为"弘扬主旋律，提倡多样化，同样是儿童文学创作中不可动摇的基本方针"，一再倡导儿童文学要"体现新时代精神的社会主义主旋律"。但他对主旋律并没作简单化、狭隘化的理解，而是按照儿童文学的特点，要求"作品给人以奋发向上的精神力量，积极昂扬的生活取向"，"引导孩子们积极向上，快乐地生活，不断进取，永远追求真善美。"同时，他认为不能把主旋律与多样化对立起来，主旋律是要通过艺术形式、风格流派的多样化表现出来的。他不遗余力地倡导精品意识，鼓励探索、创新。正因为俊康如此重视儿童文学的价值、作用，因而他对那些轻薄儿童文学的偏见，往往会难以抑止、理直气壮地予以批评。而对那些长年累月坚守儿童文学阵地的战士，情不自禁地表示由衷的敬意。在这些方面，都显示出他作为领军人物所应有的那种坚定的原则性和鲜明的价值取向。

又搞创作又做工作的双重角色，使得俊康既了解创作的甘苦，又懂得服务的艰辛。

做文学组织工作，要熟悉文学业务，熟悉文学队伍，了解文学创作的基本规律。俊康是一个儿童文学作家，从跨进文学门槛到现在，30多年来在儿童文学园地里笔耕不辍。他写诗、小说、故事，也写报告文学、剧本，还写了不少评论文章。他笔头很勤，繁忙工作之余，总会争分夺秒、见缝插针地把自己的所见所闻、所感所悟记录下来。有些作品看似"赶任务"，却不是应景之作，而是发自肺腑的纵情歌唱。正因为坚持不懈地潜心创作，勤奋练笔，才使他深深懂得创作的甘苦，知晓一部作品成败得失的症结所在。这样，他在研讨会、讲习班上谈作家评作品，或者写书评、序言，就像同朋友谈心、聊天、对话一样，娓娓而谈或侃侃而谈，亲切自然而又细致具体。他的评论文字，从创作实际出发，言之有物，不是空对空，没有令人生厌的评论八股气，更没有名词、术语的大爆炸。开诚相见，与人为善，这正是他之所以能吸引、凝聚文友、初学写作者的奥秘所在。

做文学组织工作，不仅要有甘为他人作嫁衣的无私奉献精神，还要有广泛联系、团结老中青不同风格流派作家、搞五湖四海的胸襟。从俊康组织的文学活动和所写评论文章来看，他既极其尊重推崇秦牧、黄庆云这样的老作家，也热情推荐评介饶远、邝金鼻这样一些同辈作家，对小字辈的写作者更是热心扶持，从不吝惜笔墨。特别引人注目的是，他对又搞工作又搞创作的地市文联、作协负责人情有独钟，满腔热情地为他们推出的新作写序为文，击节称赏。俊康作为一个省的儿童文学工作主持者，四方联系，上下沟通，真抓实干，不辞劳苦，努力做好服务工作，把劲主要使在出好作品上。这就抓住了牛鼻子，营造出有利于创作发展繁荣的良好氛围。

我的视野所及，在中华大地上，东西南北中，都能见到一些出色的儿童文学组织工作者活跃的身影，如辽宁的赵郁秀、浙江的倪树根、安徽的刘先平、湖北的董宏猷、重庆的张继楼等。王俊康也是这个群体中的一个。我想，如果每个省都有这么一位热心为"小儿科"鼓与呼的领头人，那么，可以预期，儿童文学小百花园一定会呈现出更加绚丽的景色，散发出更加浓郁的芳香。

2006 年盛夏

视野开阔　材料翔实

　　——读《幼儿文学概论》

　　我高兴地看到，两位对幼儿文学情有独钟的女将——张美妮、巢扬，在填补我国幼儿文学理论空白处上，取得了可喜的、引人注目的成果。她们俩合著的《幼儿文学概论》(以下简称《概论》)，视野开阔，脉络清晰，材料翔实，是一本比较系统、完整地探讨、论述幼儿文学基本原理、文体特征、发展历程的专著。

　　《概论》的两位作者不是孤立地考察幼儿文学，而是把它放在教育学、心理学、美学等多学科这样一个更宏大的范畴内进行多角度、多方位的探讨。她们在构筑理论框架、建立自己的论点时，善于广泛借鉴、吸取当今幼儿文学理论研究的成果，博采众长，兼容并包。如书中关于幼儿文学"成人和幼儿共读的文学""诉诸听觉的文学""具有启蒙性质的文学"的论述以及关于"幼儿文学创作应当遵循快乐的原则""稚拙美和纯真美是幼儿文学特有的美质"等论点，可说是既融众方家学者的真知灼见于一炉，又有自己独特的、富有创见的发挥，从而较为透彻地揭示了幼儿文学的本质、特征、功能和接受方式。

　　这本《概论》的另一优点和特色是注重理论与创作实践的联系，力求观点与材料的有机统一。书中无论是对基本原理的论述还是对各种文体的分析，都注意避免从理论到理论的抽象论证，而是紧密联系幼儿文学的现状、发展趋势和作品的成败得失，来认识、把握和揭示它的特征和自身规律。比如，对图画故事这一文学与美术巧妙结合的新的、特殊的样式，通过作者列举的中外优秀的、有代表性的作品，就不难理解、把握对其在文字上所提出的那些特殊要求——富于动感、节奏感，精练、准确、生动、有色彩。对幼儿诗歌、童话、生活故事等体裁的艺术特征、表现手法，也都通过对具体作品的评析，作了生动的、有说服力的阐述，把创作实践的经验上升为理论，虚实结合，明白易懂。

亦史亦论，史论兼顾，是这本《概论》的又一长处。书的第一、二编讲述的是基本理论和体裁论；第三、四编则分别评述了我国和外国一部分重要的幼儿文学作家的创作成就和艺术特色。论及的这些中外作家都是经过精心挑选的，或为幼儿文学的先驱、拓荒者，或为富有鲜明创作个性的、有代表性的著名作家。在时间跨度上，中国的起自"五四"截至新时期，外国的上溯到17世纪；区域上包括了法、德、意、英、俄、捷、日、丹麦等国。在体裁样式上，则兼及在诗歌、童话、生活故事、图画故事、戏剧等方面卓有成就的作家。通览《概论》三、四两编，犹如读了一部中外幼儿文学简史，就会大致了解我国和外国幼儿文学的基本面貌和发展轨迹。

我认为，这是一本于幼儿文学爱好者、少年儿童工作者、大中专文科学生、年轻的父母均大有裨益而读来又饶有兴味的好书。

1998 年 3 月 7 日

《五人谈》的特色和魅力

打开《中国儿童文学五人谈》（以下简称《五人谈》），一股清新的气息扑面而来。这是一本难得的、沉甸甸而读起来又相对轻松、饶有兴味的书。

这本书的五位作者都是对儿童文学情有独钟、关注儿童文学事业的未来，视野开阔、知识结构较新，具有自己的审美理想和批评个性的专家、学者。他们对我国儿童文学创作、评论、出版现状了然于心；对外国儿童文学名著又涉猎较广，大致了解国际儿童文学的潮流、走向。正因为如此，使得《五人谈》这本书富有一个鲜明的、引人注目的特色，那就是：从实际出发，有的放矢，针对性很强。书中论及 12 个方面的问题，可以说都是当前儿童文学界普遍关注的热点话题或令人瞩目的重要现象。比如，在"关于评论"一章中，尖锐批评当前不少书评成了"说好话，唱颂歌"的应景文字，忠告评论家不要成为"一家一家出版社的政宣组和广告公司"，大力提倡一种批评的精神，"说真话，实话实说"。这些评述一针见血，切中要害，反映了儿童文学界内外一致的心声。又如"关于幻想文学"一章，探讨了幻想小说的定位、文体特征及其与童话的关系，阐明张扬大幻想文学旗帜，是为了呼唤想象力、幻想力，拓展儿童文学的艺术世界，它并不排斥、否定现实主义、写实手法。这些论述有助于消除人们在这一问题的争论中一度存有的疑虑、困惑。纵览全书的谈话，没有空对空的泛泛议论，而是紧扣我国八九十年代特别是世纪之交儿童文学创作走向、理论观点来展开讨论的，一步一步、一层一层逐步深入问题的内核、本质。探讨的每个话题，无论是达成共识还是存有歧见，都能引起人们思考，给人启迪。因此，这本研究儿童文学的论著就具有较强的吸引力、说服力。

《五人谈》作者的对话、交谈，无论讨论哪个问题，他们都有一个基本参照系，那就是儿童文学的经典、名著。在他们看来，"阅读经典是写作儿童文学的最好学校""是提升中国儿童文学的一个非常重要的途径"。没有参照、借鉴，不以世界儿童文学史上最高成就、经典之作作为价值评价的参照物和依据，我们的视野就会变得很狭窄，也就无从提高我们儿童文学创作的思想、艺术质量。五位作者都很重视文本，在阐述自己的观点时，旁征博引，信手拈来欧美、日本的名著名篇作为例证。比如，谈图画故事书，列举了日本古田足日、田畑精一的《壁橱里的冒险》、德国米切尔·恩德的《奥菲利娅的影子剧院》，以及威利阿姆兹的《白兔子和黑兔子》、美国安诺德·劳伯尔的《蟾蜍和青蛙》。这不仅打开了一扇又一扇观察世界儿童文学之窗，扩大了我们的视野；而且在与这些堪称精品杰作的范本的对照、比较中，找到我们自身存在的缺陷、差距。

　　长期以来，我们憧憬、呼唤一种生动活泼、自由论辩的学术风气。从《五人谈》这本书的字里行间，我们不无激动地感受、捕捉到这种良好的、实事求是的批评风气。不同观点、意见的交锋、碰撞，不讲情面而又与人为善的争议、辩论，在深入的探讨中，敢于坚持自己言之成理的、独特的见解，又勇于修正自己片面的、滞后的观点，这是多么难能可贵的批评与自我批评精神啊！梅子涵痛心地反思在"消解故事"的主张中就有自己的声音：20世纪80年代中期以后，都写少年小说，自己也忽略了给小学生读的儿童小说；方卫平则袒露自己内心深处的思想情绪，由于"很怕给人一种哗众取宠的印象"，因此很少介入批评。读到这里，令人感到特别亲切，真是如闻其声，如见其人。五位作者在对话中都充分展现了自己的个性，或清醒严谨，或机智幽默，或大气潇洒，也有将学者的条分缕析与诗人的奇思妙想水乳交融地结合在一起的。我以为，这也是这本书之所以能引起阅读兴趣的魅力所在。

　　在认真、自由、激烈的争论、交锋中，不时闪现出耀眼的思想火花，其中不乏真知灼见，诸如儿童文学最经典的形态，需要非凡的想象力、极度的幽默感、非常纯美的诗意，以及"成长小说"的概念和基本特征，等等。但也许是被谈话形式所囿，这些话题未能在理论上作出更为系统的论述、概括。此外，像低龄化写作、科幻小说的发展这类热门话题，也未能进入作者的视野。我这近乎"求全责备"的意见，权当儿童文学战线的一个老兵的额外希冀吧。

2003 年 3 月 11 日

推荐《中国儿童阅读六人谈》

　　这是一本富有特色和魅力的儿童文学论著，是我国出版界最早推出的一本论述儿童阅读推广的图书。

　　这本书的鲜明特色是：紧密联系实际，有的放矢，针对性很强，指导性、实用性也很强。书中论及童年阅读、儿童文学、好书坏书、讲述故事、读文读图、亲子阅读、班级读书等十个话题，可以说都是当前儿童文学界、儿童阅读推广界普遍关注的热门话题或令人瞩目的重要现象。《中国儿童阅读六人谈》不仅关注"儿童阅读"，而且也关注"儿童阅读推广"。从根本上讲，对阅读的选择，关系到对人类社会发展走向的预设和选择，关系到培养未成年人的精神道德素质，所以我们需要更加智慧、更加理性、更富前瞻性、建设性地推广儿童阅读。此书的出版，可说是对儿童阅读的深入思考、总结与理论的探讨。

　　《中国儿童阅读六人谈》的作者清晰了解我国乃至世界儿童文学的潮流、走向。他们在对话、讨论中，有理有据，言之有物。五位作者对儿童文学经典名著，了如指掌，如数家珍。比如，在谈到图画书的时候，列举日、英、美诸国的名著杰作，加以对照比较，大大开阔了人们的眼界，并从中找到自身的差距。

　　更为可喜可贵的是，从这本书的字里行间，我们找回了久已憧憬、呼唤的那种生动活泼、实事求是、自由论辩的批评风气。敢于坚持自己的言之有据的独特见解，又勇于修正自己片面或滞后的观点。有争论、碰撞，也有反思、自我批评。对谈的内容、形式，蕴含着作者们对未来一代的深挚感情和对读书社会的热切期待；同时也显示了他们不同的阅历、气质和个性，或热烈激情，或质朴冷静，或侃侃而谈，或条分缕析，但传达了一个共同的声音，那就是满腔热忱地关注儿童阅读，千方百计做好阅读推广的点灯人，读来令人感到十分亲切生动。这正是这本理论书能引起大家阅读兴趣的魅力所在。

书的开本、版式新颖、别致，装帧、印制大方、讲究。

特推荐此书参加"第二届中国出版政府奖"的评选。

2010 年 9 月 12 日

重视大众媒介对独生子女的影响

——读《培养独生子女的健康人格》

　　《培养独生子女的健康人格》是一本入情入理、明白晓畅的普及性读物。它力求寻找一种同独生子女的父母和教师对话的有效途径和最佳方式，像朋友般同他们倾心交谈，摆事实，讲道理，夹叙夹议，情理交融，读来令人感到十分亲切，饶有兴味。

　　在信息时代，多种大众传播工具，如报纸、杂志、图书、广播、电视、录音、录像、游戏机、计算机等进入千家万户，占据了孩子们很多课余时间，成了他们的主要伙伴。大众媒介对独生子女的成长，确实具有重要的、不可忽视的影响。正是根据这一不容回避的事实，《培养独生子女的健康人格》一书除了着重论述家庭、学校教育和同龄伙伴对儿童人格发展的重要影响外，还专写一章：《儿童与大众媒介》，讲述大众媒介对儿童的作用、影响，把大众媒介也列为影响独生子女人格发展的一个重要因素。编著者这个别具匠心的创意，既体现了尊重事实、从实际出发、实事求是的科学精神；同时也表现出勇于在理论上探索的热情和胆识，从新的思路、新的视角对大众媒介的影响作用作了理性的分析和思考，因而丰富了这本书的内涵，使之颇具新意。

　　读这本书，我们不时可以发现一些新颖独特、富有启迪意义的观点。"在信息时代，需要成长的不仅仅是儿童！""与孩子一同成长，应该是我们这一代父母最大的幸运！"进入计算机和互联网时代，孩子完全可能比父母、教师掌握更多的信息。父母在思想观念上必须有一个顺应时代潮流的转变，即：自己不仅是孩子的教育者、人生之初的老师；同时也是孩子的朋友，互相学习的朋友。向孩子学习，"以孩子为师"，你有这样的精神准备吗？有这样的自觉吗？唯有善于同孩子一起不断学习新的知识，并乐于用完全平等的态度与孩子进行交流，大众媒介才能成为家庭的亲和剂、黏合剂，使家庭充满温馨、和谐、幸福的氛围，从而有利于孩子健康人格的发展。

书中不少论点富有鲜明的针对性，是这本书的又一优点和特色。如书中论及：儿童有权利享受具有独立价值的童年生活；计算机等大众媒介应该成为充实、扩展童年生活的工具，而不应成为限制、缩短童年生活或加速成人化的工具。这固然立论于联合国《儿童权利公约》有关儿童享有休息、自由选择文化生活和娱乐活动的规定；同时它又是针对当前一些家长、教师的普遍心态和片面认识而作出的一个论断。我们不应当急功近利，畸轻畸重，一味强调媒介的学习功能、教化功能，而忽略它的娱乐功能、审美功能。应当把眼光放远些，尊重儿童的天性，悉心呵护儿童千差万别的兴趣、爱好、个性特征，让它不拘一格、顺其自然地健康发展。"健康人格的发展比智力发展更重要。"这是值得我们深长思之的至理名言。

这本书既有一定的理论色彩，又有较强的实用性、操作性。书的理论框架建立在儿童教育学、心理学、社会学、美学等多学科领域和大量的测试、调查研究的基础之上；而且广泛地借鉴、汲取中外专家学者的研究成果，思路清晰，说理透彻。这本通俗的理论读物，不是从理论到理论抽象地论证，而是紧密联系独生子女父母和教师的思想实际、生活实际，提出一些实用的、可资参考的建议。在《儿童与大众媒介》一章中，编著者就如何通过媒介加强与孩子的交流，如何指导孩子读书、看电视，如何识别、警惕暴力节目，如何教会孩子利用广告，如何帮助孩子利用计算机等问题提出的一些切实可行的建议，对读者都是有所启迪、有所参照的。

总之，这本书有的放矢，条分缕析，言之有物，值得一读。

1998 年 4 月 13 日

一本适合亲子共读的好书

——评《做人与做事》

卢勤同志的《做人与做事》是一本富有很强说服力、感染力的思想品德读物。这本书问世不到两年，发行量逾百万册，赢得社会的广泛好评。最近它又先后荣获第八届"五个一工程"奖和第五届国家图书奖提名奖，在读书界、出版界迸发出愈加绚丽夺目的光彩。

加强素质教育，培养一代又一代德、智、体、美全面发展的世纪新人，是建设有中国特色社会主义事业的需要，也是实现中华民族伟大复兴的需要。人才素质的高低，关系到国家和民族的命运、前途。而思想道德素质又是保证人才健康成长的基础和根本。《做人与做事》的作者正是从国运兴衰、民族复兴的高度，以强烈的社会责任感和开阔的视野，对少年儿童思想品德教育的现状和未来作了深入的调查研究和思考，对新世纪的少年儿童应当具有什么样的思想道德素质，以及如何培养这种素质，作了清晰明确的回答。在她看来，只有具备奋发向上、乐观自信、勤于学习、勇于开拓的良好素质，才能适应发展迅猛、竞争激烈的信息时代、高科技时代、知识经济时代的需要。面向新世纪，面向现代化，从大处着眼，紧扣时代的脉搏，富有亮丽的时代色泽，是《做人与做事》这本书的一个重要特色。

从当代少年儿童的生活实际、思想实际出发，贴近现实生活，贴近孩子心灵，是《做人与做事》的又一特色。卢勤不愧为少年朋友的"知心姐姐"。她同广大少年儿童呼吸与共，血肉相连，对孩子们的梦想、憧憬、困惑、苦恼了如指掌。因此，她能敏锐而准确地抓住少年儿童关注的热点问题。书中谈及的如何正确对待自己和他人、如何面对困难和挫折、如何学会交往和合作、如何学会独立学习和思考、如何珍惜时间和生命、如何保护生态和自然环境等话题，都是孩子们在成长过程中备受困扰、迫切需要得到帮助的问题。作者凭借多年从事儿童教育工作的实践经验，通过自己亲身经历的或发生在孩子们身边的一个个饶有趣味的故事、典型事例，作了生动、透彻、富有说服力的回答。"快乐人生三句话""奉献爱的人一生幸福""让孩子自己决定""把童心童趣还给孩子""要赢得起，也要输得起""取长补短走天下"等，这些闪光的、富有创见的思想，既是作者实践经验的结晶，体现了"知心姐姐"的人生哲学；又是当今素质教育、家庭教育研究的新成果，反映了儿童品德教育的新观念、新思路、新方法。

塑造孩子的心灵、性格，要从小抓起，从娃娃抓起。在孩子幼稚单纯的心灵上，播撒下爱的种子比什么都重要。一切优良的道德品质都离不开一个"爱"字。新时代的道德品质赋予"爱"以新的内涵：爱祖国，爱人民，爱他人，爱科学，爱自然。要从小培养爱心，善于发现爱，感受爱，播种爱，奉献爱。呼唤爱心像一根红线贯串在《做人与做事》一书的字里行间。这是作者的肺腑之言，也是全书的精髓所在。

《做人与做事》在写作方法、技巧和风格上也有自己的特色。作者采用第一人称，站在同孩子完全平等的立场，亲切地娓娓而谈，或现身说法，或夹叙夹议，把生活故事、采访手记、读者来信、名人格言巧妙贴切地组合在一起，让事实说话，动之以情，晓之以理，透着生活的原汁原味，没有干巴巴的、令人厌烦的说教。每个话题又都从孩子和父母两个不同的角度来思考、剖析、认识，适合亲子共读，有利于两代人之间的沟通。同时，这本书颇具实用性、可操作性。对孩子培养好品德应如何入手，从何抓起，父母又如何引导，如何与孩子沟通等问题，作者提供了完整、切实可行的建议，诸如"培养勇气的八大法宝""与人相处六大秘诀""文明礼貌三句话"等，都写得十分具体细致，在亲子共读的过程中完全可以融会贯通，落到实处，促进两代人共同提高和进步。

感谢"知心姐姐"卢勤在世纪之交送给孩子和父母这份沉甸甸的珍贵礼物。

2001 年 12 月

习作点评

以情感人

——点评《窗帘》

袁明霞的《窗帘》，构思、立意是好的，真切地抒写了一个心地善良的男孩对偶遇的一个残疾人——双目失明的少女真心实意的关怀和帮助。

踢足球的男孩不仅给盲少女修好了自己打碎的玻璃窗，而且主动替她把灰色的窗帘换成绿色的。这富有象征意味的一笔，使作品有了引人思索、回味的内涵。灰色，表现了独处斗室的盲少女内心的寂寞、痛苦，而绿色象征着积极的生命意识、生气勃勃的生活信心。男孩闯入盲少女的小天地，让她听到了窗外的鸟鸣声、流水声，学会了吹口琴，穿上色泽鲜丽的绿衣裳，从而也使她得到了期待已久的理解、慰藉与友情，感受到了生活的乐趣和希望。作品的主旨由此得到较好的体现。

从自己的生活感受出发，抒写真情实感，注重以情感人，小小年纪的作者已大体把握了这些作文的要领、文学的真谛，这是令人可喜的。只是文中有一点，读来似不够真实可信：跨过16个春秋的盲少女好像一直生活在与世隔绝、孤立无援的境地里，而踢足球的男孩似乎成了她生活道路上唯一的朋友和向导。这令人感到不是那么合情合理，写人叙事还不是很到位。

1997 年 7 月 30 日

（《窗帘》原载《中国少年作家》1997 年 4 期）

要注重刻画人物的内心世界

——点评《虎子》

《虎子》这篇作品用简洁的笔触勾勒了一个纯真朴实、勤奋好学的山村少年。记叙了他进省城上学后的一段令人怦然心动的遭际。

作者抓住一些富有特征的生活细节（如在街心公园大树下住宿），特别是在紧要关头见义勇为的行动，比较清晰地画出了虎子这个人物的轮廓。这个从小失去母爱，与石头、山坡、溪水为伴，在困境、厄运中挣扎过来的少年，比与他年龄相仿的孩子更早地尝到人生的甘苦，懂得如何面对困难。正因为如此，当我们读到虎子为了捍卫公共财物，奋不顾身地同歹徒搏斗而献出年轻的生命时，真切地感到这是出自一个憨厚的山村少年的自觉行动，写得合情合理，真实可信，没有矫揉造作的地方。

作品的结尾是巧妙的、耐人寻味的。三个嫉妒虎子学习成绩不断上升的同学合写了一篇题为《虎子，对不起！》的悼念文章，从这蕴含深情的文章题目里，我们深切地感受到虎子高尚的品格行为极大地震撼了少年伙伴的心灵。作品的题旨也由此更加鲜明地表现出来。

作为中学生的一篇习作，应当说《虎子》是写得相当不错了。但若从探讨提高少年的作文水平、写作技巧角度来看，这篇作品则还有不少地方有待进一步加工提高。

我以为，这篇作品的不足，主要在于写人物的思想行为时往往以抽象的、概括的叙述代替具体的、形象的描写。这样，人物的感情世界未能更充分地揭示出来，作品也就缺乏更强烈的艺术感染力。比如，作品开头两处写到虎子"心中对省城的问号一串串涌来"，却未能具体点出一两个疑问来表现他对省城的那种新鲜、陌生或还多少有点恐惧的特殊心态，写他为拿到奖学金而刻苦学习，又停留在整天都在补习、复习、预习，不敢丝毫怠慢这样一般化的叙述上，没有捕捉到具体生动、富有表现力的细节。又如，虎子面对三个嫉妒他的同学的恶作剧，内心有些什么矛盾、波澜，是无奈、容忍还是气愤、抗争，作品也未能抓住这件事来开掘人物的内心世界。看来，初学写作的小作者还得在掌握怎样写人的要领上多下些功夫。

1998 年 5 月 24 日

（《虎子》原载《中国少年作家》1998 年 5 期）

细心观察　具体描述

——点评《吃鱼子不会变笨》

　　这篇记叙文紧紧围绕小作者在平凡的日常生活中亲历的一件心里纳闷而又好奇的事情来展开，全文短短 500 字，有头有尾，有情有趣。

　　文章好就好在它来自真实的生活体味，有感而发，抒写了自己的真情实感，而不是为写作而写作。小孩吃鱼子前后的神情、心态，从"馋涎欲滴"到"将信将疑"，从"心怦怦直跳"到"如释重负"，写得很生动、真切，也很有层次，很到位。外婆越不让吃鱼子，他就越想去尝一尝，试一试；吃了鱼子到底会不会变笨，一堂课之后当即作出了否定的回答……所有这些描述，都符合儿童特有的那种好奇心和天真单纯的思维方式。

　　文笔也较简洁细致，说明小作者已开始懂得细心观察周围的事物，注意培养、训练自己具体描述事物的能力。

1999 年 3 月 15 日

(《吃鱼不会变笨》原载《著名作家讲评小学生优秀作文》)

学会从生活中寻找、发现美

——点评《精神·生命》等三篇

《精神·生命》点评

湖南张家界一中王贝的这篇习作采用拟人化的表现手法，"我"——一棵树自述自己和大姐、小妹不同的理想追求，不同的遭际命运。受尽呵护的大姐枯死在破产大亨的豪宅门前；历尽苦难的小妹被艺术家所赏识，有望成为精致的盆景；而扎根大地、茁壮成长的"我"如愿成为有用的栋梁之材。

小作者脚踏现实生活土壤，张开想象的翅膀，赋予三棵树以人的思想、感情、性格。本文颂扬了奋发向上、力争成为社会有用之材的人生理想；赞美了在困境中挣扎、顽强拼搏的精神；批评了追求阔绰、安逸、舒适的人生观、价值观。文章内容贴近生活，文笔也还亲切生动，读来可以从中得到有关人生态度、生命价值的有益启迪。

只是文章题目太大，也欠生动；结尾一句似也可省略。

《由汉堡包联想到的》点评

"有人关注我的成绩……却无人关注我个性的苍白。"这是发自当代中学生心底的声音。浙江乐清市虹桥实验中学陈力铭的这篇文章具有较强的针对性，尖锐地提出了尊重孩子的个性，努力培养富有个性、创造性的一代新人的问题。

小作者在日常生活中注意观察，从西餐厅师傅制作汉堡包，联想到当今的学生成了"任人揉捏的面团"；从不能拉成一样长的黄鳝和泥鳅，联想到教师束缚学生个性的"统一的学习模式"。通过比喻来表情达意，收到了较好的效果。文章还恰切地引用意大利诗人洛利斯·马拉古兹的教育诗《不，一百种是在那里》来阐明自己的观点，进一步增强了文章的说服力、感染力。

多观察，多阅读，多练笔，可说是写好作文的秘诀。

《毛毛虫与美丽》点评

美是什么，这是一个三言两语难以说清的大题目。我们当然不会要求《毛毛虫与美丽》的作者（广东番禺中学陈钰文）来回答这个深奥的美学问题。这篇短文的优点就在于"大题小作"。它从毛毛虫寻找、追求、发现、认识美的过程，启迪少年朋友懂得：美既隐藏于事物的本质之中，又存在于人们的心中，"美在不同的人眼里有不同的标准"。

作者从艺术家、科学家、宇航员心中的美，谈到广告商眼中伏明霞、刘璇的美，似乎是信手拈来，实际上是平时不断积累知识的结果。唯有如此，才能使文章写得较为生动丰满。

罗丹说："世界并不缺少美，缺少的只是发现美的眼睛。"让我们学会寻找美、发现美、欣赏美吧。

2002 年 2 月 2 日

（《精神·生命》《由汉堡包联想到的》

《毛毛虫与美丽》原载《中国校外教育》2002 年 5 期）

不断提高表现力

——点评《味儿》

在我看来，一个中学生要写好一篇作文，最基本、最起码的要求是：说真话，抒真情，记叙自己熟悉的人和事，切忌空话连篇，言之无物。

孟凯达同学的这篇《味儿》，可贵之处正在于从生活中来，是出自心灵上的有感而发。逛夜市，到同学家串门，独守自己的房间，这都是他最熟悉不过的日常生活。他善于从自己身边、随处可见的生活中找到写作素材，捕捉到独特的生活感受。短短的一千多字，从头到尾紧紧扣住在自己周围闻到的各种味儿上做文章，从中引发出爱家、爱生活、走好人生每一步的感慨。应该说，文章的立意、构思是好的。

文章的主题是一层层、一步步、自然而然地展现出来的。开头，从夜市散发出的汗味儿、香水味儿、泥香味儿、饭菜味儿，联想到多味的社会人生。"每一条引子后面都有一段耐人寻味的故事"，"夜市仿佛是一部百科全书的目录"，这些描述和感悟是精彩的、有独到之处的。接着，从印象最深的漂白粉味儿，写到一个小学同学由奋发向上到沉溺、失足的遭遇。尽管这一段与上一段衔接得不够好，起承转合不自然，但由此抒发的惋惜、哀伤的感情，还是感人的。随后写到自己的房间有各种味儿，虽非那么清新芬芳，但这儿毕竟是自己的家，是完全属于自己的一方小天地。永远心系温馨、幸福的家，避免在人生之旅中走错路，是小作者发自内心的、真切的人生感悟。

《味儿》的思路、框架是清晰的，只是让人感到写得还不够漂亮流畅，缺乏更强烈的感染力。我想，这是因为作者的观察力、感受力与表现力之间，作品的思想内容与表现技巧之间还存在一定的差距，还没有能把自己想要表达的感受、意思充分而生动地表现出来。文中写到爱在自己房间里海阔天空地自由驰骋想象，对自己的所思所想、所爱所恨，如果能具体点出最让你怦然心动的一两件事情或一两个人物，而不是停留在"凭着直觉与嗅觉去探索自己的内心领域，去探索我脑中的未知人物"这样过于笼统、概括的词句上那厚重的、诱人的味道，无尽的幸福感，更能让人感同身受。

写文章，语言文字要力求准确、生动。《味儿》一文中还存有"词不达意"或遣词造句欠推敲的地方，如"主旋律是汗味儿"，旋律一般用于描述音响、乐曲，似不宜于用来描写味儿。又如"与社会青年有染"，也许改为"与不三不四的社会青年厮混在一起，不幸失足了"，更清晰、准确一点儿。

看来，孟凯达同学还需要多观察，多读书，多思考，多练笔，从生活中、书本中丰富自己的语汇、词汇，不断锤炼、提高描写具体事物、表达内心感受的本领、能力和技巧，把写作的基本功打得更扎实。

2003 年 1 月 17 日

（《味儿》原载《中学生》2003 年 4 期）

取材新鲜　饶有情趣

——点评《哭鼻子大赛》

　　《哭鼻子大赛》这个题目就很吸引人。我一口气读完，不禁发出会心的微笑，啧啧称赞它是一篇取材新鲜、饶有情趣的习作。

　　小孩子爱哭不是什么新鲜事，而幼儿园里竟举行哭鼻子大赛，却不能不说是一件新奇的、出人意料的事。小作者抓住自己儿时生活中这件有趣、好玩、感受最深的事，以带有几分风趣的笔调，写出聪慧的幼儿园阿姨用哭鼻子大赛的激将法帮助孩子改掉了爱哭的毛病。文章在选材、构思上有新意，有与众不同的特点和色彩，出其不意而又在情理之中，读来让人感到天真可笑，稚气可掬又真实可信。

　　从短短的500个字中还可以看出小作者十分注意抓住特点，生动、具体地描写事物、人物。幼儿园里男孩、女孩那一片真真假假、各不相同的哭声，写得有声有色，跃然纸上，让你有身临其境的感觉。阿姨说话的语气、表情，也写得活灵活现，恰如其分。

　　善于从自己熟悉的生活中找寻有新意、有特色的写作素材，又不断训练自己具体描摹事物的本领，这正是写出好作文的秘诀所在。

2003 年 2 月 19 日

《哭鼻子大赛》原载《作文大世界》2003 年 4 月）

力求真幻交融

——点评《单相思的小猪》

《单相思的小猪》这篇童话讲的是一只善良的陶瓷小猪和一只高傲的陶瓷小白猫耐人寻味的爱情故事。

小小年纪的作者挺会编织故事，而且把幻想世界和现实生活结合得比较自然和谐。读来觉得很真切，颇有人情味。陶瓷小猪、小白猫都是小主人心雨收到的生日礼物。故事就发生在拟人化的小猪、猫先生和生活中的真实人物心雨及她的妈妈之间。天真可爱的小猪对英俊潇洒的猫先生一见钟情。可"出身高贵"、自命不凡的猫先生却无动于衷。当猫先生遭飞来之祸，被摔断了腿和尾巴时，憨厚的小猪不改初衷，依然深深地爱着致残后由自负变为自卑的猫先生，怀着满腔真情给他以安慰和爱抚。没料到，他俩相爱不久，小猪又遭遇摔掉半个嘴巴并被扔进垃圾袋的厄运。痴情的小猪终究未能实现与心爱的猫先生终生相伴的愿望。

小猪和猫先生的相逢、交往、求爱、失恋、相爱、分离，是小作者构筑的想象世界、幻想世界。故事中描述的他们先后遭遇突如其来的祸害，则是由于生活中真实人物的介入。小主人心雨不堪考试失败、作业过多的重负，气愤之下，先后摔坏了小猫和小猪。而心雨的妈妈有亲有疏：捡起自己从商场买回的小猫，却漫不经心地扔掉了心雨朋友赠送的小猪。所有这些，来自日常的学校生活、家庭生活，展现的是现实世界，真实的生活图景。虚与实、真与幻两条线交织在一起，幻想的故事情节里糅进了现实生活的内容，拟人化的角色和普通人共同编织出一个有起有伏、一波三折的故事。真幻交融，折射了小作者的美好愿望、情感，也丰富了童话故事的色彩。

这篇童话无论是对拟人化的小猪、小猫，还是对小主人心雨及其妈妈的思想、感情、心理的刻画，都把握得比较好，真实可信。给人印象最深的是小猪的形象，她对爱的执着追求，求爱碰壁的痛苦悲伤，对猫先生爱情的忠贞不渝，在危难面前为了救助猫先生不惜牺牲自己，写得层次分明，真实动人，能引起小读者的感情共鸣。

　　还有一点值得一提，即故事的结尾给人留下了思索、回味的余地。小读者也许会从中得到这样的启迪：友谊、爱情、相亲相爱，是两相情愿的事情。如果是一头热，"单相思"，不管对方的意愿、条件、具体情况，到头来怕是不会有美满的结局。这是不是小作者要表达的题旨，我不敢断定。看来，这个小作者似乎早熟又早慧。否则，她怎么会在自己的童话习作中触及少年还懵懵懂懂的爱情题材，又会较为含蓄地赋予故事以耐人咀嚼的内涵呢？

2003 年 5 月 25 日

（《单相思的小猪》原载《中国少年作家》2003 年 6 期）

好在简洁

——点评《公鹅"下蛋"》

"我"到乡下舅舅家，闹出了帮公鹅"下蛋"的笑话。故事有头有尾，诙谐有趣。

简洁的几笔，就勾画出一个幼稚淘气又充满爱心善意的孩子的面目。让读者真切地感受到那些只能属于孩子的思想、行为是多么天真、亲切、可爱。

随着舅舅的出现，故事急转直下。"我"像是忽然被人"拎"了起来，大黄狗也夹着尾巴跑了。"拎"字真是妙极了！它活灵活现、恰如其分地表现了"我"的心态、处境，用词用语十分简洁，却很形象、传神。

2003 年 9 月

（《公鹅"下蛋"》原载《作文大世界》2003 年 12 期）

无声胜有声

——点评《若那河》

"文贵乎真"。《若那河》这篇记叙文，好就好在作者在生活中有所感、有所激动，满怀真挚的感情，生动真切地抒写了两个萍水相逢的普通人难舍难分、依依惜别的情景。

流淌在巴特尔草原上的一条浅浅的、静静的若那河，把一个到草原考察的学生的心，同一个蒙古族汉子的心紧紧地联结在一起。作品中的"我"与他借宿的毡包主人锡林，从相逢到离别，只有短短的一个礼拜，但在他们之间已经默默地结下了难以割舍、不能忘怀的情谊。

作品紧紧围绕主人公沿着若那河为"我"送行这件具体实在的事情来寄情寓意。文中描述离别前夜，"我"和锡林"在傍晚的巴特尔草原上站了很久，谁都不说话，只有若那河在不远处流淌"。作者在这里没有用什么虚饰的辞藻去渲染他们的离情别绪，一切尽在不言中，真是"此时无声胜有声"。读者从中可以深切地体会到锡林对生病初愈、即将登上征程的"我"的关切，以及对这个年轻人美好未来的热切期望；同时也可以联想到"我"对锡林的发自肺腑的感激之情，以及对这个牧民一家人的遭际、命运的关心和同情。

在一篇记叙文里，对客观事物的描写，对人物内心的刻画，不是一览无余，而是留有余地，给读者留下广阔的联想和想象的空间，这样文章的内涵就含而不露，耐人寻味。《若那河》从头到尾较好地把握了这一点。锡林翻山越岭，送了一程又一程，除了满含深情地叮嘱"我""碰上急跑的马群一定要躲开，""上了公路你把铃摘了去，留个纪念"外，一路上几乎没有再说别的话。当他俩在白云敖包分手时，面对流向白云山后面的若那河，他们最后的对话，依然离不开那一往情深的、把他们联结在一起的若那河。

"若那河。"我在喉咙深处说。

"从巴特尔草原流淌来的若那河。"他低头应我的话。为什么
不再说些什么呢？这神秘的蒙古人……这是我最后听你说话的机
会了……

读到这里，不禁引起我们的沉思和遐想。"为什么不再说些什么呢？"
为什么锡林以"深深地叹了一口气"来作为"向我的最后告别"？这是因
为这个蒙古族汉子性格内向、沉默寡言，还是因为他俩的文化差异、无法
交流沟通？不，在我看来，这是因为肩负生活重荷的蒙古族汉子，不愿向
一个涉世不深的年轻人诉说自己的艰辛、困苦、哀愁和忧伤，不愿在年轻
人的心灵上投下生活艰辛、精神压抑的阴影。这真实表现了马背上的民族
的性格的又一侧面：沉稳、淳朴、坚强、刚毅。而"我"也没有勇气再触
摸锡林那颗沉重的心，深知说一些安慰的话也于事无补，只得"用力抽着
小红马"疯狂地逃离。从这里我们可以品味到至真至美的知心情谊，并细
细咀嚼多味的人生。

作品结束在沉郁的《黑骏马》歌声里，它把我们的心引向巴特尔草原
的若那河畔，让我们与作品主人公在思想感情上产生共鸣。

2004 年 7 月 9 日

（《若那河》一文系《中国少年作家》推荐）

学会写内心感受和人物对话

——点评《打陀螺》

这篇作文过多地描述了打陀螺的方法、技巧，显得文字累赘。我做了一点修枝剪叶的工作，去掉了一些重复的、不必要的词句。文章本应着重渲染的打陀螺的乐趣，似写得不够具体、充分，缺乏更浓的感情色彩。我虽加了"心里乐滋滋的""转出了童年的欢乐"等，但要写出具体的内心感受，毕竟不是修饰一些词句就能弥补的。

人物对话要口语化、生活化。如，把文中爸爸对"我"说的"别小看这个陀螺和这根绳子，它们是要靠技术才能转起来的"，改为："别小看这玩意儿，你只有摸到了门道，它才听你使唤。"这样，可以更好地表现人物说话时的语气和神情，显得更亲切、生动一些。

2004 年 9 月 23 日

（《打陀螺》原载《作文大世界》2004 年 11 期）

报刊风景

窗口·桥梁·苗圃

——对《文艺报·儿童文学评论》的期望

跨进 1987 年的门槛，我们欣喜地看到，扩充版面后的《文艺报》怀着对未来一代的挚爱和关切，推出了一个《儿童文学评论》专版。这是一块儿童文学界企盼已久的园地。我相信，它的问世，将会使一向显得较为沉寂、冷清的儿童文学论坛，增添几分热气和活力。祝愿这个新生儿茁壮成长，长命百岁！

我希望通过《儿童文学评论》这个小小的窗口，能够约略窥见当前儿童文学创作发展的大趋势。这个专版要力求同当代中国儿童文学的创作实际贴得更紧些，既要有对个别作家、单篇作品的分析和评论，也要有对儿童文学现状、创作思潮、作家群体的宏观、综合考察和研究；既要满腔热情地介绍创作新成果，鼓励作家多样化的艺术探索和追求，也要实事求是地揭示整个创作或某个作家、作品的弱点和不足。要在每期八九千字的有限篇幅里，尽可能多地容纳关于儿童文学的新信息。让我们和编者通力合作，力求把评论文章写得短些、再短些，更加精练、简约些。

我也期望《儿童文学评论》能够架起一座沟通作者和读者心灵的桥梁。儿童文学评论要同小读者贴得更近些。从事儿童文学研究、评论的同志要同小读者交朋友，了解、熟悉在时代大潮涌动下少年儿童的生活、心理、审美情趣和欣赏习惯。下笔为文的时候，胸中要有三亿六千万少年儿童，要充分尊重并细心研究来自小读者的信息反馈，帮助作者更好地了解、把握不同年龄、不同层次的小读者的精神需求、阅读心理。这样，我们的评论才能更好地联结作者和小读者的心，从而推动作者写出更多的、足以牵动亿万孩子心灵的、为他们所喜闻乐见的名篇佳构。

我还希望《儿童文学评论》能够成为培育儿童文学评论这株幼芽成材的苗圃。目前儿童文学评论队伍极其薄弱。我们固然期望有更多的成人文学评论家关注儿童文学，但更寄希望于那些熟悉儿童而又酷爱文学的学校教师、少先队辅导员、师范大学生和研究生及少年儿童报刊编辑，热切期望在他们中间涌现出一批有志于从事儿童文学评论的新人。《儿童文学评论》要热情扶持、辛勤浇灌这些新苗，为它们长成参天大树提供足够的空气、阳光、水分和肥料。如果我们能从这个专版的版面上经常看到一些陌生的新人显露身手，而他们又都对生活、对孩子充满着爱，具有开放眼光、探索精神的话，那么，儿童文学评论这条平静的小溪流，就会日益喧闹欢腾起来。

当然，活跃儿童文学评论，单靠《文艺报》这么一个专版是不够的。多么希望全国唯一的《儿童文学研究》丛刊能办得更好，并尽量缩短出版周期；同时，殷切期待着更多的文艺评论刊物和报纸文艺版来关注儿童文学，为儿童文学的研究、评论提供发表园地。让我们齐心协力、千方百计地来加强儿童文学的理论建设，在生动活泼的自由讨论和争鸣中，开拓儿童文学评论的新天地，以推动新时期的儿童文学走向更加繁荣、更加成熟的未来。

1987 年 1 月 1 日

十年辛苦不寻常

《文艺报·儿童文学评论》自 1987 年初问世到现在，已跨越 10 个春秋。我这个长期在作协大院打杂的，可说是亲眼看着它一天天长大的。它在成长道路上遇到的各种困难、麻烦，诸如编辑部人手少，儿童文学理论队伍小，稿源不足，以及如何面对商品经济大潮的冲击和挑战等，所有这些，我也是感同身受的。但是，不管处境多么艰难、多么严峻，大家还是硬着头皮，咬紧牙关，苦苦支撑了下来。应当说，这是很不容易的。之所以能坚持下来，我以为，最根本的一点在于《文艺报》编辑部同人及儿童文学界关心、支持它的朋友都有着一颗赤子之心，即对祖国未来一代的挚爱和对儿童文学事业的忠诚。

我们常说，要努力把实事办好，好事办实。《儿童文学评论》专版出了 100 期，全国优秀儿童文学奖办了三届，这正是近 10 年来中国作协贯彻落实四届四次主席团会议决议，为改进和加强少年儿童文学工作所做的两件实实在在、颇得人心、初见成效的好事。

《儿童文学评论》专版问世之时，我曾写了一篇题为《窗口·桥梁·苗圃》的短文，希望这个专版能成为观察、了解当前儿童文学发展趋势的窗口，联结、沟通作者与读者心灵的桥梁，培育、扶植儿童文学评论幼芽的苗圃。10 年过去了，回过头看一看，它到底做得怎么样？能否交出一份像样的答卷呢？我觉得，即使不把话说得太满，也还是可以说它尽心尽力，在一定程度上起到了窗口、桥梁、苗圃的作用。这个专版所发表的 200 多位作者的四五百篇评论文章，兼顾儿童文学的各种体裁、样式，幼儿、儿童、少年三个年龄段及作品评论、理论研究、动态报道诸方面。这些文章，既有对当代儿童文学思潮、走向、创作现状的总体描述，也有对重要儿童文学现象和创作实践经验的探索和思考，更多的是对有成就的作家或新人新作的微观研究和评析。通过这个小小的窗口，我们可以大致了解当时我国儿童文学发展的整体风貌。经常为《儿童文学评论》专版撰写文章的作者队伍可说是"四世同堂"。他们当中，既有陈伯吹、叶君健、袁鹰、鲁兵这样一些成绩卓著的老前辈、老作家，也有蒋风、周晓、樊发稼、张锦贻这样一些笔锋甚健的儿童文学批评家。尤其令人欣喜的是，金燕玉、王泉根、刘绪源、梅子涵、曹文轩、吴其南、汤锐、孙建江、方卫平、杨实诚、巢扬、周晓波、韩进等这样一批视野较为开阔、知识结构较新的中青年批评家构成的儿童文学理论新生代，已经成为驰骋于《儿童文学评论》这块阵地上的主力军、中坚群。同时，我们还不时看到一些在儿童文学论坛上崭露头角的、陌生的新面孔。正因为《文艺报》把这支勤奋、敬业的儿童文学理论批评队伍紧紧地团结、凝聚在一起，不断推出他们辛勤劳作的成果，向社会各界和广大读者展示了当代儿童文学的新成就、新风貌，从而在评论家与读者、作家之间，儿童文学与成人文学之间架起了一座相互理解、相互促进的桥梁。

《文艺报·儿童文学评论》所处的地位，要求它进一步增强导向性、科学性，对提高儿童文学创作的思想、艺术质量，提高读者的鉴赏水平，发挥更为积极的作用。当我们聚在一起，纵情欢唱"祝你生日快乐"庆贺它10岁生日的时候，为了它的健康成长，我愿意直率地指出它的缺点和不足，恳切提出一些新的期待和希望。

一是希望编者在深入调查了解、研究儿童文学创作现状的基础上，拟定选题，有计划地组织一些重点稿件。编辑部人手不够，是不是可以同有关研究机构、高等院校、报刊编辑部通力合作，借用他们的力量，认真阅读、研究作品，及时了解、掌握当前创作潮流、走势、倾向。对儿童文学总体情况心中有数，才能准确地判断哪部作品该推荐，哪部作品不该介绍；哪种思潮、倾向该倡导，哪种思潮、倾向该批评。这样，对稿件的取舍，也就可以避免可能产生的某种随意性、盲目性；也只有了解掌握创作现状，才有可能组织力量撰写出从宏观考察的，具有针对性、指导性的好文章，才能有说服力地回答作者普遍关注或是在创作实践中感到困惑的问题，加强对创作思想的导引。

二是希望这块专版更好地树立和发扬健康的、实事求是的文学批评风气。对作家、作品的评论，真正做到好处说好，坏处说坏，好在哪里，坏在哪里，进行科学的、全面的分析。要全面理解文学批评的功能和作用，既要为儿童文学园地上的新现象、新事物、新作品、新作家鸣锣开道，擂鼓助威；也要及时指出创作中出现的失误、缺陷和问题，剔除那些不利于儿童文学发展、繁荣的消极、不健康的东西。对优秀的儿童文学作品，要热情鼓励、赞扬；对存有错误倾向、不好的作品，要敢于批评；对基本倾向好，但有缺点和不足的作品，则要采取与人为善的态度给予恰如其分的评析。据我的印象，《儿童文学评论》专版上还是有一些一味赞扬、充斥溢美之词、言过其实的文章，却缺少对作品的成败得失予以实事求是、入情入理批评的文章。儿童文学作家都有一颗纯真的童心，我想，他们是有听取批评意见的胸襟和雅量的，重要的是编者要努力倡导一种良好的批评风气。上海出版的《儿童文学研究》丛刊近年来旗帜鲜明地倡导批评，在这方面已经走在前头了，希望《儿童文学评论》专版能迎头赶上。

三是希望这块专版鼓励理论上的探索，提倡不同学术观点、艺术观点的讨论和争鸣。儿童文学理论批评要考察、探索、解决儿童文学创作实践中的新情况、新问题，探求儿童文学发展的经验与规律。既然是学术个性、审美情趣各异的理论批评工作者从不同的角度、不同的层面来探讨，那自然就会仁者见仁，智者见智。要因势利导，鼓励各种不同意见之间的相互争论和相互批评。通过平等的争鸣和说理的、同志式的讨论，来判断学术上的是与非和艺术上的优劣高下，以求得儿童文学理论和创作实践上一些问题的解决。多年来，《儿童文学评论》版面上似乎过于冷清、沉闷了，几乎听不到不同的声音。这不禁使我想起自己上小学时，期终拿回的成绩单上，总有那么一句评语："安静，欠活泼。"10岁的孩童理应天真烂漫、活泼开朗，不该那么斯文、腼腆、循规蹈矩。热切地期望《儿童文学评论》开展生动活泼的自由讨论和争鸣，开展民主的、说理的批评和反批评。愿这个平静的港湾顺应时代大潮日益喧闹欢腾起来！

1997 年 3 月

祝《少年儿童故事报》更上一层楼

有机会来到西子湖畔，同来自全国很多省市的同学、老师欢聚在一起，共同祝贺《少年儿童故事报》创刊三周年和第二次全国"未来作家"征文大奖赛圆满成功，感到十分高兴。我谨代表中国作家协会儿童文学委员会向获得1987年度全国"未来作家"征文奖的同学和获得伯乐奖的老师，表示真挚的、热烈的祝贺！并衷心祝愿《少年儿童故事报》越办越好！

《少年儿童故事报》创刊三年来，在编辑部同志们的辛勤耕耘和作家、老师、家长、出版发行工作者的竭诚支持下，已经逐渐成为一张拥有相当广泛的读者群、并富有一定特色的报纸。我深切希望它在现有的基础上，更上一层楼，办得更加生动活泼，丰富多彩，真正成为小朋友爱不释手的读物。面对提高中华民族精神素质、培育一代"四有"新人的历史任务，面对改革、开放的时代大潮，我们从事儿童文学工作、儿童报刊编辑工作的，应当努力通过自己创造性的劳动，来提高孩子的精神境界，丰富他们的文化素养，拓展他们的思维空间，鼓舞他们的创造热情。《少年儿童故事报》在这方面是可以大有作为的。重要的是编辑部的同志要置身于改革大潮之中，敏锐感应时代的脉搏，提高自身的思想素质和业务素质；并细心倾听来自小读者和老师、家长的声音，勇于开拓创新，按照读者的愿望和要求，不断革新报纸的内容和版面。

"未来作家"征文大奖赛已举办了两届，吸引了四面八方千百个爱好写作的小朋友。我十分赞赏《少年儿童故事报》做了这件很有意义的工作，它不仅密切了报纸和小读者的联系，而且有助于提高孩子们的写作兴趣、热情和能力。获奖的小作者已经用自己最初的作品表明，他们是文学园地里很有希望、很有生命力的小苗苗。我热切地希望这些小作者不断拓展生活视野，细心观察自己周围的事物，培养、训练自己具体描述事物的能力，在语言文字上不断锤炼，一步一步地、扎扎实实地探索、追求，在文学写作上取得新的成绩。在获奖的小作者中，也许有一些会成为文学创作队伍的第四梯队、第五梯队，有朝一日会跨进作家协会的门槛。而其中大多数则将来未必专门从事文学创作，他们可能是工程师、医生、飞行员、企业家或各条战线的普通劳动者。不论是不是"未来作家"，中、小学生都应当把写作基本功搞得扎实一些，努力提高写作水平，使自己成为既有四化建设本领又有文字表达能力的有用人才，这样就能在社会主义物质文明和精神文明建设中做出更多的贡献。正因为如此，我们理应满腔热情地支持《少年儿童故事报》继续办好"未来作家"征文大奖赛，热心浇灌、扶持破土而出的文学幼苗。我建议，精心编选征文大奖赛的获奖作品，并请作家、评论家、教师撰写讲评，由出版社辑印出书。这必将有助于提高小读者的阅读、鉴赏、写作水平，也一定会受到老师、家长的欢迎。

让我们同心协力地干一些实事，更好地为亿万少年儿童服务！

1987 年 12 月 24 日

同孩子贴得更近些　同作家靠得更紧些

十年前呱呱坠地的《摇篮》儿童文学报，走过了一段充满阳光又时有风雨、虽然宽广但并非平坦的路。如今它已在我国少年报刊之林中寻找到自己恰当的位置，拥有一大批热心的小读者。

《摇篮》报注重文学性又兼顾知识性、趣味性，鼓励创作题材、形式、体裁、风格的多样化，一以贯之地苦心经营刊登孩子习作的《作文园地》，力求图文并茂、版面活泼……所有这些长处和特色，已经赢得小读者的称赞，应当继续保持和发扬。除此以外，我对《摇篮》还有两点小小的希望。

一是要同小读者贴得近些再近些。

《摇篮》报一向比较重视同小读者的联系，通过开辟"开门办报"专栏、举办"批评建议奖"等多种方式，经常反映读者的要求、意见和建议，在读者、作者和编者之间架起一座相互沟通、理解的友谊之桥。今后，编辑部应当更加深入地了解当代少年儿童的思想、感情、阅读心理、审美趣味和他们对少年儿童文学创作的期望与要求。不仅在报纸版面上及时反映来自小读者的声音，还可在力所能及的范围内积极组织与开展一些孩子们感兴趣的活动，如读者、作者、编者联谊会，热心读者或未来作家夏令营，等等，想方设法同小读者贴得近些再近些，细心倾听他们的呼声，了解他们的欢乐和苦恼，真正做小读者的知心朋友，按照他们的愿望不断改进《摇篮》报的工作。

二是要同作家靠得紧些更紧些。

《摇篮》报不仅经常发表儿童文学作家的作品，最近一个时期还接连发表了一些成人文学作家（如骆文、邹荻帆、陈登科、高晓声、洪洋等）的作品。由此我不禁这样想：如果每个少年儿童报刊都分别联系几十个、上百个作家，积极组织他们为孩子们写作，那么，50年代曾经号召的、中国作家协会于1986年又再次向会员提出的："在一二年内为孩子们至少写一篇作品"的要求，就不难落到实处。《摇篮》报在这方面已经开了个好头，今后可以更有计划地、持之以恒地做好这件事。既可以组织作家为孩子们写各种题材、体裁的短小、精粹的作品，同时也可组织评论家为孩子们写推荐、评介新书的书评，或点评少年儿童习作的文章。少年儿童报刊比成人文学刊物拥有几倍以至几十倍的读者。面对如此众多的热心的小读者，作家哪能不乐于奉献出思想、艺术上均属上乘的精品呢！让我们心连心，手拉手，为把祖国未来建设者、21世纪新主人的摇篮，摇向世界，摇向未来，发一份光，出一份力！

1991年7月31日

十年风雨路　一颗赤子心

——祝贺《未来》创刊十周年

10 年前,《未来》创刊时宣称:将"在伟大祖国的广阔土地上,踏出一条《未来》的路"。现在回过头来看一看《未来》的 10 年历程,我认为这条路已经踩出来了。1981—1991 年这 10 年间,《未来》经受了思想界、文艺界、出版界的风风雨雨,备尝了创业的酸甜苦辣。编辑者、出版者出于对未来一代的责任感、使命感,凭着一颗炽热的赤子之心,硬是咬着牙挺了过来。特别是当"《巨人》倒下去,《朝花》凋谢了"的特殊困难时期,《未来》苦苦地支撑下来,成了当时全国唯一的大型少儿文学刊物,这实在是难能可贵。依我看,可用"十年风雨路,一颗赤子心"来概括《未来》的形象和品格。

《未来》这 10 年来,保持和发扬自己一以贯之的特色,以发表中长篇作品为主,以少年(中学生)为读者对象。从 1984 年起更在刊物封面、扉页或书脊上标明为"少年文学丛刊",在少儿文学报刊之林中,较早地举起了少年文学的旗帜。

经过多年的摸索、实践,刊物从内容到形式已逐步形成丰富而不芜杂、严谨而不呆滞的风格。

刊登中长篇作品以小说为主,兼及童话、神话和报告文学等多种体裁。而小说之中,除了现实题材的作品外,还有动物小说、历史小说、电影小说、科幻小说和推理小说等,可谓主体鲜明,丰富多彩。

《未来》重视译介外国优秀少年儿童文学作品,这在少儿文学刊物中,虽不能说是独此一家,但经常译介中长篇,覆盖面又如此之广的,恐怕可说是舍此无他了。"他山之石,可以攻玉",这样做,不仅使少年读者有机会欣赏、领略外国名篇精品,大大开阔了眼界,而且使儿童文学作家得到启示和借鉴,从中撷取精华,更好地在创作上开拓、创新。

《未来》的评论栏目也有自己的特色。以评介、讨论本刊发表的作品为主，同时也注意选发一些从总体上、宏观上研究、论述儿童文学创作状况和问题的文章。经常报道一些儿童文苑的信息和国际儿童文学交流的动态，也是深受读者、作者欢迎的。

《未来》广泛团结儿童文苑老、中、青作家，较好地处理了发表名家名作与新人新作的关系。尤其引人注目的是，为了重点推出一些创作上富有潜力、前景看好的中青年作家，刊物往往不惜篇幅，连续地、集中地发表他们的作品。比如，连续发表了中学教师、业余作家赵立中的系列中篇《人间真情少年时》《几度风雨花开时》和《比爱情更美好的》，并及时组织评论、座谈。又如，连续发表中年作家金曾豪的《狼的故事》系列——《独狼》《狼囚》《残狼》，并同时发表他的中篇新作《魔树》。刊物的这一做法，不仅鼓舞了被推出的作者的创作热情、勇气和信心，而且加深了读者、研究者和同行们的印象，引起他们的注意，从而更全面、更清晰地了解这些作者创作上的特色、长短和得失。

通览已出版的 20 辑刊物，我深切地感到，《未来》编者的态度是极其严谨的，在追求高品位、高格调、思想性与艺术性的统一、讲究少年文学特色上，是锲而不舍的。但编者的思路和视野是开阔的，不同的题材、体裁、风格、表现手法，兼容并包，广开文路，热情支持艺术上的探索、创新。

从现在算起，不到 10 年，就要迈入 21 世纪。如今我们正处于新旧世纪交替的重要时期。《未来》与当今 10 岁的儿童是同龄人。它将和当代少年儿童一起成长，一起跨进 21 世纪。我热切地期望《未来》更好地面向未来，放眼新世纪的曙光，把着眼点放在培育一代跨世纪的社会主义事业建设者和接班人上。为塑造 21 世纪的国民性格，培养具有崇高的理想、坚强的意志、优美的情操、开拓的能力的 21 世纪新主人，奉献自己的心血和汗水。

《未来》要在少儿文艺报刊之林中站稳脚跟，赢得更多的读者，就得更好地坚持和发扬自己的个性和特色。仅仅保持"丰富而不芜杂，严谨而不呆滞"还不够，要更上一层楼，力求办得更鲜明、高雅、精致、富有魅力。这就要花大力气抓中长篇的思想、艺术质量，每隔一段时间，推出一两部富有时代特色、符合当代少年心理特征和审美情趣、足以代表当前我国少年文学创作水平的力作佳构；进一步鼓励题材、体裁、样式和风格的更加多样化，比如，传奇小说、历险小说、幽默小说、游记和传记文学等方面，都还大有用武之地；扩大视野，放眼世界，更有计划地介绍外国少年儿童文学的优秀成果，填补我国少儿文学刊物在某些方面的空白。如果在以上几个方面认认真真、踏踏实实地做出成绩，我想，《未来》定会在少年读者群和儿童文学界生根、发芽、开花，散发出更加温馨、浓郁的芳香。

1991 年 11 月

参与竞争　以质取胜

　　少儿文艺报刊是帮助少年儿童开阔眼界，增长见识，认识社会和人生的一个重要窗口；也是丰富孩子们的精神文化生活，满足他们的审美需求，提高他们的道德素质和文学素养的一条重要渠道。因此，少儿文艺报刊的编辑出版工作，也是建设社会主义精神文明大厦、塑造一代"四有"新人这一伟大工程的一个重要组成部分。在这块园地上辛勤耕耘、默默奉献的园丁们都时刻意识到自己肩负的这副担子的分量。

　　当前，在深化改革、扩大开放、建立社会主义市场经济体制的新形势下，少儿文艺报刊的改革和发展，同整个少儿文化事业一样，既面临着新的、前所未有的机遇，同时也面临着新的、前所未有的挑战。为了更好地抓住机遇，迎接挑战，需要多方面、多角度地探索少儿文艺报刊生存和发展的路子。少儿文艺报刊工作者如能开展认真的、深入的相互探讨，交流经验，定会获得有益的启示，从而起到开阔视野、拓宽思路、互通信息、博采众长的作用。

　　根据我平时翻阅若干种少儿文艺报刊的印象，也参照一些办得比较好的报刊的经验，我觉得有几点是值得我们重视、思考和探索的。

　　一是要不断更新观念，跟上时代步伐，适应读者需要。一定要把着眼点放在培育一代跨世纪的接班人，即21世纪的新主人上。我们的文艺报刊提供的精神食粮，要有利于培养具有崇高的理想、优美的情操、丰富的知识、开拓创新的能力的一代新人。报刊要更好地适应改革开放的大环境，满足大变革时代小读者多样化的精神需要。

　　二是要强化竞争意识。少儿文艺报刊要积极参与文化市场的竞争，在竞争中求生存、求发展。要在竞争中取胜，只有千方百计提高报刊质量，努力寻找自己在少儿报刊之林中的位置，既要勇敢地迎接改革开放大潮、社会主义市场经济大潮的挑战；又要在挑战中站稳自己的脚跟，坚持自己的办报（刊）宗旨、方针，更自觉地保持和发扬自己的传统和优势。

三是要加强报刊同小读者的联系和交流。让小读者积极参与，想方设法吸引他们来读、来写、来出主意，让少年儿童真正做报刊的主人。真实反映少年儿童的生活、感情、愿望和呼声，聚焦小读者关注的热点、难点问题，更好地贴近日新月异的现实生活，适应好奇好动的儿童天性，使报刊成为少年儿童忠实而真诚的朋友。

四是坚定地走自己的路，强化刊物的个性，努力办出自己的风格和特色。既要在生产"名、优、特"产品上下功夫，要有小读者喜闻乐见的栏目，要推出小读者喜爱的明星作家、画家；也要组织小读者感兴趣的征文大赛、知识竞猜、夏令营等丰富多彩的活动。敢于标新立异，鼓励编辑部同人和读者、作者多出新招、高招、绝招。

五是力求雅俗共赏，满足多层次小读者的审美需要。既要有富于思想内涵和艺术魅力、文学性较强的高雅作品，也要有可读性强、品位与格调又较高的通俗作品，积极引导小读者追求高层次的审美情趣。千万不要"见利忘义"，一味追求经济效益，而出版一些有损孩子身心健康的产品。

少儿文艺报刊拥有千百万小读者，这是一个可以大有作为的广阔天地。只要我们殚精竭虑，精心经营，可以预期，它的前景还是很乐观的。

1993 年 6 月 15 日

《儿童文学》风华正茂

　　《儿童文学》杂志在风风雨雨中走过了 30 年不平坦的路。如今，她生气勃勃地屹立在我国少儿报刊之林中。在儿童文学的小百花园里，她是一朵色彩绚丽、别具芳香的鲜花。30 年来，《儿童文学》在培养儿童文学新人、繁荣儿童文学创作、为少年儿童提供美好的精神食粮方面，做出了引人瞩目的成绩。

　　《儿童文学》杂志始终坚持高质量、高品位、高格调。创刊之初，她就鲜明地提出："着重作品思想性和艺术性的完整统一，力求达到当前我国儿童文学创作的中上水平。"多年来，刊物发表的作品既注重内容健康向上、反映时代特色、贴近儿童生活，又鼓励提倡题材、体裁、风格的多样化，以满足小读者多种多样的审美需求。《儿童文学》上刊登的不少精品佳作，赢得广大小读者的喜爱和文学界的好评。在历届全国性的儿童文学创作评奖中，《儿童文学》发表的作品往往占有相当大的比例。儿童文学界不少朋友都认为，这本刊物确实可以代表当前我国儿童文学创作的思想、艺术水平。

　　《儿童文学》杂志具有很强的凝聚力。她吸引、团结了我国一大批经历各异、风格不同的老、中、青儿童文学作者。富有经验的老作家一向热情关注她的成长，不断给她奉献自己精湛的新作。活跃于当前儿童文学文坛的中青年作家，也都是她亲密的朋友。从 60 年代到 80 年代，《儿童文学》举办的 3 期讲习会，荟萃了一批批当时崭露头角的、有才华的青年作者。她在培养文学新人上做出的成绩是有目共睹的。翻一翻历年来刊物的合订本和先后出版的《〈儿童文学〉20 年优秀作品选（1963—1983）》《〈儿童文学〉（1983—1993）优秀作品选》，我们欣喜地看到，几乎当代中国所有有成就、有影响的儿童文学作家，都在这块园地上留下过自己的脚印。

这正是她具有强大凝聚力的最好的证明。

《儿童文学》已经逐渐形成了自己亲切、清新、雅致、精粹的风格和特色。她忠实遵循自己的办刊方针，不趋时媚俗，不随波逐流，这在儿童文学界和广大读者中已有口皆碑。她那新颖多样的栏目，清丽淡雅的封面，朴素大方的版式，优美精致的插图，无不令人赏心悦目。

深切地希望迈入而立之年的《儿童文学》，在改革开放的时代大潮中站稳脚跟，迎着风浪与时代同步前进，继续保持和发扬自己的传统、风格和特色，并进一步发扬锐意改革、勇于创新的精神，使刊物同大时代贴得更紧些，同小读者靠得更近些，以更加成熟、更加迷人的风姿自立于华夏少儿报刊之林，给孩子们带去更多的欢乐、温馨、美的享受和奋发向上的力量，为培育一代"四有"新人、提高我们民族的精神素质，做出新的贡献。《儿童文学》是团中央和中国作家协会共同创办的刊物，多年来，我们两家已形成了遇事商量、通力合作的亲密关系。今后，中国作家协会将一如既往全力支持《儿童文学》的工作，为把这本刊物办得更好、更有活力而奉献自己的力量。

祝愿《儿童文学》童心不泯，青春永驻！

1993 年 10 月 30 日

为精品鼓与呼

诞生于 80 年代初的《儿童文学选刊》（以下简称《选刊》），如今已成为翩翩一少年了。在我国少年儿童报刊之林中，《选刊》是一本颇有个性、风采的刊物。

从创刊至今，15 个春秋，《选刊》始终不渝地坚持以荟萃儿童文苑短篇佳作为己任，大力扶持新人新作，热情支持艺术探索与创新，关注、鼓励理论探讨与争鸣，充分显示了一个选家应有的勇气和眼力。大致浏览一下已出版的 80 多期刊物，我们不仅高兴地看到当代中国儿童文学第二黄金时期的丰硕成果，而且可以清晰地看出新时期以来儿童文学的总体面貌、发展过程和艺术走向。毫不夸张地说，《选刊》为谱写新时期儿童文学发展史留下了重要的、弥足珍贵的资料。正因为如此，她已成为众多的儿童文学作家、评论家和研究工作者熟悉而亲密的朋友，并在儿童文学爱好者、少年读者群中也小有名气了。

《选刊》已经取得的成就值得祝贺，但面对建设四化、振兴中华的伟大时代，面对跨世纪的一代新人，《选刊》应当更加清醒、自觉地意识到自己肩上担子的分量。我们的时代呼唤精品，广大小读者渴望精品。努力树立精品意识，既是对作家的要求，也是对选家的要求。以选精拔萃为宗旨的《选刊》，理应为儿童文学精品力作的问世、传播创造条件，开辟道路，满怀热情地为精品鼓与呼。

什么是精品？当代少年儿童需要什么样的精品？我以为，不久前江泽民总书记提出的要创作出我们自己的、为少年儿童所喜闻乐见、富有艺术魅力的儿童文艺作品，正是对精品的基本要求。这里所说的"我们自己的"，从总体上、广义上说，是要求作品具有鲜明的时代特色、民族特色；同时，它又要有现实针对性，那就是要尽快打破外国卡通一统天下、洋"鼠鸭猫"称霸荧屏的局面，努力创造出在吸引力与覆盖面上堪与米老鼠、唐老鸭相匹敌，文学品位更高、艺术魅力更强的中国自己的儿童文学形象。"为少年儿童所喜闻乐见"既要在题材内容上贴近时代，贴近现实，贴近孩子的生活和心灵，又要重视体裁、形式、表现手法和艺术风格的多样化，鼓励标新立异，讲究趣味性、娱乐性、可读性。"离孩子们生活最近的（学校和家庭中孩子们所关心的事）或最远的（探险、科幻、宇宙奥秘、动物世界），这类题材的作品都是孩子们最感兴趣的。"少年儿童阅读状况调查反馈回来的这个信息，是值得作家、选家重视的。"富有艺术魅力"，则要求在艺术上精雕细刻，精益求精，写得更精彩、更精粹、更精致些，使作品具有强烈的吸引力和艺术感染力。总之，儿童文学精品应当是思想内容健康向上、艺术形式完美精湛、能够深深打动孩子心灵、能在小读者群中产生广泛影响并具有较为久远的艺术生命力的优秀之作。其中有的可能成为经典之作、传世之作。当然，这是对精品的高标准、严要求，是我们希望达到的目标。精品不是一蹴而就、信手拈来的，而是作家在思想、生活、艺术上做了充分的准备，呕心沥血、惨淡经营的结果。精品的生产，需要一定的土壤、气候、环境氛围和良好的创作心态，需要一定的时间和周期。不能指望旦夕之间，报刊、书籍等出版物上或荧屏银幕上，就骤然出现那么多精品力作。即使对立志办成一份精品刊物的《选刊》，也不能要求她选登的每一篇作品都达到精品的水平和高度。还是要从我国当前儿童文学创作的实际状况出发，在现有基础上一个台阶、一个台阶地向上登攀。

愿《选刊》殚精竭虑，披沙拣金，经过不懈的努力，真正成为一个有口皆碑的儿童文学精品库。

1995 年 8 月 24 日

《2001 年中国儿童文学年鉴》前言

出版一本《中国儿童文学年鉴》，是文学界、学术界特别是从事儿童文学创作、理论研究、编辑出版的朋友期盼已久的一个心愿。1985 年，浙江少年儿童出版社出过一本《1983 中国儿童文学理论年鉴》。然而昙花一现，时隔十七八年，偌大的中国再也没出过第二本这样的年鉴，这不能不说是一件令人感到遗憾的事。跨进新世纪门槛，以出文学精品驰名儿童文苑的江苏少年儿童出版社慨然表示，要力所能及地为儿童文学界办一些实事、好事，愿与中国作家协会儿童文学委员会合作，编辑出版《中国儿童文学年鉴》。这样，终于使一件早就该做而一直没能做成的事落到实处。这确实令人感到欣慰。

2001 年，是新旧世纪交替之年，是 21 世纪开元之年。从新世纪第一年开始编辑出版《中国儿童文学年鉴》，可说是一个新的起点，一个良好的开端。年鉴将尽可能全面汇集当年有关我国儿童文学创作、评论、研究、编辑、出版、译介等方面的情况、信息、资料，力求使之成为一本于儿童文学工作者、爱好者有所助益的参考书、工具。

《2001 中国儿童文学年鉴》的内容分为"文件、报告""创作、论概况""论文选辑""论著简介""纪事""资料"等几个部分，从中可以大致了解 2001 年我国儿童文学的概貌。

"文件、报告"部分收入了《中国作家协会关于进一步加强儿童文学工作的决议》，这是继 1955 年、1986 年之后，中国作家协会就儿童文学工作作出的第三个决议，对促进新世纪我国儿童文学的发展、繁荣，具有指导意义。《儿童文学创作硕果累累》摘自金炳华同志在中国作家协会第六次全国代表大会上的工作报告。报告高度概括地评估了 90 年代中期以来儿童文学创作的喜人成绩，为谱写中国当代儿童文学史册增添了闪光的一页。

"创作、评论概况"部分不仅约请专家、学者写了三篇综述评介2001年度儿童文学创作和理论研究的文章，还收入了一篇回顾、展望世纪之交我国儿童文学发展状况和前景的文章。这将有助于读者站在新世纪的起点上，了解我国儿童文学继往开来、承上启下的走向。为了更全面、更具体地展示一个年度儿童文学创作、研究、出版等方面的成就，指出存在的问题，今后将力争逐步做到按儿童文学体裁、门类，分别约请专人撰写文章，逐一介绍儿童小说、童话、诗歌、散文、科学文艺、戏剧文学、影视文学、低幼文学、少数民族儿童文学、儿童文学理论研究、外国儿童文学译介、少儿文学读物出版以及香港、澳门、台湾儿童文学的情况。当然，这不是一蹴而就的事，需要花费很多心血和力气去做深入的研究工作和细致的组织工作。

"论文选辑"收入了38篇有关儿童文学总体研究、文体分类研究、作家作品研究、外国儿童文学研究的论文。这是从2001年报刊发表的为数众多的儿童文学论文中选出来的。选取这些文章的着眼点，在于它们或议论了重要的儿童文学现象，或评析了较有影响的儿童文学作家作品，对了解研究当代中国儿童文学可资参考和借鉴。如何使年鉴的这一部分真正成为"年度儿童文学文论选"，是一个有待努力登攀的目标，目前我们离这个目标还存在不小的距离。"论著简介"对2001年出版的10种儿童文学理论研究、作家作品研究、文献史料专著，用提要的形式作了简介。"纪事"是一份2001年儿童文坛事录。"资料"部分汇集了2001年儿童文学获奖作品和短篇佳作篇目、新书目录、论文目录索引、中国作家协会会员中的儿童文学作家名录等情况和资料。

编辑这本年鉴，得到北京师范大学中文系、浙江师范大学儿童文学研究所等单位的大力帮助和支持，对此我们表示深切的感谢。由于资料搜集之艰难，成书过程之仓促，又加上我们缺乏经验，因此这本书还不够完整，难免存有疏漏、差错，恳请专家、读者予以批评指正。

2002 年 4 月 16 日

真挚比才能、技巧更重要

——写在《中国儿童文学》编委相册上

凡事讲究一个"真"字，求真务实，是我的人生信条，也是我的写作准则。无论是写评论还是写散文，力求真挚，讲真话，抒真情，有感而发，朴朴实实地写自己的亲身经历和内心感受，让读者分享自己的快乐、激动，也体味我尝到的人生的酸甜苦辣。我深信真挚比才能、技巧更重要！只有写得真实诚挚，才能展示生活的美、生命的美，也才能具有打动人心的艺术魅力。

2001 年 11 月 17 日

坚守与开拓

上世纪 60 年代初呱呱坠地的《儿童文学》，转眼之间，迎来了自己不惑之年的生日。在 40 年风风雨雨的摇曳中，它成为中国少年儿童文学之林中一株枝繁叶茂的参天大树。《儿童文学》名副其实地成了展示中国当代儿童文学风貌的一个窗口、凝聚儿童文学力量的一个阵地。

追求思想与艺术的完美统一，坚守文学品格，是有 40 年历史的《儿童文学》的优良传统。上世纪 90 年代，在市场经济大潮的冲击下，诸多纯文学报刊面临读者流失、生存岌岌可危、纷纷改弦易辙。《儿童文学》不改初衷，忠诚、顽强地守望儿童文学这块阵地，毫不动摇地走纯文学之路，保持稳定的文学品质。在竞争激烈的读者市场，它找准了自己的位置，站稳了脚跟，这确实难能可贵。

对纯文学的守望、坚持，是一种品格和操守，一种使命和责任，如果《儿童文学》同人没有对文学理想的执着追求，没有为未来一代铸造美好心灵、建设精神家园的自觉意识，那是很难在困境中坚持下来的。守望、坚持，不是停滞不前、一成不变。随着时代大潮的涌动和读者审美情趣的变化，刊物的变革势在必行。《儿童文学》较好地把握了守望与开拓、稳定与变革、坚持与创新的关系，力求做到稳中有变、变中求新，逐步形成自己的稳健又活泼、雅致又亲切、丰富又精粹的风格和特色。刊物历来注重发表鼓舞少年儿童奋发向上、贴近当代少年儿童生活的作品；同时又为题材、体裁、样式、风格的多样化发展提供了广阔的天地。近些年被冷落的诗歌、寓言和不甚景气的童话，在《儿童文学》上始终占有一席之地。随着少年喜爱的网络文学的发展，"网络传真"已经成为刊物的又一道风景。多年来，刊物的栏目、版式不断有所变化，但万变不离其宗，始终不离开文学的轨道。变是为了求新颖、求情趣、求美感，为了提高刊物的文学品位和魅力。

作者和读者是刊物的最亲密的朋友、最重要的支撑者，也是刊物赖以生存的根基。离开作者和读者，办好刊物，增强刊物的活力生机，也就无从谈起。《儿童文学》一向把广泛团结老中青作家，发挥他们的积极性、创造性，当作自己不容推卸的职责。刊物尤其注重推举儿童文学新人。我们高兴地看到一批批充满朝气、极具潜质的青年作家从版面上脱颖而出，这是刊物的希望所在，也是中国儿童文学的希望所在。

"本刊适合9至99岁公民阅读"，印在每期刊物封底上的这句广告词，表明《儿童文学》同人追求老少咸宜的儿童文学精品的志向和决心。同时，他们经过深入调查和多年摸索，又明确地将主体读者群定位在中学生和少年文学爱好者。只有树立读者意识，瞄准市场定位，改进刊物工作，提高刊物质量，才能有的放矢，落实到位。

步入不惑之年，意味着走向更加清醒，更加坚定，更加成熟。深切期盼《儿童文学》感应时代脉搏，与时俱进，不断开拓创新，精心打造出为广大读者认可的一流作品、一流刊物，以自己的鲜明特色屹立于华夏少儿报刊之林，巩固和发展自己的老牌、名牌地位，为铸造新世纪儿童文学的辉煌做出自己的贡献。

2003年6月1日

《2005 年中国儿童文学年鉴》后记

　　从新世纪开元之年《2001 中国儿童文学年鉴》问世至今，已进入第五个年头。如果按学术性与史料性、宏观考察与分类研究的完美统一来要求，已出版的几本《年鉴》还有不少有待改进和提高的地方。但它毕竟记载了一年又一年我国儿童文学的发展历程，为研究当代儿童文学留下了一份弥足珍贵的资料。就这一点来说，作为编者，我们还是聊以自慰的。

　　五年来，这本《年鉴》的内容已形成几个相对固定的板块。儿童文学界每个年度所发生的重要事件，所举办的重要会议、活动，所发表的重要文件、报告、讲话，都收在"文件、报告、会议"这个板块里。2005 年 4 月 2 日是童话大师安徒生诞辰 200 周年纪念日。这是丹麦、中国乃至全世界少年儿童的节日，是世界儿童文学的节日。在这一年里，全世界各个国家和地区都以不同的方式纪念这位为世界儿童文学做出杰出贡献的文学巨匠、文化名人。我国部分儿童文学作家、评论家纪念这位伟人的文章、发言理所当然地排在"文件、报告、会议"这个板块的显著位置。湖北少年儿童出版社的《百年百部中国儿童文学经典书系》系统工程在本年度启动。这是对百年来中国儿童文学的回顾、梳理和总结；是中国儿童文学出版史上前所未有的集大成的工程，也是一项具有重大价值的文化积累与传承工程。本《年鉴》"文件、报告、会议"板块收录了这部《经典书系》的《总序》和高端选编委员会两位成员的相关文章。收录在这一板块的还有："中国原创儿童文学的现状及发展趋势研讨会"。去年 5 月在山东青岛召开的这次会议，就"中国原创儿童文学现状的估价问题""如何处理中国原创儿童文学的中西方关系""原创儿童文学创作与出版、推广的关系"等话题，进行了较为深入的探讨，取得了具有一定学术价值和实践意义的成果。本《年鉴》选登了王蒙在这次会议开幕式上的专题讲演和几位儿童文学作家、评论家的发言。著名作家、当代儿童文学领军人物严文井的逝世，是 2005 年我国儿童文学界又一重要事件，特选登几篇儿童文学作家、评论家回忆和怀念的文章。

"创作·评论·出版概况"这一板块所登有关儿童文学的年度述评大多是我们分别约请专人撰写的。应约写这些文章的作者花费了很多心血和精力，这是我们由衷感谢的。由于组织工作不力，今年未能落实撰写幼儿文学年度述评的作者；好在比往年多了一篇有关图画书的述评，也算是多少弥补了这方面的不足。如何使年度述评的作者队伍更广泛、更多一些新面孔，如何使这类文章更好地做到有"述"有"评"，既有全面概括的叙述，又有简洁独到的评析，这还需要下功夫改进。我们打算与有关研究单位和报刊加强合作，努力做好这项工作。

编完这本《年鉴》已是深秋时节，比往年发稿的日子又晚了两三个月。这是编者抓得不紧、不力所致。对关注这本书的读者和鼎力支持出版这本书的江苏少年儿童出版社，我们不能不抱有深深的歉意。今后当在总结经验的基础上积极改进工作，使《年鉴》在保证质量的前提下如期问世。

2006 年 10 月 31 日

《2006 年中国儿童文学年鉴》后记

2006 年，在儿童文学史册上留下了闪光的、耀人眼目的一些篇章。

在 11 月召开的中国文联第八次全国代表大会、中国作协第七次代表大会上，温家宝总理在《同文学艺术家谈心》中，满怀深情地娓娓而谈与儿童文学老前辈冰心、严文井等的交往，让儿童文学工作者心中升起一缕亲切、温馨之情。

金炳华同志在中国作协代表大会上热情肯定了儿童文学创作近几年取得的成绩，并对今后儿童文学的发展寄于热切的期望。在这次代表大会上，一位女作家——铁凝当选为中国作家协会主席，她的创作也是从儿童文学起步的。而一位儿童文学作家高洪波被选为中国作协副主席，也是作协有史以来第一次。儿童文学作家、作品得到更多的关注，是令人欣慰的。

过去这一年，我们怀着崇敬的心情纪念了两位德高望重的儿童文学老前辈张天翼、陈伯吹诞辰 100 周年。国际儿童读物联盟（IBBY）第 30 届世界大会在我国澳门胜利召开，大会特设有儿童自己主持的"我们的文学——儿童论坛"，引人注目。在韩国首都首尔召开的第八届亚洲儿童文学大会上，蒋风教授荣获儿童文学理论贡献奖，赵郁秀女士荣获儿童文学交流奖。

尤为可喜的是原创儿童文学作品佳作迭出，小说如黄蓓佳的《亲亲我的妈妈》、张品成的《十五岁的长征》、格日勒其木的《黑焰》、谢倩霓的《喜欢不是罪》、李有干的《大芦荡》和《小虎队儿童文学丛书》等，童话如王一梅《蔷薇别墅里的老鼠》、皮朝晖的《面包狼》、张秋生的《新小巴掌童话》、郭大森的《长白雨燕脱险记》、低幼文学如萧袤的《男孩和青蛙》、高洪波的《板凳狗系列》，诗歌如张小楠的《叶子是树的羽毛》，报告文学如韩青辰的《飞翔，哪怕翅膀断了心》等，都赢得了好评。

整合名家名作资源，汇编原创经典、优秀作品的势头方兴未艾，继湖北少年儿童出版社的《百年百部中国儿童文学经典书系》之后，中国少年儿童出版社的《天使在人间：爱心诵读名家作品选》、晨光出版社的《中国儿童文学名家书系》等相继问世。

所有这些儿童文学事件、现象，构成儿童文苑一道亮丽的风景线，理应用浓墨重彩在《年鉴》上记上一笔。

从 2001 年开始，编选《儿童文学年鉴》至今已满六个年头。对已出版的几年《年鉴》，我们既听到一些赞扬之声，同时也听到一些意见和建议，如何使《年鉴》成为一本既有收藏价值的史料书，又有实用价值的工具书，是大家的共同愿望。为此，必须进一步改进编选工作，编者的思路要打开，视野要拓宽；年度述评要写得更清晰、精粹；论文选辑要更好地选精拔萃；资料的涵盖面要更广泛、齐全；编审工作要更细致、规范。唯其如此，才有可能给儿童文学研究者、爱好者提供一本有价值、有特色、高质量的专业书籍。我们愿与高度重视、一贯支持这项工作的江苏少年儿童出版社通力合作，一步一个脚印地向这个目标迈进。

2007 年 10 月 24 日

为突破百万的《儿童文学》喝彩

举国欢庆新中国 60 华诞之际，欣闻在共和国怀抱里长大的《儿童文学》，月发行总量突破百万册，这是儿童文学界、出版界的一件喜事。我作为它的一个老读者、一个长期关注它成长的儿童文学组织工作者，感到由衷的高兴。

伴随人民共和国前进的步伐，在改革开放大潮的推动下，进入新世纪以来，《儿童文学》的生长、发展很快。为了满足不同层次小读者的审美需求，也为了取得市场激烈竞争下的生存权，《儿童文学》锐意改革，率先走上"一刊多版"的办刊之路。目前该刊已由原来的每月一本扩展为每月三本。年届 46 岁的大哥哥《儿童文学·经典版》，又增添了两个小弟妹：一个是不足 4 岁的《儿童文学·选萃版》；另一个是刚满周岁的《儿童文学·时尚版》。除这三本刊物外，《儿童文学》编辑部还出版以"儿童文学"冠名的《系列丛书》《典藏书库》《合订典藏》《绘本》《校园阳光书吧》等等。《儿童文学》真成了一个人丁兴旺、多子多孙的大家族。这充分说明它有读者，有市场，生命力很旺盛。

《儿童文学》是少儿报刊之林中老字号驰名品牌。它之所以能赢得众多小读者的青睐，在儿童文学创作、出版界和社会上有很高的声望、广泛的影响，我以为，它成功的奥秘主要在于：

一是有精品意识。多年来，刊物千方百计地力求发表思想性、艺术性与可读性完美统一的上乘之作、优秀之作。坚持高品位、高格调，坚守文学的基本品格，宏扬人文关怀精神，充分体现了对当代少年儿童生存状态的关怀，对少年儿童精神成长、心灵成长的关怀。

在坚持高品位、高质量的前提下，刊物努力做到广开文路、兼容并蓄，提倡题材、体裁、样式、风格的多样化。刊物的板块、栏目相对稳定，但又不时根据变化了的新情况有所调整。小说、童话、诗歌、散文、纪实文学每期都有，异域文学、网络文学也都占有一席之地。艺术的、大众的、雅俗共赏的作品在"经典版""选萃版""时尚版"三本刊物上竞相绽放，争奇斗妍。刊物在总体上一贯保持清新、雅致、亲切、精粹的面貌和特色。

二是有创新意识。当今儿童读物包括图书、期刊、报纸市场竞争激烈，要想在市场化、商业化浪潮中稳稳地站住脚，取得生存权，编辑、出版人的思想观念必须与时俱进，积极应对多种媒体并存、文化消费多元选择的变化、挑战。《儿童文学》编辑部同人在努力保持、发扬自己的传统、优势、特色的基础上满腔热情、殚尽竭虑地求变、求新。他们深知既要有新的思维、新的姿态、新的招数，但又不能跟风，不能媚俗。在深入调查、认真研究小读者的阅读心理、审美情趣、欣赏习惯之后，逐步把刊物一分为三，并明确定位：一本是刊登体现、引导创作主流的原创作品，一本是从儿童文学书刊之林中选精拔萃，还有一本力求把主流、原创与时尚、新锐的作品结合起来。正由于三本刊物的内容、品种各有侧重，得以满足不同层次读者的审美需求，因而才能在不长的时间内取得突破百万册的骄人成绩。

为了团结、凝聚作者，促进创作竞赛，近几年来，刊物先后举办了六届创作擂台赛，每年评选一次魅力诗人，这些富有创意、新意的举措，也都收到了较好的效果。

三是有读者意识。多年来，刊物编辑部十分清醒、自觉地意识到：小读者是自己的工作对象、服务对象，充分尊重小读者，坚定不移地把小读者的利益放在首位，并注意读者与作者、编者的互动、交流。三本刊物版面上开辟的"三地书""读编往来""自由地"等栏目，使编辑部和刊物上经常充满了小读者的声音。刊物举办各种活动也都十分注意倾听小读者的意见。如举办擂台赛等作品评奖活动，让小读者投票，充分考虑获奖作品是否为少年儿童所喜闻乐见。《儿童文学》一直打着"本刊适合9至99岁公民阅读"的旗子，力求老少咸宜，但又明确定位刊物的主体读者群为中学生和少年文学爱好者，这也表明刊物的读者意识极其明确。

刊物历来重视广泛团结老、中、青作者。当今儿童文学舞台上是上世纪八九十年代涌现的作者唱主角。他们的作品在《儿童文学》的版面上占着显著地位。同时，编辑部特别注意发现、推举富有潜力的文学新人。刊物呈现的作者队伍的构成，也清晰地反映出小读者的喜爱、愿望。

当《儿童文学》突破百万册之际，我深切希望这个大家族的兄弟姐妹、子子孙孙都健康、快乐地成长。祝愿三本刊物都办得同样精彩、同样出色，而又各具自己的风姿和特色。

刊物无论怎么变革、创新，都要保持、发扬自己的传统、优势和特色，持之以恒地树立、发扬精品意识、创新意识、读者意识。一定要珍惜《儿童文学》这块牌子，始终保持名牌的质量、水平，以质取胜，让读者信得过。在什么情况下，也不随波逐流，不急功近利，更不能见利忘义。

热切希望《儿童文学》一如既往地关注少年儿童的精神成长，心灵成长，让他们拥有一个丰富、奇妙、纯真、快乐的精神家园！

祝愿步入中年的《儿童文学》越来越成熟，越来越迷人，以她的文学品位、艺术魅力达到叫好又叫座。

祝《儿童文学》永远年轻，长盛不衰！

2009 年 9 月 28 日

一个编委的流水账

天高云淡，菊黄蟹肥，金色的收获季节，迎来《儿童文学》杂志的 50 华诞。

三十而立，四十不惑，五十知天命。历尽风霜雨露的《儿童文学》已步入根深叶茂、硕果累累的成熟期。

从《儿童文学》创刊之日起，我就是它的一个忠实读者。我不写诗歌、童话，也不写小说、报告文学，不是一个儿童文学作家。那我怎么会成为这本杂志的编委呢？这不能不说是一种机遇和缘分。由于我上世纪 50 年代写过几篇多少有点影响的儿童文学评论，当我在 80 年代初进入中国作家协会的领导班子时，就分工我联系儿童文学工作了。正因为《儿童文学》杂志是共青团中央和中国作协共同创办的，中国作协一直关注、支持它的工作。这样，自然我就和它建立起如漆似胶的关系。1993 年 7 月开始担任《儿童文学》编委；2009 年不再当编委，又受聘担任顾问。

从 1982 年到 2013 年，30 多个春秋，我作为中国作协分管儿童文学的负责人和刊物编委、顾问，都为《儿童文学》做了点什么呢？不能说是碌碌无为，但也乏善可陈，只是做了一些平平常常又不可或缺的事情。在这里，我还是愿意就记忆所及大致报一报几十年的流水账，让读者朋友更好地了解一个编委是如何发挥自己的优势和长处，为刊物做些力所能及的工作的。

撰写文章宣传介绍刊物的成就和特色。

《儿童文学》创刊 30 周年之际，我写了《〈儿童文学〉风华正茂》一文；创刊 40 周年时，我又写了《坚守与开拓》一文。欢庆新中国 60 华诞前夜，我写了《为突破百万的〈儿童文学〉喝彩》。在这些文章中，我赞扬刊物坚守文学的基本品质，形成清新、雅致、亲切、精粹的风格特色，富有与时俱进的开拓创新精神和尊重少年儿童审美需求的读者意识。

参与儿童文学作家、作品的评奖，为推出文学新人略尽绵薄。

多年来我忝列《儿童文学》十大青年金作家奖、金近儿童文学奖、全国中小学生作文大奖赛等评委会评委或顾问。每次评选我都认真阅读作品，参与讨论，按自己的鉴赏眼光和审美个性，负责地投下体现自己意愿的一票。我还用心为十大青年金作家奖获得者三三写了概括的评语，称赞她的少年小说叙事方式新颖别致，艺术格调温馨清丽。

参加儿童文学作品和创作问题的研讨。

在《儿童文学》举办或与中国作协儿童文学委员会合办的1996儿童文学创作研讨会、刘先平大自然探险系列作品研讨会、当代儿童诗歌座谈会、张牧笛作品讨论会、长篇作品深度交流会上我都发了言，评述创作现状，分析作品的成败得失，并先后写出《体味"寻找"的苦与乐》《童诗现状漫议》《坚守率真与善良》等文章。在《老生常谈的真心话》一文中我寄语儿童文学作家：始终不渝地坚守文学的基本品质；着力于儿童心灵的发现与塑造；发挥更加丰沛的想象力；保持和发扬艺术的多样性、独创性；潜下心来写得更从容些。

举办儿童文学讲习班，帮助青年作者提高思想、业务素质。

我参加或主持了1997年、1998年《儿童文学》社与中国作协鲁迅文学院、儿童文学委员会联合举办的两届儿童文学青年作家讲习班。在1997年的讲习班上我讲了一课，题目是：《儿童文学的现状与发展趋势》。我在这堂课中对新时期儿童文学的发展历程和特点，创作、评论、队伍建设的成绩和不足，今后儿童文学的走向和发展前景作了分析，提出自己的看法。在1998年的讲习班上，我则希望青年作者多读书、多观察、多思考、多练笔。

为提高刊物质量、改进编辑工作献计献策。

每次参加编委会和编委新春聚会，或刊物主编、编辑来家访问，我都会就自己所见所闻、所思所感，对刊物的编辑方针、栏目设置、作者队伍、读者定位等，提出建设性的意见或供参考的建议。我和《儿童文学》历届主编金近、王一地、徐德霞等都是好朋友；无论什么话题，从中国作协参加刊物编委会的人选到改为"一刊多版"后的内容分工、读者对象，都可以真诚、直率地交换意见。

关注小读者的心灵成长、精神需求。

我不是从事儿童文学创作的，没在《儿童文学》上发过什么作品。1996年刊物上开辟了"编委寄语"一栏，我写了一篇题为《迎接新世纪》的随笔。文中谈到少年朋友应以什么样的姿态迎接新世纪时，我勉励他们要有一种进入倒计时的紧迫感；要有一种跑3000米障碍赛排除万难、勇往直前的劲头；还要有一股自觉营造美好精神家园的热情。这表达了我对跨世纪一代新人精神成长的热切期盼。

我不避王婆卖瓜之嫌，絮絮叨叨、不分巨细地叙说了多年来的所作所为，只是为了解剖一只麻雀，让少年朋友知道编委并非只挂名、不干事的。据我所知，编委会的其他成员，各自发挥优势，比我做得更好更多。

在这里，我还愿意让朋友们分享《儿童文学》赐予我的幸福。我为《儿童文学》杂志付出的心血、汗水很少，却得到珍贵、丰厚的回报。2011年夏秋之交，《儿童文学》《幼儿画报》和中国作协儿委会在刊物编辑部联合举行"束沛德先生80华诞暨儿童文学评论座谈会"。我一走进会场，真是宾至如归，感到特别亲切、温馨。会上，朋友们对我的为人、为文说了不少鼓励和赞扬的话。座谈会后，又在中少总社的儿童阅读体验大世界举行热烈、欢乐、童趣盎然的庆祝生日活动，让我一直沉浸在真挚、友好、深情厚谊的氛围里。朋友们对我这个在儿童文学舞台跑龙套的角色所表达的挚爱和尊重，我是心领神会了。

欣逢50大庆的《儿童文学》年富力强，生气勃勃，正在放飞中国梦的大路上奋力迅跑。我这个年逾八秩的老兵，还会一如既往、不遗余力地为它加油、鼓劲。

2013年9月11日

书 信 序 跋

永葆青春与走向成熟

　　——给一个中学生的回信

　　读了你的来信，饶有兴味地了解到当今中学生的一些心态和愿望。你和你周围的少年朋友都希望自己快快长大，渴望壮丽的人生经历的到来。你们是 21 世纪的主人，倾听着你们的青春脚步声，不由得从心底发出"年轻真好"的赞叹。

　　在青春时代，对一个人的品德、性格、气质、志趣的形成和培养，都会产生深刻的、不可忽视的影响。在这个成长过程中，要特别细心地保护、扶植那些美好的、闪光的品格，摒弃、淘汰那些不够纯净、健康的杂质。你说自己已经长大了，不再是一个老喜欢坐在球场边的石阶上吃着糖葫芦看球的小孩子，可是竟得了个绰号叫"small"，因而感到困惑和茫然。依我看，如果仅仅因为你喜欢看卡通片、学鼹鼠的台词，喜欢在诗意盎然的贺年卡上画只好玩的小猫，或者是因为你听不懂时髦的"黑话"：把班上两个男女同学的交往说成"他们从小就是青梅竹马"，就被同学们叫作"small"，看成永远长不大的"小不点"，那么，这个"小"，并没有什么不好。这里面蕴含的天真、率直、淳朴的品质，倒是应当保持和发扬的。人的一生，童年、少年、青年都只有一次，这是从年龄、生理上说的，然而在心理上、思想性格上，却可以永葆青春。童心之所以可贵，在于它是真诚、纯洁的，容不得半点虚伪、做作；"若失却童心，便失却真心；失却真心，便失却真人。"（李贽语）童心不泯的人往往心地善良，品行正直，而且富于青春朝气和创造活力。从一些卓有成就的诗人、艺术家、科学家的传记中，可以了解到他们始终怀有一颗纯真的童心。在塑造自己的形象、熔铸自己性格的过程中，千万不要丢掉属于你的那几分纯真。

　　你和同时代的少男少女一样，初涉人生，向往成熟。可是，你要知道，从不成熟到成熟，要经历一个漫长而艰辛的不断实践、不断磨炼的过程。少年时代人生经验少，看人想问题未免幼稚、简单一点，随着年龄的增长就会逐渐成熟。从你的来信看，你似乎既怕永不成熟，又怕一下子变得太复杂。我想，一个人的成熟犹如春种秋收、瓜熟蒂落，它是日积月累、循序渐进的。只要你自觉地、有意识地在生活实践中锤炼自己，又善于正确地理解和接受成年人（包括老师、家长）的帮助和点拨，你就会逐步走向成熟。至于说到"复杂"，你向往、寻找的成熟，当然不是矫揉造作、故作高深，也不是胸有城府，世故圆滑，更不能成为看风使舵、八面玲珑的两面人或多面人。可是，面对纷繁的现实生活，还是要学会多思考、多分析，充分考虑各种事物的复杂性。养成这种深思熟虑、条分缕析的作风和习惯，可说是思想走向成熟的一个标志。

你正站在人生之路的一个新起点上。愿你勇敢地走自己的路。在寻找成熟的路程上，要有承受各种压力、困难、风险的精神准备。不要为别人对自己的评价而忐忑不安，择其善者而从之就行了；更不要为取悦别人而修正自己、装饰自己。要努力保持自我，充分开掘自身的潜能，扬长避短，塑造一个真实的我。

祝天真烂漫的 small 满怀信心地走向成熟！

1992 年 7 月 18 日于北京

与杨啸的通信

束沛德同志：

您好！

听说作协书记处由您分管儿童文学，特写此信给您，向您说说心里话。

说起儿童文学，社会各方面都表示是重视的。然而，当落实到实际行动和具体措施上，却很差了。事实上，应当说，儿童文学至今还没有受到社会上应有的重视。诚然，党的十一届三中全会之后，在各级党和政府以及有关部门的关怀下，儿童文学也出现了空前繁荣的局面。但是，要和成人文学的各个门类比较起来，无论是从作家队伍的成长壮大，还是从作品数量的增长和质量的提高，以至组织创作队伍开展各种有益发展繁荣创作的活动等等方面来看，则毋庸讳言，都是落后的，相形见绌的。就说作品评奖吧，三中全会以后，由中国作协主办的全国性的文学评奖、成人文学的各个门类（短篇小说、中篇小说、报告文学、新诗、长篇小说茅盾文学奖）均已举办了许多届；而儿童文学，则至今似乎还不曾举办过。1980年虽举办了一次"第二次全国少年儿童文艺创作评奖"（由中国人民保卫儿童全国委员会、共青团中央等七个单位联合举办），其评奖作品的年限，是从 1954 年初到 1979 年底，跨度长达二十六年之久；其获奖作品，则多数都是"文革"之前创作出版的。据闻全国作协正计划筹办全国儿童文学评奖，希望该计划能得以早日实现。再说发表儿童文学作品的园地吧，近几年来，各地相继创办了一些儿童文学刊物，一些省、市、自治区也成立了专门出版青少年读物的少年儿童出版社，这是可喜的事。但是，要和发展繁荣儿童文学创作的需要相比，要和全国三亿多少年儿童对精神食粮的需要相比，则还是远远不够的。尤其是发表儿童文学评论的理论刊物更是太少了（多数儿童文学刊物，是只发表儿童文学作品，不发表或极少发表理论文章的）。直到现在专门发表儿童文学理论研究性文章的刊物，大概就只有上海少年儿童出版社编辑出版的一个《儿童文学研究》，而且是不定期的。因此，儿童文学的理论工作，也就必然是十分薄弱的了。其他种种儿童文学不受重视的事，就不一一细说了。正因为如此，所以有不少儿童文学作者，在写了几篇儿童文学作品之后，便改弦更张，写成年人文学去了。

鉴于以上情况，我想提出如下建议：

一、希望在全国作协办的《文艺报》上多发表一些呼吁重视儿童文学创作出版和对已发表出版的儿童文学作品进行评论的文章，以引起文学界和社会上的各个方面对发展繁荣儿童文学的重视。

二、是否可创办一个全国性的儿童文学理论刊物。

三、是否可创办一个全国性的发表儿童文学中、长篇作品的刊物。当前办的《儿童文学》只能发表短篇作品。儿童文学中、长篇作品则极少发表园地，而只能由出版社直接出书（当前出书周期甚长，并且往往印数甚少）。既然成人文学的中、长篇作品多是在发表之后出版，儿童文学作品为什么不能也这样呢？

四、希望尽快举办全国性的儿童文学评奖，并如成人文学各门类的评奖一样，使其成为定期性的。

五、希望全国作协的创作委员会和各省、市、自治区的作协分会，多组织儿童文学作者开展活动。据了解，当前各地从事儿童文学创作的人数并不很少，但大多缺乏组织，处于散兵游勇状态。许多儿童文学作者都为此叫苦。如能把这些人很好地组织起来，使其成为一支常有人管、常有人抓的生机勃勃的队伍，对发展繁荣我国的儿童文学创作，定然是有好处的。据闻全国作协今年要召开儿童文学创作会议十分高兴。希望这次创作会议能取得圆满成功。并以此为新的起点，使我国的儿童文学事业出现一个更加繁荣昌盛、姹紫嫣红的局面。

六、希望多组织一些中外儿童文学界的学术交流活动。和成人文学界比较起来，儿童文学界的这种活动也太少了。

以上看法和想法，也许多有不妥之处，但出发点是好的，是希望为繁荣我们的儿童文学尽点心意。因此，不当之处，想能鉴谅。

　　此致

敬礼!

杨啸

1986 年 3 月 8 日

杨啸同志:

　　您好!

　　来信在前几天就收到了。由于日常工作缠身，未能及时作复。望原谅。

　　您怀着对未来一代的高度责任感，对如何改进和加强儿童文学工作提出了许多好的意见和建议，是值得作协书记处认真考虑和研究的。您的来信，我已请达成、鲍昌等同志传阅。由于作协书记处近来忙于其他一些工作，还没有来得及就您信中提到的一些设想交换意见。这里，只能就我个人了解到的情况，简复如下:

　　前几年，作协儿童文学委员会在文井、金近等同志的热心指导下，开展了一些有益的活动，比如先后举行了京津地区儿童小说作者座谈会、华东地区儿童历史小说创作座谈会，组织了儿童文学作家到西安、延安参观访问，等等。作协"四大"后，对创作委员会儿童文学组的成员作了调整，由年富力强的中青年作家组成，今后将采取社会方式开展一些小型、多样的活动。看来，限于人力，财力，作协每年在儿童文学方面也只能做一两件事。今年准备与文化部联合召开全国儿童文学创作会议，初步商定五月上旬在烟台召开，谅您已收到邀请信。这次会议主要是就如何提高儿童文学创作质量，提高儿童文学队伍素质交换意见，交流经验，以便更好地发挥儿童文学在加强社会主义精神文明建设、培养一代"四有"新人中的作用。能不能采取些切实可行的措施来推动、促进儿童文学创作的发展，会议筹备小组也想在这方面做一点努力，但会期已逼近，能不能落实一两项措施，也还无把握。

　　关于儿童文学评奖，是长期以来不少同志关注的一件事。过去也听取过意见，有些不同的想法。有的主张尽早把七单位联合举办的少年儿童文艺创作评奖继续搞下去；有的建议作协另设儿童文学奖或儿童文学新人奖。现作协正通盘考虑如何改进各个门类创作评奖制度、办法，儿童文学的评奖也要一并研究。计划在六、七月召开的作协理事会上讨论这个题目。

儿童文学理论刊物确实太少，这对活跃儿童文学理论批评，促进创作水平提高极为不利，但现在正面临文学刊物不景气的严峻形势，再要创办这么一个刊物困难很大。1984 年文化部召开的儿童文学理论座谈会上曾定下创办《儿童文学评论丛刊》。这个刊物如能顺利问世并坚持下去，那就多了一个评论阵地。现在全国各地出了二十多种文艺评论刊物。如果每个刊物每年都能发表三五篇有关儿童文学的评论文章，那么儿童文学理论批评沉闷的状况就会大为改观。

作协书记处的成员中没有专门从事儿童文学创作、评论的，这是一个缺陷。现让我联系创作委员会下的儿童文学组，可说是滥竽充数。我虽从五十年代起写过几篇儿童文学评论文章，充其量只能算是个散兵游勇。现在整天忙于日常工作，苦于没有时间读作品，对儿童文学现状可说是不甚了了。我当更多地倾听儿童文学作家的意见，及时向作协书记处反映，在力所能及的范围内做一点切实的工作。

为开好这次儿童文学创作会，我定于明天去上海，还打算去南京，召集小型座谈、走访一些作家，听取大家的想法和意见，并组织发言。

承蒙惠赠大作《觉醒的草原》《君子兰开花》，十分感谢。什么时候才能坐下来拜读您洋洋几十万言的大作呢？似乎掌握不了自己的命运。出门在即，匆匆简复。即颂

撰安！

束沛德

1986 年 3 月 20 日

致葛翠琳作品研讨会

葛翠琳是驰名于当代中国儿童文苑的一位创作风格鲜明、影响广泛的女作家。从天安门升起第一面五星红旗之日起，她就孜孜不倦地耕耘于儿童文学园地，至今已跨越 45 个春秋。她的创作生命与共和国同龄。

葛翠琳在童话创作上勇于探索、开拓，善于推陈出新，执着地追求时代性、民族化、个性化，追求高品位与新色彩。从五六十年代取材于民间故事传说、富有民族特色的《野葡萄》《金花路》，到八十年代取材于现实生活、闪耀时代光彩的《翻跟斗的小木偶》《进过天堂的孩子》，以及洋溢诗情画意、别具风韵的《云中回声》《活在生命里的颜色》《问海》等，葛翠琳在她的作品里以爱的乳汁和真、善、美的甘露，哺育了一茬又一茬、一代又一代的小读者。

葛翠琳投身于大时代的生活海洋，自由活泼地扇动想象的翅膀；植根于民族文学艺术的土壤，寻求诗与故事的巧妙结合；着眼于塑造未来一代的心灵，力求给予孩子更多的爱心、温馨、纯真与美感。认真地总结、研究葛翠琳的文学道路和创作经验，必将有助于提高儿童文学创作，特别是童话创作的品位与质量。

衷心祝愿葛翠琳作品研讨会圆满成功！

期待着葛翠琳为众多小读者奉献出更多新的、富有艺术魅力的童话精品！

1994 年 10 月 11 日

致《儿童文学》小读者

从 1996 年元旦算起，还有 1460 个日日夜夜，就要叩响 21 世纪的大门了。世纪之交，百年一遇，当代少年儿童将充当开创新世纪的生力军，这是何等荣幸而又责任重大啊！那么，少年朋友们，你又准备以什么样的姿态来迎接新世纪呢？

要有一种进入倒计时的紧迫感。从现在到 2000 年，正是你长大成人、走向成熟的重要阶段。你要抓紧、抓牢稍纵即逝的时光，一步一个脚印，一天有一天的收获，把珍贵的时间都用在全面提高自己的综合素质上，努力使自己成为一个德、智、体、美、劳全面发展的跨世纪人才。

要有跑 3000 米障碍赛那种排除万难、勇往直前的劲头。把劲鼓得足足的，一往无前，敢拼敢闯，跨越成长道路上的沟沟坎坎，把一切烦恼、困难、挫折都扔在后面，冲向既定的目标——提高"五自"能力，学会做生活的主人。

还要有一股自觉营造美好精神家园的热情。放下沉重的书包，在课余，在假日，为自己力争一方"长空任鸟飞"的自由天地，读一点自己喜爱的文学作品，玩一下卡拉 OK，看一场足球比赛……让精神愉悦、轻松，使个人兴趣、爱好自由发展，刻意塑造丰富而美好的内心世界，做一个胸襟开阔、情操优美的现代文明人。

1995 年 11 月 25 日

致张继楼作品研讨会

　　张继楼同志在儿童文苑辛勤笔耕 40 个春秋，他优美、富有情趣的儿歌童诗为小读者所喜爱；他倾注心血培养扶持文学新人的劳绩为同行们所赞赏。真诚地祝愿张继楼同志永葆童心，创作青春常驻，继续放声歌唱，为塑造跨世纪一代新人的美好心灵做出新的奉献！

1996 年 6 月 1 日

致饶远童话研讨会

在我的印象中，生态平衡、环境保护这个全球普遍关注的问题，较早地进入了饶远的视野。在我国儿童文苑中，饶远是为数不多的、致力于环保题材创作的作家之一，并且取得了可喜的收获。多年来，饶远对生态环保童话情有独钟，在这块园地里勤奋地、执着地深耕细耘，在孩子的心田上撒播绿色的种子，给予他们饱含诗情和童趣的审美享受。他笔下的马乔乔及其伙伴的形象，启迪孩子们热爱大自然，亲近大自然，点燃他们优化生态环境、保卫地球母亲的炽热感情，激励他们去建设一个美丽、和谐、温馨、安宁的绿色世界。我为他已经取得的创作成就而感到由衷的高兴。

希望饶远坚定地走自己的路，继续探索创新，多方汲取营养，努力超越自己，在探求幻想与现实水乳交融、环保意识含而不露、艺术风格独树一帜等方面更上一层楼。

1998 年 7 月 4 日

致圣野儿童诗研讨会

欣悉圣野儿童诗创作 60 周年研讨会在上海召开,我由衷地表示热烈的祝贺!

圣野同志在文学园地上辛勤耕耘了 60 个春秋,是当代中国儿童诗苑的一位成绩卓著、影响广泛的老诗人。他拥抱大时代,心系小读者,热爱新生活,崇尚大自然,在艺术上不懈地探索、追求,精益求精,写下了诸多形象鲜明、想象丰富、意境隽永、语言质朴的诗篇,深受广大少年儿童和儿童文学界朋友的喜爱和赞赏。研究、总结他的创作经验,借鉴、发扬他的诗艺诗风,必将有助于提高我国儿童诗歌创作的文学品位、艺术质量,推动儿童诗更好地走进孩子中间去。

真诚地祝愿圣野同志艺术生命长盛不衰!

预祝圣野儿童诗研讨会圆满成功!

2003 年 4 月 9 日于北京

致纪念安徒生座谈会

纪念安徒生诞辰两百周年座谈会：

在远隔重洋的加拿大蒙特利尔，我遥祝会议圆满成功！安徒生永远是屹立在我们心中的一座丰碑。他那些脍炙人口的精品名篇，是世界文库中光彩夺目的艺术瑰宝。安徒生童话充满的人文主义精神，生活真实与艺术幻想的完美结合，扣人心弦的、巨大而长久的艺术生命力，依然值得我们认真学习和努力追求。大时代、小读者呼唤儿童文学大家，中国要有自己的安徒生！植根于现实生活土壤和民族文化土壤，借鉴世界一切优秀儿童文学成果，中国当代儿童文学必然会有新的、更大的繁荣！

2005 年 3 月 30 日于蒙特利尔

致樊发稼创作五十周年座谈会

安徽省作协刘先平同志转樊发稼创作五十周年座谈会：

欣悉樊发稼创作五十周年座谈会将于近日在合肥举行，我真诚地遥祝会议圆满成功！

发稼同志是长期在我国儿童文苑辛勤耕耘的一名出色的老园丁，也是新时期儿童文学理论队伍的排头兵。他在儿童文学评论、创作（兼及诗、散文、寓言、小小说等）和文学组织工作诸方面，都取得了令人瞩目的优异成绩，为我国当代儿童文学事业的发展、繁荣，做出了独特的贡献。他视野之开阔，思路之清晰，感情之炽热，文字之优美，素为文友和读者所称道。我与他在作协儿委会共事多年，他办事之认真，作风之严谨，联系文友之广泛，扶持新秀之热忱，真是难能可贵，永远是我学习的榜样。深情地祝愿发稼同志一如既往、精力充沛地驰骋于儿童文苑，身笔双健，青春永驻！

2005 年 5 月 22 日于蒙特利尔

贺郭风九十华诞

尊敬的郭风同志：您好！

从《文艺报》上获悉，今年 2 月是您老人家九十华诞，请接受我迟到的祝贺！

您是驰名神州文坛的散文、散文诗大家、儿童文学大家，您的道德文章以及在培养、扶植新人，文学组织工作和编辑工作方面的卓越成就，在文坛内外，可说是有口皆碑。长期以来，您对我工作、写作的关心，并多次鼓励、指点，我是心存感激、永志不忘的。

深情祝愿您生日快乐，健康长寿！

2007 年 2 月 8 日

致尹世霖儿童文学研讨会

　　世霖同志在儿童文苑辛勤耕耘了 50 个春秋。他的创作兼及诗歌、散文、历史文学、电视剧诸多门类，收获颇丰。尤其是在儿童朗诵诗创作上，他以热爱儿童的赤子情怀，扎根校园的丰厚积累，纵观古今的开阔视野，讲究吟诵的艺术功底，执着地、不懈地探索、追求，取得了令人瞩目的成就。他的代表作《这样爱我们的祖国》《和大山攀谈》《花和草》《窗前的小鹿》《请勿打扰》等，无论是对祖国母亲的讴歌、对大自然的咏唱，还是对当代少儿理想、追求的倾诉，都构思新颖，感情真挚，琅琅上口，声情并茂，深得广大少年儿童的喜爱和赞赏。

　　特别难能可贵的，世霖同志是一位热心提倡、推广少年儿童朗诵诗的有心人、先行者。多年来，他精心选编了多本颇有影响的朗诵诗集，成功组织了不计其数的诗歌朗诵会、诗朗诵大赛、朗诵诗写作培训班，对推动新时期儿童朗诵诗的发展、繁荣，做了大量卓有成效的工作。他在这方面的贡献和影响，在当今文坛可说是首屈一指。

　　儿童诗是一种优美精致、擅长于抒儿童之情、言儿童之志的文学样式，它在陶冶情操、净化心灵、培育美感方面，具有其他文学体裁不可替代的独特功能。而朗诵是诗之桥梁、诗之翅膀，通过朗诵可以让更多符合少儿年龄特征和朗诵诗文体特征的好诗，飞向千万小朋友的心灵，在他们心中生根、发芽、开花。祝愿世霖同志为创作、推广儿童朗诵诗，繁荣我国儿童文学事业做出新的、更好的成绩！祝世霖同志童心永驻，创作生命长盛不衰！

2007 年 4 月 25 日于北京

贺张秋生创作五十周年研讨会

上海作家协会儿童文学委员会少年报社：

欣闻张秋生儿童文学创作 50 周年作品研讨的金秋笔会即将举行，我由衷地祝贺这次笔会圆满成功！

秋生同志是长期在儿童文学园地精耕细耘的老园丁，是一位优秀的、卓有成就的儿童文学作家，一位资深的、富有经验的少儿报刊编辑家。他的人品文品素为儿童文学界、出版界的朋友所称道。秋生同志富有艺术激情和创新精神，在艺术上苦苦追求变幻之美、诗意之美，独创了"小巴掌童话"这一别树一帜的诗体故事样式。小巴掌童话以其精巧的构思、优美的意境、隽永的趣味、凝练的语言，深得少年儿童的喜爱。它已成为童话领域广大读者信得过的驰名品牌。真诚地祝愿秋生同志身笔双健，继续写出讴歌真善美、文情并茂的新作品，给孩子们带来更多的感动、快乐和温馨，为我国儿童文苑增光添彩！

2008 年国庆前夕于北京

贺孙毅儿童戏剧创作六十周年研讨会

孙毅同志：

欣闻"孙毅儿童戏剧创作 60 周年研讨会"在上海召开，请接受我迟到的真诚祝贺！

您对儿童戏剧情有独钟，一辈字执着于儿童剧、课本剧、木偶剧、儿童相声的创作。《孙毅儿童剧快乐丛书》六册，是您几十年呕心沥血的结晶。您把欢笑、快乐、幽默带给孩子们，为培养下一代做出了独特的、出色的贡献。您是我国儿童文学界为数不多的，用戏剧、曲艺形式表现儿童生活的能手之一。尤为难能可贵的是无论身处逆境还是儿童剧遭冷遇，您不改初衷，始终紧握手中的笔，坚持用自己擅长的形式为孩子写作。

您年届耄耋，今年喜度八五华诞，我遥祝您精神矍烁，健康长寿！

2008 年 12 月于北京

贺郭大森、饶远创作五十周年

贺郭大森

你扎根于关东大地，翱翔于白山黑水，致力于儿童文学的民族化、大众化，为孩子精心编织优美的、富有地域特色的童话故事，是我国儿童文苑一棵生意盎然的常青树。

2007 年 12 月

贺饶远

半个世纪来执着地为亿万孩子呕心沥血，是一个出色的爱与美、快乐与绿色的发现者、创造者、传播者。

2014 年 1 月

致纪念洪汛涛逝世十周年座谈会

欣悉纪念洪汛涛先生逝世 10 周年座谈会暨洪汛涛纪念馆开馆仪式即将在上海与浙江江浦举行。作为一个儿童文学工作者，我对此表示由衷的祝贺。

洪汛涛先生是当代著名的儿童文学作家、理论家、编辑家。他的童话作品以鲜明的童话形象、浓郁的民族色泽和恒久的艺术魅力而赢得一代又一代小读者。他在儿童文学理论，尤其是童话学上的成就与建树，至今仍熠熠生辉。

今天纪念洪汛涛先生，认真总结他的创作经验，深入研究他的理论成果，学习、发扬他毕生扑在儿童文学事业上的奉献精神，必将有助于推动我国儿童文学事业的发展、繁荣！

预祝洪汛涛先生逝世 10 周年纪念活动圆满成功！

2011 年 9 月 13 日

致彭学军作品研讨会

欣悉彭学军作品研讨会在京举行。我正在国外探亲，不能与会，失去一次与朋友们对话交流的机会，不免感到有点遗憾。

在我的心目中，彭学军是我国儿童文苑一位坚守文学品质、在艺术上富有独创性的优秀作家。她的作品从《油纸伞》到《你是我的妹》，从《腰门》到《奔跑的女孩》，在叙述视角，情节结构、人物塑造、心理刻画、细节描写、语言提炼诸方面都可圈可点，显示出作者独特的艺术追求和扎实的文学功底。她对女孩子的心灵成长、精神成长的描写，尤为令人瞩目。沁人心脾的诗情画意，色彩素雅的湘西风情，也是彭学军作品艺术魅力之所在。

彭学军的创作成就、特色和经验值得深入探讨和研究。我真诚地预祝这次研讨会圆满成功！祝彭学军在创作上执着追求，不断开拓，更上一层楼，为温润、铸造孩子的优美心灵做出新的、独特的贡献！

2015 年 8 月 18 日
于美国新泽西州

致严文井百年诞辰纪念会

我正在国外探亲，得悉严文井百年诞辰纪念会即将在京举行，情不自禁地想写点什么，以表达我对这位充满睿智、幽默的老领导怀念、感激之情。

文井同志是久负盛名的儿童文学家、散文家，也是一位享誉文坛的编辑出版家、文学组织家。在上世纪 50 年代初，我有幸结识这位文学前辈，他是我跨进作协门槛后的第一个上级。1952 年文艺整风后，中宣部为加强全国文协的工作，指派文井同志到文协代理秘书长。他和邵荃麟、冯雪峰、沙汀等同志一起，最早投入改组全国文协、筹建中国作协的工作。他称得上是作协一个元老级的人物。

我是 1952 年初冬时节跟随文井同志同时跨进东总布胡同 22 号全国文协大门的。在文井麾下，参与组织第二批作家深入生活、组织在京部分作家、批评家学习社会主义现实主义理论等活动，经历了筹备二次文代会、改组文协为作协的全过程。文井的言传身教，让我学习了文学组织工作的ABC，也培养起我心甘情愿跑龙套、乐于为作家服务、为繁荣文学服务的精神。我能坚守文学组织工作岗位几十个春秋，不能不由衷感激启蒙老师严文井当年给我上的入门课。

在我的文学之旅中，文井同志也是引领我向儿童文学港靠拢、停泊的引路人。他上世纪四五十年代创作的《南南和胡子伯伯》《蚯蚓和蜜蜂的故事》《三只骄傲的小猫》《小溪流的歌》《唐小西在"下一次开船"港》等，都是我爱不释手的读物，激起了我对儿童文学的兴趣和热情。他那"要拥有孩子一样的眼睛、心灵和幻想""要善于发现生活中的诗意和美""童话是一种献给儿童的特殊的诗体"等观点、主张，也成了我后来从事儿童文学评论始终用心思考、力求把握的准则。在儿童文学组织工作上，改革开放后，文井同志一直担任中国作协儿童文学委员会主任委员，我作为他的副手，具体操办日常工作。在他年届耄耋、精力日衰之后，他满怀信任地鼓励我：大胆放手地干，用不着事事征求我的意见。这时，我才从他手中接过接力棒，在发展、繁荣儿童文学的跑道上继续向前迅跑。

在做人处世上，文井对我的点拨、启迪也是难以忘怀的。当我在反胡风、反右派中碰了壁、遇到麻烦的时候，他情真意切地开导我："摔倒了，要坚强地爬起来，继续勇敢地往前走"，"要听得进逆耳之言，上级对自己老是笑着，不一定好；对自己疾言厉色，不一定坏。"在 1989 年那场政治风波后，他还语重心长地告诫我：不要有任何个人得失的考虑，什么"当过作协书记处书记呀""不到退休年龄就不被信用呀"等等，都置之度外，尽可能保持心态平衡，集中精力读一点书，写一点文章，做一点力所能及的事情。他句句话都说到我的心坎上，让我感到十分温暖。

岁月匆匆，文井同志离开我们已整整 10 年。他那慈祥和蔼的面庞依然清晰地浮现在眼前，他那直率幽默的谈吐也不时萦绕在耳边。文井在《我仍在路上》中说："我仅存一个愿望，我要在到达我的终点前多懂得一点真相，多听见一些真诚。"这何尝不是每个正直的中国人的心声呢。文井同志发自肺腑的呼唤和期盼，依然在激励、鞭策"仍在路上"的我们继续前行，有所追求，有所作为。

2015 年 9 月 25 日

祝贺曹文轩荣获国际安徒生奖

　　欣悉你荣获 2016 年度国际安徒生奖，我表示由衷的祝贺！这不仅是对你个人一贯执着追求文学品质、审美价值的至高无上的赞扬和表彰，也是对我国儿童文学已达到的思想、艺术高度，站上世界儿童文学之巅的郑重其事的认同和宣示。真诚祝愿我国儿童文学以坚实的步伐更好地走向世界，以永恒的、经久不衰的文学品位、艺术魅力赢得亿万小读者。

2016 年 4 月 5 日

深情悼念我的师长和文友

悼念大霖兄

任大霖同志治丧委员会：

惊悉任大霖同志不幸病逝，不胜悲痛。

大霖同志是我国当代一位成绩斐然的儿童文学家。他辛勤笔耕于儿童文苑 48 个春秋，在儿童小说、散文、报告文学、童话、剧本及评论诸方面均有力作佳构。他又是一位资深的、富有经验的儿童文学编辑家，从主编《少年文艺》《巨人》到总管少年儿童出版社编辑工作，在编选出版优秀儿童书刊上颇多建树。尤为难能可贵的，他还是一位出色的儿童文学组织工作者，多年来积极参与上海作协、中国作协的儿童文学工作；并于 90 年代初发起举办上海儿童文学研讨会，对推动新时期我国儿童文学创作的发展，起了极为有益的作用。当此贯彻落实江泽民总书记繁荣儿童文学创作的指示之际，儿童文学界失去这样一位不可多得的人才，实在令人哀伤与惋惜。我永远怀念这位兄长与好友。谨向大霖同志亲属致以深沉的哀悼和真挚的慰问。

1995 年 6 月 10 日

悼念陈伯老

陈伯吹同志治丧委员会：

惊悉德高望重的儿童文学老前辈陈伯吹同志与世长辞，我深感无限悲痛。陈伯老把毕生的心血和精力奉献给儿童文学事业，在儿童文学创作、理论研究、编辑、翻译诸方面均有极高造诣和出色成就。他的人品文品素为文学界同人所敬重和称道。他一向关注、支持中国作协的儿童文学工作，我永远铭记他的亲切教诲。陈伯老的逝世是我国文坛，特别是儿童文苑不可弥补的损失。他的道德文章将永留人间。谨向陈伯老亲属表示亲切的慰问。

1997 年 11 月 6 日

悼念叶君健

苑茵同志：

惊悉叶君健先生与世长辞，不胜悲痛。

君健先生是我国卓有成就的作家、翻译家，他在文学翻译、创作、中外文学交流等方面做出的杰出贡献，素为文学界的朋友和广大读者所称道。尤其是他翻译的《安徒生童话全集》进入千家万户，深深扎根于亿万读者的心中。

君健先生是我国儿童文学界一位德高望重的老前辈。他一向关注、支持中国作家协会的儿童文学工作。历届作协优秀儿童文学奖，他都担任评委或顾问。他的一些精辟的、富有建设性的观点、意见，对我国当代儿童文学的发展起了有益的推动作用。

君健先生笔耕不辍、治学严谨、严于律己、平易近人的精神品格和作风，值得作为晚辈的我认真学习。

您失去了共同战斗达半个世纪、至亲至爱的战友、伴侣，哀伤之极，可以想见。深切地希望您和亲属节哀，多加保重为盼。

1999 年 1 月 10 日

悼念张美妮

王泉根同志转

张美妮教授治丧小组：

惊闻张美妮同志不幸逝世，我为儿童文学教育、研究、评论阵地上又失去一位活跃、能干的女将而不胜哀伤。美妮同志在幼儿文学、外国儿童文学研究方面的建树和成就尤为突出，充分显示了一个理论工作者的才识。她的朋友和学生是不会忘记她的功绩、贡献的。请代向美妮同志的亲属表示深切的哀悼和诚挚的慰问。

2007 年 5 月 26 日

悼念浦漫汀

浦漫汀亲属：

惊悉浦漫汀教授与世长辞，不胜哀伤。

浦教授面向未来，热爱孩子，严谨治学，勤奋著述，讲课授业，诲人不倦，在儿童文学教学、研究、理论建设上均成绩斐然。她的人品、文品，素为广大师生和朋友所称道。我们满怀深情铭记她的品德和业绩，谨向浦教授的亲属表示深切的慰问。

2012 年 8 月 5 日

悼念幼军兄

孙幼军悄悄地走了，我为我国失去一位杰出的童话大家、自己失去一位可爱可敬的朋友、同行而倍感哀伤。

孙幼军热爱生活，热爱孩子，几十年如一日，执着追求真善美，把毕生的心血、精力奉献给了滋养下一代心灵的儿童文学。他生性活泼，视野开阔，想象丰富，谈吐幽默，堪称当代中国最善于给孩子讲故事的高手。幼军精心塑造的小布头、怪老头儿、小猪唏里呼噜等个性鲜明的童话形象，深深刻印在小读者的心灵深处，陪伴他们一起快乐成长。他的作品具有永恒的、经久不衰的艺术魅力和审美价值。孙幼军的名字将永远闪耀在我国乃至世界儿童文学史册上。

我远在海外，没能与幼军兄再见上一面，作最后的告别，不能不引以为憾。我在大洋彼岸深情地怀念他，遥祝他在另一个世界更自由地驰骋想象，更从容自在地编织生前尚未写够、写完的优美童话。

2015 年 8 月 13 日于美国新泽西州

悼念刘绪源

归依玲女士：

惊悉刘绪源先生不幸病逝，我为失去人品文品兼优的文友，深感悲痛和惋惜。

绪源先生是一位视野开阔、学养丰厚、富有理论批评勇气和真知灼见的学者、评论家、编辑家。他的去世，是我国文坛尤其是儿童文学界的一大损失。

绪源对中国作协的儿童文学工作，一向满怀热情予以支持。他参加中国作协优秀儿童文学奖评选工作和多次作品研讨会，所表现出的睿智、胆识、严谨、直率和扶持新人的精神、作风，至今令人难以忘怀。

他主编《文汇报·笔会》期间，曾多次发表拙作散文随笔。他还撰写《束沛德：真实书写曲折而"典型"的人生》一文，中肯地评论拙作《我的舞台我的家》。对此我永远心存感激。

你失去至亲至爱的伴侣，哀伤之情不难想见。好在绪源的道德文章永留人间，朋友、读者不会忘记他。深切希望你和亲属节哀，多加保重。

2018 年 1 月 15 日于北京

祝贺与期望

——致小百花园的园丁们

祝愿《人民文学》永葆童心，保持和发扬重视儿童文学的好传统。

贺《人民文学》创刊 40 周年

1989 年 8 月

愿《蒲公英》普通而美丽的花在五彩缤纷的儿童文学小百花园里独具特色。

1989 年 12 月

愿《小溪流》永远清澈活泼，新水常流，滋润一茬又一茬小读者的心田。

祝贺《小溪流》创刊 10 周年

1990 年春

祝愿《小桔灯》为我国儿童文学的小百花园增光添彩，给小读者带来更多的光明、欢乐和温暖。

1990 年 11 月

把根深深扎在亿万孩子的心坎上，努力使自己成为培养一代"四有"新人和文学新人的摇篮。

写给《摇篮》儿童文学报

1991 年 2 月

精心编织真善美的故事，拨动亿万孩子的心弦。

题赠《春城儿童故事报》

1991 年 4 月

永远怀着一颗纯真的童心，给亿万孩子展示一个五彩缤纷的美的天地。

祝贺湖南少年儿童出版社成立 10 周年

1991 年 9 月

热烈祝贺《小朋友》的 70 大寿！真诚地祝愿它永远保持和发扬与时代共呼吸，同小读者心连心，富有新意、图文并茂的特色，为培育一代又一代 21 世纪的新主人发出更多的热和光！

1992 年 4 月 21 日

祝愿跨入而立之年的《儿童文学》以更加成熟、更加迷人的风姿屹立于华夏少儿报刊之林。

1992 年 9 月

张开想象的翅膀，自由地翱翔在五洲四海的广阔天地。

祝亚细亚国际童话节圆满成功

1993 年 3 月 2 日

祝愿《北方少年报》永葆童心，永葆青春，成为内蒙古 300 万少先队员喜闻乐见、爱不释手的好伙伴。

1993 年 6 月 30 日

愿《小作家》展现五彩缤纷的大天地。

1993 年 8 月

真诚地祝愿《作家摇篮报》成为当代中国校园文学园地里一朵色彩绚丽、永不凋谢的奇葩。

1994 年 11 月

创作、编写更多的精彩纷呈、感人至深的儿童故事，陶冶孩子们的情操，激励他们奋发向上，做跨世纪的接班人。

祝贺《少年儿童故事报》创刊 10 周年

1994 年 12 月 8 日

亿万小读者期盼更多的健康向上、绚丽多彩、富有时代特色和艺术魅力的精品力作问世。

祝贺中国少年儿童出版社成立 40 周年

1996 年 3 月

张开想象的翅膀，编织七彩的童话，让奔向新世纪的少年朋友们都拥有一个更加美好的精神家园！

为《巨人》杂志写

1997 年 7 月

更多地关注面向亿万小读者的少年儿童文学。

祝贺《文学报》出版一千期

1998 年 4 月

细心、精心培育校园里的文学新苗，让它们生根、发芽、开花，在百花园中别具芳香。

《中国校园文学》出刊百期纪念

1999 年 3 月

热切期盼新世纪的儿童文学为未来一代插上想象的翅膀，并把真善美的种子撒播到他们心灵深处。

为《文艺报》"新春寄语"写

2000 年 1 月

更多地关注、扶持儿童文学，让小百花园更加绚丽多彩！

贺《文学报》创刊 20 周年

2001 年 1 月

愿优秀的童话寓言带给少年儿童更多一点幻想、幽默、诗情和哲理。

祝第二届张天翼童话寓言奖圆满成功

2001 年 7 月

向新世纪娃娃的心灵深处播撒理想的种子、知识的种子、审美的种子。

祝贺《摇篮报》创刊 20 周年

2001 年 12 月

引导孩子们从小阅读一点儿童文学经典，是全面提升他们的人文素质和写作能力的一条极为重要的途径。愿精心培育祖国花朵的园丁们，下点功夫做好儿童文学经典的导读工作，让孩子们从中获得有益的人生启迪、优美的文化熏陶和愉悦的精神享受，这将会使他们一生受用不尽。

为《儿童文学经典导读》写

2003 年 7 月

关注孩子的心灵成长，让他们拥有一个丰富、奇妙、纯真、快乐的精神家园。

贺《孩子天地》创刊十五周年

2004 年 7 月

让文学艺术在孩子稚嫩的心灵里生根、开花。

题赠《绿洲》

2006 年 6 月 5 日

珍惜诗意年华，从心底发出真挚而独特的声音。

题赠《岩河诗歌》

2006 年盛夏

文学是少年儿童生命成长、心灵成长中不可或缺的维生素。

祝贺中国少年作家班成立十周年

2006 年 8 月

书林寻宝　文海求珠。

题赠《作家企业家》

2007 年 2 月

邀游童话王国，放飞奇思梦想。

书赠《童话王国》

2007 年 5 月

少年儿童从小接受诗歌的熏陶，日久天长，会使情感更真挚，心地更善良，情操更优美，精神世界更丰富。愿有更多富有诗意、情趣、美感的好诗在小读者心灵深处生根、开花！

祝贺《中国童诗》创刊

2008 年 2 月

引导孩子从小喜爱诗歌，亲近诗歌，让诗歌的乳汁滋润他们稚嫩的心灵，培养他们的想象力和艺术创造力。

儿歌、童诗、童话、故事是人之初、生命的起始阶段不可或缺的维生素。在我的心目中，幼儿园老师是以浸透着爱与美的幼儿文学，最早参与一代新人心灵工程建设的能工巧匠。

祝贺苏州市少儿文学阅读指导站成立

2008 年 10 月

精心创作更多富于情趣、韵律的儿歌童谣，给亿万娃娃以爱的启蒙、美的熏陶。

祝贺《中国童谣》创刊

2009 年 4 月

追求卓越，以质取胜，把"接力"品牌打造得更响更亮，为孩子们开拓一篇宽阔、纯净、精彩、快乐的新天地。

祝贺接力出版社成立 20 周年

2010 年 3 月

文学名著、经典是青少年心灵成长不可或缺的最佳滋补品。

贺《中国当代儿童文学精品库》出版

2011 年 1 月

让文学伴随少年朋友快乐成长，让爱的种子，真善美的种子，刚强坚韧的种子在他们心灵深处生根、萌芽、开花！

祝贺《文学少年》创刊 30 周年

2011 年国际儿童节

本套书收入了当今儿童文苑最具代表性、成就卓著的八位作家感人至深、情趣盎然、精彩纷呈、风格多样的精品力作，集中展示了我国儿童文学在思想、艺术上所达到的高度，亿万小读者可以从中领略到文学阅读的温馨与快乐。

为《中国青少年必读名家经典文库》（化工工业出版社）写

2011 年 12 月 12 日

坚守文学品格，提升审美情趣，为少年朋友精心构建美丽、丰富、温馨、快乐的精神家园。

祝贺《少年文艺》创刊 60 周年

2012 年 12 月

精心努力为未成年人出版富有文学品质、艺术魅力的好书，让他们拥有一个丰富、优美的精神家园。

祝贺浙江少年儿童出版社文学分社成立

2015 年 5 月

满腔热情地关注少年儿童的精神成长，把爱的种子、真善美的种子播撒到孩子的心灵深处。

祝贺广东韶关市儿童文学创作研究会成立 30 周年

2015 年 5 月

以爱心、诗情、美感、幻想温润小读者成长中的心灵。

祝贺《十月少年文学》创刊

2016 年 9 月

儿童文学是孩子们精神成长、心灵成长不可或缺的最佳维生素。祝愿《十月少年文学》不懈追求真善美，坚守文学品质，鼓励艺术创新，以感人的故事、鲜明的形象、奇妙的幻想、浓郁的诗情滋润未来一代的心灵，真正成为少年亲密的知心朋友。

贺《十月少年文学》创刊一周年

2017 年 10 月

寄语小读者、小作者

描写熟悉的人和事，抒述对现实生活的新鲜、深切的感受，不断锤炼文字的基本功。

祝贺辽宁首届松花江杯作文大赛圆满成功

1988 年 3 月

磨炼思想，拥抱生活，开拓视野，锤炼语言。

为全国青少年"三星杯"作文大奖赛题词

1990 年 4 月

愿校园文学新苗植根于现实生活沃土，来日成长为艺术的参天大树。

书赠苗苗文学社

1991 年 8 月

21 世纪的新人，不仅要有崇高的理想、建设祖国的本领，也要有一点儿文学素养和较高的文字表达能力。

祝《作文报》越办越好！

1993 年 6 月

愿处于世纪之交的年轻人，从文学阅读和写作中获得更多一点儿诗情与温馨，勇气和热力，努力做一个视野开阔、情操优美、不畏艰险、勇于开拓的现代人。

书赠《中国校园文学》读者

1995 年 4 月

多观察，多思考，多读书，多练笔，把写作的基本功打得更扎实些。

贺《中学生读写》创刊 15 周年

1996 年 10 月

练习写作没有什么诀窍和捷径，唯有多观察，多读书，多练笔。不断拓展生活视野，细心观察周围的人和事，有了真情实感才落笔；多读一点儿中外古今文学名著，努力训练、提高自己描述具体事物的能力，把写作的基本功打得更扎实些。

书赠《青少年写作》读者

1997 年 5 月

文学会帮助你懂得人生，净化心灵，丰富想象，愉悦身心。愿你在童年、少年时代多读一点儿健康向上、绚丽多彩的文学作品。

题赠《小学生月刊》读者

1997 年夏

从听摇篮曲开始，就不断吮吸文学的乳汁，使自己拥有一个丰富而优美的心灵世界。

题赠《摇篮》儿童文学报小读者

1997 年 10 月

从小迷上听故事、讲故事，长大了就有希望成为一个胸襟开阔、情操优美、志趣高尚、想象丰富的人。

为《红袋鼠丛书》写

1998 年 8 月

做堂堂正正的人，写朴朴实实的文，力求做人与作文的真善美统一。

写给《文学家教你写作文》丛书小读者

1998 年 9 月

坚持每周写一篇生活周记，每月写一两则读书札记，寒暑假期给亲朋好友写一两封信，岁末年初写一篇《回眸与展望》，这是促使自己细观察、多读书、勤练笔，提高写作能力的有效途径。

为《作文通讯》写

1999 年 1 月

努力提高自己的想象力、创造力、审美力。

寄语《中外童话画刊》小读者

2000 年 9 月

观察要细，取材要新，开掘要深，感情要真，读书要广，笔头要勤。

贺中国现代文学馆写作指导中心成立

2002 年 12 月 2 日

语文学习永无止境，坚持随时随地用心学，日积月累，精益求精，不断提高自己的读写能力、审美水平和人文素质。

与《大语文教育》读者共勉之

2003 年 2 月

如果你从小就是个书迷，爱读各种各样有益又有趣的书，同时又是个生活中的有心人，细心观察校园内外和大自然中一切新鲜的事物，并善于抓住一切机会、场合，大胆训练自己的口头表达和文字表达能力，那么，你长大之后就一定会成为一个综合素质较高的有用人才。

书赠《语文小报》读者

2003 年 3 月

文学会帮助你懂得人生，净化心灵，丰富想象，愉悦身心。愿你在青少年时代多读一点儿健康向上、绚丽多彩的文学作品。

写给母校——江苏丹阳高级中学的同学

2004 年 2 月

多读一点儿有益又有趣的书，特别是要从小开始用心读"大自然"和"生活"这两本无字无边的大书。

书赠《小学生语文学习》读者

2004 年 3 月

脚踏现实沃土，放飞童年梦想，倾吐心底真情，谱写快乐诗篇。

题赠第七届全国小诗人夏令营

2006 年 7 月

诗是孩子精神成长、心灵成长不可或缺的维生素，让诗美伴随孩子快乐成长。

书赠《儿童诗》

2006 年 7 月

从小喜爱文学阅读与写作，日久天长，潜移默化，就可能使你的心地更善良，感情更真挚，想象更丰富，文笔更优美。

书赠《快乐文学》小读者

2008 年 6 月

凡事讲究一个"真"字，读书、做事要认真，待人、处世要真诚，言谈、写作要真挚。

祝贺调色板文学社成立 20 周年

2008 年 7 月 1 日

四川灾区的少年朋友：愿你们穿越困难，勇往直前；读书作文、做人做事都努力追求真善美！

写在捐赠给四川地震灾区图书馆的签名本
《追求真善美——跟少年朋友谈谈读与写》上

2008 年 7 月 1 日

文学阅读是滋养少年心灵的最好补品。

祝贺《读友》创刊一周年

2008 年 11 月

多观察，做生活的有心人，

多读书，做图书的好伙伴，

多练笔，做作文的小能手。

为《作家教你写作文》题写

2011 年 12 月

愿亿万孩子在成长路上与"小蜜蜂"做伴，使自己视野开阔，知识丰富，心灵优美，精神愉悦。

题赠《小蜜蜂网》

2012 年 4 月

致金炳华、王巨才、高洪波

洪波同志并炳华、巨才同志：

　　我根据儿童文学委员会 1999 年年会讨论通过的《关于如何改进和加强中国作家协会儿童文学工作的初步设想》(见《作协简报》2000 年 1 期)和陈昌本同志今年 5 月在《全国儿童文学创作会议小结》中提到的"拟办的十件实事"(见《作家通讯》2000 年 1 期)，综合整理出一个《中国作家协会关于进一步加强儿童文学工作的决议（草案）》，现送上，请抽空一阅，不知能否提交即将召开的主席团会议审议？请你们考虑定夺。

　　1955 年 11 月中国作协曾给各分会下达《关于发展少年儿童文学的指示》；1986 年 6 月主席团会议又审议通过了一个《关于改进和加强少年儿童文学工作的决议》。这两个文件，我都曾参与起草。儿童文学需要特别关注和扶持。在新世纪之初，若能由作协主席团讨论通过一个有关儿童文学的新的《决议》，我想，对儿童文学工作必将起到积极的推动、督促的作用。办成这件事（即通过正式决议），是包括我在内的儿童文学工作者的一个心愿。望予考虑。

　　即问，近好！

束沛德

2000 年 12 月 26 日

附：关于如何改进和加强中国作家协会儿童文学工作的初步设想

　　自 1986 年中国作协主席团第四次会议通过《中国作家协会关于改进和加强少年儿童文学工作的决议》，尤其是江泽民总书记提出繁荣少儿文艺的重要指示以来，中国作协认真贯彻党中央的指示，积极落实决议精神，为儿童文学事业的发展做了大量工作，如：恢复了中国作协儿童文学委员会；设立了全国优秀儿童文学奖；《文艺报》开辟了"儿童文学评论"专版；举办了两届儿童文学青年作家讲习班。这些举措对当前儿童文学所呈现出的欣欣向荣的新局面具有很大的推动作用。但是，儿童文学在创作、出版、发行等方面依然存在不少新的亟待解决的问题，如：随着市场经济的建立和完善，儿童文学如何挣脱束缚自己的旧观念，大胆地开拓进取；儿童文学各门类的发展还不平衡，科学文艺、童话、寓言等体裁需要进一步加强；儿童文学作家还要在如何贴近当代少年儿童的生活和心灵，把思想性、艺术性和可读性结合起来等方面多下功夫。因此，中国作家协会在继续贯彻落实1986年决议的基础上，还要采取新措施进一步加强和改进儿童文学工作，以适应时代和形势发展的需要：

一、作家协会拟每五年召开一次儿童文学创作会议，制订儿童文学的五年发展规划；与有关出版社合作，编辑出版儿童文学年度作品选及儿童文学年鉴；与有关儿童刊物合作，进行单篇儿童文学作品评奖，鼓励新人创作；加强儿童文学与影视、卡通的结合。

二、进一步改进和完善全国优秀儿童文学奖的评奖工作，增强这一奖项的导向性、权威性、公正性。

三、作家协会及有关刊物、出版社要积极组织儿童文学理论批评家加强对儿童文学的理论研究和作品评论工作，加强对少儿科学文艺的理论和创作现状的研究。

四、作家协会及各地分会要重视培养儿童文学的后备力量，壮大儿童文学队伍，通过建立少儿文学院，举办讲习班、函授班、冬、夏令营等各种形式增强文学新人对儿童文学创作的兴趣，提高他们的思想道德素质和艺术水平。作家协会鲁迅文学院每两年举办一期儿童文学作家班，学制不低于半年，给年轻的儿童文学作者提供进修学习的机会。

五、儿童文学作家要加强与小读者的联系。作家协会及各地分会与有关部门组织少年儿童的读书活动。在评奖中要尊重小读者的意见，在可能的情况下，吸收小读者参与评奖。

六、作家协会与各地分会要加强与港澳台及国外儿童文学界的交流。

七、各地作协尚未设立儿童文学委员会及相应机构的，希望在今年内建立。作家协会及各地分会要加强与共青团、科协、关心下一代委员会等部门的联系，互相帮助与支持，密切合作，为繁荣儿童文学共同努力。

八、搜索整理已有的儿童文学资料，在现代文学馆建立儿童文学资料库。

注：此件系创联部工作人员根据我的想法和意见起草，最后由我修改定稿。

致金炳华、王巨才并中国作协书记处

炳华、巨才同志并书记处：

听洪波同志说，日前书记处在讨论即将启动的第五届全国优秀儿童文学奖有关事项时，不赞成将理论批评、青年短篇佳作等纳入评选范围。对书记处业已议定的这件事，我本来不想再饶舌，但考虑到儿童文学界多年来的愿望和建议，我觉得有责任再次反映一些情况，申述一下理由，供你们参考：

一、2001年1月13日作协第五届主席团第八次会议通过的《关于进一步加强儿童文学工作的决议》中提到："除继续奖励各种体裁、样式的文学创作外，还要适时增设儿童文学理论批评奖等奖项。"这体现了儿童文学界的愿望和要求。第五届优秀儿童文学奖拟适当扩大评选的体裁、门类，把理论批评、青年（限四十岁以内）短篇佳作包括在内，正是为了贯彻落实主席团新通过的这个《决议》。

二、"作协优秀儿童文学奖"，就这一奖项名称来说，并没局限于创作，理论批评也可包括在内。至于评集子还是评短篇，那是可以根据实际情况来调整、变动的。本来首届作协儿童文学奖是既评单篇作品也评集子。从第二届开始，改为只评集子不评单篇。但近些年来，普遍反映：出短篇集很难，而青年作者出短篇集则更难。为了及时鼓励文学新人的短篇佳作，作协儿委会同志认为，还是应把单篇作品纳入评选范围。这并非另外增设一个奖，只是在"优秀儿童文学奖"之内适当扩大评选的门类、体裁。

三、作协之所以在鲁迅奖、茅盾奖外，单独设立少数民族文学奖和儿童文学奖，是考虑到我国有五十五个少数民族、三亿多儿童少年的国情，考虑到少数民族文学与儿童文学的发展状况需要特别加以鼓励、扶持。正因为如此，尽管儿童文学理论批评也可参加"鲁迅奖·理论批评奖"的评选，但它还需要根据自身的特点、发展状况、水平单独评选。少数民族文学奖早已把评论纳入评选范围，所以本届儿童文学奖增评理论批评并非"首创"，可说是有例可循的。

四、考虑到"对儿童文学事业有特殊贡献的荣誉奖"由于评选对象等问题似尚欠成熟，这一届可暂缓评选。理论批评、青年短篇佳作这两项，则可从第五届开始列入评选范围。

我恳切希望书记处诸位充分考虑上述意见，并能在一次会议上再议一议，是所至盼！

即颂

春安！

束沛德

2001 年 3 月 14 日

致金炳华

炳华同志：

 当我即将从作协儿委会退下来的时候，我仍禁不住要唠叨几句。这些年来，中国作协对儿童文学工作一直是重视的。但又不能不看到，在一些地方和场合，儿童文学还常常处于被遗忘的困境。在文学界，对儿童文学不屑一顾的也不乏其人。正因为如此，我深切希望作协领导今后更多地关注、扶持儿童文学。我写下十二条建议（见附件），这十二条，有的已经在做，有的可列入下一段计划中；也有一些，可能要假以时日，待条件成熟后才能做。听说，你即将在第七届儿童文学奖颁奖大会上讲话。如我建议中有可取、可行的，望吸收到你的讲话中，在正式场合，你郑重其事地讲一讲，会引起大家对儿童文学的进一步关注。不知你以为如何？

 专此，即颂

近安！

束沛德

2007 年 12 月 6 日

附：更多地关注、扶持儿童文学（仅供参考的建议）

 一、以《改革开放三十年来的儿童文学》为题举办论坛，回顾、总结三十年来儿童文学发展历程、成就和经验，展望在建设社会主义先进文化、全面建设小康社会中儿童文学的发展前景。

 二、在未来五年，鲁迅文学院举办的十期高级研讨班中，希望能有两三期吸收儿童文学作家参加，并有一期儿童文学作家班。

 三、希望中国作协及各省、市作协每年能有一两次把儿童文学工作列入党组、书记处的议事日程。在适当时候召开一次部分省、市作协儿童文学工作经验交流会。

四、在适当时候（如改革开放三十年或新中国成立六十周年）以适当方式表彰七十岁以上、从事儿童文学工作四五十年的老作家、评论家、编辑家。

五、在六一国际儿童节前夜，希望中国作协主要负责同志看望一些有突出成就和影响的儿童文学作家，如上海的圣野、任溶溶、任大星，北京的葛翠琳、孙幼军、金波等。

六、如有条件，可单独组织一次儿童文学作家代表团出国考察访问，比如赴日本、瑞士或俄罗斯。

七、争取每年至少有一两部儿童文学作品列入中国作协重点扶持创作项目，组织有关专家做好论证、评估、推介工作。

八、为儿童文学作家"三贴近"创造条件，提供服务。组织一些儿童文学作家到村镇、农民工子女中采风；适时召开一次农村题材儿童文学座谈会。

九、加强儿童文学的理论研究和评论工作。选择一些有关儿童文学的热点问题，如杨红樱的创作、类型化的写作、幻想文学、图画书等，展开深入的、学术性的讨论，鼓励不同意见的争鸣，树立和发扬说理的、实事求是的批评风气。

十、整合中国作协有关儿童文学方方面面的力量，如儿童文学委员会、《文艺报·儿童文学评论》《中国校园文学》、作家出版社儿童图书编辑室等，由作协书记处主管书记组织、协调，落实促进儿童文学发展的各项举措。希望创作研究部也尽早把儿童文学纳入自己的研究范围。

十一、调整作协儿童文学委员会，新陈代谢，增补一些年富力强、卓有成就的中青年作家为成员，充分发挥其参谋、咨询和开展业务活动的作用。

十二、争取参与教育部、新闻出版署、团中央等部门每年制定、发布向青少年推荐书目的工作，协同做好优秀儿童文学的阅读、推广工作。

束沛德

2007 年 12 月 5 日

致铁凝、钱小芊、高洪波、李敬泽

铁凝、小芊、洪波、敬泽同志：你们好！

欣悉中宣部、中国作协将于 7 月上旬召开全国儿童文学创作出版座谈会，这是文学界、出版界的一件盛事，也是关心下一代的一件好事、实事。我作为一个已退役的儿童文学组织工作者，深切期盼这次会议圆满成功，对我国儿童文学的创作、出版起到引领、激励的作用。

近期我在国外，不能参加这次会议，失去一次与同行们相互学习、交流的机会，殊感遗憾。我有几点想法，借此机会，不揣冒昧地提出来供你们参考。

一、中国作协主席团曾于 1986 年、2001 年先后作出两个关于改进和加强儿童文学工作的决议。时隔十多年后，我以为在新形势下，有必要根据习近平总书记关于文艺的讲话精神和这次座谈会上反映的情况、问题，作出一个新的决议，制定切实可行的规划和举措，推动我国儿童文学进一步发展、繁荣。

二、中宣部、中国作协召开这次座谈会，可否商请《人民日报》发一篇署名"本报评论员"的文章，《文艺报》配合新闻报道，最好能发一篇社论，进一步阐明儿童文学创作、出版对少年儿童精神成长、心灵成长的独特的、潜移默化的作用，促使上上下下、方方面面更加关注儿童文学，同心协力，把改进工作的规划、措施落到实处。

三、如今作协书记处每年讨论一两次儿童文学工作，作协儿委会每年开一次年会，四年举办一届全国儿童文学评奖，五年召开一次全国儿童文学创作会议等，这些已经形成制度的举措要坚持下去，并不断总结经验，使之更加完善。我觉得，在当前儿童文学多元发展的趋势下，如何坚守文学品质、增强艺术魅力；如何抓好加强学习和生活实践，进一步提高队伍的思想业务素质、学识素养、艺术功力；如何加强儿童文学读物的阅读推广，使之更好地走进广大小读者中去，等等，似都是我们展开讨论题中应有之义。

四、中国作协主席团 1986 年、2001 年关于儿童文学工作的两个决议中都提出：各有关报刊，首先是中国作协和各地作协主办的报刊，要经常选登一些儿童文学作品、评论文章。在这方面，《文艺报》做得比较好，不仅把 1987 年创办的"儿童文学评论"专版坚持下来，近些年来还每月出一期"少儿文艺"专刊。《人民文学》上世纪 50 年代发表了不少有影响的儿童文学作品，希望它保持和发扬重视儿童文学的传统，经常选发一些儿童文学作品。《诗刊》登一些儿童诗，《小说选刊》选载一些儿童小说。这些刊物如率先这样做，那对鼓舞儿童文学队伍士气、提高创作思想艺术质量，都会有好处。

我絮絮叨叨地说了这一些，权当作一个会议缺席者的书面发言。自知脱离日常工作已久，又没有做多少调查研究，提不出什么新鲜的、有针对性的意见和建议。那就请你们把它看作小百花园的一个守望者对会议的一份关切、一份期待吧。再见！

祝诸事如意，身笔双健！

束沛德

2015 年 6 月 24 日

《束沛德文学评论集》后记

　　这个集子是从我跨入文学门槛以来所写的评论文章中选编出来的。集子中共收文章 63 篇，分为三辑：第一辑是关于儿童文学的评论；第二辑是除儿童文学外的其他作品评论和有关文艺问题的论文、短评、随笔；第三辑是关于若干文艺理论问题和创作问题讨论的报道和述评。各辑所收文章均按写作时间先后排列。

　　收入这个集子的文章，除一两篇外，都在报刊上发表过。这次编选时，有几篇在字句上略有改动。至于一些过去惯用的提法，如"文艺为政治服务""创造完美无缺的理想人物""浇花锄草"等等，依然保持原样，没有按变化了的情况作相应的修改。

　　当我编完这个集子时，真是百感交集。投身文学战线近 40 个年头，在创作上、理论上均毫无建树，如今只能编成如此单薄的一本小书，拿不出有价值、有分量的研究成果来，不能不自惭形秽。我参加工作后，可说是一直在文学界"打杂"，长期从事诸如调查了解情况、搜集整理材料、起草讲话报告、组织座谈讨论这一类秘书工作、组织工作，没有时间、条件专心致志地从事自己喜爱的文学研究、评论工作。业余写一点评论文字，多半是结合工作需要，及时评介一些短篇新作，或是就当前文艺政策、文学工作中的某些情况和问题发表一点看法和意见。在这个集子中，除作品评论外，还收进几篇我在座谈会、研讨会上的发言及我执笔写的社论、短评，同时还酌选了几篇多少尚有一点资料价值的报道、述评。这样形成的一个文章体例不一、长短不等的"大杂烩""大拼盘"，大体上可以反映我这个文学战线的"普通一兵"——文学组织工作者业余写作的轨迹。多年来，我在平凡的文学岗位上，做了力所能及的工作，从不吝惜自己的心血和精力，就这一点来说，我是问心无愧的。然而由于自己的怠惰，不够勤奋，毕竟写得太少太差了，这又不能不愧对文学界的前辈、同辈和读者。

本来，我一直那么想：一旦从工作第一线退下来，就可以有较为宽松的心情、充裕的时间读一点自己想读的书，写一点自己想写的文章。如今，我已年近花甲，即将"到站下车"，从繁杂的日常行政、组织工作中解脱出来。无奈两年半前遭到癌症的无情打击，重病初愈后又不敢超负荷、挑重担、随心所欲地做事了。每想到这一点，心中不免涌出一丝悲凉的情绪。我得更加注意自我调节，求得心理上的平衡，树立彻底战胜疾病的信心，振奋精神，保持朝气，在身体条件许可的情况下，继续做一点力所能及的事情，包括更加从容地读点书、写点文章，这就是此时此刻我愿向文学同行和读者们吐露的心里话。

在当今文艺理论著作出书极其困难的情况下，明天出版社慨然应允出版我这本评论集，我是十分感激的。对于他们热心扶持儿童文学理论研究的远见和气魄，我表示由衷的赞赏！

1990 年 7 月 26 日

《儿童文苑漫步》后记

涉足儿童文苑已有四十个春秋。编选一下自己多年来所写有关儿童文学的评论文章，争取单独出一个集子，是我近些年的一个心愿，也是不少朋友、同行鞭策、鼓励我做的一桩事情。如今，这个愿望终于得以实现，心里自然是感到欣慰的。

收入这个集子的 60 多篇文章，按其内容分为三辑：第一辑《书林拾叶》，是对儿童文学作品的评论。本辑所收文章，又按儿童诗、童话、小说等不同体裁，分为三组排列。第二辑《文苑扫描》，是对我国或某些地域儿童文学创作、评论、队伍现状的宏观评估或整体描述，以及对一些儿童文学现象、理论问题的专论、短评。第三辑《园丁履痕》，收入记录我的写作经历以及我与儿童文学的因缘的一些文章；并附录了几篇我曾参与其事、尚有一定参考价值的资料。

有一点需要说明的是，收入本书的文章，除两三篇外，都先后在《文艺报》《儿童文学研究》等报刊上发表过；其中有一部分文章还曾收入1991 年明天出版社出版的《束沛德文学评论集》一书。之所以不避重复，再次收辑，是为了便于读者和同行全面、清晰地了解我对儿童文学创作、儿童文学现象的一些看法，以及我参与儿童文学工作的轨迹。

儿童文学评论是一项年轻的、艰辛的，而又值得为之呕心沥血的事业。尽管当前儿童文学评论还相当薄弱，专心致志投身这项事业的人也为数不多。然而，我们高兴地看到，一批富有朝气、勇于探索的儿童文学理论批评新人已在中华大地崛起，富有创见的研究成果不断问世，这预示着儿童文学评论灿烂的明天。我作为这条战线上的一个即将退役的老兵，愿意和所有的老将新兵一起，为推进这项大有益于未来一代健康成长的事业，继续摇鼓助威。

我的这本儿童文学评论集，有幸在度过我的童年、少年时代的故乡——江苏出版，心中不免涌动起一股炽热的、激动的感情。深切感谢江苏少年儿童出版社同人和责任编辑刘健屏老弟。在出版评论著作如此艰难的今天，没有他们的热情支持，我的这本小书怕是很难同读者朋友、同行见面的。

1994 年 12 月于北京

《龙套情缘》后记

早春二月，雨雪霏霏。编写完这本带有自叙体的纪实散文，顿觉心里爽朗了些。

这本小书分为"少年记者梦""青春秘书缘""半百乌纱运"三辑，真实而简略地记述了我的某些经历和遭遇，反映了一个普通文学工作者走过的一条不算曲折，但也不太平坦的路。回首往昔，我虽然没有做出什么不平凡的业绩，但也不因虚度年华、碌碌无为而悔恨。在童年、少年、青年、中年、老年各个年龄段，在做人、做事、处世、为文各个方面，我可以毫不犹豫地给自己打60分。这是我对自己度过的大半生的总评估。

我不是儿童文学作家，而是一个儿童文学组织工作者、评论工作者。这是我有别于加盟这套丛书的其他作家的地方。我尽可能选择若干足以反映我"打杂"这种独特经历的素材，记录下我作为文学战线"普通一兵"的人生轨迹。我不会编织故事，缺乏文学想象力，写下的都是我亲身经历的实实在在的事情。

如果少年读者读完这本小书，对我的人品文品也打60分，我就心满意足了。倘若在某些方面，还能给你一点启迪，让你在漫长的人生路上，把步子迈得更坚实一些，那我就更为欣慰了。

2001 年 2 月 25 日

《守望与期待》后记

初春时节，乍暖还寒。我猫在十一平方米的小书房里，断断续续花了半个多月的时间，编完了这本评论集。迎着东窗照进的一缕灿烂的阳光，真切地感受到春天的气息。

1995年，江苏少年儿童出版社出过我的一本《儿童文苑漫步》。刚编好的这本《守望与期待——束沛德儿童文学论集》，是我的第二本儿童文学评论集。收在这本集子里的七十多篇文章，都是上世纪90年代中期以来写的。按文章内容分为三辑：第一辑《文林一瞥》，是对儿童文学现状、走向的描述、展望，或是对某种文体（如儿童诗、幼儿文学）的综述、评估。怀念儿童文学大师冰心、陈伯吹两位老人的文章也收入这一辑。第二辑《书海浅涉》，是对近几年新出版的部分儿童文学图书的评论。这些书评，有一半是关于少年儿童小说的，另一半涉及儿童散文、游记、纪实文学、故事、寓言、图画书和评论等多种体裁、样式。第三辑《耕耘杂拾》，所收文章约略记述了从我童年、少年到成年读书、学习写作的点点滴滴，以及在儿童文学界打杂、跑龙套的一鳞半爪。《附录》所收一些资料，或由我执笔起草，或由我主持操办，都同我的儿童文学履历有关，特录以备查。《守望与期待》与《儿童文苑漫步》这两本书，在文章内容、分类、体例上大体相同，可说是姊妹篇。

编完这个集子，不禁思绪万千。我既为这么多年写得太少又质量不高而自惭形秽，也为退休之后没有虚掷光阴，做了一点力所能及的事情而聊以自慰。至今我依然挂着中国作协儿童文学委员会主任委员的名，一些有关儿童文学的作品研讨、创作评奖等活动还难以推却。涉足这个领域时间长了，出于对儿童文学事业的一份真情、一种责任感，常常勉为其难而又心甘情愿地去为之鼓与呼。收入这个集子的不少篇章，正是在这样一种匆忙、矛盾的状态下被逼出来的。我深知，若不能从宏观上把握我国儿童文学创作现状，又不能从横向上与世界儿童文学名著经典参照比较，孤立地来谈一本作品、一个作家的成败得失，就很难作出科学的、富有真知灼见的美学判断。可到了我这把年纪，要认真、仔细地阅读大量文本，经常、系统地了解、掌握创作发展趋势，已感到心有余而力不足了。正因为如此，也就不敢奢望写出有多大分量和特色的文章，只能尽自己的力量为钟爱儿童文学的中青年作家打打气、鼓鼓劲了。

集子编选出来，算是了却了许久以来萦绕于怀的一桩心事。然而，当今的图书市场，很难寻觅到儿童文学论著的栖身之地。何况我这本书犹如一个待字闺中的大龄姑娘，家境清贫，才貌平平，性格内向，不擅交际，如此条件，要想找到一个如意郎君，实在是难上加难了。但愿我走好运，能早日遇上一位热情、大度、贴心、知己的意中人。

2003 年 3 月 31 日

校后又记

编完这个集子后不久，很快找到了"婆家"，接力出版社的朋友慨然表示，愿出版我的这本评论集。由于"非典"肆虐，耽误了两三个月。进入金秋季节，终于看到书稿清样，拙著的问世是指日可待了。此时此刻，我不能不由衷感谢接力出版社的"老总"——社长、总编们对儿童文学评论、理论研究的鼎力支持；对责任编辑、装帧设计等付出的辛勤劳动表示真挚的谢意。今后我将继续忠诚地守望小百花园，尽力为儿童文学的发展繁荣鼓与呼。热切期待我国儿童文学理论之树枝繁叶茂、生气勃勃；儿童文苑花团锦簇、硕果累累！

2003 年 10 月

《岁月风铃》后记

多年来，特别是从一线退下来后，多少写了一点散文。这次有机会把这些参差不齐的文章辑成印册，又是在我故乡的江苏文艺出版社出版，心里还是挺高兴的。

收入这个集子的文章近 70 篇，分为"学子脚印""秘书琐忆""师友剪影""异域采风"四辑。这些文章都是记述我在人生路上的经历、遭遇、见闻、感受的；其中有若干篇曾收入我 2001 年出版的一本散文集《龙套情缘》。由于那是一套以少年儿童为读者对象的图书，根据那套书的主旨、特色、体例，我对一些文章曾作了删节、压缩，有的标题也作了改动。现恢复这些文章的本来面目，以求教于师友和读者。

假如说我在儿童文学评论队伍里算是个散兵游勇，那么，在散文写作行列中则可说是个初上战场的新兵。尽管在中学、大学时代，就试写过一些散文、速写、随笔、杂谈，但后来搁笔不写散文的时间太久了，直到两鬓花白才又重新拿起笔来。笔头生涩，武艺不强，那就不言而喻了。我深知自己的散文，纪实性强，文学性弱。其中有些篇章，与其说是散文，不如说是近乎新闻体裁的报道、专访。这可能同我学新闻出身，又长期从事秘书工作分不开。

编完这个集子，传来一代文学巨匠巴金与世长辞的消息，顿时令人感到中国文坛失去了擎天柱。巴金的名言："讲真话，把心交给读者"，一直是我信奉的为人为文的准则。今后如果我还有精力和心情再写一点散文的话，我当力求敞开心扉，实话实说。愿与朋友、读者共勉之。

2005 年 10 月 28 日

写在《追求真善美——跟少年朋友谈谈读与写》卷首

座右铭：凡事讲究一个"真"字，读书、做事要认真，待人、处世要真诚，言谈、写作要真挚。

人生追求：做堂堂正正的人，写朴朴实实的文，力求做人与为文的完美统一。

最赞赏的名言：只有真才美，只有真可爱。

少年时代爱读的一本书：《爱的教育》。它在我的心田里播下了爱的种子，真、善、美的种子。

写好作文的奥秘：多观察，多体验，多阅读，多练笔。最重要的是不要忘了讲真话，抒真情。

2007 年 2 月

《追求真善美——跟少年朋友谈谈读与写》后记

提高少年儿童的阅读能力、写作水平和语文素养，是广大家长、教师和社会各界共同关注的事情。我长期同文字打交道，又做了多年儿童文学工作，理应在辅导少年阅读、写作方面，也做一点力所能及的事。为此，利用春节长假编选出这本《追求真善美——跟少年朋友谈谈读与写》。

这是一本辅导阅读、写作的书，也是一本记述人生故事、写作故事的散文随笔集。收入书中的文章分为四辑：《读书练笔杂拾》，记述了我从小到老与书为伴、学习写作的某些片断和心得、体会。《散文随笔自选》，选辑了二十多篇适合少年阅读的写人、叙事、记游的散文，其中有不少篇曾被选入《语文》教材和《作家教你写作文》《儿童文学年度佳作选》类图书。不敢说这些文章篇篇都可作为学生作文的范文，但大多写得比较短小而朴实，对少年朋友学写作文也许会有所启迪。《名家佳作导读》，推荐、评介了当代一部分优秀儿童文学作家作品。这些作家作品大多入选《百年百部中国儿童文学经典书系》（湖北少年儿童出版社出版）。希望能借此引起少年朋友阅读经典的兴趣，并不断提高自己对文学作品的鉴赏力。《少年习作点评》，对十多篇少年习作的成败得失作了具体分析、评点，长处说长，短处说短。从实际出发的讲评，会比泛泛之谈对小读者更有用处。

作文与做人分不开，懂得如何做人比学会如何作文更为重要。热切期盼少年朋友在做人和作文上都追求真、善、美。

2007 年 2 月 26 日

《为儿童文学鼓与呼》后记

　　天高云淡，秋高气爽。送走欢腾的，高奏团结、友谊、和平乐章的奥运会、残奥会，即将迎来改变中国命运的改革开放 30 周年的盛大节日。此时此刻，我似有一份难得的好心情。

　　回眸改革开放 30 年，我有幸在儿童文苑做了一点服务性的工作，留下了一些记录儿童文学发展历程一鳞半爪的文字。不久前编完的这本《为儿童文学鼓与呼》，是继《儿童文苑漫步》《守望与期待》之后，我的第三本儿童文学评论集。这本集子收入我 2003 年 10 月以来所写长短不等的文章 54 篇。按文章内容，大致分为三辑：第一辑是关于儿童文学现象、作家作品的综论、书评和随笔；第二辑是回忆、怀念、评述儿童文学前辈或同辈作家的文章，也有两三篇是忆念我所熟悉的成人文学作家的；第三辑是关于儿童文学工作的述评，主要对中国作协儿童文学委员会的工作、全国优秀儿童文学奖评选工作的述评。同时，还收入我近些年对儿童文学工作的若干建议，包括我写给作协领导同志的一些信件。编入这一辑的《小百花园打杂手记》《祝贺与期待——致小百花园的园丁们》《寄语小读者、小作者》，所记载的事情、收录的文字，都是《守望与期待》一书中同题篇章的续编。

　　本书的"附录"分为两部分：第一部分是我近几年主持或参与操办的一些儿童文学工作的有关资料，在时间上也都与《守望与期待》一书所收同题资料相衔接；第二部分是从报刊、图书中挑选了十多篇评论我已出版的几本书的文章。这些文章也许会帮助读者和儿童文学研究者、爱好者加深对我这个文坛龙套角色的了解。长时间以来，朋友们对我的文和人多所肯定和鼓励，我相信他们都是真诚的。但我深知自己才疏学浅，在研究、写作上均乏善可陈，只能说是在自己的岗位上踏踏实实做了一点力所能及的事情：乐此不疲地为儿童文学鼓与呼罢了。

去年底告别作协儿委会，今夏我写了一篇《一切为了孩子的心灵成长——回顾改革开放 30 年来中国作家协会的儿童文学工作》。这也许是我写职务性文章的封笔之作，今后不会再写这类汇报、总结文字了。本来从儿委会退下来之后，还想多少写一点有感而发的儿童文学评论文字，但随着年岁的增长，似也感到心有余而力不足了。我深切期盼有一批生气勃勃、才思敏捷的年轻人加入儿童文学评论队伍中来，为儿童文学的生长、发展摇旗呐喊、擂鼓助威。这是一个即将退伍的儿童文学老兵的心愿。

2008 年 9 月 18 日

《多彩记忆——束沛德散文选》后记

　　早春二月，乍暖还寒，可为少年朋友编完这本散文集——《多彩记忆》，心里却是感到暖融融的。

　　收入这本集子的五十多篇文章，是从我多年来所写散文中筛选出来的。全书分为三辑：《成长写真》是对我童年、少年、青年时代游戏、阅读、练笔、课外活动的追忆和对那剪不断的亲情、友情、乡情的抒发。《名家侧影》记叙了一些作家的面影、风貌，他们都是我所熟悉的领导、老师或同事、朋友。《海外游踪》描述了我在异国他乡走马观花的所见所闻、所历所感。

　　我所写的这些散文，无论是写人、叙事、记游，都是我亲历的、深深镌刻在心灵深处、永远难以忘怀的记忆。感情真挚自然，文笔朴实简洁，是我在散文写作上的追求。如果我这本小书能带给少年朋友一点人生启迪和审美愉悦，那我就十分欣慰、满足了。

2008 年 3 月 12 日

《红线串着爱与美》后记

年近八秩，回望我走过的漫漫人生路，一些良师益友的面影、风采不时浮现在我眼前。飞雪迎春、水仙吐蕊之际，开始着手编选这本散文集。重读自己写下的这些朴实无华的文字，心中一次又一次地涌起对良师益友深切的怀念之情、感激之情。因此，我情不自禁、毫不犹豫地采用《飞雪迎春怀师友》作为书名。

收入这本集子的散文、随笔共53篇。按文章内容大致分为四辑：第一辑是回忆与怀念我多年来在文学工作岗位上的老领导、老同事的；第二辑是回忆与怀念儿童文苑的前辈、同道的；第三辑记述我对过从甚密的一些文友的印象，简略地写下对他们创作成就、特色的总体评估；第四辑记录我的童年、少年、青年时代以至退休前后，亲朋好友、老师同学对我的教诲、指点和期望。

在我的成长道路上，也还有不少同事、同学、作家、文友对我的为人为文曾给予深刻的、有益的影响。由于我的怠惰，至今没记录下来。今后，如果身体、精力许可，还打算多少写一点忆念师友的短文。但愿我已经写的和将要写的这些记叙良师益友的文字，能给包括少年朋友在内的读者一些激励和启迪。

2010 年 3 月 26 日

《束沛德谈儿童文学》自序

　　我涉足儿童文学评论，若从 1956 年在《文艺报》发表《幻想也要以真实为基础——评欧阳山的童话〈慧眼〉》一文算起，至今已达 55 年，也算是个老园丁了。

　　我一向把自己定位为儿童文学评论队伍里的散兵游勇。这就是说，我不是专门从事儿童文学研究、评论的，只是在文学组织工作岗位上，结合工作的需要，偶尔写一点有关儿童文学的评论、随笔。这其中，我多半是扮演吹鼓手的角色，为儿童文学的生存、发展摇旗呐喊，为佳作迭出、新人频现拍手叫好。

　　与儿童文学评论结缘，虽起始于上世纪 50 年代中期，但真正把自己铆在它上面并与之难解难分，却是在进入新时期我担任作协书记处书记、儿童文学委员会主任委员之后。我既然分管儿童文学工作，就义不容辞地必须与儿童文学作家、作品打交道。召开儿童文学创作会议、作品研讨会，举办儿童文学评奖，编选儿童文学年度选和年鉴，所有这些工作，都离不开对儿童文学现状的了解、研究。这样，我就无可逃遁也心甘情愿地进入儿童文学评论领域。

　　我还有点自知之明，在儿童文学研究、评论上，确是乏善可陈，没什么建树和成就。聊以自慰的是，在儿童文学组织工作岗位上，我和伙伴们一起，多年来还做了几件有利于推动儿童文学理论批评发展的实事：一是《文艺报·儿童文学评论》专版从 1987 年创刊至今，坚持办了 23 年，出了 266 期，逐渐成为当今儿童文学理论批评的重要阵地。这个专版是按照中国作协主席团 1986 年 6 月《关于改进和加强少年儿童文学工作的决议》精神创办的。创刊之初，我曾写了《窗口·桥梁·苗圃》一文；出满100 期时，又写了一篇《十年辛苦不寻常》，表达了我对该刊的期望。上世纪90年代初，该刊一度陷于困境、几近停刊，我曾为之鼓与呼。编辑部同人克服诸多困难，终于苦苦支撑了下来。如今该刊每月出三期，刊期之短，版面之多，是前所未有的。二是从第五届全国优秀儿童文学奖开始，将理论批评列入评选范围。尽管评选的结果、成效不尽如人意，评选的办法尚待改进，但设置这个奖项对鼓舞理论批评队伍的士气，促进儿童文学理论批评的发展，还是有好处的。三是从2001年开始编选《儿童文学年鉴》，我在任时共编辑、出版了6本。收入《儿童文学年鉴》的年度创作述评、理论批评述评和当年的"论文选辑"，实际上相当于一本儿童文学理论批评年度选。这为了解、研究儿童文学理论批评的现状、走向和前景，提供了一份有用的资料。

我之所以不嫌絮叨地罗列在我任内所办的上述实事，那是由于在我心目中，把这些举措落到实处，与我个人写几篇评论文章相比，其意义和价值不知要大多少倍，甚至可以说是无可比拟的。

对儿童文学理论批评，我还是有兴趣和热情的，这可能与我的个性、气质有关。评论与创作同为儿童文学的两翼，它的重要性是不言而喻的，是值得为之奉献毕生心血、精力的。根据多年从事儿童文学评论的经历，我深切体会到，这是一项寂寞而艰辛的事业，必须潜下心来，下苦功夫，从学养、胆识、生活积累、文本阅览诸方面不断充实和提高自己，才能在评论上取得一点收获和成果。

要丰富学养。我初涉评论，是从大学时代选修许杰先生的"文艺批评"这门课，向唐弢先生主编的《文汇报·磁力》（《笔会》的前身）投稿开始的。年轻时涉猎过"车、别、杜"（车尔尼雪夫斯基、别林斯基、杜勃罗留波夫）；在相当长一段时间里，与《苏联文艺理论小译丛》为伴，可说是略知文学批评的一点皮毛，但缺乏多方面深厚的学术底蕴。哲学、美学、经济学、历史学、社会学、教育学、心理学等，我都只接触一些皮毛，没有系统、深入地做过学习、研究。根基浅，底蕴薄，对作品的解读、评析，往往难免停留在表层印象上，浅尝辄止，不能深入文本的核心，揭示问题的本质。学养不够，这对从事评论的人来说，是个致命的弱点。

要厚积薄发。从事当代儿童文学评论，必须认真、仔细地阅读大量文本，经常、系统地了解、掌握儿童文学的现状和发展趋势。同时，还要关注世界儿童文学发展思潮、走向，了解、熟悉外国最新创作成果。如果对中外儿童文学历史、现状和经典作家、作品不甚了解，不能从宏观上把握儿童文学全局，又不能从横向上与世界儿童文学名著、精品参照比较，孤立地来谈一部作品或一个作家的成败得失，就很难作出科学的、富有真知灼见的美学判断。对现实生活、对少年儿童的生存状态、内心世界以及他们的阅读兴趣、鉴赏水平，也要不断地观察、体验、熟悉、了解。唯其如此，你评价一部作品的思想、艺术水平、审美价值，评述一种创作现象的是非长短，才能抓住要害，切中肯綮。对创作状况、社会现实、儿童世界的熟悉了解，都是一个长期的、日积月累的过程，必须持之以恒。积累越丰厚，就越能在评论园地里自由驰骋笔墨。

要有胆有识。对儿童文学领域的优秀作品、文学新人、新鲜事物的发现，既需要有敏锐的、睿智的目光，也需要有支持探索、创新的勇气。创作需要激情，批评同样需要激情。只有当你真正被作品所抒发的感情或主人公的遭际命运所打动，觉得有话要说，有感要发，这样的评论文章，才能表达自己真实的艺术感受，因而往往会文情并茂。如果自己面对文本无动于衷，仅仅是碍于情面，或为媒体炒作而勉强为之，写出的文章很可能是毫无激情、了无新意的评论八股。评析作品的成败得失，支持新生事物，批评不良现象，敢于思考、提出重要的或值得的创作、理论问题，都需要有敢想敢说、敢作敢为的胆量。一味唱赞歌、喷香水，或是隔靴搔痒，或是温吞水，该尖锐的不尖锐，都不是一个正直的、有作为的批评家应有的品格和风范。

在以上几个方面，我都缺乏必要的、足够的修炼和准备，因而在评论上没有多大作为。但愿我的一点心得，连同编选出的这本《束沛德谈儿童文学》能对有志于从事儿童文学评论的年轻人有所启迪。这也是一个逐渐淡出儿童文苑的老兵的心愿和期望。

2010 年 9 月 7 日于北戴河

后 记

　　春夏之交开始着手编选自己的这本儿童文学评论选，断断续续三四个月，直到夏去秋来，才把它编好。

　　这本书稿所选文章，时间跨度长达 50 多年，内容涵盖有关儿童文学现象观察、作品评论、作家印象和工作述评诸多方面。面对这摞书稿，我的心情可说是亦喜亦忧、喜忧参半，喜的是当我年近八秩、逐渐淡出儿童文苑之际，得有机会将自己谈儿童文学的文章筛选后汇总结集出版，为儿童文苑留下一份颇具个性色彩、较为完整的记录；忧的是这类书在当下的图书市场几乎没有栖身之所，很难进入儿童文学研究者、爱好者和读者的视野，因而也就难以听到更多议论和批评的声音。我在儿童文学评论园地里耕耘多年，收获很少，拿不出什么像样的、有分量的成果来，实在汗颜。但作为一个评论者，我又是多么渴望有机会与同行、同道和读者对话、交流、沟通、切磋啊！

　　安徽少年儿童出版社一向关注和支持儿童文学理论批评的发展，这次又慨然应允出版我这本篇幅不小、质量平平的论著。对此，我向安徽少年儿童出版社的领导和承担本书责任编辑、装帧设计、校对的朋友表示由衷的感谢！

2010 年 12 月 20 日

《发出自己的声音——束沛德文论集》改版后记

　　阳春三月，传来佳音：接力出版社将在近几年出版多种个人儿童文学评论集的基础上，改版出一套"新视野中国儿童文学理论研究"书系。不胜荣幸，拙著《守望与期待》也忝列其中。这是一件令人振奋、有利于促进儿童文学理论批评发展的实事、好事。

　　借这次改版的机会，在保持《守望与期待》基本框架、内容的前提下，对入选的文章篇目做了若干调整。全书仍分为《文林一瞥》《书海浅涉》《耕耘杂拾》三辑，但各辑均增收了近十年部分较有影响的文章和近年新写、尚未收入集子的文章；同时删去了原书各辑和《附录》中的一些篇章。坚守文学品格，鼓励艺术创新，从学养、胆识、阅历、视野诸方面不断丰富、提高自身的素质和功力，真正发出自己独立的、清晰的、充满睿智的声音，发扬与人为善、实事求是的批评风气，是我对儿童文学理论批评的呼唤与追求。因此将改版后的这本书定名为《发出自己的声音》。

　　我是儿童文学评论园地的一个老园丁。随着年岁的增长，近些年逐渐淡出儿童文苑。但愿我的为数不多、缺乏新意的评论文字，能对儿童文学作者、研究者、爱好者了解当代特别是新时期以来儿童文学发展历程的一些侧面，多少起一点引领、启迪的作用。果真如此，我就心满意足了。

2013 年 4 月 18 日

《情趣从何而来——束沛德自选集》后记

早春二月，冰化雪消，风和日丽，柳条吐绿了。我编完这本《情趣从何而来——束沛德自选集》，顿时感到松了一口气，心里豁朗又快慰。

如从中学时代试写小小说《一个最沉痛的日子》算起，屈指算来，与文字打交道已长达 65 个春秋。从 1950 年 1 月在《文汇报》发表《把文艺批评提高一步》一文开始，涉足文学评论也 60 多年了。写作资历可谓不浅，但收获不多，更乏善可陈。多年来，除了写报告、讲话、总结、报道之类的应用文外，主要写些儿童文学评论，也多少写一点散文。先后出版过《束沛德文学评论集》《束沛德谈儿童文学》和散文集《龙套情缘》《岁月风铃》《多彩记忆》等。编选一本浓缩自己写作成果、基本反映个人文字格调的集子，是近些年埋在心底的一个愿望。承蒙湖北少年儿童出版社的厚爱，慷慨应允出版这本自选集，终于了却了我的心愿。对此，我是由衷感激的。

从已出版的 10 本评论集、散文集和近年来新写的文章中反复精筛细选，共选出文章 100 篇，其中评论 52 篇、散文 48 篇。全书分为"理论批评""散文随笔"两卷：上卷"理论批评"内容涉及对儿童文学现状的宏观扫描、对作家作品的评论赏析和对儿童文学工作的回顾总结；下卷"散文随笔"内容涉及童年往事、成长经历、师友风采、异域风情等。"附录"选登了几位文友对我的评介文字，期盼读者从中能加深对我人品、文品的了解。

《情趣从何而来》一文是我涉足儿童文苑之初的一篇习作，至今仍被文友们称赞，看成我的代表作。如今用它作为书名，既为了对那逝去的岁月留下一点美好记忆；也是为了激励、鞭策自己，依然能多少保持一点年轻时的朝气、锐气，在没有走完的人生路、文学路上，步履稳健地继续前行。

2012 年 2 月 25 日

《我的舞台我的家——我与中国作家协会》后记

近一个月前,2014年7月23日,是中国作家协会成立65周年的日子。我1952年跨进作协门槛,1998年从作协岗位上退下来。在文学路上跋涉了几十个春秋,其中大部分时间是在作协度过的,我一直把作协当作自己的家。我长期做文学组织工作,在作协这个舞台上扮演跑龙套的角色。我的成长和挫折,我的喜悦和苦恼,都是与这个家、这个舞台分不开的。正因为如此,我用《我的舞台我的家》作为这本书的名字。

我是作协的一个老人,编选一本以"我与中国作协"为内容的书,是多年来萦绕于怀的一个情结。这次,从我多年来所写记述作协人和事的文章中选出若干篇,加上近两年新写的,总共79篇。全书分为三辑:"龙套印痕"记述了我在作协从事文学组织工作的经历和在政治运动、文艺批判中的遭遇。"师友风采"从一些侧面描写了我在作协的领导、同事、文友的文学业绩、精神风貌以及他们对我的教诲、指引。"往事纪实"选收了多年来在作协亲历或参与的若干文学工作、活动、会议的报道、访谈、发言、演讲等文字材料。

很久以前,作协的一位老领导曾不止一次地提出:应该组织力量编写一本中国作家协会的会史,记述作协的基本情况、发展历程、重大事件、成绩与错误;哪怕先着手编一本简史或大事记也好,可以让文学工作者、广大读者从中了解作协在几十年风风雨雨中走过的路以及有些什么经验、教训。我很赞赏这个想法,认为这是一件很有意义、值得花费心血和功夫的事,也在一些场合呼吁过。但至今似没有什么动静,没人牵头来做这件复杂、细致、颇有难度的工作。我来作协较早,待的时间也较长,本来在这方面可以出点主意,做点力所能及的事。但如今年逾八旬,确实是力不从心了。我想,编选出版这本《我的舞台我的家》,也许能从我个人的视角为中国作协乃至当代文坛留下几帧真切的史影。在某种意义上，这是否也算是"一个人的作协史"呢。倘若这本书能为编著《中国作家协会历史》提供一点资料或线索，那我就十分欣慰了。

收入这个集子的文章，时间跨度较大，从1953年到2014年，前后超过一个甲子。由于时过境迁，部分文章中的一些口号、主张、提法、做法，如今看来已经滞后或不尽妥当。为了保持当年的本来面目，这次编选时，没有按变化了的情况作相应的改动，这是需要向读者朋友作一说明的。

写作协人和事的书，由作家出版社出版，是我的一个心愿。蒙中国作家出版集团、作家出版社诸领导、编辑朋友的热情关注和支持，多谢了。

2014年8月18日

《在人生列车上》后记

岁月匆匆，在人生路上我已跨越 81 个春夏秋冬。回望我人生之旅留下的脚印，心中不禁升起一缕对时光老人的敬重、感激之情。

多年来，我写了一些散文随笔，其中有一部分是专为少年朋友写的，也有一部分是适合少年朋友阅读的。从这些散文随笔中，精心挑选出 48 篇，编成这本《在人生列车上》散文集。选入的文章按内容大体分为三类：一是抒写少年时代的读与写和童情、亲情、友情、乡情；二是记叙文学路上我的良师益友的精神风貌和对我的指引、教诲；三是记叙作客异域他乡的见闻、感受。

这本小书或许能让读者大体了解我的平凡人生历程的若干侧影。如果能给少年朋友带来一点人生启迪和审美愉悦，激励他们在未来的人生路上，把步子迈得更坚实一些，那我就如愿以偿了。

2012 年 9 月

《爱心连着童心》后记

书桌上的台历翻到了最后一页，2017 年就在眼前。

过去这一年，我和老伴度过了 85 岁生日，名副其实地进入耄耋老人的行列。不久前，我俩又迎来人生难得的钻石婚，亲历了对爱情、婚姻的忠贞不渝。年终岁末，能坐下来从容地编选自己的这本散文集，有机会向读者汇报一下散文写作的收获，心里还是挺愉快的。

编这本散文集，重温了我人生经历的若干片断，再次品味、咀嚼了人生的酸甜苦辣。我的大半生，虽不是一帆风顺，但也算不上命运多舛，相比而言，应当说还是相当幸运的。此时此刻，我由衷感激多彩生活、多味人生对自己的馈赠。

感谢怡怡亲情对我的关爱。

感谢风风雨雨对我的磨炼。

感谢前辈师长对我的栽培。

感谢同事文友对我的鼓励。

感谢文学阅读对我的滋养。

感谢域外旅游对我的启迪。

愿亲爱的读者和我一起分享我的多味人生。

2016 年除夕

小百花园打杂手记

(1955 年 11 月——2019 年 6 月)

1955 年

11 月 18 日 中国作家协会向各分会发出《关于发展少年儿童文学的指示》。我参与了这一文件的起草工作。

1956 年

2 月 中国作家协会编选的《1954—1955 儿童文学选》由人民文学出版社出版。我参加了这本选集的初选工作。

3 月 作为列席代表参加全国青年文学创作者会议。

5 月 《幻想也要以真实为基础——评欧阳山的童话〈慧眼〉》一文在《文艺报》发表。此文引起了有关童话体裁中幻想与现实的关系以至童话的基本特征、表现手法等问题的讨论。《作品》《北方》《人民文学》《儿童文学研究》等刊物先后发表了十多篇论争文章，这场讨论持续了两年之久。

1957 年

12 月 《情趣从何而来？——谈谈柯岩的儿童诗》一文在《文艺报》发表。此文先后被收入《1949—1979 儿童文学论文选》《中国儿童文学大系·理论（一）》《论儿童诗》等七八种评论选集。

1960 年

6 月 《漫谈〈夜奔盘山〉的少年形象》一文在《文艺哨兵》月刊发表。

1963 年

5 月　加入中国作家协会天津分会

1980 年

2 月　中国作家协会儿童文学委员会举行第一次会议，严文井主持。我作为创联部办公室负责人列席会议。

6 月　加入中国作家协会。

8 月　《生活美·心灵美·艺术美——再谈柯岩的儿童诗》一文在《新港》月刊发表。此文先后被收入《儿童文学作家作品论》《论儿童诗》等评论选集。

1981 年

11 月　儿童文学丛刊《未来》在南京创刊，担任编委。

1982 年

2 月 26 日　参加中国作协儿童文学委员会召开的在京部分儿童文学报刊编辑座谈会。

3 月 25 日　参加中国作协儿童文学委员会召开的在京部分儿童文学作者座谈会。

10 月　赴苏州参加《未来》编委会。

1985 年

1 月　当选中国作协第四届理事会理事。在作协第四届主席团第一次会议上被推举为书记处书记。从此开始，按书记处分工，分管儿童文学工作。

4 月 24 日—5 月 7 日　率中国作家代表团访问匈牙利。

11 月 16 日—17 日　参加少年儿童出版社、贵州人民出版社在贵阳联合召开的儿童小说创作座谈会。会后在《贵阳晚报》发表《儿童文学创新琐议》一文。

1986 年

3 月 27 日—4 月 3 日　赴上海、南京调查了解有关儿童文学的情况，征询如何开好全国儿童文学创作会议的意见，先后在少年儿童出版社、作协上海分会、作协江苏分会召开小型座谈会。

4 月 11 日　向中国作协创作委员会儿童文学组扩大会汇报全国儿童文学创作会议的筹备情况；会上并就这次会议的宗旨、内容、开法进行了讨论。

4 月 14 日、21 日　中国作协书记处两次开会讨论北京韩作黎、陈模等十四位会员提出的《希望加强对儿童文学的领导》的建议和内蒙古杨啸关于改进儿童文学工作的来信。会上原则同意设置全国儿童文学奖。

5 月 6 日—13 日　主持文化部、中国作协在山东烟台联合召开的全国儿童文学创作会议。在会上致开幕词：《为创造更多的儿童文学精品开拓前进》。在闭幕式上就如何改进和加强中国作协的儿童文学工作发了言。会后在《人民日报》《文艺报》发表了题为《创造更多的儿童文学精品》《向上攀登　向下深入》的文章。

6 月 14 日　向中国作协第四届主席团第四次会议汇报在烟台召开的全国儿童文学创作会议情况。会上审议通过《中国作家协会关于改进和加强少年儿童文学工作的决议》。会前执笔起草这个《决议》，并根据主席团会议上提出的意见修改定稿。

7 月 10 日　参加中国作协创作委员会儿童文学组的会议，会上讨论了作协儿童文学奖的评选范围、步骤等有关事宜。

9 月 18 日　向《文艺报》反映刘厚明建议：1987 年该报改版后，每月增出《儿童文学评论》专刊，得到该报负责人的支持。

10 月 21 日　参加《人民文学》召开的儿童文学作家座谈会。

11 月　根据中国作协主席团的决定，在创作委员会儿童文学组的基础上，恢复儿童文学委员会，严文井任主任委员，我和刘厚明任副主任委员。

12 月　《关于儿童文学创新的思考》一文在《儿童文学研究》第 24 辑发表。此文先后被收入《中国儿童文学大系·理论（二）》《中国当代儿童文学文论选》等评论选集，并获首届全国儿童文学理论评奖优秀论文奖。

1987 年

1 月 24 日　《文艺报·儿童文学评论》创刊，发表我写的题为《窗口·桥梁·苗圃》一文。

4 月　担任少年文学季刊《明天》顾问。

10 月 12 日—11 月 18 日　中国作家协会首届（1980—1985）全国优秀儿童文学奖的初评工作在京举行，在初选小组读书班上致开场白。

11 月 28 日　《文艺报》公布中国作协首届全国优秀儿童文学奖初选小组向评委会提出的《备选作品篇目》，征求小读者和有关各界的意见。为《文艺报》写了题为《增强文学评奖的透明度》的短评。

12 月 24 日　赴杭州参加《少年儿童故事报》创刊三周年和"未来作家"征文大奖赛颁奖活动。

1988 年

3 月　中国作协首届全国优秀儿童文学奖评委会在京举行，任评委会副主任委员。严文井为主任委员。

5 月　常新港短篇小说集《独船》出版，写了题为《在黑色的冻土上深耕细耘》的序言。

6 月　在苏联《儿童文学》杂志发表《为了孩子　为了未来——介绍中国作家协会的儿童文学工作》一文。

10 月 10 日—13 日　主持中国作协在山东烟台召开的儿童文学发展趋势研讨会，致开会词：《更贴近大时代　更贴近小读者》。

11 月　希望出版社出版的《中国儿童文学大系》十五卷陆续问世，担任该书编委。

1989 年

4 月 10 日　主持召开中国作协儿童文学委员会在京委员的会议，会上讨论了改进评奖工作、加强创作与理论研讨等事项。

5月3日　全国少儿文化艺术委员会主办的新时期优秀少儿文艺读物奖评委会在京举行，担任评委。

8月21日　参加在京召开的台湾北京儿童文学交流会。

11月16日—23日　第二届宋庆龄儿童文学奖评委会在京举行，担任评委。

1990年

4月2日　参加在京召开的《儿童时代》创刊40周年座谈会。

4月24日　参加中国首届（1987—1989）少儿报刊奖评委会，担任评委。

5月18日—19日　参加中国作协儿童文学委员会、译协文学艺术委员会、中国少年儿童出版社联合召开的外国儿童文学翻译座谈会。

6月7日—12日　参加在京召开的国际儿童图书与插图研讨会，在会上作题为《让优秀读物赢得更多小读者》的发言。

10月28日　赴杭州参加金近作品研讨会，在会上作题为《忆人品文品兼优的金近》的发言。

11月12日—14日　赴上海参加'90上海儿童文学研讨会，在会上作题为《谈儿童文学的主旋律及其他》的发言。

本年　担任国际儿童读物联盟中国分会（CBBY）执行委员。

1991年

1月15日—16日　参加在山东济南召开的刘海栖作品讨论会。

3月　《新编一千零一夜——童话·寓言·故事》一书由北京科学技术出版社出版，任编委会主任。

4月2日—4日　赴云南参加儿童文学滇西笔会及沈石溪、吴然、辛勤儿童文学作品研讨会。

7月　湖北少年儿童出版社出版《师魂》丛书，担任编委。

7月11日—15日　参加中国儿童文学研讨会、河北省文联等单位在河北承德联合召开的儿童文学创作分析会，在会上作《增强少年小说的吸引力》的发言。

7月　作为国际安徒生文学奖的语言顾问，向国际儿童读物联盟（IBBY）推荐金波的作品。

8月14日　在全国校园文学社团指导教师学习会上作《精心培育校园文学新苗》的发言。

11月27日　赴南京参加《未来》编委会暨纪念该刊创刊10周年活动。

12月　《束沛德文学评论集》由明天出版社出版。

12月　担任《孩子天地》顾问。

本年　参加《孩子，抬起头》（孙云晓著）等作品研讨会。

1992年

5月4日—5日　参加在京召开的海峡两岸童话研讨会。

5月6日　参加在京召开的林焕彰儿童诗研讨会。

6月1日　参加'92北京国际儿童图书博览会开幕式，担任这次博览会组委会副主任委员。

6月2日　参加国际儿童读物联盟中国分会召开的儿童文学创作、插图、出版现状及展望研讨会。

8月24日—26日　赴湖南长沙参加湖南少年儿童出版社召开的儿童文学研讨会，作《打开窗户看世界》的发言。

9月24日　参加在北京平谷召开的'92北京儿童文学研讨会，在会上作《发扬优势　提高质量》的发言。

10月11日—12日　参加中国少年报社在乌鲁木齐召开的西北地区文艺作者座谈会，在会上作题为《回眸与前瞻——纵观儿童文学创作态势、走向与队伍建设》的长篇发言。此发言整理成文后，先后在《当代作家评论》《未来》上发表。

11月2日—18日　中国作协第二届（1986—1991）全国优秀儿童文学奖初选小组读书班在京举办，到会致开场白。

12 月 1 日—12 日　第三届宋庆龄儿童文学奖评委会在京举行，担任评委。

1993 年

2 月 10 日—14 日　主持中国作协第二届全国优秀儿童文学奖评委会，任评委会主任委员。

5 月 15 日—16 日　参加在上海召开的第二届中日儿童文学研讨会，在会上致词，并提交题为《寻求新的突破——略谈战争题材的儿童文学》的书面发言。

5 月 21 日　参加在京召开的李国伟自我历险小说研讨会。

6 月 15 日—16 日　参加中国少儿报刊协会文学艺术报刊专业委员会在浙江普陀山召开的 1993 年年会。

7 月　担任新调整后的《儿童文学》杂志编委。

8 月 11 日—13 日　参加在四川温江召开的海峡两岸童话童诗研讨会，在会上作《共同的探索与追求》的发言。

10 月 30 日　参加庆贺《儿童文学》杂志创刊 30 周年的大会。

11 月 19 日—12 月 3 日　率中国作家代表团访问泰国。

12 月 24 日　参加在京召开的《银线星星——台湾趣味童话选》出版座谈会，在会上作《人性美的深情礼赞——林良童话赏析》的发言。

本年　从本年起享受政府特殊津贴。

1994 年

3 月 3 日　参加在京召开的陈模作品研讨会，在会上作《倾听老战士的肺腑之言——略述陈模的儿童文学观》的发言。

3 月 12 日　《文艺报》发表彭斯远的《批评是为了发展——束沛德儿童文学研究漫议》一文。

10 月　致信祝贺葛翠琳作品研讨会在京召开。

11 月 25 日　参加在广东鹤山召开的中学生作品集《宝石》出版座谈会，并与金岗中学文学社社员座谈。

12 月 10 日—15 日　第四届宋庆龄儿童文学奖评委会在京举行，担任评委。

1995 年

3 月　儿童文学论集《儿童文苑漫步》由江苏少年儿童出版社出版。

6 月 21 日　参加北师大中文系召开的跨世纪儿童文学研讨会。

7 月　编选的《世界童话精品》由陕西人民出版社出版，写了题为《童话的艺术魅力》的序言。

8 月 6 日—7 日　主持中国作协儿童文学委员会、文艺报社在北戴河联合召开的儿童文学座谈会，研究如何贯彻落实江泽民同志关于繁荣少儿文艺的指示精神。

9 月 21 日　在《人民日报》发表《儿童文苑的三喜三忧》一文。

12 月　《中国儿童文学作家成名作》（四卷）由安徽少年儿童出版社出版，担任该书编委。

12 月 16 日—28 日　率中国作家代表团访问意大利，获蒙德罗国际文学奖特别奖。

1996 年

3 月 18 日—30 日　中国作协第三届（1992—1994）全国优秀儿童文学奖初选小组读书班在京举办，到会致开场白。

5 月 14 日—17 日　主持中国作协第三届全国儿童文学奖评委会，任评委会主任委员。

5 月 29 日　中国作协第三届全国优秀儿童文学奖颁奖大会在京举行，在会上介绍本届评奖的评选经过；并参加儿童文学作家、编辑座谈会。

5 月 30 日　《人民日报》发表署名"本报评论员"的文章：《让儿童文学繁花似锦》，此文系我执笔撰写。

5 月 30 日　中国作家协会、上海市委宣传部在京联合召开秦文君的《男生贾里》《女生贾梅》研讨会，主持会议并致开场白。

5 月　为作家出版社出版的《中国小作家——优秀作品选评》一书

作序。

6月1日　致信祝贺张继楼作品研讨会在重庆召开。

9月9日　参加《儿童文学》杂志社在京召开的新时期儿童文学创作研讨会。

9月18日　参加柯岩作品研讨会，在会上作《从儿童文苑看柯岩》的发言。

11月1日　参加《刘先平大自然探险长篇系列》作品研讨会，在会上作《勇敢的探索者》的发言。

12月　在中国作协第五次全国代表大会上当选全国委员会委员；在五届一次全委会上当选为主席团委员。

1997 年

3月10日　参加文艺报社在京召开的该报《儿童文学评论》专版百期座谈会，在会上作《十年辛苦不寻常》的发言。

4月23日—24日　参加江苏省作协、江苏少年儿童出版社在苏州召开的儿童文学创作座谈会。

5月　随中国作协换届，作协儿童文学委员会成员作了调整，任主任委员。

7月5日　参加安徽教育出版社在合肥召开的策划《中华稗儿童文学新作丛书》的笔会。

7月21日—22日　主持调整后的新一届中国作协儿童文学委员会全体会议（即1997年年会），讨论、制订了1997—1999年儿童文学工作规划。

7月22日　参加儿童文学青年作家讲习班开学典礼。

7月28日　在儿童文学青年作家讲习班上讲课，谈我国儿童文学现状和发展趋势。

8月8日　参加在湖南岳阳召开的岳阳市写作学会第一次代表大会暨青少年写作研讨会。

10月5日—11日　参加在江西三清山召开的跨世纪少年小说创作研讨会。

11 月　向'97 上海儿童文学创作、出版研讨会提交书面发言:《繁荣迈向新世纪的幼儿文学》。

11 月 13 日　在《文艺报》发表《默默耕耘七十三春秋——怀念陈伯吹》一文。

12 月　《中国当代儿童诗丛》由湖北少年儿童出版社出版,担任主编,并写了题为《让儿童诗走进孩子中间去》的序言。该书获第十一届中国图书奖。

本年　先后参加《花季·雨季》(郁秀著)、《我要做好孩子》(黄蓓佳著)、《棒槌鸟儿童文学丛书》(老臣等著)等作品研讨会。

1998 年

2 月　担任《摇篮》儿童文学报顾问。

2 月　中国文联出版公司出版的《柯岩研究文集》中收入我写的《从儿童文苑看柯岩》《情趣从何而来?》《催人奋进的歌》。

4 月　张美妮、巢扬主编的《中国新时期幼儿文学大系》(六卷)由未来出版社出版,写了题为《繁荣迈向新世纪的幼儿文学》的序言。

4 月 10 日　主持在京举行的《中国当代儿童诗丛》研讨会。

5 月 13 日—14 日　参加在京举行的少年儿童电影电视观摩、研讨会。

7 月　办理退休。

8 月 11 日—13 日　参加在北戴河召开的中国作协儿童文学委员会1998 年年会,作会议小结;同时参加第二届儿童文学青年作家讲习班及夏令营开幕式。

本年　先后参加《一百个孩子的梦》(董宏猷著)、《都市少年》三部曲(金叶著)、长篇动画丛书《一个中国孩子的英雄喜剧》《花季小说丛书》(曾小春等著)、《草房子》(曹文轩著)、《少儿教育纪实文学丛书》(李凤杰等著)等作品研讨会。

1999 年

1 月　黑龙江少年儿童出版社出版的《中国作家人生历程》(包括

《童年》《我的大学》《在人间》三卷）中，收入我写的《又安静又好动》《从办壁报到写专栏》《我当秘书的遭遇》三篇文章。

3月　《人与自然的颂歌——刘先平大自然探险文学评论集》由安徽少年儿童出版社出版，担任该书主编并作序。

3月30日—4月1日　中国作协第四届（1995—1997）全国优秀儿童文学奖评委会在京举行，担任评委会顾问。

4月　担任《中国校园文学》顾问。

5月　《爱心连着童心——怀念冰心老人》一文在《人民文学》发表。

5月30日—6月12日　率中国作家代表团访问缅甸。

8月4日　参加中国少年报社、中国儿童报社在延边延吉市举办的文艺作者讲习会，在会上发言，谈近几年儿童文学创作、队伍概况及对当前儿童创作的思考。

9月1日　参加北师大中文系召开的首届海峡两岸儿童文学教学研讨会。

9月8日—11日　担任第四届国家图书奖评委会评委，参加复评工作会议。

9月　担任副主编的《中华人民共和国五十年文学名作文库·儿童文学卷》由作家出版社出版，严文井为该书主编。

12月22日—23日　中国作协儿童文学委员会1999年年会在京举行，到会发言后因病提前退席。会上就如何进一步改进中国作协儿童文学工作作了讨论。

本年　先后参加《幽默儿童文学创作丛书》（任溶溶等著）、《红海滩黑嘴鸭》（郭全著）、《真心英雄》（张天天著）、《不再孤独》（龙秀梅著）、《一百个女孩子的故事》《一百个男孩子的故事》（刘德华著）、《金太阳丛书》（竹林等著）、《秦文君文集》《中国孩子的梦》（谷应著）等作品研讨会。

2000 年

1月21日—24日　第五届宋庆龄儿童文学奖评委会在京举行，担任评委。

3月31日　参加在京召开的科学文艺创作座谈会。

5月26日　参加河北少年儿童出版社在京举行的《国际安徒生奖获奖作家书系》首发式暨研讨会。

5月28日—30日　中国作家协会、宋庆龄基金会在京联合召开的全国儿童文学创作会议，在会上致开幕词：《迎接儿童文学新纪元》。

5月29日　参加宋庆龄第五届儿童文学奖、中国作协第四届全国优秀儿童文学奖颁奖大会。

6月—10月　《中华鄩儿童文学新作丛书》（儿童系列10种、少年系列7种）由安徽教育出版社出版，担任主编。

10月　《中国儿童文学》从本年第四期起由中国作协儿童文学委员会、少年儿童出版社联合主办，担任该刊编委。

10月10日　参加北师大中文系召开的中日儿童文学交流研讨会。

10月15日—16日　参加在合肥召开的安徽省儿童文学创作会议，在开幕式上致词，并在儿童文学研讨班上就《世纪之交儿童文学的走向》发了言。

12月3日　主持在杭州召开的中国作协儿童文学委员会2000年年会。

12月7日　中国作协、江苏省委宣传部、常熟市人民政府在南京联合召开金曾豪少年小说研讨会，主持会议，并作了题为《小舅舅角色　大自然视角——略述金曾豪的少年小说观》的发言。

本年　参加《小霞客游记》丛书（吴然等著）等作品研讨会。

2001年

1月13日　中国作协第五届主席团第八次会议审议通过《中国作家协会关于进一步加强儿童文学工作的决议》。此《决议》系我建议、参与起草并修改定稿的。

1月　中国作协儿童文学委员会选编的《2000中国年度最佳儿童文学》由漓江出版社出版。

7月19日—21日　参加在山东威海召开的第五届全国优秀少儿图书

奖评委会，任评委会副主任。

7月27日　参加在京召开的繁荣寓言文学创作研讨会。

8月7日—9月12日　参加中国作协第五届（1998—2000）全国优秀儿童文学奖的初选工作。

8月　纪实散文集《龙套情缘》由北京少年儿童出版社出版。

8月21日—22日　参加《蓝夜书屋》（包括《龙套情缘》等7册）首发式，并在读者见面交流会上作《谈谈我自己和我的写作》的发言。《蓝夜书屋》获第十三届中国图书奖。

9月23日　中国作协儿童文学委员会2001年年会在上海举行，主持会议并作会议小结。会上就儿童文学理论批评现状、儿童文学报刊、图书的出版等话题进行了讨论。

10月　《我与儿童文学的缘分》一文在《传记文学》2001年第10期发表。

10月16日—19日　担任第五届国家图书奖评委会副主任，参加复评工作会议。

11月2日—4日　参加台东师院在台湾台东举办的海峡两岸儿童文学学术研讨会，在会上发表题为《新景观　大趋势——世纪之交中国大陆儿童文学扫描》的论文。

11月　第二届张天翼童话寓言奖在湖南长沙举行颁奖大会，任评委会副主任。

11月20日　《文艺报》发表吴然评介《龙套情缘》的文章《在平凡中品味人生》；随后《中国文化报》《重庆日报》《西安日报》等报刊也先后发表王泉根、彭斯远、安武林等评介《龙套情缘》的文章。

12月　被中国作家协会第六届全国委员会推举为中国作协名誉委员。

本年　先后参加《生命状态文学》丛书（方敏等著）、《非法智慧》（张之路著）、《天棠街3号》（秦文君著）等作品研讨会。

2002年

1月1日　《文艺报》发表《新景观　大趋势——世纪之交中国儿童

文学扫描》一文。此文先后被收入《走向新世纪的中国文学——理论批评文选》《2001 中国儿童文学年鉴》等文集。

1 月 中国作协儿童文学委员会选编的《2001 中国年度最佳儿童文学》《2001 中国年度最佳童话》，由漓江出版社出版。

2 月 22 日 《文学报》选载《龙套情缘》一书中《当了 50 天周扬秘书》《您扛大旗我跑腿》两篇文章；同时发表肖复兴评介《龙套情缘》的文章《平实：是风格更是品格》。

3 月 6 日—8 日 中国作协第五届（1998—2000）全国优秀儿童文学奖在京举行，任评委会主任委员。

5 月 26 日—27 日 参加中国作协第五届全国优秀儿童文学奖颁奖大会暨儿童文学创作座谈会，在座谈会上作小结发言。

5 月 28 日 在《文艺报》发表《更多关注儿童文学》一文。

8 月 中国作协儿童文学委员会选编的《2001 中国儿童文学年鉴》，由江苏少年儿童出版社出版，任主编并写了《前言》。

8 月 随中国作协换届，作协儿童文学委员会的成员作了调整，续任主任委员，另一主任委员为高洪波。

12 月 8 日 中国现代文学馆青少年写作指导中心成立，担任顾问。

12 月 17 日—18 日 调整后的新一届作协儿童文学委员会全体会议（即 2002 年年会）在京举行，会上讨论了儿童文学界如何深入贯彻党的"十六大"精神等问题，作会议小结。

本年 参加《刘先平探险系列》作品研讨会。

2003 年

1 月 中国作协儿童文学委员会选编的《2002 中国年度最佳儿童文学》《2002 中国年度最佳童话》，由漓江出版社出版。

1 月 7 日—9 日 第六届宋庆龄儿童文学奖评委会在京举行，担任评委会主任；因被提名为"特殊贡献奖"候选人，根据回避规则，中途退出评委会。

4 月 9 日 致信祝贺圣野儿童诗创作 60 周年研讨会在上海召开。

7月31日—8月3日　参加中宣部举办的第九届"五个一工程·一本好书"专家论证会。

10月17日　参加《儿童文学》杂志创刊40周年座谈会。

10月19日　参加在北京举行的第六届宋庆龄儿童文学奖颁奖大会，获该项首次颁发的特殊贡献奖。

10月21日　参加中国作协儿童文学委员会、《儿童文学》杂志联合召开的当代儿童诗研讨会，作小结发言。

10月28日—30日　担任第六届国家图书奖评委会副主任，参加复评工作会议。

12月5日—9日　中国作家协会儿童文学委员会2003年年会在浙江青田举行。我因病未能出席，于12月2日致函儿委会各位委员，对本次年会的几项议程，表达了我的意见。

12月　《守望与期待——束沛德儿童文学论集》由接力出版社出版。

本年　参加《中国儿童文学五人谈》（梅子涵等著）、浦漫汀《儿童文学论稿》研讨会。

2004 年

3月5日　《中国图书商报·书评周刊》发表王泉根评介《守望与期待——束沛德儿童文学论集》的文章《与儿童文学结缘》，随后《人民日报》（海外版）、《中国儿童文学》等刊物也先后发表韩进等的评介文章。

4月13日　参加北京师范大学儿童文学研究中心成立大会，受聘为该中心兼职研究员。

6月16日—19日　在重庆参加幼儿诗歌与幼儿教育研讨会，并与重庆儿童文学界的朋友见面、座谈。

6月23日—7月1日　参加并与高洪波、张之路共同主持中国作家协会第六届（2001—2003）全国优秀儿童文学奖审读小组（初选读书班）的工作。

8月6日—10日　中国作家协会第六届（2001—2003）全国优秀儿童文学奖评委会在北京举行，任评委会主任委员。

9月14日　参加中国作协、江苏省委宣传部、江苏省作家协会、江苏省出版集团在北京联合举行的江苏省未成年人思想道德建设文学在线系列活动；并在江苏儿童文学获奖作品研讨会上发了言。

10月17日　参加北京师范大学儿童文学研究中心举行的"2004海峡两岸儿童文学研讨会"。

10月29日　参加在深圳召开的中国作协儿童文学委员会2004年年会。

10月29日—11月2日　参加中国作家协会在深圳召开的全国儿童文学创作会议，在会上作题为《让儿童文学走进小读者》的发言；并参加第六届全国优秀儿童文学奖颁奖大会暨第五届深圳读书月启动式。

11月　湖北少年儿童出版社的《百年百部中国儿童文学经典书系》出版工程正式启动，受聘担任该书系高端选编委员会成员。我在加拿大蒙特利尔期间（2004年11月—2005年8月）曾对该书系的主旨、特色、拟入选作家名单等，多次提出书面意见。

2005 年

4月1日　从加拿大蒙特利尔致函祝贺中国作协儿童文学委员会举行的纪念安徒生诞辰200周年座谈会。

4月　散文《加拿大风情三题》获《少年月刊》2003—2004年度优秀儿童文学作品奖。

5月26日　从加拿大蒙特利尔致函祝贺在安徽合肥召开的樊发稼从事儿童文学创作50周年座谈会。

8月18日—20日　赴南京参加江苏第二届紫金山文学奖的评选工作，担任该奖儿童文学评委会主任。

11月5日—7日　参加中国作协儿童文学委员会在南京、扬州召开的2005年年会，作会议小结。

12月10日　参加中国作协儿童文学委员会、北京师范大学儿童文学研究中心、中国和平出版社联合举行的"安徒生童话的当代价值：纪念安徒生诞辰200周年学术研讨会"。

12月31日　评述《百年百部中国儿童文学经典书系》特色和价值的《儿童文苑百年精品大展》一文在《文艺报》发表。

2006 年

1月　《百年百部中国儿童文学经典书系》第一辑25册出版。1月8日参加湖北少年儿童出版社在北京举行的有关该书系出版的座谈会，在会上发了言。

3月23日　《我的第一个上级——忆念文井》一文在《文艺报》发表。

3月31日　参加《百年百部中国儿童文学经典书系》高端选编委员会全体会议。

4月　散文集《岁月风铃》由江苏文艺出版社出版。

4月26日—29日　与樊发稼、王泉根一起赴武汉参加《百年百部中国儿童文学经典书系》第二辑编审工作。

5月18日　参加首届中少（千手动漫）全国中小学生作文大奖赛"小作家走天下"起步典礼，在会上发了言；并应邀担任本次大奖赛评审委员会顾问。

6月29日　《文艺报》发表陈辽评介《岁月风铃》的文章：《束沛德的岁月风铃》；在这前后，《中华读书报》《文汇报》《文学报》《作家通讯》等报刊也先后发表了王泉根、路侃、徐鲁、彭斯远等的评介文章。

7月12日—15日　参加少年儿童出版社《儿童诗》编辑部在江苏苏州举行的第七届全国小诗人夏令营活动。

7月18日　参加中国作家协会儿童文学委员会、少年儿童出版社、上海宝山区人民政府在北京联合举行的陈伯吹先生诞辰100周年纪念座谈会，在会上作题为《温故而知新——缅怀陈伯老》的发言。

8月9日—10日　赴上海参加宝山区委、区政府、中国作协儿童文学委员会、上海市作协、少年儿童出版社、《文汇报》社联合举办的纪念陈伯吹先生诞辰100周年系列活动：主持《陈伯吹与现代中国儿童文学发展》专家论坛，提交题为《陈伯吹与儿童文学理论建设》的书面发言；参加纪念大会和纪念馆开馆仪式。

8月13日　参加在北京举行的中国小作家协会第二次全国代表大会，在会上发了言。

8月18日　金炳华、高洪波和儿童文学界一些朋友来家祝贺我的75岁生日。同日，中国作协儿童文学委员会负责人碰头会和《百年百部中国儿童文学经典书系》高端选编委员会全体会议在我家举行。

9月26日　参加中国作家协会儿童文学委员会、北师大儿童文学研究中心联合举行的张天翼先生诞辰100周年纪念座谈会，在会上作《新中国儿童文学奠基人——忆念张天翼同志》的发言。

10月3日　参加中国少年作家班成立10周年庆典。

10月21日　参加在北京举行的《百年百部中国儿童文学经典书系》高端选编委员会全体会议。

11月9日—14日　参加中国作家协会第七次全国代表大会，会议期间被推举为中国作协第七届全国委员会名誉委员。

12月10日—12日　中国作家协会儿童文学委员会2006年年会在云南昆明、西双版纳举行，在会上作《群策群力　多做实事——中国作家协会儿童文学委员会五年（2002—2006）工作回顾》发言。

12月12日　《岁月风铃》座谈会在西双版纳举行，高洪波主持，中国作家协会儿童文学委员会委员近20人参加座谈。

本年　先后参加高洪波幼儿文学创作、黄蓓佳《倾情小说系列》、夏辇生《宝贝第一童话系列》、张品成《十五岁的长征》、冰波童话《南瓜堡之小仙女眉眉系列》《小虎队儿童文学丛书》（常星儿、车培晶、薛涛等著）等作品研讨会。

2007年

1月10日　致函祝贺安徽省儿童文学创作会议的召开。

1月　应邀担任《阳光校园文学书吧》丛书编委会主任。

2月8日　致函祝贺著名散文大家、儿童文学大家郭风先生90华诞。

2月9日—15日　作为评审委员会顾问，参加在广东东莞市举行的首届中少（千手动漫）全国中小学生作文大奖赛的决赛暨"小作家走天下"

活动；并赴香港、澳门参观访问，与香港北角官立小学师生座谈、交流。

4月25日　致函祝贺在山东日照举行的尹世霖儿童文学创作研讨会。

5月11日　作为评委，参加"唱响荣辱观"新儿歌创作的复评工作。

5月28日　与鲁迅文学院第六届中青年作家高级研讨班（儿童文学作家班）学员见面座谈。

同日：致唁函悼念张美妮教授病逝。

5月29日　参加中宣部文艺局和中国作协儿童文学委员会联合召开的儿童文学创作座谈会。

7月13日　参加在北京举行的"唱响荣辱观"新儿歌高级论坛，在会上发了言。

9月3日　参加在河北香河举行的河北省作协儿童文学艺术委员会成立大会暨河北省儿童文学创作座谈会，在会上作了题为《印象与随想》的发言。

9月5日—8日　参加中国作协儿童文学委员会、江苏省作协在江苏昆山举行的儿童文学创作研讨会暨全国儿童文学创作基地揭牌仪式及作家进校园活动，并在创作研讨会上作小结。

9月15日　致函祝贺杨明火儿童文学作品研讨会的召开。

9月19日—23日　与高洪波、樊发稼共同主持中国作协第七届（2004—2006）全国优秀儿童文学奖初选审读小组会议，并作小结。

10月　编选、审定《2006中国儿童文学年鉴》书稿，并写了《后记》。从2001年至今，共编辑出版六本《儿童文学年鉴》，其中四本由我统稿、终审。

10月　中国作协儿童文学委员会为漓江出版社选编的《2007中国年度儿童文学》《2007中国年度童话》编定后经我过目。从2000起选编的这两种年度选，发稿前大多均经我过目。

11月4日　参加中国作协儿童文学委员会在京委员与国际儿童读物联盟（IBBY）安徒生奖评审委员会主席佐拉·甘尼的座谈。

11月27日—30日　中国作协第七届（2004-2006）全国优秀儿童文学奖评委会在京举行，任评委会主任委员。从1986年设立此奖至今，在七届评奖中，我主持了其中的一、二、三、五、六、七届。

11月　拙著《追求真善美——跟少年朋友谈谈读与写》由明天出版社出版。

12月5日　向中国作协党组、书记处提交题为《更多地关注、扶持儿童文学》的11条建议。

12月21日—22日　参加中国作协第七届（2004—2006）全国优秀儿童文学奖颁奖大会，在会上汇报本届评奖的评选经过，并主持儿童文学创作座谈会。

12月22日　接受《文艺报》记者的采访，谈第七届儿童文学奖评选工作和获奖作品情况。

12月23日　中国作协儿童文学委员会成员作了调整，高洪波任主任委员、王泉根、张之路、曹文轩任副主任委员，我不再担任主任委员，从儿童文学组织工作岗位上退下来。从1986年我担任儿委会负责人至今，前后历时21年。

参加调整后新一届儿童文学委员会全体会议（即2007年年会），在会议结束前作简短发言，感谢朋友们多年来对我的支持与合作。

12月　为郭大森儿童文学创作50周年写贺词。

本年　先后参加郑春华作品研讨会、葛竞《"猫眼小子包达达"系列》首发式暨研讨会、《童声里的中国——唱响荣辱观新儿歌精品集》首发式等。

2008年

1月5日　金炳华同志来访，就中国作协工作和儿童文学工作交换意见，我谈了一些想法和建议。

1月9日　参加少年儿童出版社召开的《中国儿童文学》丛刊在京编委的会议。

1月10日　参加中国少年儿童出版社召开的《人民共和国60周年儿童文学金奖文库》编委会，受聘担任该文库高端选编委员会成员。

2月1日　参加纪念洪汛涛诞辰80周年暨《两支笔》首发式，在会上发了言。

3月26日 《中华读书报》发表汤锐写的评介《追求真善美——跟少年朋友谈谈读与写》的文章:《做堂堂正正的人,写朴朴实实的文》。

5月30日 "六一"国际儿童节即将到来之际,刚从抗震救灾第一线采访归来的高洪波受金炳华的委托,来家中看望我,并转达金炳华对我国儿童文学界朋友的节日问候。

7月1日 响应《文学报》和全国各省市作家协会的倡议,为四川地震灾区学校图书馆重建,捐赠签名本拙著《追求真善美——跟少年朋友谈谈读与写》。

9月 新世纪出版社出版《改革开放30年中国儿童文学金品30部》,担任该书顾问委员会顾问。

9月27日 参加第二届中华优秀出版物奖少儿类参评书的筛选工作。

9月30日 致函祝贺张秋生儿童文学创作50周年作品研讨笔会的举行。

10月 少年儿童出版社出版的《改革开放三十年的中国儿童文学》一书中,收入我写的《改革开放30年来中国作家协会的儿童文学工作》和《新景观 大趋势——世纪之交中国儿童文学扫描》两篇文章。

10月26日 参加2008第三届苏州阅读节期间举行的苏州市少儿文学阅读指导站成立大会,受聘为该指导站专家团的专家。

10月28日 参加《儿童文学》编委会暨该刊创刊45周年庆祝会。在这次会上受聘为《儿童文学》杂志顾问;从2009年1月起不再担任该刊编委。

11月8日 参加祝贺浦漫汀教授80华诞的聚会。

12月13日 参加中国作家协会儿童文学委员会、新世纪出版社、少年儿童出版社联合主办的"改革开放三十年中国儿童文学学术讨论会",在会上作题为《改革开放30年儿童文苑十二景》的发言。

12月18日 参加《读友》少年文学半月刊创刊一周年座谈会。

12月27日 参加在江苏常熟市举行的中华文学基金会儿童文学创作基地挂牌仪式暨金曾豪动物传奇小说系列首发式。

同日，在《人民日报》发表《三十年儿童文学　盎然新意又一春》一文。

12 月　致函祝贺孙毅从事儿童戏剧创作 60 周年。

本年　先后参加《程玮至真小说散文系列》作品讨论会、郑渊洁作品专辑《皮皮鲁总动员》整舰起航等活动。

2009 年

1 月 21 日　参加《儿童文学》杂志社调整后的编委会成员、顾问新春聚会。

3 月 25 日　参加外语教学与研究出版社召开的《中国儿童文学六十周年典藏》编委会，应邀担任该书编委会成员。

同日，　参加湖北少年儿童出版社召开的《中国儿童文学六十周年（1949—2009）》编委会，应邀担任该书编委会成员。

4 月　作为评委参加中华文学基金会等单位举办的"金叶杯——我爱这土地"主题征文评选工作。

4 月 14 日—16 日　参加中国作协儿委会在广西桂林召开的全国儿童文学理论研讨会，在会上作题为《开拓·探索·创新·嬗变——新中国儿童文学六十年的一个轮廓》的发言。

4 月 23 日　参加中国少年儿童新闻出版总社召开的拟在中少大厦开辟的"青少年阅读体验大世界"座谈会。

4 月　上海文艺出版社出版的《中国新文学大系·儿童文学卷（1976—2000）》收入拙作《迈向新世纪的幼儿文学》一文。

5 月 27 日　中国作协儿委会、中华读书报联合推出的"60 年 60 部（篇）"推荐书目在报上发布，我应约担任书目评审委员会成员。

7 月　外语教学与研究出版社出版《中国儿童文学六十周年典藏》（4 卷 6 册），我为其中的散文卷写了序，并参加该书发布会暨研讨会。

7 月　中国少年儿童出版社出版《共和国儿童文学金奖文库》（30 部），我为该书写了总序。

7 月 21 日　《文艺报》发表我写的《我与中国作协的情缘》一文。

7月28日—31日　作为评委参加第十一届精神文明建设"五个一工程"文艺类图书评选的终评工作。

8月　拙著评论集《为儿童文学鼓与呼》由二十一世纪出版社出版。

8月27日　参加柯岩创作生涯60周年暨《柯岩文集》首发式座谈会。

9月　湖北少年儿童出版社出版的《中国儿童文学60年（1949—2009）》（上、下册），收入我写的《情趣从何而来》《八九十年代儿童文学创作态势与队伍建设》《新景观　大趋势：世纪之交中国儿童文学扫描》《关于儿童文学创新的思考》《〈中国新时期幼儿文学大系〉序》《改革开放30年来中国作家协会的儿童文学工作》等十多篇评论文章。

10月　获中国作协颁发的从事文学创作六十周年荣誉证书、纪念章。

10月　拙作散文选《多彩记忆》由中国少年儿童出版社出版。

10月16日　参加湖南少年儿童出版社举办的"中挪儿童文学与青少年成长"论坛，在会上发了言。

10月24日　为中国作协举办的新干部培训班讲课，题目是：《甘为繁荣文学跑龙套》。

10月25日—27日　参加中国作协儿委会、中国少年儿童新闻出版总社联合举办的"天籁之韵——幼儿文学60年"研讨会，在会上作题为《浅谈幼儿童话形象塑造》的发言。

10月28日—31日　参加在天津召开的《童话王国》创刊十五周年研讨会。

12月　拙作《共和国儿童文学60年》一文在《中国少儿出版》2009年第4期发表。

12月26日　参加《儿童文学》发行逾百万暨《儿童文学》发展论坛，在会上发了言。

本年　先后参加刘先平《大自然在召唤》丛书、伍美珍、刘君早《蓝天下的课桌》、张牧笛作品、中国原创冒险文学、商泽军《飞翔的中国》、金曾豪全媒体动物小说《义犬》、牧铃动物小说等作品研讨会或推介会。

2010 年

1 月 6 日　参加湖北少年儿童出版社出版的《中国儿童文学 60 年（1949—2009）（上、下）首发式暨研讨会，在会上作题为《兼具学术性、文献型的大书》的发言。

1 月　应聘担任新闻出版署青少年优秀图书推荐专家，参与 2010 年向全国青少年推荐优秀图书活动。

3 月 19 日　参加湖北少年儿童出版社召开的《中国动物文学大系》编委会，应邀担任该书编委会成员。

3 月 26 日　参加少年儿童出版社在北京召开的《中国儿童文学》在京编委会。

4 月 9 日—13 日　参加二十一世纪出版社在江西南昌、婺源举办的"儿童文学芳菲之旅"活动，在"'彩乌鸦'与新文化时代"研讨会上发了言。

6 月 2 日　《中华读书报》与中国作协儿委会、中国版协少读工委联合推出《2010 暑期导读》，应约担任暑期阅读书目推荐评审委员会成员。

6 月 5 日　参加刘先平大自然文学发布会暨绿色阅读活动启动仪式。

6 月 16 日—25 日　参加中国作家协会在江西庐山举办的国际作家写作营，在研讨会上作了题为《儿童文学的庐山缘》的发言。

本年　先后参加董宏猷儿童文学、牧铃全媒体惊险小说《野狼谷传奇》《闯荡禁猎区》、秦文君《你好，小读者》等作品研讨会或首发式。

2011 年

4 月 7 日—8 日　参加中国少年儿童新闻出版总社儿童文学出版中心、《儿童文学》杂志社在江苏常熟召开的第一届《儿童文学》十大青年金作家颁奖大会暨长篇作品深度交流会。

5 月　拙著《束沛德谈儿童文学》由安徽少年儿童出版社出版。

6 月 1 日　参加湖北少年儿童出版社在北京召开的《百年百部中国儿童文学经典书系》出版五周年纪念会。

7 月　拙著散文随笔集《红线串着爱与美》由福建少年儿童出版社

出版。

7月8日　致信祝贺上海市儿童文学研究推广学会成立。

8月16日　参加中国作家协会儿童文学委员会、北京师范大学儿童文学研究中心、中国少年儿童新闻出版总社联合召开的庆贺束沛德八十华诞暨儿童文学评论座谈会。会议由高洪波主持，出席的有儿童文学界朋友30多人。晚间，与会朋友参观中国少儿总社青少年阅读体验大世界，并在那里参加庆贺我的生日的活动。

8月18日　中国作家协会党组、书记处李冰、杨承志等来家祝贺我的八十岁生日。

8月19日　《文艺报》发表陈辽的《儿童文学园地里的守望者——读评〈束沛德谈儿童文学〉》一文，在这之后，《文学报》《中华读书报》《中国新闻出版报》等报刊也先后发表了彭斯远、樊发稼、孙卫卫、海飞等评介《束沛德谈儿童文学》的文章。

8月　应学习出版社之邀，担任《好孩子阶梯阅读文库》高端顾问委员会成员。

9月13日　致信祝贺洪汛涛逝世十周年纪念。

10月9日　参加湖北少年儿童出版社在武汉召开的林海音《城南旧事》出版五十周年学术研讨会。

10月29日—30日　参加福建少儿出版社在厦门举办的海峡两岸儿童文学论坛，在会上作《从交流中汲取养料》的发言。

11月21日—25日　参加中国作家协会第八次全国代表大会，在会上继续被推举为中国作协第八届全国委员会名誉委员。

12月1日　参加高洪波文学创作四十周年座谈会。

12月19日　参加诗人、作家柯岩遗体告别式。

本年　先后参加《千雯之舞》（张之路著）、《魁拔》（青青树著）等作品研讨会。

2012年

1月　《好孩子阶梯阅读文库》由学习出版社出版。

1月10日　参加农村读物出版社出版的《中国当代儿童文学精品库》首发式。

1月17日　参加《儿童文学》杂志编委会。

5月20日　参加中国作协召开的纪念毛泽东《在延安文艺座谈会上的讲话》发表70周年座谈会。

6月　现代出版社出版的《百年中国儿童文学名家点评书系》第一辑收有我评介严文井、老臣、苏梅的文章。

7月20日　《文艺报》发表史伟峰采写的《乐此不疲地鼓与呼——访束沛德》。这次访谈是应《中国儿童文化》主编方卫平之约而作。

7月30日　儿童文学评论家、教育家浦漫汀逝世，发唁函表示悼念。

8月13日　参加新东方泡泡少儿教育、童石网络科技公司主办的"儿童教育品牌和儿童文学的交融与创新"研讨会。应约担任多媒体阅读"泡泡童话书"顾问。

9月19日　《文艺报·少儿文艺专刊》发表陈天中的《守望麦田的情怀》，评介拙作随笔集《红线串着爱与美》。

本年　先后参加《庄之明文集》《老臣阳光成长小说系列》《我和爷爷是战友》（赖尔著）、《魔法小仙子》（晓玲叮当著）、《美丽的西沙群岛》（刘先平著）、《植物大战僵尸》（金波、高洪波等著）和汤汤童话等作品研讨会。

2013年

1月25日　参加《儿童文学》杂志新春座谈会。

1月29日　中国作协李敬泽等来访，就《中国作协儿童文学评奖条例》和中国作协即将举办的第九届全国优秀儿童文学奖相关事项征求意见。

2月26日　参加中宣部出版局召开的座谈会，讨论适合向青少年推荐的阅读书目。

5月　为《少年文艺》创刊60周年题写贺词。

8月28日　参加晨光出版社召开的《云南七彩儿童文学精品书系》

编委会在京编委座谈会。

9月24日　参加中国作协第九届全国优秀儿童文学奖颁奖典礼。

9月29日　参加《儿童文学》编委会扩大会议，讨论该刊2014年改版计划及纪念创刊50周年、作家进校园活动的筹备情况。

9月　辽宁人民出版社出版的《辽宁儿童文学评论集》收入我写的《东北小虎队在成长》《三赞老臣》等文。

10月　为中国少年儿童出版社出版的《书香传承丛书》作序。

10月　《发出自己的声音——束沛德文论集》由接力出版社出版。

11月22日　《文艺报》发表我写的纪念《儿童文学》创刊50周年的文章：《一个编委的流水账》。

本年　先后参加汪玥含作品、《彩乌鸦中文原创系列》、苏梅幼儿文学作品研讨会。

2014年

1月　《情趣从何而来——束沛德自选集》由湖北少年儿童出版社出版。

1月11日　参加二十一世纪出版社举办的以"打开想象和快乐之门"为题的《超级笑笑鼠》出版五周年庆典。

1月　为化学工业出版社出版的《中国风幼儿文学名家绘本书系》撰写前言。

4月25日　参加重庆出版集团召开的《中国幼儿文学百年集成（1911—2011）》，主编、执行主编会议，应邀担任该书散文卷的主编。

5月　应长江少年儿童出版社之邀，担任《全国优秀儿童文学奖获奖作家书系》顾问委员会顾问。

5月30日　接受《中华读书报》记者采访，谈自己的童年阅读情况，并向少年儿童推荐优秀读物。

6月27日　参加"社会主义核心价值观沐浴我成长"童谣征集终评会议。

8月28日　参加中国作家协会召开的文学界培育和践行社会主义核

心价值观座谈会，在会上作了题为《从自我做起与从娃娃抓起》的发言。

10月12日　参加长江少年儿童出版社召开的"当前儿童文学的精进与提升——李学斌、李东华、安武林、孙卫卫创作研讨会"。

同日　参加《百年百部中国儿童文学经典书系》高端选编委员会，讨论、商定该书系改版拟增补的作者名单。

11月5日—7日　赴浙江上虞参加纪念金近百年诞辰座谈会暨第二届《儿童文学》金近奖颁奖活动；同时参加《儿童文学》十大青年金作家、《儿童文学》第十届擂台赛颁奖会暨长篇小说创作赏评会、《儿童文学》短篇作品创作研讨会。

11月28日《文艺报·文学评论》发表殷健灵的《朴素而斑斓的风景——读〈情趣从何而来——束沛德自选集〉》。

12月8日　参加纪念叶君健百年诞辰座谈会。

本年　先后参加《童年河》（赵丽宏著）、《少年与海》（张炜著）和林良作品等研讨会。

2015年

1月8日　参加长江少年儿童出版社新版《百年百部中国儿童文学经典书系》发布会。

2月　拙著《我的舞台我的家——我与中国作家协会》由作家出版社出版。

拙著纪实散文集《在人生列车上》由现代出版社出版。

3月1日　参加二十一世纪出版集团召开的"YA文学和青少年图书出版展望"暨庆祝该社成立30周年座谈会。会前，《中华读书报》发表我写的《旗帜·品牌·队伍》一文。

3月27日　参加天天出版社召开的"苏醒的儿童诗歌——《诗流双会集》（屠岸、金波著）"新书发布会暨当代儿童诗歌研讨会。

5月　为广东韶关市儿童文学创作研讨会成立30周年写贺词。

5月5日　为浙江少年儿童出版社成立分社题写贺词。

7月9日—10日　中宣部、中国作协联合召开全国儿童文学创作座谈会。我因去国外探亲未能参加，会前致信铁凝、钱小芊等作协领导，对改进作协儿童文学工作提了几点建议。

7月13日 《光明日报》发表李学斌评介拙作《我的舞台我的家》的文章：《文学背后的力量和暖意》；在这之后《文艺报》也发表陈辽题为《一份"老作协"的记录》；《文学报》发表刘绪源题为《束沛德：真实抒写曲折而"典型"的人生》的文章，评论我这本书。

8月6日 著名儿童文学家孙幼军逝世，致函表示悼念。

10月21日 著名儿童文学家、散文家、出版家严文井百年诞辰纪念会在北京举行，我作了题为《我的引路人》的书面发言。

11月18日 在挪威驻华使馆参加中国、挪威儿童文学交流会。

11月27日 参加江苏省文明办、江苏少年儿童文化艺术促进会举办的首届"童声里的中国·成长的歌谣"创作大赛终评评审会。

12月16日—17日 参加中宣部出版局召开的"2015优秀儿童文学出版工程"评审会。

本年 先后参加李东华《少年的荣耀》、谢倩霓"荷花香纯美成长花园"系列、"回望·远眺彭学军"等作品研讨会。

2016 年

1月5日 参加大连出版社、北京师范大学儿童文学研究中心举办的第三届幻想儿童文学高层论坛暨2016"大白鲸"优秀幻想儿童文学阅读与创作活动启动仪式。

1月26日 参加《儿童文学》编委会。

4月5日 致信祝贺曹文轩荣获2016年度国际安徒生奖，并在4月11日《文艺报》发表《文学品质与艺术个性——我读曹文轩》一文。

4月12日 参加中国作家协会召开的"走向世界的中国儿童文学"座谈会，在会上发了言。

8月18日 中国作家协会党组书记、副主席钱小芊来家祝贺我的85岁生日。

8月28日 《出版商务周报》发表我的《纯正精粹 文质兼美》一文，

推介新版《百年百部儿童文学经典书系》。

8月　《中国现代文学研究丛刊》2016年第8期发表徐妍的《评束沛德〈我的舞台我的家——我与中国作家协会〉》一文。

9月14日　致信祝贺上海第二届儿童诗研讨会的召开。

10月25日　参加《十月少年文学》创刊典礼；9月应聘担任该刊编委会编委，并写了创刊贺词。

11月29日—12月4日　参加中国作家协会第九次全国代表大会，在会上继续被推举为中国作协第九届全国委员会名誉委员。会前在《文艺报》发表《人民·作品·服务》一文。

12月14日　致信祝贺潘与庆儿童诗歌研讨会在沪举行。

本年　先后参加肖复兴著《红脸儿》、殷健灵著《致成长中的你》等作品研讨会。

2017年

1月10日　参加重庆出版社举行的《中国幼儿文学百年精品》第二次主编、执行主编会。

1月15日　参加祝贺樊发稼80华诞暨文学创作60周年研讨会。

3月11日　参加深圳儿童文学作家群研讨会，在会上作《深圳儿童文学春意盎然——兼谈陈诗歌〈童话之书〉》的发言。

3月　应广西师范大学出版社之约，担任《中国当代童话选萃》主编，执行主编为徐德霞。从3月到11月参加多次主编与出版社编辑的碰头会。

5月5日　参加接力出版社举行的接力杯金波幼儿文学奖、曹文轩儿童小说奖新闻发布会暨征稿启动仪式。

7月2日　参加"童心向党——成长中的童谣"评委会终评会。

8月23日　参加辽宁少年儿童出版社举行的《中国当代少数民族儿童文学原创书系》座谈会。

9月22日　参加中国作协第十届全国优秀儿童文学奖颁奖典礼。

10月19日　为《十月少年文学》创刊一周年写贺词。

10 月　拙作散文集《爱心连着童心》由民主与建设出版社出版。

12 月　撰写《恪守真诚与勤奋——笔耕 70 载琐忆》一文。

本年　先后参加王勇英作品、《沈家琪自选集》等作品研讨会。

2018 年

1 月　著名评论家刘绪源逝世，致函表示悼念。

致信祝贺孙毅《上海小囡的故事》三部曲研讨会在沪举行。

5 月 17 日　参加 2018 中国童话节新闻发布会。

5 月 27 日　参加第三届"童心里的诗篇"少年诗会评委会终评会。

5 月 30 日　应《中华读书报》之约，推荐 10 种儿童文学读物，列入该报发布的《2015—2018：12 位名家的童书新经典书单》。

6 月 6 日　参加接力出版社举办的首届"接力杯"金波幼儿文学奖、曹文轩儿童小说奖颁奖典礼。

10 月　广西师范大学出版社出版我与徐德霞共同主编的《儿童粮仓·童话馆》丛书，我为该书作了序。

12 月 24 日　参加中国作协召开的首都文学界庆祝改革开放 40 周年座谈会。

12 月 26 日　应中国出版集团现代出版社之邀，担任《共和国儿童文学光荣榜书系》高端选编委员会成员。参加编委碰头会。

12 月 27 日　应新阅读研究所之邀，担任 2018 年度"中国童书榜"推荐专家评委。

本年　参加李珊珊新作《面包男孩 2：你爱苦瓜我爱糖》等研讨会。

2019 年

1 月 8 日　参加长江少年儿童出版社举办的"致敬经典——新时代儿童文学精品原创论坛暨《百年百部中国儿童文学经典书系》出版 13 周年座谈会"。

1 月 9 日　参加二十一世纪出版社举办的"彩乌鸦在中国"座谈会。

1 月 11 日　参加广西师范大学出版社举行的新中国成立 70 周年原创

儿童文学献礼《儿童粮仓·童话馆》新书发布会。

4月8日　参加韬奋基金会、中国儿童文学研究会等单位主办的第三届全国小学童话教学观摩研讨会。

5月12日　参加长江文艺出版社、《中国新闻出版广电报》联合举办的李东华长篇新作《焰火》研讨会。

5月25日　参加广西师范大学出版社、七修书院联合举办的"儿童文学70年经典再现：《儿童粮仓》作品系列新书分享会"。

5月29日　《中华读书报》"人物"版发表陈菁霞采写的《束沛德：70年，见证新中国儿童文学发展历程》。

6月13日　向浙江师范大学儿童文学研究中心正筹建的中国儿童文学历史博物馆赠送了签名本拙作15本和历年来为少儿报刊题词的手稿。

图书在版编目（CIP）数据

耕耘与守望 / 束沛德著 . -- 北京：作家出版社，2019.9
（束沛德自选集）
ISBN 978 - 7 - 5212 - 0695 - 1

Ⅰ. ①耕… Ⅱ. ①束… Ⅲ. ①儿童文学 – 文学评论 – 中
国 – 当代 – 文集 Ⅳ. ①I207.8–53

中国版本图书馆 CIP 数据核字（2019）第 185752 号

耕耘与守望

作　　者：束沛德
责任编辑：赵　莹
装帧设计：张晓光
出版发行：作家出版社有限公司
社　　址：北京农展馆南里 10 号　　　邮　　编：100125
电话传真：86 – 10 – 65067186（发行中心及邮购部）
　　　　　86 – 10 – 65004079（总编室）
E – mail: zuojia@zuojia. net. cn
http: // www. zuojiachubanshe. com
印　　刷：三河市兴博印务有限公司
成品尺寸：152 × 230
字　　数：482 千
印　　张：32.75
版　　次：2019 年 9 月第 1 版
印　　次：2019 年 9 月第 1 次印刷
ISBN 978 – 7 – 5212 – 0695 – 1
定　　价：160.00 元（全三册）

束沛德自选集·文论卷二

坚守与超越

作家出版社

人到中年（1986年）

作者主要论著

在贵阳召开的儿童小说创作座谈会上（从左至右）周晓、陈伯吹、束沛德、刘厚明（1985年11月）

获宋庆龄儿童文学奖特殊贡献奖（从左至右）束沛德、浦漫汀、蒋风、任溶溶（2003年10月）

《岁月风铃》作品研讨会在西双版纳举行（2006年12月）

柯岩与作者（2008年4月）

在中国作协优秀儿童文学奖评委会上（从左至右）刘绪源、束沛德、孙建江、吴然 （2007年11月）

在中国作协第七次全国代表大会上（从左至右）汤锐、束沛德、张洁（2006年11月）

在中国作协优秀儿童文学奖初评组（从左至右）侯颖、束沛德、樊发稼、徐妍（2007年9月）

在中国作协第七次全国代表大会上（从左至右）殷健灵、束沛德（2006年11月）

目 录

儿童文苑扫描

附 录

儿童文苑扫描

开拓·探索·创新·嬗变

——新中国儿童文学六十年的一个轮廓

伟大的中华人民共和国即将迎来成立 60 周年的盛大节日。最近先后问世的《共和国儿童文学金奖文库》（30 部，中国少年儿童出版社）、《中国儿童文学六十周年典藏》（4 卷 6 册，外语教学与研究出版社），集中展示了建国 60 年来儿童文学创作的成就和概貌，是儿童文学界、出版界向新中国 60 华诞的一份厚重的献礼。

与共和国一起成长、前进的中国当代儿童文学，走过一条光荣的荆棘路，一条光辉灿烂而又曲折崎岖的路。60 个春秋，中国儿童文学经历的风雨历程，大体上可分为：建国后 17 年、"文革" 10 年、改革开放 30 年三个阶段。入选《金奖文库》《六十周年典藏》的作品，是建国 60 年来儿童文学创作成就、实绩的缩影，大致勾勒出我国当代儿童文学发展的基本脉络。

建国以后头 17 年（1949—1966），是中国当代儿童文学努力开拓、初步繁荣的时期。

人民共和国的诞生，为儿童文学的发展开辟了宽广的道路。广大作家沉浸在开国的喜悦、幸福中，政治热情、创作热情高涨。党和政府十分关心少年儿童的健康成长，要求大力改变儿童读物奇缺的状况。1955 年 9 月 16 日，《人民日报》发表题为《大量创作、出版、发行少年儿童读物》的社论，中国作家协会和广大作家积极响应，倡议每人每年为少年儿童写一篇作品。富有经验的老作家，生气勃勃的中、青年作家，无论是从事儿童文学创作还是成人文学创作的，都满怀激情拿起笔来为孩子写作。作家们遵循党的培养社会主义事业接班人的指示精神，学习、借鉴苏联儿童文学的经验，极其重视以爱国主义思想、共产主义精神教育年青一代；作品题材内容侧重于反映学校、少先队生活和革命历史斗争两个方面。1956 年，党的"百花齐放、百家争鸣"方针的提出，又进一步激发了作家的创作热情，在创作实践中着力探求题材、样式的多样和作品的时代特色、民族特色，从而迎来20世纪50年代我国当代儿童文学初步繁荣的第一个黄金时期。

尽管50年代末和60年代初、中期，由于"左"倾思想的干扰，开展对所谓"童心论""儿童文学特殊论""资产阶级人性论"的批判，儿童文学被诸多条条框框所束缚，出现了如茅盾先生所尖锐指出的"政治挂了帅，艺术脱了班，故事公式化，人物概念化，文字干巴巴"的毛病。但从总体上看，儿童文学还是迂回前进、缓步发展的。应当说，建国后17年，儿童文学创作在思想上、艺术上都取得了长足的进步，出现了一批为孩子所喜闻乐见的好作品。收入《金奖文库》《六十周年典藏》的《宝葫芦的秘密》《骆驼寻宝记》《小溪流的歌》《神笔马良》《野葡萄》和贺宜、金近、包蕾、孙幼军等的童话，杲向真、肖平、任大星、任大霖、刘真等的短篇小说，阮章竞的《金色的海螺》、柯岩的《帽子的秘密》和袁鹰、刘饶民、任溶溶、鲁兵等的童诗儿歌，叶圣陶、冰心、郭风的散文、散文诗，郑文光的科幻小说，任德耀的剧本《马兰花》，以及未能收入的徐光耀的《小兵张嘎》、胡奇的《五彩路》等，都是这个时期优秀的代表作。

"文革"10年（1966—1976），是中国当代儿童文学百花凋零、一片荒芜的时期。

林彪、"四人帮"横行时期，包括儿童文学在内的整个人民文学事业受到极其严重的摧残和破坏，儿童文学作家受到诬陷和迫害，大批优秀的儿童文学作品遭到禁锢和扼杀。"三突出""高大全"之类的谬论也严重侵蚀、污染了原本纯净的儿童文学园地。然而，也还有一些作者从夹缝中求生存，凭着社会良知，坚持写自己熟悉的生活，努力按文学规律潜心写作，写出了相当出色的作品，如李心田的《闪闪的红星》就是一例。它可说是满目疮痍的儿童文学园地上罕见的一点收获。

改革开放30年（1978—2008），是中国当代儿童文学不断探索、进取、创新的时期，也是创作空前繁荣、成绩最为辉煌的时期。

粉碎"四人帮"后，批判了"文艺黑线专政论"及其他种种谬论，拨乱反正、落实政策；党的十一届三中全会精神和关于真理标准问题的讨论，大大推动了文艺界的思想解放。1978 年 10 月，在江西庐山召开的全国少年儿童读物出版工作座谈会，随后《人民日报》发表题为《努力做好少年儿童读物的创作和出版工作》的社论，进一步打破了"四人帮"强加在儿童文学工作者身上的重重枷锁，冲破他们设置的诸多禁区。儿童文学作家心情舒畅，激情洋溢，重新拿起笔来抒写自己久埋心底的深切感受，满怀义愤地控诉"四人帮"对少年儿童心灵的戕害。这个时期短篇小说的成就尤为显著，刘心武、王安忆、丁阿虎、刘健屏、罗辰生、夏有志等，都写出了一些引人注目的作品。随后，经过对批"童心论"的拨乱反正和关于儿童文学与教育的关系、儿童文学的特点等问题的讨论，作家们的儿童观、儿童文学观得到更新，艺术上探索、创新的勇气得到鼓舞，不同题材、形式、风格的作品层出不穷。这样，20 世纪 80 年代儿童文苑就出现了前所未有的繁花似锦的崭新气象，写下了异彩纷呈的新篇章，迎来了人们所说的我国当代儿童文学发展史上第二个黄金时期。收入《金奖文库》《六十周年典藏》的刘厚明、邱勋、庄之明、李建树、陈丹燕、梅子涵、董宏猷、班马、沈石溪、程玮、常新港等的小说，圣野、于之、田地、金波、樊发稼、高洪波、王宜振、刘丙钧、邱易东等的诗，赵燕翼、宗璞、张秋生、葛冰、郑允钦、周锐、郑渊洁、彭懿、冰波等的童话，郭风、吴然等的散文，孙云晓等的报告文学，郑文光的科幻小说、鲁兵、郑春华等的低幼文学，刘先平的大自然探险文学以及未能收入的长篇小说《寻找回来的世界》《盐丁儿》《荒漠奇踪》等，就是这个时期收获的上乘之作、优秀之作。

20 世纪 80 年代末、90 年代初，儿童文学创作曾一度略显徘徊、沉寂，创作队伍也显露出青黄不接。90 年代中期，中央领导同志把长篇小说、少儿文艺、影视文学列为重点扶持的"三大件"，要求创作出我们自己的、为少年儿童所喜闻乐见、富有艺术魅力的儿童文艺作品，从而给儿童文学的发展带来了新的活力和生机。80 年代成长起来的一批中青年作家，在积累了相当的生活经验、艺术经验之后，思想、艺术上日趋成熟，已能较为自如地驾驭长篇小说这种容量大、结构更为复杂的文学体裁，从而掀起长篇少年小说创作热、出版热。收入《金奖文库》的《贾梅的故事》《第三军团》等以及未收入的《草房子》《男生贾里》等，都是这个时段问世的、具有广泛影响的精粹之作。长篇少年小说的兴旺，成了90年代儿童文苑的一道亮丽的风景。

进入新世纪，党中央对社会主义文化建设提出了新的目标，要求更加自觉、更加主动地推动文化大繁荣、大发展。《中共中央国务院关于进一步加强和改进未成年人思想道德建设的若干意见》，又对繁荣少儿文艺创作，为未成年人提供更多更好的精神食粮提出了明确要求。这就又一次给儿童文学带来良好的发展机遇。但是，面对市场化浪潮和外来畅销书引进的冲击，面对多种媒体并存、文化消费多元选择的现状，作家的价值取向、创作观念、艺术追求和读者的精神需求、审美情趣、欣赏习惯出现了越来越明显的"分化"。世纪之交的儿童文学呈现多元并存、活跃多样的发展态势：艺术的儿童文学，大众的儿童文学，雅俗共赏的儿童文学兼容并包，齐头并进。坚守文学品质、在艺术上不懈追求的，大有人在。如收入《金奖文库》的曹文轩的《青铜葵花》、黄蓓佳的《亲亲我的妈妈》等，就是例证。勇于尝试、积极投入类型化写作的也不乏其人。艺术的儿童文学和大众的儿童文学中的佳作一齐受到广大小读者青睐，并成了当今儿童文苑的热门话题，从一个侧面反映了多元发展、共存共荣的创作新格局。这可说是中国当代儿童文学走向更加丰富、成熟的征兆。

从上面对建国60年来儿童文学发展历程的简要描述中，可以清晰地看出：入选《金奖文库》《六十周年典藏》的作品，都是在一定的时代背景、社会氛围中产生的，是各个历史阶段的代表作。它们都闪耀着鲜明的时代光泽，烙上了清晰的历史印记。

编选《共和国儿童文学金奖文库》《中国儿童文学六十周年典藏》的目的，是为了集中介绍建国60年来儿童文学创作的优秀成果，把它们更好地推广到少年儿童读者中去；同时，也是为了留下较为系统、完整、弥足珍贵的资料，便于儿童文学工作者借鉴、研究。《金奖文库》《六十周年典藏》所收作品，力求思想性、艺术性与儿童性的完美统一，具有较为久远的艺术生命力；并为少年儿童所喜闻乐见，在小读者中产生较为广泛的影响。编选作品强调质量第一，选精拔萃，努力选编代表新中国儿童文学主潮的优秀之作；同时顾及作家代表性的广泛和不同的艺术风格、特色。

1949—2009，60年间发表出版的儿童文学力作佳构浩如烟海，不胜枚举。入选《金奖文库》《六十周年典藏》的作品，只是众多具有成就、特色、影响的优秀之作中的一部分。还有一些具有代表性、理应选入的优秀之作，由于版权归属和文库、选集容量所限未能收录，这不能不说是一个不小的缺憾。下面以入选《金奖文库》《六十周年典藏》的作家作品为主要依据，对建国60年来儿童文学创作的收获、成就、特色作一概略的评述。

第一，文学观念的变革、更新。

通过多年的理论探讨和创作实践，我国作家的儿童文学观念有了巨大的变化和进步。儿童文学的接受对象、服务对象是少年儿童，作家更加牢固地树立起"儿童本位""以儿童为主体""以儿童为中心"的观念。在创作思想上，改变了长期以来存在的只重视文学的教育作用和对教育作用的狭隘化理解，对儿童文学功能的认识更完整、更准确了，越来越重视全面发挥儿童文学的教育、认识、审美、娱乐等多方面的功能。而且深切地认识到，文学的教育、认识、审美、娱乐作用都要通过生动的艺术形象和审美愉悦来实现，在创作上更加自觉地把握文学"以情感人""以美育人"的特征。同时，进一步明确了儿童文学的服务对象分为幼儿、儿童、少年三个层次，在创作实践上更加自觉地按照不同年龄段孩子的心理特点、审美需求、欣赏习惯来写作。

第二，题材、形式、风格的多姿多彩。

我们时代的生活五彩缤纷，日新月异，少年儿童读者的精神需求多种多样，与时俱进。这就要求作家不断探索、创新，在题材、主题、人物性格、艺术风格、表现手法、文学语言上不断出新。建国以来，特别是改革开放以来，作家的艺术个性日益解放，艺术视野不断开阔，创新意识不断增强，逐渐形成一个生动活泼、多姿多彩的创作新格局。

在题材选择上，突破学校、家庭生活相对狭窄的天地，都市、乡村，历史、自然，各个领域、各个方面，凡是有孩子的地方或者孩子向往的世界，几乎都进入作家的视野。举小说为例，就有校园情感小说、成长小说、动物小说、探险小说、幻想小说、科幻小说、历史题材小说，等等。在童话世界里，古今中外、天上人间、宇宙万物、神仙妖魔，广阔的天地任凭作家的笔墨自由驰骋。在有益于孩子健康、快乐成长的前提下，在创作题材上，几乎是"百无禁忌"。作家在开拓题材上的新进展，还表现在：着力刻画孩子生活的同时，力求把孩子的小世界、小社会同成人生活的大世界、大社会联结、交融起来描写。在广阔的、色彩斑斓的社会背景下描写少年儿童的生活，或从少年儿童的视角来展现丰富多彩的社会生活。曹文轩的《草房子》、张之路的《第三军团》、夏有志的《普来维梯彻公司》等，都有着这样的内涵和特色。

在主题开掘上，讴歌、弘扬社会主义、爱国主义、集体主义、革命英雄主义，历来是儿童文学作家的共同追求。进入新时期，儿童文学疆域的上空，又高高飘扬起爱的旗帜，以善为美的旗帜，人道主义的旗帜，大自然文学的旗帜。很多作家在创作中着力弘扬生活中的真、善、美，弘扬人文关怀、悲天悯人、天人合一的精神，在孩子心田里播撒坚韧、善良、友爱、同情的种子。无论是从取材革命历史斗争的《闪闪的红星》，还是描写当代北国少年命运的《独船》中，我们都能强烈地感受到那种面对困难、勇往直前、不屈不挠的精神，也能捕捉到蕴含其中的至纯至美的人性、人情光辉。

在艺术形式、风格、表现手法上，很多作家都有一以贯之的审美选择、艺术追求，努力探求同自己的经历、气质、个性、擅长、兴趣相适应的创作路子，寻觅符合少年儿童审美情趣、欣赏习惯的样式、文体。张天翼的奇特幻想、幽默夸张，严文井的诗情与哲理水乳交融，洪汛涛、葛翠琳的民族风格、民间色彩，这些老作家的童话创作各具鲜明的艺术特色。中青年童话作家更是敢于标新立异，大胆开拓。冰波的抒情型童话与郑渊洁、周锐的热闹型童话自由竞赛，各显神通。金波的诗体童话、张秋生的"小巴掌童话"，都是别树一帜的诗体故事样式。在诗歌创作上，任溶溶的奇妙风趣，柯岩的富于情趣，金波的清丽隽永，高洪波的幽默诙谐，他们各自在探索、追求艺术个性化的道路上，迈着坚实的步伐。

第三，努力贴近少年儿童的生活和心灵。

儿童文学是为少年儿童服务的文学。60年来新中国的儿童文学，十分重视理顺儿童文学与小读者的关系，尽可能多层次、多功能地满足小读者的精神需求和审美情趣。20世纪90年代，由于少年文学的崛起和家长关注独生子女的早期文学熏陶，曾一度出现少年文学、幼儿文学创作活跃而冷落童年文学的现象。进入新世纪，"两头大、中间小"的状况有了改变，三个年龄段的儿童文学开始呈现均衡发展的态势。随着素质教育的深入，儿童文学进一步走向中、小学语文教育，以及文学阅读推广活动的开展，小读者疏离文学读物的状况也逐步有了改变。儿童文学与小读者在思想感情上、精神生活上的联系大大加强了。

少年儿童文学作品，特别是叙事体的小说和被称作诗体故事的童话，也是要写人物、写性格，着力揭示主人公的内心世界、感情世界，力求贴近孩子的生活、贴近孩子的心灵。优秀的小说、童话之所以能吸引读者、征服读者，总是同它成功地刻画出具有丰富内涵和艺术魅力的人物形象、动物形象紧紧联系在一起的。少年王葆、神笔马良、小布头、小荣、小兵张嘎、潘冬子、大头儿子、男生贾里、女生贾梅、桑桑、金铃、马小跳、黑猫警长、皮皮鲁、霹雳贝贝、乌丢丢、雪孩子、小猪奴尼、岩石上的小蝌蚪等一系列活灵活现、个性鲜明的艺术形象，组成了儿童文苑里一条长长的人物画廊。这些艺术形象深深地镌刻在小读者的心坎上，成了他们的知心朋友或游戏伙伴。

第四，不断新陈代谢的创作队伍。

一支怀着强烈的社会责任感和纯真童心、同少年儿童生活保持紧密联系、具有较高的思想、业务素质的创作队伍，是我国儿童文学不断发展、繁荣的保证。建国之初，我国就有一支老、中、青相结合、生气勃勃的儿童文学创作队伍，但规模较小，实力不够强大。进入新时期，随着党的知识分子政策、文艺政策的贯彻落实和改革开放巨大潮流的推动，逐渐形成了一支具有相当规模和实力、富有朝气和活力的"五世同堂"的创作队伍。《金奖文库》《六十周年典藏》就充分展示了"五世同堂"的强大阵容，几乎囊括了第一代至第五代具有代表性、成就卓著的作家，如第一代的叶圣陶、冰心、张天翼、陈伯吹；第二代的严文井、金近、郭风、包蕾；第三代的任大星、任大霖、洪汛涛、葛翠琳、柯岩、郑文光、孙幼军、金波；第四代的张之路、常新港、高洪波、陈丹燕、曹文轩、秦文君、黄蓓佳、金曾豪、白冰等。随着一些前辈作家叶圣陶、冰心、张天翼、陈伯吹等的谢世和20世纪90年代、世纪之交一代文学新人如张品成、徐鲁、杨红樱、彭学军、汤素兰、谢倩霓、张洁、殷健灵、王一梅、薛涛、李东华、葛竞、黑鹤等的涌现，如今儿童文苑又形成新的"五世同堂"。队伍的不断新陈代谢、新旧交替，使文学生产力犹如一潭活水，永不枯竭。20世纪80、90年代崭露头角的作家，思想、艺术上日趋成熟，如今已成为当代儿童文学创作的主力军、中坚力量。新世纪崛起的一代新人，起点高，文化素质高，创作潜力大，是我国儿童文学发展的希望所在。

综上所述，新中国诞生60年来，我国的儿童文学创作取得了丰硕的、令人瞩目的成果，并形成了多元发展、共存共荣的新格局。之所以能取得如此骄人的成绩，除了党和政府的大力提倡、扶持，改革开放政策带来的社会经济迅猛发展这样一些根本条件外，就文学思潮、创作观念、队伍素质来看，归根到底，我以为，主要是正确处理了以下四个方面的关系：

一是儿童文学与少年儿童读者的关系。要坚定不移地为少年儿童服务，满腔热忱、千方百计走进小读者中去，深入小读者的心灵深处，尽可能满足他们多方面的精神需求。

二是儿童文学与教育的关系。明确认识儿童文学的教育功能是包含着净化心灵、陶冶情操、启迪智慧、培养审美能力的，坚持"寓教于乐"，始终不离审美愉悦。

三是继承、借鉴与创新的关系。创新是艺术生命的活力之本。没有创新，文学艺术就不能发展，不能前进。继承中华民族优秀文学传统，借鉴世界各国优秀文化成果，都是为了出新，创造出富有时代特色、民族特色的中国儿童文学，立足中华，走向世界。

四是儿童文学作家与少年儿童生活的关系。生活是创作的唯一源泉。

了解、熟悉少年儿童，是儿童文学作家的第一位工作。只有投身时代生活的激流，了解、把握当代少年儿童的生存状态、心理状态，了解他们的精神需求、审美情趣，才可能写出为他们所喜闻乐见的作品。

回顾、总结建国 60 年儿童文学创作的发展历程、成绩、经验，是为了从新的历史起点上迈开坚实的步伐继续开拓前进。我相信，肩负塑造少儿心灵重任的儿童文学作家，将满怀激情和爱心，向着新世纪儿童文学的巅峰登攀，创作更多鼓舞少年儿童奋发向上、艺术精湛完美的精品力作，为培育一代"四有"新人、提高中华民族的整体精神素质，做出自己的新贡献！

2009 年 3 月写，六一国际儿童节改定

附注：本文系笔者为《共和国儿童文学金奖文库（1949—2009）》写的序。

回眸与前瞻

——纵观八九十年代儿童文学创作态势与队伍建设

关于儿童文学创作的现状

自中国作家协会举办的首届（1980—1985）全国优秀儿童文学奖于1988年3月揭晓至今，又过去了五六个年头。这些年来，儿童文学创作不算很活跃、旺盛，但仍呈稳步发展的趋势。在全国各地还是涌现出一批贴近时代、贴近孩子，在思想、艺术上有新的探索、开拓的好作品。纵观儿童文学创作现状，不难发现一些令人鼓舞的新景象。

一、中长篇小说，特别是少年小说引人注目

不久前，中国作协举办的第二届（1986—1991）全国优秀儿童文学奖评奖已揭晓，获奖的29部作品中，中长篇小说有10部，占总数的1/3强。一些富有经验的老作家近些年均有长篇新作问世，如邱勋的《雪国梦》、吴梦起的《小响马传》、李心田的《屋顶上的蓝星》。一些成人文学作家也加入到中长篇儿童小说创作的行列，如张抗抗写了《暑假的卡拉OK》。江苏少年儿童出版社出版的《中华当代少年小说丛书》，可说是囊括了当代儿童文苑最活跃的一批中年作者。已经出版的11部长篇小说中，包括曹文轩的《山羊不吃天堂草》、程玮的《少女的红发卡》、沈石溪的《一只猎雕的遭遇》、夏有志的《普来维梯彻公司》、张微的《雾锁桃李》、赵立中的《金秋还遥远》等这样一些受到广泛好评的作品。另外，《今年你七岁》（刘健屏）、《第三军团》（张之路）、《下世纪的公民们》（罗辰生）、《孩子，抬起头》（孙云晓）、《男生贾里》《女生贾梅》（秦文君）、《太阳梦见了我》（李扬扬）、《水祥和他的三只耳朵》（李凤杰）等中长篇作品发表、出版后也都引起热烈的讨论，得到肯定的评价。

长篇小说日趋繁荣，是儿童文学园地的一大景观，标志着儿童文学创作及其作者逐步走向成熟。

二、逐步形成一个动物题材小说、散文作家群

在儿童文学园地里涌现出一批擅长写动物题材小说、散文的能手，其中突出者有：沈石溪、乔传藻、金曾豪、蔺瑾、朱新望、李迪、李子玉、梁泊等。辽宁少年儿童出版社出版的《中国动物小说名篇精选》，选了十几位作家的作品，展示了动物小说作家群的创作成果。在全国性的儿童文学评奖中，差不多每次都有动物题材小说、散文、故事、科学文艺作品入选。近几年发表、出版的动物题材佳作有沈石溪的《一只猎雕的遭遇》《狼王梦》、金曾豪的《狼的故事》《红狐的故事》、乔传藻的《哨猴》、李子玉的《海狼》、冰波的《毒蜘蛛之死》、曲一日的《狐狸探长艾克》等。

这一时期的动物小说更加注重动物的性格化、人性化，写它们的精神、情感，写它们的喜怒哀乐，并把动物世界与人类社会交融起来描写，写人与动物情感的交流，倾注了作者对社会、人生的思考。不少作品具有强烈的艺术震撼力。

三、童话呈现多样化追求的格局

有的论者认为近几年童话创作处于低谷状态。但从作协第二届儿童文学奖评奖来看，获奖的童话有 5 部，仅次于中长篇小说。袁静、梅志、葛翠琳、吴梦起、赵燕翼等老作家仍有新作问世。一批创作力旺盛的中年作者更是不断地推出新作。孙幼军的系列童话《怪老头》、张秋生的《小巴掌童话》、周锐的《扣子老三》、冰波的《毒蜘蛛之死》、郑允钦的《吃耳朵的妖精》、郑渊洁的《牛王醉酒》、刘海栖的《灰颜色　白影子》、倪树根的《甜葡萄王国里发生的怪事》等，都是博得好评的佳作。

在童话创作园地里，传统派、抒情派、热闹派各显神通，异彩纷呈。无论是孙幼军的注重人物性格的塑造还是冰波的着力于情感的抒发、沟通，也无论郑渊洁、周锐的荒诞、变形的手法还是张秋生的拟人化手法，都反映了童话创作在艺术表现手法上的多样化追求正向纵深发展。童话的体裁、样式也越来越丰富多样，出现了童话小说、童话散文、童话诗、童话剧、童话相声以及巴掌童话、拇指童话、一分钟童话等品种。

四、少年报告文学在平稳中发展

报告文学及时反映当代少年儿童的欢乐与苦恼、希望与追求，具有贴近现实人生、贴近孩子心理的优点，因而一直受到小读者的青睐。

北京、上海、广东、江苏南京、广西南宁五省市多家报刊举办了1988—1989少年报告文学大奖赛，少年儿童出版社于1991年召开了少年报告文学创作研讨会，沪、宁两地的《少年文艺》差不多每期都发表一篇报告文学作品，所有这些举措，都促进了少年报告文学的发展。

"南刘（保法）北孙（云晓）"依然生气勃勃地驰骋于少年报告文学之苑。刘保法的《女中学生的感情世界》《多梦季节》《中学生圆舞曲》，孙云晓的《一个少女和三千封来信》《十六岁的思索》，都是少年读者喜爱的作品。肖复兴、秦文君、陈丹燕、庄大伟、张成新、须一心、孙海浪等写的一些报告文学作品也各具特色。

五、校园文学整体上有新的起色

现在全国各地校园的文学社团数以万计，已经形成一支浩浩荡荡的百万中学生文学大军。校园文学园地上涌现出不少新苗。

反映校园生活的校园文学，其中一部分是以中学生、少男少女为读者对象的，是少年文学的一个组成部分。近些年来，已有为数不多的作者致力于以少年为读者对象的校园文学创作。如韩辉光就是专写校园小说的，他的短篇小说集《校园喜剧》，构思新颖且具有幽默特色。徐康、蒲华清、王宜振、徐鲁等都是擅长写校园诗的。《我们这个年纪的梦》（徐鲁）、《红蜻蜓蓝蜻蜓》（徐康）、《献给中学生的一束诗》（王宜振）、《校园朗诵诗》（蒲华清）等，都是有相当水准的校园诗集。

校园散文在《中国校园文学》杂志提倡写千字文的推动下，也有了新的发展。

除了上述五个方面以外，短篇小说、散文、低幼文学、寓言、科学文艺作品等，也都有新的收获，新的进展。

概括起来说，近几年儿童文学创作的新进展，呈现出如下几个特色：

一是在着力刻画孩子生活的同时，力求把孩子的小世界、小社会同成人生活的大世界、大社会联结起来。在广阔的、色彩斑斓的社会背景下描写少年儿童的生活，或从少年儿童的视角来展现丰富多彩的社会生活。这在少年小说、报告文学中表现得尤为明显。

二是更加注意从生活出发，在普通、平凡的日常生活中写人物、写性格，着力揭示少年儿童的内心世界、情感世界，力求贴近孩子的生活，贴近孩子的心灵。更有一批作者努力探索、追求更好地塑造民族未来的性格，或揭示社会主义新一代的人性美、人情美、人格美。

三是思想、艺术上的探索、创新在冷静、深沉的反思中继续前行。经过一阵子淡化生活、淡化情节的探索、尝试之后，现在更多的作者似又回归到重视故事上来，尊重孩子乐于听故事的天性，讲究讲故事的艺术。我们既要充分肯定儿童文学作家在体裁、样式、风格、文体、语言上追求的意义和价值，又要不断调整路子，逐渐取得共识：向小读者靠拢，力争为少年儿童所喜闻乐见。既有时代特色又有民族风格，这仍然是多数作者潜心探索、追求的目标。

在看到儿童文学小百花园中上述这些新景象、新特色的同时，也不能忽略近年来儿童文学界乃至全社会呼唤精品、呼唤新人、呼唤走向小读者的声音越来越强烈。我们应当认真地总结经验，更好地研究、把握未来儿童文学的走向，用出好作品、好人才的实际行动来回应这些热切的呼唤。

关于儿童文学的发展趋势

考察我国儿童文学今后的发展趋势，我以为，一不能离开社会大环境；二不能离开小读者的阅读心理和兴趣；三不能离开国际儿童读物的潮流、行情。

首先，在商品经济、市场经济的大潮面前，儿童文学作家同成人文学作家一样，何去何从，面临着三种选择：一是把文学当作一种事业，执着地、苦苦地追求，安于清贫，甘于寂寞，不为金钱、功利、物质利益所动，决心把自己的心血奉献于培育未来一代，为他们提供真正高品位的精神食粮。我们队伍中的大多数都属于这一种，至今仍留在儿童文苑中默默耕耘。二是有一些作家顺应瞬息万变、充满竞争的社会大环境，受商品经济浪潮的冲击和阅读市场机制的调节，改换门庭去从事更富于娱乐功能的通俗文学作品或"消费型"作品的写作。三是极少数作者弃文经商，或者是一边写作一边从商。他们"下海"，有的是为了丰富自己的生活阅历，为今后的写作积累素材；有的是为了先经营好"经济基础"，然后再从容地从事写作。

总之，面对迅猛发展的市场经济的冲击和挑战，儿童文学作家在价值取向、创作思想、题材选择上都发生了一些引人注目的变化，队伍开始出现小小的分流。儿童文学自身也朝着严肃文学、通俗文学两个方面分化。

其次，我们来看看随着社会生活的变化和现代科学技术的发展，少年儿童的阅读心理、审美情趣有了一些什么变化。我手边的一份《来自读者的报告——北京市部分儿童阅读情况调查》（作者为北师大中文系张美妮、汤锐等），表明中学生"喜爱描写中学生生活的、反映他们所关心的问题的作品""喜爱格调轻松、给人以笑声的作品""推崇反映当代中学生的个性的作品"。小学生对各种体裁的作品，"选择童话者居首位，达81%；选择故事者次之，占71%；选择科幻作品者居第三位，占53%……散文居最末，仅为14%"。而在童话中，喜欢"热闹派"童话的占85%，喜欢抒情童话的占24%。在各种文学题材中，喜欢户外探险和宇宙中神秘、幻想题材的占79%，喜欢描写"学校和家庭中跟我们有关的事"的占37%～50%。3～6岁的幼儿则特别喜欢富有游戏精神的作品，他们都爱听故事，大班的孩子除爱听动物童话外，也爱听生活故事、科幻故事；小班孩子还特别喜爱儿歌，尤其是那些顺口、短小、浅显易记的儿歌。方卫平在《中学生的文学阅读现状的初步调查与分析》一文中写道："中学生对文艺的需求呈现出普泛化的趋向，文学在当代中学生总体艺术消费中所占的比例也就不那么显赫了。"从中学生的阅读书目看，"中外文学名著和通俗小说仍然占据主要位置，而当代少儿文学作品却很少进入他们的阅读视野。"他还提到："中学生越来越多被吸引到电视机边，文学阅读时间相应地减少""一半以上的学生表示看电视的时间超过看文学作品的时间"。卜卫在《大众传播媒介和儿童社会》一文中也谈到，在各种传播媒介中，被抽样调查的660名三到六年级儿童，一个月内接触电视的，占90.1%，居首位；其次是字书，占 84.7%，报纸 77.3%，收音机 66.4%，连环画 57.1%，杂志 49.9%。她根据调查结果，作出如下分析："儿童年龄越大，越喜欢知识型内容（科学与幻想、科学知识、历史、新奇性知识、新闻）；年龄越小，越对刺激性、娱乐性内容感兴趣（惊险探险、侦探、武打、战争、武侠）。"

这几篇调查报告提出了不少引人思索的情况和问题，对我们了解当前幼儿、儿童、少年的阅读心理、欣赏趣味是有帮助的。

再次，我们需要约略了解一下当前国际儿童读物、儿童文学的大致走向。我在《打开窗户看世界》（见《儿童文学研究》1993 年第 5 期）一文中，曾谈及当前外国儿童读物的发展趋势中有几点值得我们注意：一是创作题材越来越广泛多样，人类所普遍关注的问题，诸如世界和平、环境保护、生态平衡、尊重人的权利、关心残疾人、人际关系、父母离异等，都在儿童读物、儿童文学中得到真实、生动的反映。二是更加重视儿童文学的娱乐性、幽默感，十分强调给孩子以快乐，激发他们的兴趣，给他们以美的享受。三是随着现代科学技术的迅猛发展，瞬息万变的信息时代的到来，在儿童读物、儿童文学中越来越重视启迪、开发孩子的想象力。

外国儿童读物、儿童文学的新趋向，是与当代错综复杂的社会生活，突飞猛进的科学技术，日益普及的大众传播媒介（尤其是影视、音像），形形色色的社会思潮和文艺思潮，不断变化的儿童心理、审美要求紧密地联系在一起、不可分割的。

在大致了解当代中国社会现实、小读者的文学需求和欣赏趣味及外国儿童读物走向的基础上，展望我国少年儿童文学今后的发展趋势，我以为，随着时间的推移，会越来越明显、清晰地呈现出以下几个特点。

一、更加重视儿童文学的多种功能

可以预期，我国的儿童文学今后将继续按照培养一代"四有"新人的目标，弘扬主旋律，以爱国主义、集体主义、社会主义的思想和精神塑造少年儿童的心灵，更好地发挥儿童文学的教育功能。同时，也可以预期，随着当今世界进入大科学时代，我国为了实现四个现代化，继续向知识、技术密集型社会和信息社会迈进，会越来越重视儿童文学的知识性。作家学习、掌握更多的科学知识，科学家加入文学创作的行列，作家与科学家合作，将促使文学与科学更好地结合。而现实生活节奏的加快，社会、学校、家庭诸多矛盾给孩子带来的压力和烦恼，则会促使儿童文学增强趣味性、娱乐性，让孩子们在精神上、情绪上得到宣泄和休息。社会的进步、生活的发展，会启迪作家比以往任何时候都更深刻地认识到全面发挥儿童文学的教育功能、认识功能、审美功能、娱乐功能的重要性，更自觉、更巧妙地"寓教于乐"，将教育意味、主题思想含而不露地寄寓于生动、有趣的故事情节和人物形象之中，给孩子们以快乐和美的享受。

二、更加重视不同年龄段儿童文学的不同特点

在我国，将儿童文学划分为幼儿文学、儿童文学、少年文学，已取得了共识。随着社会经济的发展和人民生活水平的提高，以及对独生子女教育的倍加重视，家长、教师对儿童文学读物的选择，会越来越迫切地要求契合不同年龄层次孩子的接受能力和审美情趣。图书市场反馈的信息和对少年儿童阅读心理的深入研究，也将促使作家更细致、更深入地了解、把握不同年龄阶段孩子的心理特点、审美趣味、欣赏习惯，进一步明确区分幼儿文学、儿童文学、少年文学的服务对象、美学追求、艺术特征，在作品内容、体裁、形式、表现方法、语言的选择上更有针对性，以充分发挥三个年龄层次的儿童文学各自的潜能。儿童文学理论研究、评论工作者也会在深入总结作家创作经验、研究少年儿童阅读心理、审美情趣的基础上，逐步确立幼儿文学、儿童文学、少年文学三者既有联系又有区别的艺术标准，而不是用一把统一的尺子衡量、评判不同年龄层次的儿童文学作品。

三、与现代传播媒介更加紧密地结合

随着电子视听技术的发展，电视机在我国的基本普及，有线电视的方兴未艾，越来越多的少年儿童被吸引到电视机周围，儿童文学面临电视文化的挑战。与此同时，影视、广播、音像等现代手段又为儿童文学的传播开辟了极为广阔的天地。面对这种情况，一部分重视儿童文学特有的审美功能的作家，仍然会坚持不懈地提高创作质量，增强儿童文学的艺术魅力，以赢得众多的小读者。同时也将会有越来越多的作家去"触电"，加入儿童电影、电视剧、广播小说、卡通脚本、MTV 歌词等体裁、样式的创作。儿童文学与电视、广播、音像等媒体嫁接，还会出现一些新的、为少年儿童所喜闻乐见的文体。

四、在艺术形式、表现手法、创作风格上更加多样化

社会主义市场经济的发展，亿万小读者多层次的精神需求及当代各种文艺思潮与成人文学的影响，使今后少年儿童文学在创作方法，艺术表现手法、形式、风格上将愈加呈现八面来风、五彩纷呈的格局。在创作方法上，现实主义依然具有强大的生命力，浪漫主义也会显示它特有的魅力；在艺术表现手法上，传统手法与现代手法并存，各显其能，生活流、意识流、抒情、象征、荒诞、魔幻、变形也都会有一席之地。主张儿童文学应给人以快乐的，主张要具有一种美感的忧郁情调的，或刻意追求幽默、调侃的，都将在儿童文苑中驰骋笔墨，一展风采。

关于儿童文学创作队伍的建设

我国已有一支具有相当规模、实力的儿童文学创作队伍。从全国范围来看，经常发表作品的儿童文学作家、业余作者有三四千人，其中中国作家协会总会会员约 400 人。据我所了解的情况，北京地区从事儿童文学创作的有 200 多人，其中北京作协会员近 90 人；上海作协从事儿童文学创作的会员有 100 人，未加入作协的儿童文学作者还有 200 多人；云南有一个"太阳鸟"作家群，儿童文学作者超过 100 人；天津、江苏、浙江、湖南、广东等省市的儿童文学创作力量都比较强。

在半个多月前召开的北京儿童文学研讨会上，我曾谈到：从北京整个儿童文学创作队伍来看，可以说是美满的"四世同堂"；从全国来说，则是一个"五代同堂"的大家庭。

第一代（1919—1936）健在的还有谢冰心、陈伯吹等儿童文学老前辈。

第二代（1937—1949）代表性人物有严文井、叶君健、梅志、郭风、袁鹰、任溶溶、鲁兵、圣野、田地、管桦、黄庆云等。

第三代（1949—1966）以任大星、任大霖、洪汛涛、任德耀、杲向真、郑文光、葛翠琳、刘真、袁静、吴梦起、柯岩、刘饶民、邱勋、叶永烈、谢璞、胡景芳、赵燕翼、沈虎根、孙幼军、金波、于之、张继楼、聪聪、肖建亨等为代表。

第四代（1978—1988），新时期的前十年开始活跃于儿童文苑的有夏有志、曹文轩、张之路、罗辰生、高洪波、郑渊洁、孙云晓、刘健屏、程玮、张秋生、周锐、秦文君、陈丹燕、常新港、刘保法、乔传藻、沈石溪、李凤杰、王宜振等。他们是当前我国儿童文学创作的中坚力量。

第五代（1989至今），20世纪80年代末以来涌现的一批小诗人和近三四年脱颖而出的新作者有闫妮、任寰、田晓菲、刘梦琳、韩晓征、徐鲁、曾小春、常星儿、彭学军等。

这支"五代同堂"的儿童文学创作大军，紧密团结，凝聚力较强；每个成员都怀有一颗纯真的童心，热情、执着地为未来一代辛勤笔耕；勤于开拓，严于律己，应当说，这是一支很可爱的、朝气蓬勃的队伍。但是，另一方面，也要清醒地看到，这支队伍已经有点老化，出现青黄不接的苗头。新中国成立以来，中国作协召开过三次青年文学创作者会议：参加1956年那次会议的儿童文学作家有39人，包括任大霖、刘真、柯岩、葛翠琳等，当时他们大多25岁左右；参加1990年青年作家会议的儿童文学作家有22人，包括孙云晓、沈石溪、秦文君、常新港等，他们与会时年龄为35岁左右，但他们在儿童文苑崭露头角时也只有25岁左右；如今，中国作协会员中30岁以下的可谓凤毛麟角。儿童文学界发出"呼唤新人"的声音，说明改变队伍老化的现状已是刻不容缓了。再一个问题是部分中青年作者的生活积累不足、学识素养不足，已经影响到创作思想、艺术质量的提高。所以，摆在儿童文学创作队伍面前的，有一个进一步提高自身的思想素质、业务素质的问题。

围绕提高儿童文学作者的思想、业务素质，加强队伍建设这个问题，我提出以下几点粗浅的看法和意见。

一、进一步解放思想，更新观念

改革开放大潮奔涌向前，社会生活的变化日新月异，要使我们的思想跟上当前的形势，就需要认真、深入地学习邓小平同志关于建设中国特色社会主义的理论，特别是今春小平同志南方谈话的精神。

小平同志南方谈话对我们儿童文学工作者提出一些什么要求呢？

同各条战线一样，我们要强化以经济建设为中心的意识，更好地服从于和服务于经济建设这个大局，满腔热情地支持改革开放，正确分析和认识经济建设和改革开放中的一些新现象、新问题，弄清社会主义的本质，坚持党的基本路线一百年不动摇。

要抓住当前深化改革、扩大开放的有利时机，加快儿童文学事业的发展和繁荣，力争使儿童文学创作迈上一个新台阶，创作出更多的健康向上、小读者喜闻乐见的作品，满足他们日益增长的精神文化需要。

思想要更解放一点，在创作上更加大胆地探索、创新。进一步清理、破除一些"左"的思想束缚，全面理解儿童文学的教育、认识、审美、娱乐等多种功能，在创作思想、创作方法上作一些必要的调整，保持良好的创作心态，使自己的创作更好地适应改革开放的步伐和广大少年儿童的需要。

加强、扩大中外儿童文学的交流，借鉴和吸收外国一切优秀的儿童文学成果，学习世界各国家、各民族优秀儿童文学作家的创造精神和丰富经验，"洋为中用"，以建设和发展中国特色的社会主义儿童文学。

用邓小平建设中国特色社会主义的理论武装头脑、提高自己的理论素养，才能清醒地识别、抵制来自"左"和右两个方面的干扰，并不断更新自身的那些过时的思想、观念，从而正确地认识生活、分析生活、表现生活。

二、自觉地深入新的生活，投身于改革开放的洪流

改革开放的大潮、商品经济的大潮，不仅有力地推动着我们的社会前进，也波及生活的各个角落，影响着每个人的生活、命运，促使人们的思想感情、精神面貌、伦理道德、价值观念等各个方面发生着深刻的变化。高科技、广信息、大文化的时代背景，商品经济发展、新旧体制交替的社会环境，对少年儿童的生活、心理、行为也产生着广泛、深刻的影响。要真实反映大时代、大社会背景下孩子的小世界、小天地，儿童文学作家、业余作者就要根据自己的具体情况和条件，采取多种方式，进一步深入新的生活，从改革开放的大潮中去捕捉和把握当代少年儿童的生活和心态。

深入新的生活，既是历史变革的要求、时代的召唤，也是提高儿童文学创作思想、艺术质量的关键所在。"创作要上去，作家要下去。"儿童文学界对此也已经达成了共识。但是，至今还有一些生活积累不足的作家缺乏投身新的生活激流的紧迫感。

深入生活的方式多种多样：同原来的生活基地保持经常的联系是一种方式；到学校等基层单位挂职一段时间，又是一种方式；参观访问、走马观花，也是一种方式。究竟采取哪一种方式，这要根据自己的生活经历、创作计划等具体情况来作出选择。一般来讲，既有一个生活的点，又采用点面相结合的方式，对多数作家来说更为合适。曹文轩从小生长在农村，那是他的生活根据地。如今他工作在大城市的高等学府，但他差不多每年都利用假期回自己的故乡住一些日子，同现实生活保持着密切的联系。这样，他就可以把过去对农村的了解与今天对农村的再认识很好地联结起来，对生活的观察和思考也更深入一点，从而有了新的、独特的体验。他的《山羊不吃天堂草》，就是回故乡所见、所闻、所感、所悟的产物。

深入生活就是深入群众，深入人心；对儿童文学作家来说，就是要深入孩子的心，努力了解、熟悉孩子的内心世界、感情世界。这样，才有可能写出贴近孩子心灵、叩动孩子心弦的好作品。

三、丰富自己的学识，全面提高思想理论素养和文化艺术素养

作家是以写作为职业的，那当然就得熟悉文学创作这个专业，提高写作本领，掌握创作技巧。艺术表现能力的提高，固然离不开生活，是从生活经验的日积月累中一步一步磨炼出来的；但它同样也离不开读书，离不开学习古今中外文学名著。博览群书，从古今中外一切优秀的艺术珍品中吸取养分，就能不断丰富和提高自己的艺术表现能力。

作家要有多方面的知识，不仅要有马列基本理论的知识，还要有历史、经济、科学方面的知识。夏衍同志说得好："我们面临着一个紧迫而严峻的学习任务。要了解、研究、分析、熟悉新的现实生活，就要学习辩证唯物主义和历史唯物主义，就要学习邓小平关于建设中国特色社会主义的理论；要创作中国特色、为中国人民喜闻乐见的作品，就得学一点中国

历史；要适应当前这个科学技术迅猛发展的信息时代，就得有一点科学知识。"这里面还包括学习一点社会主义市场经济的知识、国际政治的知识，等等。作为一个儿童文学作家，还要学一点社会学、教育学、心理学、美学等。

几年前，王蒙就提出作家学者化的主张。作家汪曾祺则认为："作家应该是一个通人。三方面的通：一是中西之间的通，一是古典文学与当代文学之间的通，第三个通，是古典文学、当代文学和民间文学之间的打通。"无论是学者还是通人，都要求既学习、继承本民族文化传统，又借鉴、汲取外国一切优秀文化成果，并将中西文化融会贯通。茅盾、钱钟书等，就是学贯中西的学者型大作家。在他们身上，我们可以清晰地看到，一个作家的学养对于提高作品的质量、品位有着多么重要的意义。

中外文学艺术遗产极其丰富，名家名著浩如烟海，不胜枚举。继承和借鉴如何入手？我以为，可根据自己的具体情况，制订一个较长时间的学习规划，以便有计划、有步骤、有系统地进行学习。1954年，《文艺学习》杂志上刊登过一份《文艺工作者学习政治理论和古典文学的参考书目》；1980年，《作家通讯》上又刊登过一份《文艺理论、文学名著学习书目》，这都可以作为我们制订学习规划的参考。

四、重视品格修养，永葆纯真的童心

儿童文学作家负有培育一代"四有"新人，提高中华民族精神素质的使命，是塑造儿童灵魂、重塑未来一代性格的工程师之一，理应十分重视自己的品格修养。

我们常常说"文如其人"。一般来讲，人品影响着、决定着文品。备受文学界和广大读者尊敬的冰心老人十分注重人品。她的女儿吴青在一篇文章中曾这样描述："妈妈喜欢的人都有一个共同的特点：他们对我们这个多灾多难的国家和人民都充满了爱，他们都说真话，他们不怕邪恶势力，他们都豁得出去。妈妈总为她有这么多好朋友而感到快慰。"冰心的作品感情真挚、清丽隽永，是同她如此鲜明的爱与憎分不开的。已故儿童文学作家金近的人品与文品也是和谐统一的，他那于质朴中见优美的创作风格，正是他淳朴宽厚的思想品格的体现。

做一个作家，固然要加强多方面的学习、锻炼，但"在学习中首先要作为一个人成长起来，使自己的人格成长"（伊萨柯夫斯基语）。要使自己具有博大的胸襟、高尚的品格，对于一个儿童文学作家来说，尤为重要的是永葆童心。中外作家都极为重视在气质上保持天真，保持纯真的童心，珍惜童年时代的生活对自己的馈赠。诗人金波说："儿童诗所记下的是一颗单纯、天真、诚实的心灵的历程""既然我选择了儿童诗创作，我就要格外珍爱这颗孩子般的心灵，去亲近孩子，去亲近自己的童年生活。诗的源泉就在这里。"瑞典儿童文学作家阿·林格伦说："世界上只有一个孩子能给我以灵感，那就是童年时代的我自己。为了写好给孩子的作品，必须回想你童年时代是什么样子的。……我写作品，唯一的审验者和批评者就是我自己，只不过那是童年时代的我自己，那个孩子在我心灵中，一直活到今天。"

失却童心，失却童年生活对自己的馈赠，那你就可能捕捉不到生活中的美和诗意；捕捉不到孩子们独特的情感、心理、想象，以至于你就难以成为一个为儿童写作的优秀诗人或作家。

回眸往昔，展望未来，我们对少年儿童文学的发展及其在培育一代跨世纪的社会主义接班人上所能发挥的特殊功能，满怀希望和信心。让我们努力提高自身的思想素质、业务素质，并扶持、帮助更多的儿童文学新人脱颖而出，共同创造出健康向上、富有艺术魅力的精品，以赢得更多的小读者。

1992 年 10 月写

1994 年 3 月修改

附注：本文系在《中国少年报》举办的西北地区文艺作者座谈会上的讲稿。

新景观　大趋势

——世纪之交中国儿童文学扫描

站在新世纪之交的门槛上，回望20世纪90年代中国儿童文苑，可以清晰地看到色彩缤纷、令人眼花缭乱的诸多景观：

一、一道亮丽风景——长篇少年儿童小说佳作迭出，蔚为大观

长篇少年儿童小说的崛起，始于80年代末、90年代初，领头羊是江苏少年儿童出版社。该社推出的《中华当代少年小说丛书》，先后出版了20多种。作者阵容强大，几乎囊括了当代中国儿童文苑最活跃、最抢眼的那批中年儿童小说家。收入这套丛书的不少作品，思想、艺术质量均属上乘，在全国性评奖中频频得奖。紧追其后的是《巨人丛书》《青春口哨文学丛书》等。到了90年代中期，由于政府的大力倡导，把长篇小说、少儿文艺、影视文学列为重点扶持的"三大件"，因而给儿童文学的发展带来了新的活力和生机。从东到西，从南到北，各地宣传、出版部门和文学团体都花大力气抓儿童文学、长篇小说的创作，从而掀起了一阵长篇出版热。原创性的长篇少儿小说题材、花色品种之多前所未有，丛书、套书、系列作品层出不穷。1996—2000这五年间，出版的较有影响的长篇少年儿童小说丛书就有：《猎豹丛书》《棒槌鸟丛书》《花季小说丛书》《金犀牛丛书》《自画青春丛书》《鸽子树少儿长篇小说丛书》《红辣椒长篇小说创作丛书》《大幻想文学·中国小说》《小布老虎丛书》《金太阳丛书》《七色草文学丛书》等。

长篇少儿小说在历次全国性的儿童文学评奖中往往独占鳌头，占得奖作品总数的三分之一左右。以中国作家协会举办的第二、三、四届全国优秀儿童文学奖为例，获奖的作品中，系90年代出版的长篇小说就有：沈石溪的《一只猎雕的遭遇》《红奶羊》，曹文轩的《山羊不吃天堂草》《草房子》，关登瀛的《西部流浪记》《小脚印》，金曾豪的《狼的故事》《青春口哨》《苍狼》，程玮的《少女的红发卡》，张之路的《第三军团》《有老鼠牌铅笔吗》，秦文君的《男生贾里》《小鬼鲁智深》，董宏猷的《十四岁的森林》，从维熙的《裸雪》，梅子涵的《女儿的故事》，黄蓓佳的《我要做好孩子》，郁秀的《花季·雨季》。近两年出版的较为优秀的长篇少儿小说还有：黄蓓佳的《今天我是升旗手》、秦文君的《一个女孩的心灵史》、郁秀的《太阳鸟——我的留学，我的爱情》、张之路的《非法智慧》、张品成的《北斗当空》等。这些创作成果表明，80年代成长起来的一批中年作家，在积累了相当的生活经验、艺术经验之后，思想、艺术上日趋成熟，已能比较自如地驾驭长篇小说这种篇幅长、容量大、结构更为复杂的文学体裁。他们写出的作品，在题材范围、生活深度、思想内涵、人物刻画上作了更为广阔、深入的开掘，力求把孩子生活的小天地与人生、社会、自然、历史的大天地联系起来描绘，着力探索、揭示当代少年的内心世界和性格特征，表现了他们朝气蓬勃、奋发向上的精神面貌和成长过程。在创作风格、表现手法、叙事方式、文学语言上也作了新的、多样化的探索和追求，呈现出丰富多彩的景象。

长篇少儿小说的成就反映了当前我国儿童文学创作在思想、艺术上所达到的高度，是小百花园里最亮丽、光彩夺目的一大景观。

二、两种艺术追求——秦文君贴近时代，感动当下；曹文轩坚持古典，追随永恒

90年代中国大陆儿童文苑，在创作个性、艺术风格的多样化追求上，呈现各树一帜、色彩纷呈的格局。而"南秦北曹"——秦文君、曹文轩在追求艺术个性、讲究美学品格上，可说是最具代表性、最引人注目的。

被誉为"当今创作成长小说第一高手"的曹文轩，在文章、演说中不止一次地亮明自己的美学态度："我在理性上是个现代主义者，而在情感上与美学趣味上却是个古典主义者。""我永远只能是个古典主义者。"他喜欢浪漫主义情调，主张中国儿童文学"多一点浪漫主义"；还主张"文学要有一种忧郁的情调"，要具有"悲悯情怀"。他在创作实践和艺术追求上，坚定、执着地"追随永恒"。他坚信"感动人的那些东西是千古不变的。"

曹文轩的统称为"成长小说"的三部曲《草房子》《红瓦》《根鸟》，从一个农村少年或中学生的视角，讲述早已逝去的苦难、动荡而色彩斑驳的岁月、人生和艰辛、苦涩的成长历程。作品以优美高雅的抒情笔调揭示普通人的人性美、人情美、人格美，颂扬至真至善的亲情、爱情、友情、乡情，字里行间充溢着对人的情感、人的命运的真诚同情与关怀，因而产生了动人心弦的艺术感染力、震撼力。这雄辩地证明作者所说的："'从前'也能感动今世"，而且是老少咸宜。

被誉为"雕塑当代少儿群像高手"的女作家秦文君，对当代中学的校园生活情有独钟，坚持"以走入少儿心灵为本"，"以单纯有趣的形式讲叙人类的道义、情感"。她在创作实践中始终不渝地追求"艺术的和大众的（儿童化的）"的完美统一。

从秦文君系列作品《男生贾里》《女生贾梅》《小鬼鲁智深》《小丫林晓梅》中，我们深切地感受到，她贴近大时代，贴近小读者。她热情关注"当下"，对当代少年的生存状态烂熟于心，对他们的欢乐、苦恼、希望、困惑有着细致准确的了解和把握。同时，她找到一种少年儿童喜闻乐见的叙事结构和形式，即将幽默诙谐浸透于"糖葫芦串式"的系列故事中。

不论是古典主义还是现实主义，也不论是"追随永恒"还是"感动当下"，不同的创作理念、艺术追求，归根到底，是为着一个共同的目标，那就是让新一代的心灵得到滋养，情感得到锤炼，培养他们成为视野开阔、意志坚定、情操优美、心灵丰富的有血有肉的人。这是当代作家艺术实践和追求的"殊途同归"。

三、三面美学旗帜——大幻想文学、幽默文学、大自然文学

20世纪90年代中后期，中国儿童文学领域的上空先后高扬起三面鲜明的、光辉夺目的美学旗帜。

大幻想文学的旗帜，是1997年10月二十一世纪出版社在三清山举办的跨世纪中国小说创作研讨会上首先举起的。大幻想文学的倡导者认为，幻想文学是一种艺术主张，是当今世界儿童文学的主导潮流，它将成为中国儿童文学创作革新的突破口。并认为，幻想文学契合儿童文学的本质特征，将进一步促进儿童文学的文学性与儿童性的紧密融合，开辟一条进入

少年儿童心灵世界的最佳通道。

从儿童文学现状来看，提倡大幻想文学，已经起到了扩大创作空间、加强幻想力度，促进艺术形态多样化的作用；并吸引了一批有志于这种样式创作的作家集结到这面旗帜之下。三年多来，二十一世纪出版社相继推出《大幻想文学丛书·中国小说》第一、二辑，共15种。这批作品可说是大幻想文学的初步创作成果。但这面旗帜要真正引导创作新潮流，还有待于有志者通过坚持不懈的创作实践，拿出具有强大艺术魅力的作品来。

继大幻想文学之后，浙江少年儿童出版社于1998年9月集中推出了《中国幽默儿童文学丛书》12种，在儿童文苑高高举起了幽默文学的旗帜。出版社的意图十分明确：一是强调幽默、轻松、好读，紧扣小读者的阅读兴趣；二是努力塑造张扬幽默精神的儿童文学形象，促使儿童文学的整体格局更加完整、合理；三是追求高品位儿童文学作品与市场效应的最佳结合。评论界和媒体高度评价出版社推出这套《丛书》的开创意义。有的论者认为：《丛书》"站在提升中华民族未来一代精神素质的制高点上，理直气壮地将幽默精神这一美学旗帜插上了当代儿童文学创作的巅峰。这是一种具有深刻的人文精神与文化眼光的出版理念和行动哲学"。

继大幻想文学、幽默文学之后，2000年10月举办的安徽儿童文学创作会上打出了大自然文学的旗帜。大自然历来是儿童文学的重要母题之一。随着现代工业、科学技术的发展，保护自然环境，关注生态平衡，已经成为全球普遍关注的时代课题。也就是说，时代呼唤着大自然文学。新时代赋予大自然文学以新的艺术魅力和审美价值。当代大自然文学蕴含的保护地球的意识，在审美中占据着主导位置；而吸取最新的科学成果，从新的角度观照自然的本质、生命的本质，审视自然的美、生命的美，又使它在审美视角、审美意识上进入一个新的层次，从而使大自然文学这面绿色文学旗帜在新世纪闪耀着绚丽的美学光辉。

《刘先平大自然探险长篇系列》的问世，对大自然文学的发展起了带头、开拓的作用。近年来有更多的作家加入大自然文学创作的行列。湖南少年儿童出版社推出的《生命状态文学丛书》可说是大自然文学创作的新成果。

四、四块驰名品牌——"中华"牌、"巨人"牌、"花季"牌、"青春"牌

20世纪90年代随着市场经济的发展，中国儿童文学界、出版界的品牌意识得到培养和发展。各出版单位千方百计地打出自己的品牌，既有以质取胜的精品意识，也有吸引作家、招徕读者的市场意识。

90年代以来，中国儿童文学出版界给我们留下鲜明印象的驰名品牌，主要有以下四种：

一是"中华"牌，即江苏少年儿童出版社出版的《中华当代少年小说丛书》和《中华当代童话新作丛书》。前一套共出了长篇少年小说20部；后一套共出长篇童话15部。一个出版社以如此大的热情、人力、物力和规模来集中出版长篇儿童文学新作，充分显示了它的胆识和锐意开拓创新的出版精神。这两套丛书中获全国优秀儿童文学奖和宋庆龄文学奖的小说有《山羊不吃天堂草》《少女的红发卡》等5部；童话有《狼蝙蝠》（冰波）、《绿人》（班马）等四部。江苏少年儿童出版社打出的"中华"牌，对当代中国少儿文学，尤其是少年小说的发展所做出的独特贡献，是有目共睹、功不可没的。

二是"巨人"牌，即少年儿童出版社出版的《巨人丛书》。从1993年年初到1999年年底共出了六辑，加上《巨人丛书·多彩年华特辑》一共出了57种，均为中长篇作品，包括校园小说、法制小说、历险小说、惊险小说、幽默小说、动物小说、科幻小说、历史小说、传奇小说、神话小说等。《巨人丛书》已有八年之久的历史，可说是块老牌子，它既选用了一些比较知名的中年作家的作品，也陆续推出了一些文学新人。收入这套丛书的《男生贾里》《女儿的故事》《赤色小子》（张品成）、《梦幻牧场》（牧铃）等曾获全国性的大奖。它正逐步成为"我国中长篇儿童文学创作的一个精品书系"。

三是"花季"牌，即海天出版社出版的《花季·雨季》系列。该社出版的郁秀反映中学生生活的长篇小说《花季·雨季》1997年问世后一炮打响，被誉为"九十年代青春之歌"，连续四年稳居"全国畅销书排行榜"前12名之列，迄今已发行110万册。出版社还相继开发出版了"花季·雨季"的校园、幻想、侠义、启迪、海外等5个子系列，共40余种图书，发行 80 多万册。"花季·雨季"已成为一个初具规模的中学生课外读物书系。加上电台连播、拍电影、电视剧、出连环画和卡通版，五种媒体一起启动，进一步扩大了它的影响。"花季·雨季"这块家喻户晓的品牌，要持久地保持其知名度和影响，还有待不断拓展"花季·雨季"书系，进一步推出高品位、富有艺术魅力的优秀作品。

四是"青春"牌，即北京少年儿童出版社出版的《自画青春丛书》。1997 年、1999 年先后推出第一、二辑，共 19 本作品，其中 17 本是小说。出版社创意、策划、编辑出版这套丛书是为了"举'自画青春'旗帜，树青春文学品牌"。这套丛书的作者都是在校大、中学生。他们怀着真情自己写自己，给儿童文苑吹来一阵清新的风。同时，这套丛书采取著名作家担任文学指导的方式，以弥补初出茅庐的小作者创作经验、艺术素养之不足。这也为培养文学后备军摸索了一条路。《自画青春丛书》第一辑一年内累计印数达 36 万册，由此可见市场覆盖面之一斑。

除上述四种驰名品牌外，《花季小说丛书》《金太阳丛书》《小布老虎丛书》《红帆船诗丛》《黑眼睛丛书》《小鳄鱼丛书》等，也都具有一定知名度。

五、五个创作方阵——老作家、中年作家、青年作家、少年作者、成人文学作家

随着儿童文学老前辈谢冰心、陈伯吹的先后谢世，中国"五代同堂"的儿童文学大家庭已变为"四世同堂"。老、中、青三代作家，加上少年作者和加盟儿童文学的成人文学作家，形成世纪之交儿童文学创作队伍的五个方阵：

一是宝刀不老的老作家。三四十年代即驰骋儿童文苑的严文井、梅志、郭风、叶至善、任溶溶、袁鹰、鲁兵、圣野、黄庆云等，仍关注儿童文学的发展，有的还不断发表新作或译作。五六十年代涉足儿童文学园地的一大批作家，如吴梦起、任大星、萧平、于之、张继楼、洪汛涛、赵燕翼、施雁冰、王一地、李心田、郑文光、柯岩、萧建亨、葛翠琳、刘兴诗、谢璞、孙幼军、沈虎根、邱勋、金波、张秋生、叶永烈等仍笔耕不辍。其中孙幼军、金波、张秋生等创作还很活跃，在全国性的儿童文学大奖中仍不时榜上有名。

二是 80 年代成长起来的、如今已步入中年的一批作家。他们在思想、艺术上日趋成熟，已成为当代儿童文苑的中坚力量。其中的佼佼者，写小说的有：曹文轩、秦文君、张之路、梅子涵、沈石溪、陈丹燕、黄蓓佳、金曾豪、常新港、董宏猷、班马、韩辉光、董天柚、朱效文、彭懿、张品成等；写童话的有：周锐、葛冰、郑渊洁、冰波、郑允钦等；写诗歌、散文、报告文学的有：高洪波、刘丙钧、王宜振、滕毓旭、吴然、鹿子、孙云晓、刘保法、庄大伟等；从事低幼文学的有：郑春华、谢华等。这些作家包揽了全国性的儿童文学奖一半以上的奖项；有的作者频频得奖，成了名副其实的得奖专业户。

三是 90 年代涌现的、富有朝气和活力的青年作家。他们都还年轻，年龄在 30 岁上下，大多受过高等教育，起点较高，思想活跃，在创作上也做了一定的准备。他们的迅速成长，为儿童文苑注入了一股新鲜而充盈的活力。上海青年女作家群（殷健灵、张洁、萧萍、谢倩霓、张弘）和辽宁小虎队（老臣、薛涛、常星儿、车培晶、萧显志、董恒波）就是这一方阵的代表。走在这一方阵里的还有：写小说的曾小春、彭学军、祁智、玉清、王小民、简平；写童话的保冬妮、葛竞、杨红樱、汤素兰、谢乐军、向民胜、李志伟；写诗歌、散文的徐鲁、邱易东、薛卫民、庞敏；写科幻小说的星河、杨鹏等。这一方阵的不断壮大，消除了人们一度存有的儿童文学队伍青黄不接、后继乏人之忧。

四是自写花季、自画青春的少年作者。他们大多是在校的大、中学生，平均年龄只有十七八岁。他们拿起笔来直抒胸臆，倾诉自己成长过程中的幻想、幸福、痛苦和困惑。走在这一方阵最前头的是《花季·雨季》作者、深圳女中学生郁秀。紧随其后的是《自画青春丛书》的作者。这套丛书第一辑的九位作者，平均年龄 18 岁。其中《转校生》作者萧铁加入中国作家协会时才 19 岁，成为该会目前最年轻的会员。近两年来自学校的少年作者纷至沓来，其中影响较大的有：韩寒（《三重门》）、彭清雯（《我们真累——一个女中学生的心灵之旅》）、唐玥（《高一岁月》）、金今（《再造地狱之门》）、黄思路（《十六岁留学美国》）、杨哲（《放飞》）、矿矿

（《放飞美国》）等。这些少年作者中，有的可能成为文学大军的后备力量。但对这种少年作者写作现象似不宜过分吹捧和炒作。

五是加盟儿童文学的成人文学作家。90年代后期，各出版社相继推出长篇少儿小说丛书，组织、吸引了一批成人文学作家为少年儿童写作。加入这个方阵的有：刘心武、肖复兴、毕淑敏、王安忆、竹林、池莉、方方、马丽华、赵玫、冯苓植、王小鹰、陆星儿、迟子建、张炜、刘毅然等。他们的加盟，不仅扩大了儿童文学创作队伍，而且在开拓题材、转换视角、揭示内心世界、丰富表现手法等方面，也给予儿童文学作家以有益的启迪。

上述一道亮丽风景、两种艺术追求、三面美学旗帜、四块驰名品牌、五个创作方阵，反映了中国90年代儿童文学创作态势的调整、美学观念的变化和文学队伍的重组，也预示着新世纪中国儿童文学的发展趋势、前景。

在我看来，思考、探索新世纪儿童文学的走向、格局，既不能离开我们所处的时代及时代赋予儿童文学的任务；也不能离开儿童文学的本质、特征及未来一代的审美需求和欣赏习惯。

我们处在一个信息时代、高科技时代、知识经济时代。以信息科技和生命科技为核心的现代科技突飞猛进、日新月异，经济全球化的进程日益加快，综合国力的竞争也日趋激烈。在这个大背景下，能不能培养、造就大批高素质的人才，关系到国家和民族的命运、前途。

21世纪是实现中华民族伟大复兴的世纪。振兴中华的历史重任最终将落在一代又一代少年儿童身上。肩负振兴中华重任的新一代应当具有综合素质，精神道德素质和科学文化素质，要有远大志向、开阔胸襟、高尚品德、过硬本领和强健体魄。而文学艺术对于提高综合素质、培养全面发展的人才，具有重要的、独特的作用。新世纪的儿童文学对于帮助未来一代陶冶道德情操、铸就意志品格、净化精神世界、提高审美能力，可以发挥润物细无声的、潜移默化的作用和影响。

在这里，我想就在大时代的背景下建设新世纪中国儿童文学，应当高扬什么旗帜，弘扬什么精神，注重什么内涵，发扬什么特色，扼要地讲一讲自己不成熟的、粗浅的看法。也可以说是用粗线条勾勒一下我所憧憬、向往的新世纪儿童文学的新格局。

第一，理想主义与人文关怀。

张扬理想主义、爱国主义、英雄主义的旗帜，注重人文内涵，弘扬人文关怀的精神。

儿童文学的本质应当是理想主义的，应当具有浪漫的理想色彩，给少年儿童以梦幻、希望、信心和力量，帮助他们建立远大理想，为建设和平、繁荣的人间乐园、美好家园而不懈努力。

儿童文学肩负着用爱国主义、英雄主义精神培养下一代的光荣职责。要通过塑造具有理想色彩、有血有肉、性格鲜明的形象，激励少年儿童从小爱我中华，从小树立为振兴中华建功立业的远大志向；培养他们百折不挠、勇往直前、见义勇为、战胜困难的英雄主义、乐观主义精神。长篇儿童小说《今天我是升旗手》作者黄蓓佳的创作主张极其鲜明："少年一代中应该提倡理想主义，鼓励他们有英雄崇拜，张扬他们的好胜心和进取心，诱发他们天性中善良和富有同情的一面，引导他们感受崇高，感受一种阳刚的美和道德的纯粹。"

儿童文学在张扬理想主义的同时，还应当弘扬人文关怀的精神。人文主义精神的核心是以人为本。儿童文学应当充分体现对少年儿童生存状态的关怀，对儿童心灵世界的关怀。我们处在信息时代、高科技时代，儿童文学应该更好地适应时代发展的内在要求，丰富、弘扬人文关怀的精神，注重作品的人文内涵。这种人文关怀精神应当体现在：执着地热爱、歌颂生命，热爱、歌颂自然，呼唤强化生命意识；帮助、引导儿童心灵健康成长，树立有益于社会历史进步的价值理想；尊重、热爱优秀的民族文化传统，从人类的文化遗产中吸取伟大而卓越的人格力量；发扬同情、友爱、关注弱势群体的悲天悯人精神。

第二，贴近时代与拥抱自然。

更加贴近当代儿童的生活和心灵；崇尚大自然，追求人与自然的和谐统一。

我们处在一个信息时代、电脑时代，"网络就是 21 世纪"。当代的少年儿童是在电视机、电脑前成长起来的；他们的价值观、知识面、理解力，大大有别于其父辈、祖辈。立足于大变革时代，深入了解、把握时代潮流冲击下少年儿童生存状态、心理状态、审美情趣的发展变化，是儿童文学作家应当做的第一位工作。

新世纪的儿童文学贴近时代、贴近生活、贴近小读者，最重要的是贴近当代儿童的心理，真正走进他们的感情世界、内心世界。既要了解、熟悉少年儿童的"小世界"与当今社会生活"大世界"不可分割的联系；更要关注属于孩子自己的独特的世界，捕捉他心灵深处最细微、最锐敏的生命感觉、感情秘密，着力揭示他们在生命成长、精神成长历程中的真情实感。

儿童文学在拥抱时代、热爱生活与拥抱自然、热爱自然这两方面都能滋润小读者的心田。大自然是人类的母亲，也是文学艺术的源泉；而儿童文学又是最接近大自然的文学。在保护生态环境成为国际性话题的背景下，发展大自然文学，营造绿色文化，启迪、引导少年儿童热爱大自然，保护大自然，向他们传递地球家园意识、生态环保意识，已成为世纪之交儿童文学令人注目的一种创作走势。

为少年儿童写作的大自然文学，不仅要充分展示大自然的美丽、丰富、神奇，让小读者领略大自然的风光，了解大自然的奥秘，使自己的情操得到陶冶，胸襟更加开阔；同时还要表现人类不怕困难、历经艰难拯救、保护自然环境的斗争，激励小读者用自己的热情、智慧去为争取人与自然的和谐统一而建功立业。

第三，幻想文学与科学文艺。

自由驰骋想象，扩大幻想空间，倡导热爱科学，勇于探索、创新，启迪、培养下一代的想象力、创造力。

随着新世纪的到来，高新科技的发展，进一步激发起人们对未来世界的浓厚兴趣和大胆预测，这就为幻想、科幻、科学文艺类作品提供了广阔的市场。而少年儿童的天性又爱好幻想，追求新奇，喜欢惊险，崇尚新鲜、神秘、不平凡的事物，幻想文学正适应了小读者的这种心理特征和审美需求。幻想文学所具有的自由、奔放、奇幻、灵异的美学特征为全世界儿童所喜爱和接受。正因为如此，幻想文学越来越成为世界儿童文学的主潮。

儿童文学领域有着驰骋想象的广阔天地。开拓、扩大想象空间，以超凡、奇妙的想象、幻想去激发、陶冶孩子的想象力、创造力，启迪他们探索未来、创造未来的精神，这是培养、提高新世纪少年儿童一代精神素质的需要。

在高科技时代、知识经济时代，更高地举起科学文艺的旗帜，力求文学与科学的完美结合，使少年儿童在获得美的享受的同时，也得到科学知识的熏陶，唤起他们热爱科学、向往科学的精神，增强创造的激情和活力，这是新世纪儿童文学的又一走向。

科学文艺不仅要将丰富的科学知识寓于生动的故事情节和艺术形象之中，而且还要渗透、贯注浓烈的科学精神和人文精神。这就要求科学文艺作家立足科技前沿，具有广博的科学知识，增强科学底蕴；同时要有深厚的生活功底、文学功底。科技知识是艺术想象的有力翅膀，建立在丰厚学识基础上的科学想象力是科学文艺的灵魂。

第四，幽默品格与游戏精神。

充分发掘儿童文学的幽默品格、游戏精神等美学特质，适应少年儿童天性，培养乐观开朗的性格。

新世纪的儿童文学必然更加尊重少年儿童的好动爱玩、喜欢游戏的天性，推动儿童文学艺术本性的回归。幽默品格、游戏精神是最能体现儿童文学艺术本性的美学特质。幽默是一种智慧，一种情趣，一种高雅的精神气质、文化品格。游戏也是一种智慧的角逐、一种感情的释放，二者都可说是儿童文学的看家法宝。随着时代、社会的变迁，儿童生活情状、精神需求的变化，儿童文学会更加注重张扬幽默品格、游戏精神。表现幽默、游戏精神的色彩、手段、方法多种多样，可以编织引人入胜的故事，也可以营造充满乐趣的游戏世界；可以刻画一个个性格诙谐的人物，也可以追求一种独特的、妙趣横生的叙事方式、语境；可以出奇制胜，充溢喜剧色彩，也可以寓庄于谐，寓理于趣。在这方面，作家可以八仙过海，各显其能，有着施展自己才华的广阔天地。

第五，立足中华与走向世界。

扎根中华大地，面向亿万小读者；放眼五洲四海，与世界儿童文学接轨。

新世纪中国的儿童文学要走向世界，首先要走向三亿多中国小读者。要把儿童文学的根深深地扎在中华民族的土壤上，扎在亿万少年儿童的心灵深处。要写出我们自己的、富有时代特色和民族特色、为少年儿童所喜闻乐见的作品，既要熟悉、了解当代少年儿童的生活、心理，又要善于从优秀的民族文学传统中吸取养料，丰富、提高自己的艺术表现力。同时，还要深入细致地研究在市场经济、多元传媒、电脑网络的冲击、影响下，少年儿童阅读心理、审美情趣、欣赏习惯的变化。更加注重趣味性、娱乐性、可读性，力求大众化与艺术性的完美结合，势必成为众多儿童文学作家的一种艺术追求和选择。

他山之石，可以攻玉。要走向世界，当然还要博采众长，学习、借鉴世界一切优秀儿童文学的成果，了解国际儿童读物、儿童文学的潮流、走向、发展趋势。要打开窗户，呼吸新鲜空气，从外国同行那里学习创新精神和艺术经验，以开阔创作视野，提高艺术表现能力。只有尊重世界文化、世界儿童文学的多样性，学贯中西，兼收并蓄，知己知彼，取长补短，中国儿童文学才能更好地与世界儿童文学接轨。

杰出的、经典的儿童文学作品是超越时空、不分国界的。它们往往描写全人类普遍关注而又是普天下少年儿童心灵能共同感受的东西，讴歌真、善、美，颂扬爱的力量、道义的力量、智慧的力量，因而具有永恒的、经久不衰的艺术魅力和全人类共享的审美价值。新世纪呼唤代表中华民族的儿童文学大家。愿所有情系下一代的儿童文学作家携手并肩，同心协力，向着世界儿童文学的巅峰登攀！

2001 年 5 月 31 日

附注： 本文系 2001 年 11 月在台湾台东师范学院举办的海峡两岸儿童文学学术研讨会上的演讲。

儿童文学现状之管窥

——在昆山儿童文学创作研讨会上的发言

开场白

（2007 年 9 月 6 日）

中国作家协会儿童文学委员会（以下简称：作协儿委会）和江苏省作家协会联合主办的儿童文学创作研讨会暨全国儿童文学创作基地揭牌仪式今天在江苏昆山举行了。

作协儿委会和江苏儿童文学界是有缘分的。2000 年，儿委会成员在南京参加了金曾豪作品讨论会。2004 年，中国作协、江苏省委宣传部、江苏省作协、江苏省出版集团在北京联合举办了江苏省未成年人思想道德建设文学在线系列活动，并召开了江苏省儿童文学获奖作品研讨会。2005 年，作协儿委会又在南京、扬州召开 2005 年年会，着重探讨了儿童文学的阅读、推广问题，介绍、观摩了扬州举办班级读书会的经验。至于研讨江苏省儿童文学作家的作品或江苏出版的儿童文学作品，那就数不胜数了。比如，曹文轩的《草房子》《青铜葵花》，黄蓓佳的《我要做好孩子》《中国童话》《亲亲我的妈妈》，秦文君的《天棠街 3 号》，程玮的《少女的红围巾》等。这些情况不仅粗线条地勾勒出作协儿委会与江苏儿童文学界交流合作关系之密切，同时也从一个侧面反映出江苏儿童文学的创作实力和江苏省有关领导对儿童文学的重视。

本次研讨会的主题是：儿童文学面临的挑战与机遇。进入新世纪新阶段，党和政府从建设中国特色社会主义事业的总体布局出发，从发展战略的高度，将文化发展放在了更加突出的位置。今年 6 月 5 日，胡锦涛总书记在中央党校的重要讲话中，对加强社会主义文化建设又提出了一系列新论断，要求更加自觉、更加主动地推动文化的大繁荣、大发展。这样的大背景、大气候，又一次给儿童文学带来良好的发展机遇。

当今我们处在网络时代、信息时代。有的学者认为，我们正在逐步进入以视觉文化为核心的景观社会，文化的基本形态由工业社会的"读——写"模式，逐渐转向"制——看"模式。随着国家经济的发展，我们面对市场化的浪潮。市场化是一把双刃剑。它激活了文学创作，带来了新的活力，也拓宽了出版的理念、思路。同时，也提出了这样的挑战，在媒体力量强大、网络影响空前、纸质媒介和文学阅读被严重挤压的文化背景下，如何使儿童文学得到更好的生存空间，不能不是我们面对的一个严峻话题。

这次研讨会是在昆山全国儿童文学创作基地举行的第一次活动。创作基地是儿童文学作家写作、读书、采访、对话、交流、联谊的场所，是创作之家。本次会议为来自东西南北中全国各地的儿童文学作家与江苏省儿童文学作家提供了一个学术交流、创作交流的平台。大家可以对儿童文学现状观察、评估，分析一下近些年儿童文学有哪些新进展、新景象，又有哪些令人困惑、忧虑的现象和问题。我们应当怎么办，用什么姿态来迎接挑战，可以有哪些作为。话题极其宽泛，可以从宏观上、总体上考察、评估，也可以选择一个角度、一个侧面来谈。希望从实际出发，结合自己的思考、经验、体会，各抒己见，畅所欲言。力求把会议开得生动活泼一点，树立说理的、健康的自由讨论与批评的空气。期盼来自各地的作家与江苏的作家，从事儿童文学的与成人文学的作家、评论家都踊跃发表自己的看法和意见，让我们的会议充满来自生活、发自肺腑的各种各样的声音。

结束语

（2007 年 9 月 7 日）

这次研讨会开得很好，内容丰富，形式活泼，气氛和谐。尽管时间较短，但大家紧紧围绕会议的主题，比较充分、深入地交换了意见。在不少问题上取得了共识；也还有一些问题有待进一步思考、探讨。下面我就这次会上讨论的几个主要问题，初步归纳、梳理了一下，粗略地谈一点个人的看法，也算是会议的结束语。

第一，对儿童文学发展所处的时代背景，有了更加清晰的认识。

党为我们指明的奋斗目标是：到我们党成立 100 年时建成惠及十几亿人口的更高水平的小康社会，到本世纪中叶，亦即新中国成立 100 年时基本实现现代化，建成富强民主文明的社会主义现代化国家，实现中华民族的伟大复兴。这里所说的"小康"是物质和精神都较富有的"小康"，是社会主义物质文明、政治文明和精神文明协调发展、全面进步的"小康"。这里所说的"现代化"，是既重视经济发展和物质进步的现代化，又重视文化知识和社会发展的现代化。我们正面临的第二次现代化，是指工业社会向知识社会、工业经济向知识经济的转变。

我们所处的时代，是知识经济的时代，大科技时代，网络时代，信息时代。国家的发展、现代化的实现，在于文化、在于科学技术的进步。文化是社会发展的重要内容和精神动力。正因为如此，进入新世纪新阶段，党和政府从建设中国特色社会主义的总体布局出发，将文化发展放在了更加突出的位置。从"三个代表"重要思想、坚持社会主义文化前进方向，到构建和谐社会，建设和谐文化，到这次胡锦涛总书记在中央党校的重要讲话中提出更加自觉、主动地推动文化大发展、大繁荣，从这一系列论述中，我们可以清晰地看到，我们党始终把文化建设作为建设中国特色社会主义的一个重要组成部分。

文化的发展和繁荣，不仅能推动人民文化生活的进步，更能凝聚民族精神，提升民族素质，铸就时代风尚，打造国家"软实力"。文化建设是国家"软实力"建设的重要内容，对增强国家综合实力，赢得国际竞争，具有不可忽视的重要作用。"文化的力量，深深熔铸在民族的生命力、创造力和凝聚力之中。"儿童文学是社会主义文学的一个重要组成部分。发展、繁荣儿童文学，对培育一代"四有"新人、加强社会主义精神文明建设，有着重要的独特的作用。我们儿童文学工作者必须从上述时代背景、总体布局和战略高度来认识自己在全面建设小康社会、实现中华民族伟大复兴的征程中所肩负的历史使命和光荣职责。

第二，从不同角度、不同侧面对儿童文学创作现状作了分析、评估，拓宽了思路，开阔了视野。

近些年来，儿童文学呈现多元并存、活跃多样的发展态势，这已成为业内人士的共识。我们高兴地看到，艺术的儿童文学和大众的儿童文学兼容并包，齐头并进。坚守文学品质、在艺术上不懈追求的，大有人在。勇于尝试、积极投入类型化写作的不乏其人。在儿童小说、童话等体裁继续备受青睐的同时，图画书的兴起，儿歌、童谣的再度被重视，幻想文学的发展，使得小百花园的花色品种越发丰富多彩。童年文学的发展，初步改变了长期以来儿童文学三个年龄段中间小、两头大（少年文学、幼儿文学）的格局。儿童文学队伍里出现了不少陌生的新面孔，世纪之交一批生气勃勃的文学新人脱颖而出，增强了儿童文学发展的潜力和后劲。

最近一段时间，我们还不时获悉一些有关儿童文学的可喜的、令人鼓舞的信息，比如，今年六一前夕，中宣部文艺局与中国作协儿委会在北京联合召开了儿童文学创作座谈会。又如，鲁迅文学院举办了中青年儿童文学作家高级研讨班。再如，上海文艺出版社拟编选的《中国新文学大系第五辑（1977—2000）》，将包括儿童文学两卷。尤为喜人的是，随着强调素质教育，儿童文学作品更多地进入中、小学语文教科书和课外阅读书目，儿童文学的阅读、推广，开始引起有关方面的重视。这一桩桩并非重大的事情，说明儿童文学受到方方面面的更多关注，它那常常处于被冷落、被遗忘的状况有所改变。

但是，我们又不能不看到，儿童文学的现状也还存在不尽如人意的一面。首先，无论是艺术的儿童文学还是大众的儿童文学，出类拔萃的精品还太少，在思想、艺术质量上都有待进一步提高和突破。如何使原创作品做到"叫好又叫座"，这里既有作家的素质、功力、心态问题，也有媒体、出版界的宣传推介问题。其次，在题材、内容上，反映城市、都会少年儿童生活的多，反映农村、农民工、弱势群体的少。面向农村孩子的作品无论是品种还是数量，都少得可怜。如何让我们的儿童文学更多地走进农村、山区、城乡交叉地带的小读者中去，是一个艰难但又必须面对的重要课题。在体裁、样式上，对诗歌、散文、科学文艺、寓言、剧本等，应予以更多的关注和扶持。最后，在市场化、商业化的浪潮面前，创作、出版界要保持清醒头脑，站稳脚跟，真正做到不浮躁，不跟风，不媚俗，不急功近利，不见利忘义。作家在处理作品的产量与质量关系上，要坚持质量第一，以质取胜。出版人在处理经济效益与社会效益的关系上，要始终把社会效益放在首位，做到社会效益与经济效益相统一。

第三，对儿童文学领域的一些热门话题，初步展开了讨论，不同的看法和意见得到了交流、沟通。

一是关于不同类型儿童文学的特征、价值功能之异同有的论者将儿童文学分为艺术的儿童文学与大众的、通俗的儿童文学；也有的论者将儿童文学分为"纯文学系"和"娱乐系"两大系列。我以为，可分为三类，即艺术的、大众的和雅俗共赏的，也就是艺术的和大众的相结合的。

不同类型的儿童文学，有不同的文体特征，它们的价值功能也不尽相同。作者的创作理念、艺术追求也有所不同。艺术的儿童文学着力于理想、激情、美感、诗意、抒情，以情感人，以美育人，强调人文关怀、审美愉悦。大众的儿童文学侧重于快乐、轻松、娱乐、趣味、消遣，愉悦身心，具有影视品质。雅俗共赏的则兼有艺术的和大众的某些特色、元素。三者虽有不同，但都是文学，不能脱离文学的特征，要以艺术形象反映生活，驰骋想象，恪守"文学是人学"。无论是艺术的还是大众的儿童文学，都要弘扬真善美，播撒爱的种子，做到有益又有趣。三者功能之区别，在于是从不同的方面、角度作用于少年儿童的心灵。小读者喜欢艺术的儿童文学，主要在于感动；喜欢大众的儿童文学则主要是好玩儿。

对不同类型的儿童文学，不应用同一把尺子来衡量，必须考虑它们不同的文体特征，不同的价值功能。我们的儿童文学作品，首先要让小读者喜欢，对他们有吸引力，无论是感动还是好玩儿，都要为他们所喜闻乐见。其次，才是寓教于乐，如果引不起阅读兴趣，读不下去，也就谈不上发挥它的教育、认识、审美、娱乐作用。

艺术的儿童文学与大众的儿童文学，就其质量来说，都有文野之分、高低之分、优劣之分，都有精品与次品，优秀之作与平庸之作。不是说凡艺术的儿童文学都高于大众的儿童文学；也不是说凡大众的儿童文学都要比艺术的儿童文学低一头、矮一截。目前大众的儿童文学，有些作家的作品畅销、流行、叫座，市场占有率高，这同整个社会的经济发展、社会时尚、快餐文化流行有关，也同这些作品切合众多小读者的阅读兴趣，欣赏能力分不开。为了满足不同层次小读者多样化的精神需求，艺术的、大众的、雅俗共赏的儿童文学，在保证作品质量、水准的前提下，都要更好地发展。

二是关于如何看待"杨红樱现象"。近些年来，对女作家杨红樱的作品一直存在争议。她的作品发行量很高，覆盖面很广，赢得了众多的小读者，这是一个不争的事实。但对她作品的成败得失，争论双方各执一词，相持不下。肯定者认为，杨红樱的作品已是名至实归的"叫好又叫座""作品基调明朗向上，作品风格追求幽默、快乐、轻松""改变了长期以来童年文学缺乏的状况"；有的还认为她"在原生态写作方面具有独特性或先锋性"。质疑者、批评者则认为："'杨红樱现象'已经成为不成熟市场操纵下的典型范例""正在成为一种畅销式写作的引领力量，成为中国原创儿童文学带有倾向性写作潮流"；有的还指出她是"运用电视'图像'式语言进行创作"，这样的作品"正在被堂而皇之地用于语文教育……这实在是太不幸、太荒诞了"。

我以为，这两种意见都有一定的道理，它们之间并不是截然对立、水火不相容的。在我看来，对杨红樱的作品就存在一个用什么尺子、标准来衡量的问题。既然认定它是大众的、通俗的儿童文学，就不要以艺术的儿童文学的文体特征、艺术标准、价值取向来衡量。杨红樱的作品有写得好的、比较好的，但也存在水平参差不齐的状况。对她的作品，既不要一味赞扬，全盘肯定，也不要责之过苛，求全责备。应当充分肯定它的成就、经验和影响；同时，善意地指出它的欠缺和不足，提出希望和建设性的意见。

正如大众的儿童文学只是当代儿童文学的一个组成部分，它不是全部，也不是唯一的，杨红樱的写法、创作路子，也只是多种表现方法、创作路子、艺术追求中一种，它也不是唯一的。应当允许、鼓励每个作家有自己的追求，走自己的路。杨红樱走大众化的路，是她自己的选择，她的自由。至于当下有些作者跟风而上，使类型化的作品充斥市场，这不能怪罪杨红樱。类型化写作也需要独创性、创作个性，不能模仿、照搬、复制，搞成一种单一的、刻板的模式。当然，对杨红樱本人来说，今后她的创作也要求新、求变、求精，努力写出更多兼具思想性、艺术性、可读性的大众化儿童文学精品。

第四，更加明确了在当下的时代背景、文化背景下儿童文学作家应当坚守、发扬的品质作风。

置身于信息时代、网络时代，在市场化、商业化的浪潮面前，每一个儿童文学作家都面临市场、媒体的压力。一个清醒的、有作为的作家，应当坚守文学的基本品质，保持自己独立的声音，坚持自己的艺术追求和选择，努力保持文学的精神价值和审美价值。每个作家要有自己的担当，"承担一种文学承重墙的使命"。牢牢记住文学是一个民族的灵魂，敢于承担大使命，清醒意识到自己在建设和谐文化、社会主义先进文学中的使命，意识到自己在引领未来一代心灵成长、精神成长中不可推诿的责任。

在多元传媒时代，在现代化传媒条件下，要坚持发挥文学的优势和擅长，展现文学的特色和魅力。要有精品意识，以一当十，以质取胜。要有抱负、志向，为自己的创作树立高标杆，在作品的影响力、感染力、思想艺术魅力上，要敢于同名著比，同经典比，勇于自我突破、超越，更上一层楼。少一点浮躁，少一点功利，潜心写作，锲而不舍，为创作出更多有益又有趣的儿童文学精品而不懈努力。

2008 年 12 月整理

改革开放三十年儿童文苑十二景

改革开放的三十年，是我国儿童文学界解放思想、更新观念的三十年，敢于探索、勇于创新的三十年，创作兴旺、多元共存的三十年，新陈代谢、新人辈出的三十年。回望三十年来儿童文学发展历程中的重要现象、重大成果、热门话题，我欣喜地看到，儿童文苑出现了一道道亮丽、独特的风景线。在我的心目中，至少有以下令人赏心悦目或眼花缭乱的十二景观：

一、全面认识儿童文学的功能

周晓的《儿童文学札记二题》、刘厚明的《导思·染情·益智·添趣——试谈儿童文学的功能》，在上世纪80年代初最早提出对儿童文学的教育功能不能理解得太狭隘、太机械，要充分认识其在陶冶孩子性格、愉悦孩子身心、提高孩子欣赏趣味等方面的作用。随后又展开关于儿童文学与教育的关系问题的讨论，从而突破"教育工具论"的束缚，使儿童文学工作者对儿童文学的教育作用、认识作用、审美作用、娱乐作用等多方面的功能，有了更为全面、完整的了解。

二、迎来儿童文学的第二个春天

如果说上世纪50年代是我国儿童文学的第一个春天，那么，改革开放之初的80年代，则可说是迎来儿童文学的第二个春天。十年浩劫过去，老作家青春焕发，壮心不已；中年作家思想、艺术日趋成熟，笔力更健。而一大批生气勃勃的文学新人崛起，如王安忆、罗辰生、夏有志、程玮、郑渊洁、刘健屏等就是其中的佼佼者。老、中、青作家富有新意、锐气的优秀之作，给荒芜了十年之久的儿童文苑带来了一片生意盎然的新绿。

三、长篇少年小说热

长篇少年小说的崛起，始于上世纪80年代末、90年代初，领头羊是江苏少年儿童出版社。该社推出的《中华当代少年文学丛书》，作者阵容强大，几乎囊括了当今中国儿童文苑最活跃的一批中青年儿童小说家。收入这套丛书的不少作品，在全国性评奖中频频获奖。紧随其后的是《巨人丛书》《青春口哨文学丛书》等。曹文轩的《草房子》、秦文君的《男生贾里全传》入选中宣部、文化部、新闻出版署、中国作协等部门联合推出的向国庆 50 周年献礼的十部长篇小说之中，充分显示了儿童文学在思想、艺术上所达到的高度、在当代中国文学中所占有的地位及其在社会上的幅射力、影响力。

四、《花季·雨季》引爆自画青春

上世纪 90 年代中期，年轻作者郁秀反映中学生生活的长篇小说《花季·雨季》问世后一炮打响，被誉为"90 年代青春之歌""跨世纪新人的心灵之歌"。该书受到广大青少年读者的欢迎，发行量逾百万册。时隔不久，北京少年儿童出版社"举'自画青春'旗帜，树青春文学品牌"，推出《自画青春丛书》，入选作者都是在校的大、中学生。年轻人怀着真情自写花季，自画青春，给儿童文苑吹来一阵清新之风。随后各地少年作家接踵而至，"低龄化写作"现象引起文学界和社会关注和讨论，普遍认为对低龄写作要引导不要炒作。

五、高扬三面美学旗帜

儿童文学界一向高举爱和美的旗帜、以善为美的旗帜。上世纪 90 年代中后期，中国儿童文学领域的上空又先后高扬起三面鲜明夺目的美学旗帜：大幻想文学的旗帜，是 1997 年 10 月二十一世纪出版社举办的跨世纪中国少年小说创作研讨会上首先举起的；幽默文学的旗帜，是 1998 年 9 月浙江少年儿童出版社集中推出《中国幽默儿童文学创作丛书》时举起的；大自然文学的旗帜，则是 2000 年 10 月举办的安徽儿童文学创作会上打出的。各式各样、五彩缤纷的旗帜，反映出儿童文学界、出版界顺应改革开放大潮、创作发展趋势、读者审美需求，努力探索、开拓、创新的精神；也标示着作家的创作路子、题材、手法、风格更趋多样化。

六、"杨红樱现象"成了热门话题

女作家杨红樱 2000 年以来先后创作出版的校园小说《女生日记》《漂

亮老师和坏小子》《淘气包马小跳》系列、童话《笑猫日记》等，深受小读者的喜爱。据出版方称，其累计发行量达 3000 万册，成为儿童读物中首屈一指的畅销书。对杨红樱作品的评价一直存在争议，一种意见认为："杨红樱是中国儿童文学三个层次中童年文学创作的杰出代表""她所创造的'马小跳'与'笑猫'已成为新世纪中国儿童文学的品牌""具有使人一读难忘的艺术魅力"。另一种意见则认为："杨红樱，成了商业童书的领跑者""商业童书也并非全无艺术性可言，甚至，它也未必没有一点教育性，但在它们身上，艺术性和教育性，都成了商业的工具。"由此引发出关于艺术的儿童文学与大众的、通俗的儿童文学的特征、价值、评判尺度之异同以及市场化与儿童文学等问题的讨论。"杨红樱现象"成了当今儿童文苑的热门话题。

七、两岸交流日益频繁深入

1989 年 8 月，台湾作家林焕彰等一行七人首次组团访问大陆，堪称海峡两岸儿童文学交流的破冰之旅。1994 年 5 月，大陆儿童文学作家蒋风、洪汛涛等一行十四人首次组团赴台访问，从而揭开两岸儿童文学交流、互动新的一页。此后，两岸作家互访、考察，参加学术讨论会、作品研讨会等交流活动日益频繁。大陆很多知名儿童文学作家都有作品在台湾发表、出版。入选《百年百部中国儿童文学经典书系》的也有六位台湾作家，他们是林海音、子敏、林焕彰、桂文亚、谢武彰、李潼。其中有几位还曾分获宋庆龄儿童文学奖、陈伯吹儿童文学奖。大陆也有十多位作家、评论家先后获得过台湾的"杨唤儿童文学奖"。两岸儿童文学交流的频繁深入，必将促进中华民族儿童文学的发展、繁荣。

八、《哈利·波特》风靡一时

著名英国女作家罗琳的《哈利·波特》系列前三集于 2000 年 9 月由人民文学出版社出版后，立即在我国掀起"哈利·波特"热。该书首印500 万册，依然供不应求，连续 27 个月居全国销售排行榜榜首，成为图书出版界前所未有的奇迹。《哈利·波特》的轰动也引起我国儿童文学界的关注和思考。《中国儿童文学》2001 年第 3 期发表题为《走近〈哈利·波特〉》的座谈纪要，对它畅销、成功的原因及其对我国儿童文学创作、出版的启示作了分析、论述。多数论者肯定它的故事的幻想性、游戏性，源自生活的现代感，富有儿童生活的根底，独特的通俗小说手法；同时也有些论者指出，这本书的文学价值不是第一位，商业价值才是最重要的。

九、经典书系、名作荟萃蔚为大观

1988年希望出版社出版的《中国儿童文学大系》七卷十五册、2006年湖北少年儿童出版社出版的《百年百部中国儿童文学经典书系》，系统、完整地展示了自五四运动至今中国儿童文学的创作成就和基本脉络，全方位勾勒了小百花园百年的全景画卷，存史价值极高。2008年7月新世纪出版社出版的《改革开放30年中国儿童文学金品30部》、同年10月少年儿童出版社出版的《改革开放三十年的中国儿童文学》，集中展示了改革开放30年来我国儿童文学的优秀创作成果，并选编了若干回顾、总结、记录30年儿童文学发展历程的论文、资料。上述鸿篇巨制，兼具阅读价值和史料价值，是一笔弥足珍贵的精神财富，也是一项文化积累的传承工程。

在外国儿童文学的译介方面，除了上世纪80年代出版的《外国儿童文学丛书》（少儿版）、《世界儿童文学丛书》（人文版）外，在世纪之交先后出版的又有《纽伯瑞儿童文学奖丛书》（中少版）、《国际安徒生奖获奖作家书系》（河北少儿版）、《世界经典童话全集》（明天版）、《外国儿童文学获奖作家作品丛书》（人文版）、《译林外国儿童文学名著丛书》（译林版）等。外国经典、名著的引进，不仅开阔了广大文学爱好者和小读者的视野，而且有利于儿童文学工作者学习和借鉴世界各国优秀儿童文学成果。

十、文学期刊"一刊两版"成了时尚

进入新世纪以来，少年儿童文学期刊为了适应不同层次小读者的审美需求，也为了取得市场激烈竞争下的生存权，锐意改革，相继走上"一刊两版""一刊多版"的办刊之路。少儿文学期刊之林中的老字号驰名品牌《儿童文学》《少年文艺》率先大胆地走出这一步。《儿童文学》已由原来的每月一本扩展为目前的每月三本：《儿童文学》《儿童文学·选萃》《儿童文学·下》。《少年文艺》则改为上半月刊、下半月刊（阅读前线）。其

他刊物，如江苏的《少年文艺》分为《上旬版》《写作版》；《小溪流》分为《A版·故事作文》《B版·成长校园》。创刊不久的少年文学半月刊《读友》也分为《清雅版》和《炫动版》。刊物的改版，万变不离其宗，基本上都是在倡导经典阅读、主流阅读、时尚阅读和辅导写作上做文章。

十一、新陈代谢的"五世同堂"

从儿童文学队伍的构成看，改革开放之初的"五世同堂"，随着儿童文学老前辈叶圣陶、谢冰心、陈伯吹、张天翼的谢世，当时的第一代，即五四至抗战前的，已渐行渐远，不复存在。但随着世纪之交一代文学新人的涌现，如今又形成新的"五世同堂"：第一代，即建国前、战争年代开始写作的如郭风、任溶溶、圣野、黄庆云等；第二代，即建国后五六十年代涉足儿童文学的如任大星、柯岩、葛翠琳、孙幼军、金波、张秋生等；第三代，即上世纪80年代涌现的如张之路、曹文轩、秦文君、黄蓓佳、冰波、郑春华等；第四代，即90年代成长起来的如彭学军、张品成、汤素兰、杨红樱、张洁、殷健灵、薛涛等；第五代，即进入新世纪崭露头角的如黑鹤、三三、林彦、王一梅、王立春、张晓楠等。第三、四代作家是当代儿童文学的主力军、中坚力量；第五代作家则是我国儿童文学的生力军和未来发展的希望所在。30年来，几代作家精心创作的各种题材、样式和风格的作品，滋养、丰富了一代又一代小读者的心灵。他们着力塑造的盐丁儿、男生贾里、桑桑、金铃、大头儿子、皮皮鲁、黑猫警长、怪老头儿、乌丢丢等艺术形象，组成了儿童文苑一个长长的人物画廊。这些文学形象深深镌刻在小读者的心坎上。

十二、儿童阅读的点灯人闪亮登场

2004年中国作协召开的全国儿童文学创作会议和中国作协儿童文学委员会2005年年会，都把儿童文学的阅读、推广列为会议议程。新闻出版署从2004年起，每年六一前夕公布100种适合青少年阅读的优秀图书书目，其中也包括儿童文学。2005年，张之路在获得中国安徒生奖的同时，被任命为中国推广儿童阅读大使。2004年9月，江苏扬州举办了"首届中国儿童阅读教育论坛"。2007年10月，二十一世纪出版社牵头建立的"中国儿童阅读推广人论坛"，在南昌举行，发表了《南昌宣言》。这个论坛每年举行一次，并评选年度"中国儿童阅读推广人优秀人物奖"，公布"年度文学童书推荐榜"。2008 年 4 月，上海成立了少儿读物促进会。同年 10 月，苏州市成立了少儿文学阅读指导站。童年的文学阅读，开始引起全社会的共同关注。有了一批热心的、被誉为"点灯人"的儿童阅读推广人，这是近年来儿童文苑可喜的闪光点。

2008 年 12 月

儿童文学的庐山缘

　　庐山，在我的心目中，是一个满目葱茏、雄奇挺秀、令人心旷神怡的人间仙境，也是一个风云变幻、人文荟萃、令人思绪万千的历史文化名城。我年近八旬，终于如愿以偿，得一机会首次来到匡庐，亲眼一睹庐山真面目，颇感幸运，不免有几分喜悦和激动。

　　漫步在风景如画的花径，情不自禁地默默吟诵唐代大诗人白居易的"人间四月芳菲尽，山寺桃花始盛开"。在白鹿洞书院桂花树下品茗，细细咀嚼宋代大理学家、教育家朱熹著名的"朱子白鹿洞教条"："博学之，审问之，慎思之，明辨之，笃行之。"站在庐山植物园里漂砾垒起的陈寅恪墓碑前，面对黄永玉手书的"独立之精神，自由之思想"十个大字，不能不由衷赞佩国学大师的学识与风骨。

　　我是一个儿童文学工作者，在儿童文学舞台上跑龙套长达半个世纪。上庐山，自然对庐山与儿童文学的情缘特别关注，饶有兴趣。那天，参观芦林一号毛泽东旧居，走进一间房子，那里陈列着毛泽东三次来庐山读过的图书，如《庐山志》《资本论》《鲁迅全集》以及毛泽东建议中、高级干部都要读的《哲学小辞典》《政治经济学教科书》等。在这间房冷僻的一角，七八本我熟悉而又倍感亲切的安徒生童话集，如《海的女儿》《母亲的故事》《夜莺》《冰姑娘》（叶君健译，上海新文艺出版社 1957 版）等清晰地映入眼帘。一看说明词才知道，那是 1959 年 8 月的一天，庐山会议期间，江西省委书记杨尚奎及夫人水静去 180 号住宅（即"美庐"）看望毛泽东。水静看到毛泽东案头放着那几本安徒生童话，不禁好奇地问："主席，你还有空看童话啊？"主席说："写得好的童话往往也包含着许多哲理，能给人以启示。凡是有价值的书，我都要看。"寥寥数语，一下子拉近了毛泽东与儿童文学的关系。原来，我只知道 1955 年秋，毛泽东在共青团中央反映儿童读物奇缺的报告上作过批示。《人民日报》为此发表了题为《大量创作、出版、发行少年儿童读物》的社论。中国作家协会也就此做了自我批评，制订了发展少年儿童文学创作的计划；郭沫若、冰心等倡议"一人一篇"，从而迎来了中国当代儿童文学的第一个春天。毛泽东在庐山读安徒生童话，对我来说，是前所未闻，可说是个新发现。这对从事儿童文学创作、翻译、出版的人，无疑也是一种激励。

从毛泽东在庐山读童话，我不禁回忆起上世纪70年代末、80年代中期在庐山召开过两次关于儿童读物、儿童文学的具有重要意义的会议。这两次除业内人士外鲜为人知的会议，印证了儿童文学与庐山有着难分难解的情结。

1978年10月在庐山牯岭江西礼堂（现庐山文化馆）召开的全国少年儿童读物出版工作座谈会，是一次群贤毕至、少长咸集的盛会。儿童文学作家、理论家陈伯吹、严文井、叶君健、贺宜、金近、包蕾，诗人任溶溶、鲁兵、圣野、张继楼、柯岩、金波等200多人应邀到会。叶圣陶、冰心、张天翼、高士其因故未能到会，也都做了书面发言。陈伯吹在开幕式上作了题为《庐山在秋天里的春天》的发言。严文井在会上讲了一个有趣的童话故事：200多人上山寻宝，历尽千辛万苦，终于找到了宝——解放思想，敢于创新的宝，一个个高高兴兴，满载而归。诗人鲁兵则献诗一首："今年重九胜春光，小百花开满翠岗，牯岭秋阳初送暖，云天万里尽飘香"，以此表达自己的愉悦心情和真诚祝愿。

在这次会上，冰心表示要当好两亿少年儿童的"炊事员"，努力给孩子们做出色、香、味俱佳的饭菜来。张天翼表示要多为孩子写作，把孩子们从精神饥荒中救出来。金近则为"小儿科"辩护，表示甘当"小儿科"大夫，努力医治十年浩劫在孩子心灵上留下的创伤。"四人帮""左"倾思潮设置的禁区被一一打破了。"只要有利于少年儿童德智体美的全面发展，什么题材都可以写"，"不讲母爱，难道讲母恨吗！？"童心、情趣、年龄特征也都被认同了。

这次庐山会议结束了儿童文学创作、出版界百花凋零、万马齐喑的局面，揭开了我国新时期儿童文学的新篇章。有的论者认为"这是中国儿童文学界从长达十年的政治噩梦中复苏的第一个信号";有的论者描述"庐山会议像一声春雷,迎来了新时期儿童文学园地百花争妍的春天",是"中国当代儿童文学发展的历史转折点"。

这里不妨穿插一则文坛逸闻:上海来参加庐山会议的儿童文学作家、诗人贺宜、鲁兵、包蕾和以塑造"三毛"经典艺术形象著称的画家张乐平,"文革"前夕曾在沪上四如春酒馆相聚,时隔十多年,没有机会再聚会,于是在庐山会议期间相约到牯岭云中餐厅小酌。他们一醉方休,回到住处,当晚鲁兵赋诗一首:"同上云中楼,共饮云中酒,归来已微醺,似在云中走。"由此可见当年儿童文学界朋友兴奋激动之一斑。真是巧得很,这次国际作家写作营临别依依的餐叙,所在的居家食府,正好就是上世纪七十年代末的云中餐厅。从中外作家的欢声笑语、频频干杯中,我仿佛看到了当年沪上四位老友欢聚对酌的动人情景。

1978年庐山会议后,迎来了一个为少年儿童创作、出版图书的热潮。1977年,全国有2亿小读者,全年出版儿童读物才192种,平均每十三个孩子才有一本书。到1983年,一年出书3900种,发行7200多万册,比1978年增加了十多倍。一批年轻的、有才华的儿童文学新人脱颖而出,崭露头角,为儿童文学创作队伍注入了新的血液。

在这个背景下,1986年10月,江西少年儿童出版社(二十一世纪出版社的前身)在庐山召开了一次部分中青年作家座谈会。这虽是一个地方出版社主办的会议,到会的作家也只有20多位,但这次庐山会议在新时期儿童文学发展史上却有着特殊的、非同寻常的意义。这次座谈会讨论了儿童文学现状,展望了儿童文学发展趋向和未来前景。会上决定编辑一套以"新潮"为名的儿童文学创作丛书。从1987年至1989年,这套丛书先后出版了《八十年代小说选》《八十年代童话选》《八十年代诗选》《探索作品集》《中国少女心理小说集》《中国少年探险小说集》《一百个中国孩子的梦》《八十年代乡村小说集》《中国少年诗人诗选》等十余种。《新潮丛书》荟萃了反映我国新时期以来儿童文学新的创作理念、新的艺术追求、新的创作手法的有代表性的作品,记录下当代儿童文学发展史上闪耀着独特光彩的一页,是考察、研究当代儿童文学发展思潮的重要文献资料。

那天，参观庐山老别墅故事景区，与原林彪别墅擦身而过，我不禁想起与《新潮丛书》有关的一段小小的插曲。参加那次中青年作家座谈会的高洪波、曹文轩、夏有志，当年被安排住在那幢四周树木茂密的林彪别墅里。住进之后，曹文轩连连做怪梦，床前竖立的高高的氧气瓶，使他每夜梦见戴着口罩的白衣女郎默立在床头；夏有志也由于大讲鬼的故事而吓着了自己。于是他俩都毅然决然地搬迁到另一幢别墅去了。剩下的高洪波，清晨尚未起床或午睡正酣时，一次又一次地被参观林彪别墅的游人所干扰，苦不堪言，从此也不愿再住什么名人别墅了。蕴藏在《新潮丛书》背后的这个多少有点怪异、神秘、恐怖色彩的故事，并没有压抑、磨损秀美的庐山赋予年轻的儿童文学作家的创造激情和革新勇气。作家、学者曹文轩代表编委会写的那篇富有真知灼见的总序，就是在庐山上酝酿、讨论而写成的。这篇"具有总结过去和重新开始的意味"的序言，宣称：儿童文学"要从艺术的歧路回归艺术的正道"。它旗帜鲜明地主张："我们赞成文学要有爱的意识。……肩负着创造一个充满爱的未来世界的天职"，"我们推崇遵循文学内部规律的真正艺术品"，"我们尊重艺术个性……个性的消亡，是文学莫大的悲剧"，"我们赞同文学变法。……变法，是顺应世运、顺应生活的大潮"。这篇宣言式的总序，标志着儿童文学观念的变革和艺术创新的追求，显示着新的美学原则在儿童文学领域的崛起。也就在这前后，一味强调教育作用的文学功利主义有了根本性的改变，艺术上探索、创新的热情、勇气得到鼓舞，儿童文学真正回归到文学。"以情感人、以美育人"成了作家孜孜以求的目标，不同题材、形式、风格的佳作层出不穷，迎来了我国当代儿童文学发展史上的第二个春天。回望上世纪80年代儿童文学观念变革、回归艺术的格局，我们忘不了《新潮丛书》的编者在庐山登高一呼的胆识。

真是无巧不成书。2010年中国庐山国际作家写作营的议题，正好又是一个与儿童文学紧密相连的主题——自然与文学。大自然文学不仅属于少年儿童，而是属于全人类，但儿童文学最贴近大自然文学。大自然是儿童文学的三大母题（童年、母爱、自然）之一。大自然文学不仅充分展示大自然的美丽、丰富、神奇，使少年儿童领略大自然的风光，了解大自然的奥秘，使他们的情操得到陶冶，胸襟更加开阔，感情更加丰富；同时可以启迪、引导少年儿童热爱大自然，保护大自然，培养地球家园意识，树立生态道德，激励他们用自己的热情、智慧去为争取人与自然的和谐统一而建功立业。大自然文学从新的角度观照自然的本质、生命的本质，审视自然的美、生命的美，它有着独特的审美追求，富有全人类共享的审美价值。

大自然文学是追求人与自然和谐发展、共存共荣的文学。它在建设和谐文化、构建和谐社会上，可以发挥"润物细无声"、潜移默化的独特作用。愿大自然文学这面绿色的旗帜在庐山高高飘扬，在东西南北、五湖四海高高飘扬，放射出更加绚丽多彩的美学光辉。

我热切期待着中国庐山国际作家写作营有朝一日邀约世界各地儿童文学作家，包括国际安徒生奖、格林奖、纽伯瑞奖的得主，有缘千里来相会，一起在庐山探讨如何使少年儿童更好地走进大自然，阅读大自然。让绿色拥抱大地，让大自然文学和绿色阅读走进孩子中间。这是时代的呼唤，地球母亲的呼唤，也是亿万小读者的呼唤。让我们一起倾情于孩子的精神成长、心灵成长吧！

2010 年 6 月 22 日

几点印象

——略谈儿童文学现状

我是一个年逾八旬的老头儿，对中国儿童文学现状已无力作全面梳理和宏观把握。在这里只能根据平时有限的阅读和偶尔参加一些文学活动，粗略地谈谈自己的几点印象。

第一，从创作态势、格局来看，坚守文学基本品质，回归纯文学，似已成为大势所趋。

我国的儿童文学呈现多元并存、品种多样的态势。艺术的儿童文学与大众的儿童文学，或者说纯文学与通俗儿童文学兼容并包，齐头并进。

我国有4亿少年儿童，这是一个庞大的读者群，拥有世界上规模最大的儿童文学市场。市场化的大潮，既给儿童文学的发展带来前所未有的机遇，同时也迎来严峻的挑战。面对市场的诱惑，儿童文学的创作、出版在一段时间内曾出现追求数量，重复出版，类型化、模式化，千篇一律、平庸低俗的作品屡见不鲜。经过市场的考验、相关部门的引导和广大作家、评论家、出版人的深入探讨，如今达成了以下几点共识：

儿童文学首先是文学，它的主要功能是以情感人，以美育人，为培养未来一代的优美品格、情操打好底子。儿童文学是温润、滋养少年儿童心灵成长、精神成长的最佳维生素。提供给孩子的精神食粮，要多一些优质蛋白、新鲜水果蔬菜，少一点肯德基、麦当劳、可口可乐。

坚持质量第一，以质取胜，把社会效益放在首位。不跟风，戒浮躁，不急功近利，见利忘义。宁可少些，慢些，但要好些、精些。守住文学品格，回到艺术本身，重归经典写作，已成为众多作家的共同追求。

第二，从创作队伍来看，结构更加优化。

我国的儿童文学队伍呈现老中青少"四世同堂"景象。一些年届耄耋的作家依然笔耕不辍，并有新的开拓、艺术追求，如近年问世的金波的小说《婷婷的树》、葛翠琳的短篇集《雪画》、张之路的小说《弯弯的辛花》等。

上世纪 80 年代崛起的作家和世纪之交涌现的作家，即 50 后、60 后、70 后，40 岁到 60 岁这个年龄段的中青年作家已成为当今文学创作的中坚力量。近些年又出现不少陌生的新面孔，生气勃勃的新人脱颖而出。浙江、湖南的青年作家群引人注目。

成人文学作家跨界介入儿童文学创作，已成为文坛一道亮丽的风景。如小说家、茅盾文学奖得主张炜先后推出《少年与海》《寻找鱼王》；诗人、散文家赵丽宏为孩子们写了《童年河》《渔童》。王安忆、苏童、毕飞宇、迟子建、马原等，也都写了儿童小说或童话，总体上看，儿童文学作家的文化素养、艺术功力还有待进一步提高。

第三，在创作题材上，抗战题材的儿童小说集中亮相，引人注目。

战争题材的儿童文学在我国有优秀的传统和出色的成就。它的爱国主义、英雄主义精神鼓舞少年儿童一代，是激励少年儿童奋发向上、勇往直前的文学。但近些年来，它似乎被忽略、冷落了。在纪念中国人民抗日战争暨世界反法西斯战争胜利 70 周年的背景下，抗战文学再度活跃起来。长江少年儿童出版社主办"烽火燎原原创少儿小说笔会"，集中推出八位中青年作家的抗战题材小说。其中汪玥含的《大地歌声》、毛芦芦的《如菊如月》等，着力表现孩子在战火中的成长，都获得了好评。张品成、殷健灵、薛涛等也都出版了战争题材的佳作。

抗战题材的儿童小说应运而生，也不只是由于文学团体、出版部门的组织、倡导，更主要的是来自作家的生活积累、创作激情和艺术自觉。最近获陈伯吹国际儿童文学奖和上海好童书奖的《少年的荣耀》，作者李东华尽管没有经历过战争年代，但她父亲向她反复讲述抗日战争亲历的生活，耳濡目染，已成了她生活的一部分。小说中所写的那些故事、人物，在她脑海里盘旋、酝酿、沉淀了好多年，以至到落笔为文时，可说是瓜熟蒂落，水到渠成。

新问世的这些抗战题材儿童小说，早已突破以往给八路军送情报、把敌人带进包围圈这样的老套子，寻求新的表现角度，新的艺术构思，着力写孩子在战争中困惑、苦难、惊恐、仇恨、坚韧和成长，展现孩子性格的多样性、独特性。有些作者的探索，如曹文轩的《火印》，笔触已深入到人性的层面，站在人道主义的立场反思战争，展现孩子和人民大众在战火烛照下的人性美、人情美。

第四，从创作文体、品种看，图画书备受青睐，方兴未艾。

图画书是孩子们最喜爱的读物，也是最适合亲子共读的文本。我国图画书创作、出版起步较晚。上世纪90年代开始引进国外优秀的图画书。进入新世纪，保冬妮创办原创绘本《超级宝宝》，开辟了原创图画书的新天地。近些年原创图画书，每年约有2000种，占儿童读物的1/20。因此有的论者认为"中国的图画书已进入历史最好的时期"，"中国的图画书时代正在到来"。为了鼓励、奖掖优秀图画书，北京师范大学图画书创作研究中心与安徽少年儿童出版社将设立中国图画书排行榜和时代奖。

图画书用文字和图画共同讲述中国故事，呈现方式、表现手法新颖，富有创意、个性。保冬妮的《花娘谷》《荷灯照夜人》《满月》《奶奶的青团》《端午粽米香》《年味儿》等，写中国的传统节日、传统习俗，生动地反映了民族心理、感情，传承了本土文化。

《王晓明童话绘本长廊》，这个系列共20册，图画、文字都是由王晓明一人操刀创作。这样既能写又能画的作者，在我国相当少，可说是罕见的。目前原创的绘本，大多由作家写文字，画家绘画。彭懿与九儿合作的《妖怪山》《不要和青蛙跳绳》，曹文轩和郁蓉合作的《烟》等，都是近年来获得好评的绘本。

第五，理论批评状况引起关注。

创作和评论是儿童文学之两翼。只有二者同时抓好，儿童文学才能展翅高飞。

在我国，没有专业的儿童文学评论队伍，也没有专门的儿童文学评论刊物。相对于创作，理论批评明显滞后，没有发挥应有的促进、引领的作用。改善文学批评生态，树立良好批评风气，已成为了当今儿童文苑的热门话题。

儿童文学理论批评要发出自己的声音，发出独立的、清晰的、充满睿智的声音。讲真话，讲道理，力求新鲜、生动，贴近文本，直抵心灵。

　　作为一个业余评论工作者，我深切地体会到，必须从学养、胆识、阅历、视野诸方面不断丰富、提高自己的素质和功力，才能在评论上取得一些像样的收获和成果。

　　附注： 本文系 2015 年 11 月 18 日在中国挪威儿童文学交流会上的发言。

兼具学术性、文献性的大书

——略谈《中国儿童文学 60 年（1949—2009）》

从上世纪 50 年代初，参与起草中国作家协会关于发展少年儿童文学的指示，编选 1954—1955 儿童文学年度选，撰写评论欧阳山童话《慧眼》、柯岩儿童诗的文章，到 2009 年参与编选三种向人民共和国 60 华诞献礼的儿童文学文库、典藏、文献资料，我伴随着新中国儿童文学，走过了 60 年光荣的荆棘路。我算是当代中国儿童文学历史发展的亲历者、见证人之一。面对新问世的这部红艳艳、沉甸甸、散发着芬芳书香的皇皇大著——《中国儿童文学 60 年（1949—2009）》（湖北少年儿童出版社出版），心中不禁升起一缕特别亲切、喜悦的感情。

这是一部兼具学术研究价值和文献史料价值的大型儿童文学图书，是献给人民共和国 60 华诞的一份精美、厚重、珍贵的礼物。它全方位、多侧面、多角度地梳理、勾勒了建国 60 年来儿童文学的发展轨迹、光辉成就和主要经验，记录、评述了 60 年来儿童文学的重大事件、重要现象、创作、理论的主要成果、文体建设、队伍建设的概貌。我相信，这样一部反映人民共和国成立以来中国儿童文学创作、理论研究成果及其发展历程的拔萃本总集，对于继承和发扬我国儿童文学的优良传统，研究、总结我国当代儿童文学发展、衍变的规律和历史经验，激励广大儿童文学作家、儿童文学工作者向新的艺术峰峦登攀，促进新世纪我国儿童文学的发展繁荣，必将发挥积极的作用。我也深切期盼这本书的问世，能引起文学界、出版界、学术界更多地关注、扶持儿童文学。

文学创作与文学评论是文学事业展翅高飞的两翼，儿童文学也是如此。为了全面、系统地反映中国儿童文学 60 年的发展历程和基本面貌，不仅要选编优秀的、有代表性的作品，也要选编有分量、有见地的理论批评文章。共和国 60 华诞前后，中少、上少、外研社出版的《共和国儿童文学金奖文库》《六十年中国儿童文学精粹》《中国儿童文学六十年典藏》，都是作家作品（包括各种体裁的长、中、短篇）的选本。唯有湖北少年儿童出版社出版的这部《中国儿童文学 60 年（1949—2009）》，是建国 60 年来的儿童文学理论批评文选和相关文献史料的汇总。该书内容分为两个大类、八个板块，无论是理论批评文章还是文献资料，都是着眼于从理论层面来探讨六十年中国儿童文学的。我以为，这本书具有以下优点和特色：

一是史论兼顾，脉络清晰。

在 60 年儿童文学"发展思潮""理论观念"这两个板块中，《人民日报》的两篇社论和一篇评论员文章，中国作家协会关于儿童文学工作的三个指示、决议，三次全国儿童文学创作会议的主旨发言尽收其中，这就使我们清晰地看到儿童文学发展的两个黄金期和当今"多元共存"新格局出现的历史背景和时代要求。从张天翼提出的为孩子写作品的"两个标准"（有益处，喜欢看）、陈伯吹被批判的所谓"童心论"，到"未来民族性格的塑造者""为儿童打下良好的人性基础"，从一味、片面强调儿童文学教育作用到全面认识儿童文学多方面的功能，让我们欣喜地看到 60 年来儿童文学价值观念、评判尺度的变革、更新。亦史亦论、史论交织，犹如读到一本简明的当代儿童文学思潮史。

二是既重理论，又重实际。

本书 60 年儿童文学"理论观念""作家原创""文体建设""系统工程"等板块，涵盖了儿童文学理论研究的基本问题、儿童文学学科建设的重要内容，涉及对上百位作家作品的评论，反映了各个历史阶段诸多文学现象、理论思考和审美感悟。书中挑选了 97 位有成就、有影响、有代表性的作家，对他们的创作实绩、艺术追求、风格特色，作了深入、中肯的分析、论评。注重理论与创作实践的结合，这样就使我们同时看到活跃在儿童文苑的作家、批评家前行的姿影、足迹，听到他们发出的响亮、独特的声音。敏锐的理论思维与鲜明的实践品格，显示了儿童文学理论研究、批评的活跃和进步。

尤为难能可贵的，本书对儿童文学领域里编辑出版、翻译介绍、对外交流、教学研究、阅读推广、组织领导等方面的话题都给予足够的关注。

肯定成绩，总结经验，回顾以往，展望未来，显示了儿童文学系统工程建设的坚实基础和宏大规模。

三是尊重历史，材料翔实。

本书内容的第二大类，包括"历史进程""图书辑目""国家大奖"三个板块，忠实而详尽地记录了60年来我国儿童文学界的重大事件、重要现象、会议和活动，重要作品、论著的发表、出版和传播，创作和理论问题的讨论、争鸣，两岸交流、对外交流活动的开展，重要文学奖项的获奖作品篇目，等等。所记录的人与事，力求准确无误，从中我们可以真切、具体地了解儿童文学的现状、走向和前进的步伐。其中有些资料，如60年"历史进程""图书辑目"，是首次完整地与读者见面，可说是本书独家所有。弥足珍贵的历史资料性，给本书增了光添了彩。

这部鸿篇巨制的问世，充分显示了出版家的目光、胆识和气魄。这是湖北长江出版集团、湖北少年儿童出版社继《百年百部中国儿童文学经典书系》之后，为我国儿童文学基本建设、为我国文化积累的传承工程，做出的又一大贡献。同时，还要对这本书的编辑团队表现出不畏艰难、不辞辛劳的责任心、敬业精神，和认真、细致、严谨、一丝不苟的编辑作风，表示由衷的敬意。坚持图书质量高于一切，图书品质高于一切，这种出版理念、职业道德、专业追求，是值得称道和发扬的。

2010年1月6日

让儿童散文世界更宽广更精彩

——《遥远的歌溪》序

散文是一种最为自由、灵活的文学体裁，它是各种文体写作的基础。

散文在我国有着几千年的悠久传统。在我国文学史册上，成就卓著的散文大家、名篇佳构，犹如湛蓝夜空灿烂的群星，光彩熠熠，令人目不暇接。

现代儿童散文相对于成人散文，历史较为短暂，从"五四"至今，还不到100年。涉足儿童散文写作的作家为数不算少，也不乏小读者喜爱的优秀之作、精粹之作，但称得上儿童散文大家的屈指可数，寥若晨星。

人民共和国成立以来，由于各方面的提倡，时代大潮的推动，小读者的需求，少年儿童散文有了较大的发展，取得了可喜的成果。收入《遥远的歌溪——中国儿童文学六十周年典藏·散文卷》的66篇作品，包括了儿童散文近60年发展史上具有代表性的老中青作家，集中展示了当代散文创作的成就和实绩。这些作品风格迥异，特色鲜明，其中不少篇章脍炙人口，分别被收入各种中小学教材和课外读物选本。

少年儿童散文同成人散文一样，可以记人叙事，可以状物写景，也可以抒情议论，是体裁极其广泛、形式十分活泼、没有多少拘束的文学样式。两者的区别在于：少年儿童散文要以儿童的眼睛去观察、发现生活中的美，以儿童的心灵去感受、领悟生活中的美；要契合少年儿童的欣赏水平、审美能力。儿童散文着重表现儿童生活，也可以表现为儿童关注、感兴趣的各种事物。

阅读、欣赏儿童散文，要善于把握这种文体的灵魂和精髓。巴金老人说："讲真话，把心交给读者。"冰心老人说："没有真情实感时，不要为写作而写作。"两位文学前辈的忠告，对散文写作尤为重要。散文是最率真、最适于自由抒发真情实感的文体。讲真话，抒真情，把心交给孩子，同孩子进行亲切平等的心灵对话、精神对话，这是儿童散文的优势和特长。富于童心童趣、出自肺腑的真情是儿童散文的灵魂、血脉。真实、自然地表达少年儿童的思想、感情，引起少年儿童的感情共鸣，真、善、美的种子就会在孩子心田里生根、发芽、开花。

儿童散文具有"以小见大"、富于诗情画意的艺术特征。儿童散文大多篇幅短小，善于透过平凡的、细小的事情发现、揭示其中蕴含的非同寻常而又易于为孩子理解和接受的内涵、意蕴。一个儿童散文作家，往往是生活中的有心人，美的执着追求者。他们珍惜诗意的童年、充满幻想的童年，重视童年生活对自己的馈赠。他们敏于从生活海洋中捕捉、采撷那些美好的、闪光的、富有诗情画意的事物；同时又善于用自己对生活的独特感悟这根红线，穿起从生活海洋中打捞出来的闪光的珍珠，穿缀成美丽的项链。阅读、欣赏儿童散文，要善于透过作品所描绘的栩栩如生的人，如诗如画的景，捕捉其思想的闪光点，细细体味、咀嚼贯穿其中的作者对人生、对自然的发现和感悟，对现实、对理想的思索和追求。从文情并茂的散文中，我们不难寻觅到作家的身影，隐约窥见他心灵的奥秘。巴金说："我的任何散文里都有我自己。"散文是最能显示作家人格、最富个性化的文字。

阅读、欣赏儿童散文，还要用心领略作品的风格、语言特色。从收入《遥远的歌溪》这本散文选的作品中，我们可以清晰地看到儿童散文的多种色彩，多种格调，多种笔法：有的质朴而又隽永，有的严谨而又细致，有的亲切而又活泼，有的幽默而又风趣。无论是富有诗情画意、儿童情趣，还是充满时代气息、乡土风味，不同的风格特色，是与作家的生活阅历、精神气质、艺术追求分不开的。儿童散文的语言要求精粹、简洁、活泼、优美。词藻华丽、文采飞扬，固然是一种美；若能以平实、素朴的文字表现出丰富多彩的生活，同样能显出真正的文采。词汇丰富，不刻意雕琢，语言纯正，不矫揉造作，记人叙事，状物写景，栩栩传神，恰到好处，这应该是儿童散文在语言文字上努力登攀的一个标杆。

选入《遥远的歌溪》的有十多篇报告文学。这里要约略谈一下报告文学的艺术特征和价值功能。

报告文学是记叙型散文的一个类别。它和散文可说是"本是同根生"的姐妹文体。少年报告文学与散文一样，也是文学的轻骑兵，便于迅速反映当代少年儿童的生存状态、精神状态。它以聚焦少年儿童关注的新闻人物、重要现象、热门话题见长，以十分贴近少年儿童的生活和心灵取胜。少年报告文学把新闻的真实性、时效性与文学的形象性、抒情性水乳交融地结合在一起。坚持真人真事原则，富有时代色彩、现实教育意义与文学感染力、震撼力，是它赢得众多少年读者的优势和魅力所在。

散文、报告文学都是深受小读者关注、喜爱的文体。同大时代波澜壮阔的激流相比，同小读者日益提升的精神需求相比，散文、报告文学在题材内容、表现手法、风格特色、作者阵容等方面，都还有进一步丰富、扩充的很大空间。

大时代、小读者呼唤花团锦簇、芬芳扑面的儿童散文新格局。

大时代、小读者呼唤更多有口皆碑的散文精品名篇，呼唤更多的妙笔生花的儿童散文好手、儿童散文大家。

大时代、小读者呼唤作家、评论家、教师、家长加强对少年儿童阅读、欣赏散文的指导，引领他们更好地走进绚丽多彩、百花争妍的散文天地。

让儿童散文世界更宽广、更精彩！

2009 年 4 月 28 日

儿童文苑百年精品大展

——略谈《经典书系》的特色和价值

《百年百部中国儿童文学经典书系》问世了。这是我国儿童文学界乃至出版界、文化界一大盛事，值得庆贺。

《经典书系》洋洋百卷，堪称鸿篇巨制。它力图系统、完整展示自五四新文化运动至今中国儿童文学的创作成就和基本脉络，全方位勾勒小百花园百年的全景画卷。这套书系所收作品时间跨度之大，包罗作家之多、题材内容之广、品种样式之全，在儿童文学出版史上实属罕见，引人注目。

百年百部，是从近百年来浩如烟海的作品中披沙拣金、选精拔萃而来。在我看来，选家的眼光和识见，关系到这套书系能否成为传之久远、有口皆碑的中国儿童文学精品库。何谓"经典"，入选作家、作品的标准是什么，这套书系有什么特色和价值，这些问题可能是不少读者和业内人士所关注的。我忝为该书选编委员会之一员，愿不避王婆卖瓜之嫌，谈一谈个人粗浅的看法。

如何理解和界定"经典"，是儿童文学界颇有争议的一个话题，也是策划、编选此书首先遇到的一个问题。《辞海》对"经典"的解说是："一定的时代、一定的阶级认为最重要的、具有指导作用的著作。"《现代汉语词典》上则说是："指传统的具有权威性的著作。"按照这个解释，儿童文学经典，顾名思义应当是儿童文学领域里最有成就、地位和影响力并具有典范性的著作。我认为，称之为经典的著作应当经过时间的检验、历史的沉淀和选择。因此，推荐入选《经典书系》的作品，大凡都是经受住时间考验的、在一代又一代小读者中产生广泛影响并具有较为久远的思想价值和艺术生命力的精品力作。其中有的是经典之作、传世之作；有的也许还算不上严格意义上的经典，但至少也是具有典范性、代表性的名作佳构。

而从整体上说，把这部展现了儿童文学历史长河的旖旎风光、汇总了百颗璀璨明珠的大书称之为"经典书系"，我看还是名实相符、当之无愧的。我认为，对我国现当代儿童文学创作取得的骄人成就，应当给予实事求是的估计，既不该妄自尊大，故步自封；也不要妄自菲薄，不屑一顾。

衡量、选拔作品的标准、尺度，离不开上述对"经典"的理解和界定。我们在拟定入选书目时，紧紧把握这么几点：

弘扬真善美 要求入选作品具有积极、明朗的思想内涵和人文关怀精神，有利于少年儿童生命、心灵的健康成长。鼓舞少年儿童奋发向上，弘扬生活中的真善美，在孩子心田中播撒爱、善良、坚韧、同情的种子。即使描写战争或反映苦难，揭露黑暗或鞭挞丑恶，抒述悲悯情怀或忧郁情调，也闪烁着理想的光芒，给孩子以希望、勇气、信心和力量。

讲究独创性 坚持健康向上的思想内涵与精湛完美的艺术形式的统一，文学品位与艺术魅力的统一，讲究作品的思想艺术，这样才能保证精心打造的《经典书系》这个品牌的典藏品质。艺术贵在独创。收入这套书系的作品，展现了几代儿童文学作家各具特色的艺术个性和文学风格。追随永恒或感动当下，贴近时代或崇尚自然，恢宏庄重或幽默诙谐，浓墨重彩或清丽淡雅……色彩缤纷，各有千秋。同时，尽可能展示作家在文体上、语言上和艺术手法、表现手段上的不懈探索和追求，让读者充分领略这些作品至今依然保持着的鲜活的艺术生命力。

关注影响力 儿童文学是以少年儿童为接受对象、服务对象的文学。为广大少年儿童所喜闻乐见，并具有广泛、经久不衰的影响力，是衡量、判断一部儿童文学作品是否具有经典性的一个重要标尺。重视儿童特点，讲究趣味性、可读性，从内容到形式，从结构到语言，都适合少年儿童的接受能力、审美情趣和欣赏习惯，能激发他们的阅读兴趣，在思想感情上引起共鸣。真正体现了儿童文学的本质和艺术特征，这样的作品才能赢得小读者，征服小读者。

严格按照上述原则、标准精选、拔萃，因而使《经典书系》具有以下鲜明的特色和相应的价值：

精粹性强 "千淘万漉虽辛苦，吹尽狂沙始见金。"由熟悉我国儿童文学历史和现状的专家、学者组成的高端选编委员会对难以计数、卷帙浩繁的作品，经过认真、反复的梳理、鉴别、论证、比较、筛选，优中选优，精益求精；坚持质量第一，力求使每一部入选作品都内容精彩、艺术精湛，出类拔萃。

涵盖面广　这套书系囊括了从"五四"至今五代儿童文学作家的代表作，从叶圣陶、冰心、陈伯吹、张天翼到严文井、金近、郭风、任溶溶，从任氏兄弟、孙幼军、金波到曹文轩、秦文君、张之路，以至年轻作家徐鲁、汤素兰、彭学军，他们光彩熠熠的名作尽收其中。同时还展示了香港、台湾儿童文学名家的创作成果。而从文体、样式来看，除儿童剧、影视文学外，小说、童话、诗歌、散文、科学文艺、寓言，应有尽有，相当齐全。

存史价值高　百年百部蕴含着深厚的文化积淀和相当的学术价值，为研究我国儿童文学的发展规律、艺术特征、历史经验，留下了系统、完整、弥足珍贵的资料。作为一项文化积累的传承工程，几代儿童文学家呕心沥血创造的这笔重要精神财富，也将珍藏于我国文学宝库，代代相传。

赏览功用大　当今，儿童文学的阅读推广，不仅是儿童文学界的一个热门话题，而且已经逐步提到工作日程上来。阅读文学名著，阅读经典，以陶冶少年儿童的性情，提升他们的精神素质和审美能力，也为越来越多的有识之士所重视和认同。收入《经典书系》的作品，对新世纪的少年儿童来说，是最具阅读价值的原创文学图书，是奉献给他们最丰富、精美的精神食粮。对儿童文学爱好者、习作者来说，则为他们提供了学习、借鉴的优秀文本，会成为他们的良师益友。

2005 年 12 月 24 日

纯正精粹　文质兼美

——推介新版儿童文学《百年百部经典书系》

《百年百部中国儿童文学经典书系》（以下简称：《百年百部》）新版问世，让我欣喜不已。

抬头凝视那套整齐地摆列在我书柜里的 2001 年初版《百年百部》，我情不自禁地要称赞它那历久弥新、有口皆碑的价值和特色。

一赞它成了响当当的驰名图书品牌。它的经典性、权威性和出版品质，已为文学界、出版界广泛认可，为广大读者接受和喜爱。

二赞它经受住了时间的考验。书系所选作家、作品坚守文学品质，讲究艺术质量，确实堪称经典或具有典范性。

三赞它为中华文化传承做出了贡献。书系传承、弘扬中华儿童文学的优秀传统，留下了一份清晰、完整、具有史料价值的记录。

新版《百年百部》以新面貌呈现在我们的面前。长江后浪推前浪，江山代有才人出。回望新版《百年百部》诞生前后，从上世纪 90 年代到本世纪头十年，儿童文苑又产生一批生气勃勃、富有创作实力的优秀作家。入选新版《百年百部》的 20 多位作家，就是其中的佼佼者。他们起点高，文化素质高，富有创新精神又各具风格特色，已成为当今中国原创儿童文学的中坚力量。书系所选作品多半是他们创作经历中重要的代表作，也是这个时期我国儿童文学园地里深具影响力的名篇佳作。《百年百部》书系由原来的 100 部扩充为现今的 120 多部，充分体现了它的开放性、包容性。编选者、出版者坚持质量第一、文质兼美、选精拔萃、披沙拣金。随着时代的前进步伐和我国儿童文学的发展态势，把《百年百部》这个书系持之以恒地编选下去，集中、系统地展示我国各个历史阶段的创作面貌和优秀成果，这不仅为一代又一代读者、儿童文学作家、研究者留下研读、借鉴的范本，也为中华文学宝库留下一笔弥足珍贵的精神财富，并为丰富世界儿童文学人物画廊，做出我们应有的贡献。

《百年百部》的宗旨、内容、基调是：弘扬真善美，传递正能量，讲述中国故事，讴歌时代精神，发扬民族特色。有品位、有特色、有爱心、有暖意的作品，有助于滋养少年儿童的精神成长、心灵成长，在塑造性格、陶冶情操、提升审美能力上，可以发挥潜移默化的作用。正因为如此，满怀热情、千方百计地把这个经典书系更好地推广到广大少年儿童中去，使之成为他们爱不释手的读物，就成了宣传、教育、文化、出版、少年儿童工作等有关部门义不容辞、理应办好的实事、好事。这样，才不辜负从叶圣陶、冰心到金波、曹文轩一代又一代心系未来、呕心沥血为孩子写作的儿童文学名家、高手的期望；也才能为儿童文学的传承与创新、提高创作质量、提高鉴赏水准，树立起一个标志着新高度，又并非高不可攀的标杆。

2016 年 5 月 19 日于杭州

《百年百部》的传承、坚守、发展

2006 年 1 月,《百年百部中国儿童文学经典书系》(以下简称:《百年百部》) 问世,至今已整整 13 年。它是起步最早,系统梳理、汇总百年儿童文学丰硕成果的精品出版工程。经过时间的检验,如今它已成为儿童文学界、出版界和广大读者一致公认的站住脚、信得过的驰名品牌。

《百年百部》的成功,引人注目,给我们一些什么启示呢?

一、坚守文学品质,讲究审美情趣

对文学品质的守望、坚持,是一种品格的操守,也是一种使命和责任。

入选的作品,都是颂扬爱的力量、道义的力量、智慧的力量、美的力量,以引起普天下少年儿童共鸣的真诚、善良、美好的感情来打动他们。它紧紧扣住令人永远感动的"情"和"美",把以情感人与以美育人巧妙、完美地融合在一起。正因为如此,入选的作品才具有永恒的、经久不衰的艺术魅力、审美价值,为一代又一代的小读者所喜爱和接受。

《百年百部》兼具史料价值和阅读、赏览价值。它是一笔弥足珍贵的精神财富,也是一项巨大的文化积累的传承工程。

二、坚持精品意识,又坚持海纳百川

一百多年来,儿童文学优秀作品浩如烟海。编选《百年百部》是披沙拣金,选精拔萃,优中选优,力求把各个历史时期、时间段足以反映当代儿童文学发展思想、艺术水准的、有代表性的作品挑选出来。何谓精品?精品就是富有鲜明时代特色、民族特色,富有文学品质和艺术魅力,为广大少年儿童喜闻乐见的作品,也就是思想内涵健康向上、艺术形式完美精湛、能够深深打动孩子心灵、能在小读者群中产生广泛影响并具有久远艺术生命力的优秀之作。其中一部分称得上是经典之作,传世之作。

牢牢树立精品意识的同时,又坚持兼收并蓄,兼容并包。在题材、体裁、样式、风格上力求多样化。小说、童话、诗歌、散文、报告文学、幻想文学、科学文艺、寓言，应有尽有。小说、童话中，又包括短篇、中篇、长篇。

收入的作品充分考虑到不同年龄段儿童、少年的阅读需求、审美情趣。在艺术风格上的不同追求，只要有新意，有特色，并达到相当的艺术水准，都会在《百年百部》占有一席之地。

三、尊重历史，继承优良传统，又坚持与时俱进，鼓励创新发展

《百年百部》是对一个多世纪以来我国儿童文学优秀成果的集中展示，也是对我国儿童文学优秀传统的传承。每一个作家、每一部作品的成就、声誉、荣耀，都渗透着他们在儿童文苑辛勤耕耘付出的智慧、心血和汗水。《百年百部》在策划、设计之初，就确定是一个开放式的品牌工程。尽管在编选过程中集思广益，反复酝酿，也难免会有疏漏。比如，2006年初版问世时，没有收入丰子恺的《少年音乐和美术的故事》，2014年再版时，就增补上了。又如，出版了40多万字《秦牧儿童文学全集》的老作家秦牧，是否也应列入增补名单？至于不断涌现的儿童文学新人，经过时间检验的原创优质作品，陆续收入《百年百部》，更是这一开放式品牌工程题中应有之义，也是关注的重之中重。2014年再版时，在原100部基础上增补了24部；2019年还计划增补10多部近些年来文质兼美、广受好评的精粹之作。与时俱进，鼓励不断探索创新，不懈地精益求精，唯其如此，才能真实反映百年多来少年儿童的生存状态和心灵历程，也反映少年儿童阅读心理、审美情趣的发展变化。

愿《百年百部》真正成为少年儿童精神成长、心灵成长的引路人，成为中国优秀精神文脉的守护者、传承者。

2019 年 1 月 8 日

繁荣迈向新世纪的幼儿文学

——《中国新时期幼儿文学大系》序

新时期的儿童文学走过了 20 年光辉灿烂、很不寻常的历程。作为儿童文学中最具特色的一个组成部分的幼儿文学，也沐浴着改革开放的阳光雨露欣欣向荣，蓬勃发展。

摆在我们面前的 6 卷《中国新时期幼儿文学大系》（以下简称《大系》），很有说服力地展示了我国新时期以来幼儿文学在创作、理论上取得的出色成就及其清晰可辨的发展脉络。

我们欣喜地看到，20 年来，幼儿文学的各种体裁、样式，包括童话、故事、散文、儿歌、诗歌等，都有了长足的进展，一批力作佳构以其丰富多彩的题材内容、表现手法、艺术风格而引人注目。小蛋壳、雪孩子、黑猫警长、围裙妈妈、花背小乌龟、岩石上的小蝌蚪等这样一些为孩子们所熟悉、喜爱的艺术形象，丰富了幼儿文学长廊。我们还高兴地看到，一支关心祖国未来、富有社会责任感、勇于探索追求的幼儿文学创作队伍已经初步形成。陈伯吹、严文井及已先后谢世的贺宜、金近、包蕾、沈百英等儿童文学前辈，都为奠定我国幼儿文学的坚实基础做了出色的工作。黄衣青、方轶群、郭风，黄庆云、杲向真、嵇鸿、圣野、任溶溶、鲁兵、张继楼、葛翠琳等这样一批富有经验的老作家仍然坚持不懈地在幼儿文学园地里深耕细作。孙幼军、金波、望安、张秋生、冰子、程逸汝、朱庆坪、李少白、陈秋影、常瑞、葛冰、谢华、陆弘、谭小乔、武玉桂、周锐、王晓晴、冰波、郑春华、薛卫民、任霞芩等一大批生气勃勃、创作力旺盛的中、青年作家已经成为幼儿文学创作的中坚力量。无论是老作家还是中、青年作家，创作思想、文学观念都比过去更为开阔、活跃了，他们力图通过自己的创作实践更好地发挥幼儿文学启迪智慧、陶冶情操、增长知识、培育美感、训练语言等多方面的功能。我们也不无惊喜地看到，幼儿文学理论园地里青枝绿叶，蓓蕾初绽，并且拥有了像鲁兵、汪习麟、樊发稼、张美妮、黄云生、郑光中、巢扬、周晓波这样一些钟情于幼儿文学研究、默默耕耘的园丁。

新时期幼儿文学的成绩煞是喜人，然而同社会的迅猛发展、娃娃的大量需求相比，新创作的幼儿文学作品，无论在数量上或质量上，都还显得有些不相适应，特别是缺乏贴近幼儿生活和心理、内涵丰富、艺术品位高、富有艺术魅力的精品。

我国学龄前的婴幼儿总数达一亿五千万之多，这是一个庞大的文学读者群。由于计划生育基本国策的有力贯彻，我国已进入独生子女社会。伴随着改革开放、社会进步、人民生活水平的逐步提高，当代的年轻父母越来越重视"优生优育"以及对孩子的智力投资。民族素质的提高，人的现代化素质的提高，要从娃娃抓起，已逐步成为一切富有远见和社会责任感的包括年轻父母在内的成年人的共识。而文学对陶冶幼儿心灵、培育幼儿美感、提高幼儿综合素质，具有独特的、潜移默化的作用。正因为如此，呼唤幼儿文学精品的声音越来越强烈。这就要求创作界、出版界把进一步繁荣幼儿文学、提高幼儿文学创作质量，提到更为紧迫的工作日程上来。

如何提高创作质量，增强艺术魅力，繁荣迈向新世纪的幼儿文学，是一个需要通过总结作家的生活、创作实践经验，逐步求得解决的重要课题。新时期以来发表、出版的优秀幼儿文学作品，包括选入这部《大系》的作品，已经在这方面提供了一些可以借鉴的经验。我以为，其中有几点是从事各种体裁、样式的幼儿文学创作的作家，都应当予以关注和思索的。

一、进一步拓宽幼儿文学的观念、路子

幼儿文学的天地极其广阔。它担负着以艺术形象在德、智、体、美诸方面给娃娃们以启蒙、陶冶、熏染的任务。一些论者把幼儿文学称之为"启蒙的文学""快乐的文学""浸透爱和美的文学""深入浅出的口语文学"等，这些论断都是言之有理的，从不同的角度、不同的侧面揭示了幼儿文学的本质、功能和艺术特征。我们应当在文学观念、创作路子上进一步开拓解放，更加自觉地充分发挥幼儿文学多方面的功能。凡是有利于心灵启蒙、智慧启迪的，有利于情操陶冶、美感熏陶的，有利于增长知识、开阔眼界的，有利于发展语言、丰富词汇的，都可以在幼儿文学花圃里竞相开放，争奇斗艳。

在创作题材上，固然要重视反映幼儿自身的生活和内心世界，但又不能拘囿于幼儿生活。凡是娃娃们感兴趣并能体味和接受的，日月星辰、山河湖海、草木虫鱼……都可以进入幼儿文学创作的题材范围。作家除了要进一步了解、熟悉幼儿的家庭生活、幼儿园生活外，还要到大自然、大社会中去汲取题材，寻觅诗情画意。只要坚持尊重自己的生活阅历、创作擅长、艺术个性，坚持写自己熟悉的、感兴趣并富有创作激情的东西，就有可能写出打动娃娃心灵、为他们所喜爱的好作品。

在体裁、样式上，除了继续提倡和鼓励创作为幼儿所喜闻乐见的童话、故事、散文、儿歌、诗、戏剧外，似乎还有必要强调写好图画书的文本。文字与图画、文学与美术巧妙契合，相映成趣，是幼儿文学的艺术魅力之所在。努力把图画书中的故事、儿歌、童话写得诗意洋溢、趣味盎然、有情有味，就会更好地给娃娃们以爱的教育、美的熏陶。在创作格调上，按照幼儿的年龄特征、心理特征和接受能力，应以健康、明朗、乐观、向上为基调。但甜味的、咸味的，甚至多少带点酸味、苦味、辣味的，都可以让娃娃们尝一尝，这对他们的健康成长或有好处。

二、更深入地探索、揭示幼儿的内心世界

处在世纪之交的少年儿童，包括幼儿在内，都是 21 世纪的主人。他们的整体素质如何，将影响、决定中华民族在新世纪的面貌和命运。我们的儿童文学包括幼儿文学在内，应当面向现代化，面向世界，面向未来，把着眼点放在提高少年儿童的素质，塑造未来一代的性格，培育一代有理想、有道德、有文化、有纪律的社会主义新人上。要充分发挥幼儿文学在塑造未来一代心灵、性格上的独特作用，就得更深入地体验、探索、发现、揭示幼儿的内心世界，了解、研究幼儿的身心特点和审美心理特征，坚持从幼儿的生活出发，充分尊重并熟悉幼儿对事物独特的感受、认知和想象，艺术地表现幼儿世界乃至大千世界的真、善、美，揭示幼儿纯真的情感世界和奇妙的想象世界，这样的作品就会具有打动幼儿心灵、引起幼儿共鸣的艺术感染力。

伟大、壮丽的社会主义现代化事业需要一大批视野开阔、情操高尚、勇于创造、锐意进取的现代文明人。幼儿文学既要生动形象地、循序渐进地给娃娃们一些现代文明、科学知识，更要着力启迪和培育幼儿的想象力、创造力。爱因斯坦说过："想象力比知识重要得多，因为知识是有限的，但是想象可以遨游世界。"应当按照幼儿好奇、爱幻想、想象与现实脱节的心理特点，帮助、引导他们从小插上美丽动人的想象翅膀，伴随年龄的增长，得以在知识和艺术的天地自由翱翔。

三、更自觉地张扬情趣盎然的游戏精神

喜爱游戏是少年儿童的天性。特别是幼儿，游戏几乎成了他们日常生活中最重要的、不可或缺的一部分。少年儿童文学尤其是幼儿文学浸透童趣纯真的游戏精神，既是孩子们天真烂漫、丰富多彩生活的反映，也是孩子们审美心理特征和欣赏趣味的体现。

优秀的幼儿文学作品善于营造游戏的情境、氛围，编织充溢童趣的、游戏化的情节，刻画富有稚拙美、幽默感的人物形象，在娃娃们面前展开一个有声有色、有情有趣的游戏世界。特别注重情趣和幽默，是幼儿文学的鲜明特色，也是它的艺术魅力之所在。这种情趣和幽默不是作家随意附加上去的调味品，而是从幼儿生活、游戏活动中开掘出来，经过精心提炼、艺术构思而得来的。

根据孩子的年龄、心理特征和接受能力，幼儿文学尤为讲究"寓教于乐"。一些有关思想道德行为的 ABC，有关自然、社会、生活知识的 ABC，往往蕴含在富有游戏色彩的情节和人物形象之中，使娃娃们在嘻嘻哈哈、手舞足蹈中接受文学潜移默化的熏陶。正如儿童游戏中有赢有输、有喜有忧一样，体现在幼儿文学中的游戏精神也是多色调的，它以轻松、欢快的旋律为主，同时也包含来自幼儿生活、需要让幼儿体验的丰富多样的情感色调。

四、更加讲究幼儿文学的浅语艺术

文学是语言的艺术。儿童文学被称作"浅语的艺术"。幼儿文学则是适合于成年人诵读、讲述给幼儿听的，更讲究"浅语的艺术"。

成年人（父母、幼儿园老师等）娓娓动听地讲，娃娃聚精会神地听，幼儿文学通过一讲一听这种独特的传播、接受方式，在大人与孩子之间架起一座情感、语言交流的桥梁，从而使至真至善至美的亲子之情、师生之情更加浓郁、更加融洽，这正是幼儿文学奇妙的艺术魅力之所在。

为了便于讲述给幼儿欣赏，幼儿文学的语言要求浅近易懂，句子短小，韵脚完整，音节鲜明。浅显、简洁、准确、形象，富有音乐性、节奏感，念起来朗朗上口，听起来明白晓畅，是幼儿文学作家在锤炼语言上力求达到的境地。

对幼儿文学语言口语化、规范化的要求，并不排斥作家语言风格的多样化，或质朴生动，或细腻活泼，或优美抒情，或风趣诙谐。每个作家的个性化语言的美学追求，正显示出他们在艺术风格上逐步走向成熟。

要提高幼儿文学的语言功力，不仅要熟悉、掌握幼儿的语言特点、习惯，更要认真地、不断地学习人民群众丰富、生动的语言。既要从古典文学、民间文学的语言瑰宝中汲取养料，也要借鉴中外儿童文学大家的语言艺术。学一点音乐，对增强幼儿文学语言的音韵美、节奏感，也是必不可少的。

毋庸置疑，该把锤炼语言、提高语言功力、讲究浅语艺术，放到关乎提高幼儿文学创作质量、增强它的艺术魅力的首要位置上来。

拉拉杂杂地写下这么一些粗浅的、无甚新意的话，姑且当作这部具有一定史料价值、鉴赏价值的《大系》的卷首语，用以表达我对在幼儿文学园地里辛勤耕耘的园丁们的敬意；同时，也寄托着我对发展、繁荣迈向新世纪的幼儿文学的一点希冀。

1997 年 6 月 19 日

让儿童诗走进孩子中间去

——《中国当代儿童诗丛》序

  儿童诗是一种优美精致的、善于抒发儿童情感的文学样式。它对于少年儿童陶冶情操、净化心灵、丰富想象力、培育美感，对于塑造新世纪的民族魂，提高未来一代的思想道德素质，具有独特的、潜移默化的作用。然而，近几年儿童诗的状况、境遇，同新时期之初相比，同儿童小说、童话等文学样式相比，确实显得相当冷清、沉寂。发表儿童诗的园地不多，出版诗集难而印数又少，对儿童诗的评论更为薄弱，小读者与儿童诗的距离日益拉大。这都是不容忽视和回避的事实。如何振兴儿童诗，提高儿童诗的地位？如何使儿童诗真正走进当代少年儿童的心灵世界？这些问题不仅值得儿童文学界认真探讨，也应当引起文学团体、出版部门、现代传播媒体及广大家长、中小学教师、少年儿童工作者的共同关注。

  我以为，儿童诗要走出困境，再创佳绩，深入童心，固然与社会大环境、大背景有关，需要方方面面扎扎实实地做许多营造氛围、铺路搭桥的工作，但是，最根本、最重要的还得通过创作主体——诗人自身创造性的劳动，提高诗的品位、素质，拿出更多反映当代儿童心声，富有时代光泽和艺术魅力，为儿童喜闻乐见的作品来。湖北少年儿童出版社编辑、出版的这套《中国当代儿童诗丛》，正是想在激活相对冷清的儿童诗坛、鼓舞儿童诗人的创作热情、致力于提高创作质量、吸引小读者阅读鉴赏儿童诗等方面，起一点摇旗呐喊、擂鼓助威的作用。

  严寒季节，窗外雪花纷飞。我伏案细读收入这套丛书的 8 本诗集，似有一股热流涌上心头。我为诗人们甘于寂寞、默默耕耘的精神所感动，也为他们尽心竭力、精耕细作的收获而高兴。

  这套《中国当代儿童诗丛》可说是当今儿童诗苑的缩影，大致反映了我国 20 世纪 90 年代以来儿童诗创作的面貌、业绩和水平。

从作者阵容来看，从30多岁的姜华、徐鲁、薛卫民到40多岁的邱易东、高洪波，从五六十岁的聪聪、金波到年逾古稀的老诗人曾卓，形成一个老中青结合、以中青年为主的梯形结构。8位诗人都是在儿童诗苑具有相当知名度和代表性的佼佼者，他们大多在全国性的儿童文学评奖中捧过奖杯。生气勃勃、创作力旺盛的中青年诗人已成为儿童诗创作的中坚群，这恰好反映了我国儿童诗坛的现状。

　　从题材内容来看，8本诗集充分展示了色彩缤纷的大自然、大时代和充满欢乐、忧伤、梦幻、秘密的儿童感情世界。在诗人的笔下，有对祖国母亲的歌颂，故乡故土的眷恋，亲情友谊的赞美，美好未来的憧憬；也有对春夏秋冬的钟爱，花鸟虫鱼的咏唱，生态平衡的关注，外星孩子的问候。打开诗集，一个个鲜明生动的形象扑面而来，长大了想飞出去亲眼看看多彩世界的蒲公英，北风呼啸依然专注地拥抱着干枯枝条迎接春天的蝴蝶，没读过一本书、写过一首诗却自吹自擂的螳螂大诗人，请求老师别让自己在班上做检讨的淘气包，从未见过海、立志当一名光荣水兵的孩子，日夜思念故乡月亮地、老磨坊、冬米糖、贴身袄的少年……令人读来感到诗意盎然，感情真挚。不少诗篇在题材的开拓、角度的选择、内涵的开掘、意境的营构上，都给人以新鲜奇妙的印象和感受。

　　在艺术风格上，8位诗人或热情奔放或委婉含蓄，或气势恢宏或意境优雅，真可说是八仙过海，各显其能。曾卓的质朴自然，金波的清丽隽永，聪聪的真挚明快，高洪波的幽默诙谐，邱易东的开阔深沉，薛卫民的清新流畅，姜华的精巧细腻，徐鲁的激情多思，可以清晰地看出，诗人们都在探索、追求艺术个性化的道路上一步一个脚印地向前迈进。以高洪波和邱易东做一比较：一向主张"儿童文学应是快乐文学"的高洪波，在他的笔下，无论是机智的狐狸、没有那么坏的大灰狼、快活舒服的小袋鼠，还是丢失了自己的退休爷爷、当"克格勃"的好外婆、重男轻女的好爸爸，都涉笔成趣，令人忍俊不禁，而隐含于幽默诙谐之中的意蕴又启人心智，引人思索；而另一位着力于激发少年想象力、创造力的邱易东，他笔下城市、山村的孩子，地球、外星的孩子和漫游神话的孩子，则令人感到角度新颖，视野开阔，穿越历史，面向未来，引导少年们咀嚼人生，奋发向上。读他们俩的诗篇，你是绝不会把高洪波和邱易东混淆起来的。

通览这 8 位诗人的作品，我掩卷思索：这些优秀或比较优秀的儿童诗成功的奥秘何在？儿童诗的艺术魅力从何而来？儿童诗如何才能真正走进当代儿童的心灵世界？我以为，这些诗人和其他一些有成就的儿童诗人创作实践的经验，至少为我们提供了以下这些值得深入思考、研究和探讨的话题。

一、珍视童年时代的生活对自己的馈赠

每个诗人都有自己的或幸福温馨，或苦涩忧伤的童年。童年生活的回忆给诗人以天真、稚气、灵感、诗情。保持天真，保持童心，才能与当今孩子的心灵相通，像孩子一样设身处地、细致入微地去观察、体验他们的生活、心态、感情、趣味，从他们感兴趣的一切生活领域去发现、捕捉真、善、美和诗情画意。

二、把握儿童诗贵在抒情的特质

抒情是诗的特质、诗的生命。儿童诗更应注重抒发少年儿童的真情实感，倾吐他们的心声。抒儿童之情，言儿童之志，把心交给小读者，这样的儿童诗才能走进少年儿童的心灵，拨动少年儿童的心弦。写儿童诗，需要艺术激情。激情来自沸腾的社会生活和七彩的儿童世界。用生花妙笔尽情抒发心中那些能与儿童相沟通、交流的激情，用真情去感染、熏陶小读者，这样的作品才真正具有诗的品质。

三、体会当代儿童的喜怒哀乐

当今的少年儿童生活在改革开放的年代，站在迎接新世纪的门槛上，他们的所思所想、所恨所爱，他们的渴望和追求，有着鲜明的时代烙印。要深入了解、准确把握当代少年儿童的思想感情、心理特点，努力捕捉他们在当代生活中关注的热点、焦点和感情世界的闪光点。用当代意识观照生活、观照世界、观照孩子天地，力求写出富有更鲜明、浓郁的时代色泽、芳香的儿童诗篇。

四、扩大艺术想象驰骋的空间

诗歌是最适于自由驰骋艺术想象的一种文体。可以说，没有想象，也就没有诗歌。爱好幻想又是少年儿童的天性。孩子的各色各样的瑰丽的想象、奇异的梦幻，往往反映他们的渴望和憧憬，从中可以倾听到他们心灵深处的声音。儿童诗里充满孩子所特有的、天真烂漫的奇思妙想，而这种想象、幻想又是植根于我们时代的生活厚土的，孩子们读来就会感到情趣盎然，十分亲切，从而产生激发他们想象力、创造力的艺术魅力。

五、发扬个人的艺术独创性

每个诗人都有自己的生活经历、个性特点、艺术气质、创作擅长。对儿童诗思想内涵、艺术形式上的探索、创新，要坚定地走自己的路，扬长避短，各自发挥独特的创造力，充分表现自己的艺术个性。儿童诗题材、形式、风格、表现手法更加多样化，才能更好地满足小读者多样化的审美需求。主题、构思、手法、语言等陈旧、肤浅、单调、刻板，就必然会在小读者中受到冷落。

归纳上述几点，是不是可以作如是观：童心、真情、想象的交汇，当代意识与艺术个性的融合，是儿童诗乃至整个儿童文学的艺术魅力之所在。

愿有更多的好诗走进孩子中间，在他们心中生根、发芽、开花！

1997 年 12 月 1 日

为提高少年胆识呕心沥血

——《中国原创冒险文学书系》总序

在儿童文学的上空，继前些年先后举起大幻想文学、幽默文学、大自然文学等旗帜之后，近年来中国轻工业出版社又举起了冒险文学的大旗，从而使儿童文苑的花色品种更加丰富多彩、鲜艳夺目。

我不无欣喜地注意到，中国轻工业出版社推出《中国原创冒险文学书系》有几个引人注目的关键词：一是发展原创冒险文学，汇聚冒险、惊险、魔幻、探险、侦探、推理、悬疑、科幻诸多品种；二是倡导刚性阅读，引领当代少年儿童阅读新潮；三是打造冒险文学基地，树立领军地位。应当说，轻工业出版社在创作、出版上孜孜以求的这些目标，是很有意义和价值的。

在我看来，冒险文学是少年儿童文学中不可或缺的组成部分，是大众化、类型化儿童文学的一个重要分支。在当今少年儿童文学多元发展的背景下，冒险文学理应占一席之地。

儿童文学具有教育、认识、审美、娱乐多方面的功能。描写冒险经历，宣扬冒险精神，以险取胜、情趣盎然的少年冒险文学，对于少年读者砥砺意志品质，培养勇于进取、不向困难低头的顽强精神，对于丰富、提升孩子的想象力、创造力，判断力，有着潜移默化的独特作用。儿童文学在以情感人、以美育人、以趣动人上，既要用爱、同情、善良、和谐等美好品质滋润孩子的心田，也要让勇敢、无畏、刚强、坚韧的种子在孩子心灵深处生根、发芽、开花。正因为如此，轻工业出版社倡导刚性阅读，是有鲜明的针对性和积极的现实意义的。刚性阅读或诗意阅读，刚强也好，柔美也好，同样是为了给少年读者打好人性的底子，在精神上、心理上补钙。

孩子的天性好奇、求新、爱幻想，冒险文学正好能满足小读者渴望漫游、历险、探索大自然奥秘的阅读心理和审美情趣。我自己的阅读经历也充分说明这一点。我记得，在上小学四五年级的时候，一本连环画《鲁滨孙漂流记》让我爱不释手，读得津津有味，如痴如醉。鲁滨孙流落在渺无人烟的荒岛上，离群索居。为了生存，他自己动手盖房子、造船、打猎，他所遭遇的异乎寻常的冒险故事引人入胜；他不畏艰险、勤劳实干的精神令人啧啧称赞。将近70年过去了，鲁滨孙的形象和未开化的土人"星期五"的形象，至今还清晰地浮现在我的眼前。这确实是一部冒险文学的经典之作。从这里也不难看出，冒险文学对于少年儿童读者有着多么强烈的吸引力、感染力。

我相信，小读者读一点冒险文学作品，对他们形成坚强刚毅的意志品质，培养勇于进取、敢于开拓、临危不惧、处惊不乱的精神，是大有裨益的。

深切期盼有更多的儿童文学作家为创造冒险文学、提高少年的胆识呕心沥血。真诚祝愿《中国原创冒险文学书系》成为赢得广大读者青睐的驰名品牌。

2010 年 1 月

以品质与特色取胜

——《中国原创童书》序

当代少年儿童生理和心理的健康成长，引起家长、教师和社会方方面面越来越广泛、密切的关注。儿童文学是少年儿童心灵成长、精神成长不可或缺的维生素。儿童的身体成长，需要补钙、补铁、补锌、补硒等；小小心灵的成长也需要多种补养，而儿童文学正好可以提供爱心、诗意、美感、想象力、道义感等多种最佳营养素。一个孩子如果从小爱听儿歌、爱听故事，爱看图画书，整个童年、少年期始终有优秀的文学作品为伴，那么，长大以后就可能成为一个心地善良、意志坚强、情操优美、想象力丰富的人。

我们有一个丰富的文学宝库，历代中外作家已经为孩子们留下许多富有纯正文学品质和巨大艺术魅力的杰作。提倡、导引孩子读一点经典名著，对陶冶他们的情感品格，提升他们的精神素质大有好处。然而，仅止于此还不够。为了培养德智体美全面发展的社会主义建设者和接班人，也为了更好地满足当代少年儿童日益提升的精神需求和审美情趣，我们创作、出版界有义务也有责任为孩子们奉献更多更好的新作品。发展儿童文学原创，是新时代的需要，小读者的需要，是繁荣我国儿童文学重中之重；也是创造富有中华民族特色的儿童文学、为世界儿童文学文库增光添彩的第一要务。

近些年来，中央关于着力抓好长篇小说、少儿文艺、影视文学"三大件"和"支持原创尊重原创"的指示精神，激励了作家、编辑、出版人的创造性、积极性，各出版社竞相花大力气抓儿童文学原创新作的出版。我们不无欣喜地看到，图书市场已陆续出现一批引人注目的原创新作和原创系列，新蕾出版社的《中国原创童书》是其中的一种。这套原创童书，吸引了梅子涵、冰波、徐鲁、汤素兰、王一梅等一批富有才华和实力的中青年作家加盟，呈现出注重创新精神、注重扶持新人、注重民族文化传承、锁定主要读者对象等诸多特色，在创作出版界和读者中间已博得好评，其中有的作品获得了全国性的文学奖、图书奖，收效甚好。

为了把《中国原创童书》打造成读者真正信得过、有口皆碑的知名品牌，我以为，它必须在保持、发扬自己的品质和特色上进一步下功夫。

坚持精品意识，坚守文学品质

一个成功的童书出版品牌，是以它的文学品质为基本前提，以作品本身的文学品位和艺术魅力来赢得读者。如果一本书或一套书在思想艺术质量上不是上乘之作、精粹之作，那么，即使你费尽心机利用各种现代手段宣传推广，加强市场运作营销，它也不可能在浩如烟海的图书出版物中脱颖而出，赢得广大读者的认同和青睐。

以小学中高年级学生为主要对象的《中国原创童书》，要坚持儿童文学的核心价值观，坚持讴歌、弘扬真善美，坚持奋发向上、阳光、明朗的基调，坚守文学的人文关怀，把为童年期的孩子打下良好的人性基础、精神底子放在首位。

要充分发挥文学以情感人、以美育人的功能和优势。优秀的、出色的儿童文学作品总是借助鲜明的艺术形象，以真挚的情感拨动小读者的心弦，让他们深深感动；同时具有永恒的艺术生命力和审美价值。我们要努力让这样的作品进入小学生的阅读视野。

鼓励艺术创新，追求风格多样

文学艺术贵在创新。没有创新，文学艺术就不能发展繁荣，儿童文学也是如此。随着时代的变迁、社会的发展和读者心理的变化，儿童文学在思想内容、艺术形式、表现手法、文体、风格上，都要勇于推陈出新，敢于标新立异。

思想内容上的创新，要以人为本，真心实意地关注少年儿童的成长，在主题和题材内容上努力贴近时代，贴近生活，贴近儿童。"三贴近"并不意味着要排斥历史题材、幻想题材、动物题材等作品。只要作家具有与时俱进的创新思维，熟稔并把握当代少年儿童的心理、愿望，非现实题材的作品同样可以闪耀着时代的光泽。

在体裁样式、表现手法、形式、风格上，要鼓励在借鉴中外儿童文学优秀成果、从人民生活中吸取养料的基础上，大胆地创作出新颖独特的、多样化的，为广大小读者所喜闻乐见的新作品来。只要有益于提升孩子的精神素质，各种风格、流派的作品，现实主义或浪漫主义，忠于写实或善于幻想，昂扬明快或适度忧郁，诗意抒情或幽默谐趣……《中国原创童书》都会为有志于加盟的作家提供施展才华的平台。唯有拿出富有时代光泽、民族特色的儿童文学精品，我们才有可能为民族文化积累和丰富世界儿童文学宝库做出自己应有的一份贡献。

吸引名家新人，尊重亿万读者

积极开发作家资源，从而拥有一支相对稳定而又不断新陈代谢的作者队伍，是出版社得以不断推出精品力作的基本保证。新蕾出版社既重视组织、展示名家新作，更关注发现、扶持富有才华和潜力的新生代作家，着力推出新人新作。除此而外，还要吸引热爱孩子、关注祖国未来一代，又有丰富生活积累和创作经验的成人文学作家，拿起笔来为少年儿童写作。作者资源丰富，文学生产就会似一潭活水，永不枯竭。

坚持"读者本位"的编辑理念，就要充分尊重亿万小读者的审美需求、阅读兴趣、欣赏能力。新蕾出版社这套原创系列，既然锁定中、高年级的小学生为核心读者，那么，从内容到形式，从选题到装帧设计，都要充分考虑如何使这套书更易于为他们所接受和喜爱。当然，对读者口味不是一味迎合。对少年儿童的文学阅读还有个引领和指导的问题；要不断提高他们的鉴赏水平和审美能力。

热切期盼《中国原创童书》成为响当当的知名品牌，成为当今小学生主流阅读、深度阅读中爱不释手的文学读物。

2010 年 9 月 3 日于北戴河

照亮孩子心灵的灯

——《书香传承系列》序

　　一个从小爱听奶奶唱童谣、妈妈讲故事的孩子，一个从小与文学图书为伴的孩子，长大了就有希望成为一个胸襟开阔、心地善良、情操优美、想象丰富的人。儿童文学是少年儿童精神成长、心灵成长不可或缺的维生素；它凭借生动的艺术形象对孩子品德、性格的形成，发挥着润物细无声、潜移默化的独特作用。正因为如此，随着社会的进步，物质文明与精神文明的发展，人们越来越重视儿童文学的发展繁荣，越来越关注少年儿童的文学阅读欣赏。

　　我国现、当代儿童文学，特别是改革开放以来新时期的儿童文学，取得了令人可喜的长足进步。富有爱心和责任感的儿童文学作家创作出众多为孩子们所喜闻乐见的优秀之作、精粹之作。由于时代的变迁，儿童文学作品的题材、主题、形式、表现手法和风格都发生了很大变化；但凡是名篇佳构在弘扬真善美、讲究独创性、力求表现儿童的视角、心理、童真童趣上却有着惊人的一致或相似。因此，让具有纯正文学品质和艺术魅力的优秀儿童文学作品一代代传承下去，是有益于塑造未来一代美好心灵的实事，也是具有民族文化传承意义的好事。

　　摆在我们面前的这套《新创儿童文学系列——书香传承》（以下简称：《书香传承系列》），浸透着爱与美，散发着浓郁的书香。它是从我国具有代表性、典范性的优秀儿童文学作品中选精拔萃而来。

　　入选这套丛书的十位作家，无论是文坛前辈还是当今儿童文苑的佼佼者，都富有"俯首甘为孺子牛"的大情怀和丰富、娴熟的创作经验、艺术技巧。他们珍惜童年生活对自己的馈赠，在精神气质、感情、心灵上与亿万孩子息息相通。

　　入选的十本作品，在体裁、样式上，以童话故事为主，兼及生活故事、小说、散文、诗歌，呈现了色彩缤纷的多样性，可以满足孩子们不同的精神需求、阅读兴趣。

这些作品都在"以情感人""以美育人"上下功夫。善于编织故事，敢于驰骋想象，注重情趣、幽默、诗情画意。作者借着有趣的故事、生动的形象，让孩子们学会辨别真善美与假恶丑，感悟爱、快乐、温馨，懂得感恩、分享、同情、宽厚、团结、互助。对孩子品德的熔铸、性格的陶冶，都通过文学特有的审美作用来实现。

这套小丛书的读者对象锁定为学前与小学低年级的孩子。充分考虑低龄儿童的心理特点、阅读习惯和欣赏趣味，为他们打开一扇放飞梦想的窗口，上好文学启蒙的第一课。

童趣盎然的故事与别具一格的绘画交相辉映，图文并茂，是这套丛书的又一特色。它增强了作品的艺术吸引力和感染力。

我愿借这套《书香传承系列》问世之际，向呕心沥血、辛勤劳作，创作、出版、传播儿童文学精品力作的作家、出版人、阅读推广人鞠躬致敬！是他们满怀热情、千方百计地让优秀作品走进广大小读者中去。我更要向有眼光、有识见的广大家长、老师表示由衷的赞赏！是他们关注孩子的文学阅读，让孩子们从小接受文学的熏陶，逐步养成良好的阅读习惯。

儿童文学是照亮孩子心灵的灯。愿这套丛书中描绘的"小橘灯""鱼灯"以及其他优秀作品点亮的各色各样、五彩缤纷的灯，照亮孩子成长的路，实现中国梦的路。

2013 年 10 月 3 日

为文学新苗叫好

——《中国小作家优秀作品选评》序

打开《中国小作家优秀作品选评》，一股清新、馥郁的气息迎面扑来，令人心中顿时充满了喜悦之情。

收入这本集子的 300 篇诗歌、散文、小说、童话、寓言，都出自爱好文学的少年儿童之手。这些小作者来自祖国四面八方，从南方都市到北方小镇，从东海之滨到西部边陲。他们的年龄，最大的十六七岁，最小的只有八岁。这些作品呈现出单纯、天真、清新、自然的特色，写出了新时代孩子们的欢乐与苦恼、思索与追求，展示了他们纯真而美丽的心灵世界。全书内容健康向上，基调昂扬明快，富有童真童趣。而在形式和写法上，可说是顺其自然，很少矫揉造作、刻意雕琢的痕迹。我们为文学园林里这些破土而出、生意盎然的新苗拍手叫好，愿它们苗壮成长、欣欣向荣。可以预见，这些小作家、小诗人，若干年后将成为开创 21 世纪大业生力军中的一员。他们中的大多数未必会把写作当作终身职业，可能是把文学当作业余爱好，但对文学的爱好有助于他们成为具有健康审美情趣的工程师、企业家、公务员、教师、医生等各条战线的普通劳动者。当然，我们也期待着：他们中间也有执着追求文学的，有朝一日加入作家行列，成为跨世纪的文学接班人。

这本集子还有一个引人注目的特色，即每篇作品后面都附有一位作家写的言简意赅的点评。点评的文字，虽说只有两三百字，但都坚持从作品实际出发，言之有物且实事求是，既满腔热情地赞扬其长处和优点，也直率中肯地指出其短处和不足，充分显示了广大作家培育文学幼苗的拳拳之忱。不辞辛劳地组织 300 位作家参与点评，可说是当今文坛一大盛事。50年代中期，中国作家协会曾号召每一位作家为少年儿童写一篇东西。当年作协会员纷纷响应，因而迎来中国当代儿童文学发展史上的第一个黄金时期。这次，如此众多的作协会员积极认真地投入评点工作，不仅有助于提高少年儿童的文学阅读、鉴赏水平，帮助他们在文学艺术的熏陶下健康地成长；而且有助于提高小作者做人、作文的品格和能力，为发现、培养跨世纪的文学生力军搭桥、铺路。

21世纪已在向我们招手，跨世纪的宏伟蓝图展现在我们面前。中华民族在21世纪全面振兴的希望寄托在具有综合素质的跨世纪人才上。文学艺术对于塑造民族性格、陶冶道德情操、培养审美情趣和能力、全面提高少年儿童的综合素质，具有不可低估的、潜移默化的作用。让我们齐心协力，为提高未来一代的综合素质、为培养造就跨世纪的文学接班人，扎扎实实地做一点打基础的工作。托起21世纪的太阳，必将迎来新世纪中国文学更大的繁荣和辉煌。

1995 年 12 月 9 日

童话的艺术魅力

——《世界童话精品》序

童话这一文学样式历史悠久，源远流长。翻开一部世界童话史，我们可以清晰地看到，从人们口口相传的古代童话到最先用文字记录下来的、被称为"世界上第一部童话书"的《五卷书》，从最早改写民间童话、被奉为"童话之父"的贝洛到开创文学童话新世纪、被尊为"儿童文学之王"的安徒生，从勇于打破传统童话形象类型化的科洛迪到开辟当代童话新天地的林格伦、罗大里，童话经历了一条漫长而辉煌的萌生、成长、演变、成熟、繁荣的道路。

童话王国里真是群星璀璨。童话大家贝洛、格林兄弟、豪夫、安徒生、科洛迪、王尔德、小川未明、米尔恩、林格伦、罗大里、怀特、张天翼等名字，深深地刻在世界各国、各族亿万少年儿童的心坎上。

从古到今，童话作品浩如烟海，脍炙人口的名篇精品不胜枚举。《鹅妈妈的故事》《敏豪生奇游记》《儿童和家庭童话集》(俗称"格林童话")、《海的女儿》《金河王》《水孩子》《艾丽丝漫游奇境记》《木偶奇遇记》《快乐王子集》《绿野仙踪》《骑鹅旅行记》《小熊维尼》《宝石花》《长袜子皮皮》《洋葱头历险记》《夏洛的网》《豆蔻镇的居民和强盗》《时代广场的蟋蟀》等，被翻译成各种不同的文字，成了世界儿童文学宝库中的珍品，成了各国人民和少年儿童共同的精神财富。

个性鲜明、令人难忘的童话形象如小红帽、灰姑娘、白雪公主、吹牛大王敏豪生、矮子"鼻儿"、丑小鸭、尼尔斯、洋葱头、小飞人卡尔松、小老鼠斯图亚特、孙悟空、稻草人等，不仅征服了一代又一代孩子的心灵，而且丰富了世界文学人物的长廊。

童话是一种独特的儿童文学体裁，也是一种具有老少咸宜的特点的文学样式。童话名篇不仅为千百万少年儿童所喜爱和迷恋，也往往为成年人甚至老年人所津津乐道，难以忘怀。这本《世界童话精品》，限于篇幅，未能收录那些久负盛名、堪称传世之作的中长篇童话，只能从世界童话宝库中选取一部分精粹的、具有代表性的短篇童话，而且局限于创作童话，民间童话只选了少数几篇经过作家改写的。但从这个容量不大、挂一漏万的选本中，读者也不难了解到童话这种文学体裁的特点，领略到童话的巨大魅力。

童话经久不衰的艺术魅力究竟从何而来？我试图结合选入本书的一些作品，粗略地提出一些浅见，供读者赏析时参考。

童话的艺术魅力一是来自幻想与现实的巧妙结合，来自它所营造的那个虚中有实、真中有幻、亦虚亦实、似真似幻的光怪陆离的童话世界。童话的基本特征是幻想，而幻想的基础是生活的真实。正是童话的这种植根于现实的神奇、怪诞、魔幻，适应了孩子们爱好幻想、追求新奇、喜欢惊险、崇尚不平凡事物的特点，因而产生了吸引和征服儿童的巨大魅力。豪夫的《矮子"鼻儿"》把奇特、怪诞的幻想和当时德国的社会生活巧妙地交织在一起，通过漂亮的、心地善良的鞋匠儿子雅各被女妖变为矮子"鼻儿"的遭际，揭露、嘲讽了王公贵族的穷奢极欲。艾肯的《面包房里的猫》描写一只猫吃了掺入酵母的牛奶，用胀得越来越大的身体挡住了洪水，保住了山谷下的一个小镇，在这篇作品中，丰富、奇妙的幻想同现代人生动而真实的生活天衣无缝地融合在一起，读后令人拍案叫绝。《叶甫谢卡的奇遇》《一块烫石头》《三愿的故事》等作品，在幻想与现实的有机结合上，也都处理得极为成功。

童话的艺术魅力二是来自诗情与哲理的水乳交融，来自如诗如画的童话世界所蕴含的深邃的、发人深省的生活哲理。土耳其诗人希克梅特认为"童话和诗最相近"，中国作家严文井则把童话当作"一种献给儿童的特殊的诗体"。安徒生的童话，可说是每篇作品都充盈着浓郁的诗意，犹如一首首抒情诗。选入本书的《丑小鸭》，正是在充满诗意的氛围中刻画了丑小鸭历经苦难、永不颓废屈服的可爱性格，深刻地揭示了"只要你是一只天鹅的种子，就算你是生在养鸡场里也没有什么关系"的人生哲理。王尔德的《快乐王子》，用饱蘸诗情和爱的笔触，塑造了快乐王子和小燕子两个富有自我牺牲精神的动人形象，他们为解救穷人而自己受苦受难的悲剧故事撼人心魄。作品中描述快乐王子住在无愁宫里，有一颗人心却看不到人间疾苦，不知道眼泪为何物；王子死后，他的塑像耸立在城市里，虽是一颗铅心，但目睹了社会的丑恶和穷苦，也禁不住流下了伤心的泪。故事结尾写到小燕子死去，铅心裂成两半；熔化不了的铅心和死去的燕子一起被当作最珍贵的东西带到上帝面前。通篇作品包含着的深刻意蕴，确实耐人咀嚼。还有《塞根先生的山羊》《红蜡烛和人鱼》《小熊星》《长颈鹿寻找自己》等，也都洋溢着感人至深的诗情和浓郁的哲理意味，读后余味无穷。

童话的艺术魅力三是来自夸张的人物形象与奇妙的故事情节相交织，来自它那超越时空、似真非真、似幻非幻、亦真亦幻的故事和人物。童话形象，无论是普通的常人形象，还是拟人的动物形象或超人的神魔形象，尽管都是以现实生活为基础，刻画的也都是人类各种不同的思想性格，但是经过艺术的夸张，而且是把夸张手法发挥到了极点，因而使这些形象往往具有传奇、怪诞的色彩和象征、变形的特征。而童话"作为讲给孩子们听的故事"（安徒生语），它的故事情节往往是神奇迷人、精妙绝伦甚至是荒诞不经的。人物和故事具有这种浓重的神奇色彩，就紧紧地扣住小读者的心弦。《阿里巴巴和四十大盗》所着力刻画的富有传奇色彩的女仆麦尔卓娜的形象，她的忠实、勇敢、聪明、机智，是通过她同四十大盗反复较量、斗争的曲折故事展现出来的。卡达耶夫的《七色花》，则是运用民间童话中的宝物故事，塑造了天真、善良的小珍妮形象，赞美了她助人为乐的美好情操。《疯子勃莱昂的故事》《红鬼的眼泪》《西德里克》等，在编织富有幻想色彩的故事、塑造富有传奇色彩的人物上，也都闪耀着夺目的光辉。

童话的艺术魅力四是来自耐人寻味的幽默与沁人心脾的情趣。幽默和情趣对于儿童文学之所以显得特别重要、不可或缺，那是因为孩子们天真烂漫的生活本身就充满欢乐、情趣和幽默；富有幽默感和情趣的作品，体现了孩子们热衷于游戏的天性，符合少年儿童的心理特征和欣赏趣味，更容易进入孩子的天地，为他们所接受和喜爱。同时，幽默有趣的作品对于培养少年儿童活泼开朗的性格和乐观向上的精神，又有着特殊的意义和价值。童话中的幽默、情趣，同儿童文学的其他体裁相比，往往具有更加强烈的夸张性和俏皮、轻松的特色。当然，每个作家都有他自己独特的表现幽默、情趣的方式和手段：有安徒生式的幽默，也有拉布莱依式的幽默、谢德林式的幽默。有的童话作品从整体构思到结构情节，到语言风格，都是幽默、风趣的，有的则主要表现在作品的叙述语言、对话上。《列那狐偷鱼》、谢德林的《忘我的兔子》、安纳德的《狮子和山羊》、埃格纳的《朱童和朱重》等作品，幽默诙谐，妙趣横生，都会令少年儿童为之迷醉。

　　童话具有的巨大艺术魅力，使孩子们乃至成年人包括老年人都爱不释手。对孩子来说，优秀的童话在培养想象力、启迪心智、净化情感、愉悦身心上，确实能发挥无可比拟的潜移默化的作用。它对塑造一代新人性格、提高民族精神素质是大有裨益的。愿《世界童话精品》带给广大青少年更多一点幻想，更多一点诗情，更多一点幽默。愿年轻人张开想象的翅膀，自由地翱翔在五洲四海的广阔天地里。

1993 年 1 月 15 日

七十年儿童小说繁花似锦

——《儿童粮仓·小说馆》序

儿童小说枝繁叶茂，花团锦簇，是我国当代儿童文苑一道亮丽的风景线。人民共和国成立近 70 年来，儿童小说是儿童文学诸多体裁样式中，收获最丰硕、受众最多的一种文体。

名篇佳作迭出，影响广泛久远。从上世纪五六十年代的《罗文应的故事》《海滨的孩子》《我和小荣》《小兵张嘎》，到八九十年代的《我是未来的中队长》《我要我的雕刻刀》《男生贾里》《草房子》再到新世纪以来的《舞蹈课》《你是我的妹》《一百个孩子的中国梦》《吉祥时光》这些思想性、文学性、可读性俱佳的小说，为一代一代小读者所喜爱，在他们心灵深处留下了美好的印记。

近 70 年来，儿童小说的题材内容不断开拓，呈现丰富多样的格局。校园、家庭题材、革命历史题材、童年回忆题材、动物题材，都是众多儿童小说作家熟悉、擅长、乐于选择的。科幻、幻想、战争、探险、乡土、异域等方面的题材，也不时有一些作家勇于探索、尝试。无论哪种题材，凡是获得成功的，作者都是深深植根于生活土壤，而作品基调则力求明朗昂扬，奋发向上。

优秀儿童小说的作者都极其重视刻画人物，着力揭示人物内心世界，写人物的心灵成长。罗文应、张嘎、潘冬子、盐丁儿、贾里、贾梅、桑桑、马鸣加、马小跳、阿莲等，这些血肉丰满、栩栩如生的人物形象，已深深镌刻在小读者的心坎上，成为他们的仿效榜样或知心朋友。

儿童小说园地里，已形成一支心系孩子、生气勃勃、不断新陈代谢的作者队伍。建国之初至"文革"之前驰骋于儿童文苑的小说家，如张天翼、管桦、胡奇、肖平、任大星、任大霖等已先后谢世，为子孙后代留下了珍贵的精神财富。如今活跃于儿童小说文苑、成为创作中坚力量的是改革开放初脱颖而出的张之路、沈石溪、曹文轩、秦文君、常新港、梅子涵、黄蓓佳、董宏猷等和90年代闪亮登场的张品成、张洁、杨红樱、彭学军、殷健灵、薛涛等。新世纪以来崭露头角的李东华、黑鹤、翌平、韩青辰、李秋沅、邓湘子、史雷等，已逐渐成为当今儿童小说创作的主力军。成人文学作家肖复兴、张炜、赵丽宏等的加盟，使得创作阵容越发完整强大。

回顾人民共和国成立以来儿童小说创作发展历程，成绩确实令人瞩目，但也并非风平浪静，一帆风顺。五六十年代，受"左"倾思潮的影响。出现过"政治挂了帅，艺术脱了班，故事公式化、人物概念化、文字干巴巴"（茅盾语）。十年浩劫，除留下《闪闪的红星》等为数极少的佳作外，几乎一片空白。从上世纪90年代到世纪之交，由于市场经济大潮和多元传媒的双重挑战，儿童小说一度流行类型化、模式化、雷同化，部分作者急功近利，失却对文学品质和艺术创新的追求。然而用历史的、发展的眼光来看，建国以来的儿童小说还是一步一个脚印地沿着回归文学、回归儿童、回归创作个性的艺术正道不断前行的。

近70年来，儿童小说名家佳作不胜枚举。广西师范大学出版社编选的这本《儿童粮仓小说馆》，只是从浩如烟海的名篇佳构中挑选部分足以反映当代儿童小说思想艺术水准、有一定代表性的作品。"管中窥豹，可见一斑"，从入选的这些作品不难清晰地看出当代儿童小说的整体面貌和思想艺术特色。

收入本书系的小说，以及更多的由于书系容量和版权归属等原因未能入选的优秀长、中、短篇儿童小说，它们之所以为少年儿童喜闻乐见，拍手称赞，其吸引力、感染力、影响力究竟从何而来？创作成功的奥秘何在？在我看来，归根到底，在于坚守文学品质与讲究艺术独创的完美结合。具体地讲，大致表现在下列几个方面：

精心选择自己熟悉、饱含深情又为读者关注、饶有兴味的题材，从中深入提炼、开掘丰富的精神人文内涵

文学作品，包括儿童小说要以情感人，以美育人。好的儿童小说，既要让读者感动，又要给他们有益的启迪。入选的这些作品都贴近现实人生、贴近儿童心理。其中不少是把儿童生活的小天地与人生、社会、自然、历史的大天地联结、交融起来描写，着力揭示生活美、人性美、人情美，让读者从中领略爱、真、善、美。作者巧妙地寓教于乐，借着绚丽的生活图景、迷人的故事情节，吸引小读者在阅读、鉴赏的审美愉悦中，一点一滴、细水长流地领悟成长的艰辛、人生的奥秘，引发对现实和未来的种种思考。在他们心中播下智慧、勇气、正义、友谊、同情、感恩、分享、诚信、和谐的种子。

既要编织生动有趣、引人入胜的故事，更要着力塑造鲜活、富有个性的人物形象

不少富有经验的作家都谈到，儿童小说离不开故事，故事是儿童小说的要素、基本面。爱听故事，可说是孩子的天性、本能；只有优美的、精彩的、智慧的故事，才能让孩子感动，眉飞色舞或愁眉苦脸，真正扣动他们的心弦。

儿童小说是讲述童年故事的最好载体。有才华的作者都善于从生活出发，驰骋想象，精心编织出真实、生动、曲折、感人的故事来吸引小读者。好的儿童小说作者又不满足于给孩子讲一个好听的故事，更重要的是把功夫下在塑造人物形象，刻画人物性格上。情节是人物性格发展史。作者从纷繁生活的矛盾冲突中提炼出多姿多彩的情节，包括行动、细节，用以揭示孩子的喜怒哀乐、个性特点，展现他们的遭际、命运。从而塑造出新的、独特的、有血有肉的人物形象打动读者、征服读者。

充分发挥自己在语言、风格、表现手法上的优势、擅长、特色，不断探索、寻求新的艺术突破

儿童小说作家的经历、气质、爱好、特长各不相同。他们在创作实践上，总是不断探索、学习、借鉴，扬长避短，取长补短，力求形成日趋成熟的、独特的艺术风格。

文学是语言的艺术。入选本书系的小说作者，在语言上都力求简洁、洗练、形象化、富有感情色彩。同时，他们的语言风格又多姿多彩，各具特色。

有的情真意切，质朴自然，有的幽默风趣，轻松流畅，也有的崇尚古典，清丽高雅，或追求诗意，优美温润。在创作方法、表现手法上，现实主义或魔幻主义，传统手法或现代手法，象征与夸张，穿越时空或虚实交融，可说是各显其能，又独树一帜。优秀的儿童小说，都力求时代特色、民族特色、地域特色的统一。从入选的作品中，小读者会读到京味的或海派的、北方风韵或南国风情的，地方色彩鲜明，泥土气息浓郁，很好地满足了少年儿童多样化的审美情趣和欣赏习惯。

在实现伟大中国梦的旗帜下，走在成长路上的亿万孩子热切呼唤儿童小说作家写好中国故事、写好中国式童年，创造出具有经典品质、艺术魅力的精品力作，为伟大的新时代奉献一份珍贵的大礼。

2018 年 9 月

七十年童话创作多姿多彩

——《儿童粮仓·童话馆》序

童话是孩子们喜闻乐见的一种文学体裁，也是少年儿童文学中最契合儿童思维方式、儿童特点最鲜明的文体。

童话对于儿童开阔视野、启迪心智、陶冶情操、激发想象，具有不可低估的作用和影响。中外文学大师、名家都满怀激情，由衷赞扬童话的价值和地位。

德国童话大家格林兄弟说："童话的朴素诗情能够教诲每个人以纯真。"

童话之父安徒生说："人生就是一个童话，我的人生也是一个童话"，"童话是我流浪一生的阿拉丁神灯"。

俄罗斯文学批评大家别林斯基说："童年时期，幻想乃是儿童心灵的主要的本领和力量，乃是心灵的杠杆。"

我国著名儿童文学家陈伯吹说："'童话'这两个美丽的字眼，标志着一个具有诱人的魅力的世界。"

我国著名儿童文学家严文井说："童话是一种献给儿童的特殊的诗体。"

所有这些论述清晰地表明，童话是少年儿童精神成长、心灵成长不可或缺的维生素，是最珍贵的精神滋养品。童年时代有没有童话陪伴大不一样：有童话相伴，会很快乐，很有趣，会有梦想，活泼开朗；没有童话相伴，也就少了童情童趣，少了奇思妙想，失却真正快乐的童年。毫不夸张地说，在某种意义上，优秀的童话可受用一生，影响一生。

从第一面五星红旗在天安门前升起到现在，我国当代童话已走过近70年光荣的荆棘路，经历了漫长的、光辉又艰难的历程。同整个文学、儿童文学一样，童话也经历了五六十年代（1949—1965）、"文革"十年

（1966—1976）、八九十年代（1978—2000）、新世纪至今（2001—）四个历史阶段。人民共和国诞生后，在党和政府的重视、支持与"百花齐放、百家争鸣"方针鼓舞下，作家普遍关注儿童的思想品德教育，创作热情高涨，迎来了我国当代童话创作初步繁荣的第一个黄金时期。50年代后期、60年代初、中期，"左"倾思潮的侵袭，对"童心论"等的错误批判，挫伤了作家的创作积极性，童话创作一度停滞冷清。十年浩劫，文学园地百花凋零，童话创作更是销声匿迹，一片空白。改革开放后的80年代，拨乱反正，思想解放，创作观念更新，作家敢于探索，勇于创新，迎来了童话创作兴旺、繁荣的真正黄金时期。90年代，幻想文学的提倡，幽默精神的高扬，人文内涵的追求，更使童话作家如鱼得水，得心应手。进入新世纪，市场经济、网络媒体的挑战，"哈利·波特"热的掀起，童话园地里，艺术的与大众的，典型化与类型化创作，呈现多元并存的格局。近些年来，实现中国梦的大方向，登攀文艺高峰的大目标，激励着童话作家在创新道路上继续前行。

近70个春秋的艰辛跋涉，使我国当代童话创作取得长足的进步和可喜的、令人瞩目的成就：

一是涌现出一批想象丰富、情趣盎然、思想性与艺术性统一的童话名作。

《宝葫芦的秘密》《小溪流的歌》《鸡毛小不点儿》《狐狸打猎人的故事》《猪八戒新传》《神笔马良》《野葡萄》《"没头脑"和"不高兴"》《小布头奇遇记》《黑猫警长》《皮皮鲁外传》《总鳍鱼的故事》《小巴掌童话》《怪老头儿》《狼蝙蝠》《哼哈二将》《笨狼的故事》《鼹鼠的月亮河》《乌丢丢的奇遇》《面包狼》《猪笨笨的幸福时光》《汤汤缤纷成长童话集》《布罗镇的邮递员》等，都是建国以来各个阶段最负盛名的代表作。

二是创造了不少个性鲜明、栩栩如生的童话形象。

幼儿童话中，有小蛋壳、雪孩子、黑猫警长、大头儿子、围裙妈妈、花背小乌龟、岩石上的小蝌蚪等这样一些孩子们熟悉、喜爱的艺术形象，它们深深镌刻在一代又一代幼儿的心坎里。而神笔马良、唐小西、皮皮鲁、霹雳贝贝、怪老头儿、阿笨猫、乌丢丢等，也都是小读者和大读者喷啧称赞的鲜明童话形象。

三是形成了艺术形式、风格丰富多样、异彩纷呈的格局。

五六十年代，在当时的时代背景下，我国的童话创作，更多侧重于传统的"教育型"。改革开放以来，童话作家从惯性思维中走出来，打破一些条条框框的束缚，在创作方法、艺术表现手法、形式、风格上敢于探索和创新。"热闹派"标新立异，独树一帜。"抒情派"、诗体童话、小巴掌童话也各显神通，争奇斗艳。很多作家都有独特的美学追求，有的追求奇特、荒诞、幽默，有的追求诗情与哲理交融，有的隽永含蓄，质朴自然，有的优美流畅，温婉清丽，真是各有千秋，各领风骚。

四是造就了一支满怀童心、爱心、诗心，不断新陈代谢的童话创作队伍。

参与当代童话创作的，除了已谢世的张天翼、严文井、陈伯吹、贺宜、金近、包蕾、洪汛涛、孙幼军、赵燕翼等前辈作家外，如今健在的童话老作家还有黄庆云、任溶溶、宗璞、葛翠琳、金波、张秋生等。八九十年代崛起的童话作家有：张之路、郑渊洁、葛冰、郑允钦、班马、周锐、白冰、冰波、彭懿、郑春华、保冬妮、杨红樱、汤素兰等。新世纪以来涌现的有：皮朝晖、王一梅、李东华、张弘、葛竞、汤汤、萧袤、郭姜燕等。这些活跃于儿童文苑的作家，是当代童话创作的中坚力量。我国当代儿童文学队伍的构成，一直保持"五世同堂"的强大阵势，这是童话创作持续发展、繁荣的希望所在。

回望我国当代童话创作的发展历程，我们欣喜地看到，几代作家努力开拓，潜心创作，已取得光彩熠熠的丰硕成果。广西师范大学出版社编选、出版的这套《儿童粮仓童话馆》书系，相对集中地展示了建国以来童话创作（主要是中、短篇）有代表性的优秀成果，为谱写中国童话史留下一份珍贵的记录。

而更重要的是为孩子们提供丰富、优质的精神食粮，让这些富有经典品质和艺术魅力的童话得以更好地走进广大小读者中间去。

童话是以幻想为基本特征的一种独特的文学体裁，是最富浪漫色彩和游戏精神的奇妙故事。童话的灵魂、核心是想象、幻想，它是张开想象的翅膀飞得最高、最远的艺术。没有丰富的想象、幻想，也就没有童话。童话的艺术魅力从何而来？一是来自幻想与现实的巧妙结合，来自它所营造的亦真亦幻、似真似幻的光怪陆离的童话世界。二是来自诗情与哲理的水乳交融，来自如诗如画的童话世界所蕴含的深邃的生活哲理。三是来自神奇灵敏的童话形象与引人入胜的故事情节相交织，来自那个性鲜明、栩栩如生的超人体、拟人体、常人体的童话人物。四是来自耐人寻味的幽默、沁人心脾的情趣与天真烂漫的游戏精神。入选《儿童粮仓童话馆》的作品，可以说，在诸多方面都具有上述这些品质、风采和魅力；只是按照作者不同的创作个性和艺术特长，追求的侧重点不尽相同。

阅读经典，欣赏经典，可以提高小读者的文化素养、审美能力、鉴赏水平。要从小培养孩子们爱读书、多读书、读好书的良好习惯。让他们在快乐中阅读、欣赏，在阅读、欣赏中享受快乐。读优秀童话，不仅会让他们为精彩的故事所吸引和打动，还能引导他们感受、体会作品所蕴含的崇高的感情、优美的意境、生动的语言，以至一点一滴、多多少少从中领略人生的意义、生命的奥秘，润物细无声地滋养他们的心灵。

愿幼年、童年时代有童话相伴的孩子，长大以后，多一点想象力，多一点创新力，多一点人性美，多一点诗意、情趣和幽默！

2018 年 5 月

倾情打造《儿童粮仓》 致敬新中国 70 华诞

还有 9 个月，即将迎来中华人民共和国成立 70 周年。人民共和国从风风雨雨中走来，从站起来、富起来、到走向强起来，很不容易！70 华诞，是一个富有重大意义的喜庆日子，值得隆重纪念。

作为一个共和国诞生前夕的未成年人，一个见证共和国艰难成长历程的儿童文学工作者，总有那么一份心情，想为孩子做点什么，正如一首歌所唱的，"我要把最美的歌儿献给你，我的母亲我的祖国"。

我简略地谈一谈我和徐德霞共同主编、广西师大出版社编辑出版《儿童粮仓》丛书的一些想法，主要谈谈它的意义、价值和特色。

早在 2017 年 3 月，就开始策划这套书了。从制定选题和出版方案到商定作者名单，从组稿、编辑、插图到装帧设计，2018 年 10 月"童话馆"中车培晶著《雪镇上的美丽传说》才问世，前后历时一年半。可以说这套书起步早，做得相当认真严谨又从容淡定。

出书的初衷，主旨和目的，如海报所写："时光雕塑经典，阅读滋润成长"，或者可以概括为一句话："倾情打造《儿童粮仓》，致敬共和国 70 华诞"。也就是说，《儿童粮仓·童话馆》《儿童粮仓·小说馆》，是对新中国成立 70 周年来童话、儿童小说创作的一次回顾、总结和梳理，集中展示了一部分有成就和影响、有代表性作家的精品佳作。这是作家、编辑、出版人真心实意献给祖国母亲的一份实实在在的礼物。它既为当代中国儿童文学史留下一份弥足珍贵的记录、史料，更为广大少年儿童提供一份丰富、精美、优质的精神食粮。经过时间检验的优秀文学作品是润泽孩子心灵最好的乳汁，是少年儿童精神成长、心灵成长的最佳维生素。

《儿童粮仓》丛书的特色，主要表现在以下几个方面：

一、首先挑选了当代儿童文学发展历程中成就尤为显著，也是小读者最喜爱的两种文学体裁：童话和儿童小说。

少年儿童都喜欢听故事、讲故事，他们对故事的需要可说是本能的。故事是小说的基本面，童话也被称作一种献给儿童的特殊的诗体故事。童话或小说这种叙事性文体，都需要一个生动、有趣的故事。讲好真善美的故事，将温暖童年，愉悦童年，拥有孩子，拥有未来。

要把故事讲好写好，需要丰沛的想象。文学的想象力在任何时候都是极其重要的。优美的童话把现实与幻想水乳交融地结合在一起，点燃梦想，照亮远方。孩子从小有童话相伴，永远纯真、开朗、快乐。反映真实又富于想象、以编织故事、刻画人物见长的小说，会让孩子感动，让他们深切感受成长的喜怒哀乐，或许还能从中看到自己和同伴的面影。

二、坚守文学基本品质，讲究艺术魅力、审美愉悦。收入《儿童粮仓》的作品，力求思想性、文学性、可读性的完美统一。

充分考虑小读者多样化的阅读兴趣和审美需求，充分发挥文学"以情感人"和"以美育人"的独特作用，力求把爱的种子、真善美的种子撒播到孩子心灵深处。把鼓舞孩子奋发向上、向善与愉悦身心、享受快乐更好地结合起来。

《儿童粮仓》所收的每本书，篇幅大体控制在 10 万字以内，以短篇、中篇为主。提倡短篇，既是为了更好地发展这种短小、灵活、小中见大，而目前又相对被忽视的文体，也是为了适应孩子的阅读习惯，有助于提高他们阅读和写作的能力。

三、尽可能覆盖新中国诞生 70 年来各个历史时期（建国初 17 年、新时期、新世纪以来）有成就、影响和代表性的老、中、青作家，反映儿童文学队伍不断新陈代谢的"四世同堂"或"五世同堂"。所收入的作者，既有文学前辈，也有当前最为活跃的创作中坚力量，也有一些原本活跃、成绩卓著，近些年相对沉寂、差不多已被遗忘的作者。

四、努力打造卓越、独特、读者信得过的品牌。广西师大出版社矢志创立自有童书品牌，在选题、编排、插图、装帧设计上狠下功夫，追求高品位、高格调、素雅别致的特色。

编者和出版社同人愿为塑造少年儿童心灵这一伟大工程，做一点添砖加瓦的事。向新中国 70 华诞致敬、献礼！

2019 年 1 月 11 日

为创造更多的儿童文学精品开拓前进

——1986 年全国儿童文学创作会议开幕词

全国儿童文学创作会议现在开幕了。首先，我代表文化部、中国作家协会向出席这次会议的儿童文学作家、评论家、编辑、出版工作者表示热烈的欢迎！向全国所有在儿童文学园地里辛勤耕耘的园丁致以亲切的问候和崇高的敬意！向热心支持这次会议的山东省、烟台市的各级领导和同志们表示深切的感谢！

由文化部、中国作家协会联合召开这样全国范围的儿童文学创作会议，新中国成立以来还是第一次。参加这次会议的有来自全国各地的近200 位有代表性的老、中、青作家、评论家和编辑，可说是儿童文学战线群英毕至。这么多作家欢聚一堂，共议繁荣儿童文学创作，更好地为 3 亿多少年儿童服务的大事，是我国儿童文学界前所未有的一次盛会。全国政协副主席、全国妇联主席康克清同志，儿童文学老前辈叶圣陶、冰心及著名作家严文井等同志为会议写来贺词，表达了他们关心儿童文学事业的满腔热忱，我谨代表到会的同志向他们表示由衷的感谢和美好的祝愿！

我们这次会议是在六届全国人大四次会议闭幕后不久召开的。这次人代会通过的"七五"计划，为我们描绘了今后五年建设和改革的宏伟蓝图，确定了"两个文明建设一起抓"的雄图大略，"希望广大思想文化工作者，都能够坚持为人民服务、为社会主义服务的方向，坚持把社会效益放在首位，联系群众，深入生活，勇于开拓创新，为人民提供更多更好的精神产品，以丰富和提高人们的文化素养和精神境界，培育人们高尚的道德情操、生活情趣和健康的审美观念，激励人民满腔热情地献身四化建设"。党和人民对思想文化工作者的这些要求和期望，我们儿童文学作家理应在自己的创作活动中认真贯彻、落实。我们这次会议的主旨就是要进一步落实党中央关于把少年儿童工作提到战略地位的号召，更好地发挥儿童文学在加强社会主义精神文明建设、培育一代"四有"新人中的作用，增强作家的社会责任感，努力提高儿童文学创作的思想、艺术水平，为广大少年儿童提供丰富优质的精神食粮。

儿童文学是我国社会主义文学的一个重要组成部分。在新的历史时期，儿童文学同文学其他门类一样，取得了明显的、长足的进展，呈现出一派前所未有的创作活跃、人才辈出的喜人景象；儿童文学理论批评也在开拓中不断前进。

我们已经形成一支相当可观的、富有朝气和活力的儿童文学创作队伍。现在中国作家协会会员中以从事儿童文学创作为主的约有150人，加上各地分会会员，总数就上千了。如果再算上分布在各条战线，还没有加入作协的业余儿童文学创作者，就组成了一支为数3000人左右的庞大队伍。这支队伍在十一届三中全会路线指引和党的文艺方针鼓舞下，逐步摆脱了"左"的思想桎梏和旧的清规戒律的束缚，在儿童文学观念上有所开拓和更新，对儿童文学的功能有了更为开阔的理解，思想日益活跃，创作热情高涨。老一辈作家壮心不已，笔力犹健，努力为儿童文学这个小百花园锦上添花，继续以自己的心血浇灌祖国的花朵；中年作家思想、艺术上日趋成熟，他们勤耕细耘，不断有新作佳构问世；特别令人高兴的是，儿童文学战线上一支生气勃勃的新军正在崛起，他们思想活跃，视野开阔，敢于探索，勇于创新，是我国社会主义文学更大繁荣的希望所在。

我们高兴地看到，在新时期，儿童文学的各种体裁、样式，包括小说、诗歌、童话、寓言、散文、传记、报告文学、科学文艺、剧本和影视文学等，都出现了一批深受小读者喜爱的优秀作品。整个创作呈现一种开拓、创新、多样化的发展势头，显示出了若干引人注目的特色，这表现在：进一步拓展了创作题材，注意把儿童生活同成人生活、广阔的社会生活联系起来描绘；坚持从生活出发，多层次、多色调地刻画新时期少年儿童的性格、着力表现巨大现实变革在孩子心灵上的投影；更加重视文学艺术的特征和儿童文学自身的艺术规律，注重以情感人；打破某些陈旧的创作模式和框架，探索、追求符合当代少年儿童审美情趣、欣赏习惯的新的表现手法、形式和技巧。儿童文学创作上的这些新进展、新收获，是值得重视和赞许的。

当然，对于已经取得的这些成就，我们没有丝毫足以自满的理由。我们要清醒地看到，同伟大时代的前进步伐和历史赋予我们的崇高使命相比，同广大少年儿童多方面的精神需求相比，我们儿童文学创作的思想、艺术质量还很不相称，在紧扣时代脉搏，贴近现实生活，反映少年儿童心声，塑造当代少年新人形象，探求艺术形式、表现手法的新和美方面还有不小的差距。在思想、艺术上出类拔萃，能够深深打动孩子心灵，在新时期少年儿童中具有广泛、深刻影响的力作、精品还是太少了。正因为如此，我们认为，儿童文学界最迫切的任务是要在提高作品的质量上下功夫，争取儿童文学创作的思想水平、艺术水平有一个新的突破，创作出更多的优秀精美的作品，满足亿万小读者多方面、不同层次的精神需要。

我想，围绕着如何进一步提高儿童文学创作质量这个主题，我们这次会议可以把讨论的重点放在以下三个方面：

一、儿童文学创作如何更好地反映我们伟大的时代，增强时代特色，塑造更多闪耀时代光彩的、能够鼓舞少年儿童奋发向上的人物形象？

二、儿童文学创作如何更好地遵循自身的艺术规律，在思想、艺术上创新？如何看待创新与时代、创新与传统的关系？

三、提高儿童文学创作质量的关键何在？如何进一步提高儿童文学创作队伍的思想、业务素质？

我们处于建设四化、振兴中华的历史新时期，按照教育面向现代化、面向世界、面向未来的方针，党和人民要求把少年儿童培养成为具有开拓性、创造性素质的建设者，成为有理想、有道德、有文化、有纪律的一代社会主义新人。我们的儿童文学作家应当更加明确、深刻地意识到自己肩负的加强精神文明建设、培育一代"四有"新人、提高中华民族素质的历史责任。充分而完美地体现伟大时代对未来一代的期望和要求，真实而生动地反映新时期少年儿童丰富多彩的生活，鲜明而丰满地塑造当代少年儿童新的性格，勇敢而执着地探求为孩子们所喜闻乐见的新的形式、风格，是摆在儿童文学作家面前的光荣而艰巨的任务，也是提高儿童文学创作质量题中应有之义。我们的儿童文学理应通过生动感人的艺术形象给少年儿童以爱国主义、集体主义、社会主义、共产主义思想的熏陶和启迪；但又不能把儿童文学的社会功能理解得过于狭隘，有利于净化心灵、陶冶情操、开阔视野、启迪智慧的，都应当得到肯定和鼓励。我们提倡和鼓励作家更多地关注现实变革，更充分地反映伟大时代的面貌和孩子的心声，着力塑造新时期少年儿童新人的典型形象。同时，又要坚持百花齐放，提倡题材、主题、人物、形式的多样化。各种题材、体裁、样式，古代历史题材或革命历史题材，动物小说或科幻小说，童话或寓言，等等，在儿童文学领域中都应当有作家自由驰骋笔墨的广阔天地。我们期望这样的作品也力求投射出鲜明的时代光彩。

　　时代在前进，社会在发展，小读者的审美趣味、欣赏习惯也在发展变化。面对大变革的时代，面对小读者不同层次的审美需要，儿童文学在内容和形式上要不断有所创新和突破。创新，首先要在思想内容上推陈出新，标社会主义之新，也就是要更好地表现新的时代特色。我们生活在一个瞬息万变、日新月异的时代，在时代激流的涌动、涤荡下，少年儿童的精神面貌、心理状况已经发生了新的、深刻的变化。思想活跃，眼界开阔，上进心强，求知欲旺，善于独立思考，勇于探索创造，对四化大业充满激情和幻想，已经成为当代少年儿童生活、思想感情的主旋律。同时，又不能忽略十年动乱和当前社会的不正之风在孩子心灵上投下的阴影。要力求把对当代少年儿童独特心理的把握与色彩斑斓的现实变革的生活图景统一起来，这样写出的作品就会富有更加浓郁的时代特色。儿童文学的艺术创新，既要继承和发扬我们民族文学的优秀传统，又要借鉴、吸取外国文学的优秀成果。这种继承和借鉴，是为了更好地表现新的时代、新的生活，创作出为中国当代少年儿童所喜闻乐见的作品。从儿童文学的创作现状来看，开拓、创新的精神似嫌不足。我们要热情鼓励、支持儿童文学作家一切大胆的、有益的探索和创新。各种表现手法、风格——传统的写实手法或西方现代主义手法，富于哲理或长于抒情，编织故事或追求意境，恢宏庄重或幽默诙谐，在儿童文学中都可以探索、尝试。要进一步创造一种有利于艺术探索创新的和谐融洽、活泼宽松的环境和气氛。当然，吸收、利用中国古代或外国文学中的某些表现手法、形式和技巧，绝不能生吞活剥，盲目照搬，而是要从所表现的生活内容出发，咀嚼、消化、融会贯通，化为自己的血肉，力求与中国当代少年儿童的思想感情、心理特点、欣赏习惯相沟通、相适合。

要提高儿童文学创作的质量，必须提高儿童文学创作队伍的政治素质、思想素质和业务素质，而提高队伍素质的根本途径在于加强马克思主义的理论武装，深入人民群众生活。胡耀邦同志不久前在谈到提高干部素质时，曾提出了"一要向上攀登，二要向下深入"的要求，希望干部"从两个方面下功夫，一要干部掌握马克思主义理论，以及现代的科学技术知识和经营管理知识；二要干部谙熟我国国情、本省省情，努力实践，取得比较丰富的实际工作经验"。这些期望和要求同样适用于儿童文学队伍。我们的儿童文学作家应当更加自觉、认真地学习马克思列宁主义，使自己的思想更加活跃，更加开阔，具有对新事物的敏感，并能够站在时代的、历史的高度，深刻认识、概括当代生活的伟大变革；同时，应当积极、热情地投身于四化建设和改革洪流，投身于生动活泼的儿童世界，在群众生活这个大课堂里，不断地充实、提高自己，进一步了解、熟悉新时期的少年儿童，洞察和把握社会变革中少年儿童的内心世界。为了提高创作队伍的业务素质，儿童文学作家特别是中青年作家，还要丰富各方面的知识，学习历史、经济、科学知识，学习美学、社会学、教育学、心理学等，努力提高自己的文化素养和艺术功力。只有在思想、生活、艺术三方面下苦功夫，才有可能成就儿童文学的大手笔，创造出无愧于伟大时代、为广大少年儿童所喜闻乐见的艺术精品来。

我们这次会议，是儿童文学界难得的一次相互切磋、交流经验的聚会，也是关系到今后儿童文学创作繁荣和提高的一次重要集会。为了开好这次会议，我们提出三点希望：一是要抓住会议的主题，围绕讨论的重点，集中探讨、研究如何提高儿童文学创作质量的问题。座谈讨论一定要从实际出发，紧密联系儿童文学创作的现状，尽量避免泛泛而谈。我们热忱欢迎到会的同志提出关于改进和加强儿童文学工作的意见和建议，会议将安排一定的时间认真听取大家的意见，只是希望不要过早地转入实际工作和具体问题的议论，以免冲淡了会议的主题。二是要树立正常的、自由的、生动活泼的讨论和争鸣的风气，要有在真理面前人人平等的精神。希望大家各抒己见、畅所欲言，有了不同看法和意见，就可以展开和风细雨的、充分说理的论争。我们都要有倾听不同意见、相反意见的气度和雅量。三是要以团结为重，青年作家要尊重老作家的成绩和贡献，老作家则要考虑青年作家的特点和长处，互敬互爱、取长补短。希望这次会议通过相互之间的接触和了解，能够进一步增进和加强儿童文学界的团结。让我们如巴老所期望的："大家团结起来在创作实践上争长短、比高低吧！"

同志们，我们从事的是关系到培养一代"四有"新人、提高中华民族精神素质的崇高事业。为了民族的振兴，为了祖国的未来，我们一定要更加勇敢地探索，更加勤奋地创作，写出更多的儿童文学精品，为把我国儿童文学创作提到新的、更高的水平而开拓前进！

1986 年 5 月 6 日

更贴近大时代 更贴近小读者

少年儿童文学发展趋势研讨会今天开始了。

我们还清晰地记得，两年多之前，中国作家协会和文化部曾在这个景色宜人的滨海城市——烟台，联合召开过第一次全国性的儿童文学创作会议。在那次会议的推动下，作家协会主席团通过了关于改进和加强少年儿童文学工作的决议，恢复建立了儿童文学委员会，举办了中国作协首届全国优秀儿童文学奖，作家协会主办的《文艺报》《人民文学》等刊物也增辟了发表儿童文学评论和作品的专版或栏目。各地少年儿童文学工作也都有了新的进展。烟台会议在儿童文学工作者的脑海里留下了美好的、难忘的印象。今天，我们又在这个似乎同儿童文学结下了不解之缘的烟台再次聚会，无论是重逢的老朋友，还是初交的新朋友，心里都感到特别亲切、特别喜悦。参加这次研讨会的有来自 14 个省、市、自治区的儿童文学作家、评论家、报刊和出版社的编辑 70 多人，可说是儿童文学界一次不大不小的盛会。80 多岁高龄的陈伯吹老人也不辞辛劳，跋涉千里，来到这里和大家见面，一起座谈讨论，这对我们是很大的激励。

这次研讨会是由中国作家协会创作联络部和中国作协上海分会、山西分会、江西分会、新疆分会、少年儿童出版社、安徽少年儿童出版社、湖北少年儿童出版社、湖南少年儿童出版社、新蕾出版社、希望出版社、明天出版社、《儿童小说》编辑部、《小溪流》编辑部、中国儿童电影制片厂、山西河东儿童文学联谊会、中国文联烟台文艺之家联合发起，由中国作协儿童文学委员会主持召开的。

召开这次研讨会，是为了对当前我国儿童文学的现状、发展趋势和前景自由地、广泛地交换意见，使理论探讨、研究的空气更加活跃，从而推动我国儿童文学创作和评论向更高层次、更高水平发展。这次会议是一次学术讨论会、一次信息交流会，同时也是一次同行联谊会。

近几年来，在我国整个文学多元化、多样化发展的大趋势下，儿童文学呈现出多姿多彩、生动活泼的局面。概括起来，可以说在儿童文学领域里，在理论探讨与创作实践的结合上，初步达到了四个"多"，即多功能、多层次、多视角、多色调。

多功能——改变了对儿童文学社会功能的狭隘化理解，重视全面发挥儿童文学的教育作用、认识作用、审美作用和娱乐作用等多方面的功能。

多层次——按照少年儿童不同的年龄阶段，把少年儿童文学划分为幼儿文学、儿童文学和少年文学三个层次。

多视角——突破学校生活、家庭生活较为狭窄的天地，扩大了创作的题材范围，多方位、多角度地表现社会生活和少年儿童的内心世界。

多色调——致力于多种创作方法、艺术手法、表现手段的探索、尝试，倾注于不同艺术个性、风格、流派的追求，艺术的多样性有了新的发展。

我不厌其烦地讲到的这几点，大家听起来可能会觉得是老生常谈，没有什么新鲜的东西。但是，我以为，对近些年儿童文学创作、理论上所取得的这些进展和成果，应当给以充分的估计和评价。这些成果是得来不易的，是儿童文学作家、评论家、编辑解放思想、摆脱陈旧的思想条框，勇于探索、勇于创造，付出了不少心血而得来的。诚然，并不是在这些方面已经尽善尽美，无懈可击，但必须肯定这个走向和势头是好的、可喜的。我们的儿童文学创作要取得更大的繁荣，赢得更多的小读者，就要沿着这个趋向做更大的努力，下更大的功夫。评论、研究工作者既要为此热情地鼓与呼，也要用科学的、实事求是的态度予以分析、总结和指导。

这些年来，儿童文学理论工作也有了新的进展。文化部、全国少年儿童文化艺术委员会、中国儿童文学研究会在这方面做了不少有益的工作。从 1984 年到 1986 年，先后召开过全国儿童文学理论座谈会、全国儿童文学理论研究规划会议、当代儿童文学新趋向讨论会等。不少地方的作协分会和儿童文学报刊、出版社也都举行了一些关于儿童文学创作、理论问题座谈会、作品讨论会或笔会。单就我所接触的近几个月的情况来说：8 月，作协浙江分会在衢州召开过题为"儿童文学的危机和生机"的创作年会；9月，安徽省儿童文学创作委员会与中国福利会儿童时代社、作协上海分会联合举办了黄山笔会，主题是"如何改革审美观念，使中国儿童文学更好地走向世界"；6—8月，上海《少年文艺》编辑部先后与作协江苏分会、黑龙江分会联合举办《少年文艺》全国基本作者系列讨论会——刘健屏作品讨论会、常新港作品讨论会，等等。这些会议对活跃理论研究空气，拓宽作者视野，总结创作经验，都不同程度地起到了有益的作用。我想，在这些会议上，一定提出了不少新的论点、新的思路，提供了不少新的信息、新的经验。我们热切期待着把这些新的见解、新的信息汇集到我们这次会议上来，使这次会议成为儿童文学信息交流的中心。

我们还高兴地看到，儿童文学评论园地比前些年有所扩大。少年儿童出版社编辑出版的《儿童文学研究》从今年起改为16开本的双月刊，已经出了3期；作为"全国少年儿童文化艺术委员会理论"丛书出版的《儿童文学评论》历经艰难终于问世；《文艺报》的《儿童文学评论》专版从1987年年初创刊，至今已出了20多期；《浙江师范大学学报》（社会科学版）也已出了3期"儿童文学研究专辑"。此外，《儿童文学选刊》《当代作家评论》《文艺评论》《文艺争鸣》《文学自由谈》以及现已停刊的《当代文艺思潮》等刊物也经常发表有关儿童文学的评论文章，儿童文学理论专著和个人的评论集也有多种出版，中国现代儿童文学史已经出了两种。由此可以看出，儿童文学理论工作已经得到了一定的重视，儿童文学评论薄弱、沉闷的状况开始有所改变。现在我们要做切切实实的工作，巩固已有的成果，并把这种好的势头继续推向前进。这次研讨会，希望在这方面能起到一点推波助澜的作用。

我们这次研讨会的主题是儿童文学的发展趋势，这是一个大题目。在这个总题目下，到会的同志可各自选择不同的角度、不同的侧面自由地发表自己的见解。可以对新时期的儿童文学作宏观扫描、整体鸟瞰，也可以对近几年儿童文学领域的若干现象进行纵向或横向的审视、比较；可以对一个地区的儿童文学创作现状或某个儿童文学作家群体作系统的、全面的评说，也可以从某一角度、某一侧面对作家作品的成败得失或某个年龄阶段的儿童文学创作发展状况做深入细致的剖析和论评。同时，我们欢迎到会的作家根据自己创作实践的经验和体会，围绕一两个专题来阐述自己的见解。总之，我们希望这次会议树立一种实事求是而又生动活泼的学风，营造一种民主的、自由探索、自由讨论的学术空气，真正做到各抒己见，畅所欲言。在学术理论、文学创作问题上有各种不同的意见和看法是正常的。我们要在友好、和谐的气氛中对话、争鸣。有些问题通过讨论可能会取得比较一致的认识，有些问题也许在较长时间内不能取得共同的看法，那也不要紧。像经济学等学科都鼓励多流派的发展一样，最讲独创性的文学艺术更应当提倡百家争鸣，鼓励多学派、多流派的共存和发展。

当我们将要对会议的主题展开讨论的时候，我想就考察儿童文学发展趋势这个问题的思路提出几点想法供大家参考。

第一，考察儿童文学的现状和发展趋势，要把它放到我国全面深化改革、商品经济发展的社会大背景之下。

我们正处于一个新旧交替的时期，大变革的时期。商品经济的迅猛发展，给我们的社会生活、精神生活带来了新的生机、新的活力，同时也给人们思想上带来了某些困惑和混乱。人们的价值观念发生了极大的变化。有的人说，目前的中国社会是一个失去统一价值观念和价值标准的时期。那么，在这种情势下，文学还要不要有自己的价值标准？应当有什么样的价值标准？王蒙同志在一篇文章中提出了价值标准的四条原则，即真实的原则、思想的原则、创造的原则、愉悦的原则。这些原则是否同样适用于儿童文学？儿童文学面对商品经济的冲击、渗透，应当坚持什么，反对什么？张扬什么，摈弃什么？儿童文学、儿童读物的编辑出版如何才能做到在商品经济的海洋中学会游泳而又不被淹没？所有这些问题都是回避不了的，值得我们认真地思索、议论一番。

第二，考察儿童文学的发展趋势，评估儿童文学的成败得失，要站在面向现代化、面向世界、面向未来的高度上。

我们要清醒、明确地意识到儿童文学在塑造未来一代的性格、提高中华民族的精神素质、道德素质上负有的重大使命。少年儿童是国家的未来，民族的未来。今天的儿童到 21 世纪就是建设四化、振兴中华的主力军。我们要着力培养少年儿童一代具有开拓、进取、创造、革新的性格。在这次会议前，我和韶华同志一起去拜访严文井同志时，他也着重强调了作家肩负的这个责任。文井同志说："中国的伟人是鲁迅，他的伟大在于提出了改造国民性的问题。但是，至今究竟改造了多少？我们要意识到自己的责任，尽一份力量。不要使孩子因循守旧，而要使他们敢说敢做、敢喜敢怒。要教育孩子抬头做人，而不是老觉得低人一等。"我们的儿童文学在着力塑造民族未来的崭新性格上，已经迈出可喜的第一步。一些刻画小小男子汉形象，具有阳刚美的作品受到了好评。同时也出现了一些表现人性美、人情美，有助于培养孩子优美情操的佳作。但是，我们还可以认真思索一下，在这方面还有什么差距？创造性的追求够不够？标新立异、探索创新的精神够不够？

第三，考察儿童文学的发展趋势，要从接受者、欣赏者的角度，小读者的角度来审视、分析和研究。

儿童文学是为少年儿童服务的文学。要理顺儿童文学与小读者的关系，尽可能多层次、多功能地满足小读者的精神需求和审美情趣。儿童文学要发挥自身特有的优势和魅力，以争取更多的小读者。要做到这一点，首先要了解行情，对小读者的阅读兴趣、理解能力、鉴赏水平要有透彻的了解。今年 1 月初，我去拜访冰心老人时，她也谈到：现在的孩子理解、接受能力都很强，他们不愿看有些儿童文学作品，觉得太浅、没意思。对儿童，要尊重他们，理解他们，同情他们，不要蹲下来教训他们。我写《寄小读者》，是把孩子当作朋友，同他们谈心。她还谈到，儿童文学评奖要尊重小读者的意见。

近年来，儿童文学走向世界这个问题，已引起作家、评论家的关注。我想强调，儿童文学要走向世界，首先要走向中国小读者。要把儿童文学的根深深地扎在我们民族的土壤上，扎在亿万少年儿童的心灵深处。"越是民族的，越是世界的。"这是一条颠扑不破的真理。为中国少年儿童所喜闻乐见，才可能为世界各国少年儿童所喜爱和接受。儿童文学的创新，要适应我国大多数小读者的审美需要。创新，就是要创我们大变革时代之新，创我们民族特色之新。当然，要走向世界，还要了解国外的行情，要学习、借鉴、吸收世界各国儿童文学的经验。要打开窗户，呼吸新鲜空气，不能闭目塞听。

上面我只是提出了一些问题或想法的轮廓，请大家讨论。

最后，预祝我们的研讨会开得热烈、精彩、生动活泼，取得预期的效果！热切地期望同志们更贴近大时代，更贴近小读者，更加勇敢地探索，更加勤奋地创作，为孩子们开拓一个丰富的、美的精神世界！

1988 年 10 月 10 日

附注：本文系在儿童文学发展趋势研讨会上的发言。

迎接儿童文学新纪元

——2000 年全国儿童文学创作会议开幕词

在即将迎来六一国际儿童节之际，中国作家协会、宋庆龄基金会联合召开的全国儿童文学创作会议开幕了。首先，我代表主办单位对出席这次会议的儿童文学作家、理论批评家、编辑、出版工作者和各位嘉宾，表示热烈的欢迎！向所有用自己的心血和汗水浇灌儿童文学小百花园的园丁，表示由衷的敬意！向十多年来先后谢世的儿童文学老前辈叶圣陶、冰心、陈伯吹、高士其、叶君健及优秀儿童文学作家贺宜、包蕾、金近、何公超、韩作黎、袁静、颜一烟、任大霖、任德耀、刘厚明、胡景芳、刘饶民、张有德、童恩正等，表示深切的怀念！

这次会议是在世纪之交、千年之交的历史时刻召开的，是我国儿童文学界的一次跨世纪盛会。来自东西南北中的 140 多位儿童文学工作者欢聚一堂，回顾新时期以来，特别是 20 世纪 90 年代以来我国儿童文学的发展历程，展望 21 世纪儿童文学发展趋势，共议繁荣新世纪儿童文学的大计，这是一件富有前瞻性、意义深远的事情。

从 1986 年 5 月中国作家协会和文化部在烟台联合召开全国儿童文学创作会议到现在，已过去 14 个年头。十多年来，特别是贯彻落实江泽民总书记关于繁荣少年儿童文艺的指示精神以来，我国的儿童文学呈现出一种平稳、从容而又自由、活泼的发展态势，已经显露出走向新的繁荣的征兆。

我们有了一批引人注目的，思想、艺术俱佳的创作成果，特别是长篇儿童小说的兴盛，成了儿童文苑一道亮丽的风景线。第五届宋庆龄儿童文学奖和中国作家协会第三届、第四届全国优秀儿童文学奖的获奖作品，集中展示了我国 90 年代儿童文学创作的成就和水平。各种体裁、样式的优秀作品在贴近当代儿童的生活和心灵、塑造儿童典型形象、讲究美学品格、追求创作个性等方面，都取得可喜的、明显的进展。

我们有了一支新旧交替、相对稳定、充满朝气和活力的创作队伍。不少富有经验的老作家，依然宝刀不老、笔耕不辍。新时期之初崛起的、如今已步入中年的作家，在艺术上逐步走向成熟，当之无愧地成为当代中国儿童文学的中坚力量。90年代以来崭露头角的新生代作家生气勃勃、富有潜力，消除了人们"青黄不接，后继乏人"的忧虑。而成人文学作家的加盟和"自画青春"少年作者的加入，进一步扩大了儿童文学创作队伍。

我们有了一个有利于儿童文学发展的良好环境。从中央到地方，宣传部门、文学团体、出版单位同心协力抓原创作品，花色品种之多，前所未有。实施精品战略，强化品牌意识，健全激励机制，改善创作条件，大大鼓舞了作家的创作热情，激活了儿童文学的生产力。

然而，毋庸讳言，我国的儿童文学在迈向新世纪的征程中，同样是挑战与机遇并存，困难与希望同在。在中小学生没有走出应试教育阴影，又有多种媒体并存、文化消费多元选择的情况下，要改变小读者淡薄、疏离文学读物的状况，不是一件轻而易举的事情。而从当前创作的总体情况来看，思想性与艺术性完美统一、富有强烈感染力、为孩子们所喜闻乐见的文学精品力作也还太少。作家队伍的思想、业务素质、学识素养、艺术功力，有待进一步提高。理论批评方面，对儿童文学现状的研究，尤其是对少年儿童文学接受状况的研究，仍显得十分薄弱。所有这些，都是发展、繁荣跨世纪儿童文学面临的挑战和困难。

我们这次会议的主题是"迈向新世纪的儿童文学"，这是一个严肃的、饶有兴味的话题。我们要站在新旧世纪的交会点上，回顾既往，总结经验，展望未来，认清我们今天所处的时代，明确世纪之交儿童文学的历史任务和作家的光荣职责，满怀信心地迎接儿童文学的新纪元。

21世纪是实现中华民族伟大复兴的新世纪。在21世纪里，我国将建设成为一个富强、民主、文明的社会主义现代化国家，而建设四化、振兴中华的历史责任就落在跨世纪一代少年儿童身上。

跨世纪的一代新人应当具有综合素质，努力做到德、智、体、美全面发展。人才素质的高低，关系到社会主义现代化事业的成败，关系到国运兴衰、民族复兴，而文学艺术在素质教育、美育中具有独特的、无可替代的作用，对于铸就意志品格、陶冶道德情操、塑造新世纪的民族魂，可以产生润物细无声的、潜移默化的影响。作为"儿童灵魂工程师"的儿童文学作家，肩负着崇高的使命和神圣的职责，理应通过自己的创造性劳动，塑造以情动人、以美感人的艺术形象，帮助少年儿童培养高尚的理想信念、优美的道德情操，丰富的想象力、创造力和健康的审美情趣，为培育一代有理想、有道德、有文化、有纪律的社会主义新人做出自己的贡献。

思考、探索新世纪儿童文学的走向、格局，既不能离开我们所处的时代及时代赋予儿童文学的任务，也不能离开儿童文学的本质、特征及未来一代的审美需求、欣赏习惯。高扬爱国主义、理想主义、英雄主义的旗帜，弘扬人文关怀、热爱科学、崇尚大自然的精神，贴近未来一代的生存状态、内心世界、审美情趣，发掘艺术幻想、幽默品格、游戏精神等美学特质，强化面向网络时代、面向文化市场、面向世界的意识……这一切，既反映了我国 20 世纪 90 年代儿童文学观念的变化和创作态势的调整，也预示着世纪之交儿童文学的发展方向、趋势。这些话题是探讨迈向 21 世纪的儿童文学题中应有之义。我们这次会议采取论坛的方式，深切地期盼大家围绕主题，各抒己见，畅所欲言，自由讨论，广泛对话，力求在生动活泼的讨论和争鸣中得到有益的启迪。

小读者呼唤儿童文学精品，新世纪呼唤儿童文学大家。我们要有更多的与伟大时代相称、让亿万少年儿童爱不释手的精品名篇，要有新世纪的冰心、中国自己的安徒生。让我们加强学习，提高素养，热爱生活，熟悉孩子，潜心写作，勇于创新，同心同德，团结奋进，向着新世纪儿童文学的巅峰攀登！

预祝这次创作会议圆满成功！

2000 年 5 月 28 日

让儿童文学走进小读者

这次全国儿童文学创作会议是在举国上下深入贯彻落实《中共中央国务院关于进一步加强和改进未成年人思想道德建设的若干意见》的大背景下召开的。党中央重视、关注未成年人的思想道德建设，是从全面建设小康社会、实现中华民族伟大复兴的战略高度提出来的，是具有伟大战略眼光的重大决策；同时，又是针对当代未成年人的思想实际、生活实际提出来的，是具有迫切现实意义的民心工程。

我们这次会议的主题是儿童文学的创作、出版与提高未成年人的精神道德素质。3.67亿未成年人是文学的接受对象，是一个庞大的读者群。创作、出版更多思想与艺术完美统一的优秀作品，满足未成年人日益提升的精神需求，帮助他们健康地成长，快乐地成长，是儿童文学工作者义不容辞的责任。无论是通过举办儿童文学评奖，鼓励、奖掖优秀创作，还是通过开展读书活动，把优秀作品推广到小读者中去，归根到底都是为了给未成年人提供更多更好的精神食粮，促进新一代精神道德素质的提高。在这里，我想就少年儿童的文学阅读和儿童文学的推广，讲一点粗浅的看法和意见。

少年儿童在成长过程中读一点文学作品，对他们开阔视野、领悟人生、陶冶情操、丰富想象、愉悦身心、培育美感是大有好处的。文学的基本特征之一是以情感人，它的功能主要在于影响人的心灵、人的感情，起"润物细无声"、潜移默化的熏陶感染作用。坚持读一点文学经典、名著、精品力作，能陶冶少年儿童的感情、气质，提升他们的精神素质，使他们的心灵更加美好。正像世纪老人、文学大师巴金说的："我们有一个丰富的文学宝库，那就是多少代作家留下的杰作。它们教育我们，鼓励我们，要我们变得更好、更纯洁、更善良，对别人更有用。文学的目的就是要人变得更好。"但是，长时间以来，由于应试教育的捆绑，对课外阅读的排斥，童年期的文学阅读没有得到教师、家长和全社会上下应有的关注和重视。随着精神文明建设的加强，素质教育的深化，特别是《语文新课程标准》的颁布，中、小学生课外阅读总量的规定，忽视文学阅读的状况有了初步的、可喜的转变。近年来，教育部发布了《语文新课程标准》推荐书目；新闻出版总署决定从今年起，每年"六一"前夕向社会公布百种适合青少年阅读的优秀图书书目；共青团中央、教育部、新闻出版署主办的首届中国青少年读书周在济南正式启动，所有这些举措都有利于激发少年儿童文学阅读的兴趣，有助于加强教师、家长、少年儿童工作者对儿童文学阅读的导引。然而，这仅仅是开始。众多少年儿童过度迷恋电视机、游戏机、网络等电子媒体、疏离纸介图书——文学读物的状况也还没有根本改变。我们自己创作、出版的优秀文学图书，包括获奖图书，大多还未能进入广大少年儿童的阅读视野。同 3.67 亿这个庞大的数字相比，我们原创文学图书的印数除了少数畅销书外，可以说是少得可怜，以中国作协第六届（2001—2003）全国优秀儿童文学奖的获奖图书为例。除《漂亮老师和坏小子》印数达 218000 册，《长翅膀的绵羊》达 125000 册，《阿笨猫全传》（上下）达 68000 册外，其余获奖图书的印数大多在一两万册之间。全国有 2000 多个县、市，46 万所小学，印数 10000 册的图书，平均每四五个县（市）、四五万所小学才摊上一本，这又怎么可能送到亿万小读者手中呢！？

推广优秀儿童文学读物，改进儿童文学图书阅读的状况，是加强和改进未成年人思想道德建设的一个组成部分；同样是一个系统工程，需要学校、家庭和社会各界的关心和支持。上上下下，方方面面，形成合力，齐抓共管，才能一步一步落到实处。

一、加大宣传、评介力度，让书评走进小读者

优秀儿童文学读物要赢得更多的小读者，离不开各类媒体的宣传、推荐、评介。现在的情况是为数不多的评介文章大多发表在成人报刊上，局限在业内人士的小圈子里，小读者根本看不到。书评也有一个走进小读者中去的问题。要写出小读者看得懂、喜欢看的书评，同样需要熟悉、了解小读者，需要贴近他们的生活实际和思想实际，把握他们的阅读心理、审美情趣和欣赏习惯。评介文字要力求生动活泼，深入浅出。书评对小读者起导读的作用，可以帮助他们提高鉴赏水平。面向中、小学生的综合类、语文类报刊应当提供版面，开辟专栏，经常刊登介绍优秀文学读物的书评。电台、电视台、网络也都应当发挥自身的优势，办好读书栏目，及时提供新书信息。少年儿童报刊要把门打开，欢迎书评作者光临；而书评作者则应以极大的热情来写这类文章，把自己能够直接与小读者沟通、交流看作是一件光荣、快乐的事。

二、定期推荐课外阅读书目，让读好书蔚然成风

定期向中、小学生提供一份课外阅读推荐书目，对少年儿童的文学阅读可以起导引作用。新闻出版总署今年公布的百种推荐图书中，包括文学类图书 36 种，其中就有这次获奖的《长翅膀的绵羊》《阿笨猫全传》（上、下）。今后中国作家协会及其儿童文学委员会将加强同新闻出版总署、教育部、团中央等有关部门的联系，参与推荐书目的拟定，力求使适合少年儿童阅读的优秀文学图书能及时列入书目。各省市有关部门也可以根据自身的具体情况，每季度、每学期推荐一定书目。

拟定推荐书目，既要遵循党和政府积极发展先进文化、加强青少年思想道德建设的要求，也要充分考虑不同层次小读者的审美需求和阅读兴趣。要大力推荐弘扬爱国主义、民族精神，有利于鼓舞少年儿童奋发向上的文学读物；也要顺应当代少年的阅读潮流，适当推荐新锐、时尚而又健康向上的文学读物。不同年龄、地域、知识结构、审美情趣、鉴赏水平的小读者，对课外文学读物的选择，必然也不一样。不能强求一致，要给他们自由选择读物的余地。

推荐课外阅读书目，要持之以恒地做下去，使之经常化、制度化。让小读者逐渐养成一种良好的读书习惯，每年都怀着极大的热情、兴趣，期待着推荐书目的发布。久而久之，多读书、读好书就会蔚然成风。

三、推广组织班级读书会的经验，让读书活动深入、持久地开展下去

近些年来，多种多样、丰富多彩的读书活动已在全国各地开展起来。各地各部门举办的读书周、读书月接踵而至。刚启动的深圳读书月已是第五届。苏州大学博士生导师朱永新倡议把每年9月25日鲁迅诞辰日作为我国的阅读节。为了推动阅读节的设立，在朱永新倡导的"新教育实验"的200多所实验学校内，已经把9月25日定为"校园阅读节"，营造书香校园的活动正在这些学校展开。我认为这个倡议很好，它有利于激发广大群众，特别是青少年的阅读兴趣和热情，逐步形成浓郁的读书风气。

当然，开展读书活动要讲求实效，不能做表面文章，只图一时的红火热闹，而是要想方设法使之深入、持久地开展下去。江苏海门、扬州等地组织班级读书会的经验说明，班级读书会便于有计划地开展读书活动，进行多种形式的阅读、讨论和交流，也便于教师对课外阅读的组织、管理和指导，它是激发少儿阅读兴趣，加强对少儿的阅读指导，提高少儿阅读能力的有效途径。从海门市实验小学教师周益民、扬州市维扬实验小学教师岳乃红通过班级读书会分别组织孩子阅读黄蓓佳的《我要做好孩子》、曹文轩的《草房子》的活动中，可以深切地感受到文学阅读给孩子带来的快乐与温馨，领略到好书的力量与价值；同时，从中也清晰地看到，班级读书会是推广儿童文学的一种生动活泼、相当成功的形式。

四、采取孩子们喜闻乐见、乐于参与的形式，让他们快乐而自由地与文学结伴

培养少年儿童的文学阅读兴趣，使他们逐步养成爱读文学图书的习惯，要采取生动活泼、灵活有趣的形式、方式。特别是要充分发挥孩子的积极性、主动性，让他们自觉自愿地参与多种多样与文学阅读有关的活动。各地区、各部门在这方面已经找到一些行之有效的方法，深得孩子们喜爱。

一是吸引少年儿童参与优秀图书的评选。比如，共青团中央等部门组织的"全国青少年喜爱的优秀图书"评选活动，有103万多名青少年参与网上投票评选，共推选出100套优秀图书，其中包括儿童文学作品《草房子》等。儿童文学评奖也应当充分倾听小读者的意见。"儿童喜欢不喜欢"，虽不是"判断儿童文学优劣的唯一标准"，但却是一个重要的，不可忽视的尺度。评奖中初评出来的备选作品，可以通过班级读书会组织孩子阅读讨论，然后把他们的意见集中起来，作为复评、终审的重要参考。

二是加强作家与小读者的联系。今年9月，江苏省委宣传部、作家协会等部门成功地组织了一次"江苏作家校园行"，儿童文学作家海笑、黄蓓佳、金曾豪、刘健屏、祁智、王一梅、饶雪漫等到北京、南京、扬州、淮安等地的小学签名赠书，与学生座谈交流，收到较好的效果。上海市作家协会也举办了"文学百校行"活动，向中小学生进行文学启蒙知识教育，传播文学经典名著的精神。深得孩子们喜爱的女作家杨红樱带着"淘气包马小跳"系列，今年暑假以来走遍了近40个城市，举办了60多场活动，同小读者直接面对面交流，使马小跳真正走进孩子的心灵。

　　三是举办读书讲座、诗文朗诵活动和征文比赛。首届中国青少年读书周期间，同时启动了全国青少年百场读书讲座活动，著名专家学者和青年楷模在全国各主要城市的读书讲座上主讲，让青少年进一步认识课外阅读的重要性，提高阅读能力和鉴赏水平。诗歌、美文朗诵会、讲故事比赛、写读书心得的征文大赛、排练、演出课本剧等，也都是孩子们喜闻乐见的鉴赏文学的形式，是促进小读者参与阅读的良好的互动手段。举办这些活动，已有很多成功的经验，结合自己的实际情况，因时制宜地加以推广，一定会收到较好的效果。

　　除此而外，面向家长、中小学语文教师、少先队辅导员、少年宫和儿童图书馆工作人员，做好指导儿童文学阅读的培训工作；改进和加强儿童文学读物的出版、发行工作，加大原创优秀作品的宣传、营销力度，也都是做好儿童文学推广工作的重要环节。

　　让我们满怀热忱，千方百计，把优秀儿童文学读物推广到亿万小读者中去！

2004 年 10 月 24 日

增强文学评奖的透明度

今天本报（《文艺报》）公布了中国作家协会举办的首届（1980—1985）全国优秀儿童文学奖备选作品篇目。随着今冬明春作协举办的短篇小说、中篇小说、报告文学、新诗等项评奖的展开，本报还将陆续公布这些评奖的备选篇目。这是作协改进文学评奖工作的一项重要措施。我们以为，它有利于提高评奖活动的透明度，增强各方面读者对文学评奖的参与意识，进一步加强和扩大社会主义文学与广大人民群众的联系。我们热切期望广大读者和社会各界予以关注和支持。

举办各项文学评奖，是为了鼓励和奖掖优秀创作，发现和扶持文学新人，推动和引导文学创作沿着为人民服务、为社会主义服务的方向发展；同时也是为了把优秀的创作新成果推广到广大读者中去，帮助人民群众提高艺术的鉴别力和欣赏力。人民群众是文学作品的接受者和欣赏者，他们最有资格评判作品的成败优劣。因此，我们的评奖活动应当建立在群众性的评议与专家的评议相结合的基础之上。多年来，作协举办的各项文学评奖都是采用群众推荐与专家评议相结合的方法。现在把备选作品篇目公布于众，正是这种方法的新发展。这样做，可以让群众及时了解初选的情况，加强和扩大评奖的群众基础；同时也可以使担任评委的专家更加充分地倾听到来自四面八方的声音，了解群众的愿望和要求，从而在评议时能更好地按照人民的意志和艺术科学的标准对备选作品做出公正的、准确的评价。

对评奖备选作品征求意见的工作，可以同组织、指导群众的读书活动结合起来，同加强对当前作品的评介结合起来。公布备选作品篇目，实际上也是向广大读者提供了一份推荐书目。工会、学生会、图书馆、文化馆和文学社团等可以利用这个篇目来宣传介绍我国文学创作的新成果，组织群众特别是青少年读一读、评一评这些作品，并把他们的意见集中起来，反映给评奖委员会，作为评选的重要参考。列入备选篇目的作品，大体上说是好的或比较好的，但并非完美无缺，有的可能会有争议。这就需要文学研究、评论工作者对它们在思想、艺术上的成败得失，给以入情入理、准确有力的分析评论，以帮助读者提高鉴赏水平和审美情趣，促进文学创作质量的提高。本报愿在这方面做一点力所能及的工作。深切盼望报刊、广播和电视等大众传播工具利用自己的优势，积极介入文学创作评选活动，加强对备选作品的评介，全面反映各界群众的意见，以便我们的各项文学评奖能真正选拔出足以代表我国当前文学发展水平的、为人民群众所喜闻乐见的优秀之作。

1987 年 11 月 22 日

附注：本文系为《文艺报》写的短评。

新收获　新特色

——中国作协第二届全国优秀儿童文学奖述评

这次评奖是对 6 年来（1986—1991）儿童文学创作的一次检阅。获奖的 29 部作品，体现了当前我国儿童文学创作在思想、艺术上所达到的高度。同上届评奖相比，这次获奖的作品，无论是在题材内容上，还是在艺术形式、表现手法上，都有新的开拓、新的提高、新的突破。我个人的印象，就总体水准而言，比上届似略胜一等，至少不比上届逊色。

这次获奖的作者和作品，有哪些引人注目的特色呢？

一是获奖作者绝大多数为年富力强的中青年作者。在获奖的 29 位作者中，除郭风、鲁兵等少数几位富有经验的老作家外，年龄在 55 岁以下的有 32 位，占获奖作者总数的 80%。其中又有 9 位为 40 岁以下的青年作者，最年轻的是诗歌《我们这个年纪的梦》的作者徐鲁，今年 31 岁。这充分显示出中青年作者已成为我国儿童文学创作队伍的中坚力量。

二是中长篇小说创作，尤其是少年小说佳作迭出，日趋繁荣，成为儿童文学小百花园的一大景观。获奖的 29 部作品中，中长篇小说有 10 部，占 1/3 强。我们高兴地看到，一批新时期崭露头角的作者，如刘健屏、程玮、沈石溪、曹文轩、张之路、罗辰生、常新港等，在积累了一定的生活经验和艺术经验之后，思想、艺术上逐步走向成熟，如今已能比较自如地驾驭长篇小说这种容量大、篇幅长、结构更为复杂的文学体裁。

三是不少获奖作者在题材内容、思想内涵上作了更为广阔的开拓和更加深邃的思考。这次获奖的作品，无论是动物题材的《一只猎雕的遭遇》《狼的故事》，还是表现校园生活的《校园喜剧》《我们这个年纪的梦》，或是描绘少年初涉尘世、接触社会生活的《第三军团》《青春的荒草地》等，都表现了作者关注现实，向当代社会生活、少年儿童天地不断探索、深入开掘的可贵精神。它们同我们的时代、同现实生活贴得更近了，同当代少年儿童的心灵贴得更近了。有些作品，如《雪国梦》《西部流浪记》等，所表现的生活面是独特的、新颖的。

四是善于寻找独特的视角切入少年儿童熟悉又新鲜的现实生活，着力刻画孩子们的内心世界。刘健屏的《今年你七岁》，采用年轻的父亲为7岁的儿子写日记的形式，从独特的视角切入，把孩子的世界同成人的世界很自然地联系、沟通起来，相当真切、细腻地刻画了一个一年级小学生童稚、纯真的心理和他的成长、进步。曹文轩的《山羊不吃天堂草》描写一个乡村少年到大都市闯荡的经历，把商品经济大潮中的城乡生活交叉起来描写，从中刻画出小主人公明子生动而丰满的形象。孙云晓的报告文学集《16岁的思索》，也选择了与众不同的新角度，深入开掘了当代少年的新性格。

五是在艺术手法上、语言上、文体上有着新的追求、探索和创新。就拿这次获奖的5部童话来说，在艺术表现手法上各具特色：孙幼军立足现实，驰骋想象，在似真似幻的童话世界里，着力于人物性格的塑造。周锐则善于采用荒诞、变形的手法，编织引人生趣的故事，蕴含着耐人咀嚼的内容。张秋生的《小巴掌童话》真是别具一格，在极为短小的篇幅里，采用拟人化的手法构筑色彩缤纷的童话世界，既富有浓郁的诗情，又饱含深刻的寓意。郭风、吴然、班马在儿童散文的文体探索上花了很多功夫，他们的作品文情并茂，具有高雅的文学品位和独特的艺术色泽。谢华写的《岩石上的小蝌蚪》，笔调优美，感情真挚，具有动人心弦的艺术感染力，是不可多得的幼儿文学佳作。

每次评奖都难免有遗珠之憾。这次也复如此，有几部颇具特色的作品，如吴梦起的《小响马传》、董宏猷的《一百个孩子的梦》、刘海栖的《灰颜色　白影子》、郑渊洁的《牛王醉酒》等，由于未获得2/3的多数票而落选，这不仅使喜爱这些作品的评委感到惋惜，也令关注儿童文学的一些朋友为之遗憾。我想最好的补救办法是加强对获奖作品和未入选的佳作的评论，实事求是地剖析、评述它们的成败得失，给以中肯的、恰如其分的评价。这样，对作者、编者和读者都是大有裨益的。

1993 年 3 月 4 日

让儿童文学繁花似锦

在六一国际儿童节来临之际,中国作家协会举办的第三届(1992—1994)全国优秀儿童文学评选揭晓。获奖的19部作品展示了当前儿童文学创作的面貌和实绩,是热心为孩子写作的作家落实江泽民总书记关于繁荣少儿文艺的重要指示,献给亿万少年儿童的一份精美的节日礼物。

少年儿童是祖国的希望和未来。开拓21世纪大业,实现我国社会主义现代化建设第三步战略目标的历史重任,最终将落在这一代少年儿童肩上。跨世纪的一代新人应当从小树立起为中华民族全面振兴建功立业的远大志向,努力做到德、智、体、美全面发展。儿童文学对于塑造新世纪的民族魂,陶冶未来一代的思想性格和道德情操,提高他们的思想道德素质和科学文化素质,具有不可忽视的潜移默化的作用。江泽民总书记关于繁荣少儿文艺的重要指示,正是从培养跨世纪的建设者和社会主义接班人,从提高中华民族的精神道德文化素质的历史高度、时代高度提出来的。从事儿童文学创作、编辑、出版的同志们一定要清醒地意识到自己在培育一代有理想、有道德、有文化、有纪律的社会主义新人中肩负的历史责任,努力创作、出版更多我们自己的、为少年儿童所喜闻乐见的、富有艺术魅力的少儿文艺作品,满足广大小读者日益增长的阅读、欣赏需求。

我国现在有3亿多少年儿童,其中少先队员有1.3亿。他们是我们儿童文学的服务对象,也是文学作品最为广大的读者群。近年来,广大儿童文学作家和文学工作者积极响应以江泽民同志为核心的党中央的号召,贴近儿童,精心创作,儿童文学取得了明显的进步和发展,发表、出版了一批思想内容健康向上、艺术形式新颖多样的优秀作品,深受少年儿童喜爱。这次获奖的19部小说、童话、诗歌、散文和幼儿文学作品,是从全国各地推荐的157部作品中评选出来的。

这些作品基本上反映了当前我国儿童文学创作的思想水平、艺术水平，堪称上乘之作、优秀之作。但是，毋庸讳言，我们的儿童文学创作、出版、发行，在品种、数量、质量上，同时代的要求、小读者的要求相比，同关心孩子成长的父母们、教师们的期望相比，都还存在着相当的差距，特别是思想性、艺术性、可读性俱佳的优秀之作为数不多，精品则更少。一些小读者疏离了文学读物的状况，更应当引起高度重视。

时代呼唤精品，儿童渴望精品。创作更多的具有时代特色和民族特色、贴近当代少年儿童生活和心灵、具有强烈的艺术吸引力和感染力的精品力作，是作家义不容辞的光荣职责。正确的创作思想、热爱和熟悉孩子的童心、深厚的生活根基和熟练的艺术技巧，是产生优秀之作缺一不可的条件。要推出儿童文学精品力作，就要求热心为孩子写作的作家在思想、生活、艺术三方面锲而不舍地下功夫。当前，我国改革开放和现代化建设的伟大事业奔腾向前，现实生活变化日新月异，要使我们的思想跟上形势，正确地认识时代生活本质，准确地反映当代儿童生活，就要加强对邓小平建设有中国特色社会主义理论的学习，认真贯彻党的基本路线、基本方针，并把理论学习同生活实践、创作实践很好地结合起来，使自己的创作更充分地反映新的时代精神，更加适应改革开放和现代化建设事业的需要，适应塑造跨世纪一代新人心灵的需要。要像江泽民总书记等中央领导同志所期望的那样，着力塑造出更多能成为广大少年儿童的楷模和朋友，能鼓舞他们爱祖国、爱人民、奋发向上的典型形象，激励少年儿童发扬中华民族的优秀传统，立志为民族振兴、国家富强而艰苦创业。在艺术探索和审美情趣上，要提倡题材、样式、形式、风格和表现手法的多样化，创作出更多的有利于当代儿童净化心灵、陶冶性情、启迪智慧和开发想象力的丰富多彩、饶有趣味的作品。

繁荣儿童文学、振兴儿童文学、建立儿童文学精品机制，是一个系统工程，需要社会各界的关心与支持。党和政府的有关部门，文联、作家协会等群众团体，要把繁荣儿童文学创作，培养儿童文学新人，提高这支队伍的思想、业务素质列入自己的工作日程，常抓不懈，加强对儿童文学创作、出版的规划、引导。要为儿童文学作家营造良好的创作环境，在学习、写作、生活等方面，尽可能为他们提供较好的条件，在政治思想上、社会地位和权益保障上更多地关心他们，尊重他们的创造性劳动。要吸引更多的成人文学作家和有条件的科学家、老红军、老战士为少年儿童写作、讲故事，并注意从密切联系少年儿童的中小学教师、幼儿园保育员和少先队辅导员中发现、培养儿童文学新人，不断壮大创作队伍。新闻出版部门要改进儿童文学读物的编辑、出版、印刷、发行工作，坚持社会效益第一，以高尚的思想、精湛的艺术陶冶儿童的心灵，给孩子们提供丰富、精美的精神食粮，努力实现社会效益与经济效益相统一。报刊要加大对儿童文学的宣传力度、评论力度。各有关报刊，首先是各文学创作、评论刊物要经常选登一些儿童文学作品、评论文章。巩固、扩大儿童文学评论队伍，在儿童文学小百花园里，倡导积极的、健康的、科学的、与人为善的文学评论和文学批评。国家教委、共青团、妇联要提倡、鼓励教师、辅导员、家长关注中小学生的文学阅读，推荐优秀文学读物，积极开展多种多样的读书活动。

我们相信，在不久的将来，我们的儿童文学界一定会推出一批无愧于我们时代的儿童文学精品，迎来儿童文学繁花似锦的又一个春天。

1996 年 5 月 25 日

附注：本文发表于《人民日报》1996 年 5 月 30 日，署名"本报评论员"。

可喜成绩与美中不足

——中国作协第三届全国优秀儿童文学奖述评

正当有关各方认真贯彻落实江泽民总书记关于繁荣少儿文艺的指示之时，中国作家协会举办的第三届（1992—1994）全国优秀儿童文学奖评选揭晓了。

这次获奖的19部小说、童话、诗歌、散文和幼儿文学作品，是从各地推荐的157部作品中评选出来的。它们大体反映了当前我国儿童文学创作的成就和水平，在思想性与艺术性的结合、文学品位与可读性上，均堪称上乘之作、优秀之作。获奖作者名单中，令人瞩目的是丛维熙、苏叔阳这两位驰名文坛的成人文学作家。他们分别以富有抒情色彩的自传体长篇小说《裸雪》和奏响一曲祖国颂歌的长篇知识性散文《我们的母亲叫中国》而跻身于儿童文学行列。同样令人瞩目的是一位生长在洞庭湖畔、年仅29岁的女作家庞敏，以其富有乡土色彩、灵秀之气的散文集《淡淡的白梅》，首次摘取全国性儿童文学奖的桂冠。创作力旺盛，思想、艺术上逐步走向成熟的中青年作家占获奖作家总数的70%，他们是当前儿童文学队伍的中坚群体。

更加贴近当代少年儿童的生活和心灵，充满时代气息、青春气息，是这次获奖作品的一个鲜明特点。为当代少年塑像，探索、揭示当代少年的性格和心理特征，在获奖的小说中占有突出的、光彩夺目的地位。在获奖作品篇目中，秦文君的长篇小说《男生贾里》荣居榜首。打开这部作品，一股浓郁的当代生活气息迎面扑来。作者准确地把握了90年代都市少年独特的心理和行为方式，通过生动有趣的故事情节和幽默诙谐的细节、语言，成功地塑造了一个个性鲜明、栩栩如生的初一男生形象，丰富了儿童文学的人物长廊。金曾豪的长篇小说《青春口哨》打开了当代少年的心扉，着力刻画了江南小城里天平、郑康儿等几个出身不同、性格迥异的少男少女形象。作者力图把主人公喜怒哀乐的"小感情"融入对时代、对人民、对未来的"大感情"之中，基调明朗昂扬，我们从中清晰地听到了一种富有时代特征的青春旋律。诗集《到你的远山去》的作者邱易东，生活在远离大都会的深山小镇里，以熟悉山区、乡镇孩子生活、心态的优势和深刻、独特的感觉，抒发了当代少年对大自然和美好生活的热爱、向往，对人生、世界和未来富有哲理性的思考。

在坚持高品位、高格调的前提下，更加讲究趣味性、幽默感、可读性，是这次获奖作品的另一重要特色。强化儿童文学的幽默品格和快乐天性，以适应当代少年儿童的审美情趣和欣赏习惯，似已成了不少作者在艺术上潜心探索追求的目标。秦文君显示了引人注目的幽默才能。她的幽默可说是渗透在《男生贾里》每一个故事、情节、细节、人物对话和字里行间，读来轻松愉悦，令人忍俊不禁。张之路的小说《有老鼠牌铅笔吗》取材于孩子的暑期生活，精心编织了一个生动、富有戏剧性的故事，悬念设置起伏跌宕，能吸引小读者饶有兴味地一口气读下去。冰波的童话《狼蝙蝠》幻想奇特，气势恢宏，故事情节引人入胜，表现手法新颖，有很强的可读性。周锐的童话《哼哈二将》则扎根于民族文化土壤，把古代神话、民间传说中的人物引进当代生活环境，奇妙的幻想、幽默的笔调蕴含着耐人寻味的内容。张秋生的幼儿文学集《鹅妈妈和西瓜蛋》，捕捉、发掘了生活中的美和诗意，构筑起一个个富有情趣、美丽动人的童话世界，以优美的道德情操滋润幼儿的心田。散文集《悄悄话》的作者高洪波好像置身于孩子们中间，以朋友的身份同他们谈心聊天，让他们在阅读中感受到一种温馨和快乐。

极力张扬童真童情、童心童趣，着力表现亲子之情、友爱之情，对家乡故土之情，在以情感人上下功夫，增强作品的艺术感染力，是这次获奖作品的又一特色。郑春华的幼儿文学《大头儿子和小头爸爸》通过12则生活故事表现了当代新型的、浓浓的父子亲情。《淡淡的白梅》以朴实流畅的语言抒写了对母亲、对乡土深挚的眷恋之情。而丛维熙在《裸雪》中则以抒情的、富有感染力的笔触描写了主人公丫头、小芹两小无猜的友爱之情，为我国儿童文学长廊增添了两个生动的、有血有肉的儿童形象。关登瀛的长篇小说《小脚印》通过一个初进大城市的乡村少年的经历和遭遇，把父子之情、师生之情写得很真切，并颂扬了新社会人间自有真情在，讴歌了普通百姓正直、善良、富有同情心的美好品质。这些作品给儿童文苑带来的浓郁、清新的乡土气息、地方色彩，令人耳目一新。

纵观本届评奖，也有不少美中不足之处。就作者队伍来说，新面孔太少，除了庞敏、邱易东、车培晶三位是生活、工作在基层，首次获得全国性的奖项，可算作文学新人外，其余都是多次得奖、有一定知名度的老作者。就作品门类、题材、体裁、样式来说，科幻小说、报告文学、寓言空缺；中、长篇小说及童话多，短篇很少或没有；反映城市少年儿童生活的多，反映农村孩子生活的少；适合少年阅读的多，适合学龄前儿童和低、中年级学生的作品少。就作品质量来说，尽管评选出的作品都是质量、品位、格调比较高的，但从当前儿童文学创作的总体情况来看，与时代的要求、小读者的要求还是有不小的差距，时代色彩鲜明、思想性与艺术性完美结合、为少年儿童所喜闻乐见并能在小读者中产生广泛影响的精品力作为数不多。这就要求我们的作家进一步提高自己的思想、理论素养和文学艺术素养；投身时代激流，更加熟悉当代少年儿童的生活、心理和审美需求；树立精品意识，潜心创作，精益求精，在提高作品思想、艺术水平上狠下功夫，把最美的精神食粮奉献给孩子。

1996 年 5 月 23 日

说长道短

——中国作协第三届全国优秀儿童文学奖综述

中国作协举办的第三届（1992—1994）全国优秀儿童文学奖圆满结束了。在六一国际儿童节前夕召开的隆重、热烈、喜气扬扬的颁奖大会上，少先队员向 19 位获奖作家发了奖。第二天，《人民日报》在头版头条的位置以"本报评论员"的名义发表了题为《让儿童文学繁花似锦》的文章。同一天，几十位作家、编辑、读者欢聚于北京文采阁，深入探讨获奖作者秦文君的长篇小说《男生贾里》《女生贾梅》。面对这些实实在在的举措，儿童文学界的朋友可说是沉浸在节日的喜庆氛围里，企盼着儿童文学花团锦簇的又一个春天的到来。

我作为本届儿童文学奖评委会负责人之一，又是中国作协书记处分管儿童文学工作的成员，愿借《作家通讯》这块园地向各位会员简要汇报一下第三届全国儿童文学奖的评选经过、成就和不足，以及儿童文学界面临的问题和困难。

体现导向性、权威性、公正性

中国作协举办全国优秀儿童文学奖，是 1986 年 6 月 14 日作协四届主席团四次会议通过的《中国作家协会关于改进和加强少年儿童文学工作的决议》定下来的。评奖的宗旨是鼓励优秀创作，奖励文学新人，为广大少年儿童提供更多更好的精神食粮。从 1986 年作协主席团决定设置儿童文学奖到现在，共举办了三届：第一届（1980—1985）、第二届（1986—1991）评选的时间跨度均为 6 年，第三届则为 3 年，即 1992—1994 年间出版的作品。今后计划每三年评选一次。

本届评奖是在从上到下贯彻落实江泽民总书记关于繁荣少儿文艺指示

的背景下进行的。1995年10月中国作协下达评奖通知、方案后，各省、市、自治区作协、少年儿童出版社等有关单位都很重视，共推荐了157部作品参评，其中长篇小说38部、中短篇小说23部、童话33部、诗歌22部、散文12部、报告文学和传记文学6部、寓言3部、幼儿文学20部，共约2000万字。以熟悉儿童文学现状、年富力强的中青年编辑、研究人员为主组成了19人的初选小组，于1996年3月中下旬举办了为期半月的读书班。经过认真阅读、充分讨论和投票推选，从157部作品中筛选出25部，作为备选篇目，供评委会阅读参考。

评委会由14位儿童文学作家、评论家、编辑家、教授组成，并聘请德高望重的儿童文学老前辈冰心、严文井、陈伯吹、叶君健、袁鹰担任顾问，评委会成员于4月初到5月中旬，在认真阅读初选小组推荐的25部作品的基础上，又新提出7部作品复议，经三分之一评委附议，其中有6部补充列入备选篇目。备选的31部作品，近400万字，没有半月、二十天时间，是读不完的。我主持这项工作，为了做到心中有数，不敢懈怠，在召开评委会前集中时间、精力认真阅读了所有备选作品。应当说，这确实是一件很辛苦的事。

评委会严格遵循评选的指导思想、标准和原则，坚持导向性、权威性、公正性，坚持少而精，讲究质量，宁缺毋滥。评委会认为，把握导向性，就要努力使我们的评奖鲜明地体现提倡什么、鼓励什么，促进少年儿童文学沿着有利于培养一代有理想、有道德、有文化、有纪律的社会主义新人，有利于提高中华民族的精神、道德、文化素质的方向发展，力求健康向上的思想内容与尽可能完美的艺术形式的统一，为广大少年儿童所喜闻乐见。既要按照儿童文学的特点坚持主旋律与多样化的统一，防止在创作思想、审美情趣上误导；又要兼顾少年儿童文学的三个年龄阶段（幼儿、儿童、少年），防止在服务对象上误导，即过于向某个年龄阶段倾斜。

增强权威性。权威不是自封的，它决定于评选出来的作品是否代表当前我国儿童文学创作的成就和水平；是否为当代少年儿童所接受和喜爱；是否经得起时间的检验、历史的考验。作协的儿童文学奖是一个包括多种体裁、样式作品的全国性的奖项。在时间上，它是与建国以来保卫儿童全国委员会、共青团中央、中国作协等有关单位联合举办的两次全国少年儿童文艺创作奖（第一次评选 1949—1953 年的作品，第二次评选 1954—1979 年的作品）相衔接的。在评选门类、范围上，又有别于宋庆龄儿童文学奖、陈伯吹儿童文学奖等奖项。如，宋庆龄奖每届只评选一种体裁样式的作品；陈伯吹奖前九届则限于评奖在上海发表出版的作品。在经费来源上，作协的儿童文学奖是由政府拨专款，而不是由企业集资或个人捐助的。正因为如此，我们力求把这个奖办成一个全国性的高规格、高品位、高档次的奖项。

坚持公正性，则要求完全按照作品的思想、艺术质量来评估，不受作者的知名度、所在地区、出版单位等因素的影响，不搞平衡，力戒照顾，真正做到在作品质量面前一视同仁。并严格按评选规则办事，如在初选小组推荐的篇目外，评委新提出的作品，有三分之一评委附议，才能补充列入备选篇目；评委会经过两轮（预选、正式推选）无记名投票方式产生获奖作品；获得三分之二评委的赞同票才能入选，等等。

这次评委会开得严肃认真又友好和谐，富有较浓的学术探讨气氛和民主协商精神。评委们对列入备选篇目的 31 部作品进行了认真、深入的讨论，既热情肯定了它们的成就和特色，也坦率地指出其中一些作品的弱点和不足。不少评委勇于陈述自己的见解，并乐于听取别人的意见。对一些较为重要的问题，都是经过反复商量、充分讨论，才逐步取得共识的。比如，苏叔阳的《我们的母亲叫中国》，评委们对这本书在弘扬爱国主义主旋律、富有很强的思想性和知识性、文笔优美等方面取得的成就是没有异议的，但对它的文体界定存在一些困惑和歧异。有的认为它是非文学的普及读物、知识读物，不属于儿童文学奖的评选范围。经过讨论，多数评委认为随着时代的发展，散文这种文体也在发展，用大散文的观念来审视，可把《我们的母亲叫中国》归入长篇知识性散文的范畴。作者是满怀爱国之情、民族自豪感来介绍祖国的史地人文知识的。它不仅给小读者以广博的知识，而且具有撼人心魄的力量。又如，对是否可将秦文君的《女生贾梅》作为《男生贾里》的姊妹篇同时列入备选篇目（占一个获奖名额）的问题。多数评委认为，评奖办法规定在每届评奖中一个作者只能有一部作品入选。秦文君这两部小说虽然在故事情节、人物上有紧密的联系，但毕竟是独立的两本书，而且又是两家出版社出版的，还是只评其中的一本为好。否则，牵涉到评奖办法的修改。再如，如何对待"三连冠"作者的问题。评奖方案中规定："已两次获得中国作协优秀儿童文学奖的作者，除本次参评作品特优者外，一般应避免再次获奖。"评委们认为，为了更多地推出文学新人，规定这一条，是有好处的。但在具体掌握上又不宜过严，只要在本届获奖作品中属于水平线之上，而且就参评作者个人的创作来说，在某些方面有新的开拓、进展，就可以再次入选。一些评委谈到，"三连冠"本身是好事，对坚持为少年儿童写作的作家是一种肯定和鼓励；对提高儿童文学创作的思想、艺术质量，也会起促进作用。评委们在上述这些问题上取得共识，就使坚持导向性、权威性、公正性，坚持少而精的原则在评奖工作中得到了较好的贯彻落实。最后产生的 19 部获奖作品中，有 15 部是初选小组推荐的，4 部是评委补充提出的。这个结果说明，既充分重视了初选小组做的基础性工作，又十分看重评委们的意见和他们对作品的独立判断。

呼唤精品、新人、读者

第三届全国优秀儿童文学奖评选出的 19 部小说、童话、诗歌、散文、幼儿文学作品，大体上反映了当前我国儿童文学创作的成就和水平，在思想性、艺术性、可读性和文学品位上，均属上乘之作、优秀之作。这些获奖作品的成就和特色，我在《可喜成绩与美中不足》（见《人民日报》1996 年 6 月 25 日）和《文艺报》记者李梅写的专访《繁荣儿童文学是一项系统工程——访第三届全国优秀儿童文学奖评委会主任委员束沛德》（见《文艺报》1996 年 5 月 31 日）中已谈过，在这里不再一一赘述，只概略地提出以下几点：

一是充满浓郁的当代生活气息、青春气息，着力为当代少年塑像，探索、揭示他们的性格和心理特征。《男生贾里》中的贾里，《青春口哨》中的王平、郑康儿，《十四岁的森林》中的刘剑飞、林秀英等，都是刻画得相当成功的。这些当代少男少女形象及《裸雪》中塑造的抗战年代的丫头、小芹形象，丰富了儿童文学的人物画廊。

二是极力张扬童真童情、童心童趣，纵情讴歌亲子之情、友爱之情、怀乡之情，注重以情感人，增强了作品的艺术感染力。幼儿文学《大头儿子和小头爸爸》，散文《淡淡的白梅》，小说《裸雪》《小脚印》等，都在这方面显示出鲜明的特色。诗集《到你的远山去》真切地抒发了山村少年对乡土、对自然、对人生和未来的美好情愫和深沉思考，是很动人心弦的。

三是在艺术探索和审美情趣上，更加讲究趣味性、幽默感、可读性，以更好地适应小读者的阅读心理、欣赏习惯。小说《男生贾里》《有老鼠牌铅笔吗》，童话《狼蝙蝠》《哼哈二将》，幼儿文学《鹅妈妈和西瓜蛋》，散文《悄悄话》等都是在这方面作了探索、追求的可喜收获。对文体特征、艺术表现手法的探索，也有新的进展。如苏叔阳把文化散文、知识散文、政论熔于一炉，葛翠琳探求幻想与现实的巧妙结合，都是值得赞许的。

纵观本届获奖作品、作者阵容和作品（图书）印数，就越发强烈地感觉到：儿童文学界近些年发出的呼唤精品、呼唤新人、呼唤小读者的声音是多么切中要害、多么不容忽视！

这次获奖的作品虽然质量、品位、格调都是比较高的，也有《男生贾里》《青春口哨》《狼蝙蝠》《我们的母亲叫中国》《鹅妈妈和西瓜蛋》等这样一些力作佳构，但是，同党的期望、时代的要求与小读者的要求相比，还存在着明显的差距。时代色彩鲜明、思想性与艺术性完善结合、为少年儿童所喜闻乐见、并能在他们中间产生广泛影响的精品力作还为数不多。特别是如何像江泽民总书记等中央领导同志所期望的，塑造出更多能鼓舞广大少年儿童奋发向上、成为他们的楷模和朋友的典型形象，还是摆在儿童文学作家和儿童文学工作者面前的一个需要不断探索、追求的重要课题。

在 19 位获奖作者中，按年龄来说，56 岁以上的有 6 位，36—55 岁的12 位，35 岁以下的 1 位，其中年龄最大的为 66 岁，年龄最小的为来自洞庭湖畔的 29 岁的女作者庞敏。年富力强、创作旺盛、思想与艺术上逐步走向成熟的中青年作家占获奖作者总数的 70%，他们已成为当前我国儿童文学创作的中坚力量。这是令人欣慰的一面。但是，我们又不能不看到，获奖作者中新面孔太少，青年作者太少。这次获奖的作者在作协举办的三届儿童文学奖中，曾连续三届获奖的有金波、沈石溪 2 人；得过两次奖的有秦文君、金曾豪、关登瀛、张之路、冰波、周锐、郑允钦、张秋生（以上获二、三两届奖），董宏猷、葛翠琳、高洪波、郑春华（以上获一、三两届奖）12 人。如果再除去主要从事成人文学创作、早已驰名文坛的从维熙、苏叔阳，那么首次获得全国性儿童文学奖、称得上为文学新人的仅有庞敏、邱易东、车培晶三人。而其中邱易东、车培晶也都 40 岁出头，从事儿童文学创作在 10 年以上了。据一些少年文学报刊编辑介绍，近些年儿童文苑也涌现出一些有才华、有潜力的新作者，如曾小春、彭学军、常星儿、张品成、张玉清、小民等，他们的作品还未能结集出版，或者是在 1994 年后出书，不在本届评奖范围之内。也有几位年纪较轻的作者，这次参评的作品未能入选。但从总体情况看，20 世纪 90 年代以来新加入儿童文学创作队伍的为数不多，出现青黄不接的苗头，这是问题严峻、不容乐观的一面。

全国 0～14 岁的少年儿童有三亿七千万，其中少先队员有一亿三千万，这是一个庞大的读者群。可是，我们儿童文学读物的印数少得可怜。就拿这次获奖的 19 部作品为例，除《我们的母亲叫中国》印数近 10 万册，《男生贾里》《青春口哨》累计印数达四五万册外，其余作品的印数，多的一两万册，少的三五千册，最少的只有 2000 册。《裸雪》印了 18000 册；印数在 10000～13000 册之间的有：《鹅妈妈和西瓜蛋》《狼蝙蝠》《哼哈二将》；在 5000～8000 册之间的有：《有老鼠牌铅笔吗》《树怪巴克夏》《会唱歌的画像》《到你的远山去》；3000～5000 册之间的有：《小脚印》《悄悄话》《神秘的猎人》；印数为 2000 册的有：《十四岁的森林》《红奶羊》《林中月夜》《淡淡的白梅》；《大头儿子和小头爸爸》印数不详。要大力改进和加强儿童文学读物的出版、发行、宣传、评介工作，把优秀图书推广到小读者中去。教师、辅导员、家长都来关注中、小学生的文学阅读，开展多种多样的读书活动，使少年儿童从文学读物中获得教益、启迪和愉悦，从而提高跨世纪一代新人的精神道德文化素质。

创作、出版更多的儿童文学精品，发现、培养更多的儿童文学新人，让更多的优秀文学读物走进广大小读者中去。唯其如此，我们的儿童文学才能迎来又一个生意盎然、万紫千红的春天。

1996 年 6 月 5 日

更多关注儿童文学

在纪念毛主席《在延安文艺座谈会上的讲话》发表 60 周年、庆祝六一国际儿童节之际，中国作家协会第五届（1998—2000）全国优秀儿童文学奖颁奖活动在京隆重举行。这不仅是有利于鼓舞、激励儿童文学工作者的一件好事，也是有助于为亿万少年儿童提供优质精神食粮的一件实事。

每三年举行一次全国性的评奖活动，是对儿童文学创作和儿童文学工作的一次检阅。这次评奖共有 20 部（篇）各种体裁、样式的作品获奖，展示了我国儿童文学创作的新收获、新成就。从获奖作品中可以看出，小说创作依然保持领先地位，散文、纪实文学有了新的开拓和进展，寓言、科学文艺则打破了连续三届评选均付阙如的局面。在获奖的 21 位作者中，有耳熟能详的知名作者，也有潜质优秀的文学新人，其中有 11 人第一次摘取作协儿童文学奖的桂冠。面对一张张生气勃勃的新面孔，不能不为我国儿童文学队伍后继有人而高兴。

然而，我们又不能不清醒地看到，思想性、艺术性、可读性完美结合、真正让广大小读者拍手叫好、难以忘怀的文学精品还是太少；已问世的一些好作品还没能进入小读者的视野，少年儿童疏离文学读物的状况也还没有得到根本改变。文学界、出版界、家长、教师、少儿工作者对于儿童文学的创作、出版和少年儿童的文学阅读应当给予更多的关注。

少年儿童是祖国的花朵，中华民族的希望和未来。他们是新世纪的主人，建设四化、振兴中华的历史重任，最终将落在他们身上。努力提高少年儿童一代的综合素质，培养、造就一代德、智、体、美全面发展的"四有"新人，是关系到国家和民族命运、前途的千秋大业。儿童文学对少年儿童的素质教育，特别是在陶冶意志性格、塑造心灵世界、培养道德品质方面，可以发挥润物细无声、潜移默化的独特作用。儿童文学作家和儿童文学工作者学习、实践"三个代表"的重要思想，坚持先进文化的前进方向，首先要意识到自己肩负的责任，那就是要创作、出版更多能鼓舞少年儿童奋发向上、富有艺术魅力、为他们喜闻乐见的好作品，满足他们日益增长的、多样化的精神文化需求，为下一代的健康成长做出自己的贡献。

我国的儿童文学面对 3 亿多庞大的读者群，潜在的市场需求是喜人的。呼唤素质教育，又提升了儿童文学读物的地位与影响。而文学是各门艺术的基础；儿童文学创作活跃了，质量提高了，儿童电影、电视剧、戏剧、音乐、动画卡通类图书等，也会随着活跃和提高。因此，必须坚持不懈地紧紧抓住文学创作这个环节。

热切期望儿童文学作家以科学的思想理论武装自己，进一步学习邓小平理论和江泽民"三个代表"的重要思想，提高自己的思想理论素养和学识文化素养，更透彻、准确地了解、把握当代少年儿童的生存状态、心理状态和审美情趣、欣赏习惯。要在学习、借鉴中外优秀儿童文学成果和总结已有创作经验的基础上，研究、探讨如何使自己的作品更好地赢得小读者，征服小读者。理想色彩，爱心诗意，故事性，想象力，幽默感，独创性……这些要素都是优秀的儿童文学作品之所以能打动孩子的奥秘所在，值得从事儿童文学创作的朋友深长思之。

热切期望文学界、出版界把近几年来已经形成的重视抓原创性儿童文学作品的势头持续下去，下大力气组织、吸引更多的作家为少年儿童写作，为他们的学习、创作、生活提供更好的条件和服务。树立精品意识，追求品牌效应，不断提高儿童文学读物的质量、品位、格调，寻求文学品位与市场效应的最佳结合，力争推出更多少年儿童爱不释手的文学精品、雅俗共赏的畅销书，把好书真正送到城乡亿万小读者手中去。

热切期望家长、教师、少年儿童工作者更加关注少年儿童的文学阅读。由应试教育到素质教育的转变，为人师者、为人父母者应当越来越关注孩子品德的养成，精神的成长。要鼓励、引导作为视听一代、读图一代的孩子多读一点优秀的文学读物。尊重他们的天性、趣味、爱好，尊重他们喜欢科幻、惊险、传奇、幽默一类图书的需求。按照儿童的阅读心理和既有益又有趣的要求，不断导引和提升孩子的审美情趣、鉴赏水平。

热切期望各级各类媒体进一步关注、加强对儿童文学读物的宣传、评介。中国作协于 1986 年、2001 年先后作出的两个关于加强儿童文学工作的决议中都提出：各有关报刊，首先是中国作家协会和各地作协主办的报刊，要经常选登一些儿童文学作品、评论文章。这一点如能落到实处，不仅将给作者提供更多的发表园地，为读者提供一些适于亲子共读的作品；同时也将促使上上下下、方方面面更加重视儿童文学。一本好的儿童文学读物，要真正为广大家长、教师所认同和接受，走进千百万少年儿童中去，也离不开媒体的推荐、评介。当然，我们需要的不是一味吹捧、炒作，而是需要一种健康的、说理的、实事求是的批评。

为了为孩子，为了未来，都来关注儿童文学吧！

2002 年 5 月 19 日

喜看亮点和特色

——中国作协第七届全国优秀儿童文学奖述评

全国优秀儿童文学奖是为鼓励优秀儿童文学创作、促进我国儿童文学的发展、繁荣而设立的，是中国作家协会主办的全国性重要文学奖项之一。该奖每三年评选一次，每一届评奖都是对评选范围（规定年限）内我国儿童文学创作面貌、水平和作者队伍的一次检阅。日前揭晓的第七届（2004—2006）全国优秀儿童文学奖，共有13位作者喜获这一殊为难得的奖项。

从评选结果来看，获奖的13部（篇）作品，都是本届评奖时段内的上乘之作、精粹之作，基本体现了当前我国儿童文学创作的发展态势、特色和在思想、艺术上所达到的水准。在我的印象中，这次获奖的作家、作品有如下亮点和特色：

一是有才华、有潜力的青年作家令人刮目相看。这次获奖的作家中，既有宝刀不老、至今保持充沛创作激情的老作家葛翠琳，也有正处在创作旺盛期、思想、艺术上日趋成熟的张之路、曹文轩、常星儿、彭学军；而尤为令人喜悦的是有8位40岁以下的青年作家，他们是三三、格日勒其木格·黑鹤、谢倩霓、李学斌、张晓楠、韩青辰、李丽萍。这些青年作家起点高，文化素质高，对文学执着追求，创作准备充分，思想艺术上成长都比较快。如三三，2004年她刚获第六届优秀儿童文学奖的青年作者短篇佳作奖，时隔三年，她又奉献出一部让人眼睛一亮的、细腻描写花季少女心灵成长历程的《舞蹈课》，新颖、别致的叙事方式，优雅、流畅的语言文字，确实让人惊喜不已。三三们、黑鹤们已形成一个相当整齐、强大的方阵，他们与上世纪80年代走上文坛的中年作家一起，已成为我国儿童文学创作的中坚力量。他们是我国儿童文学发展、繁荣的希望所在。

二是农民和农民工子女的生活更多地进入作家的视野。很长一段时间以来，我们的儿童文学大多反映城市尤其是大都会少年儿童的生活，对农村少年儿童的生存状态和喜怒哀乐关注、表现得很少，有时几乎成了被遗忘的角落。这次获奖作品的题材、体裁虽说仍呈多样化，校园情感小说、动物小说、科幻小说、幻想文学、纪实文学等等，应有尽有，但特别引人注目的是农村题材的作品占有相当突出的位置。如李学斌的小说《蔚蓝色的天空》，真实生动、原汁原味地表现了农民工子女由乡村进入城市后的遭际和心理变化、精神成长，显示了对社会弱势群体及其子女的深切同情和关怀。常星儿的短篇小说集《回望沙原》，则让我们深切地体验到生活在荒僻、穷困的辽西农村孩子们的境遇命运，从那草甸子、沙原特有气息中，我们感受到孩子与命运抗争的艰辛、坚韧。曹文轩的小说《青铜葵花》以其悲悯情怀和优雅、浪漫的笔调，描写了一个来自城市的女孩和一个乡村男孩在特殊年代面对苦难所表现出的美好人性和"处变不惊的优雅风度"。张晓楠的诗集《叶子是诗的羽毛》，富有乡土气息，浸透着大自然浓浓的绿意，其诗情画意、乡趣乡韵，均来自作者长期浸泡的乡村生活。所有这些笔触伸向乡村、田野、沙原的作品，极大地扩展了儿童文学的版图，拓宽了小读者的审美视野。

三是思想、艺术上的探索、追求、创新有了新的收获。文学艺术贵在创新。创新是文学艺术的生命。没有创新，文学艺术就不能发展，不能前进。鼓励创新，也是文学评奖题中应有之义。这一届获奖的作品，无论是小说、童话，还是诗歌、散文，在表现形式、艺术手法、风格、语言上，都显示了作者探索、创新的勇气和智慧。就以格日勒其木格·黑鹤的动物小说《黑焰》来说，作者以细腻的笔触刻画了藏獒格桑这个有血有肉的形象，不仅鲜明地表现了它勇敢、忠贞的性格特征，而且准确地揭示了它的心理活动。作者按照"野生动物就是野生动物"的观点来着笔，尊重动物和动物世界的规则，没有过于直露地、牵强附会地联系人类世界，折射现实生活，赋予更多对人性弱点、社会弊端的反思。这是一部具有鲜明特色、艺术魅力的动物小说，读来令人耳目一新，为之震撼。谢倩霓的小说《喜欢不是罪》，在立意、情节、结构、语言上也都有新意，没落入一般校园情感小说的俗套。韩青辰的报告文学《飞翔，哪怕翅膀断了心》，直面现实，直面少儿成长危机，具有撼人心魄的艺术感染力，体现了作者可贵的勇气、责任感、人文关怀。葛翠琳、彭学军等的作品，在语言文字的优美、简洁上，也都给人以清新的感觉。

四是讲究作品质量，真正做到了少而精。《全国优秀儿童文学奖评奖试行条例》规定："一般情况下，获奖作品不应超过 20 部（篇）。"以最近几届儿童文学奖的获奖名额为例，第四届为 18 部（篇），第五届 20 部（篇），第六届 16 部（篇）。这一届获奖的总共 13 部（篇），比前几届获奖的作品都少，只占获奖限额 20 部（篇）的三分之二。之所以出现这种情况，是由于评委们都讲究质量，以质取胜，宁缺毋滥，力求评出的作品，在思想艺术的总体水平上不低于历届获奖作品。同时，每个评委作为一个选家，鉴赏眼光、审美个性和评审尺度不尽相同，因而使一些颇有水平和特色的作品未能获得评委总数三分之二的票数而落选。比如，在这次评奖中，以一票之差落选的童话《月光下的肚肚娘》（冰波著）、童话《蔷薇别墅的老鼠》（王一梅著）、小说《远方的矢车菊》（李东华著）等，在不少评委心目中，也许都会感到是遗珠之憾。我想，最好的弥补办法是加强评论。"评奖也可以叫'奖评'，要鼓励人们对得奖的作品来加以评论。"（周扬语）诚然，获奖作品未必都那么完美，应实事求是评析他们的成败得失；而对那些获奖篇目以外的佳作则应给以公正、中肯的评价，充分肯定他们的成就和特色。这样，既有助于作者总结经验，提高创作水平；也有助于提高读者的鉴赏力。唯其如此，才能真正达到评奖的目的。

2007 年 12 月 17 日

中国作协第七届全国优秀儿童文学奖评选经过

中国作家协会第七届（2004—2006）全国优秀儿童文学奖的评选结果已于日前揭晓。这是本年度我国儿童文学界乃至新闻出版界密切关注的一大盛事。我代表评奖委员会将本届评奖的简要情况向大家做一介绍和说明。

全国优秀儿童文学奖是为鼓励优秀儿童文学创作，促进我国儿童文学的发展、繁荣而设立的，是中国作家协会主办的全国性重要文学奖项之一。本届评奖自今年3月开始筹备，历经征集参评作品、初选、终评三个阶段，到11月底评委会以无记名投票方式产生13部（篇）获奖作品为止，前后历时9个月。评奖工作自始至终是在中国作协党组、书记处的直接领导下进行的。

本届评奖办公室于5月15日向中国作家协会43个团体会员单位（即各省、市、自治区作协和行业作协）及全国200多家出版社、少儿报刊社发出《关于征集中国作家协会第七届全国优秀儿童文学奖参评作品的通知》，到7月15日为止，在两个月的时间里，共收到30个省、市、自治区作协、51家出版社、9家少儿报刊社推荐的作品302部（篇）。这是本奖设立以来收到参评作品最多的一次。在302部（篇）作品中，为数最多的是小说，共100部；其次是青年作者短篇作品53篇；最后是童话44部。其他各种体裁的作品包括诗歌、散文、报告文学、科学文艺、幼儿文学、寓言、理论批评文章等，共105（部）篇。

初选工作由20位年富力强、熟悉儿童文学创作现状的评论家、作家和编辑组成的审读小组承担。初选审读小组的成员从8月中旬到9月中旬，在一个多月的时间内分工阅读了所有参评作品。在分散阅读告一段落后，初选审读小组于9月19日至23日又进行了为期5天的集中讨论，交叉阅读，交换意见，反复斟酌，逐步筛选，然后用无记名投票方式选出 28 部（篇）作品，作为提供给评委会审读备选的篇目。

终评工作由 13 位在儿童文学方面有相当成就和影响的专家、教授组成的评奖委员会承担。本届评奖委员会的组成，更新的比率达到了百分之七十；京外评委 7 人，占评委总数的二分之一以上。从 10 月上旬到 11 月下旬，评委会成员在一个半月的时间内，各自阅读了初选审读小组推荐的 28 部（篇）作品。11 月 28 日至 30 日召开了评奖委员会全体会议。在评委会上，评委按照《评奖试行条例》规定的程序，在审读小组推荐的篇目以外，另提出两部（篇）作品（一部童话，一篇青年作者的短篇小说）补充列入备选篇目。这样，进入终评的作品共有 30 部（篇）。对这些作品的成就、特色及不足之处，评委们进行了认真、反复的讨论，对它们的成败得失作了比较、对照。在这基础上，进行了两轮无记名投票：第一轮投票，从 30 部（篇）备选作品中筛选出 23 部（篇）列入终评正式选票；第二轮投票结果，23 部（篇）备选作品中有 13 部（篇）获得不少于评委总数三分之二的票数，当选为本届获奖作品。

在整个评奖过程中，无论是初选审读小组还是评委会都坚持了以下原则和做法：

第一，严格按照《条例》办事。2004 年 2 月 10 日中国作协书记处审议通过的《中国作家协会全国优秀儿童文学奖评奖试行条例》，对评奖的指导思想、评奖范围、评选标准、评奖程序、评奖纪律等，都作了明确规定。本届评奖按照《条例》的精神，坚持"二为"方向，贯彻"双百"方针，坚持主旋律和多样化的统一，思想性、艺术性和可读性的统一，坚持少而精、宁缺毋滥的原则。并在保证质量的前提下，兼顾儿童文学中幼儿、儿童、少年三个层次。在评奖程序上，评委会补充列入备选篇目的两部（篇）作品，都是按照《条例》的规定，由三名以上评委提议，并获得不少于半数委员赞成的。评委会以无记名投票方式产生的获奖作品，必须获得不少于评委总数三分之二的票数者，方可当选。评委会执行《条例》的这一规定也毫不含糊。

第二，认真阅读文本。本届评奖无论是初选审读还是评委会终评，都采用由评奖办公室提前邮寄参评作品的方式，保证审读小组成员和评委有足够的阅读作品的时间。认真阅读参评作品，这是搞好评奖工作的前提和基础。

第三，展开充分讨论。初选审读小组和评委会在认真阅读参评作品或列入备选篇目作品的基础上，展开了热烈的、充分的讨论。会上各抒己见，相互切磋，直率坦诚，实事求是，与人为善，不同的看法和意见得到了沟通、交流，体现出一种良好的学术气氛。

从评选结果来看，获奖的13部（篇）作品都是本届评奖时间跨度内的上乘之作、优秀之作，基本体现了当前我国儿童文学创作的发展态势和在思想上、艺术上所达到的水准。尤为可喜的是，本届获奖的13位作家中，有9位是第一次获得这个奖项，其中不少是生气勃勃、富有创作潜力的青年作者。

由于认真贯彻少而精、宁缺毋滥的原则，严格遵守获评委总数三分之二票数方可当选的规则，加上每个评委作为一个选家，鉴赏眼光、审美个性和评审尺度也不尽相同，因而使一些颇有特色的好作品未能入选，这就不免有遗珠之憾。

开完今天的颁奖大会，第七届全国儿童文学奖的评奖工作，就画上完满的句号了。衷心感谢所有参与评选工作的朋友们的通力合作，感谢有关各方的热情支持！谢谢大家！

2007 年 12 月 22 日

发出自己的声音

——略谈儿童文学批评

　　这一届全国优秀儿童文学奖，在诸多奖项中，理论批评没有空缺，榜上有名，得主是长期致力于少数民族儿童文学研究的张锦贻。作为一个评论工作者，对此，我感到十分欣慰，并表示由衷的祝贺。

　　不久前，谭旭东的论著《童年再现与儿童文学重构：电子媒介时代的童年与儿童文学》荣获第五届鲁迅文学奖文学理论批评奖。我以为，张锦贻、谭旭东的获奖，不仅是对他们个人研究成果的鼓励和表彰，而更重要的是对儿童文学理论批评的关注、重视，和对整个儿童文学评论队伍的激励、鼓舞。

　　创作、评论是儿童文学的两翼。重视原创，发展原创，是繁荣儿童文学重中之重，这是毋庸置疑的；但关注评论，加强评论，也是繁荣儿童文学不可或缺的根本一环。只有同时抓好创作与评论，儿童文学才能展翅高飞。从当下儿童文学状况来看，相对于创作，评论需要更多的关注和扶持。近些年来，儿童文学评论领域也有一些可喜的、引人注目的景象，长期被边缘化的儿童文学论著进入鲁迅奖、全国优秀儿童文学奖评委的视野，得到认同和鼓励，固然是一大喜讯。除此以外，我还高兴地看到，一批富有热情、才气的理论批评新人崛起，活跃于当今儿童文苑。今年年初安徽少年儿童出版社推出的《第六代儿童文学批评家论丛》（包括陈恩黎、李学斌、杨佃青、张国龙、钱淑英、赵霞六人的著作）及几年前湖北少年儿童出版社推出的《儿童文学新论丛书》（包括唐兵、唐池子、杨鹏、谢芳群四人的著作），集中展示了新生代批评家出手不凡的实绩。同时，我们也不时看到李红叶、徐妍、李东华、安武林、萧萍、李利芳等行进在文学批评道路上的矫健身影。

　　企盼已久的全国儿童文学理论研讨会去年春天终于在桂林召开了。在中国作协的历史上，除了 1988 年在烟台召开过一次儿童文学发展趋势研讨会外，就没有开过这样全国范围的理论研讨会。桂林会议梳理、探讨了当代儿童文学中的一些重要现象、热门话题，共商加强理论建设、促进创作繁荣的大计，对促进理论批评与创作的良性互动，凝聚评论队伍的力量，必将产生积极的深远的影响。

我还不无欣喜地注意到，浙江师范大学文化研究院、儿童文学研究所倡导独立、严谨、坦诚、纯粹的批评精神，试图建立一种纯粹的、相对超脱的学院学术研讨体制的努力。近两年，他们先后讨论了彭学军的《腰门》、张之路的《小猪大侠莫跑跑》。会上对这两部作品有赞扬有批评，有争论有交锋，有质疑有建议，力求做到有好说好，有坏说坏，各抒己见，直言不讳，让我们从中深切感受到久已向往的那种与人为善、坦诚相见、入情入理、实事求是的批评风气。

令人难以忘怀的还有：继新蕾出版社于 2000 年、2007 年采取即席互动的对谈形式先后举办《中国儿童文学 5 人谈》《中国儿童阅读 6 人谈》之后，上海作协、少年儿童出版社于今年年初举办了题为《传承与超越》的上海儿童文学新十家创作论坛。被称为"九凤一龙"的十位上海优秀新生代作家与应邀与会的八位有成就和影响的专家采取一对一对谈的方式，进行了一场关于文学的对话与碰撞。这是真正意义上面对面的讨论和心灵的交流，彻底摒弃了空对空、不着边际的泛泛而谈。这种新鲜、生动、贴近文本、直抵心灵的批评方式，体现了作家与批评家之间亲切、平等、相互切磋、共同提高的新型关系，有利于深入探讨作品的成败得失，帮助作家总结创作经验，提高创作思想、艺术质量。

然而，上述这些成果和亮点，掩盖不了儿童文学理论批评相对滞后、依然处于尴尬困境的总体状况。我们的理论批评队伍很小，势单力薄，没能发出响亮的、清晰的声音，在儿童文苑内外收效甚微。对儿童文学中的重要现象、热门话题，缺乏深入的探讨，没有更好地展开争鸣和论辩。有见地、有新意、有深度的批评文章不多；富有真知灼见的学术专著更是凤毛麟角。在市场化、商业文化语境之下，一味赞扬、充斥溢美之词、言不由衷的"炒作文字""人情批评"俯拾即是。评论特别是书评如何写得生动活泼，深入浅出，走进自己的服务对象小读者中间去，似至今还没有引起书评人、评论作者的注意和兴趣。所有这些问题应当引起我们的高度关注。

为了推动儿童文学的发展、繁荣，促进儿童文学创作思想、艺术质量的提高，也为了提高读者的鉴赏水平、审美能力，必须进一步加强儿童文学理论建设，积极开展儿童文学评论，鼓励理论上的开拓、创新，努力提高文学批评的水平。而理论批评要能真正发出自己独立的、充满睿智的声音，评论工作者就面临一个提高自身素养和功力的任务。

我涉足儿童文学评论已有50多年，也算是个老园丁了。虽然我一向把自己定位为儿童文学评论队伍里的散兵游勇，但说实话，我对理论批评确是情有独钟。这可能与我的个性、气质、兴趣有关。根据我多年从事儿童文学评论的经历，深切体会到，这是一项寂寞而艰辛的事业，必须潜下心来，下苦功夫，从学养、胆识、生活积累、文本阅览诸方面不断充实和提高自己，才能在评论上取得一点收获和成果。

要丰富学养。我初涉评论，是从大学时代选修许杰先生的"文艺批评"这门课，向唐弢先生主编的《文汇报·磁力》（《笔会》的前身）投稿开始的。年轻时涉猎过"车、别、杜"（车尔尼雪夫斯基、别林斯基、杜勃罗柳波夫）；在相当长一段时间里，与《苏联文艺理论小译丛》为伴，可说是略知文学批评的 ABC，但缺乏多方面深厚的学术底蕴。哲学、美学、经济学、历史学、社会学、教育学、心理学、文化学等，我都只接触到一些皮毛，没有系统、深入地做过学习、研究。根基浅，底蕴薄，对作品的解读、评析，往往难免停留在表层印象上，浅尝辄止，不能深入文本的核心，揭示问题的本质。学养不够，这对从事评论的人来说，是个致命的弱点。

要厚积薄发。从事当代儿童文学评论，必须认真、仔细地阅读大量文本，经常、系统地了解、掌握儿童文学现状和发展趋势。同时，还要关注世界儿童文学发展思潮、走向，了解、熟悉外国最新创作成果。如果对中外儿童文学历史、现状和经典作家、作品不甚了了，不能从宏观上把握儿童文学全局，又不能从横向上与世界儿童文学名著、精品参照比较，孤立地来谈一部作品或一个作家的成败得失，就很难作出科学的、富有真知灼见的美学判断。对现实生活、对少年儿童的生存状态、内心世界以及他们的阅读兴趣、鉴赏水平，也要不断地观察、体验、熟悉、了解。唯其如此，你评价一部作品的思想、艺术水平、审美价值，评述一种创作现象的是非长短，才能抓住要害，切中肯綮。对创作状况、社会现实、儿童世界的熟悉了解，都是一个长期的、日积月累的过程，必须持之以恒。积累越丰厚，就越能在评论园地里自由驰骋笔墨。

要有胆有识。对儿童文学领域的优秀作品、文学新人、新鲜事物的发现，需要有敏锐的、睿智的目光，也需要有支持探索、创新的勇气。创作需要激情，批评同样需要激情。只有当你真正被作品所抒发的感情或主人公的遭际命运所打动，有话要说，有感而发，这样的评论文章，表达自己真实的艺术感受，因而往往会文情并茂。如果自己面对文本，无动于衷，仅仅是碍于情面，为媒体炒作而勉强为之，写出的文章很可能是毫无激情、了无新意的评论八股。评析作品的成败得失，支持新生事物，批评不良现象，敢于思考、提出重要的或值得探讨的创作、理论问题，都需要敢想敢说、敢作敢为的胆量。一味唱赞歌、喷香水，或是隔靴搔痒、温吞水，该尖锐的不尖锐，都不是一个正直的、有作为的批评家应有的品格和风范。

在以上几个方面，我都缺乏必要的、足够的修炼和准备，因而在评论上没有多大作为。我之所以不嫌絮叨地重复这些老生常谈，无非是希望我的这点心得能对有志于从事儿童文学评论的年轻人有所启迪。这是一个年近八旬、逐渐淡出儿童文苑的老兵的心愿和企盼。

2010 年 11 月

精益求精　雅俗共赏

第五届全国优秀少儿图书奖参评的 90 种 / 套文学类读物中，原创的作品占三分之二，这是一个十分可喜的现象。它有力地说明各专业少儿出版社和其他相关出版社近些年满腔热忱、千方百计地抓儿童文学创作，组织、吸引一批关爱下一代的作家，为孩子们精心创造丰富的精神食粮，取得了新的收获、新的成果。

在这次获奖的文学类读物中，有一些确是思想性、艺术性、可读性俱佳的上乘之作。比如，湖南少年儿童出版社的《生命状态文学》（金曾豪、方敏等著，计 5 种）以"关爱生命，了解生命，珍惜生命"为主旨，描写堪称"国宝"的珍稀动物丹顶鹤、金丝猴、扬子鳄、羚羊、河狸的命运遭际，呼唤强化生命意识，呼唤人与自然的和谐发展，在读者面前打开一片新天地。这套《丛书》对拓宽儿童文学创作、出版的视野、思路，可说是别出心裁、富有创意的，是一次具有开拓意义的探索。又如，北京少年儿童出版社出版的长篇科幻小说《非法智慧》（张之路著），是一本蕴含丰富的科学想象和浓烈的人文关怀精神的好书，也是一本构思新颖、故事生动、饶有趣味的佳作。再如，郑春华的《大头儿子和小头爸爸全集》、保冬妮的《一年级的小豆包》等故事、小说，也都写得真实、有趣、亲切、感人。

参加这次评选工作，我的总体印象是：原创的少儿文学读物花色品种虽不算少，但思想与艺术完美结合、让孩子爱不释手、久久不能忘怀的力作佳构并不多。

精神产品必须讲究质量，以一当十，以质取胜。一本精彩、精致的好书，其思想、艺术效果和影响力要胜过十本、百本缺乏新意和特色的平庸之作。面对广大小读者，努力提高少儿文学读物的思想、艺术质量，使之具有强大的吸引力、感染力，真正能够走进千百万少年儿童中去，是创作者、出版界首先应当关注的事情。

熟悉、了解当代少年儿童的生存状态、心灵世界、审美需求和欣赏习惯，是儿童文学作家、编辑、出版者要做的第一位工作。这个基础夯实了，才有可能创作、出版贴近生活、贴近孩子、为小读者所喜闻乐见的作品。自画青春、自写花季的优秀作品，之所以能在校园里不胫而走，其中一个重要原因在于创作主体（作者）与接受客体（少年儿童）之间在生活、情感、语言诸方面不存在什么隔膜。这样的作品小读者读来感到真实、亲近、鲜活。

创作贵在独创。少儿文学读物要在思想、艺术创新上狠下功夫。在选题策划、题材内容、艺术构思上要出新；在创作风格、体裁形式、表现手法上也要出新。孩子们不愿从作品中听那已经听腻了的故事，看那一张张司空见惯的老面孔，也不喜欢那陈陈相因、老一套的叙事方式和语体。他们渴望文学读物在自己面前打开一片新的天地，一个充满艺术激情和想象、令人神往的世界。洋溢动人心弦的至真至善至纯至美的情愫，又张扬幽默品格、游戏精神的作品，是孩子们最乐于接受的。

坚持以少儿为本，面向读者，精益求精，不懈地提高儿童文学读物的质量、品位、格调，增强它的艺术魅力。同时，探索、寻求文学品位与市场效应的最佳结合，以艺术的和大众的完美结合、雅俗共赏的文学读物赢得更多的小读者。热切期待着更多高品位的畅销书问世！

2001 年 8 月 8 日

让优秀儿童读物赢得更多的小读者

优秀的少年儿童读物可以帮助广大小读者陶冶情操，开阔眼界，丰富知识，开发智力。它是哺育一代新人的乳汁，通向知识海洋的窗口。少年儿童通过这个窗口，可以看到一个气象万千、色彩斑斓的世界，一个属于孩子们自己的广阔的有趣的天地。鼓励少年儿童在课外多读书、读好书，想方设法把优秀的儿童读物推广到亿万小读者中去，这是一件很有意义但又不是那么容易的事情。这里就我所了解的点滴情况，粗略地介绍一下我们中国在促进儿童阅读图书、推动图书走向儿童方面的一些情况和做法。

一、举办儿童读物评奖，向少年儿童推荐优秀读物

定期举办评选、评奖活动，不仅可以鼓励热心为少年儿童创作、成绩卓著的作家、画家、科学家，促进少年儿童读物创作、出版事业的进一步发展和繁荣，而且可以扩大优秀读物的影响，使它们赢得更多的小读者。所以，教育、文化、新闻、出版等部门和一些社会团体，一向十分重视少年儿童读物的评奖工作。目前，全国性的儿童读物、儿童文学评奖就有五六种，它们各有侧重、各有特色。比如，宋庆龄基金会主办的宋庆龄儿童文学奖，着重抓了当前创作中比较薄弱、需要特别加以提倡和鼓励的环节：首届（1987）评选了儿童电视剧剧本，第二届（1989）评选了儿童科学文艺读物。中国作家协会主办的优秀儿童文学奖则注重体裁、样式的多样化，它包括了长篇小说、中篇小说、短篇小说、童话、诗歌、散文、寓言、报告文学和科幻小说等。而最近揭晓的新闻出版署、儿童少年基金会、国家教委等八个单位举办的全国优秀少年儿童读物奖，则是时间跨度最大、评选门类最全、获奖人数最多的一项评奖活动。它评选了1982—1988年7年间的各类少儿图书，包括思想教育读物、文学艺术读物、知

识读物、低幼读物，获奖图书计99种，其中一等奖9种，二等奖31种，三等奖59种。除此以外，在全国较有影响的评奖还有：幼儿读物奖、新时期优秀少儿文艺读物奖、陈伯吹儿童文学奖，等等。获奖图书一般都内容丰富、形式活泼、语言生动，富有趣味性、启发性和可读性，符合少年儿童的心理特点和接受能力，值得向小读者推荐。比如，上述获全国优秀少儿读物奖的99种图书，将列入1990年"全国红领巾读书读报奖章活动"推荐书目，向全国少年儿童推荐。

除评奖外，教育、出版等部门还经常组织教师、少先队辅导员、作家、编辑、图书馆工作者等有关人士定期评议少年儿童读物。最近国家教委向全国中小学生推荐的500多种课外读物，就是由北京市3000多名教师和近万名学生，对全国数十家出版社选送的1300种图书进行遴选，经有关专家审定后评选出来的。这些被推荐的图书将会被各地中小学优先购置，通过发行渠道尽快送到广大小读者手中。

二、开展多种多样的读书活动，吸引少年儿童多读书、读好书

为了使少年儿童坚持经常读课外书籍，鼓励他们从小养成良好的读书习惯，需要根据少年儿童的年龄特点、兴趣爱好、理解能力，采用他们喜闻乐见的形式，开展多种多样的读书活动。

从1982年以来，在共青团和教育、文化、出版部门共同组织、推荐下，在全国范围内开展了"全国红领巾读书读报奖章活动"。从城市到乡村，从学校到社会，都把开展并指导读书活动列入自己的工作日程。近几年来，每年六一国际儿童节前，国家教委、共青团中央等部门都会向全国公布读书活动推荐书目；而不同地区和部门，在不同时期，还选编中小学生文库，或围绕一个主题有针对性地提出阅读书目。如北京市教育局选编的《儿童文库》，包括科学知识、中外文学、历史知识、思想品德教育等各类图书100本，从《史记故事精华》《聊斋故事》到《安徒生童话选》《尼尔斯骑鹅旅行记》，从《上下五千年》《中国古代四大发明》到介绍法布尔、爱迪生、牛顿的知识读物，古今中外，应有尽有，内容极其广泛。又如湖南、上海、福建、黑龙江等地曾分别以"爱我中华""点燃理想之火""树立起人生的路标""从小学做人"为题开展读书活动。有些地方开展的读书活动，由于注意了当代少年儿童强烈的竞争意识，采取了孩子们感兴趣的大奖赛、智力竞赛的形式，因而具有广泛的群众性。比如浙江《少年儿童故事报》举办"娃哈哈杯"读好书大奖赛，吸引了全国近30万名小读者，他们投票选出十多部优秀少儿读物为"我最喜欢的一本书"。又如，山东省莱阳市图书馆开展"明天杯"少儿读书智力竞赛，全市24个乡镇的上万名孩子参加了初试。另外，在认真指导广大少年儿童读书读报的基础上，开展讲故事比赛、演讲比赛、读书心得征文比赛，以及举办读书报告会、作家与小读者见面会、读书咨询等，也都是深受孩子们喜爱的方式。特别是运用现代化的传播媒介广播、电视等制作介绍儿童读物的节目，反响更强烈。比如，北京电视台最近推出的新栏目——《故事会》，连续演播长篇儿童小说；中央电视台在"少儿节目"中连续演播"小学课本剧"，激发了孩子们的阅读兴趣，收到了很好的效果。另外，通过电视现场直播读书读报智力竞赛，讲故事比赛实况，也都给广大少年儿童留下了难忘的印象。

当然，开展读书活动要讲实效，要在指导少年儿童认真阅读上下功夫，不能只追求形式上的红火热闹，一味热衷于搞竞赛活动。

三、政府和社会各界关心少年儿童的课外阅读，努力创造必要的条件

少年儿童精力旺盛，求知欲很强，他们企盼有更多的时间阅读各种各样的课外书籍。但是在我国，小学生被过重的课外作业压得喘不过气来，根本没有阅读课外书的时间，仍然是普遍存在的一个突出问题。有些老师和家长怕影响孩子学习功课，影响今后升学，也不赞成、支持孩子读课外书。针对这种情况，早在1983年，著名教育家叶圣陶先生就大声疾呼："我是赞成让学生读课外书的，我想向那些不让学生读课外书的学校请愿。"国家教委曾多次下达文件，三令五申要减轻学生过重的课业负担，提出了限制课外作业总量、控制考试次数、保证学生课外活动和休息时间等具体要求。今年2月，国家教委又重申了上述各项要求，并对执行情况进行一次全面的检查。尽管政府和社会各界如此关心学生的德、智、体、美全面发展，但真正要把学生过重的课业负担减下来，切实保证少年儿童的课外阅读时间，还需要做细致的思想工作，特别是要端正教育思想。

我国少年儿童达三亿六千万，仅在校生就有一亿两千多万。要满足少年儿童课外阅读的需要，就得有大量的图书。然而，一些省市，至今仍存在着图书严重短缺的状况。如甘肃全省中学生平均图书拥有量只有 2 本，小学生人均为 0.4 本。如果说我国已基本解决了 11 亿人口的温饱问题，但从精神食粮来说，还不能说是基本解决了温饱问题。为了逐步解决这个矛盾，从中央到地方的政府、教育部门和学校都采取了一些切实有效的措施。如，国家教委于 1989 年拨出专款，用于补助部分小学购置当年推荐的 80 本少年儿童课外读物。北京市委、市政府把"用 3 年时间选编一套中小学生文库，免费发给全市中小学的各个教学班"列入 1987 年为中小学办的十件实事之一，1988 年将《少年文库》发送到初中，1989 年又将《儿童文库》（包括图书 100 种）发送到小学高年级，并在全市小学开展"和好书做朋友"活动。一些大、中城市也都相继拨出一定经费为中小学购置图书，但在广大农村图书不足或无书可读的现象还相当严重。

　　共青团、教育、文化、出版和新闻等部门还本着关心少年儿童健康成长的精神，同心协力，相互配合，通过召开课外读物出版工作研讨会、读书经验交流会，广泛交换意见，不断总结经验，以促进少年儿童读物的繁荣与质量的提高，推动少年儿童读书活动更加广泛、深入、持久地开展下去。

1990 年 6 月

　　附注：本文系在'90 国际儿童图书与插图研讨会上的发言。

为了孩子　为了未来

——介绍中国作家协会的儿童文学工作

　　把少年儿童一代培养成为有理想、有道德、有文化、有纪律的社会主义新人，是关系着提高中华民族的素质和祖国未来的大事。我们的党和国家十分重视少年儿童工作，号召全社会都来关心少年儿童的健康成长。中国作家协会正是从这样的高度来认识少年儿童文学工作的重要性，把发展儿童文学创作当作自己的一项重要任务，努力为全国3亿多少年儿童提供丰富优质的精神食粮。

　　早在50年代初，中国作家协会成立不久，就把儿童文学工作列入重要议事日程。1955年中国作家协会给各地分会发出《关于发展少年儿童文学的指示》，并采取切实的措施，组织、推动有条件的作家在一年内至少为少年儿童写一篇作品；每年还编辑出版一本《儿童文学选》。那时，中国作家协会创作委员会学习苏联作家协会的经验和做法，按照文学样式，把在京的作家协会会员分别编入各创作组，开展关于创作、理论问题的讨论等多种形式的活动。已故著名儿童文学作家张天翼当时在中国作家协会工作。他满怀对下一代的关心和挚爱，热情地组织、指导了儿童文学组的活动。积极参加这个组活动的有著名儿童文学作家谢冰心、严文井、贺宜、金近、袁鹰等。他们不仅同青年作家在一起讨论作品，还同孩子们一起过队日、谈心、交朋友。当时有机会参加儿童文学组活动的青年作者，其中一些现已成为深受小读者喜爱的知名作家。他们常常怀着深挚美好的感情回忆当年儿童文学组热烈而亲切地交谈、议论的生动情景，由衷感激富有经验的老作家给予他们的教诲和帮助。

　　"十年动乱"结束，中国作家协会恢复了工作。在1979年召开作协第三次会员代表大会之后，很快成立了儿童文学委员会。严文井、金近、贺宜分别担任这个委员会的正、副主任委员，委员会成员有陈伯吹、叶君健、黄庆云、陈模、葛翠琳、郑文光等。儿童文学委员会的任务是：就有关少年儿童文学工作向作协主席团、书记处提出意见和建议，开展有关儿童文学作品、创作和理论问题的讨论和争鸣，帮助儿童文学作家加强理论、文学业务学习，深入生活，加强同人民群众和少年儿童的联系，等等。几年来，这个委员会先后召开了在京部分儿童文学作家座谈会、儿童文学报刊编辑座谈会、京津地区儿童小说作家座谈会、华东地区儿童历史小说创作座谈会等，并组织了儿童文学作家到西安、延安、海南岛、北京郊区等地参观访问，参加少年夏令营活动，约请小学教师、少先队辅导员、幼儿园保育员给儿童文学作家、评论家、编辑介绍当前少年儿童生活状况及培养教育儿童的经验。所有这些活动，都有助于作家交流经验、探讨问题、开阔视野、增长知识，因而深受作家的欢迎。几年来，作家协会不断吸收富有朝气和才能的新作者加入，使儿童文学队伍有了很大的发展。目前在中国作家协会 2800 多名会员中，以从事儿童文学创作为主的有 200 多人。加上作协各地分会员和尚未加入作协的业余儿童文学作者，已组成了一支总数在 3000 人以上的儿童文学大军。

儿童文学委员会尽管做了不少工作，但是从作家协会工作的整体和全局来看，儿童文学工作仍是一个薄弱环节。对儿童文学现状及其发展前景的研究讨论未能经常列入作协主席团、书记处的日程；作家协会也没有积极、主动地与各有关方面（如儿童少年工作协调委员会、共青团、妇联、国家教委等）联系、合作，力争为少年儿童多办一些切实有益的事情。一些会员尖锐地批评了作协对儿童文学不够重视的现象，他们热切希望作家协会改进儿童文学工作。

在社会主义物质文明、精神文明建设的推动下，在社会各界、广大少年儿童和作协会员的督促下，1986 年中国作家协会的儿童文学工作有了较大的改进，着重抓了召开全国儿童文学创作会议和贯彻落实作协主席团《关于改进和加强少年儿童文学工作的决议》这两项工作。为了进一步提高儿童文学创作的思想、艺术质量，更好地发挥儿童文学在加强社会主义精神文明建设、培育一代"四有"新人中的作用，中国作家协会和文化部于 1986 年 5 月在山东烟台联合召开了全国儿童文学创作会议。这是我国儿童文学界前所未有的一次盛会，近200位老、中、青儿童文学作家、评论家、报刊编辑参加了会议。会上着重探讨了儿童文学作家的历史使命和崇高职责，也探讨了如何塑造富有时代光彩的少年儿童形象、如何在儿童文学思想和艺术上创新、如何提高儿童文学队伍的素质等问题。这次会议广泛交流了创作经验，鼓舞了作家的创作热情，对提高儿童文学的思想、艺术水平，促进儿童文学的更大繁荣，必将产生深远的影响。

作家协会主席团在听取书记处关于全国儿童文学创作会议的情况汇报后，于1986年6月14日讨论通过了《中国作家协会关于改进和加强少年儿童文学工作的决议》（以下简称《决议》）。这个《决议》在扼要地分析了我国儿童文学发展现状之后，提出了若干改进工作的具体措施，比如：要求作协及各地分会真正把儿童文学工作列为自己重要的议事日程，主席团或书记处每年认真讨论一两次；要求作协总会会员及各地分会会员，首先是理事会和主席团的成员，在一定时间内为少年儿童写作或翻译一篇作品，或写一篇评论文章；希望各文学创作、评论刊物经常选发一定数量的儿童文学作品及有关儿童文学的评论文章；决定设立中国作家协会儿童文学奖，以鼓励优秀创作、奖掖文学新人，等等。

近一年来，作家协会及各分会正在认真落实上述《决议》提出的改进儿童文学工作的各项措施。中国作家协会儿童文学委员会进一步明确自己的性质、职能是作协主席团的参谋、咨询机构，并协助组织有关儿童文学创作、评论、评奖等活动。儿童文学委员会的成员作了较大幅度的调整，除主任委员仍为老作家严文井外，我和刘厚明担任副主任委员，其他成员也都是熟悉儿童文学现状、年富力强的作家、评论家。各地分会也都建立或加强了自己的儿童文学工作机构。

自1980年中国人民保卫儿童全国委员会、共青团中央、中国文联、中国作协等八单位联合举办第二次（1954—1979）全国少年儿童文学创作评奖以来，近几年一直没有举办过全国性的儿童文学创作评奖。根据上述《决议》举办的中国作家协会首届（1980—1985）全国优秀儿童文学奖评选活动正在积极进行。作协委托《儿童文学》杂志社承担评奖的具体组织工作，预计评选结果将于今冬明春揭晓。

作家协会主办的报纸刊物在上述《决议》的推动下，率先更多地关注儿童文学。《文艺报》从今年开始增辟了《儿童文学评论》专版，每月一期，集中发表有关儿童文学的理论、作品评介、创作谈和问题讨论的文章。《人民文学》也从今年一、二月号起开辟了"儿童文学"栏目，经常发表儿童小说、儿童诗、童话等作品。《诗刊》现在更加注意选登儿童诗及有关评论文章，该刊今年五月号的"儿童诗小辑"中选发了 16 位诗人的新作，还发表了一篇题为《在困境和反省中走向新的突破》的儿童诗座谈会侧记。作家协会各地分会主办的刊物也开始注意选登一些儿童文学作品。

近两年来作家协会在儿童文学工作方面取得的新进展是令人欣喜的。可以预见，通过大批儿童文学园丁的辛勤耕耘和作家协会与有关部门的通力合作、热情扶持，我们必将迎来中国儿童文学更加光辉灿烂的明天！

1987 年 6 月

附注：本文系为苏联《儿童文学》杂志 1988 年第 6 期"中国儿童文学专号"作。

群策群力　多做实事

——中国作家协会儿童文学委员会
五年（2002—2006）工作回顾

中国作家协会本届儿童文学委员会从 2002 年 8 月开始工作至今，已有四年零四个月。如从上届儿委会于 2001 年 9 月在上海召开最后一次年会算起，至今则已有五年零三个月。也就是说，本届儿委会任期将满，已到即将换届的时候。

这是本届儿委会最后一次年会，理应对五年来儿委会的工作作一回顾和总结，并对今后作协的儿童文学工作，提出一些意见和建议。

一

五年来，作协儿委会在党的路线、方针指引下，在作协党组、书记处的领导和儿委会成员的共同努力下，做了一些有利于推动儿童文学发展的实事，归纳起来，大体有以下几个方面：

一、协助召开全国儿童文学创作会议和第六届亚洲儿童文学大会

2004 年 10 月在深圳召开的全国儿童文学创作会议，是中国作家协会为贯彻落实《中共中央国务院关于进一步加强和改进未成年人思想道德建设的若干意见》精神，而召开的一次全国性的儿童文学盛会。这次会议的主题是儿童文学的创作、出版与提高未成年人的精神道德素质。会议围绕儿童文学创作与出版的现状、发展趋势及前景，如何加强宣传、推介工作，让优秀儿童文学读物更好地进入广大少年儿童的视野和心灵等话题，进行了较为深入的讨论。金炳华同志代表作协在会上提出了今后进一步加强儿童文学工作的八点建议。会议既务虚又务实，虚实结合，收到了较好的效果。这次创作会议是作协组织领导的；儿委会积极参与了策划、筹备

工作。儿委会选编的会议论文集《光荣与使命》，得到明天出版社社长刘海栖委员的大力支持，已于 2005 年 7 月由该社出版。

2002 年 8 月在大连召开的第六届亚洲儿童文学大会，是宋庆龄基金会、中国作协共同主办，辽宁省儿童文学学会承办的。作协儿委会也参与了这次会议的策划、筹备、组织工作。这是进入新世纪后亚洲儿童文学界第一次盛会，来自亚洲的 13 个国家和地区的近 200 名儿童文学作家、评论家、儿童文学工作者，包括儿委会多名委员参加了会议。会议的主题是"和平、发展与新世纪的儿童文学"。与会代表通过广泛交流、切磋，增进了友谊和了解。樊发稼代表会议主办单位在会上致了闭幕词。这次会议的讲话、发言已结集为《当代儿童文学的精神指向》（辽宁少年儿童出版社出版）；儿委会编的《2002 儿童文学年鉴》也收录了其中若干篇讲话、文章，作为一个特辑。

此外，海飞、刘海栖等委员还积极参与了"中国澳门 2006 国际儿童读物联盟（IBBY）第 30 届世界大会"的筹划、组织、协调、服务工作，为大会的成功举行，花费了不少心血和精力。张之路获得 30 届安徒生奖的提名奖；他和秦文君、王泉根、方卫平等在大会或分会场作了发言，受到与会朋友们的欢迎和关注。

二、坚持每年召开一次有主题的儿委会年会

儿委会每年开一次年会，已形成了传统和制度。从上届儿委会 1997 年召开年会到现在，十年间，每年坚持开一次年会，从未间断。本届儿委会先后在北京、浙江青田、深圳、南京——扬州、云南昆明——西双版纳召开五次年会。会议议程除了例行的年度小结和下年度工作计划安排外，基本上做到了每次会议有一个中心，有一个主题。比如，2002 北京年会，着重研究如何深入贯彻落实党的十六大精神，用"三个代表"重要思想统领儿童文学工作，坚持创新，大力推动原创儿童文学的问题。又如，2003 浙江青田年会，发出《全社会关注儿童文学学科建设与素质教育的呼吁书》，并介绍了浙江省作协开展儿童文学工作的经验，交流了各省、市作协儿童文学活动情况。再如，2005 年南京——扬州年会着重探讨了儿童文学的阅读、推广，介绍、观摩了扬州举办班级读书会的经验。每次年会

就相关问题交流了情况，交换了意见，起到了相互沟通、启迪的作用，对工作也有所推动。

三、协助举办第六届全国优秀儿童文学奖

中国作家协会第六届（2001—2003）全国优秀儿童文学奖于2004年6月初选，同年8月进行终评，评出了一批思想性、艺术性、可读性俱佳的作品，10月在深圳举行颁奖大会。这次评奖是按照中国作协书记处2004年2月10日通过的《全国优秀儿童文学奖评奖试行条例》进行的。儿委会负责人组织领导了初选读书班的工作。评委会成员13人中有儿委会委员5人。其中京外评委5人，超过评委总数的1/3。13人中未担任上届评委的有9人，也达到了每届评委更新1/2以上的要求。举办初选读书班，保证了阅读时间，并便于及时交换意见。评委会终评前，把备选作品送请各位评委提前阅读。认真阅读文本，是搞好评奖的前提和先决条件。儿委会成员在参与审读小组和评委会的工作中率先认真阅读作品，掌握评选标准，力求选出能反映当前儿童文学发展水平的作品。

四、与有关单位合作，举办了多次创作座谈会、作品研讨会和纪念大师、名人的活动

关注儿童文学现状，积极组织有关儿童文学创作、理论问题和有代表性的作品研讨，是儿委会常抓不懈的重要工作之一。五年间，先后与《儿童文学》杂志等单位联合主办了当代儿童诗研讨会、当代儿童小说研讨会，与江苏省委宣传部、江苏省作协联合举办"未成年人思想道德建设文学在线系列活动"和江苏儿童文学作家获奖作品研讨会。与山东省作协、明天出版社联合举办邱勋文学创作50年研讨会。2005年5月儿委会不少委员还积极参与了中国海洋大学文学院和《文艺报》在青岛召开的"中国原创儿童文学现状及发展趋势研讨会"。一些委员还参加了今年3月由上海少年儿童出版社与浙江师范大学在金华联合举办的"儿童文学创作与创新论坛"。

2005年4月2日是童话大师安徒生诞辰200周年纪念日，儿委会成功地举办了一次学术座谈会。年底又与中国和平出版社、北师大中国儿童文学研究中心共同举办了"安徒生童话的当代价值：纪念安徒生诞辰200

周年学术研讨会"。

2006 年 8 月 13 日是著名儿童文学作家、理论家、教育家陈伯吹诞辰100 周年纪念日。2006 年 9 月 26 日是著名小说家、童话大师张天翼诞辰100 周年纪念日。为了缅怀这两位儿童文学老前辈，继承和发扬他们献身儿童文学事业的宝贵精神，中国作协、少年儿童出版社、上海宝山区委、区政府、北师大中国儿童文学研究中心等单位，先后联合举办了纪念座谈会和"陈伯吹与中国儿童文学发展"专家论坛等。儿委会主要负责人及相关委员都积极参与筹备、组织这些活动。

五、每年编选儿童文学年度作品选和《年鉴》

与漓江出版社合作，从 2000 年开始，儿委会每年编选儿童文学作品选，集中展出儿童文学的新成果。从 2001 年起，每年编选《中国年度儿童文学选》《中国年度童话选》各一册。本届儿委会任期（2002—2006）中，也按年编选了这两种选集，共 10 册。在江苏少年儿童出版社的大力支持下，2001—2004《中国儿童文学年鉴》已如期出版，2005 年《年鉴》也完成编选。《年鉴》的内容已逐步形成几个相对稳定的板块。每年约请专人撰写有关儿童文学创作、理论、评论的年度述评，覆盖的体裁、门类也日益齐全。无论是年度作品选还是《年鉴》，都为儿童文学工作者、爱好者留下了一份可供参考、借鉴的资料。

此外，儿委会多位委员还参与了湖北少年儿童出版社出版的《百年百部中国儿童文学经典书系》的选编工作。儿委会与陕西人民美术出版社合作，编选出版了《幼儿园新诗朗诵》《幼儿园美文朗诵》《幼儿园新童谣》《幼儿园唱歌游戏》等多种幼儿文学启蒙用书；儿委会审定推荐的《2005 中国幼儿文学精品彩绘版》已由接力出版社出版。由儿委会指导的《文艺报·少儿文艺》专刊从 2005 年 4 月 1 日到 2006 年 7 月 13 日共出了 28 期。后由于该报调整版面，不再出专刊，已改为加强"儿童文学评论"版。

六、协助做好发展壮大、培养提高儿童文学队伍的工作

2002 年至 2006 年中国作协发展的新会员中，从事儿童文学的共有 68人左右。儿委会的成员都注意发现、扶持儿童文学新人，及时、热心推荐他们加入中国作协。儿委会多位在京委员和京外委员秦文君、董宏猷等都积极参与发展会员的专家咨询工作。为了提高青年儿童文学作家、评论家的思想、业务素质，2005年春，儿委会还推荐李东华、谭旭东参加鲁迅文学院中青年文学理论评论家高级研讨班学习。儿委会还为儿童文学作家"三贴近"创造条件，多次组织参观访问、采风等活动。

毋庸讳言，本届儿委会的工作还有许多不足之处，主要表现在：对儿童文学创作思潮、理论动态了解、研究不够；与儿童文学作家联系不够广泛；对各团体会员的儿童文学工作沟通、交流不够等等，这些都是今后需要努力改进的。

二

五年来，作协儿委会做了一些工作，也取得了一些成绩和经验，从而得到作协主要负责同志的肯定，认为："儿委会工作领导得力，思想重视，委员责任心强，工作有计划，按程序，重实效。"之所以能取得一些成绩，我们的体会是：

一要有大局意识。儿童文学是社会主义文学的一个重要组成部分；儿童文学队伍是社会主义精神文明建设大军中不可或缺的一个分队。开展儿童文学工作，也要用"三个代表"重要思想武装头脑，贯彻落实科学发展观，胸怀全面建设小康社会，构建和谐社会、建设和谐文化的全局和大目标。要把创作、出版更多鼓舞少年儿童奋发向上、弘扬、培育民族精神和时代精神、富有艺术魅力的作品，作为首要任务，充分发挥儿童文学在加强和改进未成年人思想道德建设、提高素质、陶冶情操、净化心灵上潜移默化的独特作用。

二要有团队精神。儿委会是一个由若干作家、评论家组成的专门委员会。它没有编制，没有常设机构，经费也极其有限，主要起参谋、咨询、协调、联络作用。儿委会的成员都热爱儿童文学、热心于儿童文学工作，大多年富力强、活跃在创作、理论研究、编辑出版第一线。儿委会能办成几件事，主要是依靠凝聚力很强的团队力量，集中大家的智慧和经验，发挥各自的优势和积极性。遇事同大家商量着办，既分工又合作，相互支持、配合。

三要有务实作风。儿委会成员有一个共同的愿望，那就是从实际出发，根据我国儿童文学创作、评论现状，力求每年扎扎实实地做一两件或两三件有利于儿童文学发展的实事、好事。每年年底都做一个工作小结，并制订下年度工作计划要点。计划一般都量力而为，切实可行，不好高骛远，不放空炮，力求落到实处。1986 年、2001 年作协主席团先后通过两个关于加强和改进儿童文学工作的《决议》；2004 年作协书记处又通过一个《儿童文学评奖试行条例》，这就使儿委会的工作有了规章和准绳。按照这些决议、条例的精神，结合发展变化的新情况，提出改进工作的具体举措，努力把实事办好，好事办实。

三

根据胡锦涛总书记在八次文代会、七次作代会开幕式上的重要讲话精神，结合金炳华同志在七次作代会《工作报告》中对今后文学发展和作协工作提出的思路、要求，现对今后作协的儿童文学工作粗略、扼要地提出一些初步想法和建议，请同志们讨论，并提供下届儿委会参考。

一、更密切地关注、了解我国儿童文学现状、发展趋向。进一步提高年会的质量，力求办成专题论坛，加大学术含量，对儿童文学思潮、重要现象、热门话题，亮明我们的态度，发出自己清晰的声音，以导引创作、评论健康发展。

二、为催生精品力作多下功夫。积极参与作协"文学创作重点作品扶持过程"的专家论证。推荐创作上有成就、有实力的儿童文学作家积极申报重点扶持项目。通过组织作家深入改革开放和现代化建设第一线及校园社区挂职、蹲点、采风等多种形式，为他们"三贴近"创造条件。精心编选《年度儿童文学选》《年度童话选》《年度幼儿文学选》，从中发现有潜力的青年作家，大力加以培养、扶持。

三、进一步改进和完善评奖办法、机制。2007 年将举办中国作协第七届（2004—2006）全国优秀儿童文学奖。宋庆龄儿童文学奖并入中国作协全国优秀儿童文学奖之后，在奖项设置上是否要有所变动，比如，要不要增设"特殊贡献奖"；"青年短篇佳作奖"要不要改为"新人奖"，都是有待讨论商定的问题。在评选过程中，如何尊重、倾听小读者的意见，可不可以公布审读小组提出的备选作品篇目，征求意见，也需要商量。

四、树立、发扬健康的文学批评风气。儿委会召开的作品研讨会，要大力倡导说理的、实事求是的评论，全面分析作品的成败得失，有好说好，有坏说坏，不一味赞扬，更切忌炒作。《中国儿童文学年鉴》要精心选辑有观点、有材料、有分析的理论批评文章，力求包容有价值、有见地的不同观点讨论、争鸣的文章。

五、努力提高儿童文学队伍的思想、业务素质。推荐有一定创作成就和潜力的青年作家参加鲁迅文学院 2007 年举办的儿童文学青年作家高级研讨班。争取今后每隔两三年就办一期这样的研讨班。与《儿童文学》杂志社等单位也可继续合办短期的儿童文学讲习班。

六、与江苏省作协合作，在昆山等地试行建立儿童文学基地。努力为儿童文学作家读书、写作、采风、业务交流、加强与小读者联系提供条件。

七、更多关注儿童文学的阅读、推广。加强与新闻出版总署、教委、团中央及版协少读工委等有关部门的联系，参与少年儿童课外阅读推荐书目的拟定。组织儿童文学作家参与班级读书会的活动。加强对儿童文学评奖获奖作品和其他优秀作品的评论、推介。

八、适当调整儿委会的成员。明年儿委会换届，坚持老中青结合，以年富力强、活跃在第一线的中年为主；同时要增补一些 40 岁上下、相对年轻的儿童文学作家、评论家，新陈代谢，使之更有朝气和活力。调整时还要兼顾不同地区、不同体裁、门类，使儿委会真正成为一个具有广泛代表性和强大凝聚力、能有所作为的团队。

2006 年 12 月 12 日

一切为了孩子的心灵成长

——回顾改革开放 30 年来中国作家协会的儿童文学工作

少年儿童是祖国未来的建设者，是具有中国特色社会主义事业的接班人。把少年儿童一代培养成为德、智、体、美全面发展，有理想、有道德、有文化、有纪律的社会主义新人，是关系着提高中华民族的素质和祖国前途、命运的大事。我们的党和国家历来十分重视少年儿童工作，始终把它放在战略地位，号召全社会都来关心少年儿童的健康成长。

少年儿童文学对于未成年人熔铸意志性格、陶冶道德情操、提升审美能力、提高精神素质，可以发挥润物细无声、潜移默化的独特作用。它是少年儿童精神成长、心灵成长不可或缺的维生素。正因为如此，中国作家协会一向把发展、繁荣少年儿童文学当作自己的一项重要任务，努力为孩子们提供丰富、优质的精神食粮。

改革开放 30 年来，在党和国家的高度重视、亲切关怀和全体作家的共同努力下，少年儿童文学蓬勃发展、欣欣向荣，在创作、评论、出版和队伍建设等方面都取得了可喜的、令人瞩目的成绩。中国作家协会作为党领导下的一个以繁荣文学事业为己任的专业性人民团体，为促进少年儿童文学的发展也做了不少实事，采取了若干重要举措。我作为一个文学组织工作者，自始至终亲历并参与了这些工作、活动的策划、操作与运转。

三次创作会议　两个重要决议

为了贯彻落实中央关于加强社会主义精神文明建设、培养一代"四有"新人、繁荣少儿文艺的指示精神，推动我国儿童文学发展，改革开放 30 年来，中国作家协会先后在烟台、北京、深圳开过三次全国儿童文学创作会议，中国作协主席团曾审议通过了两个关于改进和加强儿童文学工作的决议。

1986 年 5 月，中国作协与文化部在山东烟台联合召开的全国儿童文学创作会议，是新中国成立以来儿童文学界前所未有的一次盛会。叶圣陶、冰心、严文井等前辈为会议题写了贺词，陈伯吹、叶君健、金近、任溶溶、黄庆云、徐光耀等近 200 位作家出席会议，可说是进入历史新时期后儿童文学队伍的一次大会师、大检阅。这次会议是在党和国家要求广大思想文化工作者为人民提供更多更好的精神产品，在建设精神文明中担负特别重要的历史使命的背景下召开的。会议围绕如何进一步提高儿童文学创作质量这个主题，着重讨论了儿童文学如何更好地体现时代精神，如何塑造更多闪耀时代光彩、能鼓舞少年儿童奋发向上的人物形象，如何在思想、艺术上创新，如何提高儿童文学队伍的思想、业务素质等问题。文化部部长、中国作协常务副主席王蒙在会上作了长篇讲话，讲了儿童文学与我们的未来、为儿童提供一个理想的精神境界、专心致志地创作新的作品等三个问题。我在题为《为创造更多的儿童文学精品开拓前进》的开幕词中，对新时期儿童文学的成绩和不足以及儿童文学作家面临的提高创作思想、艺术质量的任务作了估计和分析。这些看法和意见，得到与会者的广泛赞同。

在烟台会议前，内蒙古、北京等地的作协会员曾先后写信给中国作协，要求切实加强对儿童文学的领导，并提出了若干建议。烟台会议期间，又集中听取了与会者关于改进儿童文学工作的意见和建议。中国作协第四届主席团第八次会议在听取作协书记处关于烟台会议的情况汇报后，于 1986 年 6 月 14 日讨论通过了《中国作家协会关于改进和加强少年儿童文学工作的决议》（以下简称《决议》）。这个《决议》在扼要分析了儿童文学发展现状之后，提出了改进工作的八项措施，比如：要求作协和各地分会真正把儿童文学工作列入议事日程，建立、加强儿童文学工作机构，设立中国作家协会儿童文学奖，进一步加强儿童文学的理论研究和作品评论工作等。儿童文学界企盼已久的创作评奖终于落到了实处，《文艺报》创办了"儿童文学评论"专版，可说是 1986 年作协主席团《决议》的主要成果。

2000 年 5 月，中国作家协会与宋庆龄基金会在北京联合召开的全国儿童文学创作会议，是在世纪之交的历史时刻举行的，是我国儿童文学界的一次跨世纪盛会。来自全国各地的 140 多位儿童文学作家、评论家、编辑、出版人参加了会议。本次会议的主题是：迈向新世纪的儿童文学。代表们围绕"90 年代儿童文学创作的回望与思考""迈向新世纪的儿童文学发展趋势""理论批评、编辑出版与繁荣迈向新世纪的儿童文学创作"三个方面，作了比较深入的讨论。我在会上致题为"迎接儿童文学新纪元"的开幕词。作协党组书记、副主席翟泰丰在会上讲话，强调 21 世纪儿童文学必须面向现代化、面向世界、面向未来，是以崭新面貌陶冶 21 世纪接班人的现代化的儿童文学。

根据作协儿童文学委员会 1999 年会上提出的改进儿童文学工作的初步设想和作协党组副书记陈昌本在 2000 年全国儿童文学创作会议小结中提出的作协拟尽快办好的十件实事，中国作协第五届主席团第八次会议于 2001 年 1 月 13 日审议通过了《中国作家协会关于进一步加强儿童文学工作的决议》（以下简称《决议》）。在《决议》中提出了促进新世纪儿童文学发展、繁荣的十项举措，包括：中国作家协会拟每五年召开一次全国儿童文学创作会议，编辑出版儿童文学年度佳作选，增设儿童文学理论批评奖、新人奖，鲁迅文学院不定期地举办儿童文学作家讲习班，把优秀儿童文学作品推广到小读者中去，促进科学文艺创作的发展等。从 2001 年年初通过《决议》至今，上述这些举措已一一逐步落实。

2004 年 10 月底 11 月初在广东深圳召开的全国儿童文学创作会议，是继 1986 年烟台会议、2000 年北京会议之后全国儿童文学界的第三次大聚会。出席会议的有 120 多位儿童文学作家、评论家、儿童文学工作者。这次会议是在举国上下深入贯彻落实《中共中央国务院关于进一步加强和改进未成年人思想道德建设的若干意见》的大背景下召开的。会议的主题是儿童文学的创作、出版与提高未成年人的精神道德素质。中共中央宣传部副部长李从军给会议写来贺信。作协党组书记、副主席金炳华在会上作了题为《为未成年人健康成长营造良好文学环境，进一步发展繁荣儿童文学事业》的讲话。这个讲话要求儿童文学工作者站在全局的高度，深刻认识加强文化建设的战略意义，自觉地承担起繁荣少儿创作、建设先进文化的光荣任务。与会代表围绕会议主题，分为三个论坛，就儿童文学与提高未成年人的精神素质，儿童文学创作、出版的现状、发展趋势及前景，如何做好优秀儿童文学作品的阅读推广工作等问题进行了认真的讨论和交流。

上述三次会议、两个决议，贯彻落实了党中央关于思想、宣传、文艺工作和少年儿童工作的指示精神，紧密结合实际，探讨儿童文学的现状、走向和前景，总结了提高儿童文学创作质量的经验，制定了改进和加强儿童文学工作的规划和措施，对我国儿童文学的发展历程产生了积极的、重要的影响，在当代儿童文学史，尤其是新时期儿童文学史上，毋庸置疑应当记上重重的一笔。

七届全国评奖　佳作新人迭出

全国优秀儿童文学奖是中国作家协会主办的全国性重要文学奖项之一。它创设于 1987 年，是根据 1986 年 5 月中国作协主席团《关于改进和加强儿童文学工作的决议》设立的。

设立这个奖项，是为鼓励优秀儿童文学创作，推动我国儿童文学的发展，为少年儿童提供更多更好的精神食粮，促进新一代综合素质的提高。

中国作协设立的这个全国优秀儿童文学奖，迄今为止已举办过七届。在评选范围、时间上，它是与中国人民保卫儿童全国委员会、共青团中央、中国作协等单位举办的首届（1949—1953）、第二届（1954—1979）全国少年儿童文艺创作评奖相衔接的。中国作协首届（1980—1985）、第二届（1986—1991）全国优秀儿童文学奖评选的时间跨度均为六年。从第三届开始改为每三年评选一次。从第一届到第七届，作协儿童文学奖的评选范围覆盖了 27 年间（1980—2006）在中国大陆公开发表出版的作品，可说是基本上与改革开放 30 年同步。

每一届评奖都是对我国当时儿童文学面貌、水平和作者队伍的一次检阅和展示。评选标准坚持主旋律与多样化的统一，思想性、艺术性、可读性的统一，力求推出能鼓舞少年儿童奋发向上、艺术精湛、为广大少年儿童所喜闻乐见的作品。纵观七届评选结果，获奖的作品都是该奖评选时段内的上乘之作、优秀之作，基本上体现了我国当前儿童文学的发展态势、特色和在思想上、艺术上所达到的水准。在题材内容上，城市或乡村，校园或大自然，动物世界或科幻天地，现实生活或革命历史；在表现手法、风格上，写实的或幻想的，艺术的或大众的，优雅的或幽默的，抒情的或热闹的……可说是应有尽有，异彩纷呈。力求更加贴近当代少年儿童的生活和心灵，富有时代色泽和生活气息，是获奖作品的一个鲜明特色。而在表现形式、艺术手法、语言、文体上，则显示出作者探索、追求、创新的勇气和智慧。曹文轩的《草房子》、秦文君的《男生贾里全传》，被中宣部、文化部、新闻出版署、中国作协等单位联合推荐，入选向中华人民共和国成立 50 周年献礼的 10 部长篇小说之列，标志着获奖的儿童文学作品完全可以与当前优秀的成人文学平起平坐。

作协的儿童文学奖是一个门类齐全、涵盖儿童文学各种体裁、样式的奖项，它包括：小说、诗歌（含散文诗）、童话、寓言、散文、报告文学（含纪实文学、传记文学）、科学文艺和幼儿文学等。从第五届起，又增设了理论批评奖和鼓励文学新人的青年作者短篇佳作奖（参评作者年龄限在 40 周岁以内）。七届评奖共评选出 105 位作家的 156 部（篇）作品。获奖作品中以小说为最多，共 69 部（篇），占总数的 44%，其中长篇小说 45 部；其次为童话 29 部（篇），占总数的 18%；再次为散文 17 部（篇）、诗歌 15 部（篇），分别占总数的 10% 左右。科学文艺、寓言、理论批评等体裁获奖的相对较少。

从获奖作者的年龄结构来看，老、中、青作家都有，而以中青年作者为主。获奖的老作家有郭风、鲁兵、田地、宗璞、柯岩、洪汛涛等。主要从事成人文学兼写儿童文学的作家如颜一烟、丛维熙、严阵、苏叔阳、刘心武等也榜上有名。每一届获奖的作者绝大多数为年富力强的中青年作者。如第二届获奖的 29 位作者中，年龄在 55 岁以下的有 23 位，占获奖作者总数的 80%，其中又有 9 位为 40 岁以下的青年作者，占总数的 31%；第三届 19 位获奖作者中，中青年作者占总数的 68%。又如第六届获奖的 16 位作者中，40 岁以下的青年作者有 8 位，占总数的 50%；第七届获奖的 13 位作者中，青年作者有 8 位，占总数的 61%。郑春华第一次获奖时 29 岁，郁秀获奖时 25 岁，徐鲁获奖时 31 岁，庞敏获奖时 29 岁。他们生气勃勃，富有创作激情和潜力。

评奖讲究作品质量。只要符合评奖标准，达到相应的思想、艺术水平，一个参评作者可以连续或多次获奖。在这方面，没有作什么限制。因此，多年来出现了不少"三连冠""四连冠"的作者。五次获奖的有金波、张之路、曹文轩，四次获奖的有孙幼军、秦文君、金曾豪、沈石溪、郑春华，三次获奖的有葛翠琳、常新港、董宏猷、周锐、冰波，两次获奖的有邱勋、张秋生、刘先平、高洪波、程玮、刘健屏、罗辰生、吴然、关登瀛、郑允钦、薛卫民、张品成、汤素兰、王一梅、三三。这充分说明这批作者长期执着地坚持为少年儿童写作，富有创作实力，思想上、艺术上逐步走向成熟，他们已成为当前我国儿童文学创作的中坚力量。

作协的儿童文学奖，从 1987 年创设到现在，已历时 20 多年。在评选工作中积累了一些经验，并制定了《中国作家协会全国优秀儿童文学奖评奖试行条例》(以下简称《试行条例》)。在这个《试行条例》中，对评奖的指导思想、评选标准、评选机构、评奖程序和评奖纪律等都作了明确规定。七届评奖，我主持了其中第一、二、三、五、六、七届评委会的工作。我深切地体会到，严格按照《试行条例》办事，就能保证评奖工作顺利、圆满地完成。

把握导向性。评奖工作要鲜明地体现提倡什么、鼓励什么，促进儿童文学沿着有利于培养一代"四有"新人，有利于提高新一代道德品格、文化素质、审美情趣的方向发展，力求健康向上的思想内容与尽可能完美的艺术形式的统一，为广大少年儿童所喜闻乐见。既要按照儿童文学的特点坚持主旋律与多样化的统一，防止在创作思想上、审美情趣上误导，又要在保证质量的前提下，兼顾儿童文学中幼儿、儿童、少年三个层次，防止在服务对象上误导，即防止过于向某个年龄段倾斜。

坚持少而精。评奖工作一定要坚持少而精、宁缺毋滥的原则，完全按照作品的思想、艺术质量来评估，选精拔萃，不受作者的知名度、所在地区、出版单位等因素的影响，不搞平衡，力戒照顾，真正做到在作品质量面前一视同仁。评奖《试行条例》规定："一般情况下，获奖作品不应超过 20 部（篇）。"第六届获奖作品为 16 部（篇），第七届则只有 13 部（篇），这充分表明评委会坚持评奖标准，讲究质量，以质取胜，力求评出的作品在思想艺术的总体水平上不低于历届获奖作品。某种体裁、样式，确实评不出符合评奖标准的作品，宁缺毋滥。严格遵守《试行条例》中规定的"参评作品获得不少于评委总数三分之二票数者，方可当选"，也是保证获奖作品质量的一个不可或缺的规则。

认真读与议。无论是承担初选的审读小组还是负责终评的评委会，都要保证他们有足够的阅读参评作品或列入备选篇目作品的时间。认真阅读文本，是搞好评奖工作的前提和基础。在认真阅读参评作品的基础上，初选审读小组和评委会，还要展开认真的、深入的讨论。力求做到各抒己见，相互切磋，实事求是，与人为善，使不同的看法和意见得到沟通、交流，营造一种学术探讨的气氛和民主协商的精神，以便对一些较为重要的问题逐步达成共识，为最后无记名投票产生获奖作品打好基础。

关注创作现状　组织作品研讨

关注儿童文学现状，积极组织有关儿童文学创作、理论问题和有代表性的作品研讨，加强对优秀作品的评论、推介，是中国作家协会及其儿童文学委员会常抓不懈的重要工作之一。研讨作品，座谈创作问题，既是作协会员、儿童文学同行相互学习、交流的一种社会活动方式，也是富有经验的作家帮助青年作者学习、提高的一种有效途径。

改革开放 30 年来，中国作家协会除了召开过三次全国儿童文学创作会议外，还以中国作协及所属儿童文学委员会、报刊、出版社的名义，或与有关省市作家协会、党委宣传部、报刊、出版单位和高等院校，单独或联合召开过上百次创作座谈会、作品研讨会和纪念大师名家的会议。这些会议大体上可分为三类。

第一类是从宏观上考察、研究、分析儿童文学创作现状或某种体裁、样式、门类的总体状况。

从宏观上考察儿童文学现状的研讨会，较为重要的有：① 1988 年 10 月作协儿委会在烟台召开的儿童文学发展趋势研讨会。参加会议的有来自 14 个省、市、自治区的 70 多位作家、评论家、编辑。会上就新时期以来儿童文学的成就、特色作了分析、评价，并对儿童文学在我国整个文学多元化、多样化发展的大趋势下的走向、前景作了探讨。我在会上作了题为《更贴近大时代，更贴近小读者》的开幕词。② 1995 年 8 月中国作协儿委会、文艺报社在北戴河联合召开的儿童文学座谈会，研究如何贯彻落实江泽民总书记关于繁荣少儿文艺的指示精神。与会者就如何为新一代创作更多的儿童文学精品深入交换了意见。③ 2002 年 8 月宋庆龄基金会和中国作协联合主办、辽宁省儿童文学学会承办的第六届亚洲儿童文学大会。来自亚洲的 13 个国家和地区的 200 多名儿童文学作家、儿童文学工作者参加了会议。会议的主题是：和平、发展与新世纪的儿童文学。围绕这个主题，与会代表就本国、本地区儿童文学的发展现状，儿童生存现状与儿童文学，战争、和平与儿童文学，生态环境与儿童文学，传媒出版与儿童文学以及各国儿童文学交流等问题，作了较为深入的探讨。④ 2005 年 5 月文艺报社和中国海洋大学文学院共同举办的中国原创儿童文学现状及发展趋势研讨会。到会的有作家、评论家 50 多人。会上就中国原创儿童文学现状、商业化写作、原创儿童文学与出版、推广的关系等热点话题作了探讨。⑤ 2007 年六一前夕中宣部文艺局和中国作协儿委会联合召开的儿童文学创作座谈会。出席会议的有作家、评论家 40 多人。会上学习贯彻了胡锦涛总书记在八次文代会、七次作代会的重要讲话，回顾近五年儿童文学创作的成就，深入分析儿童文学工作面临的新形势、新问题，共商解决的对策。

按照文学体裁、样式分门别类召开的儿童文学创作座谈会、研讨会，有关儿童小说的有：京津地区部分儿童小说作者座谈会（1983.11）、华东地区儿童革命历史小说创作座谈会（1984.9）、当代儿童小说研讨会（2004.8）等。有关儿童诗的有：儿童诗现状座谈会（1988.12）、大港油田儿童诗会（1999.10）、太行山儿童诗会（2000.10）、当代儿童诗歌研讨会

（2003.10）等。有关科学文艺的有：科学文艺创作座谈会（2000.3）、全国科普创作研讨会（2000.6）等。另外，还开过部分儿童文学报刊编辑座谈会（1982.2）、外国儿童文学翻译座谈会（1990.5）、少年儿童电影观摩及研讨会（1998.5）、全国首届校园文学论坛（2005.11）、中国原创图画书论坛（2008.5）等。这类会议的参与者大多是与探讨主题有关的作家、评论家、编辑，他们熟悉、了解情况，感受、体会深刻，讨论的话题又比较集中，因此往往收效较好。

第二类是研讨某个作家的作品或一个作家群体的作品的。

作品研讨会的研讨对象大多是正处于创作旺盛期、活跃于当代儿童文苑的中青年作家。有些当今知名作家的作品不止研讨过一次。如秦文君的《男生贾里》《女生贾梅》《天棠街3号》及《秦文君文集》，曹文轩的《草房子》《青铜葵花》及《曹文轩文集》，黄蓓佳的《我要做好孩子》《中国童话》《黄蓓佳倾情小说系列》，张之路的《第三军团》《非法智慧》，刘先平的《大自然探险长篇系列》《大自然探险系列》等，都曾一次又一次地被研讨过。此外，郁秀的《花季·雨季》、董宏猷的《一百个中国孩子的梦》、谷应的《中国孩子的梦》、金曾豪的少年小说、邱勋的儿童文学创作、张品成的革命历史题材小说、束沛德的《岁月风铃》等，也都在近十年间被列为研讨会的主题。

选辑多位作家作品的儿童文学创作丛书或一个地区、一个创作群体的作品系列进行研讨，先后研讨过的有《棒槌鸟儿童文学丛书》《中国当代儿童诗丛》《花季小说》丛书、《少年教育纪实文学》丛书、《中国幽默儿童文学创作丛书》《金太阳丛书》《小霞客游记》丛书、《生命状态文学》丛书、江苏省儿童文学获奖作品、《小虎队儿童文学丛书》等。研讨的作品涵盖小说、诗歌、童话、纪实文学、散文、游记、科学文艺等多种体裁、样式，其中也以小说为最多。改革开放30年来，小说尤其是长篇小说，一直是儿童文学中的强项。从事儿童小说创作的作家多，出版的品种也多。在获奖作品篇目和被研讨的作家名单上，小说及其作家一直居于首位，这成为新时期儿童文苑的一道亮丽的风景。

第三类是纪念儿童文学大师、前辈、著名作家的座谈会、研讨会。

为了缅怀儿童文学大师、名家的人格风范、文学业绩，中国作家协会于 2005 年 4 月召开过纪念安徒生 200 周年诞辰座谈会。同年 12 月，作协儿委会还与北京师范大学儿童文学研究中心、和平出版社联合召开主题为"安徒生童话的当代价值"学术研讨会。2004 年 7 月、8 月作协儿委会与上海宝山区人民政府、少年儿童出版社等单位先后共同举办过陈伯吹诞辰 100 周年纪念座谈会、纪念陈伯吹的系列活动。2006 年 9 月作协儿委会与北师大儿童文学研究中心联合召开了张天翼诞辰 100 周年纪念座谈会。在这之前，1986 年 9 月曾举行过纪念张天翼逝世一周年的学术讨论会。1990 年 10 月，值金近逝世一周年之际，也曾在杭州召开过金近作品研讨会。

　　儿童文学老前辈冰心、严文井等逝世之后，《文艺报》《人民文学》等刊物都发表过多篇回忆与怀念的文章。

　　上述三类会议，无论是创作座谈会还是作品研讨会，都是一次学术讨论会，一次信息交流会，也是以文会友的同行联谊会。要开好这些会议，收到预期的效果，一是要选好题目，要选择有代表性的作家作品和大家关注的儿童文学重要现象、热门话题来探讨。认真阅读作品，是开好研讨会的关键。要组织有准备的重点发言，尽量避免即兴式的、不着边际的泛泛而谈。二是提倡、发扬科学的、实事求是而又自由、生动活泼的批评风气。对作品进行具体中肯的分析，深入探讨它的成败得失，帮助作家总结创作经验，帮助读者提高鉴赏能力。三是要从总体上了解、掌握当前儿童文学创作的状况、走向、思潮，把对一部具体作品的讨论置于当下儿童文学发展的大潮流之下，力求对创作思想予以正确的引导。

培养新生力量　加强队伍建设

　　发现、培养文学新人，发展、壮大文学队伍，努力提高文学队伍的思想素质、业务素质，是中国作家协会的重要任务之一。改革开放以来，我国的文学队伍有了很大的发展。1978 年作协恢复工作时，会员总数为 865 人；到 2007 年 6 月底，已发展为 8129 人。儿童文学队伍也有了相应的发展。1978 年，从事儿童文学的中国作协会员仅为五六十人，现在已发展为近 600 人。30 年间增长了 10 倍，真可说是与日俱增，人才辈出。

从目前儿童文学队伍的构成来看，如按加入中国作协的时间来划分，大体上可分为 5 个时段。

一是 1966 年"文化大革命"前入会、至今仍笔耕不辍或继续关注儿童文学的有：郭风、任溶溶、黄庆云、袁鹰、宗璞、柯岩、徐光耀、任大星、萧平、陈子君、邱勋、沈虎根、谢璞等。

二是新时期之初，即在 1979 年、1980 年入会的有：陈模、杲向真、圣野、于之、孙毅、叶永烈、葛翠琳、海笑、李心田、赵燕翼、吴梦起、张继楼、孙幼军、金波、杨啸、王一地、聪聪、蒋风、束沛德、樊发稼、肖育轩、童恩正、金振林等。

三是上世纪 80 年代（1981—1990），先后入会的有：罗辰生、金涛、肖建亨、刘先平、夏有志、李凤杰、刘兴诗、谷应、张秋生、黄蓓佳、程玮、金江、张微、尹世霖、庄之明、高洪波、曹文轩、陈丽、张之路、郑渊洁、刘健屏、沈石溪、乔传藻、吴然、汪习麟、浦漫汀、张锦贻、周晓、白冰、关登瀛、郑春华、韦苇、王宜振、孙云晓、董天柚、陈丹燕、秦文君、董宏猷、周锐、金燕玉、王泉根、葛冰、刘保法、梅子涵等。

四是上世纪 90 年代（1991—2000），先后入会的有：薛卫民、李建树、金曾豪、刘海栖、饶远、徐康、刘丙钧、常新港、郑允钦、刘绪源、徐鲁、汤锐、徐德霞、巢扬、冰波、谢华、吴其南、孙建江、方卫平、滕毓旭、朱效文、班马、彭懿、吴岩、车培晶、庞敏、邱易东、保冬妮、杨鹏、祁智、杨红樱、张品成、殷健灵、星河、常星儿、薛涛、张洁、彭学军、曾小春、韩辉光、汤素兰、葛竞、周基亭、韦伶、左泓等。

五是进入新世纪（2001—2007），先后入会的有：张玉清、伍美珍、谭旭东、朱自强、安武林、王一梅、王巨成、孙卫卫、林彦、刘东、萧萍、韩青辰、李东华、于立极、李学斌、谢倩霓、周晴、郝月梅、郁雨君、王立春、三三等。

从上面开列的挂一漏万的名单中不难看出，中国作家协会自上世纪 80 年代以来一直坚持把有成就的儿童文学作家，特别是生气勃勃、有才华的新生力量及时吸收到会员行列中来，为文学队伍不断增添新鲜血液。如今，八九十年代加入作协的作家，已经成为儿童文学队伍的中坚群、主力军。而新世纪以来入会的青年作家，起点高，文化素质高，对文学执着追求，创作准备充分，思想、艺术上成长都比较快。他们是我国新世纪儿童文学发展繁荣的希望之所在。

提高儿童文学队伍的思想业务素质，要抓好加强学习和深入生活这两个重要环节。多年来，中国作协通过举办讲习班、研讨班等具体举措，帮助青年作家学习理论、学习各方面的知识，不断提高文化素养和艺术功力。1997年、1998年，中国作协鲁迅文学院、儿童文学委员会与《儿童文学》杂志社联合举办了两期儿童文学青年作家讲习班。2005年春，作协儿委会推荐两位青年作家参加鲁迅文学院中青年文学理论评论家高级研讨班学习。2007年5月鲁迅文学院又举办了一届以中青年儿童文学作家为对象的高级研讨班。来自全国27个省、市、自治区的53位作者中，40岁以下的有44人，其中14人出生于上世纪80年代。为期3个月的研讨班，课程密切联系当前形势和创作实际，适合学员特点，注重创作导向，受到学员的普遍欢迎，收效较好。研讨班除组织大型的创作问题研讨外，还开设儿童文学论坛，由学员自己主讲。通过对儿童文学特点、创作规律和当前儿童文学热门话题的探讨，起到了开阔视野、活跃思维、交流经验和取长补短的积极作用。

引导文童文学作家坚持贴近实际，贴近生活，贴近群众，贴近少年儿童，也是加强队伍建设的重要途径。多年来，中国作协采取多种方式组织儿童文学作家到改革开放和现代化建设的第一线体验生活，采访采风，积累创作素材。主管儿童文学工作的作协副主席高洪波曾三次带领作家团队奔赴抗击"非典"、抗击冰雪灾害、抗震救灾第一线深入采访，体验生活。作协儿童文学委员会2006年、2007年先后在云南昆明和西双版纳、江苏昆山等地建立儿童文学创作基地，为儿童文学作家读书、采风、联系小读者创造了条件。近几年来，中国作协的重点作品扶持工程把儿童文学创作纳入范围之中，帮助作家落实创作资金、体验生活、联系出版单位和宣传推介等。作协组织的各种采风活动以及在各地建立的生活基地都注意吸收儿童文学作家参加。儿委会宣传、推广优秀儿童文学读物的工作中，也有计划地组织作家走进校园，加强与小读者的联系。

精心选优拔萃　展示创作成果

　　努力办好少年儿童文学报刊，编选优秀儿童文学作品，也是中国作家协会及其所属部门、单位的一项重要工作。为了集中介绍文学短篇创作的新成果，以便更好地把它们推广到广大读者群众中去，并便于文学工作者的研究，中国作家协会在上世纪50年代就按文学体裁编选年度作品选，儿童文学也在编选之列。改革开放以来，中国作协继承了这个传统。80年代中国作协编选过一本《1980—1985年全国优秀儿童文学评选获奖作品集》。从2000年起，作协儿委会与漓江出版社合作，每年编选一本儿童文学佳作选、一本童话佳作选。迄今为止，已连续编选出版达8年之久。收入年度选的作品是从全国主要儿童文学刊物当年发表的作品中精心遴选出来的。编选的原则是：力求思想性、艺术性俱佳，题材丰富，风格多样，少年儿童特点鲜明，并能反映当前我国儿童文学所达到的思想艺术高度和最新的艺术探索。入选作者有富有经验的知名作家，更多的是崭露头角的文学新秀。漓江出版社还出版了近几届全国优秀儿童文学奖获奖作品选《叶子是树的羽毛》等。从2005年起，作协儿委会还与接力出版社合作，负责审定推荐每年出版的中国幼儿文学精品彩绘版《快乐童话》《快乐儿歌》《快乐故事》各一本。这也是从当年发表在幼儿报刊的作品中精选出来的。它既是一套精粹的幼儿文学年度选本，也是一套适合亲子共读的优秀图书。

　　中国作家协会在国庆50周年之际，为了集中展示中国作家半个世纪的创作成就和新中国文学的发展历程，由作家出版社出版了一套《中华人民共和国五十年文学名作文库》，儿童文学也是其中的一卷，由严文井任主编，束沛德任副主编。这本选集收入两万字以内的诗歌、童话、寓言、小说、散文120多篇，大体反映了新中国成立50年来儿童文学短篇创作的成果。近年来，中国作协儿委会负责人和部分成员还参与编选了湖北少年儿童出版社的《百年百部儿童文学经典书系》、新世纪出版社的《改革开放30年中国儿童文学代表作金品30部》等大型书系。这些书系不仅为广大未成年人提供了优秀的原创儿童文学读物，而且为研究我国儿童文学留下了系统、完整、弥足珍贵的史料，可说是存史价值很高的文化积累的传承工程。

出版一本《中国儿童文学年鉴》，是文学界、学术界特别是从事儿童文学创作、理论研究、编辑出版的朋友企盼已久的一个心愿。在新世纪之初，这件事终于落到实处。作协儿委会与江苏少年儿童出版社合作，从2001年起编选《中国儿童文学年鉴》，迄今已出版了6本。年鉴尽可能全面汇集当年有关我国儿童文学创作、评论、研究、编辑、出版、译介等方面的情况、信息、资料，力求使之成为一本于儿童文学工作者、爱好者均有所裨益的参考书、工具书。年鉴的内容分为：《文件·报告·会议》《创作·评论·出版概况》《论文选辑》《论著简介》《年度纪事》《资料》等板块，从中可大致了解当年我国儿童文学的概貌。

为了加强儿童文学的理论研究和作品评论工作，《文艺报》从1987年1月起创办了"儿童文学评论"专版。该专版从问世至今，20年间已出版了200期。它已逐步成为观察、了解当前儿童文学发展趋势的窗口，联结、沟通作者与读者心灵的桥梁，培育、扶植儿童文学评论幼芽的苗圃。为专版撰写文章的作者，老、中、青结合，以中青年为主。所发文章，既有对儿童文学创作、评论现状的宏观扫描和考察，对名家佳作、新人新作的微观研究和评析，也有对儿童文苑热点问题、重要现象的讨论、争鸣。它对活跃评论，树立科学说理的批评风气，起到了积极的推动作用。

《儿童文学》杂志1963年创刊时，原系共青团中央与中国作协合办。进入新时期后，该刊改由团中央主管。但作协及儿委会一如既往地关注这本刊物的编辑方针、发展状况。该刊编委会成员13人中，有5位是编制在作协的作家、评论家、编辑家。上海出版的《中国儿童文学》从2000年10月起由中国作协儿委会和少年儿童出版社联合主办。该刊编委会成员18人中，有11位是作协儿委会成员。中国作家协会主管的、面向中小学生的《中国校园文学》，近年来也加强了与儿委会的联系。《人民文学》《诗刊》等刊物都不定期地选发一些儿童文学作品。《文艺报》于2005年4月至2006年7月还出版过28期《少儿文艺》专刊。作家出版社也注重出版儿童文学读物。获全国优秀儿童文学奖的如秦文君的《小鬼鲁智深》《属于少年刘格诗的自白》，杨红樱的《漂亮老师和坏小子》等均为该社出版。所有这些报刊、出版社，对促进儿童文学创作，为未成年人提供精神食粮，都贡献了自己的一份力量。

汇聚团队力量　齐心办好实事

儿童文学委员会是中国作家协会下设的由作家、评论家组成的专门委员会之一。它既是作协主席团在儿童文学方面的参谋、咨询机构，又是协助作协书记处开展儿童文学创作、评论、评奖、学习、采风和联谊等活动的工作机构。

1978年作协恢复工作以后，于1979年12月建立了儿童文学委员会。第一任主任委员是严文井，副主任委员是金近、贺宜。从1979年至今，儿委会成员几经调整，束沛德、高洪波、樊发稼曾长期担任主任委员或副主任委员。现任主任委员为高洪波，副主任委员为张之路、王泉根、曹文轩。儿委会的成员大多年富力强，活跃在创作、理论研究、编辑出版第一线，在儿童文学界有一定声望和影响。

30年来，作协儿委会在开展作品和创作、理论问题的研讨，组织创作评奖，举办青年作者讲习班，组织作家参观访问、采风，编选优秀作品和理论批评文章，加强作家与小读者的联系，推荐新会员，提出改进和加强作协儿童文学工作的意见和建议等方面，都做了不少切实有效的工作。

上世纪90年代中期后，作协儿委会的工作逐步走向规范化、制度化。从1997年起，10年来坚持每年开一次年会。年会的议题开头侧重于对当年儿委会工作的回顾、小结和对下个年度的展望，制订工作计划要点。近些年，对年会的内容、方式逐步作了改进，力求围绕儿童文学创作、评论、出版现状，每年选择一两个热门话题或重要现象，作有准备的、深入的讨论，尽可能做到每年年会有一个主题、一个中心。比如，2002 北京年会着重研究如何深入贯彻落实党的十六大精神，用"三个代表"重要思想统领儿童文学，坚持创新，大力推动原创儿童文学的问题。又如，2003 浙江青田年会着重讨论儿童文学如何在加强青少年的道德教育、为他们的健康成长营造绿色的文化空间上发挥独特作用的问题。会议发出《全社会关注儿童文学学科建设与素质教育的呼吁书》。再如，2005 南京、扬州年会着重探讨了儿童文学的阅读、推广问题，介绍、观摩了扬州举办班级读书会的经验。

回顾 30 年来中国作协及其儿委会的工作，之所以能办成一些实事，取得一些成绩，有下列几点是值得重视和汲取的。

一是要有大局意识。

儿童文学是社会主义文学的一个重要组成部分，儿童文学队伍是社会主义精神文明建设大军中不可或缺的一个分队。开展儿童文学工作，也要用"三个代表"重要思想武装头脑，贯彻落实科学发展观，胸怀全面建设小康社会、实现中华民族伟大复兴的全局和大目标。中国作家协会的主要任务是团结作家、繁荣创作。儿委会的工作也要按照儿童文学自身的特点，紧紧围绕多出精品、多出人才来下功夫。广泛团结老、中、青作家，充分调动、发挥他们的积极性、创造性，为未来一代提供更多更好的精神食粮。

二是要有团队精神。

儿委会的成员分布在创作、编辑、出版、研究和教学等岗位上，各自都有一份本职工作。参与儿委会的工作，对委员个人来说，是业余的社会工作，可说是当义工。如果没有关心下一代健康成长的爱心、责任心，就不会有当义工的满腔热忱和持之以恒的实干精神。儿委会的成员都热爱儿童文学，乐于为发展儿童文学事业奉献自己的聪明才智。儿委会能办成几件实事，主要是依靠凝聚力很强的团队力量，集中大家的智慧和经验，发挥个人的优势和特长。做组织领导工作的，遇事同大家商量，既分工又合作，相互支持和配合。

三是要有务实作风。

作协领导班子和儿委会的成员都有一个共同的愿望，那就是从实际出发，根据我国儿童文学创作、评论、队伍现状，力求每年扎扎实实地做一两件或两三件有利于儿童文学发展、繁荣的实事、好事。制订计划一般都量力而为，切实可行，不好高骛远，不放空炮，力求落到实处。中央的指示精神和作协主席团、书记处通过的关于儿童文学工作的决议、条例，使作协儿童文学工作有了规章和准绳。作协和儿委会按照这些指示、决议、条例的精神，结合发展、变化的新情况，适时提出改进工作的具体举措，努力把实事办好，好事办实。

从上面叙述的中国作家协会儿童文学工作概况中，可以清晰地看出，30 年来的所作所为，归根结底，都是为给下一代构建美好的精神家园添砖加瓦，为点燃孩子心底希望的明灯充电加油。一切为了孩子的精神成长、心灵成长。

2008 年 6 月 20 日

山东儿童文学的新收获

有机会来参加作家协会山东分会、《文学评论家》编辑部、济南出版社联合召开的刘海栖作品讨论会，同山东文学界的新朋老友见面叙谈，我感到由衷的高兴。

山东文学有着深厚的现实主义传统，在当代中国文坛上占有一个重要的、令人瞩目的地位。山东有一支扎根现实生活土壤、同人民群众保持着血肉联系的文学队伍。新时期涌现出一批有才华的文学新人，赢得了鲁军崛起的美誉。山东儿童文学界不仅拥有刘饶民、萧平、李心田、邱勋等这样一批创作上日趋成熟、富有经验的作家，如今又有像刘海栖这样生气勃勃、富有潜力的青年作家脱颖而出，实在是一件令人欣慰的事情。

刘海栖坚持业余创作，在繁重的编辑工作之余，用三年多的时间写出了近百万言的四部长篇儿童小说、童话，单说这种坚忍不拔的毅力、勤奋劳动的精神，也是值得赞许和佩服的。儿童文学园地里非常需要这样辛勤耕耘的园丁，非常需要这样一心扎在儿童文学事业上苦苦追求、探索的有心人。

拿到刘海栖的四部作品：长篇小说《这群嘎子哥》《明天会怎样》《银色旋转》和长篇童话《灰颜色　白影子》，厚厚的、沉甸甸的，可说是卷帙浩繁。因时间仓促，我只是匆匆地浏览了一遍，没有来得及细细琢磨、思索，只能泛泛地、粗线条地谈一点读后的印象。

从总体上看，我认为刘海栖是一位生活底蕴较为厚实，在艺术上勇于开拓，有一股闯劲的青年作家。他的作品富有强烈的时代气息，在思想、艺术上均有一定的新意。前些年，文学界的朋友欣喜地奔走相告："山东出了个李贯通！"不久前，又有评论家称赞："齐鲁文坛上又出现了三颗小星星。"即青年小说作者马海春、赵德发、陈占敏。这次，读了刘海栖的作品，我同样按捺不住喜悦的心情，急不可待地要告诉同行们："山东儿童文学界又出了个刘海栖！"刘海栖善于把少年儿童的生活同大世界联系起来描写，在广阔的社会生活背景下来展示当代少年儿童的世界。刘海栖的几部小说都是写少年题材的。少年儿童不可能脱离社会而离群索居，他们的生活总是同家庭、学校、社会紧紧地联结在一起的。父母、老师的言传身教，固然会给少年儿童以潜移默化的影响，他们接触到的社会上各色各样的人和事，耳濡目染，也必然会在他们幼小的心灵上刻下深深的烙印。《这群嘎子哥》《银色旋转》这两部长篇小说，选择了作者所熟悉的业余体校生活为题材，以"业体"少年们的活动为轴心，辐射开去，写到了许多与主人公有关的成年人，从"业体"的教练、校长传递到少年们的家长、亲友、邻居，而这些家长、邻居中又包括了个体户、政法干部、工程师、音乐老师和记者等不同职业、不同教养、性格迥异的人物。就拿《这群嘎子哥》来说，随着故事情节的发展，小主人公进入当代社会的广阔天地，从嘎子哥们居住的桂柳巷到"业体"的训练场，从一个县的业余体校到市工人文化宫，从咖啡馆到派出所，一幅幅色彩斑斓、令人眼花缭乱的现实变革的生活图景展现在小读者面前。对时下流行的依靠个体户、企业赞助办球队、搞球赛，以及社会上普遍存在的拉关系、走后门、倒腾紧俏物资和写匿名信诬告等不正之风，也都按照少年的理解、接受能力，从侧面作了有分寸的、适度的描写。作者在《银色旋转》一书的"后记"中写道：少年时代"那是丰富的，是一个完全能够独立存在的小世界，绝不比更大的世界逊色""因此，就不要站在一个角度，单单用孩子的或单单用成年人的眼光去看待它。我想这样做，也试着这样做，寻找一种方式，使孩子们和大人沟通，或者说让大人们去了解孩子"。作者正是按照自己的艺术主张和自己的艺术追求，从帮助孩子与成人心灵沟通的角度来展示社会、人生的大世界的。应当说，这种尝试和探索是有意义的，而且取得了令人可喜的创作成果。

在《灰颜色　白影子》这部作品中，作者对童话这种以幻想为特征的体裁，尽可能地注入更多的现实生活内容，力求拓展和加强它的社会内涵。书中沿着主人公——小老鼠吱吱和学龄前儿童老寒、嘟嘟的活动路线，让小读者看到了大学食堂、医院、集市、大酒店、个体户办的饭店、住花园楼房的官儿家这样一些场所发生的形形色色的、新鲜的事情。作者没有回避现实生活中的矛盾和消极面，食堂的浪费、大酒店的肮脏、集市上的欺骗、制造假药、说情送礼以及鼠世界的拉帮结派，等等，都通过吱吱的视角或老寒、嘟嘟的视角，有所反映和表现。由于作者注重于孩子和大人心灵相沟通处落笔，因此书中的这些描写收到了"以小见大""管中窥豹，可见一斑"的效果，小读者从这里可以对世态人情有所领悟，有所启迪。我以为，在以少年为对象的小说、童话等体裁的作品里，适度展示广阔的社会生活，描写现实变革中的矛盾、困难，让小读者多少懂得一点建设新生活的艰难曲折，尝到一些人生的酸甜苦辣，也接触一下人际关系的恩怨是非，从而懂得人与人之间最需要真诚、友谊与理解，这对他们的成长，对激励他们去参与改造社会、创造新世界，都是大有益处的。

在人物形象的塑造上，作者努力把握时代的特征，从生活出发，按照生活的本来面目来刻画。写向上进取的少年的时候，没有拔高，没有过分美化、理想化；写顽皮的、有这样那样的缺点的少年时，也没有把他们写得一无是处，而是注意挖掘他们身上存在的积极、健康的一面。作者着力表现现实变革在少年身上的投影和烙印，写他们身上的好胜心、虚荣心、哥儿们义气、调皮捣蛋，既没有离开少年的年龄特征，也没有忽略当前的商品经济浪潮和社会环境、风气对他们的影响。《这群嘎子哥》里的钟小剑、曹阳阳、张枫、"地球"等少年形象，都写得比较生动、真切，有的还具有山东少年男子汉的气质，可说是"如闻其声，如见其人"。在《灰颜色　白影子》中，对拟人化的动物吱吱形象的刻画相当成功，透过鼠类那么自私、那么势利的那个"小小的完整的世界"，塑造了一个历经艰难挫折而永不自暴自弃，对自私自利、忘恩负义、不讲信用、阿谀献媚、妄自尊大等坏品质、坏习气深恶痛绝的小老鼠——吱吱的可爱形象。作品中对两个5岁的孩子——老寒和嘟嘟的心理、情感、神气也表现得惟妙惟肖，活灵活现。通篇读来幽默诙谐，趣味盎然。

在童话的结构、手法上，作者也作了一些新的探索，勇于突破传统模式，力求走自己的路。《灰颜色　白影子》的故事情节从头到尾都是围绕着拟人化的动物（吱吱、米特、花花）与现实生活中的人和事（老寒、嘟嘟及他们的父母、爷爷奶奶等）的关系展开的。幻想世界与现实世界有机地、巧妙地交织在一起，虚虚实实，真真假假，寓虚于实，虚实相生，现实主义的写实手法，新颖奇特的幻想、夸张手法与变形、烘托、对比等现代手法同时并用，处理得还是比较协调、自然的。当然，也还不能说已经达到水乳交融、天衣无缝的程度。

我读了刘海栖的这几部作品，如果说还感到有些不满足的话，主要是觉得作品的艺术感染力、以情动人的艺术魅力似乎还是显得弱一些。这也许同素材的剪裁、情节的提炼、语言的锤炼有关，还有待于作者进一步提高思想、艺术涵养和功力。

我以为，刘海栖的这四部长篇作品是山东儿童文学的新收获、新进展，预示着山东儿童文学更加灿烂的前景。这次作品讨论会的意义，不只是对刘海栖个人作品的探讨和评论，也许能以这次讨论会为契机，来改变山东儿童文学创作相对来说比较沉寂的局面，争取山东儿童文学有一个新的发展，提高到一个新的水平。为此，我不揣冒昧地提出以下几点希望和建议。

一是热切希望山东的文学报刊，首先是作协山东分会主办的《山东文学》《时代文学》《文学评论家》《作家报》《黄河诗报》等，更多地关注儿童文学，经常地、有计划地选发一些儿童文学作品和有关儿童文学的评论文章。从 1986 年 6 月中国作家协会主席团作出《关于改进和加强少年儿童文学工作的决议》后，作家协会主办的《文艺报》"儿童文学评论"专版已经出了 45 期；《人民文学》开辟的"儿童文学"栏目，几年来也坚持了下来，1990 年的 12 期刊物中有 8 期发表了儿童文学作品。希望分会办的报刊，在这方面也能起表率作用，带动各地、市的刊物都来重视和扶持儿童文学新人，分会及有关报社、出版社也可举办创作笔会、改稿会等。

二是加强对儿童文学的研究和探讨。儿童文学评论队伍目前可说是势单力薄。深切希望从事当代中国文学研究、评论的同志也多少关心一下关系 3 亿多少年儿童的精神食粮的儿童文学，抽出时间，拿起笔来，写点评论、研究文章。山东省文联、作协分会、社科院、大学中文系等有关研究部门是不是能分出一点力量，加强对儿童文学现状特别是山东儿童文学作家、作品的研究？在调查了解现状的基础上，适时召开有关儿童文学作家、作品和创作问题的座谈会、研讨会，认真地、深入地研究、探讨创作的成败得失，帮助作者总结创作经验。要活跃儿童文学界学术研究和自由讨论的空气，提倡紧密联系创作实际，发扬求实的、建设性的学风。对作品有好说好，有缺点、不足也如实地指出，既不一味吹捧，也不吹毛求疵。既要尊重来自专家的批评，也要注意倾听小读者的意见。

三是要做切实的工作，进一步提高儿童文学队伍的思想素质和业务素质。据我所知，作协山东分会文讲所已经举办过两届作家讲习班。是不是可以考虑专门办一期儿童文学作者讲习班？这个班既要组织大家学习社会主义理论、马列文论，也要安排大家有计划地读一点中外名著。同时，也可举办有关教育学、儿童心理学、语法修辞等专题讲座，以帮助大家开阔视野，增长知识。为了提高队伍的素质，除了学习理论、学习业务外，还要有计划地安排作者深入生活，加强他们同人民群众和少年儿童的联系。

四是表彰、奖励卓有成绩的儿童文学作家。为了繁荣文学创作，培养跨世纪的社会主义文学接班人，中国作协打算在今年第二季度与各省、市、自治区党委宣传部和作协分会协作，召开全国青年作家会议。这次会议实际上是一次表彰那些方向对、路子正、在创作上有突出成绩的青年作家的大会。希望分会和有关部门在提名时，务请把符合条件的儿童文学作者考虑在内。分会也可以采取一些相应的措施，比如举办评奖等，表彰、奖励那些在儿童文学园地默默耕耘、做出了显著成绩的作家、评论家和编辑。

我想，只要我们怀着对国家、民族未来的责任感，对新一代的关怀和挚爱，我们就一定会满腔热情、千方百计来加强和改进少年儿童文学工作。

祝这次作品讨论会圆满成功！祝山东儿童文学创作进一步发展、繁荣，力争在全国占领先地位！

1991 年 1 月 15 日

祝云南儿童文学前途似锦

第一次来到风光旖旎的春城，参加儿童文学滇西笔会，同那么多热心于儿童文学事业的朋友相会，心中充满了喜悦。我代表中国作家协会书记处及儿童文学委员会热烈祝贺滇西笔会的召开，预祝笔会圆满成功！

我们高兴地看到，近几年来，云南儿童文学的发展呈现出良好的势头，可说是方兴未艾。一支富有朝气和活力的儿童文学滇军正在红土高原上崛起。这支队伍迈着坚实的步伐向儿童文学的高地挺进，它的先头部队已经打入京津沪，跻身于全国儿童文学界的前列。云南的儿童文学作家以其独具芳香、别有风采的作品，为我国儿童文学的小百花园增添了光彩。

这些成绩的取得，是云南儿童文学作家及文学工作者辛勤劳动、奋力拼搏和通力合作的结果，也是同云南省近几年办了若干件有利于儿童文学发展、繁荣的实事分不开的。我们欣喜地注意到，贵省于1988年曾表彰了12位在儿童文学园地辛勤耕耘、取得丰硕成果的作家；在1984年、1989年先后出版了两本荟萃全省儿童文学佳作的选集《云南儿童文学选》《太阳鸟——云南十年儿童文学选》；几年来举办了多次儿童文学创作研讨会及云南儿童文学笔谈，认真、深入地探讨了提高作品的思想艺术质量、开拓云南儿童文学新局面的问题；1983年举办了云南儿童文学征文评奖，鼓励了优秀创作；1988年成立了昆明儿童文学研究会，并出版了《春城儿童故事报》，加强了儿童文学工作者的联系和交流，也扩大了儿童文学的发表园地。所有这些举措，有力地促进了云南儿童文学的发展和创作质量的提高。

这次少年儿童出版社（上海）、云南少年儿童出版社、中国作家协会云南分会儿童文学创作委员会、云南儿童少年工作协调委员会、昆明儿童文学研究会、大理市下关文化馆几家单位联合举办儿童文学滇西笔会，是又一件推动云南儿童文学发展的实事。通过省内外作家的相互学习和交流，深入的创作研讨及到生活第一线参观访问，必将有利于与会同志活跃思想，开阔眼界，增长知识，拓宽文路，促进儿童文学队伍思想素质和业务素质的提高。

在这次笔会上，将着重研讨沈石溪、吴然、辛勤等几位作家的作品。这几位作家，以及未列入这次笔会研讨范围的乔传藻等，都是云南儿童文学队伍中的佼佼者，他们的创作各有所长，各具特色。沈石溪以动物小说见长，他的代表作《第七条猎狗》《退役军犬黄狐》《象冢》《牝狼》等，曾赢得儿童文学界的一致推崇和广大小读者的称赞。他的作品情节引人入胜，意蕴耐人咀嚼，倾注了作者自己对社会、人生的丰富、深沉的体验与感受，闪耀着时代的光彩。吴然的散文、散文诗以交织着温馨的乡情与纯真的童心而取胜，他的《珍珠泉》《快乐的夏令营》《杨梅会》等，都充溢着沁人肺腑的清新气息。辛勤则是一位创作的多面手，小说、散文、寓言、童话多种样式兼而用之，而尤以中篇小说著称。他与段云星合写的中篇小说《摔跤王》（原名《火把歌》），被誉为一部"真正的男子汉小说"，它弘扬了顽强拼搏、积极进取、敢于斗争、勇于胜利的精神，富有撼人心魄的艺术力量。是不是可以这样说，这几位作家在创作上敢于走自己的路，通过多年的苦苦探索、追求，已经找到适合于发挥自己优势的方位，正逐渐形成自己的艺术个性和风格特点？因此，这次笔会探讨、剖析他们创作的成败得失，总结他们生活实践和创作实践所提供的新鲜经验和教训，不仅有利于这些作者本人扬长避短，继续前进，而且会使广大儿童文学工作者得到启示，得到教益。可以预期，这次笔会对云南儿童文学的发展和提高，将会提供巨大的助力。

为了云南儿童文学的进一步发展、繁荣，我愿意借此机会提出几点用以共勉的希望和作为参考的建议。

热切希望云南儿童文学作家和儿童文学工作者认真学习、贯彻江泽民同志在元宵节会见文学界知名人士时所做的题为《团结奋斗，繁荣社会主义文艺》的讲话，胸怀巩固和发展安定团结的政治局面，集中力量把经济建设搞上去，实现第二步战略目标这个大局，心中时刻记着全国三亿八千万少年儿童和一亿三千万少先队员的精神需求，增强使命感、责任感，努力学习，努力创造，力争以最好的精神食粮奉献给少年儿童和人民群众。

热切希望一茬又一茬的儿童文学新人在红土地上茁壮成长。要从造就一代跨世纪的社会主义文学接班人的战略高度，切实抓好培养、扶持青年业余创作者的工作。要帮助他们深深扎根于生活沃土，永远和人民群众在一起、和少年儿童在一起。要努力创造条件，给他们提供读书、学习、进修的机会，帮助他们在继续读好生活这本大书的同时，学习马克思主义基本理论和文艺理论，学习中外文学名著，丰富文化知识，提高艺术表现能力。

热切希望云南儿童文学的小百花园花色品种更加丰富多样，民族特色更加鲜明突出。在提倡、弘扬主旋律的前提下，决不可以忽视多样化。在体裁、样式上，要进一步拓宽视野，广开文路，既要花力气抓云南儿童文学相对薄弱的童话、诗歌、报告文学、低幼文学，也要注意抓孩子们喜爱的影视剧本、科学文艺的创作。即使是已经取得较大成就的小说、散文，也要看到长篇小说比较薄弱，而散文的品种、内容、写法都还有广阔的天地需要开拓。在题材、风格上，要更充分地反映云南25个少数民族生活的特色，充分揭示少数民族少年儿童的性格、气质、心理特点，并采取本民族所喜闻乐见、富有民族风格特色的形式，把强烈的时代精神与浓郁的民族特色结合起来。

热切希望云南儿童文学界进一步活跃理论研究、探讨的风气，发扬同志式的、与人为善、以理服人的批评和自我批评精神。在暂时还没有条件建立专业儿童文学评论队伍的情况下，要大力抓业余评论队伍，提倡儿童文学作家、编辑自己动手，撰写有关儿童文学的评论文章。也要吁请从事成人文学研究、评论的同志关注儿童文学的现状，抽出时间深入系统地分析、研究、评介儿童文学作家的作品及创作经验，以推动儿童文学的发展和提高。

祝与会的儿童文学作家身健笔健，创作丰收！

祝云南儿童文学前途似锦，群星灿烂！

1991 年 4 月 1 日

发扬优势　提高质量

——北京儿童文学漫谈

当前，在神州大地上，波澜壮阔的改革开放的洪流奔腾向前。置身于时代大潮之中的儿童文学工作者，都在认真、深入地思考现实变革的重要意义以及自己肩负的使命和职责。

北京儿童文学界人才荟萃，创作力量雄厚，在全国范围内可说是数一数二的。首都集团军是当今儿童文学创作的中坚力量，已经形成群体的优势和影响。比如，江苏少年儿童出版社近两年推出的《中华当代少年文学丛书》，已出版的11部中长篇少年小说中，北京作者的就占了5部：夏有志的《普来维梯彻公司》、曹文轩的《山羊不吃天堂草》、赵立中的《金秋还遥远》、黄世衡的《生活不相信祝福》、杨福庆的《古桥下的梦》。这套丛书被出版界认为集中反映了当代少年小说创作的最新成果。又如，素有"小诺贝尔奖"之称的国际安徒生儿童文学奖，我国从1990年开始推荐儿童文学作家参加角逐，1990年推荐的是童话作家孙幼军，1992年推荐的是儿童诗人金波，并推荐张之路为载入国际儿童读物联盟（IBBY）荣誉名册的儿童文学作家。这几位都是北京地区的作家。再如，在历次全国性的儿童文学创作评奖中，获奖作家名单里北京作家总占有显著的位置。如中国作协举办的首届（1980—1985）全国优秀儿童文学奖的41位获奖作者中，北京地区的有14位，占三分之一强。从儿童文学的各种体裁、样式的角度来考察，北京的创作力量也是引人注目的。如按约定俗成的说法，童话分为"抒情派""热闹派"，那"热闹派"最有代表性的作家郑渊洁，就是在北京成长起来的。少年报告文学则有"南刘北孙"之称，孙即北京的孙云晓。以科学幻想小说驰名文坛的郑文光，以儿童朗诵诗著称的尹世霖，也都是长期生活、工作在北京的作者。此外，在低幼文学、校园文学和动物小说诸领域里，北京地区也都不乏佼佼者。

若从整个北京儿童文学队伍来看，则可以说是美满的"四世同堂"。在这个大家庭中，有战争年代开始其创作生涯的老作家韩作黎、陈模，以及兼写儿童文学作品的阮章竞、管桦等；有新中国成立以后，五六十年代即驰名儿童文苑的葛翠琳、呆向真、郑文光、浩然、孙幼军、金波等；有新时期展现才华、出手不凡的夏有志、曹文轩、张之路、罗辰生、郑渊洁、孙云晓、李子玉等；还有近年来崭露头角的文学新秀韩晓征、闫妮、小民等。如今，所有这些老、中、青作家都还在儿童文学园地上辛勤耕耘，为亿万孩子们呕心沥血地创造丰富而精美的精神食粮。

从以上粗线条的勾勒中，可以清楚地看出，北京儿童文学确实有它的优势，有它的实力，在当今我国儿童文学队伍中处于领先的地位。正因为如此，广大少年儿童、家长、老师才有充分的理由要求北京多产生几部一流的、具有全国影响的儿童文学精品，多涌现几个出类拔萃、引起全国关注的儿童文学新人。我想，我们不会辜负这种热切的期望。

如何进一步提高儿童文学创作的思想艺术质量？这个题目在6年之前于烟台举行的全国儿童文学创作会议上就鲜明地提出来了。近两年，儿童文学界有识之士呼唤佳作，宣传文化领导部门要求作家树立精品意识，而当前小读者的阅读视野和倾向，则把如何增强少年儿童文学作品的吸引力的问题更尖锐地摆到了我们面前。最近，大家都在学习邓小平同志南方重要讲话。在儿童文学领域里贯彻、落实这个重要谈话精神，最根本的是要不断强化以经济建设为中心的意识，进一步解放思想，全面理解儿童文学的教育、认识、审美、娱乐作用，借鉴和吸收中外一切优秀文学成果，更加大胆地探索、创新，写出更多贴近时代、贴近生活、为亿万小读者所喜闻乐见的作品，使儿童文学迈上一个新台阶。我们要清醒地意识到，自身的一些思想观念还有待于更新，创作心态也需要进一步调整，对急遽变革的现实生活和大潮涌动下少年儿童的心态缺乏更深入、准确的把握，还有艺术素养的欠缺和学识的不足。所有这些问题的解决，正是提高创作质量的关键所在。

为了提高创作质量，还要从创作实际出发，不断总结创作实践的经验。一些成功的、受孩子欢迎的中长篇少年小说，包括上面提到的北京地区作者的作品，如《山羊不吃天堂草》《普来维梯彻公司》《第三军团》《金秋还遥远》等，已经给我们提供了不少有益的启示。我想到的有这么几点：

第一点，坚持现实主义，勇于探索创新。

直面人生，拥抱现实的现实主义创作方法依然有着强大的生命力。上面提到的《山羊不吃天堂草》等作品可以说都是从现实生活中汲取了养分，坚持从生活真实出发，积极引导少年儿童去认识社会、关注人生，走向成熟。作者写进了自己对社会、对人生、对孩子最真切的体验和思索，和孩子们一起对现实人生进行品味和思考，使他们在认识人生、社会的过程中获得真、善、美的启迪。我在这里推崇少年小说中的现实主义，绝不是要排斥其他创作方法。要提高创作质量，必须在创作方法、艺术表现手法、形式、技巧上提倡大胆地进行多种多样的探索，在创新上做文章。现实主义本身也要深化、发展、丰富和革新。只有思想、艺术上富有新意的作品，才会吸引小读者。

第二点，注重在改革开放的大环境、大背景下描写少年儿童的生活。

把家庭、学校、社会生活交融、联结起来描写，从中揭示少年儿童的成长过程，揭示时代大潮在孩子心灵上的投影，可说是上述那些作品共同的优点和特色。现实生活迅速发展变化，加快改革，扩大开放，不仅会引起生产力的大解放，也会引起人们思想、观念的大解放。在上海，报刊舆论已经响亮地提出按现代"经济人"的要求重新塑造自己，要求有"经济人"的头脑，"经济人"的欲望，"经济人"的胆量和气魄，"经济人"的耳目，"经济人"的手脚。伴随改革开放的深入发展，也必然更加深刻地影响到孩子们的人生观、价值观、思维方式、生活方式。要真实地描绘大世界中的小世界，大社会背景下的孩子天地，就要根据自己的具体情况和条件，采取多种方式进一步深入新的生活，投身于奔腾澎湃的改革开放的洪流，从大潮中去捕捉、把握当代少年儿童的生活和心态。作品在孩子面前展开一个广阔的、色彩斑斓的生活天地，才有可能引起他们的阅读兴趣。

第三点，着力揭示社会主义新一代的人性美、人情美、人格美。

少年儿童文学作品，特别是叙事体的小说，也是要着力写人物的情感世界，写人物的内心世界的。以饱满酣畅的笔墨描绘同学之情、师生之情、母子之情、父子之情以至少男少女朦胧之情，揭示人际关系的真诚和爱心，往往就会产生动人心弦的力量，引起小读者感情的共鸣。上述那几部作品，有的礼赞中学生的真情、纯情，呼唤人与人之间美好的感情；有的高扬当代少年的独立人格和阳刚之气，讴歌奋发向上、勇敢进取的精神品格，这些对于塑造和重铸少年儿童适应现代社会的人格人性，具有潜移默化的影响。当然，我们仍处于社会主义初级阶段，在我们社会生活中，美与丑、善与恶、光明面与阴暗面，总是交织在一起，相比较而存在、相斗争而发展的。所以，在少年儿童文学作品中颂扬真情、正气和爱心的同时，还要有选择、有分寸地揭露和鞭挞虚假、伪善、丑恶。这样的作品可以帮助少年读者逐步认识复杂而严峻的社会和人生。

第四点，讲究故事性、趣味性，写得更加诙谐幽默些。

美国当代女作家琼·斯塔福德认为，小说家就是讲事实。她说："问题在于怎样讲得有说服力，讲得生动，使读者相信小说中的故事是真实的，这样的事过去发生过，今后还会发生，而且时刻都在发生着。"我们的少年儿童文学，在经过一阵淡化生活、淡化情节的探索、尝试之后，现在更多的作家似又回归重视故事性上来，尊重孩子乐于听故事的天性，讲究讲故事的艺术。有的作家说："少年需要一些阐述真实生活的优美的故事。"有的评论家说："要重视儿童文学的故事性所蕴藏着的珍贵的价值。儿童文学的文学性、趣味性就在于营造生动的、富有魅力的故事。"作家、评论家的这种共识，将会推动少年儿童文学更加精心地编织富有情趣、引人入胜的故事，以吸引更多小读者。同时，"琼瑶热""武侠小说热"也引起我们思考：这些作品为满足少年读者消遣、娱乐的愿望和好奇心，总是拥有通俗文学所特有的情节曲折、场面惊险、传奇色彩、花哨噱头，等等。我们是否也可以适当地吸收通俗文学作品的一些技巧、手法，增强作品的趣味性、娱乐性、可读性？夏有志、张之路的一些作品写得幽默、调侃，具有引人入胜的艺术魅力。

第五点，永葆童心，始终从少年儿童的视角看世界、看人生。

从少年儿童的视角看世界、看人生，可说是儿童文学的基本特征。儿童文学作家怀有一颗纯真的、永不泯灭的童心，才能自觉地从少年儿童的心理出发去描绘生活。当代儿童文学大家阿·林格伦说：儿童文学作家应该让自己的记忆中始终"活跃着他早已消逝的童年时代的情景、气息、趣味和笑闹声"。我们的一位儿童文学作家也表述了相同的感受和认识，她说："最紧要的基本功是童年感觉的捕捉"有"大手笔来自对童年的深刻认识"。另一位成人文学作家干脆发了一个"天真声明"，他说："艺术生命本质上就是天真生命。没有天真何来艺术？作为作家来讲，保持天真比保持才华更难，而丧失天真比丧失才华更致命。"保持纯真的童心之所以如此重要，这是因为怀有童心，才能用儿童的眼光去观察，用儿童的心灵去体会，从生活中发现美，发现诗情画意，而这种美和诗情往往是成年人的眼光所容易忽略的。当然，童心是真诚的，它不是故作天真，矫揉造作。

第六点，写得更从容些、更精粹些。

树立精品意识，就得坚持高标准、严要求地进行创作。"十年磨一剑"，优秀的作品总是千锤百炼、精雕细琢出来的。对人生、生活，要更从容地思索和体验；对情节、结构，要更从容地酝酿、琢磨。在纷至沓来的约稿信、出版合同面前，要沉住气，按照自己的写作习惯按部就班地写，不要仓促上阵地赶任务，不要夜以继日地忙于还文债。创作是以质取胜，以一当十，以少胜多，宁可写得少一些，也要写得更精粹些。刻意追求，精益求精，努力为少年儿童创作出高质量、高品位的精品力作。

1992 年 9 月

附注： 本文系在'92 北京儿童文学研讨会上的发言。

回望与期待

——在安徽省儿童文学创作会议开幕式上的发言

在这秋高气爽的季节，这么多来自北京和安徽各地的儿童文学界的朋友相聚在合肥，共商繁荣新世纪儿童文学创作、培养儿童文学新人的大计，确是一件令人十分兴奋的事情。这次会议是一次立足当代、展望未来的会，一次立足安徽、面向全国的会。我代表中国作家协会及作协儿童文学委员会对会议的召开，表示由衷的祝贺！

在我的印象中，安徽省的领导一向关注、重视儿童文学的发展，可说是对儿童文学情有独钟。十多年前，中秋前夕在历史文化名城歙县召开沪皖儿童文学笔会，省人大、省委宣传部负责同志都到会讲话，对那次会议和儿童文学工作给予了热情支持。这次会议又由省委宣传部牵头，多位关心儿童文学的领导同志莅临指导。这对从事儿童文学工作的朋友，是很大的激励和鼓舞。

安徽省有一个令人羡的儿童文艺家协会，一个联系、团结全省儿童文学作家、评论家、编辑和儿童文学工作者的专业性群众性团体，这在全国各省、市、自治区中，也许是独一份。我只知道香港有个儿童文艺协会。各省、市作家协会有的设立了儿童文学委员会，有的设有儿童文学组，似还没有哪个省像安徽这样单独建立儿童文艺家协会的。这真是得天独厚！

再一点，我注意到安徽儿童文学界十分重视向兄弟省、市的同行学习，想方设法加强同外界的联系、交流。不是把自己封闭、隔绝起来，而是打开窗户，呼吸来自海内外的新鲜空气。走出去，请进来，多渠道、多方式地对话、交流，切磋，探讨，无疑对开阔视野，增长知识，提高自身素养和创作水平，是大有益处的。

新时期以来，安徽省的儿童文学创作和儿童文学工作卓有成就。至今我还清晰地记得，80 年代安徽儿童文学界的几件引人注目的事情：

一是诗人严阵的长篇小说《荒漠奇踪》荣登中国作家协会首届全国优秀儿童文学奖榜首；作品刻画的小红军战士司马真美的生动形象令人难以忘怀。

二是刘先平的《云海探奇》《呦呦鹿鸣》等四部长篇小说，开我国大自然探险文学的先河，作者可说是用长篇系列描写野生动物世界的"国中第一人"。

三是以林焕彰为首的 7 位台湾儿童文学作家 1989 年夏季大陆之旅，第一站就是安徽合肥，由此打开了海峡两岸儿童文学交流的大门。

四是倡导儿童文学作家与评论家对话、交流、沟通，较早从美学角度研究儿童文学，探讨儿童文学中的审美关系，寻求美学与儿童文学的契合点。

在上述几个方面，安徽省都是走在全国儿童文学队伍的前列的。

进入 90 年代，特别是贯彻落实江泽民总书记关于繁荣少年儿童文艺的指示精神以来，安徽省儿童文学创作、出版也呈现活跃、蓬勃向上的发展势头。

我们高兴地看到，安徽作家创作的或安徽出版社出版的儿童文学作品，在"五个一工程"奖、国家图书奖、宋庆龄儿童文学奖、作协儿童文学奖等全国性大奖中频频得奖，如《刘先平大自然探险长篇系列》《青春风景创作丛书》《秦文君文集》《小树叶童话》《鸽子树的传说》《中华三德歌》等。安徽少年儿童出版社、安徽教育出版社近几年抓原创性作品也取得了可喜的成果，已经问世的《科幻新作系列》《中国当代童话新作丛书》《名家幼儿新童话》《精灵鸭》《中华鲟儿童文学新作丛书》等，都获得不同程度的好评。

安徽的儿童文学队伍也在以老带新、新旧交替中逐步发展壮大，显示了相当的规模和实力。一批老作家和中年作家，如刘先平、戎林、边子正、奚立华、薛贤荣、徐瑛、海涛、祁小林、潘仲龄等，依然在儿童文苑辛勤笔耕，不断有新作问世。而一批生气勃勃的青年作者已悄然崛起，如不久前获得俊以儿童文学基金奖的杨老黑，就是其中的佼佼者；还有雪涅、伍美珍、李志伟、王国刚、李秀英、陈曙光、方志平等，在少年小说、校园小说、童话、科幻、儿歌、散文方面，均有不俗的表现。在儿童文学史、作家作品研究、评论方面，巢扬、韩进等也都有新的成果。

在充分肯定已经取得的成绩和经验的同时，也不能不清醒地看到，安徽省自己的、在全国范围打得响、为广大小读者津津乐道的精品力作还不多；也还没有形成一支像京、沪、苏、湘那样实力雄厚的集团军，或像云南的"太阳鸟"、辽宁的"棒槌鸟"那样富有地域特色的作者群。对当代儿童文学状况，特别是本省作家作品的研究和评论，还显得较为薄弱。在我看来，安徽如果要成为一个儿童文学大省，似还有一定的差距。我深切地希望以这次会议和研讨班为契机，推动安徽省儿童文学创作更上一层楼，在儿童文学队伍建设方面也上一个新台阶。

我作为一个儿童文学组织工作者，一个已从文学战线退役的老兵，提出几点老生常谈的想法和建议：

一是要牢固树立精品意识，一以当十，以质取胜，力求推出富有时代特色和艺术魅力、为广大少年儿童所喜闻乐见的优秀之作。

从事儿童文学创作的作者既要有充沛的创作激情和不断探索的创新精神；又要有潜心创作、耐得住寂寞、十年磨一剑、精雕细刻的精神。在创作题材、样式上，扬长避短，充分发挥自己的优势和特长，探求、选择与自己的经历、个性、气质、兴趣相适应的创作路子、艺术手法。北京申办奥运提出了"绿色奥运、人文奥运、科技奥运"的三大主题。我以为，这对思考新世纪儿童文学的走向不无启迪意义。热爱大自然、歌颂大自然，高扬人文精神、注重人文内涵，崇尚科学，驰骋想象，面向未来，都是迈向新世纪的儿童文学应当关注和倡导的重要主题。安徽儿童文学作家在大自然探险、科学幻想、革命历史题材创作方面有着自己的优势和创作实绩，是否可以在这方面多下些功夫，为小读者奉献出有益又有趣、具有长久艺术生命力的力作精品来。

二是提高儿童文学新人的思想素质、业务素质，为培养和造就一支充满活力、富有特色的儿童文学皖军而不懈努力。

21世纪儿童文学繁荣的希望在于青年一代作家。要把培养、造就儿童文学新人提到战略的高度来考虑。要从热爱孩子、热爱文学的中、小学、幼儿园教师、钟情于儿童文学事业的少儿报刊、出版社编辑和乐于"自画青春"的大、中学生中发现儿童文学新人。少儿报刊、出版社在发现、培养新人上负有重要的、不可推卸的责任。热切期盼宣传、教育、新闻、出版、文联、作协、科协、共青团等有关部门形成合力，积极扶植、支持文学新人，为他们深入生活、学习进修、潜心创作创造更好的条件，提供更多的机会。像这次举办的研讨班，或举办青年作者讲习班、作品研讨会等，都是帮助文学新人开阔眼界、增长知识、提高思想、业务水平的行之有效的方式。要组织力量加强对本省儿童文学现状，特别是青年作者作品的研究，适时召开讨论会，展开健康的、说理的、实事求是、与人为善的批评和争鸣，帮助青年作者探讨、总结创作的成败得失，促进创作思想、艺术质量的提高。

三是更加关注当代少年儿童的接受心理、审美情趣、欣赏习惯；同时要进一步调查了解儿童读物市场的需求，摸清行情。

儿童文学的对象是少年儿童。我们写的作品首先要让孩子们喜欢，让他们觉得好看、好玩、有趣，有意思。如果同时又为成人所接受和喜爱，老少咸宜，那当然是上品。在不久前召开的全国儿童文学创作会议上，孙云晓作了题为《倾听天使的声音——儿童状况调查启示录》的发言。这是一份有观点、有材料、有分析的调查报告，对少年儿童的阅读状况和他们喜欢什么样的作品，喜欢哪些作家，以及父母对儿童课外阅读的看法和对读物的选择，都作了具体、清晰的回答。从事儿童文学创作、出版的朋友应当细心倾听一下这些来自小读者的声音。如有可能，最好也亲自做一些调查，以便对孩子们的阅读兴趣、理解能力、鉴赏水平力求有一个透彻的了解、准确的把握。这样，我们创作、出版的作品，才有可能真正走向小读者，深入亿万少年儿童的心灵深处。当代小读者疏离儿童文学，固然有社会环境方面的原因，诸如课业负担过重、多种媒体的介入、出版发行渠道不畅，等等；但我以为，更多地还应当从儿童文学自身找原因。我们的生活积累是不是扎实，学识素养是不是丰厚，艺术技巧是不是娴熟？一个作者倘若与少年儿童的生活隔膜，那就无从谈起写出贴近孩子生活、贴近孩子心灵的作品。没有思想理论武装，没有学问，没有广采博取多方面的知识，对生活的洞察力、穿透力和提炼力也就不够。没有从中外古今一切优秀的文学艺术成果中吸取养分，也就不会有熟练的艺术表现技巧和能力。

有远见、有作为的儿童文学作家奋力追求的目标应当是：高品位、高格调、情趣盎然、雅俗共赏。高雅与畅销不是水火不相容的。摸清市场行情，不是迎合，也不是媚俗，而是为了切合小读者的精神需求，扩大好书的市场覆盖面。我们相信，贴近生活、贴近孩子、思想艺术俱佳的上乘之作，一定会占领市场，赢得众多的小读者。

请允许我重复本人不久前在《全国儿童文学创作会议开幕词》中的一段话来结束这篇老调重弹的发言：

"小读者呼唤儿童文学精品，新世纪呼唤儿童文学大家。我们要有更多的与伟大时代相称、让亿万少年儿童爱不释手的精品名篇；要有新世纪的冰心、中国自己的安徒生。让我们加强学习，提高素养，热爱生活，熟悉孩子，潜心写作，勇于创新，同心同德，团结奋进，向着新世纪儿童文学的峰巅登攀！"

预祝大会圆满成功！

2000 年 10 月 15 日

一孔之见

——略谈江苏儿童文学

是否关注、重视儿童文学，是衡量一个国家、一个地区文明发展程度的一个标尺。江苏历来十分重视儿童文学，显示了一个正在打造的经济大省、文化大省应有的胸襟和气度。

进入历史新时期以来这20多年，江苏省的儿童文学是一直走在全国前列的，这表现在：

一是推出了一批鼓舞少年儿童奋发向上、富有艺术感染力的优秀之作。近些年，我曾多次参加"五个一工程"奖、国家图书奖、作协全国优秀儿童文学奖、宋庆龄儿童文学奖的评选工作。每次评奖总有江苏省的儿童文学作家脱颖而出，榜上有名。这些获奖作品集中展示了江苏儿童文学作家的创作实力和思想、艺术上达到的较高水准。

二是拥有一支具有相当规模和实力的儿童文学队伍。江苏省从事儿童文学的中国作协会员有30多人，人数之多、实力之强，从全国范围来看，是为数不多的省份之一。而且这支队伍老中青结合，形成合理的梯形结构。黄蓓佳、金曾豪、祁智、王一梅等思想、艺术上日趋成熟，已成为创作的中坚力量。王巨成、饶雪漫、李志伟等青年作家生气勃勃，创作活跃，已在当代儿童文苑引人注目。

三是逐步形成健全的创作、出版、宣传评介的一条龙服务。由于省委和省委宣传部的重视、支持，抓创作思想，抓题材规划，抓精品生产，多次召开座谈会、研讨会，加强宣传评介，把好书推向小读者，力求在全国打响。上世纪80年代末、90年代初，我国长篇少年小说的崛起，江苏少年儿童出版社是领头羊；它对当代少年小说的发展所作出的独特贡献，是有目共睹、功不可没的。

从江苏省儿童文学作家的获奖作品可以清晰地看出，它们的成功，固然与江苏优秀的儿童文学传统、深厚的历史文化积淀分不开，但更重要的还在于这些作品的作者功底较为扎实，创新意识比较强，富有不懈的艺术探索、开拓精神。经过多年的创作实践，有些作家已形成自己独特的风格和特色。如曹文轩追求永恒，以格调优雅、艺术精致取胜；黄蓓佳讲究真挚、细腻，富于抒情色彩，善于揭示心灵；金曾豪则倾情于青春气息、地域特色、文化韵味。所有这些，正是他们的作品博得好评的一个重要因素。

中国作协和江苏省委宣传部等单位联合举行这次未成年人思想道德建设文学在线系列活动，是为了推动全国文学界、出版界为少年儿童创作更多更好的文学作品。3.67亿未成年人是文学的接受对象，是一个最大的读者群。儿童文学作家要充分意识到自己在提高未成年人思想道德素质中肩负的责任，关注他们的精神成长、心灵成长，更好地发挥文学艺术刻画形象、以情感人、寓教于乐的特征和潜移默化的作用，创作出更多贴近孩子、思想内容健康向上、艺术形式完美精湛的作品，帮助少年儿童健康地成长，快乐地成长。

我深切地希望创作实力雄厚的江苏省，能率先吸引更多成人文学作家加盟儿童文学，各自发挥他们生活积累、艺术经验的优势和特长，为孩子们写点作品。我还热切期盼江苏在继续抓好儿童小说、科学文艺等强项的同时，下功夫抓好相对薄弱的儿童诗、幼儿文学等体裁、样式。发展儿童文学理论批评，树立和发扬良好的、实事求是的文学批评风气，提倡有胆有识的批评，也是促进创作繁荣不可或缺的。真诚祝愿江苏儿童文学的两翼——创作、评论比翼齐飞！

2004 年 9 月

印象与随想

——河北儿童文学小议

我的青、壮年时代，曾在河北工作了将近 20 个春秋。河北，可说是我的第二故乡。近 20 年，我在中国作家协会分管儿童文学工作，对河北的儿童文学状况一直是颇为关注的。

在我的印象中，从全国来说，河北算不上一个儿童文学大省，创作实绩也很难说是名列前茅，但它在儿童文学创作、队伍、出版等方面，还是有相当实力的。在十年动乱前，上世纪五六十年代，河北的儿童文学创作实绩光彩夺目。特别是军事题材、战争题材作品可说是硕果累累。徐光耀的《小兵张嘎》、刘真的《我和小荣》《长长的流水》，都是经过时间检验、具有长久艺术生命力的优秀作品。其他如邢野的低幼作品《王二小的故事》、李涌的长篇小说《小金马》、长正的中篇小说《夜奔盘山》，也都在全国性的儿童文学评奖中榜上有名。

进入历史新时期，河北的儿童文学呈活跃、稳健、多样化发展的态势，作者队伍扩大，体裁、样式多种多样。董天柚、玉清、邹尚庸的成长小说，朱新望的动物小说，吴珹的儿歌、童诗、散文诗，郑世芳的校园朗诵诗，郭明志、武玉桂的童话，安伟邦的低幼故事，都在儿童文学小百花园里争奇斗艳，令人赏心悦目。不久前调离河北、现在担任中国作协主席的女作家铁凝也是从儿童文学起步的。她的小说《哦，香雪》《没有纽扣的红衬衫》和散文集《大街上的梦》，也都是儿童文苑难得的好作品。在日常接触中，我还不无欣喜地发现：在全国儿童文学创作队伍中，河北籍的作家占有相当突出的位置。老一代的作家如管桦、葛翠琳，多年来我在作协儿委会的同事金波、白冰、徐德霞、张明照、关登瀛，以及罗英、杨啸、李子玉、刘丙钧等，都是河北人，真是不胜枚举。河北输送了那么多人才，当代儿童文学史上会记上浓重的一笔。在儿童文学读物的出版上，成立于1985年的河北少年儿童出版社也有不少可圈可点的成果。严文井等主编的《国际安徒生获奖作家书系》(2000)、王泉根主编的《新时期儿童文学研究》(2004)以及《露珠丛书》《金太阳丛书》等图书问世后，都赢得了赞誉，在儿童文学界颇有影响。

改革开放近30年来，河北在儿童文学方面已经取得的成就有目共睹。然而，毋庸讳言，也还存在一些问题和不足。我以为，主要有两点：一是在创作队伍上还没有形成一个强大的方阵，同实力雄厚的上海、北京、江苏、浙江等集团军相比，还有一定的差距。同时，也没有形成一个富有朝气、活力和地域特色的创作群体，像云南的"太阳鸟"作家群、辽宁的"东北小虎队"青年作家群。二是在创作上缺乏拳头产品、高精尖产品，较少有在全国打响、在小读者中产生广泛影响、富有时代特色和强大艺术魅力的精品力作。从上世纪80年代初以来，中国作协先后举办过六届全国优秀儿童文学奖的评选活动。在这个奖项中，河北至今没有一个作家榜上有名。尽管每次评奖未必能全面、准确地反映创作现状，作家个人也不必太看重得奖与否，但我们又不能不承认，评奖毕竟不失为盘点一段时间创作收获、成绩的一种方式，是对当前创作所达到的思想、艺术水平的一次检测。我深切希望河北省作家协会及其儿童文学委员会今后在提高儿童文学创作的思想艺术质量，提高队伍的思想、业务素质上多下功夫。

下面我想围绕当代儿童文学作家肩负的使命和努力做好儿童文学工作，谈几点看法和感想。

一是要更加清醒地意识到我们儿童文学作家在建设精神文明、建设和谐文化中所肩负的使命和责任。

全面建设小康社会，实现社会主义现代化和中华民族伟大复兴的宏伟目标，都离不开文化的发展和繁荣。因为我们为之奋斗的小康，是社会主义物质文明、政治文明和精神文明协调发展、全面进步的小康。我们为之奋斗的现代化，是既重视经济发展和物质进步，又重视文化知识和社会发展的现代化。当今人们越来越深刻地认识到以文化建设为主要内容的国家软实力建设，对增强国家综合实力、建设中国特色社会主义所具有的重要作用。同时，发展文化也是满足人民精神文化需求，全面建设物质、精神都较为富有的小康社会题中应有之义。

发展、繁荣文学艺术，包括儿童文学，是加强文化建设重要的、不可或缺的部分。文学对于少年儿童的心灵成长、精神发育有着潜移默化的独特作用。儿童文学是爱的文学，以善为美的文学。讴歌真、善、美，弘扬真、善、美，是儿童文学的总主题和基调。建设和谐文化，培育和谐精神，要从娃娃抓起，从青少年抓起，要在他们幼小的心灵里播撒爱的种子，真、善、美的种子，打好坚实的人性底子。儿童文学作家在建设和谐文化上肩负着重要的使命，要自觉地把和谐的理念融入儿童文学创作之中，把社会主义核心价值体系融入塑造未来一代心灵、性格的伟大工程之中。紧紧把握文学借助生动鲜明的艺术形象反映生活的基本特征，充分发挥它的以情感人、以美育人的优势和魅力，创作出更多鼓舞少年儿童奋发向上，具有强烈的艺术震撼力、感染力，能深深打动孩子心灵的好作品，满足他们的精神需求。

二是要更多地关注、扶持儿童文学。

儿童文学是一个需要特别关注、重点扶持的文学门类。这固然是因为它在建设社会主义精神文明、培育一代"四有"新人上有着重要的、不可忽视的作用，同时，它又拥有3.67亿少年儿童这么庞大的读者群。少年儿童精神生命的健康成长，总是与优秀的、杰出的文学作品为伴的，这可说是一个不争的事实。然而，由于中国传统文化的影响，落后、过时的儿童观、儿童文学观，陈腐的习惯势力、社会偏见，应试教育根深蒂固的影响，儿童文学至今仍然没有得到家长、老师和社会方方面面应有的重视。不关注孩子文学阅读的状况还没有得到根本改变；儿童文学作家的社会地位没有受到应有的尊重；儿童文学的学科建设还没有得到妥善解决；儿童文学也没有进入现当代中国文学史研究者的视野；在一些省市，儿童文学工作还未能摆上宣传文化部门、作家协会经常的议事日程……所有这些都充分说明，儿童文学仍然十分需要党和政府有关职能部门和共青团、妇联、文联、作协等人民团体继续大力鼓励、提倡、扶持、导引。

回顾当代儿童文学的发展历程，三次儿童文学黄金期的出现，都与党和政府的关怀、重视及采取的切实举措分不开。说与不说，抓与不抓，结果大不一样。1955 年秋，共青团中央给中央写了《关于儿童读物奇缺的报告》，9 月 16 日《人民日报》发表了题为《大量创作、出版、发行儿童读物》的社论，国务院八办开会作了部署，中国作协下达《关于发展少年儿童文学的指示》，要求作家一年内写一篇，从而迎来儿童文学第一个黄金时代。1978 年 10 月，国家出版局会同共青团中央、作协等部委在庐山召开全国少年儿童读物出版工作座谈会，国务院批转出版局等七部委《关于加强少儿读物出版工作的报告》，《人民日报》发表《努力做好少年儿童读物的创作和出版工作》的社论，从而在上世纪 80 年代迎来了儿童文学的第二个黄金时代。上世纪 90 年代中期，为贯彻落实江泽民同志"抓好电影、长篇小说和少年文艺'三大件'"的指示，1995 年 10 月，中宣部在上海召开了座谈会，第二年六一前夕，《人民日报》发表署名为"本报评论员"的文章《让儿童文学繁花似锦》，从而掀起了长篇儿童小说出版热，各地更加重视原创作品的出版。

由此可见，只要遵照中央关于把少年儿童工作提到战略地位的指示，把儿童文学工作摆在应有的位置，并采取切实、有效的措施，充分调动作家、编辑、出版者的积极性和创造性，就会使儿童文学出现新面貌、新气象。

2003 年年初，党中央、国务院下达《关于进一步加强和改进未成年人思想道德建设的若干意见》。今年 6 月 5 日，胡锦涛总书记在中央党校的重要讲话中，对加强社会主义文化建设又提出了一系列新论断、新要求。这样的大背景、大气候，又一次给儿童文学带来良好的发展机遇。我们要进一步提高认识，认清形势，抓住机遇，积极发展，推进创新，常抓不懈。

三是要努力做好儿童文学委员会的工作。

多年来我一直从事文学组织工作，长期担任作协儿童文学委员会的负责人。值此河北省作协儿童文学委员会成立之际，我想就如何做好儿童文学委员会的工作谈一些想法。从中国作协来说，设置各个委员会，是为了更广泛团结各方面有代表性的作家积极参与作协的工作和活动，按照文学自身的特点和规律，采取社会方式而不是行政方式来开展研讨、交流、联谊等活动，促进作家相互学习、相互切磋。委员会是一个半工作、半咨询的机构：它既是作协领导机构（主席团、全委会）的参谋、咨询机构，又是协助开展创作、评论、评奖、培训等活动的工作机构。多年来，作协儿委会的活动内容、方式包括：开展作品、创作和理论问题的讨论和争鸣，组织参观访问、采风，举办讲座、报告会，组织作家与小读者见面、作家联谊活动，协助组织文学评奖、举办作家进修班、讲习班，参与发展新会员的咨询工作，就改进作协的儿童文学工作提出意见和建议，等等。所有这些工作、活动，都是为了催生优秀作品，培养文学新人，这是重中之重。不久前，中国作协儿委会总结近 5 年的工作，一致认为大局意识、团队精神、务实作风是做好工作的关键所在。这也可供河北的同行、朋友参考。

我衷心期盼河北的同行、朋友以这次会议为契机，争取使河北的儿童文学事业迈上一个新台阶，开创生气勃勃、繁荣发展的新局面。

2007 年 8 月 30 日

深圳儿童文苑春意盎然

——兼谈陈诗哥《童话之书》

在写作上、以文会友上，我和深圳还是有着不深不浅的缘分的。

在上世纪 80 年代，曾多次到深圳西丽湖中国作协创作之家小住，结识了不少文学界的朋友。其中印象特别深刻的一次是：1987 年春夏之交，在创作之家与音乐家贺绿汀、学者王元化、作家徐迟等，就当时思想文化战线的形势，比较坦率、深入地交换过意见。我发觉我和他们之间有着很多共同语言。没想到，几天之后，我就被作协电召立即回京参加反资产阶级自由化斗争了。

90 年代末，我写过一篇《我当秘书的遭遇》，记叙我在反胡风斗争中一段不堪回首的经历，揭示了韦君宜在《思痛录》中"又挖出一个束沛德"的来龙去脉。这篇文章最早是在深圳《特区文学》上发表的。后来，《作家文摘》《文学报》等先后摘登或转载，在文学圈里小有影响。这之后不久，我在《深圳特区报》还发过一篇《老战士的本色——我读〈文坛回春纪事〉》；此文曾获海天出版社第二届优秀书评奖。这点原本不值得一提的小事，却让我这个平素写得很少的文学组织工作者，对深圳留下了特殊的、难忘的印象。

谈起深圳与儿童文学，我不禁想起 2004 年 10 月在深圳召开的那次全国儿童文学创作会议。那时，我还在作协儿童文学委员会的岗位上，参与了这次会议的策划、组织工作，并在会上作了题为《让儿童文学走进小读者》的发言。我清晰地记得，在那次会上，深圳文联负责人杨宏海作了《植根热土的文学新苗——深圳校园文学创作活动巡礼》的发言。《花季·雨季》的作者郁秀谈了《我与成长小说》。妞妞的纪实文学《长翅膀的绵羊》获得第六届全国优秀儿童文学奖。说实话，那时我对深圳儿童文学状况不甚了了，除了郁秀、妞妞外，只知道一个写过儿童小说《猪屁股带来的烦恼》等的老作家苏曼华。也许当年的事实就是如此。

从 2004 年到 2017 年，十多个春秋过去了。近些年来，深圳儿童文学有了可喜的、引人注目的发展。在我的印象中，当前深圳的儿童文学呈现生气勃勃的创作态势，文学生态、氛围和谐良好。儿童文学新生力量悄然崛起，崭露头角，儿童文苑不时能看到不少来自深圳的、陌生的新面孔。如今深圳已经逐步形成一个规模和实力相当可观的儿童文学作家群，这个团队毫不逊色地处于全国儿童文学队伍的第二方阵。阅读推广活动相当活跃，众多"点灯人"满腔热忱、千方百计地让儿童文学读物走进校园、家庭和广大小读者中间。我以为，从上述诸方面看，深圳已昂首阔步地走在全国儿童文学的前列。真是今非昔比啊！

当然，深圳的儿童文学现状并非那么完美无缺，也还有不少有待改进和提高的空间。如何写好中国故事，尤其是深圳独特的故事，作家还大有用武之地。如何写出直抵少年儿童心灵，给孩子以真善美、温暖、希望、力量的精品力作，对很多作家来说，似仍走在探索前行的路上。诗、报告文学、幼儿文学、理论批评，有待更多的关注和支持。来日方长，我相信，经过不懈努力，深耕细耘，深圳的儿童文学前途似锦。

这次深圳儿童文学作家群研讨会，讨论的六位作家的作品，是深圳近些年儿童文学创作优秀成果的集中展示。陈诗哥的《风居住的街道》获作协第九届全国优秀儿童文学奖青年短篇佳作奖，2014 年他获第二届《儿童文学》十大金作家奖，我都在北京、浙江上虞参加了颁奖典礼，目睹他赢得殊荣的喜悦。郝周的小说《偷剧本的学徒》入选中宣部"2015 优秀儿童文学出版工程"书目，我也是那次评审会的成员，并对这本小说庄重地投了一票。被誉为"动物小说王子"袁博的《火烈马》《狮子的心》、杜梅的小说《钢是钢铁是铁》、刘克勤的校园小说《超级六班》、郑枫的童话《梦旅行·念头集》、袁晓峰的图画书《总有一个吃面包的理由》等，也都可圈可点、值得称道。

在这里，我粗略地谈谈对陈诗哥童话的印象。陈诗哥赠我《童话之书》时，在扉页上题签了两行字："读童话，可以重新成为一个孩子；重新成为一个孩子，意味着生命如节日般归来。"这对我这么一个 80 多岁的老人，有着强大的感染力、吸引力，让我充满热切的期待！我满怀兴趣地读了这本书，觉得这是一本不可多得的、充满诗情哲理的关于童话的奇妙童话。它点燃了我天真未泯的童心，让我沉浸在浓郁的童情童趣之中，如作者所期望的，我有幸重温回到 0 至 99 岁孩子行列的滋味。

创造性、想象力，对于一切文学艺术，包括儿童文学在内，是极其重要、不可或缺的。前些日子，读到著名学者资中筠对当代教育的尖锐批评。她说："在中国的所有问题中，教育问题最为严峻。从幼儿园开始，传授的就是完全扼杀人的创造性和想象力的极端功利主义，中国教育不改变，人种都会退化！"为人的成长打精神底子的儿童文学，可不能加入扼杀创造性和想象力的行列啊！可是，纵观儿童文学现状，不能不无遗憾地说，我们的儿童文学之所以不能出现更多精品、经典之作，不能登上艺术高峰，最缺少的就是创造性和想象力。而陈诗哥的《童话之书》之所以难能可贵，正在于它既勇于独创又富于想象。独特的、鲜明的创作个性，丰沛的、自由驰骋的想象力，正是陈诗哥的优势、长处所在。

写这么一本以探讨"童话是什么"为主题，以书国王子为主人公的《童话之书》，是有很大难度的，是需要非凡的创造热情、勇气、智慧和想象的。通读全书，我欣喜地发现，随着故事情节的发展，作者自然地、恰到好处地融入了自己对现实生活、童年生活的真切感受，融入了对世界经典童话、中外文学名著的巧妙再创造，融入了对未来世界的丰沛想象，融入了对天地万物的哲理思考。而所有这一切，都是娓娓道来，温情脉脉，让人如沐春风，心旷神怡。

陈诗哥是一个勇于探索又善于思考的人。他积多年的生活经验和阅读心得，在《我的童话观》一文中提出了不少有关童话的新理念、新观点。诸如："童话是对世界的重新解释和重新命名"，"童话的首要目的是为了让人的心灵变得更美好"，"在童话里，宽恕比正义更重要"，童话遵循的儿童逻辑"是一种诗性逻辑"，以及"虚构比现实更接近真实"、童话不是幻想文学、"童话不一定是一个完整的故事"等等。在我看来，其中不乏独具慧眼的真知灼见。且不论这些看法是否还有值得商榷之处。可贵的是作者勇敢大胆地将他的童话理论付诸创作实践。可以说《童话之书》就是陈诗哥童话理论与创作实践完美统一的有益尝试。不用说，他不是在作品中说道理，讲概念，以理服人，而是通过讲故事的方式，记述主人公书国王子一生颠沛流离的遭遇和命运，以情感人，以美育人。从主人公和其他人物的一言一行中，让读者润物细无声地体验、感悟爱和宽容，伟大的单纯，以一颗温柔、谦卑之心看待一切，生活美妙的秘诀在于信任。让故事情节说话，让人物命运说话，随着故事情节的发展，纯真、美好的感情像清澈的泉水般自然而然地流淌到读者的心灵深处。从而也不知不觉、或多或少地加深对童话的意义、价值和本质的理解。

恪守童心与诗意，是陈诗哥在童话创作中持之以恒的原则。童心、赤子之心是创作的动力、源泉。失却童心，没有天真，哪来童话？哪来儿童文学？把童话和诗歌看作"天使的两个翅膀""诗歌是童话最好的镜子"的陈诗哥，在《童话之书》中以诗的语言讲述故事，孜孜不倦、不折不回地向诗性、诗境登攀，力求诗情与哲理的水乳交融。所有这些，构成他的童话作品的又一艺术特色。

期望深圳儿童文学再出发，向着明亮那方前行！

2017 年 3 月 8 日

儿童文学创新琐议

在花溪之畔举行的儿童文学创作座谈会，着重探讨儿童小说的创新问题，是很有意义的，它必将促进儿童文学创作思想、艺术质量的提高。

整个文学艺术的历史，是在继承传统的基础上，推陈出新的历史。没有创造，没有革新，文学艺术也就无从发展。儿童文学也是如此。我们应当热情鼓励、支持儿童文学作家一切大胆的、有益的探索和创新。创新，包括思想内容上的创新和艺术风格、形式、手法上的创新。创新，是为了发展具有中国特色的社会主义儿童文学，这就是说，探讨儿童小说、儿童文学的创新问题，应当从中国的实际情况出发。

首先，我们的儿童文学作家心中要有数，要牢牢记住我国有三亿六千万少年儿童这个"数"。这是我们的工作对象、服务对象。儿童文学的任何探索、创新，不能离开对我们时代少年儿童的生活、思想、感情、心理和欣赏趣味的了解和研究，力求使我们的作品为亿万小读者所接受和喜爱。作家、评论家、文学编辑都要多听一听小读者的意见，既不要低估了他们的理解、鉴赏能力；更不要忽视了广大农村、山区、边远地区不同层次的小读者对儿童文学的需求。

我们的探索、创新，应当有利于社会主义精神文明建设，有利于培养一代"四有"新人。按照我们教育工作面向现代化、面向世界、面向未来的方针，要努力培养少年儿童一代具有开拓型、创造型的素质，使他们思想活泼、视野开阔，富于独立思考、奋发进取的精神。在这方面，儿童文学可以发挥极大的潜移默化的作用。从生活出发，努力描写八十年代少年新人形象；按照儿童的年龄特征和理解能力，真实地发现人民群众为建设新生活而从事的壮丽的斗争：在主调鲜明的要求下，对题材、人物性格多样化的追求和探索，这对于激励少年儿童献身于建设四化、振兴中华的伟大事业，都会产生不可低估的影响。

艺术上的探索、创新，既要借鉴外国一切于我们有用的东西，又不能离开我们民族优秀的文学传统。"洋为中用"，"古为今用"，应当从中外优秀儿童文学成果中吸取养料，化为自己的血肉，创造出为中国当代儿童所喜闻乐见的作品。创作贵在独创。从作家来说，要多思考，多了解自己，走自己的路，也就是要注意探求同自己的经历、个性、擅长、兴趣相适应的创作路子，扬长避短。从评论来说，要兼容并包，广开文路，为儿童文学艺术上的探索、创新打开一条宽广的路子，切忌用一种风格、一种形式、一种手法去排斥另一种风格、形式和手法。

热切地期望儿童文学作家把学习理论与深入生活紧密地结合起来，把对生活、艺术的追求和探索建立在活生生的马克思主义基础之上，为孩子们写出更多的富有中国特色的、有分量、有新意的优秀作品。

1985 年 11 月

关于儿童文学创新的思考

1985 年 9 月举行的党的全国代表大会又一次强调重视社会主义精神文明建设，提出思想、文化、教育、卫生部门都要以社会效益为一切活动的唯一准则，思想文化界要多出好的精神产品。

文学队伍是四化建设大军中的一个特殊兵种，儿童文学队伍则是这个特殊兵种的一个分队。在建设社会主义精神文明大厦、塑造未来一代心灵的巨大工程中，儿童文学作家担负着"建筑师"的光荣职责，理应为孩子们创造出更多的精神食粮，为培育一代有理想、有道德、有文化、有纪律的社会主义新人，做出自己的贡献。

党的十一届三中全会以来，特别是近两三年，我们的儿童文学创作已经取得了明显的、可喜的成绩。同成人文学一样，无论是在题材的开拓、主题的发掘、人物的塑造、手法的探索、风格的追求方面都有了新的进展。尤其引人注目的是，我们的儿童文学也正进入一个更新换代期。这里所说的"更新"，是指儿童文学观念的进一步开拓和更新，这表现在对儿童文学的功能有了更为开阔的理解；对新时期少年儿童的特点，从自然属性与社会属性的结合上有了更为深入的认识；在创作思想上摆脱了一些陈陈相因、过时的传统观念、道德规范的束缚。"换代"是指新时期已经涌现出一批年富力强、朝气蓬勃、与少年儿童生活有着紧密联系，在思想、艺术上勇于探索的新作者。他们是活跃在儿童文学战线上的一支生力军。

不能忽视或低估新时期儿童文学的新进展、新收获。然而，无论是作者、编者或读者又都不满足于已经取得的成绩。我们从儿童文学创作座谈会上，从报刊发表的评论文章和教师、辅导员、家长和孩子们的来信中，经常可以听到这种呼声：能够深深打动孩子心灵、为孩子爱不释手的精品太少了；新时期的儿童文学中，还没有塑造出足以与罗文应、小兵张嘎、潘冬子相媲美的 80 年代少年儿童典型形象，等等。造成这种状况的原因可能是多方面的，儿童文学作家在思想、艺术上开拓、创新的精神不够，不能不说是其中的原因之一。我以为，认真探讨儿童文学的创新问题，对提高儿童文学创作的思想、艺术质量，必将起到积极的推动作用。

创新是文学艺术的生命。整个文学艺术的历史，可说是在批判地继承传统的基础上，不断地推陈出新的历史，不断地标新立异的历史。鲁迅说："没有冲破一切传统思想和手法的闯将，中国是不会有真的新文艺的。"没有创造、没有革新，文学艺术就不能前进，不能发展，也就不能适应新时期人民群众的精神需要。儿童文学也是如此，不创新，就不会为新一代的小读者所喜闻乐见。创新，是时代的需要，读者的需要，也是文学自身发展的需要。因此，我们应当热情鼓励、支持儿童文学作家去进行大胆的、有益的探索、突破和创新。

创新，包括思想内容上的出新和艺术风格、形式、表现手法上的出新。创新，是为了建设具有中国特色的社会主义儿童文学。这种具有中国特色的社会主义儿童文学，应当体现伟大社会主义时代对少年儿童一代的期望和要求；真实而生动地反映新时期少年儿童丰富多彩的生活；丰满地塑造 80 年代少年儿童新人形象；采用为中国当代少年儿童所喜闻乐见的形式和风格。我们探讨儿童文学的创新问题，应当从中国的实际情况出发，正确地认识和回答创新与时代、创新与当代儿童特点、创新与传统的关系等问题。

时代的呼唤

儿童文学的创新，应当更好地反映新的时代精神，更加切合当前时代的需要。从根本上说，就是要有利于社会主义精神文明建设。我们面临的是变革的时代，振兴的时代。按照我国教育工作面向现代化、面向世界、面向未来的方针，要努力培养少年儿童一代具有开拓型、创造型、建设型的素质，使他们的思想活泼、视野开阔、不畏艰辛、不怕困难、敢于探索、勇于创新。开拓的精神，创业的精神，改革的精神，创新的精神，振兴的精神，献身的精神，正是我们这个时代的精神。我们的儿童文学应当遵循自身的特殊规律，充分地、完美地体现这种新的时代精神。在过去的年代，儿童文学作家曾经塑造出一系列饱含着时代精神的英雄形象，对形成、培养少年儿童勇敢顽强的品格，发挥了极大的潜移默化的作用。如苏联儿童文学中的铁木耳、马特洛索夫、卓娅、奥列格、古丽雅等，中国当代儿童文学中的海娃、小英雄雨来、小兵张嘎、潘冬子等形象，激励、鼓舞了成千上万个少年儿童读者，给了他们勇气、力量和信心。新时期的小读者热切地呼唤当代的马特洛索夫、卓娅，呼唤当代的海娃、小兵张嘎。从生活出发，敏锐地感应时代的脉搏，捕捉现实变革中的新事物，把握新一代少年儿童的性格特征，努力塑造 80 年代少年新人典型形象，是摆在儿童文学作家面前的光荣的、不可推卸的责任。儿童文学的创新，应当在描写和培养社会主义新人方面，在表现新的人物、新的性格，反映时代精神、时代情绪方面，呕心沥血地探索和追求，以期取得更丰硕的成果。这样，儿童文学作家才能更好地担负起伟大时代赋予自己的重要使命。

我们要进一步克服"左"的思想的影响，纠正对儿童文学功能的片面、狭隘的理解。但是，也不必讳言儿童文学的教育、陶冶作用。我们的儿童文学，就是要理直气壮地用爱国主义、集体主义、社会主义、共产主义思想教育年青一代。但作品中的共产主义思想并非抽象的议论、空洞的说教，而是要按照文学艺术的特征，通过对生活图景的真实描绘，借助生动、具体的艺术形象体现出来。也就是说，社会主义精神、共产主义理想是同生活的真实性、血肉丰满的艺术形象水乳交融地交织在一起的。

在儿童文学领域里，作家的才华、激情、想象、幻想有自由驰骋的广阔天地。只要自觉地把创作自由与培养一代"四有"新人的责任结合起来，与加强两个文明建设、振兴中华的责任结合起来，儿童文学的创新就会沿着正确的轨道健康地发展。

心中要有三亿六千万

儿童文学的创新，必须从我国当代少年儿童的实际情况出发。我们的儿童文学作家心中要有个数，要牢牢记住我国有三亿六千万少年儿童这个"数"。这是我们的工作对象、服务对象。为社会主义服务，为人民服务，对儿童文学作家来说，就是要为三亿六千万少年儿童服务，"俯首甘为孺子牛"，满腔热情地为他们提供有益又有趣的精神食粮。儿童文学的探索、创新，不能离开对我们时代少年儿童的生活、思想、感情、心理和欣赏趣味的了解和研究，要力求使我们的作品为亿万小读者所接受和喜爱。

我们要深入研究当代儿童的特点，从自然属性与社会属性的结合上把握 80 年代少年儿童的特点。不仅要了解、研究他们与五六十年代的儿童具有哪些共同的心理特征、性格特征，更重要的是要了解、分析他们在时代大潮的涌动下，思想、感情、心理状态出现了一些什么新的变化。我们深切地感受到，搞活、开放和改革已经使人们的精神面貌、生活方式、思维方式、道德观念、价值观念开始发生深刻的变化。现实生活变革的错综复杂，现代科学技术的迅猛发展，大量社会信息的迅速传递，日常生活节奏的不断加快，所有这些，自然会影响到当代少年儿童心理发展的趋向。在我看来，思想活跃，眼界开阔，上进心强，求知欲强，善于独立思考，勇于探索创造，对四化大业充满激情和幻想，已经成为 80 年代少年儿童生活、思想感情的主旋律。儿童文学作家努力把握 80 年代少年儿童的特点，坚持从生活出发，真实、生动地表现出伟大时代丰富多彩的生活在孩子心灵上的投影和折光，塑造出当代少年儿童的独特风姿，这样的作品就会富有时代的新意。

我们还要认真研究当代少年儿童审美趣味、欣赏习惯的发展、变化。作家、评论家、文学编辑都要细心听一听小读者的呼声和意见，切不要用老眼光来看 80 年代的少年儿童，不要低估了他们的理解、鉴赏能力。我不止一次地了解到这样的读者反映：现在很多小学生爱看《红岩》《青春之歌》等成人文学作品，初中二三年级的学生也看杂志，读《收获》《十月》的占 60% 左右。有些写给成人看的历史题材小说，在少年儿童中也拥有大量读者；而专门写给孩子们看的革命历史小说，却反而被冷落。这难道不值得我们深思吗？它提示我们：创作上的探索、创新，一定要与当代少年儿童的阅读能力、欣赏水平相一致；作品内容太浅、太简单，形式、手法陈旧单调，就不能满足他们的审美要求。另一方面，我们还要考虑到，同成人读者一样，小读者的审美要求也是多层次的。即使属于同一个年龄阶段的孩子，由于生活环境、家庭教养、了解社会信息机会的不同，他们的欣赏趣味、理解和接受能力也不尽相同，甚至有较大的差异。在最近召开的一次儿童文学创作座谈会上，我听到一位来自四化建设第一线的业余作者发自肺腑的声音："现在的儿童文学，更多地注意城市儿童，有点像城市儿童文学。"这是相当尖锐而又中肯的批评。我们应当清醒地看到，正像全国还有部分地区农民的温饱问题有待于进一步解决一样，有些农村、山区精神食粮供应严重不足。儿童文学作家要关注农村和老、少、边（老区、少数民族地区、边远地区）的小读者，千方百计地为他们提供足够的、合适的、优质的精神产品。如果我们在创作上的探索、创新，只是一味考虑为城市的或高层次的小读者"锦上添花"，而忽视了甚至忘记了为农村、山区的或较低层次的小读者"雪中送炭"，那能说是尽到了关心、培育下一代的责任了吗？

借鉴为了出新

　　儿童文学的探索、创新，既不能离开我们民族优秀的文学传统，又不能拒绝借鉴外国的一切于我们有用的东西。历史虚无主义要不得，闭关锁国主义也不成。应当坚持"古为今用""洋为中用"的原则，从中外一切优秀文学成果中吸取养料，化为自己的血肉，创作出为中国当代少年儿童喜闻乐见的作品。

　　不少儿童文学作家，特别是一些中青年作家深感自己文化知识、艺术素养不足，怀有博览群书、开阔视野的强烈愿望。诚然，要提高儿童文学创作的思想、艺术质量，除了要加强思想理论武装、丰富生活积累外，还需要锤炼表现技巧、掌握语言艺术。这就要下功夫向国外文学大师、名著学习，认真地研究、借鉴中外儿童文学的优秀成果。继承、借鉴正是为了创新，为了创造具有中国特色的社会主义儿童文学。古今中外文学成果中，各种艺术形式、风格、表现手法，凡是有助于更好地表现当代中国的社会生活、儿童生活的，有助于增强作品的艺术魅力的，都应当采取"拿来主义"。革命现实主义或浪漫主义，传统的表现手法或外国的引进的新手法，写实的或象征的，哲理的或抒情的写法，雄浑、厚实的风格或恬淡、空灵的风格，都可以八仙过海，各显其能。只是有一点必须考虑：写出的作品要力求为不同层次的小读者所易于接受，乐于接受。淡化主题、淡化情节也好，空灵超脱、缥缈悠远也好，总要让小读者看得懂、喜欢看。如果多数小读者看后，莫名其妙，如坠五里雾中，这样的探求总不能说是成功的吧。

创作贵在独创。我们尊重艺术的独创性，鼓励作家标新立异，标社会主义之新，立民族之异，努力创作富有时代精神和民族特色的好作品。在借鉴、吸取中外文学的精华时，要多分析、多消化，融会贯通，不能生吞活剥，简单照搬；还要多思考，多了解自己，走自己的路，也就是要注意探求同自己的经历、气质、个性、特长、兴趣相适应的创作路子、风格，扬长避短，充分发挥自己的优势，不勉强从事自己所不熟悉、不擅长题材、样式的创作。继承、借鉴还必须同了解、研究现实生活结合起来。对艺术形式、手法的探索，是从表现新的生活内容这个需要出发的。对生活有了新的独特的感受、思考和发现，才会寻求新的独特的艺术表现形式和手法。正像作家柳青说的："每一个时代的文学都有新的手法。谁来创造这种手法呢？就是那些认真研究了生活的人。而不是认真研究了各种文学作品的手法，就可以创造出一种新手法。"我们的文学评论，要善于总结作家把借鉴与创造结合起来，把艺术探索与生活实践结合起来的经验，勇于支持作家在创作上标新立异、兼容并包，广开文路，为儿童文学的探索、突破、创新打开一条宽广的路子，切忌用一种形式、一种风格、一种手法去排斥另一种形式、风格和手法。文学创新的成败得失，要通过平等的、说理的自由讨论去解决。对于艺术探索中的失误，要采取一种宽容的态度。

创新需要勇气。勇气从何而来？来自作家对国家、对民族、对未来一代的历史责任感，来自作家对生活的真知灼见。我们热切地期望儿童文学作家更自觉地学习、掌握马克思列宁主义理论，加强思想武装，增强社会责任感，更好地投身于沸腾的四化建设和改革热潮，把学习理论与深入生活紧密地结合起来，把对生活、对艺术的追求和探索建立在活生生的马克思主义基础之上，为孩子们写出更多的紧扣时代脉搏、贴近儿童心灵、富有中国特色的优秀作品。

1986 年 1 月 8 日

儿童文学也要为四化建设者塑像

当今我们面对着的是一个五光十色、瞬息万变、令人眼花缭乱的现实世界。亿万四化建设者、改革者正在为创造新生活从事着英勇的劳动和斗争。当代少年儿童对现实变革和未来充满激情和幻想,渴望了解儿童世界以外的色彩奇丽的生活,热切期望有更多的、可亲可近的成年男女形象进入儿童文学领域。现在已有不少作者注意把儿童生活与成人生活、广阔的社会生活联系起来描绘,这是一个可喜的进步。但从整个儿童文学创作的状况来看,似乎仍然受着"儿童文学主要写少年儿童"这个固有观念的束缚,创作路子还不够宽广,需要继续拓展。我以为,在儿童文学中坚持题材、主题、人物、形式多样化的同时,提倡和鼓励作家为少年读者更多地写一些反映成人生活、以四化建设者为主人公的作品是必要的、有益的。比如,写一写飞行员、潜水员、远洋航海员、地质勘探员、工程师、运动员……表现他们劳动的甘苦、创业的艰难、成功的喜悦、挫折的痛苦,展示他们心灵的崇高和美丽,这样的作品将为小读者进一步打开生活的窗户,让他们呼吸到新鲜的时代气息,领悟到对社会、对人生的有益启迪,从而有助于培养他们奋发向上、勇于开拓的性格。当然,描写成人生活的儿童文学作品,应当力求用孩子的眼睛来观察,用孩子的心灵来感受,选择一个合适的取材角度,寻找他们易于接受、乐于接受的艺术表现形式。

儿童文学作家不能仅仅置身于儿童天地,还要经常到人民生活的海洋中汲取营养,丰富生活积累,然后才能更好地为四化建设者塑像。同时,我们热切期望从事成人文学写作的作家,心中时刻想着三亿六千万少年儿童,凭借自己的生活优势,选取合适的题材,为孩子们创作出更多闪耀时代光彩、富有艺术魅力的好作品。

1986 年 5 月 9 日于烟台

回应亿万小读者的热切呼唤

　　儿童文学在加强社会主义精神文明建设、培养一代"四有"新人、提高中华民族的精神素质方面，肩负着崇高的使命。当今的少年儿童，十年、二十年之后就是国家建设的主力军。下个世纪中华民族腾飞的希望主要寄托在他们身上。我们要按照教育面向现代化、面向世界、面向未来的方针，努力把少年儿童一代培养成为目光远大、视野开阔、思想活泼、性格顽强、敢于探索、勇于创新的建设者。儿童文学在这方面应当提供更强大的助力，为塑造新一代民族性格发挥深刻的潜移默化的作用。

　　新时期儿童文学领域里呈现出创作活跃、新人辈出的一派喜人景象。各种体裁、样式，包括小说、诗歌、童话、剧本、科学幻想作品等，都出现了一批深受小读者欢迎的优秀作品，整个创作态势显露出一种生气勃勃、多彩多姿的发展势头。但是，毋庸讳言，我们的儿童文学在思想、艺术质量上，与时代赋予的光荣使命相比，与三亿多少年儿童的要求相比，还存在着不小的差距。亿万小读者热切地呼唤更多的闪耀时代光彩、富有迷人魅力的儿童文学精品的诞生。

　　儿童文学应当更加鲜明、有力地表现新的变革时代的风貌和当代少年儿童的心声。既要多侧面、多角度地描绘新时期少年儿童生动活泼、丰富多彩的生活，真实而深刻地反映他们的希望、追求、欢乐和苦恼；又要善于按照少年儿童的理解、接受能力，选择合适的题材，表现成年人的劳动、生活和斗争，为可亲可敬的四化建设者和保卫者塑像。把各条战线的英雄模范人物更多地引进儿童文学的长廊，不仅可以更好地沟通大人和孩子的心灵，而且可为小读者树立学习的榜样，启迪他们对时代、对人生的思考。我们还要着力塑造当代少年儿童的典型形象。坚持从生活出发，努力把握新时期少年儿童的心理、性格特征，充分揭示他们生活、思想感情的主旋律——奋发向上，好学多问，敢于探索，勇于拼搏，等等；同时又不忽略"十年动乱"和当前社会的不正之风在他们心灵上投下的阴影。力求把对当代少年儿童独特心理的揭示与色彩斑斓的现实变革图景交织在一起，这样才有可能塑造出具有时代特色的、有血有肉的、令人难忘的少年儿童文学形象来。在鼓励作家紧扣时代脉搏、拥抱现实生活的同时，要坚持百花齐放，进一步提倡题材、主题、人物、形式、风格的丰富性、多样性。儿童文学理应在孩子面前展开一个广阔的、绮丽的、充满情趣和浪漫主义色彩的世界。古今中外，天上人间，王子仙女，花鸟虫鱼，宽广的天地任凭作家的笔墨自由驰骋。凡是有助于陶冶情操、纯洁心灵、启迪智慧、愉悦身心的，都可以在儿童文学百花园中占有自己的位置。当然，我们期盼这样的作品也力求渗透着当代的审美意识，体现出鲜明的时代光彩。

为了儿童文学创作的更大繁荣和提高，大家期盼儿童文学作家和业余作者更好地投身于人民生活激流和少年儿童行列，真正做孩子的知心朋友，进一步了解儿童，熟悉儿童；并加强思想理论武装，丰富科学文化知识，学习、借鉴古今中外一切优秀文学成果，不断锤炼和提高自己的艺术表现能力，勇于在艺术上开拓创新。希望文学艺术团体、文化、出版等有关部门，把繁荣儿童文学创作、加强儿童文学队伍建设列入工作日程；组织、吸引更多的为成人写作的作家，特别是中青年作家来为孩子们写作；大力发现、培养儿童文学新人，为他们的学习进修、深入生活创造必要的条件。希望以成年人为对象的各种文学刊物能以一定篇幅发表儿童文学作品，供家长、教师、辅导员、儿童文学工作者阅读、鉴赏，并通过他们把优秀作品推广到小读者中去。同时，加强对儿童文学创作的研究和评论，开展有关作品和创作问题的讨论、争鸣，帮助作家总结创作经验，促进创作质量的提高。希望改进和完善儿童文学创作评奖制度，大力鼓励优秀创作，奖掖文学新人；对做出重大成就和贡献的作家，要给予重奖。儿童文学读物的出版、发行等部门要坚持把社会效益放在首位，进一步改进工作。

为了下一代的健康成长，为了祖国的未来，我们热切期望社会各界都来关心和支持儿童文学的发展，千方百计地为亿万小读者提供更多的儿童文学精品。

1986 年 5 月 25 日

附注： 本文在《人民日报》发表时用的题目是《创造更多的儿童文学精品》。

向上攀登　向下深入

儿童文学是我国社会主义文学的一个重要组成部分。在新的历史时期，儿童文学同文学其他门类一样，取得了明显的、长足的进展。儿童文学作家逐步摆脱了"左"的思想桎梏和旧的清规戒律的束缚，在儿童文学观念上有所开拓和更新，这表现在对儿童文学的功能有了更为开阔的理解；对新时期少年儿童的特点有了更为深入的认识；创作思想上冲破了一些陈陈相因、过时的传统观念、道德规范的樊篱。

近几年儿童文学创作呈现一种开拓、创新、多样化的发展势头，显示出了若干引人注目的特色，主要表现在：进一步拓展了创作题材，注意把儿童生活同成人生活、广阔的社会生活联系起来描绘；坚持从生活出发，多层次、多色调地刻画新时期少年儿童的性格，着力表现巨大现实变革在孩子心灵上的投影；更加重视文学艺术的特征和儿童文学自身的艺术规律，注重以情感人；打破某些陈旧的创作模式和框架，探索、追求符合当代少年儿童审美情趣、欣赏习惯的新的表现手法、形式和技巧。

对新时期儿童文学创作已经取得的进展和收获，应当给予充分的肯定和估价。但是，我们也要清醒地看到，同伟大时代的前进步伐、历史赋予我们的崇高使命相比，同广大少年儿童越来越多、越来越高的精神需要相比，我们儿童文学创作的思想、艺术质量还不大相称。

我们处在建设四化、振兴中华的历史新时期。党和人民要求把少年儿童一代培养成为有理想、有道德、有文化、有纪律的建设者。儿童文学作家应当更加明确地意识到自己肩负的加强精神文明建设、培育一代"四有"新人、提高中华民族素质的历史责任。充分而完美地体现伟大时代对未来一代的期望和要求，真实而生动地反映新时期少年儿童丰富多彩的生活，鲜明而丰满地塑造当代少年儿童新人的性格和心灵，勇敢而又执着地追求为孩子们所喜闻乐见的新的形式、风格，是摆在儿童文学作家面前的光荣而艰巨的任务，也是提高儿童文学创作质量的一个重要课题。

我们的儿童文学理应通过生动感人的艺术形象给少年儿童以爱国主义、集体主义、社会主义、共产主义思想的熏陶和启迪；但又不能把儿童文学的社会功能理解得过于狭隘，一切有利于净化心灵、陶冶性情、开阔视野、启迪智慧的，都应当得到肯定和鼓励。我们提倡和鼓励作家更多地关注现实变革，更充分地反映伟大时代面貌和孩子的心声，着力塑造新时期少年儿童新人的典型形象。同时，又要坚持百花齐放，提倡题材、主题、人物、形式的多样化。各种题材、体裁、样式，古代历史题材或革命历史题材，动物小说或科幻小说，童话或寓言，等等，在儿童文学领域中都应当有作家自由驰骋笔墨的广阔天地。

儿童文学要更充分地反映伟大时代的面貌，增强时代特色，就得了解和把握现实变革中的新事物，研究和熟悉新时期少年儿童的特点。我们清晰地看到，搞活、开放和改革，已经使人们的精神面貌、生活方式、思维方式、道德观念、价值观念开始发生深刻的变化。现实生活变革的错综复杂，现代科学技术的迅猛发展，多种社会信息的快速传递，日常生活节奏的不断加快，不能不影响到当代少年儿童心理发展的趋向。随着时代前进的步伐，当代少年儿童的审美趣味、欣赏习惯也在发展变化。为了更好地表现新的生活内容，更切合当代小读者的审美要求，儿童文学在艺术上要不断有所创新，有所突破。从儿童文学创作现状来看还有相当一部分作家创作思想比较拘谨，开拓创新的精神似嫌不足。我们要热情鼓励和支持儿童文学作家从人民生活的海洋中和古今中外一切优秀文学成果中吸取养分，在艺术表现方法、形式、技巧、风格上进行大胆的探索、创造和革新。各种表现手法、风格，传统的写实手法或西方现代主义手法，富于哲理或长于抒情，编织故事或追求意境，恢宏庄重或幽默诙谐，在儿童文学中都可以探索、尝试。要进一步创造一种有利于艺术探索、创新的、和谐融洽、活泼宽松的环境和气氛。艺术创新的成败得失要通过平等的、和风细雨的、充分说理的讨论和争鸣去解决。对于艺术探索中的失误，要采取宽容态度。

儿童文学的创新、突破和提高，一定要同当代少年儿童的阅读能力、欣赏水平相吻合，一方面不能用老眼光看待新时代的少年儿童，低估了他们的理解、鉴赏能力；另一方面又不能不考虑小读者不同层次的审美要求，不要忘掉成千上万处于饥渴状态、缺乏精神食粮的小读者。我们要细心倾听一下小读者的呼声，深入了解一下他们易于接受、乐于接受什么样的作品，满腔热情千方百计地为不同层次的小读者提供丰富优质的精神产品。

提高儿童文学创作质量的关键在于提高儿童文学队伍的思想素质和业务素质。我们要按照胡耀邦同志不久前提出的"一要向上攀登，二要向下深入"的要求，学习掌握马克思主义理论，并学习各方面的知识，不断提高自己的文化素养和艺术功力。同时还要进一步深入生活，熟悉新时期的少年儿童。只有在思想、生活、艺术三方面下苦功夫，才有可能创造出无愧于我们伟大时代、为广大少年儿童喜闻乐见的艺术精品，把我国的儿童文学创作提到一个新的、更高的水平。

1986 年 5 月

附注：本文系根据作者在全国儿童文学创作会议上所致开幕词的内容为《文艺报》写的短评。

为少年写得更开阔丰富些

　　新时期的少年儿童文学，突破了一些陈规老套的束缚，在日益拓展自己的题材、主题范围，在情节结构、人物塑造、表现手法上都有新的探索和追求，呈现出一种奋力开拓、锐意创新的趋势，这是令人欣喜的。然而，就儿童文学创作的总体来看，富有思想、艺术独创性，真正激动人心的优秀之作还是太少了。为数不少的读者，特别是少年读者，读了当前的作品，总觉得不过瘾、不解渴，审美要求得不到满足，于是把兴趣转向成人文学作品，这是一个值得深思的现象。

　　十一二岁到十五六岁的少年，阅读一些能为他们所理解、所接受的成人文学作品，本来是正常的、不足为怪的。但是，作为儿童文学创作者，难道不应该认真研究一下自己的服务对象，力求创作出与当代少年读者的欣赏趣味、审美能力相适应的作品来吗？

　　我们处在一个大变革的时代。现实生活是如此绚丽多彩而纷繁复杂，我们的少年文学在表现生活的广度和深度上，还远远落后于生活前进的步伐和少年读者的审美要求。少年儿童世界与成人世界紧密地、不可分割地联系在一起，我们的笔触不能囿于狭窄的儿童天地，应当按照生活的本来面目，更好地把少年生活与成人生活、社会生活联结、交叉起来，尽可能写得开阔一些、丰富一些、复杂一些、深厚一些。比如，写学校一个班，不必拘泥于描写校园生活，同学之间、师生之间的关系，可以联系到学生的家庭，他们的父母兄妹，联系到广阔的社会生活，充分展开来写。这样，从一个班也许就可以反映出我们社会、我们时代的侧影和风貌。少年文学还应当更多地表现成人为建设四化、振兴中华而从事的辛勤劳动和英勇斗争。为了帮助少年读者更好地认识人生，面对生活，既不要回避描写建设新生活所遇到的矛盾、困难和挫折，也不用害怕表现新旧思想感情、伦理道德的冲突。当然，这种描写要顾及少年读者的理解、接受能力，要精心选择一个合适的取材角度和恰当的表现手法。在我看来，《班主任》《没有纽扣的红衬衫》《寻找回来的世界》等作品在这方面就处理得相当好，因而它们也是适合少年读者阅读的好作品。

当代少年的心理状态、道德观念、审美意识、生活方式已经发生了深刻的变化，而有些儿童文学创作者对变革时代少年的思想、感情、心理、愿望还缺乏真切的感受和透彻的理解，因而在作品中就难以深刻反映当代少年的希望、追求、喜悦和苦恼，难以道出他们的真实心声并引起强烈的共鸣。这是当前有些作品不为少年读者所接受和喜爱的又一原因。如果我们的作品坚持从生活出发，艺术地表现即将跨进独立生活门槛的少年一代关心并饶有兴趣的课题，又写得质朴、真诚、富有魅力，那么，这样的作品一定会使小读者不忍释卷。最近发表的报告文学《中国的"小皇帝"》，已经引起诸多父母的深深思考。在少年文学中，是不是也可以通过当代中国一个"小皇帝"从幼年、童年到少年的经历和遭遇，他的心灵历程，他所看到的人际关系，他周围发生的重要事情，来展现色彩斑斓的社会生活，从而使少年读者从中看到自己的影子，获得对现实、对人生的有益启迪呢？

高尔基说过："儿童文学所需要的不是匠人，而是大艺术家。"儿童文学作家只有怀着对未来一代、对艺术事业深挚的爱，把创作根须深深扎在现实生活的土壤里，对于生活、对于孩子烂熟于心，并在艺术上勇于开拓创新，走自己的路，才有可能成为儿童文学大家，创造出与伟大时代相称、亿万小读者有口皆碑的名篇佳构。我们热切地期待着！

1986 年 5 月 27 日

谈儿童文学的主旋律及其他

在这天高云淡的深秋时节，国内外这么多儿童文学作家、评论家在上海聚会，怀着对未来一代的关心和热爱，认真探讨繁荣儿童文学、提高创作质量的问题，这是一次十分难得的、很有意义的盛会。我受中国作家协会书记处和作协儿童文学委员会的委托，对'90上海儿童文学研讨会的召开，表示热烈的祝贺！预祝会议圆满成功！

我发言的题目是：谈儿童文学的主旋律及其他。

近年来，在我国文学艺术战线上鲜明地提出了强化和高扬社会主义文艺主旋律问题。儿童文学是整个社会主义文学的一个组成部分，它当然也不能例外，同样应当重视和弘扬主旋律。

什么是社会主义文艺的主旋律？对这个问题的理解，还不尽一致。在我看来，所谓"主旋律"，简而言之，就是我们时代的旋律，足以充分表现我们的时代精神的旋律。也就是要奏响有利于社会主义四化建设，能激发、鼓舞人们积极进取、开拓创新、奋发图强、艰苦创业的时代主旋律。在儿童文学领域里，对主旋律应当有更为宽泛的理解。凡是有利于培养一代有理想、有道德、有纪律、有文化的社会主义新人，表现了社会主义、爱国主义、集体主义、革命英雄主义精神，讴歌和弘扬我们时代生活中的真、善、美的，都可以说是体现了主旋律。几年前，我在一篇题为《关于儿童文学创新的思考》的文章中曾经谈到："开拓的精神，创业的精神，改革的精神，创新的精神，振兴的精神，献身的精神，正是我们这个时代的精神。我们的儿童文学应当遵循自身的特殊规律，充分地、完美地体现这种新的时代精神。"我还谈到："思想活跃，眼界开阔，上进心强，求知欲强，善于独立思考，勇于探索创造，对四化大业充满激情和幻想，已经成为80年代少年儿童生活、思想感情的主旋律。"我们提倡和鼓励儿童文学作家更好地描绘当代少年儿童绚丽多彩的生活，着力塑造当代少年新人形象。近年来儿童文学园地上出现了描绘当代英雄少年赖宁的作品，如孙云晓的长篇小说《赖宁的世界》、夏有志的报告文学《生活的原色——对赖宁小传的注释》等，都较好地体现了社会主义文学的主旋律。我们的儿童文学长廊里需要树立起更多鲜明的、令人难忘的赖宁式的少年新人形象。但是，强调弘扬主旋律，并非要把儿童文学引向一条狭窄的死胡同。既要高扬主旋律，又要提倡多样化。儿童文学的题材应当更加丰富多样，艺术风格、表现方法也应当更加丰富多样。主旋律与创作题材有联系，但并非只有现实题材才能体现主旋律。革命历史题材的作品如果能感应时代的脉搏，同时代的激情、时代的精神相一致，同样可以完美地体现主旋律。如徐光耀的问世不久的中篇小说《冷暖灾星》，描写的虽是老百姓在反扫荡中掩护、送别几个小八路的故事，但它赞美和弘扬的是善良、淳朴的冀中人民所表现出来的革命英雄主义精神和我们中华民族百折不挠、宁死不屈的韧性和顽强的生命力。整个作品富有强烈的时代精神，奏出了雄壮、高昂的主旋律。就文学体裁来说，也并非只有叙事体裁的小说、报告文学等能体现主旋律，一首诗、一篇童话，同样可以激荡着我们时代的壮志豪情，充满崇高、壮美的气韵。所以，作品能否体现主旋律不在于题材、体裁、样式、表现方法，重要的是作家要有强烈的社会责任感，投身大时代的生活激流，掌握我们时代的先进思想，把握时代生活的脉搏。

强调社会主义文艺的主旋律，这是社会主义文艺的性质、方向所规定和决定的。儿童文学之所以也要高扬主旋律，是同我们党和国家期望把少年儿童一代培养成热爱祖国、热爱人民、热爱劳动、热爱科学、热爱社会主义的社会主义事业接班人这一目标和要求紧密相关的。从这一点来说，我们可以理直气壮、旗帜鲜明地声称：儿童文学肩负着用爱国主义、社会主义、共产主义思想、革命英雄主义精神培养教育下一代的义不容辞的职责。我们不必讳言儿童文学的教化功能、教育作用、教育意义。当然，不用说，我们应当尊重儿童文学的艺术特征、特殊规律，按照儿童文学特点，通过生动的艺术形象来完成它的职责。前些年批判"教育工具论"，只是为了纠正把儿童文学的功能局限于教育，而根本忽视它的认识、审美、娱乐等功能，并不是也不能取消儿童文学的教育功能。何况，教育并不只是思想教育、政治教育，从培养新一代在德、智、体、美、劳诸方面全面发展的要求来说，教育本来就是包含了德育、智育、美育的。我们的儿童文学对少年儿童的教育，也是包含着净化心灵、陶冶情操、启迪智慧、培养审美能力的。我们似乎不必过于敏感，一听到弘扬主旋律，重视儿童文学的教育意义，就武断地说"教育工具论"又复活了。面对这些问题，更冷静地思考一下，把不恰当的儿童文学观念重新调整一下，还是有好处的。

弘扬主旋律，要有坚实的、深厚的生活根底。如果疏远了同人民群众和少年儿童的联系，对生活的观察、了解浮光掠影，缺乏真切的、独特的感受，对改革者、建设者、创业者的心声和赖宁式少年的精神风貌不甚了了，那么，想在创作中体现主旋律也就无从谈起。孙云晓在《赖宁的世界》一书"后记"中写道："我以为赖宁最可贵的并不在于他的牺牲，而是一个小小少年的伟大追求。……我自信这是世界上最宝贵的东西。假若地球上的孩子都具有这种追求，一个辉煌灿烂的时代还会远吗？因此，我毫不犹豫地将此作为整个作品的主旋律。"他之所以能够敏锐而又准确地捕捉到当代少年新人身上体现时代主旋律的阳刚、崇高、壮美的品格、气质，对时代生活、对少年新人独具慧眼，这同他深入考察和实地采访赖宁事迹分不开，也同他长时间与少年儿童保持密切联系、富有生活积累分不开。至于徐光耀之所以能写出基调崇高、悲壮而又充满生活情趣的《冷暖灾星》，这是由于他经历了八年抗日战争、三年解放战争和抗美援朝战争，在长期的战争生涯中，同人民群众建立了血肉联系，从血与火的斗争中汲取到题材、主题、情节、语言。生活确实是不会亏待作家的。一分耕耘，一分收获，只有生活会馈赠给作家以创作的灵感、激情和诗意，别的捷径和窍门是没有的。为了提高儿童文学创作的质量，很重要的一条还是要强调更自觉、更深入地投身时代生活的激流，更加熟悉生活、熟悉孩子。

弘扬主旋律，要求作家从纷繁复杂的现实生活中敏锐地发现那些代表时代前进方向的新人物、新事物，着力表现生活中那些崇高、美好、先进的事物。当然，这并不意味着不能批判和鞭挞生活中那些落后、阴暗、丑恶的事物。在儿童文学领域里也是如此，应当让孩子们从作品中看到更多的光明，感受、领悟到生活在新时代、新社会的幸福、欢乐，激发他们爱祖国、爱人民、爱社会主义的热情，增强他们追求真、善、美事物的勇气、力量和信心。在这个意义上，我赞同有些同志所说的，儿童文学应当给孩子们更多一点欢乐，儿童文学本来就该"寓教于乐"嘛。至于笼统地说"儿童文学是快乐的文学"，我觉得未必确切，因为整个儿童文学毕竟不能再回到过于甜腻的、透明纯净的、田园牧歌的境地。儿童文学同样不应回避生活的艰辛、苦涩、严峻、困难，不能粉饰生活、掩盖矛盾。苦难的童年，坎坷的人生，不幸的遭际，斗争的失败，都是可以写的，当然这种描写要充分考虑到少年儿童的年龄特征和接受能力。相对来说，低幼文学、儿童文学可以更多一点快乐和幽默，因为他们稚嫩的心灵还承受不了也理解不了生活的艰难、人生的痛苦。对于少年读者来说，适度地、有分寸地让他们早一点懂得人生的酸甜苦辣，使他们逐渐学会面对现实、直面人生，确是十分必要的。不论是给儿童看，还是给少年看，这类题材作品的基调都应当是明朗的、乐观的、健康的，要激起读者战胜困难的勇气和信心，而不能让他们被困难、痛苦所压倒、所征服。《冷暖灾星》之所以被誉为"一个乐观的悲剧"，就在于它淋漓尽致地表现了支撑我们民族的脊梁——冀中人民在战争年代面对死亡、视死如归的革命乐观主义精神。作品激越、昂扬的调子和充满生活情趣的描写，是少年读者可以理解、乐于接受的。

围绕儿童文学的主旋律与多样化的统一问题，我不揣浅陋地提出上述这些不成熟的意见，目的在于引起进一步更深入的探讨和研究，以促进我国少年儿童文学创作的发展和提高。

1990 年 10 月

附注： 本文系笔者在 1990 年上海儿童文学研讨会上的发言。

增强少年小说的吸引力

对近些年我国少年儿童文学的发展态势，常常可以听到这样不同的议论：一些人认为儿童文学正面临着某种危机，处于低谷；另一些人则认为儿童文学在稳步前进，酝酿着新的繁荣。我以为，这是从不同的视角、不同的层面观察而作出的判断和估价，看起来截然相反，实际上各有一定的道理。从儿童文学作品出书困难，印数锐减，读者疏离来看，说它"处于低谷"，似乎并非言过其实；倘若从儿童文学作家创作热情经久不衰，一批年富力强的中青年作家转向长篇创作、不断有新作问世，艺术上的追求和探索虽步履维艰，但仍然呈现出若干新质新色等方面来看，说它"稳步前进"也未尝不可。

无论你是持"低谷"说还是持"稳步前进"说，我们都不能在儿童文学失却众多的小读者这个严酷的事实面前闭上眼睛。冷静地思考、剖析一下当前少年儿童文学创作的成败得失，找出症结所在，是很有必要的。我对儿童文学现状没做过深入的调查研究，阅读作品不多。这里只能根据我近年来参加几次研讨会、笔会所了解的一些情况以及读过的为数不多的作品，就少年小说，特别是中长篇小说如何增强对小读者的吸引力问题，粗略地、提纲式地谈一点看法和意见。

增强少年小说对小读者的吸引力，根本点还在于提高作品的思想、艺术质量，创作出贴近少年的生活、心灵，为他们所喜闻乐见的作品。许多儿童文学作家的创作实践，在这方面已给我们提供了一些可资参考的经验。

第一，要深刻理解当代少年对文学的新的期望。

当代少年独立意识、参与意识、竞争意识都比较强，他们渴望得到同伴的友情、成人的理解和社会的承认。少年文学之所以日益失去读者，撇开商品经济的冲击带来的价值观念的变化、学业负担过重无暇顾及课外阅读、大众传播媒介争夺读者等客观原因，问题主要出在我们的"产品不对路""质量不高""不合品位"上。一些调查材料说明，少年读者并不是不爱读文学作品，而是拒绝那些浅、假、直、露的作品，也冷落那些完全不顾及其生活经验、审美能力，过于晦涩、空灵的作品。当代少年期望文学把焦距对准他们的关注点，以真实的生活图景、鲜明的艺术形象引导他们认识人生的奥秘和真谛，激励他们迎着困难，勇往直前，走向生活；同时也期望文学给予更多的爱、温馨、同情，使处于青春期的他们，得到美的享受和精神的愉悦。一个儿童文学作家只有深切了解当代少年的欢乐和烦恼、追求和困惑、梦想和失落以及他们的审美趣味、欣赏习惯，才有可能创作出为他们所接受和喜爱、具有磁石般吸引力的作品。

第二，要讲求心灵的沟通、感情的交流。

我们所面对的少年读者，有很强的自主性、自尊心、自信心，他们乐于接受亲切、平等的对话，而厌烦絮絮叨叨、喋喋不休的说教、训诫。作家要充分尊重他们的独立人格，相信他们对各种事物有一定的思考、分析能力，并设身处地地关注他们心态的变化和多样化的精神需求。为他们写作品，要掌握沟通心灵的艺术，就像置身于他们中间，真正把他们当作朋友，推心置腹地谈心，采取相互商量、沟通的方式同他们一起谈论生活，评价生活。切忌居高临下，更不能唯我独尊。不久前，两位文学老前辈寄语青年作家："说真话，把心交给读者"（巴金）、"没有真情实感时，不要为写作而写作"（冰心）。这番话激起出席全国青年作家会议代表们的暴风雨般的、经久不息的掌声。这说明他们深深懂得：真诚是作家的基本品格，真实是艺术的生命。从事少年文学创作，同样必须遵循这一创作原则，把心交给小读者，抒写自己的真情实感，进行心与心的交流，以引起感情的共鸣。

第三，要着力展现广阔、丰富的生活画卷。

当代少年生活在一个头绪纷繁的社会网络之中。他们通过多种渠道接触到各种各样的人和事，经常捕捉到大量新的信息。应当说，当代少年视野比较开阔，知识面也较广。因此，我们的少年小说，特别是中长篇小说，如果取材角度过于狭窄，展现的生活场景过于单调，人物关系过于简单，就很难满足小读者的审美需要。近年来，一些受到好评的长篇小说，如张之路的《第三军团》、刘海栖的《银色旋转》等，往往是在广阔的社会背景之下来描写少年或中学生的生活，或是从少年的视角展现广阔的社会生活，善于把少年们的小社会、小世界与成人的大社会、大世界联结、交叉、融合起来描写。我们要精心选取新的、独特的角度来展示少年与学校、家庭、人生、社会、自然的千丝万缕的联系，表现少年对生活的向往、对世界的憧憬、对未来的幻想。

能不能展现出广阔、丰富的生活画卷，首先取决于作家的生活库存。生活是创作的源泉，巧妇难为无米之炊。尤其是写长篇小说，需要掌握丰富的创作素材。如果自己的生活库存中存货不多，或者花色品种不全（生活积累局限于某个方面，缺乏多方面的生活经历、知识），在这种情况下进入创作过程，就难免捉襟见肘。程玮之所以能写出长篇小说《走向十八岁》（后改编为电影《豆蔻年华》），除了她原有的生活积累外，是同她一次又一次地重新扎起马尾辫，回到中学去，与一拨又一拨女学生交上朋友，不断补充新的生活经验分不开的。陈丹燕能奉献给少年朋友《女中学生三部曲》，也同她回到学校当插班生的经历分不开。生活之树常青，要不断熟悉新的生活，倾听少男少女的声音，并在生活中有自己新的、独特的感受和发现，才有可能写出充满生活气息、贴近少年心灵的好作品来。

第四，要在开掘少男少女内心世界上下功夫。

一篇（部）优秀的少年小说，特别是中长篇，之所以能吸引读者、征服读者，总是同它刻画出具有丰富内涵和艺术魅力的人物形象联系在一起的。在一次儿童文学作品讨论会上，一位青年作家在谈起自己的写作体会时说："小说要吸引小读者看下去，一是人物的命运，一是人物的性格，一是要有起伏跌宕的故事。"这是经验之谈，道出了小说创作获得成功的奥秘之所在。

少年小说在塑造人物形象的手法上，越来越注意开掘人物的内心世界。秦文君、陈丹燕等的少年题材小说，之所以能博得少年读者的青睐，就在于它们打开了当代少年的心扉，用优美细腻的笔触揭示了少女心灵的奥秘、心灵的历程，从而使读者感同身受地体味到生活的甘苦，引起他们情感上的共鸣和对人生、社会的思索。

写人物，还要在提炼情节上下功夫。情节是人物性格发展的脉络，只有能从纷繁多彩的生活矛盾中提炼出典型化的情节，才能更充分地展现人物的命运、性格和内心世界，使人物形象更加鲜明、丰满。考虑到少年读者的阅读心理、欣赏习惯，我以为，在少年小说创作中，仍有必要强调一下设置悬念的艺术表现手法。令人关注、期待的悬念，往往会产生吸引小读者的强大魅力。尽管近几年在少年小说中也出现了一些没有什么故事、悬念的短篇佳作，但一般说来，在中长篇少年小说中，如果片面强调淡化情节、淡化人物，恐怕是会遭到众多小读者的冷落的。

增强少年小说的吸引力，当然不只是上面提到的几点，它还涉及如何更好地掌握少年特点、如何更好地继承与创新、如何提高艺术表现能力、如何发挥艺术独创性等一系列的问题。这需要通过进一步总结经验、加强创作实践来解决。

1991 年 6 月 24 日

精心培育校园文学新苗

有机会来参加这次全国校园文学社团指导教师学习与经验交流会，感到很高兴。来自四面八方的一百多位教师聚集在一起，畅谈组织、推动校园文学社团的甘苦、得失，交流情况，总结经验，是一次十分难得的开阔视野、增长见识的机会。中国作家协会书记处的同志听到这个消息，都认为这是一件有利于发展、繁荣校园文学，有利于培育、扶持文学新苗的实事，应当满怀热情地予以支持。我代表作协书记处对这次学习与经验交流会的召开表示热烈的祝贺！向热心组织与指导校园文学社团的教师们致以诚挚的敬意！

近几年来，文学社团遍布祖国各地的校园，数以万计，它吸引了大批年轻的文学爱好者，形成了浩浩荡荡的百万中学生文学大军。这些文学社团活跃了校园文化生活，提高了中学生的读写水平、审美能力和文化素质，为祖国未来建设者在德、智、体、美、劳诸方面全面发展创造了条件。同时，从校园文学社团中涌现出不少文学新苗，他们的纯真、质朴之作给文坛、诗坛带来了一股清新的气息，其中有些人将会成为文学创作队伍的后备力量。因此，在一定意义上，可以说校园文学社团是未来作家的摇篮。我之所以说它是"在一定意义上"，那是因为一个人能不能成为作家，取决于他的生活阅历、思想文化素养、学识、才能禀赋、勤奋等多种因素，校园文学社团并不是作家成长的必由之路。然而，我们又不能不看到，中学时代是人生道路上至关重要的一个阶段，它对一个人的人生观、价值观的形成，对一个人的个性的发展和品质、兴趣的培养，往往具有深刻的、不可磨灭的影响。中学时代如能受到很好的文学艺术的熏陶，培养起高尚的审美情趣和较高的艺术鉴赏水平，又有较多练笔（创作实践）的机会，那么，这样的中学生在跨进生活的门槛之后，有了丰富的社会阅历，继续做了充分的创作上的准备，就有可能在他们中间造就出一批优秀的作家来。文学社团的指导教师肩负着教书育人的光荣职责，同时负有发现和培养校园文学新人的重任，可说是未来作家的助产士、引路人。要做好这项工作是很不容易的，不仅要做许多艰苦细致的组织工作，还要克服许多困难，承受不少压力，诸如歧视文学社团活动的偏见，讥讽课余、业余写作的闲言碎语，等等。没有对年青一代、对文学事业深沉的爱，没有支持新事物的热情和勇气，是不可能坚持下来的。正因为这一点，你们付出的劳动，做出的成绩，就显得更加难能可贵。

文学社团的指导教师是在基层、在第一线从事群众业余（课余）文学组织工作的。我也是一个文学组织工作者。作为同行，我很愿意就如何做好文学社团的组织工作，精心培育校园文学新苗的问题，同大家交换意见，并提出一些想法和建议。

一是要鼓励参加文学社团的同学多观察生活，多读书，多练笔。

生活底子越厚实，写出来的作品就越真切；精读博览的书越多，艺术表现能力就越强。不仅要提倡同学熟悉校园里的人物、事物和风景，还要引导他们细心观察在校园外所见所闻的人和事，因为校园内外的生活往往是交叉、联结在一起的。要在可能范围内提供一些条件，如组织参观访问、采访等，让同学们接触一些社会实践，以拓宽视野，尽可能多了解一些社会、人生。不仅要向同学们推荐同龄人——当代中学生的一些佳作，如《中学生文学创作丛书》《当代中学生散文选》《寻找成熟——九十年代中学生文学社团作品选评》等；更要鼓励他们多读一点古今中外的文学名著。如果精力、时间许可，书不妨读得杂一点。多练笔，无论是爱写诗歌还是爱写小说的同学，都要提倡、鼓励他们多写散文，因为散文是各种文体写作的基础，通过多写散文，把写作的基本功打得更加扎实。两位文学老前辈巴金、冰心最近不止一次地寄语年轻作者："不脱离社会，不忘记人民""讲真话，把心交给读者"（巴金），"没有真情实感时，不要为写作而写作"（冰心）。我们在指导中学生进行文学写作时，也应当牢记这一原则。

二是要把指导作文与指导做人很好地结合起来。

当今的中学生将是新世纪的主人，肩负着建设中国特色社会主义的历史重任。作为文学社团的指导教师，不仅要下功夫辅导学生掌握更多的文学知识，提高文学写作的本领；更要花力气帮助他们树立正确的人生观，提高思想素质。要善于把思想教育贯穿、渗透到文学社团的各种活动中去。组织同学们学习一点马克思主义的基本理论和文艺理论，帮助他们增强抵御"和平演变"和资本主义腐朽思想及各种错误社会思潮、文艺思潮的能力，正确地认识时代，分析国情，反映生活。通过参加一些社会实践活动，引导同学们关心人生、关心社会、关心祖国的前途命运。通过对一些作家、作品思想、艺术特色及风格的讨论，使同学们懂得文品和人品的统一，知道只有做一个正直的人、高尚的人，才能写出真切的文、优美的文。深切希望指导教师细心倾听年轻人的呼声、脚步声，随时关注他们的精神状态和感情需要，以平等的、朋友般的态度同他们谈社会、谈人生、谈文学，力求把思想教育工作做到每个年轻人的心坎上。

三是要下一番功夫对中学生课外文学阅读的状况做些调查研究。

从一些关于中学生题材的创作座谈会上或是关于青少年文学的评奖活动中，不时听到这样的反映：文学界一些从事创作、评论、编辑的同志对当今中学生的阅读心理、欣赏趣味、审美能力等方面的情况似乎相当隔膜，可说是心中无数，不甚了了。而文学社团的指导教师生活在中学生中间，担负着组织、辅导同学们课外阅读的职责，经常接触、了解这方面的情况和问题，如能抽出时间作比较深入、系统的调查研究，并通过适当渠道做好信息反馈，就能起到沟通中学生读者与作者、编者、出版者的桥梁作用。为什么有那么多女中学生热衷于琼瑶、三毛、岑凯伦，而男生则迷恋金庸、梁羽生、古龙的武侠小说？为什么中学生疏离当代文学作品而又卷入"汪国真热"？当今中学生的阅读心理、鉴赏水平、审美情趣究竟发生了一些什么变化？有些什么新的特征？又如，前些日子，评论界、儿童文学界座谈讨论张之路的长篇小说《第三军团》、孙云晓的长篇教育小说《孩子，抬起头》，给予充分肯定的评价。中学生是否喜爱这些作品？他们有些什么看法和意见？所有这些问题，都值得做一番认真的调查、考察和研究。如能把调查结果写成有材料、有分析、有观点的报告，则不仅对指导中学生课外阅读有重要的参考价值，而且对提高文学创作的思想、艺术质量，改进和加强文学创作的组织工作和文学书籍的编辑出版工作，也会起积极的推动作用。

四是要更多地关注当前文学创作，并积极参与评论。

在一些中学生作品选集和发表中学生、少年文学习作的报刊上，常常可以看到，在一篇作品的后面，附有老师写的三言两语的点评文字。这些点评，论点清晰，言简意赅，道出了作品的成败得失，给读者以启示和帮助。由此想到，文学社团的指导教师与年轻人朝夕相处，了解他们的欢乐和苦恼、渴望和追求，对青少年题材的作品，特别是校园文学，应当说是最有发言权的。热切希望你们在组织、指导文学社团的同时，挤出时间，拿起笔来，动手写点评论当前文学创作的文章。目前文学评论队伍还是相当薄弱的，经常关心、研究校园文学、中学生题材创作、少年文学的评论工作者更是少得可怜。从一些报刊上可以看出，少年儿童文学评论作者的面很窄，翻来覆去，经常是那几张熟悉的面孔。这就迫切需要文学社团的指导教师加入到评论队伍中来，以增添新的血液和活力。指导教师参与文学评论，也有助于自身做好对校园文学新人的辅导工作。最近，《中国校园文学》举办"汪国真诗笔谈会"，深入探讨这一校园热门话题，并借此倡导校园文学评论。我以为，编者这一举措是很有眼光和见地的。但愿能以此为契机，吸引更多的校园文学社团的成员及指导教师来参与文学评论，并改变文学社团大都重创作而轻评论的现象，使文学评论人才也从校园里脱颖而出，迅速成长。

祝指导教师培育校园文学新苗的事业常青！

愿我国校园文学创作越来越兴旺、丰富、精彩！

1991 年 8 月 14 日

打开窗户看世界

　　湖南少年儿童出版社举行的这次儿童文学研讨会，以当代世界儿童文学为主题，联系我国儿童文学现状，探讨如何进一步做好少年儿童文艺读物的编辑出版工作，我以为这个议题是独具慧眼的，也是切合时宜的。

　　这次研讨会是在举国上下深入学习、贯彻邓小平同志的南方讲话，进一步解放思想，转变观念，加快改革开放步伐，力争国民经济更好更快地迈上一个新台阶这样一种喜人形势下召开的。文艺工作者包括儿童文学工作者都在认真、深入地思考如何跟上形势，进一步解放思想、繁荣创作，为人民群众和少年儿童提供更多更好的精神食粮。在加快改革、扩大开放的大背景下，加强中外儿童文学的交流，引进和吸取外国一切优秀的儿童文学成果，进一步拓宽儿童文学创作、翻译、编辑、出版的路子，丰富和提高我国的儿童文学读物，是我们贯彻落实邓小平同志南方讲话题中应有之义。

把窗户开得更大些

　　都说外面的世界真精彩。要了解外面的世界，就得打开窗户。外国儿童文学是一个小小的窗口，它可以帮助我国亿万小读者了解世界各国少年儿童的学习与生活、欢乐与苦恼，可以开阔视野、丰富知识并陶冶性格情操。对儿童文学作家来说，则可以学习和借鉴外国优秀儿童文学作家、作品的创新精神和丰富经验，从中吸取养料，提高自己的艺术表现力。

　　这些年，随着我国实行对外开放，在中外儿童文学交流方面，有了新的喜人的进展。就我所接触到的情况，至少有以下几点是值得一提的。

　　第一，国际儿童读物联盟（IBBY）成立于 1953 年，目前有 60 多个会员国，素有"小联合国"之称。在它成立30多年之后，我国于1986年正式宣布加入该组织。又经过几年的筹备，于1990年6月6日在北京召开了国际儿童读物联盟中国分会（CBBY）成立大会。著名儿童文学作家严文井当选为主任委员。该分会的成立，开辟了一条中外儿童文学交流的重要渠道，对我国儿童读物事业的发展、繁荣，将起到推动和促进的作用。

第二、国际安徒生儿童文学奖设立于1954年，1966年又增设插图奖。该奖是目前世界上最著名的儿童文学奖，是对儿童文学作家、画家的最高奖赏，素有"小诺贝尔奖"之称，每两年评选一次。我国儿童文学作家孙幼军、儿童插图画家裘兆明分获1990年安徒生儿童文学奖与插图奖的提名，并载入国际儿童读物联盟荣誉名册。去年又推荐儿童诗人金波、儿童插图画家杨永青作为参加1992年安徒生奖角逐的候选人，并推荐张之路、温泉源、任溶溶分别为载入国际儿童读物联盟荣誉名册的儿童文学作家、插图画家和翻译家。

第三，1990年6月，宋庆龄基金会与国际儿童读物联盟中国分会联合举办国际儿童图书与插图研讨会；同年11月，少年儿童出版社与中日儿童文学交流中心联合举办'90上海儿童文学研讨会。1992年6月，国际儿童读物联盟中国分会又举办了儿童文学创作、插图、出版现状及展望研讨会。这几次会议为中外儿童文学同行共同切磋、相互交流提供了机会和场所。近些年，中外儿童文学作家、儿童读物出版工作者的友好往来，也比过去频繁、活跃了。

第四，继1990年6月国际儿童读物联盟中国分会图书与插图研讨会召开期间举办的北京国际儿童书展之后，国际儿童读物联盟中国分会与中国出版对外贸易总公司于1992年6月又举办了首次北京国际儿童图书博览会。参展的有国内37家出版社及海外十几个国家或地区的56家出版社。新闻出版署等有关部门还有计划地组织少儿读物出版界走出去，参加一些国际性的书展、画展、图书博览会。这些活动对增进中外儿童读物出版界的交流，推动我国儿童读物更快地走向国际市场，起到了很好的作用。

第五，有关世界儿童文学的史书、辞书、套书、丛书相继问世。1986

年出版了韦苇编著的 60 万字的《世界儿童文学史概述》（浙江少年儿童出版社），这是一本占有大量史料、史论结合的、具有开拓性意义的专著。马力的《世界童话史》（辽宁少年儿童出版社）和韦苇的《外国童话史》（江苏少年儿童出版社）也先后出版。近几年，还陆续出版了陈伯吹、任大霖主编的《世界儿童文学名著故事大全》（少年儿童出版社）、蒋风主编的《世界著名童话鉴赏辞典》（江苏少年儿童出版社）、《世界儿童文学辞典》（希望出版社）；张美妮主编的《世界儿童文学名著大典》（中国文史出版社）等专业性的辞书。这些辞书有的是题解式、知识性的，有的是鉴赏性的，都是有益于儿童文学工作者和读者的工具书。至于编选外国儿童文学名著或有代表性的作家、作品的丛书、选集，更是品种繁多、不胜枚举了。

　　总之，我国的儿童文学和儿童文学工作与外面世界的联系加强了，交往频繁了，耳目闭塞、信息不灵的状况有了较为明显的改变。窗户已经打开，一股清新的空气已经吹来。今后，随着我国不断扩大对外开放，外国儿童文学这扇窗户还应当开得大些，更大些，使小读者领略到更多的异域风光、风情，体味到外国小朋友的喜怒哀乐，也使我国儿童文学工作者得到更多的借鉴和启迪。

听听外国同行的意见

　　在近两年我国举办的几次国际儿童读物、儿童文学研讨会上，当外国同行谈到本国儿童读物的发展趋势以及如何使儿童读物引起小读者的兴趣等问题时，他们下面的几点看法和意见，给我留下了极为深刻的印象。

　　第一，创作题材越来越广泛多样。人类所普遍关注的问题，诸如世界和平、环境保护、生态平衡、尊重人的权利、关心残疾人、人际关系、父母离异等，都在儿童文学创作中得到真实、生动的反映。奥地利国际儿童文学与阅读研究会主任露西亚·宾德博士在谈到中欧儿童图书的当前趋势时说："儿童图书已经向所有题材和问题开放。目前，几乎没有一个同成年人相关的题材或问题未在儿童图书中加以讨论。对成年人的各种现实主义的描述，包括由此而产生的种种弱点和困难，已经不再是禁区了。"德国柏林少年儿童读物促进会理事、作家、翻译家王·巴巴拉也认为："把那一系列困扰我们成人，叫我们成人忧闷的问题搁在儿童们远远不能及的地方是不对的。"国际儿童读物联盟主席、加拿大作家罗纳德·乔布博士在题为《国际儿童图书的倾向》的发言中谈到："对儿童文学来说，最重要的题材是环境保护，其次是关于科学、自然、历史方面的书，三是要了解全球的孩子需要什么。孩子们都有被爱、被理解的愿望，增强父母与孩子之间的了解的书是有益处的。有的书写孩子最怕什么，如《富兰克林最怕黑暗》。关于死亡的书，8～10岁的孩子都能读。"看来，当代欧美一些国家的儿童读物、儿童文学在题材上，可说是没有什么清规戒律。有关当今的社会与政治问题以及生、老、病、死、失业、房荒、家庭纠纷等令人烦恼的个人问题都可以进入儿童文学创作的领域。当然，描写这些题材时要充分考虑阅读对象的年龄层次，要符合他们的欣赏趣味和接受能力。

第二，更加重视儿童文学的娱乐性、幽默感，十分强调给孩子以快乐，激发他们的兴趣。瑞典儿童文学作家、美术家乌尔夫·洛夫格伦说："儿童读物作家还必须维护游戏的重要性。""儿童读物应该向人们奉献欢乐和自由，应该对游戏的作用予以重视。"她还说："图画读物的另一个任务是要让孩子们兴奋并从笑声中得到消遣。""它必须对儿童有吸引力，或者说，必须有消遣价值……儿童需要娱乐和消遣，因此，如果一本图画读物的内容不同娱乐或解愁结合起来，那么，孩子们就会对它感到厌倦，这本读物也就成了无用之物。"日本国际儿童图书评议会（JBBY）会长猪熊叶子也谈到："英语国家的儿童文学作品非常注意使孩子读后感到快乐。""相反，故事性、幽默感，在日本儿童书籍中却非常缺乏。"奥地利的露西亚·宾德博士认为："儿童图书的创作不完全取决于教育的目的，更多的是取决于年轻读者的兴趣……这就要比过去更加重视这样一些因素，即娱乐、幽默和生动的描写以满足儿童的娱乐方面的需要。"美国的儿童文化教育方法咨询专家玛丽·泰勒教授在谈到如何激发儿童的阅读兴趣时，说道："要投其所好。注意一个孩子的兴趣并以此为突破口。""要注意什么书使孩子着迷，使他们废寝忘食。这种兴趣往往是很个人化的，只要留意孩子的言谈就不难得到启示。"总之，在外国同行看来，儿童读物、儿童文学特别是低幼读物、低幼文学，要少一点急功近利的功利主义，不要片面地一味强调教育功能，热衷于进行令人生厌的议论、说教和训诫，而忽略了给孩子以快乐、幽默和美的享受。

第三，特别注重培养、发展少年儿童的想象力。猪熊叶子说："孩子最喜欢幻想作品。要让孩子们异想天开，轻视幻想是非常危险的。有时只有通过幻想才能表现出真实。"罗纳德·乔布也强调："把最好的文学作品给孩子，发展他们的想象力。"德国翻译家、作家海克·布兰特则认为："儿童读物必须随时注意读者在阅读中的乐趣、喜悦、厌烦感、幻想等。因为儿童的批判能力跟他的幻想有关，而改造环境的意欲又以兴致的存在为前提。"乌尔夫·洛夫格伦对这一点说得更为透彻，她说："我们必须了解和承认在儿童读物中进行想象和幻想的意义……儿童对于生活中离奇古怪的事情有着极大的兴趣，由于他们感受到这些大大超越了我们平淡的现实。""他们需要那些能够使他们插翅飞翔的读物，他们需要那些能够使他们产生幻想，从而开阔眼界的图书。"在她看来，一个作者如果能利用读者的注意力"去教会孩子们一些东西，或者鼓励他们提出一些问题；唤起他们有待开发的想象力，或者向他们提供诗一般美好的经验。那么，他就是走上了创作一部经典作品的道路"。外国同行之所以如此重视培养孩子的想象力，是因为想象力是一种创造性的认知能力，是一种强大的创造力量，它是进行创造性劳动、建设现代物质文明和精神文明不可或缺的。随着现代科学技术的迅猛发展，瞬息万变的信息时代的到来，在儿童读物、儿童文学中会越来越重视启迪、开发孩子的想象力。

儿童文学要走向世界，一定要了解国外的行情，要学习、借鉴、吸收世界各国儿童文学好的经验。要打开窗户，呼吸新鲜空气，不能闭目塞听。细心倾听一下来自外国同行的这些声音和信息，将有助于我国儿童读物、儿童文学工作者开阔眼界，拓宽思路，更好地改进我们的工作。

同心协力办几件实事

为了进一步发展中外儿童文学交流，加强外国儿童文学的研究、翻译、出版工作，更好地学习、借鉴外国同行的经验，我觉得，我们应当群策群力，脚踏实地，力争办成几件实事。

一是加强对外国儿童文学现状的研究。为了沟通信息，相互交流，最好每隔两年能举行一次外国儿童文学信息交流会。这个信息交流会，可以提出一些选题，供各少年儿童出版社参考，以便有计划地翻译介绍外国优秀儿童文学作品。同时，把翻译和研究结合起来，加强对翻译作品的评论、介绍。

二是应当考虑设立儿童文学翻译奖，以促进翻译作品质量的提高。翻译家也应当是语言艺术家。早在1954年茅盾先生就提出："我们对于提高翻译质量的要求，是以艺术的创造性的翻译为目标。"这就要求"把原作的艺术意境传达出来，即通过艺术的形象，使读者在读译文时能像读原作时一样得到启发、感动和美的感受"。为此，中国作家协会中外文学交流委员会设有"彩虹奖"，鼓励优秀文学译作。今后应当把儿童文学翻译作品列入评选范围。同时，深切期盼新闻出版署、翻译工作者协会等有关部门能及早设立一项专门鼓励、奖励儿童文学译作的奖项。

三是为了帮助中、青年儿童文学工作者学习、借鉴外国优秀儿童文学成果，建议浙江师范大学儿童文学研究所等有关单位，在征求有关专家、学者意见的基础上，开列一份包括外国古典、现当代儿童文学名著学习书目。有了这样一份书目，将有助于中、青年儿童文学工作者系统地、有计划地阅读、学习，从而开阔眼界，提高文学修养。为此，还可以在目前已经出版的各种套书、丛书的基础上，集中力量精心编选一套《世界儿童文学名著丛书》，一套《当代外国儿童文学丛书》，并翻译出版一套《外国儿童文学理论译丛》，以便于儿童文学工作者和爱好者学习参考。这些大工程的建设，也是重要的、不可缺少的文化积累。

不言而喻，学习、借鉴是为了创新，为了创造具有时代特色和民族特色、为我国亿万小读者所喜闻乐见的儿童文学。"洋为中用"是我们应当坚持的指导原则。让我们面向五洲四海，脚踏中华大地，思想更解放一点，胆子更大一点，步子更快一点，坚定勇敢地走自己的路，创造出更加辉煌的精品、杰作，以屹立于世界儿童文学之林。

1992 年 8 月

寻求新的突破

——略谈战争题材的儿童文学

战争题材的文学创作在我国有着悠久的传统和辉煌的成就。从《三国演义》《水浒传》等古典名著，到《保卫延安》《红日》《林海雪原》《东方》《李自成》等当代优秀作品，在我国文学史上谱写了光辉灿烂的篇章，并以其撼人心魄的力量征服了一代又一代的读者大众。在儿童文学领域里也是如此，《鸡毛信》《小英雄雨来》《我和小荣》《"强盗"的女儿》《小兵张嘎》《闪闪的红星》等当代作品，曾赢得千百万小读者的欢迎和赞赏。海娃、小荣、张嘎、潘冬子等血肉丰满的小英雄形象，为我国儿童文学的人物长廊增添了绚丽的光彩，他们深深地镂刻在孩子们的心坎上。进入新时期以来，我国战争题材的儿童文学又有了新的进展、新的收获。仅就小说创作来说，比较优秀的长篇小说有陈模的《奇花》、王一地的《少年爆炸队》、严阵的《荒漠奇踪》、杨啸的《鹰的传奇》三部曲、吴梦起的《小响马传》等；中、短篇小说有张映文的《扶我上战马的人》、谭元亨的《抓来的"老师"》、徐光耀的《少小灾星》、海笑的《那年我十六岁》等。管桦、王愿坚、崔坪、王路遥、邱勋、张彦平、王凤长等也都有战争题材的小说新作问世。然而，令人遗憾的是，近几年来战争题材的儿童文学似乎被冷落了，没有得到应有的重视，无论是作品的数量还是质量，都呈现出一种停滞不前的态势。不仅没有出现交口赞誉的名篇佳作，而且发表、出版的园地和作者队伍的规模似有日益萎缩的趋势。在这种情况下，这次中日儿童文学研讨会以"战争题材儿童文学的现实意义和前景"为主题，交流情况，总结经验，探讨如何推动战争题材儿童文学取得更大的发展和突破，是很适时的，会起到激励、启示、组织的作用。

战争题材的儿童文学是以爱国主义、集体主义、英雄主义精神教育少年儿童一代的文学，是给予少年儿童以美好理想和坚定信念的文学，是鼓舞少年儿童奋发向上、勇往直前的文学。战争题材的儿童文学是从生与死的搏斗、血与火的考验中来表现少年儿童和成年人的。战火纷飞的年代，环境的艰苦，斗争的尖锐，人与人之间关系的错综复杂，感情波澜的起伏跌宕，都是和平时期不可比拟的，从中最能表现出一个人的情操和品格、智慧和胆量。我国优秀的战争题材儿童文学作品，无不表现了中国人民大众及少年儿童崇高的理想、优美的情操、大无畏的献身精神、勇敢顽强的意志性格。因而它具有其他题材的文学作品不可替代的教育、认识、审美作用。无论是从建设社会主义精神文明，培养有理想、有道德、有文化、有纪律的一代新人，还是激发、增强少年儿童热爱生活、反对战争、保卫和平的感情和信念的角度，或者是从拓展儿童文学的题材领域、满足少年儿童多方面的精神需要的角度，都应当继续大力提倡和发展战争题材的儿童文学。

在这里，我愿意和大家一起重温一下50年前阿·托尔斯泰在论述儿童读物时说过的一段话："希望大家拿那种以高度的激情写出来的，严肃而又富有英雄主义精神的描写战争的艺术作品给儿童看。我敢于这样说，在100个儿童中，只要有一个读到给他们写的苏联潜水艇同风暴、同冰层、同敌舰进行的那种平凡而又认真的、真正富有浪漫主义精神的斗争故事，就会使所有这100个儿童对海发生兴趣，说不定，他们中间会有不少的人将来会成为海军战士。总之，他们全都会本着儿童那种天性从这些人物身上不知满足地学到坚定、正直和勇往直前等许多品质的。"你听，阿·托尔斯泰讲得多么具体、透彻，多么富有说服力和鼓动性啊！确实如此，我们对战争题材的儿童文学在激发少年儿童的爱国主义感情、培养英雄主义精神、增强自尊心和自信心、陶冶性格情操方面所具有的潜移默化的作用，是不能低估的。

我国是一个战争频仍的国家。古往今来，在我国几千年的历史上，发生了不计其数的奴隶和农民起义的战争，统治阶级内部与民族之间的战争，抗击外国侵略的战争。特别是近70年来，在中国共产党的领导下所进行的艰苦卓绝、波澜壮阔的人民战争，创造了惊天动地、可歌可泣的英雄业绩。当今站在保卫四化、保卫祖国、维护世界和平前列的人民军队，又建立了新的功勋，创造了新的业绩。可以肯定地说，我国战争题材文学的矿藏是极为丰富的。儿童文学在这方面也大有可为。重要的是要进一步调动作家的创作积极性。我国有不少经历过战争的作家，时刻意识到自己肩负的历史责任，具有强烈的以爱国主义、英雄主义精神教育少年儿童一代的使命感。他们不忘深入挖掘自己独有的生活宝库，努力塑造小红军、小八路、小战士的形象，为孩子们提供丰盛的精神食粮。江苏老作家海笑就是这个队伍中敏于思索、勤于探求的一员。他说："战争时期的那段生活，刻骨铭心地永远难忘，我觉得当今的儿童少年也不应忘记那段可歌可泣的历史。"正是基于这样的认识和责任感，他写出了长篇系列儿童小说《红红的雨花石》《燃烧的石头城》《小兵的脚印》《盼望》。另一位天津作家王凤长，也是致力于战争题材儿童文学创作的有心人。他说："向孩子们展示人生，既要有今天的幸福美好，明天的光辉灿烂，还要有昨天的严峻坎坷。从某种意义上讲，孩子们只有真正懂得了艰难的过去，才能珍惜幸福的现在，更爱光明无限的未来。"他怀着对下一代的爱心，在自己的岗位上有意识地同一些老红军、老八路生活、学习在一起，深入了解他们的英雄事迹，从而写出了中篇小说《塞外莽林》《三个掉队的小红军》等。现在我们亟须做的是鼓励和吸引更多的像海笑、王凤长这样的作家继续满怀热情地投入战争题材的儿童文学创作中，为他们创造深入生活、搜集素材的条件，提供必要的发表、出版园地，加强对他们作品的研讨、评介，对优秀的作家、作品给予表彰、奖励。这样，才有可能更好地调动起作家的创作积极性，把暂时趋于沉闷的战争题材的儿童文学推向新的繁荣。

随着时代的变迁、生活的发展和少年儿童阅读心理的变化、鉴赏水平的提高，我们的战争题材儿童文学也面临着一个如何进一步提高思想、艺术质量，以取得更大突破的新课题。新时期一批优秀的作品，为我们提供了不少新鲜的经验。作为一个读者，我想粗略地谈一谈自己想到的三点意见。

一是寻求新的表现角度，新的艺术构思。

长期以来，老主题、老题材、老故事、老人物、老手法的"五老峰"，曾经阻挡了作家的视线，严重束缚了我国战争题材文学的发展。写战争的儿童文学如果仍然沿袭五六十年代惯用的"查路条,送情报,打伏击,抓坏蛋"的老套套,那是肯定不会引起当代小读者的阅读兴趣的。因此,跨越"五老峰",突破固有的框架和模式,写出富有新意的作品,成了很多作家奋力追求的目标。他们站在历史的、时代的高度重新审视战争、表现战争,力求在题材选择上有新的角度,在思想内涵的开掘上有新的深度,在人物形象的刻画上有新的色调。比如,谭元亨的中篇小说《抓来的"老师"》,就是一篇以时代精神的烛光去照亮战争题材,并从这一题材中开掘出深刻的、富有现实意义的内涵的佳作。它写的是战争,但又超越了战争,启迪少年读者与现实生活相观照,引起关于人性、人情、人道主义的思考,从过去的战争中认识到更广阔、更深沉的东西。正像作者说的:"今日的思想,使得过去的历史变得活生生起来,过去的历史也就成了今日的警钟。"

二是着力展现小战士性格的丰富性、独特性和战火烛照下的人情美。

不少写得比较好的战争题材的儿童文学作品,都是把焦距对准小战士的灵魂和性格,向小战士的内心深处开掘,努力写出他们性格和内心世界中美好的、闪光的东西。同时,很多作者敢于并善于按照生活的本来面目来写人物,不回避小战士成长过程中的弱点和稚嫩的一面,力求写出人物的丰富性、独特性。海笑的短篇小说《那年我十六岁》,用很亲切、简洁的笔触写出了一个活生生的、有血有肉的新四军小战士形象。作品着重刻画了小战士机智、勇敢的性格特征,既揭示了他渴望早日成熟、期盼投入战斗的心理,又恰如其分地写出他在敌人搜捕时由紧张到镇定的情绪变化。由表面的、单色调的性格描写深入到丰富的、多层次的心灵揭示,这样写出的人物栩栩如生,可亲可信。

我们还欣喜地看到,有些作品着力发掘、展示了战争岁月里革命战士和人民大众的人性美、人情美。战火往往能照亮一个人灵魂的各个角落,把感情世界的美与丑、爱与恨、崇高与卑劣、勇敢与怯弱,照耀得一清二楚、纤毫毕露。写战火下的军民情、战友情、官兵情、母子情、夫妻情,往往具有一种特别的动人心弦的力量。如张映文的短篇小说《扶我上战马的人》,通过彭德怀将军在战争年代与北方农村几个天真、顽皮的孩子的交往，塑造出一个威严又宽厚、富有人情味的老一辈革命家的生动形象。从作品充满情趣的、诗意的描写里，我们深切地感受到一种亲如骨肉的人情美，一种完全新型的、真挚无私的人与人之间的关系。

三是张扬新时代的英雄主义。

英雄主义是人类社会历来所倡导和张扬的一种精神品格。我们处在建设四化振兴中华的时代、改革开放的时代，同样要高扬新的英雄主义的精神。战争题材的文学，包括儿童文学在内，可说是英雄主义的文学。它的一个鲜明特色，就是高奏英雄主义的主旋律。我们的儿童文学作家在表现新时代的英雄主义时，总是千方百计地赋予中华民族不屈不挠的奋斗精神和无私无畏的献身精神以新的色彩。一些较为优秀的作品写战时困难之严峻、斗争之激烈、牺牲之悲壮，并未让孩子们感到恐惧沮丧，而是使他们真切感受到蔑视困难、蔑视敌人的精神和力量，其基调是雄壮、昂扬的，是乐观主义的。徐光耀的中篇小说《少小灾星》，通过冀中平原老百姓舍生忘死掩护几个小八路的故事，发掘了我们民族精神中具有现实意义的内涵，体现出党、军队同人民群众血肉相连、水乳交融的关系和劳动人民的英雄主义、乐观主义的崭新境界。通篇作品流溢着一种崇高美、悲壮美，读来催人泪下、感人至深。在战争年代的艰苦岁月里，常常是紧张中有情趣，惊险中有诗意。"从史里找到诗"，要善于从往昔的战争史迹中发掘出新的诗情。英雄主义的主旋律和战斗生活的诗意美交织在一起，这样的作品必然具有更加强烈的、吸引小读者的艺术魅力。

我们热切地期待着战争题材的儿童文学走向新的繁荣，取得更大的突破！

1993 年 4 月 18 日

附注：本文系1993年5月在上海第二届中日儿童文学研讨会上的发言。

共同的探索与追求

——试谈海峡两岸童话理论和创作之异同

近几年来，海峡两岸儿童文学的交流越来越频繁活跃，研讨的题目、层次也越来越广泛深入。去年5月，我参加了在北京召开的海峡两岸童话研讨会。今年8月，我又参加了在四川召开的海峡两岸儿童文学交流会，会议的主题是"海峡两岸童话童诗之比较"。在这两次研讨会前后，我先后读到沙永玲女士主编的《台湾名作家童话选》（中国和平出版社）、桂文亚女士主编的《吃彩虹的星星——1992年海峡两岸童话征文作品集》（上、下册，台湾联经出版公司与四川少年儿童出版社同步出版）。现根据我在会上会下一鳞半爪的了解和阅读部分作品的印象，不揣浅陋地试谈一下海峡两岸作家在童话理论和创作实践上的异同之处。

我的一个总体印象是：海峡两岸的儿童文学作家毕竟都是黄皮肤、黑头发，都是炎黄子孙，有着共同的母语，共同的文化传统，因此，在童话理论上，包括对童话的含义、本质、特征、功能的理解，可说是基本一致。在创作实践上，也有着不少共同的探索和追求。诚如台湾著名儿童文学作家林良先生所说：两岸作家"对童话的认知是相同的，童话心灵也是相通的"。这种理论上的共识，创作上的共同追求，在我看来，主要表现在以下几个方面。

一是重视想象，追求幻想与现实的巧妙结合。

两岸童话作家都强调童话这种文体一定要有丰富的想象、幻想。此岸（大陆）的作家认为"童话的生命力取决于幻想"；彼岸（台湾）的作家也认为"'创意的想象'是现代童话的生命"。此岸作家强调"幻想不能离开生活的真实"，要"从生活出发来驰骋想象"；彼岸作家同样强调童话的想象"必须入情入理"，要"富有可圈可点的创意""对现实生活细密的观察，从现实生活出发，有助于想象的充实"。

现代童话离开了现实生活，就失去了艺术的魅力。优秀的童话总是力求将五彩缤纷的现实生活同奇妙、怪诞的幻想和谐地、完美地结合在一起，构建起一个似真似幻、亦真亦幻的童话世界。儿童文学老前辈陈伯吹先生说得好："童话从现实的基础上产生幻想，再从幻想的情景中反映现实，现实与幻想的结合要达成如诗如画般的艺术的境地。"

二是追求民族化与现代化的统一，民族风格与时代精神的结合。

海峡两岸作家一致认为现代童话再也不能停留在国王、公主、仙女、巫婆的故事框架里，应当随着历史的变革、时代的发展而变化发展，注入新的时代精神，赋予新的主题内容。

此岸作家说"童话应该反映现实，应该跟时代走；时代不同，童话的内容和形式也会有所改变"，并强调"抓住我们时代的特点，我们的孩子的特点，新的生活带来的新的主题，写出新的童话来"。彼岸作家也认为"童话应有其时代性"，应"着眼于现在或未来，主角、人物都趋向'生活化'""文学艺术随着时代变迁，所呈现的面貌当然就是当代的面貌——童话也是这样"。此岸作家探索"民族化与现代化的紧密结合""民族性与现代意识的结合，或在民族性中透露一定的时代感"，彼岸作家也主张"应该照顾到民族色彩，但是它也必须有新意、有创意""不仅要有民族风格，也要富有现代精神"。

总之，现代童话在内容和形式上都要推陈出新，构思、立意要有新意，主题要有现代意识，在形式、风格上则要具有中国特色、民族特点。

三是崇尚童心真趣，追求轻松、快乐、幽默的儿童趣味。

两岸作家都认识到，为孩子写童话一定要有一颗不泯的童心，要用纯净的儿童的眼睛和心灵来看世界、感知世界。此岸作家说"进入童话创作领域的通行证，应该是一颗崇尚与追求至善至美的童心"，彼岸作家也说"替孩子创造最美好童话的人，一定要有一颗赤子之心""缺少童心和真趣的人……断乎不能写出好童话来的"。此岸作家认为，童话的"趣味就要根据儿童的心理来表现"，要认识和把握"儿童思维方式的游戏性、娱乐性"；彼岸作家同样强调童话要"具有儿童所能感受到的趣味""对孩子应该具有一种亲和力""首贵一个'妙'字。妙也就是所谓的趣味、吸引力"。

两岸童话作家都深深懂得，童话的趣味性不是附加的、表面的、外在的，而是从丰富多彩的生活中发掘出来的，是孩子们爱游戏的天性的生动体现。当前两岸童话创作中，幽默的、妙趣横生的精品还比较少。

四是着力表现人与自然的融合，宣扬"民胞物与"的精神。

对这一点，林良先生阐述得最为充分、透彻。他说："童话作家把'人性'赋予天地万物，因此在构思、取材的时候，拥抱的是一个比'人的社会'宽广得多的大宇宙。他对天地万物寄予同情，因为他'了解'它们。他写作的时候怀有'民胞物与'的胸襟，同时也品尝'民胞物与'的乐趣。"他还谈到："童话对宇宙万物的关怀与同情，跟我们的'天人合一''民胞物与'的民族思考是相吻合的。"大陆的作家、评论家也强调宣扬人道精神、个性解放，着意揭示人性美、人情美，主张"要多些温馨，少些冷酷"。但对这个问题从理论上加以阐述似嫌不足。

五是重视对儿童语言的提炼，强调用适合小读者的文字来写作，力求语言生动、优美、流畅。

此岸作家认为童话应当"用准确、流畅的文学语言写成""童话的语言尤其应当优美，借以营造一种富于魅力的艺术意境"。彼岸作家则强调童话的"文辞要浅白易懂""尽可能简洁、有力、清楚""文字要顺畅到可以朗诵"。

从上面粗略的叙述中，可以清晰地看出，海峡两岸对童话创作的基本要求，衡量童话作品成败得失的尺度，评价其思想性、艺术性的标准，可说是大体相同。读两岸优秀童话作品，我们往往首先看到其共性，强烈地感受到它们都是"中国味"的作品，创作倾向、艺术追求何其相似乃尔；然后才看到其个性，细细品味出各自独具的色彩和情调。比如，台湾作家李潼先生的中篇童话《顺风耳的新香炉》与大陆作家周锐先生的系列童话《哼哈二将》（1992年海峡两岸童话征文获奖作品《汗如雨下》是其中的一篇），都是把古代神话中的人物引进当代生活环境，达到了幻想与现实的巧妙结合。童话人物栩栩如生，写得又都很幽默，并力求在内容和形式上推陈出新，具有非常浓郁的民族色泽。这是二者相同相似的一面。另一方面，我们又不难看出，两篇作品通过幻想的折光所反映的现实，所刻画的童话人物的思想、心理特点，又分别是属于台湾和大陆的，绝不会把它们混淆起来。《顺风耳的新香炉》所散发的乡土气息，《哼哈二将》所蕴含的耐人寻味的内涵，也只能是分别出自台湾作家和大陆作家的笔下。又如，台湾作家林良先生的《绿池的白鹅》与大陆作家张彦的《山湖妈妈的孩子》，这两篇童话的共同特色是：具有美丽的、创造性的想象，展现了温馨动人的友爱之情、亲子之情，通篇作品洋溢着诗意美。它们的不同之处在于：用鲜明生动的艺术形象把"民胞物与""天人合一"的精神发挥得那么淋漓尽致，似乎只能出自生活在台湾的作家之手；而表现伟大的母爱又赋予如此浓郁的理想色彩和时代气息，又只能是大陆作家的手笔。

海峡两岸的童话相比较，归纳起来说似乎是：此岸更注重贴近现实，贴近孩子的思想和心理，彼岸则更崇尚大自然，着力展示亲子之情；此岸追求时代色彩和教育意蕴，彼岸则讲究人情味和审美情趣；此岸的题材、风格、表现手法呈多样化，而彼岸则更多地在民族特色、地方特色上下功夫。深切企盼海峡两岸的作家加强交流，相互学习，取长补短，携手共进，为亿万小朋友写出更多的富有新意、童趣和艺术魅力的童话作品！

1993 年 7 月 25 日

关注小学生的文学阅读

在不久前闭幕的全国政协八届二次会议的一次小组会上，一位长期从事少儿读物出版工作的政协委员，向与会者出示了十多本在市场上很走俏、在孩子们中间广为流传的"新型连环画"。这些"新型连环画"花里胡哨的封面里面，包装的几乎全是暴力、凶杀、打斗、恐怖、色情等乌七八糟的东西。面对这些不良读物，委员们不禁忧心忡忡地大声疾呼：绝不能让这类毒害下一代心灵的"精神鸦片"侵入孩子们的书包！政协委员发出的这个声音，表达了广大家长、教师及社会各界人士的愿望。但是，要切实有效地抵制、清除这类"精神鸦片"，就必须创作、出版更多有益又有趣的少年儿童读物来排斥它、取代它。这里且不说思想教育读物、知识读物，单就文学读物来说，近些年来，尽管少年儿童文学创作有了可喜的进展，也发表、出版了一批好的或比较好的作品，但真正为小读者所喜闻乐见、爱不释手的文学精品还是很少。如按年龄层次来分，相对于幼儿文学与少年文学，适合七至十一二岁的小学生阅读的儿童文学读物则显得更为匮乏。

童年时期的文学阅读，对于一个孩子的健康成长，对他们意志、性格的形成，感情、气质的陶冶，有着极为深刻的影响。关注小学生的课外阅读，给他们创作、出版更多内容健康向上、富有艺术魅力的文学作品，并为他们提供一个较好的文化氛围和阅读条件，是我们作家、出版界、家长、教师、少年儿童工作者的共同责任。

作家除了要丰富自己的生活积累，不断提高自身的思想、业务素质外，还要深入了解、研究当代儿童的阅读心理和审美情趣，使自己写出的作品，从内容到形式，真正能为小读者所接受和喜爱。一些调查表明，在各种文学体裁中，小学生最喜欢的是童话，尤其是热闹型童话，其次是故事，再次是科幻作品。在题材内容上，他们不仅关注学校和家庭中同他们休戚相关的事情，而且喜爱描写探险、历险、旅行奇遇、探索宇宙奥秘、驰骋科学幻想的书。他们也崇尚英雄人物和战斗故事，特别亲近那些足以学习仿效的"身边的榜样"。无论哪种题材或体裁，小学生都热切期望作家写得富有趣味性、娱乐性。所以，作家在写作时，要真正做到"寓教于乐"，使小学生在津津有味、如痴如醉的阅读中获得有益的启迪、愉悦的享受。

我国现有电视 2.3 亿台，平均每 5 人拥有一台，覆盖率达 85%。据调查，将近一半的小学生，看电视的时间比看书的时间多。面对这种情况，作家既要努力写出高质量、色香味俱佳的作品，把孩子们的部分精力、课余时间从电视旁吸引、转移到文学读物上来；同时又要勇于"触电"，运用电视这个现代大众媒体来传播高品位、高格调的文学作品。要善于将儿童文学的各种体裁与电视嫁接，创作出更多的、小学生喜闻乐见的电视剧、卡通脚本、电视小说、电视诗、电视散文、电视报告文学等作品来。

家长、教师要真正关心孩子德、智、体、美、劳的全面发展，眼睛不要只盯住分数线、升学率或这个"大赛"那个"大奖"。让小学生从繁重的课业负担中解放出来，使他们有时间"学一点他自己渴望要学的学问，干一点他自己高兴干的事情"（陶行知语），这里面也包括让他们按照自己的兴趣、能力自由选择一些文学读物。

21 世纪的新主人不仅要有丰富的知识、建设四化的本领，还要有崇高的理想、顽强的意志、优美的情操。"望子成龙""望女成凤"的家长们，精心培育祖国花朵的教师们，花点力气引导孩子们读一点优秀的文学作品吧，让他们从小受到优秀文学作品的感染熏陶，这将有助于他们健康地成长为一代"四有"新人。

1994 年 3 月 29 日

儿童文苑的三喜三忧

面对当今我国儿童文苑，可说是一则以喜，一则以忧，喜忧参半。

一喜：新时期以来我国作家在儿童文学观念上的更新和进步，对儿童文学功能的认识更全面、更准确了，越来越注意全面发挥它的教育、认识、审美、娱乐等多方面的功能。同时，进一步明确了儿童文学的服务对象分为幼儿、儿童、少年三个层次；在创作实践上更加自觉地按照不同年龄段孩子的心理特点、审美需求、欣赏习惯来写作。

二喜：各种体裁、样式的儿童文学创作都取得了引人注目的成果。中国作家协会主办的两届全国优秀儿童文学奖以及宋庆龄基金会等单位主办的四届宋庆龄儿童文学奖，评选出来的上百部（篇）作品，大体上反映出新时期以来我国儿童文学创作的成就和水平。创作题材大大拓宽了，不少作家善于把孩子生活的小天地与社会生活的大天地联结起来描绘。艺术上的探索、创新，也呈现出五彩缤纷的景象。童话创作上抒情派、热闹派的自由竞赛，各显神通，就是艺术风格多样化的一例。作家精心塑造的黑猫警长、皮皮鲁、怪老头、盐丁儿、男生贾里这样一些个性鲜明的儿童文学形象，已赢得众多小读者的喜爱和赞赏。

三喜：我国儿童文苑已经形成一支具有相当规模和实力的创作队伍。中国作协5000多名会员中，以从事儿童文学为主的约450人，加上各省、市、自治区作协会员，儿童文学作者总数近4000人，其中思想、艺术上日趋成熟，目前创作活跃的中青年作家有两三百人。面对商品经济的大潮，无论创作、出版的条件多么困难，甘于寂寞、淡泊名利，坚持在儿童文学园地上默默耕耘、执着追求的大有人在。这是我国儿童文学创作发展、繁荣的希望所在。

对于儿童文学已经取得的进展和成就，固然要充分肯定，但又不能不清醒地看到目前存在的那些令人担忧的状况、问题和困难。

一忧：近几年，外来的米老鼠、唐老鸭、机器猫、变形金刚、奥特曼充斥儿童文化市场，而我们自己的、为少年儿童所喜闻乐见、富有艺术魅力的优秀作品还太少。尤其是缺乏闪耀时代光彩、贴近儿童生活、能够深深打动孩子的心灵、在小读者群中产生广泛影响的精品力作，缺乏在吸引力与覆盖面上堪与外国卡通形象相匹敌、文学品位更高、艺术魅力更强的中国自己的儿童文学形象。

二忧：小读者疏离了文学读物。正像处于社会转型期的不少成年人心情浮躁、热衷于快餐文化一样，当今的少年儿童也大多被电视机、游戏机所吸引，课外阅读也只看卡通、小人书，对文学作品兴趣不大，涉猎很少。我们自己的、为数不多的优秀作品还难以进入少年儿童的阅读视野。

三忧：儿童文学创作队伍青黄不接，近几年涌现的有才华、有潜力的文学新人相对而言数量不多。80年代初、中期曾出现新人辈出的可喜景象，如今这一茬作者已四五十岁，大多在新闻、出版、文艺部门工作，离开了与少年儿童朝夕相处的岗位，对今天孩子的生活、思想、感情缺乏深切、透彻的了解和体验，亟须补充生活的库存。新加入儿童文学创作行列的作者还不够多，他们还需要在思想、生活、艺术上不断丰富、充实自己，要勤学苦练，逐步提高。

近些年来，儿童文学界发出的呼唤精品、呼唤新人、呼唤小读者的声音，确实应当引起各有关方面的高度重视了。

江泽民同志关于繁荣少儿文艺的指示，给我国儿童文学的振兴、繁荣带来了新的契机和动力。我们一定要从培养跨世纪一代新人的高度来认识儿童文学的作用和地位，抓住机遇，创造条件，大力帮助儿童文学新人成长，努力造就一支关心祖国未来、热爱少年儿童、富有思想、艺术水平精湛的儿童文学创作队伍，促进儿童文学创作在思想、艺术质量上有一个新的提高、新的突破，为儿童文学找回并争取更多的小读者。

在我国当代儿童文学史上，50年代曾出现第一个黄金时期，80年代初又出现第二个黄金时期。如今，儿童文学要重振雄风、再造辉煌，关键在于作家要真正了解、熟悉当代少年儿童，细心揣摩、研究他们的阅读心理、欣赏习惯，在艺术上刻意追求，千锤百炼，精雕细刻，精益求精。

　　面对建设四化、振兴中华的伟大时代，面对渴望文学精品的跨世纪的一代新人，儿童文学作家一定要更辛勤地劳动，更勇敢地创造，以丰富、精美的创作成果迎接我国儿童文学的又一个阳光灿烂、繁花似锦的春天。

1995 年 9 月 8 日

三言两语说儿童文学

——写在世界华文儿童文学资料馆的调查表上

　　少年儿童文学对于铸造性格、陶冶情操、培育美感、提高综合素质，具有独特的、潜移默化的作用。充分而完美地体现时代对未来一代的期望和要求，真实而生动地反映少年儿童丰富多彩的生活，鲜明而丰满地塑造少年儿童的典型形象、性格，勇敢而执着地探求为孩子们喜闻乐见的新的形式、风格，是摆在儿童文学作家面前的光荣而艰巨的任务，也是提高儿童文学创作质量题中应有之义。儿童文学作家要永葆童心。失却童心，失却童年生活对自己的馈赠，就可能捕捉不到生活中的美和诗意，捕捉不到孩子们独特的情感、心理、想象，以至难以成为一个为儿童写作的优秀诗人或作家。

1997 年 3 月

张开幻想的翅膀

我对江西省的儿童文学现状所知甚少，但有几件事在我脑海里留下了深刻印象，其中最为突出的是：10年前二十一世纪出版社编选了一套《新潮儿童文学》丛书，集中展示了20世纪80年代我国儿童文学创作的成就及中青年作家在思想、艺术上新的探索和追求。这一举措在儿童文苑影响很大，不说是振聋发聩，至少令人耳目一新。

这次座谈会着重探讨跨世纪中国少年小说创作的前景，这是一个立足当代、展望未来、富有开拓意义的话题。少年小说依然是当代中国儿童文苑中最为活跃、创作成果引人注目、备受各方关注的一种体裁样式。在最近揭晓的第六届"五个一工程"奖、第三届国家图书奖的获奖图书中，少年小说占据着一个重要位置。

当前少年小说创作可说是花色品种繁多。现实、革命历史、古代、科幻、动物、探险，各种题材应有尽有；幽默、武侠、推理、魔幻，多种手法各显神通。但无论哪种题材、体裁样式、艺术手法，似乎都面临一个更充分地发挥艺术想象、增强艺术魅力、提高作品质量的问题。

在儿童文学领域里，提倡、鼓励更多地重视艺术想象，扩大幻想空间，显得尤为重要。因为少年儿童的天性是爱好幻想，追求新奇，喜欢探险，崇尚不平凡的事物，富有幻想的作品正适应了小读者的这种心理特征和审美情趣。而启迪、培养少年儿童的想象力、创造力，提高跨世纪一代新人的综合素质，使之目光远大、胸襟开阔、情操优美、性格活泼，又正是发展、繁荣少年儿童文学题中应有之义。

儿童文学里有着作家驰骋幻想的广阔天地。每个作家都可按照自己的生活经历、创作擅长、艺术个性来选择不同的题材、样式、幻想形式、叙事方式，张开幻想的翅膀，加强想象的力度，力求把现实生活巧妙地折射到想象世界中去，着力塑造出亦真亦幻、令人难忘的文学形象。探求为中国小读者所喜闻乐见的民族特色，应当成为致力于幻想文学创作的作家在艺术上奋力登攀的目标。

1997 年 10 月 8 日

力求朴素平实
——复樊发稼

发稼兄：

今日上午接读 5 月 14 日大札，好高兴。特别深切地感觉到，通过书信这种形式交流感情、信息，是打电话、发 E-mail 等所不能取代的。你的来信，倒使我越发清晰地意识到：也许用谈心、聊天、随笔式的文字来写评论，其效果比端起架子的八股评论来不知要强多少倍！

我这个人在写作上不像你那么勤奋。没有人逼或催，有些可写的题目也就一直搁浅着。这次写《得奖那一年，我十六岁）一文，是今春中国作协开全委会期间，广西作协冯艺约写有关"我的第一次写作"的文章，会后，我匆匆赶写出来。刘崇善主编的《作文大世界》来约稿，我手边正好有这篇东西，就寄了过去。附寄去《一个最沉痛的日子》这篇不像样的习作，原来供崇善了解有关情况之用。没想到，54 年前的这篇东西，还有机会第一次变为铅字，与小读者见面。你对这篇习作作了精到的点评，过奖了，但我相信你的真诚。

我在中学、大学时代，还写过一点诗、散文。走上工作岗位后，除了偶尔写一点评论文字外，几乎再也没涉足任何形式的文学创作。八九十年代，出访匈牙利、泰国等国家后，才又写了几篇"异域采风"的散文。我深知自己不擅于形象思维，虚构、想象的能力很弱。正因为如此，如今我不敢妄想写出什么富有独创性的作品来，最多只能试着用朴素、平实的文字写一点纪实散文。金波为北京少儿出版社主编的那套作家文丛，为我提供了一个机会，即以自己的经历为题材写一点自叙体的纪实散文。我那本名为《龙套情缘》，30 多篇文章，其中一部分文章，有关童年、少年、青年时代的，已在《摇篮》等报刊发表；有关成年后经历的文章，已在《传记文学》《散文百家》等刊物上发表。《作文大世界》登的这一篇，也收入

《（龙套情缘》了。待书出后，当奉上求教于你。我想，这本小书至少可以帮助你进一步了解我的经历吧。

4月中旬我发了几天烧，遵医嘱上月底作了多项检查，未发现明显的异常，只是失眠、早醒等仍不断困扰。近来，我每日清晨都去地坛公园活动活动。你也不要光忙着写作，该放松时想方设法放松放松，为盼。

祝

夏安！

沛德

2001年5月15日下午5时

附：发稿来信

沛德兄：

顷读今年第4期《作文大世界》，非常高兴地看到了你半个多世纪前的"少作"。世事沧桑，覆地翻天，你居然还完好保存54年前出版的《中学月刊》和那年写的一篇作品原稿，这太难能可贵了，你真是个有心人！从这件事，也可看出你严谨认真品性之一"斑"。一篇旧稿，一本封面早已发黄的旧刊，已构成一段历史，一则文坛佳话。旧稿旧刊已成珍贵的文物，应送交舒乙同志，请中国现代文学馆保存。

《一个最沉痛的日子》是一篇地道的微型小说，内容反映了当时的现实生活，真实而又典型。你写的是当时司空见惯的人间悲剧，作品写出了对现实的强烈不满，是对政府腐败、民不聊生的血泪控诉。作品结构清晰，起承转合，十分完整，而且应该说写得比较精致，写景、写人的内心活动及对话，都很到位，很精彩，没有多余的字句。作品结尾，文字极为简练，"户外秋虫唧唧唧的哀鸣"，渲染一种悲凉气氛，意境浓郁，意韵深长。

写这篇作品时，你才16岁啊！小小年纪，已显出几分成熟，煞是难得。此前你在文学上实际已有很好的准备，看了大量作品，17岁就有20多篇各种样式的作品发表，你也应该说是属于"早慧"的了。

你在文章中说，16岁那年得的那次"名誉奖"，坚定了你做文字工作的志向。由此，我也想起我第一次发表作品、第一次出书的刊物和出版社对我最终走上文学道路所起的巨大激励作用。所以，还是应当十分重视报刊和出版社扶植和培养青少年文学新秀的重大意义。我想每一个成名作家都永远不会忘记当年第一次发表或出版作品对自己的巨大激励和鼓舞。

你在文章中说："流年似水，转眼之间，我已由一个稚嫩少年变成年近古稀的老人。"这激起我对逝去年华的回忆，所幸的是我们的生活都十分充实，我知道你几年前从中国作协领导岗位上退下来后，仍笔耕不辍，而且硕果累累，至少有两本著作即将问世。我自己在你的激励和鼓舞下，"退休"后也仍在为事业忙碌，不曾有一日之懈怠。当然，我还是要再次向你郑重进言：一定要注意适当休息，绝对不可过劳，以确保最宝贵的健康。

就书至此，顺颂

夏安！

发稼上

2001 年 5 月 14 日

儿童文学大有可为

学了十六大文件，感到越发心明眼亮了。

目标正前方，清晰又明确，那就是要抓住新世纪前 20 年这个重要战略机遇期，全面建设惠及十几亿人口的更高水平的小康社会，为到本世纪中叶基本实现现代化、实现中华民族的伟大复兴，打下坚实的基础。

我们为之奋斗的小康，是政治、经济、文化和人的全面发展的小康，是社会主义物质文明、政治文明和精神文明协调发展、全面进步的小康。小康，不仅要看人均国民生产总值、经济增长率、人均收入，还要看民主、法制、教育、文化、健康、生态保护等一切与促进人的全面发展有关的状况和指数。简而言之，即物质生活上达到小康，精神文化生活上也要达到小康，物质和精神都较为富有。正因为如此，全面建设小康社会，在把发展经济作为首要任务的同时，必须大力发展社会主义文化，建设社会主义精神文明。

学习十六大文件，使我们更加深刻地认识到文化建设的战略意义。一个国家综合国力的强弱，不仅要看它的经济实力、科技实力、国防实力，还要看它的民族精神、民族凝聚力。"文化的力量，深深熔铸在民族的生命力、创造力和凝聚力之中。"加强文化建设，是增强综合国力、应对国际竞争的一件大事，也是全面建设小康社会、满足人民日益增长的精神文化需求的一个基本任务。儿童文学工作者作为文化建设、精神文明建设大军中的一个小分队，应当自觉地、清醒地意识到自己在全面建设小康社会、实现中华民族伟大复兴的征程中所肩负的历史使命和光荣职责。

今日之少年儿童，10 年、15 年之后将加入全面建设小康社会的行列，在本世纪中叶基本实现现代化的历史重任将落在当今少年儿童一代身上。新世纪的社会主义建设者和接班人应当具有较高的综合素质，要求做到德智体美全面发展。而发展先进文化、加强社会主义精神文明建设的根本任务，就是要培养一代又一代有理想、有道德、有文化、有纪律的社会主义新人。儿童文学对于熔铸意志性格、陶冶道德情操、培养审美观念和审美能力、提高精神素质，可以发挥润物细无声、潜移默化的独特作用。

十六大强调"把弘扬和培育民族精神作为文化建设极为重要的任务"。培育民族精神要从娃娃抓起，贯穿于从幼儿园到小学、中学教书育人的全过程。在这方面，儿童文学大有可为。借助生动鲜明的艺术形象、少年儿童喜闻乐见的艺术形式，唱响爱国主义的主旋律，弘扬团结统一、爱好和平、勤劳勇敢、自强不息的民族精神，鼓舞少年儿童奋发向上。民族精神是与时俱进的，要把中华民族的优秀传统与新的时代精神水乳交融地结合在一起，赋予民族精神以新的时代光泽。"五爱"（爱祖国、爱人民、爱劳动、爱科学、爱社会主义）、"五自"（自学、自理、自护、自强、自律），正是富有鲜明时代特征和少年儿童特点的基本道德规范和行为准则。我们的儿童文学应当大力倡导、张扬这种精神，让爱、善、美、坚韧、自强滋润孩子的心灵，为熔铸未来一代的性格、塑造新世纪的民族魂，承担一份不可推卸的责任。

"三个代表"重要思想是十六大报告的灵魂。贯彻"三个代表"重要思想，要求把发展先进生产力和先进文化作为执政兴国的第一要务。儿童文学界同样要把解放和发展生产力，创作出更多更好的作品，满足广大少年儿童日益增长的、多层次的精神文化需求，当作自己的首要工作。关注婴幼儿、关注儿童、关注少年，关注人生的各个发展阶段，实现人的全面发展，是全面建设小康社会的一个重要目标和任务。发展繁荣儿童文学，也要更好地兼顾幼儿文学、儿童文学、少年文学三个层次，更深入地了解、把握它们各自不同的服务对象、审美需求、艺术特征。同时还要注意城市与乡村、经济富裕地区与贫困地区的少年儿童不同的阅读需求、欣赏习惯和接受能力，更多地关注农村、山区、老区、少数民族地区、边远地区的小读者，为他们提供更多优质、适合于普及的文学读物。这也是全面建设小康社会、让亿万城乡孩子都享有丰富精神食粮的题中应有之义。

与时俱进，开拓创新，是十六大精神的精髓。建设中国特色社会主义，必须坚持创新、创新、再创新。发展、繁荣社会主义文学，包括儿童文学，同样必须坚持创新、创新、再创新。创新是文学艺术的生命，是文学事业与时俱进、把握前进方向的不竭动力。没有创新，文学艺术就不能发展，就不能适应时代的需要、人民的需要。儿童文学不创新，也就停滞不前，不能适应当代小读者的需求。创新，既要在思想内容、题材上创新，也要在艺术形式、风格、表现手法上创新。创新的源泉在于实践。只有在不断的生活实践、创作实践过程中，才能拓宽创新的路子，提高创新的本领。儿童文学理论也要创新，要对当代儿童文学的新现象、新经验做出新的理论概括，更好地发挥理论先导的作用。儿童文学的编辑出版、组织联络、人才培养、对外交流等方面的工作，也都要有新思路、新举措。

用"三个代表'重要思想武装头脑，统领我们的工作，立足中国，放眼世界，面向大时代，心系小读者，坚持与时俱进，开拓创新，一定会迎来新世纪儿童文学的一春又一春。

2002 年 12 月

童诗现状漫议

面对当前我国儿童诗苑，我的心情可说是有喜有忧，喜忧参半。喜的是在困境中仍有一批痴情的、有造诣、有经验的中老年诗人在执着地、苦苦地探索、追求诗艺、诗美，支撑着诗坛；一向关注儿童诗的《儿童文学》、两种《少年文艺》（上海、南京）、《儿童诗》丛刊及《诗刊》《少年月刊》《东方少年》等刊物至今热情不减，慷慨大度地经常为儿童诗提供发表园地，并不时见到一些有才华的年轻诗人从版面上脱颖而出；在全国性的儿童文学评奖和儿童文学年度评选中，儿童诗仍占有一席之地，没有成为缺席者。尤为可喜的是，随着语文教学的改革，儿童诗越来越多地进入中、小学课本。忧的是儿童诗还没有赢得更多的小读者。一份问卷调查表明，在一所重点小学的学生中，爱读童话、故事的占 80%，爱读小说的占 20%，爱读诗的则为零。这个结果未免令人沮丧。

究竟是小读者抛弃了儿童诗，还是儿童诗抛弃了小读者？喋喋不休地争论已于事无补，我们需要的是冷静而深入地从主、客观方面来加以分析。市场经济的冲击，应试教育的捆绑，现代媒体的挑战……大环境、大背景造成少年儿童疏离文学（包括诗）的现状，是一个不争的事实。这需要有关方面从方针政策、规章制度、思想观念上，采取得力的措施，做艰苦细致的工作，才能逐步有所改变。但愿随着精神文明建设的加强，素质教育的深化，文学阅读的关注，情况会一天一天地好起来。现在我们能做的，只能是从儿童诗本身，包括它的内容与形式，创作主体——诗人自身的素质、才识、生活功底来找原因，力求扬长避短，使儿童诗更加贴近当代少年儿童的生活、心理，让儿童诗更好地走进广大少年儿童中去。

从当前发表的部分儿童诗来看，我深切地感到，不少作者确实存在一个如何更好地深入生活、深入儿童，更好地熟悉、了解当代少年儿童的生存状态、内心世界的问题。不下功夫去观察、研究当今孩子丰富多彩的生活，体会、理解他们的喜怒哀乐，不做好了解人、熟悉人这个第一位的工作，就难以写出洋溢着新鲜、浓郁的生活气息，为孩子们亲近、喜爱的诗篇。诗人要扩大生活天地，迈开双腿，走进孩子中去。拘囿于家庭或亲友的小圈子，单凭含饴弄孙、望子成龙那么一点狭窄的生活体验、感悟，怎么能写出反映当代孩子心声的优秀诗篇来呢？

儿童诗有广阔的题材、主题范围，可说是宇宙万物，无所不包。不少诗人珍视童年生活对自己的馈赠，从难以忘怀的童年经历中寻觅诗意，这当然无可厚非。但从儿童诗坛总的格局来说，若是唯有此花怒放，那就略嫌单调了。向往、赞美大自然，春夏秋冬，花鸟虫鱼，可以一次又一次地反复被诗人吟唱，但不能没有独特的发现、新颖的意蕴和时代的光泽。儿童诗作家还应该开阔眼界，拓展诗路，进一步扩大题材范围，国际题材、星际旅行、科学探险等，都应当进入诗人的视野。儿童文学作家，包括儿童诗作家，同样需要投身沸腾的改革开放、四化建设的热潮。三峡工程、青藏铁路、西部开发，也都应当留下儿童诗作家的脚印，并努力寻找、选择合适的角度来表现创业者、建设者及其子女的生活、心灵，因为儿童的小世界与成人的大世界有着千丝万缕的联系，是息息相关、脉脉相通的。当然，不论是表现儿童世界还是表现成人世界，都要用儿童的眼光来观照生活、观照世界，尽情抒发那些能与少年儿童相沟通、交流的诗情，切忌用成人的感情、想象来代替儿童的感情、想象。儿童诗作家表现自我，张扬自己的个性，要力求在思想、感情上与儿童融为一体，这样，才有可能写出拨动孩子心弦的诗。

在儿童诗的品种、样式上，也要力求多样化。目前抒情诗较多，叙事诗、童话诗、讽刺诗、科学诗的创作都不够活跃，有待进一步提倡和鼓励。我以为，从不同年龄段的少年儿童的欣赏习惯、审美情趣，更好地满足他们的精神、文化生活需求来考虑，诗人要更多地为儿童、少年写朗诵诗，为幼儿写新的儿歌。而歌词擅长于将诗与音乐水乳交融地结合在一起，是能唱的诗，充分表现了诗的音乐美。歌词经谱曲后能在少年儿童中广为流传，像《让我们荡起双桨》《听妈妈讲那过去的事情》等富有强大的生命力，就是最好的例证。

愿儿童诗插上翅膀，飞到孩子中间去，润物细无声地滋润他们的心田。

2003 年 10 月 20 日

2003 年儿童文苑一瞥

2003，在当代儿童文学史册上，留下了闪光的、别具特色的一页。纵观全年，在儿童文学创作、评论、出版、队伍诸方面，有下列十二个亮点或热点备受关注：

一、重新刊登胡锦涛重要文章

春天，《东方少年》增刊重新刊载胡锦涛同志发表于 1985 年题为《把最美好的世界献给孩子》的重要文章，鼓舞了儿童文学队伍的士气，提高了业内人士对儿童文学的独特功能、作用及自己所担负的责任、使命的认识。9 月 2 日《文艺报》发表樊发稼的文章，谈学习胡锦涛这篇文章的体会。

二、呼吁营造绿色文化空间

年底召开的中国作协儿童文学委员会年会发出呼吁书，恳请全社会关注少年儿童素质教育，加强儿童文学学科建设，为孩子们的健康成长创造一个和谐的环境，提供一个绿色文化空间，进一步弘扬和培育民族精神。

三、积极投入抗击非典斗争

中国作协书记处书记、儿童文学作家高洪波率领中国作家采访团于 5 月下旬赴抗击非典第一线，作了为期一个月的采访，写出一批作品。各地儿童文学作家、编辑、出版工作者也都以不同方式参与了这场斗争。

四、呈多元格局的原创作品赢得读者

金波推出长篇童话《乌丢丢的奇遇》，以其纯真精致受到广泛好评，充分显示老作家宝刀不老。杨红樱以《漂亮老师和坏小子》《淘气包马小跳系列》等新作成为首屈一指的儿童文学畅销书作家。"花衣裳"系列成为赢得众多小读者的知名图书品牌。郭敬明的《幻城》发行几十万册，持续盘踞畅销书排行榜。

五、理论批评著作初受青睐

春天研讨了梅子涵等五位活跃于儿童文苑的作家、批评家以对话形式面世的论著《中国儿童文学五人谈》；秋天研讨了出自资深教授、评论家浦漫汀之手的《浦漫汀儿童文学论稿》。理论批评家及其著作受到难得的、前所未有的关注。

六、特殊贡献奖令人瞩目

宋庆龄儿童文学奖从第六届开始增设特殊贡献奖，用以奖励长期从事儿童文学评论、研究、翻译、编辑、出版、教学或组织工作，做出突出贡献者。今年首次颁发的这个奖，授予任溶溶、束沛德、蒋风、浦漫汀四位年逾古稀的儿童文学前辈。

七、一批新人脱颖而出

张弘、林彦、赵海虹获第六届宋庆龄儿童文学奖新人奖；王一梅、王巨成、李志伟、林彦、孙卫卫等被批准加入中国作家协会，为儿童文学队伍补充了新鲜血液。

八、两本老牌名刊欣逢生日

为繁荣儿童文学创作、培养新人做出过突出贡献的两本名牌刊物《少年文艺》《儿童文学》分别迎来50、40华诞。两本刊物都召开了研讨会或座谈会，在刊物上出作品专辑，或将纪念文章辑印成册。

九、中国小作家协会应运而生

《儿童文学》杂志社主办的中国小作家协会正式成立。这是经民政部社会团体管理机关批准的少年文艺爱好者团体。年底已审批了第一批会员，并开通"中国小作家协会"网站。

十、低龄写作再次引发争议

随着春风文艺出版社推出张悦然的《樱桃之远》、远方出版社推出孙睿的《草样年华》，以及大连的9岁男孩边金阳（笔名阳阳）、成都的11岁少女古立坤分别出版长篇魔幻小说《时光魔琴》《魔法士传奇》，青春书写、低龄写作现象再度引起媒体关注和文坛及各界人士的争议。

十一、引进版文学童书依然火爆

"哈里·波特"系列第5部《哈里·波特与凤凰社》中文版9月下旬

首发，短短几个月发行 100 多万册。《鼹鼠的故事》《魔眼少女佩吉·苏》以及"鸡皮疙瘩""冒险小虎队"续集等也都热销。冒险、魔幻成为我国少年阅读的两大时尚潮流。

十二、与国际接轨的中国安徒生奖出台

中国版协少读工委、国际儿童读物联盟中国分会（CBBY）从今年开始举办"中国安徒生奖（文学、插图）"；曹文轩、王晓明分别获 2003 中国安徒生奖文学奖、插图奖，并被推荐为 2004 国际儿童读物联盟（IBBY）举办的"国际安徒生奖（文学、插图）"候选人。

2004 年 4 月

让文学伴随少年快乐成长

中国少年作家班在新旧世纪之交走过了十年不平凡的路。我们高兴地看到，如今它已成为一所成功进行文学启蒙教育的学校。成千上万的少年文学爱好者在这里尽情享受阅读的快乐，写作的快乐，充分领略文学特有的魅力。

小小心灵非常需要诗的乳汁、文学乳汁的润泽、滋养。一个孩子从小爱听儿歌，爱听故事，爱看图画书，长期保持对文学的爱，长大以后，就可能成为一个心地善良、情操优美、感情细腻、想象丰富的人。

从少年作家班走出来的数以万计的学员，其中也许只有千分之一、万分之一将来以写作为终身职业，而绝大多数将从事作家之外的其他职业。他们也许会成为工程师、技术员、企业家、营业员、医生、教师、公务员、工人、农民、军人。不管你长大了做什么，从小接受文学的熏陶将使你终生受益，使你成为具有良好素质的文明人。

从学习写作来说，我深深体会到以下几点至关重要，真诚希望少年朋友们细细品味，铭记在心：

一是勤奋比天赋更重要。

大科学家爱因斯坦说："在天才和勤奋之间，我毫不迟疑地选择勤奋，它几乎是世界上一切成就的催生婆。"创作需要天分，需要才能。一个人的天赋或高或低，那是与生俱来的；而才能是可以通过勤学苦练逐渐培养提高的。只要我们勤于观察，勤于思考，勤于读书，勤于练笔，相信"勤能补拙"，熟能生巧，功夫不负有心人。

二是真挚比技巧更重要。

著名画家黄永玉说："真挚比技巧更重要，所以鸟总比人唱得好。"写作需要技巧，需要不断提高表现力，但首先需要激情，需要真情实感。只有出自肺腑的真情，首先打动自己，也才能打动别人。如果无动于衷，无病呻吟，那是写不出真挚、深沉、动人心弦的诗文的。

三是想象比知识更重要。

下面的话也是爱因斯坦说的："想象力比知识更重要，因为知识是有限的，而想象力概括着世界上的一切，推动着进步，是知识进化的源泉。"想象是构成文学的第一要素，对作家来说，最杰出的艺术本领就是想象。要从小注意培养、提高自己的想象力，脚踏现实的泥土，张开想象的翅膀，海阔天空，自由驰骋想象。

愿文学少年珍惜诗意的童年，珍惜充满幻想的童年，让文学伴随少年朋友快乐成长！

2006 年 8 月 29 日于北戴河

大自然文学与绿色阅读

我是作家刘先平的老朋友，也是他的大自然文学作品的老读者。我多次参加过他的作品研讨会，由衷赞誉他是大自然文学勇敢的探索者、有胆有识的拓荒者，是走在队伍前列的排头兵。前些年，多次参加"五个一"工程奖、国家图书奖、中国作协儿童文学奖的评选工作，对刘先平的参评作品，我是怀着激情和兴趣，情不自禁地投了赞成票的。外国语教学与研究出版社这次推出的《我的山野朋友》系列，是从刘先平的获奖作品中精选出来的。我以为，这是信得过的绿色精神产品。对它的问世，我表示真诚的祝贺。

保护自然环境，关注生态平衡，呼唤生态道德，已成为全人类普遍关注的时代话题。大自然文学，是文学的三大永恒主题——自然、生死、爱情之一，也是儿童文学的三大母题——童年、母爱、自然之一。大自然文学，不仅属于少年儿童，而是属于全人类。由于儿童生性好奇，喜欢探险历险，对大自然有着与生俱来的亲和力，因此儿童文学是最贴近大自然的文学。大自然文学，不仅向小读者充分展示大自然的美丽、丰富、神奇，让他们领略大自然风光，了解大自然奥秘，使他们的情操得到陶冶，胸襟更加开阔，情感更加丰富；而且可以启迪、引导小读者热爱大自然、保护大自然，向他们传递地球家园意识、生态环境意识，激励他们用自己的热情、智慧去争取人与自然的和谐统一而建功立业。因此，在保护生态环境成为国际话题的背景下，发展大自然文学，营造绿色文化，已成为世纪之交儿童文学令人瞩目的一种创作走势。这是新时代的呼唤，地球母亲的呼唤，也是亿万小读者的呼唤。

刘先平的大自然文学作品构建了一个五彩缤纷的人与大自然的世界，在我国文学版图上，构成了一道亮丽的风景线。大自然文学的美学旗帜，从上世纪90年代末开始在我国儿童文学上空高高飘扬。

刘先平的作品有故事，有知识，有趣味，有文采。尤为可贵的是蕴含其中的人文精神，对生命的思考，对大自然的人文观照，对"天人合一"理想境界的追求。刘先平通过自己的创作实践，用形象生动、情真意切的作品来发言，呼唤强化生态平衡，树立生态道德，建设生态文明。在这方面，鲜明地表现出一个有作为的作家的智慧、远见和社会责任感。

大自然文学以人与自然的和谐发展为主题，在建设和谐文化、构建和谐社会上，可以发挥"润物细无声"、潜移默化的作用。和谐文化以崇尚和谐、追求和谐为价值取向。在一定意义上，和谐是与未来、希望、理想联结在一起的。和谐就是美，表现和谐美，弘扬真善美，也可以说是儿童文学的主调、强音。大自然文学倡导和谐理念，培育和谐精神，把和谐的种子撒播到孩子的心灵深处。大自然文学把生命、自然万物的和谐发展作为审美观照的对象。它从新的角度观照自然的本质、生命的本质，审视自然的美、生命的美，因而具有新的艺术魅力和全人类共享的审美价值。大自然文学这面绿色旗帜，将在新世纪闪耀出更加绚丽的美学光辉。

前些日子，读到刘先平给一本刊物《快乐文学》的题词：

> 走进大自然，阅读大自然，
>
> 你会在每片绿叶中，看到生命的跳跃，
>
> 你会在每条小溪中，听到动听的歌唱，
>
> 你在每座山峰，发现一片新的世界。

这是刘先平长年跋山涉水，亲近自然、拥抱自然获得的深切的亲身感受。

这次，又从《我的山野朋友》系列的扉页上读到他题写的："我在大自然中跋涉了三十多年，写了几十部作品，其实只是在做一件事：呼唤生态道德——在面临生态危机的世界，展现大自然和生命的壮美。因为只有生态道德才是维系人与自然血脉相连的纽带。我坚信，只有人们以生态道德修身济国，人与自然的和谐之花才会遍地开花！"

这是刘先平把日积月累的、丰富的感性认识上升到理论的高度，总结、概括出的富有前瞻性的真知灼见。

　　这次中国版协少读工委、中国作协儿委会、北师大中国儿童文学研究中心开展全国小学生绿色阅读活动，首先推荐介绍刘先平的大自然文学《我的山野朋友》系列，我认为是一个很好的选择。和谐社会理应给少年儿童一个自由、快乐成长的环境，形成一个良好的、相对宽松的阅读氛围，满足孩子们多种多样的精神需求。倡导绿色阅读与营造和谐阅读空间、建设绿色精神家园是完全一致的。愿有更好更多的，包括大自然文学在内的作品走进校园，进入中、小学语文教科书和课外读物，进入孩子们的绿色阅读活动。

2010 年 6 月 5 日

老生常谈的真心话

我以《儿童文学》的一个老读者、长期守望小百花园的一个老园丁的双重身份，说几句祝贺、鼓励和期望的话。

首届《儿童文学》十大青年金作家的得主，最年轻的才 20 岁，平均年龄是 36 ~ 37 岁。这正是风华正茂、才思敏捷、勇于创新、创作旺盛的最佳时期。我很羡慕你们，赶上这个大变革时代、网络时代、信息时代，也是创作相对自由的时代，有着施展自己才华的广阔天地。回望 40 年前，我处在你们这个年龄段时，那是动乱岁月，白天黑夜，没完没了的斗私批修，我被看作"大红人、小爬虫""划不清与文艺黑线的界限"，怎么也过不了关，迟迟不能恢复组织生活。35 ~ 45 岁，一生中最好的、大有可为的宝贵岁月，就这样被"文革"吞噬干净。我怎能不感慨系之！

此时此刻，我情不自禁地赞叹"年轻真好！""青春万岁！"真挚而又热切地希望你们一定珍惜年富力强的大好时光，在人格上修炼自己，在阅历上丰富自己，在学识上充实自己，在才艺上提高自己。"莫等闲白了少年头，空悲切"，可不要像我这样啊！

关于创作，包括长篇创作，我想三言两语，提纲式地说几点想法：

一、始终不渝地坚守文学的高尚品质，为少年儿童的纯净阅读呕心沥血，奉献精品力作

无论是艺术的儿童文学、大众的儿童文学，还是雅俗共赏的儿童文学，都要坚持文学创作的基本规律，不能脱离文学的特征，要以艺术形象反映生活，在陶冶、影响少儿的情感世界、心灵世界上做文章。一刻也不要忘了儿童文学是文学。

二、着力于儿童心灵的发现与塑造

文学是人学，要关注人的命运、人的心灵。儿童文学要关注儿童的心灵成长、精神成长。要下功夫刻画出有血有肉、栩栩如生、令人难忘的人物形象（儿童形象、童话形象），为儿童文学画廊增光添彩。

故事是儿童文学的基础，是儿童小说、童话的基本面。有优美、精致、引人入胜的故事，才可能让今天的小读者感动。情节是人物性格发展的历史。贴着人物写，故事情节自会随人物性格的发展往前推进。要重视故事性，在提炼情节、编织故事上下功夫。

三、要有更加丰沛的想象力

马尔克斯说过，对于一个用全部身心的小说家来说，他笔下的人物都带有自传体成分。这是一方面，另一方面，"小说家是说谎家、虚构家"，同样是颠扑不破的至理名言。在我看来，当前的儿童小说、童话创作，想象力还不够丰沛，虚构的本领还不够高明。如何更好地做到以虚带实、虚实兼备，使诗与真紧紧相依、巧妙结合，还有很大的创造空间。儿童小说，要有悬念，有时还要有猎奇成分，这样才能更好地吸引小读者。

四、保持、发扬艺术的多样性、独创性

儿童文学创作在题材、体裁、形式、表现手法、风格上都要多样化。这次获奖的十位金作家，涵盖了从事小说、童话、诗、散文、报告文学等多种体裁的作者，可说是应有尽有。仅就小说创作而言，又包括了校园小说、动物小说、幻想小说、侦探小说、历史小说的。真是八仙过海，各显神通。

文学艺术贵在独创，要有自己鲜明的独特的艺术个性。获奖作家正处在艺术上逐步走向稳定、成熟的阶段，要有更加自觉的艺术追求、语言追求。人物语言与叙述语言要有区别，每个人物的语言都要力求有鲜明的个性。希望年轻的作家按照自己的经历、经验、性格、气质、教养、美学趣味，发展自己的创作个性，逐步形成独特的、独树一帜的艺术风格。

五、潜下心来，写得更从容些

创作是以质取胜的，一本优秀的、精致的作品，它的意义和价值、作用和影响，远远超出十本、百本平庸的书。在刊物、出版社纷至沓来的约稿信面前，要坚持一种严谨的写作态度，实事求是，量力而行，坚持按自己的写作习惯、节奏行事，不能被牵着鼻子走，不能有求必应，来者不拒。"宁肯少些，但要好些"，细细打磨，精雕细刻，精益求精，一丝不苟，尽最大的可能保证作品的思想艺术质量。严格地要求自己，坚定地守望自己的精神家园。

我不避再次扮演"言论老生"角色之嫌，说了一些老生常谈、了无新意的话。朋友们，请相信我的真诚，这是一个已经落在队伍后面的老人发自肺腑的真心话。

2011 年 4 月 7 日

从交流中汲取养料

——我看海峡两岸儿童文学交流活动

我是第一次来到富有南国风情、魅力的厦门，有机会与自己的同行，特别是久违了的台湾朋友就海峡两岸儿童文学交流这个主题对话、交流，心里感到格外亲切、高兴。

我不是儿童文学作家，从来没有写过童话、童诗和小说，也不是专业的儿童文学研究者，而是一个儿童文学组织工作者。多年来，我从事的主要是有关儿童文学工作、活动的策划、组织、联络、运转。因此，我一直把自己称作在儿童文学舞台上跑龙套的。

下面，我从自己写下的《小百花园打杂手记》中摘抄有关参与海峡两岸交流的片段：

1989 年 8 月 21 日参加在北京召开的台湾北京儿童文学交流会。

1992 年 5 月 4 日至 5 日参加在北京召开的海峡两岸童话研讨会。

1992 年 5 月 6 日参加在北京召开的林焕彰儿童诗研讨会，在会上作题为《真善美的孩子天地》的发言。

1993 年 8 月 11 日至 13 日参加在四川温江召开的海峡两岸童话、童诗研讨会，在会上作《共同的探索与追求——试谈海峡两岸童话理论和创作之异同》的发言。

1993 年 12 月 24 日参加在北京召开的《银线星星——台湾趣童话选》出版座谈会，在会上作《人性美的深情礼赞——林良童话赏析》的发言。

1999 年 9 月 1 日参加北京师范大学中文系召开的首届海峡两岸儿童文学教学研讨会。

2001 年 11 月 1 日在台北参加由国语日报社、海峡两岸儿童文学研究会等单位联合举办的 2001 年两岸儿童文学交流会，主题是：两岸少儿阅读取向之比较。

2001 年 11 月 2 日至 4 日在台东参加台东师院举办的华文世界儿童文学学术研讨会，在会上发表题为《新景观 大趋势——世纪之交中国大陆儿童文学扫描》的论文。

2004 年 10 月 17 日在北京参加北京师范大学儿童文学研究中心举办的 2004 海峡两岸儿童文学研讨会。

2011 年 10 月 9 日在武汉参加林海音《城南旧事》出版 50 周年学术研讨会，在会上作《征服读者的奥秘——〈城南旧事〉给我们的启示》的发言。

我之所以要不厌其烦地向大家汇报这一笔笔流水账，是为了从一个侧面反映 20 多年来海峡两岸儿童文学交流日益频繁、密切的轮廓和趋势。连我这样一个既不是作家，也不是出版人的儿童文学工作者，也多次有机会置身两岸交流的行列，参加研讨、访问、考察等活动，这足以说明交流覆盖面之广、力度之大。多年的接触、交流，我结识了不少台湾儿童文学界的朋友，约略了解到台湾儿童文学创作、出版的现状，并多少学到一点台湾开展儿童文学工作、活动的做法和经验。加强交流确实是大势所趋、人心所向，是两岸儿童文学工作者的共同愿望和需求，也是相互学习、取长补短、共同提高、互利双赢的好事。

三句不离本行。我既是个儿童文学工作者，多年来在参与两岸交流中，更多关注的是台湾开展儿童文学活动、工作的一些做法和经验。以下几个方面特别令人瞩目，给我留下难忘的印象。

其一，对两岸交流有构想，有规划，有总结。

两岸儿童文学交流能开辟出当今如此富有生气、活力的局面，固然是两岸儿童文学界朋友共同努力的结果，同时也与领跑者、带路人的胆识分不开。林焕彰先生确实功不可没，他对两岸交流在起步时就有较为完整的构想和规划。从成立组织、组团互访，到开展创作研讨、创办刊物、建立资料馆，做了一系列扎扎实实的开拓性的工作。1988 年 9 月他与谢武彰等发起成立大陆儿童文学研究会（1992 年 6 月改组为海峡两岸儿童文学研究会）。1989 年 8 月，林焕彰等一行 7 人来大陆访问，参加皖台儿童文学交流会，勇敢地完成两岸交流破冰之旅。1991 年创办并主编《儿童文学家》季刊，成为两岸儿童文学交流的重要窗口。1992年5月，台湾林海音、林良、林焕彰等15位儿童文学作家访问大陆；1994年5月，海峡两岸儿童文学研究会首度邀请14位大陆儿童文学作家、评论家赴台访问，从而揭开两岸组团互访的新篇章。1994年9月，世界华文儿童文学资料馆成立，林焕彰被推举为馆长。海峡两岸儿童文学研究会继1991年5月举办两岸儿童文学交流座谈会后，于1998年6月又举办了两岸儿童文学交流回顾与展望座谈会，并出版了《回顾与展望专辑》，对两岸交流作了全面、细致的总结，留下了翔实、完整的史料。海峡两岸儿童文学研究会的主要负责人（理事长、秘书长），每三年更换一次，由有成就和能力的作家轮流担任，每人干一届，按时换届，充分发挥大家的积极性，这也是一个可圈可点的好办法。20年来两岸交流之所以能做到有板有眼、有声有色、持续不断，正是因为有林焕彰、谢武彰、桂文亚、林文宝等这些富有激情、责任感和实干精神的排头兵、领军人走在队伍的前面，积极而又艰辛地搭桥铺路，一步一个脚印地向前行。

其二，图书出版走自己的路，发挥优势，做出特色。

台湾的出版单位很多，它们各自发挥自己的优势，挖掘资源，改善经营，走自己的路。上世纪70年代末，大陆儿童文学作家的作品开始在台湾与读者见面。富春文化公司、信谊基金出版社、民生报社、九歌出版社、国际少年村出版社、天卫文化图书公司等出版机构是走在前面的。这里仅举桂文亚所在的民生报社为例：当1983年桂文亚转到《民生报》，主编该报儿童版和《儿童文学丛书》后，在报社的大力支持下，凭借她对儿童文学的满腔热情和与大陆作者广泛、密切的联系，致力于两岸儿童文学出版的交流，集中推介、出版大陆儿童文学作家的优秀作品，从而使之成为民生报社耀人眼目的一大特色。在她编辑的《中学生书房系列》《童话小屋系列》《儿童散文系列》中，都有大陆作家的作品。被称作少年小说"四大天王"中的曹文轩、张之路、沈石溪，以及孙幼军、金波、樊发稼、张秋生、秦文君、班马、周锐、冰波、葛冰、吴然、葛竞等，这些驰名大陆儿童文苑的作家，都被吸引、凝聚到民生报的周围。同时，桂文亚还与大陆出版单位合作出版《银线星星——台湾趣味童话选》《吃童话果果——台湾童话选》《台湾童诗选》《台湾儿童小说选》等，向大陆读者有计划地推介台湾作家的作品。桂文亚是个散文好手，懂得创作甘苦，又是个资深编辑，善于团结、联系作者，因此她驰骋于海峡两岸，成为作家信得过的出版人，《民生报丛书》也成为颇有名气的图书品牌。桂文亚只是台湾优秀出版人中的一例，但从她身上可以清晰地看出，一个人的能量充分发掘出来，能做多少有益于两岸交流的实事好事啊！

其三，表彰、奖励大陆作家，推进两岸交流。

同大陆一样，为了鼓励儿童文学创作，扶持、奖掖儿童文学新人，台湾也设置了名目繁多的儿童文学奖。按这些奖项设置的年代先后为序，迄今为止，共有台湾儿童文学创作奖、信谊幼儿文学奖、中华儿童文学奖、杨唤儿童文学奖、九歌现代儿童文学奖、陈国政儿童文学奖、师院生儿童文学创作奖、国语日报儿童文学牧笛奖等。从上世纪 80 年代末以来，大陆儿童文学作家曾先后得过杨唤、信谊、九歌、牧笛等奖。我在这里不说各个奖项的作用和影响，（如九歌奖对儿童小说、牧笛奖对童话、图画故事创作的发展，都卓有成效），而是要特别说一说杨唤儿童文学奖。这个奖项是为纪念台湾现代儿童诗先驱杨唤，推进世界华文儿童文学的发展，于 1988 年由林焕彰、谢武彰、陈木城、杜荣琛等发起设立的。1989 年颁发的首届杨唤儿童文学奖特殊贡献奖，大陆作家就榜上有名，得主是著名童话作家、理论家、两岸交流大陆的先行者洪汛涛。从第二届至第十一届先后荣获特殊贡献奖的大陆作家有：王泉根、金波、樊发稼、韦苇、郭风、任溶溶、孙幼军、蒋风。这些作家、评论家在儿童文学创作、评论、研究上都有出色成就和广泛影响，并大多有著作在台湾发表出版。他们获此殊荣可说是实至名归。我以为，在某种意义上，这也是对促进两岸儿童文学交流做出特殊贡献者的表彰和鼓励。不能不说，主持与参与此项评奖的朋友真是有眼光、有识见，值得赞扬。

其四，学术研讨、交流日趋经常化、制度化、规范化。

两岸交流重在思想交流、创作交流、学术交流。自 1989 年海峡两岸打开交流之门以来，关于儿童文学创作和理论问题的研究、探讨越来越频繁、活跃。话题既有对创作现状、走向和童书阅读推广的宏观扫描，也有对各种体裁、样式（童诗、童话、少年小说、散文、图画书等）和个别作家作品的分析、评论。在研讨方式上，自上世纪 90 年代初以来，大陆参照台湾的经验，也多半采取论坛的形式。会前准备论文，研讨会有主持人、主讲人、提问人，发言时间限 10 至 15 分钟。会上有问有答，有论有辩，相互交锋，自由讨论，生动活泼，充满学术空气。我也有过这样的亲身经历。2001 年 11 月在台东师院儿童文学所参加华文世界儿童文学学术研讨会，有幸担任过主讲人、主持人。当我宣读论文之后，马景贤先生评说我的论文并提问，另外还有多位朋友提问，各抒己见，交换看法，我觉得获益匪浅。2001 年这次访问台东师院（现台东大学）儿童文学研究所，给我留下美好的印象。该所成立于 1996 年，从 2000 年起每年举办大型儿童文学学术研讨会，所有论文都结集出版。创刊于 1998 年 3 月的《儿童文学学刊》，至今已出版了十多本，成为一本很有分量、特色、权威的理论刊物。林文宝先生前些年先后邀请大陆学者王泉根、班马、方卫平等到台东大学讲学；他每年寒假都带领研究生到大陆研习儿童文学，进行学术交流，在加强两岸儿童文学教学交流上，毫无疑问台东大学是走在最前列的。我还注意到，林文宝先生和台东大学儿童文学研究所一向十分重视史料、资讯的搜集、整理。1987 年林文宝与洪文珍等编选、出版台湾《儿童文学选集（1949—1987）》，前些年又编选、出版《儿童文学选集（1988—1998）》，从中可以大致了解台湾儿童文学的发展脉络。林文宝主编的《儿童文学工作者访问稿》，是他组织研究生对 18 位台湾儿童文学指标人物的访谈记录，这是难得的、弥足珍贵的口述历史。翻阅我手边的台东大学儿文所编选、出版的《儿文所儿童文学丛书》，如《一所研究所的成立》《台湾·儿童·文学》等，也都汇集了有助于学术研究、交流的资料。历经一十五载，台东大学儿文所已成为名副其实的台湾儿童文学研究的重镇。它在改进和加强儿童文学研究、教学、学术交流等方面的一些举措和经验，值得我们学习和借鉴。

其五，阅读推广扎实、深入，贴近孩子。

如何使儿童读物，包括儿童文学，更好地走进广大小读者中去，已经成为近年来出版界、儿童文学界和教师、家长们的一个热门话题。最近几年，大陆在推荐课外阅读书目、组织班级读书会、开展亲子阅读活动、加强儿童文学阅读师资培训等方面，作了一些探索和尝试，初见成效，但儿童阅读的总体状况仍不容乐观。台湾开展儿童阅读活动起步较早，积累了不少经验，有些活动方式、做法值得借鉴。这里仅举我印象最为深刻的两件事：一是"故事妈妈"活动。据介绍，台湾各市、县已成立7个"故事妈妈协会"，乡镇、小区组成了"故事妈妈团"；九大县、市有计划地培训"故事妈妈"，参与培训的妈妈多达千人。在座的林文宝先生和被称昵为"花婆婆"的方素珍女士都是推动"故事妈妈"活动的热心人。方素珍穿梭于两岸之间，走遍东西南北中，举办巡回讲座多达一千多场。经验证明，"故事妈妈"是贴近孩子、便于普及、很受欢迎的一种阅读推广形式，也是一种生动活泼的亲子共读形式。二是"好书大家读"活动。这是台湾儿童文学学会、民生报社等单位于1991年开始主办的一项推广优秀儿童读物的活动，至今已有20年之久的历史。评选委员们每年按季度或分三个梯次（4月、8月、12月）推介好书；在各梯次选出好书的基础上，再选出年度最佳儿童读物。参加评选的推荐人都是熟悉儿童读物出版现状，具有相当鉴赏水平的专家、学者。评选规则、程序严谨、审慎，在阅读、讨论的基础上投票产生。对入选的图书认真负责地写下评语，并撰文在报刊上予以介绍。正因为如此，"好书大家读"已成为家长、教师和读者信得过的驰名品牌，被当作为孩子们选购读物的重要依据。

从上面叙述的情况中可以看出，改进和加强海峡两岸的儿童文学交流，要更好地把握以下几点：

一是既要有勇于带头的领跑者，也要有同心协力的团队。

无论是作家、作品交流、学术交流、出版交流，还是阅读推广的交流，都需要有热心、实干、身先士卒的领跑者，像林焕彰、桂文亚、林文宝、方素珍等就是这样的代表性人物。同时需要一个爱儿童、爱文学、志同道合、群策群力的团队紧紧跟上。"众人拾柴火焰高"，加强交流是个艰巨、持久的系统工程，绝非两三个人可以胜任，必须依靠集体的智慧和力量。大陆也是如此，需要一批热心人、实干家投身到加强交流的行列中来。

二是要建立并加固交流平台，扩大交流空间，创新交流模式。

经过多年苦心经营，我们已经有了海峡两岸儿童文学研究会、台东大学儿童文学研究所、民生报社、北师大儿童文学研究中心、浙师大儿童文学研究所、福建少年儿童出版社等一批相对稳定、牢靠的交流平台。今后，还要逐步开辟更多新的平台。要丰富交流内容，选择共同关注的主题，在深层次的创作、学术交流上下功夫。创新交流模式，把创作交流、学术探讨、阅读推广、人才培训很好地结合起来。深切期盼福建少年儿童出版社把两年一届的海峡两岸儿童文学论坛坚持办下去；并在有计划地编选、出版、推介台湾儿童文学作家的作品上挑起更重的担子，有更大的作为，做出自己的特色。

三是要着眼于未来，更多地关注两岸青年作家、学子之间的交流。

两岸有志于儿童文学的青年作者、学子的素质、涵养，预示着中华民族儿童文学的明天。应该千方百计地创造条件，开阔他们的眼界，丰富他们的学养。目前，两岸儿童文学界的互访、考察，似乎还局限于在创作、研究、出版、教学上卓有成就和建树的名人。要逐步扩大圈子，吸引、组织更多青年作者、学子们加入到交流行列中来。组织师范院校在读儿童文学研究生互访、考察是个好办法，台东大学儿文所在这方面已蹚出一条路子。今年年初，大陆出版的《儿童文学》评选出十大青年金作家，奖励办法中有一项，就是组织他们出国访问。我想，如果组织两岸年轻的儿童文学奖得主、征文比赛优胜者相互访问、考察，不仅游山玩水，还可访问著名高等学府、观摩文艺演出、品赏书法美术。特别是安排组织文学业务上的对口交流。同文同源，使用共同的母语，没有语言上的障碍，对话、交流极其方便。有朝一日如能把旅游与文学艺术交流结合起来，那该多么美好啊！

总而言之，我们在交流中要勤于学习、勤于思考，善于吸纳，善于借鉴，相互学习，取长补短，促进海峡两岸儿童文学共同繁荣。

2011 年 10 月 30 日

从自己做起与从娃娃抓起

党的十八大提出的社会主义核心价值观，三个倡导，十二个关键词，二十四个字，从三个层面对我们要建设什么样的国家，构筑什么样的社会，培育什么样的公民，作出了极其鲜明、概括的回答。核心价值观，是伟大时代精神、世界现代文明与中华优秀传统文化的完美结合，是当代中国的精神旗帜，是实现民族复兴中国梦的强大精神力量。

既然社会主义核心价值观，反映了全国各族人民共同认同的价值观"最大公约数"，又体现了社会主义意识形态的本质要求，凝结着社会主义先进文化的精髓，那么，作为社会主义精神文明建设大军一个分支的文学队伍，理应成为培育、弘扬、践行社会主义核心价值观的先行者、引领者。文学在以文化人、以文育人，借助生动鲜明的艺术形象激浊扬清、抑恶扬善，弘扬真善美、贬斥假恶丑上，应当发挥润物细无声、潜移默化的独特作用。

习近平总书记要求培育和践行社会主义核心价值观，要坚持知行合一，坚持行胜于言。我是文学战线的"普通一兵"，又是一个退役多年的老兵。即使如此，我仍然坚定不移地把社会主义核心价值观当作自己的理想信念、价值坐标，作为自己没有走完的人生路、文学路上的指路明灯。我一直从事文学组织工作，在文学舞台上跑了几十年龙套，在创作、评论上都没有什么建树和成就。但无论是在岗位上还是退下来之后，我一向力求做到：凡事讲究一个"真"字，一切都求真务实，读书、做事要认真，待人、处世要真诚，言谈、写作要真挚。这可说是我的人生信条，也是我毕生努力登攀的目标。在家里，无论是大家庭还是小家庭，我也恪守祖辈、父辈言传身教的奉公守法、勤能补拙、刻苦俭约、和衷共济的家训家风，勉励弟妹、教育子女努力做一个堂堂正正的人，清清白白的人，一个勤奋敬业的人，诚实俭朴的人。我深信，我的人生信条和家风家训，是与社会主义核心价值观的基本要求一脉相承、完全吻合的。当然，毫无疑问，如今应当站在新的高度，赋予它以新的历史内涵、时代特色、精神价值。我想，无论如何不能倚老卖老，而是越老越要严于律己、以身作则，以核心价值观作为座右铭，衡量自己、约束自己，在德行、品格、情怀上不断修炼，力求更上一层楼。

我不仅是一个文学组织工作者，还是一个儿童文学工作者。退下来以后，参加文学活动日益减少，文章也写得很少，可说是已逐渐淡出儿童文苑了。但由于长期养成的爱好、习惯，我依然关注儿童文学，关注少年儿童一代快乐、健康地成长。近年来，偶尔写点书评，或向青少年推荐阅读书目，还是注意紧紧把握、大力弘扬社会主义核心价值观的。我为《书香传承丛书》写的序言，特别强调：要借着有趣的故事、生动的形象，让孩子们学会辨别真善美与假恶丑，感悟爱、快乐、温馨，懂得感恩、分享、同情、宽厚、团结、互助。不久前，我参与"核心价值观沐浴我成长"新童谣的审读、评议，尤为赞赏那些富有时代气息、贴近儿童生活、巧妙、自然地寓核心价值观24个字的丰富内涵于童趣盎然、浅显易懂的艺术形式之中的作品。童心就像一片净土，播撒什么样的种子，就会有什么样的收获。我们要把阳光、雨露播撒到孩子心中，要把爱的种子、真善美的人性种子播撒到孩子幼小的心灵深处。从娃娃抓起，从小抓起，让社会主义核心价值观的种子在少年儿童心中生根、发芽、开花、结果，使他们真正成为胸怀中国梦、追求中国梦、实现中国梦的新一代。自然，从我们自身来说，万万不能忘了："要播撒阳光到别人心里，先得自己心里有阳光。"

2014 年 8 月 28 日

旗帜·品牌·队伍

30年来，二十一世纪出版社走过一条艰辛创业、不断开拓创新的路。如今它是一个充满朝气和活力、具有前瞻眼光和国际视野的优秀出版社。

我赞赏它关注少年儿童的心灵成长，为未成年人"建立一所没有围墙的学校"的先进出版社理念。

我赞赏它敢为天下先，誓做中国青少年出版排头兵的壮志豪情。

我赞赏它潜心、倾情打造品牌，竭诚为读者出版好书的责任感、使命感。

我赞赏它拥有一支爱岗敬业、与时俱进、追求卓越，称得上"梦之队"的出版团队。

我赞赏它有一位富有激情、气魄、眼光、智慧，永远走在队伍前面的领军人。

我作为一个儿童文学工作者，一直怀着深情关注二十一世纪出版社的成长、发展、壮大。我可说是它的一个老读者。当它诞生不久，推出那套被誉为"新时期儿童文学编年史的《新潮儿童文学丛书》，就如饥似渴地阅读、品味。而近些年出版的《彩乌鸦系列》《我的儿子皮卡》《图画书阅读与经典》，以及30多卷《悦读Mook》等，更是我爱不释手的读物。我也勉强算是它的一个读者。我虽不搞创作，无缘为它提供孩子喜闻乐见的小说、童话等作品，但我偶尔为它写过一些书评，还在它那里出过一本评论集《为儿童文学鼓与呼》。我能为相对薄弱的儿童文学理论批评做一点添砖加瓦的事，不能不由衷感激二十一世纪出版社的倾力支持。

回望我与二十一世纪出版社的交往，在它举办的富有创意、丰富多彩的各种创作出版活动中，我亲历了三次难忘的文学之旅。

1997年深秋时节，在风景美丽的三清山上召开了跨世纪少年小说创作研讨会。这次会上，鲜明地提出：在儿童文学领域里，要提倡、鼓励更好地张开想象的翅膀，扩大幻想空间。与会者一致认为，幻想文学是一种艺术主张，是当今世界儿童文学的主导潮流，它将成为中国儿童文学创作革新的突破口。并认为幻想文学契合儿童文学的本质特征，将进一步促进儿童文学的艺术性与儿童性紧密融合，开辟一条进入少年心灵的想象力、创造力，有着不可低估的、潜移默化的独特作用。这次会议精心策划、出版了《大幻想文学丛书》，从此我国儿童文学的上空高高飘起幻想文学的旗帜。二十一世纪出版社率先举旗，迈出引领创作新潮的坚实一步，功不可没。

2010 年阳春三月，从南昌到婺源的芳菲之旅，是一次亲近大自然、追求真善美的心灵之旅。在号称"中国最美乡村"的婺源，穿过小桥流水人家，面对一望无际的油菜基地江岭，兴致勃勃地继续着在南昌开了头的关于"彩乌鸦"与新文化时代的讨论。汇集来自德语国家儿童大师优秀之作的《彩乌鸦系列》到汇集当代中国儿童文学原创精品的《彩乌鸦中文原创系列》，"彩乌鸦"已成为享誉创作出版界的驰名品牌。来自国外的彩乌鸦为什么能在中国的蓝天白云间展翅高飞？它成功的奥秘在于：坚持精品意识，坚守文学品质，具有让人"一口气读完，一辈子不忘"的艺术魅力；坚持儿童本位，心中唯有小读者，短小适度，精彩好看；讲究图文并茂，以精致、多彩的插图对文本作了新颖、独特的诠释。

从创作、编辑到出版、阅读推广，都要保持更从容、沉着、淡定的姿态，坚持高品质追求，以质取胜。这样，才能打造出读者信得过、响当当的品牌。这是"彩乌鸦"的成功给予我们的重要启示。

2014 年严寒季节，在首都，迎着凛冽的北风，出席《超级笑笑鼠》出版五周年庆典，参加以"打开想象和快乐之门"为题的对话，是又一次轻松愉快、赏心悦目的心灵之旅。心甘情愿一辈子"嫁"给二十一世纪出版社的晓玲叮当，继向孩子们奉献了被赞为"中国第一部美德童话全书"的《魔法小仙子》之后，历时五年，又推出幽默新童话《超级笑笑鼠》。这个童话系列凭借作者丰沛的想象力，在总体构思、编织故事、精练情节、刻画形象、细节描写、语言文字上，都紧紧把握幽默、诙谐、风趣的总格调。它作了寓教于乐的成功尝试，在带给孩子们欢笑的同时，不露痕迹地在他们幼小的心田里播下了关于智慧、勇气、善良、正义、友情、生命、成长的种子。在童话故事中又注入许多当代生活中时尚的、流行的元素，使之更加贴近孩子的生活和心灵，满足了他们轻松阅读、快乐阅读的期待。

《超级笑笑鼠》的畅销告诉我们：一定要吸引、凝聚各种风格、艺术追求的作家，满足不同年龄段、不同层次读者的阅读需求、审美情趣。

管中窥豹，可见一斑。从我亲历的三次难以忘怀的文学之旅、心灵之旅，可以清晰地看到二十一世纪出版社艰辛跋涉30年留下的印痕，以及它带给读者、作者、出版人的教益和启迪。

愿二十一世纪出版社更好地发扬自己的优势和特色，在下一个30年赢得新的、更大的辉煌！

2014 年 12 月 1 日

滋养、铸造孩子心灵

习近平总书记2014年10月15日在文艺工作座谈会上这篇高瞻远瞩、紧密联系实际的重要讲话，我以为有三个关键词：时代、人民、精品。时代呼唤文艺，文艺要反映时代；人民需要文艺，文艺要服务人民；精品奉献读者，读者期待精品。而贯穿时代、人民、精品的一条红线，是关注、强调以中国精神铸民族之魂。"文艺是铸造灵魂的工程"，"艺术的最高境界就是让人动心，让人们的灵魂经受洗礼，让人们发现自然的美、生活的美、心灵的美。"文艺是人类灵魂的精神产品，也作用于人的灵魂。以情感人、以美育人，是文艺的特征和功能。文艺要温润大众的心灵，塑造人们崇高、优美的心灵，首先文艺家自身要净化心灵，提升自己的精神境界、审美境界。

三亿六千万少年儿童，是文学艺术最大的受体。儿童的可塑性最大，文艺在塑造未来民族性格上可以发挥润物细无声、潜移默化的独特作用。作为儿童文学作家，包括像我这样已退下来的儿童文学工作者，要满怀热情地关注少年儿童的心灵成长、精神成长。通过向上向善、文质兼美的作品，把爱的种子，真善美的种子，正义、友爱、乐观、坚韧、同情、宽容、奉献、分享的种子，播撒到孩子的心灵深处，让它们生根、发芽、开花，为培养造就志向远大、胸襟开阔、情操优美、想象丰富的未来一代，贡献自己的一份心血和力量。

2015 年 1 月 12 日

为接力杯喝彩

有机会参加这次接力杯金波幼儿文学奖、接力杯曹文轩儿童小说奖新闻发布会暨征文启动仪式，感到十分高兴。

金波先生、曹文轩先生都是我结识多年的老朋友、好朋友，也是我一向关注、喜爱、赞赏的两位作家。他们二位在儿童文学领域的成就、影响光彩熠熠，令人瞩目，不愧为当代中国儿童文学的卓越代表、杰出代表。以他们的名字分别设立接力杯幼儿文学奖、儿童小说奖，是实至名归，也是众望所归。

幼儿文学是启蒙文学，浸透着爱与美的文学，是孩提时代心灵成长不可或缺的维生素。儿童小说则是少年儿童喜闻乐见、爱不释手的一种体裁样式，也是为孩子成长打好精神底色的重要文体。接力出版社着力抓幼儿文学、儿童小说的原创，是有眼光、有情怀、有胆识的。发展原创，是繁荣儿童文学之根本，重中之重。尊重原创，鼓励原创，扶持原创，充分激发、调动作者的原创积极性，才能为亿万小读者奉献更多文质兼美的优秀读物。

进一步提高儿童文学创作的思想、艺术质量，依然是摆在我们面前的一个严峻任务，这是伟大时代的要求，也是广大读者的要求。在我看来，坚守文学品质，讲究艺术独创，强调审美价值，是金波、曹文轩创作出类拔萃的主要成就、特色，也是他们持之以恒的艺术追求。坚持文学"以情感人""以美育人"，发扬艺术个性，力求独树一帜，这是儿童文学创作提高质量，从高原走向高峰的关键所在。也只有拿出这样的作品，才能更好地提升小读者的阅读品位和审美情趣，为他们的精神成长、心灵成长注入正能量。

我满怀深情为接力杯点赞，为接力杯喝彩！祝愿接力杯迎来儿童文苑的繁花似锦！

2017 年 5 月 8 日

当代文林拾叶

提倡和鼓励文学创作的自由竞赛

在为工农兵服务、为社会主义事业服务的方向下，实行百花齐放、百家争鸣和推陈出新，是我国社会主义文学艺术发展的道路。这条道路，体现了政治方向一致性与艺术风格多样性的统一，保证了文学艺术为工农兵服务，为社会主义事业服务，又保证了文学艺术上不同风格、不同流派的发展和繁荣。它既能引导作家、艺术家同社会主义革命和建设、同工农兵群众斗争密切结合，又能鼓励作家、艺术家充分发挥自己的创作才能。

近年来，我省的文学艺术事业，由于坚持政治方向一致性与艺术风格多样性统一的原则，得到了进一步的发展。只要考察一下我们河北省文学界的现状，就可以看出这个原则的正确性和无限的生命力。根据党中央提出的大办农业、大办粮食的方针，并且响应中国文学艺术工作者第三次代表大会的号召，我省的作家和业余作者纷纷深入农业生产第一线，进一步同劳动人民相结合，提高了思想、政策水平，丰富了生活斗争经验，为创造更多更好的作品打下了坚实的基础。文学创作的题材、形式、体裁和风格，也逐渐趋向于多样化。革命斗争历史和许多英雄事迹，通过长篇小说、长篇叙事诗和革命回忆录等多种多样的形式，生动地表现出来。当代人民的斗争生活和精神面貌，不仅被迅速地反映在短篇小说、特写、诗歌等形式里，而且有不少作家运用长篇小说、长篇报告文学、电影文学剧本等形式，作了比较广泛的概括。报告文学、散文、杂文这些富于战斗性的文学体裁，有了进一步的发展。我省已有一些富于经验的作家，通过不断的创作实践，逐渐形成了自己独特的艺术风格；一些优秀的工农作者、青年作者的创作，也开始显露出自己的艺术特色。文学领域内出现的万紫千红、群芳竞丽的景象，有力地证明了党的百花齐放、百家争鸣的方针的正确。

通过自由竞赛的方法来发展社会主义文艺，是党的一贯主张。远在一九四二年，毛泽东同志在延安文艺座谈会上就曾经指出，我们的文艺批评"应该容许各种各色艺术品的自由竞争"。1956年，刘少奇同志代表中共中央向党的第八次全国代表大会所作的政治报告中也曾经指出："党对于学术性质和艺术性质的问题，不应当依靠行政命令来实现自己的领导，而要提倡自由讨论和自由竞赛来推动科学和艺术的发展。"1957年，毛泽东同志在《关于正确处理人民内部矛盾的问题》的著名讲演中，对这个问题作了更加精辟、更加透彻的论述。他说："艺术上不同的形式和风格可以自由发展，科学上不同的学派可以自由争论。利用行政力量，强制推行一种风格，一种学派，禁止另一种风格，另一种学派，我们认为会有害于艺术和科学的发展。艺术和科学中的是非问题，应当通过艺术界科学界的自由讨论去解决，通过艺术和科学的实践去解决，而不应当采取简单的方法去解决。"

文艺运动和创作实践的经验证明，开展文艺创作上的自由竞赛，不但完全符合正确处理人民内部矛盾的原理，有利于在文艺领域内绽放社会主义百花，锄反社会主义毒草；而且完全符合文学艺术本身的特点和发展规律，有利于调动广大文学艺术工作者的积极性和创造性。

为什么必须采取自由竞赛的方法来发展社会主义文学艺术呢？对于人民内部的各种矛盾，包括意识形态领域内人民的内部矛盾，必须采取讨论的方法、批评的方法、说理的方法去解决，而不能采取行政命令的方法，粗暴压服的方法。文学艺术是属于上层建筑的一种意识形态，对于这个领域内人民内部的思想问题、学术性质和艺术性质的问题，同样不能采取简单的方法、强制的方法去解决。文学创作上带有各种不良倾向的作品，是作家的资产阶级思想或其他非无产阶级思想在创作上的反映。它们是一种客观存在，不让它们出世是不行的。对于这种带有错误倾向的作品，采取禁止或压制的办法，既不能真正解决犯错误的人的思想问题，又不能锻炼、提高广大群众的艺术识别力和鉴赏力。至于作品思想力量的强弱，艺术技巧的工拙，那是作家政治思想水平、艺术表现能力不同的表现；选择这样或那样的题材，采取这种或那种形式，则是作家生活经验、艺术性格差异的反映。这类问题完全容许自由发展，自由讨论。总之，只要不是反党反社会主义的毒草，各种不同思想水平、艺术水平的文学作品，各种不同的题材、形式、体裁和风格，都应当让它们共同存在，相互竞赛。通过创作竞赛，创造出大批具有革命的政治内容和完美的艺术形式相统一的作品，逐步淘汰思想错误、艺术拙劣的作品。这样，才能真正发展社会主义文学，才能进一步巩固和加强无产阶级的思想阵地。

作家在艺术风格、形式上探索、革新的成败得失，不是一下子就能作出正确的判断和评价的。某个新作品的思想倾向究竟是正确还是错误，有时表现得也不那么明显。因为作家的思想、观点在作品中并不是直截了当地说出来的，而是通过典型的艺术形象自然流露出来的。同时，作品的思想内容与艺术形式也不是经常统一的。思想错误的作品有时也会具有一定的艺术性，因而被某些人误认为香花；而文学创作中的新生事物，比如一种新的艺术形式或表现手法，当它一出现的时候，不可能是十全十美的，往往由于它的稚嫩，不成熟，而不被人们重视和承认。毛泽东同志说："正确的东西总是在同错误的东西作斗争的过程中发展起来的。真的、善的、美的东西总是在同假的、恶的、丑的东西相比较而存在、相斗争而发展的。"各种各色的文学作品，只有经过相互竞赛，比较和斗争，经过时间的考验，人们才能正确地鉴别它们的思想倾向的好坏和艺术水准的高低。也只有在竞赛中，创作中的新事物的萌芽，由于它同因循守旧的东西相对立，才越发显示出它的旺盛的生命力，因而被人们发现和注意，得到扶持而发展。

社会主义文学应当是多样化的。人民的生活丰富多采，而且一切生活领域都在进行着勇敢的探索和创造性的劳动；人民的兴趣、爱好和需要也是多种多样，他们的艺术鉴赏力在不断地提高；作家的生活经验、思想性格、艺术气质又千差万别。所以，只有数量、质量、品种又多又好的文学、才能反映出我们时代的全貌，才能满足人民多方面的需要，也才能充分显示出作家不同的创作个性。从这个高度来考察，我省的文学创作，无论在题材、形式、体裁和风格方面都还不够广阔、丰富和多样化。在题材上，还有许多生活领域、比如海员、盐民、草原收民、商业人员、科学家、青年学生、运动员等方面的生活，还很少有作家去探索和描绘。即使我们一再提倡描写的工农兵生活的重大题材，也还有许多新的主题、新的内容有待于作家去开拓和表现。在体裁和样式上，短篇小说这种富于战斗性的体裁，在我省还没有得到应有的发展；少年儿童文学也还没有受到作家普遍的经常的重视；在散文这个海阔天空的领域里，也还大有作家用武之地。至于在艺术风格上，对于新的艺术表现手法的尝试，对于民族风格的探索，都有着十分广阔的天地。具有独特的艺术风格的作家在我省也还不够多。所以有必要进一步提倡和鼓励文艺上的百花齐放、通过自由竞赛，鼓励创作题材、形式、风格上的探索、革新和多样化，促进不同的创作流派普遍发展，促进文学创作的思想、艺术质量的提高。

什么是我们提倡和鼓励的创作竞赛呢？首先，创作上的自由竞赛，是有明确的政治方向的，是在为工农兵服务、为社会主义事业服务这个共同的政治方向下，各种不同风格、不同流派的相互竞赛。政治方向一致，是创作上的百花齐放、自由竞赛的前提；而通过创作竞赛，发展艺术风格多样化的文学，正是为了更好地为工农兵服务，为社会主义事业服务。毛泽东同志在《关于正确处理人民内部矛盾的问题》这一著作中，明确地提出了六条政治标准。有了这些标准，创作上的自由竞赛、就可以沿着正确的轨道健康地发展。只要不违背这六条政治标准，各种文学作品和创作流派都可以自由发展；在共同的政治方向下，这一流派可以与那一流派竞赛，这一文学样式可以与那一文学样式竞赛，作家与作家竞赛，诗人与民间歌手竞赛。这种广泛的生动活泼的创作竞赛，都服务于一个伟大的目标——社会主义、共产主义的事业。

自由竞赛是发展社会主义文艺，反对反社会主义文艺的方法。符合六条政治标准，只是我们对于文学创作的起码要求，并非最高的、全部的要求。对于革命的文学，我们还要求具有更强烈的倾向性和更高的理想，不但要有社会主义精神，还要有共产主义精神。在自由竞赛中，我们不排斥也不反对政治上无害、艺术上有益的作品，然而应当把创作具有爱国主义、社会主义思想与民族新风格的作品当作努力方向，并促使这种作品成为整个文学创作的主流。在自由竞赛的过程中，反社会主义毒草有时候会冒充社会主义香花而出现。对于毒草，当然不能让它自由发展。但是我们也不采取禁止和压服的办法，而是让它放出来，作为香花的对立面，经过群众的辨别和批判把它锄掉。

其次，文艺上的百花齐放、自由竞赛，鼓励作家自由创造的热情、鼓励作家在创作上的革新勇气和独创精神。社会主义文学是真正自由的文学。在我们的国家里，真是"海阔凭鱼跃，天高任鸟飞"，作家有着最广阔的创作自由：既有歌颂工农兵英雄的自由，也有揭露帝国主义及一切反动派的自由；既有赞美生活中一切新的美好的事物的自由，也有批判生活中一切旧的落后的现象的自由。作家可以根据自己的经验、兴趣和特长，自由地选择各种不同的题材、形式、体裁和风格。党的百花齐放、百家争鸣的方针就是这种创作自由的可靠保证。

当然，我们所主张的创作自由根本不同于资产阶级文艺家所标榜的绝对"自由"。无产阶级的创作自由，是以维护党的领导和社会主义事业的利益为前提的。这种创作自由只能给予拥护党、拥护社会主义的作家，而不能给予反党反社会主义的资产阶级文人。正如陆定一同志在《百花齐放，百家争鸣》中说的："百花齐放，百家争鸣"，是人民内部的自由在文艺工作和科学工作领域中的表现。党的领导，社会主义制度不仅不限制作家个性的发展，相反地，是赋予作家以充分发挥个人爱好、个人特长和个人创造性的广阔天地。正是由于党的领导，实行文艺为工农兵服务的方向和文艺工作者参加生产劳动的制度，才使得作家能够掌握马克思列宁主义世界观，同人民群众相结合，取得丰富的创作源泉，并使自己的才能朝着正确的方向发展。这才是真正的最大的创作自由。如果离开党的领导，离开社会主义，追求什么创作的绝对自由，那就势必把文学引上资产阶级的歧路。

一个作家要形成独特的艺术风格，并不是一件容易的事。除了时代精神、文艺风尚和作家个人的生活经验、思想性格、艺术气质等等因素外，还要有勤于实践，敢于革新的精神。就是说；艺术风格的形成总是经过一段艰苦劳动、勇敢探索的历程的。我省作家梁斌同志在他的长篇小说《红旗谱》里，已经鲜明地表现出一种浑厚、豪放、富有民族气魄和地方色彩的艺术风格。他在《漫谈〈红旗谱〉的创作》一文中谈到自己的创作经验时说："在写长篇之前，我心里暗暗产生一种期望，想在小说的气魄方面、语言方面，树立自己的风格。有人写过的题材尽可能不写，有人用过的语汇尽可能不用。这样，即使再不好，叫人看了知道是我自己的东西，"从这里我们不难看出，发挥独创精神对于形成独特的艺术风格有着多大的意义。然而，从我省情况来看，也还有不少作者没有注意艺术独创性的问题。有的是缺乏革新的勇气，不敢在艺术风格的创造上做开路的人；有的是缺乏刻苦劳动的精神，没有下功夫去探索、追求新的风格、形式、表现手法。显而易见，只有改变了这种状况，才能有利于文学多样性的发展。

我们的社会主义文学应该具有民族独创性。文学的民族化、群众化，并不排斥作家不同的创作个性和艺术风格的多样化；而是要求作家在民族化、群众化的原则下独树一帜，形成自己独特的艺术风格。只有富于民族特色的艺术风格、艺术形式，才能为中国老百姓所喜闻乐见；民族风格和个人风格的统一，应当成为作家在艺术上探索、追求的目标。

再次，文艺上百花齐放、自由竞赛，应当是在共同的政治方向下，促进各种不同的艺术风格、创作流派之间互相学习，互相帮助，取长补短，共同提高。我们所说的创作流派是具有共同世界观的、艺术气质和艺术风格相近似的作家自然而然地形成的；他们并非有什么组织，只是存在创作上的联系和相互接近罢了。不同的艺术风格、创作流派是客观世界的多样性在文学领域内的反映。这一流派与那一流派之间可以通过自由竞赛，互相学习艺术上的优点和特长，互相吸取于自己有益的创作经验，以补自己之短，从而达到共同提高，普遍发展。不同的流派不应当互相轻视、互相排斥，更不能企图以自己这一流派去代替或克服另一流派。自然，在文学发展过程中，各种不同的创作流派由于互相影响、互相渗透，也会出现融合、转化或消失的情况。而离开了民族化、群众化的创作流派，肯定是经不起创作竞赛的考验的，必然日益丧失其存在的价值。

个性、爱好、志趣不同的作家，从不同的方面、不同的角度，用不同的形式和表现手法来反映丰富多采的生活，也就必然会产生创作上不同的艺术风格。在创作题材、形式、风格问题上，应当彻底破除清规戒律。我们提倡描写重大题材，同时提倡题材多样化。我们既要鼓励作家多写迅速反映现实斗争的短篇作品，也要鼓励作家创造广泛、深刻地概括一定时期的时代面貌的长篇巨著。我们需要调子雄壮、色彩浓烈、充满英雄气概的作品，也需要调子优美、色彩柔和、富于抒情诗味的作品。因为读者的艺术趣味、爱好是多种多样的。从整个文学创作的利益来考虑，对于各种不同的风格不该厚此薄彼，而应当促使他们互相揣摩，互相补充，兼收并蓄，舍短取长，以求社会主义文学艺术的风格更加完美，更加多样化。

创作上的百花齐放、自由竞赛，必须坚持在党的领导下进行。党对文艺工作实行政治挂帅，不断加强马克思列宁主义思想的指导；同时又使作家的独创性得到自由发挥，这是文艺事业沿着正确道路发展的根本保证。无数的事实早已证明，只有在党的领导下，文艺工作才会有正确的方向。在今后，我们还必须坚持以马克思列宁主义和党的文艺政策为指导，更自觉地经常注意文学创作发展的趋势，抓文学评论和文学创作中的思想问题，热情支持创作中的新事物，及时指出并批评创作上的错误倾向，使创作沿着正确的方向健康地发展。

百花齐放、百家争鸣是文艺工作中彻底的群众路线。它的根本目的就是为了调动一切文艺工作者和广大群众的积极性和创造性，建设社会主义的新文艺，更好地为人民服务，为社会主义事业服务。所以一方面要吸引、发动广大群众参加创作竞赛，解放群众中无穷无尽的精神创造力，使群众有机会充分发挥自己的才能。我省开展的群众文艺写作运动，就是最广泛的群众性的创作竞赛。这个群众创作运动不仅培养了大批优秀的工农作者；同时也促进了作家更密切地同人民群众相结合。在创作竞赛过程中，专家和群众互相帮助，互相促进，有利于文学多样性的发展，有利于整个文学创作水平的提高。另一方面，群众又是创作竞赛最公正、最有权威的评判员。各种不同的风格、流派的优点、缺点及其存在的价值，都应当经过群众的考验，由群众来选择、比较和判断。文学创作的数量、质量和品种，也应当以群众的意见为依归；力争文学创作"高产、优质、多品种"，以满足群众不断增长、不断提高的精神需要。

1961 年 6 月

争取文学艺术的更大繁荣

——纪念《在延安文艺座谈会上的讲话》发表二十周年

毛泽东同志《在延安文艺座谈会上的讲话》（以下简称《讲话》）明确地规定了无产阶级文艺发展的方向和文艺工作一系列的方针，也指明了知识分子通过学习马克思列宁主义，同人民群众相结合，认真改造世界观的正确途径。

《讲话》发表后二十年来，我省的文学艺术工作一直沿着文艺为工农兵服务的方向发展，无论从文艺与工农兵群众结合的广度和深度来看，从文艺创作的发展和提高来看，从文艺队伍的改造和壮大来看，都取得了巨大的成绩。

为工农兵服务，是革命的文学艺术坚定不移的方向。要解决文艺为工农兵服务、为社会主义服务的问题，作家、艺术家和文艺工作者就必须同人民群众相结合，在深入工农兵群众、深入实际斗争的过程中，逐渐改造自己的思想感情，逐渐了解群众的生活，熟悉群众的感情和语言取得丰富、生动的文学艺术的原料。这样才能有真正为工农兵的文艺。延安文艺座谈会后，我省文艺工作者响应毛泽东同志的号召，长期地深入到农村、工厂、部队或其他实际工作中去，参加群众的革命斗争和生产斗争，积极地自觉地改造思想感情，从而使文艺队伍的思想面貌发生了很大的变化，使文艺工作者的革命觉悟和思想水平有了很大的提高，在文艺创作上有了可喜的收获，并出现了一些优秀的作品。

同人民群众相结合，不仅是解决作家、艺术家的世界观问题、生活问题的正确途径，而且是提高艺术概括力和表现力的重要关键。经验证明：优秀的作品都是作家、艺术家同人民群众紧密结合的产物。从文艺作品中，常常可以检验出一个作家、艺术家同人民群众结合的深度和广度，生活根底的深浅。近几年来，我省为数不少的作家和业余作者从事着革命历史斗争题材的创作，而且已经出现了一些比较优秀的作品。这种状况是同我省的革命历史和作家的生活经历分不开的。无论是在大革命时代或抗日战争时期，我省人民反抗阶级敌人和民族敌人的斗争都是十分严酷、壮烈的。我省的许多作家是同人民在一起，在枪林弹雨中出生入死地战斗过来的。他们是革命斗争的积极参加者，劳动人民的英雄事迹和崇高品质深深地感染了他们，以至使他们感到，不把这些斗争事迹反映出来，就有负于人民。正因为这样，他们才能够描绘出人民革命斗争的真实图画。作家、艺术家同人民群众结合得愈广泛愈密切，生活知识愈丰富，提炼、概括出来的形象就会更鲜明、更生动、更典型。作家、艺术家只有到火热的斗争中去，让群众生活的激流荡涤自己的心胸，使自己的思想感情来一个变化，并在群众斗争中了解、熟悉各种人，各种事情，从不断地观察和表现生活中提高自己的艺术技巧，才有可能写出好作品。同人民群众相结合，是革命的作家、艺术家生活和创作的根本道路。作家、艺术家同人民群众相结合，必须经过长期的艰苦的思想改造过程，真正以普通劳动者的姿态出现，扎扎实实地参加劳动锻炼或基层工作，和群众同呼吸共命运，做生活中的主人，斗争中的主人，而不能是做客人或旁观者。这一点对缺乏实际斗争最锻炼的青年文艺工作者来说尤为重要。我省许多作家、艺术家曾经做过多年的党的工作、群众工作、武装工作等，他们担任过县、区以及基层干部等职务。有的人今天仍然工作在县委书记、工厂党委书记的岗位上；有的虽不长期工作在基层，也把自己工作过的地区作为主要的生活根据地。他们的经验证明，深入群众斗争，了解人、熟悉人和研究人是文艺工作者的第一位的工作，是关系着艺术创造成败得失的根本问题。

　　作家、艺术家应当长期地深入群众生活，但绝不是把自己局限于狭小的生活领域里，把自己深入的点同整个社会隔绝开来。如果那样，就会把握不住时代的脉搏，认不清生活的本质和主流。一个作家，不论他是写工厂、写农村或部队，也不论他是写革命历史还是写现实生活，都应当像毛泽东同志所要求的那样去"观察、体验、研究、分析一切人，一切阶级、一切群众，一切生动的生活形式和斗争形式，一切文学和艺术的原始材料"。经验证明：既有自己比较固定的生活根据地，又能通过各种方式，接触更多的群众和更广阔的生活，是作家、艺术家同人民群众结合的较好的方式。

在工农兵方向下实行百花齐放、百家争鸣和推陈出新，是发展我国社会主义文学艺术的最正确、最宽广的道路。这条道路把政治方向的一致性与艺术风格的多样性完满地结合起来；它能充分调动广大文艺工作者的积极性和创造性，充分发挥各种形式、体裁的作用，共同为社会主义事业这个伟大目标服务。

人民的精神需要和艺术爱好是多种多样的，作家、艺术家的生活经验、性格气质、艺术个性也互不相同。因此，文学艺术创作的题材、形式和风格必然是而且应当是多样化的。自从毛泽东同志提出百花齐放、百家争鸣的方针以来，我省文艺创作反映生活的幅度越来越宽广了，不仅描绘了人民革命战争的风云变幻，也表现了解放前后农村翻天复地的巨大变革，和广大人民建设社会主义的英勇斗争。商业工作者、牧民、知识分子、少年儿童、兄弟民族的生活在文艺作品中都有一定的反映。各种文艺形式和体裁都按照自己的特点发挥了不同的作用和功能；创作上不同形式和不同风格的自由竞赛，使作家、艺术家的才能和独创性得到了充分的发挥。

社会主义的文艺是在批判地继承文艺遗产和民族传统的基础上建设发展起来的。离开民族的土壤，社会主义文艺就不能生根开花。我们按照百花齐放、推陈出新的方针，对地方戏曲遗产和其他传统艺术进行了挖掘、整理和革新的工作。在旧社会日趋衰落、几乎绝迹的剧种，如老调、丝弦等重新获得了新的生命，在舞台上放射出夺目的光彩。其他如河北梆子等多种剧种，在党的大力扶植下，也获得了发展，现在戏路越来越宽广了，戏曲上演节目比过去更为丰富了。戏曲表演上的各个流派也都得到了继承和发展。所有这些，都说明了百花齐放、推陈出新是继承和发展民族文艺遗产和传统的正确方针。认真切实地贯彻执行这个方针，就会使社会主义的新文艺具有鲜明的民族独创性。

社会主义文艺的发展还需要科学的、战斗的马克思主义文艺理论和批评的指导。有了自由批评和讨论，有了学术民主的空气，文艺理论批评就能迅速发展。几年来，我省文艺界自由讨论的空气逐渐活跃起来，对许多文艺创作和文艺理论问题，如题材问题、短篇小说问题、美学问题、山水花鸟画的阶级性问题、现实主义与浪漫主义的结合问题、戏曲传统的继承和革新问题，展开了热烈的争鸣。在讨论中，新的正确的学术见解得到了支持和发展，独立思考、刻苦钻研、革命热情与科学分析相结合的精神得到了鼓励和发扬。

革命的文学艺术必须为革命的政治服务，也就是为一定革命时期阶级的和群众的需要服务。在今天，文艺为政治服务，就是为无产阶级和劳动人民的根本利益服务，为社会主义事业的根本利益服务，为全国和全世界绝大多数人的根本利益服务。凡是有利于提高人民的社会主义革命和建设热情，培养和提高人民的共产主义思想觉悟和道德品质，有助于丰富人民的文化生活和智慧，满足人民正当的艺术欣赏和娱乐需要的艺术品，都应当承认它具有为政治服务的作用。文艺为政治服务的范围应当十分宽广，服务的途径、方式也应当多种多样，从多方面去满足人民群众的精神需要。因此，作家、艺术家应当运用各种艺术形式和体裁，来反映人民丰富多彩的生活，表现伟大时代的风貌。百花齐放，是文艺为政治服务的一条最宽阔的道路。如果不认识这一点，把无产阶级的政治庸俗化，把文艺为政治服务的作用理解得过于狭隘，只强调文艺为当时当地的中心工作服务，而忽略为最根本的政治任务服务；只强调迅速、直接配合，忽略长远、间接配合；只强调文艺的教育作用，而忽视文艺的认识作用、审美作用，都会妨碍文学艺术多样化的发展，堵塞艺术创造的道路，结果反而达不到为政治服务的目的。

贯彻百花齐放、百家争鸣的方针，必须严格地细致地划清敌我矛盾与人民内部矛盾的界限，政治问题、学术问题、艺术问题的界限。毛泽东同志在《关于正确处理人民内部矛盾的问题》中提出的六项政治标准，是划分两类不同性质的矛盾的根本原则。只要不违反六项政治标准，艺术观点、艺术倾向上的错误都属于人民内部的是非问题。对于人民内部的问题，又必须把政治问题、思想问题与学术、艺术问题区别开来。否则，就会挫伤文艺工作者的积极性，妨碍社会主义文艺多样化的发展。

百花齐放、百家争鸣方针从政策上保证了文艺工作者在为工农兵服务的前提下有独立思考的自由，创作的自由，批评和反批评的自由，辩论的自由。应当尊重和保护文艺工作者的这种自由和民主权利，鼓励他们在创作上发挥独创精神，在艺术风格、形式、表现手法上大胆地进行探索和革新，支持他们对于抱有不同见解的学术、艺术问题，进行同志式的自由讨论。只有自由讨论的空气发展了，一切武断式的批评所起的消极作用才有可能被抑止。对于文艺工作者由于在艺术上进行新的探索而发生的问题和失误，要通过自由讨论和批评的方法去解决，而不能采取简单的行政命令的办法去解决。实践证明：生动活泼的政治局面是贯彻百花齐放、百家争鸣方针的前提；百花齐放、百家争鸣方针贯彻得好，又会反过来影响和促进生动活泼的政治局面。当前我们面临的新的政治形势，必然会进一步促进社会主义文艺的更大繁荣。

革命的文学艺术是无产阶级整个革命事业的一个不可缺少的组成部分，是"团结人民，教育人民，打击敌人，消灭敌人的有力武器"。《讲话》发表后二十年来，我省的文艺工作者一直在党的坚强领导之下，为党在各个历史时期的革命任务服务，发挥它作为整个革命机器的齿轮和螺丝钉的作用。文艺运动的实践证明：坚持党的领导，认真贯彻执行党的文艺方针和政策，文艺工作就能取得胜利；反之，就会迷失方向，发生偏差，犯这样或那样的错误。

党对文艺工作的领导，主要是贯彻执行党的文艺方针、政策，做好政治思想工作，帮助文艺工作者提高政治思想水平和业务水平，以及加强他们同群众的联系，为文艺事业的进一步发展创造条件。党组织的首要任务是掌握方向，保证文艺工作沿着为工农兵、为社会主义服务的方向前进。衡量党的领导工作做得好不好，主要是看这么两条：一是方向是否对头，二是有没有把文艺工作者的积极性充分调动起来。党组织坚持了正确的文艺方向，使得文艺工作者干劲十足而又心情舒畅地进行创作和表演，造成了繁荣、兴旺的文艺局面，这就是好的领导。党的组织在艺术业务上要敢于放手，要善于充分发挥文艺专门家和文艺工作者的积极性和创造性，不要不适当地去干涉学术、艺术性质的问题。

为了进一步加强党对文艺工作的领导，党的组织必须逐渐熟悉文艺工作的基本规律，按照文艺的特点去领导文艺。文艺是人民生活的一种特殊形式的反映，是用艺术概括、典型化的方法，创造出感性的、有血有肉的形象，以影响人的思想情感，提高人的精神品质的。这是文艺的特点，也是文艺反映世界，帮助人们认识世界所特有的手段。作家、艺术家不了解人熟悉人，没有对生活的真情实感和真知灼见，就创造不出生动的文艺作品。这是艺术生产不同于其他生产的特点。另外，还要注意到文艺创作一般是采取个体劳动的方式，主要靠个人的努力和独创性的充分发挥。因此，在组织创作的工作中，必须很好地考虑作者的生活经验、个性、兴趣、特长等方面的具体情况，鼓励作者写他所熟悉的题材，运用他所擅长的艺术形式。忽视或抹煞文艺的特点，不按照文艺的特点和特殊规律去领导文艺而采取一般化的行政方法、平均划一的方法去领导文艺，必然会妨碍作家、艺术家积极性和创造性的发挥，妨碍文学艺术健康地发展。

党是应当而且能够在政策方针、思想政治上领导文艺事业的。不熟悉文艺业务的党员干部，经过顽强的刻苦的学习，也完全可以逐步由外行变为内行。当然，党并非要求每一个文艺工作的领导者去精通各个文学艺术门类的业务，去做专家搞创作，而是要求学习党的文艺方针政策和文艺理论，掌握文学艺术的基本知识，从而熟悉文艺工作的基本规律，按照这些规律进行正确的细致的领导。

文艺部门的党的组织在工作中应当切实贯彻执行民主集中制的原则，加强集体领导，发扬民主作风。对于工作中的重大问题要经过充分的调查研究和民主讨论，然后作出决定。对于学术、艺术性质的问题，则应当采取百家争鸣、自由讨论的方法去解决而不应当采取少数服从多数、下级服从上级的办法去解决。对学术、艺术问题，领导文艺工作的党员干部也可以发表个人的意见，但这些意见只能供作家、艺术家参考，采纳与否，由作家、艺术家本人考虑决定。在文艺工作中，党员领导干部还应当走群众路线，密切联系群众，遇事同群众商量，同作家、艺术家和文艺工作者交朋友，虚心倾听他们的意见，关心他们的工作、创作和生活；并且以平等态度待人，保持谦虚谨慎的作风。只要切实改进领导方法和领导作风，就能把文艺界一切积极因素更好地调动起来，为发展社会主义文艺服务。

值此纪念《讲话》发表二十周年之际，让我们更好地学习毛泽东思想，更高地举起毛泽东文艺思想的旗帜，进一步加强文艺界的团结，提高文艺创作的质量，争取社会主义文学艺术的更大繁荣！

1962 年 5 月

附注：本文系为《河北日报》写的社论。

沿着革命化民族化群众化的道路奋勇前进

——祝华北区话剧歌剧观摩演出会开幕

华北区话剧、歌剧观摩演出会昨天在首都隆重开幕了。这是华北地区戏剧战线、文艺战线上的一件大事，也是华北地区人民文化生活中的一件大事。我们向参加这次观摩演出的全体同志，以及华北地区所有的话剧、歌剧工作者，致以热烈的祝贺！

参加这次观摩演出的，有我们华北各省、市、自治区和中国人民解放军北京部队的十六个话剧、歌剧表演团体，他们将演出二十多个多幕剧和独幕剧。同时还有一批又会生产劳动又会从事文艺活动的业余戏剧活动积极分子，也将在观摩会上演出他们创作的小话剧、小歌剧。这次观摩演出的一个最鲜明的特点是，除了一个革命历史题材的话剧以外，都是反映建国十五年来社会主义革命和社会主义建设的现实斗争生活的，而且几乎都是近年来本地区作者的新创作。这是我们华北地区话剧、歌剧工作者和业余作者贯彻执行毛泽东文艺方向的新成果的一次大检阅，也是华北地区各省、市、自治区之间的一次友好的艺术竞赛活动。可以预期，这次观摩演出活动，不仅会对我们华北地区话剧、歌剧艺术的发展和繁荣，起到有力的促进作用，而且会对华北地区的戏剧事业，以至整个文艺事业产生深远的影响。

话剧是戏剧艺术中便于反映现实生活的一个剧种，在我国新文艺的发展史上，它富有光荣的战斗传统。歌剧也是比较便于反映现实生活、长于抒革命之情、抒人民之情，并为广大群众所喜闻乐见的一种艺术形式。以《白毛女》为开端的新歌剧，在我们华北地区，更是有着历久不衰的传统和深厚的群众基础。建国十五年来，作为革命武器的话剧、歌剧艺术，发挥了很大的教育作用和战斗作用。我省的话剧、歌剧工作，无论在创作、导演、表演、音乐、舞台美术以及培养新人等方面，也都积累了一些经验，取得了一定的成绩。但是，社会主义革命和建设的新形势，要求话剧、歌剧艺术更进一步地发扬自己的战斗传统，更充分地发挥迅速反映现实斗争的特点，更好地为社会主义时代的工农兵群众服务。这就要求话剧、歌剧在戏剧革命中起先锋带头作用，随着整个文化战线上社会主义革命的深入开展，进一步地革命化、民族化、群众化。

话剧、歌剧艺术的革命，首先是要求思想内容上的进一步革新。作为时代镜子的舞台，必须真实地反映当代生活中的种种矛盾和斗争，反映社会主义的时代精神。今天，像京剧、芭蕾舞这些一向被认为艺术程式比较凝固、束缚比较多的古老的或外来的剧种，都在内容上进行了革新，使工农兵的英雄人物登上了舞台。富有战斗性、艺术束缚少的话剧、歌剧就应当更前进一步，积极反映当前的火热斗争，努力发掘当代生活中最有现实意义的题材和主题，尖锐地提出并正确地回答千百万人民群众所关心的重大问题。话剧、歌剧艺术不能回避现实生活中尖锐复杂的矛盾斗争，而是要以鲜明的思想观点真实地深刻地反映出生活中最本质的矛盾，通过矛盾冲突，表现伟大的社会主义时代和我们时代人民群众的精神面貌。话剧、歌剧舞台上应当有更多的无产阶级革命英雄、社会主义时代的先进人物作为主人公。只有通过矛盾冲突、塑造出光辉而崇高的当代革命英雄形象，作为广大人民群众学习的榜样，话剧、歌剧艺术才能真正发挥兴无灭资、移风易俗的作用，也才能更好地服务于当前的革命斗争。如果回避生活中的矛盾斗争，陷入"无冲突论"的窠臼，或者把自己束缚在"落后到转变"等等陈旧的艺术框框里，其结果势必削弱乃至取消话剧、歌剧的革命性、战斗性、思想性，就体现不出强烈的时代精神，也就谈不上为工农兵、为社会主义事业服务了。

话剧、歌剧艺术的革命，还要求在表现形式、表演技巧、艺术风格上革新、创造。社会主义的话剧、歌剧必须具有"新鲜活泼的、为中国老百姓所喜闻乐见的中国作风和中国气派"，必须把革命的内容同民族的形式很好地结合起来。为了建设社会主义的民族的话剧、歌剧，需要向我国传统戏曲和民族民间艺术学习，也需要借鉴外国古典的和现代革命的戏剧艺术。但是这种学习和借鉴，应当是按照"古为今用""洋为中用"的原则，经过分析批判，接受对我们有用的东西，并加以改造，使之适合于表现社会主义的生活和斗争。决不能离开我们今天的生活实际，离开剧中的主题、人物，不加批判地生搬硬套中国传统戏曲或外国戏剧中的结构、语言和表现手法。今天，在我们队伍中仍然有人盲目崇拜西洋、迷信古人，对于这种思想倾向，必须给予有力的批评，并认真加以克服。我们既要敢于打破传统的、外国的戏剧体系和艺术程式的束缚，又要善于从中吸收一切有益的东西，以丰富、提高我们的表现手段、艺术技巧，进行新的创造和发展。为了使我们的话剧、歌剧更好地普及到工农兵群众，特别是最广大的农民群众中去，在戏剧结构、语言、表现手法以至舞台美术等方面，还必须沿着民族化、群众化的道路，坚持不懈地进行探索、尝试，使之真正适合广大群众的欣赏习惯，达到社会主义的内容和民族的形式的统一。

话剧、歌剧艺术革命化、民族化、群众化的关键，在于话剧、歌剧工作者本身的革命化、劳动化。没有无产阶级的革命的思想感情，就不可能塑造好我们时代英雄人物、先进人物的光辉形象；没有鲜明的坚定的无产阶级立场、观点，就不可能正确地表现当代生活中的矛盾和斗争；没有工农兵群众斗争的实际体验，不熟悉工农兵群众的思想、感情、语言和欣赏习惯，也就谈不上树立民族风格、民族形式。因此，革命的话剧、歌剧工作者必须按照毛主席的指示，到工农兵群众中去，到火热的斗争中去，参加正在全国农村和城市开展的社会主义教育运动；并且努力用马克思列宁主义、毛泽东思想武装自己的头脑，促进思想的革命化、无产阶级化，使自己真正成为一个既会劳动又会从事文艺活动的革命战士。

华北区这次观摩演出，是我们重新学习和进一步贯彻毛泽东文艺思想和党的文艺路线、方针的大好机会。我省参加这次观摩演出的同志们，以及所有的话剧、歌剧工作者，应当以毛泽东文艺思想为武器，认真检查、总结我省话剧、歌剧战线贯彻执行党的文艺方针的状况；总结话剧、歌剧工作者学习毛主席著作、深入生活、思想革命化、塑造革命英雄形象以及创作、导演、表演、音乐、舞台美术等各方面的经验。通过检查、总结，以进一步明确话剧、歌剧艺术的方向，提高话剧、歌剧创作和演出的质量，促进我省话剧、歌剧事业的进一步发展和繁荣。

这次观摩演出又是一次难得的相互交流经验、相互学习、共同提高的机会。应当看到，我省的话剧、歌剧创作、表演以及队伍的思想革命化和深入生活等方面，比起解放军和先进的兄弟省、市、自治区来，存在着不小的差距。我们一定要虚心向部队和各省、市、自治区的兄弟艺术团体学习，努力把它们的一切先进经验学到手，克服自己的缺点，急起直追，赶上先进的水平。

　　我们相信，坚持革命化、民族化、群众化的道路，话剧、歌剧艺术一定会大放异彩，发挥更大的战斗作用，为工农兵、为社会主义事业更好地服务。

　　预祝观摩演出会成功！

1964 年 3 月

　　附注： 本文系为《河北日报》写的社论。

中国新时期文学概貌

在这春光明媚的日子，我们有机会来访问你们美丽的国家，感到非常愉快和激动。我们是带着中国作家和中国人民对匈牙利作家和人民极其真挚、友好的感情而来的。我们相信，通过这次友好访问，一定能够更好地了解贵国社会主义建设的成就和人民生活的状况，了解贵国当代文学的新收获、新经验和文学同行们的工作、生活。贵国的一切，蓝色的多瑙河，著名的英雄广场、议会大厦、裴多菲塑像，等等，对于我们来说，都是极为新鲜而富有吸引力的。我们深切地希望，在为期两周的访问中，可以学习到更多的东西。

中国与匈牙利两国之间的文化交流已经有很久远的历史。贵国的著名诗人、作家魏勒斯马尔蒂·米哈依、裴多菲·山陀尔、约卡伊·莫尔、米克沙特·卡尔曼、奥第·安德莱、莫里兹·日格蒙德、尤若夫·阿蒂拉等，已为我国许多读者所熟悉。中国诗人、作家的书柜里差不多都摆列着《裴多菲诗选》《约卡伊·莫尔中短篇小说集》《铁石心肠人的儿女》《金人》《莫里兹短篇小说集》《喀尔巴阡山狂想曲》《匈牙利现代小说选》这些优秀的作品。根据文学作品改编的电影《牧鹅少年马季》《圣彼得的伞》《奇婚记》等，更为我国广大观众所喜爱。我们两国之间作家的交往很早也就开始了。我们的著名作家丁玲、诗人冯至早在中华人民共和国成立前后就访问过贵国，并且写下了优美的散文、游记。鲍拉希·拉斯洛及夫人去年秋天应中国作家协会的邀请访问我国，对增进了解和友谊、加强两国之间的文学交流，起到了很好的作用。

我愿借这个机会，向同志们简略地介绍一下我国新时期社会主义文学发展的概貌和它的主要特色。这里所说的"新时期"是指 1978 年 12 月我们党召开十一届三中全会以来，我国进入以实现社会主义四个现代化为目标的新的历史时期。从那时到现在，已经过去六年多了。六年来，我国的社会主义文学有了很大发展，取得了可喜的成绩。这个时期可说是在我国新文学发展史上谱写了壮丽的篇章。

六年来，文学创作出现了前所未有的兴旺景象。作品的数量增长，质量也不断提高。据粗略统计，最近几年，每年在各种报刊上发表的短篇小说和报告文学都在一万篇左右，中篇小说每年约有五六百部，长篇小说大约百部。在为数众多的作品中，有一批引人注目的优秀作品，它们以反映生活的真实深刻和艺术形式、技巧的丰富多姿，博得了广大读者的称赞。几年来，在中国作家协会举办的各种创作评奖中获奖的作品，长篇小说有六部，中篇小说五十五部，诗集十部，短篇新作（包括短篇小说、报告文学、新诗）二百七十五篇（首），少数民族文学作品一百四十篇。就以最近获奖的中篇小说为例，李存葆的《山中，那十九座坟茔》、梁晓声的《今夜有暴风雪》、邓刚的《迷人的海》、陆文夫的《美食家》、阿城的《棋王》等，在思想、艺术上都达到了相当完美的程度，赢得了文学界和广大读者的一致好评。

六年来，文学创作队伍不断发展壮大。老一辈的作家如巴金、丁玲、艾青、欧阳山、沙汀、艾芜、姚雪垠、舒群、魏巍、马烽等，老当益壮，斗志弥坚，创作激情不减当年。年富力强的中年作家，如王蒙、陆文夫、李准、邵燕祥、公刘、柯岩、张贤亮、谌容、张洁、蒋子龙、刘心武、冯骥才等，精力旺盛，创作极其活跃。有才华的青年作家像潮水般地加入文学队伍，如李存葆、邓刚、王安忆、张抗抗、铁凝、乌热尔图、舒婷等，就是其中的佼佼者。中国作家协会总会目前已拥有会员 2525 名，其中 1978 年十一届三中全会以来发展的新会员为 1745 名，占总数的 69%。作家协会在全国各省、自治区、直辖市设有分会，加上各地分会会员，作协会员总数已达一万二千多人。

六年来，各项文学事业也有了新的发展。现在全国各地出版的文学期刊有 200 多种；大型期刊有 44 种，诗歌刊物就有 15 种。中国作家协会主办了《文艺报》《人民文学》《中国》《中国作家》《诗刊》《民族文学》《小说选刊》《新观察》《中国现代文学研究丛刊》等九种刊物；各地分会也都分别办了两三种刊物。在全国发行量最大的文学期刊有：《收获》《十月》《当代》《小说选刊》《小说月报》《青年文学》等。出版文学书籍的出版社全国共有100多家，其中影响较大的出版社有：人民文学出版社、作家出版社、解放军文艺出版社、中国青年出版社、北京出版社、上海文艺出版社、百花文艺出版社、四川人民出版社等。作家协会还办了以培养、提高青年作家为任务的文学讲习所（最近正在改建为鲁迅文学院），几年来共招收学员一百六十八人。不少分会也举办了文学讲习所或讲习班。以培养、提高文学青年为宗旨的文学函授、刊授中心，近一两年突飞猛进地发展。据1984年10月不完全统计，全国就有三十六个函授、刊授中心，它们联系着数以万计的文学青年。作家协会也创办了"人民文学创作函授中心"和"全国青年诗歌刊授学院"。中外合资建筑和经营的中国文学会堂正在积极筹建，这将是一个具有一定规模的中外作家进行文学交流活动的场所，也是现代化的、具有综合性娱乐、生活设施的服务中心。

从以上几个方面的描述中，我们可以清晰地看到，我国新时期社会主义的文学，无论在创作方面、队伍方面还是在事业发展方面，都取得了令人高兴的成绩和进步。这里，我还愿意就新时期文学的主要特色，讲一点粗浅的看法。

第一，新时期的文学恢复和发扬了革命现实主义的优良传统，深深扎根于现实生活的土壤，和人民群众之间的血肉联系大大加强了。

六年多来我国文坛上出现的一些脍炙人口的名篇，如刘心武的《班主任》、蒋子龙的《乔厂长上任记》、谌容的《人到中年》、李存葆的《高山下的花环》、艾青的《归来的歌》以及一些报告文学作品，都是真实地反映了现实的生活斗争，通过鲜明的艺术形象提出并回答了当代人关心的迫切问题，紧扣时代的脉搏，道出了人民的心声。文学与生活，文学与人民的关系，达到了紧密相连、息息相关的程度。

最近几年来，在党的改革经济体制、对内搞活、对外开放的方针政策指引下，我国辽阔的大地上，从农村到城市，从工厂到商店，从学校到科研部门，正在进行着一场深刻的、具有历史意义的变革；这场变革影响到人们的道德、心理、精神面貌和生活方式。新时期的文学敏锐地、生动地揭示了四化建设和改革中复杂的矛盾冲突，塑造了创业者、改革者、建设者有血有肉的艺术形象。张洁的描绘工业战线上改革与反改革斗争的长篇小说《沉重的翅膀》、王润滋的描写如火如荼的农村改革题材的中篇小说《鲁班的子孙》以及高晓声、周克芹、张一弓、何士光等表现农村变革的中、短篇小说，都引起我国广大读者的巨大兴趣和反响。

报告文学作为"文学的轻骑兵"，在及时反映现实生活的重大变化，描绘新事物、新人物上，发挥了强有力的作用。以擅长报告文学著称的作家徐迟、黄宗英、柯岩、理由、陈祖芬等，他们的作品具有动人心魄的力量，在实际生活中产生广泛而深刻的影响。有的报告文学作品，如乔迈的《三门李轶闻》，被当作农村党员的学习教材。

第二，新时期的文学显示了作家勇于探索、勇于创新的精神，在创作题材、主题、人物、形式、体裁、风格的丰富性、多样性上有了长足的进展，百花齐放、自由竞赛的局面日益形成。

随着思想的解放，创作上的禁区一个个被冲破，创作题材范围大大扩大了，"上下几千年，纵横几万里"，天上、人间，古代、现代，现实、幻想，工农兵、知识分子，正面人物、反面人物，喜剧、悲剧……都进入了创作领域。作家的艺术视野开阔了，有了发挥个人才能和创造性的广阔天地。有的作家兼写多种题材，运用多副笔墨。有的作家擅长某一种题材，专门写某一类人物。比如，高晓声、周克芹、张一弓以写农村、农民见长，蒋子龙、陈建功、邓友梅以写工厂和城市生活著称；张抗抗、王安忆、梁晓声善于写青年，张弦善于写妇女，张贤亮则善于写知识分子。还有一些作家以写军事题材、历史题材而驰名于文坛，真是八仙过海，各显其能。

新时期文学的画廊里，出现了许多栩栩如生、光彩照人的典型形象，特别是社会主义新人形象，如乔光朴（《乔厂长上任记》）、陆文婷（《人到中年》）、刘毛妹（《西线轶事》）、梁三喜（《高山下的花环》）等已成为教育、激励广大读者的生动榜样。文学作品中还塑造了许茂、陈奂生、那

五、"美食家"、以及谢惠敏、"马列主义老太太"秦波、崇祯帝等鲜明的、令人难忘的多种多样的人物形象。

很多作家已经形成或正在形成自己独特的艺术风格，这是我国社会主义文学走向成熟的一个标志。探索、追求"新鲜活泼的、为中国老百姓所喜闻乐见的中国作风和中国气派"，并不排斥学习、借鉴近代、现代外国文学的某些表现手法、技巧，包括意识流的描写，象征和抽象手法，王蒙、茹志鹃等作家在这方面作了大胆的探索和尝试，他们的作品受到读者的欢迎和赞赏。

在我国文坛上，已经开始形成一些艺术流派和作家群。如以河北的一部分作家为代表的"荷花淀派"和以山西的一部分作家为代表的"山药蛋派"；还有北京作家群、湖南作家群、陕西作家群、"北大荒"作家群，等等。这是新时期文学发展中的一个新的现象、新的事物，它是符合文学艺术发展规律的。

第三，中青年作家、女作家、少数民族作家大批涌现，异军突起，充分显示出他（她）们的创作才能，是新时期文学发展中一个引人注目的现象。

在作家协会 2525 名会员中，中青年会员有 1229 名，占 49%。正如我们作家协会主席、现代文学巨匠巴金所说的，中青年作家已经成为我国文学界最活跃的因素，希望在他们身上。这几年各项文学创作评选的获奖者，绝大部分都是中青年作家。最近举办的第三届全国优秀中篇小说奖，获奖者二十人全部都是中青年作者，其中有一半以上是三十多岁的年轻人，有的才二十七岁。他们生气勃勃，思想活跃，生活根基深厚，富有创作潜力，前途不可估量。

女作家的崛起，也是当今中国文坛的一大盛事。中国作家协会会员中，女会员约占 9%。正像我国整个文学队伍一样，女作家也是"四世同堂""五代同堂"。在这支队伍中，包括第一代（1919—1927）的谢冰心、陈学昭，第二代（1927—1937）的丁玲、草明，第三代（1937—1949）的韦君宜、菡子，第四代（1949—1966）的杨沫、茹志鹃、刘真、柯岩、宗璞,第五代（1976—现在）的谌容、张洁、王安忆、张抗抗、铁凝、温小钰、叶文玲、陈祖芬、舒婷等。老作家谢冰心不久前怀着欣喜的心情说:"假如这些年轻作家——特别是女作家,出现在二十年代,那我就无论如何,不敢提笔作文了!"女作家的作品,表现了心灵的美、意境的美、语言的美,给新时期文坛带来了一股清新、优美的气息。

我国是一个多民族的国家,有五十五个少数民族。现在除个别少数民族外,大都有了本民族的作家,结束了过去一些民族没有书面文学的历史。在中国作家协会会员中,少数民族作家约占9%。在作协的领导机构——理事会、主席团、书记处里,都有少数民族作家,铁依甫江、李准、玛拉沁夫、李乔、陆地、敖德斯尔、金哲、胡昭、晓雪、乌热尔图、张承志、艾克拜尔·米吉提等,都是拥有广大读者群的少数民族作家。他们的作品,在反映时代精神、发扬民族特色上下了功夫,取得了丰硕的成果。在全国性的文学创作评奖中,获奖者的名单中差不多每次都有少数民族作家,少数民族作家的创作在我国新时期文学中占有重要的地位。

探讨和论述我国新时期文学的特色,需要掌握大量的材料,作深入的研究。我在上面所作的简要介绍,只是提出了一个轮廓或者说是一些线索。总结我国社会主义文学发展的经验,其中很重要的一条正面经验就是必须坚持在为人民服务、为社会主义服务的方向下实行百花齐放、百家争鸣的方针,保证创作自由;而反面的教训就是对文学艺术不要干涉太多,帽子太多,行政命令太多。实践证明,什么时候认真贯彻"双百"方针,尊重文学艺术的基本规律,充分发扬艺术民主,框子少,限制少,鼓励文学的多样性和独创性,就必然会出好作品、好人才。反之,就会束缚文学生产力的发展,窒息了文学创作的生机。面对热气腾腾的社会主义改革热潮,我国广大的作家和文学工作者表示要同心协力,和衷共济,为四化大业,为中华腾飞,创作出更多更好的无愧于我们伟大时代、伟人人民的作品。

我们祖国漫长的历史里,曾经产生过屈原、司马迁、李白、杜甫、关汉卿、曹雪芹、鲁迅、郭沫若、茅盾等文学大师,新的伟大的时代呼唤史诗般的伟大作品和文学巨人的出现。我们要坚持不懈地努力，实现这个伟大的目标。

1985 年 4 月

附注： 本文系 1985 年访问匈牙利时的演讲稿，发表于匈牙利《大世界》杂志 1986 年第 3 期。

不能简单地了解人的生活和感情

近来我常常听到人们对一些作品提出这样的指责和批评："充满着小资产阶级情调"，"宣扬了资产阶级的庸俗趣味"……应当公正地说，其中有些批评是准确地击中了要害的；但同时也反映出一些人不了解生活的真实，或者是片面地了解生活。

在我们的时代，创造性的劳动是人民生活的中心，我们的文学作品应该主要从劳动中来揭示人物的丰富的精神世界。可是，我们也不应当忘记这样的事实：人们除了参加劳动、斗争、社会活动以外，还有必不可少的爱情、友谊、文化生活。但有些人一看到作品中描写了爱情、友谊、生活趣味、自然景色，就不分青红皂白地指责为"小资产阶级感情"。我们可以举出最近在旅大、沈阳引起了轩然大波的批评《一个女报务员的日记》的事件来谈谈：这篇作品是描写一个女青年团员经过思想斗争，服从组织上调动工作，离开自己热恋着的爱人的故事。它虽然不能算是一篇成熟的作品，但作者是企图通过女主人公调动工作和恋爱的思想矛盾，来揭示人物的性格的。然而有些人认为这个矛盾是"虚构的""实际上不存在，至少在新社会里是不应该存在的"，或者说它是"非本质的、落后的、因而也就是即将死亡的现象"。在这样"理直气壮"的理论背后，我们可以看出他们真实的意图：不赞成通过爱情生活来展示人物的内心世界，仿佛一写到爱情就会贬低人物的高贵品质。他们希望作品中的人物只能日以继夜地工作在办公室里和会议席上，永远谈论着工作业务、劳动纪律问题，甚至谈情说爱的内容也绝不越出劳动竞赛、批评与自我批评的范围。很显然地，这是对人的生活的片面的简单化的了解。这种看法妨碍着他们去深刻理解作品中所反映的生活的全部复杂性，以及人的多种多样的感情和内心生活。

在实际生活里，青年男女并不光是用交流先进工作经验去表白爱情，也不光是用思想情况汇报来代替谈情说爱。生活本身就是这样，我们应该按照生活的真实来了解作品，而不该对爱情的描写采取忌讳、回避的态度；否则，"我们就会错过明朗地描画我们的人的心灵的崇高、力量和美丽的机会。"（安东诺夫）当然，我们在任何时候，都并不提倡脱离社会生活孤立地去描写爱情。

又有一些人把爱美、爱自然、爱文化娱乐看作小资产阶级的爱好和趣味，这种论调是奇怪而荒谬的，也是经不起现实生活的驳斥的。比如说，我们描写一个勇敢的海军战士，他热爱海洋，而且常常津津有味地欣赏着海上的优美景色，你能说这是小资产阶级情调吗？或者我们描写一个先进工人，他爱拉手风琴，而且下班后有时也哼着情歌，你能说这是小资产阶级趣味吗？这是断然不能的。要知道，工人阶级是最富有感情、最喜爱文化生活的，而且正在成为很有风趣、很有文化教养的人。同时应当了解工人阶级并不是从一个模型中铸造出来的，由于不同的环境影响、不同的生活经历、不同的文化教养，每个人都具有自己独特的精神面貌和感情状态，以及丰富多样的生活趣味。

在《一个女报务员的日记》中，作者描写女主人公在和她的爱人一起看电影的时候，感到"在这样黑古隆冬的屋子里，你看你的，我看我的，多没意思，散散步有多好。"我觉得，这样描写一个沉浸在热烈的爱恋中的女孩子的心情还是真实的，没有什么不健康的地方。可是有些人却认为这"表现了浓厚的小资产阶级的情调"。在同一作品中，描写女主人公为了表白自己的爱情，把她所知道的"谁和谁在搞恋爱，谁和谁快结婚了"告诉对方。我觉得，一个参加革命工作不久的女青年团员这样试探地表白自己的爱情还是合乎情理的，并没有什么庸俗低级的趣味。可是有些人却把它看得很严重，认为"这是一种多么庸俗的爱情""充满了庸俗趣味的小市民"。我想，之所以会有这种"草木皆兵"的批评，正是由于他们的头脑里充满着一系列主观臆造的公式，这些公式排斥着一切他们没有经历过也不能领会到的思想感情，甚至使他们虚伪地抹煞了一些自己经历过或可能领会到的健康的思想感情，因而就在一些极其平常的事情前面，装腔作势与大惊小怪地叫嚷起来。但是生活本身要比这些人的机械、狭隘的公式丰富、复杂得多，一个公式甚至更多的公式，都是无法解析人类丰富多样的感情世界的。

当然，我们也不应该离开上述作品的主要方面，单纯去欣赏其中所谓少女的初恋心理；《旅大文艺》对这篇作品的介绍恰恰又走上了这一极端，这显然也是不恰当的。

我们还应该懂得即使是一个单纯、粗鲁、直率的人，有时候他的感情也很细致、复杂、微妙，也很懂得温柔体贴，而不会永远是"三枪两刀，直进直出"的。而且人们的精神世界并不是"一目了然"，往往是内在的、隐秘的。C.格拉西莫夫说："伟大的和严肃的爱情能使相爱的人从思想和心灵深处互相信赖，使他们倾吐出最不愿意告诉别人的、最重要的话。"一个有才能的作家是会深刻地揭示出人的内心的这些秘密的。作为一个读者，我们要深入作品主人公的内心生活，去体验他的一切欢乐、喜悦、悲哀和苦痛，从而吸取有价值的营养；而不要急于给作品的每一个人物做出品质鉴定，把他们看成这个主义或那个主义的化身。

我们当然要批判小资产阶级感情。但是也不能把一切不合乎自己的"工人阶级感情"框子的感情，都看作小资产阶级的。我们应当看到：伟大壮丽的现实生活本身就是一首优美的抒情诗，而人类的感情世界好比五光十色的万花筒。片面了解人的生活的人，应该从自己缝制的套子里冲出来，走向广阔丰富的生活和人的感情世界。

1955 年 3 月

一篇有特色的特写

　　近来报刊上出现了大量的以先进生产者的真实事迹为题材的记录性的特写。这种忠实地严格地描写具体的人物、具体的事迹的特写，是特写这个宝库中的一件重要武器；它有它自己特殊的战斗性能。因此我们需要提倡发展这种特写。我认为，闻捷的《布沙热，我要为你唱一支歌》（发表于1956年5月14日《人民日报》），就是这类特写中比较好的一篇。

　　读完闻捷的这篇洋溢着热情的特写，我的心长久地、长久地不能平静下来。它和同类题材的有些特写比较起来，有一个鲜明的特点，那就是它不是枯燥地罗列一堆生活现象，不是停留在平铺直叙地介绍先进人物的事迹上，而是选择了主人公生活历程中几件比较重要的事情，并且通过一些生动的细节和独特的心理状态的刻画而表现出来的。

　　当十六岁的布沙热要离开喀什噶尔家乡进"七一"纺织厂的时候，她面对着妈妈泪花打转的眼眶和怀着殷切期望的叮咛"你要好好学本事啊！织出布来，也好叫妈妈穿一穿"，含着泪笑了。这个富有特征的细节描写，不只是使我们体验到她们母女之间那种很自然、很深沉的惜别的感情，而且使我们感受到她们对劳动的渴望和热爱，对新的生活和美好的未来怀着喜悦和坚定的信心。看了这个母女惜别的场景，刻在我们记忆里的不是哀伤和苦痛，而是希望和力量。

　　当布沙热第一次走进工厂车间，在精致的纺织机器面前，感到惊异和新奇的时候，我们很容易理解这个没有见过世面的农村姑娘的心情。当布沙热因为顾虑不能很快地掌握机器而一连好几个夜晚不能安眠的时候，当她发现了细纱断头，低声地对自己说"布沙热安静一点，安静一点"的时候，我们强烈地感觉到，一个生活在伟大时代的维吾尔族姑娘是怀着多么炽热的生活热情和多么顽强的战斗意志。

当我们听到布沙热对一个年纪比她更轻、因为贪玩而旷工的维吾尔族女工说"我们维吾尔人第一次有了纺织厂，我们在这个厂子里工作，不能毁坏了维吾尔姑娘的名声"的时候，我们看到了布沙热在新的生活的哺育下茁壮地成长起来，我们不能不为她的迅速成长而高兴。她讲这句话的时候，站得是那么高，仿佛是代表一个民族在发言，具有那么崇高的民族自尊心。作者选择了这个情节，用这句话本身所具有的全部力量打动了读者的心坎，使读者从感情上热爱维吾尔民族，深信维吾尔族是一个了不起的民族，维吾尔族的人民是有志气、有才干的人民，这个民族一定会对我们祖国伟大的社会主义建设事业做出更多的杰出的贡献。作者就是通过这样一些动人的、富有特征意义的情节，勾画出了一个原来什么也不懂的姑娘成长为先进生产者的过程。

这篇作品有着浓郁的抒情风格。我们在作者的《吐鲁番情歌》等优美的诗篇里领略过的对劳动的热烈赞美、对兄弟民族的深挚的爱，在这篇特写里又一次地感受到了。作者不是冷淡地记录事实材料，而是充满热情地描述着新的事物。从这篇特写的字里行间可以看出来，作者是真正被他的访问对象所激动了。他对维吾尔族第一批纺织女工的诞生和成长感到喜悦，他敞开了自己的胸怀，热情地诉说着使自己激动的事物，情不自禁地歌唱起来。这种热烈的歌颂，使得这篇特写具有抒情的风格和诗意。

作者在处理材料的方法上、在结构上、在语言上也是不落俗套的。他把他和自己所敬爱的一位将军曾一同参观"七一"棉纺织厂作为特写的开始，就相当巧妙和引人入胜。作品的语言也优美和富有节奏，不是枯燥、生硬的"新闻语言"，我们读起来感到很舒快、很和谐，如同喝着一杯甜蜜清凉的果汁一样。

1956 年 6 月

打开了生活的窗子

——读何为的散文

在我读了何为的一些散文后，有这么一个感觉：仿佛作者给我们打开了生活的窗子，让我们看到了生活中的新鲜事物。作品里所描绘的这些生活，也许都是不足为奇的，但是平常我们并没有从容地思索过这些日常生活里面所包含的意义。像何为在《人民日报》上发表的《第二次考试》（1956 年 12 月 26 日）、《两姊妹》（1956 年 2 月 17 日）、《农学家和广播员》（1957 年 2 月 17 日）等几篇，可以说是日常生活的诗意和作者真挚的感情交织起来的画面，透过这一幅幅小小的却又精致的画面，我们看到了当代普通人新的感情，新的道德风貌，新的相互关系。

《两姊妹》描写了一个久别重逢的动人场面。这是一次偶然的意外的重逢：十多年前，两个姊妹因为抗日战争而离别了。那时姊姊才十九岁，现在妹妹已经十九岁了。今年暑假，姊姊当选为模范教育工作者来到杭州休假，恰恰妹妹也在这个时候调来杭州的师范学院进修。当姊姊去访问母校也就是现在的师范学院的时候，在那巍峨的六和塔附近和妹妹重逢了。两姊妹忽然相逢，那梦幻似的情景，那困惑的表情，那欣喜的情绪，怎么能不扣人心弦呢！当我看到她们噙着泪水紧紧地拥抱在一起的时候，我的心里顿时充满了温暖的幸福的感情，就像自己碰见了阔别多年的亲人或朋友一样。

两姊妹面迎着静静的钱塘江，轻声地倾吐着别后的表情，那是特别富有意味的。两个在城市里长大的姊妹不约而同地当了乡村女教师。这看来又是一个偶然的巧合，但岂不是也反映了她们对教师这个职业怀着深刻的执着的感情么？她们虽然同样经历了两个时代，各自走过的道路却不定完全相同。看来，姊姊走过了一条崎岖不平的道路。她的感情和劳动人民有了深刻的联系，现在变得比较沉着、成熟了。她虽然还没有什么了不起的功勋，可是"模范教育工作者"这个光荣的称号正是对她日常刻苦劳动的奖赏，是她全心全意为人民服务的标志。妹妹走过的道路也许平坦一些，她是新一代的知识青年。当我们听到她对姊姊诉说着教师的甘苦、自己的愿望，虽然感到她显得年青、稚气一些，幻想多了一些，可是她有那么炽热的生活热情，谁敢说她不会赶上自己的姊姊呢？

所以，这篇短短的散文，就不只是使我们看到了一个富有人情味的重逢场面，而且让我们通过两姊妹的谈吐，听到了时代前进的脚步声。两姊妹那种喜悦的幸福的感情，那种甜蜜的和谐的调子，正是我们时代生活的一支插曲。

如果说《两姊妹》是描写一个久别重逢的场面，没有什么故事情节，那么《第二次考试》却可以说是描写了一个动人的故事，虽然它的情节十分简单。当我初次读完这篇散文后，就清晰地记住了这个朴素而又优美的故事，从部队文工团转业到工厂的女青年团员陈伊玲，参加了合唱训练班的入学考试，初试的成绩十分优异，博得了著名的声乐专家苏林教授的赞许。可是复试的成绩却令人大失所望，使得苏林教授也困惑不解了。后来的心底的话："我几乎犯了一个错误！"我以为，那条红线，那张纸条，那心底话，正显示出苏林教授对事业和生活的根本态度：他不容许从自己手里埋没了任何一个道德高尚而又有天才的人。

正是这些东西：人的质朴的、优美的品质，他们的心灵的美，构成了作品的诗意，使我们读后沉醉在一种诗意的享受里。我想，正是这种沁人心脾的美感和道德感，使得《第二次考试》成为一篇好散文。

1957 年 4 月

叙事诗中一朵花

——读邢野的《大山传》

读罢邢野同志的长篇叙事诗《大山传》(发表于《蜜蜂》文学半月刊1959 年 13 号至 18 号),仿佛经受了一次战斗的洗礼,心里充满了坚实、激昂的感情。诗里发出的那战斗的号角,那响亮的歌声撼人心魄,使我们感奋起来,使我们斗志昂扬。

长诗在我们面前展开了巨幅的战火纷飞、英勇抗敌的历史图画。它通过表现王大山这个普通战士的经历、命运及其活动,相当真实而完整地揭示了当年屹立在祖国北方的抗战堡垒——晋察冀根据地的斗争生活。

诗篇主要是从军事斗争中来展开情节和塑造人物的。邢野同志用粗犷有力的笔触,给我们描绘出一幕幕游击战争的紧张情景:当敌人里三层、外三层地把八路军紧紧围困、看来是死路一条的时候,指挥员使出了"分散突围"这绝妙的一招就使敌人傻了眼;当敌人展开"扫荡"的时候,八路军把他们引入深沟峻岭,使他们如临深渊、如履薄冰;在伸手不见五指的夜行军中,八路军突然发现敌人就在眼前,马上把排尾变成排头,风掣电闪般地插入左面山沟……借着这些神出鬼没的传奇式的战斗描写,生动地表现了游击战争的特点和它的巨大威力,反映了敌我形势的变化。同时,长诗中的人物通过这些战斗的考验,他们的形象也就活跃在纸上。

长诗作者并没有把自己的手足束缚起来,孤立地去写军事斗争,而是从更广阔的幅度上来反映抗战年代的斗争风貌。从诗篇中我们可以看到根据地人民的活动,人民同八路军的血肉联系,也可以看到热火朝天的军民大生产运动的情景。诗篇描绘的虽然是抗日战场的一角,可是我们透过这一角却可以看到抗日年代边区斗争的全貌。这是因为作者切取了历史风暴的一个横断面,从各个方面、各个角度观察、解剖、表现了它。所谓"从一粒砂看世界",也正是这个道理。在我看来,比较广泛地概括了边区宽阔的生活斗争，是这首长诗的一个特色。也许可以说，《大山传》是边区斗争生活的缩影。

诗篇展开如此广阔的生活情景，当然并不是邢野同志要炫耀自己的生活知识，也不是一种点缀或装饰，它是为表现巨大的主题思想，塑造人物性格服务的。我们可以看出，整个长诗有一条红线贯穿到底，那就是同人民群众保持血肉联系的八路军是不可战胜的。这是《大山传》的鲜明的、有意义的主题思想。作者紧紧把握住这点，从各个方面的生活斗争中去表现八路军和人民群众的关系；表现八路军生根于人民群众之中，并同人民群众打成一片；表现人民群众把八路军看成是自己的军队，并不惜用自己的鲜血和生命来支援、掩护八路军。作者用炽热的感情讴歌了军民之间的伟大的深沉的爱，令人信服地反映出八路军越战越强、日本侵略者节节败退的历史进程。

邢野同志在长诗中比较成功地塑造出王大山这么一个忠诚、坚定、勇敢、无畏的英雄形象。王大山那贫苦的出身，那苦难的童年，以及他走过来的道路，反映了千千万万革命战士共同的遭遇和命运。他那松树般坚定的性格，也正概括了许多革命战士优美的性格特征。

在"序歌"中，作者描绘了大山投奔八路军的生动情景。当团长见他还没有步枪高，说是要再长大些才能当兵的时候，他的回答是："穷人的八路军，为啥穷人你不要？"这句话充满了多么天真的稚气，又蕴藏着多么朴素的阶级意识！是的，曾经被财主崽子讥笑为"落生在那石头缝"的大山，被财主逼得拿起两块竹板一口锅，流离颠沛、无家可归的大山，他把自己的命运同八路军、同革命紧紧联结到一起，那不是很自然的吗！他那天不怕地不怕、头可断血可流、异常勇敢顽强的英雄性格，正是由于他的这种独特的身世、独特的经历和革命烈火的锤炼所形成的。

从诗中可以看出，作者是用满腔的热情来歌颂大山这个在战斗中成长起来的英雄人物的。作者让大山的性格在尖锐、严酷的斗争中得到考验，从而使这个人物性格愈来愈强烈地闪耀英雄主义的光芒。大山在敌人偷袭的紧急关头，拉响了三颗手榴弹，自己胸前中了弹，仍奋勇地杀到敌阵中去；他忍受着枪伤的剧痛，救起被敌人逼得跳下河的彩霞；一次战斗刚打响，四个战友倒下了，他一人坚守清风岭，直到闭上眼睛仍然在作战，终于赢得了时间；他忍着饥饿开荒生产，即使晕倒了，也不愿吃老百姓送他的一块窝窝头……随着这些情节的展开，人物性格也就逐渐地成长、发展了。由于作者抓住了现实生活中典型的本质的东西，运用浪漫的手法，大胆地加以渲染，即使读者感到某些英雄行为带有神奇的色彩，但是仍然被这个艺术形象所感染所说服。如果大山这个人物性格不是生根于现实的土壤里，那就不会具有这样的艺术的说服力。

大山这个人物的成长，在诗篇里也得到了比较完美的表现。从他由于过分疲倦打了盹而招致敌人的偷袭到他能够迅速、准确地判断敌情，我们看到了他警惕性的提高。从他想一辈子当小兵到挑起班长的担子，我们看到了他责任感的加强。从他捉住俘虏想杀而又没有杀的行动里，我们看出阶级仇恨在他身上升华了，党的声音、党的政策使他成为一个具有高度纪律性的战士。从他起初单盼胜利回家乡，到抗战胜利他自觉地投入解放战争的行列，向彩霞说出"打开这重天，咱俩要分担""都说边区好，还要红遍天"的壮言豪语，我们看到他的精神境界更加宽阔了，他的理想更加崇高、更加远大了。如果说他原来"爬岭如飞鹰"，那么，经过党的长期抚养和战斗的千锤百炼，他终于真正成为在政治上、思想上高瞻远瞩的雄鹰。

看来，长诗作者把自己的经历和理想也熔铸到大山这个形象中去了。从诗篇所塑造出的大山性格来看，也确实比实际生活中的普通战士更美、更高、更理想。邢野同志在一篇《创作杂记》（《红旗手》1959 年 7 月号）中曾经这么说："艺术作品，写得像人们看见的那样，就没有味道，写得像人们想见的那样才有了魔力。"我想，这也许是作者通过《大山传》的创作实践的一点心得吧。

长诗中另一个主人公是彩霞。她那野性、开朗、直率的性格，也给我们留下了清晰的印象。她和大山是"一对苦瓜蛋"，"一个蔓上长"，从小在一起，像亲兄妹一般。大山参军后，她也在后方英勇地参加对敌斗争。在共同的斗争中，他们之间的爱情生根、开花了。作者热情洋溢地歌颂了他们那用鲜血、生命凝结起来的难分难解的爱情——无产阶级的革命情谊，并通过这两个人物之间的联系，揭示了人民军队和人民群众的血肉相连、生死与共的关系。

彩霞一出场，就以她那宁死不受辱的崇高品质而扣人心弦，她给八路军送完面汤，被敌人发现了，在敌人的追赶下，英勇地跳下胭脂河。这个行动揭示了一个年轻姑娘的纯洁美丽的心灵，它博得了读者深刻的同情和由衷的赞美。后来，大山负伤躺在彩霞炕上，敌人闯进屋里来搜查。为了掩护大山，彩霞剪了发辫，装作大山的妻子。她理直气壮地回答敌人的盘问，把敌人驳得哑口无言：

　　　　你们要放就放，你们要绑就绑，
　　　　咱俩活在一起，咱俩死在一起！

作者从这面对面的激烈斗争中，进一步表现了彩霞的机智、果敢。我们看到了小彩霞比那貌似顽强的敌人不知要高大多少倍！

令人遗憾的是彩霞的性格后来没有得到充分的揭示。在大山害病"坚壁"到李庄之后，本来作者可以安排情节让彩霞的性格得到更多的考验。可是，这时候，诗篇中的情节松散了，彩霞和大山的关系就不那么引人入胜了。在"夜话"一章中，虽然作者也曾暗示彩霞在村里参加对敌斗争，表现了她对消灭敌人的强烈愿望，但是由于没有具体的具有特征的细节描写，这个人物的性格就不能更鲜明地勾勒出来。在大生产运动中，作者也没有注意通过具体行动来刻画彩霞这个人物。在"山歌"章中，她和大山的对唱也只是揭示了生产运动的重要意义罢了，并不能让读者对她的性格有更深刻的了解。

看来，彩霞这个人物的性格后来是淹没在大堆的生活现象里了。作者似乎没有能够把那些生活素材更好地加以提炼，构成生动的情节，特别是缺乏必要的生活细节描写，因此彩霞的形象不够丰满，还没有达到个性化的要求。因为大山和彩霞的关系是《大山传》的一条主线，彩霞的形象弱了，她和斗争游离了，处在一个可有可无的地位，自然也就不能不削弱整个作品的主题意义和艺术感染力。

长诗中还刻画了团长、老班长、大婶子、李大伯等人物形象。在我看来，尽管作者用的笔墨不多，可是大婶子的形象却是最鲜明的，令人难忘的。当敌人追赶她的独生女儿彩霞的时候，她站在山岗之上，呼唤彩霞"快跳河""往下沉"；当敌人的三颗子弹都打中了她的时候，也打不断那"快往下沉！""女儿下沉""要往下沉！"的声音。这声音充满了对敌人的刻骨铭心的仇恨，这声音表达了中华民族坚贞不屈的气节。在最重要的时刻，母女之间的亲密感情迸发出特别美丽的火花，这是真正的母爱。我们站在这尊英雄母亲的铜像前面，怎么能不肃然起敬呢！

李大伯的形象也是真实可亲的。他宁可自己不吃，也要把一块窝窝头给大山吃；当战士们没有烟抽，卷上一支烟画了圈圈一人只准抽一口的时候，他把自己存了一年的烟叶送给了战士。从他身上，我们看到了一个有觉悟的农民的真挚、无私、热爱子弟兵的性格。

在我看来，团长的形象还不是有血有肉的。作者特意安排了几个情节，表现团长掌握毛主席的军事思想，巧妙指挥游击战争的军事才能，表现他的机警、沉着、大胆。但是，作者的笔触始终没有深入到这个比较成熟的指挥员的精神世界里去，没有抓住他的性格特征。因此，尽管作者刻画了他在好几个重要关头发号施令而赢得胜利，但是他的面目只是让我们感到"似曾相识"。他的声音、他的笑貌，都缺乏一种具有独特个性的真实感。

长诗《大山传》的作者在形式方面也作了一种新的探索，新的尝试。它采用了传统民歌形式中的说唱体，并在运用民歌形式的基础上，从新民歌、外国诗歌中吸取了新的表现方法，新的语言，新的格律。

看来，用这种形式来写叙事诗，是更容易为群众所接受的。拿《大山传》来说，连序歌、尾歌在内，一共有二十章，大约六千多行。这样大的结构，这样长的篇幅，有时确实需要作者以说书人的身份插话或倒叙，使得整个长诗前后呼应，脉络清楚，这样才能使群众听得懂或者流畅地念下去。

作者在运用民歌形式上比较灵活，力求形式与内容相适应，而不让某种固定的诗体和格律来束缚内容。因此通篇长诗自始至终在句法、节奏、韵律上的变化是比较大的。一般说来，《大山传》里的句子都比较短，三五七言和四六八言并行；每个诗行的顿数大体上是三顿较多。这样，就使得长诗具有简洁、精练、明朗的特色。

在"大生产""山歌"这两章中，为了更好地表达开荒生产的热烈情绪和集体劳动的节奏，作者采用了歌谣体。而在"暴风雨"一章中，为了充分地反映群众对敌人的愤怒和仇恨，加强敌我斗争的气氛，作者禁不住要放声歌唱，用激昂的语言鼓动情绪，这时就可以明显地看到作者更多地接受了外国优秀诗歌的影响。根据内容的要求而变换形式，这在《大山传》里是比较自然的。

也是在前面提到的那篇《创作杂记》中，邢野同志这样写道："艺术语言，要有分量和声响，还要有色彩和水分。"虽然《大山传》的语言还没有完全达到这个高度，但是它确实已经具有质朴、平易、简练、清脆的特色。可以看出，作者十分注意运用群众的语言来写作，没有知识分子的那种洋腔洋调，群众是能够看懂、听懂的。还可以看出，作者从当代新民歌中吸取了丰富的养料，比如描写军民大生产运动的某些章节，其中有一些新鲜的语言、新鲜的比喻就是学习新民歌的收获。

语言是表现思想感情的。《大山传》的作者具有鲜明的思想，纯真的感情，用一种高昂的明快的调子来叙事和抒情，有时在诗篇里就跳跃出壮丽的闪闪发光的警句。请听：

在党的面前，
愿作个面团子，
在真理面前，
愿作个马驹子。

前有车，后有辙，
连里小鬼看着我，
艰苦只能踩过去，
艰苦不准谁夸耀。

这好像一粒粒晶莹的珍珠，里面包含着珍贵的思想，又带着鲜明的感情色彩，是耐人咀嚼的。有时，作者那种强烈的爱憎分明的感情甚至使长诗的某些篇页带上一种浓烈的政治色彩：

> 资产阶级眼里，
> 咱们都不如人，
> 我看资产阶级，
> 不如一堆狗粪。
> 明明这是艳阳天，
> 他们说是沙漠上！
> 谁敢动动咱的党，
> 我就跟他算死账！

不用讳言，这篇长诗在形式、结构、语言方面也还存在一些明显的缺点。作者在运用传统的民歌形式上变化比较大，但是有的地方还给人以一种不和谐的感觉。依我看，"山歌"中大山与彩霞以及战士们的对唱和"奇怪的战斗"一章，似乎对刻画人物的性格没有太大的帮助，是可以压缩的。另外也还有一些章节令人感到沉闷、冗长。看来，去掉一些不必要的枝节，将会使这篇长诗更完整、更精练些。

总的说来，在当前长篇叙事诗百花争艳的园地里，《大山传》称得起为一朵别具风格的鲜花。我拉杂地写了这一些，只是想对《大山传》在思想上艺术上已经达到和没有达到的，提出一点粗浅的看法罢了。

1959 年 9 月

各族人民心中的诗

——向读者推荐《颂歌》

把天下的树变成笔，

把天下的河变成墨；

即使天下的人都会写，

也写不完共产党毛主席的好处。

这是维吾尔族农民歌手唱的歌。这支歌非常真实而鲜明地表达了一种典型的感情，可以说是我国各族人民共同的语言。今年七月一日，是中国共产党诞生的三十九周年。三十九年来，我们的党在毛泽东同志的伟大旗帜下，走过了一条漫长、曲折而光荣的斗争道路，引导中国人民由一个胜利进到又一个胜利，如今正处于建设社会主义的新时代。从我们的党诞生的时候起，共产党、毛主席的恩情，一直是亿万人民心中的诗，是一支永远唱不完的歌。各个革命历史时期，特别是中华人民共和国成立以后的十年，各族人民创作了难以数计的歌颂共产党、歌颂毛主席的歌谣。许久以来，人们期待着民间文学工作者和出版界把这些最动听的歌编选、辑印出来。去年年底问世的《颂歌》（中国科学院文学研究所民间文学组主编、中国青年出版社出版），比较完美地满足了人们的这个愿望。

读了《颂歌》这本集子，我们会看到它有这样几个鲜明的特色：第一，三百多首颂歌就像是一颗颗透明晶亮、五颜六色的珠子，都穿在歌颂党、歌唱毛主席这条红线上。这本《颂歌》思想鲜明、色彩瑰丽，就像红线穿珍珠那么光彩夺目。第二，汉族以外各少数民族的颂歌在这本集子里占了将近一半的篇幅，十分有力地表达了各族人民的心声。把几十个兄弟民族的颂歌合在一起，仿佛是按照同样的乐谱唱出的一曲响彻云霄的全民大合唱，就像这本集子的卷头诗所说的：万人唱歌一个音，人人歌唱共产党。第三，选辑了一小部分从井冈山时代到开国以前歌颂党和毛主席的歌。这些歌像历史的传声带，让人们清晰地听到了革命车轮隆隆前进的声音，听到了中国人民在不同的年代里用多么真挚的声音来歌唱自己的救星、恩人，而且令人强烈地感觉到这声音越来越强大和响亮。

对共产党、毛主席的无限热爱和忠诚，是渗透在这本《颂歌》里最基本的思想情感。由于人们的生活经历不同，风俗习惯不同，因此他们在颂歌里也就运用了丰富多彩的比喻和迥然不同的表现情感的方式。很多颂歌中把党和毛主席比作"太阳""恩人""救星""父亲"，这是我们所熟悉的；另外我们还能看到"北斗星""照明灯""指南针""开门的钥匙"这样一些富有色彩的比喻。而把毛主席比作"巴桑树""'多巴经'里面的竹"，这对我们来说，就极其新鲜了。在一部分颂歌里，人们把对党和毛主席的感激化为庄严的语言，化为果敢的行动；而在另外一些颂歌里，这种感激之情又通过深情的祝福、虔诚的祈祷或敬酒、献礼表现出来。尽管这些比喻和表达感情的方式各不相同，但是有一点却是共同的，那就是各族人民都想从自己的知识宝库和语言矿藏里找寻出最崇高、最美丽、最圣洁的词汇、比喻、形象来歌颂党和毛主席。他们真正是"用尽气力，采了一千吨的字矿，只为了一个字"（马雅柯夫斯基诗）。请看藏族歌手怎样独具匠心地歌颂共产党：

> 马里头最好的是"西宁"，
> 树里头最好的是"檀香"，
> 宝石里最好的是"松耳"，
> 人里头最好的是共产党。

各族劳动人民之所以会怀着那么热烈、那么深沉的情感来讴歌党和毛主席，正是因为他们从切身的经验中掌握了一条万古长青的真理：有了共产党、毛主席，才有自由、光明和幸福。在党和毛主席的领导下，劳动人民已经挣断了几千年来套在自己脖子上的锁链，消灭了人剥削人的制度，牢牢地掌握了自己的命运。一首拉祜族民歌里所说的那种"有话躲着说，有歌躲着唱，白天不敢见太阳，晚上不敢见月亮"的日子一去不复返。共产党、毛主席好比灿烂的太阳，光芒万丈，照到最偏僻的地方，照到人民的心上。山东的一首民歌说得好：

> 暴雨只能落一方，
> 春雷也难天下响。
> 自从出了共产党，
> 阴山背后见太阳。

难道这是奇幻的神话么？不，这是千真万确的现实。在辽阔的祖国大地上，一切原始的、落后的、野蛮的制度已经或者将要送进历史博物馆；先前最黑暗的角落，现在已充满了社会主义的阳光。共产党根本改变了祖国的历史命运，为人民开辟了一条通向共产主义的康庄大道。人们又怎么能不歌共产党之功，颂共产党之德呢！

在这本《颂歌》里，各族的歌手们又以巨大的热情表现了劳动人民移山填海、征服自然的革命英雄气概和冲天干劲，歌颂了党和毛主席领导人民建设新生活的雄才大略和丰功伟绩。陕西的一首颂歌说："中国有了共产党，老马脱毛变成龙"；四川的一首颂歌说："如今有了共产党，山水石头都听话"。通过这些闪闪发光的诗句，我们看到了祖国像一条巨龙似的在建设社会主义的道路上飞奔，祖国一穷二白的面貌正在急遽地改变。这一切有力地证实了毛主席在全国胜利前夕的预言："我们不但善于破坏一个旧世界，我们还将善于建设一个新世界。"我们的党和毛主席永远站在社会主义建设的最前列，不断地启发、鼓舞人民群众创造新生活的热情和主动性，及时地把人民群众的积极性和首创精神引导到正确的方向。你看下面这首民歌多么鲜明地表现了毛主席使千百万社会主义建设者真正成为埋没千年的金银铜铁的知音："跃进山歌响四方，深山老岭冒金光，金银铜铁揉眼笑，毛主席打开百宝箱。"

今天，六亿五千万中国人民意气风发，精神振奋，在社会主义阳光大道上迅跑，奔向美好的人间天堂——共产主义。"要问天堂怎么上？跟着毛主席跟着党!"这就是他们已经作出的确定不移的结论。

人民群众紧紧团结在党和毛主席的周围,永远跟着党和毛主席走,而党和毛主席把人民群众当作唯一的依靠,永远同人民群众保持密切的联系。党和毛主席同人民群众的这种血肉相连、水乳交融的关系,就像一些颂歌里所说的,是"根连根""心连心""指甲儿连肉(着)哩"。回族的一首民歌说:"共产党的好主张,扎根在人民的心上";傈僳族的一首民歌这样说:"最坚固的核桃树也会生枝分杈,我们和毛主席永远在一块儿。"这些出自肺腑的诗句多么鲜明地表现出党和毛主席最了解人民的心思、情感和愿望,又多么深刻地揭示出党的利益和人民的利益的完全一致。

我们的革命和建设都是亿万人民群众自觉的事业。人民群众懂得一条革命的真理:一切旧的枷锁都要依靠自己的双手去打碎;幸福的生活要依靠自己的双手去创造。世界上从来没有什么救世主,全靠人民群众自己解放自己。共产党在革命和建设中是起带路人和先锋队的作用。三十九年来,我们的党制定了民主革命的总路线、社会主义革命的总路线和社会主义建设的总路线,给人民群众指出了明确的斗争方向,把人民群众组织起来,引导人民群众去夺取革命和建设的胜利,去争取解放和幸福。很多颂歌既表现了共产党对于人民群众的这种领导作用,也表现了人民群众作为历史的真正创造者的自觉性和首创精神。我特别喜爱一首题为《好不过毛泽东时代》的青海民歌中的两句诗:

> 幸福的大路共产党开,
> 青松翠柏我们来栽。

这两句诗不但很有艺术概括力地表现了党和人民群众在革命和建设事业中的正确关系,而且以生动的形象表现了劳动人民改造世界,建设新生活的无限热情和创造力。

中国共产党是我国工人阶级的先锋队,而毛主席是我国工人阶级的最杰出的代表,是我国各族人民伟大的、久经考验的领袖。因此,各族人民在自己的颂歌里总是把毛泽东的名字同共产党紧紧地联结在一起;他们歌颂毛主席，也就是歌颂共产党。而且在更多的场合，他们习惯通过歌颂毛主席来表达对共产党的深厚感情。这样，各族人民共同塑造的毛主席的崇高形象，在《颂歌》这本集子里就成了最有光彩、最为动人的篇页。

各族人民在颂歌里从不同的方面、不同的角度表现了毛主席的声音笑貌，表现了他的忠心耿耿的品质、坚定乐观的性格和质朴、平易的作风。彝族的歌说"毛主席的胸怀比海洋阔"；藏族的歌说毛主席"慧力像太阳一样光明""心灵像如意的宝珠"；青海的歌说"毛主席比我的娘老子好"；毛南族的歌说毛主席"在北京讲话我们都听见"；回族人民歌唱"擎天一柱的毛泽东"；内蒙古人民歌唱"改山换海的毛泽东"。我们把这些歌颂毛主席的歌合在一起，不是就能鲜明地看到一个光辉的巨人形象么！不是就能深刻地察觉出伟大领袖的性格和气魄么！民歌中毛主席的形象往往是借着想象表现出来的。劳动人民的这种想象并不是空中楼阁，而是以他们自己切身的感受和体验为基础的。每个人都从自己的遭遇里体会到毛主席给他们带来的好处，也从党的路线、政策、干部作风中逐渐把握了、熟悉了毛主席的品格。因此，尽管他们之中的很多人根本没有见过毛主席，但还是能够以自己丰富的生活斗争经验为基础，运用想象、比喻和象征，生动地表现出毛主席的形象。劳动人民笔下的毛主席形象，渗透着他们自己的真情实感，饱含着他们自己的血肉。他们把自己一切最美好的思想、情感都倾注进毛主席的形象里。这样，毛主席的形象就既富有概括力而又十分真实可亲。请听《唱毛主席》这首民歌中的两节：

> 三条大路中间走，
> 毛主席和咱们手拉手。
>
> 莲花生在水里头，
> 毛主席活在咱心里头。

这不是极其鲜明地表现了毛主席质朴谦逊、平易近人的作风吗！毛主席密切联系群众，同人民群众平等相处，甘当群众的小学生的精神，在另一首民歌里也很有艺术魅力地表现出来了：

> 阳春三月好风光，
> 四川出现双太阳。
> 青山起舞河欢笑，
> 人民领袖到农庄。

这是一幅多么动人的图画啊！人民群众会见自己的领袖后那种欢乐、激动的情感跃然纸上。天上的太阳和人间的太阳万道金光齐射，使人民群众感到无比的温暖。领袖对群众的关怀和教导，使他们受到极大的鼓舞。这一切都给我们以强烈的艺术感染，使我们浸沉在心旷神怡的享受里。

颂歌里出色地表现了毛主席忠心耿耿为民族、为阶级、为党而工作的高贵品质，以及他那不避艰险、排除万难的坚强性格和气魄。从"夜半起来看星星，星星还在半空中，望着星星我又想，毛主席还在动脑筋"这几句诗里，我们看到了毛主席的一颗为人民服务的赤心。从"毛主席来过五指山，古树野藤把路拦，亲手劈开一条路，山南地北连一片"这几句诗里，我们看到了毛主席斩荆披棘、勇往直前、为人民开辟前进道路的磅礴气概。再听陕西民间歌手王老九唱的下面这首歌：

> 这个社好比灵芝草，
> 出土露面苗苗小；
> 毛主席担水及时浇，
> 一夜长得比山高。

作者把河北省安平县南王庄村三户贫农办的农业合作社比作灵芝草，这个比喻是鲜明、准确的，它使你强烈地感觉到这个很小的合作社需要扶持，正像刚出土的瑞草需要阳光的照耀、雨露的滋润一样。接着，毛主席以一个普通劳动者的姿态出现在你的面前，他老人家亲自担水浇灌幼苗，幼苗得到及时雨，"一夜长得比山高"。作者就是这样有力地反映出合作社这个新生事物经过艰难曲折，终于迅速地成长和发展的历史进程。这么短短的几句诗，塑造了一个热情扶持、捍卫新事物的伟大战士形象；突出地表现了无产阶级领袖高瞻远瞩、身体力行的宝贵品质。

在歌颂共产党、毛主席的民歌里，各族劳动人民的歌声也塑造了他们自己的形象。颂歌中抒情的主人公就是劳动人民自己。他们在颂歌里不是站在一旁唱赞歌，而是作为革命事业的主人，作为新世界、新时代的主人来评价生活，鲜明地表达他们对党和毛主席的不朽功勋的崇高评价，直接抒发他们对党和毛主席的深厚感情。这样，他们也就揭示出自己的内心世界，把自己的理想、愿望、性格、情感和道德品质坦露在读者面前，让读者看到了他们——劳动人民自己的形象。各族歌手在颂歌中抒的情，是抒人民之情，抒阶级之情，抒民族之情。他们的歌唱传达了人民的、阶级的、民族的伟大心声。你听，"要想永世不受穷，紧紧跟着毛泽东"，这不是道出了人民群众共同的思想、意愿么！"天上的太阳暖身上；北京的太阳暖心房"，这不是概括出人民群众共同的情感和体验么！前面引用过的"幸福的大路共产党开，青松翠柏我们来栽"，不是鲜明地表现了工人阶级和劳动人民的性格和气魄么！正因为歌手们集中提炼了广大人民群众的思想、感情、因此他们自己的形象往往是以劳动人民集体的形象出现在读者面前。每个读者都会从歌手自己的形象里看到自己的血肉，听到自己的心声，从而感奋起来，行动起来。我以为，《颂歌》深刻的思想教育意义和强烈的艺术感染力量也表现在这里。

我们的时代是一个唱赞歌的时代。让我们用更加鲜丽的色彩、更加强大的音响来歌颂光明，歌颂幸福，歌颂共产党，歌颂毛主席！

1960 年 5 月

在人民中间生根开花

——读《穆书记的故事》

今天，同五亿多农民兄弟并肩奋战在农业第一线上的，不仅有千百万生龙活虎般的"新兵"，而且有大批久经锻炼、富有经验的"老将"。《文艺哨兵》1961年1月号登载的《穆书记的故事》，就可以说是农业战线上老将的真实画像。

现在，千军万马在农业战线上发动了强大的进攻，与天争粮，与地争粮，斗争锋芒直指"一穷二白"两座大山。这个进攻有着极其重要的战略意义，它不但可以加快社会主义建设的速度，同时也将为建设社会主义新农村开拓出更为宽阔的道路。要夺取这场伟大斗争的胜利，需要成千上万个敢于向自然进军、向困难进军的勇士和闯将。唐县业余作者弓人在《穆书记的故事》这篇作品里，给我们勾勒出了一个敢于冲锋陷阵、善于联系群众的县委书记的肖像。尽管这篇作品只描绘了穆书记的几个生活片断，但是由于作者善于抓取现实斗争中富有时代色彩的事物，和人物性格中革命的、进攻的特征，因而我们不难从中感触到农业战线上浩大的革命声势和劳动人民磅礴的英雄气概。

作品一开头就有别开生面、出奇制胜之妙。作者以记者的身份去访问深入第一线的穆书记，正在渡口为没有客船而发愁的当儿，忽然出来一个撑船的热情相助。这人完全是庄稼汉模样和打扮：头戴宽檐旧草帽，脚蹬硬帮山岗儿鞋，腿肚青筋凸出，肤色有如紫铜；划起船来又猛又快，他的伙伴紧追也追不上。读到这里，我们同记者一样，打心眼里敬佩这位撑船的，却压根儿也没料到他就是县委穆书记。妙就妙在这里：作品借着这么一个出人意料而又合乎真实的情节，突出地表现了穆书记的劳动人民本色；一个勤劳、纯朴、热情的党员干部形象，就深深地揳入读者的心坎。

穆书记在劳动、斗争中，既是指挥员又是战斗员，既是领导者又是普通劳动者。共产党员的特殊性格和劳动人民的优良品德，在他身上浑然一体。他在农民群众中间，没有一点架子，没有半点特殊，是一个朴朴素素、自自然然的共产党员，也是一个勤勤恳恳、踏踏实实的劳动能手。当我们看到穆书记汗流浃背，领着社员锄地，总是一马领先的镜头，不由得啧啧称赞他在劳动上是个好把式，而且由此触摸到了他那埋头实干、刻苦耐劳的性格。当我们看到穆书记带头跳进激流，用身子堵挡决口洪水的情景，又不由得大声赞美他那当机立断、身先士卒的精神。本来，在一个无产阶级革命战士看来，劳动就是生活第一需要，斗争就是幸福。不倦地从事劳动和斗争，会使一个人的心灵变得更加美丽，更加崇高。在这篇特写里，穆书记的形象正是从英勇的劳动和艰苦的斗争中大刀阔斧地砍削出来的。这是一个结实、粗犷而健美的形象，它会激起人们热爱劳动的情感，点燃着人们为理想而斗争的火焰。对于广大农村干部和支援农业第一线的同志来说，这篇作品有着更为深刻的现实教育意义；他们可以从穆书记这个具体形象里，得到不少教益和启示，从而更加热爱农村，更加热爱农业劳动，为大办农业、大办粮食，建设美好幸福的农村做出更大的贡献。

　　作者在这篇特写里，似乎过分渲染了主人公废寝忘食、不眠不休的苦干精神，对人物性格的刻画还不是很深刻、很丰满，但是穆书记的精神面貌还是相当清晰地勾勒出来了。穆书记是个朴实无华的人，他的谈吐、行动以及内心活动，也都是朴朴素素、实实在在的。特写的作者弓人，善于从主人公朴实的行动、朴实的内心活动里，展现出人物新的性格的光彩。作者往往是在决定人物行动的关键之处，用朴素的笔触寥寥几笔地点那么一下，就使我们感触到新思想、新情感的胜利。你看，社员们都住上一排排漂亮的新房了，而为盖房操过劳、流过汗的穆书记，却依旧怡然自得地住在一间又窄又黑、就着地窖挖的小土洞里。作者在这里揭示了穆书记的内心活动：“社员们的住处还比较紧巴，有的村队部还没有地方办公，腾一间是一间，自己凑合着点能办事就得了呗。”这话多朴实！但是这朴素的语言里面，又蕴藏着多少崇高的思想情感啊！他把方便让给别人，把困难留给自己，吃苦在先，享福在后，这正是社会主义精神品质的生动表现。在作品中另一个地方，对穆书记的这种精神面貌，作了更为突出的描绘：腊月初八，他想起社员们正全家团聚吃甜枣儿黏焖饭时，就打消了找社员一同上山找荆条的主意，独自一人冒着风雪、涉过冰河，上山去了。读到这里，我们不能不深受感动。还有什么语言比主人公这朴实的行动更有说服力呢？穆书记曾有这样的表白：现在为农民扛活是心甘情愿。这种"俯首甘为孺子牛"的精神，也就是全心全意为劳动人民服务的精神。有了这一颗革命的红心，穆书记才能那么深切地懂得群众的心思、愿望，那么无微不至地关怀群众的生活、利益，真正同群众打成了一片，水乳交融、亲密无间。这篇特写真实地刻画出了一个"知心书记"的精神面貌；同时，也比较鲜明地揭示了一条革命的真理：一个革命干部、一个共产党员，"到了一个地方，就要同那里的人民结合起来，在人民中间生根、开花。"（《毛泽东选集》第四卷 1161 页）

是的，根深才能叶茂，生根才能开花；对一个创作者来说，也只有在人民中间深深地扎下根，他的创作生命才能永远青春焕发。《穆书记的故事》之所以写得好，也是同作者深入农村第一线的火热斗争分不开的。

1960 年 12 月 12 日

敢于斗争　敢于胜利

——谈《三峡灯火》的思想与人物

高缨的叙事长诗《三峡灯火》（作家出版社出版），描述了长江三峡的航标工人在社会主义建设年代大闹技术革命，战胜重重困难，实现航标电气化的故事。我感到，这是一部反映社会主义建设者、创业者的优秀作品，具有激励革命斗志，鼓舞建设热情的感人力量。

一

航标工人的生活和斗争，对大多数读者来说，还是比较生疏的。《三峡灯火》的作者把我们引入了这个新的生活领域。那悬崖绝壁，那惊涛骇浪，那闪耀在江面上的点点灯火……莫不使我们感到异常的新鲜。自然，更引人入胜的是作者让我们结识了一伙新朋友——航标员，让我们了解到他们心灵的崇高和美丽，体味到他们从事的职业的甘苦：

> 航标员没有完整的梦，
> 即使打一个盹儿，
> 心里也睁着双瞳。

你看，仅仅这么一句话，就多么深刻地揭示出了航标员的不平凡的生活和他们忘我劳动的高贵品质。航标员为了给船员兄弟指明一条安全的航线，夜以继日地战斗在奇峰林立、波涛滚滚的三峡之间。他们千辛万苦，历尽风险，以至于把自己的生命都置之度外，时刻关心的是阶级兄弟的安全，国家财产的安全。这是一种多么崇高的无产阶级感情，多么珍贵的革命事业责任心！作者用简练、响亮的语言道出了航标员的这种发自心底的声音：

> 不论雷电暴雨，
> 不论霜雪寒风
> 灯——就是忠诚，
> 灯——就是生命！

奋发进取的精神已经渗透到现实生活的各个方面和亿万劳动人民的心灵深处。高缨在《三峡灯火》这首叙事诗里，以简洁的笔触，明快的色彩，刻画了建设年代普通劳动者的精神面貌，热烈地歌颂了他们忘我的创造性的劳动，以及向困难进军的顽强的精神。我们从诗篇里欣喜地看到，航标站的工人以风驰电掣般的速度，"用技术革命的宝剑，战胜一切绝壁险滩"，把航标电气化的梦想变为生动的现实同时，也看到了工人群众在改造自然，征服自然的风浪里，所受到的考验和锻炼。

《三峡灯火》用欢快的笔触给我们勾勒了一幅热火朝天的社会主义建设的画面：山笑水也笑的三峡风光，热气腾腾的生活场景，紧张的劳动，昂奋的气氛……这一切都使我们鲜明而具体地感触到建设新生活的斗争所特有的色彩，特有的气息。作者不是为写景而写景，而是以景写意，寓情于景；在诗篇里，景物的描写密切结合着人物的心理状态。作品着力渲染红石滩、铁锁岩的凶暴险恶，是为了更加有力地烘托出新时代航标工人改造自然的宏伟气魄和藐视困难的无畏精神；作者把航标灯缀满江面的夜景描绘得那么壮丽迷人，实际上是对航标工人的英勇劳动和创造精神的讴歌和礼赞。诗中有不少片段达到了情景交融的动人境界。建设年代的生活气息和建设年代的精神特征交织在一起，就使整个诗篇闪烁着战天斗地的诗情画意。我以为，这是《三峡灯火》这部长诗在思想艺术上的一个主要特色。

二

　　《三峡灯火》这部长诗的思想意义，在于它通过艺术形象体现了"在战略上藐视困难和在战术上重视困难"的思想。这个主题思想在诗作中不是直截了当地说出来的，而是通过人物性格的鲜明对比和冲突而表现出来的。作者把年龄、经历、思想、性格互不相同的几种类型的航标工人的形象集中起来，赋于他们以具体的个性特征；借着他们性格的相互烘托、映衬、对比和冲突，突出了、强调了自己所要表达的思想。诗中的情节、细节都紧紧围绕着长诗的基本构思，通过征服险滩这一中心事件展开，把读者的注意力紧紧地吸引到斗争的焦点上。

　　作品中的几个人物在改造旧航标实现航标电气化的斗争过程中，围绕着如何征服红石滩、铁锁岩这个难题，展开了一场激烈的争论，在困难面前表现出各不相同的态度。绰号"酒罐子"的老杨说："要登铁锁岩，好比上刀山，要渡红石滩，生命难保全。"而作品主人公、年轻的李江鹰却表示："铁锁岩是刀山，我也要爬上去！红石滩是火海，我也要把灯点！"在征服险滩绝壁的紧急关头，"酒罐子"临阵脱逃，李江鹰挺身而出，在这一矛盾斗争中，两个人的思想性格形成鲜明的对照：一个是知难而退，害怕困难，逃避斗争；一个是知难而进，敢于斗争，敢于胜利。作品颂扬了藐视困难，战胜困难的无产阶级坚强战士；批判了被困难所吓倒的个人主义的懦夫。从这两个性格针锋相对的形象里，我们已经可以把握到作品的主题思想。

　　在如何对待困难的问题上，人物性格上的矛盾冲突，不仅存在于李江鹰和"酒罐子"之间，而且也在李江鹰和航标站站长"老川江"之间深刻地表现出来。"老川江"是个"一双眼能把江水望穿"的经验丰富的老航标员，他对社会主义事业忠心耿耿，也一心向往航标电气化的实现，但由于他饱经风霜的生活经历，加之时时刻刻意识到自己肩上承担的责任，因而不免对征服红石滩和铁锁岩有更多的顾虑和保留，更多地强调困难的一面，缺乏一定要征服险滩绝壁的革命气概，以至李江鹰责难他是"老牛拉破车"。而李江鹰的性格则是烈火一般的。他一刻也不甘做长江的奴隶，恨不得说话之间便拿下铁锁岩和红石滩，就是有天大的困难，他都敢于豁出生命去拼，表现出一种年轻人的天不怕地不怕的勇敢精神。但是，在如何征服险滩绝壁的具体斗争问题上，李江鹰却缺乏重视困难，讲究具体办法的精神和作风，这不能不是主人公性格成长过程中所存在的缺点和不足，使他在前进中难免不遭到挫折、失败。因此，李江鹰纵有天大的胆，敢于半夜三更去铁锁岩挂标灯，但终究没有获得成功。后来，是在毛主席的亲切关怀和鼓舞下，在航标段政治指导员的具体指导下，李江鹰和他的伙伴才逐渐懂得并学会把冲天的干劲和实干巧干结合起来，终于取得了斗争的胜利。作品中指导员的形象尽管不够丰满，还没有达到个性化，但他在征服险滩绝壁这场斗争中的作用，还是比较有力地显示出来了。他不仅具有身先士卒，关心同志的优秀品质，而且善于集中群众的智慧和经验，提出克服困难的办法。他带领航班工人经过试验，找到了征服红石滩的关键；他运用战争中侧翼袭击敌人的经验，指导李江鹰从斜坡登上铁锁岩，最后终于征服了险滩绝壁，使三峡的"标灯永远光芒闪闪"。这是革命胆略和革命智慧的结合。揭示李江鹰与"老川江"之间的矛盾，以及指导员在解决这一矛盾中的作用，就进一步深化了作品的主题思想。向读者指明了只有在战略上，在全体上藐视敌人和困难，同时在战术上、在每一个具体问题上又重视敌人和困难，把这两个方面紧密地结合起来，才能有效地战胜前进道路上的困难。这是富有现实教育意义的。

三

　　诗中的主人公李江鹰是一个朝气蓬勃的青年工人形象。作者努力创造的这个形象，在一定的深度上，概括了一代新人的重要性格特征。

　　在社会主义革命斗争的风暴里，在社会主义建设的激流里一代具有共产主义理想的社会主义新人，正在逐步地成长起来。李江鹰就是其中的一个。他充满了改造自然、征服自然的壮志豪情，乐于把自己的青春以至生命无条件无保留地献给壮丽的社会主义建设事业。你听，这是他立志降伏险滩绝壁的壮言豪语：

我要把一切妖魔
撕成破布，踩成泥浆！
让一切船工的命运
掌握在自己手上；
让一切险滩恶水，
跪倒在祖国的脚旁！

　　寥寥数语，极其真实地道出了我们青年一代翻天覆地的英雄气概和为人民造福的雄心大志。青年是国家的未来，是共产主义事业的接班人，他们肩负着建设人间天堂的崇高责任。一个青年是不是具有革命的理想和志气，主要是看他在行动上能不能自觉地挑起建设新世界的重担，献身于党和人民所需要的事业。李江鹰站在社会主义建设的前列，以驯服险滩绝壁、改变船工命运为己任，就是有理想，有志气的表现。当他焦急地恳求老站长快拿出主张来征险滩绝壁的时候，当他气愤地责备"站不起来的胆小鬼，最好去对菩萨烧香"，"老牛拉破车，要拖到哪一年"的时候，透过他那脸红筋胀的表情和粗犷焦躁的声音，我们似乎看到了他那为革命理想的光辉所照耀的一颗红心和满腔热情。在征服险滩绝壁的整个斗争过程中，李江鹰敢于藐视困难，敢于斗争，不管遇到多么严重的困难，他从来没有唉声叹气，退缩动摇，而是充满了战胜困难、夺取胜利的坚定信心。你看，在他冒险到铁锁岩挂标灯遭到失败以后，面对着老站长的严厉批评和"酒罐子"的冷嘲热讽，依然表现得多么坚定顽强，充满必胜信念：

只要是人，不是爬虫，
就一定能找到天梯，
摘得下满天繁星！

　　人们在自然面前，决不是无能为力的，劳动人民一定会成为大自然的主人。在我们的社会里，只要认识和掌握了自然界的客观发展规律，充分发挥人的主观能动性，就一定能够战胜困难，征服自然。

敢于在战略上藐视困难，敢于同困难做斗争，这是年轻的主人公身上最为宝贵的精神品质，但是对于困难，既要在战略上藐视它，还要在战术上重视它，这两个方面是互相依存，不可分割的。我们从事伟大的社会主义建设或做任何事情，都不能光凭热情，必须踏踏实实，艰苦努力，才能胜利。从作品中看，年轻的主人公开头并不完全了解这一点。这也真实地表现出了青年人热情充沛、经验不足的普遍缺点，后来经过实际斗争的锻炼和指导员的具体帮助，李江鹰才学会把战略上藐视困难和战术上重视困难密切结合起来，既敢于斗争，又善于斗争，逐渐成长为一个有勇有谋的社会主义建设者。

作者塑造的这个人物形象，并不是仅仅表现了青年一代共同的性格特征，而是有其个性特征的。在李江鹰的身上，革命的雄心壮志同献身于社会主义建设的热烈情感交融在一起，敢于斗争，敢于胜利的精神又同倔强、急躁的脾气交融在一起。我感到，这个青年工人的性格是可亲可爱的，也是比较鲜明、突出的。

《三峡灯火》在描写人物性格的手法上也有一些特色：

首先，它是从暴风雨中，从严重的斗争中，通过鲜明强烈的行动来展示人物性格最重要的特征的。李江鹰在同重重困难的斗争中成长起来。他同惊涛骇浪、狂风暴雨做斗争，同技术革命中的一切困难做斗争．严重困难的考验，使他的性格闪耀着更加引人注目的光彩。作品中描写了他在小机艇两次面临触礁危险的时刻，奋不顾身，舍己救人的行为，突出地显示了工人阶级临危不惧、忘我牺牲的英雄本色，给人们留下了难忘的印象。

其次，它善于通过人物性格的相互烘托、映衬来突出人物的个性特征。从李江鹰与"酒罐子"的性格对比和冲突中，我们更加鲜明地感触到李江鹰的天不怕地不怕的英勇忘我的品质；从李江鹰与"老川江"的性格对比和冲突中，我们越发清晰地辨认出李江鹰的富于朝气而又略嫌鲁莽的性格特点。

最后，它注意用个性化的对话来展示人物性格。《三峡灯火》基本上通过叙事来抒情的。有时，作者也不禁直抒胸臆，但作者抒发的情感是同叙事诗主人公的思想情感水乳交融的。诗人的声音也就是新时代船员的声音。诗人已经化为作品中的一员，同它的主人公一起战斗、歌唱。这样，诗篇就把"叙人民之事"与"抒人民之情"比较和谐地结合起来了。

<h1 style="text-align:center">四</h1>

《三峡灯火》的作者高缨从社会主义建设的激流里，集中概括出李江鹰这样一个青年工人的生动形象。这个人物的性格是社会主义的沃土上生长起来的，并在党的培养教育下，在同困难的不断斗争中成长、发展。作者从实际斗争中展现了主人公的性格；同时从父子两代工人不同的历史命运，揭示了形成主人公性格的深厚根基。总的说来，这个人物形象是扎扎实实的。可惜的是，李江鹰的性格并没有自始至终扎根在现实生活的土壤里，作者在即将完成自己创造的形象时，忽然把主人公引入了一个同现实斗争若即若离的地方——山溪旁的小磨坊。在那里，由于抢救机艇而被漩涡打入江中的李江鹰，遇到救了他的驼背老人和一个好心的磨坊姑娘，他在那里得到启发，产生了在浮标上安装小型水轮发电机的思想，而从作品展现的李江鹰和磨坊女的眼神、笑貌、谈吐和相互关系中，作者似乎还暗示了这一对具有"赤诚心肠"的"长江的儿女"，已经结下了异乎寻常的情谊。临别的时候，李江鹰向姑娘表示永远不会忘记小磨坊……读到这里，我们不禁产生这样的疑问：作者选择、安排这样一个情节，到底有多大的思想意义呢？在我看来，这个情节不仅不符合人物性格发展的必然性，而且损害了长诗主题思想的完整，削弱了作品的真实性和主人公性格的光彩，这是令人感到十分遗憾的。

1961 年 6 月

催人奋进的歌

——评柯岩长诗《中国式的回答》

张海迪，这个熠熠闪光的名字，已经深深刻在千百万人民的心坎上。她那感人至深的事迹，也拨动了诗人的心弦。老诗人臧克家、张志民、罗洛和一些中青年诗人敏锐而迅速地作出了反应，满怀深情地写下了歌唱张海迪的诗篇。这里，我想着重谈一下读了柯岩的长诗《中国式的回答》（载《中国青年报》1983 年 7 月 7 日，以下简称《回答》）之后的一些想法。

这首诗使我们更加清晰地透视到张海迪这个社会主义新人崇高美丽的心灵，启迪我们更加严肃、深沉地思考人生、探索前程。这是一支催人奋进的歌，发人深思的歌。

文艺是时代神经的感应，诗歌在这方面表现得尤为锐敏强烈。当"新的美学原则的崛起""新诗现代倾向的兴起""不屑于表现自我感情世界以外的丰功伟绩"种种议论流行时，一大群具有崇高社会责任感的诗人却坚定、执着地走着一条投身时代激流、植根现实土壤的路，把反映时代的感情、人民的心声当作自己的光荣职责。柯岩就是诗歌队伍中这样的一名战士。她在《回答》中直截了当地宣称："作为一名中共党员，／我有权对生活作出回应"；她响亮地回答："对革命，对人生，／无法朦胧。"她把自己摆在这样一个恰当的位置上：首先是一个公民，一个战士，一个共产党员，然后才是一个诗人，一个歌手。从诗篇的字里行间，我们深切地感到，诗人的心和时代脉搏一起跳动，诗人的目光时刻注视着当代生活的发展、变迁。她怀着炽热的、火一样的革命激情，勇于对现实生活发言，用诗的形象、诗的语言回答了年青一代关注和思考的人生意义、生命价值、生活道路、祖国前途这样严肃、尖锐的课题。伟大时代和一代新人呼唤着诗与诗人，诗人热情锐敏地作出了回应。《回答》一诗难能可贵正在于此。

柯岩在《回答》一诗中用生动的、有血有肉的事实说话，用主人公严峻、壮丽的生活经历说话，没有什么虚构和铺陈，只是对生活素材作了精心的选择、提炼和剪裁。这是一方面。另一方面，诗人又是满怀真挚而强烈的感情来歌唱一个真实的人、真实的故事的。她不是复述英雄的事迹，而是采撷主人公生活中闪光的、富有诗意的片段，发挥奇丽丰富的想象和联想，抒发自己对时代、对人生独特的感受和见解。可以说《回答》是一首真实的诗，是"用语言去燃起人们的心灵"的诗。

诗篇谱写了一曲青春之歌，生命之歌，奋斗者之歌，在我面前矗立起一个生活中的强者形象。诗歌塑造人物形象，不可能像小说、报告文学那样采用那么曲折动人的故事情节，生动具体的细节描写，精细入微的心理描写；它是抓住生活中最富有特征的、最能打动人心的事物，更集中、更概括地表现人物的性格特征、精神面貌。《回答》的作者善于运用以一当十、因小见大的艺术本领，着力于细微处见精神。"你怎么不哭呢，玲玲？" / "我……我，不想让妈妈担心。" / …… "那你就喊吧，孩子，喊呀！" / "不！叫唤并不能使疼痛减轻。"从母女俩这么几句平常的、质朴的、感人肺腑的对话里，我们见到了小海迪倔强的性格。诗篇很有艺术感染力地描述了坚强不屈的母亲教会了玲玲同命运抗争，而玲玲从爱母亲开始，学会了忍耐、奋斗和牺牲。革命故事、连环画册、英雄人物、飞舞的红旗……在海迪幼小的心田里播下了爱的种子，真、善、美的种子，培养了她坚韧、刚强的性格。尚楼大队的乡亲、医院的护士、送来燕子的小不点儿、雪中送"针"的共产党人……祖国大地母亲的乳汁哺育了海迪纯洁美丽的心灵。诗人从海迪的生活遭际中捕捉到一幅幅动人的场景和画面，用饱含诗情的笔触来描述，把叙事与抒情交织在一起，借景抒情，寓情于景，情景交融，很有艺术说服力地描写了海迪的成长过程。"如果没有五岁你住院时 / 那两只芬劳四溢的大苹果， / 小玲玲，你能感到生活的温馨么？ / "如果没有护士阿姨， / 推你到楼顶看节日的焰火， / 张海迪，你的天空会不会 / 如此明亮，又彩色缤纷……"短短的几行诗，给读者留下了广阔的想象的余地，耐人咀嚼。从这里，我们深切地感受到那种："祖国处处是亲人"的新型的人与人之间的关系，领略到花朵离不开泥土培植、英雄离不开群众哺育的真理。苹果的芳香，焰火的色彩，不正是我们时代泥土的芳香和一代新人心灵的闪光吗？！一滴露珠可以反映出太阳的光辉和色彩。从生活中不断集中、提炼、升华出来的诗的形象，有着很大的思想情感的容量。诗人从被病魔吞噬了三分之二躯体的瘫痪姑娘身上，发掘八十年代中国青年优秀代表所具有的强者精神和献身精神，充满真情实感地讴歌她所代表的中国人的骨气和品格："请看吧，／一双中国的翅膀，／（即使是折断了的翅膀）／可以飞得多高！／品评吧，／一副中国的脊梁，／（即使是损伤过的脊梁）／为什么这样刚强？！"用简洁、精辟的语言热情赞美张海迪"为我们的年轻一代，／把"强者的高度／移到了新的标杆上"。经过艺术概括的海迪形象、海迪精神，蕴含着丰富深厚的生活内容，集中体现了当代青年共产主义者的特征。这是一个可敬又可信可亲的先进人物，是一个值得学习和仿效而又不是高不可攀的英雄人物。英雄达到的高度，也是八十年代每一个有理想、有志气、有作为的青年可以达到的。这个生动的榜样，具有激励斗志、感奋人心的巨大力量。

这首长诗还有一个鲜明的特色，那就是具有浓郁的政论色彩。通观全诗，充沛的革命诗情与深刻的哲理思考水乳交融。《中国式的回答》这个题目就是政论性的。诗中除了引子、结束语外，四个篇章的标题即"爱与被爱""灵魂与躯体""给予和索取""大地和花朵"，也是富于思辨性、哲理性、充满辩证法的。长诗的构思独特、精巧，别具匠心。它用人生的真谛这根红线把关于爱、青春、理想、生命的价值这些严峻的、引人思忖的人生课题串在一起，用海迪的真实思想和切身实践给予准确、鲜明的回答。看来，才情横溢的女诗人随着斗争阅历的丰富，变得更加深沉，更善于深入思考了。同时，作为一名战士，诗情在她胸中如波涛般地汹涌、奔突，情不自禁地要把内心的感受向读者倾吐，要对生活作出自己的评价。于是，或者是直抒胸臆，或者是夹叙夹议。诗中描绘了海迪母女俩相依为命、相濡以沫的动人情景后，诗人写下了意味深长、启人思路的诗句："爱，就意味着贡献。／爱，充满了献身精神。／被爱，也许是快乐的；／但只有爱人者，才会懂得／生活，有时需要点自我牺牲……"诗人歌颂了海迪把一切奉献给人民的献身精神，将给予与索取两种对立的品行作了鲜明的对比："索取者，咒骂一切，／到处伸手，却空虚终生；／因为贪婪——／从来是填不满的欲坑。／而给予者，却无比富有，／整个世界都与她息息相通。／呵，奉献——／最充实的人生！"面对怀疑、动摇社会主义信念的挑战，诗人怀着激愤之情，斩钉截铁地作了回答："社会主义么？我们建设。／血染的红旗么？我们高擎！／中国青年，就这样／回答了世界的提问。／因为养育他们成人的，／是中国的大地母亲。"这是画龙点睛之笔，使诗的主题深化，使整个诗篇升华到一个更高的精神境界。我很喜欢诗中这样的富有哲理的诗句："复式结构的建筑群，从来需要更广阔的空间；／枝叶扶摇的大树，／需要更深更深的根。"我也很欣赏这样具有召唤力量的诗句："青春，原来就意味着奋斗，／青春，决不只是彩色的衣裙……／一个人的潜力究竟有多大？／攀登，原来从无止境……"这些闪闪发光的议论，不是一般的枯燥的说教，而是从现实生活中提炼、概括出来的，是从挚爱生活、富于幻想的张海迪这个新人形象生发出来的，它饱含着生活的血肉，蕴含着诗人对生活的真知灼见和发自肺腑的真挚之情，是"对于生活经验的洞察事理的结晶，它们在整个诗篇里面，就像宝石之镶嵌在冠冕上一样"。（艾青）这种议论是情与理的统一，是诗与政论的统一，它不仅不会削弱诗篇的艺术感染力，相反它加强了作品的战斗锋芒和召唤力量。读着这些哲理与诗情交融的诗句，怎么能不启迪我们的心灵，对人生作出新的思考？！怎么能不鼓起我们理想的翅膀，勇敢加入奋斗者的行列？！在人生的十字路口踟蹰徘徊的人们，又怎么能不重新点燃心中的希望之火，在人生道路上作出正确抉择？！

我们推荐介绍柯岩的《中国式的回答》，是希望能由此唤起更多的诗人、作家热切地关注伟大、壮丽的现实生活，把目光更多地投向当代的英雄人物、先进人物，更充分地反映时代精神，从而给人民以信心、勇气和力量，极大地发挥诗歌作为时代的战鼓和号角的作用。

1983 年 7 月

1983 年获奖短篇小说概评

1983 年度的全国优秀短篇小说评选揭晓了。透过获奖作品篇目，我们欣喜地看到，1983 年的短篇小说创作，在主题思想的深化、题材内容的开拓、人物性格的刻画、艺术手法的探索等方面，都有新的进展，新的收获。

把眼光和笔触更多地投向当代人建设新生活的火热斗争，敏锐地发现其中层出不穷的新矛盾、新问题，把我们时代的新人勇于开创新局面的壮丽图景展现在读者面前，是去年获奖小说引人注目的一个特点。《围墙》用犀利而又含蓄、幽默而又深沉的笔锋剖析了现实生活中司空见惯的空谈、扯皮、拖沓、嫉贤妒能种种弊端和积习，展示了促进变革的新的思想作风与阻碍变革的旧的习惯惰力的矛盾冲突，赞美了四化建设者除旧布新、勇于改革的精神。《抢劫即将发生……》勇于揭示缠绕于社会某些角落的"关系网"，表现了广大群众急切要求清除党内和社会上的不正之风的强烈愿望。反映当代军人生活的《雪国热闹镇》，通过对边地连队生活的真实描绘和对一个新战士与班长之间性格冲突的生动描写，启迪人们认真思考我们的思想政治工作如何适应八十年代年轻人的特点。这些以敏锐反映现实矛盾见长的作品，揭示了发人深思的问题，却又未落入"问题小说"的窠臼。它们并没有忽视生活原有的丰富色彩和矛盾交织的复杂形态。这些小说充分显示了生活中除旧布新的力量，从而给人以奋发进取的勇气和信心。获奖作品，大都善于发挥短篇小说"借一斑略知全豹，以一目尽传精神"的优势和特点，大处着眼，小处落笔，把一件小事情，一个小角落，同祖国四化建设的宏伟事业，各个方面的伟大变革联结起来，着力表现生活发展的动向，历史发展的趋势。比如，从《公路从门前过》这个短篇中，我们就可以清晰地看到四化建设的激流、现实变革的风涛如何有力地冲击着边远山村的一个角落，从而引起那里的人们精神面貌和人与人之间关系的变化。正因为这些作品的作者紧随时代前进的步伐，细心倾听人民的呼声，努力捕捉生活变革中的新鲜事物、气息、音响、色彩，才使得他们的作品具有如此强烈的时代感和现实性。

这批获奖作品还清楚地显示出，我们的小说家更加致力于人物性格的刻画，既着重描绘性格迥异的社会主义新人形象，又努力创造各种各样的人物形象，力求人物的多样化。这样，就使我们的社会主义文学画廊又增添了不少栩栩如生、令人难忘的当代人形象。《围墙》中的马而立、《抢劫即将发生……》中的余维汉，同是社会主义实干家的形象，但他们的思想性格，各具光彩：前者脑子灵敏，办事麻利，富于同传统习惯惰力决裂的进攻精神；后者机智果断，知难而进，具有共产党人对工作极端负责、对人民极端热忱的闪光品格。同是当代部队新人形象，《兵车行》中的新战士上官星、《雪国热闹镇》中的新战士牛犇，《秋雪湖之恋》中的班长严樟明，也各具不同的性格内涵。同样写老年人，《我的遥远的清平湾》中的破老汉，是一个体现着民族脊梁精神和劳动人民的人情美的陕北老农形象。而《那人那山那狗》中的父亲，则是一个对乡土、对事业充满爱恋之情，又是新旧交替时期搞好传帮带，具有历史责任感的老邮递员形象。从获奖作品中，我们还可以寻觅到一些耐人咀嚼、发人深省的人物形象。《阵痛》中的郭大柱，是极左思潮的受害者。工厂过去热衷于搞大批判、大标语、大画像，他备受重视，现在重生产、讲技术、搞承包，他倍遭冷落，不受班组欢迎，成了多余的人。这个时代的落伍者在改革浪潮的冲击下，由烦恼、懊悔到醒悟，终于迎头赶上奔腾向前的生活激流。这个形象，内涵较为丰富厚实，有着震人心魄、催人奋进的力量。《条件尚未成熟》中的岳拓夫，则是一个在冠冕堂皇的言辞下掩藏着猥琐灵魂的个人主义者形象。他的碰壁，显示着现实生活中正直、健康的力量必然战胜假、丑、恶的发展趋势。获奖作者之所以能写出既有时代特征，又有鲜明个性的多种多样的人物形象，是同他们深入生活的底蕴，细心探索、了解当代人的思想、心态分不开的。文学创作中人物的多样化，反映了生活的丰富性、多样性，也反映了作家同人民生活结合的广度和深度。越是深入生活的底层，就越能捕捉到别人所没有发现的个性独特的人物，洞察人物心灵深处的奥秘，从而得以写出活生生的、有血有肉的人物形象来。

短篇小说作者在艺术风格、表现手法的独创性、多样性上，也作了有益的探索，有了可喜的进步。一些获奖的青年作者开始显示出自己的创作个性和艺术特色。史铁生的《我的遥远的清平湾》散发着浓郁的黄土高原的生活气息，渲染了陕北老乡质朴淳厚的风俗人情，通篇作品充满诗情画意，犹如一首优美的抒情散文诗。刘兆林的《雪国热闹镇》描绘了绮丽多姿的边疆风情，展示了当代边防军人独特的个性风采，构成了一幅色彩鲜明的军营生活的风情画。邓刚更是善于根据不同的题材内容交替运用两副笔墨，他的获奖作品《阵痛》以及其他写"铁味"（指工业题材）的小说，采用的是现实主义的方法；而《迷人的海》以及其他写"海味"（指海上生活）的小说，往往有着浓烈的浪漫主义色彩。唐栋的《兵车行》构思精巧，艺术手法新颖，开头与结尾别出心裁，可以看出年轻的作者已有相当的艺术功力。

评奖是为了鼓励创作，扶持新人。在这次获奖作者的名单中，有我们熟悉的名字，也有不少陌生的名字。二十一位获奖作者中，除了少数几位在五十年代开始写作外，绝大多数都是新时期涌现出的文学新人。陆文夫、石言、张洁、张贤亮、乌热尔图、达理是两次或三次短篇奖获得者，其余都是第一次获奖，有的还是以处女作得奖的。按年龄来说，除石言年近花甲，其余都是中青年、三十五岁至五十五岁的有十二人，三十五岁以下的有八人，其中彭见明、李杭育、刘舰平都是不到三十岁的年轻人。从这里可以看出，以迅速反映现实、富于战斗性取胜的短篇小说的作者队伍是相当年轻的，富有朝气和活力的。邓刚、刘兆林、楚良、达理这几位作者，在1983年不仅写出了优秀的短篇，而且当年还各自以新问世的中篇佳作《迷人的海》《啊、索伦河谷的枪声》《玛丽娜一世》《无声的雨丝》而引人瞩目，足见他们的创作潜力很大，生活积累、艺术上的准备也较为充分。我们为我国社会主义文学大军有这样实力雄厚的第二、第三梯队而感到由衷的高兴。希望我们的中青年作者，更好地加强思想武装，热情地投身于时代生活的激流，在艺术上勇于创新，为进一步繁荣短篇小说创作做出更大的贡献。

1984 年 3 月

从新的现实变革中写人物

从 1983 年获奖的短篇小说中，我们清晰地看到了一个可喜的动向：随着党的工作着重点的转移，作家创作活动的重点也越来越明确地转到反映当前人民建设新生活的斗争上来。不少作家从新时期五光十色、错综复杂的社会矛盾中真切地感受到时代脉搏的跳动，为人民群众建设新生活、开创新局面的斗争业绩所打动，情不自禁地要把自己的感受诉诸艺术形象，从而写出了一些时代感、现实性很强的作品。这次获奖的《围墙》《抢劫即将发生……》《阵痛》《条件尚未成熟》等篇，就是尖锐而深刻地反映现实生活矛盾的佳作。

读了上述作品，我们不能不赞叹它们的作者有胆有识：既敢于大胆揭示现实生活中的矛盾冲突，表现了一个革命者的勇气；又善于透过表象发现生活的底蕴和本质，表现了一个写作者对生活的真知灼见。比如，《围墙》通过某建筑设计所争论如何修复一堵围墙这么一件小事，对现实生活中屡见不鲜的高谈阔论、因循守旧、怠惰拖沓种种陋习作了入木三分的揭示和讽刺。从作者描绘的真实的生活画面里，我们鲜明地看到了促进变革与阻碍变革的新旧两种力量的尖锐冲突和激烈较量，看到了人民建设新生活的激流奔腾向前。《阵痛》则在工业战线着手进行巨大变革的背景下，生动地揭示了这场变革引起的新矛盾、新问题以及工人在变革中的思想动向和心理状态。小说着重描写一个积极正派、聪明能干、能写会画，在"文革"期间以宣传工作红冠全厂的青年小伙子，在工厂实行合同包干时变成了不受班组欢迎的"窝囊废"的故事。作品通过这个具有一定典型意义的主人公的经历、遭遇，他的由苦恼、悔恨到醒悟的心灵历程，令人信服地展示了改革的洪流不仅在改变着工厂的生产面貌，而且在有力地改变着工人的精神面貌。历史是无情的，生活是严峻的，一个落伍者既不能自暴自弃，也不该怨天尤人，重要的是认清历史车轮前进的方向，战胜社会变革引起的精神状态上除旧布新的"阵痛"，迎头赶上汹涌澎湃的时代潮流。作者从生活中提炼并通过艺术形象揭示的这个主题，给了读者有益的启示，有着深刻的现实意义。

尤其值得称赞的是，这些获奖作品都注意从严峻、尖锐的现实矛盾中刻画人物，特别是着力塑造社会主义新人形象。《抢劫即将发生……》中的余维汉、《围墙》中的马而立、《兵车行》中的上官星等等，就是当代新人精神面貌的真实写照。余维汉这个新型的农村干部形象，正是从当前农村改革的矛盾旋涡里刻画出来的。这个新上任的公社副书记，面对着被社会关系网、开后门的不正之风激怒了的群众和即将发生的"聚众哄抢"化肥的非同小可的事件，面对着来自旧习惯势力的种种责难，不是绕开矛盾走，而是迎着困难上。作者把人物放在千钧一发的紧急时刻、进退维谷的困难境地、起伏跌宕的矛盾旋涡中，经受严峻的锻炼和考验，从而使余维汉的机敏、果断、对人民极端热忱的思想性格迸发出夺目的光彩。马而立这个社会主义实干家的形象，则是在空谈与实干、因循拖沓与雷厉风行、得过且过与说干就干、争名抢功与不计名利两种对立的思想作风的矛盾冲突中描绘出来的。作者越是鞭辟入里地剖析习惯惰力的荒唐可笑，就越发衬托出马而立性格、作风的难能可贵。

人民群众真心实意地喜爱马而立、余维汉这样的干部，建设"四化"的事业需要千千万万个马而立、余维汉。我们热切地希望有更多的作家投身到沸腾的生活激流中去，满腔热情地讴歌勇于开创新局面的人，为人民塑造出更多的社会主义"明白人"、实干家的鲜明形象。

1984 年 3 月

读周克芹的《晚霞》

读了短篇小说《晚霞》（载《长安》1984 年第 7 期）使你强烈地感受到，农村变革的潮流已经深入到家庭和人们的内心，引起人际关系和伦理道德观念的深刻变化。

作品围绕庄氏父子对待办机制煤厂的不同态度和老庄与彭二嫂的感情纠葛，展开了亲人之间关系的描写。在农村大变革的背景下抒写普通劳动者的人情世故，把父子、夫妻、姐妹、姑嫂之情同改变自己命运、建设新生活的炽热感情交织在一起，按照每个人物的身份、地位、利害关系、处世哲学，写出他们正在发生的不同反应。青年农民海波挣脱"子从父命"的枷锁，站在改革潮流的前头，一心走勤劳致富之路。他决心兴办机制煤厂，打破了庄氏家庭固有的平静、和谐和安宁。父亲老庄出于对手工煤厂女当家彭二嫂的同情和支持，认定儿子在"夺人家饭碗"，做"没良心的买卖"。在这场父子纷争中，儿媳桂珍佯作严守中立的姿态。海波的姐姐不甘失去"当家姑娘"的地位，迅速地站到父亲一边。随着事态的发展，村里也分成了"老子派"和"儿子派"。从作者展现的这幅如见其人、如闻其声的生动图景中。我们真切地了解到农村社会改革的复杂性、深刻性，也窥见了改革进程中各种人物的思想情绪和心理状态。

老庄并不是改革的反对者，这位农村老党员具有淳朴善良、扶贫助难的优良品质，他在新事物面前表现出某种迟疑和忧虑。"为人要讲良心"这把传统道德的陈年老尺，使他不能正确地衡量和判断海波用机械代替手工、发展商品生产，治穷致富这个改革行动的是非得失。殊不知离开党的富民政策，社会生产力的发展和人民生活的富裕，又有什么"良心"可言？！彭二嫂对新事物比老庄敏感，深知改革浪潮势不可当，因而在情感上并不怨恨即将击败自己的海波，反倒希望老庄能像海波那样，成为一个有胆有识的强者。作者用准确洗炼的笔触揭示了这个善于交际和理财的女人在变革激流中微妙复杂的心理状态，展现了当前农村生活发展的必然趋势。

《晚霞》的作者努力按照生活的本来面貌，多侧面地展示人物性格的丰富性、多样性。海波勇于改革，敢于致富，然而心灵深处也还有旧的观念的残余。他把父亲与寡妇彭二嫂正常的"相好"、看作伤了自己体面的"荒唐行径"。当代农村新人却留有这样的封建意识、正反映了历史因袭下来的传统惰力极其顽固。同样耐人寻味的是，在改革潮头前踟蹰观望的老庄，在婚姻道德观念上却又敢于向世俗成见挑战，表现了一种新时代的精神风采。我以为作家在深入开掘人物性格上的这种探索和追求是可贵的。

1984 年 9 月

老战士的本色

——我读《文坛回春纪事》

在庆贺张光年八十五华诞的聚餐会上，寿翁不无欣喜地回赠与会文友一套新问世的《文坛回春纪事》（上、下两册，海天出版社）。这是继《江海日记》《向阳日记》之后，光年同志奉献给读者的又一部五十万字的日记体大著。

这部文学活动日记所涵盖的1977—1985年，是我国社会主义文学起死回生、青春焕发的新时期，也是光年同志自"文革"后复出，为拨乱反正、文学复苏奋力拼搏，至作协"四大"主动交班、退出第一线的一段非同寻常的岁月。书中记述的个人经历、见闻和文友交往情况，折射出新时期文坛最初十年风云变幻、潮汐起伏、繁花似锦、新人辈出诸多值得一记的侧面，为回顾、反思新时期文学工作的经验教训，提供了一份颇为难得的资料。

《文坛回春纪事》对新时期文学界所经历的批判"文艺黑线专政论"、筹备恢复文联作协、为蒙冤多年的作家作品平反、举办多项文学评奖、批判《苦恋》、反"清污"扩大化、召开中国作协第四次会员代表大会等重大事件，都留下了鲜明、清晰的印记。光年同志作为新时期文学战线的指挥员，置身于文艺旋涡的中心，对上述文学大事的背景、来龙去脉了如指掌，因而得以作出简明扼要而又真实可靠的记载，并且披露了一些鲜为人知的史实。读了这些日记，我深切地感到，"以团结兴业为重"似一条红线贯穿在光年同志组织、指导的全部文学活动和文学工作之中。从日记中可以看出，他最为关注的是维护来之不易的安定团结，解放长期被压抑、禁锢的社会主义文艺生产力，受过"左"的思想束缚、吃过"左"的苦头的光年，唯恐春回大地后好端端的局面又一次被根深蒂固的"左"的祸害断送了。因此，对于僵化保守的观念、不近情理的要求、简单粗暴的批评，不管是来自领导、权威还是同事、战友，他总是挺身而出，仗义执言，据理力争，化解矛盾，表现出一个老共产党员、老文艺战士应有的坚持原则、无私无畏的可贵品格。

从《文坛回春纪事》中，我还强烈地感受到，光年同志关注、扶持文学新人的满腔热情。为了搞好文学评奖工作，为了撰写总结新时期文学成就、经验的报告、文章，他利用一切可以挤出的时间，阅读了大量的文学作品，包括不少有代表性或有争议的中、长篇小说。在阅读过程中，他情不自禁地为新涌现的有才华的文学新人拍手叫好，并殷切期盼文学园地出现大批养花、育花、护花的热心人。1981年4月参观洛阳牡丹公园写下的诗句："姚黄魏紫诚可贵，／幼柏新松弥足珍。／都说洛阳春色好，／辛勤莫忘护花人。"最好不过地表达了他对精心育花、护花园丁的呼唤和礼赞。他自己就是一个出色的惜花护花人。对文学新人谌容、张洁、陈祖芬、周克芹等，一方面由衷称赞他们是"大作家的材料""才女""大有潜力的作家"，热情肯定他们作品的成就和特色；另一方面又直率地、实事求是地指出他们某些作品的短处和不足。比如指出张洁的《沉重的翅膀》"议论过多"；《方舟》"主观成分重，客观描写少"。日记中不少对作品三言两语的点评，言简意赅，切中肯綮。爱护青年作家的拳拳之忱，充溢于字里行间。

读了这部日记，也使我们约略窥见作为诗人兼战士的张光年的本色和情怀。

光年同志战争年代左臂伤残；新时期之初又遭癌症袭击，动了两次大手术。大病初愈，年届古稀，义无反顾地挑起作协党组书记的重担，为文学的发展殚精竭虑，不遗余力。"十载金光已浪掷，争分夺秒惜春时。"他怀着一种紧迫感，忘我地、超负荷地工作，经常搞得腰酸背痛，精疲力竭。当我们从日记中读到："总觉得做事太少，写作尤少……不胜愕然。"年复一年，"干了些什么？不胜悔愧。""这一个月，太疲劳了。……光年！醒悟醒悟吧！你确实干不了了！"我们不能不为老战士的那种老骥伏枥、志在千里、严于律己、顽强拼搏的精神所打动。

《文坛回春纪事》还生动地展现了光年同志物质相对匮乏而精神极其

丰富的家庭生活。我们简直难以想象得到，一位 1927 年参加革命的老干部、著名诗人、评论家，家庭经济一度拮据到如此程度：七十年代末，三个孩子上大学，加上自己生病，每月入不敷出，负债累累，有时连菜金也短缺。八十年代初，家里还只有一台九英寸的黑白电视机；为了买下一台六百六十元的雪花牌电冰箱，向同事借了六百元。尤其令人百感交集的是，为祝贺阳翰老八十寿辰聚餐，竟因出不起凑份子的三十元而不得不托词婉谢。唉！知识分子的清贫、俭朴，在光年身上表现得够典型、突出的了。然而，处于困境中的光年依然执着地追求真善美，崇尚高雅、丰富多彩的精神文化生活。从日记所描述的试读新写诗作的家庭朗诵会、同小字辈开除夕谈心会、一遍又一遍地听女儿从海外捎回的漫谈学习、生活、郊游、见闻的磁带录音，找出儿子童年时代的照片来逗孙子等情景里，我们又一次地为温馨的家庭氛围和浓郁的亲子之情所感染。光年同志的诗人气质和坦荡荡的真性情在这里也充分显露出来。

光年同志挥洒自如地运用日记夹叙夹议、随感随咏的文体特征，在《文坛回春纪事》里既给我们录下了新时期文学发展历程的侧影，又让我们看到了他个人的人生足迹和心路历程。这是一本具有一定史料价值，又有引人生趣的可读性的好书，值得文学界同人和关注文坛的朋友细细读一读。

1988 年 11 月 4 日

我心目中的沙汀

——致官晋东

收读 11 月 7 日来信，欣悉大著《跋涉与寻觅——沙汀评传》已发排，不久即可问世。这是你经过长时间的准备，占有丰富的资料，作了深入的研究之后写出的一部专著，我为你在作家研究上取得的新成果而感到由衷的高兴。

沙汀同志是驰名我国现、当代文坛的一位具有鲜明艺术个性的小说大家，是人品文品俱佳、素为文学界和广大读者所敬重的文学老前辈之一。在六十年的创作生涯中，沙汀坚持以"取材要严，开掘要深"（鲁迅语）为座右铭，运用现实主义的雕刻刀，刻画出一幅幅生动逼真、富有地方色彩的川西北乡镇的风俗画，雕塑出一个个栩栩如生、入木三分的偏僻乡镇的众生相。他以其严谨、冷静、深沉、含蓄的创作风格，在我国现、当代作家群中独树一帜。为这样一位新文学的老战士立传，描述他漫长艰辛的人生道路，评析他卷帙浩繁的作品，论述他的文学主张和创作经验，是一件很有意义的事情。我想，文学界的同行以至广大文学爱好者、读者将会怀着很大的热情和兴趣来阅读你写的这本评传，以便更多更好地了解沙汀，研究沙汀，学习沙汀。

我之所以渴望读到这本评传，还有一缕特殊的感情，那是因为五十年代初我曾有幸在沙汀麾下工作过一段时间，他是我跨进文学门槛后最早的一位领路人。"文革"之后，沙汀又是勉励并帮助我"归队"（由一所工科院校回到文学工作岗位）的热心人。正因为如此，尽管前些年我已先后读过黄曼君的《论沙汀的现实主义创作》、吴福辉的《沙汀传》等论著，今天我仍然急切地希望通过你的这本评传来加深对沙汀生平和创作道路的了解。在同沙汀的长期交往中，无论是在为文还是为人方面，他都曾给我以亲切的教诲和启示，尤其是在下列几方面，留下特别清晰、深刻的印象：

一是强调作家必须同生活、同群众保持血肉联系。他把自己创作的根须深深扎在故乡的土地上，竭力摆脱行政组织工作的纠缠，争取一切机会投身到人民生活的海洋中去。他痛感"文山会海"湮没了许多有才华、有潜力的作家，一再大声疾呼：爱护作家，照顾作家，主要不是让他们当代表，当委员，或当这个"长"那个"长"，而是真正给他们提供深入生活、从事创作的条件。二是强调坚持创作题材的多样化，百花齐放。一定要让作家写他所熟悉的生活，老舍写北京，李劼人写成都，扬长避短，无论如何不要强人所难。三是不吝心血和精力地扶持文学新人，关心、帮助他们成长。对石果，对《红岩》作者，对周克芹，莫不是如此。从五十年代热情推荐石果的短篇《喜期》，到八十年代为石果的长篇《沧桑三部曲》的出书奔走呼号，我是亲眼看到沙汀是如何竭尽全力的。四是须臾不离笔杆，把写作当作自己的第二生命。他曾不止一次地勉励我："要随时记录下在工作和生活中的感受、见闻，养成写日记、散文、随笔的习惯"，"应当把写作当作日课，一天不动笔，就算缺勤"。每次我去探望他，在卧房兼工作间里，或在医院的病房里，总见他伏案写作，笔耕不辍。正是这种锲而不舍、辛勤劳作的精神，才使他年逾古稀之后，仍能推出《青枫坡》《木鱼山》《红石滩》三部中篇。五是他的为人质朴、热情、真诚、坦率。他是个爱激动，易兴奋，爱憎分明，感情丰富的人。对他所器重、喜爱的人，往往是击节称赏，拍案叫绝；对他所厌恶、蔑视的人，那是疾恶如仇，毫不留情。在沙汀这样一个老同志、老作家身上，堪作楷模的品格作风，当然不只上面说到的这一些，我只是粗线条地勾勒了一个轮廓罢了。

你在信中让我为大著作序，这实在不敢当。因为我对沙汀丰富的生活阅历只知道一鳞半爪，对他的内涵深厚的作品又没有做过系统、深入的研究，岂敢信口开河，说长道短。然而我热爱、敬重沙汀，又真诚地支持你做了为沙汀立传这件好事，乃情不自禁地写下这些不着边际的印象和感受，权当你主演的精彩纷呈的好戏前头的开场锣鼓吧。

翘首以待大著早日问世。

1992 年 11 月 19 日

把文艺批评提高一步

近来一些杂志报刊上时常登出不少有关文艺批评的文章．无论是书评、影评也好，无论是严肃的评论或一般的随感也好，总之，这些文章使批评的风气活跃起来了。这是文艺界的一个好现象。我们知道文艺批评的作用有二：一方面是通过批评来提高创作的思想性和艺术性；另一方面是经过批评使读者对文艺作品有深一层的了解。所以文艺批评家是起了桥梁的作用：不但是要解剖作家的创作来帮助读者阅读与欣赏；同时以要从读者角度反映自己对作品的意见，作为作家第二次创作时的参考。正如鲁迅先生所说的："作家和批评家的关系，颇有点像厨师和食客。"一个食客有义务说出菜的味道是淡是咸、是好是坏；一个批评家也有义务指出作品的优点和缺点。因为只有这样，厨师做的菜才会更鲜美，作家的作品才会更有分量和特色。由此看来，文艺批评实是文艺工作中的一个重要部分。

但是过去，文艺批评没有被大家重视，因此这一方面的工作做得非常不够。近一年来，许多城市解放了，很多的文艺工作者也都已经进工厂、下农村、参加部队工作。但是，还有一部分作家和爱好文艺的青年，因为某些条件的限制，还没有机会能够深入群众去搞文艺工作，他们留在城市里，接触的新书刊比较多，这就使得他们加入文艺批评的战线了。最近批评风气的活跃，无疑义的，他们是起了很大的作用。但是这只是一个新的开始，距离目标还很远。因此，我觉得展开关于文艺批评的讨论是必要的。

首先，我认为一个文艺批评家一定要有丰富的哲学、社会科学和自然科学的知识，并且，要与人民大众和现实生活保持紧密联系。这样，才可能写出有功力、有见地的批评文章来。我们绝不能把文艺批评看作一个简单便当的工作，认为阿猫阿狗都能做得。"我总以为倘要论文，最好是顾及全篇，并且顾及作者的全人，以及他所处的社会状态，这才较为确凿。

要不然，是很容易近乎说梦的。"（鲁迅语）批评家有了理论功底、生活斗争经验和多方面的知识，才能全面地、历史地评价作家和作品。

同时，一个文艺批评家应该建立正确的、严肃的批评态度。乱捧与乱骂固然是不对，以"文人相轻"的妒嫉的态度或一团和气的"什么都好"的态度来进行批评也是不对的。我们必须正确地、具体地指出作品的好坏。对好的作品加以赞扬，对坏的作品就应该不顾情面地展开批评。这样，才可能逐渐地提高文艺创作的水平，也才可能给作家指出正确的创作方向。

其次，我们最近在报刊上所看到的，差不多都是个人对一本书的读后感或对某些影剧的观感，很少见到反映集体意见、群众意见的批评。我想：一个人所看到的、想到的毕竟有限，最好能集合三五同志共同讨论集体执笔。在可能的条件下，还可以开座谈会或以漫谈的方式来对某一创作进行评论。这样，就可以提出比较正确的看法和意见。同时，因为我们的文艺是为广大的工农兵，所以应该采访、集纳群众的意见。无论是一本书或一出戏，我们都应该征询他们的看法与感想，是好呢还是坏呢？好在哪里？坏在哪里？然后，我们再把这些意见集中起来、组织起来，加以提炼，用科学的态度、活泼的笔调写成有分析、有内容的批评文章。

还有一点，我们要知道文艺批评不是批评家单方面的工作。一个作家固然要虚心接受批评家的意见，但是批评家的批评如果不对，那么作家以及另外的批评家也有提出争论的权利。因为只有在不断的争论中，作家与批评家才会紧紧地联系起来．才会找到文艺创作的正确方向。同时，作家应该展开自我批评，分析自己创作的成败，检讨自己写作的态度。因为一个作家对于创作的甘苦和自己的作品总会有深切的、独特的感受和理解，因此，他写出的批评文章一定比较具体、真切。总之．只要作家愿意坦白、率直地进行自我解剖、自我批评，那文艺批评工作将会跨前一步。

毛主席说："文艺界的主要斗争方法之一，就是文艺批评。"我们的文艺批评家一定要善于运用这一武器来与一切脱离人民、脱离现实的作品进行斗争，引导文艺创作沿着健康的道路发展。把文艺批评提高一步！

1950 年 1 月

文艺漫笔二题

一、批评家要熟悉生活

优秀作品的产生，是一个作家深入体验生活、正确了解生活、把生活中的素材加以艺术的概括的成果。因此，一个作家生活得越认真、越扎实，他的作品就越真实动人。批评家也是一样，他必须深刻地认识生活，才可能对作品中所描绘的生活作出正确的评价。

必须指出：一个批评家研究作品、研究作家，应该从生活出发，尊重现实，决不能凭着主观臆测与死板的教条去分析、研究和批评。也就是说：一个批评家假如只是学得了一点理论知识，掌握了一些政策条文，那还是不够的。因为客观现实是不断地在变化着，发展着，批评家如果不懂得人民的需要与当前的任务，不了解现实生活的主要动力，看不清历史发展的方向，那么，他就无法搞好推动创作的批评工作。

很显然地，一篇有功力的批评论文，绝不是伏在书桌上，沉思默想，向壁虚构出来的；一定是批评家对作品中所描绘的人物形象和生活现象有丰富的知识，又有独特的见解。比方说，一个批评家要对作品的人物加以估价，假如他不熟悉这种人物，对于这种人物没有深刻的具体的认识，他又怎能辨认这种人物是否真实，有没有产生这种人物的社会基础呢？同时，他也就无法判断这种人物的性格是否真实，情节是否合理。西蒙诺夫说："……仅仅从事于书斋工作的批评是不能正确地估价苏维埃文学的作品……"这对于我们中国人民文学的批评工作来说，也是一样正确的。

总之，批评家应该和作家一样，勇敢地走出书斋，抛弃自己的小圈子生活；面向群众，深入生活，认真生活，以至熟悉生活。这是批评家应当走的康庄大道。

二、也谈杂文

四月六日文汇报的《磁力》副刊上发表了黄裳同志的一篇《杂文复兴》，随着就有很多同志发表文章，展开讨论。下面是我对这一问题的看法：

文学是社会的上层建筑，它是随着社会的下层构造——经济的发展而发展的。生在二十世纪三十年代的鲁迅，那时的反动统治是那么残暴，社会斗争又是那么激烈，不容许作家用通常的形式发表言论，也不可能"把思想和感情熔铸到创作里去，表现在具体的形象和典型里"。于是，鲁迅就以杂文这一独创的文艺形式，英勇地与敌人作战。这是完全正确的。今天，人民革命已经获得胜利，反动派已经被打垮，政权握在人民手里，我们说话、写文章再也不必"隐晦曲折"，可以"大声疾呼"了。但这并不是说"杂文时代"已经过去了，不要杂文了。相反，杂文将跟着社会的发展而发展。因残余敌人还没彻底肃清，新解放区的土地改革将要展开，即便土改完成，封建剥削消灭了，但封建思想还没有根除；因此，我们仍需要用杂文这一武器来和垂死的敌人与封建意识做不调和的斗争。同时，在反对侵略战争、保卫世界和平的斗争中，在打退资产阶级糖衣炮弹的进攻中，杂文这一尖锐战斗的文艺形式，也将会起很大宣传作用与鼓动作用。这就是杂文存在的价值。

必须搞清楚：杂文固然是鲁迅独创的政论性的文艺形式；但它的价值不在于形式，而主要的是在于它的战斗性的内容。因此，我们应该学习鲁迅战斗的精神，发扬鲁迅战斗的精神，与一切残余敌人及一切反动的、腐朽的思想意识展开斗争，至于杂文的形式，我们不必，也不应该专事模仿鲁迅，我们应该创造能够反映这新时代面貌的新形式，人民大众喜闻乐见的新形式。同时，各人可以尝试创造自己独特的、新颖的风格。

杂文要不要讽刺呢？嘲笑敌人，讥讽敌人是可以的，而且是必要的。对于自己同志、朋友的缺点与错误，我们应该率直地、不顾情面地批评。但是为了使批评收到更好的效果，我想：只要讽刺的出发点是善意的，是"真正站在人民的立场上，用保护人民的满腔热情来说话"（毛主席语）；

那么，对自己的同志、朋友进行适度的、热情的讽刺也未尝不可。很清楚，我们讽刺同志、朋友某些不正确的现象和生活、意识上的缺点，是为了否定这些现象，根绝这些缺点；使我们的同志、朋友深刻地认识他自己的缺点和错误，甩掉身上的包袱，而慢慢地进步起来。毫无疑义，讽刺对于批评根深蒂固的旧有的封建主义、资本主义意识，是能够起很大的作用的。

1950 年 5 月

笔与枪

6月18日，是革命文豪高尔基逝世纪念日。今天，距离高尔基逝世的日子虽然已经有十五个年头；但是他的名字随着全世界无产阶级革命运动的高涨，是越来越响亮了。他的著作翻译成各种不同的文字，被各国人民热情地阅读着。无可怀疑地，这些不朽的著作激起了被压迫阶级革命的火焰，鼓舞了他们的斗争热情和胜利信心。

中国人民读了高尔基的作品，在阴霾的日子里就透过黑暗看到了即将来到的光明；在艰苦的日子里就增强了斗争的信心。今天，中国人民革命的胜利，与全世界无产阶级革命运动是分不开的；同时我们也不会忘记高尔基作品的鼓舞作用。

因此，我们今天纪念高尔基，重要的是更加认真地学习高尔基。学习些什么呢？

一、我们知道，高尔基的童年、少年乃至青年时代一直是过着艰苦的流浪生活。从八岁开始到二十五岁为止，他抬过破布、当过面包师，还做过鞋匠的学徒、码头上的脚夫、车站里的守夜者、戏班里的"跑龙套"……这些"卑贱"的工作锻炼了他，充实了他，使他有了倔强的性格、革命的勇气。而且因此丰富了他的生活知识，增进了他与劳动人民的联系。也正因为他有如此丰富的底层社会的生活经验，他才能写出《童年》《在人间》《我的大学》《母亲》那样的作品。因此，我们学习高尔基就是学习他那渊博的生活知识，也就是要扩大我们自己的视野与生活领域。到工农兵中去，与他们生活在一起，了解他们，熟悉他们，使自己的思想感情与工农兵的思想感情打成一片。这对于一个文学工作者而言，足有头等重要的意义的。

二、高尔基是生在帝俄时代，那时统治阶级的剥削、榨取、压迫、蹂蹒，确是无孔不入的。高尔基的作品就如实地反映了这个社会的黑暗面。但是他并不止于反映现实，而是透过黑暗丑恶的现实，预见到灿烂的明天。这就是他伟大的地方——把革命现实主义与浪漫主义紧紧地结合在一起。因此，他成为苏维埃文学的开山祖，社会主义现实主义的奠基者。我们的文学工作者应当学习这种社会主义现实主义的创作方法，真实地、深刻地反映生活。今天，我们尤其应该多多描绘新生活，多多刻画新人物。当然，描写革命发展中的困难也是可以的；但是要着重指出这是胜利中的困难、前进中的困难，必须显现出光明的前景。

三、高尔基是一个人民的作家、无产阶级的作家。在我看过的他的作品中，都洋溢着热爱劳动人民、热爱人民祖国的精神。他憎恨剥削阶级的残酷无耻、资产阶级的反动卑鄙、小市民阶层的自私自利……对于劳动人民的反剥削、反压迫的解放斗争，他是满怀热情地歌颂与赞扬。而且，无论是在革命斗争时期或革命后的和平建设时期，他的文学工作都是服务人民、服务祖国的。这一点也是值得我们学习的。我们应该使文学成为有益于人民的精神食粮，很好地为工农兵和人民群众服务。

总之，高尔基的笔就是一支枪，他用这支枪打击敌人，保卫人民。让我们向他学习吧；举起我们的笔——不，我们的枪——向敌人瞄准，击中他们的要害；同时，紧握着这支枪，做一个人民民主、持久和平与幸福生活的捍卫者！

1950 年 6 月

关于民间文艺

在北京，最近成立了中国民间文艺研究会。报刊上也有了《民间文艺》周刊出版。在上海，复旦大学开设了"民间文艺"的课程。此外，有些地方还有民间故事集、民歌集以及有关民间文艺书刊的出版。这一连串的事实，说明了民间文艺已进一步引起文艺界的注意与重视。

民间文艺，也就是"萌芽状态的文艺"。它是人民大众在劳动工作与日常生活中集体创作的产物。在长期封建制度的社会里，它的社会关系，是剥削者、压迫者与被剥削者、被压迫者的斗争关系（主要的是地主与农民的斗争）。因此，反映到民间文艺上，也大都是写剥削者、压迫者的凶狠、贪婪、刻薄、势利、淫荡、无耻；以及被剥削者、被压迫者的痛苦、愤怒、仇恨、团结、反抗的，这些有意义的题材内容就使得民间文艺闪耀着人民性的夺目光彩。当然，无可否认地，民间文艺中有一部分是被统治阶级及城市有闲阶级所窃取、伪造、歪曲了的；这些是含有封建、宿命、迷信、淫荡的毒素的。我们必须加以剔除，不能盲目地和盘接受。

民间文艺的另一特点：就是由于它是集体的产物，是许多人共同参加创作的；而且他们的创作，不是无病呻吟，也不是无的放矢；是出于内在的强烈要求，是压抑不住的思想、感情的反映。因此，它不但凝聚了广大群众的生活经验与智慧，而且富有民间色彩与民族性格。同时，由于它是口头创作，它的语言是被广大群众一改再改，千百次琢磨、洗练过的语言，这是真正的群众语言，是文艺工作者应当认真学习的语言。

由于民间文艺是在群众中生根的，所以它也是广大群众易于接受与喜闻乐见的。针对着目前民间文艺上的一些问题，提出意见，加以讨论研究，是完全必要的。

一、中国民间文艺研究会应该与各地文联密切联系，有计划、有步骤地组织一部分文艺工作者专门负责民间故事、歌谣、传说、谚语、说唱、戏曲等等的采集。在采集过程中，文艺工作者应该深入群众，深入生活，熟悉群众的语言，这样才可能忠实地记录民间文艺的口头创作。

二、整理民间文艺，是采集工作的第二步工作。经过整理，必须保持其原有的生动活泼、丰富、简练的语言，因为这种语言是最有生命力的。当然，一些土语与过于偏僻的方言是可以酌量删除的。假如，我们在采集时，首先不是忠实记录，而是按照个人的好恶去修改内容，或是用知识分子的语言去整理加工，那就不会被广大群众所欢迎了。整理加工的目的只是为了更能使群众所喜爱，而不是迎合知识分子的口味。

三、民间文艺是人民大众自己创造的文艺。我们应该充分相信人民大众的智慧与才能。所以，采集与整理民间文艺不仅是少数文艺工作者的事情，应该发动群众一同来采集。例如，广泛征集群众自己记录的作品，而由文艺工作者加以整理、修改和加工。这样将会有更好的收获。

四、文艺工作者在采集与整理的过程中，应该好好地学习、研究民间文艺的内容和形式，从中吸取营养，使自己逐步地从原有的基础上加以提高。批判地继承民间文艺遗产，区分精华和糟粕，同时依据中国的民族特点，努力探索、创造出一种新形式，那就是要推陈出新。

五、中国民间文艺研究会与各地文联应该多与出版界联系，介绍《民间故事集》《民歌集》等等的出版。同时，出版界也应该更加重视民间文艺。这样，丰富、生动的民间文艺就会更好地推广到广大群众中去，为人民群众所接受和喜爱。

1950 年 6 月

谈谈创作计划

　　对于创作计划，作家中间还存在一些不同的看法。我想，如果能对这个问题取得一个比较明确的认识，毫无疑问地，那对创作是会有益处的。这里我准备简单地谈谈自己的意见。

　　作家被称为人类灵魂的工程师，这就是说，它是具有和机械工程师、电气工程师不同的特点的。艺术作品的生产和工业生产是不同的。作家的任务是要了解人的灵魂，塑造人的灵魂；也就是要深入到人民的精神和思想里面去，发掘和表现那些高尚的品质和优美的感情，鞭挞和清除那些封建主义、资本主义的毒瘤和渣滓，做一个建筑新的人类的灵魂工程师，即共产主义的思想建设的工程师。应该说，创作是一种特殊的劳动，是一种复杂细致的劳动。创作劳动的这个特点也就规定了创作计划是和生产计划有区别的，它不可能有现成的规格和统一的定额，也不可能有精确的生产指标和数字，所以创作计划确实是世界上最难定的计划。可是，"从前是这样，现在也是这样：每个作家一定要有计划"（法捷耶夫）。实际上，从不少作家的创作经验来看，开始写作之前都是要拟订一个计划的；至于这些计划是非常详细还是比较简单，是写在纸上还是记在心里，那可以根据作家个人的习惯来决定。有些作家说自己没有计划，事实上他是不会没有创作计划的，只是因为某种缘故，比如还不够成熟，还没有把握，因此暂时不愿说出来。

　　创作要有计划，但这种计划必须是从现实出发，从作家对现实生活的感受出发，而不能从主观概念出发，从抽象的主题出发，从政策条文出发。从创作过程来看，作家学习马克思列宁主义，学习党的政策和总路线，是为了获得打开现实生活宝库的钥匙，为了不致在生活的海洋中迷失方向。理论政策可以帮助作家掌握现实生活发展的动向，帮助作家明了什么是今天现实生活中的主要矛盾和斗争；但作家却不应该简单地依靠理论政策来规定创作的主题。因为作家要真正获得创作的主题，还必须到伟大丰富的现实生活和斗争中去，根据自己对实际生活的了解和感受来把握主题，确定题材，酝酿人物形象。订立创作计划要以生活为依据，这是我们必须遵循的一条重要原则。有些作家预先确定主题，甚至安排好故事情节，然后带着现成的框子到生活中去搜集材料，这种主观主义的创作方法，在创作实践中是注定要碰壁的。还有一种情况：有些作家根据主观的设想或政策的需要而拟订自己的创作计划，这方面也不难找到失败的例子。一个作家，如果有深厚的生活基础，即使他目前还没有深入生活，他倒是可以根据过去的生活经历拟订创作计划的。当然，假如他要写反映当前现实生活的题材，就必须再投身到现实斗争中去。但是，相反地，一个作家如果很少实际生活的知识，即使他已到生活中去，由于产生了急躁情绪，刚刚接触实际生活，就匆匆地拟订一个二十万字或三十万字的创作计划，这样的计划可以肯定说是不扎实、不牢靠的。

创作计划只能是初步的、大体的，不可能是固定的，一成不变的。法捷耶夫说："一个作家对于自己的作品即使经过十分周到的酝酿和深思熟虑，那他也只有在极稀有的情形下才能全部实现工作刚开头所预定的计划。"潘诺娃也这样说："我从来不能按照一个预先想好、一成不变的计划写长篇小说。"这是什么意思呢？这就是说，作家在创作过程中，人物性格、故事情节的发展往往突破作者最初的构思，因而在一定程度上改变了原来的创作计划。因此，每个作家应根据自己的生活实践和创作实践的情况，来修正、补充、丰富自己的创作计划，而千万不能被原来的计划所束缚。换句话说，只要按照生活的真实，按照生活发展的规律，在创作实践过程中，创作计划是可以有所变更的；不但可以改变，如果强制自己按照原定的计划写作，其结果则会限制，甚至于破坏人物性格、故事情节的自然发展，损害了作品的思想性和真实性。

根据对现实生活的观察、体验、研究、分析而制订的创作计划，可以帮助作家很好地进行创作工作；同时，也可以帮助负责组织领导创作的文学艺术团体了解和掌握创作的基本情况，督促作家勤奋地劳动，提高工作的责任感；特别是像电影生产部门，根据客观的需要和主观的创作力量拟订电影题材计划是完全必要的，而且也必须努力保证每年影片生产计划的完成。但是，总的说来，文学艺术的领导部门应该了解文艺劳动的特点和创作的特殊规律，不宜过分强调"加强计划观念""按时完成任务"，更不能简单地把作家是否完成创作计划当作考核作家工作好坏的唯一标准。在这方面，文学艺术团体主要应该多了解一些具体情况，从各个作家不同的实际情况出发，帮助他们深入生活、认识生活，在创作上给予具体的指导和帮助，而不要一味抓牢创作计划。我认为，文学艺术团体可以对作家个人的创作计划提出一些意见，但不能采取审查批准的办法。而且，领导上提出的意见的性质和作用，最好是限于提示、启发和鼓舞，帮助作家进一步认识自己所选定的主题、题材、人物，满怀信心地感情充沛地去完成创作任务。而作家更不能把领导上的意见看作决议和命令，不能被动地依赖领导，这正如丁玲同志所说的："作家并不像孩子那样离不开保姆，而要独立生长。因为创作无论怎样领导，作品是通过个人来创作的。"

1954 年 3 月

略谈作家表现工业建设

有一位我们相当熟悉的诗人到鞍钢去参观了一趟，回来谈到他的观感，主要印象是现代化的工厂"太复杂"，因此他表示今后不准备深入工厂体验生活。

对于现代化工业生产这种望而生畏的情绪，我想，如果诗人和作家认真深入到工人的生活和斗争中去，是可能改变的。但是据我所了解，另外一种情况，也还是存在着的：一个作家到工厂体验过生活，也写出了作品，结果却仍然信心不高，希望回转去写自己原来熟悉的一套。

从这里我们可以清楚地看出，部分作家对于表现工业建设不仅存在着一些"望而生畏"的情绪，同时也存在着一些"知难而退"的情绪。这种情绪是和现实生活发展的情况与广大人民群众的要求相抵触的；而且这种情绪本身，是和我们时代积极的战斗的精神相背离的。

我们的现实生活是无限宽广丰富的。在人们为实现总路线的一切斗争里，都能发现最精彩最动人的画面；而社会主义工业化是我们时代最显著最鲜明的特征和标志，它日日夜夜改变着祖国的面貌和人们的心灵，它应该成为我们创作最重要最丰富的题材内容。这就是说，作家应该站在国家工业建设的最前列，去深入了解其中存在的问题和带动工作前进的先进力量，反映那些最能表现我们时代面貌和特征的东西。事实上，在我们的国家里，工人阶级的劳动和生活已经给作家提供了最伟大最宽广的主题。在厂矿的车间、坑道里，在基本建设的工地上，人们充满着建设新生活的激情，新的崇高优良的品质一天天地生长起来，这正是我们作家需要竭力了解和表现的东西。可是，从上面的例子可以看出，目前有些作家对描写工业还缺乏足够的热情和勇气；一位负责同志针对这种情况，曾经这样尖锐地指出："如果我们作家对工业不感兴趣，那我们国家的工业化就会发生问题。因为这表示了许多人，首先是人类灵魂工程师的精神状态，还没有对工业发生热烈的感情。"我想，这些话是值得我们作家深思的。

而且，这也是的的确确的：我们的人民对文学的要求是丰富多样的。他们要求文学创作从各个方面、各个角度来反映我们时代的丰富多彩的生活，他们需要各种各样主题和题材的作品，他们希望从作品中看到战斗英雄和先进农民的鲜明形象，但是他们尤其是热切地盼望工业战线上的英雄能够在文学创作中占有一个重要的位置。我想，人民的这种要求和愿望是很自然的，因为我们的工业建设正在一日千里地向前发展，劳动英雄、生产革新者无时无刻不在大量出现，而我们反映工业建设的作品却实在太少了，和人民群众的要求和愿望比起来是很不相称的。

所以，作家虽然有完全的自由和充分的权利根据自己的生活经历和志趣来选择生活根据地和创作的主题、题材，别人只能在这方面给予一些启发和提示，而绝不应该用任何行政命令的方式来解决这一类问题。可是当每个作家在严肃地考虑如何使自己的工作为人民服务得更好的时候，却不能不注意到现实生活发展的动向和广大人民群众的要求。而且，我们应该明白，并不是作家所熟悉的任何题材对于人民都有同样重要的意义；作家应该怀着饱满的热情去了解、熟悉生活的新的更重要的方面。比如，李季同志原来打算仍然到他所熟悉的三边去生活，后来胡乔木同志在和他谈话中，说了这样一句意味深长的话："最熟悉的不等于最有意义的。"李季同志因此得到了很大的启发，就改变了原来的计划，到玉门油矿去生活了。我想，我们的作家也同样可以从这件事获得珍贵的启示。

工业建设对于我们的作家确是一个比较生疏的题材，描写这个题材是有许多困难的。但是，这既然是我们时代的作家光荣的义不容辞的职责。那么一切对工业建设、对工人阶级的生活和斗争望而生畏和知难而退的情绪都是要不得的；而应该勇敢地深入到厂矿和工地上去，深入到工人的情感和心灵中去，用自己刻苦的劳动和坚韧的毅力来完成这个我们的前辈没有完成，也不可能完成的伟大主题。

让更多的作家去熟悉工业建设和工人生活，为塑造出伟大的工人阶级的典型形象而努力吧。

1954 年 6 月

作家应当关心当前的作品

最近，我在和一些作家的接触当中，发现不少作家对于当前创作的关心和注意是很不够的。有时候，一篇作品在群众中已经引起了广泛的注意，可是不少作家还没有读过或者根本不知道。一两个月不读一篇新作品，在作家中间并不是什么稀罕的事情；至于有些诗人不读小说、有些小说家不谈诗的情况，那也是很久以来都存在着的。还有个别的作家。甚至就根本不读别人的作品。

在批评家中，据我了解，阅读当前作品的情况也不太好。有的批评家经常连全国主要刊物上的重要作品也不读，有一位从事现当代文学研究工作的同志，近年来就没有读过一篇报纸刊物上发表的作品。

我们觉得，这样的现象是很不正常的。为什么会产生这种现象呢？有的作家说工作太忙，社会活动太多，实在挤不出时间来读作品；有的作家说自己手边没有这些书刊，借阅也非常麻烦；也有的作家说，该读的书太多，顾不上阅读当前作品了，等等。现在大家都有很多事情，这当然是事实，但是，看一看当前作品，应该是作家、批评家不可忽略的事情。因为谁都知道，我们的文学创作是种集体的事业，作为这集体事业的一员的作家和批评家，是有责任和义务关心当前的创作的。同时，作家相互之间的学习、观摩、批评、勉励，也是保证创作事业发展和繁荣的重要的必不可少的条件。假如像目前这样，作家和批评家对当前的作品抱着一种漠不关心的态度，对新的青年作家缺乏应有的充分的热情，那么，我们的创作水平的提高和创作事业的发展就必然会受到影响和阻碍。

自然，问题还不仅仅如此。还有个别作家对当前的文学创作抱着一种轻视的、不屑一顾的态度。例如，有一位作家认为"读当前的作品简直是活受罪，比吃黄连还苦"。另一位作家心目中除了托尔斯泰等几个大作家外，别的作品是很少注意的；还有一位作家表示非第一流的著作不看。我想，我们目前的文学作品的水平不高，这是事实，经典名著需要读、应该读，这也是无可非议的。但是，这不仅不能说明我们可以对当前的创作采取消极的、冷漠的态度，而是恰恰相反，正好说明我们应该以亲切的态度去积极地关心它，热心地扶植它，使它成长和繁荣起来。而且，当前的新作品里也还不是没有一点长处值得我们的作家学习和借鉴的。只要我们更加谦虚一些，不要过高地评价自己，真正抱着诚恳的态度去看当前的新作品，那是一定能够从别人的创作中获得珍贵的启示和经验的，哪怕这种经验是点滴的，但总是对自己有益处的。

　　总之，关心当前的文学创作，是每个作家和批评家的责任，也是提高作家自己的文学修养和整个文学创作水平的条件之一，我希望这个问题能引起大家的重视。

1954 年 7 月

做文艺批评战线上的勇士

中国登山运动员把红旗插上海拔 8882 米的珠穆朗玛峰，破天荒地征服了世界最高峰。如果没有革命者的勇气，要创造这样的奇迹，是不可想象的。

苏联飞行员加加林少校乘坐"东方号"宇宙飞船遨游太空胜利归来，第一次把人类飞入宇宙的幻想变成了现实，开创了人类征服宇宙的新纪元。如果没有共产主义者的虎胆红心，要完成如此卓越的、史无前例的创举，也是不可想象的。

为了探索宇宙的奥秘，攀高峰、上青天，固然需要勇气；为了促进文艺的繁荣，浇香花，锄毒草，又何尝不需要勇气呢。我们的文艺批评战线上，多么需要既敢于浇花锄草又善于浇花锄草的战士呵！我们多么需要有胆有识、富于战斗性和创造性的评论呵！

在文艺评论工作中，所谓"胆"，就是要敢于肯定、扶持社会主义文艺的新生事物，敢于批评错误的文艺思潮、创作倾向，敢于在理论上进行大胆的探索和创造；所谓"识"，就是对马克思列宁主义和党的文艺政策的深刻理解，对生活的真知灼见，对艺术的精辟独到的见解。胆与识是不可分割的，有了革命的胆量，有了理论上的勇气，才有可能提出新的问题，建立新的见解，在理论上有所创造，有所发展；而有了真才实学，有了各方面的丰富的知识，才能使理论上的勇气建立在坚实的基础之上。有胆有识，也就是要求文艺评论工作者把肯定新事物、批判旧事物的革命热情与对艺术品的精湛而细致的科学分析结合起来。这正是革命现实主义与革命浪漫主义相结合的艺术方法对文艺批评提出的要求。

党的百花齐放、百家争鸣的方针有利于发挥文艺理论批评上的革新勇气和独创精神。近来，文艺界的空气相当活跃，对文艺理论、文艺创作上的许多问题展开了热烈的讨论，其中不乏有胆有识的评论。但是，我们不能不看到，也还有一些人的思想没有真正解放，抱着这样或那样的顾虑，既不敢发表自己的独立见解，也不敢批评别人的错误的意见。

"政治问题与学术问题的界限不易划清。"诚然，我们应当注意把学术思想上的错误同政治上的反党反社会主义严格地区别开来。毛主席在《关于正确处理人民内部矛盾的问题》中明确地提出了六条政治标准，这就使我们区分政治性质的问题与学术性质、艺术性质的问题有了准绳。显然，只要在政治上承认社会主义道路和党的领导，在学术性质、艺术性质的问题上完全可以各抒己见，充分讨论；经过辩论，即使证实自己的观点是错误的，那也没有什么，只要勇于接受批评、修正错误就行了，大可不必畏首畏尾，顾虑重重。

"不敢批评学术界、文艺界的权威、名人。"这是思想怯懦的一种表现。我们对于真正的学术权威、文化名人应当尊重，但切不可迷信. 对于他们的错误的意见，同样要敢于进行批评，不论职位高低，不论有名无名，任何人在真理面前是一律平等的。在文艺问题的论辩和批评中，我们要敢于坚持真理，唯真理是从，为捍卫马克思列宁主义的纯洁性和无产阶级的美学理想而斗争。

"多作政治、思想分析，少作艺术分析，宁可犯教条主义错误，不要犯修正主义错误。"这也是一种幼稚的想法。是的，教条主义的公式是政治即艺术，修正主义的公式是艺术即政治；但是，有了正确的政治立场，站稳了脚跟，多作点艺术分析，未必会犯修正主义错误。艺术分析与修正主义之间并没有必然的联系，不能在两者之间画上等号。对于艺术性质的问题进行大胆的探索，即使出点小岔子，也不足为奇。《红旗》杂志1961年五期的社论《在学术研究中坚持百花齐放百家争鸣的方针》说得对："在科学的发展中，会不断地遇到新的问题；不应当认为一切问题都已经解决，都已经有了现成的答案，而要勇敢地向新的领域探索，容许人们由于进行新的探索而犯这样那样的错误。"

"还是复述流行的观点最保险。"这是思想怯懦、怠惰的又一种表现。在这种思想的支配下，写起文章来，谨小慎微，四平八稳；谈起问题来，人云亦云，亦步亦趋。这条道路果真保险么？其实不然。试问：如果流行的观点是错误的，你不是也跟着错了吗！看来，在学术研究上要作出一点新的成绩，必须走一条艰难的道路，对于别人达到的一切观点、原理、结论，都要通过自己的大脑，刻苦钻研，独立思考，然后再作出抉择：究竟是接受它还是抛弃它。除此而外，捷径是没有的。

凡此种种顾虑，汇总起来，无非是一个"怕"字：怕犯错误，怕得罪人，怕艰苦劳动等等。私字当头，就难免患得患失，顾虑多端，怯于批评，怯于创造。而彻底的唯物主义者，真正的革命者是无所畏惧的：他们敢于批评，敢于斗争，勇于破格，勇于革新。

我国年轻的、崭新的社会主义文艺正沿着工农兵方向下百花齐放、百家争鸣和推陈出新这条最正确、最宽广、最富于创造性的道路健康地发展。现在摆在文艺评论工作者面前的任务是：以毛泽东文艺思想为指导，在总结我国文艺的丰富经验，特别是社会主义文艺创作经验的基础上，建立、发展中国自己的马克思主义文艺理论和批评，树立无产阶级的新的艺术标准，为社会主义文学艺术的更大繁荣开辟道路。这是历史、时代赋予我们的新的艰难的任务。我们要有勇气闯前人没有走过的路，征服前人没有进入的领域，立志做文艺批评战线上的勇士，而不做畏首畏尾、无所作为的懦夫。

1961 年 5 月 7 日

需要有胆有识的文艺批评

我们常常用"百花齐放""姹紫嫣红""花团锦簇""群芳竞丽"来描述社会主义文艺繁荣昌盛的景象。如果把不同形式、体裁的文学艺术作品比拟为各种各样的花朵，那么作家、艺术家好似种花人，读者、观众则是赏花人。而批评家可以说既是赏花人，又是护花人。批评家和作家、艺术家都是文艺大花园中的园丁。他们用自己的心血汗珠培育着文艺的花朵。

作为护花人的批评家，负有浇花和锄草的任务。我们的文艺批评首先应当热情鼓励富于革命性、战斗性的作品；同时也要扶持有助于丰富人民的生活知识、提高人民的审美能力的作品。对好作品的恰切鼓励，好比浇花。花儿得到浇灌滋养，会开放得更加鲜丽、灿烂。对于违背六项政治标准以及带有不良倾向的作品，则应当及时给以有说服力的批评。对有害作品的正确批评，犹如锄草。锄掉了杂草，香花才会生长得更为繁茂、茁壮。

社会主义文学艺术的茁壮发展，需要作为园丁的批评家特别加以爱护和扶持。如果有人以为既要扶持新的文艺，又要保护作者的创作积极性，就连有害的作品或创作中的不良倾向也不能批评了，这就大错特错了。文艺批评的战斗性正在于它紧密地联系当前的思想斗争和创作实践，为文艺发展的正确方向而斗争，为新事物开辟道路。近一年来，百花齐放、百家争鸣方针的进一步贯彻，文学艺术的多样性的发展，总的趋向是健康的，但也出现了一些缺乏时代气息和色彩，或者是无病呻吟、不痛不痒的作品，以至存有某些错误倾向的作品。对于那种思想倾向错误或反映了不健康情绪的作品，必须进行严肃的、深刻的批评。批评家如果对这类有害的作品和演出熟视无睹，置之不管，那就会贻害读者、观众，阻碍文艺创作的健康发展。对于基本倾向正确、但有局部性质缺点的作品，批评家则应当采取热情爱护与严格要求相结合的态度，首先肯定它的优点和成就，同时指出它的缺点和不足之处。也就是说，对于包含局部缺点的香花，在引水灌溉的同时，还必须为它修枝理叶。折掉不必要的枝丫，摘去花上的枯叶，就会使这枝花具有更旺盛的生命力。

粗暴的批评是有害的。但是，一味颂扬、庸俗恭维的评论的害处也不亚于粗暴批评。它不仅会使修养不足的作者冲昏头脑，迷失方向；而且会败坏一部分读者的胃口。所以，我们既反对粗暴批评，也反对盲目捧场。我们需要的是正确的、中肯的批评。这种批评以切实的研究工作为基础，对作品的思想、艺术进行具体透辟的分析，以理服人。唯有这种正确的科学的文艺批评，才能够真正起到帮助作者提高作品的思想性、总结艺术经验、提高读者的鉴赏能力、促进文艺创作发展和提高的作用。

我们的文艺批评应当力求旗帜鲜明，立论准确。但是一个不成熟的批评家像一个经验不足的护花人，在浇花、锄草、剪枝的过程中，有时难免浇过了头，或伤了花瓣，踩了花苗。矫正文艺批评中这样或那样的缺点，积极的办法是开展认真的讨论，而不能干脆把文艺批评的武器束之高阁。

看来，要树立一种革命性与科学性相结合的批评作风，需要作家、批评家和编辑通心协力的合作。批评家既要发扬对革命事业、人民群众负责的精神，敢于批评；又要坚持实事求是、科学分析的作风，善于批评。文艺报刊的编辑既要敢于支持有胆有识的批评，反对不痛不痒、毫无新意的评论；又要善于集中和反映群众对文艺的要求和意见，引导群众的批评沿着健全的道路发展。作家、艺术家既深知创作的甘苦，则应当积极参加批评活动，使文艺批评更切合于创作实际，同时又要有听取各种批评意见的度量，勇于接受正确的批评。唯其如此，科学的战斗的文艺批评才会顺畅地发展，自由活泼的批评风气才会形成，从而促进文艺创作更好地为工农兵服务，为社会主义服务。

1962 年 12 月

创造革命的英雄形象

话剧《第二个春天》里描写了这么一个年轻人：在新社会里长大的刘之华，没经受过革命烈火的锻炼，不知革命先辈创业的艰难，不知社会主义的幸福从何而来，开口闭口讲兴趣，一遇到困难，就心灰意冷……作者通过对她的思想、性格的揭示，提出了一个令人深思的、十分重要的问题，即如何加强对青年一代的教育问题。

用社会主义、共产主义思想武装青年一代，使他们成为无产阶级革命事业的可靠接班人，是一项极其重大而艰巨的任务。在向广大青年进行共产主义教育的工作中，文学是一个生动而有力的手段。现在的青年都具有一定的文化水平，他们的求知欲相当强烈，如饥似渴地需求新的精神食粮；而且他们抱有为祖国、为社会主义建立功勋的雄心壮志，处处寻找值得自己学习和效仿的光辉榜样。正因为如此，我们时代的青年就同革命的文学结下了不解之缘。优秀作品以其所特有的艺术形象和魅力，唤起青年美好的思想和情感，鼓舞他们去斗争，去创造。《母亲》《铁流》《钢铁是怎样炼成的》这样一些苏联革命的文学作品，曾经哺育了一代又一代的青年革命者。在旧中国，许多追求光明的青年是经过苏联革命文学的媒介，而开始接触到革命的真理，终于走上革命道路的。我国当代文学作品《红旗谱》《红岩》等，受到广大读者，特别是青年读者的热烈欢迎，它们已被公认为"最生动的共产主义教科书""阶级斗争的最好教材"。朱老忠、许云峰、江姐这些英雄形象所迸发出来的共产主义思想光辉，照亮了青年一代前进的道路。从实际生活里，我们看到革命的文学作品，对于培养坚强的革命后代、提高青年的精神境界，起了有力的潜移默化的作用。

文学对于意识形态领域里"兴无灭资"的斗争有着不可低估的潜移默

化的作用。在社会主义时期，阶级斗争还在一定范围内存在。在思想领域里同资产阶级斗争，更是一个长期的、艰巨的任务。资产阶级的意识形态正是通过各种不同的渠道侵袭着青年一代。我们的文学应当通过对于阶级斗争的深刻描写，来帮助广大青年认清阶级斗争的现实，提高他们的阶级警惕性，自觉地抵制资产阶级思想的侵蚀。革命的文学不仅要善于表现阶级斗争的历史，还要善于揭示阶级斗争的现实。作家要努力反映当代生活中各种复杂多样的矛盾斗争，反映从社会主义和资本主义两条道路的激烈斗争到人们同旧的传统、习气和私有制心理的细致入微的斗争，以引导和启发青年认识改造旧世界、建设新世界的复杂性、艰苦性，使他们对于社会主义革命和建设有充分的精神准备，勇于迎接困难，战胜困难，挑起建设新生活的重担。当代革命文学中已经有了一批描写阶级斗争的富于战斗性和鼓舞性的作品。但是，从加强对青年的社会主义教育和阶级教育的需要来看，这样的好作品还嫌不足。而且，有些作品对于当前阶级斗争的反映，似乎是还不够深刻有力。我们的作家必须进一步加强马克思列宁主义的思想武装，要更扎实、更深入地参加到群众的火热斗争中去，才能写出更多更好的鼓舞青年斗志、锻造青年心灵的作品来。

创造英雄人物，特别是青年英雄形象，对于广大青年又有更为直接、更为巨大的教育鼓舞作用。多少年轻的革命战士曾经呼唤着刘胡兰、黄继光的名字，为革命事业而忘我战斗，以至牺牲自己的生命。伟大的革命战士雷锋在成长过程中，也受到过革命文学的哺养。从他的日记中我们可以看到，他是怀着多么激动的心情阅读了《黄继光》《向秀丽》这些作品。他把这些英雄人物当作自己的学习榜样，并努力把自己的思想提到英雄人物的高度。在我们的国家里，英雄人物宛如满天繁星似的在各个建设战线上闪烁着夺目的光辉。在严酷的阶级斗争环境里，产生了刘胡兰、董存瑞、丁佑君、黄继光、罗盛教这样的青年英雄；在和平建设的环境里，又出现了雷锋、向秀丽这样的青年英雄。既然我们的青年那么热爱英雄人物，崇尚英雄行为，而现实生活里又已经涌现出无数的英雄人物，革命的作家就应该更多、更好地为我们时代的英雄塑像。我们的文学只有创造出最能体现革命理想和时代精神的新英雄人物，才能召唤青年去克服困难，创造奇迹，培养青年的共产主义道德品质，充分发挥文学教育青年一代的作用。我国革命文学的画廊里，已展示出一系列鲜明的新英雄人物形象，其中也包括成岗、梁生宝、邓秀梅、李双双、林道静这些令人难忘的青年形象。但是，面对着现实生活中雷锋这样的英雄人物，又不能不令人感到，我们的文学在塑造一代新人的典型形象上还得更上一层楼。如何根据实际生活，进行更广泛的艺术概括，创造出更高、更美、更理想的青年革命者和建设者的形象，还有待于作家们进一步地追求、探索和实践。

我们的时代，是英雄辈出的时代。我们的作家，应当把创造英雄形象，尤其是创造青年革命者的典型形象，当作自己的崇高职责，用富于思想性、战斗性的优秀文学作品去加强青年一代的思想武装，使我国青年的精神面貌达到一个新的、更高的境界。

1963 年 5 月

爱护文学新人

常常听到一些活跃于当今文坛的中青年作者叫苦不迭：约稿的太多，简直应付不了。听说，有一位作者，发表了几篇作品，稍稍有了一点名气，报刊、出版社、电影厂的编辑就蜂拥而至，约稿的信电纷至沓来，在同一时间，竟然有二三十家报刊向他组稿索稿。还有一位作者，干脆在自己的房间里挂了一块小黑板，上面记载某月某日某刊物约什么稿件，录以备忘，以便按时交卷。这样的事例并非绝无仅有，而是不少作者都有过的遭遇。

在约稿者的热情包围下，个别修养、经验不足的青年作者，不免被搞得晕头转向，以至有点飘飘然、昏昏然。大多数作者对此引以为苦，而又无法摆脱。细心倾听一下一位女青年作家坦率、真诚的心里话吧："约稿一般不愿答应，但又担心自己是青年，拒绝人家的好意说不过去，结果作者被动工作，在各刊物的'指挥'下写作，零打碎敲，不利提高。"

事情确乎是这样。作者并非写作机器，无论他才思多么敏捷，精力多么充沛，也难以承担名目繁多、源源不断的"加工订货"任务。

生活是创作的唯一源泉。一些中青年作者能写出几篇好作品，和他们有着一段丰富的、坎坷曲折的生活经历是分不开的。他们植根于群众生活的土壤，了解人民的欢乐与苦恼，希望与追求，有了真切的感受，才能诉诸笔墨，塑造出感人至深的艺术形象。如果割断作家同人民生活的联系，那他们的创作生命就会枯萎。当前文学创作中出现一些浮光掠影以至胡编乱造的东西，恰好说明了一些中青年作者生活根底很浅或游离于现实斗争之外。我们的报刊、出版社，作为文学事业的组织者，理应为中青年作者提供一些条件，鼓励和帮助他们投身于人民建设新生活的洪流，从群众生活的矿藏里不断开掘出文学艺术的原料。试想：如果作家生活库存的原材料短缺，又如何能加工制作出人民需要的精神产品来呢？

创作是一项细致而复杂的精神劳动，它是作家个体的、创造性劳动的产品。它不能像工业产品那样，按照同一的规格成批地大量生产出来。要创造出在艺术构思上独出心裁、艺术风格上独辟蹊径的文学作品，就得给作家足够的酝酿、准备、思索的时间，精益求精、刻意加工的时间。如果限期交卷，不问质量高低，一律照登，那就会使一些作者养成一种一挥而就、潦草马虎的写作习惯，严重妨碍创作思想艺术质量的提高。据悉，有的准备打印征求意见的作品原稿，还没有来得及打印出来，有的刊物就匆匆拿去公诸于世了。更有甚者，某作者准备扔进字纸篓里的废稿，刊物编辑拿到手竟如获至宝。这种做法怎么能不助长粗制滥造呢？其结果，势必为精神生产中的次品、等外品乃至废品大开绿灯。平庸、低劣的作品充斥市场，岂不败坏读者胃口、贻害广大群众吗！

编辑是"在某种程度上指导作家、教育作家的人"（高尔基语）。他们在向作者约稿的时候，首先应当考虑，怎样做，才有利于中青年作者的健康成长，有利于文学创作的繁荣和创作质量的提高。千万不要把刚露头角的中青年作者搞得疲惫不堪，使他们没有充分的学习、思考、探索的时间，以至两脚离地，脱离了哺育他们的土壤。当然，从作者方面来说，也要取一种严肃的写作态度，实事求是，量力而行，对于约稿者不能有求必应，来者不拒。"宁肯少些，但要好些"，精心写作，以质取胜。如果编者约稿，作者写稿，都严肃认真，一丝不苟，具有高度的社会责任感，那就一定能为社会主义精神文明的建设做出更好的贡献。

1982 年 10 月

更好地发扬刊物特色

五年前的春天，我出差去福州。恰逢《电视·电影·文学》在闽呱呱坠地。我是有幸最早拿到创刊号的读者之一。一眨眼，已经到了它的五周岁生日。我欣喜地看到。它在广大读者中扎下了根，由稚嫩的幼芽日渐成长为一株生意益然的小树。我以为，在当今刊物之林中，《电视·电影·文学》是一本有个性、有特色，别具一格的刊物。

这本刊物的一个特色是注重具有群众性的影视文学。熔电视、电影、文学于一炉，提倡和鼓励从文学的角度来探讨电视、电影这些样式的特点，以及如何提高它的思想、艺术质量。从事精神食粮生产的同志不能忽视这样一个事实：电视已深入到千家万户的日常生活里，从学前儿童到古稀老人，每天晚上都围坐在荧光屏前。如今，一本小说只能印一两万册，多则三五万册。而一部好的电视剧却能吸引亿万观众。电影的上座率虽有所下降。然而仍不失为广大群众喜闻乐见的一种艺术样式。因此，努力提高电视、电影的思想、艺术水平，使之在提高人们的精神境界、道德情操，鼓舞爱国热情、振奋民族斗志方面，发挥更加强大的潜移默化的作用，应当是我们孜孜以求的目标。而文学是电视、电影的基础，拍摄一部好的电视剧、好的故事片。都离不开一个好的文学剧本。提高影视质量，首先要抓文学剧本。期待《电视·电影·文学》在这方面做出新的成绩，提供更多的、像《走向远方》以及《四世同堂》《寻找回来的世界》《新星》等电视剧那样脍炙人口的好剧本。

这本刊物的特色是注重发表初试锋芒、崭露头角的文学新人的作品。五年来，出现在刊物上多是我们陌生的无名作者，或小有名气、知名度还不大的中青年作者。这批作者年富力强，生气勃勃，在思想，艺术上敢于探索，勇于创新，同人民群众的生活斗争有着较为密切的联系，创作上具有相当的潜力。除了他们以外，在我们广阔的国土上，还有成千上万置身于四化建设和改革第一线、在创作上跃跃欲试的业余青年作者。如果我们的刊物能从中组织、吸引哪怕是十分之一、百分之一的作者来学习从事影视创作，并帮助和引导他们提高思想素质、业务素质，包括更好地掌握影视文学样式的特征和创作规律，整个影视文学的发展、繁荣就有了雄厚、坚实的基础。热切希望《电视·电影·文学》在这方面继续多做些扎扎实实的工作。

我觉得，这本刊物还有一个引人注目的特色是眼睛向下，注重倾听广大读者的意见，我很赞赏刊物编者所说的，"我们心目中的上帝就是读者，就是千千万万真心实意地支持过这个刊物，并且将继续以极大的热情支持下去的热心读者。"编者是这么想的，也是这么做的。几年来，刊物不仅多次给读者发出意见征求表，而且还举办了两届"热心读者奖"。最近又以"如果你是本刊的主编……"为题广泛听取读者的意见。通过这样一些途径，使刊物编辑部充满了来自群众的各种各样的声音。对于群众的批评意见，中肯的、尖锐的，甚至是苛刻的，编者都虚怀若谷，耐心倾听，从中汲取水分，汲取养料，像园丁那样，辛勤地浇灌刊物这块园地。

祝愿《电视·电影·文学》更好地保持和发扬自己的特色。赢得更多的读者，为培育一代"四有"新人、加强社会主义精神文明建设做出新的贡献。

1986 年 3 月 18 日

开拓地质文学新局面

有机会同地质战线的文学同行相聚，感到很高兴。你们这次代表大会，是在新时期文学走完十年路程这样一个重要时刻召开的。回顾十年历程，地质文学或者山野文学有了很大的发展，呈现出多姿多彩、生气勃勃的局面，长篇小说《天涯孤旅》、报告文学《共和国不应忘记》、电影剧本《男儿要远行》这样一批好作品，不仅为地质矿产系统的干部、职工所喜爱，也为社会众多读者所赞赏。在小说、散文、报告文学、诗歌、剧本、影视文学、儿童文学、通俗文学、科学文艺等方面都涌现出一批富有创作潜力的新人，初步形成的地质文学队伍，已经成为整个文学队伍中一支不可忽视的力量。地质系统的群众文学活动也有了较大较快的发展，这里蕴含着地质文学的后备力量，是地质文学进一步繁荣发展的坚实基础。所有这些，有力地说明了地质文学已经取得可喜的、引人注目的进展和成绩。

为了开拓地质题材文学的新局面，提几点希望和建议：

一、要加强对地质题材文学创作在精神文明建设中的重要地位和重要作用的认识，提高使命感、责任感，并吸引更多的有条件的地质部门外作家从事地质题材文学创作。

地质工作者长年累月战斗在沙漠、戈壁、山野里，跋山涉水，饮风餐露，在那种环境里，人们所接触到的生与死、苦与乐、荣与辱、怯与勇，表现得特别激烈，文学作品反映地矿建设者的生活，讴歌他们的艰苦创业精神、献身精神。英雄主义精神和敢于开拓，勇于探索的精神，能培养人们，特别是青少年读者的奉献意识、崛起意识、建设意识，鼓舞人们积极进取，奋发向上。因此，地质题材的文学创作在精神文明建设中有着不可替代的作用，从中国作协及其所属报刊的工作来说，今后要加强对地质题材文学创作的评论与介绍。

二、要努力提高地质文学的思想，艺术质量。商品经济的迅猛发展，既赋予文学艺术以新的生机、活力，为作家提供了施展才能的宽广天地；同时它的冲击、渗透，又使文学面临着严峻的挑战。面对挑战，最重要的是拿出高、精、尖的作品，拳头产品，以对社会，人生的深刻思考，对生活的真知灼见和富有艺术魅力的力作佳构来赢得读者，征服读者。地质系统的作家、文学工作者要充分发挥自己的优势，凭借自己丰富的、宝贵的生活积累，描绘志在险远的开拓者，而且在文学创作中，要像地质勘探队员那样，敢于开拓，勇于探索，要有更加强烈的创造意识、革新意识。创新，不只是在艺术上，首先是在思想上出新，要把描绘地质工作者生活同整个社会生活、改革开放的大背景联系起来，努力拓展地质文学的格局和容量。借鉴古今中外一切有益于我们的创作经验，艺术上博采众长，兼容并蓄，努力提高艺术表现功力，使艺术手法、风格更加丰富、多样化，从而使地质文学成为对男女老少都有强大吸引力的一种精神产品。这样，地质系统的作家也就可能在全国性的文学评奖中榜上有名。

三、地质作协要更好地发挥联谊、沟通、服务、倡导的职能。

联谊，以文会友，主要是交流信息，交流创作经验，组织业务交流活动，提倡和活跃艺术、学术讨论的空气，使会员开阔眼界，活跃思想。服务，则要提供创作、深入生活的条件、场所，保障会员的合法权益，在经济上、法律上、工作上为会员服务。在如何更好地为会员服务上，希望能提供新鲜经验，地质作协没有专职人员，抽调会员到协会轮流值班，也许会为作协体制改革踏出一条新路。

1988 年 12 月

我的一点收获与心得

一、通过这次学习，对邓小平建设有中国特色社会主义理论的科学体系，有了一个初步的、轮廓的了解。邓小平的理论是个思想宝库；而中宣部编写的《学习纲要》犹如一把钥匙，帮助我们打开了这个思想宝库的门。选读了《邓选》中若干篇文章，细读了一遍《学习纲要》，可说是刚刚进了宝库的大门，了解了科学体系的概貌和主要内容；特别是对这一理论的精髓、首要的基本问题和立论基础，有了较为清晰的认识。对上了门牌号码，为今后进一步深入学习打了基础。

二、深切地体会到，不能单纯地、孤立地学习邓小平关于社会主义精神文明建设的理论和关于文学艺术的论述，而应当把它们放到邓小平建设中国特色社会主义理论的科学体系之中，作为这一理论的有机部分来学。只有首先学习掌握"什么是社会主义、怎样建设社会主义"这个基本的理论问题，才能真正把握邓小平有关精神文明建设、有关文学艺术论述的精神实质、重大意义。在建设有中国特色社会主义的过程中，要坚持物质文明建设与精神文明建设一起抓，使两个文明建设协调发展，相互促进。文学工作者作为思想战线上的战士，要从经济发展战略、总体布局的高度来认识社会主义精神文明建设的重要性。胸怀大局，不仅要胸怀"抓住机遇，深化改革，扩大开放，促进发展，保持稳定"这二十字方针的大局；还要胸怀分"三步走"基本实现现代化这个更加宏伟的大局。把三个"是否有利于"（发展社会生产力、增强综合国力、提高人民生活水平），作为衡量我们工作的是非得失的根本标准。

三、增强了用邓小平有中国特色社会主义理论来团结、凝聚文学队伍的信心。

"主义譬如一面旗子。"邓小平的理论是指引我们建设有中国特色社会主义的旗帜，是中华民族振兴和发展的强大精神支柱。5000多万党员的大党，有了这面旗帜，才会有更加坚强的战斗力；12亿人口的大国，有了这面旗帜，才会有更加强大的凝聚力。这次学了邓小平的理论，学了《学习纲要》，有了更加强烈的搞好文学界团结的愿望，也有了可以搞好团结的信心。中国作协5000多会员，200多位理事、20多位主席团委员，认真学习邓小平的理论，紧密联系当前形势、任务和全党全国工作的大局和文学思潮，创作、理论研究实际，自己的思想实际，就能在服从和服务于大局、把握时代本质与反映时代精神、继承与创新、文学队伍的团结与建设等问题上，有更多的共同语言，以至取得共识，从而把各民族作家的积极性与创造性凝聚到创作更多更好的文学精品、建设具有中国特色的社会主义文学上来。我记得，1953年全国文协曾组织40多位作家、评论家和文学界领导骨干集中一段时间学习社会主义现实主义理论，联系实际，统一认识，作为开好全国文协第二次代表大会的思想准备。是不是也可以考虑：选择适当时机，组织一部分有代表性的作家、评论家和领导骨干，集中一段时间学习邓小平建设有中国特色社会主义理论，围绕建设有中国特色社会主义文化、文学这个题目，总结经验，提高认识，作为开好五次作代会的思想准备。

四、真正有了一种抓住机遇、做好工作的紧迫感。

小平同志一再讲："我就担心丧失机会，不抓呀，看到的机会就丢掉了，时间一晃就过去了。""我们已经耽误了二十年，影响了发展，还要再耽误二十年，后果不堪设想。"他又说："没有一点闯的精神，没有一点'冒'的精神，没有一股气呀、劲呀，就走不出一条好路，走不出一新路，就干不出新的事业。"

我们的文学创作还满足不了人民群众日益增长的精神、文化生活需要，特别是反映我们时代精神、鼓舞人们奋发向上、富有艺术魅力的精品不多。这就要求我们用一种积极进取，开拓创新的精神，做好为作家服务、为繁荣文学创作服务的工作；并积极而稳定地改革作协体制，使其适应文学发展的要求。作协计划建立创作中心、经纪人服务中心、作家权益保障中心，并逐步进行机关体制、报刊出版社管理体制、专业作家制度三方面的改革。这些方面的建设和改革，看准了的，要"大胆地试，大胆地闯"，不能被旧的条条框框束缚住自己的思想，因循守旧，四平八稳，踟蹰不前。我也要联系自己的思想，深入思考一下，并提醒自己：力争做改革的促进派，而不做促退派。如果说我在作协班子里，可以多少起一点"拾遗补缺"的作用的话，那也要力求在说新话、走新路、干新的事业上拾遗补缺。

1995 年 6 月 17 日

谈文学组织工作

中国作家协会召集的部分分会创作联络工作座谈会今天开始了。参加这次座谈会的有来自东北、华东、中南、西南十八个分会的领导人和负责创联、组联工作的同志，及作协总会的同志，共四十多人。1978年作协恢复工作以来，第一次召开这样的创联工作座谈会；在中国作协三十七年的历史上，专门开会研究、探讨文学组织工作，也是前所未有的。

这次座谈会是在我国的改革由农村而城市，由经济而科技、教育、军事、政治全面展开，思想、学术、理论、文艺出现新的、活跃的势头下召开的。今年春天以来，中央和中央领导同志大力抓意识形态工作，一再强调要为学术、理论、文化艺术的发展创造一种和谐、融洽、活泼、宽松的环境和气氛。纪念"双百"方针提出三十周年，回顾历史，总结经验教训，更加提高了我们长期坚持这一基本方针以发展科学文化的自觉性。定于今年九月召开的党的十二届六中全会，将要作出关于加强社会主义精神文明建设的决定。可以预期，这个决定必然会使精神文明建设、意识形态工作更好地与物质文明建设相适应、相配套，从而把现代化建设、改革、开放推向前进。

思想文化工作部门及其广大工作人员，在建设精神文明中担负着特别重要的历史使命。如何更好地调动成千上万文学大军，提高这支队伍的思想素质、业务素质，争取文学创作的更大发展、繁荣，是我们这次座谈会总的主题，也是我们研究、讨论文学组织工作的根本出发点。

围绕着繁荣文学创作、培养文学新人、提高队伍素质，也就是"出作品、出人才"这个中心，我们的座谈会将着重就下列三方面的问题交换意见，交流经验：

一、如何进一步加强与会员的联系，更好地为会员服务，为发展、繁荣创作提供必要的条件；

二、如何加强文学队伍的建设，提高作家、文学工作者的思想素质、业务素质；

三、创联、组联工作如何适应建设、改革、开放的新形势，在思维方式、活动方式、工作作风等方面应当作些什么革新和改进。

这里，我想围绕这次座谈会的主题和讨论重点，讲几点意见，作为同志们讨论时的参考。

第一点：创联、组联工作在作协工作中的位置

作家协会这个群众团体是党和国家联系作家、文学工作者的纽带。作家的愿望、情绪、要求、建议，可以通过作协向上反映；党和国家对文学工作的期望和要求，可以通过作协传达、贯彻到作家当中去。作协是介乎党和作家之间的桥梁，它应当起到下情上达、上情下达的作用。作家协会又是各民族作家自愿结合，独立主动地进行文学活动的专业团体。作协的工作要面向广大会员，团结、联系各民族、老中青、从事各种文学样式的会员。它担负着在会员之间、各地分会之间组织横向联系、交流的任务。而开展创作、理论问题的自由讨论和争鸣，则是作协的主要活动方式。无论是上下沟通，还是横向联系、交流，都离不开组织联络工作。从实际情况来看，创联（组联）部（室）可说是作协的一个国内部，或不管部。也就是说，除文学外事活动外，凡与文学业务沾边的工作，差不多都要由创联部（室）来承担。诸如组织创作，组织作家深入生活，组织作家学习，组织创作、理论问题的讨论，组织创作评奖，举办讲习班、读书班，发展新会员，为会员提供创作场所、条件，帮助请创作假，编印会员内部刊物，加强与工、青、妇、科、部队等有关部门和各地、市、县文学团体的联系，等等，都在创联、组联工作的范围之内。这种职责范围庞杂的情况，在各地分会特别是尚未与文联分开的分会显得更加突出。由此看来，创联、组联工作在作协工作中绝不是可有可无的，而是重要的、不可缺少的一部分。创联部（室）是作协或分会领导机构（主席团、常务理事会、书记处）开展创作活动，广泛联系老中青作家，加强文学队伍建设的一个重要助手。它担负着组织、联络、协调、服务的职责。创联、组联工作做得好不好，活跃不活跃，在一定程度上决定着作协或分会能不能成为一个紧密联系会员的作家之家，一个生动活泼的、富有创造性和活力的群众团体。我们从事创联工作的同志应当更加自觉地意识到自己肩负的责任，为精心组织文学创作和文学队伍，开创文学工作新局面贡献自己的力量。

第二点：紧紧抓住创联、组联工作的重要环节

党和国家要求文学艺术界为人民提供更多更好的精神产品，以丰富和提高人们的精神境界、道德情操、审美趣味，激励人们满腔热情地献身四化建设。努力发展文学创作，不断提高创作质量，是摆在文学工作者面前的重要任务。而提高创作质量的关键在于提高文学队伍的思想素质和业务素质。胡耀邦同志在说到提高干部素质时，提出了"一要向上攀登，二要向下深入"的要求，希望干部"从两个方面下功夫，一要干部掌握马克思主义理论，以及现代的科学技术知识和经营管理知识；二要干部熟谙我国国情、本省省情，努力实践，取得比较丰富的实际工作经验"。一条是加强学习，一条是深入生活，这同样是提高文学队伍素质的根本途径。创联、组联工作牵涉面广，内容庞杂，在千头万绪、纷繁众多的日常工作面前，必须紧紧抓住加强学习和深入生活这两个重要环节。要根据新的情况，采取新的、生动活泼的方法，帮助作家学习马克思主义基本理论，学习党的方针政策，学习历史、经济、科学知识，学习美学、社会学、教育学、心理学，等等，以提高理论、文化素养，调整知识结构。同时要根据作家的不同情况，采取灵活、有效的多种方式，帮助作家了解、熟悉改革和四化建设的新面貌，了解、熟悉建设者、改革者、创业者的生活和心灵。如果说创联、组联工作要为会员提供更多的服务，那么，首先应当在加强学习和深入生活方面为会员提供必要的条件。这两方面的工作抓好了，抓出了成效，那我们才算是抓到了点子上，忙到了点子上。

这里所说的组织会员学习，方式方法应当是多种多样的，举办报告会、讲座、读书班，固然是重要的学习形式，而组织创作座谈会、作品讨论会、信息交流会，也是帮助会员学习、提高的有效方法。帮助会员深入生活，除了参观访问、调查考察、蹲点落户这些行之有效的方式外，与改革者、企业家见面，与基层读者见面，联系参加函授、刊授的文学爱好者，等等，也是联系群众、联系实际的好方式。总之，要寻求，探索更加适合文学界的特点、具有吸引力的方式来组织、推动会员加强学习和深入生活。我们要不断总结这方面的经验，把工作做得更好一些，使会员心情舒畅、专心致志地进行学习和生活、创作实践。

第三点：文学组织工作者应当具备的素质和作风

从事创联、组联工作的，是文学组织工作者。长期从事文学组织工作，认真执行党的文艺方针政策，熟悉文学队伍状况，确有组织才能，在组织创作、培养新人、团结壮大队伍等方面做出了显著成绩，这样的同志就称得起为文学组织家。一个文学组织工作者应当具备什么样的素质和作风呢？

一是要有满腔热情为会员服务的精神。

文艺本身也是一种服务性行业。它是以精神产品去为人民群众服务。做创联，组联工作的，则是为生产精神食粮的作家服务。为作家服务、为会员服务，也就是为繁荣文学创作、发展社会主义文学事业服务。

做创联、组联工作的，其中不少同志本来就是搞创作、评论或编辑工作的。由于工作的需要，被安排在组织工作的岗位上。在这种情况下，就要有一点为他人作嫁衣的精神、自我牺牲的精神。如同编辑一样，要甘当无名英雄。创联工作在有些方面比编辑工作更琐细、繁杂、辛苦，如果没有为会员服务的满腔热忱，没有一种任劳任怨、不怕麻烦的精神，就很难把组织工作做得周到、细致、令人满意。要经常了解服务对象的需要，不断总结经验，提高服务质量。当然，从领导方面说，要关心做创联、组联工作的同志的学习、工作、待遇，尽力帮助他们解决工作中遇到的实际困难，提供必要的工作条件。

二是要善于同作家交朋友，努力做作家的知己、知心、知音。

作协是个群众团体，在它的工作和活动中，应当更好地体现民主的原则。作协的事要同作家商量着办。做创联、组联工作的，要充分尊重会员的民主权利，有事多同会员商量。要密切联系会员，经常了解会员的情绪、要求、呼声、意见，使创联部（室）充满会员的声音。

同作家交朋友，就要同作家有更多的共同语言。这就要求做组织工作的对文学事业怀有深挚的感情，要了解文艺的基本规律，懂得创作的甘苦，要有比较广泛的、多方面的知识，包括学一点文化管理知识。在某种意义上，文学组织工作者应当努力使自己成为一个杂家。唯其如此，才能同从事各种文学工作、各种文学样式写作的会员平等地、亲切地自由交换意见，交流思想，更深入、充分地了解他们的愿望和要求，把服务工作做到他们的心坎上。

三是要以团结为重，广泛联系、团结各民族老中青三代作家。

作家协会及各地分会应当广泛联系、团结一切爱国的、愿意为人民服务的作家。创联部（室）作为一个职能机构，它的任务之一就是要加强同会员的联系。创联部所有的工作，几乎都要同会员打交道。因此，在日常工作中，就要时时、事事注意促进和增强文学队伍的团结。无论是老作家还是中青年作家，党员作家还是非党作家，搞创作的还是搞评论的，当前创作活跃的还是比较沉闷的，都应当一视同仁，不分亲疏，在力所能及的范围内为他们提供服务。比如，安排参观访问，发展新会员，以至为领导提供各种各样的名单，都不应有门户之见，不受派性干扰，不掺杂私人感情，力求公道正派。同时，要注意不讲有损于文学队伍团结的话，不去传播那些小道消息、闲言碎语，为在文学界创造更加和谐融洽的气氛尽心尽力。

四是要有开拓进取的精神。

我们面对着一个新旧交替的大变革时代。文学创作、理论的发展，出现了很多新的事物、新的现象，文学队伍也有很多新的情况，新的特点。做创联、组联工作的，不能因循守旧，墨守成规，满足于五六十年代老一套的工作方法、活动方式。应当了解、研究新情况，总结新经验，寻求适合改革开放新形势的，多层次、多渠道、多窗口的方式方法，把工作搞得更活。在工作中，要取得各有关部门（工、青、妇、科、文等群众团体，文化教育、出版、民族事务等政府部门以及部队）的合作和支持，在人力、物力、财力有限的情况下，尽可能为会员提供一些条件，为繁荣创作、提高队伍素质多做一点切实有益的工作。

这次座谈会，是我们搞创联、组联工作的一次十分难得的同行的聚会。同志们不远千里，长途跋涉，来到青海高原。大家都有一个共同的心愿，希望通过短短的几天时间，增进了解，有所启发和收获。为了开好这次会，我想，一是要把握会议的宗旨和主题，既务虚，也务实，这也就是说，既要提高对创联工作面临的任务及其重要性的认识，也要交流工作经验，探讨把工作搞活的途径和方法。二是要努力把会议开得生动活泼一些，充分发扬民主，各抒己见，畅所欲言，尽量避免面面俱到地汇报分会工作，希望能围绕讨论重点比较深入地交换意见。三是采取一种相互学习，取长补短的态度。各地分会情况不同，有各自的做法和经验。通过相互交流，总是可以找到于自己有用的东西。作协总会创联部的工作有很多缺点、疏漏和失误，欢迎同志们直率地提出批评意见，以便改进我们的工作。

1986 年 7 月 28 日

附注：本文系在中国作家协会部分分会创作联络工作座谈会上的发言。

乐于当作家的服务员

——与新来作协的年轻朋友漫谈

我是 1952 年初冬时节从中宣部干训班调来全国文协（中国作协的前身）的。跨进作协门槛时，我是一个 21 岁的年轻小伙子，如今已是 82 岁的老汉，岁月真是不饶人啊！

在作协工作了几十个春秋，当过秘书、科长，也当过主任、书记，就工作性质来说，始终没离开调查研究、组织联络和服务工作。我对自己从事的职业，一向定位为文学组织工作者，即在文学界打杂，跑龙套的。我最早出版的一本散文集就是以《龙套情缘》作为书名的。

有的朋友、同事夸我为作协的"活字典"，真不敢当，我只是来作协早一点罢了。随着时间的推移，上世纪 50 年代初来作协的，如今健在的已屈指可数。别的不敢言老，"老作协"也许我还能算上一个。文协、作协历任党组书记，从丁玲、冯雪峰、邵荃麟、周扬、刘白羽到张光年、陈荒煤、唐达成、马烽、翟泰丰、金炳华、李冰，我都在他们麾下工作过，或当秘书、助手，或作为班子的一员。张光年、唐达成、马烽任党组书记时，我都是党组成员，因而被戏称为"三朝元老"。

在我的工作经历中，似乎与"鲁艺"有着不可分割的缘分。鲁艺负责人周扬，文学系主任沙汀、教员严文井，研究员、助教冯牧、葛洛，学员何路、罗立韵等，都曾是我的领导、上级或同事。他们的文艺思想、工作作风都对我有过或深或浅、潜移默化的影响。

下面我就中国作家协会的历史沿革、性质、任务、职责和如何做好文学组织工作，谈一谈自己的看法和意见。

一、作协的历史沿革

中华全国文学工作者协会（简称全国文协）是在第一次全国文代大会期间，1949 年 7 月 23 日在北京成立的。文协全国委员会选举茅盾为主席，丁玲、柯仲平为副主席。在第二次全国文代大会期间，1953年9月25日至10月4日召开了第二次全国文协大会。在这次会上，全国文协改组为中国作家协会。作协理事会选举茅盾为主席，周扬、丁玲、巴金、柯仲平、老舍、冯雪峰、邵荃麟为副主席。1960年7、8月召开第三次全国文代大会期间，作协没有开代表大会，而是召开了第三次理事会扩大会议。这次会上增选刘白羽为副主席，丁玲、冯雪峰不再担任副主席。1966年"文化大革命"的风暴席卷中华大地后，作协机构被彻底砸烂，大批领导干部、作家受到残酷迫害，工作人员被扫地出门。粉碎"四人帮"后，直到1978年5月召开的中国文联全委扩大会议上，才宣布恢复作家协会的工作。

党的十一届三中全会之后，我国进入历史新时期。1978年10月、11月间召开第四次全国文代大会期间，中国作协召开了第三次会员代表大会。三届理事会一次会议上，选举茅盾为主席，巴金为第一副主席，丁玲、冯至、冯牧、艾青、刘白羽等十二人为副主席。从1978年到2013年这35年间，中国作协又先后召开过第四、五、六、七、八次全国代表大会。1981年3月茅盾主席逝世后，同年12月在三届理事会二次会议上，选举巴金为主席。巴金主席于2005年10月逝世。一年之后，2006年11月召开第六次作代会，六届一次全委会上选举铁凝为主席。

关于作协的组织、机构，《中国作家协会章程》规定：本会最高权力机构为会员代表大会（或全国代表大会）；在代表大会闭会期间，由理事会（或全国委员会）代行代表大会职权。全国委员会选举主席一人，副主席若干人，四次作代会后还选举主席团委员若干人，共同组成主席团，在全国委员会闭会期间，负责执行全国代表大会和全国委员会的决议。在1956年2、3月间召开的作协第二次理事会上通过关于成立书记处的决议。书记处是一个集体的工作机构，负责处理作家协会的日常工作。先后担任过书记处第一书记或常务书记的有：刘白羽、茅盾、李季、冯牧、朱子奇、孔罗荪、延泽民、葛洛、唐达成、鲍昌、玛拉沁夫、张锲等。

作协组织机构、文学队伍60多年有了很大的变化、发展。上世纪50年代初，作家协会只有北京、上海、沈阳、西安、武汉、广州六个分会；

到 1959 年建国十周年时，分会增加到 23 个。如今作家协会已有 45 个团体会员，包括各省、市、自治区作协、延边作协、新疆生产建设兵团作协和各产业作协。作协会员人数，1950 年为 401 名，1966 年"文革"前增至 1059 名；1978 年作协恢复工作时，作协会员只剩下 865 名。改革开放以来，作协不断改进、加强发展会员工作，及时吸收文学新人，如今会员总数已达 9901 名，比"文革"前增长了 10 倍多。

根据形势的发展和工作的需要，作协体制、工作机构设置也作了调整、改革。1953 年 9 月全国文协改组为中国作协之初，下属部门、单位只有创委会、外委会、古典文学部、普及工作部（青委会）、文学讲习所和《文艺报》《人民文学》两个刊物。经过 60 年的变迁，到 2013 年，作协下属部门、单位已有创联部、外联部、创研部、中国作家出版集团（包括作家出版社、《文艺报》《人民文学》《诗刊》《民族文学》《小说选刊》《中国作家》《长篇小说选刊》及《作家文摘》《中国校园文学》、中国作家网等）、中华文学基金会、作家活动中心、中国现代文学馆、鲁迅文学院。另外，还有由作家、评论家等组成的十个专门委员会，即小说委员会、诗歌委员会、散文委员会、报告文学委员会、儿童文学委员会、军事文学委员会、影视文学委员会、文学理论批评委员会、少数民族文学委员会、作家权益保障委员会。作协的干部、职工人数，也由成立之初的百把人增加到现在的 450 多人。偌大一个全国性的文学团体，在世界上大概是独一无二的。

作家协会与人民共和国同龄，从成立至今已有 64 年的历史。它与我们的国家共命运，64 年来在风风雨雨中走过一条艰巨、曲折、不平凡的路。从批判《武训传》、批判《红楼梦研究》、反胡风、批判丁、陈、反右派、批判文学上的修正主义、贯彻毛泽东"两个批示"、开展文艺整风到批判《海瑞罢官》、推行《部队文艺工作座谈会纪要》、批判所谓"文艺黑线专政"论，残酷迫害广大作家、摧残文学事业，作协一直处于斗争旋涡的中心。从学习、贯彻《在延安文艺座谈会上的讲话》、坚持为工农兵和广大人民群众服务、学习社会主义现实主义文学理论，贯彻"百花齐放、百家争鸣"方针，贯彻"文艺八条"到拨乱反正，推翻"黑线专政"论，落实党的文艺政策，尊重创作自由，鼓励探索创新，坚持弘扬主旋律与提倡多样化的统一，坚持"三贴近"和以人民为中心的创作导向，推动社会主义文化大发展大繁荣，作协也一直走在队伍的前列。饱经沧桑的作家协会，既沐浴了阳光春露，也经受了狂风暴雨，在正反两方面的斗争磨炼中一步一个脚印地开拓前行。一部中国作家协会史，清晰地、深深地刻上了时代的烙印。

二、作协的性质、任务

从 1949 年至今中国作协共召开了八次代表大会，除召开第一次大会时我还是即将迈入大学校门的青年学子外，其余七次代表大会，我都在场，是亲历者。第二、三次，我是大会工作人员，担任主席团秘书或简报组组长。第四次至第八次，我是大会代表，其中四、五两次还担任大会副秘书长，并在会上作关于修改《中国作协章程》的说明。由于在作协工作多年，又多次参加《作协章程》的讨论、起草，对作协性质、职责的定位，可说是经历了一个由表及里、逐步加深认识的过程。

八次作代会通过的《中国作协章程》明确规定："中国作家协会是中国共产党领导的、中国各民族作家自愿结合的专业性人民团体。"

所谓性质，是指一种事物区别于其他事物的根本属性。作家协会是人民团体，这是它区别于政党、政府，或企业、学校的根本所在。它是一个民间群众性组织，不是党委下属的一个部门，也不是政府下属的一个部门，是非党派性质、非国家政权性质的人民团体。我们还可以从以下几个层面来进一步认识作家协会的性质。

中国作协这个人民团体在政治上、组织上、路线方针上接受中国共产党领导；它的经费来源主要靠国家财政拨款。它是党和政府联系广大作家、文学工作者的桥梁和纽带。

中国作家协会包罗我国各民族的作家、文学工作者，除汉族作家外，55 个少数民族都有作家协会会员。就其成员的党派来说，除参加共产党的，也有各民主党派和无党派人士，它是党与非党作家的联盟，在一定意义上可说是文学界的统一战线组织。

中国作协是一个专业性团体，它不是普通文学爱好者的组织，而是作家、文学评论家、翻译家、编辑家等专门人才组成的文学专业团体。

中国作协又是作家自愿结合、自己管理自己的团体。作家、文学工作者加入作协是自愿的，须本人申请，会员也有退会自由。

谈到中国作协的任务，毫无疑问，它必须服务于党和国家的总目标和总任务，也就是要以自己的创作活动和批评活动，积极参加社会主义精神文明建设，努力满足人民群众的精神文化需求，提高全民族的思想道德素质和科学文化素质，为把我国建设成为富强、民主、文明、和谐的社会主义现代化国家而努力奋斗。从总的方面来说，中国作协的任务是与建设社会主义文化强国、实现中华民族伟大复兴的中国梦这个伟大目标紧密相连的。

《作协章程》第二章第六条至第十八条对作协的主要任务作了具体阐述，包括组织学习、发展创作、加强评论、帮助作家"三贴近"、培养文学新人和发展文学队伍、培养少数民族作家、办好报刊社网、团结港澳台作家、推进中外文学交流、维护会员合法权益、组织文学评奖、提供创作条件和服务、联系文学社团等。这可说是对作协承担的任务作了相当全面、完整的概括。

在这么多项任务中，中心是团结壮大队伍，发展繁荣创作。也就是说，出作品，出人才是重中之重。说一千，道一万，归根到底，是要调动起广大作家和文学工作者的积极性、创造性，创作出更多思想性、艺术性、可读性俱佳、具有中国特色、中国风格、中国气派的优秀作品，满足人民群众的精神需求、审美需求。拿不出好作品，人民群众缺乏优质的精神食粮，为人民服务、为社会主义服务也就无从谈起。在上述作协的诸多任务中，加强学习、加强评论、深入生活、办好报刊、组织评奖、提供条件和服务等，都要紧紧围绕发展创作、提高创作质量这个中心来进行，一切都是为了出好作品。

三、作家协会的职责

八次作代会通过的《作协章程》第一章第四条写明："中国作家协会贯彻全心全意为作家服务的宗旨，履行联络、协调、服务的职责。"第五条又写明："中国作家协会在工作和活动中坚持民主、团结、服务、倡导的原则。"这里讲的职责，即责任和职能，也就是中国作协在繁荣文学事业中应尽的责任和应发挥的作用、功能。

就文艺方向来说，延安文艺座谈会以来，特别是建国以来，就一直强调坚持为工农兵服务，为最广大的人民群众服务，为人民服务、为社会主义服务。但对作家协会职责的认识，完成从领导到服务的根本转变，却经历了一个漫长、艰巨的过程。在1953年3月24日全国文协第六次常务委员会会议通过的《关于改组全国文协和加强领导文学创作的工作方案》中明确指出："全国文协还没有成为真正名副其实地领导全国文学创作的统一的战斗的团体"，并要求"文协必须根据文艺整风精神加以改组，认真地担负起领导作家的创作、批评、学习等活动以及指导普及工作的任务"。在随后召开的改组全国文协为中国作协的第二次代表大会上，茅盾主席在讲话中再次明确提出："作家协会必须是认真地负责地领导文学创作与批评活动的团体。"在当年这些文件、讲话中都突出了强调作协领导文学创作、批评的职责。

党的十一届三中全会之后，随着全党工作重点的转移，文艺工作、作协工作才逐步转移到为实现四个现代化服务、为团结文学队伍、繁荣文学创作服务的轨道上来。1978年11月，刘白羽、李季在作协第三次会员代表大会上都谈到："繁荣文学创作，为社会主义四个现代化服务"，"作协工作人员要明确地树立为发展社会主义文学事业，为繁荣社会主义文学创作服务的思想。"到了上世纪80年代、90年代，随着深入改革、扩大开放，文化体制、作协体制也逐步作了相应的改革。四次作代会后不久，巴金发表了题为《少发空言，多做实事》的文章。五次作代会通过的《作协章程》的总则中第一次明确提出："中国作家协会在工作和活动中坚持团结、服务、凝聚、倡导的原则。"（六次作代会后改为"坚持民主、团结、服务、倡导的原则"）"本会对团体会员负有联络、协调、服务的职责。"从此作协的基本职能就概括为联络、协调、服务六个字。

联络，就是要做好组织、沟通、交流的工作，充分发挥联系广大作家、文学工作者的桥梁和纽带作用。

协调，就是要协调作协与相关部门、团体之间的关系，协调各团体会员之间的交流、合作，调动一切积极因素，形成合力，为繁荣文学事业做好协调工作。

服务，就是要满腔热情地为作家服务，多办实事。要不断改进服务方式，拓展服务领域，提高服务水平，完善行业服务。

作协履行联络、协调、服务职能，要紧紧围绕中心，服务大局，充分发挥自身优势。同时，要适应新的形势，进一步创新管理体制、组织形式、活动方式。

胡耀邦同志在上世纪 80 年代的一次谈话中，要求作协做好评论员、服务员。我理解，这里所说的"评论员"，就是要求作协对当前的文学思潮、文学现象和文学作品及时发出声音，亮明自己的态度，很好地加以导引。而"服务员"则是要为出好作品、好人才，提供必要的环境、氛围、条件和服务。周扬同志 1984 年在一次讲话中也说过："文艺也是服务性行业"，像饭馆服务员要给群众"端盘子""端碗"一样，文艺工作者要给群众端出质量高、受欢迎的"菜肴"——精神食粮来。

如今"为作家服务"不再是一个响亮的口号，而是行动的指南，它已深入到从作协领导班子到普通工作人员的心坎里。现任作协主席铁凝说得好："团结和服务广大作家和文学工作者，是中国作协的主要职责，是我们应该做好的本职工作"，"作为作协主席，最重要的工作职能是为作家服务"。她还说："事实证明，一个乐意为作家服务的人民团体，才能成为有凝聚力和吸引力的家；一个真心为作家奉献的群众组织，才会赢得作家发自内心的掌声。"愿我们都能说到做到，真正为作家多办实事、多办好事吧。

四、作协与文学组织工作

毛泽东同志 1949 年 7 月 6 日在第一次全国文代大会上对代表们说："你们都是人民所需要的人，你们是人民的文学家、人民的艺术家，或者是人民的文学艺术工作的组织者。你们对于革命有好处，对于人民有好处。因为人民需要你们，我们就有理由欢迎你们。"

胡乔木同志 1953 年 10 月 6 日在第二次全国文代大会上作了题为《关于文学艺术团体为争取我国文学艺术的繁荣的组织任务》的讲演。他在谈到文学艺术团体需要做一些什么组织工作时，概括为五个方面：一、鼓励创作，二、鼓励批评和研究，三、领导和帮助文学期刊的编辑和文学艺术书籍的出版工作，四、领导和帮助文学艺术的普及工作和教育训练工作，五、组织会员学习。

这里，毛泽东所说的"文学艺术工作的组织者"和胡乔木所说在文学艺术团体担负组织工作的人，在我看来，不仅是指在文学艺术界或文学艺术团体担负组织领导工作的，而是包括了除专业作家、批评家、翻译家外，所有为团结培养队伍、发展繁荣创作服务的文艺工作者。

文学事业是党领导下的一种集体的社会事业。文学事业既然是有组织有领导的，是一项系统的精神文明建设工程，因此就必须有许多做组织工作的同志。联系中国作协的实际情况来看，目前作协机关的工作，归纳起来，大体包括文秘、调查研究、组织联络、对外交流、作家权益保障、党务人事、行政后勤等方面。作协所属出版集团、鲁迅文学院、现代文学馆、中华文学基金会担负的是报刊图书的编辑出版，文学人才的教育培训，文学资料的搜集、整理、展览，文学基金的筹措、使用等。

上述作协机关工作和所属单位的工作，就其性质来说，都离不开"服务"二字，都是为团结队伍、繁荣创作服务的组织任务。因此，从广义上来说，所有作协工作人员都是文学组织工作者。前面我已谈到，从我个人的履历来看，可说是一个名副其实的文学组织工作者。无论是 50 年代担任创委会秘书还是 80 年代担任创联部主任、书记处书记和儿童文学委员会负责人，所参与或主持的调查了解创作情况、组织学习、开展创作组活动、编选作品集、组织作家深入生活、发展会员、组织作品研讨、参加文学评奖、起草相关文件等等，所有这些都是文学组织工作。由于在儿童文学组织工作和评论工作方面的成绩，2003 年我还忝列宋庆龄儿童文学奖特殊贡献奖的名单之中。这也从一个侧面说明组织工作在繁荣文学事业中不可或缺。

文学战线的组织工作，需要有热心于繁荣文学事业的作家、批评家、编辑家来做。他们可以一方面做组织工作，一方面坚持业余创作或评论。组织工作也需要有一部分热爱文学、熟悉党的文艺方针政策、乐于并善于同作家交朋友的从事宣传文教或党务工作的同志来做。做文学组织工作的，处于文学第一线，了解、熟悉文学现状，应当勇于发言，力求成为一个评论工作者。

五、做好文学组织工作的关键

根据我多年从事文学组织工作的经验、体会，我以为要紧紧把握、践行以下几点：

一是要牢记作协的性质，按照文学的特点、文学生产的特殊规律来开展工作。

作协是一个专业性人民团体。作协的一切工作和活动要紧扣作协的主要任务、职责（团结文学队伍，繁荣文学创作）来进行，要乐于做作家的服务员。如果作协不给作家办事，脱离作家大众，作家不上门了，或上门受到冷遇，作协负责人、工作人员又不上作家的门，时间长了，模糊了作协的性质，就有可能变成官气十足的衙门，作协也就名存实亡了。张光年同志在上世纪80年代曾尖锐指出，现在存在变质的现实危险，有埋葬作协的危险。

文学艺术生产是一种创造性的、个体的精神劳动，要尊重每个作家的创作个性和风格。充分尊重作家的劳动成果，切实保障他们的正当权益。在工作方法、方式上，要广泛采取社会方式，贯彻民主原则，遇事同作家商量着办，真正体现人民团体作家自己管理自己的性质，力戒简单生硬的行政方式。要紧密联系广大作家、文学工作者，充分发挥由作家、评论家组成的各专业委员会的作用，使作协成为生动活泼的、富于创造性的文学创作、批评组织，而不是死气沉沉的文牍主义的官僚衙门。

二是要与时俱进，勇于改革创新。

文学组织工作者要使自己的思想观念适应我国经济、政治、社会、文化全面深化改革的新形势、新要求，从不符合文化改革发展要求的传统体制机制和做法的束缚中解放出来。按照建设服务型学习型和谐作协的要求，热情支持改革，鼓励大胆创新，寻求适合新情况、新特点的多层次、多渠道、多窗口的管理体制、运行机制、工作方法、活动方式。

我不无欣喜地注意到，作协近些年在文学组织工作上的新举措、新进展，如广泛团结各类作家，加强与网络作家的联系；不断完善重点作品的扶持机制；进一步改善文学评奖的机制、办法；完善作家定点深入生活的制度、管理机制；探索办报办刊办社办网的新模式；实施少数民族文学发展工程；推进中国当代文学精品译介工程；鲁院拓展作家培训领域，创新培训规式等。所有这些都体现了改革创新的精神，有利于文学事业的发展，自然会受到广大作家、文学工作者的欢迎。

三是要加强调查研究，一切从实际出发。

在作协做文学组织工作，要多同作家交朋友，认真倾听他们的声音、意见，了解他们的情绪、愿望。既要走访、看望目前创作已不太活跃的老作家，也要访问年富力强、创作旺盛的中、青年作家，包括网络作家。了解、掌握他们的创作计划、动态、尽力帮助他们解决在创作、深入生活、搜集素材、资料、维护权益等方面遇到的困难，提供必要的条件和服务。

要根据作协年度或更长时间的工作部署确定调研主题和重点，搞好专题调研。有针对性地研究问题，形成有实质内容的调研报告。

参与调研的工作人员在调研的基础上要积极建言献策。每个作协人都要关注文学大局，关心作协整体工作，善于把自己的日常工作与作协的总目标、任务、职责联结起来。敢于独立思考，敢于说话、批评，想点子，出主意，提出建设性的意见。前些年，在我退休前后，曾不止一次就改进作协工作或加强儿童文学工作，向作协领导班子及主要负责人提出过意见、建议。我觉得，这样做，不仅对改进工作有好处，对自己也是一种学习和锻炼。

六、文学组织工作者的素养

一个合格、称职的文学组织工作者应当具备较好的思想素质、业务素质，熟悉党的文艺方针政策，有一定的文学修养和组织能力。如果树立更高的标准，则要求在思想、理论、知识、文化、业务上具有更广泛、更深厚的素养，做到视野开阔、思想敏锐、知识广博、勇于开拓，真正成为周扬同志所要求的那样的杂家。

首先，要热爱文学，培养起对文学工作深挚的感情。

干一行，爱一行，学一行，钻一行，干什么，学什么，缺什么，补什么。不仅要深入学习中国特色社会主义理论和党的路线、方针、政策，还要学一点文、史、哲、经和科学知识。要学一点文艺理论、现、当代中国文学史和美学。可根据自己的实际情况，开列一个必读书目，有计划、循序渐进地学习、掌握一些基本理论、知识。按照工作需要来学，也是充实提高自己的有效途径。我体会，工作上有点压力是好事，对自己是一个磨练，它会迫使你在较短时间内有针对性地如饥似渴地学，奋力拼搏地干。我多次参与起草并非自己熟悉、有一定难度的文件、报告，尝到过其中的甜酸苦辣，觉得获益匪浅。

其次，要有点奉献精神，满腔热忱地为作家服务。

各条战线、各行各业都需要有人"打杂""跑龙套"，做组织工作、服务工作。既要甘为他人作嫁衣，又要尊重自己的工作，意识到自己担负的工作与繁荣文学事业、实现"中国梦"之间的关联。按我的个性、兴趣，更愿意做研究工作、编辑工作。50年代、80年代，我也曾有过三次做研究、评论和编辑工作的机会，但都擦肩而过，最后还是服从组织分配，做了秘书工作、组织工作，始终没能当上评论工作者和文学编辑。对此，我无怨无悔。我长时间从事儿童文学组织工作，自觉加入为孩子跑断腿、磨破嘴的行列，还是多少尝到了一点耕耘、收获的喜悦与幸福。

再次，多读作品，多动笔杆，养成勤于阅读、思考、写作的习惯。

既然在作家协会工作，就要经常关注文坛的状况。不仅做创研、创联、编辑工作的要读作品，做外事工作、党务人事、行政工作的，也要读一点作品，至少要读一读特别优秀的或有争议的作品，对创作现状做到心中有数。

我的老上级沙汀告诫我："应当把写作当作日课，一天不动笔就算缺勤。"张光年也对我说过："无论工作多么忙，都要坚持读作品、写文章。否则，会员不会承认你这个文化官员。"我想，可以从记日记、工作笔记做起；同时慢慢养成写读书札记的习惯。在日常工作中做一个有心人，经常注意搜集、积累资料。我建议在座的年轻朋友，在完成本职工作之余，可以根据自己的兴趣、爱好、优势、擅长，在钻研业务上确定一个主攻方向：是致力于创作、研究、评论还是翻译、写作辅导、史料搜集？练习创作和评论，也要选择一个侧重点，是小说、诗歌、散文还是报告文学、儿童文学？一个人的精力毕竟有限，定下一个目标后，就可以专心致志、执着地奋力追求。比如，我虽然在创作、评论上都没什么建树和成就，但在从事文学组织工作之余，总算选定关注儿童文学，从而得以多少写了一点评论文字。

还有一点，是要善于同作家交朋友，努力做作家的知己、知心、知音。

我们的工作对象、服务对象是作家、作协会员。和谐作协是由大团结的作家队伍组成的。在工作中要以团结为重，广泛团结各民族老、中、青作家。不论是党员还是非党员，也不论是什么个性、风格、流派，是从事纸质媒体写作还是网络写作，只要赞成《作家章程》，我们都要从工作出发，从事业出发，不分亲疏，一视同仁。

为了同作家有更多的共同语言，能平等地、亲切地自由交换意见，交流思想，你就要大致了解创作现状，了解创作的甘苦，弄清他们在创作过程中遇到的困难和问题。这样才能做到在文言文，以文会友，把工作做到作家的心坎上。

对作家的态度要真诚，坦诚相见，推心置腹，让作家信得过，愿意把心里话告诉你，相信你是个办实事的人，而不是讲空话、说大话的人。我在文学界干了几十年，同事、朋友对我的基本评价：是个秀才、笔杆子、干实事的，不是官员、整人的人，也不是说大话、唱高调的。能得到这样的肯定和鼓励，也就聊以自慰了。

最后，我愿以我所敬重的于光远同志的九十感言："我追求，我坚持，我执着，我成功！"来结束我的谈话，以此自勉与共勉。让我们认真学习、传承于光远这种积极的人生态度和进取、乐观自信的精神，执着追求，坚持不懈，敢于担当，勇于开拓，努力把中国作协真正建成一个温馨和谐的作家之家。

2014 年 2 月 22 日

附注：本文系根据笔者 2013 年 10 月 31 日在中国作协新进人员培训班上的讲稿整理而成。

记全国文协学习社会主义现实主义

前言：为了开好第二次文代大会，做好思想、理论上的准备，全国文协创作委员会于 1953 年 4 月至 6 月，组织文学界领导干部和部分在京作家、批评家，学习了关于社会主义现实主义的理论。在学习座谈会上，就现实主义的发展问题、典型和创造人物的问题、文学的党性、人民性问题和目前文学创作上的问题，进行了认真、深入的讨论。这篇报道记录了与会者各自发表的看法和意见，并在一些主要问题上取得了共识。大家认为应该把社会主义现实主义创作方法作为我们文学艺术创作和批评的共同方向和最高准则。

关键词：社会主义现实主义　创造正面人物　文学的党性原则　公式化概念化倾向

全国文协创作委员会从 1953 年 4 月下旬开始组织了北京的一部分作家、批评家和各文艺机关的领导干部四十余人进行社会主义现实主义理论的学习。这一学习从 5 月初开始每星期三、六下午以三小时半的时间按照学习大纲进行讨论，邵荃麟同志因病未能参加，讨论会由冯雪峰同志代为主持。

关于现实主义的发展问题

讨论第一个问题："从马、恩、列、斯关于意识形态的学说及对文艺的指示来认识现实主义的发展"时，首先由陈涌、林默涵同志发言，他们指出马克思主义关于文学艺术的理论和马克思主义其他方面的学说一样，它的基础是辩证唯物论的。首先它是唯物论的，因而认为文学创作上只有真实地反映了客观现实的才是真正现实主义的，离开了真实也就离开了现实主义。马克思主义主张政治倾向性与艺术描写的真实性的统一，内容与形式的统一。同时它又是辩证的，认为客观现实是在不断发展的，这就要求文学从历史的发展来反映生活，描写人物时要以时代的重要冲突为背景，要把人物与周围的环境联系起来，如恩格斯所说的："现实主义是除了细节底真实之外还要正确地表现出典型环境中的典型性格。"过去有人说马克思和恩格斯关于文艺的指示只是总结了批判现实主义的经验，这种说法是不妥当的。马克思、恩格斯关于文艺的指示，实际上包括社会主义现实主义的基本原理，这是根据现实主义的发展总结出来的、经过实践考验的艺术的客观规律。斯大林同志发展了它，并制定了关于社会主义现实主义的科学的更完备的定义。

　　讨论中，在谈到社会主义现实主义与过去的现实主义的关系与区别时，大家认为：今天的文学是从过去的文学发展来的，我们不能割断文学发展的历史，首先应该强调继承的关系，必须认识许多古典文艺大师的作品可以长期作为我们学习的典范。但同时也必须指出：社会主义现实主义与过去的现实主义有着本质的区别。在讨论中，有人认为主要的区别是在以社会主义精神教育人民这一点上。许多人不同意这个看法，认为过去的现实主义不可能像今天社会主义现实主义这样最充分地、真实地、历史具体地描写现实，因为以社会主义精神从思想上改造和教育人民的任务与艺术描写底真实性和历史具体性是不可分割的，而是紧紧联在一起的。有人认为过去的现实主义是没有理想的，或作品一接触到理想时便成了虚无主义或反动的了。大家认为：过去的现实主义还是有理想的。如果他们不是怀抱着理想，批判当时社会的黑暗就不可能那样尖锐。但由于历史条件、阶级立场的限制，他们不可能有明确的理想；更不可能像我们今天这样深刻地理解到劳动人民是推动历史前进的力量。另外，有人认为：社会主义现实主义的作家与时代是一致的，而过去的现实主义作家与他们的时代的分裂愈大就愈伟大，这是二者区别的主要标志，有人提出不同的意见，认为：任何时代都有两种文化、两种思想的斗争，过去作家与时代的分裂应明确指出是与统治阶级分裂。而且当统治阶级在上升期，还代表着历史的前进力量时，也有与统治阶级一致的伟大的作家。最后大家一致认为：社会主义现实主义与过去的现实主义最根本的区别还是立场和世界观的区别。过去的爱国主义、人道主义与我们的就有本质上的不同。

如何以社会主义精神教育人民的问题，大家认为：社会主义精神是要通过人物的行动自然地表现出来；同时，不只是表现社会主义社会内容的作品才能有社会主义精神，一切表现为实现社会主义制度而奋斗的精神，为工人阶级和人民大众利益而奋不顾身的精神也都应看作是社会主义的。为了完成这样的任务，大家一致认为作家自己必须站在为建设社会主义而斗争的战士的最前列。

关于典型和创造人物的问题

第一个问题由冯雪峰同志初步总结后，5 月 13 日起开始讨论第二个问题：关于典型和创造人物的问题，首先由陈企霞同志发言，他首先谈到自己对恩格斯所说的"现实主义是除了细节底真实之外还要正确地表现出典型环境中的典型性格"的理解，他认为细节的真实是现实主义初步的要求，如果作品中连细节的真实都做不到，那就根本谈不上现实主义；但仅仅只有细节的真实还不是充分的现实主义。细节的真实应理解为对于一切事物特征的描写，否则细节就会流于琐碎。从一个时代的文学作品来讲，历史上最重要的事件是最典型的环境，如果认为只有历史的主要矛盾的主要方面才是本质的、典型的，那是不正确的；这样理解就容易产生公式化的偏向。他认为典型性格主要是共性与个性的问题，个性主要应看作单独一个人的特征；但社会上的任何人又都是处在一定的历史条件、一定的阶级关系中的，这就有它的共性。

陈企霞同志接着谈到对马林科夫报告中关于典型问题的理解，他指出有人把高尔基关于典型的定义理解为平均数，这说法是错误的；高尔基是说要掌握一个阶级、一个集团的特征。把典型理解为平均数，实际上是对高尔基所规定的塑造典型的方法的一种片面认识。

关于创造正面人物的问题，陈企霞同志根据目前创作思想的情况对

"写正面人物与'从落后到转变'的关系"，"正面人物是否能写缺点"等问题发表了自己的意见。他认为提出反对"从落后到转变"的公式是对的，但一般的反对或对作品一接触到"转变"就厌恶的态度是不对的。"从落后到转变"是题材问题，处理作品的方法问题。我们主要应反对作家没有生活，用概念写作品；如果我们仅仅反对"落后到转变"的写作方法，就会使人误会在作品中绝对不能写落后的人物与事件；事实上这样是不忠实于生活的。因为从广义上说，一切人物的发展都可以说是从落后到转变。他说，把写新英雄人物作为创作方向是不对的，因为这会使人误解在作品中不能写反面人物，结果就会造成公式化、概念化。陈企霞同志认为"写英雄能否写缺点"问题的提法是不对的，因为这样提出来，涉及的"什么是品质""什么是缺点"等等问题都是抽象的。品质是在一定的历史条件下斗争所要求的性格，离开了历史条件，就无法理解品质、缺点问题。他认为一方面要反对"天下乌鸦一般黑"的思想；另一方面也要反对把品质抽象化、固定化，因为这恰恰是公式主义的来源。他在发言中强调表现典型环境的典型性格，人在什么情况下应该是怎样就写成怎样。现实生活里存在没有缺点的人物就可以写；有的人虽有缺点，但是缺点部分是可以忽视的，革命的浪漫主义应使得英雄完美无缺。但不能说在我们这个时代写自我斗争、成长过程就没有价值了。

这一问题因为联系到目前创作思想上存在的一些情况，因此引起了热烈的争论。

讨论的主要问题之一是关于"落后到转变"的问题。许多同志在发言中谈到：表现生活中的矛盾和冲突与创造正面人物、英雄人物并不是相互排斥的；同时也着重指出，英雄性格的成长过程和人物从落后到转变是不能混为一谈的，以为一切人物的发展必然是从落后到转变，这说法是不对的。也不能把作品的公式化、概念化归咎于提倡写新人物，概念化的产生主要是作家不理解丰富多彩的生活。针对部队的具体情况提出反对"从落后到转变"是正确的，这正是从实际出发来反对创作上的公式主义。

"写英雄能否写缺点"是争论最多的问题，在讨论中批判了目前文艺界存在的"天下乌鸦一般黑""人都是有缺点的""写英雄不写缺点就不真实"等有害的思想。很多同志认为：品质上的缺点，与一般工作、生活上的缺点可以而且必须分开。如果是英雄，就不该有品质上的缺点。现实生活中存在的品质上没有缺点的英雄人物，主要问题是作家没有看到生活的真实，没有看到现实生活中已存在着完美无缺的人物。有人指出，"英雄能否写缺点"是在于对文艺根本任务的理解问题，作家应该创造出值得做人模范和仿效对象的英雄主义形象去教育人民，那么就不该纠缠在写不写缺点的问题上。有些同志认为：现实中有斗争、有冲突，作为矛盾的主要方面，作为推动社会发展的主要力量是进步阶级的力量，英雄人物、正面人物就是进步阶级中最突出的先进分子。以为表现新事物、新英雄就不能正确地表现冲突，这种看法是错误的，因为英雄人物、正面人物正是在现实斗争中锻炼出来的。他们是坚决地同敌对的、落后的力量在战斗着的。我们不能正视主要矛盾和斗争，正面人物也就很难看到了。

经过讨论，对这个问题得到了一个比较明确的看法，认为：重要的问题是在于对现实生活和英雄人物的理解。不能够离开了这点去空谈能不能写缺点。那样会给人一种误解，似乎英雄人物本来是有缺点的，我们害怕缺点才不写它。乔木同志批判作家中存在的那种对英雄人物怀疑的思想，正是引导作家去认识生活的真实，认识生活中最本质、最典型的东西，号召作家创造完美的人物。

大家一致认为：创造完美无缺的英雄人物是当前文艺创作中头等重要的任务，作家必须提高自己的政治思想品质，深入了解生活，才能从根本上解决问题。

典型和创造人物中的另一问题是关于讽刺的问题。王朝闻同志在发言中着重指出：讽刺是社会评价的一种方式，它是根据于现实生活中存在矛盾——推动社会前进和阻碍社会前进的两种力量的斗争。他又指出讽刺是建筑在真实性的基础上的。讽刺是否正确，决定于作家的立场、观点和方法。不管敌人或人民内部的缺点，凡是阻碍社会进步、违反人民利益的都是讽刺的对象。但对敌人和对人民内部的缺点要有区别；选择讽刺对象时要看它与别的事物的关系，判断缺点的性质、严重的程度；非本质的缺点不应讽刺，因为这种讽刺反而妨碍了新事物的成长。对敌人、对人民内部缺点的讽刺都要尖锐，区别不在于尖锐的程度，而在于对现实理解的程度。

大家在发言中一致认为：讽刺与诽谤的区别在于：讽刺是建立在真实基础上，而诽谤是不真实的；离开了无产阶级的立场、人民大众的立场把个别的缺点夸大成为整个的，那就变成诽谤了。讽刺需要夸张；夸张就是把生活中普遍存在的现象集中起来，安排在一个突出的地位，把它典型化，给读者一个鲜明深刻的印象。因此，这种夸张必须是建筑在真实的基础上的。我们对敌人、对人民内部的缺点都是不妥协的，但讽刺的分寸问题确是存在的。对敌人的态度和自我批评的态度应有区别，人民内部最严重的缺点与一般的缺点也有区别。

关于典型和创造正面人物问题、关于讽刺问题经过比较充分的讨论后，仍由冯雪峰同志作了初步总结。

关于文学的党性、人民性问题

5月30日开始讨论第三个问题：关于文学的党性、人民性问题，首先由严文井、钟惦棐同志发言。严文井同志在关于党性问题的发言中指出，一切文艺都是属于一定的阶级，为一定的阶级服务的，它不可能是超阶级的。他认为一切作家，不管他是党员或非党员，只要他站在工人阶级立场以文学事业为工人阶级服务，而且服务得很好，他的作品就是有党性的。那种认为只有党员作家才有党性，非党员作家就没有党性的看法是错误的。接着他指出，列宁所提出的文学的党性原则规定了艺术必须服从政治，如果一个作家不把文学事业当作严肃的无产阶级总的事业的一部分，而是当作个人追求名利、地位的工具，那就不可能写出以社会主义精神教育人民的作品。我们要求文学的党性，但这并不是抹杀文学的特殊规律性，而是必须"保证个人创造性、个人爱好底广大原野，思想和幻想、形式和内容底广大原野"。（列宁）他又着重指出：党性是具体的，党的观点常常表现在政策上；一个作家能真正遵循党的方针政策行动，才算真正有了党性。因此我们必须学习政策，但又必须反对套用政策条文的写作方法。

钟惦棐同志的发言着重阐述了文学中的人民性的问题，他认为我们应该把过去社会中进步的东西与反动的东西区别开来，决不可以采取抹杀一切的态度，也就是应该注意吸收过去作品中先进的东西，因为它是培养我们新文学的土壤。

钟惦棐同志认为，伟大的古典作家的作品反映的内容往往是符合当时社会的需要、人民的要求的，因而也就包含有阶级社会中的民主主义和社会主义因素。如俄国的托尔斯泰当时所接受的民主主义思想，对现实生活不满，和统治阶级间是存在着矛盾的；虽然他的阶级出身是贵族，但他反映了人民的愿望与要求，因此他的作品是有人民性的。同时由于文学是要反映现实生活的。作家忠实于现实，也就使他从现实的认识中产生了对人民的同情和反映了他们的愿望与要求。其次，具有人民性的古典作品一定是现实主义的，它的形式、语言和描写人物的方法等各方面都值得我们学习。苏联作品之所以有比较高的现实主义水平，正是因为它是继承俄国古典现实主义的传统而发展的。

讨论中间，有的同志认为对党员作家必须要求具有党性，而且应该严格一些；对非党作家来说，可以希望他们有党性，但对具体作品应有不同的分寸。另外，不少同志的发言中着重指出，党性不只是对党员作家的要求，而是对一切拥护工人阶级事业的作家的要求。文学上的党性问题不在于作家是不是党员．而是看他的作品是否表现出党性。马林科夫说："典型是党性在现实主义艺术中表现的基本范围。"这就是说，党性是真理，是真实性的最高表现。凡是在斗争中坚决站在人民一边，合乎生活的真实的，都可以说是有党性。不能把文学的党性理解得很狭隘，把它只是局限于对党员作家的要求，我们对党员作家与非党员作家不能有两种要求。但是对不同作家的具体作品，必须从实际出发，不要把要求作为固定的标尺。

讨论中着重谈到如何认识过去作品中的人民性的问题，有的同志发言，认为我们不能说只有直接反映人民生活的作品才有人民性，一切与人民的愿望、意志、要求一致，同情人民，站在人民一边反对统治阶级的腐败、昏庸的作品也都是有人民性的。因此，不只是要学习过去现实主义作家的忠实于生活，学习他们的创作方法，还要学习他们作品中所表现出来的爱国主义、人道主义等等。当然也应该明确：过去有些古典作家由于历史的阶级的限制，有的作品人民性是不充分的。对于这个问题，因为时间不够，未能充分展开讨论，有些意见尚待继续研究。

关于目前文学创作上的问题

6月6日开始讨论关于目前文学创作上的问题，首先由马烽、袁水拍、陈荒煤、光未然等同志分别报告了近年来小说、诗歌、电影剧本、剧本的创作情况及存在的问题。

大家在发言中一致指出，现实生活是那样光辉灿烂，革命斗争和国家建设正以空前的速度向前发展着，而我们的文艺创作是远远地落后于现实的发展和群众的要求了。近几年来出版的作品估计有两千种以上，但从这些作品中很难令人感到现实生活的迅速发展，国家在变革中的雄浑气概，表现新英雄、新事物是非常不够的，缺乏文学作品中应有的那种感动人、鼓舞人的力量。比如：拿小说创作来说，这几年出现了一些新的青年作家，但能够举出来的好作品是不多的。诗歌创作的情况也是不能令人满意的，从一九五〇年至一九五二年出版的单行本诗集虽有二百多种，但也还没有出现有口皆碑，传诵一时的作品。剧本的创作，四年来出版的单行本有六百种左右（包括地方剧在内），但能经常上演的为数极少；能够拍摄电影的剧本更是缺乏。这种情况充分说明了文艺创作的发展与时代的要求极不相称。

文艺整风后，全国文协和各地文协组织了许多作家深入生活，作家的创作情绪大大提高，不少有经验的老作家也投入斗争、开始动笔了；对创作的领导也有了一些改善，这是一种新气象。但是大家认为，在帮助作家深入生活、进行创作方面所做的工作还很不够，需要进一步改善和加强。

接着，谈到目前创作上存在的问题，大家认为创作上严重地存在着公式化、概念化的倾向。这种公式化、概念化表现在作品中是简单地宣传政治概念、解释政策条文；描写的人物没有血肉、没有性格，这些人物仅仅是为了用来解说某项政策或者是作者企图通过他宣传什么道理而存在的。有的同志说，有些作品的主题似乎很清楚，提倡什么、反对什么的倾向性很明确，但是作品的感染力不强，所写的英雄脱离生活实际，使人感到不亲切，似乎不是活生生的人，这就是从概念出发的结果。有的同志在发言中指出，很多作家还不理解自己是人类灵魂的工程师，下去生活不是去了解人、熟悉人，因此写出来的作品是根据政策条文编造出来的故事，而没有具体生动的人物形象。作品中出现的人物是任凭作者摆布和驱使，如同玩"木偶戏"一样；代表党的领导形象往往是一副教训面孔，冷冰冰的，没有感情、没有个性，说着教条式的语言，没有什么行动。很多同志都认为，公式化、概念化的作品是不注意刻画人物，不敢接触人物的内心活动；写青年恋爱时，甚至不敢让他俩在一起谈话。写新人物与落后势力作斗争时，似乎是新人物不愿意去斗争，而是作者强迫他去斗争；这实际上就是作者不通过人物的形象，而是以概念来表现斗争的结果。诗歌创作中也大量存在着公式化、概念化的作品，除了拾掇来一些标语口号之外，都是重复着"宣言""社论"中一些现成的话，完全不通过诗人自己的感受。通俗文艺中曾有过一种"无害论"，即对读者没有害处的作品就应该鼓励。在这种"以量胜质"的"无害论"下，通俗文艺中泛滥着大量公式化、概念化的作品。

发言中有些同志认为，公式化、概念化的作品往往是把生活单一化，把矛盾简单化。有人指出，有些新作品不大敢写新人物与落后势力的斗争；有些作品没有表现矛盾，或者一接触生活中本质的矛盾就滑过去了。这种不敢正视生活、不敢揭露生活中的矛盾和冲突．实际上就是"无冲突论"。戏剧创作中也存在着这种"无冲突沦"，很多作者深入生活后不敢正视生活中的矛盾，有时发现了矛盾又觉得自己没有能力表现，就故意避开了。于是选择了一些琐碎的、无关紧要的矛盾轻描淡写一番。这两年来上演的某些剧本，主题不集中，只是表现了一点情绪，没有主人公或人物没有性恪，没有抓住主要矛盾，因此结构松散，这正是"无冲突论"的表现。很多作者写作品时往往怕人提出这样的问题：现实生活中难道是这样的吗？因为作者自己对生活的了解是没有把握的，于是就不敢去接触生活中的矛盾和冲突了。有时看到了新人物，因为没有把握写好，怕人说歪曲工人形象，就不写了；看到现实生活中存在着坏人坏事，怕人说是暴露自己，又不敢写了。讨论中深刻地揭露了这种唯恐怕犯错误、怕挨批评的"但求无过论"，指出这是作家对待生活的态度问题，是作家的战斗性问题。大家深深感到：一个作家必须加强政治锻炼，掌握党的政策，要具有面向生活的战斗性，大胆揭露生活中的矛盾和冲突；同时要具有独立的思考力，从事创造性的活动。否则就不可能创造出真正伟大的作品。

关于文艺创作落后的原因，大家认为：一方面是由于作家政治思想水平低，对生活的认识不够，不能深刻地理解现实生活和英雄人物；另一方面是由于文艺界本身没有很好的引导，而有些文艺机关和团体又往往采取一种忽视艺术创作规律的，以行政方法去领导文学艺术创作的错误方法。这两方面是相互影响的。

讨论中谈到关于政策与生活的关系问题，大家认为：作家必须研究政策作为其从事文学事业的指针，因为我们的政策是现实生活的基础，生活在不断地发展着，党根据现实生活的发展制定出它的政策。作家必须从生活中来认识政策，通过艺术形象来描写生活，而决不能是图解式地根据条文去描写，而不从生活出发。领导创作的同志也同样需要了解生活、研究生活，从实际生活中来体会、掌握政策，这样才能克服单纯从主观意图出发的要求，真正给予作家切实有效的帮助。

文艺创作落后的原因之一，是作家对沸腾的现实生活缺乏深刻的了解。有些作家存在着对英雄人物怀疑的思想，这样当然也就不可能塑造出完美无缺的人物形象。讨论中有人指出，有些人就是按照自己预先设想的框子到生活中去硬套，只是收集需要的材料，与原来自己想象不相符合的情况就一概排斥，完全不能正视生活的真实情况。作家投入生活也缺乏一种积极的战斗的态度。仿佛是一个生活的旁观者，而不是一个建设新生活的积极参与者。很多同志认为，深入生活就是要去斗争；不投入斗争，就无法理解生活。还有，作家的文学修养和艺术表现能力的薄弱，也是作品质量不高的一个原因。

谈到文艺批评的状况时，大家指出：经过对《武训传》的批判和文艺整风，对文艺思想和立场问题，一般说是有了进一步的认识，对某些反映非工人阶级思想情绪的作品也进行过一些批评；但总的说来，有分量的批评是太少了，而且批评中的主观主义倾向也很严重。许多分析作品的评论文章不是从生活出发，而是从概念出发；离开作品题材的范围提出不切实际的要求。同时，目前还缺乏对作品进行艺术分析的评论，也缺乏对批评文章的批评；有些批评还缺乏与人为善的态度。大家感到：为了克服目前文艺创作的落后状况，作家和批评家必须建立起亲密的同志关系，为了我们的共同事业，为了创造出无愧于伟大时代的作品而努力。

这次学习是作为全国文协第二次代表大会的思想准备。许多问题还将在大会上进一步讨论，所以整个这次学习在讨论会上不做正式的结论，只在每一个问题的讨论后由会议主持人初步总结一下大家的意见。创作委员会根据这次学习结果和大家的要求，决定各创作组进一步进行关于具体作品的研究与讨论。

1953 年 6 月—7 月

附注：本文开头的"前言""关键词"系笔者 2014 年 5 月 10 日加注。

记历史估价问题和创造人物问题的讨论

前言：在 1953 年 9 月召开的全国二次文代大会上，周恩来总理和周扬同志在报告中指出：社会主义现实主义的方向，是"五四"以来中国新文学运动的基本方向。周总理、茅盾、周扬同志还在报告中要求作家把创造典型人物，特别是正面的英雄人物形象，提到我们创作的首要地位上来。这篇报道记述了二次文代大会期间文学界各小组讨论"五四"以来中国文学的历史估价问题和创造人物性格、形象问题的主要情况，从一个侧面反映了当年党的文艺方针政策和作家、批评家的思想认识。

相关论述

关于我国新文学的历史估价问题

毛泽东同志早在《在延安文艺座谈会上的讲话》中就曾指出工人阶级的作家应当以社会主义现实主义作为创作方法。从"五四"开始的新文艺运动就是朝着这个方向前进的，这个运动的光辉旗手鲁迅就是伟大的革命的现实主义者。在他后来的创造活动中更成为社会主义现实主义的伟大先驱者和代表者。

——周扬：《为创造更多的优秀的文学艺术作品为奋斗》

事实上，社会主义现实主义在我国文学上并不是一个新的问题，"五四"以来中国革命的文学运动，就是在工人阶级思想领导下沿着社会主义现实主义的方向发展过来的。特别是从一九四二年毛主席在延安文艺座谈会讲话以后，更明确的奠定了中国文学上社会主义现实主义的理论基础，因而把"五四"以来的工人阶级领导的中国文学运动推进到一个新阶段。

——茅盾:《新的现实和新的任务》

周总理的报告中间,向我们提出来关于"五四"以来中国文学的历史估价问题,对于我们理解现代中国文学史和目前创作问题上是有重大意义的。我们体会周总理这个指示的基本精神,是要我们从历史发展的观点上去看问题,不要忽视历史的传统。在讨论中,大家明确地认识了,社会主义现实主义的方向,是"五四"以来中国新文学运动的基本方向。

——邵荃麟:《沿着社会主义现实主义的方向前进》

关于创造正面英雄人物问题

在现实生活中,新的人物正在涌现出来。而文艺创作的最崇高的任务,恰恰是要表现完全新型的人物,这种人物必须是和旧社会所遗留的坏影响水火不相容的,恰恰是不只要表现我们人民的今天,而且要展望到他们的明天。

文艺作品所以需要创造正面的英雄人物,是为了以这种人物去做人民的榜样,以这种积极的、先进的力量去和一切阻碍社会前进的反动的和落后的事物作斗争。

我们的作家为了要突出地表现英雄人物的光辉品质,有意识地忽略他的一些不重要的缺点,使他在作品中成为群众所向往的理想人物,这是可以而且必要的。

——周扬:《为创造更多的优秀的文学艺术作品而奋斗》

为了克服目前创作上的缺点,提高我们作品的思想性和艺术性,实践社会主义现实主义的创作原则,使我们的创作能胜任地担负起我们时代的使命,应该要求我们的作家把创造人物性格的问题,特别是创造正面人物的艺术形象问题,提到我们创作的首要地位上来。

——茅盾：《新的现实和新的任务》

　　无论从政治意义来说，或者从现实主义的要求来说，创造正面的英雄人物不能不是我们目前创作上首要的任务。

　　我们文学的任务，既然是以社会主义精神去教育人民，去培养人民中间新的道德品质，去教育他们为创造新生活而奋斗，那么就不能不要求我们作家创造出各种明朗而生动的，足以为人民作榜样的，先进人物的艺术形象。这样的英雄在现实生活中是新生活的积极建设者，在我们文学中也就不能不是主要的典型和主要的人物。

——邵荃麟：《沿着社会主义现实主义的方向前进》

　　（注：以上周扬、茅盾、邵荃麟的有关论述摘自他们 1953 年 9、10 月间，在中国文学艺术工作者第二次代表大会、中国文学工作者第二次代表大会上的报告或总结发言）

　　关键词： 历史估价　创造正面英雄人物　表现生活的矛盾和冲突

　　中国文学工作者第二次代表大会开会期间，代表们曾就周总理的报告、周扬同志报告和茅盾同志题为《新的现实和新的任务》的报告进行了小组讨论。有关小组在讨论中提出的几个主要问题，在荃麟同志题为《沿着社会主义现实主义的方向前进》的总结发言中都已论述到。现将小组讨论中谈得比较多的两个问题：一、关于"五四"以来中国文学的历史估价问题，二、关于创造人物形象问题，整理出来作为参考。

一

　　关于"五四"以来中国文学的历史估价问题，是大会中各个小组讨论的主要问题之一。

周总理和周扬同志在大会上的报告中明确指出，从"五四"开始的中国革命文学运动的基本方向，就是社会主义现实主义的。许多代表都感到这个指示非常的重要和宝贵，怀着极大的兴趣，热烈地讨论了这一问题。

从讨论中反映出来的情况看，很多同志过去对"五四"以来新文艺运动的成就是估计不足的，甚至轻视"五四"以来的文学作品。有一位代表过去只买苏联文学书籍和莎士比亚的著作阅读（向外国古典名著学习，特别是向苏联作品学习，当然是十分重要的）、而不重视中国的作品，他在小组会上说：我们这一代的作者大多是从"五四"以后的文学作品中吸取营养成长起来的，但在延安文艺座谈会后，自己却错误地认为只有解放区的作家写出的作品才是革命的，对"五四"以后的一些优秀的作品，几乎都采取一概反对的粗暴态度。艾芜也反映：现在不少青年读者看不起"五四"以后的作品，甚至认为鲁迅的作品也没有什么了不起。张天翼说："不仅是青年轻视我们自己的作品，就是在我们作家中间也存在着这种情况，比如做报告、写文章时举的例子，总是外国作品中的。"陈企霞指出，"五四"以后的文学作品的研究工作，过去是很少有人做的。

因为对"五四"以来中国文学的历史估价问题缺乏明确的认识，因而对社会主义现实主义在中国文学上的发展问题也就不能清楚地了解。有一位剧作家说：这次听周总理谈到历史估价问题时，我大吃一惊，因为过去机械地认为只有在人民解放以后才可能产生社会主义现实主义作品。另外一位青年作家说：过去认为只有苏联的作品是社会主义现实主义的，中国作品是"新现实主义"的，去年在文协学习，听了乔木同志的报告，结合具体作品考虑过社会主义现实主义的问题，但范围仅限于延安文艺座谈会以后的作品，如《太阳照在桑干河上》《暴风骤雨》，根本没有想到"五四"以后的作品。

一部分从事文学教育工作的代表对历史估价问题特别感到兴趣，因为他们在讲授"新文学史"课程时，对新文学运动的主流、分段、每个阶段的代表作家及作品，有各式各样不同的意见。比如有人认为新文学的发展应划分为三个阶段：一、"五四"以后是批判的现实主义，以鲁迅为代表；

二、1927 年大革命以后是革命的现实主义，以茅盾为代表；三、1942 年延安文艺座谈会以后是社会主义现实主义，以丁玲、周立波为代表。这次听了周总理和周扬同志的报告后，大家才明确地认识到："五四"以来新文学运动就是沿着社会主义现实主义的方向前进的，"五四"时期的中国革命文学中就开始产生了社会主义现实主义的因素，这种因素在"左联"时期的文学中是进一步地发展了；而延安文艺座谈会是标志着革命文学运动发展的一个新的阶段。正在研究、整理中国新文学史的叶丁易说：这次大会指出"五四"以来的文学传统，在其发展的基本方向上就是社会主义现实主义的，这对我启发很大。

周扬同志在大会上讲到：从"五四"以来，新文艺运动的基本倾向和主流就是社会主义现实主义的。对这个问题在小组讨论中反映出一些模糊的理解。有人说：认为"五四"以来的革命文艺的基本倾向和领导成分是社会主义现实主义是可以理解的，但说成是主流，就令人不解了，因为当时有很多作品不能算是社会主义现实主义的。也有人认为："五四"时期的革命文学运动，领导思想虽是无产阶级思想，但作品的思想感情基本上是小资产阶级的，因此说"五四"以来的文学是社会主义现实主义的，好像是早了一点。还有人认为：过去对胡适在新文学运动中的作用估价不够，把他的名字从"新文学史"中删除，是一个偏向；这次周扬报告中谈到，"五四"文化运动把《水浒》《三国演义》提到了中国文学正宗的地位是一大历史功劳，这样指出是有益的；胡适提倡白话文，对新文学运动的发展也是有它的进步的一面的。语气之间，好像以为胡适也应该归入"主流"。经过讨论，澄清了一些模糊的看法，大家初步认识到："五四"新文学运动继承了中国古典文学悠久的优秀的现实主义传统，同时接受了共产主义的文化思想，这两者互相结合，就使得中国革命文学有了社会主义现实主义的因素。社会主义现实主义在当时虽然是萌芽，但却是主导的、基本的。讨论中并认为：必须把主流与支流，共产主义文化思想领导的社会主义现实主义与一切支流包括资产阶级的艺术思想区别开来；胡适虽然做了一些工作，但他的方向是资产阶级文学的方向，他的道路是改良主义、形式主义、反现实主义的道路，这是不能混淆的。只有这样，才能正确地认识社会主义现实主义在中国文学上的发展。

"五四"以来的新文学运动基本方向是社会主义现实主义的，是不是等于说当时的一切进步作品都已经是社会主义现实主义的呢？这一问题的讨论，开始时也是纠缠不清的。有人认为："在社会主义现实主义的主流、基本倾向下产生的作品，不可能不是社会主义现实主义的"；类似的意见还有："'五四'以来一切反帝反封建的诗，都应该是社会主义现实主义的"，"'五四'以后，以鲁迅为首的革命作家的作品都是社会主义现实主义的"，等等。联系到具体作品讨论时，分歧的意见就更多。比如，诗歌小组有人认为：闻一多的《死水》《洗衣歌》等也是社会主义现实主义的，有人反驳了这种意见，指出闻一多过去是国家主义者，不能因为他后来有进步，就把他二十年前的诗也列入社会主义现实主义的范围内，否则是反历史主义的。但讨论中并没有取得一致的意见，仍有人认为：如果把尺度放宽些，闻一多的诗在某些方面可以有社会主义现实主义的价值。骆宾基在小组会上反映：有些人认为巴金初期的作品，虽然是反封建的，但没有明确指出革命的道路，只有小资产阶级狂热的反抗，所以不能说是社会主义现实主义的，只能算是革命的现实主义。又如，贾霁认为电影《农家乐》片面地宣传了"要发家种棉花"的资本主义思想，这一作品的主要方面不是用社会主义精神教育劳动人民，他说：如果这样的作品也算是社会主义现实主义的，就值得怀疑。但另外一些同志却认为，尺度不能提得太高，从总的倾向看，《农家乐》也还可以说是社会主义现实主义的。经过讨论，大家比较明确地认识到：社会主义现实主义是从无到有，从小到大，从萌芽到成熟逐渐地发展起来的，不是突然从天空掉下来的。"五四"时期的革命文学有了社会主义现实主义的因素，并不等于说所有进步作品都已经是社会主义现实主义的作品了，也不是说所有作品中社会主义现实主义的因素都很充分。社会主义现实主义可以有高度的、成熟的，也可以有萌芽的、不够充分的，究竟"五四"以来哪些作品是社会主义现实主义的，哪些又是非社会主义现实主义的，这需要根据具体作品进行科学的分析研究，不是简单地采取贴标签的办法所能解决的。关于鲁迅思想的发展和他的现实主义的发展问题，也是讨论中比较集中的问题。翻译小组有人认为：鲁迅的前期是旧现实主义者，后期才是社会主义现实主义者，但有些同志不同意这种看法. 认为鲁迅的文学活动与中国新民主主义的革命方向是一致的，他一开始就是社会主义现实主义者；鲁迅早期的作品就是社会主义现实主义的，只是还不够成熟。冯雪峰在发言中指出，在对鲁迅的估价上，应该反对两种错误的看法：一种是认为鲁迅一开始就已经是一个共产主义者，一个社会主义现实主义作家，否认鲁迅思想由革命民主主义到马克思主义的发展，及其在文学上由批判的现实主义到社会主义现实主义的发展；另一种是认为鲁迅前期既不是社会主义现实主义者，他的文学作品就不值得重视和学习，因而低估他在中国文学发展中的巨大作用。我们应该认识：鲁迅在"五四"初期，已开始接受了共产主义思想的影响，他的作品所表现的战斗的现实主义精神，正是社会主义现实主义的萌芽，他后期的社会主义现实主义就是从他前期的现实主义发展而来的。

周总理在大会报告中指示我们，应对三十年来的新文学运动的成绩与缺点作出一个切合实际的估价，既不要妄自菲薄，也不要骄傲自大；既不要失去信心，同时又要努力逐步提高。许多代表深深地感觉到：过去学习得太差，如果认真地学习毛主席的《新民主主义论》，这些问题是早该有一明确认识的。这次听了报告以后，得到了很大的鼓舞，提高了创作的情绪，鲁煤说：现在才知道我国文学的基础是雄厚的而不是单薄的，发展革命的文学事业有了立脚点。骞先艾说：这几年没有动笔，有些自馁，听了总理报告，增强了创作的信心，今后一定努力创作。

二

创造人物形象的问题是全体作家最为关心、最感兴趣的问题，各小组都展开了比较充分的讨论。

周总理在大会上报告中指出，作为人类灵魂的工程师，就是要创造典型人物、理想人物，来鼓舞人和教育人；我们的文学是要掌握为工农兵服务的方向，因此必须把重点放在歌颂工农兵中的英雄人物上。

各小组着重讨论了人物形象创造的政治意义、特别是创造英雄人物形象的意义。大家认识到：在这伟大的新的历史时期，文学艺术的总任务就是积极帮助社会主义改造事业的逐步完成，也就是要通过鲜明生动的艺术形象，用社会主义的思想、理想、感情和道德来教育、武装人民群众。在这里，作品所创造的英雄人物，是代表社会的前进的力量，能够作为人民学习和仿效的榜样，因此就具有特殊的意义。讨论中，大家谈到：在封建时代，孔夫子这一人物是大家奉为万世师表的；诸葛亮也是一个"足智多谋、料事如神"的令人难忘的形象。宋之的说：我们也应该创造出光辉灿烂的英雄形象，作为我们时代的、先进阶级的榜样。韦君宜也根据北大图书馆学生借阅文艺书籍的统计材料指出：青年学生喜爱苏联作品，那是因为其中创造了完美无缺的理想人物；因此，我们也必须创造出理想的正面的英雄形象来教育、鼓舞青年一代。

创造英雄人物的形象，不能是向壁虚构，而是要根据实际生活的。因此，讨论中很多同志的发言谈到自己对于现实生活的理解。有的同志认为：现在农村里的社会主义因素还很少，具有先进的社会主义思想的农民还不多，他们常常讲的是共产主义，想的是小生产者的日子。也有同志指出，只要对农民讲清了道理，使他们了解了社会主义，他们还是欢迎社会主义的；而且今天的农民都与社会主义性质的国营经济存在着千丝万缕的、程度不同的联系，这使得农民在思想感情上发生了深刻的变化，农村中的社会主义因素是在逐渐增强。很多同志根据自己实际生活的感受，也都具体地体会到：过去四年来，我们国家在各方面确是经历了非常巨大、深刻的变化，现实生活中社会主义的因素一天一天地在发展，国民经济中的社会主义成分日益增长，越来越多的人愿意接受社会主义，劳动人民中涌现出大量的先进分子，完全新型的英雄人物在我国已不是个别的，而是成千上万的，这就是生活的真实，也就是最能表现我们时代的特征和社会的特征的东西。

大家认为：离开创造人物的政治意义和现实生活的本身，去争论"能不能写英雄的缺点"是没有意义的，也不可能解决问题的。但讨论中也还存在着一些不同的意见，比如有的同志认为：如果只写人物的正面和优点，人物形象不容易刻画得生动深刻，如《太阳照在桑干河上》中的章品，作者写了他的主观、自满，反而使他的性格更加突出。又有同志认为："创造英雄人物，要写他的主要的本质，非主要的本质和缺点可以不写。"冯雪峰认为：问题不在于能不能写缺点，而在于作品中所创造的英雄人物对待自己缺点的态度；如果写一个英雄有毅力克服自己的缺点，那就不是写不写缺点的问题，而正是表现了这个英雄的高贵品质。同时，讨论中认为：不能把缺点与个性混为一谈，每个人物有他自己性格的特征，文学作品应该塑造出人物的性格，但并不是一定要写些缺点，才能把人物写"活"。韶华说：创造新英雄人物，一定要从现实生活出发，从研究具体的英雄人物出发，而不能先从概念出发规定一个框子。比如说，英雄的性格是坚强的，因此，当他的同志或爱人牺牲了，也不敢掉一滴泪；又如说，英雄对工作是积极的，于是总是写他三天三夜不睡觉，或者安排一个恋爱的情节，使英雄一再为了工作而不结婚。当然，一般英雄都具有这些特点，这是英雄的共性；但我们不能根据这些共性来创造人物，必须观察研究具体的英雄人物的个性，这样才能塑造出鲜明的人物形象。

写真实，从现实生活出发创造新人物，是不是就等于"现实中是怎样，就怎样写"呢？在这一问题的讨论中，也存在一些不同的意见。有的同志说："生活中有多少社会主义成分，就写多少，不必夸大。"另有一位同志说：真人真事也可以夸大，但对死了的英雄和活着的英雄应有不同，死了的多夸张一些不要紧，活着的不能夸张得太多。冯雪峰、沙汀在发言中指出：应该把写真人真事和文学创作区别开来，只要不是写传记，创造人物典型完全不必拘泥于真人真事上，描写活着的英雄同样可以夸张，不必有什么顾虑。

讨论中还有同志提出这样的情况，过去自己创作时，存在一种害怕的心理：按照真实写吧，害怕别人批评"歪曲劳动人民形象"；把人物的优点集中起来吧，又会产生公式化、概念化，于是就不敢进行创作了。最近一年多，主要写真人真事，自己又感到写得不够动人，需要"提高"，但存在一种"但求无过"的心理，这样作品就写不好。还有一位同志在创造英雄人物时不敢想象，"怕一谈想象，就不是现实主义的了"，因此"没有真人在前，不敢动笔"。很多同志指出，现实与理想是统一的，结合着的；

现实本身就存在着理想，理想就是从现实出发的，脱离现实的理想，只是幻想。因此，只要是从现实出发，想象、夸张是允许的，而且必要的。

与创造人物不能分开的另一问题，即表现生活中的矛盾和冲突问题，也进行了讨论。不少同志指出，有些作家回避生活中的主要矛盾和斗争，以至创作上存在"无冲突论"的倾向；也有些作家把丰富复杂的现实斗争简单化了，用人为的矛盾代替现实生活中深刻的真实的矛盾，这样当然就不能表现出伟大广阔、丰富多彩的现实生活。

作品不能大胆表现生活中的矛盾和冲突，主要是由于作家对现实生活还缺乏深刻的了解，或者是因为战斗性不强而存在"但求无过"的心理。有一位同志说：描写敌对阶级的矛盾是比较明确的、激烈的，而对人民内部的坚定与动摇、先进与落后的斗争却写不出来。自己看到过革命队伍中动摇叛变的分子，也看到过由于保守落后而掉队的人，但是因为生活不够深入，还不完全理解这些人物，因此也就不敢表现这种矛盾斗争。另外一位同志写了一个批评官僚主义的电影剧本，领导上曾经讨论审查了几次，这位作者说："写这样的剧本，真是捏着一把汗"。还有人这样说：写工人存在资本主义思想，怕损害工人阶级的形象；写领导干部有缺点，怕人责问："难道我们的党是这样的吗？"因此，邵子南说：有些作家是向着抵抗力最小的方向前进。

狭隘地、简单化地理解现实生活中的矛盾斗争，在作家中间也是存在的。比如，有位同志听了周总理关于过渡时期的总路线的报告以后，认为农民中间对社会主义不会有什么怀疑与争论，只要政府有物质准备，马上就可以实行的。这就是把贯彻总路线这样艰巨、复杂的任务看得太简单了，事实上摆在我们面前的困难是很多的，斗争是严重的，我们要去克服许多巨大的困难，绝不是一切都是一帆风顺的。另外. 更多的同志还提出这样一类问题："张顺有事件"能不能写，写了会不会被批评为"把我们的各级党委写得一团糟？"香港、澳门的中国人民反帝的爱国主义斗争能不能写，因为有人说：这与国家工业化联系不起来。还有人提出，现在官僚主义是普遍存在的，而且是很严重的，但希望领导上在大会上号召一下，大家就有勇气写。讨论中，大家认为：生活是无限丰富的，虽然并不是任何角落的生活对于人民都有同样的意义，但是我们需要通过各种各样的主题和题材，从多方面来反映出我们时代的全貌。同时，应该明确：我们必须深入到人民对于敌人、阻碍生活前进的保守、落后力量的火热斗争中去，深入到人民为着建设新生活的火热斗争中去；但也不能认为只有描写战争、轰轰烈烈的社会改革运动，才算表现了矛盾斗争，要认识从社会生活、日常生活的各个方面也都可以深刻地表现出生活的矛盾和冲突。

关于如何反映少数民族地区的矛盾问题，有些同志提出了一些问题，如：可不可以写民族内部的矛盾，能不能描写团结兄弟民族的上层人物等等。白桦说：问题的中心，不是能不能写，而是如何真实地去反映。他说：过去我在写作时，有意避免接触一些复杂的方面，也就是真实的生动的方面，把生活中的矛盾简单化，甚至是抹煞了，主要是怕犯错误。西南少数民族代表李乔说：我们要很好地了解研究边疆地区的实际生活，分清主要矛盾和次要矛盾，而且要认真学习党的政策，因为党的理论和政策是了解我国人民生活的钥匙。这样我们就能真实地反映边疆地区的生活。

1953 年 9、10 月

附注：本文开头的"前言""相关论述"和"关键词"系笔者 2014 年 5 月 10 日加注。

1953 年中国文坛一大盛事

——亲历全国文协改组为中国作协

中国作家协会前身——中华全国文学工作者协会（简称全国文协）成立于 1949 年 7 月 23 日。那时我还是一个青年学子，作为一个文学爱好者、初学写作者，十分关注第一次文代大会的召开。至今还清晰地记得毛主席莅临会场，满怀深情地对全体代表讲："你们对于革命有好处，对于人民有好处。因为人民需要你们，我们就有理由欢迎你们。"尤其让我留下深刻印象的是，毛主席在谈到人民的文学家、人民的艺术家都是人民所需要的人时，还特别谈到人民的文学艺术工作的组织者也是人民需要的。毛主席这一席话，对长期从事文学组织工作的我，始终是极大的激励和鞭策。

全国文协改组为中国作协，那是 1953 年 10 月的事。我是 1952 年初冬时节跨进全国文协门槛的。至今记忆犹新，当年从位于西单捨饭寺的中宣部干训班，乘坐一辆三轮车，随身带一个行李卷和一只从中学时代就伴随我的帆布箱，途经天安门、东西长安街，来到东总部胡同 22 号。22 号是一座坐北朝南、方方正正、颇具中西合璧气派和色彩的三进宅院。就是在这里，我在严文井、沙汀、邵荃麟、冯雪峰麾下，参与了改组全国文协的筹备工作，亲历了、见证了文协改组为中国作家协会这一大盛事的全过程。

改组全国文协的前前后后，认真、细致地做了许多思想、理论上的准备和具体的组织工作。1953 年 3 月 24 日，全国文协常委会扩大会议通过了"关于改组全国文协和加强领导文学创作的工作方案"。会议认为：我们的国家进入大规模经济建设的新的历史阶段，这就要求作家以社会主义现实主义的创作方法创造出具有高度的思想内容和艺术技巧的作品，以社会主义精神教育、鼓舞广大人民。因此，文协必须根据文艺整风的精神加以改组，认真地担负起领导作家的创作、批评、学习和指导普及工作的任务。会议决定在全国文协常委会下设立创作委员会，具体指导文学创作活动。会上选出丁玲、老舍、冯雪峰、曹禺、张天翼、邵荃麟、沙汀、陈荒煤、袁水拍、陈白尘、严文井等为创作委员会委员，并推定邵荃麟、沙汀为正副主任。这次会上还通过了以茅盾为主任委员、丁玲为副主任委员，周扬、柯仲平、老舍、巴金等 21 人为委员的全国文协代表大会筹备委员会。5 月下旬，筹委会举行第一次会议，通过了关于召开全国文协第二次代表大会的计划。从此紧锣密鼓而又有条不紊地展开代表大会的各项筹备工作。创委会副主任沙汀兼任筹委会秘书长，创委会更多承担了具体的组织工作。我作为创委会秘书，也全身心地投入这一工作。

组织社会主义现实主义学习

这里，首先要谈到的是组织社会主义现实主义理论的学习，这是为召开全国文协二次代表大会做好思想准备而进行的一项重要活动。从 1953 年 4 月至 6 月，组织了在京的部分作家、批评家和文学界领导干部共 40 多人参加了为期两个月的学习。邵荃麟因病未能参加，委托冯雪峰代为主持。这次学习着重讨论了四个方面的问题：一是对社会主义现实主义的理解及其和过去的现实主义的关系与区别；二是关于典型和创造人物及讽刺问题；三是关于文学的党性、人民性问题；四是关于目前文学创作上的问题。在个人阅读文件的基础上，从 5 月初开始每星期三、六下午以三个半小时的时间进行讨论，先后召开了 14 次讨论会。讨论是有充分准备的，每个专题都有中心发言人。前三个专题分别由陈涌、林默涵、陈企霞、王朝闻、严文井、钟惦棐首先发言。第四个专题则先由马烽、袁水拍、陈荒煤、光未然等分别汇报了近年来小说、诗歌、电影剧本、剧本的创作情况及存在的问题。讨论比较充分、深入，也有不同意见的争论、交锋。每个专题讨论告一段落后，都由主持人冯雪峰作小结。后来，冯雪峰根据自己在学习讨论会上的发言，整理成《英雄和群众及其它》一文发表在《文艺报》1953 年第 24 号上。我作为工作人员也根据讨论会记录写出《全国文协学习社会主义现实主义的情况报道》，分两期刊登在《作家通讯》上。

上述冯雪峰那篇文章论述的英雄和群众、典型化并非"理想化"、否定人物的艺术形象、关于党性、关于讽刺等，都是学习会上集中讨论、存有争议或认识还不够深透的问题。雪峰从理论的高度加以概括，做了针对性很强、富有真知灼见的回答。这篇条分缕析、说理透彻的文章，比起我写的那篇学习情况报道来，在理论的系统化、深刻性、说服力上，真可说是有天壤之别。我由衷地佩服作为文艺理论家的冯雪峰的睿智和才情；同时也激起我在思想、理论、业务上进一步学习提高的热情。

总的说来，这次学习的重要收获，一是明确了社会主义现实主义是文学创作、批评的最高准则；二是明确了要把创造正面的、新人物的艺术形象，当作文学创作重要的、迫切的任务。从而达到了为开好全国文协第二次表大会做好思想准备的预期目的。

积极开展创作组活动

为了把文学创作工作更好地组织起来，在思想上、创作上、学习上经常给予作家切实有益的指导，开展创作组活动，成了改进和加强文协工作重要的、不可或缺的一部分。创委会成立后根据需要设立了小说散文组、诗歌组、儿童文学组、剧本组、电影文学组、通俗文学组以及一年之后成立的文学批评组。创委会根据在京会员从事的主要文学样式及其志愿，把他们分别编入各创作组。在全国文协二次代表大会召开之前，1953 年 8 月、9 月，小说散文组、诗歌组分别召开了三次讨论会，讨论杨朔的小说《三千里江山》和李季的长诗《菊花石》。讨论都相当认真、深入，发扬实事求是的批评精神和风气，从作品的实际出发，具体、中肯地分析它的成败得失。自由讨论，各抒己见，不同意见都坦率地摆在桌面上。比如对《三千里江山》，陈涌认为它是"当今文学创作的新收获"，"创作方法上大体上是现实主义的"，"是应该基本上加以肯定的作品"。而吴组缃更多地谈到人物描写存在"说教、概念化"，"人物的性格没有发展"，"结构散漫"。敏泽也着重指出"这部作品结构松散、缺乏中心、缺乏主线"。见仁见智，针锋相对又与人为善，那种热烈、活跃的自由讨论的风气，至今回忆起来依然感到颇为难得。

创作组是作家们加强联系和相互帮助的灵活、有益的方式。在作品和创作问题的讨论中，把理论学习与创作实践结合起来，促进了作家们在思想上、理论上、艺术上的提高和成长，也把他们吸引到关注社会活动和文学全局的气氛中来。夏秋之交，创委会下的创作组积极开展各种活动，改变了许久以来文学界沉闷、停滞的空气、局面，成了1953年文坛一道亮丽的风景。这也为开好文协二次代表大会营造了生动活泼、和谐融洽的氛围。

起草文件　选举代表

起草文件，选举代表，是召开文协二次代表大会的两项重要准备工作。大会筹委会第二次会议上决定设文件起草小组，由沙汀、冯雪峰、邵荃麟、严文井、林默涵、黄药眠、曹禺、张天翼等九人组成起草小组，负责草拟大会的各项报告。开头请冯雪峰起草大会主题报告，雪峰起草出题为《关于创作和批评》的报告。他在报告中尽管也肯定了1949年全国文协成立以来文学创作和各项文学工作的成绩，但较为尖锐地批评了当时创作中存在的配合政治任务的公式化、概念化倾向，结果招来了"实际上是批评党的领导""影响党与非党作家的团结"的批评和指责。雪峰的报告被否定了，未被采用，改由茅盾在文协二次代表大会上作题为《新的现实和新的任务》的报告。他在报告中对作家在创作实践中学习、掌握社会主义现实主义的方法，创造人物性格、表现生活中的矛盾和冲突、认识生活、提高艺术技巧等问题，都做了具体、透彻的分析。茅盾在一篇忆念邵荃麟的文章中曾谈到，这一报告"我起草后，经过荃麟同志的详细修改，这才定稿的"。

关于大会代表的产生，除文协全国委员会委员及候补委员为当然代表外，以大行政区为单位分别召开该区的全国文协会员大会，由会员中每五人选派代表一人。此外，聘请全国有成就的非会员的作家和青年作家及从事文学组织工作者30至40人为列席代表。大会代表和列席代表总共为

279 人。前些日子我看了一下代表名单，据我所知，如今健在的只有贺敬之、胡可、黎辛、徐光耀、韶华等不足 10 人了。他们都已九十四五高龄，有的已近百岁。真是流光如驶，岁月不饶人啊！

讨论历史估价和创造人物形象

经过历时半年的筹备，金秋时节，迎来生气勃勃、团结奋进的全国文协第二次代表大会。它是与二次文代大会（即中国文学艺术工作者第二次代表大会）同时召开的。大会实到代表，包括列席代表共 256 人。代表们参加了二次文代大会的开幕式，聆听了周恩来总理关于我国过渡时期经济建设总路线的报告，也听了周扬题为《为创造更多的优秀的文学艺术作品而奋斗》的报告。二次文代大会的第二天，全国文协二次代表大会（即中国文学工作者第二次代表大会）就在怀仁堂开幕了。丁玲致开幕词，茅盾作了题为《新的现实和新的任务》的报告。周总理和周扬都在报告中按照中央的指示，着重指出：社会主义现实主义的方向，是"五四"以来中国新文学运动的基本方向。周总理、茅盾、周扬还在报告中要求作家把创造典型人物，特别是正面的英雄人物形象，提到我们创作的首要地位上来。周总理说：作为人类灵魂的工程师，就是要创造典型人物、理想人物，来鼓舞人和教育人。

我和时任文协创委会秘书室主任的陈森担任二次文代大会主席团秘书，有幸到各小组了解讨论情况。会后我综合整理出一篇《历史估价问题和创造人物形象问题的讨论》，登在《作家通讯》上，为研究、谱写中国作协史乃至当代文学史留下了一份资料。关于"五四"以来中国文学的历史估价问题，是各小组讨论的主要问题之一。经过讨论，代表们都比较明确地认识到："从'五四'以来，我国新文艺运动的基本倾向和主流就是社会主义现实主义的。"提出历史估价问题，它的"基本精神，是要我们从历史发展的观点上去看问题，不要忽视历史的传统"。"应对 30 年来的新文学运动的成绩与缺点做出一个切合实际的估价，既不要妄自菲薄，也不要骄傲自大，既不要失去信心，同时又要努力逐步提高。"各小组还满怀兴趣地着重讨论了创造正面人物、英雄人物形象的意义。大家认识到：在伟大的新的历史时期，要通过鲜明生动的艺术形象，用社会主义的思想、理想、感情和道德来教育、鼓舞人民群众。"作品所创造的英雄人物，是代表社会的前进的力量，能够作为人民学习和仿效的榜样，英雄就具有特殊的意义。"关于"能否写英雄人物的缺点""能否写反面人物""如何表现生活中的矛盾和冲突"等问题，大家也认识到，重要的是从现实生活出发，从了解、熟悉具体的人物出发，而不能从概念出发。"表现生活中的矛盾和冲突与创造正面人物、英雄人物并不是相互排斥的"，"以为表现新事物、新英雄就不能正确表现冲突，这种看法是错误的，因为英雄人物、正面人物正是在现实斗争中锻炼出来的。"

在全国文协第二次代表大会的闭幕会上，邵荃麟做了总结发言，讲了"文学工作者如何为贯彻过渡时期的总路线而努力""关于社会主义现实主义在中国文学上的发展问题""发展社会主义现实主义文学的几个实践问题""改进文学工作领导问题"等四个问题。他明确指出：把社会主义现实主义作为一切进步作家的创作和批评的最高准则，"绝不意味着要排斥一切还不是社会主义现实主义的文学"；把创造正面的英雄人物作为我们目前创作上首要的任务，"对于反面人物落后人物的描写，也是必要的，同样是有目的的。"目的都是为了去教育人民。他还谈到，文协改组为作协后，"文学工作领导上一个中心环节，就是如何帮助作家去积极发展创作，一切工作应该环绕着这个中心而进行。"

新机构　新态势

全国文协二次代表大会通过的《中国作家协会章程》，写明："中国作家协会是以自己的创作活动和批评活动积极地参加中国人民的革命斗争和建设事业的中国作家和批评家的自愿组织。"并写明："采取社会主义现实主义的创作方法和批评方法，努力发展为人民所需要的文学艺术工作。"周扬在报告中还作了这样的说明："各个协会应当成为专业的作家、艺术家的自愿组织，这就是说，他们不是普通的文学爱好者的团体。"

文协二次代表大会选举出 88 人组成的理事会。理事会选举出茅盾为主席，周扬、丁玲、巴金、柯仲平、老舍、冯雪峰、邵荃麟为副主席。从 1953 年至今，时隔一个多甲子，正副主席都先后谢世了。88 位理事中，如今健在也仅有贺敬之、胡可两位了。新陈代谢，一茬又一茬新的、富有成就和经验的作家、批评家、文学组织工作者先后走上中国作家协会的领导岗位。

　　文协二次代表大会闭幕、宣布全国文协改组为中国作协的当天下午，即 10 月 4 日下午，代表们都到怀仁堂去听取中共中央农村工作部副部长廖鲁言关于农村工作的报告。在报告进行中，文代大会副秘书长赵沨宣布暂时休会，全体代表鱼贯而进怀仁堂后院草坪，各就各位，站好队后，毛主席偕同刘少奇、朱德、周恩来、陈云等党和国家领导人缓步进入院内。此时院子里立即响起了暴风雨般、经久不息的掌声和热烈的欢呼声。毛主席满面笑容，一再向代表们招手致意。与全体代表合影后，又是一片热烈的掌声。我是大会主席团秘书，尾随郭沫若、茅盾、周扬等大会主席团成员，送毛主席等到怀仁堂后门人口处。当毛主席走上台阶，回过头来，再次挥手向代表们告别时，我就站在台阶下面，距离毛主席真是近在咫尺。那喜悦、激动的心情至今难以忘怀。

　　全国文协改组为中国作协后不久，东总布胡同 22 号大门口就摘下"中华全国文学工作者协会"的牌子，挂上了鲜明的、白底红字的"中国作家协会"的牌子。为了加强对文学创作的领导，作协的领导班子也相应作了调整。作协党组由周扬任书记，邵荃麟任副书记。创作委员会也由周扬任主任，邵荃麟、沙汀任副主任。普及工作部、古典文学部、国际联络部（后改为外国文学委员会）、文学讲习所等，也都确定了负责人。大会后，《文艺报》出版了"中国文学艺术工作者第二次代表大会特辑"，发表了丁玲的《到群众中去落户》等文章。《人民文学》则刊登了邵荃麟在大会上的总结发言。作家们创作热情高涨，纷纷制订"1954 年创作生活计划"，有的当即到农村、厂矿蹲点或参加工作。创委会下各个创作组的活动也更加活跃了。诗歌组讨论诗的形式问题，小说散文组讨论安东若夫和波列伏依的短篇小说，还讨论了周立波的长篇小说《铁水奔流》原稿、艾芜的中篇小说《百炼成钢》原稿。电影文学组讨论了《翠岗红旗》，剧本组讨论了《四十年的愿望》。22 号院第三进那幢带飞檐的二层楼，楼下那有讲究地板和活动拉门的会议室，经常是高朋满座，洋溢着浓郁的学术讨论、艺术讨论的气氛，成为当年文坛一道亮丽的风景线。

1949 年 9 月，应《人民文学》主编茅盾之请，毛主席为该刊创刊题写了："希望有更多好作品出世"。时隔四年，到了 1953 年 9 月，二次文代大会的主题依然是：为创造更多的优秀的文学艺术作品而奋斗。今天，站在新时代的制高点上，回望中华人民共和国成立 70 年，也是中国作协成立 70 年来走过的路，可以肯定无疑地说：努力发展文学创作，不断提高作品的文学品质和艺术魅力，永远是所有作家、批评家和文学工作者的不懈追求和义不容辞的使命担当。让我们从新的起点重新出发，团结奋进，书写新时代，讴歌新时代，抒述中国故事，弘扬中国精神，从"高地""高原"向"高峰"登攀，创造出无愧于我们这个伟大民族、伟大时代的优秀作品。

2019 年 6 月 10 日

附　录

中国作家协会关于发展少年儿童文学的指示

各分会：

　　作家协会第十四次理事会主席团会议（扩大）讨论了发展少年儿童文学创作的问题。主席团会议（扩大）认为，少年儿童文学是培养年青一代成为优秀的社会主义事业接班人的强有力的工具；发展少年儿童文学创作，是关系着一亿二千万少年儿童的精神食粮的极其迫切的任务。但长期以来，作家协会对少年儿童文学不够重视：很少研究文学创作的情况和问题，没有采取有效的措施组织作家为少年儿童写作，各机关刊物也很少发表有关少年儿童文学的稿件。为了使少年儿童文学真正担负起对年青一代进行共产主义教育的庄严任务，必须坚决地有计划地改变目前少年儿童文学读物十分缺乏的令人不满的状况。各地分会应该把发展少年儿童文学的问题列入自己经常的工作日程，积极组织少年儿童文学创作，纠正许多作家轻视少年儿童文学的错误思想，组织并扩大少年儿童文学队伍，培养少年儿童文学的新生力量，并加强对少年儿童文学创作的思想指导。

　　少年儿童文学作品的内容应当是以共产主义精神教育少年儿童，培养他们新的品德，但题材应当是多方面的，只要所描写的内容、所表现的思想感情能为少年儿童理解、体会和喜爱，并且是能够启发少年儿童的想象和智慧的，或者是能够丰富少年儿童历史和生活知识的，都应当欢迎。尤其应当注意培养少年儿童丰富的想象力，坚定的意志和勇敢的精神，不要把孩子们教育成呆头呆脑和谨小慎微。

　　应当提倡作家和科学家合作，为少年儿童写作一些生动有趣的科学文艺读物；提倡作家和历史研究者合作，为少年儿童写作名人传记——中国的和世界的伟大人物、发明家、探险家等等的传记，这些传记不是要求全面介绍某一伟大人物、发明家或探险家，也不是论定这些历史人物，而是要求通过这些传记来培养少年儿童的热爱祖国、爱真理、爱科学的品德，同时也培养少年儿童的不畏困难、目光远大、勇于创造的性格。提高少年儿童文学作品的思想性和政治性自然是完全必要的，但是文学作品的思想性和政治性是通过活生生的艺术形象表现出来的。不要在作品中千篇一律地对孩子进行说教、训诫，不要生硬地在作品里附加政治口号，或者把一般动物和植物的生活与人类现实生活作不伦不类的比拟。

作品的形式和体裁应该丰富多样。不仅要有小说、故事、诗歌、剧本，也要有童话故事、民间传说、科学幻想读物，并且应该特别注意发展为广大少年儿童喜爱而目前又十分缺乏的童话、惊险小说、科学幻想读物、儿童游记和儿童剧本。

童话、科学幻想小说也必须以生活的真实作基础，它应当是从现实中概括出来的，所描写的人物与故事应当是入情入理的。那种认为创作少年儿童文学作品，可以不顾生活的真实的看法，是不对的。

为着改变少年儿童文学创作的落后状况，理事会主席团讨论通过了一个从现在起到 1956 年底这一时期的发展少年儿童文学创作的计划，现发给你们作参考，希望结合你们的实际情况进行研究，定出适当的计划，并望将你们组织领导少年儿童文学创作的经验和问题告诉我们。

1955 年 11 月 18 日

【附】

中国作家协会关于少年儿童文学创作的计划（摘要）

1955 年 10 月 27 日召开的中国作家协会第十四次理事会主席团会议（扩大）上，讨论并通过了"中国作家协会关于少年儿童文学创作的计划"。计划共分三个部分：第一，要加强对少年儿童文学创作的领导。计划指出：中国作家协会的创作委员会应该加强对少年儿童文学作品的研究，经常了解少年儿童文学创作的情况和问题，向主席团提出汇报与建议；中国作家协会和上海分会的少年儿童文学组，应订出工作计划和各组员的写作计划；各地分会，凡未成立少年儿童文学组者，均应成立，并应在今年年底前，专门讨论一次发展少年儿童文学的问题，作出切实可行的决议；中国作家协会及各地分会所领导的文艺刊物，也应经常发表少年儿童文学作品及理论、评介文章；同时计划中建议中国文联主席团责成各地文联采取必要措施，加强这方面的工作；计划还决定于1956年下半年，召开全国少年儿童文学创作会议，检查计划的执行情况，研究进一步发展少年儿童文学创作问题。第二，计划决定组织丁玲等193名在北京和华北各省的会员作家、理论批评家，于1956年年内写出（或翻译）一篇（部）少年儿童文学作品或一篇研究性的文章；各地分会与创作委员会少年儿童文学组的作家在今年和1956年底前，应完成一定数目的少年儿童文学创作和理论文章。同时，计划中决定：凡担任国家机关工作或从事其他社会职业的会员作家与青年作者，为写作少年儿童文学作品，可按照中国作家协会之"创作贷款及津贴暂行办法"请求帮助。第三，关于培养少年儿童文学创作的新生力量。计划指出：中国作家协会和各分会的少年儿童文学组应通过讨论、讲座、报告等方式来帮助少年儿童文学作者，同时责成创作委员会在今年11月或12月举行一次少年儿童文学创作问题座谈会；邀请苏联专家作报告，并与青年团中央联合举办一次文学晚会。计划还指出：人民文学编辑部和各分会刊物编辑部应把发现、培养少年儿童文学创作的新生力量当作自己的重要任务；在明年召开的青年文学创作者会议中，也将吸收一批从事少年儿童文学创作的青年作者参加。

中国作家协会关于改进和加强
少年儿童文学工作的决议

中国作家协会主席团听取了书记处关于最近在山东烟台同文化部联合召开的全国儿童文学创作会议情况的汇报。主席团一致认为，少年儿童文学在加强社会主义精神文明建设，培养一代有理想、有道德、有文化、有纪律的社会主义新人，提高中华民族的精神素质方面，担负着崇高的、重要的职责。新时期以来，少年儿童文学取得了明显的、令人可喜的进展和成绩，儿童文学园地呈现创作活跃、新人辈出的兴旺景象；但是，也应当看到，儿童文学作品的思想、艺术质量仍不能满足三亿多少年儿童的精神需求。儿童文学在创作和理论方面有不少新的、重要的问题，如：如何进一步开拓、更新儿童文学观念，摆脱陈旧的创作思想、模式的束缚，在思想、艺术上创新的问题；如何更好地紧扣时代脉搏，反映少年儿童心声，塑造更多闪耀时代光彩的少年儿童形象问题；如何按照当代少年儿童的心理特点、审美趣味、欣赏水平，创造出为小读者所喜闻乐见的作品等问题，都需要认真讨论和探索。中国作家协会过去在这方面做的工作很不够。为了促进少年儿童文学的进一步发展和繁荣，主席团认为，作家协会应当采取以下措施来改进和加强自己的工作：

一、作家协会及各地分会应当进一步学习领会、贯彻落实党中央关于全党全社会都来关心少年儿童的健康成长、把少年儿童工作提到战略地位的号召，真正把少年儿童文学工作列入自己重要的工作日程，主席团或书记处每年认真讨论一两次。作家协会创作研究室应加强对少年儿童文学创作现状的研究，定期向主席团、书记处提出创作情况汇报。

二、在现有的创作委员会儿童文学组的基础上，经过充分酝酿后，恢复作家协会儿童文学委员会，作为主席团的参谋、咨询机构，并协助组织有关儿童文学创作、评论、评奖等活动。各地分会尚未设立相应机构的，希望在今年内建立。

三、鼓励、组织更多的作家、业余作者为少年儿童写作，作家协会及各地分会会员在制订自己的创作计划时，应根据自己的实际情况，力争在一定时间内为少年儿童写出质量较高的作品。作家协会主席团要求作协总会会员及各地分会会员，首先是理事会和主席团的成员，从现在起到明年年底这一年半内，每人为少年儿童写作或翻译一篇作品或评论文章，体裁、形式、字数不拘。作家协会及分会有关部门要了解会员完成这项写作计划的情况。

四、希望各文学创作、评论刊物经常选发一定数量的儿童文学作品及有关儿童文学的评论文章。作家协会主办的《文艺报》《人民文学》《中国作家》《中国》《民族文学》《诗刊》《小说选刊》等刊物及各地分会主办的刊物在这方面应起带头作用。

五、设立中国作家协会儿童文学奖，以鼓励优秀创作，奖掖文学新人，暂定每两年评奖一次；每次评奖结束后编辑出版获奖作品集。

六、进一步加强儿童文学的理论研究和作品评论工作。作家协会及有关刊物、出版社要积极组织有关儿童文学作品和创作、理论问题的讨论、争鸣，文学评论家要更多地关注儿童文学的发展，帮助作家总结创作经验，促进创作质量的提高。

七、作家协会及各地分会应把加强儿童文学队伍建设、提高儿童文学作者的思想、业务素质作为自己的一项重要工作，有计划地组织他们深入生活；作家协会鲁迅文学院及各地分会举办的文学讲习班要注意吸收儿童文学作者参加。

八、作家协会及各地分会要积极加强同儿童少年工作协调委员会、共青团、妇联、文联、科协和政府文化、教育、出版等部门的联系，取得他们的帮助和支持，密切合作，共同为繁荣少年儿童文学多做切实有益的工作。

(1986 年 6 月 14 日中国作家协会第四届主席团第四次会议通过)

中国作家协会关于进一步加强
儿童文学工作的决议

自 1986 年 6 月通过《中国作家协会关于改进和加强少年儿童文学工作的决议》以来，特别是 90 年代贯彻落实江泽民总书记关于繁荣少儿文艺的指示精神以来，我国的儿童文学呈现平稳从容而又生气勃勃的发展态势，在创作、评论、出版等方面都取得了新的、可喜的进展和成果。但是，与新时代赋予儿童文学的历史任务相比，与当代少年儿童丰富多样的审美需求相比，我国儿童文学创作的思想、艺术质量，作家队伍的思想、业务素质，理论批评的力度、风气，都还有待进一步改进、加强和提高。

21 世纪是实现中华民族伟大复兴的新世纪。建设四化、振兴中华的历史责任落在跨世纪的一代少年儿童身上。跨世纪的一代新人应当具有综合素质，努力做到德、智、体、美全面发展，而文学艺术在素质教育、德育、美育中具有独特的、无可替代的作用。为了促进新世纪儿童文学的发展、繁荣，更好地发挥它在培育一代"四有"新人中的独特作用，中国作家协会应当采取切实、有力的举措来进一步加强儿童文学工作。

一、坚持儿童文学创作的正确方向，树立精品意识，力求产生相当数量、思想性与艺术性完美统一、为广大少年儿童喜闻乐见的优秀作品。中国作家协会拟每五年召开一次全国儿童文学创作会议，探讨儿童文学的发展趋势、前景，总结提高儿童文学创作质量的经验。与有关出版社合作，编辑出版优秀儿童文学作品和年度佳作选。

二、改进和完善儿童文学的评奖工作，保证评奖的导向性、权威性、公正性。除继续奖励各种体裁、样式的文学创作外，还要适时增设儿童文学理论批评奖、新人奖和对儿童文学事业有特殊贡献的荣誉奖等奖项。

三、加强对儿童文学的理论研究和作品评论工作，巩固、扩大儿童文学评论队伍，提倡和发扬说理的、实事求是的、与人为善的理论批评风气。继续办好《文艺报·儿童文学评论》；作协儿童文学委员会要与少年儿童出版社合作，办好《中国儿童文学》丛刊。各有关报刊，首先是中国作家协会和各地作协主办的报刊，要经常选登一些儿童文学作品、评论文章。

四、加强儿童文学队伍建设，大力培养儿童文学新人，鼓励、吸引更多的作家、业余作者为少年儿童写作。通过组织儿童文学作家学习理论、学习业务和鼓励、帮助他们深入生活、深入少年儿童等途径，努力提高队伍的思想、业务素质。作协儿童文学委员会、鲁迅文学院要与有关单位合作，不定期地举办讲习班、函授班、创作研讨班，给年轻的儿童文学作者提供学习进修的机会。

五、加强儿童文学作家与小读者和校园文学社团的联系。与有关部门通力合作，开展少年儿童读书活动，把优秀的儿童文学作品推广到小读者中去。举办夏令营、诗歌朗诵会、签名售书等活动，组织儿童文学作家与小读者见面。儿童文学评奖要听取小读者的意见。

六、与中国科协密切合作，做好文学家与科学家优势互补的联姻工作，共同促进科学文艺创作的发展。

七、加强儿童文学与影视、网络等现代传播媒体的联姻，推荐介绍优秀儿童文学作品改编成影视、卡通作品或上网，使它们迅速普及到广大小读者中去。

八、增进同台、港、澳地区和海外同胞中儿童文学作家的联系、交流和友谊；努力创造条件，加强、扩大中外儿童文学的交流。

九、现代文学馆要在广泛征集现当代儿童文学资料的基础上，创造条件争取及早建立儿童文学文库，并使之逐步成为我国儿童文学的一个研究中心、信息中心。

十、中国作协及各地作协要把儿童文学工作列入自己的工作日程，常抓不懈。各地作协中尚未建立儿童文学委员会或相应组织的，应创造条件及早建立。作协应继续加强与政府文化教育、新闻出版、广播影视部门和文联、科协、共青团、关心下一代委员会、宋庆龄基金会的联系与合作，共同为繁荣儿童文学多办实事。

(2001 年 1 月 13 日中国作家协会第五届主席团第八次会议通过)

图书在版编目（CIP）数据

坚守与超越 / 束沛德著 . -- 北京：作家出版社，2019.9
（束沛德自选集）

ISBN 978 - 7 - 5212 - 0695 - 1

Ⅰ . ①坚… Ⅱ . ①束… Ⅲ . ①儿童文学 – 文学评论 – 中国 – 当代 – 文集 Ⅳ . ①I207.8 – 53

中国版本图书馆 CIP 数据核字（2019）第 182463 号

坚守与超越

作　　者：束沛德
责任编辑：赵　莹
装帧设计：张晓光
出版发行：作家出版社有限公司
社　　址：北京农展馆南里 10 号　　　邮　　编：100125
电话传真：86 – 10 – 65067186（发行中心及邮购部）
　　　　　86 – 10 – 65004079（总编室）
E – mail: zuojia@zuojia. net. cn
http: // www. zuojiachubanshe. com
印　　刷：三河市兴博印务有限公司
成品尺寸：152 × 230
字　　数：444 千
印　　张：30.25
版　　次：2019 年 9 月第 1 版
印　　次：2019 年 9 月第 1 次印刷
ISBN 978 – 7 – 5212 – 0695 – 1
定　　价：160.00 元（全三册）

束沛德自选集·散文卷

缘分与担当

作家出版社

跨入中国作协门槛（1952年11月）

1947——1949年发表作者习作的几种刊物

中学时代办壁报的同窗好友（从左至右）前排：叶虎玉、刘果生，后排：陈训、束沛德（1948年）

在北京东总布胡同22号中国作协创委会办公室前（1954年9月）

与爱人刘崑在上海复兴公园（1956年7月）

下放期间与《涿鹿报》同事在一起（1958年10月）

与父母、弟妹在家乡江苏丹阳（1963年春节）

在家乡江苏丹阳万善公园阖家大团聚（2011年10月）

束沛德、刘崑钻石婚留影（2016年12月）

一家人在北京合影（2018年8月）

目 录

名家剪影

园丁履痕

亲情抒怀

异域掠影

附录　评论文章选辑

名 家 剪 影

我的第一个上级严文井

文井走了，白羽走了，上世纪50年代我在作协工作期间的老领导，如今已没有一位健在了。老延安、鲁艺、文抗出身的文坛前辈统领文学大军的时代就这样终结了。

严文井是我跨进作协门槛后的第一个上级、最早的文学领路人之一。

1952年初冬时节，文井同志从党中央宣传部文艺处调到全国文协代理秘书长，参与改组全国文协、筹建中国作协的工作。他带了两个秘书作为助手，一个是26岁、原担任丁玲秘书的陈淼；另一个是21岁、原定给周扬当秘书的我。我们三人可以说是同时迈进东总布胡同22号全国文协大门的。

那时全国文协除了《文艺报》《人民文学》编辑部外，只有一个主管行政、总务、文书工作的秘书室。文井、陈淼和我调来后，文协机关才有几个抓文学业务工作的干部。文井带领我们做的第一件事，就是组织第二批作家深入生活。来自祖国四面八方的20多位作家，包括艾青、卞之琳、周立波、徐迟、李季、秦兆阳、路翎等，聚集在北京东城小羊宜宾胡同一个四合院的几间平房里学习讨论。文井同志四处奔波，八方联络，邀请胡乔木、周扬、胡绳、林默涵、吕东、廖鲁言等，为这批作家作有关形势、理论、文艺、工业建设、农村工作等方面的报告，为他们即将深入工矿、农村、部队，熟悉新的生活、新的人物做思想、理论上的准备。作家在京学习一个月，我按照文井成竹在胸、有条不紊的安排，参与订学习计划，做会议记录，整学习简报，写新闻报道，以及安排会场，落实交通工具，组织影剧观摩等工作。事无巨细，我都积极投入，一一学着做了。这一个月全方位的锻炼，我好像进了一次短期培训班，学习了文学组织工作的ABC。给我上这一课的老师，正是当过延安鲁艺文学系教员的严文井。

我也是够幸运的了!

文井作为上级,对我这个部下思想、学习、生活的关心帮助,也是至今难以忘怀的。

跨进文协大门不久,严文井情真意切地对我说:"你年纪很轻,只要自己努力,不闹工作与个人创作的矛盾,在党的培养下,有才能的人是不会被埋没的。""先踏踏实实地做几年工作,将来可以搞创作,也可以搞评论。不管以后做什么,现在应当抓紧时间学习马列主义、文艺理论,多读点作品,有时间也可以练习写作。"在文井同志的领导下,我一边学习做文学组织工作,一边利用业余时间挑灯夜读。我饶有兴味地读了严文井的童话《丁丁的一次奇怪旅行》《蜜蜂和蚯蚓的故事》《三只骄傲的小猫》《小溪流的歌》,被这些富有儿童情趣、诗情与哲理交融的作品深深打动。我对我的上级在儿童文学上的出色成就肃然起敬。这也大大激发了我对儿童文学的兴趣。

随后我在作家协会创作委员会当秘书,又有机会旁听文井和冰心、张天翼、金近等积极参加的儿童文学组关于作品和创作问题的讨论。我记得文井在一次座谈会上曾谈起:"我的祖父爱教训人,我很怕他。父亲稍好一些,但当我考不取大学时,他就板起面孔教训我了。我不爱听教训,就离开家庭走向生活了。""现在儿童读物的缺点,也是爱教训孩子。孩子不爱听枯燥的说教,我们应当尽量把作品写得生动有趣一点儿。"他的这番话,使我较早地领悟到:儿童文学要讲究情趣,寓教于乐。中国作协编的《1954—1955年儿童文学选》,是由文井最后审订篇目并作序的。在协助文井编选的过程中,使我对如何把握少年儿童文学的特点,如何衡量、评判一篇作品的成败得失,心里有了点儿底。他在《序言》中所说的:"应当善于从少年儿童们的角度出发,善于以他们的眼睛,他们的耳朵,尤其是他们的心灵,来观察和认识他们所能接触到的,以及他们虽然没有普遍接触,但渴望更多知道的那个完整统一而丰富多样的世界。""一定要让作品做到:使他们看得懂,喜欢看,并且真正可以从当中得到有益的东西。"这段言简意赅的文字,在我脑海里深深地扎了根,成了我后来从事儿童文学评论经常揣摩、力求把握的准则。

走上工作岗位没多久，我与远在新疆的、中学时代的一位女同学确定了恋爱关系。我急切地期盼着与爱人调到一起，一次一次地向文井表示愿意调往新疆，支援边疆建设，希望他能放我走。文井干脆明确地对我说："现在从各方面抽调干部加强文协的工作，你想调离文协是不可能的。"他再三叮嘱我："思想不要波动，做好长期从事文学工作的精神准备；从新疆调出干部尽管比较困难，但组织上会尽快想法儿解决。"他让我把爱人的姓名、工作单位、职务告知。我记得，那年春节文井从湖北探亲回京后，给中宣部干部处处长又打电话又写信，并三番两次地催问。不到两个月，我爱人终于从遥远的边疆调来首都。每想起当年在石碑胡同中宣部招待所，我和爱人久别重逢无比激动的那一刻，至今我依然情不自禁地感激无微不至地关心部下、热心肠的老上级。

在反胡风、反右派斗争中，我碰了钉子、挨了批评后，文井语重心长地开导我："你读过几本书，比较聪明，有点儿能力，更要警惕世界观问题；不要轻视旧世界观的影响，不是读过几本书，开几次会，就可以解决的。""要听得进逆耳之言。上级对自己老是笑着，不一定好；对自己疾言厉色，不一定坏。光听周围的人说好话，有时会上当的。"他还提醒我："反对个人主义，不能变成一个灰溜溜的、木偶一样的人。"勉励我做一个像朱总司令所要求的那样自自然然的共产党员。文井的谆谆教诲，在我的人生之旅中，起了点拨、导航的作用，永远铭刻在我的心中。

粉碎"四人帮"，进入历史新时期。当初我还在一所工科院校做宣传工作，急切希望有机会回到我所钟爱的文学队伍中来。我写信给老领导文井、沙汀，表达了这个愿望。文井两次给我回信，说是"你的工作问题，我一定记在心中"。后来，我终于如愿回到了我离开将近20年的单位——作家协会。这时，文井担任人民文学出版社社长，没有回到作协，但他仍兼任着作协儿童文学委员会主任委员。80年代初，我进入作协领导班子，分管儿童文学工作，不时去看望文井，当面聆听他的教诲。我记得，1986年盛夏，有一天正午时分，我走进东总布胡同60号小四合院他那住了多年的三间不算宽敞的平房，他还没起床，听到房间里有说话的声音，才光着膀子从卧室里出来。在那狭窄的、不足10平方米的书房里，我们促膝长谈了两小时，又一次共同回忆了 1952 年冬到 1953 年秋筹建作协的前前后后。当我向他诉说现在作协的日常工作头绪多，难度大，新班子成员都陷在文山会海里，都为没有时间读作品而苦恼。文井当即接过我的话茬儿，笑眯眯地对我说："你过去不是对我也有这个意见么，现在也尝到这个味道了吧。"他这一句话，把我的思绪一下子拉回到 1957 年，那时正开展整风运动。我年轻气盛，头脑发热，不知天高地厚，在作协创委会的整风会上，不仅提名道姓地批评了乔木、周扬、默涵、白羽，还把矛头指向时任作协书记处书记、《人民文学》主编兼创委会研究室主任的文井，轻率而尖刻地批评他"不学有术"。这四个字的言外之意是文井虽有组织工作能力、有办法，但读书不多，没多少学问，对很多问题的看法不是照本宣科，就是老生常谈，缺乏自己独特的见解。针对我的批评，反右后，文井在批评帮助我的整风小组会上就做了回答："你对我的一句话，我不计较。不学，的确有点不学，但说一点不学，也不公平。"时隔二三十年，他对这件事还记忆犹新。可见我那句不近情理、带有嘲讽的话是多么深刻地烙印在他的心坎上。随着时间的推移，我越来越多地了解到文井早就养成彻夜苦读、持之以恒、中外名著涉猎甚广的习惯时，我愈加感到歉疚和不安。设身处地想一想：当年政治运动、文艺批判没完没了，他又身兼数职，杂务缠身，怎么可能坐下来从容地读书、研究作品呢。我慢慢地尝到组织工作的甘苦，对文井当年的处境又增添了几分同情和理解。我为自己不分青红皂白、信口雌黄而懊恼不已。

80 年代中期，作协儿童文学委员会一度改为创作委员会下的儿童文学组。1986 年，作协和文化部在烟台联合召开全国儿童文学创作会议。会后，作协主席团做出了《关于改进和加强少年儿童文学工作的决议》，决定恢复儿童文学委员会。书记处让我去看望文井，向他汇报烟台会议的情况。我第一次走进他新搬进的红庙北里文化部宿舍。那是四室一厅，比他原来住的三间平房宽敞了一些，但客厅、书房仍很小。当我向他谈起调整儿委会人选的设想，作协书记处真诚地希望仍然由他来挂帅时，他当即表示：如作协领导认为合适，他可以考虑接受，但有一个条件，即作协必须有一位实际负责人担任副主任，把担子挑起来。他还明确地提出，希望我担当这个工作。当我谈起自己不搞儿童文学创作，在儿童文学界，无论是资历、成就和声望都不够格时，文井回忆起50年代初作协编选第一本《儿童文学选》的情况。他说，王蒙的《小豆儿》，还是你发现后向我推荐，我才在序言中称赞了这篇作品。你后来还写了一些儿童文学评论，对儿童文学情况还是熟悉的。由于文井的举荐，从1986年开始，我作为他的助手，操办作协儿委会的日常工作。开头几年，凡是较为重要的事情和活动，我都听取他的意见，得到他的首肯，我才去组织、运作。我们合作得很密切、愉快。1995年10月，在文采阁庆贺文井的80华诞时，我满怀深情地举起杯来："为我的第一个上级，至今依然带领我前进的文井同志干杯！"后来，由于文井年届耄耋，精力日衰，我向他汇报工作时，他拍着我的肩膀说："沛德，今后一些事情你做主去办就行了，用不着征求我的意见。我们共事那么多年，我还信不过你啊！"1997年，我终于接过文井传递给我的接力棒，勉为其难地挑起了儿委会主任委员的担子。

为庆贺中华人民共和国成立50周年，作家出版社编选一套展示新中国文学成就的《名作文库》，其中儿童文学卷由文井担任主编，我任副主编。真可说是一种缘分，50年代我协助文井编《儿童文学选》，时隔40多年，我又有幸同他一起编《名作文库》。我和出版社的白冰、石湾等去拜访文井。当石湾汇报这套书的基本构想、编选进度，提到"老束是副主编，前期工作已做好，列出了拟选篇目，还开了座谈会"时，文井目不转睛地看着我，对石湾称我为"老束"，似乎很惊讶，因为在他心目中，我仍然是"小束"。我说："小束已经68岁了，刚到作协时21岁，干了47年，去年已退休。"这时，文井又回忆起作协往事，再次谈起1952年他带着两个秘书来筹建作协的事。接着，他又问起："前些日子看到你写的一篇文章，回忆刚到作协当秘书的事，提到三四个人，唯独没有提到我。"我马上告诉他："我写的那篇《我当秘书的遭遇》，开头就提到你在中宣部同我谈话。刚才在车上我还向他们谈起你带我来作协的经过哩，怎么会不提到你呢？"石湾也赶忙为我做证。这时，文井又认真地重复了一遍："就是没有。"后来，我推断文井看到的可能不是刊物上发表的全文，而是经过文摘报删节的摘要。文井原是个散淡的人，在这件事上那么较真，又一次教育我们：对待历史，对待重要事件，来不得半点含糊。写回忆录、传记等纪实文章，一定要尊重事实，以翔实的史实为根据，不能虚构，更不能胡编乱造。

近些年，我很少登门拜访文井老人了。但每逢过年过节，我还是会寄张贺卡或打个电话问候他。我出了不多几本书，书一出来，也总及时寄去求教。他也一直关心我这个老部下。90年代初，当我由于在那场政治风波中碰壁而处于困境时，他十分体贴地开导我："不要有任何个人得失的考虑，把曾当过作协书记呵、不满60岁就不能工作呵等等这一些想法都彻底扔掉。根据自己的条件，订一个计划，读一点书，选一两个题目，研究一些问题，使精神有所寄托。不要急于拿出成果，一点一滴地积累。要尽可能保持心态平衡，精神愉悦，多到户外活动活动。"从思想、工作到生活、健康，方方面面都关照到了，真可说是无微不至啊！

再过几天，作协儿委会就要去南京、扬州开2005年年会。此时此刻，我多么盼望文井同志突然回到我们中间来，同久违了的儿童文学界朋友见面叙谈，再次倾听他那睿智、幽默的谈话，触摸他那纯真的、永不泯灭的童心。文井同志，回来吧！儿童文苑真需要你这样的领军人物啊！

2005年10月

亦师亦友的沙汀

前些日子，我住招待所十多天，参加宋庆龄奖的评委会。评选工作一结束，回到家里，就着手处理半个月积压下来的、一些亟待回复的信件。第一封回信就是写给沙汀同志的。因为11月中旬，他让秘书代笔给我写了一封信，说是我寄去的文学评论集早就收到了，"肺部老毛病又犯了，一住院就是三个多月，整得人痛苦不堪。10月26日才出院，目前身体仍很虚弱，所以没有及时给你回信"。在这封信中，他还写道："最近秘书给我读报，有消息说多饮绿茶可以防癌治癌，我立刻想到你。我们中国茶文化的历史最长，饮茶可以说有百利而无一害。你不妨试试，多喝绿茶，对身体会有好处。"一个耄耋之年的老人在病中还如此关心我这后生晚辈的病后疗养，心中不由得升起一缕感激之情。我在回信中，恳请他在寒冬时节注意护理，多加保重，特别是对失去交往数十年、亲如手足的老朋友艾芜同志，务必控制自己的感情，千万不要因此过分悲伤而影响自己病后正在恢复的身体。我还随信附去前不久为一位青年文学评论工作者所著《跋涉与寻觅——沙汀评传》一书写的"代序"，想听听他老人家的意见。因为沙汀过去曾不止一次地提醒我，写文坛上的人和事，倘若写到他的时候，千万慎重，实事求是，掌握分寸。万万没有想到，我刚封上这封信，还没有来得及发出，就传来沙汀同志于当天凌晨逝世的噩耗。我顿时沉浸在无限悲哀和惆怅之中。面对着案头这封未发出的信，长时间地沉默和发愣了。我后悔没有早几天回信，把我的真挚的问候带给他老人家，让他再次感受到"忘年交"的情谊和温馨。我也后悔去年秋天出差在外，没能赶往绵阳参加祝贺沙汀创作六十周年暨沙汀作品研讨会，以更多地了解沙汀，学习沙汀。尤其让我后悔不已的是，我早已告诉他，打算趁明年8月去成都参加一次儿童文学研讨会之际，去看看他的新居，尝尝他最爱吃的川味菜肴，同他再一次海阔天空地聊天、谈心。他曾回信表示：四川变化很大，很值得来一趟。期待着你和你夫人到我家做客。如今，这一切都成了圆不了的梦，从此再也见不到我所熟悉的沙汀同志的音容笑貌了，再也听不到他在为人作文方面对我亲切而又直率的教诲了，我心里怎么能不感到痛苦呢！？

我结识沙汀同志是在50年代初。跨进文学门槛之后，我的第一个上级是严文井同志，第二个上级就是沙汀同志。1953年4月中国作家协会成立创作委员会时，沙汀担任副主任，主持日常工作。我那时是个二十出头的年轻人，担任创委会秘书，并编辑《作家通讯》，沙汀正是我的顶头上司。沙汀给我最初的印象是工作十分谨慎细致，一丝不苟，作风平易近人，没有一点架子。那时创委会每个季度要向作协主席团作一次创作情况汇报。沙汀总是同创委会秘书室的同志一起阅读作品，一起讨论当前文学创作的情况和问题，共同商量应当肯定哪些好的或比较好的作品，指出创作中存在哪些值得注意的动态和倾向。对我们起草的《创作情况汇报》，他在统改全稿时，总是要反复推敲，字斟句酌。《作家通讯》从创刊号到第11期，也是由沙汀负责终审的。至今，我的眼前还清晰地浮现着他当年坐在临窗的写字台前，聚精会神地用蝇头小楷仔细修改汇报材料或《作家通讯》稿件的情景。他那专注的神情，令人难以忘怀。

我还记得，创委会成立后的第一件事，是组织关于社会主义现实主义的学习。在京的四十多位作家、评论家和文学界的领导骨干参加这次学习，是作为全国文协（作协的前身）第二次代表大会的思想准备的。根据这次学习的结果和大家的要求，创委会又决定各创作组进一步展开具体作品的研究和讨论。当时建立了小说散文、诗歌、儿童文学、剧本、电影剧本、通俗文学等创作组，讨论了《三千里江山》《菊花石》《宋景诗》、诗的形式问题以及苏联作家安东诺夫的小说、波列伏依的特写等作品。沙汀作为各创作组活动的总调度员，带领创委会秘书室的同志作了浩繁的组织工作。有时，他还亲自出马组织作家发言，我就曾随他去北大校园约请吴组缃同志在《三千里江山》讨论会上发言。50年代初，自由讨论和争鸣还没有蔚然成风。讨论会上的一种观点、一种意见，有时被误认为代表会议主持者的态度。一两位同志在发言中指出了某部作品的缺点和不足，可能稍微偏激一点，有时又被说成是对整个作家和新的创作成绩的否定。在这种情况下，易激动的沙汀也不得不耐下心来倾听各种不同的意见，承受种种非议、指责的压力，并出面做协调、化解矛盾的工作，以引导讨论和批评的健康发展。凡遇比较重要的情况和问题，沙汀总是和荃麟同志商量，十分尊重荃麟的意见，这样，工作中一些难题大多也就迎刃而解了。

我与沙汀可说是忘年交，当我还是个二十一二岁的小青年时，他已是年近半百的准老人了。然而年龄的差距并不妨碍我们心灵的沟通。我们住在同一个院子里约有两年光景，可说是朝夕相处。有两段时间，沙汀的夫人不在北京，他成了寂寞的单身汉。那时我也还没结婚。每到周末傍晚或星期日，他常常闯到我的房间门前，用浓重的四川口音大喊一声"束沛德"，约我到饭馆去打牙祭。东安市场的"五芳斋"，西四的"恩承居"，新开胡同的"马凯"，都是我们光顾过的地方。边吃边聊，海阔天空，无所不谈，兴致勃勃。他不止一次地向我吐露：北京不是久留之地，自己也不适合做创委会的工作，还得争取早日回四川去，深入生活，从事创作。我1956年底结婚时，沙汀已和我分处两地。后来他来京开会时，还特意补送我们一块绸料台布作为礼物。至今这块台布还覆盖在我家冰箱上哩。

从1955年初沙汀离开创委会回四川，三年多后我也调往河北工作，到1978年春沙汀又奉调来京，这中间20多个春秋，我们之间除了偶尔通信，或在开会时见上一面外，就很少联系了。"十年动乱"的噩梦醒来，迎来了历史新时期的曙光。1978年春，我从报上刊登的全国政协委员会名单中，见到了沙汀的名字，分外喜悦，当即写了一封信寄往政协会议秘书处转沙汀，没过几天就收到了他的复信。那时，我在河北一所工科院校做秘书工作。在"四害"横行的年代，我也由于一度当过周扬的业务秘书，写过几篇宣扬所谓"黑八论"的文章，而被看作文艺黑线的"危险人物""大红人""小爬虫"，迟迟不予恢复组织生活，最后被踢出文艺界，打发到一所与我所学所长毫不沾边的机电学院去了。沙汀了解到我的处境，在回信中热情地勉励我找机会归队，回文学战线工作。后来经过他多方联系，在全国文联、作协恢复工作时，终于我又回到了文学岗位。

从此，我们的接触和交往又频繁起来。我们有过多次自由的、无拘束的、话题广泛的长谈，当然谈得最多的还是文学创作问题和文艺界的信息、动态。

在1984年秋天的一次谈话中，沙汀向我谈起，最近正在思索新中国成立30多年来，特别是"文革"前17年文艺工作的经验教训。他说：我反复考虑着一个问题，为什么很多富有经验的老作家新中国成立后没写出多少有分量的作品？茅盾当了文化部部长，也就写不成小说了。巴金还是他以前写的那些中长篇。张天翼除了写了一点儿童文学，也没写多少。艾芜写得不算少，但写得好的，还是《南行记续篇》这类题材的作品。周立波情况稍好一些，写出了《山乡巨变》等。沙汀认为，之所以造成这种状况，有两点值得我们思考和总结：一是我们安排作家当这个"代表"、那个"委员"，或者是当局长、主席，陷在文山会海之中，没有多少创作时间，加上各种运动、学习，作家不能深入到生活中去，在群众中扎根。照顾作家，主要不是让他们当代表、当委员，而是应当给他们提供较好的创作条件、生活条件，切实保证创作时间。二是在创作题材上，一定要贯彻百花齐放，坚持多样化。不能把写重大题材、现实题材，强调到不适当的程度，而忽略了其他方面。每个作家都有他熟悉的一个方面、一个地方，有他的优势和擅长，老舍写北京，李人写成都，艾芜解放后虽曾下鞍钢，但他的生活积累主要还是《南行记》时期的。让作家写新的生活、新的人物，只能是在他真正熟悉并有了真切的感受、体验之后。沙汀还以自己的生活和创作实践为例，说是因为头脑中有不少条条框框，长时间不敢写自己熟悉的生活，不敢写反面人物——解放前夕到解放初期的恶霸、豪绅。一直到20世纪80年代，才冲破思想牢笼，放开手脚，写出了中篇小说《红石滩》。

沙汀说的这两点，是他的切身体会，是积数十年之经验做出的总结，确实值得我们深长思之。沙汀在新中国成立后自觉地服从党的分配，做了40多年文艺团体的行政组织工作。说实在的，这很难说是"用其所长"。他是一个作家气质很浓的人，一门心思要搞创作，既有生活经历，又有创作才华，如果及早把他从行政工作中解脱出来，让他从事自己所熟悉和擅长的题材的创作，也许我国当代文学的人物画廊里还会增添几个独特的、具有艺术魅力的典型形象哩。

在沙汀60年创作生涯中，无论是在敌后根据地还是家乡的苦竹庵，是在繁杂的行政工作岗位上还是疾病缠身住进医院时，他始终没有放下手中的笔。几十年来，他不仅写出了几百万字的作品，而且一直坚持记日记。1984年秋，他对我说：现在我掌握两点，一是不出头露面；二是集中精力写回忆录，整理自己的文稿、日记。我去看望他时，不止一次地见他戴着老花镜兴致勃勃地在阅读誊写出来的日记。他告诉我：过去的日记，今天读起来，依然觉得很有味道。周总理、陈毅副总理以及巴金、周扬、沈从文、张天翼、严文井、陈白尘等当时的一些谈话内容，在日记中都有记载，既有具体描写，又有对话，昨夜看到十一二点，还不想休息。读到有些地方，自己竟不禁放声笑了出来，甚至坐不住，跳了起来。他坐在一把竹制小椅子上，对我谈起这些情况时，依然兴高采烈，激动不已。

沙汀一再告诫我：要注意记日记，写散文、随笔。切不要小看这件事，干咱们这一行的，凡有所见、所闻、所感，就要记上一笔。并让我珍惜自己目前所处的岗位，把接触到的人和事随时记录下来；乃至把50年代参加作协工作以后，对文学界一些主要人物的言行及几次重大论争的情况，趁着记忆力强的时候，尽量记录下来。这些，以后也许都是最珍贵的历史资料。他还不止一次地提醒我：写文坛上的人和事，一定要实事求是，掌握分寸。当我1985年访问匈牙利归来后，他读到我在《人民文学》等刊物上发表的几篇散文，又从成都写信来鼓励我："你写得不错……满怀信心地写下去吧。不一定都发表，哪怕每天写出几百字，应该把写作当作日课，一天不动笔就算缺勤。"他同冰心、巴金老人一样，主张讲真话，写真情实感，敢以肝胆见人。有一次，他谈道：有的同志对自己，光讲好的一面。一个人哪能没有缺点和弱点呢？巴金就不是这样，他在《随想录》《探索集》《真话集》里，就把自己的真实思想坦露在读者面前。沙汀说，自己在《敌后七十五天》一书中也是写了在敌后的思想情绪的，如想家，想老婆孩子，等等。他多次谈到自己没能在敌后坚持下来，是在一次严峻的考验中不合格。他描述自己写《敌后七十五天》的心情，有点像卢梭写《忏悔录》似的。沙汀这种严于律己、勇于自我解剖的精神，给我留下极为深刻的印象。

晚年的沙汀，可说是百病丛生。那年，已是春暖花开季节，我去看望他，只见面庞瘦削的老头，一个人孤独地坐在一张沙发上，室内温度较低，他穿着棉袄棉裤，着了棉鞋，还围着围巾。没有老伴照顾，儿女又不在身边，生活上困难真不少。他一再对我说："你看，咋整啊！"当时北京订牛奶还有限制，作协机关开了信，也只能订一个月，沙汀不无牢骚地说："就凭我这把年纪，也该让吃牛奶呀！"那时，他的级别还没定为副部级，有了病，不能进高干门诊检查。处于这样困难的境地，他不禁发出"人生七十古来稀，活到近80岁了，也快见马克思了"的感慨，同时他又不时激励自己：还是要花些时间认真治一治病，加强营养、锻炼，争取早日恢复健康，以便把一些没有做完的事情做完。可是到了20世纪90年代初，沙汀终因患青光眼，造成双目失明，不能看书读报，也不能写作了。当我听他发出"这下子可苦了"的哀叹时，我为他内心的极度痛苦而震撼。是呵，一个写了一辈子的人，把写作视为第二生命的人，一旦失去了劳动能力，被迫放下紧握了几十年的笔，怎能不感到心如刀割呢？！

每次见面叙谈之后，当我辞别的时候，尽管他步履维艰，颤巍巍的，但总要坚持送我下楼，或送到电梯门口。有一次，他一手搭着我的肩膀，边走边说，依依惜别，最后握别时，深情地说了一句："好像见面的机会不多了，见一次少一次！"我见他眼眶湿润了，这时我竟说不出一句能给他以慰藉的话来。如今，他已驾鹤仙逝，我们真的再也不能见面，再也不能促膝谈心了。然而，当我翻开手边那本摄影家潘德润拍摄的《文学家艺术家肖像选》，凝视着那张我与沙汀在305医院病房里的合影，他那和蔼可亲的面容，那炯炯有神的目光，依然在激励和鞭策我在文学路上继续前行。

1992 年 12 月 30 日

"一定要把写作当作日课"

上世纪 50 年代初，我跨进中国作家协会门槛后，第一个上级是严文井，第二个上级就是沙汀。

当今的年轻读者对沙汀这个名字也许已相当陌生。沙汀是我国现当代文学史上一位著名作家。他以严谨的现实主义方法描绘旧中国四川农村的风俗画，擅长深沉含蓄的讽刺，作品富有浓郁的乡土色彩。短篇小说《在其香居茶馆里》、长篇小说《淘金记》等都是他的代表作。50 年代初沙汀担任作协创作委员会副主任期间，我任创委会秘书，是他麾下的一个助手。"十年浩劫"后，沙汀曾担任了三四年中国社科院文学所所长；1982年调到中国作协，专业从事创作。他是中国作协副主席之一，我在作协创联部、书记处岗位上，不时有事需要登门求教。加上他是我的老上级，又是忘年交，每聚到一起，往往无拘无束，推心置腹，无话不谈。

80 年代初，沙汀年届八旬，身体、精力每况愈下，日见衰老。但他依然笔耕不辍，陆续写出中篇小说《青桐坡》《木鱼山》等。1984 年初，他在战争年代患下的胃病突然发作，多次吐血，被抬进协和医院病房，确诊为胃溃疡，动了手术，胃被切去 3/5。病情渐趋稳定，他又被送进了305 医院疗养。四月初的一天上午，我去医院探望沙汀。进入他的病房，只见他穿着白底带蓝条纹的病号服，戴着老花镜，聚精会神地伏案修订《木鱼山》。桌上还放着一本 32 开的练习本，上面一行挨一行写着密密麻麻的小字，那就是记录他 40 年代在国统区生活的《睢水十年》原稿。我询问了他的健康状况后，话题很快转入他近期的写作安排上。他不无兴奋地告诉我："《睢水十年》这部回忆录，两年前就写出 40 节了，有 6 万多字。毕竟是自己熟悉的生活，可以放开手写，好像用不着花多少力气。我不仅想记下那十年的生活经历，还想写下那段时间所写主要作品的写作过程，使它兼有创作回忆录的特点。想写进的东西似乎还很多，许多作品中的人物、场景都接连不断地浮现在眼前，真有点文思泉涌的势头哩！"谈到这里，他问起我最近有没有写文章。我面有愧色地告诉他：进入领导班子后，会议多，工作头绪多，常常为没有时间读作品、写文章而苦恼。除了写报告、总结外，文章写得很少，只是偶尔写点书评。他极其认真、严肃地告诫我：在文学界做组织领导工作，不写东西，是站不住脚的。他又一次对我说：一定要把写作当作日课，一天不动笔就算缺勤。要注意记日记，把所见、所闻、所感，随时记下来，哪怕每天写上几百个字。工作再忙，挤出时间写点散文随笔还是可以做到的。

正当我和沙汀谈兴正浓的时候，《新观察》摄影记者、装帧艺术家潘德润推门进来。那时，全国政协六届二次会议即将召开，沙汀是全国政协委员，潘德润是来为沙汀拍摄政协会议代表证上用的半身照的。沙汀穿着病号服不宜照相，而病房里又没有留下他自己合适的上衣。我当即脱下自己身上穿的那件深灰色涤卡上衣，让沙汀穿上，潘德润为他拍了半身照。随后，潘德润又为我和沙汀拍了一张合影，沙汀穿的仍是我那件涤卡上衣，而我自己穿的是一件手工编织的开口毛衣。这张照片后收入潘德润拍摄的《文学家艺术家肖像选》。

沙汀新中国成立以后历任全国第一、二、三、四届人大代表，全国第五、六届政协委员。从政协即将开会，他又一次不无感慨地说：让作家当代表、当委员，有机会参政议政，固然是好事，但如果陷在文山会海里，那是会影响创作和深入生活的啊！沙汀就是这么一个淡泊名位、一心扑在文学写作上的人。

2013 年 7 月 31 日

留下几帧真切的史影

——一个记录者眼中的周扬

中学时代，我就爱编编写写，立志长大后做一个新闻记者。中华人民共和国成立前夜，我如愿考进复旦大学新闻系。

进入复旦不久，就与学生会、团委会的宣传工作结下不解之缘，一直负责团委宣传部长、思想改造学习委员会宣教组长等社会工作，对宣传鼓动工作逐渐有了兴趣和热情。由于参加校园里红旗手文艺社的活动，参与编辑复旦大学校刊副刊，加上选修中文系许杰教授的"文艺批评"课，我又对文学编辑工作和文艺理论工作有了跃跃欲试的激情。即将毕业之际，原来学校党组织打算把我留校做青年团（共青团）的专职干部。我却在毕业生调查表上填了三个志愿：一是文学编辑；二是文艺理论研究；三是党的宣传工作，唯独没填组织要求的"青年工作"。那时，胡乔木、周扬是我心目中的旗帜，把他们当作我学习、效仿的榜样。我一心一意、执着追求成为一个以笔为武器的文化战士。

真是无巧不成书。临近毕业分配，政务院文委的一纸电文，要求复旦大学把新闻系应届毕业生全部送中宣部干训班学习、进修，从而改变了我留校搞青年工作的命运。我如鱼得水似的跨进党的宣传工作的门槛。

难忘的一课

我和同班同学 40 多人于 1952 年 8 月底到北京西单捨饭寺中宣部干训班报到。刚过了一个星期，干训班举办的专题讲座请来时任中宣部副部长、文化部党组书记、副部长的周扬讲第一课，题目是：《马克思主义对文艺的基本观点》。在这之前，我虽然已读过周扬编选的《马克思主义与文艺》及《新的人民的文艺》《坚决贯彻毛泽东文艺路线》《论赵树理的创作》等论著，但一直无缘识荆。在干训班礼堂，第一次见到心仪已久的周扬。当年周扬才 44 岁，年富力强，仪表堂堂，气宇轩昂，讲起话来，提纲挈领，条分缕析，滔滔不绝，头头是道。他留给我的最初印象，确是一表人才，一位卓越的宣传家、文艺理论家。

我"文革"前的工作笔记、学习札记差不多都散失了，但如今手边还保留着一本"中宣部干训班笔记本"。薄薄的 24 开练习本，浅蓝色封面已褪色，上、下角也褶皱破损。打开这本笔记本，第一页记录的就是周扬的讲话。他主要讲了两个问题：一是文艺与群众相结合的问题，二是正确对待文艺遗产问题。他满怀激情地说：现在进入一个新的历史时代，即新的人民群众的时代。文艺要全面地与广大人民群众相结合，要与群众的思想感情相通。文艺要通过形象真实地反映人民群众的生活、思想、感情和愿望，帮助群众、鼓舞群众推动历史前进。他明确指出，中国文艺有伟大的现实主义传统。为了表现新的人民的时代，就要采取社会主义现实主义创作方法。要在革命发展中描写现实，真实反映生活中的矛盾与斗争，并把它与用社会主义精神教育人民的任务结合起来。他还特别强调，新时代的作家对人民负有责任，必须考虑写出的作品是对人民有益还是有害。教育人民，首先是教育青年。要像苏联优秀作品那样，努力培养人民新的道德品质，培养青年坚强的意志，让他们生气勃勃，不怕困难，勇往直前。

在谈到批判地继承民族文艺遗产时，周扬反复强调，中华民族的文化艺术遗产极为丰富，并有着优秀的民族文化传统。新的人民的文艺不是凭空产生的，它是在批判地继承、接受民族文化遗产的民主性、人民性的基础上发展过来的。如果不尊重民族的优良传统，新的文艺就不能与人民群众相结合。他谈到，每个民族的文艺都应当有表现自己民族特点的民族形式。创造性地学习、掌握民族形式，文艺才能更好地到群众中去。学习民族形式，并不是要文艺工作者都去演京戏，做五言、七言诗，而是要学习它的人民性，认真研究人民群众的语言，了解、掌握一个民族广大群众共同的心理状况和他们的生活习惯、风俗。只有这样，才能创造出真正具有"中国作风和中国气派"的作品，为广大群众所喜闻乐见。

周扬这次讲话紧紧抓住文艺与人民群众相结合、正确对待民族文艺遗产这两个根本的、原则的问题，来阐述马克思主义对文艺的基本观点，让我们这群刚出校门的青年知识分子、初学写作者对文艺的性质、方向、作用、任务，对毛泽东文艺思想的精髓有了更为清晰的认识。对我来说，这是终生难忘的一课，毛泽东文艺思想可说是从这个时候起在我心灵深处更为牢固地扎下了根。

真没料到，时隔不久，我的又一梦想成真：在干训班学习才一个月，丙班支部书记找我谈话，说是组织上决定让我去给周扬同志当秘书。我进中南海西门，到中宣部报到，时任中宣部文艺处副处长的严文井对我说：已同周扬商妥，让你先随我到全国文协（中国作家协会的前身）工作，熟悉文学界情况，当周扬秘书一事以后再说。这样，1952 年 11 月，我就跨进东总布胡同 22 号作家协会的门槛。我在《我当秘书的遭遇》（见拙著《岁月风铃》）一文中，已具体记叙了周扬当年对我的谈话、布置的工作以及我如何被卷入"反胡风斗争"风暴的前前后后，这里就不再赘述了。只是还有二三事，刻印下我初识周扬的难忘印象，值得补记上几笔，为文坛留下一帧史影。

尖锐的批判

1952 年 9 月至 12 月，中宣部主持召开了胡风文艺思想讨论会。这个讨论会是周扬写信请示周总理，经总理批示同意后召开的。开讨论会的意图是要认真地帮助胡风，努力争取他在文艺思想上转变和改正自己的错误。讨论会一共开了四次，我走上全国文协工作岗位不久，作为工作人员（记录）参加了 12 月 11 日、16 日召开的第三、四次讨论会。对这两次会，我在致友人书中有如下记载：

> "胡风的思想批判现正在党内进行，由中宣部领导。他已检
> 讨了三次，在基本问题上都不肯承认错误，真是顽强的小资产阶
> 级。现已开过一次批判会（指 12 月 11 日召开的第三次——笔者
> 注），由周扬主持，参加的有：冯雪峰、何其芳、林默涵、严文

井、周立波、陈企霞、阳翰笙、邵荃麟、胡绳、田间、艾青、王朝闻、王淑明、张天翼、葛琴、萧殷、杨思仲（陈涌），还有过去的以胡风为首的小集团（胡风、舒芜、路翎）。我和陈淼担任记录，因此也有机会参加了。能参加这个会，真感到幸运。

胡风的错误是非常明显的，是无产阶级文艺思想与小资产阶级、资产阶级文艺思想的斗争，是唯物论与唯心论的斗争，是无产阶级现实主义与反马列主义、反毛泽东思想的反现实主义的斗争。"

——摘自 1952 年 12 月 14 日致友人信

"胡风文艺思想座谈，16 日又开过一次会。周扬、胡绳、邵荃麟意见都提得非常尖锐。但胡风确是顽强的小资产阶级。最后他发言时，仍没有检讨什么，都是一些解释。现在这个会不打算开下去了，要他写成检讨文章，考虑发表，展开群众性的批判。"

——摘自 1952 年 12 月 27 日致友人信

流光易逝，距离召开上述胡风文艺思想讨论会，至今已过去整整一甲子。参加讨论会的文坛前辈们，除杨思仲（陈涌）如今还健在外，其余的 20 多位都先后谢世了。担任记录的陈淼也早已逝世，我也成了八旬老人。

作为一个亲历者，根据会上的讨论情况，在致友人的信中，简明扼要地写下了我的主要印象。当年我是一个年轻的文学工作者，虽然在中学时代，从 1948 年香港出版的《大众文艺丛刊》上也约略知道一点邵荃麟、胡绳等曾对胡风文艺思想展开过批评；但总的说来，对胡风文艺理论是不甚了了的。因此，毋庸讳言，那时我是毫不怀疑地接受、信服周扬、林默涵、何其芳们对胡风的批判的。至今我脑海里还留下一个深刻的印象：1952 年周扬等对胡风的批评虽已很尖锐、严厉，并已认定是文艺上的一个小集团，但主要是批判他在文艺思想上反毛泽东文艺思想、路线，而在政治上仍然肯定胡风一直是跟随党，与党站在一起的，是党的同路人或把他看作"党外布尔什维克"。只是又过了两三年，胡风向党中央和毛泽东等领导人呈送《关于几年来文艺实践情况的报告》（即"三十万言书"）；

随后《人民日报》公布《关于胡风反革命集团的三批材料》，胡风问题的性质才一步一步从文艺小集团、反党反人民反马克思主义的资产阶级派别升级为反党集团、反革命集团。从周扬1952年下半年在胡风文艺思想讨论会上的发言，到1954年12月在全国文联、中国作协主席团联席扩大会上的报告《我们必须战斗》，到1956年3月在中国作协第二次理事会扩大会议上的报告《建设社会主义文学的任务》，可以清晰地看出：周扬对胡风的认识，大体上也经历了上述这样一个过程。直到党的十一届三中全会后，随着"胡风集团"一案的平反，扣在胡风头上的各色各样的政治"大帽子"才一顶一顶地摘下来。

反胡风集团斗争结束了我当作协党组秘书、周扬秘书那段经历。从那以后，近距离接触周扬的机会少了。但他在大会上作报告，在座谈会上讲话，还是有机会聆听的。即使1959年我调离北京到河北工作后，由于天津离北京很近，加上1961年后我又在河北省委宣传部文艺处工作，因此周扬的一些重要报告，如在第三次文代会、京剧现代戏观摩演出大会、华北话剧、歌剧观摩演出会、全国青年业余文学创作积极分子大会上的报告等，我都从天津赶往北京当面聆听了。至于他来河北、天津视察，在河北省文艺工作座谈会上的讲话，与河北部分作家座谈，我也都在场。有一次，河北省委宣传部副部长远千里还曾让我去大理道天津市委招待所看望来津调研的周扬，向他汇报河北作家的创作情况以及省里举办革命歌曲演唱会等相关情况。总之，在"十年浩劫"之前，周扬一直是我心目中最权威的文艺界领导人、毛泽东文艺思想和党的文艺政策最权威的阐释者、实践者。

难产的报告

粉碎"四人帮"后，中国作协恢复工作，我又从河北调回阔别近20年的作协。参加了一段作协落实政策的复查工作后，从1979年2月起，被抽调到筹备四次文代会的文件起草组工作。

四次文代大会是粉碎林彪、"四人帮"后，我国各路文艺大军胜利会师、在新长征中的第一次盛会，是我国文艺战线一次十分重要、具有里程碑意义的大会。中央对这次大会极为重视，早在1979年初，就将召开四次文代会列入工作日程，着手抓大会的筹备工作。2月12日，文件起草组正式成立，冯牧主持会议并讲了话。他说，胡耀邦要求在3月15日左右拿出一个2万字的报告稿来。报告一是总结经验，讲文艺战线走过的道路；二是明确提出今后文艺的任务。按中央的安排，准备将四次文代会与纪念"五四"60周年的会同时开，届时请邓小平副主席讲一次话。

由于时间紧迫，文件起草组很快积极投入战斗。在冯牧等的带领下，看了一些文件，听了一些报告，做了一些调查研究，并几次拟出报告提纲和报告初稿。但由于中央忙于抓理论务虚会、人代会、"五四"纪念会，加上文代大会的报告人迟迟没有定下来，报告的框架、内容无人拍板，因此完成报告的时间就拖延下来。从2月到8月，半年之中，文件起草组的办公地点先后搬迁了七八次，从礼士胡同、国务院二招到向阳一所、市委招待三所，从外国实习生招待所、北京军区后勤部招待所到东四旅馆、颐和园清华轩。这段时间，我重温了一系列有关党的文艺方针政策的文件，参与有关总结新中国成立以来文艺运动经验的讨论，思想上获益颇多，为今后从事文学组织工作做了较好的精神准备。同时，享用了半年多会议伙食，身体原本单薄的我，体重由52公斤骤增至60公斤，精力更加充沛了，这也可说是一个附带的收获。

1979年7月下旬至8月上旬，中宣部召开了多次有关文艺问题的座谈会。会议主题是迎接四次文代大会，围绕如何开好大会，请大家发表意见。文艺界的主要负责人都参加了这个会议。会议期间，8月4日周扬发言时，胡耀邦才插话明确表示：中央已同意，文代大会的报告由周扬来作。在这次座谈会上，胡耀邦谈到大会报告的内容应包括三部分：一是回顾30年来的文艺发展，充分肯定成绩，肯定文艺是重要的一个方面军；二是讲新时期文艺战线的光荣职责，要回答一下当前讨论的若干理论问题；三是谈文联和各协的工作，着重谈一谈组织、体制上的问题。周扬在这次会上，讲了三点意见：一是用唯物主义、实事求是的态度，自我批评、寻找规律的精神来总结经验；二是对新中国成立以来30年的文艺要有一个恰切的评价，我不赞成说十七年有一条"左"的路线，但有"左"的、右的错误，要讲一段30年的缺点，要讲得恰当；三是对文艺形势的估计，总的说形势很好，对青年作者、伤痕文学，一要鼓励、支持，二要帮助、引导。要搞好文艺领导干部与文艺工作者的关系。

1979年8月6日，胡耀邦同志召集参与文代会报告起草的林默涵、陈荒煤、冯牧、吴江、林涧青等谈话。在这次会上，耀邦进一步明确文代会报告可分三部分：一，文艺工作几十年历史的回顾。肯定文艺的成就和作用，夹叙夹议，总结经验，30年的缺点要做一点自我批评，但不要展开。二，新时期文艺伟大的历史使命。百花齐放，万紫千红，多品种、多方面充分发展；发展新的创作，提倡深入沸腾生活，反映四化，也提倡老人写自己熟悉的；满足人民需要，普及提高，促进农村文化，扶植发展多民族文学。三，光荣的职责。文联和各协要办成自主、自理、自治、独立的组织。耀邦谈话的第二天，8月7日，周扬又召集负责执笔起草报告三部分的林默涵、陈荒煤、冯牧谈话。在这次会上，周扬表示同意耀邦谈的报告的基本结构。同时，他又明确提出：第一部分要讲清几个关系问题，即文艺与政治的关系，文艺与人民群众的关系，文艺与传统的关系，文艺本身的内部关系，也就是艺术的规律、特点。第二部分首先要讲解放思想，从林彪、"四人帮"、封建主义、资本主义、小生产者、教条主义、苏联的思想影响下解放出来，要改变眼界狭隘的问题。少用口号或不用口号，着重讲文艺如何转到适应时代上来，根本点在适应群众。第三部分要谈体制改革，文联自主，不要政府化、机关化。

在这之后，又隔了一周，8月15日周扬对文件起草组全体人员谈了他对"报告"的意见。我在日记中有以下记载：

"1979年8月15日（阴雨连绵）

上午到颐和园清华轩听周扬同志谈对文代会报告的意见。耀邦责成林默涵、陈荒煤、冯牧负责起草，分三部分，一人写一部分。周扬身体不好，血压190/100，头晕，勉强坚持工作，上午谈了两个多小时（8：30—11：00）。下午原来让他好好休息，他坚持谈完，又谈了一个多小时（3：00—4：15）。谈完，即由苏灵扬、谭小邢陪同回城进医院。

林默涵、陈荒煤、冯牧、孔罗荪、许觉民、张僖、苏灵扬、丁宁、江晓天、徐非光、林涵表、刘梦溪、郑伯农、马联玉、刘庆庢、唐因、杨犁、古鉴兹、束沛德、苏中、谭小邢、苏承德、小戴等参加今天的会。"

周扬这次谈话是经过深思熟虑的，他成竹在胸，清晰而系统地讲述了他对文代会报告的框架、内容、结构的看法和要求。今天看来，虽然其中对一些问题的看法，还没有完全摆脱"左"的思想桎梏，但总的说来，这次谈话为《继往开来，繁荣社会主义新时期的文艺》这个重要报告定了调，决定了它的基本面貌。我的笔记本上留有这次谈话的详细记录，现将要点摘抄如下：

这个报告是政治性的，实际上是代表党来作报告，要有批评和自我批评；它又是关于文艺的报告，对象包括文、音、戏、美、影各方面的代表和各地宣传部长、文化局长，要力求写得更文艺一点，更生动、具体一点。

报告开头要讲一下大会是在什么形势下召开的。从一次文代会到现在已30年。30年，是伟大的30年，社会主义革命和建设取得了辉煌的胜利，但也出现了历史的曲折，不是风平浪静的。我们这次大会是在党的十一届三中全会精神指引下，要把全党工作的重点转移到经济建设的轨道上来，一心一意搞四化这样的形势下召开的。文代会要开成一个同心同德、和衷共济的会，开成一个实事求是、总结、交流经验的会，一个发扬民主，有批评也有自我批评的会，一个心情舒畅、斗志昂扬的会。

报告分三部分，一总结经验，二谈今后任务，三谈文联、各协的工作。

第一部分　总结30年的经验

总结经验不是一件容易的事，但必须要做。不是为总结而总结，而是以过去为戒，温故而知新，主要是为了当前和今后，为了更好的前进。社会主义社会是不断变革、不断发展的社会，没有一个固定的模式，搞社会主义有很大的盲目性。中国的社会主义文艺也搞了 30 年，也有盲目性，也就是还没有找到规律。中国的文学艺术，社会主义作为一种倾向，从"五四"就有了。特别是 1942 年《在延安文艺座谈会上的讲话》发表，为社会主义文艺的发展，作了充分的思想、理论准备。所以不能说我们一点经验也没有。一是工农兵方向。进城以后，第一次文代会上发出文艺为工农兵服务的号召，是对的，现在也不应该否定它。后来有点绝对化了，比如提出"工农兵电影"，可以说是简单化了。服务对象应当很广泛，《讲话》以后，要求文艺与新的群众相结合。结合得好，文艺就发展、前进；结合得不好，文艺就停滞、倒退。要放在广阔的历史背景下去总结经验。二是文艺与政治的关系。文艺不能离开政治，但要弄清从属于什么样的政治，怎样从属政治。政治不能从属于少数野心家、阴谋家、严重官僚主义者。怎么从属，不能取消艺术特点，变成政治的传声筒。文艺与政治的关系，从根本上讲，就是文艺与党的关系、与人民的关系。政治领导文艺，党领导文艺，要按照文艺的规律来领导。怎么领导好，这问题还没解决。

在这一部分要讲清楚新中国成立以来文艺战线上的批判、斗争对不对？不能说这些批判、斗争是毛主席亲自发动、指挥的，就都对。实际执行上也会有错误的。要讲斗争的重要性、必要性，找历史的根据、原因，不是为错误辩护。我认为应当肯定解放后文艺斗争的必要性、重要性，它的影响不限于文艺方面，是争取马克思主义思想在学术、文化领域里的优势，关系到意识形态要不要与社会主义经济相适应。但这些批判、斗争混淆了人民内部是非与敌我问题的界限、思想与政治问题的界限。批判胡风，批判丁玲，混淆了两类矛盾，批错了。同时，采取行政的、运动的方式解决思想问题，也是有百害而无一利。再一点，在争取马克思主义优势的同时，发生了把马克思主义简单化、庸俗化的倾向。

文艺战线的批判、斗争，对文艺的发展起了坏的作用还是好的作用？我看还是起了好的作用，否则，为什么能出来那么多作品，如《红旗谱》《红岩》《青春之歌》等。至少没有起坏作用，扫清地基，不扫不得了，但我们扫得过火了。

社会主义文艺不能离开自己民族的传统。戏曲改革，我们没有采取民族虚无主义的态度，而是继承、批判。这也是17年的成绩。

无可否认，我们的工作中确实有不少缺点和错误，特别是指导思想上的"左"的倾向给党的文艺事业带来的损害是严重的。

林彪、"四人帮"利用我们存在的某些差错、薄弱环节，从文艺上打开缺口。他们把革命文艺统统否定，把文艺干部统统打倒，掠夺了、歪曲了17年的文艺成果。但这些成果还在，他们可以打乱、但不能打断这个过程。有些文艺工作者像张志新还是在抵制，不能说一片黑暗，一点光明也没有。对此要冷静、客观地分析，力求讲得比较准确。

粉碎"四人帮"以后这几年，要充分估计。文艺工作者突破了林彪、"四人帮"设置的禁区，也突破了17年的框框。近些年出现的很多好作品都是发愤之作。对"四人帮"的深仇大恨，怎么能不揭露？当然如何揭露得好，要研究。伤痕文学，就是有伤痕么，现在是要愈合伤痕。创作中感伤主义是有的，我们不赞成，注意它就是了。将来的希望就在年龄40岁左右这批青年人，他们经受了"四人帮"这一段，和社会主义血肉相连。指出青年的缺点是可以的，但首先要满腔热情对待他们。

第二部分　讲光荣的使命，今后的任务

贯彻党的十一届三中全会精神，解放思想要联系到文艺。文艺是思想解放重要的一部分。文艺要起很大的作用，反映人们思想的活跃，促进思想解放。思想解放，过去都是首先从文艺上表现出来的，如"五四"、延安整风。要写出一个历史背景来。

一个是放，一个要争，要创造新鲜经验，关键决定于领导，在这些方面要提出一些具体的东西。

第一，要讲四个现代化是最大的政治。表现四个现代化，就是表现社会主义。纵横几万里，上下几千年，都可以写，但首先要注意社会主义时代各种人的命运，还是要写社会主义四个现代化，写为四化而斗争的人。在这方面大有可为，作家要投入这个斗争中去。要写社会主义建设的艰难历程，这种题材具有世界意义。如果不首先提出写社会主义，光提什么都能写，哪还有什么方向。反"四人帮"，还要写得更深一些。

第二，要写革命历史。写老一辈革命家，写民主革命的历史，这不是一件容易的事。后年是党成立60周年，不提一定要写多少部，但要严肃地提出来写革命领袖。要把写毛泽东、刘志丹、贺龙、陈毅这方面的经验总结、概括一下。提倡的还是写革命历史，民主革命100多年，前仆后继。中国几千年历史，也应该提倡写。

第三，要继承、改革、创新。要标新立异。首先要改革传统。民族形式有新的，也有旧的。旧的要改革，新的艺术形式，也要改革。电影表演技术也要改，也都有一个革新的问题。

第四，要讲群众文化。八亿人的文化生活，不是小事情。即使饭吃不饱，没有学上，群众也要有文化生活。

第五，少数民族文学艺术要单独讲一讲。

第六，发展马克思主义文艺理论批评。争取马克思主义的优势是我们的优点；发生简单化、庸俗化是我们的缺点。我们要有长进，不能老是外行，老是简单化。对作品要注意艺术分析。

第三部分　讲文联、各协的工作

先要讲清文联是干什么的，是个什么样的团体。它是自愿结合、进行自我教育的，自己教育自己，理论教育、时事政策教育、业务教育。文联、各协是艺术创作、评论劳动者的组合团体，相依为命，并肩作战。精神劳动者的特点是创造性的个体劳动。要正确地看待个体劳动，要保护这种个性，重视个人的独创性。这一部分今天不细说了，请荒煤同志根据他准备的意见谈一次。

结尾，要讲几句鼓气、鼓劲的话。

我国文学艺术有很悠久的传统，有很好的条件。文学艺术界要敢于闯，敢于创新，要出闯将。现在已经有闯将，但还不够。对青年，不要指责，让他们去闯，不要束缚他们的手脚。要引鲁迅、毛泽东的话，几十路、几百路"纵横驰骋"，气势多大。"四人帮"要把中国变成"无声的中国"，现在我们要发出声音，要有更多的声音。要带点感情。当然，我们不赞成、不提倡盲目乱闯，要深入群众，扎根于生活。

中国文学艺术几千年，有很多高峰，诗经，楚辞，唐代的诗，元代的戏曲，后来的白话小说，有曹雪芹等大家；近代鲁迅是高峰，还有他周围的战友，郭沫若、茅盾等。要敢于攀登高峰。谨小慎微，因循守旧的人，能够攀登高峰么？一个国家即使经济并不发达，政治也不稳定，也可以产生伟大的文学艺术，可以产生杰出的作品。我们应当有信心。

上面讲的是一个轮廓。希望大家花费脑子，把它很好地组织起来。时间紧，要赶任务，这也是出题作文。大集体小自由，大家可以好好地发挥。默涵、荒煤、冯牧，你们三人要坚守岗位，尽早把稿子弄出来。

在胡耀邦、周扬的指导、督促下，默涵、荒煤、冯牧等终于如期完成了起草周扬在文代大会上报告的任务。从 2 月文件起草组成立，到 10 月报告定稿，前后历时九个月，可说是难产了。四次文代大会开幕前夜，即 1979 年 10 月 29 日晚，胡耀邦在文代会党员大会上谈到："今日下午政治局讨论了小平同志代表中央向文代会的祝词和周扬代表文联所作的报告。……政治局的同志对周扬的报告提了一些意见，提得不多。大家觉得这个报告是有水平的，是好的。有些同志说，与历次文代会的报告相比，水平是不低的，也可能还更高一些。政治局的同志希望对周扬的报告展开热烈的讨论，尽量吸收大家的意见，认真加以修改，可以过一星期或十天再发表。"

周扬在四次文代会上的报告起草经过大致如上所述。这是粉碎"四人帮"周扬复出后所作的一个重要报告。这个报告总结了新中国成立三十年来文艺工作的经验，科学地阐述了文艺与政治、文艺与人民、继承与革新之间的关系，明确提出了新时期社会主义文艺的光荣任务，它对当代中国社会主义文艺的发展起了重要的、积极的作用。我有幸参与文件起草组的具体工作，近距离接触周扬其人其事，见证了这一具有历史意义的报告的诞生。我想，留下这份记录，对作家、文学工作者，特别是研究当代文学史的朋友还是有点用处的。

真诚的道歉

四次文代会期间，我担任同时召开的第三次作代会简报组组长。周扬在作代会闭幕式上的讲话，我作了记录，并编发了一期周扬讲话摘要的简报。至今我手边还保存着记录这次讲话的笔记本。

周扬在第三次作代会上讲了两个问题：一是民主问题，二是团结问题。他说，这是全党的方针，全党要团结起来搞四化。按民主、团结这两条来看，作协的会是开得好的。

现将他这次讲话的要点摘录如下：

第一点，讲民主问题。大家希望发扬民主，这不是一件容易的事。发扬民主，头一条是要讲大家发言，让大家尽量把话讲出来。30年代的旧账，不讲是不可能的。不要纠缠，不是不让讲。20多年的积淤，不让讲，不行。被搞成右派、走资派、修正主义分子，不平则鸣。其他协会的同志来作协听会，不是坏事，反映大家渴望民主。渴望讲话，不是兴风作浪。至于有些话讲得尖锐一点、偏激一点，是可以理解的。要发扬让讲话、敢讲话这种氛围，即使讲得不正确、不妥当，也不应受到打击报复，给穿小鞋。今后文艺团体都应该这样。如果只准讲正确的话，那势必唯唯诺诺。没有不同意见，对党是危险的。

现在我们对民主还很不习惯。几千年的封建统治，"四人帮"的封建法西斯统治，真正要实行民主，还要经过斗争。民主怎么能恩赐呢？大多数人的民主，只能靠人民起来，当家做主。争取民主要斗争，怎么斗争呢？我是赞成反官僚主义的，当然，不能以此煽动来反对现在的领导。现在的领导，总的说是比较好的。反官僚主义，有一个方法、立场问题，必须有正确的方法，有领导，讲组织原则，讲纪律。

文艺是舆论工具中最有力量的一种，文艺的作用潜移默化，它在培养社会主义新人、提高人民的精神境界，促进社会主义社会的进一步完善，满足人民文化生活需要上，可以发挥很大的作用。文艺工作者作为灵魂工程师，在发扬民主的问题上应很好地研究，作一个表率。

总之，民主一定要发扬，但如何保证民主，党要有组织纪律，国家要有法制；否则无法保证民主，甚至会葬送民主。

第二点，讲团结问题。一定要搞团结。"四人帮"把我们的队伍打乱了，好多人死了，有些人的问题至今还没有解决。"四人帮"这么一搞，文艺队伍今天更团结了。但同时还要看到造成了许多问题。头一个是派性，打派仗。搞团结，当前面临的最大的问题是派性。

陈云讲，不解决派性，我们这个党危险。文艺界还加上一个问题，即"左"翼文学运动以来的宗派主义、教条主义。文艺界的宗派主义，影响很深。参加这次文代会的，30年代"左"翼的有30多人，每人手中是否都有一本账。30年代肯定有宗派主义、教条主义，相当多数的人有，我也有。毛主席说，王明路线是教条主义、宗派主义。有教条，必然有宗派，这是一个国际共运的现象。"文革"中早请示，晚汇报，念语录，跳忠字舞，搞现代迷信，达到登峰造极的程度，这是国际共运史上所没有的。30年代两个口号的论争，要做出客观的评价。在延安，毛主席从来没有和我谈过两个口号的问题。今天我不谈了，但这个问题是要搞清楚的。胡风问题，牵扯面很大。胡风案件是公安部处理的，现在公安部已把材料报送中央，胡风已参加四川省政协会议，一定会实事求是地处理，是什么就是什么。还有一些党内问题，刘少奇、瞿秋白、李立三，中央都会实事求是地做出结论，什么时机，也不会很久。刘少奇是文化大革命最大的对象，这涉及对毛主席功过的估价问题。在党内，老同志没有一个不承认毛主席的功劳。年轻人不承认，因为他们看到的是毛主席做错了事，而且错误很厉害。对文化大革命，对毛主席的功劳，恐怕让历史作结论是不可能的；我们在的时候，得做出结论。当然，任何结论也不是终极真理。

现在要安定团结，如不进一步解决组织路线是困难的。有一批人是"四人帮"时代上台的，是既得利益者，他们不肯放弃这个利益。许多地方的组织、宣传部门还有相当不少这样的人，思想不解放，僵化，其中有一个利益在里面。

从30年代以来，新中国成立以来，除很短时间，我一直在搞宣传文化工作，犯了不少缺点错误。我这个年龄，本来也可以写一点回忆录，但我最不愿意写回忆录。如要诉苦，也可以说一些。我过去犯的错误很多，搞错了很多人。一是丁陈反党集团，一是丁玲右派，作协做党的工作的同志已向中宣部写了平反报告。我是有责任，有错误的，是搞错了。我利用这个机会在这里向丁玲、陈企霞同志道歉。并不是说对丁玲的观点不可以批评、争论，但应当在党内批评、争论。陈企霞这个同志敢讲话，和我顶撞过，这是他好的一面。

关于写有关丁、陈的报告，可以说一下，没有搞什么小报告，都是在中央领导下进行的。当然我们有责任，反映的情况不全面。你要批评我，我也可说是有来头的，都是经过主席的，但我们确实有责任，定丁陈反党集团的报告不确实、不客观，虽然我们没有造谣，但看法不对，有一种"左"的思想情绪。1956年已感到丁陈反党集团不能成立，要平反，但后来来了一个反右派。现在看来，绝大多数同志都搞错了。除了向丁玲、陈企霞道歉外，还应当向更多的同志道歉，包括艾青、陈涌、冯雪峰同志，根本不应该说他们是右派。还有秦兆阳、罗烽、白朗同志，在这里，向这些同志道歉。那一场斗争，我写了一篇题为《文艺战线上的一场大辩论》的文章，收入文集时，我准备写一个后记，以保持历史的真实。那次错误，确实是扩大化。

至于这中间的理论是非，如秦兆阳的文章，以后可以讨论。把思想、理论、学术问题当作政治问题来搞，是一个经验教训。以后要允许不同的意见；不同意见总会有的，涉及政治问题也不要紧，但不要扣帽子，无论如何要坚持这一条。黎澍说，政治问题与学术问题怎么分得开？陆定一讲，正因为不好分，所以才要分，现在看来，确实难分开。比如，关于歌德与缺德的文章，很多同志不赞成，《人民日报》一批评，作者是20多岁的青年，觉得压力很大，过不下去了。胡耀邦把河北省的同志找来，说文章有错误，但不要使作者有压力。批评丁玲时，还批评了刘宾雁《在桥梁工地上》，批得不对，也批评过刘绍棠，在这里也向你们道歉。至于作品有什么缺点，包括《乔厂长上任记》，都可以讨论。领导对作品的批评，作家可以提出不同意见。

作代会就要闭幕了。茅盾、巴金同志是最老的、富有经验的作家，在他们的带领下，我相信今后作协的工作一定会比过去搞得更好。

周扬在第三次作代会上的上述讲话，特别是对他主管文艺期间挨过整、受过伤害、打击的同志表示真诚道歉和深切悔悟，获得了代表们的认同和谅解。

1983 年，周扬因关于人道主义和"异化"的演讲，收到严厉的、不容申辩的批判，从此郁郁寡欢，一病不起。

1985 年 1 月，第四次作代会期间，周扬致大会的贺信赢得了热烈的、长时间的掌声。365 位出席大会的代表联合写信亲切慰问病中的周扬，我也在这封表达敬意的信上郑重地签上了自己的名字。

1989 年 9 月 5 日，我怀着哀伤加入长长的吊唁行列，向我年轻时就奉为楷模、偶像的周扬毕恭毕敬地三鞠躬，作最后的告别。凝视着周扬清癯的遗容，不禁想起 1952 年初识他时那矫健的身影、潇洒的风度。

一代宗师周扬默默地走了！尽管他不是完美无缺，犯过这样那样的错误和偏差，有着这样那样的弱点和局限，但根据我有限的接触和了解，包括我当过 50 天周扬秘书、在反胡风斗争中挨过整、在"文革"中被批为"文艺黑线小爬虫"的经历，他在我心目中依然是一个正直、睿智的大家形象，一位卓越的文艺理论家、组织家。

周扬一生的功过是非将留待同辈、晚辈及后人来评说。我相信历史老人是公正的、实事求是的，会还他以真实的本来面目，及其在现当代文学史上应有的地位。

2012 年 11 月 17 日

我所敬重的荃麟同志

邵荃麟同志是文学战线上一位杰出的领军人物，一位学养丰厚的理论批评家。在我的心目中，他是一个完美的形象：一个宽厚的长者、温文尔雅的文化人。

荃麟这个名字，对我来说，并不陌生。中学时代，在《中学生》杂志上就读到过他翻译的欧根·雷斯的《阴影与曙光》。战火纷飞的1948年，又从思想进步的同窗好友那里，得到从香港辗转而来荃麟主编的《大众文艺丛刊》，从中读到他写的《对于当前文艺运动的意见》《论主观问题》以及评介罗曼·罗兰、悼念朱自清的文章。

第一次有幸见到荃麟，是1952年冬天我跨进全国文协门槛不久。在东总布胡同22号后院楼上周扬主持召开的批评胡风文艺思想座谈会上。我和陈淼担任那次会议的记录员。荃麟那清癯和蔼的面容，那条分缕析的谈吐，给我留下最初的、难以忘怀的印象。没料到，时隔不久，荃麟来全国文协担任党组书记，并兼任刚刚成立的文协创作委员会主任，和严文井等一起负责筹备召开全国文协第二次代表大会、改组全国文协为中国作协的工作。那时，我担任创委会秘书，兼任党组记录，因而也就成了荃麟麾下的一个小兵。我和荃麟之间，虽然还隔着沙汀、张僖、陈淼等好几层，但我仍然有很多机会接触荃麟，聆听他的亲切教诲。

创委会成立不久，就筹办会员内部刊物《作家通讯》。荃麟十分重视这本刊物，抱病写了《关于〈作家通讯〉》一文，署名编者，作为发刊词登在1953年6月出版的第1期上。在这篇短文中，他明确地提出："出版这个刊物的目的，是为了加强作家之间的联系，交流作家创作工作上的经验。"如今，《作家通讯》已出到137期，历经几十年岁月沧桑，人事更迭，但荃麟当初定下的办刊宗旨始终没有变。当时，我和陈淼、刘传坤等担负《作家通讯》的编辑工作。荃麟不止一次地对我们说：要同作家保持密切联系，在刊物上经常刊载他们的来信，报道他们深入生活的体会和经验，也要报道作家的创作计划及执行情况和创作过程中遇到的各种问题。这样可以使散在各地的作家互相了解，互相讨论，促进他们在创作上竞赛。他还希望刊物上及时报道创作委员会和各创作组组织会员学习、开展作品和创作问题讨论的情况以及全国文协的重要决定和有关文学刊物、出版、教育、研究的计划和情况，使所有会员能经常了解全国文协的工作动态。他特别赞赏在内刊上登载作家来信，当丁玲、巴金、艾芜、曾克等的来信以及沙汀与戈壁舟的通信一发表，他连声称好，并让我们想方设法把作家之间互相讨论创作问题的信件弄到手。他不仅提出这样的要求，而且以自己的实际行动支持我们的工作。《作家通讯》第 7 期刊载了荃麟《关于长诗〈菊花石〉给李季同志的信》。《菊花石》在《人民文学》发表后，创作委员会诗歌组先后召开了三次讨论会，荃麟也在会上发了言。后来当他看到李季来信，谈及对讨论会上一些发言的反映，觉得还是有些话要说，于是在百忙中拿起笔来，给李季写了一封文情并茂、长达两千多字的回信。他在信中对《菊花石》的成败得失作了具体的、有说服力的分析。这不仅给作者李季以启迪和帮助，同时也为作家之间以平等的态度互相探讨创作问题提供了一个范例。

　　《作家通讯》上刊登关于作品和创作问题的讨论情况，是作协会员最为关注、最感兴趣的。我还清晰地记得，1953 年八九月间，创作委员会小说散文组先后召开了三次会，讨论杨朔的小说《三千里江山》。会上对这部作品的评价不尽一致，有的赞扬它是文学创作的新收获，有的却认为它是概念化的作品。荃麟参加了讨论会，并在第三次会上作了长篇发言。他对这部小说的题材、主题、人物刻画、细节描写、结构、语言等方面作了具体的、中肯的分析，既热情称赞了它所取得的成就，又实事求是地指出了它的缺点和不足。我们及时把荃麟的发言根据速记记录原原本本地整理出来，请他过目修改后与其他同志在讨论会上的发言摘要一并在《作家通讯》发表，以便让会员对讨论情况有一全面的了解，从中得到启迪。当时荃麟是作协一把手，担子很重，又是带病工作，我们真不忍心再三催促他校阅、修改发言记录稿，但他还是夜以继日挤出时间，赶在刊物发稿前把仔细修改过的稿子送到我们手里。荃麟登在《作家通讯》上的这篇发言已收入1981年出版的《邵荃麟评论选集》，题为《关于〈三千里江山〉的几点意见》。今天读来，依然觉得它是一篇说理透辟，有说服力的好文章。由此，我不禁联想到当今的文学批评，是多么需要提倡、发扬一种实事求是的、健康的批评风气啊！对具体作品，长处说长，短处说短，不作无原则的吹捧，更切忌炒作。从事文学组织领导工作，要像荃麟同志那样，坚持认真阅读作品；以一个作家、评论家的身份参加作品讨论，以平等的态度同作家促膝谈心，交换意见。对作品不是简单地、笼统地表示肯定或否定，而是进行深入细致、入情入理的分析，以理服人。这才是真正的领导艺术，也才能自自然然地体现出对创作的导引。

荃麟作为文学战线的领军人物，他身上具有很多优良品质、作风，值得后来者学习、发扬。比如，他忘我工作，不遗余力；勤于学习，勤于思考；严谨细致，一丝不苟；等等。给我印象最深的是他那亲自动手、亲自动笔的习惯。1954年下半年文坛进入多事之秋，批判《红楼梦研究》，批评、检查《文艺报》，批判胡适，批判胡风接踵而至。批判斗争情况和处理意见都要及时向中宣部并中央请示报告。我记得，这些请示报告大多出自荃麟的手笔。我担任党组记录，打印好的文件往往先由我校对一两遍，然后再由荃麟亲自校阅定稿。打字员不熟悉荃麟的笔迹，很多字句辨认不清，常让我待在打字室帮助排难解惑。当时斗争很紧张，白天开会，荃麟往往开夜车起草报告，尽管他体弱多病，瘦骨嶙峋，但为了赶任务，有时不免通宵达旦地干。他又特别认真细致，一个文件修改两三遍，打印至三稿、四稿，是常有的事。由于校对任务在身，有时我得深更半夜守候在旁；回绝女朋友的周末约会也习以为常了。回过头来看，在荃麟身旁工作了一两年，言传身教，耳濡目染，对我后来能成为一个尚算称职的秘书，应该说是起了培训作用。也是从那时起，我更加重视学习理论和党的方针政策，更加注意丰富自己的文化知识，更加讲究文字的准确、规范。

荃麟对年轻干部的关心、爱护，我是感同身受的。我到全国文协时，刚满21岁，积极肯干，也算有一点工作能力、文字水平，因而很快得到领导的信任。然而好景不常，时隔不久，就被卷入反胡风斗争风暴。我因为所谓"严重泄密"而受到批判、处分。这不能不让我感到辜负了组织的信任，在荃麟等同志面前，一度抬不起头来。前些年，当作协老秘书长张僖读到我在《难忘菡子》一文中，谈及时任创委会副主任的菡子帮我修改请求减轻处分的报告一事，张僖告诉我，当年荃麟曾为你说了话：束沛德从学校出来不久，年轻，没有斗争经验，承认错误，从错误中吸取教训就好了！尽管是几十年前的事了，如今却仍让我深切地感受到荃麟关爱年轻人那份暖融融的情意。他是恨铁不成钢啊！

我最后一次听荃麟讲话，是在 1957 年 10 月底反右后，作协动员整改的大会上。他说："十年树人。我们要用革命的精神培养工人阶级自己的知识分子，特别是党员知识分子、青年知识分子。年轻人要到劳动中去锻炼，到基层工作中去锻炼；还要有志气，下苦功，多读书，多调查研究。"他的这番蕴含深切期待的话，深深刻印在我的心坎上。我自觉地、毫不犹豫地响应了党的召唤，报名下放农村劳动。即将下放之前，荃麟在办公大楼的走廊里碰见我，拍着我的肩膀，热情地鼓励我："下去好好锻炼，将来会成为有用之材！"

下放河北涿鹿、怀来一年半后，我调离作协，到河北工作。从此再也无缘聆听荃麟那轻声细语、情真意切的谈话了。上世纪 60 年代批判荃麟提出的所谓"中间人物论"后不久，这个人物就从文坛上消失了。

荃麟同志为新中国社会主义文学的发展，呕心沥血，披荆斩棘，做了大量开拓性的工作。他可是一个不该被文学界、文化界遗忘的重量级人物啊！

2006 年 12 月 2 日

"老马可要识途哦！"

卓越的诗人、文艺理论家、鲁迅研究家冯雪峰同志离开我们已经四十年了。

第一次见到雪峰，是新中国成立之初在复旦大学校园里。那时我读新闻系，选修了中文系许杰先生的"文学批评"、唐弢先生的"现代散文诗歌"，原本也想选修兼职教授冯雪峰的"文艺理论"，因为报名晚了，未能如愿，只好旁听。尽管已是六十多年前的事了，但当年雪峰讲授"文艺理论"的生动情景依然清晰地浮现在眼前。教室里座无虚席，慕名而来的有时得站在教室旮旯里或趴在窗户上旁听。青年学子一个个凝神屏息地聆听雪峰用浓重的浙江义乌口音讲文学艺术的特征、文艺与政治的关系。他强调文学作品首先得是艺术品，然后才谈得上具有政治性、思想性，这个观点至今深深烙印在我的脑海里。

在复旦，我就读过雪峰的《鲁迅和他少年时代的朋友》，觉得挺生动、亲切。离开校园，走上工作岗位前后，我如饥似渴地读到雪峰新出版的《回忆鲁迅》《论文集》第一卷，这就使我对伟大鲁迅的人品、文品有了更深入、完整的了解；同时也情不自禁地赞叹雪峰的独特经历和文学才能。

真可说是一种缘分。1952年初冬时节，我跨进东总部胡同22号全国文协（作家协会前身）大门，就有机会近距离接触雪峰同志。当时作协党组成员有周扬、丁玲、冯雪峰、邵荃麟、萧三、沙汀六位。荃麟调来作协前，雪峰一度担任作协党组书记。我那时在作协创委会任秘书，兼任党组记录。这几位享誉文坛的党组成员，都是大忙人，白天各自忙自己的工作。为了凑到一起开会，党组晚上加班开会是常有的事。搞文艺批判、政治运动，晚上开会就更是家常便饭了。我常常在暮色苍茫中，站在22号作协大门口，迎候几位不在机关住的党组成员。最先迎来的往往是自喻为"笨鸟先飞"的雪峰同志。他不坐公家的车，从朝内大街人民文学出版社或家里，独自步行到作协机关来。每逢寒风凛冽或雪花纷飞，他则会自己雇一辆人力车赶来。当我看到年过半百、面容清癯、衣着素朴的他，从人力车下来自掏腰包付车费时，不禁引起这样的感慨：按职务、级别，他是完全有资格让单位派车的呀，可他依然保持艰苦朴素的作风，事事、处处严格要求自己。毕竟是经历过二万五千里长征磨炼的老干部啊，真是让人感佩。

我记得，1953年春夏之交，为了做好二次文代大会思想、理论上的准备，全国文协组织在京四十多位作家、批评家和文学界领导干部学习社会主义现实主义理论。荃麟因病缺席，由雪峰代为主持。这次学习着重讨论了：对社会主义现实主义的理解及其和过去的现实主义的关系与区别问题、关于典型和创造人物的问题、关于文学的党性和人民性问题、关于目前文学创作上的问题。每个专题学习讨论结束时，都由雪峰作小结。我担任记录，会后我根据十四次讨论会上的发言和雪峰的小结，综合整理成一篇八九千字的《记全国文协学习社会主义现实主义》的报道。在《作家通讯》刊出前，我恳切地希望雪峰同志过目，他一再表示："不用看了，你很细致，我相信不会有多少差错的。"他对年轻人的放手信任，我至今铭记在心。后来，我从《文艺报》上读到他写的《英雄和群众及其他》。这篇文章是他根据在学习会上的几次小结写成的，文中论述的英雄和群众、典型化并非"理想化"、否定人物的艺术形象、关于党性、关于讽刺等，都是学习会上集中讨论、存有争议或认识还不够深透的问题。雪峰从理论的高度加以概括，作了针对性很强、富有真知灼见的回答。这篇条分缕析、说理透辟的文章，比起我写的那篇学习情况报道来，在理论的系统化、深刻性、说服力上，真可说是有天壤之别。我由衷佩服作为文艺理论家的冯雪峰的智慧和才情；同时也激起我在思想、理论、业务上进一步学习提高的热情。

1953年召开第二次文代大会，据林默涵说，原来准备请胡乔木同志作报告；后来毛主席说，还是由文艺界的同志来做为好。开头，冯雪峰接受了这一任务，起草出题为《关于创作和批评》的报告。他在报告中批评了当时创作中存在的公式化、概念化的倾向，结果却被认为"实际上是批评党的领导"。雪峰的报告被否定了，不能用。最终是由周扬在二次文代大会上，作了《为创造更多的优秀的文学艺术作品而奋斗》的报告。在二次文协代表大会上，则由茅盾作了题为《新的现实和新的任务》的报告；邵荃麟作《沿着社会主义现实主义的方向前进》的总结发言。雪峰的报告被否定，是不足为奇的，这与他一贯坚守文学的基本品质、强调文学艺术特征分不开的。1953年、1954年间，在作协主席团会议上，他不止一次地对配合政治、赶任务的公式化、概念化倾向，进行尖锐的、毫不留情的批评。对著名的非党作家老舍的配合政治任务、缺乏生活和艺术生命力的作品，如《青年突击队》等，他也直言不讳、一针见血地予以批评，以致招来了"影响党与非党作家团结"的指责。作为一个读者或文学工作者，我当时却不仅认同雪峰那鲜明的文艺观点，还十分赞赏他那倔强执拗的脾气、性格。

1954年可说是文艺界的多事之秋。10月16日毛泽东主席写了《关于〈红楼梦〉研究问题的信》。紧接着，10月28日《人民日报》发表袁水拍写的《质问〈文艺报〉编者》，严厉批评《文艺报》在转载李希凡、蓝翎的《关于〈红楼梦简论及其他〉》一文时所加的按语中，表现出来的对资产阶级唯心论的容忍依从和对于青年作者的资产阶级贵族老爷式的错误。作为《文艺报》主编的冯雪峰，首当其冲地被卷入批判运动的风暴之中，承受了巨大的压力，不得不公开发表文章《检讨我在〈文艺报〉所犯的错误》。就在对《红楼梦》研究批判展开后不久，雪峰心目中的良师净友周恩来总理在北京饭店与他谈过一次话。总理情真意切、语重心长地对雪峰说：二马先生，老马可要识途哦！"此时此刻，1927年入党、对党怀着深厚感情、一直敬重总理的雪峰，怎么能不感到有负于党和人民，怀有"深刻的犯罪感"呢。老马识途，他又何尝愿意迷失方向，走上歧路。他是多么渴望引领文学队伍走上一条康庄大道啊！

批判《文艺报》错误，解除了冯雪峰的主编职务。时隔不久，作协创委会秘书室负责人对我说：中宣部要研究冯雪峰的文艺思想，林默涵来电话要雪峰在社会主义现实主义学习会上的发言记录。让我立即把雪峰的几次发言整理、打印出来，上报中宣部。当时我预感到处在批判《红楼梦》研究风口浪尖上的雪峰，在众目睽睽之下，即将遭遇更加严厉的挨批挨整的厄运。

　　果然不出所料，在反胡风、反丁陈反党集团、反右派斗争中，把雪峰与胡风、丁玲、陈企霞都串联到一起，对他进行了火力越发猛烈的批判，明枪暗箭，终于把他击倒在地了。这时的我，由于反胡风斗争中犯了所谓"泄密"错误而受到批判、处分，已无缘近距离接触雪峰，也无缘目睹那剑拔弩张的批判丁、陈集团的作协二十五次党组扩大会了。

2016 年 12 月 15 日

团泊洼畔忆小川

两三个月前，正值深秋时节，我赴天津参加"童话与儿童阅读"研讨会，有机会在团泊洼温泉度假村小住。一踏上团泊洼的黄土地，就不禁想起战士兼诗人郭小川的名篇《团泊洼的秋天》《秋歌》。"战士自有战士的性格：不怕污蔑，不怕恫吓；／一切无情的打击，只会使人腰杆挺直，青春焕发"，"战士的歌声，可以休止一时，却永远不会沙哑；／战士的眼睛，可以关闭一时，却永远不会昏瞎"，"清清喉咙吧，重新唱出新鲜有力的战斗歌声"……这些激情似火、铿锵有力的诗句在我的耳畔缭绕不绝，我沉浸在对小川无尽的怀念和沉思之中。

我与小川同志相识，是他于1955年秋调来中国作家协会担任秘书长之后。我与他朝夕相处，只有短短的两三年时间。那时我在中国作协创作委员会工作，正因在反胡风斗争中犯了所谓"严重泄密"错误而受到批判、审查，尚未作出"与胡风集团没有组织联系"的结论，可说是处于一种极其尴尬的困境。我虽不在小川直接领导下工作，但他作为秘书长也不时关注创作委员会的工作。在办公室，在会议室外的走廊里，一有机会，他就会同我聊上几句，不时向我询问：最近读到哪些好作品，发现什么文学新人，年度作品选编得怎么样，组织作家写反映社会主义建设的特写进展如何，等等。1956年至1957年，我发表了评欧阳山童话《慧眼》、评柯岩的儿童诗等文章之后，他都热情地给予鼓励："你爱动脑子，有一定的艺术鉴赏力，敢于提出问题，善于发现一个作家作品的独特之处，文笔也不错"，"你很年轻，要多读点书，多动动笔，把基本功搞扎实，争取成为一个有胆有识的文学评论工作者"。他还不止一次地表示："为少年儿童写作很有意义，但要写得让孩子爱看，并不是一件容易的事；今后有机会我也要试一试。"

在我的心目中，小川是一个大写的人，率真的人，一个心地善良、感情丰富、有血有肉、有棱有角的人。他有一颗火热的心，浑身充满青春活力，他的心永远与年轻人紧紧地贴在一起。在上世纪 50 年代，他唱响的时代强音《投入火热的斗争》《向困难进军》，像战斗的号角召唤了、激励了成千上万青年公民。至今我的耳边依然回响着他当年高歌的"斗争／这就是／生命，／这就是／最富有的／人生"，"我要号召你们／凭着一个普通战士的良心：／以百倍的／勇气和毅力／向困难进军"。这些热情澎湃、富于鼓动性的诗篇，当年对我这样一个刚挨了批判、一度抬不起头来的年轻人，曾起了难能可贵的点拨作用，重新点燃起我振作精神、继续前进的热情和勇气。在日常不多的接触中，从他的言谈话语里，我也深深地感觉到，他待人真诚，平易近人，没有一点架子，并没有因为我"待审查处分"这样一种处境而疏远、歧视我；相反还明显地流露出对一个在磨炼中成长的年轻干部的理解、同情、关爱和期待。

1957 年春天，百花齐放、百家争鸣方针的贯彻，曾一度给文艺界带来新鲜、活跃的空气。整风运动开展后，中国作协派我到各地调查了解文艺界开展"鸣""放"的情况。出发前秘书长郭小川同我谈了话。他让我按照周扬在刊物编辑座谈会上鼓励鸣放，着重反对教条主义和对待科学、艺术的官僚主义、行政命令方式的讲话精神去进行调研，并一再叮嘱我：每到一地，首先要听取当地党委和宣传部的意见，要多同作家协会分会领导交换看法和意见。正因为事前打了预防针，心里有了底，加上不久前在反胡风斗争中受过批判、处分，说话、办事都比较谨慎，这样才使我的东北之行适可而止，没有走得太远。我完成了郭小川交代的搜集材料，为作协编的《文学动态》尽快写出情况简报，供领导参考的任务。只是由于我过分积极，主动采写了《访长春几位作家》《东北文学界鸣放剪影》两篇通讯报道（一篇已在《文艺报》刊出，另一篇也已打出校样），从而在反右派斗争中，招来了"煽风点火于基层""替右派分子鸣锣开道"的严厉批判。到运动后期，包括郭小川在内的作协整风反右领导班子姑念我没有为"丁、陈反党集团"翻案的言行，也没有为自己在反胡风斗争中受批判、处分鸣冤叫屈，最后定为严重右倾错误而放我过关了。我之所以侥幸没有跌入右派的万丈深渊，细想一下，真还不能不感激小川在风雨袭来前的提醒和关照哩！

小川是一个勇于探索、敢于创新、在艺术上不懈追求的诗人。他追求民族化、大众化，但在形式上不拘一格。楼梯体、自由体、民歌体、新辞赋体，他都做过尝试，并都有自己的独创性。尤为难能可贵的，他的叙事长诗《深深的山谷》《白雪的赞歌》《一个和八个》等，在题材选择、主题开掘上敢于突破，敢为天下先，大胆触及爱情、人性、悲剧等当年十分忌讳的禁区，在艺术构思、人物形象塑造上，力求有新颖独特的创造。本来，创作上的这些探索、尝试，是很正常，理应得到鼓励的，但在"左"的思潮泛滥的情势下，它是不可能被允许、包容的。于是在1959年秋冬之交，郭小川遭到"晴天霹雳"般的批判。

也就在这之前不久，1959年七八月间，我结束在河北怀来的下放锻炼，即将调离中国作协去河北省文联报到前的一个下午，我到黄图岗胡同6号院看望了郭小川。我告诉他县委书记对我说："按上级的精神，各级党委都要有自己的秀才。县里同作协商量，决定把你长期留下来；可你的行政、工资关系、人事档案由北京往县里转时，被河北省委组织部卡住了，说是决定调你去河北省文联。现在县报（《怀来报》）停办了，县里也只好放你走了。"郭小川听后，不无惋惜地表示：作协创委会虽然撤销了，但创研室、《文艺报》等单位都需要人。放你走，也不知是谁定的？事已如此，也无法改变了，只好让你去河北了。我明显地感觉到，他表现出一种无奈的、爱莫能助的情绪。我了解，他是很爱才的。虽然我只是一个年轻的普通干部，多少有点组织能力、文字能力，算不上什么人才。

过了一段时间，听说他在作协反右倾整风中受到批判。实际上，他在八月份与我谈话的时候，已经对作协没完没了的批判、斗争和日常繁杂、琐屑的行政事务感到厌倦，要求调离作协到下面去工作。当然，在当时的背景、处境下，他还不便向我这样一个并非深交的年轻人表露自己的情绪和愿望。他仍然出于公心，为作协工作，为文学事业着想，表达了不愿放走我这么一个多少还有点用处的干部的想法。他自己想离开作协而又想把我留在作协，这看似矛盾的做法，在作为诗人、文学组织者的郭小川内心深处，同样都是真实的，并非虚情假意。小川就是这么一个真实的人，诚挚的人。

小川离开我们 30 多年了。"十年浩劫"摧毁了这么一个有理想、有追求、有作为、有才华的战士兼诗人。在团泊洼，同文友谈及小川其人其事，仍不禁扼腕叹息、悲愤交集。令人欣慰的是，随着岁月的流逝，时间的过滤，小川的名字和他的作品愈加光彩熠熠。郭小川，千万人民心中的诗、心中的歌。战友、文友不会忘了他，读者大众不会忘了他，文学史家也不会忘了他。

2010 年 1 月

走在生活前头的李季

"共产党人决不应该成为生活的冷漠的旁观者，决不应该放弃自己推进事物发展的责任。""文艺作品要指导生活，就要走到生活的前头去。"

当我重温胡耀邦同志1980年2月间在剧本创作座谈会上的讲话，细细咀嚼着上面这些闪光的、耐人寻味的论述时，不由得想起了一年前不幸早逝的李季同志。啊，李季！他不正是一个坚持深入群众生活、走在生活前头的先进战士吗？不正是一个热情讴歌新生活、为新事物的出世大喊大叫的出色歌手吗？当今，我们文学战线上多么需要大批像李季这样的战士和歌手呵！

我最初认识李季，是在火红的20世纪50年代初。那时，我是一个刚刚跨进文学门槛的年轻人，在全国文协（作家协会的前身）做具体工作。1952年冬天，我们祖国进入大规模经济建设时期的前夜，全国文协组织第二批作家深入生活。来自祖国四面八方的20多位作家，聚集在北京东城小羊宜宾胡同一个四合院的几间平房里学习讨论，为投入沸腾的建设热潮做准备。大伙围炉而坐，侃侃而谈，热烈议论着经济建设新时期文学艺术面临的任务、文学的典型和创造新英雄人物，以及如何选择自己的生活根据地等问题。参加学习的李季，那时才30岁，风华正茂，他那浓重的河南乡音，质朴的举止，爽朗的笑声，给我留下了深刻的印象。

我记得，第二批深入生活的作家在考虑自己今后的生活基地时，大部分同志都表示准备到自己曾经长期生活战斗过的、比较熟悉的农村去，打算去工厂、矿山体验生活的寥寥无几。不少作家对自己不熟悉的工业建设和工人生活，表现出一种望而生畏、踟蹰不前的情绪。李季在战争年代同陕北三边人民同甘共苦，他爱上了三边人，爱上了信天游，三边人民的乳汁孕育了他脍炙人口的长诗《王贵与李香香》。他曾经说过："离开了三边的生活基础，我是很难写诗的，我的诗就失去了光彩。三边的沙漠和小米深深植根于我的心中，它是我长时期的取用不尽的诗的源泉。"正因为如此，他热切地期望早日回到三边人民的怀抱中去。

就在这时候，胡乔木同志召集即将深入生活的作家座谈，并专门邀约李季去谈话。随着岁月的流逝，许多往事在我脑海里都淡忘了，甚至消失了。但乔木同志与李季同志促膝谈心的生动情景，至今依然清晰地浮现在我的眼前。我总觉得那是领导者同作家、艺术家平等地交换意见的一种亲密关系。当乔木同志问起李季今后的创作生活计划时，李季毫不犹豫地回答：还是让我回到自己熟悉的三边老沙窝去吧！乔木同志自然理解李季的这个心愿，他微笑着，思忖着，然后向李季讲起斯大林曾劝苏联著名诗人杰米扬·别德内依到巴库油田去观察、体验生活的事例。乔木同志引了斯大林《给杰米扬·别德内依同志的信》中的一段话："梯弗里斯并不怎么有意思，虽然它在外表上比巴库诱人。如果你还没有看见过林立的石油井架，那么你就是'什么也没有看到过'。我相信巴库能提供你极为丰富的材料来创作像《牵引力》这样的杰作。"接着，乔木同志用极其简洁、明确的语言讲了一句意味深长的话："最熟悉的不等于最有意义的！"乔木同志的这句话，在李季心底激起了巨大的波澜，他的思想再也平静不下来。随后，他又听了乔木同志向首都文艺界作的一次报告。在这个报告中，乔木同志针对着一部分作家的思想状况，尖锐地指出："如果我们作家对工业不感兴趣，那我们国家的工业化就会发生问题。因为这表示了许多人，首先是人类灵魂工程师的精神状态，还没有对工业发生热烈的感情。"把这个问题提到如此尖锐的高度，使李季震动了，他想，国家工业化的伟大事业在向我们招手，原来不熟悉的新生活、新事物，需要我们很快地去熟悉它。怎么能背上熟悉农村的包袱，对工业化建设无动于衷、裹足不前呢？！他经过深思熟虑，最后毅然决然地奔向新的生活根据地——玉门油矿。当时，我和第二批深入生活的作家以及文学界的许多同志一样，都由衷地赞美、佩服李季同志那种投入新生活的热情和探索新事物的勇气。

从长江之滨到戈壁滩上，从三边人到玉门人，这是李季创作旅程中的一个新起点。李季一到玉门，就一心扑在油矿的建设事业上。在他寄自玉门的来信中，那种热爱油矿的喜悦、激动之情跃然纸上。他写道："这个地方说苦也的确苦，但甜的地方却比苦的地方更多。如果可能，我真愿意在这里住它一辈子，就光看那些黑得发着闪光的石油，它也会诱惑着你为它献出全部身心的。"他是这么说，也是这么做的。从 50 年代初期到 80 年代第一春，20 多年来，他同祖国石油战线结下了不解之缘。他的足迹几乎踏遍了祖国所有的石油工地，从祁连山麓到尕斯湖畔，从克拉玛依到松辽平原，从柴达木到渤海湾，哪里有石油井架、钻台，哪里就有李季，就有李季的"石油诗"。"石油诗人"的桂冠不是从天上掉下来的，而是石油工人和广大群众对他的勤奋、忘我的创造性劳动的最高奖赏。

我深深怀念李季，不仅是因为他紧扣时代的脉搏，与人民同呼吸、共命运，坚持深入群众，扎根生活，堪称我们文学队伍的一个榜样；还在于他作为一个出色的文学组织活动家，在鼓励、推动作家同人民群众相结合方面，耗费了许多心血，做了大量有益的工作。

1955 年至 1956 年，李季担任作家协会创作委员会副主任期间和粉碎"四人帮"后作协恢复工作至李季逝世这段时间，我曾两度在他的直接领导下工作，朝夕相处，他的言传身教，使我学到了不少东西。1955 年冬季作协组织大批作家到农村去，迎接农业合作化高潮；1956 年作协、《人民日报》共同组织一批作家到全国各地旅行访问，写作反映社会主义建设的特写。在这些活动中，充分显示了李季兼有诗人火样的热情和组织家务实的才能。这里，我想着重记述一下他在自己的生命历程临近终点的时刻，是如何按照党的声音，关注作家投入新生活、反映新时代这个重大课题的。

在全国第四次文代会上，邓小平同志的《祝辞》指出："人民是文艺工作者的母亲。一切进步文艺工作者的艺术生命，就在于他们同人民之间的血肉联系。"他要求我们的文艺塑造出那种有革命理想和科学态度、有高尚情操和创造能力、有宽阔眼界和求实精神的"四化"创业者的光辉形象。

文代会一结束，李季就以极大的热情宣传、贯彻大会精神，全然不顾带病之身，以全副精力投入繁杂的组织工作。那段时间，他每天都来作协机关上班或开会，从他那含着微笑的面容、来去匆匆的步履中，我们感到他的心情前所未有的舒畅，精力异乎寻常的旺盛。他只要能挤出一点时间，就跑进我们创作联络部的办公室来议形势，谈工作，常常是谈笑风生，眉飞色舞，气氛相当活跃。他三番两次地对我们谈起：要通过多种方式引导作家去熟悉新的生活，有计划地组织他们去看一看"四化"建设的先进地区，看一看现实生活中积极的、正面的东西。不仅考虑工业方面，农业、林业、交通等其他方面也要组织。在"四化"建设中起带动作用的一些方面，作家所关心、感兴趣的一些方面，都可以组织作家去看一看。他还提醒我们，组织这类活动，要讲求效果，但又不能要求立竿见影。只要作家真正感到兴趣和有益，以后在创作上总是会开花结果的。

每当李季议论起文艺界的形势和当前的创作思想动向的时候，就充分表现出他那诗人的直率、爽朗的性格。1979年底，有一次，他告诉我们，已同《人民文学》编辑部的同志谈过，希望他们从来稿中注意发现表现生活中的新鲜事物和先进人物的作品。他说："十年浩劫"的伤痕要继续狠狠揭露，但应当注意引导作家写新时期的工人、农民、干部和新一代的青年。接着，他显然激动、不无感慨地说：既要继续解放思想，贯彻双百方针，又要注意识别当前创作思想上一些不健康的苗头。不要形成谁敢说过头话，调子最高，好像就是最大胆。谁写先进人物、新鲜事物，好像就是说假话，就不受欢迎。讲到这里，他又补充了一句：当然，写新的生活、新的人物，要遵循革命现实主义的原则，不要回避矛盾，不要搞浮夸。今天，当我们回顾一下近一两年创作发展的历程，就越发感到李季的一席话是有胆有识、切中时弊的。他虽不是一位理论家，但由于他能把认真读书和深入生活结合起来，因而就能正确地领会、贯彻党的文艺方针，一步一个脚印地走在发展社会主义文艺的康庄大道上。

对于反映现实生活、描绘新时期创业者的好作品，李季满腔热情地予以肯定、扶持。四次文代会前后，曾有一些人极力贬低、否定《乔厂长上任记》这篇作品。在一次座谈会上，李季对《乔厂长上任记》作者蒋子龙说："你的作品具有自己的鲜明风格，深刻地揭露了现实生活中的矛盾，反映了人民群众关心的问题。你勇敢地用自己的作品来发言，这势必得到多数人的热烈支持，也会引起一些人的强烈反对。文学战线上的很多同志都是尊重、支持你的劳动的。"那时，蒋子龙正因为自己一篇作品的失误，在创作道路上受到一些挫折，表现得有些气馁。李季语重心长地告诫蒋子龙："对你来说，也是百炼成钢。"热切地期望他以一个战士的姿态，认真地、慎重地总结自己的战斗经验，使今后的战果更大一些。他还鼓励蒋子龙下功夫把《乔厂长上任记》的续篇《乔厂长后传》修改好，使这篇反映现实斗争的新作早日同读者见面。从这些事情上，我们不仅感受到了李季爱护青年作者的炽烈感情，而且清楚地看出他对表现我们时代新人形象的作品寄予多么殷切的期望。

李季一刻也没有忘记生活是创作的源泉，人民是文艺工作者的母亲。他不止一次地说，文艺队伍中有些思想认识问题，在文艺界内部解决不了，在新侨饭店里开会解决不了，对党对人民有责任感的作家，只要到生活中去看一看，有些问题就会迎刃而解。1980年初春时节，他在参观湛江、海南、西双版纳垦区归来的作家座谈会上大声疾呼：当前很重要的一个问题，是我们和人民的关系问题。这个问题处理不好，就会犯错误。人民在前进，生活在发展，如何跟上时代的步伐，每个作家都应当有一种迫切感。作家应当经常到生活中去，采取走马看花、下马看花以至飞车看花等各种方式去了解"四化"建设，倾听人民群众的心声。

直到李季生命的最后一刻，在他心里装着的仍然是作家深入生活这个大题目。我永远不会忘记，他生前同我们的最后一次谈话。那是3月8日上午，在他那陈设朴素的简易办公房里，我和创作联络部另一位同志紧挨着他的写字台坐下，他就滔滔不绝地谈起组织作家参观访问、深入生活的设想。他谈到要组织一些作家到农村去看一看，了解党的三中全会后农村发生的变化。他具体举出一些年富力强的、善于描写农村题材的中年作家的名字，让我们考虑能否列入参观访问组的名单。他还特别提出，不仅搞创作的要下去，搞评论的也有必要到生活中去看看。在这个参观访问组里，一定要有一位文学评论家参加。将近11点，他看了一下手表，因为要赶回家接待老战友，这次谈话就暂告结束了。谁曾想到，这天下午，他的心脏就突然停止跳动！前些日子，当我打开自己的笔记本，当时记录的李季谈话内容的 12 个要点重新映入眼帘的时候，再也抑制不住内心的哀伤，泪水簌簌地流了下来。啊，李季！你真是为作家深入生活、同新时代的群众相结合流尽了血汗，操碎了心呵！

从三边到玉门，从大庆到大港，李季在同劳动人民相结合的道路上，拼着自己的全副力气，一直向前奔跑。今天，我们应当接过李季手里的接力棒，在向"四化"英勇进军的道路上继续迅跑，为着写出深刻反映新时代的优秀作品，不断地向新的高度登攀！

1981 年 1 月

难忘菡子

　　我最初知道菡子这个名字，是新中国成立之初在复旦大学读书的时候。那时星期天稍得空闲，喜欢到福州路逛书店。我囊中羞涩，只能用有限的零花钱选购几本自己心爱而又便宜的书。我记得，当时买回的多种特价书中，就有菡子最早的一本作品集《群像》，那是1948年东北光华书店出版的。从这本集子里我读到她那篇博得好评、荣获解放区文学奖的短篇小说《纠纷》。随后，我又从上海《解放日报》上读到她写的《棕丝事件》等作品。引起我格外注意的是，1951年以冯雪峰为首的中国作家访苏代表团，灿若群星的15位代表团成员中，菡子是唯一的女性。抗美援朝，她又是奔赴前线的为数不多的女作家之一。读了她从朝鲜战场归来写下的《和平博物馆》《从上甘岭来》等情真意挚、感人至深的散文，我深切地期盼有朝一日能结识这位从枪林弹雨中闯荡过来的女作家。

　　没想到，时隔不久，机缘来了。1956年早春2月，菡子调来中国作家协会担任创作委员会副主任，我当时是创委会秘书，她成了我的顶头上司。我在她麾下整整当了一年助手。这一年，菡子对我的激励、教诲，在我的人生之旅中留下了难忘的印痕。

　　菡子对散文情有独钟，她是富有艺术个性的散文家，也是散文小品的富于激情和识见的吹鼓手。1956年春天，陆定一同志在怀仁堂作了题为《百花齐放，百家争鸣》的讲话，给沉寂的文艺界带来了几分暖意。散文小品这条小溪也开始欢腾、喧闹起来。《人民日报》八版差不多每天都在头条位置发一篇加上花边的千字文。各报刊所发散文小品的长短得失，成了我们创委会同事饶有兴味的热门话题。菡子也不时参加到我们的自由讨论中来。她喜不自禁地向我们推荐新发现的散文佳作，特别赞赏何为的《第二次考试》、万全的《搪瓷茶缸》、筱石的《入学》等短小随笔式散文。她说，这些散文好就好在它们都是记述作者蕴蓄已久、感触最深的人和事，文中表达的真情是从心灵深处流泻出来的。她强调散文的基本特色是"由小见大"。在短短的一两千字中往往蕴含着耐人咀嚼、回味的思想内涵。情景交融、诗意盎然、精巧别致、清新流畅，是她所推崇，也是她所追求的散文的极致。她的这些艺术主张、见解，对我产生了潜移默化的影响，启迪我鉴赏作品时更好地把握"以情感人"的艺术特征，更细致地揣摩、品味诸多作者不同的创作风格和艺术特色。在她的点拨下，当年我写过一篇题为《打开了生活的窗子》的短文，评介何为的散文《两姊妹》《第二次考试》。稍晚一些时候，还写了一篇较长的题为《情趣从何而来？——谈谈柯岩的儿童诗》的评论文章。从我这些稚拙的文字所赞扬的"沁人心脾的诗意和美感""富有情趣的构思和想象"之中，不难找寻到菡子那些艺术识见的蛛丝马迹。这里，还有一件事不能不提到：50年代中期，中国作协编选年度创作选集，最初是把散文、特写合为一卷的。进入1956年，由于散文小品创作的活跃、兴旺，在菡子的鼓吹、推动下，决定把散文小品与特写分开，各自成为一卷。如今翻开这本素雅的浅绿色封面，由著名编辑家、翻译家林淡秋（时任《人民日报》副总编辑）终审并作序的《1956散文小品选》，面对那些久违了的，而又十分熟悉的作品篇目和作者名字，不禁回想起当年在菡子主持下披沙拣金、精心编选的情景。这个至今仍不失为上品的散文选本，浸透着菡子多少深情和心血啊！

　　菡子本是个一身戎装的"三八式"女兵，坎坷的经历，困难的磨炼，战斗的洗礼，铸就了她顽强、坚毅的品格和气质。然而，童年的不幸，江南的山水，文学的熏陶，又赋予她心地善良、感情细致、极富同情心的女性特征。1955年冬去春来，初次接触菡子时，我正处于受组织审查、静候处理的困难境地。那时还没有做出我"与胡风反革命集团没有组织上的联系"的结论。我背着思想包袱，灰溜溜的，抬不起头来，带着一种"不求有功，但求无过"的消极情绪应付着日常工作。在这种情况下，菡子没有疏远我、歧视我，而是以一种又是师长又是老大姐的亲切态度接近我、关心我、鼓励我。她一再诚恳地叮嘱我："千万不要因为碰了钉子、栽了跟头而消沉下去，你还年轻，要朝前看，振作起来，积极投身到工作中去。""吃一堑，长一智，重要的是从错误中吸取经验教训，使自己变得更加聪明、坚强一些。"她在同我的倾心长谈中，动情地讲起《钢铁是怎样炼成的》中的保尔·柯察金、英雄母亲留芭夫·柯斯莫提绵斯卡亚所写《卓娅与舒拉的故事》《把一切献给党》中的"保尔"式英雄吴运铎，用她由衷崇敬的这些英雄形象来激励、鞭策我，希望我自觉地接受严峻的考验，从困难和挫折中勇敢地闯过去。

在创委会的日常工作中，菡子仍然把我当作业务骨干使用，一次又一次地给我压担子：让我参与组织 100 多位作家采访全国先进生产者代表会议代表；协同《人民日报》编辑部组织一批作家到全国各地旅行访问，创作反映社会主义建设的特写；她还让我负责一两种年度创作选集的初选工作；并提名我作为列席代表参加全国青年文学创作者会议。按作协当时的环境、氛围和我那种特殊的处境，菡子对我这样安排、使用，自然难免招致一些非议。第二年反右整风时，就有人批评菡子让我充当"独当一面的角色"，是"重才轻德""右倾"。好心的菡子，为了扶我重新站起来，承受了多大的压力啊！

从 1955 年 5 月到 1956 年 9 月，历时一年多，对我的审查总算有了结论：不是胡风集团在作协的"坐探"，"所犯泄密错误属于严重的自由主义"。我虽在审查结论上签了字，但对将要接受留党察看一年的处分，内心不免感到沮丧、痛苦，总希望能适当减轻处分，使我仍然可以履行一个正式党员的权利和义务。这时，菡子洞察我的心态，也考虑到我对错误已有了较深刻的认识，平时工作又积极努力，建议我向组织写个报告，请求适当减轻处分。她仔细看了我写好的"报告"，并动笔作了多处修改。如今我手边还保存着这份用作协信笺写的，颜色已经发黄的"报告"底稿，从上面可以清晰地看到菡子用钢笔修改的秀丽洒脱的字迹。她不仅给我加了"在沉痛中，也感到与党接近的轻松和愉快"这样表达心情、富于感情色彩的话；而且还增写了一句："现在离揭发我错误的时间已将近一年零四个月，离我比较彻底地承认错误的时间也已有一年多。"以更充分地申述请求从轻处理的理由。一个上级如此设身处地、无微不至地为部下分忧操心，是多么珍贵的同志情谊啊！尽管我那最终被减轻为党内严重警告的处分，随着胡风集团一案的平反，已在80年代初正式撤销了。但当年蔼子帮我改"报告"的良苦用心，已深深地刻在我的记忆里，永远不会磨灭。在人生道路上，遇到这么一位古道热肠、善解人意的领导同志，也是够幸运的了。

蔼子帮我闯过了反胡风、肃反这一关后，我那被"运动"延搁了许久的终身大事提到日程上来。当蔼子了解到，我和我的女友相识已达十载，肯定恋爱关系也已有四年之久。我们的婚姻通过漫长的恋爱季节，又经受了斗争风雨的洗礼，应该说是水到渠成、瓜熟蒂落了。蔼子对此表示充分的理解，热情支持我们尽快地办喜事。寒冬时节，我们简朴的婚礼在朝阳门外芳草地作协宿舍里举行了。由于我还背着刚受处分的包袱，我和我爱人达成了婚事"低调、低规格"办理的共识。除了我俩所在部门的同事外，连我们中学、大学时代的同窗好友也都没有邀约。新房是一间不足14平方米的简易平房，没有玻璃窗，只有一层可卷上卷下用以挡风的窗户纸。所有的家具都是从机关借用的，没有添置多少新的生活用品，只买了一台红星牌的收音机。那天，薄暮时分，陆陆续续来了40多位宾客。蔼子也冒着寒风来了。一间房挤不下，住隔壁的王景山兄又打开通向他家那套间的门。蔼子带来一件古朴典雅的、白底黑花的陶瓷花瓶，上面贴着她亲手剪的大红的双喜字，表达她对我们的深情祝福。在一块粉红色的，印有喜鹊登枝、龙凤呈祥图案的签名绸上，蔼子饱蘸酣墨签上了自己的名字。一束鲜花，一杯清茶，几把喜糖，欢声笑语，热热闹闹，两间小房里顿时洋溢着欢乐祥和的气氛。那情景，那场面，使原本强颜欢笑的我实实在在地感受到了人情的温暖。

42年过去了，蔼子那亲切的"祝你们喜结良缘，白头偕老"的江南口音，依然萦绕在我的耳边。

1998年11月25日

《思痛录》让我沾了光

韦君宜是一位出色的编辑家，也是一位以描写知识分子苦难历程著称的女作家。

韦君宜这个名字，对我来说，一点也不陌生，感到格外亲切。

新中国成立初，我在复旦大学读书时，在校团委会做了两年宣传、组织工作。那时，韦君宜主编的《中国青年》杂志，是我爱不释手的必读刊物。1952年初冬时节，我调到中国作家协会做秘书工作，同时担任作协共青团支部书记、党总支青年委员。第二年，韦君宜也调来作协，主编《文艺学习》。长期从事青年工作的韦君宜，特别喜欢与年轻人交流、沟通。也许正是这个缘故，把我和她联结在一起。在她主编的《文艺学习》上，先后发表了我写的评论《不能简单地了解人的生活和感情》、特写《把病人放在最前头》和一些短篇新作介绍后，她和黄秋耘都热情地鼓励我：你年轻，文笔不错，有潜力，业余时间多练练笔。在创作委员会，平时读作品多，可多写一些评论文章，特别是评介新人新作。有了合适的机会，像这次采访全国先进生产者会议代表，动笔写写人物特写也挺好。她还希望我：最好能练就多幅笔墨。

在反右斗争中，韦君宜犯了所谓严重的右倾错误，受到党内严重警告处分，1958年初下放到河北怀来。我在反右中，创委会也多次开会批判我严重右倾，和韦君宜同时下放到河北涿鹿。后来涿鹿并入怀来，我在县委所在地沙城编《怀来报》。这样，韦君宜来县里参加下放干部会或送稿子到《怀来报》，我和她之间见面叙谈的机会又多了起来。正是由于她了解我在反胡风斗争中受过批判、处分，这次又在反右中挨批判，对我似有一种特别的关切和同情，见了面，总会询问我的劳动、工作、健康情况。我对她这么一位正直的老干部，只是因为对在反胡风、批丁陈中挨整的干部说了几句公道话而受到处分，内心也不免隐隐地为之鸣不平。这可以说是同病相怜吧。

下放怀来期间，她曾与人合编了反映农村新面貌的散文特写集《故乡和亲人》，并由作家出版社出版。这本书尽管不可避免地刻有时代的烙印，但她确是满腔热情、心甘情愿地编选的。可到了上世纪80年代，怀来县有的干部想借文联、作协干部1958年去过怀来一趟，来给自己增光，往脸上贴金时，再三劝说无效，她就毅然决然婉拒了。你看，她就是这么一个是非分明、干净利落的人，该做的就做，不该做的就不做，不讲人情世故，不讨好表功，决不违心做那种虚夸、涂脂抹粉的事情。这是多么美好可爱的品格啊！

韦君宜对青年作者的关爱、扶持，是满怀热情、一以贯之的。

我永远忘不了1956年在她主编的《文艺学习》上展开关于王蒙《组织部新来的青年人》的讨论，那种与人为善、各抒己见的自由论辩风气，至今还让人心驰神往。80年代初，在她担任人民文学出版社社长、总编辑任内，对青年作家张洁、莫应丰、竹林等的倾情扶持、帮助，充分显示了她作为一个文学编辑家的眼光与胆识。只要一有机会，她就会为青年作者鼓与呼，并对他们提出中肯的建议。1981年底，她在胡乔木召集的部分作家座谈会上，颇有针对性地说：对青年作者不能单纯责备，要多做工作，满怀热情地爱护、帮助他们。

1982年9月，中国作协在西安召开了西北、华北青年作家座谈会，除葛洛、唐达成和我作为会议组织者参加外，还约请了老作家、评论家、编辑家韦君宜、马烽、胡采、李清泉等到会与青年作家一起探讨、交流。韦君宜根据自己的切身体会，饱含深情地对到会的汪浙成、路遥、贾平凹、陈忠实、凌力、铁凝、张石山等30多位青年作家说："作者要善于从纷繁复杂的生活中，从极端困难的境地里，发现、寻找生活中美好的积极的东西。写社会主义新人，要从生活出发，决不能瞎编，不能捏造，不能再来'高、大、全'。在深厚的生活积累基础上，具有比较敏锐的眼光，就可以从生活的真实中挖掘到美和善。"她这一席话，给予青年作家有益的启迪。会议期间，她和葛洛、李清泉等老延安还带领我们去参观了桥儿沟鲁艺旧址和当年周扬、周立波等住过的窑洞所在地。从延安回西安途中，还品尝了羊肉泡馍的美味。我的相册里至今还保存着那次参观访问延安的合影哩。

认清形势，顾全大局，把文学事业、文学工作与国家的前途命运联系起来，认清时代赋予作家的职责和使命，这也是韦君宜经常思考、努力把握的重中之重。1986年初，在中国作协主席团的一次学习讨论会上，韦君宜十分恳切地谈道：我们一定要和中央领导同志同舟共济。我们是在同一条船上，如果哪一界，无论是新闻出版界、文学艺术界还是学术界、经济界，把船蹬翻了，那大家都掉进水里。她说，我们应当懂得改革的困难、形势的复杂，协助党中央帮助群众认识现实，看到光明。与会的主席团成员无不赞赏她的观点，深深意识到自己肩负的责任："无论如何，我们不能给中央帮倒忙！"

在这次作协主席团会前不久，有一天上午，韦君宜特意赶来作协，向冯牧、唐达成和我谈起她写了一篇评论张贤亮的小说《男人的一半是女人》的文章，对这篇作品提出了一些批评意见。她希望作协党组联系当前的社会思潮全面考虑一下，当下《文艺报》发这样的文章好不好，发表了会引起什么反应。她还建议，可不可请张贤亮自己写篇文章来谈谈作品的成败得失，这样做是不是更稳妥些。她视野开阔，思维缜密，每当做一件比较重要或敏感的事时，总要与大局联系起来，与当前的社会形势、文学战线面临的严峻形势联系起来，权衡利弊得失，力求有利于文学繁荣、队伍团结，有利于实现四个现代化和社会主义精神文明建设。我们深切感到，作协领导班子有这样一位贴心知己的好参谋，是多么幸运啊！

80年代，韦君宜担任中国作协文学期刊编辑工作委员会主任委员，她兢兢业业，殚精竭虑，做了不少深得人心的实事好事，比如她倡议、支持的全国优秀文学编辑评选，至今依然为文学界朋友津津乐道。无奈好事多磨，1986年4月，她主持全国部分文学期刊编辑工作座谈会，在会议室突发脑溢血，瞳孔放大，大小便失禁，病情危急。

经急救，造成右半身偏瘫。她可真是倒在工作岗位上的啊，作协的同事不能不感到又焦虑又歉疚。可她即使在病中，也没忘了作协的朋友、作协的工作。大病初愈的第二年新年前夜，她给作协寄来一张贺卡。至今我手边还保存着那张絜青画了红梅的色彩鲜丽的贺卡。韦君宜用颤抖的手在贺卡上写道："今年我病倒了，不能去团拜，用我已残疾的右手，端楷写个贺年卡，以示汇报，并表示贺年之意。祝作协各位领导春禧！"字里行间充满了真情厚谊，她的心是和作协的朋友、文学界的朋友紧紧地连在一起的。

自韦君宜患病、退休之后，在 80 年代初，我和唐达成、谢永旺曾多次到她家里探望或向她拜年。每当我们听她说起，带着病躯之身，一面坚持锻炼，一面坚持写作，不禁感动不已。她右手神经坏死，用左手写出长篇小说《露沙的路》。特别是她在病中，用左手断断续续写完的那本勇于反思、发人深省的《思痛录》，发表出版后可真是风靡一时，赢得广大读者尤其是知识分子的热烈称赞。

这里，我得提到《思痛录》与我的一个故事。《思痛录》里收入的《我曾相信"反胡风运动"》一文，早在 90 年代初就在秦川主编的《精品》杂志上刊出了。在这篇文章里，韦君宜写了这么一段：

> "除了冯大海外，还挖出了一个严望，这人只是作协一个打打电话，管管事务的秘书。又挖出一个束沛德，这个人年轻老实，是各级领导从周扬到张僖都信任的人，一直让他在主席团和党组开会时当记录。忽然，据说主席团开会的秘密被走露了，于是一下子闹得风声鹤唳，每个人都成了被怀疑者。最后查出来原来是他！这样'密探束沛德'的帽子就扣上了，记录当然就不能再当……"

我在反胡风运动中的遭遇，第一次由韦君宜在文章里、书籍里公诸于众，立即引起原来不了解情况的文学界朋友的关注，连王蒙、张洁等也都感到惊诧。"原来束沛德还是个老运动员哩""本以为他一帆风顺，没想到他早就挨过整。"诸如此类的议论，不断传到我的耳边。网络上一点击韦君宜、束沛德的名字，都会读到上述这段文字，一时之间，我这个在文坛跑龙套的角色，竞成了引人注目的"新闻人物"。在这种情况下，我才写了《我当秘书的遭遇》一文，记叙了"又挖出一个束沛德"的来龙去脉。

韦君宜用我作为一例来反思那段不堪回首的岁月，我却因《思痛录》的问世不知不觉地沾了光，出了名。这是我和韦君宜交往四十多年结下的一个特殊的、难解难分的情结。

2016 年 12 月 19 日

迎接百花齐放的春天

——访长春的几位作家

当我初到长春时，还有几分寒意。这里，春天来得比较晚。

在长春，"放"可说是知识分子心中的春天。可是，这个春天似乎也来得比较晚。人们告诉我，过去长春学术界、文艺界一向是平静的、沉寂的。最近，传达了毛主席在最高国务会议和宣传工作会议的两次讲话后，吉林省委又召开了文学艺术工作者座谈会，长春市委正在召开宣传工作会议。在这两个会议上，人们或多或少地倾诉出长久以来藏在心底的愿望、苦恼和对领导的批评。长春不再平静了，人们在思索着、议论着……吉林省委第一书记吴德在座谈会上鼓励文艺工作者鸣放，这就给人们带来了春的讯息。

在这冬去春来的时日，作家们有些什么心思，又有些什么新的打算呢？我带着这个问题，走访了这里的几位老作家。

我首先访问了汪馥泉同志。他现在担任东北人民大学中文系教授兼图书馆馆长。他在"五四"以后就开始写作了，著有《新文学概论》《现代文学十二讲》等书，鲁迅编的《中国新文学大系》小说集里还收有他的作品哩。可是，这几年来，文学界似乎把他遗忘了。

我们的话题很自然地从毛主席的讲话上打开了。他认为，正确地处理人民内部的矛盾，是一个世界性的问题。党和国家有力量、有把握才能"放"。

他说，学习了毛主席的讲话后，解除了不少思想上的束缚。以前写了东西，没有勇气拿出来。前些日子出版社来约稿，他准备把《〈西游记〉作者吴承恩年谱》给出版社看一看。这本书是1945—1947年间写的，有六七万字，写好后一直放在抽屉里，最近他要把它改一改。

谈到最近的写作、研究计划时，他告诉我，准备写一本关于《镜花缘》作者李汝珍生平的书，并打算编一本中国文学词典。这本词典的内容大体上包括作家、作品、流派、术语等方面，已经做了一些准备工作，可能还要花两年时间才能编成。他说："青年很需要这样的工具书，现在连一本比较完备的词典也找不到。"

他又兴奋地告诉我，他和蒋锡金同志还准备办一个杂志，内容是关于文、史、哲方面的，偏重于资料介绍，也登理论研究文章。他很认真地说，目前中国的学术水平还很低，需要下功夫钻研学问。青年读的书比较少，应当把过去的遗产经过整理，介绍给他们。他和锡金同志办杂志，也是想在这方面尽一点力。

汪馥泉同志已经五十九岁了，身体不够好。我凝神注视着他那花白的头发，那消瘦的面容，不由得为这老年人求知、办事的热情所感动了。

汪老又谈起他的老朋友、老同事。他特别提起在北京的汪静之同志。他说："汪静之是我的老朋友，他是一个很诚恳的人。过去他和冯雪峰等被称为'湖畔诗人'，是一个老作家了。我两次到北京时，都曾去看望他，知道他有些苦闷。他一人在家里写作，和别人往来少，作家协会应当经常去看看他。对老年人要多鼓励、照顾、帮助。"

"汪静之曾告诉我，他有一个写作计划，准备写一部伟大的诗。我曾对他说，你要大胆，不要怕犯错误，同时要多同别人商量。"

从汪馥泉家里走出来，我边走边想着：是呵，作家协会无论如何不应当变成衙门，应当成为作家的知心朋友……

当我赶到冯文炳同志的家里，已是下午四点钟了。冯老是东北人民大学中文系教授，作家协会长春分会副主席。在冯老整洁简朴的书室里，我们开始了谈话。

开头，冯老觉得他个人对文艺界的某些意见，现在不必说了，他希望将来有机会到北京时，和一些负责同志当面谈一谈。后来，他还是把他的意见直率地告诉我：

"我过去在文学写作上很努力，很热心，可是作家协会却把我排斥在外面。我在北京时，曾向卞之琳、何其芳提过，为什么我不能参加作家协会？为什么有些同志把文学界像我这样的人都抹杀了？这实在是不可理解的。现在我明白了：作家协会有宗派情绪。作家协会的这种领导，对文艺工作造成的损失真不小。"

"我对高教部、文化部也有意见。1952 年把我从北京调到这里来，我以为这里需要我，其实这里并不需要我，半年多没有给我分配工作。下面不了解我这个人，高教部、文化部、作家协会总应该了解我。你们把我扔了，下面还不把我扔了，像破抹布一样。"

当话题转到研究、写作计划上，冯老的情绪平静了一些。

他从抽屉里拿给我一份《废名小说选》选目，这是他最近应人民文学出版社之约，自己编选的。他很兴奋地说：

"编完这个选集，写了一篇序文，自己感到很高兴，很有信心。我从1922 年开始写作，1931 年以后就不写了。这次选出三十多篇小说，感到过去写作还有一点经验，那就是这些小说都是接受外国小说和中国古典小说的长处，运用祖国的语言写的。"

"我很惭愧，后来成了大时代的落伍的人。但我在没有接受共产党的理论以前，也还是一个真正的诚恳的劳动者呵。解放后我有了进步要求，反而把我扔了。解放之初，我很有写作热情，如果把我组织起来，恐怕可以写出不少东西。"

冯老又从书架上把他写的关于鲁迅作品的讲稿拿给我看。我看到的是这样三份："鲁迅《狂人日记》的分析""《药》的分析""《阿Q正传》的分析"。冯老的眼睛在一次下厂的时候损坏了，现在读书、写作每次不能超过两小时。他写作的时候，要用左手托着一块薄板，挨近身子，右手悬空地描写着。在这种艰难的条件下，写出篇幅如此浩繁的讲稿，那要付出多少辛勤的劳动啊！他说："这些讲稿对青年理解鲁迅的作品，会有些帮助，对于反教条主义，也会有些影响。我准备继续写下去，把鲁迅的小说和杂文都作一些分析，使青年了解鲁迅作品的真面貌。"

当我提起从报上看到他准备用十年时间写两部长篇小说的时候，他笑着说："那只是我感到有责任呐喊一下，也是响应毛主席的号召。"

他告诉我，这两部长篇小说，一部准备写中国几代知识分子经历的道路。他说，鲁迅就曾有过写中国四代知识分子的长篇小说计划。现在我们写这样的小说，思想上是明确了：知识分子如果不与工农结合，将一事无成。另一部长篇准备以个人的经历，反映江西、湖北从大革命开始，经过抗日战争、解放战争，到解放后土改、农业合作化为止社会面貌的变化。

冯老说："写作热情我是有的，但写起来也有困难。表现个人的思想感情变化还容易，也能表现得真实，但是工农兵是不是也喜欢看呢？怎样达到普及的目的，是个问题。另外，我所掌握的语言，在汉语中是很美丽、很有效果的，但是，是不是适合表现生活，也是个问题。"

当我问他有没有写短篇的计划时，他说，不打算写短篇，但要经常写一些散文；常常写散文，可以把语言的长处发挥出来。他提到过去的《语丝》，每周出一次，都给人一种新鲜的生气。他认为，现在也应该有这样一个刊物，生动、活泼、有力量，用美文来表现我们伟大的时代。这个刊物可以由几个风格相同的人来办，自然它也要做到干预生活，丰富多彩。

他感到现在所出的刊物，好像是一副面孔，好像是穿了制服似的。《文学研究》和《文学遗产》是一样的，似乎是独鸣；像文史馆办的，没有生气。

冯老微笑着说："我感到自己还年轻，可以把那两部长篇小说写出来，说不定还可写出一本散文集哩。"

"我相信毛主席的领导，相信'百花齐放、百家争鸣'的方针，所以心里很快乐，情绪总是很好的。但是，怎样在写作上打开一条路，怎样使自己发挥更大的作用，我迫切希望得到帮助。大旱望暴雨，我像枯苗一样地期待着雨水的润泽。"

冯老很热情，不知疲倦地和我谈了三个多小时。当我向冯老告别的时候，已经是薄暮时分了。

在一个星期天的下午，我又去访问了东北师范大学教授、作家协会长春分会副主席蒋锡金同志。我知道他近来很忙，省委召开的文艺工作者座谈会，市委召开的宣传会议，他都参加了。他开门见山地对我说："在长春，领导上是有顾虑的，束手束脚，还不敢大放。这主要是认识问题，简单化的作风、教条主义的影响是长远的，不是一下子能改变的。《长春》文学月刊也不敢放。它好像不犯错误，实际上是犯了错误。对陈其通等人的文章，4月号想发一篇赞成的文章来压阵，结果毛主席的讲话传达下来，临时又把它抽下了。'编后记'里还贴上了一块纸，想这样来掩盖错误，是更丢脸的事。其实，发表这一篇错误的文章，又有什么了不起呢？"

"这几年，长春搞文艺工作的人不大碰头，也不大写理论批评文章。没有做什么事，自然也就不会犯错误，但它本身就是错误。恐怕这也是长春文艺界沉寂的原因。"

"作家、编辑怕犯错误，还不是怕检讨。检讨没有什么可怕，谁不愿意洗刷自己的错误呢？可怕的是在检讨后，你再也不能工作了，甚至连你这个人也完了。"

他又颇有感触地说："今天，谁要是反对共产党，谁就会碰得头破血流。谁会反对毛主席呢？除非他是疯子。疯子在大街上大喊大叫，那是没有人呼应的。现在，我们提意见，是为了把矛盾摆出来，解决这些矛盾。党和国家的基础是巩固的，是动摇不了的。"

"尽管长春有些问题不是短时间能解决的，但我对长春的前途还是乐观的。乐观的根据是，毛主席的讲话是谁也不能变更的。教条主义、宗派主义、官僚主义再也守不住阵脚了。群众的潜力发挥出来，堡垒总会攻破的，花迟早总会开放的。"

锡金同志现在在东北师大、人大讲授"文学理论"一课。他说："现在文学理论上可说是多事之秋，教这门课比较困难，需要重新思考许多问题。我们是根据苏联教学大纲讲授的，但要补充中国和东方各国的材料。为了使学生能比较方便地看到这些材料，我正在做一些编译介绍东方文学的工作。"最近吉林人民出版社已出了他编的《东方文学丛辑》二册：《亡灵书》《朝鲜往日民歌选译》。今年内，他还将编写出三四册这样的书。

后来，我们又谈到作家协会的工作。这时候，锡金同志的几个孩子跑了进来。我不愿过多地占去锡金同志的假日，就匆匆辞别了。

当我走到宽敞的斯大林大街上，我看到那绿色的垂杨、那绿色的篱笆，使整个长春成了一个绿色的城市。我想，这里的人们在迎接的另一个春天——百花齐放的春天，也快要来到了。

1957 年 5 月 16 日

附注：本文在《文艺报》1957 年第十一号发表时用的题目是：《迎接大鸣大放的春天》。

田间钟爱新格律诗

被誉为"时代鼓手"的田间，是我喜爱、敬重的一位诗人。

坐在书桌前，一抬起头，就能看到对面书柜里摆着田间的那几本诗集：《给战斗者》《赶车传》（第一部）、《抗战诗抄》《我的短诗选》。这些诗是我在中学、大学时代就读过的。他那富有鼓动性、广为流传的街头诗《假使我们不去打仗》《义勇军》等，至今我仍能默默地吟诵出来。

初次见到他那亲切的音容笑貌，聆听他那清晰的谈吐，是在上世纪50年代初我跨进作协门槛之后。1953年、1954年，是作协下设备创作组开展学习、研讨、交流活动最活跃的时期。艾青牵头的诗歌组就讨论过李季的长诗《菊花石》、诗的形式问题。诗的形式问题是当时诗歌界极为关注并一直存在争议的。诗歌组连续召开了三次讨论会，艾青、臧克家、冯至、卞之琳、黄药眠、牛汉、徐放、丁力等都出席了，田间也是积极参与讨论的一个。我记得，他是有备而来，写了详细的发言提纲，在第一次讨论会上，就率先作了长篇发言。他紧密联系创作实践，有观点、有材料、有分析，鲜明地提出建立新的格律诗的主张。在他看来，格律诗的提出，是诗人的要求，也是人民群众的要求；建立新的格律诗，要从现实生活出发，要多采用群众语言，要具有一定的节奏、韵律，要继承、发扬中国诗歌的优良传统和接受外国诗歌的好的影响，尤其要为群众所喜爱，使诗真正成为群众斗争生活的一部分。他还强调：我们所要求的是创造社会主义内容、民族形式的新诗，而诗的民族形式，格律诗的形式问题，要求得很好解决，根本在于诗人和广大群众共同歌唱，共同斗争。

且不论田间这些看法，在当时或现在能否为大家所认同和接受，可贵的是田间勇于直率地亮出自己的观点；而尤为可贵的是会上那种畅所欲言、各抒己见的自由讨论风气。有的基本同意田间的看法，也有的坦率地表达了不同意见："不必过分强调格律诗""不能把格律诗定为一尊""认为只有五言、七言体符合诗的语言组织规律是不正确的"等等。在学术问题、创作问题上，相互尊重，与人为善，热烈论辩，面对面地交锋，在权威、名人面前，也不讲情面，不隐藏或改变自己的观点。50年代初那种真诚、坦率、自由、平等的态度和批评与自我批评精神，至今令人心向往之。

1957年冬，田间也和作协许多干部一样，下放到河北怀来县，在南水泉村边劳动，边蹲点、采风。这段时间，他像抗战时期那样，又重新拿起笔来，满怀激情地写了一些街头诗和短诗。如《写在南水泉村口》那首诗："手攀花果树／身靠米粮山／果子挂满枝／庄家要丰产／要把南水泉／变成小江南。"从这首诗看，诗人的真诚热情、诗句的通俗明快，一如既往，然而它又不能摆脱大跃进时代烙上的印痕。

1958年底，结束下放、蹲点后，田间就调到河北专业从事创作，并担任河北省文联主席。当作协下放怀来的干部都回北京时，我却被留下继续主编《怀来报》。又过了一些日子，怀来县委书记对我说："各级党委都要有自己的秀才班子，县里同作协商量，决定把你留在县里工作了。"尽管我不是那么心甘情愿，内心依然希望继续从事文学工作，但在当年"党叫干啥就干啥"的背景、氛围下，我二话没说，当即表示服从组织分配。并且很快与在北京《中国青年报》工作的爱人商量，决心长期到怀来落户。可是，事情的发展完全出乎意料。没想到从第二年（1959年）2月起，由河北省文联按月给我寄来工资了。这是怎么一回事呢？原来我的行政、工资关系和档案材料，由中国作协转往怀来县的过程中，被河北省委组织部扣下了。后来我才听说是对我有所了解的田间、康濯提出建议，把我留在河北省文联了。尽管我只是一个积极肯干、多少有点文字能力的青年干部，算不上什么人才，但从这件事上，我真切地感受到田间确是从文学事业的需要出发，注意发现人才、培养人才，力求做到人尽其才的。他是名副其实的伯乐，我可不是货真价实的千里马。

调到河北省文联，开头两年，我在文艺理论研究室工作。田间是省文联主席，我是他麾下的一个兵。但他不管日常工作，算不上我的顶头上司。毕竟在同一个单位，学习、开会，见面交谈的机会还是多了。由于我50年代中期在作协创作委员会时，写过《情趣从何而来——谈谈柯岩的儿童诗》等，到河北后平时阅读、研究作品，诗歌依然是我关注的一个重点。在不长的时间里，我先后写出两篇评论叙事诗的文章，一篇是《叙事诗中一朵花——读邢野的〈大山传〉》，另一篇是《敢于斗争敢于胜利——谈〈三峡灯火〉的思想与人物》，分别发表在田间主编的《蜜蜂》和成都的《四川文学》上。当田间读到我这些文章后，在一次谈话中热情鼓励我：搞诗歌评论的不多，研究叙事诗的就更少，你不妨在这方面多下一些功夫。叙事诗在内容和形式上，都有不少值得研究、探讨的问题。正对格律诗作新的探索的他又一次谈道：新的格律诗，需要吸收多方面的影响，但民歌和古典诗的长处，不能不注意。他还说，诗的形式要力求丰富多样，最好是能够千变万化；在变化中求规律，在规律中求变化。他根据自己的创作实践得出的这些真知灼见，激发了我进一步阅读、研究叙事诗，特别是新出版的《赶车传》（上卷）的热情和兴趣。我为这部长篇叙事诗刻画的石不烂、金不换的人物所吸引，对这部长诗所追求的民族化、大众化，叙事与抒情的结合，自由体与民歌体的结合等方面，也觉得有不少可圈可点之处。正当我准备提笔为文时，文艺界掀起反对修正主义思潮，批判资产阶级人性论、人道主义的风暴，我接受领导指派的任务，奉命写批判刘真的小说《英雄的乐章》的文章。时隔不久，我又被调到河北省委宣传部文艺处，投入批判李何林"修正主义文艺思想"的工作。于是搞调查、写汇报，整天忙忙碌碌，也就把评论《赶车传》的事置于脑后了。如今想起来，总还觉得欠了一笔文债哩。

"十年浩劫"过去，中国作协恢复工作，我又从河北调回北京，回到我久违了的文学队伍。1978年初冬时节，在前门外一家饭店参加一次落实文艺政策、为被错误批判的文学作品平反的会议。在会上遇到了来自河北的田间同志。他不无惋惜地对我说："你怎么又回北京了，河北也非常需要人啊！"我说，换个地方，呼吸点新鲜空气也好。他还极其真诚地对我说，你熟悉河北情况，希望你今后多关注河北文学的发展。我表示：我

在河北待了十几年，河北算是我的第二故乡，只要力所能及，我会尽自己
的力量的。

2016 年 12 月 21 日

倾情栽培的拳拳之忱

——忆念远千里

远千里告别人世已经 42 年了。在驾鹤西行的路上，他已经走得很远了。但他那原本目光炯炯、仪表堂堂的俊美形象，和他那在动乱岁月被极"左"路线迫害致死的悲惨形象，至今依然清晰地浮现在我眼前，让我不胜伤感与沉思。

我和远千里相识于上世纪 50 年代末。那时候我结束在河北怀来的下放锻炼，由中国作家协会调到河北省文联文艺理论研究室。到河北后的头两年，参与了几次代领导同志起草有关文艺讲话、报告的工作，被时任河北省委宣传部副部长的远千里看上了，认为我有一定理论、政策水平，文笔不错，在 1961 年就被调到省委宣传部文艺处了。从而有缘在远千里麾下工作了五六年。

千里同志是抗日战争年代、在冀中战斗的大地上成长起来的一个富有激情的诗人；同时他又是一位熟悉业务、平易近人的文艺组织者、领导者。他著有诗集《三唱集》《古巴速写》和《远千里诗文集》，也写过一些短篇小说、文艺评论、随笔。他素谙文艺工作的基本规律和创作甘苦，从事文艺组织工作，他称得上是行家里手。他恪守"首先是战士，然后才是诗人"这一著名的准则，始终坚持把战斗的召唤、对事业的忠诚、品质的修炼放在首位。新中国成立后的 17 年，他全心全意而又无怨无悔地投身于河北的文艺组织工作，为文艺幼芽的出土、鲜花的绽放，倾注了自己的心血和汗水。五六十年代，河北文坛曾出现了长篇佳作迭出、创作兴旺的喜人景象，先后出版了梁斌的《红旗谱》《播火记》、田间的《赶车传》、李满天的《水向东流》、刘流的《烈火金刚》、徐光耀的《小兵张嘎》等；并涌现出韩映山、张峻、长正、申跃中、刘章、何理、浪波等一批生气勃勃的青年作者。创作的收获、新人的成长，都与远千里作为园丁、"作家公仆"在组织深入生活、成立创作之家上殚精竭虑、含辛茹苦分不开。一茬又一茬的河北作家、青年作者对默默耕耘、育花护花的远千里是心存感激的。

尊重人才，爱惜人才，远千里无论是在文艺批判斗争中还是日常工作中都表现得十分明显、突出。1959年冬去春来之际，文艺领域里展开了对所谓修正主义文艺思想的批判，河北批判了李何林的论文《十年来文学理论和批评上的一个小问题》、刘真的小说《英雄的乐章》等。尽管远千里心地善良，本性敦厚，但在来势凶猛的狂风面前，他也不得不违心地跟风而上。他只能悄悄地提醒麾下的工作人员：李何林是"老教授"，刘真是"小八路"，要全面地看，掌握分寸，不要搞得过火。在力所能及的范围内，他想方设法保护作家；并及时总结经验教训，力求把学术、艺术问题与思想问题、政治问题区分开来，防止简单、粗暴、急性病。1960年初，他发表于《人民日报》的《谈作家的世界观问题》一文，可说是历经风雨痛定思痛、引以为戒的反思之作。

1961年、1962年，在周恩来总理的关怀、指导下，纠正文艺上"左"的错误，调整党的文艺政策，贯彻执行"文艺八条"。置身于这样的大环境、大气候，远千里真可谓是如沐春风，如鱼得水。他不仅在河北省文艺工作座谈会上作了报告，还为《河北文学》写了发刊词《谈刊物的风格》，热情地宣扬：文艺既要给人以思想教育，也要给人以生活知识和艺术享受；为政治服务，既可直接配合，也可间接配合；题材要广泛多样，广开文路；作家要有自己独特的风格；等等。在调整党的文艺政策的过程中，也遇到了来自"左"的思潮的阻力。我就亲历这样一个场面，讨论远千里在河北省文艺工作座谈会上的报告草稿时，省里另一位负责文艺工作的同志尖锐地批评：主张在文艺题材上不作什么限制，是散布胡风的"到处是生活论"；并认为"只要熟读雄文（《毛选》）四卷，什么问题就都能迎刃而解"，不赞成提倡作家多读中外古典名著。面对这样的指责，远千里也只能苦笑以对，扼腕叹息了。

我调到宣传部文艺处后，省委及宣传部领导同志关于文艺的讲话、报告，我常常充当捉刀人。说实话，按我的兴趣、愿望，我更愿意做阅读、研究作品，写一点评论的工作。远千里了解我的心愿后，情真意切地对我说："文艺处的工作就是读书、看戏、写文章，这同你想搞文学评论并不矛盾；只要自己踏下心来，总会出成果的。"当我写的论文《提倡和鼓励文学创作的自由竞赛》和参与起草的社论《争取文学艺术的更大繁荣——纪念〈在延安文艺座谈会上的讲话〉发表二十周年》先后在《河北日报》刊出后，他拍着我的肩膀，恳切地说："给省报写一篇社论或评论员文章，省、地、县各级领导都会看，比你写一篇作品评论的作用和影响要大得多。"在这前后，我成了省委大院里小有名气的笔杆子，同事们也开始戏称我为"文件作家"了。

远千里爱才，我是感同身受的。为了帮我解决与妻子、女儿分居两地、无法相互照顾的问题，他亲自动笔给他的战友、《中国青年报》社党委书记写信，经过几番磋商，终于把我妻子从报社采访部调到报社驻河北记者站。这样，我们得以把家从北京搬到天津，结束了长达四五年之久的夫妻分离之苦。这虽是近半个世纪前的事，但我和老伴是永远铭记在心的。

在文艺处那几年，我成了远千里所宠爱、器重的业务骨干、得力助手。他主持起草的文件、讲话，我总是执笔人之一；他外出调研、考察，总要我随同前往；他抓参加华北会演的重点剧目《战洪图》（话剧）、《园林好》（歌剧），也让我参与讨论；他参加"四清"，因健康原因，只能跑面不能蹲点，也让我仿此办理，尾随其后。甚至农村俱乐部座谈会、剧团"三好"经验交流会、革命歌曲演唱会，这些原来不属于我分工范围内、也非我所擅长的事，他也让我参与其中。远千里如此安排使用我，似有让我全面了解、熟悉文学艺术方方面面的业务，以挑起更重的担子之意。但我当时并不领情，因为我对文学情有独钟，对文学以外的戏剧、音乐、群众文艺等似没太大热情和兴趣。现在想起来，也许我是辜负了远千里的期望了。

在同事们心目中，我和远千里形影不离，如漆似胶，简直达到难以分割的程度。1964年春，我被华北局宣传部借调，作为华北区话剧歌剧观摩演出会的工作人员，参与了会议开幕词、总结报告的起草工作。可能是因为这次任务完成得不错，隔了一年，举办华北区京剧观摩演出会前，华北局宣传部又要借调我去参加会议工作。这时远千里一再强调工作离不开，硬是没同意我去。1965年冬，华北局宣传部发出商调函，要把我正式调到文艺处工作。远千里闻讯后很着急，实在不愿放我走，但又无可奈何，下级不能不服从上级呵。听说后来是通过河北省委主要负责同志从中斡旋，才把我留在了河北。还有一件难以忘怀的事是：1966年春，河北省委抽调一批干部到县里长期抗旱，协助工作，我也是其中之一，并决定派我到保定地区唐县县委办公室担任副主任。我自觉地服从组织分配，并做好长期在基层工作的精神准备。当我到保定地委组织部报到，并已把行李从车站托运到唐县后，在招待所里忽然接到省委宣传部干部处打来的电话，说是部里决定让我立即回机关，将另派人去接替我的工作。我急匆匆地从保定乘火车到唐县，取出托运的行李，就马不停蹄地折回天津了。回到机关，我才得知：部里商定抽调我去抗旱时，远千里出差在北京，没参加讨论。等他回来后，他强调当前文艺处工作繁重，人手少，执意换人，无论如何要把我调回来。我记得，从保定回来的第二天，一个大雪纷飞的日子，我去尖山红霞里省委宿舍看望远千里。远千里神色凝重、郑重其事地对我说：文艺方面的情况错综复杂，"兴无灭资"的任务很重，你要全身心地投入工作，保持清醒的头脑，加强对文艺领域情况、动态的分析、研究。当时，我真有点丈二和尚摸不着头脑，完全没有意识到已处于"山雨欲来风满楼"的严峻时刻。

曾几何时，"文化大革命"的风暴迅疾席卷中华大地。斗争序幕刚拉开，没料到我竟首当其冲地受到冲击。那是由于我在反胡风斗争中犯了所谓严重泄密错误受过党内严重警告处分，经省委组织部审查，被看作"危险分子"，因而不让参加林彪委托江青召开的那个"部队文艺工作座谈会纪要"的学习讨论会，不让听关于无产阶级文化大革命的《五一六通知》的传达，使我在"文革"一开始就处于靠边站的尴尬境地。这当然也是远千里始料未及的。他让文艺处处长给我打招呼，让我务必"正确对待""接受考验"。此时此刻，显然他对我是爱莫能助了。

时隔不久，省委大院里造反派组织纷纷成立，到处贴满海报、标语、大字报，很快掀起揭批"党内走资派""黑帮分子"的高潮。远千里也被作为"反革命修正主义分子""文艺黑线的代表人物"而揪了出来，关进了牛棚。对此，远千里可说是毫无精神准备。他自认为一向对党忠诚，勤勤恳恳为党工作，对照"十六条"（即《中共中央关于无产阶级文化大革命的决定》）中分成的四类干部，他觉得自己怎么也得算是个二类干部，也就是比较好的干部，怎么也不该把他划入第四类，即反党反社会主义的右派分子。他百思不得其解，陷入极端困惑、痛苦而不能自拔的境地。面对数不清的大字报，接二连三的批斗会，造反派的轮番提审，写不完的揭发、交代材料，他在精神上、身体上已不堪忍受，但仍抱有希望："只要给我改正错误的机会，我一定会以实际行动回报党，回报毛主席，即使肝脑涂地，也在所不惜。"

1968 年初春，按照"四人帮"的部署，文艺领域掀起更猛烈的砸"二黑"（文艺黑线、黑网）的风暴。河北和天津的造反派穷追远千里和周扬的关系，断定他为周扬文艺黑线在河北的代理人、周扬的死党，并与周扬在天津的代理人方纪、王亢之、孙振（雪克）等结了"一个又大又宽的黑网"。造反派把远千里两次出访（赴古巴、朝鲜）、一度借调到文化部参加文艺整风工作、拟调他担任文化部群众文化局局长等原本正常的工作关系、上下级关系，都当作他与文艺黑线总头目周扬上下勾结、狼狈为奸的罪证。重用我这个与胡风案有牵连、一度担任周扬秘书的"文艺黑线小爬虫"，也成了远千里招降纳叛、结党营私的铁证。在当时黑白混淆、是非颠倒的情势下，远千里纵有三寸不烂之舌，也说不清、道不明。我记得，在他辞世前不久，在省委办公厅前广场上召开的一次批斗会上，患有严重的风湿性关节炎、骨质增生症，穿着钢制的背心勉强支撑着身躯的远千里，不堪忍受低头弯腰和"喷气式"的剧痛，紧咬嘴唇、满身是汗，几乎要晕倒。忠于党、忠于毛主席的远千里，他那一颗真挚、善良的心，怎么也不能理解"文革"竟会把他打成反党反人民反毛主席的"三反"分子。满腔冤屈无处倾诉，"宁愿站着生，也不愿跪着死"，他逼不得已选择一死了之来抗议对他的凌辱、摧残，以表明自己的清白。在他告别人世的那天傍晚，案头上还放着没有写完的造反派逼他交代与周扬、方纪关系的材料哩。

　　远千里之死，是一个懦弱的文人、"愚忠"的知识分子的悲剧吗？否。在我看来，他选择自杀这种结束生命的方式，正显示了一个正直的知识分子维护自己人格尊严的刚强，展现了一介书生心灵的崇高、纯洁、美丽。如果说这是个悲剧，那它是一个时代的悲剧，是那失去理智、无法无天的动乱年代，容不得一个真诚、善良的诗人、战士的悲剧。

　　面对远千里之死，作为其"忠实黑干将"的我，当年尽管悲愤交加，但只能噤若寒蝉，还被迫做出"与自绝于党和人民的走资派划清界限"的表态。随着岁月的流逝，回过头来，冷静反思，难道我不是有负于宠爱我信任我的远千里吗？当年我也加入了口诛笔伐远千里的行列，写过揭批远千里的大字报，参与编选过远千里的《反党言论摘录》，在批斗会上作过攻其一点、不及其余的发言。而我做这一切的时候，不都是为了改变"大红人""小爬虫""老保""老右"的处境，为了保护自己，求得一个安身立命之地么？你即使没有觉悟也没有勇气来抵制、对抗揭批远千里，不是也可以采取更消极的沉默来应对么？回望远千里不幸的遭遇和命运，我不免清夜扪心，深自愧疚。

　　河北的同事、文友都知道我在远千里麾下工作多年，得到他的栽培、信任，理应写一篇回忆与怀念的文章。是的，我是欠下了一笔心债、文债的。我之所以拖延了40多年，才来还这笔债，主要是因为我实在不愿意再去触摸远千里之死在我心灵上留下的无法愈合的伤痕。朋友们，谅解我吧！

2010 年 3 月 18 日

张光年的领导艺术

张光年，即《黄河大合唱》词作者光未然。他是一个热情澎湃的诗人，也是一个历经惊涛骇浪、雨雪风霜的革命老战士；是一个学养丰厚的文艺评论家，又是一个致力于社会主义文学建设的实干家。在他身上兼有诗人与战士、理论家与实干家的品格。

我第一次见到光年是在 1953 年春天。那时全国文协组织部分在京作家、批评家、文艺领导干部学习社会主义现实主义理论，作为开好第二次文代大会的思想准备。尽管是 50 年前的事了，但至今我还清晰记得，讨论"关于目前文学创作上的问题"这一专题时，光年是中心发言人之一。他尖锐批评了剧本创作中存在的不敢正视生活、不敢揭露生活中的矛盾和冲突的"无冲突论"。他那炯炯有神的目光，富有激情和锋芒的谈吐，给我留下了深刻的印象。

上世纪 50 年代中期，光年调来中国作协担任书记处书记、《文艺报》主编。那时我在创委会研究室工作，偶尔也给《文艺报》写点评论文章。每当编辑部找我谈稿子修改一类的事，大多是同该报文学评论组组长敏泽和副主编侯金镜打交道，还无缘当面聆听光年的教诲。"十年浩劫"之后，雨过天晴，中国作协恢复工作，光年挑起党组书记的重担。80 年代初那几年，在以光年为班长的班子里，我做拾遗补阙的工作。这时才有更多的机会接触光年，不时倾听他侃侃而言或娓娓而谈，领略他质朴的风格、坚毅的品质。

80 年代初，党中央提出了干部"革命化、年轻化、知识化、专业化"的方针，要求把符合条件的中青年干部推上领导岗位。那时，中国作协的领导班子——党组的成员都是二三十年代的老同志、老作家，多半是来自延安、"三八式"的。当时担任作协党组书记的光年，年近古稀，作为即将退役的一个文艺老战士，把选拔接班人、搞好班子的新旧交替，当作自己义不容辞的职责。在党组物色、选拔接班人中，我和唐达成、谢永旺有幸被选上了。当时我们的年龄在50岁上下，也不算太年轻了。但从作协党组来说，我们算是第一批进入班子的"年轻人"。我记得，在我走上党组这个岗位之前，光年曾约我谈过一次话。他情真意切地说："新陈代谢是必然趋势，年轻的同志要更多地挑起担子。""作协党组应成为文学战线的神经中枢，责任重大，现在远没有起到这样的作用。要做好党组的工作，必须吃透两头，既要认真学习、领会中央的方针政策，又要很好地倾听、反映作家、文学工作者的愿望、声音。既要高瞻远瞩，又要从实际出发。""作为一个党组成员，眼睛不能光看到作协的小天地，要注视全国文学战线，意识到自己对文学事业的兴衰成败负有不可推诿的责任。"光年同志这一席话，顿时使我加强了使命感、责任感，深深地意识到自己将要挑起的那副担子的分量。"无论如何不能辜负党的期望"，是当时萦绕于怀的唯一心愿。

从1982年至1984年，光年在任那几年，他是班长，我是班子里的一员。我们经常在一起开会、学习、谈心，交换意见，交流思想。我从他的一言一行中，深切地感受到他那诗人兼战士的气质和品格。他为改革开放的每一步进展、每一个成果和文学领域中出现的一切新事物、新景象而喜形于色，拍手称赞；又为社会前进、文艺发展中遇到的困难、障碍、挫折、失败而忧心如焚，坐卧不安。从风雨中走过来的光年，对害人害己的"左祸"深恶痛绝，对来之不易的改革开放、安定团结局面倍加珍惜。我细心地注意到，他考虑改进、加强作协工作的每一个方案、每一个举措，都是从维护大局、保护文艺创作的有生力量出发的。每当我在复杂的斗争中感到困惑的时候，光年总是提醒我：要顾全大局，把握中央的精神，了解人心的向背。这振聋发聩的声音一直萦绕于我的耳际。

我们几个中年人进领导班子后，光年就不断地往我们肩上压担子，放手让我们干。光年满怀深情和期望地对我们说："谁让你们比我们年轻些！既然年轻些，锐敏些，就多辛劳些吧！"开头，让我从葛洛手中接过接力棒，挑起了创联部主任的担子。稍后又让我列席常务书记办公会，协助常务书记冯牧抓书记处日常工作的运转。筹备作协"四大",让我担负组织设计等任务。大会召开前夜,光年又提议让我担任大会副秘书长,并向理事会汇报代表大会筹备经过,在大会上作关于修改《作协章程》的说明。这一切都是为了给我出头露面的机会,让文学界更多朋友了解我、熟悉我。光年扶我上马,可说是煞费苦心了。

光年作为一个长期从事文学组织领导工作的前辈,深知领导班子的成员,不仅要提高思想政治素质,还要不断提高业务素质、文化素养。他以自己的切身体会,对我们提出了"四多"的要求,即多读作品,多动笔杆,多交文友,多下基层。在这方面,充分显示了光年的组织才能和领导艺术。

多读作品 90年代中期,光年在一次谈话中说起:中国的20世纪,比起俄国的19世纪来,社会的动荡、变革更加广泛、深刻。可我们至今还没出来大作品,除了外部原因外,作家的文化素养不如当年俄国作家,也是一个原因。他还谈到,一些文学新人是从生活中搏斗出来的,头一两篇作品带有浓厚的生活气息,后来再写的作品,就显出思想贫乏、生活淡薄、艺术功底不足了。这说明他们作为一个作家,政治思想上的准备、理论、美学、知识、艺术修养上的准备都不足。作家要提高文化素养,做领导工作的也要熟悉业务、提高文化素养。他颇为感慨地说道:我们惨痛的教训是外行领导内行,空谈政治。历来搞粗暴、简单化,搞"左"的人,往往都是没有多少文化,没有读过多少书的。

经常调查研究文学创作、评论的现状,是做好工作的前提和基本功。无论多么忙,担负文学领导工作的,都要挤出时间读作品。不看作品,就没有发言权。他要求领导班子的成员都要读有代表性的作品、有争议的作品,要读作协的刊物,读作协评奖的获奖作品。班子里做外事工作、行政工作的也要读作品,只有通过读作品弄清当前的文学状况和存在的问题,班子里的一班人才能在工作中更好地相互理解、配合和支持。

在多读作品上,光年是见缝插针、身体力行的。1983年到1984年,为了起草作协"四大"的报告,他认真读了《绿化树》《烟壶》《沉重的翅膀》《故土》《人生》《洗礼》《黄河东流去》《棋王》《黑骏马》等一大批作品。从一线退下来之后，他仍然坚持读作品。每次我去看望他时，总会在沙发或茶几上见到他正打开阅读的新书。《白鹿原》《废都》《走向混沌》《地球的红飘带》《无梦谷》《集体回忆》《情爱画廊》《花季·雨季》等有代表性的长篇小说，他都一一读了，并且在日记上写下读后印象，还给一些作者写了信，谈作品的成败得失。有时，他会兴致勃勃地同我谈起读某部作品的感受，让我和他一起分享阅读的愉悦。

多动笔杆　作协"四大"之后，光年作为文艺战线上的一个老兵，光荣地退役了。在新旧班子交接前后，他不止一次地对我们说："作家的笔是不能放下的，我们是运用笔来战斗的，而且是靠这支笔来帮助党联系千千万万群众和作家。要有一种奋进精神，做一个战士，生命不息，战斗不止。"当我被日常事务所缠，埋怨没有心情坐下来写文章时，他很严肃地对我说："长期不写文章不行。笔懒是思想懒惰的表现，不写要挨批评。""无论工作多么忙，都要坚持读作品、写文章。否则，会员不会承认、接近你这个文化官员。我从领导岗位退下来，重新拿起笔，多少写点东西，才算是一个作协会员。"

当光年读到我在自己的《文学评论集》后记里的一段话："当我编完这个集子时，真是百感交集。投身文学战线近40个年头，在创作上、理论上均毫无建树，如今只能编成如此单薄的一本小书，拿不出有价值、有分量的研究成果来，不能不自惭形秽。"他感同身受地对我说："我也在编自己的论文集（指《惜春文谈》），有些问题有同感，引起不少感慨。过去几十年，自己总以为把全部精力放在了工作上，还总怕工作做不好，所以也就没写多少东西。可是，大方向错了，再卖力也没用，不仅浪费了自己的青春，也耽误了别人，包括你们这一批年龄比我小一点的人。像我这样20年代的共产党员，做了一些错事，心里感到对不起人民。"正因为如此，他才在81岁生日时发出这样的誓言："何尝生不逢良辰，一代风云百代惊！中年遗憾晚年补，捧出新编谢后人。"90年代初，在我大病初愈后的一次谈话中，他对我说："我已经快80岁了，还订了个十年计划，你更可以订个二十年计划，把身体养好，读一点过去想读而没时间读的书，写一点想写还没写的文章。"他一再表示："我现在是非常吝啬的，时间是按年、月、日、分、秒计算的。生命非常可贵，生命就是劳动时间。如我被拉去参加一个没有内容的会，一天就觉得很懊丧。给我留的时间不多了，我要精打细算地利用时间。"

光年是个意志坚强的人，说到做到，谢绝一切社会活动，尽量排除杂事的干扰，集中精力，夜以继日，争分夺秒，笔耕不辍，一步一个脚印地朝着他自己设定的目标登攀。90年代以来，他先后出版了论文集《惜春文谈》、三本日记《向阳日记》《江海日记》《文坛回春纪事》，还有《光未然诗存》、传记文学《光未然脱险记》及《骈体语译文心雕龙》等。面对一个体弱多病的耄耋老人奉献出的这些呕心沥血的劳动成果，我怎能不肃然起敬呢！

多交文友　作家协会是个群众团体。作协的事要同作家商量着办。在作协工作，特别是担负领导工作，就要多同会员交朋友，倾听他们的声音、意见，了解他们的情绪、愿望。在80年代初的一次党组会上，光年曾做过这样的自我批评："对老中青作家、评论家接触得太少了，谈心很少，存在一种心安理得的官僚主义。"他尖锐地指出：如果脱离作家，作协有可能变质，有变成衙门的现实危险，有埋葬作协的危险。他语重心长地劝我们，一定要多同会员打交道，经常走出办公室，走访作家。既要多联系创作旺盛的中青年作家，也不要冷落当前创作已不太活跃的老作家。对我所在的创联部，他更是要求把会员工作当作重中之重。创联部工作人员要善于同作家交朋友，多为他们办实事，了解、掌握他们的创作计划、动态，尽力帮助他们解决在创作、深入生活等方面遇到的困难，提供必要的条件。他说：作协能不能真正成为作家之家，做创联、组联工作的，负有很大的责任。光年在任时和从一线退下来后，党的组织关系一直在创联部支部，他的兼职秘书也在创联部工作。

从创联部他可以听到来自会员的各种各样的声音。在他家里，常常可以看到一些来访的中青年作家的身影；他也不时探望一些老友，并同一些文友保持着书信往来。尽管如此，他退下来后，仍不免感到："现在接触青年人少了，和朋友交往少了，得到的信息也少了，与外界相当隔膜。"他还曾经提出：是不是可以考虑，每隔一段时间有一次朋友的聚会，交流交流信息，谈谈创作。从这里可以看出，他是多么看重以文会友。

多下基层　在文学团体做组织领导工作，不能长期蹲机关、坐办公室，要常下去走走，呼吸一些新鲜空气，感受时代前进的脉搏。80年代以来，光年差不多每年都要抽出一定时间到各地访问考察。他到过广东、深圳、珠海、汕头、广州和海南的许多县市，也到过武汉、上海和江苏的南京、扬州、镇江、苏州。每次从外地归来，总会听到他兴高采烈地谈起自己的见闻和感受。他说："坐在家里太憋闷，一到下面，接触基层干部，就觉得有劲、有希望。"1988年他从海南回来后，我看到他在给杨佩瑾的一封信中写道："我亲眼看到，改革也已经成为庞然大物，就像在海口附近看到的海湾上奇异的红树林一样，密密麻麻地深深扎根在泥土中、海水中，成百里地连成一片，任何狂风巨浪也奈它不何！"1992年小平同志南巡讲话后，他从江南回来，对改革开放更是充满信心："我们的时代还是伟大的，我们的民族毕竟还是前进了。小平同志南巡，登高一呼，到处是一片生机。我这次下去看到了改革确实不可逆转，'左'的那一套搞不下去了，前途还是大有希望的。"他深入改革前沿，为改革开放的进展、成就拍手叫好，从基层干部和群众身上汲取了营养和力量；同时，他又为改革开放遇到的种种困难和阻力而担忧，热切期盼改革的航船能绕过暗礁和险滩，乘风破浪，胜利前进。

每当作协召开代表大会、理事会或工作会议之前，光年总让党组、书记处的同志多下去走走看看，做些调查研究。他说：巴金说"创作要上去，作家要下去"，搞组织工作的也要下去。不下去，不了解四化建设和改革开放的面貌和前景，就无法同作家沟通，也难以对他们创作的成败得失做出准确、中肯的评价。一切从实际出发，一切讲实事求是，是我们共产党人的座右铭。脱离实际，远离现实生活，就写不出好作品，也做不好文学工作。

三年前，光年匆匆地走了，从此再也听不到他对文事、国事、天下事的高谈阔论，再也听不到他对我的情真意切的教诲和期望了，心中感到无限的怅惘与哀伤。此时此刻，我想到的是，只有学习他那"生命不止、战斗不息"的奋进精神，才是对他最好的纪念。

2005年10月

"一要保持乐观，二要敢说真话"

——在光年寓所的一次党日活动

张光年，笔名光未然，诗人，《黄河大合唱》的词作者；同时也是上世纪 80 年代文学回春时期的领军人物。

光年是 1929 年加入共产党的老党员，是党的十二届、十三届中顾委委员。1985 年初，他从一线退下来、不再担任作协党组书记后，曾一度将党的组织关系转到中顾委。1992 年，中顾委撤销后，他的党的关系又转回作家协会，并按他的愿望，编入创作联络部支部过组织生活。

在张光年的心目中，创联部是协助作协书记处抓文学创作、文学队伍，组织文学业务活动的一个主要助手，承担着繁重的业务性的组织工作。他希望创联部的工作人员多读作品，多联系会员，真心实意地帮助会员解决创作、生活上的问题，乐于做作家的服务员，把自己真正培养成为熟悉文学业务、熟悉文学队伍的组织工作者。

正因为光年渴望从创联部听到来自会员的各种各样的声音，更多地了解会员从事创作、深入生活的情况，因此他愿意与创联部的党员一起过组织生活，经常与创联部的负责人和工作人员谈心、聊天。有一次，他曾向我尖锐地指出："如果脱离作家，作协有可能变质，有变成官气十足的衙门的现实危险。"

我记得，1996 年夏天，迎来党的 75 周年生日之际，《人民日报》发表了题为《跨世纪大业与中国共产党——"七一"献词》的社论。创联部党支部为了纪念党的生日，拟请一位老党员讲一讲党的历史、传统及党员在"跨世纪大业"中肩负的使命和责任。支部认为光年是最佳人选，"近水楼台先得月"，于是商定在光年寓所举行一次党日活动，请光年谈谈自己的战斗经历和对年轻党员的期望。那时，创联部主任是高洪波；我还没从书记处退下来，党的关系仍在创联部。7 月 5 日那天上午，创联部的党员和几位非党工作人员陆续来到崇文门西河沿光年寓所。一间不算宽敞的客厅，顿时显得热气腾腾。光年还是坐在那张面对房门的单人沙发上，他面前的茶几上堆满了新收到的期刊和文友的赠书。右边墙上挂着画家罗工柳写的四个大字："勤奋延年"。这是罗工柳题贺光年八十华诞的，光年把它当作座右铭。

了解、熟悉光年的朋友都知道，他是一个文事、家事、国事、天下事、事事萦绕于怀的人，一向密切关注国际风云的变幻和国家、民族的命运和未来。他说自己"是一个少年时代起就养成习惯于遇事从政治上考虑的人"。在这次党日活动中，他很自然地也是从少年时代投身革命说起。他说：1925年"五卅"惨案在上海发生，反帝浪潮波及他的家乡湖北老河口。12岁就满怀热情地加入游行示威行列，在街头演讲，参加文艺演出。1927年加入共青团，在大革命失败后坚持地下斗争，1929年转为中共正式党员。他还谈起，在武汉，在上海，在晋西吕梁山，热血沸腾地从事抗日救亡戏剧活动，写下了歌曲《五月的鲜花》、组诗《黄河大合唱》。当他讲到这里，我们耳边立刻回响起"风在吼，马在啸，黄河在咆哮"气势磅礴、震撼人心的旋律。当光年谈到他在国民政府军委会政治部第三厅担任中共特别支部干事会干事，负责十个抗敌演剧队和孩子剧团的组织宣传工作时，在座创联部的同事们不由得想起自己作为文学组织工作者应当如何广泛、深入地联系老中青会员。张光年历经艰难险阻，出生入死，几十年革命生涯中九次脱险的故事，确实令人感动，给予我们刻骨铭心的教育。

光年用了一个多小时，简洁而又具体地谈完他的经历后，语重心长地对我们说：一是无论遇到什么困难、挫折、失败、危险，都要保持乐观，对我们的党、我们的民族要有信心；二是无论在什么情况下，都要坚持说真话，说实话，不要随声附和，更不要说假话。在思想政治上行动上要同党中央保持一致。如果有时同党的决议、领导人的意见不一致，可以保留自己的意见。他的这席话，深深地刻印在我们的心坎上。

散会后，参加这次党日活动的所有党员、非党员满怀喜悦之情，围在光年身边，留下了一帧难得的、弥足珍贵的合影。

2013年7月22日

胸怀大局奋进不懈的光年

张光年是一位热情澎湃的诗人、学养深厚的文艺评论家，也是上世纪80年代文学回春时期一位有胆有识的领军人物。

虽然早在50年代初，我跨进文学门槛不久，就有机会一睹光年同志的风采，领略他富有激情和锋芒的谈吐；但真正得到他的当面教诲、倾情扶持，那是在"十年浩劫"后光年复出，担任作协一把手这段非同寻常的岁月。我有缘在他麾下做一个助手，共事达六七年之久。多年的接触、交往，光年那正直、质朴的精神品质和作风，在我脑海里留下深刻的、难以忘怀的印象。

国家兴亡　匹夫有责　光年是一个文事、家事、国事、天下事，事事萦绕于怀的人。他说自己"是一个从少年时代起就养成习惯于遇事从政治上考虑的人"。他放眼天下，胸怀大局，一向密切关注国际风云的变幻和国家、民族的命运和未来。1990年春，他在致一位老友的信中，曾这样吐露自己的心声："国际风云多变，国事多艰，吸引了过多的注意力。大半个世纪的老党员，脑血管久已政治化，要说对这些无动于衷，无忧无虑，也难。但你忧国忧世界，于事何补？只有相信人类前途无限光明，寄希望于将来。"这可说是光年真实的自我写照。无论是在领导岗位上还是从一线退下来之后，只要有机会，他都要下去走走、看看，呼吸新鲜空气，感受时代脉搏，关注改革开放的进展和遇到的困难、阻力。他思考作协的体制改革，谋划改进作协的工作，总是与党和国家面临的形势、任务紧密联结起来，从服务大局、维护大局出发。光年不止一次地提醒我们：要顾全大局，把握中央的精神，了解人心的向背；要尽力帮中央的忙，至少不要帮倒忙。光年具有的大情怀、大视野、大思路，是作为一个文学组织家十分难得的素养。

惜花护花　保护创作　光年是一个与时俱进、勇于改革的实干家。在80年代初，推进作协体制、机构改革之际，他再三强调：作协的改革，一定要记住作协的性质，记住作协是党领导的作家自愿结合的一个群众团体；一切改革都要紧紧围绕发展创作、建设队伍的主要任务来进行。他说，要乐于当作家的服务员；为作家服务、为会员服务，就是为人民服务。要尽可能多地联系老中青作家并替他们办事。他极其尖锐地指出：如果脱离作家，不给作家办事，工作人员不上作家的门，作家也不上作协的门，那作协就可能变质，变成官气十足的衙门，名存实亡。现在存在这种现实的危险，埋葬作协的危险。在他看来，能否调动起作家的创作积极性，解放文学生产力，是作协改革成败的关键。他最为关注的是维护来之不易的安定团结，解放长期被压抑、束缚的社会主义文学生产力，满腔热忱地扶持、保护文学园地的幼芽新苗、鲜花奇葩。1981年春，我随光年、葛洛到河南调研，在参观洛阳牡丹公园后，光年写下这样闪光的、情真意切的诗句：姚黄魏紫诚可贵，／幼柏新松弥足珍。／都说洛阳春色好，／辛勤莫忘护花人。这最好不过地表达了他对精心、细心育花、护花园丁的呼唤和礼赞。他自己就是一个出色的惜花护花人。

生命不息　战斗不止　80年代中期，作协新旧班子交接前后，光年曾不止一次地对我们几个相对年轻的党组成员说：作家的笔是不能放下的，我们是运用笔来战斗的，而且是靠这支笔来帮助党联系千千万万群众和作家。要有一种奋进精神，做一个战士，生命不息，战斗不止。当我被日常事务所缠，陷在会议、文件堆里，抱怨没有时间、心情坐下来从容写点文章时，他很严肃地对我说："长期不写文章不行，笔懒是思想懒惰的表现，不写要挨批评。""无论工作多么忙，都要坚持读作品、写文章。否则，会员不会承认、接近你这个文化官员。"他说自己从领导岗位退下来，重新拿起笔，多少写点东西，才算是一个作协会员。90年代初，当我到达退休年龄时，在一次谈心中，他对我说："我已经快80岁了，还订了个十年计划，你更可以订个二十年计划。""我现在是非常吝啬的，时间是按年、月、日、时、分、秒计算的。生命非常可贵，生命就是劳动时间。如我被拉去参加一个没有内容的会，一天都觉得很懊丧。留给我的时间不多了，我要精打细算地利用时间。"晚年的光年，排除干扰，争分夺秒，呕心沥血，笔耕不辍，一步一个脚印地朝着既定目标登攀，终于留下了不少弥足珍贵、令人肃然起敬的劳动成果，包括：三本日记《江海日记》《向阳日记》《文坛回春纪事》，诗集《光未然诗存》《光未然旧体诗词百首》，传纪文学《光未然脱险记》及《骈体语译〈文心雕龙〉》等。

我们应当学习、发扬光年同志胸怀大局、与时俱进、矢志改革、促进创作、奋力拼搏、自强不息的精神、作风，在建设中国特色社会主义文学的道路上继续奋力前行，为实现中国梦奉献自己的一份心血和力量。

2013 年 10 月

"我仿佛看见一片灿烂阳光"

——巴金为新班子鼓劲

巴金先生是我仰慕已久的大作家。中学时代，就读过他的《家·春·秋》《海底梦》等。上世纪 50 年代初，我跨进文学门槛，由于在作家协会工作，在文学界的大会、小会上，曾多次见到过巴金先生，但一直无缘拜望这位文学老前辈。

1981 年 12 月，巴金在作协三届二次理事会上当选为中国作协主席。在这之后不久，我有幸忝列作协领导班子，从而就有机会登门拜望，当面聆听他的教诲了。

巴金对 1985 年初作协第四次会员代表大会产生的新领导班子一直寄予厚望。我记得，在 1985 年 2 月 27 日他给作协书记处并机关全体同志的一封回信中写道："我仿佛看见一片灿烂阳光。"时隔不久，我受书记处委托，前往上海武康路巴金寓所，向他老人家汇报工作。我扼要地汇报了作协理事会、青年文学创作会议的筹备情况和有关改进文学创作评奖的设想。当我说起即将召开的第二次全国少数民族文学创作会议，将有 54 个少数民族的作者参加时，巴金显得很高兴，让我们代他拟一致会议的贺词。听完我的汇报，巴金说："作协新的领导班子干得不错，做了不少工作，可以说是作协工作最好的一个时期。"他情深意切地祝我们工作顺利。同时，他诚挚地提醒我们：现在一是笔会多，一是评奖多，应注意适当控制。

1986 年初春时节，为召开全国儿童文学创作会议，作协书记处又派我赴上海、南京等地调研。在上海，住静安宾馆。恰好此时前往上海、江苏参观访问的张光年以及与他同行的《文艺报》主编谢永旺、谌容（《人到中年》的作者），也住在静安宾馆。3 月 24 日下午，光年偕同永旺、作家谌容和我一同前往巴金寓所去看望他老人家。陪同前往的还有上海作协的茹志鹃等。白发苍苍的巴老穿着一套蓝色中山装，面带微笑，精神奕奕，拄着拐杖在客厅门口迎候我们。在客厅沙发上坐定之后，光年说明来意：我一年前已从作协岗位上退下来，这次来上海，没有什么工作任务，主要是参观学习，访友谈心。他向巴老简要汇报了现代文学馆的筹备情况后，接着让我和谢永旺分别汇报一下作协今年的工作情况和《文艺报》改版后的情况。听了我们的汇报后，巴老表示：我除了关心文学馆的工作进展外，别的就管不了多少了。他觉得，近一两年作协的工作效率比以前高了，并能够为作家排除一点干扰，起到稳定作家情绪的作用，这很好。历时一个多小时的谈话结束后，巴老与我们一起在客厅合了影。临别前，在院子里巴老又分别和我、永旺、谌容合影。

巴金的道德文章素为文学界和广大读者所敬重。在 1981 年底他当选为中国作协主席的那次理事会上，周扬在讲话中称赞："巴金热情、忠诚，是非党共产主义者、党外布尔什维克，他的作品、人品都是作家的表率。我对他当选作协主席，表示诚心诚意的祝贺。"巴金是一位走在时代前列的先进文化战士。他愿不愿、会不会成为党的队伍里的一员，一直是党组织和他的许多好友深情关注的事情。就在上述光年偕同我们一起会见巴老后的第四天，即 1986 年 3 月 28 日下午，光年又独自一人去巴金寓所，与他促膝谈心。光年回到静安宾馆，在他房间里告诉我："这次来上海的任务之一，是按周扬生病之前的嘱托，在适当的时候征询巴老对入党的看法。今天下午和巴老谈了一个多小时，他对组织上和老同志的关心表示感谢。同时，他说自己自由散漫惯了，可能受不了组织纪律的约束。巴老还谈起希望尽量减少社会职务的事，我建议他保留全国政协副主席、中国作协主席，别的就可退辞了。"光年又说："入党这件事，当然得尊重巴老个人的意愿，那是不能勉强的。"

光年 1986 年 3 月与巴老的这次谈话，从一个侧面真实地反映晚年巴金的人生态度、精神境界和对他自己的严格要求。我想，在这里记下这一页，可以让更多的读者、文友更好地了解巴金，研究巴金，学习巴金。

2013 年 7 月 17 日

"普通一兵"的本色

——记舒群

　　我还清晰地记得，1989年初，严寒季节的薄暮时分，我和唐达成一起去协和医院干部病房探望患脑溢血的老作家舒群。当时舒群处于危急状态，左侧偏瘫，说话已不太清楚。他见到我们，颇为激动、十分吃力地说："医院大夫是机械唯物论，不从实际出发，死活不让我出院，其实回到家里会休息得好，恢复得更快。"自信心很强的舒群终于没能战胜病魔，时隔不久，就与世长辞了。

　　1952年初冬时节，我跨进东总布胡同22号全国文协门槛时，舒群已从全国文联副秘书长、全国文协秘书长的位置上卸任，我与他擦身而过，无缘在他麾下当个小兵丁。但当时专业作家与我所在的创委会是一个党支部，因此曾有一段时间和舒群在一个党小组过组织生活。1955年批判"舒（群）罗（峰）白（朗）反党集团"时，我因为与胡风案的牵连处于受审查的境地，自然也就没资格参与对"反党集团"的战斗了。他被打成"反党分子"、打发回东北；我在反右后下放劳动，随后调往河北，从此也就天各一方、杳无音讯了。

　　我与舒群交往较为密切是在"十年浩劫"之后。1978年作协恢复工作，我们又先后从辽宁、河北回到作协。特别是80年代初我们同住一栋宿舍楼——虎坊桥甲15号，楼上楼下互为邻居之后，见面交谈的机会就频繁了。至今我的眼前还不时清晰地浮现出这样的情景：当我骑着自行车下班回到宿舍大门口，常常会见到舒群圪蹴在门前台阶上或沉思默想，或凝视街头风景。每当这个时候，他总要同我聊上几句，或问起一些文友的近况，或议论文坛的一些热点和新鲜事。有时他也约我到他书房里聊天谈心。交谈的话题极其广泛，可说是无拘无束，无所不包，从30年代左联到80年代文坛的论争，从获奖作品的成败得失到他个人的写作计划，话匝子一打开，往往就不容易收场了。有一次我对他谈起：我很喜欢他30年代的成名作，也是代表作《没有祖国的孩子》；小说所刻画的不甘当亡国奴的少年形象，他那苦难遭遇和坚强性格，至今深深地镌刻在读者的心坎上。不少儿童文学作家依然把它看作儿童小说的经典。当他的《少年chen女》获得1981年全国优秀短篇小说奖后，我真诚地向他表示祝贺，称赞他又成功地塑造了一个天真又敏感、忧郁又倔强、自尊心极强的少年形象，令人难以忘怀。在我看来，舒群的作品都蕴含着对生活丰富而深刻的感受；善于刻画人物性格，并赋以鲜明的时代色泽；讲究文字语言，笔触洗练精致，在以情感人上下功夫。正是这些创作特色，使舒群的作品具有久远的艺术生命力。

舒群信奉并践行"生活是创作的源泉"这一颠扑不破的原则。1986年春夏之交，年届73岁高龄的舒群对我谈起：最近觉得身体状况还不错，有个"野心"，打算下去转一转，准备到自己熟悉的辽宁本溪住一段日子，这样也许能写出一点新作品。时隔不久，他又来到我的房间，颇为激动地说：粉碎"四人帮"后，在同辈作家中，自己写得不算少，已写了中、短篇30多篇。"我70多岁了，还要求下去，理应得到支持。可是由于住宿费开支大等原因，作协办公室、本溪市文联似不是那么热情支持。"他还说："我下去既不住宾馆，又不吃山珍海味，当然也不能去'送死'，只要有必要的条件就行。"我当即表示真心实意支持他到本溪去走走、看看。第二天，我与书记处常务书记和作协办公室商量后，立即打电话告诉他：去本溪的旅差费包括住宿费报销没问题，放心地下去吧，不必有什么后顾之忧。

1932年入党、1935年参加左联的舒群，担任过延安鲁艺教员、文学系主任，《解放日报》副刊主编，亲历延安文艺座谈会，是名副其实的老党员、老干部、老作家。但他从不倚老卖老，没有一点架子。本来，在上世纪80年代，他除了曾一度担任《中国》刊物主编外，在作协没再担任什么行政领导职务。可他始终关注文学发展的大局，关心作协的整体工作。他多次与我和达成同乘一辆车去沙滩作协机关，参加全体工作人员大会或处级以上干部会，有时坐硬板凳，从头到尾一坐三小时。当我对他说

"你年事已高，有些会就不必参加了"，他的回答是："我也是普通一兵，不能置身于文学队伍之外，来听一听，对我了解文学界实际情况也大有好处。"

作为一个老党员，他处处、事事以党员标准、党员行为准则严格要求自己，党性很强。有一次，他和我同车去作协机关参加作家支部的学习讨论会。他告诉我，今天学习讨论党的十二大文件，他已做了认真准备，写了发言提纲。他说：每次在支部大会、小组会上发言，都先写一发言提纲，至今还把这些提纲保存在手边。1985 年整党学习后，舒群极其认真地填写党员登记表，一笔一画，写得非常工整。"简历"一栏，他写了 25 行，留下的空白，不够填，只好把近期的经历从简缩写了。对此他还特别说明：希望组织上审查时注意这个情况。对"收获和努力方向"这一栏，他也一点不马虎，真正是费了脑子、作了思考，力求用简洁的文字概括而完整地表达自己的看法和愿望。

1985 年 7 月 1 日，迎来党的 64 周年生日，作协机关党委举行新党员入党宣誓仪式。在鲜红的党旗下，16 位新党员庄严地宣读入党誓词。舒群作为老党员的代表在会上讲话。他说：我们党经过挫折、失败，千锤百炼，十一届三中全会以后，进入半成熟、成熟期。邓小平、胡耀邦说要经过一百年艰苦奋斗，我们国家才能真正进入世界强国之列。讲到这里，舒群十分激动地接着说："良辰美景，我们这一辈是看不到了，希望我们的后辈能看到，至少能看到良辰的曙光、美景的影子。为此，我们要努力奋斗啊，使一百年缩短、再缩短一些。"最后他振臂高呼：中国共产党万岁！从舒群身上我们深切感受到了一个富有崇高理想信念，向往美好未来的共产党人的精、气、神。

舒群对后辈的关心、爱护，我更是感同身受，终生难忘。1988 年初我遭癌魔侵袭，舒群得悉后立即打来电话表示慰问。他说，他已专门打电话给他的老战友、时任卫生部副部长的黄树则，向他了解鼻咽癌的治疗方法。他希望我和家属再多方面打听一下，在医疗上要有个总的计划安排。过了几天，年届 75 岁、身患多种疾病的舒群又亲自登门探视。我们所住的那栋宿舍楼没有电梯，他一级一级地登上我所住的五层楼已是气喘吁吁，面色铁青。由于患有体位性高血压症，他一进门就蹲在地上，仔细了解我的治疗情况；并再次表示必要时可介绍我和老伴去向黄树则请教请教，或请他介绍最好的大夫来会诊。他语重心长地对我说："一方面，思想、情绪上无论如何要放松，想穿了，无非是一条命呗，不要坐立不安，心事重重；另一方面，对这个病又要认真对待，争取时间，抓紧治疗，不要耽误。"他一席恳切的话语像一股暖流涌入我的心房，增强我战胜疾病的勇气和力量。我的老伴也感动得几乎流泪。我们由衷感谢这位心直口快、古道热肠的老前辈。

2013 年 9 月 2 日

冯牧的言传身教

冯牧同志谢世前三天，我刚从外地回到北京，得悉他病情危急，当天下午就和同一幢楼住的几位同事一起赶往医院探视。我们生怕鱼贯而入惊动了他，没敢贸然进病房，以至于没能最后见上一面。而在这之前一些日子，我和唐达成一起去病房看望时，又正好碰上他发高烧至40度，面色苍白，两手颤抖。他免疫力极差，不让我们与之握手，不无沮丧地对我们说："你们待上几分钟就走吧！"两次探望，都没能同我所敬重的这位老领导说上几句话，怎么能不令我抱憾不已呢！

我凝视着照相簿上冯牧那面露微笑、和蔼可亲的相片，想起了多年来他对我的一次又一次情深意切的谈话。

1978年作协恢复工作不久，我由一所工科院校回到文学队伍。到作协报到后，第一个找我谈工作的就是冯牧。我还清晰地记得，一个秋天的傍晚，在黄图岗他那间不算宽敞的书房里，他在外面刚开完一个会，匆匆赶回家，放下手提包，寒暄了几句，就开门见山地对我说："决定让你到《文艺报》工作，现在作品很多，没有人看，需要有几个人坐下来，认真地读一读这些作品，为编辑部拟定一些选题，组织评论文章，自己也可以动笔写一些文章。"当我表示"很愿意做这项工作，只是刚归队，多年没动笔，一时未必能写出像样的文章"时，他又热情地鼓励我："你50年代就在作协创作委员会，也为《文艺报》写过文章，还是有基础的。熟悉一段情况后，是可以胜任的。我可让编辑部少让你参与一点具体编辑工作，有更多的时间阅读、思考。我50年代末到'文革'前，在《文艺报》就是做这个工作的。"四次文代会后，由于李季执意让我到作协创作联络部工作，未能如愿到《文艺报》从事文学评论，至今我还引以为憾哩。但当时冯牧对我的鼓励，寄予的希望，我是难以忘怀的。

在新时期，冯牧为文艺界的拨乱反正，发现、扶持文学新人做出的成绩，可以说是有口皆碑。80年代，我有幸同这位驰骋当代文坛的骁将在作协党组共事八年，不能不说是一种机遇、一种幸运。1982年至1984年，是我同冯牧接触最多，也是我获益最多的三年。那时，冯牧担任作协党组副书记，书记处常务书记，主持书记处的工作。我刚进党组，协助组织书记处的工作。当时的四位常务书记——冯牧、朱子奇、孔罗荪、葛洛，都已年逾花甲，有的已年逾古稀，尽管我也50岁出头，但在他们面前，是后生晚辈，还算个年轻人。新旧交替，以老带新，我是他们传、帮、带的对象。冯牧以其丰富的阅历、正直的品格、广博的知识、勤奋的精神言传身教，给我上了一堂又一堂生动的课。

上的第一节课，可说是属于"入门须知""干部必读"一类的必修课。在一次会上，冯牧对着新进作协领导班子的我和唐达成、谢永旺说："要做好文学战线的组织领导工作，第一，要在思想上、政治上、行动上与党中央保持一致，不能有丝毫的动摇；第二，要了解、熟悉党的文艺方针、政策，在任何情况下，都要有勇气坚持马列文论的基本原理；第三，要时时刻刻、毫不懈怠地做深入细致的工作，促进老、中、青三代作家的团结。"他不仅从正面讲，而且还不止一次地在整党学习会、民主生活会上现身说法，解剖自己的长处和短处，恳切地希望我们扬其所长，补其所短。他谈起自己对文学艺术的基本规律有一点认识，有一定素养，但水平不高；对新事物比较敏感，对新涌现的作家、作品感情深，兴趣浓，但向老作家请教少，看望他们不多，有一种不健康的清高思想；十分重才、爱才，但有时容易轻信，过于宽容，温情主义，说是东郭先生、伊索寓言里的农夫，都有一定的道理。他还讲起自己不会弹钢琴，当不了班长，不善于做行政组织工作，有相当浓烈的个体的、自由职业者的书生气，对机关事务往往大而化之，心不在焉。冯牧的这幅近乎苛刻的自画像，不时浮现在我眼前，鞭策我严于律己，宽以待人，鼓舞我在工作上、事业上向高处登攀。

在冯牧麾下工作的那几年，朝夕相处，耳濡目染，他身上一些闪光的东西深深地刻在我的脑海里。

他旗帜鲜明、不遗余力地坚持文艺的社会主义方向，反复强调文学要同时代相结合，同人民相结合。文学的创新不能离开我们的社会主义现代化事业，不能离开千百万人民群众，应当提倡曲高和众。对贬低和否定现实主义、民族传统、现当代文学的革命传统的思潮，表现出一个老革命战士的激愤之情。

他始终同文学领域生气勃勃的新事物、新生力量紧紧地联结在一起，热情地为之鼓与呼。他对当代文坛的动态、信息，可以说是了如指掌，我们总是从他那里最早获知一些文学新人新作的名字和一些引起争议的作品、评论文章，然后急忙找来匆匆浏览一番。当我们几个新进班子的"年轻人"为日常事务缠身、没有时间读作品、写文章而叫苦不迭时，却不时以惊异的眼光注视着冯牧在报刊上发表的一篇又一篇很有见地、文采的文章。真不知道他是用什么分身术，挤出时间读完他所评论的那些中短篇和长篇的！

他平等待人，和蔼可亲，没有一点上级、领导、长辈的架子。加上他学养丰富，具有广泛的、多方面的知识，因此他像磁铁般地吸引了那么多艺术家和中青年作家做朋友，同他们坦诚地、推心置腹地谈人生，谈艺术。我到他家客厅谈工作、聊天，或到医院病房去探视他，在我的记忆中，差不多每次都会见到高朋满座、谈笑风生的情景。有时我和他谈兴正浓，言犹未尽，忽然门铃一响，来了外地客人或艺术界的朋友，我往往不得不怀着遗憾之情而提前告辞。

冯牧满怀热情地关注、支持中青年干部的成长。他真诚地表示，要使新上来的中青年干部有职有责有权，放手让他们干，在干中增长才干。他不止一次地对我们说："你们不要妄自菲薄，有自卑感，总觉得自己没有几本书，没有名望，不要胆怯，不要有畏难情绪，要理直气壮地走上领导岗位，这个班接得越快越好。"他不仅热切地期望中青年干部在政治上成熟起来，还希望他们在业务上有所建树。我永远忘不了作协"四大"后领导班子新旧交替时，冯牧对我说的一番语重心长的话："沛德对一些文艺问题的看法，态度还是鲜明的。你考虑问题、办事情细致、周密，确实是个秘书长的人才，对党组能起到拾遗补阙的作用。当然，要当好作协秘书长，不仅在行政上、组织上要很好地协调、运转，还要在方针政策上起到提纲挈领的作用。沛德身上还有很多潜力可挖，希望你利用一切可能的条件，努力提高专业水平，在理论、文化、业务方面，力求具有更广泛、深厚的素养，成为周扬所要求的那样的杂家，一个称职的、名副其实的文学组织工作者。"

在冯牧直接领导下，我当了三年助手，好像进了一次培训班，他上面这一席话，我是把它看作培训结束，经过考核，老师写下的评语。从此以后，我就持培训合格证上岗了，挑起了作协书记处书记的担子。近些年，由于健康、年龄等原因，我已很少参与作协日常工作，但在班子里还多少做一点力所能及的工作，仍被同事们戏称为"拾遗补阙专业户"。此时此刻，我忘不了当年冯牧同志（还有光年、葛洛等同志）扶我上马，送我一程又一程的深情厚谊。

1996 年 2 月

为葛洛送行

你悄悄地、匆匆地走了。

你没来得及看到你心爱的水仙吐出雅致馨香的花。

你没来得及用新购置的电脑打字机写出你想写的、凝结了你的丰富阅历和编辑经验的作品、文章。

你没来得及回到半个世纪前你当过副乡长的延安碾庄乡去看望阔别多年的父老乡亲。

你没来得及对可以推心置腹交谈的挚友倾吐出最后告别的心里话。

你也没来得及领到即将颁发给你的享受政府特殊津贴的证书。

你确实走得太快了。怎么能不让你的亲属、战友、同事、同学感到无限的哀伤？！

可是，你又确实可以心安理得、问心无愧地走了。

你在文学园地上默默地辛勤耕耘了 55 个春秋。你是一个精心、细心的育花、护花人。

你一生淡泊名利，不喜欢在你的名字前面冠以这个"家"、那个"家"，但我还是愿意用朴素而恰如其分的语言称赞你为富有经验的老编辑、出色的文学组织工作者。

你当了一辈子文学编辑，也不知为多少文学新人缝制了嫁衣。王蒙第一次正式发表的作品《小豆儿》，就是你当《人民文学》副主编时亲手推出的。

你以满腔热情参与或主持了一届至七届全国优秀短篇小说评奖和首届全国文学期刊优秀编辑评奖，为装点新时期繁花似锦的文苑倾注了自己的心血。

你广泛联系五世同堂的文学界，同冰心、艾青、臧克家及已先后谢世的沙汀、冯至等文学前辈都有密切的交往。在作协会议室里，经常可以听到你反映的来自文坛四面八方的各种各样的声音。

你含辛茹苦、默默无闻地为文学界办了不少好事、实事。比如，专业作家今天能评上职称，享受相应的政治、生活待遇，就是你带领我们深入调查，反复研究，奔波呼吁，据理力争，才落到实处的。职务名称定为创作一级、二级、三级、四级，而不称为一级作家、二级作家、三级作家、四级作家，也是你经过深思熟虑做出的选择。

你是"三八式"、延安鲁艺的老同志，是这一届作协班子中的兄长。工作中遇到棘手的事情，大家往往不约而同地求助于你。尽管有时你会面有难色，不愿牵头或出头露面，但只要是集体决定了的，你就不再推辞，自觉地、勉为其难地接受下来，表现了一个共产党人勇挑重担的精神。

你是作家协会恢复工作后的第一任创作联络部主任。你跑的是第一棒，我是从你手里接过接力棒，在文学组织工作的跑道上继续向前奔跑的。至今，我还清晰地记得，十多年前，当我刚进入作协班子时，你在一次会议上十分真诚地说："如果可以拿长机与僚机的关系来打比方的话，那从组织创作来说，今后束沛德就是长机，我是僚机。"你的一席话，以火样的热情激励了我，给了我勇气、信心和力量。多少年来，我的耳边一直萦绕着你的情真意切的告诫：创作联络部要眼睛向下，面向30个分会，面向几千个会员；一定要把组织、帮助作家深入生活、加强同人民群众的联系，放在极其重要的位置上；要防止队伍的老化，及时吸收文学创作、评论的新生力量……

你的谦逊、直率，也是我难以忘怀的。近些年，你无论是草拟在创作会议或作品研讨会上的讲话、发言，还是写出回忆与怀念我所熟悉的作家的文章，总是亲自拿着稿子来到我的房间，听取我的意见。只要我提出的修改意见有一点可取之处，你都会认真考虑，尽量加以采纳。我们之间可说是开诚相见、无话不谈的。我深深了解你的爱和恨、喜悦和忧虑。你对我，也是"有好说好，有坏说坏"，既热情肯定我的认真、执着、严谨、细致的长处，也毫不隐讳地指出我不够果断、不够泼辣的缺点和毛病。

葛洛同志，你送给我的吊兰、龟背竹，四季鲜绿，生机盎然，给我房间里增添了一种雅致、温馨的气氛。我凝视着它们，不仅想起了你教给的养花的知识、艺术，更想起了你言传身教的为人为文的品格和准则。

葛洛同志，你放心地走吧，我怀着深情为你送行。

1994 年 1 月 21 日

历尽风雨的唐达成

达成兄与世长辞的噩耗传来，我们几个与他同住一幢楼的老友，怀有一个共同的心愿：一定要再见他一面，送他一程，让他在天之灵感受到，众多文友是永远同他站在一起，同他心连心的。送别归来，面对着达成题赠的字画和他那几册富有真知灼见、诗情文采的评论、随笔集，我不禁为失去又一位共事多年、亲如手足、可以推心置腹彻夜长谈的老友而感到无限的怅惘。

十年前，达成离开作协领导岗位，从纷乱如麻的日常事务和错综复杂的矛盾纠葛中解脱出来，逐渐把心态的指针由烦躁拨向宁静，过上有生以来最悠闲、散淡的日子，可以从容地读点自己想读的书，写点自己想写的文章，听听自己酷爱的西方古典音乐。有一次，他不无得意地对我说，现在写文章更洒脱，更自由了，不像过去有那么多顾虑了。1995年到1997年，他连续出了《淡痕集》《世象杂拾》《书林拾叶》三本散文随笔集，这是他平生写这类文字最多的时候，可说是他创作丰收的季节。谁知正当他如愿以偿、怡然自得的时候，可恶的病魔已悄悄地缠上了他。他被迫暂时放下手中的笔，同病魔展开殊死的搏斗。

达成动完手术在家休养的那段日子，每隔上半月二十天，我就打个电话向他问候，或登门探视。大约在一年之前，我走进达成那漫溢书卷墨香的书房，还没有坐定，他就从书柜里拿出一帧放大了的彩照让我看，那是不久前一位来自山西的朋友为他拍摄的。他喜形于色地对我说："你瞧，从这张相片看，我那模样好像同生病之前也没有多大差别。"是的，他那面庞像往日一样泛着红润，双目炯炯有神，脸上露出亲切、自然的笑容。我为他那良好的精神状态和战胜病魔的自信心而感到由衷的高兴。那天，只见他书桌上铺着一张洁白的宣纸，他又忙不迭地为求字索画的同事、朋友研墨挥毫了。也就在这段时间，他又重新拿起笔来，写下了《往事回想》《忆荃麟》等文章。毕生与文字打交道的达成，他的生命是与笔墨紧紧相联的，只要一息尚存，他是不会放下手中的笔的。

然而，病情趋于稳定的日子不长，冬去春来，癌魔又在达成身上兴妖作怪了。作协召开五届六次主席团会议前夜，达成为一位女作家的胞弟写好一副用于装点新建住宅的对联，托我捎到会上，面交那位女作家。尽管这时达成已低烧半月不退，精神极度疲惫，但他没有婉拒朋友的嘱托，还是勉为其难地完成了。这就是达成的为人！那天，他还对我谈起《人民文学》约写的怀念冰心的文章尚未动笔。我一再劝他：既然发着烧，精神不好，就不要勉强了，等以后再补写吧。他却斩钉截铁地说："这篇文章还得赶写一下，哪怕只写千把字；不写，对不住这位令人敬仰的文坛宗师。"达成永远不会忘记冰心老人对他的关爱。我记得，冰心九十华诞，达成正处于身心交瘁的困难时刻，未能前往祝贺。他托我捎去一封贺信，信中称赞冰心老人"松柏本劲直，更有玉洁心"，"你的高洁人品和献身精神将永远激励我们正直地做人，诚实地作文"。冰心让我带给达成两只寿桃，并捎回一句话："风物长宜放眼量"，让达成多多注意休息。文坛前辈对后生晚辈的这种温情脉脉、情真意切的期望，怎么能不让达成怦然心动呢！

经历了多年病痛的折磨，达成最终没能战胜癌魔，一个好人、一个正直的人匆匆地走完了自己的人生历程。不是说"好人一生平安"么，这毕竟只是一个美好的愿望啊！达成这个好人的一生，可说是历尽坎坷，命运多舛。在文艺界几十年的风风雨雨中，几经沉浮，起伏跌宕，备尝了酸甜苦辣。

我和达成相识于50年代初。那时他在《文艺报》当编辑，我在作协创作委员会当秘书。我们同在东总布胡同22号地下室的食堂用餐，同在贡院西街1号单身宿舍住宿，还同在一个共青团支部过组织生活，做团的工作。达成当年风华正茂，朝气蓬勃，上进心很强，曾被团组织评为优秀团员，又是申请入党的积极分子。我记得，时任作协党支部书记的陈企霞曾不止一次地叮嘱作为党支部青年委员、团支部书记的我：多接近、了解唐达成，尽早输送他到党的队伍里来。

50 年代中期，达成如愿以偿地加入了党，不久又被提为《文艺报》总编室副主任。正当他一帆风顺、踌躇满志的时候，却不由自主，也在劫难逃地被卷入那场众所周知的政治风暴。由于"为丁、陈集团翻案"，加上写了那篇富有理论勇气的、竟敢在太岁头上动土的《烦琐公式可以指导创作吗？——与周扬同志商榷几个关于创造英雄人物的论点》，他被斥责为《文艺报》编辑部右派思想的代表，"煽起了一场锋芒指向文艺界党的领导的激烈斗争"，妄图"把《文艺报》办成资产阶级的'自由论坛'"，"走《文汇报》的道路"。经过上纲上线的批判，他被定为右派二类，差一点被开除公职，最后发配到柏各庄农场劳动改造。

　　1961 年达成摘去右派帽子后，有幸被爱才惜才的侯金镜吸纳到作协创作研究室工作，算是暂时有了个安身立命之处。不料时隔不久，一场急风骤雨又袭来。随着传达、贯彻毛泽东关于文艺问题的两个批示，文学界掀起了批判邵荃麟"写中间人物"资产阶级文学主张的浪潮。达成因担任大连会议（"中间人物"论的出笼地）的记录员又被牵连进去。《文艺报》再次点名批判右派分子唐达成，他那篇《烦琐公式可以指导创作吗？——与周扬同志商榷几个关于创造英雄人物的论点》又成了"资产阶级反对创造工农兵英雄人物""配合丁玲、陈企霞反党集团向党进攻"的罪证。当时掌握作协生杀予夺大权的主要负责人一声令下："像唐达成这样和大连会议'有牵连'的人，不能留在北京。"于是他被毫不留情地逐出京门，流放到娘子关外了。

　　史无前例的"文革"序幕一拉开，达成即被看作"老牛鬼蛇神"打入另册，关进牛棚。随后又被打发到太原钢铁厂，当了九年工人。这期间，除了干各种各样的体力活外，也就只剩下白天黑夜为造反派抄写大字报，为车间职工书写毛主席语录、诗词这么一点权利了。

　　冰化雪消，春回大地。达成被打成右派的错案得到改正。他又有机会回到自己钟爱的文学编辑岗位。从 29 岁被打成右派，到 51 岁落实政策回到北京，在漫长的 22 年中，他种了四年田，做了九年工，把一生最好的年华交付给了接二连三的政治运动、没完没了的批判检查、长年累月的抡镐挥锹，唯独不让他从事自己热爱而又擅长的编辑、评论等文字工作。面对这段不堪回首的岁月，达成除了偶尔发出"耽误了20多年大好时光，没能在学识上、业务上有所钻研、积累"的感叹外，倒也没有自怨自艾，被磨难、挫折所压倒。相反，他是以一种开阔的眼光、积极的态度来看待自己的坎坷遭际，从逆境、厄运中汲取于自己有益的养料。你听，80年代中期，他在作协欢送赴安徽支援教育改革的干部座谈会上说得多么真切："文艺界的风风雨雨，我虽未能幸免，但却使我有机会深入到基层，对劳动人民的生活和思想感情有了比较具体、深刻的了解。我在太原钢铁厂，作为一名普通工人和干部，和各个工种的工人朝夕相处了九年，他们的所喜所忧，所思所求，他们从事的艰苦劳动和俭朴的家庭生活，给我留下了终生难忘的印象。如今，产业工人在我脑子里不再是空空洞洞、不可捉摸的了，而是有血有肉、可亲可近的。""你们年富力强，风华正茂，身处大变革时代，能深入第一线，真是机会难得，过了这个村，就没有这个店。当你们到我这把年纪，回过头来看一看，就会深切地感到，这次下去一年，对自己的一生是多么重要！"这是他历尽风雨沧桑的肺腑之言。

20世纪80年代初，随着中央关于干部队伍"革命化、年轻化、知识化、专业化"方针的贯彻，达成被推上了中国作协的领导岗位。我有缘和他在作协党组这个班子里共事达八年之久。在虎坊桥，在安外东河沿，我们又同住一幢楼，上下班同乘一辆车。这段时间，真可说是朝夕相处、形影不离、海阔天空、无所不谈了。我对他走上领导岗位后的思索和追求、忧虑和苦恼还是比较了解的。他并没觉得当上"作协一把手"有多风光，也没把自己当作文艺官员，而是深深地意识到自己肩负的责任，与自己的水平、能力和职务之间的差距。上任伊始，老同志一再鼓励他："理直气壮地挑起担子，不要妄自菲薄。"而他总是谦逊地表示："在思想水平、学识素养、文学成就和声望上，我同老一辈作家相比，同作协历届党组书记相比，都是不能望其项背的。"他兢兢业业、全身心地投入文学组织工作，力求全面贯彻执行党的文艺方针、路线。马列文论、毛泽东文艺思想在达成头脑里是深深扎了根的，他当然不会对80年代以来文艺上的这个"热"、那个"潮"趋之若鹜、随波逐流，对创作上的错误倾向也不是熟视无睹。只是由于他深信唯有融洽、和谐、活泼、宽松的气氛才有利于文艺的更大繁荣，"对作家、对文学工作应宽松一些"，不善于把握既要维护安定团结、兴旺活跃的局面，又要对错误思潮进行必要的批评的辩证关系，以致招来了诸多"软弱""头脑不清醒""旗帜不鲜明"的指责和批评，最后不得不主动地，也是别无选择地退出文学领导岗位。

达成原本是一个编辑家、一个评论家，淡泊名利，并不看重那顶乌纱帽。当初勉为其难地挑起担子，只是出于一种责任。如今卸掉领导职务，他倒没有什么失落感，相反地有一种如释重负的解脱感，以一颗平常心对待自己的荣辱得失。他的心情、处境，我是感同身受的。那些年，他磕磕碰碰地走过来，也真不容易。他任劳任怨，宽宏大度，遇到不称心、不愉快的事情尽量忍耐，但忍耐到一定限度就要爆发，就难免激动、急躁。我记得，他在同我谈心聊天时，曾多次毫不掩饰地宣泄了自己的苦恼、气愤之情：

> "文艺界矛盾多，老一代从 30 年代延续下来的恩恩怨怨，至今纠缠不清，要化解这些矛盾，我无能为力；一些年轻作家自视甚高，气壮如牛，我也说服不了他们。"
>
> "一位领导干部夫人颐指气使，动辄训人，真让你忍无可忍；还有一位作家夫人对其丈夫的工作安排说三道四，竟来干涉党组的工作，简直莫名其妙！"
>
> "一个又一个作品研讨会、首发式，主办者不仅希望你参加，还非让你发言表态不可，有时连作品都来不及看，那就只能讲套话、空话，真是苦不堪言！"

这些谈吐极为真实地展现了达成一介书生的本色；也从一个侧面表露出他身为湖南人的辣椒性格。

我心目中的达成：在理想追求上，历经坎坷而坚定不移；在文艺思想上，坚持马列而又不拒新论；在学识素养上，学有所长而又广采博取；在品格作风上，宽宏大度而又爱憎分明。达成就是这么一个有血有肉、有棱有角、堂堂正正、磊落淡泊的人。他那人格的光辉和魅力永远激励文学界的朋友在远非平坦的道路上继续前行。

1999 年 11 月

难得的文学组织工作者

欢送金炳华同志的联谊会，是中国作家协会部分离退休干部自发组织的一次临别依依、情意浓浓的聚会。那天，尽管是三九寒天，可大家心里却是热乎乎的。会上会下充满了热烈、温馨的气氛。

我和炳华相识相处多年，一直感到很亲切，相互间可说没什么隔阂。他和我的经历有几点很相似：我俩都属羊，只是我比他大一轮，他是领头羊，我是一只老羊。我俩都是复旦人，他学哲学，我学新闻；在校都做过共青团的工作，毕业后又都在党委宣传部门工作多年。而与文学组织工作结缘，则更拉近了我们的距离。炳华调来作协时，我已从作协书记处岗位上退下来，但还担任着作协儿童文学委员会负责人。他是领导、一把手，但更多的时候我是把他看作朋友、同事、复旦校友，是可以推心置腹、无所不谈的知己。

在我的心目中，炳华的为人处事、思想作风，似可用正直、坦诚、谦逊、平易八个字来概括。在他身上，兼具大局意识与服务意识、学者涵养与组织才能、党员品格与文人气质，是一个出色的文学组织工作者、一个称职的文学界领军人。长时间以来，我一直抱有这样的看法：文学团体（比如作协）的组织领导工作，应当由人品文品好、又有组织能力的党员或非党员作家、批评家来担任；不是从任何一条战线、任何一个行业调来一个干部，即使他政治上、思想上很强，就能把文学团体的工作搞好的。老实说，我对"外行可以领导内行"，在心里是打了一个问号的。炳华用他在作协的作为和业绩或多或少改变了我的上述看法。那就是说：像炳华这样并非作家、评论家，亦非以文学为专长的领导者、组织者，只要努力把党的路线、方针、政策与文学界、作协的实际情况结合起来；努力了解、熟悉、掌握文艺特点、文学工作的基本规律和作协的性质、职能、任务、活动方式；虚心倾听作家、文学工作者的声音，遇事同作家、会员商量，是同样可以把作协的工作搞活搞好的。

这么些年，和炳华的有限接触中，我感受到他有这样几个优点和长处：一是办实事多，讲空话少；二是关心他人多，考虑自己少；三是文人气质多，官场习气少。

炳华是个实干家，在他任内，确实是想踏踏实实为作家、为发展社会主义文学办成几件事的。就以我接触较多的儿童文学工作来说，近十年，在他的主持下，2001年中国作协主席团通过了《关于进一步加强儿童文学工作的决议》；2004年在深圳召开了全国儿童文学创作会议；2007年鲁迅文学院举办了儿童文学作家高级研讨班；全国优秀儿童文学奖从第五届起增设了理论批评、青年作者短篇佳作两个奖项。所有这些举措，使原来处于弱势地位的儿童文学得到更多的关注和扶持，极大地鼓舞了儿童文学队伍的士气，推动了儿童文学事业的发展。炳华一向重视作协儿童文学委员会的工作。当我从作协领导机构退下来、年满70岁，多次提出不再担任儿委会主任委员时，炳华情真意切、苦口婆心地说服我：为了下一代，为了搞好儿童文学，无论如何希望你再干一届，过渡一下。尽管我辞之再三，最终还是被他以校友、学长相称的真情所打动，只好勉为其难地接受下来。他是完全从事业、从全局出发的，让你没有理由不支持他的工作。

以身作则，严于律己，是炳华作为班长、领军人的本色。他告诉我，自己不是搞文学的，来作协后，在作协主办的各种报刊上，除职务性的文章和一篇怀念巴金的文章外，没有发表过其他文章。如今，参加作品研讨会或首发式，领取审读费、车马费，似已司空见惯、不足为怪。我自己也未能脱俗，往往照单全收。但炳华从来不收"红包"，如此清廉确实是难能可贵的。

炳华对作协离休、退休老同志情有独钟，对他们从思想到生活的关心、体贴，可说是无微不至。我退休后就不再用机关的车。炳华不止一次地对我说：你还担负着作协儿委会的工作，参加会议，看望作家，或去医院看病，都可以让机关派车。对此，我虽心存感激，却依然我行我素。有两次，我在作协参加完座谈会、研讨会，炳华见我准备坐公交车或步行回家，马上亲自到司机班，让他们派车送我回去。有一年严寒季节，他来家看望我。房间里凉飕飕的，一点儿也不暖和。当他了解到我所在的安定门宿舍，冬天室内温度一般只有十五六摄氏度。他深感这对退下来的老同志很不合适，从此他把这件事挂在心上，几次三番叮嘱作协相关部门尽早解决暖气管道的改装问题。在他离任前，这件事终于落到实处，他才放下心来。从这一两件看似嘘寒问暖的生活小事上，不仅可以看到炳华办事之认真细致，更重要的是深切感受到他真心实意关心他人、关注民生的一片深情。

炳华与新中国成立后文艺界历次批判、斗争，以至新时期的"清污"、反资产阶级自由化，都没有什么是是非非、恩恩怨怨的纠葛，具有团结文学队伍、建设和谐作协的天然优势。在队伍建设、选人用人上，他搞五湖四海，不分亲疏，一视同仁。长期在学校、宣传文教部门担负领导工作的炳华，没有什么官架子，温文尔雅，平易近人。对老作家、老干部、老领导，他固然尊重；对同事、下级、中青年作家，他也同样以平等态度，认真听取对方的意见。从没见他疾言厉色，动辄训人。在他身上全然没有那种高高在上、装腔作势、自以为是、盛气凌人的官僚习气。谦逊、平和，展现了一个有素养的知识分子的可贵气质和人格魅力。

再见吧，炳华！祝你多珍重，在新的岗位上有更大的作为！

2009 年 1 月

爱心连着童心

——怀念冰心老人

　　一代文学宗师、世纪老人冰心先生走了！她告别心爱的红玫瑰、白猫咪、蓝海洋，告别深深挚爱的亲人、文友、小读者，依依不舍而又平静从容地走了！

　　冰心先生走完一个世纪风风雨雨的人生旅程，跨越了几个"朝代"，阅尽了人间沧桑。她用自己的生花妙笔写下了许多脍炙人口的名篇精品，在一代又一代读者心田里撒下了爱的种子，真、善、美的种子。她那善良、宽容而又率真、刚毅的精神品格，她那同情心、正义感，代表着时代的良知、文人的良心，是留给子孙后代的一笔宝贵财富。冰心这面旗帜永远飘扬在广大读者的心中。

　　我有幸在 50 年代初同冰心先生相识。那时，我在中国作协创作委员会工作。冰心先生从日本归来后，同张天翼、严文井、陈伯吹、叶君健、贺宜、金近、袁鹰等一起，积极参加了作协儿童文学组的活动。我记得，1955 年 9 月《人民日报》发表《大量创作、出版、发行少年儿童读物》的社论后不久，冰心在一次儿童文学作家会议上，作了题为《应该是赶紧动手的时候了》的发言；接着又在《人民文学》上发表题为《"一人一篇"》的文章，热烈响应为少年儿童写作的号召。她说干就干，精神抖擞地投入紧张的创作劳动，在一年多的时间里，先后发表出版了《陶奇的暑期日记》《小橘灯》《还乡杂记》等深受孩子们喜爱的作品。1957 年初，她又为《1956 年儿童文学选》写了序言，对入选作品及儿童文学现状作了中肯的、实事求是的评析。我还记得，儿童文学组根据冰心的建议，邀约在京部分老作家和青年作者在一个阳光灿烂的日子泛舟于昆明湖上，午间在颐和园聚餐，于海阔天空、无拘无束的闲聊漫谈中，交流了创作经验，增进了同行情谊。那时，冰心先生在我这个年轻人的心目中，是一个和蔼慈祥、具有大家风范的文学前辈，令人肃然起敬。

80 年代中期作协书记处分工我联系儿童文学工作，我开始有较多机会聆听冰心老人的教诲。我恭恭敬敬地给她老人家写去一封信，表达了登门求教的心愿。我在信中自报家门，提及自己 50 年代曾在作协创委会工作，询问她老人家是否还记得我。她很快回信："我当然记得您，至少是您的名字，面庞也许记不清了，因为我多年没有出门了，行动不便，欢迎您来谈谈！"她在信中还谦逊地表示："儿童文学，我也是外行，没写过戏剧、寓言、童话，说来惭愧。"

隆冬时节的一个下午，我按照约定前往中央民族学院教工宿舍拜访冰心老人。进入她的书房兼卧室，只见她端坐在写字台前，精神矍铄，目光炯炯，衣着素雅。她放下手中正在阅读的一本《当代》杂志，让我坐到她跟前。她面带微笑地对我说："噢，你长大了，真还认不出来了，在东总布胡同 22 号（中国作协旧址），你还是个年轻小伙子哩！"一句亲切温馨的话语，一下子就打破了后生晚辈拜见老前辈的局促拘谨，话匣子像闸门一样打开了。

"我从小就读您的《寄小读者》，您对母爱、童真的歌颂，对海上风光、日月星辰的描绘，至今深深地刻在我的脑海里。《寄小读者》和《爱的教育》是少年时代对我影响最深的两本书。"

"《寄小读者》是我出国留学时写给我的三个弟弟和他们的小朋友的信。我为儿童只写过这么几十封信，没有写过孩子们喜爱的童话、儿童剧，所以称我为儿童文学作家是很勉强的。"

当我插话说到自己"只是因为 50 年代写过几篇儿童文学评论，如今让我抓儿童文学工作，倒真是赶鸭子上架、滥竽充数"时，她幽默地说："不是外行可以领导内行么，那我们两个外行凑成半个内行，都来为儿童文学摇旗呐喊，出一把力！"我岂敢辜负她老人家的期望和嘱托，当即表示："您扛大旗，我打杂跑腿吧！"

冰心老人一向热爱儿童，关注儿童文学，那天的话题就从当代少年儿童和儿童文学的状况说开了。冰心成竹在胸，颇为感慨地说："现在的孩子理解能力、接受能力都很强。有些儿童文学作品太浅，没意思，孩子们不爱看"，"对少年儿童，要热爱他们，尊重他们，理解和同情他们。一定要把他们当作朋友，平起平坐，同他们谈心，不要摆起架子教训他们。为儿童写作，不能带着创作计划到孩子中搜集素材，应当生活在他们中间，有了真切的感受再写。没有真情实感时，不要为写作而写作。否则，写出的作品，就难免虚情假意，矫揉造作"。她谈起自己的《寄小读者》是旅居异国他乡时写的，想祖国，想故乡，想亲人，也想少年朋友，就情不自禁地拿起笔来给小朋友写信，同他们谈天说地。我饶有兴味地听了冰心老人这一席话，深深地意识到，作协的儿童文学工作，首先还得在帮助作者了解、熟悉孩子上多下功夫。

新时期以来，冰心老人为文学新人大批涌现，特别是女作家人才辈出而欢欣鼓舞。有一次，我对她谈起作协第二届儿童文学奖的获奖作者中，中青年作者占80%，9位是40岁以下的青年作者，最年轻的才31岁，其中有3位女作者。老人得知这些信息，显得特别兴奋，连声说："好、好，评奖就是要多鼓励青年作者、女作者。儿童文学发展的前途和希望就寄托在青年作者身上。"她详细询问了秦文君、程玮、谢华三位得奖女作者的创作经历、工作情况，然后掰着指头点到王蒙、刘心武、叶文玲、张抗抗、王安忆、铁凝这些名字，说他们过去也都写过儿童文学作品，应鼓励他们继续为孩子们写些作品。

冰心老人是作协历届儿童文学奖评委会的顾问。这位年届耄耋的顾问，可不是光挂个名，她还挺认真地出谋划策哩。她不止一次地说："评奖一定要尊重小读者的意见。作品是写给孩子们看的，写得好不好，孩子们最有发言权；他们的眼睛是雪亮的，往往是最好的评论家。"她还建议，请几所中小学教师把列入备选篇目的作品布置给学生看，然后听取他们的意见。你看，她老人家考虑得多么细致周到！以《寄小读者》驰名文坛的冰心，心中永远装着小读者。她密切关注小读者不同的阅读能力、欣赏趣味、语言习惯，真正把小读者的需求和利益放在第一位。

"给世界爱和美"，是冰心老人遵循的创作原则，也是她信奉的人生哲学。她把毕生的爱和心血倾注在下一代的健康成长上。老人不仅用自己充满爱心的、富有艺术魅力的作品哺育了几代小读者，而且言传身教，鼓励孩子们做一个正直的人，一个品德高尚的人。同老人的多年交往中，我从她质朴的谈吐、一点一滴的小事上，为她特有的冰清玉洁的人格魅力所打动。

近十年来，冰心老人由于腿疾，行动不便，不能像五六十年代那样深入到孩子中去。但她依然通过书信往来，同孩子们保持着密切的联系，倾听他们的心声。她告诉我："小朋友常给我来信，我年轻时，他们称呼我为冰心女士，后来称我为妈妈，现在叫我奶奶了。小朋友的来信，我不能一一答复。我给他们复信，一是要他们不要写错别字，不会写的字查查字典；二是让他们不要用公家的信纸和信封。"她回忆小时候总见到父亲的办公桌上放着两沓信：一沓是处理公事的，另一沓是私人信件。公私分得清清楚楚，不占公家便宜。"做父母的要从这些小事上注意教育孩子。贪污、腐败等不正之风，不正是从这里打开缺口的嘛！"老人这番语重心长的话至今仍值得我们深思！

我还清晰地记得，初春时节，一天清晨，冰心老人给我打来电话，说是四川将举办巴金创作活动60周年展览，让我请作协有关同志代她送一只用红玫瑰扎成的花篮，飘带上写"巴金老弟"，而不要写"巴金同志"。接着，她特别提醒我们：事情请你们包办，但所花的钱不要你们包，由我自己付。从这些看起来琐碎的事情里我们便能看到冰心公私分明的品德修养。

有一次，当我谈起培养独生子女的健康人格话题时，冰心兴致勃勃、娓娓而谈她教育子女的体会："在我们家里，我从来不拆阅子女的信件。有些事，他们倒是主动征求我的意见，甚至把他们的朋友领回家来让我看。我从不干预他们的事，让他们自己做主。"老人对子女的教育，既不是娇生惯养，也不是强制压服，而是晓之以理，同他们商量，让他们独立自由地发展。她教育子女从小热爱自己的祖国，长大成人，要热爱自己的事业，敢于讲真话，不信邪，不怕压。她告诉我："我的三个儿女都懂得自爱，没有一个变成懒汉、流氓。他们虽然不是共产党员，但都热爱自己的本职工作。一个儿子、一个女儿通过差额选举，还被选为北京市人民代表。小女儿在人代会上，曾投过唯一的弃权票和反对票，说明她是敢于独立思考，做出自己的抉择的。"说到这里，老人脸上露出欣慰的笑容。我也打心眼里赞佩她老人家培养出这么三个爱国敬业、有作为、有出息的好儿女。

冰心老人很重友情，讲信义，对朋友的关怀真可说是无微不至。她同巴金、萧乾等老友情同手足的友谊，已传为文坛佳话。她还拥有一批从三四十岁到六七十岁的情投意合、过从甚密的"小友"，联系着一拨天真可爱的小读者和少年文学爱好者。她生活在温情脉脉、妙趣横生的友情氛围里。当一位"小友"称颂她90高龄依然思维敏捷、照样写作，创造了吉尼斯纪录时，她干脆利落地回答：我就是靠大家的友谊。

庆贺冰心老人92岁寿辰之际，有位朋友为她特制了一款特别的名片，正面用烫金钩出一个醒目的"寿"字，背面印有冰心题签的"有了爱便有了一切"几个字，共印了92张，象征92岁。老人把这数量有限的名片分送给自己喜欢的新老朋友，我也有幸得到编号为"43"的一张，上面还有老人写的"沛德留念"几个字。我接过这张名片，顿时觉得一股爱的暖流涌上心头。在辞别归来的路上，我反复咀嚼着冰心老人不止一次对我讲过的那些朴素而又蕴含人生哲理的话语：

"我虽不是共产党员，但我深深地爱祖国，爱人民。"

"我有许多好朋友，有党员，也有非党员，有老友，也有小友，我喜欢讲真话、爱憎分明、不争名不争利的人。"

"我能活到九十多，脑子还清楚，就是因为乐观，从不和别人争什么。"

"世界是属于年轻人的，要教育他们从小爱祖国，爱人民，爱大自然，爱亲人朋友。"

"我已这么一大把年纪，还有什么可怕的，我是真正的'五不怕'。"

冰心老人这些闪光的、掷地有声的话语，永远激励着我们做一个堂堂正正、清清白白的人。这也是老人赠予孩子们的一份珍贵的、沉甸甸的礼物。在此为她老人家送行之际，我要和小朋友一起真诚地道一声：谢谢冰心奶奶！

1999年3月8日

"风物长宜放眼量"

——冰心寄语唐达成

1989年金秋十月，天高云淡，阳光灿烂，迎来了冰心老人的九十华诞。

我和葛洛、邓友梅夫妇一起前往中央民族学院冰心寓所祝贺她老人家的生日。进入那不算宽敞的客厅，首先映入眼帘的，还是梁启超先生"应冰心女士索字"而写的那副集龚定庵诗句的对联："世事沧桑心事定，胸中海岳梦中飞。"摆放电视机的黑漆柜子上方，依然挂着一幅周总理画像。今天与往昔不同的，只是房间里洋溢着欢乐的喜庆气氛。冰心老人披着一条鲜红的印有寿字的丝巾，满面笑容地端坐在长沙发上。茶几上、沙发两侧摆满一束束鲜花和五彩缤纷的花篮。多架摄像机、照相机的镜头对准冰心，抓拍众多亲朋好友向她拜寿的动人情景。

我们一行，葛洛向寿星冰心赠以家乡出产的、刻印章、作戒尺用的玉石。友梅夫妇献上一盆雪松。当友梅向老人家磕头拜寿时，冰心幽默地说："你尽口口声声喊我娘，实际上是不肖之子，你新出了书，也不送我。"此话一出，引得满堂笑声。当我呈上唐达成托我捎去的贺信时，老人家让我坐在她身边，神情专注地凝视着手中那封信。达成在信中热情称赞冰心为新文学事业做出开创性的贡献，赞扬她的高洁人品和献身精神将永远激励我们正直地做人，诚实地作文。达成还集诗四句献给冰心，末两句为："松柏本劲直，更有玉洁心。"冰心读完达成的贺信，我轻声地告诉她：不久前，达成住院做了胆囊切除手术，正在家休息，今天不能前来祝寿，昨晚特地写了这封信，向您表示由衷的祝贺。冰心亲切地说：他的情况我都知道了，你代我捎一句话给他，风物长宜放眼量，让他好好休息。待病情稳定下来，精神好一点，有时间可多读一点书。她还让我捎两只寿桃给达成。老人一片深挚的关怀之情，像一股暖流涌上我的心头，令我十分感动。

当时，唐达成作为作协一把手的党组书记，遭到"软弱""不清醒"之类的指责和批评，处于众目睽睽、心力交瘁的困境，一时不愿在大庭广众前出头露面，别无选择，只好以书写贺信来代替登门拜寿了。

　　隔了一段时间，达成告诉我，他独自去探望冰心老人时，老人语重心长地对他说：古人云"困而知之"，生活中什么情况都会发生，遇到复杂、困难的情况，其实从中可以明白许多事、许多道理和平日不易察觉的微妙关系。想通了这些，就长了见识，长了智慧，越发清醒了。冰心还劝慰他：处变不惊，泰然处之，可以沉下心来，从容地读点过去没有时间读的书，比如《二十四史》这部历史大书，就不妨抽时间读读，这很有好处。

　　从1989年到1999年，又过了十个春秋，冰心老人驾鹤西去了。此时病入膏肓的达成，正与癌魔作殊死搏斗。然而他依然强忍着病痛，撰写了题为《通彻生命最深的秘密——痛悼冰心大师》的文章。并赋诗一首《悼冰心》："山自苍苍水自清，故人鹤归不胜情，等身著作挹芳泽，高风大节冰雪心。"表达了他对一代文学宗师的怀念、敬仰之情，也从一个侧面生动记录下当代文坛两代作家忘年交的深情厚谊。

2013 年 7 月 2 日

"老天叔叔"张天翼

张天翼，是一个在我国现当代儿童文学史册上光彩熠熠的名字。他是上世纪 30 年代崛起、成就卓著的童话大家，是新中国儿童文学的奠基人之一，也是上世纪 50 年代我国儿童文学的领军人物。

新中国成立之初，天翼同志就满怀激情、不遗余力地为少年儿童文学鼓与呼。50 多年过去了，至今我的耳边依然萦绕着他在第二次文代会上发出的"为孩子们写一点东西"的深情呼吁。他那篇题为《我要为孩子们讲一句话》的文章在《北京日报》《光明日报》《人民文学》杂志相继发表，引起文学同行和社会各界的广泛关注。1955 年 9 月 16 日，《人民日报》发表题为《大量创作、出版、发行少年儿童读物》的社论后，中国作协主席团采纳天翼、金近同志的建议，向全国会员发出呼吁，要求每一位作家在一两年内为少年儿童读者至少写一篇作品。天翼同志身先士卒，率先订立创作计划，如期为孩子们奉献出堪称童话杰作的《宝葫芦的秘密》。由于众多作家加入为少年儿童写作的行列，从而迎来我国当代儿童文学第一个黄金时期。面对 50 年代我国儿童文学的累累硕果，我们不能不想起天翼同志为之倾注的热情和心血。

上世纪 50 年代初，天翼同志从香港回到北京，住在东总布胡同 22 号全国文协主楼侧院的一座小楼里。那时，我在文协创委会工作。每当在办公室听到欢声笑语，抬起头来，总会看到一拨系着鲜艳红领巾的孩子连蹦带跳地通过回廊，走向天翼同志住的那座小楼。孩子们亲热地称呼天翼同志为"老天叔叔"，把自己的喜悦、苦恼、心里的秘密毫无保留地向他倾诉。天翼同志也经常到学校里参加他们的队日活动和家长会，有时还和孩子们一起到北海公园、颐和园去玩；并认真听取孩子们对自己作品的意见。团中央少年部、《中国少年报》和老师、辅导员也常向他介绍孩子们的思想、生活、学习情况。这样，鲍家街小学红领巾班、北师大女附中天翼文学小组，就先后成了天翼了解、熟悉孩子、从事儿童文学创作的生活基地。

天翼同志历来重视深入生活。他在一次儿童文学座谈会上说：从事少年儿童文学创作，不仅要了解一般的生活，还要了解孩子们的生活，了解他们的兴趣、习惯，他们看问题的角度和深度，他们的语言。只有这样，写出的作品孩子们才看得懂、愿意看。他还深有体会地提出：作家和孩子们接触应该具备三重资格：像他们的父母一样，像教师和辅导员一样，像知心朋友一样。正因为他长期同孩子交朋友，以平等的态度对待他们，真心实意地关心他们，对孩子的生活、心理和语言了然于胸，这样，他在短短的几年（1951—1956 年）时间里，接连发表了小说《去看电影》《罗文应的故事》《他们和我们》、童话《不动脑筋的故事》《宝葫芦的秘密》、剧本《蓉生在家里》《大灰狼》等一批让孩子们受益又爱看的作品。这些作品成功塑造了贪玩、管不住自己的罗文应、想借助宝葫芦要什么有什么的王葆、不动脑筋的王大化这样一些个性鲜明的生动形象，丰富了我国当代儿童文学的人物画廊。如果说在 30 年代写出《大林和小林》《秃秃大王》，是天翼同志儿童文学创作的第一个高潮的话，那么，50 年代写出《罗文应的故事》《宝葫芦的秘密》，则是他的第二个创作高潮。张天翼以其贴近孩子生活、人物形象生动、表现手法夸张、语言流畅风趣的作品，赢得了小读者、大读者和同行们的赞扬和爱戴，很自然地也当之无愧地成为新中国儿童文学的领军人物之一。

作为 50 年代儿童文学领军人物的张天翼，他的作用和影响，还表现在对当年儿童文学工作的组织和推动上。1953 年，全国文协设立创作委员会，作为具体指导文学创作活动的机构。创作委员会下按照会员从事的文学体裁，分别设立小说、散文、诗歌、剧本、电影文学、儿童文学、通俗文学等创作组，作为作家进行创作和学习活动、互相联系和帮助的一种方式。天翼同志是创委会委员、儿童文学组干事会成员和组长。当年天翼身体欠佳，但在干事会另一成员、副组长金近的大力协助下，儿童文学组还是生气勃勃且卓有成效地开展了不少活动和工作。我记得，曾研讨过《鹿走的路》《金斧头》等作品，讨论过童话、民间故事、儿童读物的创作、出版等方面的情况和问题；还举办小型讲座，请叶圣陶等前辈来讲课。儿童文学组成员较少，总共只有十多位，其中还有一些不能经常参加活动。因此，吸收非会员中有写作才能的青年文学工作者参加，更多地着重于对青年作者的培养、教育和提高，就成了儿童文学组活动的一大特色。50 年代成长起来的一些儿童文学作家、评论家，如今已年届耄耋的杲向真、葛翠琳、陈子君、赵镇南等，当年都是参加儿童文学组活动的积极分子。他们有机会向有经验的老作家学习，逐渐提高自己的水平，后来相继成为中国作协会员。如今这些作家谈起这段经历，对天翼同志等前辈给予的帮助、指教，都还感念不已哩。

天翼同志对青年作者的培养，十分注意把作文与做人、文品与人品统一起来，女作家李惠薪的成长，就是一个生动的、具有说服力的例子。李惠薪是北师大女附中天翼文学小组的一员。她在中学时代就开始创作，1950 年读初一时写了第一部长篇小说《春天的花朵》。她带着这部长篇草稿向老天叔叔请教。在老天叔叔的帮助指导下，这部小说的第四章《枣》得以先行发表。李惠薪将所得全部稿费，捐献给正在进行抗美战争的朝鲜儿童。对此，金日成将军来信赞扬她，她写了散文《金日成元帅来信了》登在《北京日报》上，成了当时令人瞩目的一则新闻。天翼同志一直关心她，帮助她，同她保持联系。当李惠薪把中学时代陆续发表的《鱼和菊花》《小队的秘密》等作品结集为《枣》出版后，天翼同志给她写了一封情真意切的信。在信中谆谆告诫她："你写的东西也许有一天会给送到什么选本里面去。我预先提醒你，切不要因此骄傲自满，以'作家'自命。发表的文章愈多，读者愈多，就愈要警惕自己的自满情绪，愈要感到自己对读者的责任，应当具体体会到：一切工作（写作在内）都是为了替群众做事。"李惠薪没有辜负老天叔叔的期望，在创作道路上一步一个脚印、踏踏实实地向前行，1956 年参加了全国青年创作者会议，1965 年又参加全国青年业余文学创作积极分子大会，后来还被选为北京市政协委员、北京市作协理事。她是内科大夫、教授，一直坚持业余创作，出版了多部长篇小说。其中《澜沧江畔》是天翼同志"文革"后期被宣布"解放"后帮助其修订、出版的。

　　加强对儿童文学作品和创作问题的研究，关注青少年的文学阅读，也是天翼同志一直萦绕于怀的一件大事。我记得，1955年冬去春来之际，我所在的创委会秘书室收到《中国青年》杂志社转来的一封青年读者来信。读者在信中要求作家为孩子们写作，要求有关方面注意黄色书刊怎样毒害孩子们的问题。创委会秘书室回复后将此信转天翼同志参考。天翼同志在《文艺报》发表的《"作家们不要再沉默了"》一文谈及这件事。他直率地指出，仅仅复一封信是不解决问题的，"重要的是，我们怎样用实际行动来答复他们"。他"希望我们大家都能对这方面稍微注意一下。尤其希望像创作委员会秘书室这样的机构和《文艺报》这样的刊物能对这方面稍微注意一下"。在天翼同志的提醒和督促下，创作委员会把了解、研究儿童文学创作情况和问题列入自己的工作日程。50年代中期，我写了《幻想也要以真实为基础——评欧阳山的童话〈慧眼〉》《情趣从何而来？——谈谈柯岩的儿童诗》，正是在创委会期间分工阅读作品、有感而发之作。可以说，我涉足儿童文学评论，固然与赵景深、严文井等前辈的启蒙、教诲分不开，也与张天翼对创委会秘书室提出的关注儿童文学的要求分不开。

　　回望我国当代儿童文学走过一条光荣的荆棘路，喜见今日儿童文苑生意盎然，我们越发深切地体会到，作为开拓者、奠基人的张天翼功不可没。

2006 年 8 月 26 日于北戴河

默默耕耘的老园丁陈伯吹

在儿童文苑不知疲倦地耕耘了 75 个春秋的老园丁陈伯吹同志，告别他情有独钟、毕生为之奋斗的儿童文学事业，悄悄地走了。十多年前，在他年近八旬时曾郑重宣示："尽我余年，全力以赴，全速前进，跑毕全程。"现在他犹如一个优秀的马拉松运动员，终于胜利到达终点。尽管他在从事儿童文学工作时间之长、涉猎儿童文学领域门类之广（兼及创作、理论研究、编辑、翻译、教学、组织工作诸方面，而创作又包括诗歌、童话、小说、散文、报告文学、寓言、剧本等多种体裁样式）上，都创造了前所未有的纪录，然而他一点也不愿炫耀自己的成绩。我们仿佛看到他一如既往地面露慈祥和蔼的笑容，十分谦逊地说："我是当代中国文学大军中的一个小兵丁，做得还很不够，要向同志们学习！"这就是陈伯吹老人的本色，怎能不令我们这些后生晚辈肃然起敬！

我少年时代就读过北新书局出版的童话《阿丽思小姐》《波罗乔少爷》，但当时并不在意作者陈伯吹的名字。50 年代中期，我在中国作家协会创作委员会参与《儿童文学选》的初选工作，读到陈伯老的童话《一只想飞的猫》，曾情不自禁地为之拍手叫好。陈伯老出版于 50 年代末的《儿童文学简论》，更是我涉足儿童文学论坛之初细读过的一本好书。进入新时期，当陈伯老得知 1957 年发表于《文艺报》的《情趣从何而来？——谈谈柯岩的儿童诗》一文的作者舒需就是我时，显得特别高兴、亲切，一种同行、同志的情谊很快地把我们联结到一起。在 80 年代中期，作协书记处分工我负责联系儿童文学工作之后，我同陈伯老的交往就多了起来，经常有机会当面聆听他的教诲，并时有书信往来。

陈伯老作为中国作协理事、顾问、儿童文学评奖顾问，一向热情关注、支持作协儿童文学工作，不时给予指点和导引。前些年，他不止一次地谈道，新时期儿童文学已经起步了，但真要腾飞起来，关键在于领导。他对文联、作协、新闻出版部门没有使足应有的力气来推动儿童文学的发展深以为憾，他大声疾呼："这张有力的一翼该好好地鼓一鼓了吧。"他屡次给我写信，满怀热情地鼓动："20世纪90年代快过去了，新的世纪即来，我们应努力向前，多跨进几步才是"，"世界各国、各地区都在动，我们也得加一把劲儿！""奋发有为，才能赶上形势"。他老人家寄希望于我和我兼职的作协儿童文学委员会。可是，我人微言轻，势单力薄，加上一些说不清、道不明的原因，始终没能干成几件有利于推动儿童文学发展繁荣的实事。至今我抱愧不已，深感辜负了陈伯老的热切期望。好在近些年在江泽民同志繁荣少儿文艺等"三大件"指示的鼓舞下，儿童文学创作、出版呈现活跃向上的态势，作家创作热情饱满，不少文学新人崭露头角，预示着儿童文学又一春的到来。我想，陈伯老与世长辞前，得知这些喜讯，当会感到无限欣慰的。

在陈伯老的创作实践和理论研究中，我们可以清晰地看出，他既强调对孩子思想品德的教育、性格情操的陶冶，又注重传播科学知识，培养科学兴趣，提高审美能力。我记得，1988年之夏我和陈伯老同在北戴河创作之家小住。一天傍晚在海滨边散步边漫谈，他不无忧虑地向我谈起，现在有些少年小说描写少男少女所谓的"朦胧爱情"，尽管它可以占有一席之地，但热衷于此，搞过了头，未必有益于少年儿童的身心健康。他以极其鲜明的态度，斩钉截铁地说："儿童文学虽是派生于文学的一个组成部分，但儿童文学又不能不受制于教育。"从这里我深切地意识到一个儿童文学老前辈关怀未来一代健康成长的社会责任感和历史使命感。

年届耄耋的陈伯老，他的思想观念与时代同步，紧跟科技迅猛发展的新时代。他在儿童文学界，是科学文艺热情的倡导者。早在1984年底中国作协第四次会员代表大会期间，他先在上海代表团的分组讨论会上就发展科学文艺作了发言，然后又连续两天清晨三点半起床，赶写出题为《在儿童文学阵地上，高举起科学文艺的旗帜》的书面发言让我转交大会简报组。他说："历史大变革时代，应当重视智力开发和智力投资，使少年儿童在获得文学欣赏的美的享受的同时，又能不太费力地记取有用的科学知识和技术，使之从小就对科技有感情，有兴趣，日长月久，自然而然地爱科学、钻研科学、运用科学，成为四化建设的勇士和闯将。"我还记得，在80年代后期，陈伯老曾为一篇科学文艺作品在中国作协首届儿童文学奖中落选而仗义执言。他尖锐地批评作协那次评奖忽视了科学文艺的教育价值、认识价值，没有把它提到战略高度来认识、估量。一向谦虚平和的陈伯老，为了宣扬发展科学文艺的重要意义，捍卫优秀创作成果，直言不讳，毫不含糊。他那种顽强执拗的精神实在可敬可爱。

中国老一代知识分子都是安于清贫、严于律己的，陈伯老就是一个典型的代表。他平常省吃俭用，过着极其简朴的生活。但他在80年代初却毫不犹豫地把近60年来积蓄的稿费收入55万元拿出来，作为儿童文学园丁奖的基金。后来，由于货币贬值，利息有限，这项评奖几乎难以为继。他在1989年给我的一封信中说："我的捐款，受通货膨胀的影响，愈来愈贬值……1980年我的捐款可购三幢房子，如今则半幢也买不到了，令人气短！徒呼奈何。"当时我读着这封信，不禁潸然泪下。陈伯老为了鼓励优秀创作，奖掖文学新人，真是愁白了头、操碎了心呵！所幸的是这项评奖——陈伯吹儿童文学奖在有关部门的帮助支持下一直正常运转、如期举行，至今已举办了十六届。陈伯老期盼的通过评奖促进作者写出高质量、具有国际水平作品的愿望，在不远的将来一定会实现，内容健康向上、富有艺术魅力的儿童文学精品一定会在亿万小读者心中生根、开花。陈伯老，您安心地、慢慢地走吧！

1997年11月7日

让安徒生走进千家万户

    叶君健先生是一位著名的小说家、散文家、翻译家，也是长期投身于中外文学交流的活动家，一位可亲可敬的文化使者。他的成就是多方面的、光彩熠熠的，素为文学界的朋友和广大读者所称道和推崇。

    我在这里只简略地谈一谈他对儿童文学的独特贡献。

    让安徒生童话走进千家万户，是叶君健的一大贡献。

    安徒生一生写了 168 篇童话。100 多年来，几乎所有有文字的国家都有他童话的译本。在我国，1913 年就有《皇帝的新装》的译文。茅盾、周作人、赵景深、郑振铎等都翻译过安徒生的部分作品。从 20 世纪初到现在，我国出版的安徒生童话多达上百个品种。但第一个直接从丹麦文翻译并最早推出一部完整的《安徒生童话全集》的，当推杰出翻译家叶君健。

    叶君健从上世纪 40 年代后期开始翻译安徒生童话，历时几十个春秋，致力于安徒生童话的翻译、介绍、研究、评析。他充分把握、发挥多次到丹麦哥本哈根参观考察和到朋友家做客、小住的机会和优势，深入调查了解丹麦社会的民情风俗，熟悉丹麦语言的格调、风味。这样，使他得以忠实地、原汁原味地传达安徒生童话充满幻想、诗情、意境，扎根于生活土壤、幻想与现实巧妙融合，语言具有浓郁的民间风味和幽默感的艺术特色。让我们读到了一个融想象、诗情、哲理于一体的安徒生，一个融爱心、温馨、情趣于一体的安徒生。安徒生童话滋养了一代又一代中国读者，也使中国作家从中汲取营养，得到借鉴；它有着永恒的艺术魅力，至今没有褪去绚丽的时代光泽。

    叶君健还撰写了安徒生传记《鞋匠的儿子》，生动地记叙了安徒生苦难不幸的一生。他还陆续发表了不少有关安徒生童话成就、特色、意义的研究、评析文章，加深了我们对这位童话大师的认识。叶君健在翻译介绍安徒生上的成就、影响力、覆盖面，在中国，确实是无出其右、无与伦比的。他荣获丹麦女王玛格丽特二世授予的"丹麦国旗勋章"，应当说是实至名归。

开拓了儿童文学创作的领域，是叶君健的又一贡献。

在上世纪 70 年代末 80 年代初，叶君健连续写了《扩大儿童文学创作的领域》《再谈扩大儿童文学领域》两篇文章。在他看来，我国儿童文学创作题材内容相对较为狭窄，不能满足小读者多方面、多样化的精神需求。而外国的民间故事、传说和神话，可以作为儿童文学创作"资源"的不少。他不仅提出这样的主张，而且身体力行，先后创作了《真假皇帝》《王子和渔夫》《盗火者的遭遇》等一批童话故事。他的这些作品，不是对传统故事一次简单的、一般的改写，而是一次去芜存菁、推陈出新的再创造。他从外国民间故事、神话中提炼出有意味、有特色、富有人民性的东西，改造成"中国版本"的新故事，使之适合今天读者的欣赏趣味。

除再创造这些童话故事外，叶君健还根据自己的生活阅历、知识积累、写作擅长，创作了不少取材于国外人事风情、异域儿童生活的小说、童话，如《"天堂"外边的事情》《小仆人》《小厮辛格》《新同学》等，就是其中令人瞩目的好作品。这些作品开拓、扩大了儿童文学创作的题材范围，犹如打开一扇窗子，开阔了孩子的视野，让他们呼吸到新鲜空气，领略到国外儿童的悲欢离合，也增长了有关外国风土人情的知识。

对国外民间故事、神话的再创造和描写异国儿童生活的原创作品，使叶君健在我国儿童文学园地上独树一帜，称得上是别具芬香的奇葩，不说是唯一的，也是罕见的，为我国儿童文学中相对薄弱的国际题材、涉外题材创作增了光添了彩。

叶君健是我国儿童文学界德高望重的老前辈。他一向关注、支持中国作家协会的儿童文学工作。70 年代末 80 年代初，他曾担任中国作协儿童文学委员会委员；还曾担任中国作协第一、二、三届优秀儿童文学奖评委会的委员或顾问。在各种创作会议、作品研讨会、座谈会上，在个别访谈、品茶聊天中，我有幸聆听到他关于儿童文学的不少真知灼见。我还清晰地记得，20多年前的严寒时节，我登门拜访，听取他对儿童文学评奖的意见。在他寓所——恭俭胡同6号四合院里，围炉促膝畅谈的情景。

他不止一次地谈到，儿童文学是文艺百花园中一个单纯、干净的文学品种；它对培养少年儿童的优美情操、高尚趣味，具有独特的、不可忽视的作用。他特别强调：文学，包括儿童文学，是人类灵魂的产物，也作用于人的灵魂。作为儿童文学作家，不能忘了我们是在为最纯真的幼苗做灵魂的建设工作。在他看来，好的作品不仅在"灵魂"上起作用于我们的儿童时代和少年时代，也起作用于我们的青年时代、中年时代和老年时代。那是会影响人的一生的，安徒生的童话就是这样。

他还谈道，要十分重视进一步提高创作质量；而提高质量的关键，在于作家思想理论、文化艺术素质的提高。他说，我们要清醒地意识到，时代要求孩子具有世界眼光，树立雄心大志，要富于想象、富于创造、富于开拓、富于进取，甚至要富于冒险精神，总之，需要培养开拓性的一代新人。要站在这个制高点上，力求作品具有优美、向上向善的意境。

他认为，儿童文学是富有创造性的艺术品。我们的儿童文学植根于我们自己的土壤上，它应该具有我们中国自己的特色。好的文学作品既是本民族的，也是世界的。它既是在本民族的"灵魂"上起作用，也在世界人民的"灵魂"上起作用。

叶君健先生上述这些鲜明、精辟的观点、主张，对我们今天发展、繁荣儿童文学，依然有着启示、导引的现实意义。

这里还不能不谈到叶君健十分重视儿童文学面向世界、走向世界，极其关注中外儿童文学的交流。他不仅精心翻译了安徒生的全部童话，还翻译了挪威童话作家托尔边·埃格纳的《豆蔻镇的居民和强盗》《朱童和朱重》，南斯拉夫女作家伊万娜·布尔里奇的中篇儿童小说《拉比齐出走记》和《南斯拉夫童话选》等。这些国外名著进入中国读者的视野，不仅让我们更多地了解当今世界儿童文学的状况，也给我们带来更多的智慧、经验、感动和快乐。

作家应当"为下一代的儿童赠送一点有意义的纪念",叶君健先生是百分之百、不折不扣地说到做到了。亿万读者永远忘不了这位成就卓著的大作家、大翻译家!

2014 年 11 月 27 日

追求真善美的金近

深秋时节，迎来我们所敬重的金近同志百年诞辰。此时此刻，我对这位开拓新中国儿童文学的先驱、久负盛名的儿童文学大家怀着深挚的怀念之情和崇高的敬意。

我清晰地记得，24 年前，我和胡德华、袁鹰、王一地等同志来到风光秀丽的曹娥江畔，参加金近墓碑的揭幕仪式。那墓碑上，冰心老人题写的："你为小苗洒上泉水"，一直深深地镌刻在我的心坎上。

我和金近同志相识于上世纪 50 年代初。1952 年，我和他差不多是同时跨进全国文协（中国作家协会的前身）大门的。那时，他已是一位富有经验、创作上颇有成就的儿童文学作家，而我还是一个离开大学校门不久、刚跨进文学门槛的青年。金近担任作协创作委员会儿童文学组副组长，协助儿童文学老前辈张天翼同志抓儿童文学的组织工作；我任创作委员会秘书，也参加一些有关儿童文学的具体工作。"十年浩劫"之后，中国作协恢复工作，金近担任作协儿童文学委员会副主任，而我开头在作协创作联络部，后来在书记处，分工联系儿童文学工作。这样，与金近同志的联系就越发密切、频繁起来。

50 年代、80 年代两度与金近同志共事，可说是一种缘分和机遇，使我得以有机会更好地了解、熟悉这位作家，无论是为人还是为文，都从他身上学到不少有益的东西。

金近是一个善良、正直的人，一个淳朴、严谨的人。他那朴素的衣着，朴素的谈吐，朴素的思想、工作、生活作风，真是数十年如一日，永远让人感到质朴可亲，平易近人。80 年代初，他在《我喜欢这工作》一文中写道："我也该要求自己不说空话、大话，扎扎实实多写点东西。"1988年 1 月，他在致一位友人的信中写道："我以为，现在要做个正派作家不那么容易，社会上诱惑力太大太多，有捧的，有拉的，什么动作都有，要靠自己'好自为之'。"从这一席话里，我们可以清晰地看到他是如何严于律己；而且在市场经济大潮涌来之前，早早地意识到要自觉抵御社会上不正之风的侵袭。

当今，我们强调弘扬、践行社会主义核心价值观。在个人层面上，要求一个公民做到："爱国、敬业、诚信、友善"。用这把标尺来衡量，我以为，金近是一个先觉者，先行者；置身于当今这个时代，他也一定会与时俱进，成为一个践行核心价值观的楷模。从抗日战争到改革开放，他始终关注祖国的命运、前途，踏踏实实、矢志不渝地为未来一代呕心沥血，勤奋耕耘，待人接物处世讲道德，重诚信，讲友善，促和谐。在这些方面，金近几乎可说是完美无瑕，无可挑剔的。像他这样德艺双馨、文质兼美的作家真是少之又少、难能可贵啊！

金近同志家境清贫，并非出身书香门第，也没什么高学历，完全靠刻苦自学成才。为什么他在创作上会取得璀璨的、令人瞩目的成就呢？我以为，这与他永远怀着一颗纯真的童心，始终关注孩子的成长分不开；也与他生活阅历丰富，坚持扎根生活沃土分不开。时隔几十年，他那些脍炙人口的名篇佳作《小猫钓鱼》《小鸭子学游水》《小鲤鱼跳龙门》《狐狸打猎人的故事》《小白杨要接班》《一篇没有烂的童话》《小队长的苦恼》等，依然有着强大的艺术生命力，那些鲜明生动的童话形象、儿童形象直抵小朋友的心灵深处，深深地扎下了根。

金近创作在思想、艺术上的一些追求和特色，是值得我们思索、发扬的。

一是追求真善美的道德、精神境界。他一向重视美育、以美育人，给孩子传播向上向善的道德情操。80年代初，在作协儿童文学委员会第一次会议上，他曾忧心忡忡地谈道：现在有些孩子很粗野，不讲文明礼貌，有的甚至玩世不恭。无论如何要想法改变这种状况，努力培养孩子美好的感情，文学在这方面可以发挥独特的作用。他说，《爱的教育》这样的书还是很好的，颂扬爱父母、爱老师、爱同学、爱邻居，启迪、引导孩子建立博大的爱心和广泛的同情心。

二是重视深入生活，熟悉生活，从生活出发。金近不止一次地谈道：搞儿童文学同样要接触群众、熟悉多方面的生活，"生产要积累资金，创作也要积累生活"，"幻想也要以现实为基础"。他言行一致，说到做到。50年代，他在北京郊区住了一年；后又在浙江天目山区，担任乡总支副书记，待了五年。正因为金近有自己的生活基地，与孩子们零距离，同吃住，共甘苦，心连心，他的作品才能如此贴近孩子们的生活和心灵，真实反映他们的喜悦和苦恼。

三是特别强调儿童文学的艺术性，力求思想与艺术的完美统一。他不仅按照儿童的心理特点，充分发挥想象力，尽可能写得生动活泼，饶有情趣，而且特别注意在语言文字上下功夫，清新明快，通俗浅显。因而冰心老人由衷称赞："他是一个不但热爱儿童，而且理解儿童的作家，他写的作品都是对小孩子说的大白话！""可以说我们写儿童文学的，最成功的就是金近。"

四是讲究短篇艺术。金近一生给我们留下200多万字弥足珍贵的精神财富，其中也有中篇童话、中篇小说，但主要是短篇作品，包括童话、诗歌、小说、散文、寓言。他努力追求并充分发挥短篇作品构思精巧、情节紧凑、人物集中、手法灵活的优势和特色，在小中见大、短中求精上狠下功夫。他留下的那些有口皆碑的精品力作，都是精致、精湛的短篇，真不愧是一位写短篇的能手、高手。如今，儿童文苑有些年轻作者崭露头角，就热衷于写长篇。我看，针对这种状况，倒是应当提倡一下向金近同志学习，鼓励从事儿童文学创作的朋友，多写一些短篇，这是小读者所喜闻乐见的。设置《儿童文学》金近奖，也是对短篇创作的鼓励和嘉奖。

金近同志不仅是一位成绩卓著、享誉文坛的儿童文学名家，而且是一位出色的儿童文学组织工作者。年届九旬、著名儿童文学大家任溶溶对我说："做组织工作的，要懂行。""现在愿意牺牲自己创作的人太少，往往忙于写自己的东西，不愿做组织工作。"而金近却不是这样，他为我国儿童文学的发展繁荣，扎扎实实地做了许多卓有成效的组织工作。我也是一个儿童文学组织工作者，可以说我在中国作协的岗位上，是从严文井、金近同志手中接过儿童文学组织工作的接力棒的。他们都是我所敬重的前辈。关于做好儿童文学组织工作，我从金近同志身上学到的，概括地说，主要有这么几点：甘于奉献，不遗余力地为"小儿科"、为儿童文学的发展鼓与呼；广泛团结老中青作家，尤其注意发现、培养文学新人；一切从实际出发，少说空话、大话，多办实事、好事。以金近同志为榜样，作为一面镜子来照自己，我深感自己做得不够多，也不够好，有些工作还不到位或力度不够。只是如今我已是83岁的老汉，抚今思昔，欠下的、失去的，已难以弥补、追悔莫及了。

我以为，更深入地了解金近，学习金近，研究金近，弘扬他的道德文章，追求真善美，传播真善美，为照亮少年儿童心灵成长的路发热、发光，是对金近同志最好的纪念。

2014 年 11 月 6 日

水仙花开怀郭风

　　辞旧迎新的春节假期，面对着窗台上亭亭玉立、婀娜多姿、散发着缕缕清香的水仙花，我情不自禁地想起了不久前与世长辞的郭风先生。前些年，每逢寒冬腊月，我总会收到郭风从福州邮寄或托人捎来的又大又壮的水仙球茎，一次又一次真切感受他寄寓的那份诚挚、温馨的情谊。如今，他老人家驾鹤远行，从此再也无缘与他鱼雁往返或促膝谈心，怎能不让我感到怅惘与哀伤呢！

　　上世纪 50 年代，我在中国作家协会创作委员会工作期间，分工阅读各地出版的文学书刊。当时，就曾读到郭风发表于 1957 年 3 月《人民文学》上的《散文五题》和散文集《搭船的鸟》《洗澡的虎》，童话散文诗集《蒲公英和虹》等。但是有缘"识荆"已是在上世纪改革开放之后的 80 年代初。

　　我记得，1981 年春，中国作协创联部为了调查了解青年作者的思想、创作、生活状况，派我去福州参加福建青年文学作者座谈会。在下榻的一所简陋的干部招待所里，我第一次见到时任中国作协福建分会主席的郭风。他衣着朴素，仪表端庄。由于他知道我在上世纪 50 年代写过评论柯岩的儿童诗等文章，同儿童文学有缘，因此一见如故，亲切地、无拘无束地交谈起来。他不无欣喜地告诉我：最近福建省委对文艺工作提出了"放异彩，出人才"的要求；主要负责同志还谈到三个"刚刚"，即文艺界思想刚刚解放，白花刚刚萌芽，大地刚刚复苏，要爱护作家、艺术家，珍惜来之不易的大好形势，用和风细雨、批评与自我批评的方法来解决文学艺术上的问题。郭风按照这个精神主持召开了青年作者会，并作了会议小结。他把发现、培养文学新人看作一项战略性的任务，关注青年作者的健康成长。他鼓励青年作者深入到生活中去，不仅建立自己的生活基地，还要想方设法到外县、外省走走、看看，以开阔眼界。他还希望青年作者对写社会主义新人不要理解得过于狭窄，不只是写雷锋、张志新、乔厂长式的英雄、先进人物，还要写各式各样默默无闻、无私奉献的普通劳动者和知识分子，使社会主义新人形象、性格更加多样化。首次与郭风相识相知，我发现他不仅是驰名当代文坛的散文家、儿童文学家，同时还是一位很有见地、很有经验的文学组织工作者。回到北京后，我把福建培养业余青年作者的做法和经验写成情况简报，引起作协领导的重视，当即让创联部向作协各地分会介绍、推广。

同年冬天，郭风作为中国作家代表团的一员，与于黑丁、李纳、唐达成、晓雪、金哲、叶文玲等一起访问了菲律宾。代表团返国后，我到翠明庄中组部招待所看望郭风。郭风真是虔诚的大自然之子，对自然万物、花卉草木情有独钟。他兴致勃勃地向我谈起在菲律宾随处可见睡莲盛开的紫花、五彩缤纷的热带兰花、鸡蛋花树，还有总统府前草坪上那棵青苍、魁梧的榕树。他说，旅馆大厅池中的彩色鲤鱼、公园里的人造鸟窝、博物馆里的热带蝴蝶标本，都引发了他童话般的想象。他还告诉我，参加了两次菲律宾人的婚礼，一次是菲三军参谋总长儿子极为隆重、豪华的婚礼，另一次是普通人家简朴却喜气洋洋的婚礼，使他从一个侧面真切了解到菲律宾的风俗人情。聆听郭风这次谈话，结合平时阅读他作品的印象，我清晰地领略到：热爱大自然、拥抱大自然的仁慈胸怀，一双锐敏的、善于捕捉自然界鲜活生命的慧眼，还有那孩子特有的情趣和幻想，正是郭风的散文、散文诗具有艺术魅力的奥秘所在。

从上世纪 80 年代初中国作协书记处分工我联系儿童文学工作后，我与郭风的交往就更密切了。每次他来北京参加作协代表大会、理事会、创作座谈会或工作会议，我们总有机会见面叙谈。虽然那时我还在工作第一线，常常由于繁杂的会务缠身而不能更从容、深入地和他谈心。但"心有灵犀一点通"，我们只要一谈起儿童文学就滔滔不绝，关不住闸门了。他热情支持我做儿童文学的组织工作，希望我为鼓励儿童文学创作、发现儿童文学新人，多做些扎扎实实的工作，多写些"既富引导性，更具创见"的文章。他在赠我《郭风散文选》一书时，特别叮嘱我看一看这本书前言中说的一段话："我想流露一点隐秘于心底的衷情：我，要是听见有同志称我为儿童文学作家，或赞我有志于儿童文学创作之道时，往往深感宠幸；心中正或生出一种儿时受母亲称赞一般的欢喜之情。真的有这种心情。我自己勉励自己，不要小视儿童文学作品，要多多为孩子们认真写出作品。我亦视温柔敦厚为美德。但凡有意贬损儿童文学者，我欲投以轻蔑。"他那对儿童文学钟爱、尊崇之情溢于言表，多么令人感到亲切、可敬可爱啊！郭风还特别赞赏施蛰存先生为《巨人》丛刊题词时写的一句话："儿童是赤子，希望儿童文学作家笔下留神，不要损伤了赤子之心。"他说自己几十年来就是本着这种认识和精神来为孩子们写作的。从他的谈话和文章中，我越发深切地感悟到：对儿童文学重视还是轻视，爱护还是贬损，可说是衡量一个作家、一个领导者是否关爱下一代心灵成长的一把尺子，也是衡量一个民族、一个国家文明发展程度的一个标志。郭风的言传身教，使我在儿童文学工作中不敢稍有懈怠，该说的话一定直率地说，该做的事一定努力去做，力求不辜负郭风和同道、同行们对自己的厚望。

郭风是一位久负盛名的散文大家。他的《郭风散文选集》，曾与冰心、季羡林等前辈的作品一起，荣获首届鲁迅文学奖全国优秀散文杂文荣誉奖。我在工作之余，特别是退休前后，除了写点儿童文学评论外，也多少写一点散文。在散文写作上，曾不止一次地得到郭风的鼓励和指点。上世纪90年代初，我出了一本文学评论集。在这本书的后记中，我表达了自己投身文学工作40年，在创作上、理论上均毫无建树，不能不自惭形秽。同时抒述了自己年近花甲，即将"到站下车"，却又遭癌症无情袭击，重病初愈后不能随心所欲地读书、做事而涌出的一丝悲凉情绪。郭风收到我题赠的拙著后，在回复我的信中写道："拜读了'后记'，既感到亲切、真挚，以为这是一篇好散文，也（让我）百感交集"，"其实，你的文学成就是很高的，只是你一贯谦逊，一直对自己有严格要求"。隔了一段时间，我又寄去拙作散文《相见时难别亦难》《两岸同窗情》《花不完的六十万》《冯牧的言传身教》等，向他求教。他在回信中再次给予肯定和鼓励："我以为，您的散文，写得十分真切：真情、真感受；极朴实、朴素。此等作品，与若干散文作品中出现的浮躁之气，是一种'挑战'，十分钦佩。"当他读到我写的《我当秘书的遭遇》一文后，又来信称赞："大作一口气拜读了，引人深思。就文风而言，写得朴实、真挚，一如您的为人，更是感人。"我在这里之所以不避"王婆卖瓜"和似有借重名人抬举自己之嫌，一而再，再而三地引录郭风的来信，主要是为了说明郭风对拙作散文言简意赅的点评，不仅激励了我学习写散文的热情，而且坚定了我在散文写作上讲真话、抒真情，力求写得平实、朴素的信心。世纪之交，我陆续写了若干篇记述个人经历、师友风采、异域游踪的散文，都是向着力求感情真挚、文笔朴实这样一个标杆跨越的。这些文章后来汇集成我的第一本散文集《龙套情缘》。这本小书简要记述了我人生历程的若干片断，并约略勾勒了文坛风雨的某些侧影。此书问世后，得到了文友、读者的好评。此时，郭风又写来一封情真意切、倍加赞扬的信，读后实在让我汗颜：

沛德同志：

您好。

大札到后，过许多天才收到大著。用两天时间，拜读您的这部新著。

觉得此书朴实、真切、亲切，自成散文之一格，自成一种难能可贵的个人风格，甚是钦佩。如说读《龙套情缘》，似读半部当代（中国）文学史，也许"过分"，但我以为治中国当代文学史者，不可不读此书，文学界人士不可不读此书。谢谢。

握手

郭风

二〇〇一年九月二十四日

多年来，承蒙郭风垂爱，不仅在散文写作上不吝多次赐教，而且经常以新出大著相赠。在我的书柜上，如今整齐地排列着郭风题赠的散文、散文诗、儿童文学集子、选本，不下十五六册，从早期的《英雄与花朵》《你是普通的花》，到进入耄耋之年所著《汗颜斋文札》《八旬斋文札》，一应俱全。郭风在散文、儿童文学天地里苦心经营了 70 个春秋，在文体、表现形式、艺术手法上坚持不懈地探索、创新，取得了丰硕的成果。富于抒情性、乡土气息的散文诗《叶笛集》，颇具哲理性的随笔《晴窗小札》，把童话、散文、散文诗糅合在一起的童话体散文《松坊村纪事》《孙悟空在我们村里》等，都是有口皆碑、具有较为恒久的艺术生命力的精品力作。可以看出，无论他在体裁、形式、表现手法上怎么发展变化，"万变不离其宗"，他始终把"思想欲求其深刻、新鲜，情感欲求其真切、出于自然流露，语言能准确表情意"，"具有时代特色、民族特色（中国气派）、乡土特色以及作家个人的艺术特色"，作为自己毕生追求的艺术目标。

读郭风的散文，我读出了它的新鲜、真切、自然、平易，这是郭风的文品，也是郭风的人品。这也正是我在为人、为文上应当学习、追求的品质。

郭风不止一次称我为"我国儿童文学界重要的领导人之一，更是儿童文学理论建设的功臣"，"众所景仰的儿童文学评论家和有力的组织者"。这显然是过誉了，未免让我脸红。我与这些称谓、头衔、评价相距甚远，只能把它看作一个长者、前辈对后来者的鞭策和期许。我深知自己这么些年仅仅是在力所能及的情况下，为儿童文学的生存、发展呼喊呼喊而已。

我一向敬重的郭风先生走了。此时此刻，作为后生晚辈和忘年交的我，由衷感谢他馈赠我的冰肌玉骨、飘散淡淡清香的水仙；感谢他启迪我以从事儿童文学为荣，不要损伤赤子之心；感谢他鼓励我坚持真挚、朴实的为文之道；感谢他导引我始终关注青年作者的成长。永别了，郭风先生，您慢走！

2010 年 3 月 9 日

可亲可敬的任溶溶老兄

任溶溶是驰名文坛、成就卓著的儿童文学作家、诗人、翻译家。我和他相识相交已达三十个春秋。他比我大七八岁,在我的心目中,他是一位可亲可敬、名副其实的老兄。

二十多年前,在南京秦淮河畔,我和任溶溶一起参加《未来》儿童文学丛刊编委会,同住一间房。我俩曾不止一次推心置腹地彻夜长谈,各自诉说个人的经历、遭遇、兴趣爱好,顿然感到我们的心灵是相通的。我为结识这么一位胸怀坦荡、生性幽默的好友而深感荣幸。从那以后,尽管见面不多,但一直保持联系,或通信、赠书,或一起参加会议。尤其难以忘怀的是:从秦淮河畔那次长谈后,他按期给我寄赠自己参与编辑的《外国文艺》,一直到他退休为止。每当我想起一位七八十岁的老人,二十多年如一日,亲自写名签,装信封,为我邮寄这本刊物,占用了他多少宝贵的时间,我怎能不感动而又不安呢!

十几年前,他赠我大著代表作选集《给我的巨人朋友》,扉页上的题签,在签名、赠书日期之后,特地写了一行:"我已七十岁了!"在一篇随笔中我曾写到这件事,并期盼在他八十岁、九十岁时还能得到他题签的赠书。真是有幸,一年前,我的梦想成真了。我在上海探亲期间,去他寓所拜望,如愿得到他面赠的译作诗集《什么叫作好,什么叫作不好?》。这次他在扉页上写的是:"束沛德老兄留念 任溶溶 2011.4.27 时年八十八"。年届耄耋的任溶溶依然思维清晰,精神矍铄。如今我又衷心期盼当他成了百岁寿星之际的赠书了。当然,这还要看我能不能等到那一天、有没有这个福分了。

任溶溶对儿童文学情有独钟,一辈子把自己的心血、精力奉献给了为小孩子写大文学的事业。改革开放之初,他年近花甲之时,就有一种时不待我的紧迫感，情真意切地表示："人老了，时间少了，该为孩子和儿童文学事业多干点活。"近三十多年来，他又创作和翻译了多少为孩子们喜爱的优秀作品啊！步入望九之年，他仍"天天想写"。从《文汇报》《新民晚报》《文学报》等报刊上不时能看到他写的儿童诗和忆旧怀人的散文随笔。他不仅自己坚持笔耕不辍，而且继续以深挚的感情密切关注着儿童文学事业的发展。去年初冬时节，在给我的一封信中写道："我如今关心的也只有儿童文学，希望大作品出世，好像也不容易。我只希望年轻的儿童文学工作者修养越来越高。儿童文学也是文学，文学修养不能降低。但是又怕把成人文学的一套照搬到儿童文学，失去儿童文学的特点。您看我是不是在折腾自己啊？"从这里可以清晰地看出，任溶溶老兄期盼的是富有文学品质、艺术魅力的儿童文学经典之作、传世之作的问世，关注的是年轻作者思想、学识、艺术素养的提高。他确实是无时无刻不在为儿童文学的发展、提高殚精竭虑啊！

我长期从事儿童文学的组织工作，由于年龄的关系，几年前从中国作家协会儿童文学委员会的岗位上退了下来。在一些场合，我曾向一些同事、朋友表示：今后将逐渐淡出儿童文苑。当任溶溶得知我这一想法时，当即写信诚挚地鼓励我：您可不该"淡出"，应当继续为儿童文学鼓与呼。他向来重视儿童文学的组织工作。他对我说："儿童文学界光有冲锋陷阵的虎将、猛将、大将不行，还要有摇羽毛扇的、诸葛亮式的人物。出主意，提建议，登高一呼，带领队伍前进。""做组织工作的，要懂行。如今一些文学团体的领导，往往只讲政治，很少谈文学。"他称赞胡德华、任大霖等自己能写，又热心地做了不少组织工作，不无感慨地说："现在愿意牺牲自己创作的人太少，往往忙于写自己的东西，不愿做组织工作。"

去年五月，我赠以拙著《束沛德谈儿童文学》，他在回信中写道："您一直指导并领导这一工作，是位内行，成绩有目共睹。但您总说自己'跑龙套'，'打杂'，实在太谦虚，也可以说是太书生气。不管怎么说，我是真心尊敬您，感谢您的。我真高兴儿童文学有这样的好领导！更希望您继续关心儿童文学，出好主意，多提携新人。"在这里我之所以不避借重名人抬高自己之嫌，倒不是真以为自己是什么"领军人物"，做出了多大成绩，只是为了说明文学组织工作不可或缺，而且越来越得到作家的认同、理解和尊重。为了儿童文学的发展繁荣，需要有人心甘情愿来挑这个担子。

任溶溶多次谈起，上海理应为发展儿童文学多做点贡献，他希望我多关心上海的儿童文学工作。他还说起："您上世纪 50 年代，就写文章评论、推荐柯岩的儿童诗；对当今新出现的优秀儿童诗，也应该及时评介，为儿童诗的发展鼓鼓劲。"是啊，尽管我不愿辜负任溶溶老兄的期望，但毕竟年届八旬，未免力不从心了。我是多么热切地期盼有更多年轻的有志者投身往往被冷落的儿童文学组织工作和评论工作啊！

2012 年 6 月

勇于开拓的洪汛涛

我怀着深挚的真情和敬意,和朋友们一起,纪念洪汛涛同志诞辰 80 周年,缅怀他在儿童文学领域做出的功不可没的业绩。

洪汛涛同志在儿童文学创作、理论、编辑诸方面都有出色的、引人注目的成就,特别是在童话创作、理论上,可说是当代中国童话界一位有胆识、有作为的重量级的人物。他不仅创作了《神笔马良》《灯花》《神笔牛良》《狼毫笔的来历》诸多童话名篇;而且出版了别具特色的散文诗体理论著作《儿童·文学·作家》和融童话理论、发展史、作家论于一体的童话学专著《童话学讲稿》。在新时期之初,他积极参与筹办新中国成立以来第一本专门性的童话刊物《童话》(新蕾出版社出版),主编了我国第一部低幼童话选本《中国童话界·低幼童话选》(江西少儿出版社出版)。他在童话方面的所作所为,常常是走在前面的,是一个勇于开拓的先行者。

这里我仅举两三例来说明洪汛涛在儿童文学方面的成就、影响以及对我个人的教益、启迪。

洪汛涛的童话以富有民族风格、民间色彩和精心塑造童话形象而著称。《神笔马良》这篇童话在我国可说是家喻户晓,妇孺皆知,而且走向了世界。我的三岁多的小孙子去年从加拿大回国探亲,奶奶、姑姑给他讲了神笔马良的故事,他很快入了迷,被主人公用神奇的笔制服财主、皇帝的本领所打动。那段时间,他每天夜晚临睡,都缠着爸妈讲一遍神笔马良的故事,听得津津有味,真是百听不厌。前几天,奶奶同他在网上通话,问他:"最喜欢听什么故事?"他不假思索地回答:"神笔马良!"由此可见,经典作品经得起时间的检验,具有长久的艺术生命力。

在上世纪 50 年代中期,我以舒霈的笔名写过一篇题为《幻想也要以真实为基础——评欧阳山的童话〈慧眼〉》。这篇发表在《文艺报》上的文章，引起了有关童话体裁中幻想与现实的关系、童话的特征、童话的表现手法等问题的讨论。讨论持续了两三年，先后发表了十多篇论争文章。时隔 30 年后，1986 年洪汛涛在他的《童话学讲稿》中对这场讨论作了分析和估计。他认为："《慧眼》之争，开创了新中国成立后童话讨论的前声"，"这一次讨论是非常有益的"，"这是很正常的学术性的讨论"。他还肯定包括我（舒欣）在内的一些儿童文学评论工作者"写了一些有分量的童话论述文字，对刚新兴的童话创作是有帮助的"。他的这些论断给随后出版的一些中国童话史、当代文学史中有关《慧眼》之争的论述以深刻的影响。这些论著的作者都或多或少借鉴、吸收了《童话学讲稿》的观点。我这篇说理不够透彻、尚显稚嫩的儿童文学评论处女作，得到了洪汛涛的肯定和鼓励，对我继续在儿童文学评论队伍里充当散兵游勇，起了打气、鼓劲儿的作用。对此，我是至今心存感激的。

另外，还有一件事，我是不会忘怀的，那就是洪汛涛主编的《中国儿童文学十年（1976–1986）》（海燕出版社 1988 年 10 月版），对我近些年参与编辑《儿童文学年鉴》曾给予有益的启示。《中国儿童文学十年》的时间跨度虽不是一年，而是十年，但它仍属于年鉴性质的图书。这本书对儿童文学十年发展成绩、经验教训的回顾、检阅和总结，可以作为儿童文学简史来读。它对儿童文学奖项、逝世作家、儿童文学机构的介绍，以及儿童文学事录、儿童文学理论目录索引，都可以作为资料来检索。所有这些，对我和我的同事编辑《儿童文学年鉴》，在板块、栏目的设置上，以及组织撰写创作、评论、出版概况年度述评上，都有很好的参考价值。当年洪汛涛主编《中国儿童文学十年》所追求的："它是一本有分量的有特定价值的学术专著，它是一本实用的应备置案时常查考的工具书"，也就是既有学术价值，又有史料价值，正是今天我们编辑《年鉴》所努力登攀的一个目标。洪汛涛同志走在前头，我们踏着他的脚印，一步一步继续前行，去完成他没来得及做完的事情。

历史不会忘记洪汛涛，儿童文学史册上会用浓墨重彩记上一笔，写下有关他的灿烂篇章。

读者不会忘记洪汛涛，他精心塑造的栩栩如生的童话形象将深深镌刻在少年儿童的心坎里。

朋友们不会忘记洪汛涛，他那对儿童文学事业忠贞不渝、乐为儿孙做马牛的精神，将激励我们在儿童文苑不懈地精耕细耘，为孩子们提供更多更好的精神食粮。

2008 年 1 月 31 日

附注： 本文系在 2008 年 2 月 1 日纪念洪汛涛诞辰 80 周年暨《两支笔》首发式上的发言。

从儿童文苑看柯岩

　　柯岩是一个热情洋溢、才华出众的女诗人、女作家，是社会主义文学阵地的忠实守卫者。她恪守"首先是党员，其次才是作家"这一准则，把坚持正确的政治方向同坚持不断的艺术探索、追求很好地结合起来，在文学创作道路上一步一个脚印地向前迈进，取得了出色的成就。

　　她是文学领域里的一位多面手，几乎涉猎文学创作的各种体裁、样式，包括儿童文学、诗歌、报告文学、传记文学、小说、散文、影视文学，而且兼及文学评论。

　　发表于 50 年代中期的《儿童诗三首》《"小兵"的故事》，是柯岩的成名作。从那时到现在，经历了 40 个春秋，她始终怀着对未来一代炽热的爱和强烈的责任感，孜孜不倦地为孩子们写作，对当代少年儿童文学的发展，做出了独特的贡献。我以为，她对儿童文学的贡献，大致表现在以下三个方面。

　　一是以一批富有鲜明艺术个性的儿童诗，在儿童诗苑独树一帜，在当代儿童文学史上留下了灿烂的一页。她的儿童诗善于从儿童的日常生活中发掘富有情趣的事物，善于从行动中揭示孩子的思想性格，善于从生活出发，极其自然地赋予孩子的思想感情以鲜明的时代特征……所有这些，都曾经深深地影响了儿童诗坛。40 年过去了，柯岩所刻画的那些栩栩如生的儿童形象，如那扯下帽檐扮水兵的哥哥和那个不接受假枪毙的弟弟，那戴上爸爸的眼镜梦想解决一切难题的小弟，那在自己背心上用红墨水涂上"9"号在梦里踢球的小弟……至今仍深深地刻在我们的记忆里。这些诗篇之所以具有经久不衰的艺术生命力，就在于它们把时代色泽、儿童情趣、艺术想象巧妙地交织在一起，把健康向上的思想内容与优美精致的艺术形式完美地结合起来。

二是她为我国儿童文苑提供了两部撼人心魄的、具有中国特色的"教育诗""塔上旗"。反映工读学校生活的长篇小说《寻找回来的世界》和反映普通中学生活的电视文学剧本《仅次于上帝的人》(改编为电视剧《红蜻蜓》),在题材的开拓上,作者抓住全球所普遍关注的青少年犯罪问题、中学生的教育问题,把目光、笔墨集中于拯救孩子的灵魂、重塑孩子的性格,唱出了一曲又一曲关于爱、同情、善良、人道主义的赞歌。两部作品所塑造的杜嶋、于倩倩这样的心灵崇高而美丽的社会主义新人形象,不仅成为吸引青少年学习、效仿的榜样,而且征服了广大成人读者和观众的心。在这两部作品里,深刻的教育内涵与浓郁的爱心诗情水乳交融,使文学的教育、认识、审美、娱乐诸功能得到和谐的统一。

三是她以一组具有独特的审美眼光和新鲜文风的儿童诗评,给儿童文学理论批评界带来一股清新之风,丰富了相对冷寂、单调的儿童诗评论。新时期以来,柯岩不仅根据自己创作实践的经验、体会,写出了具有独到见解的专题论文《漫谈儿童诗》,而且先后发表了评价当代最有成就和影响的几位儿童诗人金波、任溶溶、田地、圣野、鲁兵等的文章。这些文章把作文与为人、诗品与人品统一起来分析、评述。诗人评诗人,是同行之间的一种平等而亲切的艺术切磋、创作经验交流,娓娓道来,生动自然。柯岩的诗评写得活泼、洒脱,富有感情色彩,没有那种令人生厌的"评论八股"气息。这对我们改进儿童文学评论文风,具有启迪意义。

近年来,中央领导同志不止一次地发出关于繁荣少儿文艺的指示。迎接儿童文学又一个春天的号角吹响了。儿童文学的老将新兵在"为了孩子,为了未来"的旗帜下迅速集合起来。我们深切企盼着柯岩这位当代儿童文学的排头兵、台柱子战胜疾病,早日恢复健康,尽快回到这支队伍中来,继续为跨世纪的一代新人纵情歌唱,精心画像!

1996 年 9 月 19 日

不会忘记刘厚明

英年早逝的刘厚明，离开我们将近 20 个春秋了。每当想起他在创作、工作、社会活动诸方面显示出的充沛激情和活力，至今我依然不能不为儿童文坛失去这么一位出色的干将而深感哀伤和惋惜。

厚明在儿童文学上出道较早。上世纪五六十年代，先后发表了《纽扣》《夏天来了》《小雁齐飞》等一批优秀儿童剧。早在 1956 年，23 岁的厚明就参加了全国青年文学创作者会议，并加入中国作家协会。他是和刘绍棠、从维熙、任大霖这样一些当年在文坛崭露头角的文学新人同时入会的。在儿童文学队伍里，称得上是一位年轻老将。"十年浩劫"后，进入历史新时期，厚明相继发表了一批优秀儿童小说《黑箭》（获 1981 年全国优秀短篇小说奖）、《绿色钱包》《阿诚的龟》（获中国作协首届全国优秀儿童文学奖），赢得了文学界和广大读者的好评。我在 1982 年写过一篇题为《谱写善良心灵的歌》的短文，推荐《黑箭》这篇小说，称赞它"从一个失足少年复杂矛盾的性格之中发掘、提炼美和善，着力揭示人情美、心灵美，表现了作者探索的勇气和敏锐的眼力"。我还记得，上世纪 80 年代初，我刚进中国作协领导班子。当时作协一把手张光年不止一次地对我们几个相对年轻的党组成员说，肩上挑了担子后，务必坚持多读作品，多练笔，无论如何不要陷在文山会海里。他还煞费苦心地让我们担任作协创作研究室的兼职研究员，以便经常了解、研究当前创作状况、趋向。那时，创作研究室的一些研究人员，都根据自己对作家的熟悉、爱好情况，分别拟定选题，撰写作家作品论，如曾镇南的《王蒙论》就是其中的一篇。我出于对刘厚明作品的喜爱，十分赞赏他对人类美好、善良感情的揭示和讴歌，也很欣赏他注重儿童情趣、追求单纯、质朴美的创作风格，因而跃跃欲试，萌生了写一篇比较全面地评述其作品的《刘厚明创作论》的想法。

我想方设法搜集到当时他已发表、出版的全部作品，挤业余时间仔细阅读了他的《六个儿童剧》《儿童喜剧集》、短篇小说集《红叶书签》《阿诚的龟》、小说童话合集《黑箭》、小说散文集《啊，我亲爱的大河马》、中篇儿童小说《小熊杜杜和它的主人》、散文集《亚非九国游记》等。"文革"前他写的儿童诗、儿童剧、儿童小说和话剧剧本《箭杆河边》《山村姐妹》等，也都找出来一一浏览了。我边读边写札记，对他的创作历程、作品特色有了较为清晰的了解。我拟出了一篇论文的提纲，并写了个开头。但后来终因全力投入中国作协第四次会员代表大会的筹备工作，繁杂的组织工作、秘书工作缠身，再也不能坐下来从容地写下去，只好无可奈何地搁置一边了。如今，想起这件事，我还深深地引以为憾哩。由于自己的怠惰，欠下这笔文债，不仅失去了一次在文学上、心灵上与厚明和其他儿童文学同行对话、交流的机会；同时也辜负了光年等前辈要求我"多读作品、多动笔杆"的殷切期望。

厚明不仅是一位卓有成就、影响的儿童文学作家，同时还是一位密切关注儿童文学理论批评的有心人。在上世纪80年代初，他先后发表过一组《编余札记》和《路，越走越宽》等漫谈编辑、创作体会的文章。他发表于1981年第4期《文艺研究》上的论文《导思·染情·益智·添趣——试谈儿童文学的功能》，则是一篇紧密联系儿童文学现状、针对性很强、富有真知灼见的好文章。在改革开放之初，厚明在这篇文章中最早提出不能"对儿童文学的教育功能看得太狭隘、太机械"，他用又新鲜又独特的"导思·染情·益智·添趣"八个字对儿童文学的价值功能做了全面、精辟的概括。在他看来，"导思"就是要引导小读者思考生活、认识生活；"染情"就是"要用美好的、高尚的和正义的感情，感染小读者"；"益智"就是要"对小读者智慧的发展有所助益"；"添趣"就是"既要满足小读者的欣赏要求，又要帮助他们提高欣赏趣味"。长期以来，特别是上世纪80年代中期以来，对儿童文学的价值功能、儿童文学与教育的关系，一直是儿童文学界争论不休的一个热门话题。现在看，厚明在1981年对这个问题的论述就很到位、很完整，从中可以窥见他在理论上的敏锐、富有前瞻性。我注意到，1988年希望出版社出版的《中国儿童文学大系·理论（二）》

（蒋风主编），1991年浙江少年儿童出版社编选、出版的《中国儿童文学论文选（1949-1989）》，1996年接力出版社出版的《中国当代儿童文学论文选》（王泉根评选）等，都选收了刘厚明这篇很有见地和分量的论文。但就我读到的几本有关中国当代儿童文学史、中国儿童文学理论批评史的论著，似对厚明这篇论文的价值和贡献均缺乏应有的评估。我想，这是不该被忽略和遗忘，理应记上一笔的。

刘厚明还是一个出色的儿童文艺组织工作者。他在上世纪80年代中、后期，担任过文化部社会文化局主管少儿文艺工作的副局长、中国作家协会儿童文学委员会副主任委员。他关注儿童文学全局，视野开阔，反应迅捷，不时为促进儿童文学的发展积极建言献策。他的一些建议、意见往往都从实际出发，切中肯綮，符合儿童文学作家、评论家的愿望。这里，仅举我亲历的两件事，就不难看出他是多么善于适时地提出一些加强和改进儿童文学工作的重要举措。

一是建议中国作协设立儿童文学奖

改革开放之初，1979年，中国人民保卫儿童全国委员会、共青团中央、中国作协等八单位联合举办了第二届（1954-1979年）全国少年儿童文艺创作评奖。这以后，全国性的儿童文学创作评奖中断了相当长的一段时间。作协恢复工作之后，从1978年到1982年先后设置并举办了短篇小说、中篇小说、新诗、报告文学、长篇小说（茅盾文学奖）、少数民族文学创作奖，唯独没有儿童文学奖。不少儿童文学作家窃窃私议，颇有微词。在这种情况下，刘厚明于1983年4月写信给作协党组书记张光年，反映了儿童文学界的心声。张光年在《文坛回春纪事》中有如下记载："（4月6日　星期六　晴）为刘厚明来信提议增设儿童文学奖事与文井通话，下午复刘信一页，原则上赞成他的建议。"光年在致厚明的回信中表示："由作协设儿童文学奖，我们原则上同意。下月（5月）将委托一两位同志趋前访问，或邀请你来作协，就有关问题具体商谈。"后来由于作协通盘考虑如何改进各个门类文学创作评奖制度、办法，设置儿童文学奖的事又拖延下来。1985年8月初，我受作协书记处的委托，登门拜访刘厚明，听取他对作协儿童文学工作的意见。至今，我还清晰地记得，在永定门外定安里二号楼厚明那间不算宽敞、明亮的书房里，他不无忧虑地说起："儿童文学队伍很不稳定，水土流失较为严重，要采取一些切实的措施来鼓励、扶持儿童文学。"他颇为动情地再次强调设置儿童文学奖的必要性。正是在厚明的一再呼吁、督促以及随后内蒙古的杨啸、北京的韩作黎和陈模等作家来信的推动下，中国作协主席团终于在1986年5月烟台会议（即全国儿童文学创作会议）后，做出了"设立中国作家协会儿童文学奖，以鼓励优秀创作，奖掖文学新人"的决议。这样，儿童文学界期盼已久的创作评奖才落到实处。迄今为止，这个奖已举办了七届，共评选出105位作家的156部（篇）作品，可说是佳作新人迭出，充分展示了改革开放30年来儿童文学创作的丰硕成果。如今当我们回望、评估作协儿童文学奖的成就、影响时，不能不想起刘厚明当年为设置这个奖鼓与呼的那份热情，那片苦心。

二是建议《文艺报》出"儿童文学评论"专版

如果说儿童文学在文学大家庭中经常处于被忽视、冷落的地位；那么，儿童文学理论批评又是儿童文苑中尤为薄弱的一个环节。上世纪80年代初、中期，除了少年儿童出版社不定期出版《儿童文学研究》丛刊外，几乎就没有一块儿童文学评论园地。1985年中国作协第四次会员代表大会后，《文艺报》于同年7月正式改为对开4版的周报。过了一年多，该报又酝酿、研究扩版。这时，刘厚明已调至文化部社会文化局工作，同时兼任中国作协创作委员会儿童文学组召集人。他和我同在沙滩北街一个院子里办公。1986年初秋季节，他急匆匆地来到我办公的简易板房里，恳切而又执着地对我说："听说《文艺报》明年要扩充为8版，该建议他们每月拿出一个版面出儿童文学评论专刊，千万别错过这个机会！"他的想法与我不谋而合，我当然赞成、支持他这个建议。恰好前不久中国作协主席团做出的加强和改进少年儿童文学工作的《决议》中也有这么一条："希望各文学创作、评论刊物经常选发一定数量的儿童文学作品及有关儿童文学的评论文章。作家协会主办的《文艺报》《人民文学》……等刊物在这方面应起带头作用。"正因为如此，当我与时任《文艺报》主编的谢永旺商量这件事时，他很爽快地表示可以考虑，将以积极的态度来安排、落实。我在作协党组、书记处会议讨论《文艺报》改版计划时，又一次陈述了《文艺报》出这么一个专版对加强儿童文学理论批评的好处。1986年10月，时任《文艺报》副主编的吴泰昌来电话告知：《文艺报》扩版后，每月拟用大半版篇幅集中刊登儿童文学评论，并拟请冰心老人为专版题写刊头。1987年1月《文艺报》扩版为对开8版周报后，1月24日《儿童文学评论》专版第1期就应运而生，与读者见面了。从专版问世到现在，20年间已出版了208期。它已逐步成为观察、了解当前儿童文学发展态势、趋向的一个窗口，培养儿童文学评论新人的一片沃土，对活跃儿童文学评论，树立科学说理的批评风气，起到了积极的推动作用。如今，每当我们打开《文艺报·儿童文学评论》版时，面对着一个个或熟悉或陌生的作者名字，品味着对一个个热门话题或优秀文本的评述，仿佛是在与一位知心老友谈心、对话，一种亲切感油然而生。正是由于刘厚明的倡议，才使我们有了这么一位推心置腹的挚友。

那纯真感人的《小雁齐飞》《黑箭》《阿诚的龟》，那匠心独具的"导思·染情·益智·添趣"八个字，还有那适逢其时、深得人心的关于设立作协儿童文学奖和开辟《文艺报·儿童文学评论》版的倡议，使刘厚明这位儿童文学作家的形象在我的心目中越发鲜活、丰满起来，永远难以忘怀。

2008年11月5日

兼具童心诗心爱心的洪波

高洪波是新时期之初涌现出来的一个生气勃勃、富有鲜明艺术个性的诗人、散文家、儿童文学家。我与高洪波相识相知已三十多年了。在我的印象中，他是个敏锐而机智、活泼而幽默、勤奋而坚持的人。

他在文学创作上是个多面手，能娴熟自如地运用多种文体写作，诗、散文、随笔、儿童文学、评论，他都拿得起、放得下。而在儿童文学这一领域里，他又涉猎诗、散文、童话、小说多种体裁。他驰骋于成人世界与儿童世界之间，左右逢源，得心应手，确实难能可贵。

洪波从事创作40年，收获颇丰。摆在我面前的《高洪波文集》八卷，充分展示了他的创作实绩，可说是枝繁叶茂，繁花似锦。

洪波在创作上之所以取得如此丰硕的成果，与他相对丰富的阅历、相当广泛的爱好分不开，也与他腿勤、手勤，勤于采风、勤于挥毫分不开。

洪波是老三届，当过兵，当过记者、编辑，又做过多年文学组织工作。记者、编辑生涯，养成他嘴勤、腿勤、手勤、脑勤的好习惯。爱好足球，喜欢打乒乓球，爱养猫养狗，钟爱古玩收藏，丰富了他的业余生活。他是生活中的有心人，善于捕捉那些闪光的、有趣的事物，有所发现，有所感悟，随即诉诸笔墨。从他的文集中可以清晰地看出，他每到一个地方，或参加某项活动，几乎都留下了记录见闻、抒发感受的诗文。

去年初冬时节，在人民大会堂聆听胡锦涛总书记在第九次文代会、第八次作代会上的讲话，其中讲到："特别是这些年来，在党和国家举办的一系列大事喜事、应对一系列难事急事的过程中，总有文艺工作者辛勤奔忙的身影，总有文艺工作者创新前进的足迹，总有文艺工作者倾心奏响的时代的乐章。"当时，我脑海里立即浮现出高洪波的身影。这些年来，在抗"非典"、抗击冰雪灾害、抗击汶川地震第一线，在作家走军营、走长征路、走进红色岁月的采风创作活动中，高洪波都没有缺席，总是身先士卒，走在队伍的最前列，表现了很高的贴近实际、贴近生活、贴近群众的自觉性。对此我是十分感佩的。我想，正是他想方设法同人民生活保持着紧密联系，他的创作灵感、激情才源远流长，永不枯竭。

在从事繁重忙碌的文学组织工作的同时，依然紧握手中的笔，坚持写作，不断发表新作。这不是每个人都能做到的，我们往往会顾此失彼，为会议、公文日常事务所缠，不得不暂时搁下笔来。而洪波在这方面做得相当好，既完成了自己承担的那份工作，又始终笔耕不辍，发扬自己的优势和长处，不间断地写一些散文随笔，诗、低幼童话等。在他看来，"坚持是一种美丽"，"文学创作不仅需要热爱，也不仅凭天才和才气，有时需要的是坚持和固守"。多少年来，他正是按照自己的信念，坚持不懈地边工作边写作。他现身说法，工作与写作并非不可得兼，而是可以两全其美。这不能不让我由衷地赞赏。

洪波是一个有自己的创作主张，并富有独特文学风采的诗人、作家。他一直主张儿童文学应当是"快乐文学"，并努力把这一主张贯彻到自己的创作实践中去。"我希望自己的作品能愉悦孩子们的心灵，能启迪他们热爱大自然、小动物的爱心，能让他们幽默些、机智些、有情趣而不古板，能让他们生活得自由些、快乐些。"（高洪波：《发现儿童》）他的儿童诗《鹅鹅鹅》《我喜欢你，狐狸》《大灰狼，别怕》《懒的辩护》《爷爷丢了》以及幼儿童话中的不不兔、板凳狗形象，都写得幽默诙谐，情趣盎然，表达的确是作者"发自内心的智慧、机敏和幽默传达出来的快乐信息"，是他的性格、气质的自然呈现。

尽管洪波也年届花甲，但在年届耄耋的老人面前他还是一个小弟弟。不久前他从作协领导岗位上退下来，今后可以有更多的精力、时间读书、写作。我祝愿也相信兼具童心诗心爱心的洪波在创作上一定会更充分地施展自己的才华，登上一个新的艺术高地。

2011 年 12 月 1 日

他一心扑在儿童文学上

——赞发稼兄

樊发稼是儿童文苑成绩卓著的诗人、评论家，也是新时期儿童文学队伍一位出色的领军人物。在祝贺他 80 华诞和从事儿童文学创作 60 周年之际，我由衷表示真挚的敬重之意。

发稼兄是我可以推心置腹交谈的一位好朋友，也是同我在作协儿委会合作共事的老搭档。几年前，我写过一篇题为《激情似火　胆识过人》的文章，评述他在儿童文学评论方面的成就和特色。"激情、胆识、慧眼、率真"八个字，是我对他的评论的基本估价。今天，我不评论他的作品，想着重就他的为人为文做事的精神、品格、作风等方面，谈谈自己的印象。我把它身上值得我们学习、赞扬的地方概括为五个赞。

一赞发稼一心扑在儿童文学事业上。他对儿童文学情有独钟。从 1955 年在《少年文艺》上发表诗作到现在，投身儿童文学已超过 60 个春秋。特别是从他 80 年代初专业从事儿童文学研究、评论后，更是把儿童文学当作自己的终生事业，当作自己的责任和使命，专心致志，心无旁骛，锲而不舍，须臾不离。他真正、不折不扣地践行着自己的座右铭："只要一息尚存，就要努力奋斗。"

二赞发稼又搞创作又搞评论。他是一位视野开阔、学养丰富的作家，又是一位富有激情、诗人气质的评论家。搞创作，有评论家的眼光和修养，善于观察、发现生活中的美和诗情画意，更加懂得儿童文学的特征、功能，更加注重以纯真、善良、美好、崇高的感情陶冶孩子的心灵。搞评论，有诗人那种冰清玉润的赤子情怀，有创作实践的经验，更加懂得创作的甘苦，善于发现他人创作的优长和特色。我对兼具创作、评论才能的人，深表赞赏和羡慕。

三赞发稼手不释卷，笔耕不辍。他读书、写作都特别勤奋。至今已出版了各种著作80多本，可说是名副其实的著作等身。他参加了多少次文学评奖、创作研讨会，他又写了多少评论名人佳作、新人新作的文章。特别是他在岗位上，按照工作需要，还参与了《中国当代儿童文学史》《中华文学通史》中的儿童文学部分的撰写。这些工作、活动都是以阅读文本为基础，最后落笔为文的。他那刻苦勤奋、不知疲倦的精神，实在让人感佩。

四赞发稼目光四射，耳听八方。他不仅关注儿童文学现状、发展趋势，而且关注整个文坛和国内外大事。文情、国情全在他胸中，并敢于发表自己的看法和意见。他与文友、出版界的联系，都相当广泛、密切，因而能及时捕捉、掌握各种信息、动向。在网络时代，他与时俱进，很早就在网上开辟了自己的博客，让文友们在第一时间读到不少新闻、参考消息、文章、资料。没有对儿童文学的炽热的爱，没有对文友、同行的热情关切，是不能坚持不懈地这样做的。

五赞发稼严于律己，与人为善。他在思想、工作、生活各方面对自己的要求都十分严格。以中国作协儿委会的工作为例，他当了多年委员、副主任。从作品研讨到文学评奖，从编年度作品选、儿童文学年鉴到发展会员、培养新人，事无巨细，他都事必躬亲。一个编制不在作协、兼职的委员会委员，肯于这么花力量、下功夫，可说是罕见的。在工作、活动中，遇事与同事商量着办，既勇于提出自己的意见，又乐于吸收他人的意见。这么多年，我和他的合作，是挺愉快的。

在前天的一次会上，茅盾文学奖获得者、小说家张炜说：一个作家要有两个颗心，一颗童心，一颗诗心。过去张炜还说过："一个好的写作者，首先是一个好的儿童文学作家，和一个好的诗人。"在我看来，发稼就是具备这种素质的好作家。

冰心老人说："人生从八十开始。"真诚地祝愿发稼兄童心永驻，青春常在，长生不老！

2017年1月15日

书上的题签

长时间在文学界打杂，有幸结识了不少作家。有机会收到诸多名家新秀亲笔题签的赠书，得以领略他们的风采，享受阅读的愉悦，是一种缘分，也是一种幸福。

以书相赠的有前辈师长、同辈文友，也有后辈新朋。赠书的朋友在扉页题写上款时，大多以"同志"相称，也有客气地称我为"道兄""学长""老友""先生""老师"的。下款则有作者的签名、赠书日期，有的还郑重其事地盖上自己的印章。

在我珍藏的签名本赠书中，有若干本除了作者题签的上、下款外，还有弥足珍贵的题词或留言。每捧读这些意味深长、各具特色的赠言，总不免勾引起怀人忆旧的缕缕思绪。

十多年前，儿童文学作家、翻译家任溶溶给我寄来一本沉甸甸的《给我的巨人朋友》。这是他的作品选集，其代表作《爸爸的老师》《你们说我爸爸是干什么的》《"没头脑"和"不高兴"》《一个天才的杂技演员》等尽收其中。作者在扉页题签的上款是："束沛德同志留念"，在下款"任溶溶1993.12.25"之外，还写有一行极其醒目的"我七十岁了！"面对这一行字，真如见其人，如闻其声，那天真得像个老顽童的任溶溶，就仿佛站在我的面前。

上世纪90年代初，赴南京参加《未来》编委会，在秦淮河畔，我与任溶溶同住一室，曾不止一次彻夜长谈，各自诉说自己的人生遭际和感受。他那风趣幽默的谈吐，那乐观豁达的性格，还有那永不言老的精神，深深刻印在我的脑海里。如今他已是耄耋老人，但依然精神矍铄，笔耕不辍，不时有新作译著发表出版。我想象着七年之后，如果我还健在，也许还能收到他馈赠的一本在扉页上写着"我九十岁了！"的新书。我想，这对胸怀宽广、性情诙谐的任溶溶来说，也不算什么奇迹。

在我的书柜里收藏有散文家、资深编辑家袁鹰的十多本赠书，涉及散文、随笔、诗、儿童文学、传记文学多种体裁。我虽在新中国成立前上中学时就从刊物上读过袁鹰的作品，并相识于上世纪50年代，但"十年浩劫"后交往才逐渐多起来。他是我尊敬的兄长，也是我心目中可以不时求教的师友。可多年来他在赠书给我时，总是写着"沛德兄惠正"，让我实在不敢当。几年前，他送我一本小说散文集《泥河》。这是他青少年时代作品的结集。他在题签时写道："穿开裆裤时代的照片呈沛德兄哂正。"这句形象生动的话，既真切地表现了作者的谦虚，也准确地反映了他出版这本书的心情。上世纪末，我又收到他寄赠的一本散文集《秋风背影》。书中收辑了他回忆与怀念文友、同事或老领导的几十篇感情真挚、文笔清丽的散文。这些文章所描写的对象有我熟悉和敬重的胡乔木、夏衍、光年、邓拓、恽逸群、林淡秋、冯亦代、徐迟、袁水拍、李季、冯牧等。其中有一篇的题目是：《舷梯上的背影——记周扬》；另一篇的题目是：《秋风里的送别——悼陈荒煤》。作者巧妙地从这两篇文章题目中各取两个字，组成情深意长、诗意浓郁的书名：《秋风背影》。而在送我的那本书的扉页，袁鹰又紧扣书名和该书的题材内容，满怀深情地写了一首诗："秋风送背影，／泉下故人多，／劫后幸存者，／怆然感逝波。"这里既寄托着作者对逝者深切的缅怀之情也蕴含着激励生者珍惜时光、把握现在的殷切期望。

原本就是诗人的袁鹰，在赠我的另一本散文集《灯下白头人》上，又写下这样的诗句："花开花落等闲过，尚有情怀似旧时"，真实而又浓缩地抒述了他阅尽沧桑、抚今追昔的感慨和情思绵绵的襟怀。年逾八旬的袁鹰如今依然活跃地驰骋在当代文坛上，他那长盛不衰的创作活力，真让人艳羡不已。

给我赠书最多的当推老作家沙汀。他是我跨进文学门槛后最早的顶头上司，也是可以推心置腹无所不谈的忘年交。在我的书柜里，不仅有他那本上世纪50年代初出版的《沙汀短篇小说集》，也有80年代、90年代前后用了六年时间才出齐的那套七卷本《沙汀文集》。在沙老谢世前那十多年，差不多他每出一本新书，都会签名送我一本。在所有这些赠书中，

1980 年出版的那本小说散文集《涓埃集》似尤为珍贵。他在这本书的扉页上写了这么一段话："这本小册子排错了字句不少，未敢轻易赠送友好，并已商请出版单位不重印了。前日偶与沛德同志谈及，特将此仅有的一册赠之。沙汀 八二 四 十二日。"沙老把这么一本编校质量不高的书送我，由此可见他没把我当作外人，我们之间的情谊非同一般。但我之所以说这本赠书更有意义和价值，还不止于此，而是在于：沙老在收入此书的中篇小说《闯关》的末尾，原注明写作时间为"1943 年 10 月"之后，用圆珠笔密密麻麻地写了一大段话："此书，即《闯关》，我记得系写于苦竹庵，时间在肖崇素同志被任正（振）翩关衙（押）的消息由县城传到睢水之后，而肖被捕是在 1942 年秋。尽管他只被关了一夜就逃跑了，但当时的气氛却十分严重。而且，他一被捕，城里就来人催我下乡了。因此写作时间应为 1942 年冬。原来下乡之前，我正准备动笔写它。1982.5.3 日记。"这段题记是作者本人为《闯关》的写作时间、地点立下的存照，这就为研究者提供了第一手权威的资料。像这样具有收藏价值的签名本，我想它的最好归宿该是现代文学馆或沙老家乡的图书馆。

赠书题签的内涵、样式远不止这些。比如，逢年过节，赠书人在题签时，往往会写下一些祝福的话。我手边就有好几本这样的书，我的老领导、女作家菡子 1999 年元旦送我和老伴的《重逢日记》，就写有："沛德、刘昆同志存念并贺年"。2006 年新年前夜，儿童散文家吴然在送我的散文选集《火把花》上，方方正正地写着："束老师，祝你健康、快乐、幸福！"一本书，一句话，这里面又负载着多么亲切、温馨的友情啊！

2006 年 5 月 21 日

岁岁期盼一贺卡

每逢岁末年初，总会收到不少亲朋好友寄来的新年贺卡。这些贺卡载着一份份真诚的问候和祝福，让我深深感受到亲情、友情的温馨。

在我收到的贺卡中，为数最多的当数邮局发行的有奖明信片。而其余各式各样、设计新颖、印制精美的贺卡中，有带镂空或凸出图像的，也有带音响、带香味的，还有造币厂制作的镀金生肖礼品卡，可说是别出心裁，千姿百态。但我情有独钟、弥足珍贵的却是友人自制的题字绘画的贺年卡。

作家海笑是我的兄长、老友，也是江苏老乡。他年仅 15 岁就在抗日烽火中投笔从戎，有着丰富阅历。由于他在写小说、散文、杂文的同时，也写了不少反映少年儿童在战斗中成长的中、长篇小说，因而把我这个在儿童文学舞台上跑龙套的引为知己。从上世纪 80 年代起，差不多每年岁尾都会收到他亲手绘制的水墨画贺卡。在一方宣纸上，他饱含深情地挥毫画熊猫、鱼虾，也画山水、松竹，画牛羊猫狗，也画花卉瓜果。年复一年，岁序流转，他的画路越来越宽，技艺也日臻纯熟。他的水墨写意，不落套，有新意，让人读后心旷神怡，浮想联翩。特别耐人寻味的是画上的即兴题款，更是令人拍案叫绝。1993 年末寄来的贺卡，画着一只睁着大眼睛、翘着长尾巴的猫，题诗云："不问黑与白，如若善捕鼠，又能不偷嘴，方是一好猫。"面对此画此诗，怎能不让人联想到当下存在的鼠窃狗偷的令人焦虑的现实，又怎能不赞叹作者多么真切地表达了平民百姓期盼有更多"好猫"的心声。这充分显示出作为杂文家的海笑笔锋之犀利、感情之深沉。90 年代，海笑兄曾三次以水墨荷花贺卡相赠。1997 年底寄来的那张贺卡，上面画着几朵嫣红的嫩荷，衬以大片覆盖的绿叶，红绿相映，色泽明丽，一股清新秀雅之气荡漾于笔情墨韵之间。题款则由北宋周敦颐的

《爱莲说》引申而来："荷与莲出淤泥而不染，濯清涟而不妖，中相通外挺直，其性格真可敬。"海笑兄对荷花如此钟爱，由衷赞美它的高洁品格，由此可以了解到他的所思所想，所爱所恨，也可约略窥见他人品文品之一斑。

去年年初海笑兄遭癌症袭击。大年初一住进医院，正月十五左右开刀，住院两月，又去外地疗养。他终于打败癌魔，顽强地挺了过来。2007年新年前夜，我给他寄去一张贺年卡，真诚祝愿他早日康复，身笔双健。正当我在猜度：年届耄耋、大病初愈的海笑兄今年还能不能寄来自制贺卡时，一张绘有红梅花开的水墨画贺卡呈现在我的眼前，不禁让我惊喜。画上的梅花有的盛开，有的含苞待放，鲜丽动人，枝干挺拔向上，生意盎然。画上题写："雪飘冰冻梅花开，香美均自苦寒来。"并祝我"新年快乐、健康如意，继续为儿童文学做贡献"。落款为："丙戌年逃过癌症一劫的海笑贺"。这不仅表达了他对我这个儿童文苑园丁的期盼，也道出了他作这幅画的内心感情。冬梅那不畏严寒、傲雪屹立的风姿，那顽强、不可抑止的生命力，那甘愿历尽艰辛困苦也要把芳华献给人间的精神，何尝不是历经战火洗礼、文坛风雨、疾病折磨的海笑的自我写照哩。

尽管海笑兄自谦为"儿童画的水平"，但渗透在小小贺卡中那缕爱憎分明的真情流淌到我的心底，确实让我感动不已，回味无穷。

2007年2月5日

晓雪的成就来自勤奋

《晓雪选集》六卷，洋洋洒洒，360万字。我作为一个同他相识30年的老朋友，对这套书的出版表示由衷的祝贺和敬意。面对这么一套沉甸甸、精美、大气的书，真让人羡慕不已。我不禁赞叹：作为一个文化人、一个笔杆子，一生能有这样的成果，也该感到欣慰了。

晓雪是驰名诗坛、文苑的一位有突出成就的诗人、评论家，也是少数民族文学队伍中出类拔萃的精英。他有创作才能又有理论素养，富有创作激情又善于哲理思考，尊重传统又勇于创新。他是一个兼有诗人、理论批评家气质、素养的杰出人才。

晓雪并不是一个专业作家、诗人，退休之前一直是个业余作家。他之所以能奉献出数量可观、质量上乘的皇皇巨著，固然与美丽、神奇、丰富的云南山山水水的哺育分不开，也与他的天赋、才华分不开，但我以为更重要的在于他的勤奋、刻苦、毅力。他从小学六年级开始，数十年如一日地坚持记日记。无论处于什么境地，即使挨批判，或工作忙得不可开交，也坚持抓住一切时间读书写作，始终没有放下手中的笔。我和晓雪是同辈人，也有相似的经历和遭遇，比如：中学、大学时代爱编编写写；参加工作后，上世纪50年代挨过批判，在"反右"中被划为"中右"，下放劳动；曾在党委宣传部门工作，当过多年"文件作家"……有趣的是我发现，血型也和他一样，都是O型。既然如此，为什么我在创作上、评论上就没有什么成就和建树呢？细细想来，这里也没有什么秘诀。以晓雪为镜子，对照自己，可以清晰地看出，无论是天分、学养、勤奋，我都自愧弗如。特别是缺乏那种辛勤耕耘、笔耕不辍的精神和坚持不懈、持之以恒的毅力。大科学家爱因斯坦说："在天才和勤奋之间，我毫不迟疑地选择勤奋，它几乎是世界上一切成就的催生婆。"晓雪在文学上的成就正来自勤奋、执着。

晓雪的文学成就是多方面的，在诗歌创作、评论上尤为突出。但不能忽略，他同时还是一个散文好手、能手。过去我读过他的散文集《雪与雕梅》《晓雪序跋选》。这次拿到《晓雪选集》，又饶有兴味地重新阅读了《散文卷》中有关故乡故人的若干篇章。

晓雪的散文，无论是写景状物，记人叙事，字里行间都跳跃着诗人那颗善良、炽热的心。他对乡情、亲情、友情、爱情的抒写和讴歌，充溢着真挚而自然的感情。这正是他散文的特色和魅力所在。

我特别赞赏晓雪写人的散文，即记叙亲人、老师、文友的那些篇章。他以深情的笔触写下的那含辛茹苦、心灵手巧的母亲，那一生坎坷、淡泊名利的二舅，那担任全家"总设计师"兼"总工程师"的"刀子嘴豆腐心"的贤妻，还有他那一见倾心、却比他大十岁、已经是少妇的初恋对象，都给我留下深刻的、难以忘怀的印象。晓雪善于把记人叙事与抒情结合、交融在一起，紧紧把握散文的抒情本质，因而通篇不乏以情动人的艺术魅力。

晓雪写他所熟悉和敬重的作家、文友，如写艾青、郭小川、冯牧、李乔、刘澍德的一些篇章，都是格调很高、情真意切的散文佳作。他的这些散文之所以令人铭记在心，一是在于他善于抓住一些生动、精彩、独特的细节，来勾勒人物的精神风貌。比如，在《他有一颗永远年轻的心——李乔印象》中，写李乔养成了每天按时锻炼身体的习惯，一次在"干校"开批判会，会议主持人要他揭发交代时，却找不到他了，原来他竟躲到远离会场的一棵大树下，从容不迫地做他自编的体操。又如写他在深圳创作之家攀登麒麟山的故事，77岁时因在山中迷路没能爬上去，时隔3年，到了80岁高龄，终于如愿登上山顶。寥寥几笔，一个执着、顽强的"乔公"形象就跃然纸上。二是这些写作家的散文，总能在为人、为文上给人以有益的启迪。晓雪是个有心人，同他所记叙的作家都有着密切的交往，常常促膝谈心，其中还多半有书信往来。下笔为文时，他从这些谈话、书信中信手拈来，都是有用的素材，不仅能勾勒出这些作家的面容、风貌，而且传递了他们对生活、对艺术的真知灼见。如艾青赞扬晓雪的《生活的牧歌》："抓住了我的最主要的特点，我一辈子就是唱生活的牧歌。"又如，郭小川强调"要培养有高度的文化艺术修养，有独到的思想见解，有独特的气质、特点和风格的作家、艺术家"，"在文学这个领域里，要能站得住脚，就是说要赢得广大的读者，必须开拓一个新的天地，既是思想上的，也是艺术上的"。再如，刘澍德在与晓雪的谈话中，引郑板桥的题画诗："四十年来画竹枝，日间挥毫夜间思，冗繁削尽留清瘦，画到生时是熟时。"所有这些记录、描述，不仅加深了我们对这些作家人品、文品、文学主张、艺术见解的了解，而且也为研究这些作家以至当代文学提供了鲜为人知、弥足珍贵的史料。

晓雪在散文创作上追求："像诗那样洗练、简洁"，"'散'得别开生面，'散'得舒展自如，'散'得生动活泼，'散'得诗意盎然"。这可说是散文至高至美的境界。晓雪一直奋力向这个目标登攀。我真诚地祝愿年逾古稀的晓雪身笔双健，在写出更多诗歌、评论佳作的同时，继续写出更多好散文来。

2008 年 3 月 20 日

一本诗集联结了我们仨

前些日子，四弟告诉我：从百度搜索到，地处山西介休市的三农书舍，开价 200 元拍卖一张我签了名的稿费收据。我上网一看，原来是中国青年出版社 1956 年 6 月发给我的初审蔡庆生著诗集《告诉我，来自祖国的风》的审读费人民币六十元正。

正是这本诗集把天南海北、素昧平生的长正、蔡庆生和我紧紧联结在一起。

事情要回到一个甲子前的 1953 年说起。那年深秋时节，河北唐山工人作家长正作为中国人民赴朝慰问团的代表，随慰问团赴朝鲜前线东海岸的鱼隐山下。慰问团华北分团团长交给长正一本抄在日记本上的《战地诗抄》，说总团康克清大姐嘱托"一定要想法找到作者，给他一个回复"。这个手抄本诗集的作者，就是当年年仅 19 岁的浙江籍战士蔡庆生。长正去他所在部队寻访他时，正好他随文工团小分队下连队去了，失之交臂，他俩未能见上面。长正回国后，从《战地诗抄》中挑选出《送行》《告诉我，来自祖国的风》二首，推荐给《人民日报》发表出来了；后一首还获得了中国人民志愿军文艺创作一等奖。从此，他俩鱼雁往还，谈文学，谈人生，相互关心、交流，有了深厚的友谊。改革开放以后，他俩曾有两次见面一叙的机会，但都擦肩而过。直到 1986 年，唐山地震十周年之际，蔡庆生偕老伴去长正寓所看望，他俩那双本该在 33 年前就握在一起的手，终于紧紧地相握了。

而我与长正的文字之交，也得回到上世纪 60 年代初。那时我在河北省文联文艺理论研究室，读了长正的中篇儿童小说《夜奔盘山》后，写了一篇《谈〈夜奔盘山〉的少年形象》，肯定了他塑造人物性格上的成就和特色。这本小说获得了全国第二届少年儿童文艺创作三等奖。"十年浩劫"之后，长正知道我从河北回到中国作协工作，来信索要我 30 多年前评论他小说的那篇文章。我当即寄去收有这篇文章的拙著《束沛德文学评论集》。从此，我与他也鱼雁往还，互赠新出作品，联系频繁起来。当我前些年收到长正寄来的诗文集《陌上黄花》，见到其中有一篇文章生动、具体地记述了他与蔡庆生相交相知的深情。我一见到"蔡庆生"这个名字，喜悦之情难以言表，情不自禁地立即给长正回了一信。我在信中这样写道："让我特别感到亲切的是《霜重色愈浓》一文写到的蔡庆生。我虽没和他通过信，见过面，但我早就从文字上结识了这位年轻的战士、诗人，多年来牢牢地记住了他的名字。这是因为他的第一本诗集《告诉我，来自祖国的风》，我曾参与编选。我当时在中国作协创作委员会工作，中国青年出版社文学编辑室的张羽，让我在业余时间读一些书稿。蔡庆生这本诗集就是由我编选、初审的。我一直还保存着这本书。你看，真是无巧不成书，文字、写作把蔡庆生和你、我联系在一起了。蔡庆生至今未必知道我和他之间早就有这样的交往。你如和他通信，请代致真挚的问候。"

当蔡庆生从长正处得知我的工作单位、通信地址、电话号码后，马上从东海之滨打来长途电话。尽管相距千里，但两颗心紧紧地贴在了一起。打这之后，隔上一段时间，我们就互通信息，互赠新著，彼此对读书、写作、生活的近况都大致了解。蔡庆生寄来《诗卷》，约我为之作序，我未敢从命。这是由于我这些年对诗歌创作现状不甚了了，确实难以下笔。但我还是直率地对他的《诗卷》谈了一点读后的印象和感受。这很快得到蔡庆生的谅解，他不愿让我做勉为其难的事。

长正、蔡庆生和我，我们仨，一个是工人出身的作家，一个是战士出身的诗人，而我则是学生出身的文学工作者。我们仨都是中国作协会员，文学队伍里的一员。正是对文学、对写作执着的、矢志不渝的爱和追求把我们凝聚在一起；是以文会友的相互理解、尊重的真挚情谊把我们凝聚在一起；是一个甲子历尽艰辛的风雨人生把我们凝聚在一起。啊，多么期待着有朝一日年届耄耋的我们仨能欢聚在一起！届时可以自由、从容地聊天抒怀，诉赋闲情，说翰墨缘，话中国梦，议天下事，把满腔的所喜所忧、所思所想淋漓尽致地倾吐出来。

2014 年 12 月 29 日

园丁履痕

记少年时代读与写

多阅读勤练笔

我这大半辈子与文字工作结下了不解之缘，同少年时代酷爱课外阅读、喜欢耍笔杆子分不开。

从高小到初中，我学业成绩优秀，语文尤为突出，作文常被语文老师加圈加点，这就激发了我对文学的兴趣。课外时间如饥似渴地阅读了《寄小读者》《爱的教育》《鲁滨孙漂流记》《木偶奇遇记》这样一些中外文学名著。我清晰地记得，第一次读《三国演义》，是在我14岁的那个暑假。我被书中描写的桃园结义、过五关斩六将、三顾茅庐、草船借箭等富有魅力的故事所吸引，不论天气多么闷热，即使汗流浃背，也不忍放下手中的书，一口气把它读完。

我从小爱书如命，中学时代开始拥有自己的一个小小的书柜。我把自己收藏的三四百册书籍，分类编号，登记在册，并逐一盖上自己的印章。半个世纪前养成的这种有条不紊、完整无缺地保存书刊的习惯，至今依然如故。

我学习写作，是从初中时代给报纸写"学府风光"一类消息开始的。同时，给《开明少年》《中学生》《青年界》等杂志投稿，既体味到稿子变为铅字的喜悦，也不止一次地品尝过被退稿的滋味。由于写作热情不减，坚持勤奋练笔，一些取材于学校生活的散文、速写《灯下自修记》《张先生的病》等，终于在刊物上发表出来。从那时起，我暗自立下了当一名新闻记者或文学编辑的志愿。大学毕业后，走上文学岗位，总算是圆了少年时的梦。

我深切地体会到，不论你长大了从事什么职业，少年时代多阅读、勤练笔，得到的益处将会一生享用不尽。

1995 年 10 月

从写信入手

上小学四年级那一年，我写的《给妈妈的一封信》，经语文老师推荐，在县报上发表了。自己的作文第一次用铅字清清楚楚地排印出来，心里有着说不出的高兴。

写信，无论是写给爷爷奶奶还是叔叔阿姨，你总是想把自己日常生活中遇到的最新鲜有趣、最有意义的事情告诉他们，也想把自己心中最兴奋、激动或烦恼、气愤的情绪向他们倾诉。写自己的所见所闻，写自己的亲身经历，写自己的真情实感，这正是写好作文的最基本的要求。

书信是一种灵活、自由的文章样式，内容可多可少，篇幅可长可短。小朋友从写信入手来练笔，是提高作文能力的一条有效途径。

2003 年 9 月

从写日记起步

读完小学五年级的那个暑假，我和同班几位同学一起到孙老师家里补习功课。孙老师给我们布置的作业，除了做算术题，写大、小楷外，还要求我们每天写一篇日记。开头我很发怵，觉得日常生活平平淡淡，没什么好写的；勉强写出一二百字，往往像流水账，千篇一律，没有一点儿新鲜气息。孙老师针对同学们写日记存在的通病，亲切地教导我们：下笔之前，好好地想一想，刚过去的这一天，有哪些事让你感到高兴、有趣或苦恼、生气，从中挑选印象最深的事记下来，就会是一篇内容具体生动的好日记。按照孙老师的点拨，我努力从每天所见所闻中寻找新鲜、有趣、印象最深的事。我在日记中写和弟弟在一起捉蟋蟀、斗蟋蟀，和同学一起游练湖，摸小鱼小虾；也写爷爷催我给在外地工作的父亲写信，写到外婆家做客，小姨教我猜谜语；等等。一天一天地写啊写，我思路打开了，"窍门"找到了，再也不为找不到材料而发愁了。

有一次，我随一位家在城郊的同学去玩耍。他家的三间茅屋前，有好多大树和一方绿色的池塘。那天，他爸爸、哥哥正划着小船在池塘里采菱。在同学的搀扶下，我也小心翼翼地坐上一个大木盆，在水中晃荡，兴高采烈地学着采菱。当我连根带叶捞出一长串深红色、青绿色、有棱有角的鲜菱时，心里真是乐开了花。我回家后，弟妹们听说这件事，羡慕得直嚷嚷：下次一定带我们去！在当天的日记中，我用"心花怒放""陶醉在大自然的怀抱里"来形容采菱的乐趣。孙老师在这些句子旁又圈又点，还写下"富有情趣，文字通顺"的评语。这次采菱的经历和孙老师的表扬，长久、深刻地印在我的脑海里。时隔近二十年，我的女儿出生，正是家乡江南采菱的时节。当我开动脑筋、苦思冥想为女儿取名字时，童年时代泛舟池塘采菱的情景，连同孙老师在日记上的批语，一一清晰地浮现在眼前。于是，我当即毫不犹豫地给女儿取了"菱舟"这个名字。前些年，女儿告诉我，她同事都称赞她的名字新颖别致、富有诗意哩。真没有想到，一次郊游，一篇日记，不仅指引我在学习写作的道路上起步，还带来"菱舟"这么一个博得好评的副产品。

2004 年 3 月

随手笔录

随笔是一种散文体裁，它篇幅短小，写法自由，形式灵活；可以抒情，也可以叙事，或夹叙夹议，不拘一格。初学写作，不妨试写一些随笔。我中学时代的习作《希望（外一章）》，就是试用随笔这种文体。

写随笔，必须有感而发，一定要有具体内容，借以抒发自己的真情实感。切忌空话连篇，空洞无物，无病呻吟。"有感而发"，感从何而来？我写《希望（外一章）》，主要来自现实生活中的感受，同时也来自读书的心得体会，并试图把二者水乳交融地结合在一起。

我的中学时代，是在战火纷飞、兵荒马乱、民不聊生、民怨沸腾的国统区度过的。那时，我对现实不满，内心充满苦闷与愤怒，渴望自由，向往和平。我期待着也深信着：黑夜过去，就会看到一线曙光，黎明即将来临。面临千难万险，身处困境绝境，只要有一线希望，就要坚持，决不轻言放弃。有了希望，才会有追求，才有成功的可能，社会才能进步，人生才能快乐。这是我当时的真切感受。当我提起笔来，要写下这些感受时，脑海里闪现出英国诗人雪莱光彩熠熠的名言："希望会使你年轻，因为希望与青春是同胞兄弟。"我很欣赏这句话，它不仅给我以激励和鼓舞，而且提升了我对"希望"的认识，使我把希望与青春紧紧地联结在一起，做出了"希望是属于青年的"这样简洁而概括的判断。并由此生发开来，自然而然地谈到青年人对未来应当满怀新的、无限的希望。

不言而喻，对中外名人、先哲的名言、格言，一定要细细咀嚼，用心体会。特别是要结合着自己的人生经历、生活经验，来把握它的精髓，领会它的真谛。在《时间》一文中，我紧紧扣住苏联大作家高尔基说的"奋斗，那么时间将是最珍贵的，最美丽的"这句至理名言，来抒述自己的切身体会。如前所述，当时社会一片混乱，校园里空气沉闷，自己在精神上、情绪上有不少忧愁和苦恼。正因为如此，就越发感到：时间稍纵即逝，无论如何不能浑浑噩噩过日子，一定要把握住每分每秒，努力学习，努力工作，来充实生活，充实自己。"奋斗"二字深深刻印在我的心坎上。

少年朋友们，生活有所感，读书有所得，就随手笔录下来吧！

2005 年 9 月 13 日

附：希望（外一章）

雪莱说：希望会使你年轻，因为希望与青春是同胞兄弟。

希望，人们快乐的源泉。

在一个冷寂无际的沙漠里，客商们口渴了，希望得到一口清水；滂沱大雨以后，人们凝视着蔚蓝的天空，希望着虹的出现；一个寒风凛冽的冬天，穷人们希望着阳光的普照；一个受尽流离颠沛、战争折磨的苦痛的人，希望着和平的来临……这一连串的希望，都是人生快乐的源泉，假如希望兑现了，那么人们的生活，就充满了趣味与意义。

诗人雪莱说得好："希望会使你年轻，因为希望与青春是同胞兄弟。"这句话，的确有它的价值。希望是属于青年的。青年人应该怀着无限的希望；无论是关于国家社会的，关于教育文化的，关于家庭幸福的，我们都应该建立新的希望。这样，生活才会有进步。

可是，希望与幻想不同，希望是循着一定的道路，以达到理想的目标。因此我们必须埋头苦干，沉着努力，以后，希望才会兑现。假如你只是沉醉于希望的幻觉中，那就是空虚渺茫的幻想，幻想的结果，会使你失望的……

诚挚的青年朋友们，快快建立形形色色的希望吧！

时　间

高尔基说：奋斗，那么时间将是最珍贵的，最美丽的。

"一寸光阴一寸金，寸金难买寸光阴。""光阴一去不复返"……光用这一串话语来歌颂光阴的宝贵是不够的，我们应该切实地把握时间，利用时间。

在人生的旅程中，由童年而少年，少年而青年，壮年，老年，这是多么悠长的一串日子呀！然而假如你能好好利用时间的话，那么一个人从呱呱坠地到寿终正寝，也许会觉得生命是太短促了！的确，浑浑噩噩地鬼混，不但生活是阴郁的，空虚的，而且内心里充满了烦闷与苦恼。

大文豪高尔基曾说过："奋斗，那么时间将是最珍贵的，最美丽的。"这句话实在太好了！我们应该牢记在心头，作为我们生活的标帜吧！的确，时间是最珍贵的东西，假如你能够努力工作的话；而且，我们要用创造的力量，丰富的知识，来充实生活内容，扩大生活领域，这样，时间才是最珍贵的，最美丽的。

朋友们，我们大家听着嘀嗒嘀嗒的钟声，把握住一分一秒时间，来充实生活、充实自己吧！

附注： 这是我中学时代的习作，写于 1948 年，发表在同年《东南晨报》上。

好书对我的馈赠

书，在我的心目中，是永远诲人不倦的启蒙老师，也是可以百年偕老的终身伴侣。我从小与书为伴，随着年龄的增长，逐渐成为一个读书入迷、爱书成癖的人。跨进文学门槛，又一直同写书、编书、评书的人打交道。对书，可说是怀有一种如漆似胶、须臾不可离的亲密而深挚的感情。

童年、少年时代，就爱听大人讲故事，也爱看故事书。我记得，十二三岁的时候，父亲从上海给我捎回一套《历史人物故事丛书》，包括《四谋士》《四忠臣》《四将领》《四才子》《四美人》等十本。我拿到手，花了几个星期的课外时间，如痴如醉地从头到尾读了一遍，被书中描述的诸葛亮、岳飞、文天祥、唐伯虎、王昭君这些英雄人物或风流人物生动有趣的故事迷住了。在我幼小的心灵里，越来越清晰地画下了一条忠与奸、善与恶、爱与恨、美与丑的分界线。

在少年时代读过的书中，对我的性格形成影响最大的，是上初一时语文老师推荐的《爱的教育》这本小说。我从小舅舅那儿借来这本书，一下子就被吸引住了，深深同情书中那些小人物的遭际、命运，读着读着，有时竟情不自禁地流下泪来。半个多世纪过去了，至今我还清晰地记得，那个每天深更半夜悄悄地爬起床，替父亲抄写的《小抄写员》。小小年纪，就那么懂事，一心要挑起帮助父亲养家糊口的担子，并默默忍受着由于父亲误会而对他的批评、指责。儿子对父亲的这种强烈、深沉的爱，是多么纯真、高尚的感情啊！我也难以忘怀，《万里寻母记》中所描述的那个年仅十三岁的马尔可，只身飘洋过海，行程万里，历尽千辛万苦，去寻找在异国当女佣的母亲。当我从书中读到马尔可穿过阿根廷首都一条又一条马路，找了一处又一处而碰了壁；又乘船、坐火车、搭马车、走山路，找到一座又一座城市，却一次又一次地扑了空。这时，我同小主人公一样心急如焚，未免感到沮丧、失望。而当马尔可忍受了长途跋涉的疲劳、疾病、苦役的折磨，终于找到生命垂危的母亲，并使他母亲重新点燃起生的欲望时，我不禁流下欣喜、激动的泪，并打心眼儿里佩服马尔可战胜一切艰难困苦的勇气和毅力。

一本《爱的教育》在我的心田里播下了爱的种子，真、善、美的种子，启迪、引导我从小爱父母，爱朋友，尊重老师，同情弱小。长大成人后也懂得与人为善，设身处地为别人着想；在同事朋友之间讲友爱团结，重互助谅解。我从来没有疾言厉色地训斥、批评过他人，在历次政治运动中始终也成不了积极分子。在工作、写作上，我之所以对儿童文学情有独钟，甘愿在文坛这个常常被遗忘的角落做一点摇旗呐喊、拾遗补阙的事情，追根溯源，也同《爱的教育》的启迪分不开。我深切地体会到，像《爱的教育》这样富有启蒙价值和艺术感染力的优秀作品，对于塑造未来一代的心灵、性格，有着不可低估的潜移默化的作用。因此，从我涉足文学评论领域的那一天起，就乐此不疲地鼓吹儿童文学作家、作品，从不吝惜用自己的心血和汗水来浇灌儿童文学这片小百花园。

我读初三时，正是抗日战争胜利之日。我的家乡丹阳和我就读的中学所在地镇江都在沪宁线上，离上海不远，交通方便，信息灵通，接触各种报纸、杂志、出版物的机会和渠道比较多。开明书店、北新书局出版的文艺读物、知识读物逐渐进入我的视野。如叶绍钧、夏丏尊的《文章讲话》、朱光潜的《给青年的十二封信》、巴金的《家》《海底梦》、叶绍钧的《倪焕之》、钱钟书的《写在人生边上》等，都成了我爱不释手的读物。而《大公报》《中学生》《青年界》等报刊则成了我每天每月不可缺少的精神食粮。

1946年那个漫长的暑假，我居家消夏，养成了每天仔细读报的习惯。清晨起来，就期盼着邮递员送来当天的报纸。一份报纸拿到手，从国内要闻、国际新闻到文化、体育新闻，从副刊到书刊、影剧广告，都要聚精会神地逐版逐段一一细读。每天花费在读报上的时间差不多达两三个小时。日复一日坚持认真读报，使我对新闻、评论的写法、标题的制作、版面的编排日益发生了兴趣。于是又四方搜寻关于新闻学的书籍，先后找到了萨空了的《科学的新文学概论》、储玉坤的《现代新闻学概论》、赵敏恒的《采访十五年》等书和当时南京出版的《报学杂志》。囫囵吞枣地学得了一点关于新闻采访、新闻编辑的入门知识，初步了解了新闻学在现代政治、文化生活中占据的重要地位。从此我饶有兴味地学写起新闻消息、通讯报道来。在自由命题的作文中，我学体育记者的笔法，写了一则校内举办篮球比赛的新闻，语文老师加圈加点，倍加赞扬。我又写了一些学府风光、学校生活素描之类的稿子，投寄到报馆、杂志社，其中不少篇被采用了；随后还当上了两家报刊的通讯员，这就进一步激发了我对新闻写作的兴趣。

读高三时，学校按数理化和英语成绩分为文科、理科两个班，我被分到了理科。说实话，我是"身在曹营心在汉"，学的是理科，爱的却是文科。我积极参加校内文艺研究会、时事研究会的活动，与爱好文艺的同学一起办壁报，编报纸副刊。通过《中学生》读友会以及《母》《被开荒的处女地》《王贵与李香香》《李有才板话》等作品，思想豁然开朗，使我窥见了一个新的世界，一群新的人物。对知识分子前进的方向也有了较为清晰的认识。随着时局的发展，国民党统治摇摇欲坠，老百姓怨声载道，我对现实的不满越来越强烈，这就更加坚定了我要当一名新闻记者的志向，决心用自己手中的一支笔揭露社会的黑暗丑恶，报道民间的疾苦，反映大众的呼声，做人民的喉舌。

共和国诞生的时候，我如愿考入复旦大学新闻系。读了三年，提前毕业，我服从组织分配，到文学团体做了秘书工作。在文学战线"打杂"四十七个春秋，一直做组织工作、服务工作，始终没有当上新闻记者，也没能做成副刊编辑。回顾自己走过的路，没能完全按照自己的志趣、爱好、个性发展，没能圆青少年时代的梦，不能说没有一点遗憾。然而，从另一角度细细一想，我又无怨无悔。因为正是中学时代多阅读，勤练笔，才使我较为熟练地掌握文字的基本功，得以胜任写报告、讲话、总结、言论的任务；也正由于爱上新闻学，才使我重视并保持关心时事政治、顾全大局、敏于发现新事物、乐于搭桥铺路等优点和长处。唯其如此，我由衷感谢中学时代勤于读书对自己的馈赠。

1999 年 3 月

得奖那一年，我十六岁

　　双休假日，翻箱倒柜，终于找出了一包半个世纪前的习作旧稿。打开那本封面已发黄的《中学月刊》第七期（1947年11月1日出版）发在第19页的那则《暑期征文揭晓》的消息中，"名誉奖"榜上印有一行："《一个最沉痛的日子》培得（镇江镇江中学）"。这是我第一次用文学样式写的作品，算是一篇小小说吧。在这以前，我只给报纸写过一些"学府风光"之类的消息。培得是我初学写作时用的笔名。

　　面对这本我熟悉而又久违了的《中学月刊》，我的眼前隐隐约约地浮现出54年前的暑期生活情景。那年我16岁，在江苏省立镇江中学读完高一，暑期回到距镇江30公里的家乡丹阳度假。炎炎夏日，酷热难忍，而时局动荡，战火纷飞。憧憬和平、自由而不可得的我，陷于烦躁、郁闷之中，只能靠读书看报来排遣漫长的苦夏。我陆续读了巴金的《海底梦》、茅盾的《三人行》、李健吾的《意大利游简》等。而经常与我作伴的刊物有：《中学生》《开明少年》《国讯》等。我还从外地一位朋友那里，辗转读到来自香港的《读书与出版》《新文艺丛刊》。至今难以忘怀的是，当年为了避开国民党的书报、邮件检查，把整本的进步书刊拆开来，分成若干沓，每四五十页卷成一卷，贴上邮票，当作印刷品互相传递，交换阅读。手头拮据的穷学生，花不起那么多邮费，不得不采用当时通行的一种节省邮资的办法，那就是寄发邮件时在邮票上涂上糨糊，收到邮件后用湿布擦去打在糨糊上的邮戳。这样，一枚邮票也许能用上十回八回。通过这个途径，我读到了高尔基的《在人间》、果戈理的《外套》、李季的《王贵与李香香》等作品。我为这些书中主人公的命运遭际所打动，联系自己在日常生活中的感受，不禁跃跃欲试，想拿起笔来写一写自己熟悉的人和事。

那年月，我耳边整天听到的是左邻右舍对贪官污吏、横征暴敛、通货膨胀、物价飞涨的抱怨；从报上读到的则是上海、南京等地的学生举行要吃饭、要和平的示威游行，杭州、无锡等城市贫民掀起抢米风潮的消息。面对如此社会现状，我心中充满了愤懑的情绪，并急于把它们宣泄出来。当我从杭州国立浙江大学教师同人办的《中学月刊》上，看到以"一个最沉痛的……"或"一个最愉快的……"为题的征文启事后，就毫不犹豫地拿起笔来，写了一篇题为《一个最沉痛的日子》的小小说。我记得，那是骄阳似火的七月，没有一丝风，在小天井背阴的一角，我伏在一张骨牌凳上，左手不停地摇着蒲扇，右手握着一支铅笔，在一本用16开的报纸装订成册的草稿本上，一口气写出了一篇约有1500字的习作。这篇习作描述一个小公务员的两口之家，生活穷困到揭不开锅的地步，夫妇之间不断发生争吵。机关即将增薪的消息曾一度给他们带来喜悦。当希望化为泡影时，小公务员觉得再也无脸面对自己的妻，终于走上服毒自杀的路。这可说是一个真实的故事，因为作品中所采撷的生活素材，在当时社会里可以信手拈来，我只是稍稍作了一点加工而已。

稿子寄出去，眼巴巴地等了三个多月，终于传来了获得名誉奖的消息，让我暗自高兴了一阵子。获奖的前三名作品，在《中学月刊》上逐期刊载了。我得的名誉奖，相当于佳作奖、入围奖吧，得到的奖品是《中学月刊》三期。我的习作没能变成铅字同读者见面，未免感到有点遗憾。但这次名誉奖对我毕竟是很大的激励，它鼓起了我写作的热情和勇气。从那时起，我利用课余时间和寒暑假勤奋地、不间断地练笔。在1948年这一年，我共写了小小说、散文、速写、随笔、诗等40多篇。其中《灯下自修记》《厄运》《张先生的病》《房客的悲哀》《井》《哀新生的孩子》《别友》等20多篇分别发表在《青年界》《中学时代》《文潮》《东南晨报》上；还有一部分刊登在学校的壁报上。

也是这次名誉奖，坚定了我当记者、搞文字工作的志向。流年似水，转眼之间，我已由一个稚嫩少年变成年近古稀的老人。同文字打了几十年交道，始终没当上记者、作家，在写作上没什么成就和建树，只是成了一个手艺平平的文字匠。尽管如此，我还是由衷感谢那次名誉奖对我的激励与扶持。

2001 年 2 月 1 日

附：一个最沉痛的日子

培　得

夕阳的余晖惨淡地照着寂寞的大地，萧杀的秋风吹着扁豆的藤蔓，乌鸦一阵阵地掠过。刹那间，夜之神笼罩了整个大地。天空里除了几点黯淡的云儿外，只是一片似漆的黑幕。循例应有的明月，也躲在云堆里，始终不露出温顺的面庞来。宇宙间只有一种沉默郁愁的气氛。

WZ 踽踽地徘徊在院子里，面庞上显出一种忧郁的神色，额上皱起了生活劳碌的浅纹。她踱来踱去，自言自语："真奇怪，9 点钟了，他怎么还不回来？"

不用说，他，就是 WZ 的丈夫 TS。他在某机关做一个小公务员，每月的薪水还不能维持他俩这小家庭的生活。在他们之间常常会因为没有米、没有柴，没有……而发生口角争吵，因此夫妇间的感情也不十分融洽。而且他们结婚已将近三年，到现在还没有一个爱的结晶——孩子。他俩时常板着面孔，难得会有一丝微笑。

TS 在机关里服务，每天清晨 7 点上办公室，下午 6 点才回家，中午还要跑回家来吃饭，所以他非常辛苦。白天工作繁杂，晚上又得不到一点儿安慰，消极郁闷极了，常常会产生厌世的念头。然而，她也不去理会他。今天，他俩家里的米又吃尽了，晚饭不能成炊。她，呆了，独自徘徊在院里，等待着他的归来。可是，9 点多了，还看不见他的人影，她更愁了。

这时候，夜深了。灿烂的星星闪闪烁烁，皎洁的月光仿佛象征他俩未来的光明。她抬起头来，从心底发出一种愉快的痴笑，不用说，她陶醉在甜蜜的遐思与幻想里。正在这当儿，她清晰地听到石阶上嗒嗒嗒的皮鞋声。她想，一定是她的丈夫回来了。TS 一进门，低着头默默地笑着，心底似乎有着说不出的愉快。他虽然看见她死板着的面孔，可是仍味味地笑着。她开口了："没有米，没有柴，有什么可乐的？"

他沉默了。

"你不要骗我了，连饭都吃不上了，还有什么安稳可言！"

"你不要不信。"

"我当然不相信。"

"你听我说，今天回家这么晚，是因为机关里开了一个会，会上宣布的消息太让人高兴了！"

"什么会议？什么消息？"WZ迫不及待地问。

"公务员要增薪了，而且明天就发薪。"TS喜不自胜地说。

"真的吗？"

"我还能骗你吗？"

WZ立刻收起满脸的愁容，再也不埋怨她的丈夫，沉浸在愉悦的氛围里。TS也高兴地喷着烟，显得很安逸自在。她越想越激动，情不自禁地投入丈夫的怀抱，两人紧紧地相拥在一起，他俩兴奋得连没吃上晚饭也忘了，带着无限的希望与憧憬度过了这一夜。

第二天清晨，TS 5点钟就起床了，马马虎虎擦了一把脸，就怀着满腔热望急匆匆地走向某机关。刚走到门口，只见一群职员簇拥在告示牌前。他三步并作两步走向人群，只见布告牌上写着："……增薪事暂缓，9月份薪金仍按上月标准照发……"

TS一次又一次地看了好几遍，他简直不敢相信。可是事实终究是事实，他也只能长吁短叹了。这对他简直是一个晴天霹雳。他失望，他烦恼，他一想起家里无米下锅，觉得无脸面对自己的妻，简直不想再活下去。最后，他悄悄躲进卫生间，服来沙尔药水自杀了。等到同事们发觉时，他已经永远离开这黑暗的、令人诅咒的世界，留下的只有他面庞上刻下的沉痛的皱纹和户外秋虫唧唧唧的哀鸣。

1947 年 7 月

记中学时代办壁报

前些日子收到中学时代同窗好友严川兄从美国宾夕法尼亚州布特勒尔城航寄来的一个厚厚的邮件，打开一看，是一本装订成册的《东南晨报·三六周刊》复印件。扉页上题写着："50年前的热情和脑汁，万多里的流浪和奔波，虽是破旧的纸和粗浅的呻吟，却是永恒的友情和忆念！"凝视着那久违了的《三六》刊头、文章标题和一个个又熟悉又陌生的笔名，还有当年我那稚嫩的习作，我的思绪一下子回到半个世纪前的镇江中学校园。

那是战火纷飞的动荡年代。在国统区，民不聊生，怨声载道；校园里死气沉沉，令人窒息。青年学子对校方"加重课程，统治思想"越来越不满，精神上的苦闷、愤懑无法排遣。1947年深秋的一天傍晚，我们高二甲班同寝室的八个同学在校园里边散步边聊天，爱舞文弄墨的严川提议："我们一起动手办份壁报好不好？"我们八个年轻人虽然性格、脾气各异，政治认识、志趣爱好也不尽相同，但似乎有着一个共同的愿望：活跃课外生活，使自己在精神上有所寄托，寻求同学之间的相互理解和沟通。七嘴八舌，议论一阵，很快取得了一致意见：由我们八人成立一个社团，以办壁报为主，同时也举办一些时事座谈会、专题讨论会，参加球类比赛等。因我们八人同在学校大食堂第三十六桌就餐，大家决定把社团名称定为三六社，并推举严川为社长，正音为《三六周刊》总编辑。

经过不长时间的筹划，占了半面墙、极其醒目的《三六周刊》创刊号就与同学见面了。这是一张综合性的壁报，分为新闻网、知识界、文化线、文艺谭、影剧城、体育圈、趣味园、通信箱八栏。三六社的八个成员按照各自的爱好、擅长分别负责编辑一个栏目。壁报的编辑工作有条不紊。每星期五晚上开一次编前会，检讨上一期壁报的长短得失，确定下一期主要内容、版面安排；报头、标题、插图，则共同商量、设计，分头制作。大家的工作态度都挺认真，相互间也能展开诚恳直率的批评，有时为一篇文章或一个标题竟争论得面红耳赤。

壁报上刊登的稿件，开头大部分是自己动笔写，或从报刊上摘编。后来本着"从同学中来，到同学中去"的原则，也积极组织、吸引三六社以外的同学写稿。壁报的内容力求反映同学的所思所想，所喜所爱，与同学的思想感情、学习生活打成一片。我记得，那时召开过"女子要不要回到厨房""巴勒斯坦与以色列犹太复国主义"等问题的座谈会。每次会后把大家的看法和意见摘要发表在《三六周刊》上，以引起进一步的讨论。壁报与同学的思想、生活贴近，也就引起他们的关心和兴趣。刚创刊时传到耳边的那些"闲得无聊""尽做傻事""好出风头"等闲言碎语也就烟消云散了。

办《三六周刊》，使我结识了一拨感情相投的朋友，给原本显得沉闷冷寂的生活增添了生气和活力。同时，也锻炼了我编编写写的能力，使我越发喜欢、向往新闻记者、编辑的工作。抗战胜利，我正读初三，成为《开明少年》《中学生》《青年界》《大公报》等报刊的忠实读者，还不断写些《镇中花絮》《校园剪影》之类的稿子投寄到报馆杂志社。参加三六社后，又接触到一些思想进步的同学，有机会读到自香港辗转而来的《读书与出版》《大众文艺丛刊》《小说月刊》等杂志，也读到了高尔基的《母亲》、肖洛霍夫的《被开垦的处女地》、李季的《王贵与李香香》等作品。这就在我眼前打开了一个新的天地。我那满脑子由巴金的《家》《春》《秋》、陶行知的"生活教育"、《大公报》的"小骂大帮忙"、国民党正统观念组成的"思想大杂烩"，好像加进了酵母，顿时发生了新的变化。我在茫茫黑夜，一次又一次地默默吟诵雪莱的诗句："冬天来了，春天还会远吗？"

在学习写作上，我也跨出了小小的一步。原来我热衷于写一些学府风光、春花秋月的东西。我有一篇题为《插秧》的散文在文学刊物上一发表，《三六》好友正音就一针见血地指出："你是站在城墙之上看劳动人民！"《中学生》杂志读友会的一位朋友，在和我通信中也曾指出："你似乎存在超政治、为艺术而艺术的观点。"在同窗好友的真诚帮助下，我的视角逐步转向关注人民大众的疾苦，试图揭露现实社会的黑暗丑恶。我写了《房客的悲哀》《厄运》《安家费》《教师活不下去的了》《哀新生的孩子》这样一些多少还有点意思的散文、速写，发表在《三六周刊》和其他刊物上。此时我更加坚定了献身新闻事业的志向，决心用自己手中的笔忠实地报道民间的疾苦，大胆地为人民大众说话，切实地负起"人民喉舌"的责任。

《三六周刊》以壁报的形式在校园里出了半年多。1948 年暑假后作为镇江《东南晨报》的一个副刊出了 15 期，由于时局的急遽变化，也就寿终正寝了。大军渡江，镇江解放，三六社同窗好友各奔东西，天各一方了。

流光如逝，转瞬之间，50 个春秋过去了。半个世纪前中学时代办壁报的情景至今依然清晰地浮现在眼前。我和身处异国他乡的严川兄一样，多么希望有朝一日三六社好友能在母校镇江中学欢聚一堂、重叙旧情啊！

1998 年 3 月 3 日

附：房客的悲哀

骄阳满地，没有一点儿风，草木没精打采地呆立着，蝉拉长了喉咙，时断时续地唱着，天气闷热得很。

懿民的妈妈坐在方桌旁，不住地摇着破蒲扇，仿佛在想什么似的，面庞上布满了忧愁。她才三十多岁，已是四个孩子的妈。她早已失去了青春的美丽与活力，额头上刻有生活劳碌的皱纹，整天总是板着脸，没有一丝笑容。今天，她又在沉思默想了。

"啊！后天是七月一日，又是星期天了！"懿德——懿民的弟弟，翻着壁上的日历高兴地说着。

"七月一日……"懿民的妈妈默默地唠叨着。

这显然又激起了她的愁思。月底了,什么电费、自来水费……还有五斗米的房金,一连串的债,怎样来偿还?她想着、想着,简直发呆了。

"五斗米的房钱,三千万一石,三五一十五,还要一千五百万哩(指解放前使用的旧币)。"她独自划算着;再想到房间的狭窄简陋,她更加气愤了。

的确,这间房屋也太差了,空气既不流通,光线又不充足;墙壁上的石灰也剥落了,地板更是不平。在战前就算每间五元,按生活指数来计算,现在也不过五百余万元,哪里值五斗米呢?

再说懿民的爸爸,在C埠绸布号里做一个账房,上个月的收入是二千万元,虽说这个月可能是增薪了,可是家里的柴米油盐……开门七件事又要花费多少呢?还有子女的教育费,自己的零用……无论怎么节俭,还是入不敷出。前天懿民爸曾写信来,信上这样写着:

懿民儿:

上次给你的信,大概收到了吧!你校中快放暑假了吧?成绩怎样?

暑假里要好好用功,不要贪玩,希望你将来做一番大事业,替没用的爸爸争一口气!

爸爸在外一切都好。最近商号将要发六月的薪水了,日内可能汇家一笔款,容日往你舅父处取可也。

天气渐热,望你的妈妈和弟妹等保养身体为要!

此问,近好!

父字六月二十五日

现在懿民的妈妈又想到这封信了,她顿时愉快起来,干黄的面庞上,浮上了一丝难得的微笑。她在想着,一笔款,也许是三千万元、五千万元……但是她仍旧不能放心,于是带了懿华——懿民的小妹妹,走向她的弟弟——懿民的舅父家里去。

在那里,弟弟告诉她:"懿民的爸爸并没有款子汇来,而且早晨来信说，最近也没有余款，六月份的薪水还没有发；房金可以和房东商量，过几天给他。"同时，他暂借给她一百万元，叫她先买点柴草。于是她带着满腔的失望，走回家去。

晚上，房东李先生来催房金了，懿民的妈妈含糊地答应明天设法筹款，于是李先生也就悄然地走开了。

第二天，天气依然很闷热。

房东李先生又来催房租了。这次他再也不像昨晚那样的客气，死板的面孔上布满着愤怒，来势汹汹的，确有点吓人。

"叶嫂嫂！房钱可以付了吧！"

"啊，李先生！对不起！懿民的爸爸还没有寄钱来……"她用温柔的语气说着。

可是不等她说完，李先生又抢着说："不，无论怎么说，这个月的房钱，限你在明天晚饭前送来。"

"李先生！你总得帮帮忙。你先听我说，懿民的爸爸还没有寄钱来，还得请李先生通融一下，下星期一定照付给你。"

这时候，李先生更加愤怒了，摆出房东的架势，狠狠地说："这不行，你每月拖欠，没有一个月能按时送来。而且我还需要这笔钱买一石西瓜哩，无论如何在明天送来！"

"李先生！我实在没有办法。"

"那么只有请你搬家了，并不是我和你为难。"

李先生说出这最后两句话，尤其是那硬邦邦的"搬家"两字，深深刺激了她的心灵，她烦躁极了。

"搬家，怎么能够？"她不禁这样想。

天气更加热了，门外传来一阵叫卖声。

"西瓜要哇！"

"棒冰！冰淇淋！"

这时懿华、懿德飞也似的跑回家来。

"妈妈，我要吃西瓜！"

"买一根棒冰！妈妈！"……

懿民的妈妈正当怒气冲天的时候，再也按捺不住地责斥孩子："还要吃西瓜！连房子也没得住了！"

于是孩子们哑然了……

"大钞漫天飞，物价涨无止境，生活真过不下去了！"她唉声叹气，自言自语。

附注：这是我中学时代的一篇习作，写于1948年，曾在《青年界》杂志新六卷第三期上发表。

黎明前后

——五十年前的几页日记

1949 年 4 月 18 日星期一

清晨，起床号又响起了。同宿舍的几个同学懒洋洋地爬起床，急匆匆地走向礼堂，参加照例举行的周会。本来参加周会的人总是稀稀拉拉，也许是风声日紧，今天却都像被一块磁铁吸引来了。同学们交头接耳，窃窃私语，任凭教官的哨子吹得再响，礼堂里依然人声鼎沸。在喧闹声中，张校长开始讲话，他说："最近同学们都关心着时局的发展，依我看，和平是很有希望的。"他结束讲话前稍带说起——明天我要把小女儿送到上海家里去，过几天就会回来的。这时，台下不约而同地发出一片嘘声。接着，又是孟主任作时事分析："根据客观形势的发展，共军要在近期渡过长江是不可能的，这道天堑至少在两个月内没有问题。"同学们已不爱听他唱的这些老调了。

4 月 19 日星期二

一早，同学们见了面都在传说："校长溜了！"上早操时，孟主任证实张校长确是离校去上海了，短期内不会回来。下午，有些同学又发觉学校里的一部分图书、仪器与无线电扩音器等都被校长带走了。不一会儿，民主墙上贴满了红红绿绿的标语："校长为什么溜走？""图书仪器是我们大家的，校方为什么私自运走？"同学们愤怒地当面质问校方，孟主任的回答是："放在上海比较安全些。"大家强烈要求校方运回校长带走的图书仪器，一直僵持到晚 11 点多，校方始终支吾其词，没有答应。看来木已成舟，无法挽回了。

4月21日星期四

局势一天比一天紧张，同学中间都在传说："国民党政府要放弃长江啦""芜湖失守了"……

自校长溜走后，学校里大小事情，从教务到训育，都由孟主任独谋独断。他实行"高压"，不准同学们随便议论时事，更不准聚会讨论。他想把同学们都训练成驯服的绵羊。

4月22日星期五

直到下午4点，才看到壁报栏贴出的《大公报》，头条标题十分醒目："和平毁灭大战再起。"这给抱有和平幻想的同学劈头盖脑地浇了一盆冷水。

薄暮时分，一些家境富裕的同学和少数教师离校返城去了。我们这一群家在外阜的同学决定留校，静观时局的发展。

吹过熄灯号，我躺在床上辗转反侧，不能入眠。好不容易迷迷糊糊睡着了，突然被一阵骚动声所惊醒。我睡眼惺忪地跟随同学爬起床。走出宿舍，只见到处是三五成群的人影。原来是从城里撤退下来的"国军"强占了我们的校舍。教师办公室和教室里都躺满了神色惶恐的士兵。传达室的脚踏车被"国军"劫走了几辆，看门的老校工因说了几句牢骚话而被一个士兵掴了两记耳光。

4月23日星期六

清晨起身后知道"国军"从七里甸沿着镇句公路撤退了。我到教室，翻看了一下自己课桌里的书籍文具，发觉丢掉了一支钢笔、一本地图和一册通信录。我不禁嘟哝了一句："算是送你们的葬礼吧！"

早饭后我与一位同班好友一起进城。行至离车站不远的地方，见有一人从对面仓皇地跑来，说是："八路军来了！"同时，我们看到几个国民党官兵、警察脱了军服，丢下武器，在田野里逃窜。我俩折回学校。不一会儿，人民解放军进入镇江的消息就被证实了。

上午，学校立即召开师生大会。会上，教美术的朱老师面带笑容地对大家说："黑夜已经过去，黎明已经来临，镇江终于解放了……下午我们大伙儿一起进城去迎接人民解放军。"

当我见到年轻、生气勃勃的解放军战士，同他们亲切地握了手，在马路旁无拘无束地攀谈起来。想起上午见到的那些狼狈逃窜的国民党士兵，越发觉得人民战士纯真朴实、和蔼可亲。

4 月 24 日星期日

"解放了！解放了！"我们沉浸在无比的喜悦、激动之中。对于眼前发生的一切，都有一种新鲜的感觉。然而，暂时的困难也接踵而至。由于我们外阜同学的经济来源断绝，无法缴纳第三次膳费，今天的中饭已难以成炊了。好在教职员们雪中送炭，从生活补助费中捐出十担米，这样勉强维持了一天。一日喝了三顿稀饭，虽不那么习惯，但对老师的一片恩情永远铭记在心中。

4 月 25 日星期一

教职员捐出的十担米，到今天午餐又用完了。我和两位同乡同学凑起身边仅有的五块"袁大头"——银圆，买了一斗米，请回教厨房工友替我们做饭。商定一日二粥一饭，每天每人交一升半米。中午有一碟素菜，不仅不见油花，盐也放得很少。我狼吞虎咽地吃了两碗饭。

这两天国民党的飞机不断在上空盘旋，扫射、轰炸，对此我们已习以为常，没有什么恐惧的感觉，只是心中升起一缕愤怒的火焰。

4 月 27 日星期三

青工队来校开展工作了。他们办事很认真、深入。除了教我们唱歌、找一些同学个别谈心外，还向我们介绍老解放区学习理论、政策的情况和经验，发动同学组织学习小组。同学们都表示要加紧学习，以适应新的形势需要。

今天我们学会了《解放区的天》《团结就是力量》这两首歌。晚饭后校园里到处响起革命的歌声。

1999 年 2 月 20 日摘抄

从好学生到团干部

中华人民共和国诞生的前夜，我如愿地考进向往已久的复旦大学新闻系。我按捺不住喜悦激动之情，暗自下定决心：刻苦学习，掌握本领，将来做一个出色的新闻战士。

当年新闻系录取的40多名新生中，我名列榜首。我的学号为D107，排在同班同学的头一位。入学后第一学年，我的学业成绩可说是出类拔萃。如今我手边还完好地保存着一张在"十年浩劫"中没有散失的大学毕业证书。这张证书的背面，刊有历年各科成绩表，我第一、二学期的国文成绩分别为89.7分、93.3分，新闻学概论88.7分、94分，编辑讨论为85分。那时，上海学联正号召搞好正课学习，学好本领，为新中国建设服务；复旦校园里也在物色、培养正确处理学习与工作矛盾的典型。我被系里的党、团组织和同学们看中了，先是选我担任新闻系学生代表；紧接着又推我竞选校学生会执委。这一下，可把我急坏了，思想斗争很激烈，几乎流下泪来。我想，我这么一个习惯于个人钻研，不善于联系群众，在大庭广众面前一说话就脸红的人，怎么做得了学生工作呢？！又想，如果像我周围的团干部、学生干部那样，成天开会、汇报、订计划、写标语，哪还有时间好好读书，哪还能在课余抽出时间学习写作，向报社投稿呢？！

那段时间，我经常泡在图书馆里，如饥似渴地阅读解放区和苏联的文学作品，浏览各种报刊；自己还订阅了《学习》《中国青年》《文艺报》等多种杂志。阅读中偶有所得，就拿起笔来写上自己的印象和感受。我还热衷于写诗，抒发自己热爱新中国、热爱世界和平的真情实感。在《文汇报》《人民文化报》《青年报》连续发表多篇（首）诗和书评后，我的写作热情越发高涨，简直是欲罢不能。在这种情况下，我怎么甘心放下书本和笔杆，投入头绪纷繁的学生工作呢？！于是，我鼓起勇气找团支部书记诉说自己的苦衷和困难，强调自己不适合做学生工作，恳求他帮我说服同学，另选他人竞选学生会执委。团支书热情鼓励我：你学习认真，肯钻研，在学业上起了模范作用，希望你不仅学习积极，还要积极参加社会工作，既从书本上学，也从实践中学，成为一个学习、工作、思想都先进的积极分子。他根本没有考虑我的心愿，就这样我只好勉为其难地硬着头皮竞选学生会执委。

至今我还清晰地记得当年新闻系同学积极为我和系里另一位高班同学竞选的热烈情景。横幅、旗子、标语、传单、招贴画、锣鼓、喇叭……十八般武艺都用上了。尤其引人注目的是竖立在学校大门口的六块大宣传牌，每块牌子上写一个字，"束沛德""哈宽贵"六个超过一人身高的黑体大字，吸引了广大同学的视线。姓名上面用鲜红的颜色写着："请投一票！"姓名下面则配以生动逼真的肖像画和简明扼要的事迹介绍。一天早晨，我走近宣传牌，稍停了一会儿，听到两个素不相识的同学叽叽嘎嘎边说边笑："一个姓束，一个姓哈，好像都是少数民族。""嘿，束沛德是个好学生，还能写会编哩！"我听了觉得不好意思，马上就离开了。原来我还抱有一点侥幸心理：新闻系两人参加竞选，也许同学们会从两个中挑一个，哈宽贵是党员，又是高年级，大多数同学准会选他。如果我落选，那就正中下怀了。没想到可能是由于宣传介绍时突出了我学习勤奋，成绩优秀，结果竟以出乎意料的高票当选。这样，我就再也无可逃遁地走上学生会执委的岗位。

1950 年是个多事之秋。2 月 6 日，美帝国主义和蒋介石集团对上海进行疯狂大轰炸；同年 10 月掀起轰轰烈烈的抗美援朝运动。严峻的形势激发了我的爱国热情，也增强了我坚持学习、搞好工作的责任感。我全身心地投入学生会的宣传工作，编《复旦大学校刊》，抓广播站、黑板报，组织反美游行、控诉大会，草拟爱国公约，白天黑夜，忙得不可开交。同时，我也没放松正课学习，用坚持学习的实际行动来回答敌人对上海的轰炸和对朝鲜的侵略。第二学年，我的学业成绩仍保持优秀，时事研究 98 分，新闻资料 90 分，中国近世史上、下两学期分别为 87.5 分、90 分，政治讲座为 84.3 分、86.9 分，这在班上都是名列前茅的。我努力从工作实践中学习，把工作与学习紧密结合起来，把日常平凡、具体的工作与社会主义壮丽事业、共产主义崇高理想联结起来，决心培养自己成为一个德才兼备、全面发展、一切为了祖国、随时准备响应祖国召唤的优秀干部。这时，我逐步摒弃了所谓"超人"的自我优越感和"做一个党外布尔什维克"的自命清高的思想，心中萌发出加入组织的强烈要求。在不到半年的时间里，我先后被批准加入了青年团、共产党，成为工人阶级先锋队中的一个年轻战士。

入团、入党之后，组织上让我挑起更多更重的担子。当了一届学生会执委，接着又让我担任新闻系学会主席、新闻系团支部书记、学校团委会宣传部长和组织部长、思想改造学习委员会宣教组组长和理学院工作组组长。1951年暑假，还派我与团委书记一起到北京，参加团中央举办的青年团全国高等学校基层组织干部学习会；听了蒋南翔、钱俊瑞、田家英的报告，学习了学生运动的方针任务、马列主义的基本知识和团的业务知识。那是我第一次来到首都。天安门、祈年殿、昆明湖、万里长城，都给我留下难以忘怀的美好印象。尤其令人难忘的是，在北海公园同复旦参加军事干校、气象干校的九位同学不期而遇。老校友相拥在一起，那欢欣雀跃之情，至今令人怦然心动。我们在美丽的白塔前留下了弥足珍贵的合影。那帧已经发黄的老照片，如今依然夹在我的相册里。凝视着那一张张生气勃勃的英俊面庞，那一个个穿着军装的飒爽英姿，我的心又飞回了豪情满怀的青年时代。从北京回到上海，我就名副其实地成了复旦大学的一个团干部了。如果说同脱产的专职团干部还有什么区别的话，那仅仅是不领津贴、不享受供给制待遇罢了。

当了几年学生干部、团干部，在实际斗争和日常工作中摸爬滚打，使我得到了多方面的锻炼。拘谨腼腆的我，登台发言、讲话不再发怵了；到群众中调查研究，也不再张口结舌了。写计划、总结、汇报、宣传提纲这类文字比较顺手了，组织团日、学代会、庆祝大会、纪念大会这类大型活动也心里有底了。在干中学，不仅提高了我的口头表达、文字表达能力和组织能力，更重要的是磨炼了我的意志品质，使我能自觉地服从党和人民的需要；对工作极端负责；面对困难，不害怕，不畏缩；对朋友、对同志以诚相待、团结友爱。

　　回眸我走过的路，我虽然没能如愿成为一个新闻记者或文学编辑，而最终成了一块"打杂"的材料——当秘书，做组织工作。但我无怨无悔，还是由衷感谢三年大学生活，感谢三年学生工作、团的工作对我的馈赠。

2000 年 3 月 22 日

难解难分的情结

——我与《文汇报》

共和国诞生的时候，我正在复旦大学读新闻系。第一学年选修了许杰先生讲授的"文学批评"，囫囵吞枣地学得了一点关于文学批评的 ABC 之后，就斗胆拿起笔来，学着写一点评介性的文字。当我怀着惴惴不安的心情把这些不像样的习作寄给《文汇报·磁力》（"笔会"的前身）时，估量这些稿件的命运十之八九是石沉大海，没有料到，时间不长，这些习作竟一篇接一篇地见报了，后来我了解到当时《磁力》的主编，正是我的老师唐先生。那时，他在复旦开了"现代散文诗歌"一课，我也选修了。当唐先生知道署名"缚高"的那些评介性文字出自我之手时，热情地鼓励我：多练笔，可从写短篇新作的读后感入手，然后再学着写些文艺短论、随笔。他还不止一次地提醒我，要言之有物，从创作实际出发，不发空泛性的议论，努力把自己的真切感受写出来。在唐先生的指点下，我又试着写一些评论文章。往往是在他讲完课，夹着黑色公文包即将离开教室的时候，我多少有些羞涩地把新写出的稿子交给他。他总是面带微笑，操着浓重的浙江口音连声说："好，好，有啥意见，我会很快告诉侬。"就从这时候起，我同文学评论结下了不解之缘。一年前问世的拙著《束沛德文学评论集》，其中写得最早的一篇文章《把文艺批评提高一步》，就是1950年1月在《文汇报·磁力》上发表的。唐先生可说是我学写文学评论的引路人。离开复旦，我和唐先生近 30 个春秋没有见面。80 年代初，我们又在北京重逢时，他还记得"缚高"这个初学写作者。以后他每次见到我，总是亲切地以"缚高"相称，而不呼我的本名。

我学写思想杂谈，是从《文汇报·社会大学》起步的。当年我在复旦团委会、学生会做宣传工作，根据平素了解的学生思想情况，写了几篇同年轻朋友谈心的思想杂谈，在《社会大学》发表后，素不相识的编者来信相约，让我为《社会大学》写一专栏。专栏的名字是"思想改造学习随笔"，从1952年6月5日到8月2日，前后不到两个月，共发了32篇，差不多隔日就有一篇五六百字的短文刊出。为了使这个专栏不中断，有时我还得挤出课余时间把赶写出的稿子直接送到圆明园路149号报馆所在地。这些短文发表时署名高沛，文章标题有：《反对思想懒汉》《自满与自卑》《不要把改造思想简单化》《紧密联系实际》《不破不立》《虚心倾听群众的意见》《既要尖锐又要诚恳》《有则改之，无则加勉》，等等。回过头来看，这些稚嫩的文字既不犀利，又少文采，如果说有什么优点的话，那是一事一议，针对性很强。但毋庸讳言，片面性、简单化的毛病也不少，总不免带有那个时代的印记，对知识分子的思想改造操之过急。姑且不论文章的成败得失，如今依然令我激动不已的是，《文汇报·社会大学》编者对一个初出茅庐的、不知名的年轻作者的热情扶持。要知道，那时报刊舆论还没有鲜明地提出打破铜墙铁壁，重视培养新生力量哩。报社编者愿为我这么一个20岁的年轻人提供版面，开辟专栏，不能不说是表现了支持小人物的热情和勇气。

岁月匆匆，一眨眼，40多个春秋过去了。我由一个毛头小伙变成一个年逾花甲，即将加入退休行列的人，《文汇报》仍是我爱读的报纸之一。一年前，我老伴离休时，一家人七嘴八舌，各抒己见，在众多的报纸中选择、比较，最后由我拍板，自费订阅了一份《文汇报》。这样，我从《文汇报》50年代的一个老作者，变成了《文汇报》90年代的新订户。同《文汇报》真还有着难解难分的情结呢。

1993年1月1日

花不完的六十万

    43 年前夏秋之交的一个早晨，我和 47 位同班同学怀着依依之情告别亲爱的母校——复旦大学，乘上一列普通快车，奔向祖国的首都。列车奔驰在金色的原野上，我们这群开始走向生活的年轻人，心情都很不平静。我的心里更是充溢着难以抑制的喜悦和激动。因为几个月前学校党组织已初步决定让我留校搞青年工作，团委书记半认真、半开玩笑地对我说："这次复旦从毕业生中留干部，假如只留一个，也是把你留下，我可以打包票，你一定是个青年工作者了。"没想到政务院文教委员会的一份电报："新闻系应届毕业生全部调中央，进行短期学习后再分配工作"，一下子改变了我的命运，我有机会从事自己在中学时代就爱好、向往的新闻工作了。喜从天降，如愿以偿，我怎么能不笑逐颜开呢！

    在前门站迎候我们的卡车，把我们拉到西单舍饭寺大磨盘院 2 号，那是中共中央宣传部宣传干部训练班的所在地。当时干训班的主任是胡乔木，副主任是胡绳，陈翰伯担任秘书长。我们这群刚出校门的大学毕业生，到京第二天又成了中宣部干训班丙班的学员了。干训班的校舍是四合院，两三个学员住一间房，既是卧室又是书房；每人有一张课桌，除了听报告、上大课外，大部分时间都在房间里伏案自学。无论是学习环境还是教学方法，同大学生活相比，别有一番特色，令人感到很新鲜。按干训班的办学思想、教学方针，要让我们这些青年知识分子，在参加实际工作之前，集中一段时间系统地学习毛泽东思想，提高思想理论水平，以适应党的宣传工作、新闻工作的需要。在学习主课《中共党史》前，先学习了《人民政协共同纲领》《帝国主义与中国政治》《苏联社会主义经济问题》。如今，我手边还保存着一本封面褪了色、残缺不全的练习本，那是我刚到干训班听宣传专题讲座的笔记。在这个笔记本上，我用密密麻麻的小字详尽地记下了周扬讲《马克思主义对文艺的基本观点》、艾思奇讲《爱国主义与国际主义》、刘春讲《马克思主义对民族问题的理论》、马适安讲《党在农民中的宣传教育工作》的内容。初次见到周扬、艾思奇这样一些我们久仰的专家、权威，当面聆听他们的教诲，直接了解到党的各项方针政策精神，感到无比的幸运。生活在干训班，似乎就处在党中央、毛主席的身边，时刻感受到祖国心脏的跳动，倾听到祖国前进的脚步声，心中不时升起一缕炽热的感情，正像当时一首歌里所唱的：年轻的人，火热的心……紧紧跟随毛泽东前进！

学习不到半个月，就碰上干训班发工资的日子。那时正处在从供给制到工资制过渡的时期，对大学毕业生执行的是工资制。学习期间我们一律被定为 23 级，每月工资 170 个折实分，折合人民币（旧币）38 万 4 千 5 百元。由于我们是 8 月 29 日到干训班报到的，因此九月份发给我们一个半月的工资。一次领到人民币近 60 万元，这对一个从来没有固定收入的穷学生来说，确是一笔为数不小的款项。我还清晰地记得，当我从会计手里接过工资袋，脑子里闪过的第一个念头是：从此我是一个自食其力的劳动者了。我给远在新疆的女朋友，也就是我现在的老伴写信，兴奋地告诉她："我现在完全靠自己劳动所得来生活，再也不要家里寄钱了。劳动是光荣、豪迈的事业，我为自己加入劳动者、建设者的行列而自豪。"那时，我和她正处于热恋之中，憧憬着有朝一日能调到一起。我在信中表示："总有一天，我们将相会在天安门前或天山脚下，假如是你调来北京，我会用自己挣来的钱请你品尝北京的烤鸭。"

发工资后的第一个星期天，我兜里揣着那 60 万元，兴冲冲地走上北京街头。9 月的北京，秋高气爽，阳光灿烂。也许是由于那天我的心情特别好，在我的眼里，少先队员的红领巾似乎格外鲜丽，平时忙忙碌碌的干部职工，也一个个显得悠然自得。我走进邮局，在汇款单上从容地写下家庭地址："江苏丹阳大井头 6 号"，给家里寄去 20 万元。那时，我的老祖母还健在，大弟高中毕业后患轻度肺结核在家休养，几个小弟妹，有的上初中，有的上小学，母亲成天忙于操持家务。十口之家，全靠我父亲一人微薄的薪金过活，常常入不敷出。在经济拮据的情况下，家里勉强供我上了大学，苦苦支撑过来，确实很不容易。现在我有了固定收入，理应帮父亲挑起家庭重担，这是义不容辞的啊！也就是从我参加工作的第一个月起，我按月汇款补贴家用，一直到我的父母离开人世为止。

从邮局出来，我又走进西单新华书店。逛书店，是我在高中上学时就形成的一个癖好，也是生活中一大乐趣。但过去囊中羞涩，有限的零花钱，买不起新书，只能从廉价书、特价书中挑选几本薄薄的小册子。现在手头有了一点钱，可以有计划地购买自己心爱的书了。这实在是一件开心的事。那天我花了十四五万元，一次买了十多本政治理论类、文艺类书籍。经过"文革"浩劫，几次搬迁，我用第一次领到的工资买的这批书，还有几本摆列在我的书柜里。这些书是：宋庆龄著《为新中国而奋斗》、胡华主编的《中国新民主主义革命史参考资料》、加里宁著《论社会主义文化问题》、高尔基著《给初学写作者》，还有《玛耶可夫斯基诗选》、西蒙诺夫等著的《论儿童文学及其他》、冯雪峰的《回忆鲁迅》、丁玲的《跨到新的时代来》、孙广英译的《奥斯特洛夫斯基传》等。打开这些书的扉页，首先映入眼帘的是我用红墨水钢笔签上的名字和购书日期："沛德1952年9月"。也就从这个时候起，我每次领到工资，差不多总要把三分之一的钱用于买书上。如今我书柜里那几十本苏联的小说，多半是在那一两年购置的。

抱了一摞书，回到干训班宿舍。点了点兜里的钱，留下当月要交的9万元伙食费（那时一个月9万元，午、晚餐四菜一汤，有荤有素，早晨还能吃上油炸馒头、油炸花生米哩），还剩10多万元。60万元工资，似乎怎么也花不完，顿时有一种绰绰有余的富足感。晚饭后与同寝室的学员散步至胡同口，糖炒栗子的香味迎面扑来，我毫不犹豫地掏了腰包，买了半斤，一路边说边笑："在家乡，在上海，久闻其名的良乡栗子、天津鸭梨、北京豆汁、炒肝、爆肚……我们都要'变革'它一下，才能知道它们的味道。"

1995 年 11 月

我当秘书的遭遇

46 年前大学毕业后的一次谈话，可说是"一言定终生"，决定了我大半辈子当秘书的命运。

那是 1952 年秋天，我从复旦大学新闻系毕业调到中宣部干训班进修。学习不满一个月，干训班丙班主任找我谈话，说是"周扬同志需要一个助手，组织上考虑调你去很合适，你的意见怎样？"我当即毫不犹豫地表示服从组织调动。那时我确实按捺不住内心的喜悦，因为在中学时代就爱耍笔杆子，常给一些报纸"学府风光"栏投稿，写些学校生活散记之类的文章，一心想当个新闻记者。读大学时，又对文艺理论发生兴趣，试着写一点文学评论文章。在毕业生调查表上，我填写的志愿是：文艺理论研究、文学编辑或党的宣传工作。当时负责党的宣传、文艺工作的胡乔木、周扬都是我心目中的旗帜。如今恰好要调我到自己所敬重的周扬同志身边工作，可说是正中下怀。我记得，一个阳光灿烂的上午，我兴冲冲地沿着中南海的红墙走向当时中宣部机关所在地报到。同我谈话的是时任中宣部文艺处副处长的严文井同志。他对我说，文艺整风后，要加强全国文协（中国作家协会的前身）的工作。原本决定调你给周扬同志当秘书，现与周扬同志商妥，让你先随我去全国文协工作，熟悉文学界的情况，去周扬同志处工作的事以后再说。从此，在全国文协代理秘书长严文井麾下，开始了我长达 40 多个春秋的秘书生涯。

刚跨进文学门槛那两年，我担任作协创作委员会秘书，并兼任作协党组记录。由于所处工作岗位，会上会下经常有机会见到周扬、丁玲、冯雪峰、邵荃麟、萧三等文学界头面人物。全国文协改组为中国作协后，周扬兼任作协党组书记，当面聆听他教诲的机会就更多了。我记得，1954 年秋冬之交，周扬即将率中国作家代表团赴莫斯科参加第二次全苏作家代表大会。行前除了要准备一篇在代表大会上的正式发言稿外，还要准备一篇在群众场合介绍中国文学现状的演讲稿。协助草拟这篇演讲稿的任务落到我的头上。我随创委会副主任沙汀到东四头条周扬的寓所。周扬拿出两页洁白的、写得密密麻麻的稿笺，这是他亲自动笔、刚开了个头的演讲稿，题目是：《为社会主义而斗争的新中国文学》。他胸有成竹、条理清晰地讲述了拟写的这篇演讲稿的框架、要点，让我帮助搜集资料，在一周内写出初稿来。我不敢稍有懈怠，立即全身心地投入紧张的工作。好在那时我作为创委会秘书，不仅平时分工阅读新发表出版的作品，而且参与起草每个季度向作协主席团的创作情况汇报，对创作现状还是心中有数的。加上年轻（那年我23岁）好学，平素抓紧一切时间，如饥似渴地学习党的文艺方针政策和苏联文艺理论，这也为起草讲话、报告这类文稿做了思想、理论上的准备。我夜以继日地奋战一周，如期拿出了一篇七八千字的演讲稿，经沙汀过目后送到周扬处。周扬略作文字上的修改，就打印出来随身带往苏联备用了。事后沙汀告诉我：周扬对你起草的这篇稿子比较满意，觉得眉目清楚，材料也还丰富。这也许可算是我起草的一篇讲话、报告"处女作"，曾引起作协领导和一些文学前辈的注意。

批判《〈红楼梦〉研究》，批判胡适、胡风的斗争相继展开之后，周扬同志再次提出需要一个助手，帮助做些资料、研究工作。也许经过一段时间的考察，组织上认定我是块当秘书的材料，搁浅了两年的周扬助手这个角色就仍然落到我的身上。1955年4月5日我去周扬住处谈工作。周扬仔细了解了我的经历、爱好及外文程度等情况后对我说：调你来，主要是帮助做些资料整理、初步研究、起草稿子的工作，业务秘书、研究助手的性质；电话、文件收发等事务用不着你管。你屁股还可以坐在作协，在作协办公，隔一段时间，给你布置一些任务。接着他谈起即将召开的作协理事会，议程之一是总结对胡风文艺思想的批判。他将在会上作报告，让我为他准备资料，把胡风的观点按问题分门别类摘录出来。他扼要地讲述了拟在理事会上所作报告的思路、梗概，说是要对胡风集团的活动作一个历史的回顾和评价。他还谈到，除了胡适、胡风这两条战线外，还要开辟第三条战线，即展开对庸俗社会学的批评。

这次谈话之后，我即全神贯注地进入"研究助手""业务秘书"的角色。从作协图书资料室找来胡风的《文艺笔谈》《文学与生活》《密云期风习小集》等八九本评论集，戴着有色眼镜睁大眼睛从胡风著作中逐章逐段、逐句逐字地找问题。对我这么一个缺乏理论根底的文学青年来说，要读懂胡风著作中一些晦涩的"奴隶的语言"，实在是一件十分吃力的事，有时不免囫囵吞枣、一知半解。时间短，任务重，压力大，我只好回绝了未婚妻的周末约会，中断了同父母弟妹的书信往来，不分白天黑夜，加班加点地阅读、摘录资料，将两份整理好的资料及时送到周扬手里。

正当我得心应手、沾沾自喜的时候，一场来势凶猛的"急风骤雨"把我卷了进去。1955 年 5 月 13 日《人民日报》发表了《关于胡风反革命集团的一些材料》，随后又发表了第二批、三批材料，毛主席以《人民日报》编者的名义加了按语，由此，一场肃清胡风分子和一切暗藏的反革命分子的斗争在全国范围内展开了。我所在的单位、部门——中国作协创作委员会秘书室挖出了一个"胡风集团骨干分子"。这个"胡风分子"交代，他向胡风集团传递的情况、消息，有些是从我口中得知的。于是开始追查我向胡风集团"泄密"的问题。我当了 50 多天周扬秘书，到此也就夭折了。

初来文协那几年，我一直担任党组记录、秘书。我回到办公室，创委会秘书室的同事，包括那个"胡风分子"，常常向我打听党组有些什么指示精神，对下段工作有些什么安排。我"政治上麻痹大意，丧失警惕性，缺乏阶级斗争观点"，把批判胡风看作文艺思想论争，加上又夸夸其谈，好表现自己，在闲聊漫谈中，曾不止一次地向那个"胡风分子"透露过：在什么情况下要讨论路翎的作品、发表胡风的检讨以及在理事会上将对批判胡风文艺思想作总结，等等。在揭发批判我的会上，同志们尖锐地指出这些都是反胡风斗争的部署，是党的机密，疾言厉色、寻根究底地追问我为什么一而再、再而三地向胡风集团泄露机密。面对穷追猛批，我瞠目结舌，张皇失措，于是又进一步被怀疑为胡风集团在作家协会的"坐探"。这对我可说是如雷轰顶的巨大打击。我一直受到领导的信任、重用，听到的是一片赞扬夸奖的声音，春风得意，一帆风顺。一瞬间，我好像从高山之巅被摔到万丈深渊，顿时成了肃反运动的对象。我痛苦羞愧至极，简直无地自容。经过长达一年零四个月的审查，才做出了我同胡风集团没有组织上的联系，所犯"泄密"错误属于严重自由主义的结论。当年毛主席老人家有句名言："有些自由主义分子则是反革命分子的好朋友。"因而会上会下批判我的调门很高，斥责我充当了胡风集团的义务情报员，是反革命分子不折不扣的好朋友。本来要给予我这个反面教员以留党察看一年的处分，姑念我平时工作积极，运动后期态度较好，才减轻为党内严重警告。我经历的这场惊心动魄的斗争，到此才画上一个句号。

吃一堑，长一智。这次当头棒喝，确实促使我猛然醒悟。我从患得患失的心态中逐步解脱出来，振作精神，抱着将功补过的心情加倍努力地做好本职工作。我那快翘起来的尾巴被打了下去，对自己的估计清醒冷静多了，说话办事也越发谨慎了，特别是意识到，再也不能把自己封闭在机关、斗室里搞秘书工作、文字工作，一定要到火热的群众斗争中经风雨、见世面、锻炼、改造自己。

1958年春到1959年秋，我下放劳动锻炼了一年半。这以后就调到河北工作了，先在省文联，后到省委宣传部，仍主要做秘书工作，不时给省文联、省委宣传部以至省委领导同志起草关于文艺问题的讲话、报告，为省报写有关文艺的社论。也就从这时起，我被同事们戏称为"文件作家""材料作家"。在省委机关里，也算是个小有名气的笔杆子了。当"文革"狂风席卷中华大地时，我又一次被卷进斗争旋涡中去。运动刚拉开序幕，我就因在反胡风斗争中泄密受过严重警告处分而被看作"危险人物"，不让参加江青炮制的那个《部队文艺工作座谈会纪要》学习讨论会，不让听中共中央《五·一六通知》的传达，一开始就被置于靠边站、受审查的地位。当报刊公开点名批判周扬之后，我那一度当过周扬秘书的经历，成了众目睽睽的大问题。当我主动向本单位"文革筹委会"如实交代了自己同周扬的关系后，迎来了一些造反派异样的惊诧、怀疑的目光："哦，原来我们身边还藏着一个周扬黑线上的人物哩！"揭发批判省委宣传部"走资派"远千里的大字报、批斗会上，把我当作他的"亲信""大红人""黑干将"，列在其"招降纳叛"名单之首。砸周扬文艺黑线黑网时，我又被斥责为文艺黑线的"小爬虫""吹鼓手"。一顶顶帽子接踵而至，我噤若寒蝉，只有洗耳恭听的份儿了。在毛泽东思想学习班，在"五七干校"，我在整党会上诚恐诚惶、一本正经地作了五六次斗私批修的检查，仍过不了关。众口一词地批评我对周扬、远千里恨不起来，在思想感情上同文艺黑线有着千丝万缕的联系，没有划清界限，因而迟迟不能恢复党的组织生活。斗、批、改结束，重新分配工作，工、军宣队把我打发到了一所工科院校。好心的同事为我去说情，建议仍让我搞文艺工作，一位军宣队负责同志斩钉截铁地回答：他是修正主义大染缸里滚出来的，不能再让这样的人占据文艺阵地。这时我心灰意冷，别无选择，只好被迫改行了。可我依然关注着文坛的风云变幻，作家的遭遇命运……

"十年浩劫"过去，春回大地。中国作协恢复工作。我又回到了自己最初供职的单位、部门——作协创作联络部（它的前身即作协创作委员会）。80年代初随着"胡风反革命集团"一案的平反，我因"泄密"所受的严重警告处分也被撤销了，终于卸下背了二十五六年的思想包袱而轻装前进。一个炎炎夏日的下午，周扬来沙滩文联、作协办公的简易房看望大家，走进创联部，陪同他的那位负责同志指着我向他介绍："束沛德50年代就给你当过秘书。"周扬笑着说："束沛德，我早就认识了，在文学战线工作30年了吧，是作协的老同志了。"他问我："你是创联部主任了吧？"我说："主任是葛洛，我是一个助手。"其实，那几年，我依然不间断地做着秘书工作，诸如第三次作代会开幕词，作协三届二次理事会上的会务工作报告，中国作家代表团访法所作关于抗战时期的中国文学的演讲之类的报告、讲话，捉刀人还是我。也就在这前后，老编辑家、评论家陈企霞在作协的一次会上说道："束沛德20多岁就给周扬起草访苏的演讲稿了，如今年近半百，怎么还不能让他挑挑担子呢？！"

随着"胡风反革命集团"一案的平反，我因泄密所受的严重警告处分也撤销了。我终于卸下了背了二十五六年的思想包袱。稍后，中央提出干部队伍"革命化、年轻化、知识化、专业化"的方针，我有幸被选进作协领导机构党组、书记处，又做了十几年文学团体的大秘书。

回眸往昔，不禁感慨万千。从50年代初任作协创委会秘书、党组秘书到八九十年代任作协书记处书记（书记处实际上是个秘书长班子），从

1953 年当第二次文代大会秘书到 1985 年、1986 年先后当第四次、第五次作协代表大会副秘书长，在人生舞台上我始终扮演秘书的角色，同秘书工作、文字工作结下了不解之缘。年轻时的记者梦、评论家梦都破灭了，既没当成新闻记者，也没当成文学批评家。在儿童文学评论队伍里，充其量也只能算个散兵游勇，在理论研究上毫无建树。但我无怨无悔，这么多年我毕竟自觉地服从党的需要，为发展当代文学尽心尽力地做了打杂、跑龙套、拾遗补阙的事儿。

"束沛德不是理想的帅才，是个好秘书！"干了大半辈子，得到这么一句评语，也就够了。

1998 年 2 月

忆五十年代的创委会

中国作协创作委员会（简称创委会）成立于 1953 年 3 月，这已经是 60 年前的事了。

创委会是在什么背景下成立的呢？那是 1952 年全国文艺整风之后，中央为了改进和加强全国文协的工作，使之真正成为一个名副其实的领导全国文学创作的统一的战斗的团体，认真地担负起领导作家的创作、批评、学习等活动以及指导普及工作的任务，决定改组全国文协为中国作协。在 1953 年 3 月 24 日全国文协第六次常务委员会会议通过的《关于改组全国文协和加强领导文学创作的工作方案》中明确提出："常务委员会下设立一个创作委员会，作为具体指导文学创作活动的机构。"

全国文协是在 1953 年 9 月文协第二次代表大会上改组为中国作协的。这就是说，创委会在文协改组为作协前半年就应运而生了。1953 年至 1954 年作协先后设立了创委会、国际联络部（后改为外国文学委员会，简称外委会）、普及工作部（青年作家工作委员会）、古典文学部等。在这些职能部门中，创委会是开展活动最为活跃、联系会员最为密切的一个机构。如今七老八十的那批会员，说起 50 年代的创委会，依然记忆犹新，怀有一种亲切感。

我是 1952 年 11 月由中宣部干训班调入全国文协的。在严文井、沙汀的麾下，经历了改组全国文协、筹建中国作协的全过程。创委会刚成立时，下面就设有一个秘书室，负责掌管资料研究和调查、联络工作，并编辑内部刊物《作家通讯》。当时我是创委会的一个秘书，也是《作家通讯》的编辑。1957 年反右整风后，作协调整工作机构，于 1958 年初撤销创委会。同时我也下放河北涿鹿劳动锻炼。从 1953 年 3 月到 1958 年 1 月，创委会的寿命总共也就是四年零九个月。在这段时间里，创委会的负责人、工作人员屡有调动、变迁，而我是唯一自始至终没离开创委会的，可说是与它同命运、共存亡，是创委会整个历史的一个见证人。

创委会刚成立时，主任由党组书记邵荃麟担任，副主任是沙汀。1953年9月全国文协改组为中国作协后，同年11月作协主席团会议决定周扬担任创委会主任，邵荃麟、沙汀为副主任，创委会委员有：陈荒煤、曹禺、陈白尘、艾青、袁水拍、张天翼、老舍、王亚平。从1953年春到1958年初，先后担任过创委会主任的有：邵荃麟、周扬、刘白羽、康濯，担任过副主任的有沙汀、邵荃麟、李季、菡子等。

创委会的任务

为了加强对文学创作活动的组织和指导，在四年多时间里，创委会担负了哪些任务，做了哪些工作呢？根据我的回忆和手边留存的资料记载，主要有以下六个方面。

一是组织社会主义现实主义理论的学习。

这是创委会成立后做的第一件重要工作。从1953年4月下旬到6月下旬，创委会组织在京的一部分作家、批评家和各文学部门的领导干部40多人，进行了为期两个月的关于社会主义现实主义的学习。创委会为此制订了学习计划，规定了必读文件，开列了供讨论时参考的若干文学作品。按照学习大纲，就"从马、恩、列、斯关于意识形态的学说及对文艺的指示来认识现实主义的发展""关于典型和创造人物的问题""关于文学的党性、人民性问题""关于目前文学创作上的问题"四个专题进行讨论。邵荃麟因病未能参加，讨论会由冯雪峰代为主持。每次讨论会都指定了首先发言人，上述前三个专题分别由陈涌、林默涵、陈企霞、王朝闻、严文井、钟惦棐先发言；第四个专题则先由马烽、袁水拍、陈荒煤、光未然等分别汇报了近年来小说、诗歌、电影剧本、剧本的创作情况及存在的问题。讨论比较充分、深入，也有不同意见的争论、交锋，比如社会主义现实主义与过去的现实主义的关系和区别、写英雄能否写缺点等，就是争论较多的问题。每个专题讨论告一段落后，都由主持人冯雪峰作初步总结。

我作为工作人员参加了学习讨论的全过程，会后根据记录写出《全国文协学习社会主义现实主义的情况报道》，约9000字，分两期刊登在《作家通讯》上。这次学习收获很大，为开好全国文协第二次代表大会作了思想准备，明确了社会主义现实主义是文学创作、批评的最高准则。

二是开展创作组的活动。

创委会成立后根据需要设立了小说散文组、诗歌组、儿童文学组、戏剧组、电影文学组、通俗文学组。一年之后，于1954年6月又成立了文学批评组。创委会根据在京会员从事的主要文学样式和他们的志愿分别编入各创作组。创作组是作家开展创作活动和学习活动的群众性组织，是作家加强联系和相互帮助的有益方式。创作组的任务是帮助作家订立和实现其创作计划，开展作品和创作问题的讨论，进行政治理论与艺术业务的学习。这是学习、借鉴苏联作家协会长期积累的经验而采取的一种社会活动方式。在1953年、1954年，小说散文组先后讨论过杨朔的《三千里江山》、安东诺夫、波列伏依的小说、周立波的小说原稿《铁水奔流》、艾芜的小说原稿《百炼成钢》等。诗歌组讨论过李季的长诗《菊花石》、诗歌的形式问题等。儿童文学组、戏剧组、电影文学组、通俗文学组分别讨论过《鹿走的路》、童话、民间故事问题、《四十年的愿望》《春风吹到诺敏河》《翠岗红旗》《宋景诗》《张羽煮海》等。有的创作组还举办深入生活和创作心得交流会、诗歌朗诵会、以青年作者为对象的文学讲座、与读者见面座谈等。实践证明：凡是会前作了充分准备，又能发扬原则性的、实事求是的批评精神和风气，从实际出发，对作品进行具体分析，收获就比较好，作家就会在思想上、艺术上有收获。《三千里江山》《菊花石》的讨论会分别召开了三次，讨论相当认真、深入、具体、中肯地分析了作品的成败得失，并将各种不同的意见摘要发表在《作家通讯》上，使作者、与会者和广大会员都从中得到启迪。各创作组的活动，开头自愿参加的会员较为踊跃，后来随着时间的推移，部分会员的热情、兴趣似乎有所减弱。这时各创作组干事会组织活动就特别注意贯彻"少而精"的原则，尽量选择会员共同关注、感兴趣的问题进行研讨。1955年春，反胡风斗争展开后，各创作组的谈笑风生戛然而止。待到1956年贯彻"双百"方针，强调开展创作竞赛，自由讨论，各创作组又起死回生，更加注意活动内容、方式的丰富多样，一度又稍显活跃。但好景不长，反右派斗争一展开，红火一时的创作组就悄然收场了。屈指算来，创作组的历史也就是短短三四年光景。

三是阅读作品，调查了解创作现状。

为了了解、掌握全国文学创作、批评的情况和问题，加强对文学思想和创作活动的指导，文协常委会要求"创作委员会应对一定时期内的小说、戏剧、诗歌、电影文学、儿童文学、通俗文学的状况和存在的问题，分别作出有系统的研究，提出报告"。还要求创委会帮助各创作组订立工作计划，开好作品讨论会，做好讨论以前的准备工作和研究工作。因此，创委会秘书室自建立之日起，就把阅读新发表、出版的作品当作一项重要的日常工作。工作人员按照文学体裁、样式，分工阅读中央一级和大区（东北、华北、西北、华东、中南、西南）刊物上发表的作品，及人民文学、新文艺、解放军文艺等几家主要出版社出版的新作品。每隔一段时间（一个月左右），秘书室开一次碰头会，汇报、交流阅读情况，提出好的、比较好的或有争议的作品篇目。经过交叉阅读、集体讨论，达成共识，做出小结。从1954年起，按作协主席团扩大会议的决定，创委会每个季度向主席团作一次创作情况汇报。我记得，每次秘书室写出创作情况汇报初稿后，负责创委会日常工作的副主任沙汀总要字斟句酌，反复推敲，几经修改，然后才提交主席团会议。如对路翎的小说《洼地上的"战役"》，秘书室不少同事原本是赞赏的，但也听到了批评意见，在写创作情况汇报时还是把它作为值得注意和研究的作品和问题提出来了。主席团会议讨论后，《文艺报》立即发表文章尖锐批判了这篇作品的有害倾向。又如，对《旅大文艺》发表的《一个女报务员的日记》所遭到的简单化的批评，在向主席团会议汇报后，则及时得到纠正和克服。从这里可以清晰地看出，创委会的创作情况汇报，对主席团指导当前的创作和批评，曾产生不可小觑的作用。

四是编选各种体裁的优秀短篇作品选集。

为了集中地介绍文学短篇创作的新成果，以便更好地把它们推广到广大读者群众中去，并便于文艺工作者的研究，中国作协于1956年1月决定编辑出版各种体裁的创作选集。这项任务的具体编选工作也是由创委会及其秘书室承担的。秘书室在平时阅读的基础上，参照各有关部门、单位送来的推荐目录，提出拟入选的初选篇目，经时任创委会副主任的菡子过目、审订后，提交撰写各选集序言的作家或批评家终审定稿。第一次编选的是从1953年9月第二次文代会至1955年底的作品，包括《儿童文学选》《诗选》《短篇小说选》《散文特写选》《独幕剧选》五种，分别由严文井、袁水拍、林默涵、魏巍、曹禺（与陈白尘、赵寻、贺敬之合作）作序。第二次编选的是1956年度选，由于将散文特写体裁分编为《散文小品选》《特写选》两种，这次编辑出版的共六种，分别由冰心、臧克家、侯金镜、林淡秋、徐迟、赵寻作序。这两套选集，鼓励了短篇佳作，扶持了文学新人，在文学界和广大读者中产生了相当广泛的影响。

写创作情况汇报，编年度创作选集，参加创作组的作品讨论会，这些工作提高了秘书室工作人员的文学鉴赏力和评析作品的能力。创委会负责人沙汀、菡子等也鼓励干部多思考、多练笔。何路的《1955年文学创作一瞥》《评长篇小说〈在田野上，前进！〉》，我最早的两篇儿童文学评论《幻想也要以真实为基础——评欧阳山的童话〈慧眼〉》《情趣从何而来——谈谈柯岩的儿童诗》，以及读评何为的散文、张有德的小说等文章，都是在创委会秘书室根据自己阅读的印象和感受而写出的。我发表在《文艺学习》上的《不能简单地了解人的生活和感情》一文，则是参照创作情况汇报会议对《一个女报务员的日记》及其批评的意见而做出的一个概略评述。

五是加强与各地作家的联系，了解会员的创作情况，有计划地组织创作和深入生活。

为了调查、了解会员在一定时期的创作计划和深入生活的安排，并为其实现创作计划在思想上、生活上、物质上提供各种必要的帮助，创委会于1953年12月间向全体会员发出《1954年度作家工作计划调查表》，两个月内陆续收回250多份。1956年初又作了一次调查，收到532位作家的创作计划。秘书室从中挑选出一部分比较具体的创作计划，登在《作家通讯》上，以便会员相互了解、交流。对其中部分需要补充生活、写作素材或请创作假的会员，创委会都尽力给予具体帮助。

在组织创作方面，1955 年 9 月，在《人民日报》题为《大量创作、出版、发行少年儿童读物》社论的推动下，作协主席团通过了近期发展少年儿童文学创作的计划，由创委会组织在北京和华北各省、区的 193 名会员作家为孩子们写作品，要求他们在 1956 年底以前，每人至少写作或翻译一篇（部）儿童文学作品或一篇研究性的文章。严文井的《小溪流的歌》、柯岩的《"小兵"的故事》、杨朔的《雪花飘飘》、任大霖的《童年时代的朋友》等，就是这段时间涌现出的优秀之作。党对少年儿童的关怀，"双百"方针的提出，广大作家的积极响应，从而迎来 20 世纪 50 年代我国儿童文学的第一个黄金时期。

为了运用特写这种短小轻便、富有战斗性的文学体裁，迅速反映祖国社会主义建设的新面貌和各族人民丰富多采的生活，在 1956 年 3 月中国作协第二次理事会扩大会议结束后，作协创委会与《人民日报》编辑部共同组织了一批作家到全国各地旅行访问。艾芜、白朗、方纪、徐迟、华山、李若冰、杨朔、闻捷等 20 多人分别到钢厂、煤矿、汽车厂工地、长江大桥、三门峡水电站、森林、国营农场、海防前线参观访问，为时三四个月，写出一批反映社会主义建设的特写。

同年 5 月召开的全国先进生产者代表会议，有 6000 多人出席，是我国历史上前所未有的一次群英盛会。为了广泛宣传先进人物的动人事迹和优秀品质，中华全国总工会和中国作家协会共同组织了在北京的 100 多位作家访问大会代表，写作特写和其他形式的作品。郭沫若、叶圣陶、冰心、臧克家、刘白羽、郭小川、贺敬之、秦兆阳等都应邀参加了访问。这是创委会多年来组织的规模最大的一次创作活动。

六是编辑《作家通讯》。

作协会员内部刊物《作家通讯》创刊于 1953 年 6 月。邵荃麟在发刊词《关于〈作家通讯〉》中明确提出："出版这个刊物的目的，是为了加强作家之间的联系，交流作家创作工作上的经验。"

这本内部刊物，从 1953 年 6 月到 1954 年 7 月出版的 1—11 期，是由创委会秘书室负责编辑的，先后参与编辑工作的有陈淼、我和刘传坤。每期刊物编好后都由创委会副主任沙汀终审。秘书室所有工作人员实际上都是这本内刊的记者或通讯员，很多消息、通讯报道、资料都是大家采写或整理的。

刊物的内容，主要是报道作家们学习、深入生活的情况和经验，反映创委会和各创作组的经常活动；同时也及时报道全国文协的重要决定和有关文学的刊物、出版、教育、研究的计划和执行情况。从会员的反映来看，他们最为关注内刊上发表的关于作品和创作问题的讨论。领导同志关于文艺问题的讲话、报告和作家之间的通信，也深受会员的欢迎。

从1954年秋起，《作家通讯》的编辑工作从创委会划归办公室，由作协秘书长终审了。我也就结束了短短一年的内刊编辑生涯。

50年代的创委会除了承担上述六个方面的任务外，也还担负着与发展创作等文学业务相关的文件、报告起草和大型会议、活动的组织工作、秘书工作。在政治运动、文艺批评中，则往往会抽调秘书室人员参与调研、整理材料、编写简报等工作。当年创委会的职责范围相当于目前作协创作联络部、创作研究部两个部门管辖的工作。只是发展会员的工作，当时归办公室组联科办理。

创委会的同事们

作家协会的中心任务是发展、繁荣文学创作。创委会作为作协的一个重要部门，它所做的一切组织工作，开展的所有创作活动，都是为了动员、团结创作队伍，挖掘、发挥创作潜力，把作家的积极性、创造性充分调动起来，创作出更多更好的作品。正因为如此，创委会负责人一直都由作协主要负责同志或卓有成就的作家来担任。创委会下设的秘书室担负着具体的文学组织工作，也注意挑选热爱文学、熟悉文艺政策和文学业务的干部来做。从秘书室的人员结构来看，主要是由以下三部分人组成的：一是来自延安鲁艺、中央党校、陕北公学的"三八"式老干部，如何路、罗立韵、韦嫈、胡海珠等；二是来自华北联大、中央文学研究所的，如陈森、杨犁、王景山、古鉴兹等；三是来自新中国成立以后最早几批大学毕业生，包括复旦、北大、辅仁（北师大）、山大、武大等校，如我、白婉清、王鸿谟、邸金俊、刘传坤、周勃、李宝靖等。此外，也有少数来自其他地区、部门的，如杲向真、严望、吴灌、华开基等。秘书室的人员配备，一般在十一二人至十三四人之间。先后担任过秘书室主任、副主任的有陈森、何路、杨犁。1953年创委会成立之初，韦嫈、杲向真、严望、束沛德定职为创委会秘书，另外还有六七个干事。1956年创委会下设置研究室，严文井兼任主任、杨犁任副主任，王景山、古鉴兹为研究员。在年龄结构上，创委会干部基本上都是二十二三到三十出头的年轻人。我跨进作协门槛时才21岁，来自延安鲁艺的也才三十一二岁。这是一个朝气蓬勃、团结战斗的群体，也是一个钟爱文学事业、热心为繁荣文学服务的团队。

奋发向上的风气

上世纪50年代初，政治氛围很浓，人们的革命热情很高。创委会的干部大多是党团员，都有自己的理想抱负和人生追求，思想上、政治上都积极向上，严格要求自己。无论是有多年文学工作经验，也有创作能力的老同事，还是新上岗的大学生，都自觉服从组织分配，甘为人梯，满怀激情、全心全意地投身文学组织工作。比如，开作品讨论会或学习座谈会，都要做记录，那时没有录音机，创委会虽有一个擅长速记的华开基，但忙不过来，主要还得靠笔记。至今我的眼前还清晰地浮现着当年在东总部胡同22号院（全国文协旧址），两三个工作人员同时伏在会议室的长方桌上，凝神屏息地做记录的情景。会后认真地、一丝不苟地相互核对笔记，很快把发言整理出来，供相关领导、报刊记者参阅，或在《作家通讯》上发表。从大家任劳任怨，不怕麻烦，不拒绝做小事，争先承担具体事务上，也可以窥见当年干部精神面貌之一斑。

在创委会秘书室，读书的风气也很浓。除了按照工作需要，分工阅读作品外，在业余时间大家都如饥似渴地学习马列理论、文艺理论，阅读中外古典名著。1954年，《文艺学习》杂志上刊登过一份《文艺工作者学习政治理论和古典文学的参考书目》。我的同事各自参照这个书目，本着缺什么补什么的原则，订立自己的学习计划。那时，读苏联文学作品风靡一时，《收获》《幸福》《旅伴》《远离莫斯科的地方》《茹尔宾一家》、安东诺夫的短篇小说、奥维奇金的特写，都是大家争相传阅的作品。这些作品中的人物、情节、语言，成了人们茶余饭后津津乐道的话题。议论、交流中，也逐步养成各抒己见、自由讨论的习惯。对创作组热烈讨论的《三千里江山》《菊花石》以及路翎的小说《初雪》《战士的心》《洼地上的"战役"》，往往存有不同的看法，有时争论起来，还挺较真。由于创委会领导鼓励多阅读、勤练笔，一些同事利用业余时间辛勤笔耕，也写出了一些好的、有影响的作品或评论，如杲向真的儿童小说《小胖与小松》、王景山的杂文、我的儿童文学评论等，就是在那段时间写作并发表的。

同事之间在思想上、生活上相互关心和帮助。上、下级之间，新、老同志之间，都相处得亲切、和谐，平等相待，真诚相处，没什么隔阂。沙汀是个资深的老作家，年龄比我大 27 岁，但同我可说是忘年交。他有什么苦恼，比如，一心想回四川，想搞创作，想老婆孩子，都直率地向我倾诉。又如，我和陈淼是最早同时调进创委会的，我俩更是经常推心置腹无所不谈，包括各自的婚恋情况也都直抒胸臆，没什么遮掩。创委会好似一个大家庭，同事间亲如兄弟姐妹，老大姐何路就把我当作小老弟。开会时她常和我坐到一条板凳上，拍着我的肩膀，说些悄悄话。每到上午 10 点工间操的时间，创委会秘书室的同事相聚在办公楼的回廊上，谈天说地，有时乐不可支。那时苏联有本小说《三个穿灰大衣的人》，由于我年轻逞强，数九寒天连棉毛裤也不穿，因而被同事们戏称为"穿单裤过冬的人"。当年，邵荃麟、艾青、沙汀等就住在 22 号院里，我们天天都能看见他们系着红领巾的孩子上学、放学的身影；有时还能看到他们的没上学的小男孩，穿着海军衫，端着冲锋枪，穿梭于院子回廊间做打仗的游戏。这些孩子也和我们说笑打闹，一点也不生疏、拘束。

风风雨雨中的遭际

创委会成立、发展、消亡的历史，是与 50 年代文坛的风风雨雨紧紧联结、密不可分的。从 1953 年到 1958 年初，先后经历了批判《红楼梦研究》、批判《文艺报》、批判胡风文艺思想和揭露"胡风反革命集团"、批判"丁玲、陈企霞反党集团"、肃反、反右派等一系列文艺批判和政治运动。创委会负责人、工作人员的遭际、命运也随着这些批判斗争而动荡、升迁和沉浮。这里不说邵荃麟、沙汀、刘白羽、康濯等负责人当年的处境和表现，只举部分工作人员在反胡风、反右派中的遭遇为例，来看看普通知识分子在"左"倾路线、思潮下身心受到怎样的摧残。

随着反胡风斗争的展开，《人民日报》关于"胡风反革命集团"三批材料的公布，创委会秘书室很快挖出一个胡风集团的骨干分子严望（本名阎有太）。严望与我是同事，也是创委会的一个秘书，但他比我大十岁八岁，资历比我深，是个16级干部。他不搞创作、评论，在文学界可说是没一点名气。只是在50年代初调来全国文协后，做组织联络工作，与胡风才有了交往。他因为给胡风通风报信，定为胡风集团打入作家协会的"坐探"，骨干分子。被关押了十年后，免于刑事起诉，送进劳改队。直到"胡风反革命集团"一案平反后，严望也才得以平反，于1980年春回到中国作协。他的一生可说是命运多舛。我也因为严望的交代而受到牵连，经过一年多的审查，才做出我与胡风集团没有组织上的联系，所犯泄密错误属于严重自由主义的结论。毛泽东在给《人民日报》发表的《关于胡风反革命集团的材料》加的按语中有一句话："有些自由主义分子则是反革命分子的好朋友"，因此对我的错误的批判，上纲上线很高，最后给予我党内严重警告的处分。直到胡风集团一案平反，撤销对我的处分，我才卸掉背了二十五六年的思想包袱。原担任创委会秘书室主任的陈淼，本来已调离作协去鞍钢工作，深入生活，也因为涉及向胡风集团"坐探"严望"泄密"，当即被召回北京，受到审查和批评。

在反右派斗争中，创委会秘书室、研究室也不是风平浪静，同样受到急风骤雨的侵袭。先后受到批判的工作人员有我、杨犁、王景山三人。在整风会上，我是首先被批判的。由于赴东北沈阳、长春、哈尔滨等地调查了解鸣放情况时，我曾在小范围向当地宣传部、作协负责人传达过周扬在刊物编辑座谈会上鼓励鸣放的讲话精神，因而被指责为"煽风点火于基层"；又由于写了两篇反映作家对文艺领导批评意见的通讯报道，而被批评为"替右派分子鸣锣开道"。在作协内部排队中，据说定我为中右，最后确认我的问题性质是严重右倾错误，随即下放劳动。第二个受到批判的是时任创委会研究室副主任的杨犁。《文艺报》1949 年创刊后，他就在丁玲、陈企霞麾下工作。由于所谓的"为丁、陈反党集团翻案"而受到批判，最后被划为右派分子，下放农村改造。另一个被批判的是研究室研究员王景山。本来他已调离创委会，在北京师范学院（即现今的首都师范大学）中文系教书。由于 1957 年春在创委会工作期间写了《谈"禁忌"》《老八路和老爷》《"比"的种种》等几篇杂文在《文艺报》等报刊上发表。反右后，检举揭发材料由作协转到学校，最后虽未划为右派，但被开除了党籍。还有一个周勃，1956 年自武汉大学中文系毕业后，分配到作协创委会。不久，调回湖北《长江文艺》编辑部工作。他也因为在创委会秘书室期间写的《论现实主义及其在社会主义时代的发展》和其他论文在武汉受到批判，并被定为右派。一个小小的、十三四人的单位——创委会秘书室、研究室，竟有三四人受到错误的批判处理。由此可以看出，反右派斗争对广大知识分子的打击和伤害又是多么深广和严重！

默默耕耘的收获

50 年代在创委会及其秘书室、研究室工作过的前后共计有 30 多人。从"文革"到现在，担负过创委会领导职务的作家、批评家都已与世长辞。秘书室、研究室的工作人员陈淼、何路、杨犁、胡海珠、严望、呆向真、黄玉颀、邸金俊、李宝靖等也已先后谢世。如今健在的十二三人多半是耄耋老人了。当年的同事偶尔相聚在一起，说起在创委会的那段经历，依然是情深意浓、百感交集，既有一试身手、如鱼得水的喜悦，也有历尽风雨、不堪回首的酸楚。1958 年初创委会撤消后，我的同事们各奔东西，有的下放劳动，有的支援边疆，有的走上新的岗位。半个世纪过去，回望同事们走过的路，大多数都没离开文学岗位，一直还在文学园地上默默耕耘，在文学创作、评论、编辑、教学、组织工作等方面奉献了自己的心血、精力，取得了程度不同的可喜的成绩。

专业从事文学创作的有：陈淼、韦嫈、呆向真等。陈淼以话剧剧本《红旗歌》（合作）而一举成名。离开创委会后，长期在鞍钢体验生活，后成为辽宁作协专业作家。著有短篇小说集《炼钢工人》《红榜的故事》、散文集《春雨集》等。他英年早逝，54岁就撒手人间。韦婪"文革"前是天津作协专业作家，著有短篇小说集《母与子》、长篇小说《从前有个姑娘》《流泪的花》等。杲向真在创委会期间写的《小胖与小松》，曾获第二次全国少儿文艺创作评奖一等奖。后为北京作协专业作家，著有长篇小说《灾星》《啊！不是幻影》《耗子精歪传》等。

从事文学评论、研究、教学、组织工作的有：杨犁、王景山、古鉴兹、周勃、束沛德等。杨犁曾任《新观察》副主编，后担任中国现代文学馆馆长，主编文集《胡适文萃》等。王景山系北京师范学院中文系教授、系主任，著有《王景山文集》（三卷）、《鲁迅书信考释》《鲁迅五书心读》《旅人随笔》等。古鉴兹曾担任中国作协文学讲习所教研室主任、鲁迅文学院副院长，著有长篇小说《穷棒子王国》等。周勃系湖北大学教授、系主任。他在创委会期间发表的《略论形象思维》《论现实主义及其在社会主义时代的发展》，曾在文坛引起很大反响；他著有《永恒的困扰——文艺与伦理关系论纲》《文学思存集》等。我长期从事文学组织工作和评论工作，担任作协书记处书记、儿童文学委员会负责人多年，著有评论集《束沛德谈儿童文学》、散文集《龙套情缘》《岁月风铃》等。

从事文学编辑工作的有：何路、罗立韵、胡海珠、王鸿谟、刘传坤、李宝靖等。何路、罗立韵、胡海珠都曾在《人民文学》任编辑，后何路长期担任《中国文学》编辑部主任、副主编、社长；罗立韵曾任人民文学出版社现代室主任，胡海珠任北京电影制片厂编导室主任，她们都是资深的文学编辑。王鸿谟先后在《新观察》杂志、人民文学出版社任编辑、组长、主任。刘传坤一直在《红旗手》《甘肃文艺》《飞天》任编辑。李宝靖在《广西文学》任编辑、主编，并担任广西作协副主席，著有散文集《桂海游踪》等。王、刘、李三位都获得编审职称，是富有经验的老编辑。

50年代的创委会在联系、团结作家，发展、繁荣创作方面提供了可资借鉴的经验，也为培训一批具有良好素质和服务精神的文学组织工作者做了夯实基础的工作。我从事文学组织工作是从创委会起步的，它对我的成长有着不可磨灭的影响。在创委会，我有过成功也有过挫折，有过喜悦也有过忧伤，在心灵深处烙下了深刻的印记。创委会的领导和同事，是我文学路上的良师益友。至今我还与六七位在北京或外地的创委会同事保持着电话或通信联系。期待着五六十年前的老同事有朝一日能有一次聚会，畅叙离情别绪，追忆作协往事，那将是一件多么令人快慰的事啊！

2012 年 9 月

我与《作家通讯》的姻缘

　　《作家通讯》走过了四十五年艰难、坎坷的路，至今出满了一百期，在内部刊物中，也算是个老字号了。这本内刊时断时续，命途多舛，可说是反映风风雨雨文坛的一面小小的镜子。

　　1953 年，我们国家进入大规模经济建设的新时期。新的形势要求文学艺术真实地、深刻地反映伟大的现实，创作出无愧于我们时代和人民的优秀作品。在这种情况下，全国文协设立了创作委员会，具体指导文学创作活动。同时，积极筹备召开全国文协代表大会，修改会章，准备改组全国文协为中国作家协会。内部刊物《作家通讯》就是在这样的背景下应运而生的。

　　我记得，1953 年 4 月初，创作委员会成立后抓的第一件大事，就是组织在北京的部分作家、批评家和文艺领导干部联系文学创作现状，学习社会主义现实主义理论，为召开全国文协代表大会做思想准备。同时，积极筹办《作家通讯》，以加强同全国各地会员的联系，及时反映和交流文学创作、文学工作的情况。当时代理全国文协秘书长的严文井和主持创委会日常工作的副主任沙汀先后召集陈淼（创委会秘书室主任）和我（创委会秘书），共同商量、制订了《编辑出版〈作家通讯〉的方案》和头几期的选题计划。我算是复旦大学新闻系科班出身，学习过新闻采访、新闻编辑、新闻写作、通联工作等课程，在学生时代又参与编辑过《复旦大学校刊》，可以说是对报刊编辑业务不太生疏。因此，从着手筹备之日起，严文井、沙汀、陈淼就让我担负《作家通讯》的具体编辑工作。那时，我作为创委会秘书，还同时担负着阅读作品、组织座谈会、组织作家深入生活、党组记录等任务，但毕竟是个年轻小伙子，富有朝气，积极肯干，就毫不犹豫、全身心地投入内刊编辑工作了。经过短短一个多月紧张、忙碌的运作，从组稿、改稿、标题、画版到发稿、校对、印刷、装订，一本小三十二开、六十四页、装帧简朴的《作家通讯》创刊号，就于1953年6月30日送到会员手里了。如今，我还清晰地记得，刊物封面上那清新秀丽的"作家通讯"四个字，是沙汀约请全国文协主席茅盾题写的。全国文协党组书记、创作委员会主任邵荃麟抱病为《作家通讯》写了《发刊词》，他明确地指出："出版这个刊物的目的，是为了加强作家之间的联系，交流作家创作工作上的经验。"四十多年来，这本内刊的刊期、开本、封面设计曾有过多次变化，但当年茅盾用毛笔题写的刊名一直醒目地印在封面上，始终没有变换。荃麟定下的办刊宗旨也被不断更新换代的编者坚持下来。

从1953年6月到1954年7月，《作家通讯》共出了十一期。我可说是最初这十一期刊物的责任编辑。开头，做编辑工作的就我一人。1953年秋，刘传坤从山东大学中文系毕业后分配到作协创委会，同我一起编辑《作家通讯》。我们俩同在东总布胡同22号大院里一间紧挨厕所、不足六平方米的办公室里。相对而坐，共同商量稿子如何修改、版式如何编排，一起推敲标题、阅读校样。传坤性格比较内向，朴实憨厚，工作作风又严谨细致，同我合作得相当默契，至今我们之间还保持着真挚的友情。创委会秘书室的工作人员有来自延安鲁艺、华北联大的，而更多的是新中国第一代大学毕业生，那是一个朝气蓬勃、团结战斗的集体。他们虽不参加内刊的编辑工作，但经常访问作家、整理座谈会发言，不断提供稿件，实际上是《作家通讯》不在编的记者、撰稿人。而沙汀是《作家通讯》名副其实的主编，他出点子，出题目，修改重要稿件，还负责刊物的终审。当年他戴着老花镜，伏在写字台上字斟句酌、一丝不苟地审阅刊物清样的情景，至今还深深地留在我的脑海里。

"十年动乱"，作协图书资料散失殆尽，至今作协资料室、创作联络部也找不到最初出版的那十一期《作家通讯》了。我只能根据回忆和手边仅有的一点资料，来谈谈当年刊物编辑工作的一些情况。

《作家通讯》上发表的关于作品和创作问题的讨论，可说是会员最为关注、最感兴趣的。我记得，刊物上先后用很大篇幅刊登过讨论杨朔的小说《三千里江山》、李季的长诗《菊花石》和诗的形式问题的发言摘要。那时，尽管百花齐放、百家争鸣的方针还没有提出，文学批评中的粗暴、简单化倾向也较严重，但内部刊物还可以在一定程度上反映对具体作品成败得失的不同看法和对文学理论、创作问题的不同见解。比如，关于《三千里江山》的讨论会开了三次。会上有的赞扬这部小说是文学创作的新收获，有的却认为它是概念化的作品。我们把讨论会上各种不同的意见摘要刊登出来，并及时把创委会主任邵荃麟在第三次讨论会上的长篇发言根据速记记录原原本本地整理出来，请荃麟过目修改后予以发表。荃麟的发言，对这部小说的选材、主题、人物描写、结构、语言等方面作了具体的、中肯的分析，既热情肯定了它所取得的成就，又实事求是地指出了它的缺点和不足。这样，就使会员对讨论情况有一全面的了解，从中得到启迪。当时荃麟是作协一把手，担子很重，又是带病工作，骨瘦如柴。我们实在不忍心再三催促他审阅、修改发言记录稿，可他还是在百忙中挤出时间，赶在刊物发稿前把仔细修改过的稿子送到我们手里。荃麟登在《作家通讯》上的这篇题为《关于〈三千里江山〉的几点意见》的发言，已收入《邵荃麟评论选集》（下册），今天读来，依然觉得它是一篇说理透辟的、有说服力的好文章。

1953 年 5–6 月间，全国文协创委会组织了社会主义现实主义理论的学习。这次学习着重讨论的对社会主义现实主义的理解及其和过去的现实主义的关系与区别问题、典型和创造人物的问题、讽刺问题、文学的党性和人民性问题以及目前文学创作上的问题，都是当时全国文学界关注的热点。而会议主持人冯雪峰（荃麟因病未能参加，由冯雪峰代为主持）及各个专题的重点发言人陈涌、林默涵、陈企霞、王朝闻、严文井、钟惦棐、马烽、袁水柏、陈荒煤、光未然等，又都是在全国有影响的作家、评论家。广大会员急切希望了解这一学习讨论的进展情况及会上反映出的各种观点、看法。我根据十四次讨论会的发言及冯雪峰的初步总结，及时综合整理成一篇长达八九千字的《全国文协学习社会主义现实主义的情况报道》，分两期登在《作家通讯》上，为各地会员的学习讨论提供了一份可资参考的材料。

刊登领导同志关于文艺创作问题的讲话、报告，也是深受广大会员欢迎的。我记得，《作家通讯》先后发表过胡乔木在全国第二次文代会闭幕式上所作《关于文学艺术团体为争取我国文学艺术的繁荣的组织任务》的报告、习仲勋在第一届全国电影剧本创作会议上的报告、李富春在北京文艺工作者座谈会上的讲话。胡乔木在报告中对文学艺术团体提出了五个方面的任务：一，鼓励创作；二，鼓励批评和研究；三，领导和帮助文学期刊的编辑和文学艺术书籍的出版工作；四，领导和帮助文学艺术的普及工作和教育训练工作；五，组织会员学习。习仲勋的报告谈了作家深入生活、学习社会主义现实主义创作方法、关于文艺创作的领导、文艺批评等几个问题。50 年代初，刊物的内外之别，还是相当明确的。《作家通讯》作为内部刊物，它登载的领导同志讲话、报告，不得转载，不得引用，这在当时还是能做到的。《作家通讯》独家发表一些领导同志的报告，"只此一家，别无分店"，这无形之中也就加重了它的分量。

《作家通讯》上还经常刊登会员来信、作家动态和作家深入生活和创作计划的调查。我记得，针对会员在制订创作计划时存在的一些疑虑和在选择生活根据地上的一些思想认识问题，我还曾按照沙汀的意见，以晓苏、缚高等笔名写了《谈谈创作计划》《对作家表现工业建设的一点意见》等短评。刊出《苏联作家协会各创作组 1952 年工作总结专辑》时，我还执笔写了一个较长的"编者按"，归纳苏联作协各创作组的经验，提出了我们今后开展创作组活动应当注意的几个问题。

一年多的内刊编辑工作，应当说是给了我相当宽广的用武之地。既当编辑又当记者，既写报道又写短评，既画版式又当校对，尝到了编辑工作的甘苦，也提高了独立工作的能力。在我四十多年的文字、文学生涯中，这一段短暂而美好的时光，是永远难以忘怀的。

1954 秋，《作家通讯》的编辑工作由创委会划归办公室。也正是从那时起，批判《红楼梦》研究，批判《文艺报》，反胡风，肃反，反丁陈，一场斗争接着一场斗争，《作家通讯》也就开始陷入动荡不定的困境……

真是无巧不成书。时隔一十九载，1978 年作协恢复工作，我又回到文学岗位，依然被安排在创作联络部。第三次作代会前后，李季心急火燎地让我抓《作家通讯》的复刊工作，以恢复同全国各地作协会员的联系。1980年2月出版的《作家通讯》(总第54期)，主要刊登了第三次作代会的主要文件、领导机构名单等，就是由我编辑发稿的。1953年创刊，新时期复刊，有幸都是我经手操办的。同《作家通讯》的姻缘，还真是打不散、割不断哩。

1982年我进入作协领导班子后，实际上又兼任了《作家通讯》的主编，担负了多年刊物的终审工作。1984年初，我还以编者的名义写过一篇题为《同会员更靠近一些》的短文，期盼"依靠分会和会员来办刊，让《作家通讯》真正充满分会的信息、会员的声音"，让广大会员"打开《作家通讯》之窗，能够呼吸到一点来自沸腾的现实生活的新鲜气息，领略到来自文学同行的一种相互切磋的健康的风气"。当时参与编辑工作的有王可伊、刘力、陈国华、程绍武等。大家集思广益，在刊物版面上陆续开辟了"创作情况述评""争鸣动态""笔谈会""文学评奖""作家深入生活""作家专访""作家近况""会员来信""分会工作""中外文学交流""资料"等栏目。刊物从内容到形式，一度有了较为明显的改进。但好景不长，随着《文艺报》由刊物改为报纸，作协书记处考虑到报纸可以更及时地反映创作信息、作家动态，并决定向每位会员赠阅《文艺报》，遂把《作家通讯》又改为不定期的类似"作协会务公报"的内刊。紧接着1987年反资产阶级自由化，1989年那场政治风波，《作家通讯》再度陷于风雨飘摇之中。1990年我不再兼任创作联络部主任后，也就结束了同《作家通讯》的近四十年的姻缘。

令人欣慰的是，近一两年《作家通讯》在主编、责任编辑精心策划组织下大有起色，内容新鲜，信息量大，版式也生动活泼，受到广大会员的好评。值此《作家通讯》出满一百期之际，我真诚地祝愿它办得越来越丰富、活泼、精彩！

1998年1月6日

与我一路相伴的《文艺报》

《文艺报》诞生于中华人民共和国成立前夕。从它诞生之日起，我就是它的忠实读者。

多少年来，在为繁荣文学跑龙套的路上，《文艺报》与我牵手同行，是我情投意合的旅伴。

1949 年 9 月 25 日《文艺报》正式创刊之日，正好是我迈入大学门槛之际。那时尽管囊中羞涩，但还是省吃俭用，挤出一点钱订阅了一本《学习》杂志和一本《文艺报》。在大学期间，我曾写信给《文艺报》"文艺信箱"专栏，反映自己在习作中遇到的题材狭窄贫乏、语言枯燥无味的苦恼。时隔不久，就收到编辑用秀美的文字写来的两页回信，引导我更多了解、熟悉自己周围的人和事，并多读中外文学名著。

大学毕业前夕，我填写的工作志愿：一是文学编辑，二是文艺理论研究，三是党的宣传工作。《文艺报》是我心驰神往的一个去处。最后我被分配到全国文协，恰好和《文艺报》是一家人。我们同在东总布胡同 22 号的会议室开会、听报告，同在 22 号地下室的一个食堂用餐，也在同一个党、团支部过组织生活。这样，《文艺报》一些年轻编辑很快成了我新结识的朋友。

跨进文协门槛，我从 1952 年冬开始为《文艺报》写稿。开头是结合我参与的工作、文学活动写一些消息报道，如《全国文协组织第二批作家深入生活》《全国文协组织社会主义现实主义学习》；同时也写了《作家应当关心当前的作品》等短评。当时我所在的创作委员会秘书室担负着阅读新发表、出版的作品，定期（每季度一次）向作协主席团汇报当前创作情况的任务。我在阅读、研究中发现了新人佳作或值得探讨的创作问题，就写成评论文字送到近在咫尺的《文艺报》编辑部。得近水楼台之便，那几年我先后在《文艺报》发过评介闻捷的特写、何为的散文、张有德的短篇小说的文章。特别是 1956 年、1957 年先后在《文艺报》发表的题为《幻想也要以真实为基础——评欧阳山的童话〈慧眼〉》《情趣从何而来——谈谈柯岩的儿童诗》两篇文章，使我与儿童文学结下了不解之缘。前一篇文章引起了有关童话体裁中幻想与现实关系的讨论；这场讨论持续达两年之久，多少活跃了当时儿童文学界学术论争的空气。后一篇文章得到评论界、儿童文学界很多朋友，包括作者柯岩在内的肯定和鼓励。当年《文艺报》副总编辑侯金镜对我说，文章写得不错，从作品的实际出发，做了比较深入的艺术分析，抓住了作者的创作特色。他鼓励我沿着这个路子走下去。有的评论者认为，此文对儿童情趣的赞美和呼唤，"深深影响了一代儿童文苑"。由于这是最早评论柯岩儿童诗的一篇文章，又被评论者认为是"有一定理论水平的作家作品论"，因而它不仅被收入《中国儿童文学大系·理论（一）》《中国儿童文学 60 年》等十多种文集或评论选集；而且时隔半个多世纪，在柯岩逝世后，那份"柯岩同志生平"中仍然提到我"当时就对柯岩的儿童诗给予了很高评价"。这是我没有料想到的。

正因为发表过这两篇多少有点影响的文章，当我进入作协领导班子后，1985 年初作协书记处在研究工作分工时，由于班子成员中没有专门从事儿童文学创作、评论的，时任常务书记的唐达成在会上说："沛德 50年代就在《文艺报》发了一些儿童文学评论，近些年仍然关注儿童文学，由他分工联系这方面的工作比较合适。"同事们都表示赞同，这样就把我推上了儿童文学组织工作的岗位。1986 年至 2007 年，我当了 20 多年作协儿童文学委员会负责人，为发展儿童文学略尽绵薄之力，这不能不感激《文艺报》发的两篇文章给我带来的机遇和好运。

我不能一味讲成功和机缘，避而不谈失误和挫折。我在反右派斗争中的表现和遭遇，也是与《文艺报》紧密相连的。1957 年整风运动开展后，在"大鸣大放"高潮中，我在《文艺报》发了一篇访问长春几位老作家的长篇报道。这篇批评文艺领导存在教条主义、宗派情绪，表达了作家心声的文章，在反右斗争中却成了我"替右派鸣锣开道"白纸黑字的证据。原本被看作患有"右倾顽症"的我，当反右狂风袭来前后，又随波逐流，在

《文艺报》发了两篇批判文章：一篇批秋耘的评论《刺向哪里》，一篇批丁玲的散文特写《记游桃花坪》和《粮秣主任》。在大风大浪中的左右摇摆，正像前些年我在《我也当过"炮手"》一文中所反思的："私心杂念不可有，看风使舵不可取，违心之事不可为，明辨是非最可贵。"每当想起自己当年也曾加入挥舞棍棒的行列，至今依然感到深深的愧疚。

"十年浩劫"，《文艺报》被迫停刊。待到1978年7月《文艺报》复刊后不久，随着作协恢复工作，我也由河北调回作协。此时，曾有一次到《文艺报》工作的机会与我擦肩而过。事情是这样的：我回到作协，冯牧找我谈工作，说是决定让我到《文艺报》阅读、研究作品，拟一些选题，组织评论文章，自己也可动手写一些文章。说实话，这是符合我的心愿的。当然，也有点忐忑不安，毕竟业务荒疏了多年，归队不久，能否胜任，不太有把握。冯牧觉察出我面露难色，当即热情地鼓励我：你50年代就为《文艺报》写文章，还是有基础的，熟悉一段情况，是不难胜任的。正当我准备到编辑部上班时，事情发生变化，组织上突然通知我先参加一段作协落实政策的复查工作。待开完第三次作代会，作协成立了创作联络部，时任作协党组副书记的李季斩钉截铁地对我说：同冯牧商量了，决定让你到创联部工作，去《文艺报》工作的事以后再说。没有商量余地，去《文艺报》的愿望终于化为泡影。我是学新闻的，又爱好文学，《文艺报》似是最适合我的工作岗位。多少年来，我注意到《文艺报》造就出一批又一批能干、出色的编辑、记者、评论家，那可真是一个出人才的地方啊！我这辈子没能去《文艺报》，至今还引以为憾哩！

没能如愿去《文艺报》，但改革开放以来，特别是我分管儿童文学工作后，与《文艺报》的联系却越来越密切了。

1986年6月中国作协主席团通过的《关于改进和加强少年儿童文学工作的决议》中提出：希望各文学创作、评论刊物经常选发一定数量的儿童文学作品及有关儿童文学的评论文章。作家协会主办的《文艺报》《人民文学》等刊物在这方面应起带头作用。在这之后不久，儿童文学作家刘厚明当面向我建议："听说《文艺报》明年要扩版为周报八版，该建议他们每月拿出一块版面出儿童文学评论专刊，千万别错过这个机会！"他的倡议与我不谋而合，在党组、书记处会议讨论《文艺报》改版计划时，我一再申述出这么一个专刊对推动儿童文学理论批评的好处，此事得到了包括《文艺报》主编谢永旺在内的作协领导班子成员的一致支持。当1987年1月《文艺报》扩版为周报八版，并开始标明报纸为中国作家协会主办时，1月24日由冰心老人题写报头的"儿童文学评论"专版就应运而生了。在第一期上我还写了题为《窗口·桥梁·苗圃》一文，表达了我对专版的期望。从创刊至今，27年间，这个专版已出了348期。该版出满100期之际，我曾写过一篇《十年辛苦不寻常》。诚然，在它的成长道路上曾遇到这样那样的困难、麻烦，特别是在市场化大潮的冲击下，一度萎缩，陷入困境。但《文艺报》历任主编和编辑部同人坚忍不拔，攻坚克难，还是苦苦支撑下来了。我也曾为它的生存、发展，在一些场合不止一次地呼吁过。尽管人微言轻，也还是多少起了点作用。如今它每月两期，按时出刊，占一整版，作者也有不少新面孔，可说是处于历史上最好时期。这个国内报纸上开辟的唯一儿童文学评论专版，是儿童文学园丁十分珍惜、勤于耕耘的一块园地。

在我的文学生涯中，可说是对儿童文学情有独钟。《文艺报·儿童文学评论》专版的问世，给我为儿童文学鼓与呼提供了一个颇为难得的平台。这么多年，我在专版上发表过或长或短的文章可能有三四十篇。其中有宏观扫描的，如：《新景观　大趋势——世纪之交我国儿童文学扫描》《为新中国儿童文学勾勒一个轮廓》等；也有对金波、樊发稼、刘先平、曹文轩、秦文君、郑春华、黄蓓佳等的作品评论。还有回忆、怀念儿童文学前辈或兄长张天翼、陈伯吹、严文井、金近、郭风、刘厚明等的散文。近些年我差不多已养成一个习惯：每当写出有关儿童文学的文章，总要考虑一下是否先投寄《文艺报》。发出稿子时，也总要向编辑表明：能登就登，千万不要勉强，让你们为难；如不合适，告我一声就行。有时为避免近水楼台、频频亮相之嫌，我有意识地把一些自我感觉还不错的稿子投向其他报刊了。《文艺报》的文学编辑，从上世纪50年代的敏泽到80年代、90年代的冯秋子、明照、刘颋、刘秀娟，在交往、合作中，我深切感受到他们的敬业、热情、平易与细致。

我不是那么勤奋，也没写出什么有特色、有分量的文章。但《文艺报》编辑部对我的写作成果，可说是一向关注、支持的。每当我出版一本新书，总会发消息或评论。早在90年代初，就在显著位置发过彭斯远的《批评是为了发展——束沛德儿童文学研究漫议》，对我的评论见解和特色作了简洁的概括。当我的散文集《岁月风铃》、评论集《束沛德谈儿童文学》出版后，《文艺报》不仅及时发了召开座谈会的消息，还发了多篇评论文章。评论家陈辽就先后写了题为《束沛德的岁月风铃》《儿童文学园地里的守望者》的文章。散文集《龙套情缘》、评论集《守望与期待》、随笔集《红线串着爱与美》问世后，吴然、李东华、陈中天等都发过评介文章。两年前，《文艺报》还发了史伟峰写的专访《乐此不疲地鼓与呼》，记述了我从事儿童文学评论的历程和感悟。朋友们热情评说，为我鼓劲、加油、激励、鞭策我在文学路上继续前行。

岁月如梭，转瞬之间，即将迎来《文艺报》65华诞。我面前放着一本封面发黄、书页上水渍斑斑的《文艺报》（1—13期）合订本，周刊16开，每期12—16页，那是1949年5月4日至7月28日作为全国文代会筹委会和一次文代会的机关报出版的。我清晰地记得，在上海上大学期间，星期天到福州路逛书店，无意中发现了这本刊物。这个合订本留下了《文艺报》呱呱坠地的身影。当年它并不引人注目，如今已成为稀缺的、弥足珍贵的史料。我的一个书柜和书房一角还堆满了从创刊至今的全套《文艺报》。多少年来，生活动荡，工作调动，经历了几次举家大搬迁，不少心爱的报纸杂志都先后忍痛处置了。唯独这份完整的《文艺报》，我始终爱不释手，难舍难分。

面对今日的《文艺报》，我想，这张历史悠久、代表主流声音的报纸，同样面临一个与时俱进、开拓创新的问题。如何使之更好地顺应时代大潮、贴近文艺实际、满足读者需求，努力做到坚守文学品质又富有鲜明特色、丰富精粹又生动亲切，看来在这方面还有很大的提升空间。作为一个老读者、老作者，我默默地、真诚地期待着、守望着。但愿它越来越为广大读者所接受和喜爱。不管怎样，我矢志不渝，会让这个真挚的旅伴，陪我一起走完自己漫长而平凡的人生路、文学路。

2014年3月8日

涉足儿童文苑

　　说起我和儿童文学的缘分，难以忘怀几位老师对我的引导、启迪和教诲。

　　我的文学启蒙老师赵景深，是我国早期儿童文学理论、创作、翻译、教学的拓荒者、探索者之一。他翻译过格林、安徒生的童话，最早在大学开设童话课，著有《童话概要》《童话论集》。他那优美的、富有诗意的童话《纸花》《一片槐叶》，童话诗《桃林的童话——给亲爱的小妹慧深》，都在我早期阅读中，留下了美好的印象。我上中学的时候，曾多次向他主编的《青年界》投稿。在这本杂志的《读者园地》一栏里，先后登载过我写的散文、速写《灯下自修记》《张先生的病》《房客的悲哀》《钟声》等。赵先生不止一次地给我回信，鼓励我写自己熟悉的校园生活，多读一点中外文学名著。他还用清秀工整的毛笔字，字斟句酌地修改我写的一首题为《走向遥远的边疆》的诗。那时，我企盼见到赵先生，想要当面聆听他的教诲。

　　没想到，我一考进复旦大学，就和赵先生不期而遇了。《国文》是一年级的必修课，在强大的教授阵容中，有郭绍虞、陈子展、章靳以、魏金枝、方令孺等，我毫不犹豫地选了我所熟悉又敬重的赵景深教授。赵先生讲课很生动、风趣，不时穿插讲一些文人逸事、文坛掌故，有时还哼几段京剧、昆曲，连唱带表演，引起阵阵笑声。他对外国文学很熟悉，不仅常常介绍狄更斯、左拉、莫泊桑、契诃夫等大作家，也偶尔推荐沙尔·贝洛、安徒生、王尔德、格林兄弟、豪夫、科洛狄等儿童文学大家的名著。赵先生对我这个《青年界》的小作者并不陌生，似有一层特殊的感情，还按照我的兴趣和愿望，为我开列了一份参考书目。我从学校图书馆找到了《敏豪生奇游记》《鹅妈妈的故事》《荒岛探宝记》等书，在课余时间如饥似渴地阅读，使我对外国儿童文学增进了了解。对我的作文，赵先生也鼓励有加，经常给以88分、90分的高分，并写下"有正确的政治立场，有熟练的文字技巧""文字明快有力，首尾完整"等评语。可以说，在我的文学之旅中，赵先生是第一个引领我向"儿童文学港"靠拢的人。

我走上工作岗位，第一个上级恰好又是儿童文学老作家严文井同志。近些年，我曾不止一次地听他向别人说起："1952年秋，我在中宣部文艺处，处长丁玲让我去全国文协。我带了两个秘书，一个是丁玲的秘书陈淼，一个是周扬的秘书束沛德，到文协打前站，最早投入中国作协的筹建工作。作协从无到有，从小到大，我们是亲身经历的。"我还记得，跨进文协大门不久，文井同志就情真意切地对我说："你年纪很轻，只要自己努力，不闹工作与个人创作的矛盾，在党的培养下，有才能的人是不会被埋没的""先踏踏实实地做几年工作，将来可以搞创作，也可以搞评论。不管以后做什么，现在应当抓紧时间学习马列主义、文艺理论，多读点作品，有时间也可以练习写作"。在文井同志麾下，我一边学习做文学组织工作，一边利用业余时间挑灯夜读。我饶有兴味地读了严文井的童话《丁丁的一次奇怪旅行》《蜜蜂和蚯蚓的故事》《三只骄傲的小猫》《小溪流的歌》，被这些富有幼儿情趣、诗情与哲理交融的作品所深深打动。我对我的上级在儿童文学上的出色成就肃然起敬，这也大大激发了我对儿童文学的兴趣。

随后我在作家协会创作委员会当秘书，又有机会旁听文井和冰心、张天翼、金近等积极参加的儿童文学组关于作品和创作问题的讨论。我记得，文井在一次座谈会上曾谈起："我的祖父爱教训人，我很怕他。父亲稍好一些，但当我考不取大学时，他就板起面孔教训我了。我不爱听教训，就离开家庭走向生活了。""现在儿童读物的缺点，也是爱教训孩子。孩子不爱听枯燥的说教，我们应当尽量把作品写得生动有趣一点。"他的这番话，使我较早地领悟到，儿童文学要讲究情趣，寓教于乐。中国作协编的《1954—1955儿童文学选》，是由文井最后审定篇目并作序的。在协助文井编选的过程中，使我心里对如何把握少年儿童文学的特点，如何衡量、评判一篇作品的成败得失，有了点底。他在《序言》中所说的："应当善于从少年儿童们的角度出发，善于以他们的眼睛，他们的耳朵，尤其是他们的心灵，来观察和认识他们所能接触到的，以及他们虽然没有普遍接触但渴望更多知道的那个完整统一而丰富多样的世界……一定要让作品做到：使他们看得懂，喜欢看，并且真正可以从当中得到有益的东西。"这段言简意赅的文字，在我脑子里深深地扎了根，成了我后来从事儿童文学评论经常揣摩、力求把握的准则。

我涉足儿童文学评论，还忘不了《文艺报》和著名评论家侯金镜同志对我的鼓励和点拨。1955年9月，《人民日报》发了社论，号召作家为少年儿童写作，改变儿童读物奇缺的状况。中国作家协会和郭沫若、冰心等文学前辈响应号召，倡议每个作家"一人一篇"。那时我还不是作家协会会员，但作为一个初学评论写作者，也深感有义务和责任，为孩子们做点什么。于是，我根据在创委会分工阅读作品的印象和感受，写了两篇儿童文学评论，那就是1956年、1957年刊登在《文艺报》上的《幻想也要以真实为基础——评欧阳山的童话〈慧眼〉》《情趣从何而来？——谈谈柯岩的儿童诗》。

这两篇评论文章，在儿童文学界还多少有点影响。前一篇文章引起了一场持续两年之久的有关童话体裁中幻想与现实关系的讨论，或多或少活跃了当时儿童文苑学术论争的空气，"也丰富了50年代尚不完备的我国童话理论"，在当代儿童文学史、童话史上留下了一笔。后一篇则是最早评介柯岩儿童诗的文章。从1955年底到1956年夏秋之交，我从《人民文学》《文艺学习》等刊物上先后读到柯岩的《儿童诗三首》《"小兵"的故事》等，尤为赞赏其中的《帽子的秘密》《爸爸的眼镜》《看球记》等几首。我沉浸在阅读的愉悦之中，为这些诗篇所展现的纯真的童心、童趣所打动，情不自禁地要拿起笔来予以赞美和评说。那时，我同柯岩素昧平生，也没有报刊约我写这篇文章。选这个题目，可说是完全出自个人的审美情趣和发现文学新人的喜悦。文章初稿写于1957年初春时节，正逢文艺界贯彻"双百方针"，鼓励鸣放，作家们如坐春风、如沐春雨。此时，我也心情舒畅，思想比较活跃，没有多少条条框框。修改定稿的1957年10月，已进入反右派斗争的中后期，正是我因"整风"期间所犯严重右倾错误挨批评、写检讨之际，我的女儿又正好在这个时候呱呱坠地。我住的那间十多平方米的屋子，一分为三：窗前一张两屉桌，是我挑灯爬格子的小天地；我身后躺着正在坐月子的妻子和未满月的婴儿；用两个书架隔开的一个窄条，住着我的母亲，她是特地从老家赶来帮助照料我们的。我就是在这样一种并非宁静、宽松的环境、氛围、心情下，完成这篇文章的。文艺报编辑部与创委会在同一幢楼办公，我把这篇稿子送到编辑部。负责审稿的责任编辑是青年评论家敏泽，该报副总编辑侯金镜同志终审。金镜同志阅稿后，约我谈了一次话，他热情地鼓励我：文章写得不错，从作品的实际出发，作了比较深入的艺术分析，抓住了作者的创作特色。他希望我沿着这个路子走下去。这篇近1万字的文章很快在八开的《文艺报》周刊上用两整版的篇幅刊出了。此文得到作者柯岩的首肯，也得到评论界和儿童文学界的好评，认为它是"有一定理论水平的作家作品论""对儿童情趣的赞美，与对'行动诗'的褒奖，深深影响了一代儿童文苑"。年轻时的这篇习作似乎成了我的代表作，先后被收入七八种评论选集。

50年代写了上述两篇评论文章，从此与儿童文学结下了不解之缘，成了儿童文学评论队伍里的散兵游勇。

2000年6月29日

反右侥幸过关记

在反胡风斗争中，我摔了一跤。时隔两年，在反右斗争中，我又差一点遭灭顶之灾。

1957年春天，党在学术、文化界进一步贯彻百花齐放、百家争鸣的方针；在全国范围内开展反对官僚主义、宗派主义、主观主义的整风运动，欢迎大家"鸣""放"。知识分子如坐春风，如沐春雨，心情舒畅，干劲倍增。我因在反胡风斗争中受了处分，一度失去年轻人应有的革命朝气和政治热情，抱着不求有功但求无过的消极心理，夹着尾巴做人。在这春意盎然的时节，我也振作起来，跃跃欲试，满怀对政治民主、学术民主、艺术民主的向往，投身到赴东北各地调查了解文艺界鸣放情况的工作中去。

第一次单枪匹马闯东北，既有一种新鲜感，也多少有几分紧张。好在出发前我所在单位——中国作家协会秘书长郭小川同我谈了话；又听了主管文艺的中宣部副部长周扬在刊物编辑座谈会上鼓励鸣放、着重反对教条主义和对待科学、艺术的官僚主义、行政命令方式的讲话，心里有了底。

从4月中旬到6月初，我兴冲冲地、马不停蹄地跑了沈阳、抚顺、鞍山、长春、吉林、哈尔滨、牡丹江、延吉等八九个城市，访问了六十多位作家、文学工作者。由于我手里拿着中国作家协会和中共中央宣传部开的两种介绍信，来头不小，一路绿灯。每到一地，党委宣传部和作家协会领导人都很重视，安排单独会见或同班子成员小型座谈。他们渴望从我这里了解上面有什么新的精神。我空空如也，一无所有，只得打开自己的笔记本，把赴东北前所听周扬讲话的要点，向他们吹吹风。到长春的第二天，省里召开一百多人参加的文艺界鸣放会。宣传部长一再动员我在会上传达一下周扬的讲话，我以"记录不全不准"为由婉拒了。当时，我暗自思忖：不能再重复反胡风时因夸夸其谈、好表现自己犯的错误，说话、办事得谨慎一些。幸亏长了这么个心眼，否则娄子就捅大了。我仅在小范围内向一些领导同志吹了吹风，反右时就招来了"从右的方面歪曲周扬关于'双百'的讲话""煽风点火于基层"的指责。如果我贸然到群众场合正式传达，那又不知会被扣上什么样的帽子呢。

从沈阳到长春，从哈尔滨到延吉，我一面快马加鞭地赶路，一面夜以继日地赶写各地鸣放情况汇报材料，一路上没有游山玩水，没有访亲问友，全身心地投入工作。那时，干劲可真不小，除了完成领导交给的收集材料、编写简报（计五篇，登在供领导参考的《文学动态》上）的任务外，还超额完成了两篇长达五六千字的通讯报道：一篇《迎接大鸣大放的春天——访长春的几位作家》，在《文艺报》上刊出了；另一篇《东北文学界鸣放剪影》，也已打出校样，因形势骤变未能问世。在这两篇通讯中，我力图真实地反映出一些有代表性的作家对文艺领导存在的教条主义、宗派情绪、简单化作风的批评，以及他们长久以来埋在心底的苦恼、委屈和愿望。文中虽然也引用了一些被冷落的老作家说的："作家协会把我排斥在外面"，高教部、文化部、作家协会"把我扔了，像破抹布一样"这类带有一点牢骚的话，但总的看来，那些批评意见还是与人为善、和风细雨的，并不是什么抱有敌对情绪的恶意攻击。然而，由于反右斗争的严重扩大化，一大批有才华、有作为、敢讲真话和逆耳之言的知识分子都被错划为右派，受到长期的委屈、压抑和沉重打击。我在长春采访的三位作家中，后来也有两位被错划为右派。这样，我写的那篇通讯在反右斗争中被批评为"替右派分子鸣锣开道"。面对报上公开点名批判那两位作家的事实，我也只好哑口无言了。

从东北回到北京，作家协会机关仍处于鸣放高潮中。我所在的创作委员会研究室负责人鼓励我："前些年你担任党组秘书，对领导的情况比较了解，应该在鸣放会上好好讲一讲，不要有什么顾虑。"我一直对整体工作比较关心，平时也爱动脑子思考一些创作、理论上的问题，对领导同志的思想、工作作风也有自己的看法。我想，既然党进行整风，广泛征求批评意见，我作为一个党员，有责任也有义务把自己的看法和意见直率地、无保留地讲出来。勇于独立思考，不要人云亦云；敢于说话，敢于批评，敢于争论，是我当时努力学习、追求的品格和作风。我作了认真思考，列了一个详细发言提纲，在创作委员会整风会上作了两个多小时的长篇发言。我大胆地、提名道姓地批评了胡乔木、周扬、林默涵、刘白羽等负责人"领导思想或'左'或右，对文学运动、文学创作中倾向性的问题不是处在清醒状态"，在创造新英雄人物问题上"存在脱离创作实践的教条主义观点"，有时"用行政方式解决学术问题、艺术问题"。我的这些批评意见不是毫无道理。但后来在反右派中却不分青红皂白地被斥责为"对领导抱有严重对立情绪""把马克思主义当作教条主义来反对""追求资产阶级绝对的民主、自由"。

我发言后没有几天，形势发生急剧的变化。6月8日《人民日报》发表《这是为什么？》的社论。一场全国规模的群众性的急风暴雨式的反右运动猛烈地开展起来了。文艺界也掀起揭露、批判"丁玲、陈企霞反党集团"和其他右派分子的斗争。我所在的创委会研究室也无例外地卷入这场斗争。研究室共有十三人，重点批判了三个人。我是第一个被批判的，主要批判我东北之行的两篇通讯和在创委会整风鸣放会上的发言。同事们义正词严地批判我："同情对党不满的人"，"同有右派思想、修正主义思想的人一鼻孔出气"，"在大风大浪中迷失方向，在右派的进攻面前，政治上动摇"，"从个人恩怨看问题，资产阶级个人主义根深蒂固"。在猛烈而严厉的批判面前，我晕头转向，不知所措。对有些批评，我虽心里不服，但觉得纵有七嘴八舌，也无法申辩清楚。只得一次又一次检查，挖思想，找根源，上纲上线，真诚地、沉痛地表示要洗心革面，痛改前非，到基层、到工农兵群众中去劳动锻炼，彻底改造自己的世界观。

到了运动后期，我们创委会研究室被批判的三人中，有一个被划为右派，有一个被开除党籍。组织上姑念我没有为"丁、陈反党集团"翻案的言行，也没有为自己在反胡风斗争中受批判、处分鸣冤叫屈，终于高抬贵手，放我过关了。我的问题性质定为严重右倾错误。据说内部排队定为中右（中间偏右），也就是说，距离右派只有一步之遥。好危险呵！已经到了悬崖边上。若干年后同友人谈起我在反右前后的这段经历，不止一位老友说：你算是幸运的了，作协划的右派太多，轮不到你了。如果换一个单位，你那些材料，白纸黑字，铁证如山，划你为右派，是绰绰有余了。

回忆这段往事，我倒没有为受到冲击、批判而自怨自艾。难以忘怀的倒是那刻骨铭心的教训：任何时候、任何场合，都要敢于讲真话，反映真实情况；压力再大，也不能讲违心的话，更不能做违心的事。扪心自问，在这方面我也还不是无懈可击的啊！

2000 年 4 月 29 日

我也当过"炮手"

我这个一向被某些人看作患有"右倾顽症""在大风大浪里总是向右摆"的人，在"左"倾思潮泛滥的时候，也曾当过"炮手"，写过三篇火药味很浓的大批判文章。批判的锋芒又是指向我所熟悉、赞赏的三位作家、评论家，他们是丁玲、黄秋耘、刘真。这件事乍一看来，似乎有点蹊跷、不可思议，但追溯到那信奉"斗争哲学"的年代和我那"跟跟派"左右摇摆的特征，也就不足为奇了。

我是在一种什么样的气候、心态下参与大批判、大讨伐的呢？

1957年春天，我和知识界、文艺界的许多朋友一样，为百花齐放、百家争鸣方针的提出和开始出现思想活跃、热烈争鸣的生动局面而欢欣鼓舞；并响应党的号召，积极热情地投入文艺界反对教条主义、宗派主义、官僚主义的斗争。没想到好景不长，政治大气候突然由晴转阴，继而一场急风暴雨袭来，群众性的反右派运动在全国范围内轰轰烈烈地开展起来了。作家协会也掀起了批判"丁玲、陈企霞反党集团"和其他右派分子的斗争。我则由于写了两篇反映东北文学界鸣放情况的报道和在作家协会创委会整风鸣放会上的一次发言，而处于四面楚歌、岌岌可危的困境。我只好老老实实地接受群众的批判，真诚地、沉痛地检讨自己的严重右倾错误；同时抱着将功补过的心情，积极而又不那么理直气壮地投入批判右派思想、右派分子的斗争。这一年7月、9月，我在《文艺报》先后发表了题为《刺向哪里？——评秋耘的〈刺在哪里？〉一文》《〈记游桃花坪〉和〈粮秣主任〉——丁玲的自我颂歌》两篇批判文章，就是典型的闻风而动、赶浪头之作。

丁玲、秋耘都是与我同一单位——中国作家协会的老作家、老干部。我刚跨进文学门槛——全国文协时，丁玲还兼任着文协党组书记。会上会下，她那率真、有时多少有点尖刻的谈吐，给我留下深刻的印象。她那荣获斯大林文学奖的长篇小说《太阳照在桑干河上》和散文集《陕北风光》《跨到新时代来》《欧行散记》等，都是我当时爱不释手的读物。秋耘那时担任《文艺学习》常务编委、编辑部负责人，我作为该杂志的一个年轻作者，曾经过他的手发表过评论《不能简单地了解人的生活和感情》、特写《把病人放在最前头》以及一些短篇新作评论。他那笔锋犀利、一针见血的文艺随笔《不要在人民的疾苦面前闭上眼睛》《锈损了灵魂的悲剧》，我刚一读到时，真是感同身受，像是说出了埋在自己心里的话。可以说，我当时是十分尊重这两位作家的，虽谈不上有什么深交，但也没有什么积怨；一句话，不存在个人之间的恩怨。然而，政治风标一转向，反右形势明朗化，当丁玲、秋耘成了众矢之的时，我这个反胡风斗争中犯过"右倾麻痹"错误、在整风鸣放中表现"右倾"的人，唯恐再犯大的错误，迅即转变立场，拉开反击右派进攻的架势。

对秋耘《刺在哪里？》一文的批判，我是走在前头的。那时中宣部文艺处辑印、供批判用的《黄秋耘言论》还没发下来。由此可见我"嗅觉敏锐""行动积极"之一斑。秋耘在他的文章里尖锐地指出，我国文学界的肉里"埋着一根刺"，"这刺，就是教条主义、宗派主义带来的害处"。而"教条主义对文学创作最主要的有害影响就表现在提倡粉饰现实、反对真实地反映生活这个问题上面。"他大声疾呼："必须拔掉长在自己身上的像豪猪一样的刺。"本来，秋耘对文学界现状和症结的剖析是有的放矢，击中要害的。他的一些基本观点，我也是认同的，只是觉得他把文艺界的形势估计得过于严重了。我批判他，可说是同病相怜，也可说是以五十步笑百步。我在批判文章中仍然口口声声称秋耘为同志，把他的错误当作"文学队伍中的右倾思想"来批判，然而我又身不由己地跟着那股来势凶猛的反右旋风跑，极其轻率、武断地认定秋耘的右倾思想"是和前个时期那股反党反社会主义的逆流汇合在一起的"。这就把他推到敌我矛盾的边缘，只差戴上令人不寒而栗的政治帽子了。我把批判的调子定得很高，虽无哗众取宠之心，也无邀功请赏之意，但那里面确实掺杂着表白自己与右倾思想决裂的私心杂念。

我写批判丁玲两篇散文的文章，是在作协党组历时三个半月、开完二十七次批判丁、陈反党集团的扩大会议之后。这时丁玲已被钉在"反党"的耻辱柱上，报刊上声讨、批判她的文章连篇累牍。我主动加入"墙倒众人推"的批判行列，同样反映出我是多么急于从"严重右倾"的困境中挣脱出来。当我听到郭沫若、茅盾两位文学前辈在批判丁、陈反党集团的会议上说："《莎菲女士的日记》中的女主人公莎菲的性格，是丁玲自己的性格"（茅盾），"《我在霞村的时候》中的女主人公贞贞，是丁玲的自画像"（郭沫若）。又听到周围的同事在议论：丁玲近两年的作品全是以个人为中心，每篇散文都离不开"我"。于是，我自告奋勇地投入战斗，按照上述框框，抓住《记游桃花坪》《粮秣主任》这两篇散文大做文章。我用鸡蛋里挑骨头的方法，戴着有色眼镜在字里行间找问题。寻章摘句、牵强附会地断定丁玲"以自我为中心""不断的自我扩张"，在描写社会主义普通劳动者的名义下宣传自己、歌颂自己。从丁玲抒发的个人感情上纲上线到世界观，挖根子，戴帽子，什么"道道地地的唯我主义世界观""唯我独尊、不可一世的腐朽气息"啦，什么"妄自尊大，目中无人，轻视群众的个人第一主义""贪党之功为己功，贪人民之功为己功，俨然是一个救世主"啦，等等，等等，不一而足。当我今天重新面对这篇判决书式的文章时，不能不为自己也曾挥舞过棍棒而感到羞惭。

批判刘真的小说《英雄的乐章》，是在 1959 年党内反右倾机会和文艺界批判修正主义思潮的政治大气候下进行的。那时我刚调到河北省文联文艺理论研究室工作。刘真和我在同一单位，专业从事文学创作。我知道刘真九岁参加八路军，从小就在部队担任交通员、宣传员、文工团员。她那些以自己的童年生活为题材、描写少年儿童在革命战争中锻炼成长的小说《我和小荣》《长长的流水》等，以撼人心魄的故事和真挚纯朴的感情深深地打动了小读者和大读者。我也是积极赞赏的一个读者。但刘真根正苗红的小八路经历和在文学上的出色成就并没有能成为她的救身符、保护伞。她那篇记述一对少男少女在动荡的战争年代结成友谊、爱情和悲欢离合故事的小说《英雄的乐章》，照样无可逃遁地成了当时正在掀起的文艺上"反对修正主义""批判资产阶级人性论、人道主义"的靶子。我在很短时间里写出题为《是英雄的乐章还是私情的哀歌》的批判文章，固然有"奉命写作"、完成领导交给的任务的客观因素，但主要还是由于自身的迎合政治气候、赶潮流的旧疾复发。我那篇文章的基调是紧跟当年党的文化工作会议批判文学上的修正主义的精神的。我粗暴地判决《英雄的乐章》"是用资产阶级人道主义观点描绘战争生活和人与人之间关系的一株毒草"；斥责它"把个人幸福与革命战争对立了起来，把个人命运与祖国命运对立了起来"，主人公"对往日恋情的痛苦回忆，实际上变成了对革命战争的一种诅咒和抗议"。我在批判文章中死死抓住作者对革命战争的态度大加挞伐，真可说是"攻其一点，不及其余"。如此粗暴、蛮横地摧残作家的创作性劳动，伤害作家的心灵，当时我竟以为是在充当一名忠于职守的文艺哨兵，捍卫社会主义文学的纯洁性哩。这是多么可笑又可悲啊！

　　跨进历史新时期，拨乱反正之后，回顾我在文艺批判运动中三次当"炮手"的这段经历，怀有一种深深的负疚感。同时，我也从中悟出了一点教训：私心杂念不可有，看风使舵不可取，违心之事不可为，明辨是非最可贵。

2000 年 6 月 9 日

赶毛驴的故事

1958 年各地干部响应党的号召下放农村。我怀着建设社会主义新农村的热情和到群众中去锻炼、改造自己的决心，自觉、愉快地加入了这支浩浩荡荡的队伍。

风雪交加的数九寒天，我到河北涿鹿县矾山乡龙王塘村落户，住在贫农、军属李广成家里。李广成是 1946 年入党的老党员，担任村里的公安员、生产队的副队长。他是个老实巴交，木讷寡言的人，三十大几了，还是个单身汉。他爹——李大爷年逾古稀，身板还硬朗，倒是心直口快，开门见山。我和他们爷儿俩同睡一条炕，同吃一锅饭，约莫有半年光景。我真心实意地拜他们为师，暗自下了决心：力争早日闯过生活关、劳动关、思想关，真正做到人在农村，心在农村，同群众打成一片。

我下放之初，正逢农村掀起以兴修水利、养猪积肥为中心的农业生产高潮。社员不分男女老少，早出晚归，两头不见太阳，日夜奋战在生产第一线。到村里的第二天，我就随房东李广成上山开大渠了。身强力壮的棒劳力用铁镐刨土，我则用铁锨把挖出的土一锨一锨地往一人多高的地面上扔。那时我虽是一个年轻小伙子，但毕竟是个手不能提、肩不能挑的书生啊！一天下来，手上竟打了好几个血泡，腰酸背痛，几乎直不起腰来。咬着牙坚持了一星期，总算勉强能顶上一个三等劳力了。夜晚，生产队员们挤在一间狭窄的、阴暗的房子里评分记分，队员们异口同声地要给我记上七分或八分。面对记在我劳动手册上的八分，我心里明白，这里面包含着劳动人民对我的鼓励和鞭策，要真正成为一个不折不扣的二等劳力，还得坚持不懈地磨炼哩。

早春二月，村里热火朝天地忙开送肥备耕了。开头，队里派给我的活是起厩装车。从猪厩里刨出的一大块、一大块粪疙瘩，冻得很严实，无法用铁锨铲起来装上车。我毫不犹豫地用双手抱起一块块像大石头般的粪疙瘩，很利落地扔进车，引得平素讷于言辞的李广成也面带微笑地夸我："小束，好样的！"后来，我的同事、下放干部老路还以此为素材，画了一张表扬"秀才老束"的漫画，作为送往张家口地区和河北省下放干部劳动锻炼成果展览会的展品，并在《河北日报》上刊出。那幅画以简洁、夸张的笔触描绘出一个戴着棉帽子、架着近视镜的文弱书生，抱着粪疙瘩连蹦带跑的愚拙相，令人忍俊不禁！

赶着毛驴送粪到田间，对我来说，是一件新鲜有趣而又让我抓耳挠腮的事。我拙嘴笨舌，费了好大的劲，才学会吆喝牲口，让毛驴按着我的口令前进或站住，向左向右。有时候，要把粪送到离村五六里的地头，出了村，穿树林，绕池塘，爬山坡，翻山梁，曲里拐弯，我怎么也记不住路。后来，我急中生智，终于找到了一种记路的笨办法，那就是每隔一段距离，选择一处富有鲜明特征的景物作为站名，如一口井、二道沟、三叉口、四座坟、五棵树……这样，我从容自如地赶着毛驴，过了一站又站，顺利地、正确无误地到达目的地。

至今我还难以忘却有一次赶毛驴送粪出洋相的那一幕情景。那天风和日丽，我赶着五头毛驴行进在离村已很远的田埂上。忽然有一头毛驴发情了，一次又一次地使劲往它前面的那头母驴身上跳，把装满厩肥的柳条筐掀翻在地。我使尽浑身解数，也无法让那头春情勃发的毛驴老实下来。其余几头毛驴也乘混乱之机到地头啃草去了，无论我怎么吆喝，也不听我的使唤。正当我心急如焚、束手无策的时候，幸好遇到另一生产队送粪的队员，多亏他的帮助，才使五头毛驴重新聚拢到一起，沿着田间小道继续前行。

赶毛驴送粪出丑的故事传到房东李大爷的耳边，他老人家好心地安慰我："摆弄牲口同耍笔杆子可是两股劲。什么都是练出来的，一回生，两回熟，不要着急，慢慢地练。日子久了，你就骑毛驴不用赶——道儿熟了。"李大爷是个细心的、善解人意的好老汉，可能是为了稳定我下放锻炼的情绪吧，那天中午还煮了大米饭，做了拿手好菜土豆熬豆腐，来为我改善生活。当地平时的主食是玉米、高粱，常吃的蔬菜是酸菜、土豆。粮店每月配给三公斤产自桑干河畔的稻米，是特意照顾下放干部的。平时舍不得吃，逢上节日或喜庆的事，我们爷儿仨才围着炕桌共同享用一顿米饭。四十多年过去了，如今我眼前还浮现着当年李大爷烹调的情景：倒一星半点菜油在炒勺上，在旺火上加热，浇在即将出锅的土豆熬豆腐上，发出吱吱吱的响声，最后再加上一点儿葱花。每当我向儿女或亲友重提这件旧事时，那桑干河稻米和土豆熬豆腐特有的香味似乎扑鼻而来。这道菜也成了我家菜谱上传统的特色菜。

2000 年 6 月 3 日

"文件作家"的甘苦

文坛上有诗人、小说家、散文家、报告文学家、剧作家、儿童文学家，还有理论批评家、翻译家、编辑家，从来没听说过有什么"文件作家""材料作家"。可我从 60 年代初开始，就被同事们戏称为"文件作家"。

50 年代末，我在河北省文联文艺理论研究室工作，参与过几次关于文艺方针政策文件的起草，省里主管文艺的领导发现我擅长于理论思维，逻辑性比较强，写出的文章有条有理，文笔也流畅。于是就把我调到河北省委宣传部文艺处去了。这样一来，给省委及宣传部领导同志起草有关文艺问题讲话、报告的任务就往往落在我的头上；有时还要代省报《河北日报》撰写文艺方面的社论。凡我执笔或参与起草的文件、材料，常常较顺利地通过领导的审查，颇受同事们青睐，"文件作家"的称号不胫而走。在省委机关里，算是个小有名气的"秀才""笔杆子"了。

前几年，我出过两本文学评论集，有的老友、同事收到我的赠书，开玩笑地说：假如把你起草的讲话、报告都收录进去，也许能出四卷、五卷哩！由于我所处的岗位，这些年，我捉刀的、带有工作、职务性的文章确实不算少。岁月无情，时过境迁，这些带有时代印记的文字，能经得起时间检验还能站住脚的，可真是寥寥无几。然而当年受命写作前后的一些情景，赶任务的那股热情、干劲，至今记忆犹新。

1962 年 5 月 23 日是毛主席《在延安文艺座谈会上的讲话》发表二十周年的日子。5 月初，省委宣传部决定组成一个包括我在内的三人写作小组，为《河北日报》赶写一篇纪念《讲话》发表二十周年的社论。那时正值三年经济困难时期，粮食不够，辅之以瓜、菜、代（食品），机关也生产小球藻、"人造肉"等代食品。肚子里没有多少油水，经常是饥肠辘辘。

我记得，每人每月有一张点心票。我买上六两点心，从食品店走回办公室，在路上不到十分钟，就吃得一干二净。肚子像个无底洞，怎么也填不满似的。领导上为了给写作小组的同志增加点营养，在河北梆子剧院借了一间房，作为我们的写作场所，这样中午、晚上可以到邻近的河北宾馆用会议餐。那时的会议伙食倒真是标准的"四菜一汤"，没有多少荤腥，几大盆菜端上桌来，不一会儿，就一扫而光，大家也顾不上吃相难看了。吃饱了肚子，自然就得抖擞精神加油干。开头是分工执笔，三易其稿，最后由我统改全稿，一篇六千字的题为《争取文学艺术的更大繁荣》的社论算是如期完成了。领导上显然很满意，主管文艺的宣传部副部长远千里拍着我的肩膀说："省报的一篇社论比你写一篇作品评论的影响大多了，你以后在宣传毛泽东文艺思想和党的文艺方针政策上多下点功夫吧！"

写作毕竟是绞尽脑汁的艰苦劳动，尽管领导上想方设法在写作、生活条件上给予照顾，但写完上述那篇社论，我还是患上了神经衰弱症，头晕、心动过速、失眠，闹腾了很长一段时间。随着战胜三年困难，经济形势好转，我的身体才慢慢地好起来。

会议开幕词、闭幕词、大会总结这类文件的起草，往往是要夜以继日突击完成的紧急任务。养兵千日，用兵一时，能不能迅速拿下碉堡，全看你平时练就的本领了。在我的记忆里，从60年代到70年代，我曾比较干净利落地打了两个漂亮的"闪电战"。

1965年2月，华北区话剧歌剧观摩演出会在北京举行，我被抽调到大会秘书处工作。刚一报到，在住处安顿下来，华北局宣传部文艺处处长就找上门来，说是：观摩演出会的开幕式上，除了原来定的由邓拓同志代表华北局讲话外，现临时决定还要由宣传部部长黄志刚致开幕词。让我立即投入战斗，连夜写出一篇概述当前文艺的形势和任务、繁荣话剧歌剧的要求、对戏剧工作者的期望等内容的开幕词来。没有商量余地，没有任何退路，我只好勉为其难地接受任务。好在不久前我刚为《河北日报》写过一篇题为《沿着革命化民族化群众化的道路奋勇前进——祝华北区话剧歌剧观摩演出会开幕》的社论，对有关话剧歌剧的情况和问题做过一些了解和思考，手边也有一点参考资料。我锁上房门，聚精会神地奋战了一夜，当曙光照进房间的时候，我终于写出了一篇四千字的开幕词。会议期间，我还参与了黄志刚同志在观摩演出会上所作《总结报告》的起草。可能是由于写文件材料"有功"吧，我获得了一次破例的、分外的奖励。观摩演出会闭幕，党和国家领导人刘少奇、彭真等在人民大会堂接见与会的一千三百多名代表。合影时在第一排就座的，除党和国家领导人外，还有华北局及中央宣传部门、文化部门负责人，华北区各省、市、自治区代表团团长。出人意料的是，我也被安排在第一排靠边的一个座位。论职务，按级别，是怎么也轮不到没有乌纱帽的我呀。对这种额外照顾，我有点忐忑不安，坐在那个位置上，觉得不大自然。

还有一次漂亮的"闪电战"是在 1979 年 11 月打响的。第四次全国文代会进入第五天；第二天，作家协会第三次会员代表大会就要开幕了。晚十一点多，看完会议安排的两部电影，回到西苑宾馆，在走廊上，作协筹备组负责人李季迫不及待地对我说：刘白羽同志同意明天在作代会上致开幕词，你开个夜车，赶写一下，明天一早交给我。面对这个紧急任务，我倒没有慌张。因为从这一年的 2 月到 10 月，我一直在文代会文件起草组工作。起草组搬了七次家，从一个宾馆到一家旅社，从一个招待所到另一个招待所，天天用会议餐，有时晚上还加夜餐，八九个月下来，我的体重竟由五十二公斤增加到六十一公斤。体质增强，精力充沛，开个把夜车，不成问题。特别是那段时间，起草组的同志经常在一起学政策，议形势，在吃透中央精神、吃透文艺界情况上，做了比较充分的准备。加上我又参与了提交第三次作代会的《工作报告》的起草，因而对拟写的开幕词应当说点什么，可说是成竹在胸了。思路清晰，按照立下的框架，写起来比较顺手，天亮之前，一篇两千多字的开幕词就写成了。经李季、刘白羽过目，没作什么修改，就在开幕式上同与会代表见面了。我算是又交了一份合格的答卷。

当了几十年文字匠，甜酸苦辣都尝过。要写好讲话、报告这类文字，似也没有什么诀窍，无非平时要认真学习党的方针政策，注意收集有关资料，广泛吸取多方面的知识，努力提高自己的理论、文化素养。

2000 年 4 月 13 日

大红人·小爬虫

当史无前例的文化大革命（以下简称"文革"）狂风席卷中华大地时，我又一次不由自主地被卷进斗争旋涡之中。

"文革"序幕刚拉开，我就因在反胡风斗争中受过党内严重警告处分而被看作"危险人物"，置于靠边站、受审查的地位。不让我参加江青炮制的那个诬蔑新中国成立以来文艺界被一条黑线专了政的《部队文艺工作座谈会纪要》学习讨论会，也不准我听作为"文革"纲领性文件的中共中央《五·一六通知》的传达。那时，我虽已不太年轻，步入中年人的行列，也经历过反胡风、反右派、反右倾的风风雨雨，但面对来势汹汹、波谲云诡的"文革"，不明底细，不知深浅，仍不免有几分紧张和忧虑。

我曾任周扬秘书一职事，因为是兼职，时间又极短，反胡风斗争中犯了错误就被抹掉了。因此，我一直没有在干部履历表上填写过，调河北工作后也从没有向同事们提起过。当"文革"兴起，报刊公开点名批判"文艺黑线总头目"周扬之后，我觉得有必要立即向组织讲清楚自己同周扬的关系。我主动向所在单位——河北省委宣传部"文革"筹委会，如实交代了自己一度当过周扬秘书的经历，于是引来一些造反派异样的惊诧、怀疑的目光："哦，原来我们身边还藏着一个周扬黑线上的人物哩！"在揭发批判周扬在河北的代理人、省委宣传部"走资派"远千里的大字报、批斗会上，我被当作其"亲信""大红人""黑干将"，列在他推行修正主义组织路线、"招降纳叛"的名单之首。霎时之间，我同周扬文艺黑线的关系，成了省委机关大院里众目睽睽的大问题。然而，我毕竟只是个小干事，不是当权派，没有乌纱帽，也不是什么"学术权威"，不是运动的重点，充其量是个犯有错误的笔杆子，关进牛棚还不够格。这样，我还有机会"放下包袱，参加战斗"。

根据毛主席的意见制定的《十六条》下达后，特别是批判了"压制群众"的"资产阶级反动路线"之后，出于对毛主席和党中央的信赖，我也真诚地、瞻前顾后地投入揭发批判"走资派""反革命修正主义分子"的斗争。我从文件、报告、讲话和工作笔记里寻章摘句，断章取义，连续写了几张揭批远千里推行周扬文艺黑线，宣扬反"题材决定"论等"黑八论"的大字报。开头我还称远千里为同志，没过几天就直呼其名了。后来跟着那股"横扫一切"的旋风，干脆用红笔在他的名字上打"×"了。其实，我在内心深处始终不相信远千里是蓄意反党反社会主义反毛泽东思想的，估摸他的问题性质也就是忠实执行了"修正主义文艺路线"。然而，在那发狂发疯的岁月，我这个被看作"死保远千里的老右"，岂敢逆潮流而动。为了保护自己，求得一个安身立命之地，也只好随声附和了。

　　紧接着，在天津掀起砸烂周扬黑线黑网的风暴，揪出了一些"周扬死党""变色龙""小爬虫"。这时，远千里又被视为"周扬死党"，接受新一轮更猛烈的批斗。至今我还清晰地记得，在省委办公厅楼前召开的批斗会上，胸前挂着黑帮牌子的远千里，不堪忍受红卫兵、造反派的"喷气式"，面如土色，冷汗直流。他原本患有严重的腰脊椎增生症，平时是要靠钢架来支撑身体的，怎能承受长时间的、九十度的低头弯腰呢！？在这之后不久，一天薄暮时分，远千里躺在蚊帐内，用剃须刀割断手腕动脉，含冤而死。辞世前，他的桌上还铺着几页尚未写完的证明材料，那是天津造反派让其交代与"周扬死党"的关系的。这位忠于党、忠于人民的"三八式"老干部，无可奈何地选择不惜一死来证明自己的清白、善良和忠诚，以此抗议他永远不能理解的"文革"。面对这个惨不忍睹的事实，被看作"小爬虫""小走卒"的我，只能强忍悲痛，把泪水往肚里咽。不仅如此，我还得言不由衷地表态："坚决与自绝于党和人民的走资派远千里划清界限！"远千里之死，和"文革"初期红卫兵抄家，我母亲不堪戴高帽游街、在天井罚跪的屈辱，深宵半夜投井自尽，使我在"文革"中失去了两个至亲至爱的人：一个是苦心栽培我的领导，一个是生我养我的母亲，这在我心灵上留下了深刻的、永远无法愈合的创伤。

　　党的"九大"以后，我随着河北省毛泽东思想学习班、五七干校，从保定到石家庄，从隆尧到宁晋，参加旷日持久的"斗、批、改"运动。我在班、排的整党会上，按照毛主席提出的"五十字建党纲领"，围绕举什么旗、走什么路、做什么人的要害问题，诚惶诚恐、一本正经地作了五六次斗私批修的检查，狠批自己"充当了文艺黑线的吹鼓手"，深挖自己"灵魂深处的资产阶级王国"，不止一次地声泪俱下，但依然过不了关，迟迟不能恢复组织生活。同志们众口一词地批评我对周扬、远千里恨不起来，在思想感情上同文艺黑线有着千丝万缕的联系，没有划清界限。"书记、部长的不少讲话、报告出自你的手，你这个干事在贩卖修正主义黑货、制造复辟舆论方面所起的作用，不亚于一个单位的当权派"，"你是文艺黑线的宠儿，正在被培养为资产阶级文艺的接班人，砸烂黑线黑网，把你的既得利益也砸在里面了，你失去了成名成家、向上爬的阶梯，禁不住为文艺黑线唱挽歌"……面对这些"刺刀见红"、上纲上线、狠触灵魂的批评，我张口结舌，无言以对，只有洗耳恭听的份儿了。

"斗、批、改"结束，重新分配工作，工、军宣队把我打发到一所工科院校。好心的同事为我去说情："束沛德既不懂机，也不懂电，分配到机电学院，他能干什么？还是应当让他搞文艺工作。"一位军宣队负责同志斩钉截铁地回答："他是修正主义大染缸里滚出来的，不能再让这样的人占据文艺阵地。"这时我心灰意冷，别无选择，只好被迫改行了。可我依然关注着文坛的风云变幻，作家的遭遇命运……

2000 年 5 月 11 日

归队·挑担子

　　我从五七干校分配到一所工科院校，做宣传工作、秘书工作，一蹲就是六七年。随着"四人帮"的覆灭，"文艺黑线专政"论被推翻，我也逐步将"文化工作危险""不再搞精神生产""投笔从农"等消极情绪抛到九霄云外，憧憬着有朝一日能归队，继续从事自己喜爱的文学工作。

　　1978年早春二月，我从报上刊登的全国政协委员名单中，见到了我的老领导、老作家沙汀的名字，真是喜出望外。"十年浩劫"，天各一方，生死存亡，杳无音信。曾一度风闻沙汀已不在人世，现在他的名字又奇迹般地出现在我的面前，怎么能不让我激动不已呢。我当即写了一封信寄往政协会议秘书处转沙汀。没想到，隔了几天，就收到他发自"北京友谊宾馆主楼四百三十五号"的一封回信。时隔十多个春秋，重新见到他那写得密密麻麻、工整而清秀的笔迹，感到格外亲切。他在信中告诉我"奉调来京参加工作"，"我的愿望是搞创作，但组织上既然要我来社科院文学所任所长，当然只有服从调配"。当他得知我还在一所与自己所学专长毫不沾边的机电学院工作时，热情地表示将帮我找机会归队，争取调回北京从事文学工作。同时又直言相告："只是你千万得有精神准备，因为据说调动干部来京，数字控制较严。我想你不至于把这看成推诿的托词吧。"后来，经过他多方联系，又得到严文井、李季、张僖诸位老上级的帮助和支持，全国文联、作协恢复工作后，我终于在十一届三中全会前夜，作为"业务骨干"又调回北京，重返文学岗位。

　　金秋十月，到作协报到后，第一个找我谈工作的是《文艺报》主编冯牧。他当时兼任恢复作协筹备组成员。在黄图岗四合院，冯牧那间狭窄、光线暗淡的书房里，他开门见山地对我说："决定让你到《文艺报》工作。现在作品很多，需要有几个人坐下来，认真地读一读这些作品，为编辑部拟定一些选题，组织评论文章；自己也可以写一些文章。我50年代末到'文革'前，在《文艺报》就是干这个工作。"分配我做这项工作，可说是正中下怀。当冯牧看出我多少有些信心不足时，他又鼓励有加："你50年代就在作协创作委员会，也为《文艺报》写过一些文章，还是有基础的；熟悉一段情况后，是可以胜任的。"开完作协第三次会员代表大会，建立了创作联络部这个机构，它担负着上世纪50年代作协创委会的相当一部分任务。这时，作协负责人，也是上世纪50年代我在创委会的老领导李季，斩钉截铁地、没有一点商量余地地让我和另一位同志共同负责创联部办公室的工作。这样，我未能如愿到《文艺报》从事文学评论，却与文学组织工作结下了不解之缘，继续在文学界"打杂"，又做了20年服务性的工作。

我第一次跨进创联部办公室，脑海里涌出的第一个念头是："创委会，我又回来了！"一个人的命运有时似乎富有戏剧性，谁曾料到：我1958年初离开创委会下放劳动，在张家口、天津、保定、石家庄转了一大圈，度过20个春秋，又回到自己最初供职的部门——创联部。日常工作仍然是调查了解文学创作、文学队伍情况，组织作品和创作问题的讨论，组织作家深入生活，加强同会员作家的联系，等等。真是无巧不成书，《作家通讯》1953年创刊，1980年复刊，都是我经手操办的。同时，我继续扮演"文件作家"——秘书的角色，参与起草开幕词、祝词、演讲稿、文件批语、会务工作报告诸如此类应用文。我所做工作的性质与上世纪50年代大同小异，相去无几。但时不待人，我已由一个年轻小伙子变成一个年届半百的中年人了。上世纪80年代初，周扬来作协看望大家时，当着我的面，对作协一位负责同志说："束沛德，我早就认识了，在文学战线工作30年了吧，是作协的老同志了。"他问我："你是创联部主任了吧？"我回答："主任是葛洛，我是一个助手。"稍后一些日子，历经磨难的老编辑家、评论家陈企霞也在作协的一次会上说："束沛德二十多岁就给周扬起草访苏的演讲稿了，如今年近半百，怎么还不能让他挑挑担子呢？！"

随着中央提出干部队伍"革命化、年轻化、知识化、专业化"的方针，在一些老同志的关心、提携下，我有幸于1982年进入作协领导班子——党组。最初让我担负的工作，是协助常务书记抓作协书记处的运转。当时的 4 位常务书记——冯牧、朱子奇、孔罗荪、葛洛，都已年逾花甲，有的已年逾古稀。尽管我也 50 岁出头，但在他们面前，是后生晚辈，还算个年轻人。新旧交替，以老带新，我是他们传、帮、带的对象。经过他们几年的言传身教，我得到了这样的评语："沛德对一些文艺问题的看法，态度还是鲜明的。他考虑问题、办事情细致、周密，确实是个秘书长的人才。"这样，我就于 1985 年初持培训合格证上岗了，挑起了作协书记处书记的担子。

至今我难以忘怀一些老同志对我们这批接班的中青年干部"扶上马、送一程"的真挚感情和热切期望。张光年同志叮嘱我们：无论工作多忙，都要坚持读作品、写文章，否则会员不会承认、接近你这个"文化官员"。冯牧同志希望我们在任何情况下，都要有勇气坚持马列文论的基本原理，力求在理论、文化、业务方面具有更广泛、深厚的素养。葛洛同志则要求我们眼睛向下，面向三十多个省、市作协，面向几千名会员，及时吸收新生力量壮大文学队伍。

我在作协党组这个位置上待了 9 年，经历了以张光年、唐达成、马烽为党组书记的三届班子的变迁，被一些同事戏称为"三朝元老"。在作协书记处这个岗位上待了 12 载，后几年主要做了一些力所能及的、弥补班子疏忽遗漏的工作，因而又被同事们戏称为"拾遗补阙专业户"。三年前站完最后一班岗，我也完成"以老带新"的任务，从一线退了下来。

2000 年 6 月 22 日

我与中国作协的情缘

    中国作家协会从它的前身全国文协成立之日算起，到现在已走过一个甲子风风雨雨的路程。60个春秋，中国作协一共开过7次代表大会。除1949年举行成立大会时，我还是个青年学子，没有跨进文学门槛外，后来几次代表大会，我作为大会工作人员或大会代表，都是积极参与者和见证人。别的我不敢言"老"，要说"老作协"，也许我还可以勉强算上一个吧。

    从我在几次"作代会"上扮演的角色，也可从一个侧面了解我在文学界"打杂"、跑龙套的经历和在人生路上留下的几个脚印。

    第一次"作代会"即全国文协成立大会，是在中国革命取得基本胜利、新中国即将诞生的时刻，与第一次全国文代大会同时举行的。那时，我刚从高中毕业，作为一个文学爱好者、初学写作者，密切关注那次来自四面八方的文学家、艺术家大团结、大会师的盛会。从报纸、广播中获悉毛主席亲临文代大会会场，对代表们说："你们都是人民所需要的人，你们是人民的文学家、人民的艺术家，或是人民的文学艺术工作的组织者。你们对于革命有好处，对于人民有好处。因为人民需要你们，我们就有理由欢迎你们。"毛主席的这番话，给我留下难忘的印象，不仅当时成了激励我投身文学工作的动力，而且后来成了治疗我的"打杂烦恼症"的灵丹妙药。每当我在文学界"打杂"遇到麻烦或不称心如意的事情，我的耳边就响起"人民需要你们"这一亲切动人的声音。它一次又一次成功地说服我在"文学艺术工作的组织者"这个岗位上坚持下去。

    第二次"作代会"是在我国进入大规模的、有计划的经济建设新时期举行的。那时我是一个从大学毕业、参加工作刚满一年的年轻干部。1952年冬，我的第一个上级严文井带领两个秘书，即一个丁玲秘书陈淼，一个原定给周扬当秘书的我，跨进作协大门，最早投入第二次作代会的筹备工作，为改组全国文协为中国作协做准备。我作为创作委员会秘书，有幸在冯雪峰、邵荃麟、沙汀麾下，参与组织部分在京作家、批评家、文学界领导骨干学习社会主义现实主义理论的具体工作。两个多月，围绕4个专题，召开了14次学习讨论会，我自始至终担任讨论会的记录。学习结束后，我写了一篇八九千字的《学习情况报道》，登在《作家通讯》上，为这次作为第二次作代会思想准备的学习，留下了一份备忘录。对我个人来说，则好像上了一期文艺理论学习班，为我后来从事文学评论打了一点基础。

第二次"作代会"是和二次文代大会一起举行的。我和时任创委会秘书室主任的陈淼一起，担任文代大会主席团秘书。我凭着那个写明职务的胸卡，不仅可以到各小组了解讨论情况，会后综合整理出一篇《历史估价问题和创造人物形象问题的讨论》，为文坛留下一帧史影，而且得天独厚，有机会参加大会主席团会、临时党组会，频频接触文艺界领导同志。尤其令人难忘的是1953年10月4日那一天，毛主席和刘少奇、朱德、周恩来、陈云等党和国家领导人在怀仁堂后面的草坪上接见出席文代大会的全体代表。合影之后，毛主席面带笑容，同代表们挥手告别，大家报以长时间的、暴风雨般的鼓掌和欢呼。我尾随郭沫若、茅盾、周扬等大会主席团成员，送毛主席等到怀仁堂后门入口处。当毛主席走上台阶，回过头来，再次挥手同代表们告别时，我就站在台阶下面，距离毛主席真是近在咫尺。可我竟没有勇气伸过手去，同毛主席握一握手。那时，我老实拘谨、循规蹈矩到了何等程度！至今想来，不禁扑哧一笑。

第三次"作代会"是在我国进入社会主义现代化建设的历史新时期，与四次文代大会一起举行的。这是粉碎林彪、"四人帮"后，各路文艺大军胜利会师的盛会。那时我归队已有一年。会前那一年，从春到冬，我参加大会筹备组文件起草组的工作，参与起草《作协工作报告》、修改《作协章程》，在大会前夜还赶写了一篇《开幕词》。脱离文学队伍十多年的我，经过这一段补课，认真学习党的文艺方针政策，特别是亲耳聆听了邓小平同志《在中国文学艺术工作者第四次代表大会上的祝词》，感到心明眼亮了。

如今我的眼前还清晰地浮现出第三次"作代会"上，那些从牢房、牛棚、"五七干校"走出来的、阔别多年的作家相拥在一起的动人情景。挣脱了精神枷锁的代表们在"作代会"上充满激情、精彩纷呈的发言，不仅博得到会代表热烈的、持久不息的掌声，而且吸引了众多的出席剧协、音协、美协等代表大会的代表来旁听，一时传为佳话。我当时担任"作代会"简报组组长，和组里的几位同事，情绪亢奋，夜以继日地赶写简报，反映作家们很久以来埋在心底的声音。我还清晰地记得，"作代会"闭幕的那天，周扬同志到会就民主问题、团结问题讲了话。周扬同志真诚地向在自己主管文艺期间受过错误批判、打击的丁玲、陈企霞、冯雪峰、艾青、罗烽、白朗、陈涌、秦兆扬、刘绍棠等同志公开道歉。他的讲话引起了强烈反响。我当即根据自己的笔记整理成《周扬同志讲话摘要》，刊登在大会《简报》上，为当代文坛留下又一帧真切的史影。

第四次"作代会"是在经济体制改革全面展开的新形势下举行的，是一次以"大鼓劲、大团结、大繁荣"为目标的会议。那时，我进入作协领导班子——党组已有两年多。我满怀热情、全力以赴地投入代表大会的筹备工作，分工负责修改《作协章程》、选举产生大会代表、提出新一届理事会组成方案等工作。大会期间，我名副其实、独当一面地挑起了副秘书长的担子，大会小会，频频亮相，台前幕后，马不停蹄，一时成了一个大忙人。

这次代表大会的热门话题是：坚持"双百"方针，保证创作自由。我记得，这次大会后，包括我在内的 10 位作家一起会见中外记者。当外国记者提出中国作家有无创作自由、创作自由是否有各种框框这样咄咄逼人的问题时，王蒙从容而轻松地回答："任何创作只要不违犯法律，都将是自由的"，"如果一位作家写了歌颂江青的作品，那就会受到公众的嘲笑，他走在大街上，人们会朝他吐口水的"。他的敏锐、机智，赢得一片笑声和掌声。代表大会通过的新的《作协章程》和我在大会上就修改《作协章程》所作的说明，也引起新华社、美联社、路透社、法新社、纽约时报社等中外媒体的关注。外国报刊、通讯社都突出宣扬："中国答应给作家创作自由"、《作协章程》规定"有自由可以描写生活的一切方面，而不是像过去提倡的那样只写工农兵""敦促作家们大胆地开辟新天地"。有的朋友、同事见到"大会秘书长束沛德先生"的名字接连两天出现在《参考消息》上，给我开玩笑："你成了新闻人物了！"

第五次"作代会"是在全面加强社会主义精神文明建设的背景下，与第六次文代大会同时举行的，是文艺界继往开来、迎接新世纪的盛会。这时我年届65岁，早该"到站下车"了，只因等待班子换届，拖延下来。我是当时作协班子里唯一参与过上次代表大会筹备工作的人，出于一种责任心，我不得不充当承前启后、拾遗补阙的角色。大会期间，我又一次勉为其难地担任副秘书长，并在大会上作关于修改《作协章程》的说明，以致一位领导同志也戏称我为"章程专家"了。

第五次"作代会"期间，中央组织部一位负责人来会上传达中央有关作协领导班子换届的精神。他在讲话中谈到，我和另外两位作协书记处书记，由于年龄偏大，不再进入下届班子。这是意料之中的事，我平静而宽慰地面对这个期盼已久的决定。随后，在选举作协新一届全委会委员、主席团委员时，我出乎意料地以高票当选。这对搞了大半辈子文学组织工作的我，也算是一种肯定和鼓励吧。我从中得到一丝慰藉。

第六次、第七次"作代会"召开之际，尽管我已从作协一线退下来，但一直还挑着作协儿童文学委员会负责人的担子，因此仍为大会代表、大会主席团成员，并在会上被推举为全委会名誉委员。当然，我心里明白，主席团委员也罢，名誉委员也罢，都是一种安排，没有多少实际意义。真正重要的变化，是我顺利地交了班，作为一名文学组织工作者，算是画上句号了。从此我可以按一种新的节奏、新的方式安排自己的日常生活了。

2000年6月写，2009年7月改

人民·作品·服务

——回望历次作代会

前不久见到钱小芊同志，他对我谈起即将召开第九次作协代表大会，情真意切地希望我去参加。我表示：还不到耳聋眼花、举步维艰的地步，只要精神还好，当去见识见识文艺界这次重要会议；也可借此机会见见来自全国各地的、久违了的文坛新朋老友，这是一件令人欣慰的事。

从1949年全国文协（中国作协前身）成立到现在，67个春秋，共开过八次代表大会，即将召开的是第九次。作为一个文学组织工作者，我有幸参加了除成立大会外的历次作代会。一年多前，我出过一本《我的舞台我的家——我与中国作家协会》，书中记述了我与中国作协的情缘、我给作代会"打杂"等。历史常忆常新，当我再次回望亲历的历次作代会的所见所闻，一幕幕生动的、令人激动的情景又清晰地浮现在眼前。

1953年秋高气爽的一天，毛主席和刘少奇、朱德、周恩来等党和国家领导人在中南海怀仁堂后面的草坪上接见出席第二次文代会、作代会的全体代表。合影之后，我由于担任大会主席团秘书，有缘尾随中央领导人走到草坪出口处，近距离地看到毛主席面对代表们暴风雨般的鼓掌和欢呼，挥手告别的那一瞬间。主席那亲切的微笑，矫健的身影，至今依然深深地刻印在我的心灵深处。

1979年初冬时节，与四次文代大会同时召开的第三次作代会，是粉碎"四人帮"后各路文学大军胜利会师的盛会。从牢房、牛棚、学习班、"五七干校"走出来、挣脱了精神枷锁的作家，争相在会上发言。短短一周，有30多位代表在大会上发了言，还有20多位代表作了书面发言。他们充满激情、精彩纷呈的发言赢得阵阵掌声，并吸引了众多出席剧协、音协、美协代表大会的朋友来旁听，以至于会场爆满，座无虚席，气氛极其热闹。

1984 年底 1985 年初召开的第四次作代会，强调了社会主义文学要发扬艺术民主，保证创作自由，赢得了代表们的由衷赞赏，深深感到"中国社会主义的文学的黄金时代是真的到来了！"因病住院未能出席大会的周扬打来电话表示祝贺，他朴素平实的几句话，引起代表们长达两分钟的热烈鼓掌。几位青年作家代表发起写给周扬的慰问信，在京西宾馆餐厅前贴出，先后有 365 位老中青作家在信上签了名，其中包括一些曾被错划为胡风分子、右派分子的作家。我也情不自禁地在信上签了自己的名字。这封慰问信和对周扬贺电的长时间鼓掌表达了众多作家对"文革"后复出的周扬勇于检讨、反省过去所犯"左"的错误的认同和谅解，以及对他又因"异化"问题受到不公正批判的不平和同情。同时，也反映了文学界渴望创作自由，促进大鼓劲、大团结、大繁荣的心声。

我对儿童文学情有独钟。每次作代会期间，同儿童文学界朋友的联系往往更为频繁、亲密，或品茗餐叙，或联谊合影。2006 年第七次作代会即将闭幕之际，四五十位儿童文学界的代表相聚在人民大会堂东门台阶上，拍了一张大合影。照片中一个个手拉手，肩并肩，神采奕奕、喜气洋洋，显示了儿童文学界的朝气和凝聚力。我还记得，年近八旬的儿童文学前辈陈伯吹，在第四次作代会期间，不辞辛劳，连续两天凌晨三点半起床，赶写出一篇题为《在儿童文学阵地上，高举起科学文艺的旗帜》的书面发言，亲自送到我房间里，让登在大会简报上。陈伯吹为少年儿童科学文艺鼓与呼的良苦用心，实在让人感动。

作代会上生动感人的故事一时半会真还说不完。下面我想就历次作代会坚持的方向、原则和弘扬的精神、作风，概略地谈谈我的印象和体会。

作代会见证了当代文坛六十多年的变迁，从中可以窥见文学思潮的起伏跌宕，文学创作的与时俱进，文学队伍的新陈代谢，服务方式的发展改进。

然而，无论政治风云如何变幻，社会生活如何发展，人民、作品、服务这三个关键词像一条红线似的贯串在历次作代会之间，光彩夺目，永不褪色，而且随着时光的推移，内涵越来越丰富，色彩越来越鲜丽。

人民 人民是文学艺术的服务对象，也是文学艺术的表现对象。早在

1949 年，毛主席就对出席第一次文代会的代表们说："你们对于革命有好处，对于人民有好处。因为人民需要你们，我们就有理由欢迎你们。"毛主席这一席话道出了文学艺术在人民革命事业中不可或缺的地位和文学艺术工作者肩负的责任。1979 年 10 月，改革开放之初，邓小平在第四次文代会、第三次作代会的"祝词"中说："人民是文艺工作者的母亲"，"人民需要艺术，艺术更需要人民。"这就进一步阐明了文学艺术、文艺工作者同人民之间的血肉联系。2014 年 10 月，习近平《在文艺工作者座谈会上的讲话》中指出："社会主义文艺，从本质上讲，就是人民的文艺。"他谈到必须坚持以人民为中心的创作导向，要把为人民服务作为文艺工作者的天职。扎根人民，表现人民，服务人民，这是历次作代会坚持的方向，也是作家、文学工作者必须遵循、须臾不可离的根本原则。

作品　每次作代会无一例外地总是期望作家创作出无愧于伟大时代和人民的优秀作品。第一次文代大会闭幕后不久，毛主席为《人民文学》创刊号题词："希望有更多好作品出世"。1953 年二次文代会、作代会的主旨报告就是："为创造更多的优秀的文学艺术作品而奋斗"。1996 年，巴金主席在第五次作代会开幕式上的祝词中殷切地期望："出现伟大作家和伟大艺术家，以恢宏的气势和绚丽的色彩描绘时代的画卷，以激越的豪情和优美的旋律，谱写当代中华民族的英雄史诗。"习近平在 2014 年的那次讲话中更明确地指出："文艺工作者应该牢记，创作是自己的中心任务，作品是自己的立身之本。"他希望文艺家创作出更多有筋骨、有道德、有温度、文质兼美的优秀作品。说一千，道一万，归根到底，搞好创作，是一切文学艺术活动的主体和重中之重。缺乏作品或缺乏好作品，不能给人民奉献优质的精神食粮，就如同商店、超市、农贸市场提供不了新鲜、丰富的米面、肉蛋、蔬菜、水果一样，那是失职的，有负于人民的。

服务　在文艺方向上，历次作代会一贯坚持为人民服务、为社会主义服务。在各个历史时期，文学艺术自觉地服务于党和国家的总目标和总任务，当今和今后一个相当长的时期，文学艺术要为实现"两个一百年"奋斗目标、实现中华民族伟大复兴的中国梦贡献自己的力量。

就作协的性质、职能来说，文学艺术也是服务行业。作协的主要任务、职责就是为作家服务，为繁荣文学服务。1979年第三次作代会就明确提出："作协工作人员要明确地树立为发展社会主义文学事业、为繁荣社会主义文学创作服务的思想。"从第五次作代会到第八次作代会，越来越明确地在《作协章程》中规定："中国作家协会贯彻全心全意为作家服务的宗旨，履行联络、协调、服务的职责。"作协和作协工作人员要当好服务员，就要为出好作品、出好人才，千方百计地提供适宜的环境、氛围、条件和服务。这种服务，应当按照文学艺术的特点，尊重文学艺术生产的特殊规律，遇事同作家商量着办，切不能采用简单生硬的行政方式。一个文学组织工作者，从作协领导班子到普通工作人员都要乐于并善于当作家的服务员，既要有无私奉献的精神，又要有会办实事好事的本领。

愿我们永远心系人民，呕心沥血创作，全心全意服务，站在第九次作代会这个新的起跑点上，继续向前迅跑，奋力跨越一个又一个高地，攀登新的高峰。

2016 年 11 月 19 日

四次青创会琐忆

从 1956 年到 2013 年，经历了 57 个春秋。半个多世纪来，令人瞩目的青年文学创作会议（简称"青创会"）总共召开过六次，即将召开的是第七次。其中前四次，我都是亲历者。回头一望，依然可以约略窥见这几次青创会的轮廓和我留下的或深或浅的脚印。

我的书柜里还保留着一本《全国青年文学创作者会议讲话、发言集》，它已伴随我阅历了几十年的岁月沧桑。如今打开它那浅绿色、素朴淡雅的封面，一个个熟悉的名字，茅盾、老舍、夏衍、胡克实和邵燕祥、李希凡、郑文光等呈现在面前。我仿佛又回到 1956 年 3 月中国作协、团中央联合召开的第一次青创会会场，即位于御河桥（今正义路）的共青团中央机关礼堂。与会的 450 多位来自文学战线的新军，年纪都很轻，多半是二十三四岁，几乎没有超过 30 岁的，真是风华正茂，朝气蓬勃。那年我 25 岁，在中国作协创委会任秘书。我在大学时代写过批评文字、思想杂谈；走上文学岗位后也写了一点文艺短论、作品评论，但数量有限，水平也不高，严格说来算不上一个"青年创作者"。加上当时我正因为胡风一案的牵连，处于被审查的困境，可我的顶头上司、创委会副主任菡子，心地善良又爱护年轻人，还是毅然提名我为列席代表，从而使我有幸参与这次盛会。

1956 年这次青创会是在我国社会主义革命的高潮时期、广大青年响应党的号召向科学和文化进军的背景下召开的。我的印象，这次会议紧扣培养文学新人、扩大创作队伍这个主题，十分重视提高青年作者的思想修养、艺术修养。会议的主旨报告和不少讲话、发言都是谈青年作家肩负的任务、应有的修养以及认识文学艺术的特征，学习、掌握社会主义现实主义创作方法的。茅盾的《关于艺术的技巧》、老舍的《关于语言规范化》、夏衍的《知识就是力量》等发言，我至今记忆犹新，而且一直成为充实、提高自己的努力方向。

会上文学艺术探讨、交流的气氛很浓。不仅安排了介绍青年文学各种体裁样式（诗、小说、散文、戏剧、电影、曲艺）创作现状和发展趋势的报告，而且按文学形式，分小组研究、讨论创作问题。参加儿童文学组讨论的有 30 来人。我特别关注的是袁鹰《争取少年儿童文学创作的繁荣》的报告。他谈到儿童文学理论批评不景气，队伍很小，希望"大家都来动手写评论"。这引起我思想共鸣，激发了我从事儿童文学评论的兴趣和热情。在会后不久，我在《文艺报》先后发表了《幻想也要以真实为基础》《情趣从何而来》等多少有点影响的作品评论。

还有一点，难能可贵的是会上那种批评和自我批评的精神、气氛。李希凡在大会发言中不仅肯定邵燕祥的诗、刘绍棠小说的成就，还直率地、友好地指出他们作品存在的不足。而鲍昌则对自己已发表的论文未能正确解释关于文学中的逻辑思维与形象思维的关系，作了真诚的自我批评。在这方面，为什么当今我们没能与时俱进，反而裹足不前、每况愈下了呢？抚今追昔，不禁令人感慨系之。

第二次青创会是 1965 年 12 月中国作协、团中央联合召开的全国青年业余文学创作积极分子大会。参加这次会议的有来自全国各地、各条战线的 1100 多名青年业余作者。他们大都来自基层，是按照政治思想好、工作劳动好、联系群众好、业余创作好四项条件层层选拔出来的，其中不少是活学活用毛主席著作积极分子。我那时在河北省委宣传部文艺处工作，是作为河北代表团的工作人员随团来京，担负思想政治工作的。

这次青创会召开之前，毛泽东严厉批评文艺界的两个批示早已下达；姚文元的引爆"文化大革命的导火线的《评新编历史剧〈海瑞罢官〉》一文"也已出笼。整个思想文化领域已是"山雨欲来风满楼"。在这个背景下，第二次青创会大讲活学活用毛主席著作，大讲坚持四个第一，是一次所谓突出政治、兴无灭资、革命化、战斗化的大会。彭真代表中央到会讲话，论述国内国际形势，强调备战备荒为人民，要准备打仗，同帝国主义打，同修正主义打。他要求青年作者掌握毛泽东思想这个战无不胜的武器，坚持同工农兵相结合。他很生动地说，一定要在群众生活的土壤里把根子扎深扎稳，汲取养料，这样才能根深叶茂，长成参天大树。如果脱离了人民群众，就会像北京盆景中的花，没有根须，干巴巴的，只能成为供有闲的士大夫观赏的小摆设，没有一点用处。彭真这席话给我有益的启示，就此我还试写了一篇题为《大树与盆景》的杂感。

周扬在会上报告的题目就是《高举毛泽东思想红旗，做又会劳动又会创作的文艺战士》。他强调用毛泽东思想武装头脑，做社会主义文艺事业的接班人，大写社会主义，大写英雄人物，做到思想、生活、技术三过硬。现在看来，整个报告的基调是以阶级斗争为纲的，只谈政治，不谈艺术，只谈方向道路，不谈创作方法和艺术技巧，集中体现了当年文艺上的"左"倾指导思想。周扬长达三个小时的报告，他那浓重的湖南口音，河北代表团中的很多作者都听不懂。在小组讨论前，代表团负责人让我根据自己的笔记，又把周扬的报告从头到尾逐段逐句地传达一遍。我因为一度当过周扬秘书，熟悉他的腔调，照本宣讲，还是能愉快胜任的。如今我手边还保存着这个笔记本，上面记录着彭真、周扬、刘白羽等的讲话。

这次文学创作积极分子会大学解放军，坚持四个第一，发扬三八作风。到会的1000多名业余作者和工作人员都住在三里屯工人体育场的运动员宿舍里。很多青年作者坚持每天学毛主席著作，清晨能看到不少作者冒着凛冽寒风在体育场跑步的身影。代表们循规蹈矩，很守纪律。从会风看，这是一次严肃紧张有余、生动活泼不足的会。

1986年底、1987年初跨年度召开的第三次全国青年文学创作会议，是进入历史新时期后的第一次青创会，由中国作协、团中央、总工会联合举办。全国各地各族400多名青年文学工作者出席了这次会议，住在京丰宾馆。

我是这次青创会领导小组成员之一。本来作协书记处决定，由我和韶华抓这次会议的具体组织工作。由于临近会期，我患十二指肠溃疡、带状疱疹，身体欠佳，筹办会议的重担就更多地落在韶华肩上。

这次青创会前，会议主办方注意到一些城市出现学生上街游行，社会有些动荡的局面，强调会议一定要坚持四项基本原则，维护安定团结，加强领导，积极引导。会议开幕式上，大会秘书长宣读了巴金语重心长的贺信。巴老说："要做一个好作家，首先要做一个真诚的人。""青年作家们，前面有灯光，路上有泥水，但是四面八方都有关切的眼光，整个民族同你们一起前进。……你们不会辜负祖国人民对你们的期望。我信任你们。"几百位青年作者显然被巴老的肺腑之言深深打动了，凝神屏息地倾听，会场上鸦雀无声。贺信一读完，立即爆发出热烈的、长时间的掌声。这是会上一道亮丽的风景。

作协几位负责同志在讲话、发言中也希望青年作者"在各种旗帜、宣言面前保持一种冷静，不要被最新的旗号推着走"；"努力实现四个追求：即追求政治上的成熟，追求知识的丰富和深刻，追求人格的高尚与完善，追求生活的历练与多样。"

这次会议有益处、有收获，但还是不免受到社会动荡的一些影响，部分青年作者思想情绪不够集中，没能深入地探讨文学创作问题。

1991 年 5 月，中国作协召开的全国青年作家会议，是新中国成立以来的第四次青创会。来自全国各地的 324 名代表参加这次会议，其中少数民族代表 49 人。与会代表下榻 21 世纪饭店，即中日青年交流中心。

这次青创会是在 1989 年春夏之交那场风波之后召开的。会议的宗旨是正本清源，端正方向，大振社会主义正气和创作劲头，培养跨世纪的社会主义文学接班人。原国家副主席王震在开幕式上的讲话中强调：广大文艺工作者，特别是青年同志要坚定地站在反对和平演变、反对资产阶级自由化的最前列，在巩固和建设有中国特色的社会主义宏伟事业中焕发出艺术创造的智慧才华。面对如此庄严、尖锐的基调，青年作者们颇为震动，不禁扪心自问：我能站到队伍最前列、承担这样的重任吗？开幕式上还宣读了邓颖超、巴金、冰心的贺词。巴老寄语青年作者："说真话，把心交给读者。"冰心忠告年轻人："没有真情实感时，不要为写作而写作。"两位文学老前辈言简意赅的话语深深镌刻在青年作者的心坎上，赢得了热烈的、持久不断的掌声。

会议期间，还邀请了国务院有关部门的几位负责同志分别就国际国内和当前改革开放的形势作了报告。那时我还在作协书记处的岗位上，会议领导小组让我主持一次报告会，请国家体改委副主任高尚全作《关于我国经济体制改革的回顾和展望》的报告。到了开会时间，偌大的会场里代表们寥寥无几，稀稀拉拉。等了半个多小时，到会听报告的仍不到代表人数的一半。另一半代表或上街，或游泳，或在房间看电视。我十分尴尬，真诚地向报告人表示歉意。至今我也很困惑：究竟是什么挫伤了青年作者的政治积极性，为什么有那么多年轻人不关注经济建设，对经济体制改革缺乏足够的热情。这样的精神状态与伟大时代合拍吗？

我根据回忆和手边的资料，粗略地记叙了几次青创会的一鳞半爪。不同历史背景下的青创会的旗号、主题、内容、形式不尽相同，但归根到底都是为了培养和造就社会主义文学接班人。至于如何全面地、准确地评价这些会议的功过是非、成败得失，那就有待有识之士和当代文学史家们来研究、判断了。

2013 年 9 月 9 日

心甘情愿跑龙套

我从没有写过童话、儿童诗、儿童小说，不是儿童文学作家，只是偶尔写过几篇评论，同儿童文学沾了点边。近十多年，服从工作需要，在儿童文学界"打杂"，做组织工作，也就滥竽充数，算是儿童文学队伍里的一员了。

我有机会为当代儿童文学的发展摇旗呐喊，是在1985年初中国作家协会第四次会员代表大会闭幕之后。由于当时新产生的作协书记处成员中，没有专门从事儿童文学创作、评论的，同事们考虑到我50年代曾涉足儿童文苑，进入新时期后也偶尔写点儿童文学评论，就断然决定让我联系这方面的工作了。我深知自己在儿童文学创作、理论研究上都没有什么建树，占据这个位置很不合适。但"蜀中无大将，廖化充先锋"，凭着我对儿童文学的兴趣和热情，也就勉为其难而又心甘情愿地跑起龙套、敲起边鼓来了。

走马上任之后，参与策划、组织的头一件大事是：1986年春中国作协和文化部在烟台联合召开全国儿童文学创作会议。这是新中国成立以来儿童文学界前所未有的一次"四世同堂"的盛会，是儿童文学队伍的大会师、大检阅。新上任的文化部部长王蒙在会上发表的长篇讲话和我代表会议主办单位所致题为《为创造更多的儿童文学精品开拓前进》的开幕词，得到广泛赞同。这次会议对新时期儿童文学的发展、繁荣，起了鼓劲、加油、倡导的积极作用。一眨眼，十多年过去了，当年与会的儿童文学作家如今相聚在一起，谈起烟台会议，仍记忆犹新，激动不已。而深深刻在我心坎上的是文化部少儿司司长、儿童剧作家罗英大姐在闭幕式上一席感人肺腑的话："许多做少儿文学艺术工作的同志流过眼泪，我自己也不知陪大家淌过多少同情的泪水。所以我经常说，做少儿工作的同志是汗水加泪水，还要磨破嘴跑断腿。""你们数十年如一日地、锲而不舍地为孩子们写作，把一颗火一样炽热的心奉献给孩子们。我们打心眼儿里喜欢这支队伍，尊敬这支队伍，心甘情愿继续跑断腿磨破嘴，为改变目前存在的不重视少儿工作的状况呼吁。"她说出了我的心里话，引起感情上的强烈共鸣，我的泪水不禁夺眶而出。我暗自下了决心：为了孩子，为了未来，我也要长期地无条件地全心全意地加入这个"跑断腿磨破嘴"的行列。

从那以后，我充分利用自己分管儿童文学的作协书记这个位置，抓住一切机会，在各种场合，反映儿童文学作家的呼声，为改善他们的创作、生活、学习条件和社会地位而呐喊，为被视为"小儿科""弱小民族"的儿童文学争一席之地。日子长了，同事们摸透了我的性格、脾气，对我的执着、絮叨也都谅解了，往往半开玩笑地说："你三句不离本行，在会上只要一张嘴，就知道你又要为儿童文学叫喊了"，"你一说就是上面的指示精神，或作协主席团的决议，我们哪敢违抗，只有遵命照办了"。

我这个人也没有什么别的本事，除了一张笨嘴，还有一支秃笔。缺乏创作才能，不能为孩子们写作品，但起草文件、报告，还算是我的强项。也真是一种缘分，从50年代到80年代，中国作家协会主席团总共通过两个关于儿童文学的文件，即《关于发展少年儿童文学指示》和《关于改进和加强少年儿童文学工作的决议》，我都有幸参与起草了。1996年"六·一"国际儿童节前夜，作协第三届儿童文学奖颁发之际，在作协书记处的支持下，我还自告奋勇地写了一篇为亿万孩子鼓与呼的《让儿童文学繁花似锦》，作为《人民日报》评论员的文章发表了。当我亲眼看到写在纸上的这些方案、计划、措施、意见，一项一项落到实处，心里还是挺高兴的。这些年来，总算办成了几件有利于儿童文学发展的实事：作协儿童文学奖举办了四届，推出了107部（篇）优秀作品和一批批儿童文学新秀；《文艺报·儿童文学评论》出了119期，艰难地走出困境，守住了一块阵地；从事儿童文学的作协会员由新时期之初不足200人发展到现在的500多人，中青年作家名副其实地成为创作的中坚力量……所有这些，都是热情关注、支持儿童文学的同人辛勤劳作的结果啊！我在里面仅仅起了一点上传下达、穿针引线的作用。

作协儿童文学委员会多年来一直由我的第一个上级、著名儿童文学家严文井挂帅，我是他的一个助手。几年前，由于文井同志年届耄耋，乃把我推上了主任委员的位置。既然挂着这个头衔，我当然还得抖擞精神做一些力所能及的事情。如今儿童文学大舞台上活跃着一批当红的名角，他们在精彩纷呈的大戏中挑大梁、唱主角。我仍然扮演一个跑龙套的小角色，摇旗呐喊，鸣锣开道。只是毕竟我也年近古稀，跑不了几圈了。我将力争早日把从文井同志手中接过来的接力棒，传递给年富力强的人。

各条战线、各行各业都需要有人"打杂"、跑龙套，做组织联络、后勤服务工作。我心甘情愿在儿童文学界跑龙套，为繁荣当代儿童文学，做一点擂鼓助威、拾遗补缺的工作。我深切地感到，能为塑造未来一代美好心灵这个伟大工程添砖加瓦，既是一种责任，也是一种幸福。

2000 年 7 月 3 日

终点又是起点

超役服务了几年，三年前，年满六十五岁，终于摆脱了日常事务，从一线退下来。又过了一年半光景，拿到了退休证，开始领退休工资，名副其实地成为退休大军中的一员。

退休前夕，我曾服务多年的中国作家协会创作联络部，为我和另一位退休女干部开了一次欢送会。欢送会是在京郊清河中国石化长城润滑油集团公司宽敞明亮的会议室里举行的。那天，创联部的同事应诗人、作协会员孙毓霜之邀，到他任老总的长城公司去参观。走出机关，到四化建设第一线，呼吸点新鲜空气，精神为之一爽。欢送会上，大家从容地、无拘无束地交谈，气氛和谐融洽。与我共事多年的朋友说了一些溢美之词，表达了依依惜别之情。我也不胜感慨地表示："打杂"大半辈子，在创作、评论上没一点聊以自慰的成果；如果说还有什么可以问心无愧的话，那就是从来没有讨价还价，自觉服从组织分配，在文学战线上老老实实地做了一些服务性的工作。我还自作多情地现身说法，喋喋不休地期望创联部的年轻人多读作品，多练笔，多同会员交朋友。

从清河归来，心情一时平静不下来，躺在床上，不禁思绪万千，往事一幕幕映现在眼前。

1952年初秋，中宣部干训班在西单舍饭寺大磨盘院简陋的礼堂举行迎新会，欢迎我们这一群刚迈出大学校门的新学员。这是我的人生路上的一个新起点。从迎新会到欢送会，从大磨盘院干训班起跑，到清河长城润滑油公司冲过终点线，我用了整整46年跑毕全程。

我乘坐的那趟人生列车，从故乡江苏丹阳出发，途经镇江、上海、北京、天津、保定、石家庄等大站，还有涿鹿、怀来、昌黎、宁晋等小站，最后到达终点站北京。列车在我学习、工作、劳动过的这些地方停靠的时间或长或短，长则八九年，短则一年半载。上世纪六七十年代先后经历了四次举家大搬迁。

在悠悠岁月中，群众团体、党委机关、报社、学校，都留下过我的足迹。我当过文艺哨兵也当过园丁，当过下放干部也当过五七战士，当过秘书也当过书记。在人生风雨路上，我磕磕碰碰地闯过五道关——反胡风、"反右""文革"、反资产阶级自由化、1989政治风波，碰过钉子，栽过跟头，挨过批评，受过处分。我这个伴随《卓娅与舒拉的故事》《古丽雅的道路》《普通一兵》成长起来的新中国第一代大学生，也不是什么幸运儿，尽管没有被大风大浪所刮倒和淹没，但也喝过几口水，尝到了海水的苦涩味。

回头看我68年的人生历程，也留下了不少遗憾和悔恨，其中最难以释怀的有这么几件事：一是未能满足父亲"再次上北京住些日子，到故宫、美术馆细细欣赏历代书画艺术和当代美术作品"的愿望。上世纪80年代初父亲来北京时，祖孙三代挤一间半房里，那时囊中羞涩，也没舍得让父亲品尝一下北京烤鸭。等到我分到三居室，手头也稍稍宽裕时，父亲已在不久前患中风猝死。每当想起这件事，我都会隐隐地心痛。另一件事是在我的老领导葛洛临终前，他的女儿打来电话，说是她爸爸急切地希望我去见一面，似有什么事要交代。那时天色已很晚，我答应第二天一早就赶往医院。谁曾料到，没等到天亮，葛洛与世长辞。他究竟要对我说些什么，成了一个永远解不开的谜，这不能不让我深深地感到遗憾。同上面这两件事相比，我更为悔恨的是年轻时读书太少，古今中外、文史经哲方面名著涉猎太少，更谈不上苦读深钻，没有什么学问，文化素养不高，始终像是水面浮萍，没有根基，只能是块"打杂"的材料，很难有什么作为和建树。真是"少壮不努力，老大徒伤悲"啊！

从参加工作到退休，是把自己的才华、精力奉献给人民的最佳时期，是人的一生中有所作为的、最为重要的阶段。从工作岗位退下来，是人生一个阶段的终点，又是另一个阶段的起点：开始进入余热发光、夕阳红的时期。如今，我快满69岁，真正是年近古稀了。虽然在耄耋之年的老人面前，还是个小弟弟，但即使按发达国家的标准，65岁算年轻的老人，或把退休年龄推迟到 65 岁，无论怎么计算、划分，我也可以名正言顺地进入老年人的行列了。只是在心态上，倒真有点像冰心老人说的："'天真'到不知老之已至的地步！"至今我不爱看《中华老年报》《老年文摘》，却爱看《中国青年报》《儿童文学》，从来也不收看《夕阳红》《金色时光》这类电视节目，而收看世界乒乓球锦标赛、世界杯足球赛、奥运会等体育节目，仍不乏年轻时的那股激情，可以通宵达旦地守在电视机旁。乘坐公共汽车或电车，当售票员招呼"给老同志让个座"时，我一点也没意识到是要照顾我。很多场合，我还没有把自己与"老"字挂上钩。这也许像有的朋友所说：由于从事儿童文学工作，至今童心未泯吧。

　　然而，岁月毕竟不饶人啊！退下来之后，每天清晨去地坛散步，有心"多识于鸟兽草木之名"，认真地、专心致志地记住沙枣、油松、洋槐、银杏、合欢、云杉、白皮松、金银木等树名，可没过几天，有的树名怎么也叫不上来了。有的生僻字，读不出音，不止一次地查过字典，隔上些时日，又忘得一干二净。记忆力日益减退，是不可遏制的啊！我手边有一张 65 岁生日时为同事、家人切蛋糕的照片，光亮的秃顶暴露无遗，真是惨不忍睹。面对这种状况，又不能不服老。好比跑了上万里程的汽车，油快耗尽了，发动机、轴承等部件也需要上点长城润滑油了。那就让我在清河长城公司这一站加足油，从新的起点继续向前奔驰吧！

2000 年 4 月

年逾古稀获奖有感

得知我忝名宋庆龄儿童文学奖特殊贡献奖之列，真是既感到欣慰又感到不安。欣慰的是诸位评委和儿童文学界的朋友对我多年来在儿童文苑打杂、跑龙套的肯定和鼓励；不安的是自己在儿童文学方面所做的一点平常的、微不足道的事情，与以 20 世纪伟大战士、伟大女性宋庆龄的名字来命名的这个奖项的分量很不相称。

我虽然也写一点评论文章，但主要是做组织工作、服务工作，也就是在文坛上扮演跑龙套的角色。跑龙套的也能得奖，不能不说是一件新鲜、稀罕的事。戏剧梅花奖的得主，包括各个剧种、各个行当，生、旦、净、末、丑都有，但从来没有听说过跑龙套的得了奖。儿童文学组织工作者纳入宋庆龄奖的评选范围，既是对跑龙套这个不起眼的角色在儿童文学舞台上不可或缺的位置的肯定，也是对甘于寂寞、忠于职守、默默耕耘、不辞辛劳、淡泊名利、无私奉献的精神、品格的赞扬。我以为，这个特殊贡献奖不是奖给我个人的，而是奖给所有那些为发展儿童文学事业呐喊、跑腿，默默无闻的朋友的，我仅仅是他们中间的一个代表而已。

我是一个极其普通、平常的人。从跨入作家协会门槛到现在，50 多个春秋，没做出什么不平凡的业绩，因而从来没当过什么先进工作者，或什么积极分子。说起得奖，也几乎是零的纪录。16 岁时写的一篇小小说，获得一次刊物征文的名誉奖。20 世纪八九十年代偶尔得过一两次研究会、出版社举办的优秀论文奖或书评奖。1995 年率中国作家代表团访问意大利，代表团的五位作家同时获得蒙德罗国际文学奖特别奖。那个奖仅仅是中意两国人民、作家之间友谊的象征，并没有什么文学的、学术的含量。除此以外，我就没有得过什么重要的、有分量的奖。这次获宋庆龄儿童文学奖特殊贡献奖，领到一张荣誉证书，我还是十分珍惜的。我把它看作发给我的一张有关业务成就、工作表现、服务精神的考试合格证。16 岁写作起步时得了一次奖；年届 72，即将跑毕全程时又得了一次奖，有头有尾，有始有终，倒也凑巧，挺有意思。

　　过去常给别人发奖，这次自己也算是尝到得奖、领奖的味道了。我的心情说不上喜不自胜，激动不已，只是聊以自慰罢了。我会以一颗平常心对待这次获奖。我赞赏"多少个奖杯也不如群众的口碑"这句大实话。我会遵照宋庆龄主席"要关心少年儿童的健康成长""要把最宝贵的给予儿童""给儿童最美好的东西"的遗愿，扎扎实实地做一点力所能及的工作，继续为儿童文学事业的发展摇旗呐喊、鸣锣开道。

2003 年 4 月 14 日

第二次退休：告别儿委会

一个月前，中国作家协会儿童文学委员会成员调整。我终于如愿以偿从儿委会主任委员这个位置上退了下来，结束了我在儿童文苑长达 20 年之久的打杂、跑龙套的生涯。此时此刻，我一方面由于卸下担子，顿时有一种轻松之感；但另一方面毕竟与朋友们共事多年，少则 5 年，多则 20 年，一旦离开，心中不免升起一缕依依惜别、难舍难分的思绪。

上世纪 80 年代初，中国作协领导班子分工，让我联系儿童文学工作。我上岗之后，虽不敢说是"磨破了嘴，跑断了腿，操碎了心"，但确是满怀热情地为儿童文学鼓与呼，尽心尽力做了力所能及的事情。就拿作协的全国优秀儿童文学奖来说，从 1987 年创设到现在，一共举办了七届。其中除第四届我担任顾问外，其余六届都由我主持评委会的工作。回想从 1987 年 10 月我在第一届评奖初评读书班上致开场白，到 2007 年 11 月底在第七届评奖委员会上作小结，前后历时 20 年。这期间，我也不知主持了多少次与评奖有关的会议，阅读、讨论了多少本各式各样的参评作品。更不用说，在评奖过程中难免听到这样那样的批评和非议，遇到一些磕磕碰碰的事情。我是评奖工作牵头的，置身其中，不能不亮明自己的态度，及时做出决断，三年五年或十年八年前，面对这点事，自我感觉也许还心手相应，游刃有余，如今年届 76，有时确实感到力不从心，不堪重负了，作为一名儿童文学组织工作者，无论如何是到了画句号的时候了。

人生之旅，从起点到终点，要经过大大小小好多个站。如果说，1996 年我从作协书记处退下来是第一次退休，到达一个大站；那么，这次从作协儿委会退下来，则可以说是第二次退休，到达另一个大站。本来，第一次退休后，特别是当我已超期服役七八年，在 1998 年正式办理退休后，对儿委会的工作，完全可以只挂个名，不必事无巨细，事必躬亲了。可是我这个人本性难移，办事特别叫真，始终没有学会当甩手掌柜。因此，近10年来可说是退而未休，也就是到站没有下车。这次第二次退休，是不是该到站下车了呢？人生列车没有抵达终点之前，还会在轨道上继续前行。看来，我这个儿童文苑的老园丁，对儿童文学有着难以割舍的情结，对儿童文学界的新朋老友怀有深挚的感情。让我从此与儿童文学绝缘，可能是办不到的。我还会继续关注儿童文学的发展，努力做一个小百花园的忠实守望者。必要时也许还可当一名义工，干一点不太费劲的轻活。

同我相伴20多年的作协儿委会，是一个可爱的团队。团队的每个成员都怀有一颗赤子之心，一心一意想为孩子们做一点事。这个团队凝聚力很强，相互配合，相互支持，心往一处想，劲往一处使。调整后的新一届儿委会，增添了一些生气勃勃的新人，女委员的比例加大，地域覆盖面更广，呈现在我面前的是一个崭新的阵容、崭新的面貌。在新旧交替的会上，我这个即将退役的老兵，又自作多情、絮絮叨叨地对儿委会多年来形成的规章、制度和行之有效的经验（如：大局意识、团队精神、务实作风等）向朋友们作了交代；并深切期盼儿委会今后有新的思路，新的作为，开拓创新，团结奋进。我情不自禁想挥手对朋友们说："再见吧，亲爱的伙伴们！""再见吧，可爱的儿委会！"但话到嘴边，我又收住了。我抑制了临别依依的深情，轻轻地道一声："Bye Bye"，就匆匆离去了。

2008年1月21日写，7月31日改

一次坦诚的作品座谈会

初冬季节，西双版纳阳光明媚，温暖如春。在绿树掩映下的孔雀山庄会议室，召开了一次坦诚的、别具特色的作品座谈会。这次座谈会的议题是讨论我的散文集《岁月风铃》。

说起这次座谈会的缘起，2006 年，我年届 75，学习写作将届 60 周年。有的同事、朋友有意为我搞点什么活动以示祝贺。由于我始终给自己定位为一个文学组织工作者，虽然业余多少写一点评论、散文，但没写出什么像样的东西，严格说来算不上一个作家，因而我当然不会同意举办鄙人"从事写作 60 周年"之类的活动。恰好 2006 年底，中国作协儿童文学委员会拟在西双版纳举行一年一度的年会，于是就有了一次"顺路搭车"的机会：在年会期间，插空举行一次"束沛德《岁月风铃》座谈会"。这样，既淡化了祝贺、纪念的气氛、色彩，符合我的心愿；又省事、省钱，简化了研讨会的组织工作。事情就这么定了下来。

我跨进文学门槛半个多世纪，也不知参加或主持过多少次作品座谈会、研讨会，但所有这些会都是讨论他人的作品。我自己的作品被研讨，真还是破天荒第一次。以往，我每次参加会，多半是会前准备了发言稿或发言提纲，在会上不揣冒昧地抛砖引玉；而这次却是聚精会神地洗耳恭听，还在笔记本上认真记录诸君的发言。两相比较，个中滋味迥然不同，似觉得又新奇又喜悦。我很庆幸也很珍惜有这么一次倾听朋友们批评意见的机会。

参加这次作品座谈会的都是作协"儿委会"成员，是我多年的同事、朋友。会上，除参加"儿委会"的朋友外，没有另请有关领导，也没请媒体的朋友。会议没发"审读费"，也没发"车马费"；桌上不摆名签，不排座次，随意入座。与会的朋友事前都认真地读过《岁月风铃》，对我的为文和为人都有程度不同的了解，用不着组织发言，也不必安排发言顺序，一个个争先发表自己的看法和意见。大家都是有备而来，有感而发，没有客套话、敷衍话，也没有令人昏昏欲睡的照本宣科，唯有坦诚相见的心与心的交流和宽松、无拘无束的自由讨论。

会上，与会者对《岁月风铃》这本书有赞扬有批评，也有期望和建议。朋友们都是把文和人联系起来评说，认为我这本自传性很强的散文，体现了中国传统知识分子的精神风貌，展示了"人格的魅力"。有的说从中看到了"时代的影子"，看到了"骆驼精神、龙套精神、求实精神"；有的说从中听到了"久违的风铃声，没有悲愤，没有狂喜，从容自如"。有的赞扬我"沉稳的性格"和"文静的气质"；有的肯定我"平和的心态"和"自省的精神"。对朴实的文风也鼓励有加，认为"真诚、平实地抒发了自己的情怀，很自然，没有伪感情，没有修饰、雕琢"，"是从肺腑深处流出来的心语，展现了真性情"。

对《岁月风铃》的缺点与不足，朋友们也坦诚、直率地指了出来。有的说"文质兼美，质胜于文"，"不是那么才气横溢，写得过于朴实，略输文采，应力求更生动，更感人"，"似还存在些拘谨的成分，感情可以流露得更饱满，在细节、气氛描写上，还有很多发挥的空间"。有的认为"对历史的记忆要更丰富地呈现，对历史的反思则可以更松弛一点"。不少朋友认为按照我的人生阅历，今后可以更放手地多写一些散文，"沛德见证了当代文坛的历史，创作资源还没有充分挖掘出来"，建议"用朴实的文笔，写出更多有史料价值的东西"。

座谈会开得生动活泼，气氛和谐融洽。有的朋友诗兴大发，情不自禁地当场赋诗相赠。为了充分反映座谈会的气氛、特色，也为了便于揽镜自照，不断鞭策自己，在这里，我不避王婆卖瓜之嫌，抄录下朋友们饱含真情的诗作：

> 风中有铃铃有风，沧桑无语任倥偬。
> 平中见奇说往事，最难境界是从容。

> ——高洪波《赠束沛德》

东湖夜读枕波涛，版纳研讨叶未黄，

文道统一见性情，岁月风铃传四方。

      ——王泉根《读〈岁月风铃〉》

握住《岁月风铃》

便握住了岁月的光芒

每一个光芒都将是一个指针

校正我人生的航向

握住《岁月风铃》

便握住了时代的航向

每一个音符都将是一个鼓点

在我人生的道路上擂响！

      ——王宜振《握住〈岁月风铃〉——赠束沛德老师》

鞠躬尽瘁七五春，青山踏遍见精神。

大树欲静偏风口，岁月如歌铸金铃。

大道齐天贵龙套，沛德立地有园丁。

最喜化泥护花处，新人辈出尽繁星。

      ——董宏猷《读束沛德先生〈岁月风铃〉——呈束沛德先生》

    座谈会从上午9点开到下午1点，整整四个小时，中间也没休息，到会的20多位朋友无一例外地发了言。最后，主持会议的高洪波以"一个人与一本书"（即束沛德和《岁月风铃》）、"一个会与一项事业"（即《岁月风铃》座谈会和儿童文学事业）、"一个集体与一个社会"（即作协"儿委会"这个集体与建设和谐社会）为题作了小结。轮到我发言时，由于时间的关系，已经不能畅所欲言了，只能用最简短的语言对大家的鼓励、肯定与期望表示由衷的感谢。

这么一次真诚、坦率、讲真话、抒真情的作品座谈会，将会深深镌刻在我的人生记忆里，永远难以忘怀。

2008 年 10 月追记

自白与共勉

夏秋之交，天气依然闷热。朋友们在三伏天来参加这个会，我心里实在感到过意不去，由衷感谢大家的深情厚谊。

召开这次束沛德儿童文学评论座谈会，与其说是对我从事儿童文学评论工作、组织工作的肯定和鼓励，不如说是大家对儿童文学评论乃至儿童文学事业的热情关注与呼唤。

我这本《束沛德谈儿童文学》所选文章，时间跨度长达 55 年；文体包括评论、述评、散文、随笔、报道、总结，不少是职务性文章。文章篇幅长短不等，长的一两万字，短的三五百字。书名用《谈儿童文学》而不用《论儿童文学》，是经过一番推敲的。这样量体裁衣，更切合实际。同样，今天的会议名称叫座谈会不叫研讨会，也显得更亲切自然些。

我向一些朋友赠书时曾说，如能抽出时间翻一翻这本书，或可约略窥见我几十年来在儿童文学舞台上跑龙套留下的脚印。我是当秘书出身的，历来有开会做记录的习惯。收入这本书的文章，包括开幕词、会议小结、序言等，都是出自本人之手，不存在别人捉刀代笔的情况。因而，也可说这本书是我在儿童文苑耕耘多年的一份记录。这份记录承载着一个老园丁的一份情意、一份承诺、一份期待。

我的评论文章，如果说有什么特色的话，那唯一的特色就是与文学组织工作紧密相联，与当前的儿童文学创作实践息息相关，书中的文章大多是按照工作需要而写的急就章，评论对象基本上是新作品、新作者、新现象。这些评论文字，确实说不上有什么学术含量、理论色彩，仅仅是个人怀着真诚与热情为儿童文学鼓与呼罢了。

回望自己的评论生涯，在儿童文学领域里我一向提倡、强调的，主要有以下几点：一是对儿童情趣的赞美和倡导；二是对艺术创新的鼓励和支持；三是对小读者的关注和尊重；四是对儿童文学走向的观察和把握。这些理念、观点是我始终用心思考、着力弘扬的；至于在文章中表述、体现得怎么样，也许并不那么清晰、充分。这不能怨别的，只能怨自己笔底下功底不够。

尽管我一向给自己定位为儿童文学评论队伍里的散兵游勇，不是专业评论工作者，但不管怎么说，毕竟与儿童文学批评打了多年交道了。对这项工作，多少还是有些体会的，这就是我在《谈儿童文学》一书序言中写到的，后来又在南京召开的全国儿童文学创作会议上谈到的三点：一要丰富学养，不要不学无术；二要厚积薄发，不要急功近利；三要有胆有识，不要畏首畏尾。这可说是我一直努力追求的目标，但如今实际达到的可能相距甚远。

改善文学批评生态，树立良好批评风气，已成了当今文坛的一个热门话题。我向往、赞美与人为善、实事求是、入情入理的文学批评。在这次座谈会筹划之初，我曾向会议组织者提出：热切希望这次会直率地谈谈我在儿童文学评论上的成败得失，即不光谈成就和特色，也要谈欠缺和不足；并期望这次会能对发扬优良的批评和自我批评的风气有所促进。我感到，会上对我鼓励、赞扬的话还是多了点，不讲情面、直言不讳的批评还是少了点。也许这是对我这样一个逐渐淡出儿童文苑的八旬老人笔下留情，留有余地。相信我吧，我还是有着倾听尖锐批评的雅量的。竭诚欢迎朋友们会内会外、当下或今后继续不吝批评指教。谢谢！

2011 年 8 月

谈谈我自己和我的写作

北京少年儿童出版社新出版的《蓝夜书屋》丛书，是七位儿童文学作家向青少年读者讲述自己的生活故事、写作故事的书。我写的《龙套情缘》，是其中的一本。

先从《龙套情缘》这个书名说起。加盟《蓝夜书屋》这套丛书的作者，除我之外，都是当今儿童文苑中最为活跃、富有实力的作家。我不是儿童文学作家，从来没有写过儿童小说、儿童诗和童话，偶尔写点儿童文学评论，也只能算是评论队伍里的散兵游勇。我主要是个儿童文学组织工作者，是在儿童文学界打杂、跑龙套，做服务性工作的。《现代汉语词典》上说："跑龙套"就是在传统戏曲中穿着绣有龙纹的戏装，扮演帝王将相的随从或兵卒的角色。我正是以这样一个摇旗呐喊、鸣锣开道的角色，加盟《蓝夜书屋》作者行列的。

几天前，我刚度过 70 岁生日。从 50 年代初大学毕业走上工作岗位到现在，已跨过整整半个世纪。50 个春秋，我在文学界当过秘书、干事、科长、主任、书记，职务虽有变动，但从工作性质来说，始终没有离开秘书、组织、联络、服务，可以说是同打杂、跑龙套结下不解之缘。正因为如此，就选定《龙套情缘》为书名了。我觉得，它比起原先曾考虑采用的《岁月风铃》《梦·缘·运》《我给自己打 60 分》等书名来，似更能恰切反映我的经历、面貌、个性特征。

《龙套情缘》真实而简略地记述了我 70 年人生经历的某些片断、侧面，反映了文学战线"普通一兵"走过的一条不算曲折但也不太平坦的路。如果用一句类似广告词的话语来概括这本小书的基本内容，那就是："浓缩七十年风雨人生，回味跑龙套酸甜苦辣"。

1952 年我毕业于复旦大学新闻系，算是新中国第一代大学毕业生。

我的成长，我的挫折，我的欢乐，我的痛苦，都与中华人民共和国的命运血肉相连，息息相关。在我的身上，可以清晰地看到时代、历史的投影和折光。

当中华人民共和国的大船航行在阳光灿烂、风平浪静的日子里，我不时沉浸在喜悦、欢乐的氛围之中，尝到了人生的温馨、幸福。大学毕业，分配到作家协会，如愿从事自己喜爱的文学工作；干部"四化"，班子新旧交替，使自己有了挑担子、发挥潜力的机遇；年近花甲，战胜吓人的癌魔，赢得更多的工作、读书、写作时间；与老伴相知相爱，风雨同舟，携手向金婚日子靠近……所有这些，都是让我激动不已、难以忘怀的事情。

当中华人民共和国的大船航行在乌云密布、狂风恶浪的日子里，我也遇到过麻烦、挫折，尝到了人生的艰辛、痛苦。投身于新中国成立以来的历次政治运动、文艺斗争，犹如在大风大浪中学游泳，前前后后，我共喝过五口水：一是在反胡风斗争中，因"向胡风分子泄密"而受到党内严重警告的处分；二是在反右派斗争中，因"为右派分子鸣锣开道"而受到批判，下放劳动；三是在"文革"中被看作"文艺黑线的大红人、小爬虫"而受批判，迟迟恢复不了组织生活，最后被迫改行；四是在反资产阶级自由化的斗争中，因批判了作协第四次会员代表大会"造成资产阶级自由化思潮的泛滥"，我作为领导班子的一员，也濒临随班子改组而下台的边缘；五是在六·四风波中，因我参与作协领导班子发表的《紧急呼吁》，而受到"不予党纪处分"的处理，并被免去党内职务。

在风风雨雨中，我屡屡碰钉子，栽跟头，挨批评，受处分，同打入万丈深渊的"胡风分子""右派分子""走资派"相比，虽算不上历尽沧桑、命途多舛的受难者，但也不是一帆风顺、平步青云的幸运儿。我的经历可说具有一定的代表性，相当典型地反映了当代中国普通知识分子的遭际、命运。我记得一位伟人说过，人有一张嘴巴，嘴巴的作用一是吃饭，二是说话。几十年来，我之所以不断出错，问题多半出在这张嘴巴上。年轻气盛，无所顾忌，敢于说话，爱提这样那样的意见。随着年岁的增长，虽多少收敛了一点，但有话依然憋不住，遇到适当的气候、土壤，就要顽强地表现自己。真是"江山易改，秉性难移"呵！

如何从自己的挫折中总结经验教训？我以为，独立思考，敢于说话，敢于批评，敢于争论，讲真话，实话实说，这还是应当努力学习、追求的品格和作风。不能因为顾虑"言多必失"而三缄其口。该说的话还是要说，该提的意见还是要提，只是不能不考虑讲话的时机、场合和方式。近些年，我不断提醒自己：在当代中国的环境、气候条件下，你可不要犯"民主急性病"啊。

七十初度，我写下生日感言：凡事讲究一个"真"字，一切都求真务实，做事要认真，待人要真诚，为文要真实。这是我的人生信条，也是我毕生努力登攀的目标。

说起我的写作经历，如果从在报刊上发表处女作算起，到现在已有54年了。写作上虽没有什么成就，但倒可说是"写龄"不短、资历不浅。

在中学时代就开始练笔了。新中国成立以前，不仅在《青年界》《中学时代》及报纸副刊上发表过一些诗、散文、随笔、小小说；还在上海出版的一个文学刊物《文潮》上发表过两篇抒情散文。我记得，当时一张省报的副刊编辑还曾把我抬举为"青年小品作家"哩！新中国成立之初，我在大学时代偶尔还写几首诗。但已开始转向学写文学评论；并结合自己做学生工作、团的工作，写了不少思想杂谈。《文汇报》为我开辟了一个《思想改造学习随笔》专栏，不到两个月，连续发表了我写的30多篇短文章。因此当年我在复旦校园里还小有名气哩。参加工作，跨进文学门槛，就同"秘书"这个专业结下了不解之缘，报告、讲话、总结、报道成了我日常写作的主要文体。各种各式的公文、应用文捆住了我的手脚，除了偶尔写几篇评论文章外，再也没有写过抒情叙事散文之类的作品，可说是与创作绝缘了。

60年代初，我就被同事们戏称为"文件作家"。倒也是，熟能生巧，不断地为领导写讲话、总结、开幕词、闭幕词，对这种文体的特征、模式、写法也就大体掌握了。从此面对这类任务，也就不再发怵。1965年我为黄志刚（时任中共华北局候补书记、宣传部长）起草华北区话剧歌剧观摩演出会开幕词，1979年我为刘白羽起草中国作家协会第三次会员代表大会开幕词，都是从夜晚到黎明，一个通宵就交卷了。1996年，代

《人民日报》撰写署名"本报评论员"的文章《让儿童文学繁花似锦》，也只用了一天时间。80年代初，担负一定领导工作后，由于自己是秘书出身，因而我从来也没有让别人代写过讲话、发言、总结、汇报，各种文字材料，都是自己动笔。比如，我在1986年、2000年先后开的两次全国儿童文学创作会议上所致开幕词，1986年、2001年中国作家协会关于改进和加强儿童文学工作的两个《决议》，以及1984年、1996年我在中国作协第三、四次代表大会上所做关于修改《作协章程》的说明，所有这些文件、讲话，从起草到定稿，都出自我一人之手。在这方面，我没偷过懒，也没推托过。写这类文字，要做到驾轻就熟，得心应手，我的体会是：一要坚持认真学习理论和党的方针政策，吃透上头的精神；二要不断了解、熟悉文学界的实际情况，也就是吃透下头；三要经常注意搜集各种有关参考资料，开阔眼界，拓展思路。除此以外，似也没有什么别的诀窍。

再说写文学评论，虽然我在大学时代就涉足这个领域，但一直是业余的，根据工作需要偶然为之，没有机会、条件从事专业的研究、写作。50年代写过两篇评论文章：《幻想也要以真实为基础——评欧阳山的童话〈慧眼〉》《情趣从何而来？——谈谈柯岩的儿童诗》，使我与儿童文学结下了不解之缘。从80年代中期起，由于作协书记处分工我联系儿童文学工作，这就赶鸭子上架，经常要参加一些儿童文学创作座谈会、作品研讨会，难以推托地、匆忙地写了一些职务性的文章和"读后感"式的书评。写评论，要有深厚的学术底蕴，独特的鉴赏眼光，要有批评家的勇气、品格、个性，还要有充分的时间认真阅读文本，在这些方面，我都缺乏必要的、足够的修炼和准备。说来不能不感到脸红，至今为止，被研究儿童文学的朋友看作我的代表作的，依然是我二十五六岁时写的那篇《情趣从何而来？》。产量极少，质量又不高，严格来说，我真不能算是一个合格的儿童文学评论工作者。

再回过头来说说写散文的情况，从50年代初到90年代初，在我专心致志从事文学组织工作的40多年里，除了写过几篇海外记游外，几乎没有再同散文打交道。只是前些年从一线退下来、摆脱了日常行政组织工作之后，在一些老同事、老朋友的鼓励下，才又鼓起勇气，重新拿起笔来，试着写一些记录作家侧影或个人某些经历的散文。"老来学皮匠"，要咬破自己构筑的"报告八股"的茧，找回写散文的感觉，又谈何容易！

我深知自己缺乏文学禀赋、才能，艺术细胞不多，没什么想象、虚构的本领。在性格上又较为内向、拘谨，不是那种热情奔放、活泼潇洒型的人。加上我是学新闻出身，新闻学讲究的真实性——事实的真实，反对"客里空"，对我的影响可说是根深蒂固。因此，我写散文，往往拘泥于忠实记叙真人真事和自己亲历的生活情景、遭际，不擅于抒发内心的感受和情绪，感情色彩似不浓，文采也嫌不足。近两年，有的老同学、老同事读到我写的《我当秘书的遭遇》《难忘菌子》《我的良师益友》等篇散文后，倒认为"感情真挚，文笔朴实"，鼓励我多写一点这类文章，"为文坛多留几帧真切的史影"。看来，不虚饰，不渲染，朴朴素素地抒写自己的切身经历和真情实感，是我应当努力保持和发扬的擅长和特色。我新出的这本《龙套情缘》，就是抱着这样一种态度来写的。至于成败得失如何，那就得请读者来评说了。此时此刻，我的耳边回响着冰心老人"生命从八十开始"的人生格言。迎着新世纪的曙光，我愿像一个蹒跚学步的幼儿，在学写散文的道路上一步一个脚印地向前行进。更勤奋一点，更从容一点，力求写出一些多少有点意味、不是滥竽充数的篇章来。

我写文件、写评论、写散文的历程，大致也就是上面所说的这些了。至于有的朋友问起：你耍了这么多年笔杆子，有什么体会、经验？说实话，一时之间，我还真回答不上来。在这里，只能就我寄语青少年习作者时常说的"多观察，多读书，多练笔"，粗略地谈一点自己的看法。

多观察　细心观察自己周围的人物、事物，并不断拓展自己的生活视野。多留意生活中的细节，捕捉别人没有发现的、有新意和特色的东西，"用自己的眼睛去看别人见过的东西，在别人司空见惯的东西上发现出美来"。（罗丹）从生活出发，从自己的亲身感受出发，多写一点属于自己的对生活的独特感受。初学写作，尽量写自己亲身经历的真人真事。对自己捕捉到的生活素材，要多体验，多思考，多咀嚼。以小见大，要善于透过平凡的、细小的事情发现其中蕴含的非同寻常的意义、价值。

多读书　青少年时代多读一点文学作品，对于懂得人生，陶冶情操，丰富想象，培育美感，有着不可忽视的潜移默化的作用。如果对社会科学、自然科学各类知识涉猎较广，那将一生享用不尽。冰心七岁读《三国演义》《红楼梦》《水浒》，巴金十二三岁能背诵《古文观止》200多篇。"读书破万卷，下笔如有神"，精读博览的书越多，文字表现力、写作技巧就越强。

多练笔　学习写作，最早都是从培养、锻炼自己的观察力、表现力起步的。准确的观察和描述，是写好文章的前提。平时要自觉地、有意识地培养、训练具体描摹事物的能力，在语言文字上不断锤炼，一步一步、扎扎实实地打好文字的基本功。"你必须每天写点什么，重要的是让你的手适应你的思想。"（果戈理）勤能补拙，熟能生巧，功夫不负有心人。坚持不懈地练笔，笔头自然会流畅起来。

回顾我70年走过的人生的路、写作的路，我相信下面这个公式：志趣＋勤奋＋毅力＝成功。我这大半辈子，没能完全按照自己的兴趣、爱好、个性发展，又缺乏勤奋读书、钻研、写作的精神和百折不回、持之以恒的毅力，因此，在事业上，在创作和评论上都没有什么成就和建树。然而，我还是由衷地感谢生活，感谢青少年时代爱读爱写、多读多写对自己的馈赠；感谢三年大学生活，做学生工作、团的工作对自己的馈赠；感谢党的十一届三中全会后落实政策，改革开放，干部"四化"给予我挑担子的机会；感谢历史的机缘，让我与儿童文学难解难分；感谢亲人、朋友、同事、领导的激励、鞭策，为我把关定向，使我始终走在一条正道上。

2003 年 3 月 14 日

附注：本文系根据作者 2001 年 8 月 22 日在《蓝夜书屋》首发式暨读者见面会上的谈话整理。

给自己画像

一、工作岗位

职业：文学组织工作者，即在文坛打杂、跑龙套的。

业余：儿童文学评论队伍中的散兵游勇；散文写作方阵中初学乍练的新兵。

二、自我评估

优点：1. 关心时事政治，关心大局全局；2. 工作认真负责，作风严谨细致；3. 严于律己，待人真诚和蔼；4. 生活俭朴。

缺点：1. 学养不够丰厚；2. 开拓创新精神不足；3. 作风不够泼辣。

三、同事、朋友的评说

1. 是个秀才、笔杆子，不是官员，没什么官气；2. 是个好人、大好人，不是小人、整人害人的人；3. 是办实事的，不是说大话、唱高调的。

四、回望人生历程

聊以自慰的：1. "跑龙套"的角色得到认同和肯定，获宋庆龄儿童文学奖特殊贡献奖是一例证；2. 战胜癌魔，赢得了 25 年时间，继续在职服役 10 年时间，守望小百花园 20 年，出版了五六本评论集、散文集；3. 生活在家庭和睦的氛围之中，与妻子风雨同舟、相濡以沫，喜度金婚；一儿一女，自强自立，走正路；兄弟姐妹，团结互助，亲密无间。

引以为憾的：1. 大半生忙于打杂，读书太少，学识素养不高；2. 没能如愿从事自己喜爱的文学研究或文学编辑工作，在创作、评论上没什么成就和建树；3. 儿童文学依然没有引起各级领导、社会方方面面和文学界应有的、足够的关注。

五、今后想做的事

1. 力求多读点自己感兴趣的书；2. 多少写一点我所了解的文坛的人和事。在力所能及的情况下继续关注儿童文学。

写于 2006 年 12 月金婚纪念日

在当代文坛跑龙套

——我的小传

"九·一八"事变前夜，1931年8月我出生在江南沪宁线上一个县城里。童年、少年时代是在抗日战争的烽火中度过的。

从小喜欢文学，爱书如命。祖母教我的儿歌、大人讲的故事和《鲁滨孙漂流记》《寄小读者》《爱的教育》《三国演义》等书，给予我最初的文学滋养。中学时代接触到我国新文学和苏联文学，《家》《倪焕之》《王贵与李香香》《母》《被开垦的处女地》等，成了我爱不释手的读物。

从初中开始就爱编编写写，给报纸写"学府风光"一类消息报道。上高二时，与同班同学一起办起《三六周刊》，开头是学校里的一张壁报，后来成了一张省报的副刊。那时，我断断续续写了一些散文、速写、随笔、诗等，分别登在《青年界》《中学时代》《文潮》《东南晨报·三六周刊》上。16岁那一年，我的一篇题为《一个最沉痛的日子》的小小说，获得了《中学月刊》征文名誉奖。

由于对当年现实社会的不满，中学时代我就立志当一名新闻记者，用自己手中的笔反映民间疾苦，为人民大众说话。中华人民共和国成立之初，我如愿进入复旦大学新闻系。大学时代，参加红旗手文艺社，编《复旦大学校刊》副刊。

学习掌握了新闻采访、编辑的ABC，又选修了中文系唐弢的《现代散文诗歌》、许杰的《文学批评》，从而激发起对散文随笔、文学评论写作的兴趣。从1950年起涉足文学评论，写了一些文艺短论、书评，在唐弢主编的《文汇报·磁力》（"笔会"的前身）上发表。那时我在复旦大学学生会、团委会做宣传工作，1952年应《文汇报·社会大学》编者之约，在报上开辟了"思想改造学习随笔"专栏，前后不到两个月，连续发表了思想杂谈30多篇。

1952 年 8 月底，大学毕业后进入中共中央宣传部干部训练班进修。同年冬，分配到全国文协（中国作家协会前身），在严文井、沙汀麾下做秘书工作。由此开始了我在文坛长达半个世纪"跑龙套"的生涯。从跨进文学门槛到"文革"爆发这十多年，我先后担任中国作协创作委员会秘书、《作家通讯》编辑、中国作协党组记录和秘书、周扬同志秘书。1958年下放劳动，并任《怀来报》副总编辑。随后调至河北省文联文艺理论研究室、中共河北省委宣传部文艺处工作。在中国作协和河北工作期间，写过一些通讯报道、文学短评、作品评论，发表在《文艺报》《文艺学习》《诗刊》《蜜蜂》《河北文学》等报刊上。同时，不时为领导起草有关文艺工作的讲话、报告，为《河北日报》写社论，草拟"指示""批语"一类公文，因而被同事们戏称为"文件作家"。

"十年浩劫"，大部分时间在学习班、五七干校度过。1972 年初，分配到河北机电学院做宣传工作。直到粉碎"四人帮"，党的十一届三中全会前夜，1978 年 10 月我才归队，从河北调回中国作家协会。在作协复查办公室、四次文代大会筹备组起草组工作一段时间后，1980 年初，任作协创作联络部办公室副主任，并负责《作家通讯》的复刊工作。1982 年开始参与中国作家协会的领导工作，历任党组成员、书记处书记、创作联络部主任、儿童文学委员会主任委员等。

长期从事文学组织工作，在调查了解创作情况、开展作品和创作问题讨论、组织作家深入生活、培养文学新人、发展文学队伍、加强队伍建设等方面，做了力所能及的工作。多次参与中国作协召开的重要会议的组织领导工作，如担任中国作协第四次、第五次全国代表大会副秘书长，先后发表了《谈文学组织工作》《乐于当作家的服务员——与新来作协的年轻朋友漫谈》等总结经验的文章。

作为中国作协领导班子成员之一，长期分管儿童文学工作，从 1986年至 2007 年，担任作协儿童文学委员会副主任委员、主任委员达 22 年之久。1986 年、2000 年主持召开全国儿童文学创作会议，在会上致开幕词：《为创造更多的儿童文学精品开拓前进》《迎接儿童文学新纪元》。从 1988

年至 2007 年先后主持中国作协举办的第一届至第七届全国优秀儿童文学创作评奖。执笔起草 1986 年、2001 年中国作协关于改进和加强儿童文学工作的两个《决议》。主编有:《中华人民共和国文学名作文库·儿童文学卷》《中国当代儿童诗丛》、2001—2006《中国儿童文学年鉴》;并参与编选《百年百部中国儿童文学经典书系》《共和国儿童文学金奖文库》等。这些会议、活动、文件和图书,均对我国儿童文学事业的发展繁荣,起了积极的促进作用。

20 世纪 50 年代开始涉足儿童文学评论,被论者认为是最早参与我国当代儿童文学理论建设的批评家之一。著有:《束沛德文学评论集》《儿童文苑漫步》《守望与期待》《追求真善美——跟少年朋友谈谈读与写》《为儿童文学鼓与呼》《束沛德谈儿童文学》《发出自己的声音——束沛德文论集》《情趣从何而来——束沛德自选集》等。其中颇有影响的论文有:1956 年发表的《幻想也要以真实为基础——评欧阳山的童话〈慧眼〉》一文,引起了一场持续两年之久的有关童话体裁中幻想与现实关系的讨论,被认为"开创了新中国成立后童话讨论的前声","对于当时的儿童文学理论界是有益的"。1957 年发表的《情趣从何而来——谈谈柯岩的儿童诗》,是最早评介柯岩作品的一篇文章,先后被收入《中国儿童文学大系》等八九种评论选集。评论家认为该文是"有一定理论水平的作家作品论",对儿童情趣的赞美,"深深影响了一代儿童文苑"。改革开放以来,发表的较有影响的论文有:1986 年发表的《关于儿童文学创新的思考》,获首届全国儿童文学理论评奖优秀论文奖。1997 年发表的《繁荣迈向新世纪的幼儿文学——〈中国新时期幼儿文学大系〉序》,被收入《中国新文学大系(1976—2000)·儿童文学卷一》。2001 年发表的《新景观　大趋势——世纪之交中国儿童文学扫描》,收入《走向新世纪的中国文学——理论批评文选》等多种评论选集,被认为"具有鲜明的针对性、指导性与前瞻性"。

此外,还著有散文集《龙套情缘》《岁月风铃》《多彩记忆——束沛德散文选》《红线串着爱与美》《我的舞台我的家——我与中国作家协会》《在人生列车上》等。报刊上曾先后发表多篇文章,评介上述文集。

2003 年获宋庆龄儿童文学奖特殊贡献奖。2009 年获中国作协颁发的从事文学创作六十周年荣誉证书、纪念章。从 1993 年起享受政府特殊津贴。

2016 年 3 月

我给作代会"打杂"

1949 年 7 月，我刚从高中毕业，作为一个文学爱好者、初学写作者，密切关注那次来自四面八方的文学家、艺术家的盛会。从报纸、广播中获悉毛主席亲临第一次文代大会会场，对代表们说："你们是人民所需要的人，你们是人民的文学家、人民的艺术家，或是人民的文学艺术工作的组织者。你们对于革命有好处，对于人民有好处。因为人民需要你们，我们就有理由欢迎你们。"毛主席的一席话给我留下难以忘怀的印象，不仅当时成了激励我投身文学工作的动力；而且后来成了治疗我的"打杂烦恼症"的灵丹妙药。每当我在文学界"打杂"遇到麻烦或不称心如意的事情，我就想起主席的"人民需要你们"的话。它一次一次说服我在"文学艺术工作的组织者"这个岗位上，一干就是几十年。

其实，1949 年 7 月召开的文学界会议是中华全国文学工作者第一次代表大会，7 月 23 日宣告中华全国文学工作者协会成立，简称全国文协，这也是中国作家协会的前身。这次会议是在中国革命取得基本胜利、新中国即将诞生的时刻，与第一次全国文代会同时举行的。

如果说，第一次全国文代会召开时，我在上海遥望着北平，感受文艺的春潮涌动的话，那么，第二次文代会召开时，我已经来到北京，身处文艺的滚滚热流中。1952 年秋从复旦大学新闻系毕业调到中宣部干训班进修。学习不满一个月，干训班丙班主任找我谈话，说是"周扬同志需要一个助手，组织上考虑调你去很合适"。我当时毫不犹豫地表示服从组织调动。在一个阳光灿烂的上午，我兴冲冲地沿着中南海的红墙走向当时中宣部机关所在地报到。时任中宣部文艺处副处长的严文井同志同我谈话，他说，文艺整风后，要加强全国文协的工作，原本决定调你给周扬同志当秘书，现同周扬同志商妥，让你先随我去全国文协工作，熟悉文学界的情况。这样，当年冬天，我和丁玲的秘书陈淼随严文井跨进东总布胡同 22 号全国文协大门，最早投入二次文代会的筹备工作，为改组全国文协为中国作协做准备。

1953 年 9 月，中华全国文学工作者协会召开第二次会员代表大会。这次会议是在我国进入大规模的、有计划的经济建设的新时期举行的。同年 10 月，中华全国文学工作者协会正式更名为中国作家协会。

二次文代会召开之前，我作为创委会秘书，有幸在邵荃麟、沙汀麾下，参与组织部分在京作家、批评家、文学界领导骨干三四十人在东城区东总布胡同 22 号学习社会主义现实主义理论的具体工作。学习持续了两个多月，围绕四个专题，冯雪峰主持学习，我全程担任讨论会的记录。每个专题学习都有人做主题发言，然后由冯雪峰作小结。这次学习，被看作是为二次文代会作思想上和理论上的准备。这次学习讨论和二次文代会上的讨论，比较突出的有这样几个观点：一是提出对中国新文学运动的历史估价问题。周扬同志在大会上指出，从"五四"以来，新文学运动的基本倾向是社会主义现实主义的。二是要创造典型人物、理想人物和英雄人物，用社会主义思想教育和鼓舞人民。周恩来在大会的报告中指出，作为人类灵魂的工程师，就是要创造典型人物、理想人物，来鼓舞人和教育人；我们的文学是要掌握为工农兵服务的方向，因此必须把重点放在歌颂工农兵中的英雄人物上。

二次文代会我以为主要有两个成果，一是明确了今后我国的文学艺术要沿着社会主义现实主义的方向前进。二是组织上的变化，即把全国文学工作者协会改组为中国作家协会。

1960 年 7 月，召开第三次文代会时，作协召开第三次理事会（扩大）会议，而没有召开代表大会，所以作代会就比文代会少一届。

1953 年到 1979 年间，在中国社会大变动的历史时期，中国作家协会和作家们经历了怎么样的命运呢？李季同志在《中国作家协会筹备组关于作协恢复活动以来的工作情况报告》中讲道："一九六〇年第三次文代会以后，我们文学战线经历了一个非同寻常的时期，在林彪、'四人帮'的疯狂破坏下，中国作家协会和各个兄弟协会一样，陷入一场持续十年之久的大灾难。一九六六年以后，作协机构被彻底'砸烂'，大批干部受到残酷迫害，全部物资设备——从办公用房到档案、资料、图书、家具，也都流散丢失……"期间，我也被下放劳动，被戴上胡风集团"坐探""中右""小爬虫"等一顶顶帽子。"十年浩劫"之后，春回大地，作协恢复工作，我又回到了自己最初供职的单位、部门——作协创作联络部（前身即创作委员会）。

在热切的期待中，我们终于迎来第三次作代会的召开，那是1979年11月。第三次作代会是在我国进入社会主义现代化建设的历史新时期与第四次文代会一起举行的，是在粉碎林彪、"四人帮"后，各路文艺大军胜利会师的大会。当时我归队已有一年。会前那一年，从春到冬，我参加大会筹备组文件起草组的工作，参与起草《作协工作报告》，修改《作协章程》，为了写文件，我们换了七八个招待所。大会期间，我担任简报组组长。

第三次作代会和第四次文代会的代表一起开会听报告，同时也分头开小会。大会进行了几天后，作代会召开了。晚上十一点多了，李季同志对我说，明天刘白羽同志要在作代会开幕式上讲话，要求我为他赶写开幕词。我奋战一夜，第二天凌晨就交卷了。

除了秘书工作的繁忙、劳累以外，我对第三次作代会印象很深的还有一点，就是在会上那些从牢房、牛棚、五七干校走出来的、阔别多年的作家相拥在一起的动人情景。挣脱了精神枷锁的代表们的情绪很亢奋，他们在作代会上充满激情、精彩纷呈的发言，不仅博得了到会代表热烈的、持久不息的掌声，而且吸引了众多的出席剧协、音协、美协等代表大会的代表来旁听，一时传为佳话。同时，令人难以忘怀的还有，周扬在大会上向在他主管文艺期间，被他错误批判的作家们公开道歉。"利用这个机会向丁玲、陈企霞道歉。"还向冯雪峰、艾青、罗烽、白朗、陈涌、秦兆阳、刘绍棠等一一道歉。后来这件事刊登在大会的简报上，我现在还保存着当时的会议记录。

转眼到了1984年底，第四次作代会召开了。这次会议是在经济体制改革全面展开的新形势下举行的，达到了胡耀邦同志提出的"大鼓劲、大团结、大繁荣"的目标。

这次会议在1985年年初结束。胡耀邦等中央领导同志出席了会议，胡启立代表党中央致祝辞。张光年作大会报告，冯牧作了作协五年来会务工作报告，王蒙致闭幕词。我当时是会议的副秘书长，作了《关于修改中国作家协会章程的几点说明》。

但是有一点不能不提到，就是这次会议强调的保证创作自由和差额选举办法造成的后果，曾在一段时间引起争议和批评。

从1982年到1990年，我是作协的党组成员，1985年到1996年是作协书记处书记。到1996年第五次作代会召开的时候，领导班子变化很大，当时我是唯一参与过四次作代会组织领导工作的，应当时党组主要负责人的要求，自嘲在文学界"打杂"的我又参与了五次作代会的筹备工作，承担了《作协章程》的修改。这次会议后，我从作协的领导岗位上退下来了。

这次会议提出，文学创作要弘扬主旋律、提倡多样化；明确作协的职能是联络、协调、服务，并一一写进章程。可以说，第五次作代会是在全面加强社会主义精神文明建设的背景下召开的，是文学界继往开来、迎接新世纪的盛会。

第六次作代会是在新世纪的2001年12月召开的，我是大会主席团委员，作协的日常工作不参与了。从以前历次作代会的繁忙事务中解脱出来，这次我作为一名普通的代表参加会议，轻松了许多。

第六次作代会以后，我是全委会名誉委员，当然还要参加会议。想想我从一个文学少年、青年到成为一个文学组织工作者、文学评论工作者，从第二次作代会一直到第五次作代会我一直参与会议的组织、秘书工作，在文学战线上一干近50年，这其中酸甜苦辣个中滋味很多，但是我心甘情愿，因为我毕竟为我国的文学事业做了一点力所能及的工作。

我为第七次作代会也还做了三件事：一是《作协章程》修改小组首先来到我家，征求我对章程修改的意见。二是我当面向金炳华同志提出两个建议：希望作协更多地关注儿童文学工作，并向他推荐几位儿童文学作家、评论家作为全委会委员候选人；作协是党领导下的人民团体，要注意党员和非党员作家的团结，发挥非党员作家参与作协工作的积极性。三是作协离退休干部选举参加第七次作代会的代表，我当了监票人。

回首在文艺战线工作的近 50 年的经历，大半都和作代会有密切关系，我一直说自己在文学界是"打杂"的、"跑龙套"的。今天回想起来，当时的忙碌、紧张的情景还历历在目，永难忘却。

《中国作家》徐庆群采写
2006 年 10 月

聊以自慰的收获

——回望笔耕七十载

中学时代，我就爱编编写写，写过一些散文小品、通讯报道，也写过诗，在《青年界》《中学时代》《文潮》《东南晨报·三六副刊》等报刊上发表。如从 1947 年 11 月我写的一篇小小说《一个最沉痛的日子》获《中学月刊》征文荣誉奖算起，到今年 10 月我新出版一本散文集《爱心连着童心》为止，1947—2017 年，屈指算来，我与文字打交道，已整整七十个春秋。写作资历可谓不浅，但写作成果却乏善可陈。

我是一个文学组织工作者，长期以来一直在文学团体、宣传部门做秘书工作、组织工作和服务工作。从上世纪 50 年代初担任中国作协创委会秘书到八十年代初担任作协书记处书记，在工作岗位上始终离不开笔杆子。写报告、讲话、发言、总结、汇报这类应用文、职务性文字，几乎成了家常便饭。如把这类文字叠加在一起，也许能编选成四五卷。因此，原本不是作家的我，在 60 年代，就被同事们戏称为"文件作家"。

说到散文、评论写作，尽管我在中学、大学时代就起步了，但产量极少，质量平平，没写出多少有分量和特色的文章，在写作上说不上有什么成就和建树。写儿童文学评论，多半是结合工作需要。我担任作协儿委会负责人长达 20 年，主持创作会议，致开幕词或作小结；主持作品研讨会，致开场白和结束语，有时还率先发言。这样日积月累，儿童文学评论成了我写作的主项。至于散文写作，那是世纪之交，金波先生为北京少年儿童出版社主编《蓝夜书屋》丛书，组织七八位当前活跃的、有影响的儿童文学作家写自己的人生故事、写作故事，约我也加盟这套丛书的写作。我一再婉谢：我不搞创作，不是儿童文学作家，参与其中，恐不合适。金波说：正需要有你这样独特经历的角色加盟，才会使这套书的内涵、色彩更丰富。推脱不了，我就勉为其难而又兴致勃勃地上阵了。在不长的时间里，集中精力写出了近 20 篇自叙人生故事的散文，编成《龙套情缘》一书。至今我还对金波心存感激，若没有他的鼓励和推动，点燃我的写作热情，我还未必会打开记忆的匣子，去写那"少年记者梦""青春秘书缘""半百乌纱运"呢。这可说是我写散文的一个新起点，在这以后，就常常跃跃欲试动笔写点记叙成长历程、师友风采、异域风情的散文。

我算不上一个作家，充其量是个业余作者，这倒不是谦虚，事实正是如此。我年届花甲时才出了第一本文学评论集。从那时到现在，20 多年，我先后出版了 15 本书，评论集、散文集各半，也有两本评论、散文合集。这些书的字数加在一起，也就三四百万字。这么一点产量，与一个多产作家相比，真是微乎其微，不值一提。如要找理由原谅自己，那只能归之于退休前一心扑在工作上，写得很少；退休后自由支配的时间多了，又没能做到专心致志、心无旁骛，依然没能写出多少像样的东西。每想到这一点，不能不自惭形秽。

作为一个老园丁，在文学园地上笔耕了 70 个春秋，从没尝到硕果累累的喜悦，只是偶尔有过一点聊以自慰的收获。

一是留下一篇多少有点影响的"代表作"。

我 26 岁时写的、发表于 1957 年《文艺报》的《情趣从何而来——谈谈柯岩的儿童诗》，至今仍被论者和文友认为是一篇"充满创见""在 50 年代卓尔不群""深深影响了一代儿童文苑"的重要理论之作。这篇文章先后被收入《中国儿童文学大系·理论》《中国儿童文学六十年》等 10 多种选本。几年前，柯岩逝世后，没想到在她的生平中也正儿八经地写上："儿童文学评论家束沛德当时就对柯岩的儿童诗给予了很高评价。"对此，我是一则以喜，一则以忧：喜的是总算留下一篇经受时间检验、还没被遗忘的文章；忧的是写了大半辈子，竟再也写不出一篇超越少作的文章。这未免让我沮丧。

二是有幸分享了一次坦诚的、风清气正的拙作座谈会。

2006 年我出了一本自叙人生旅程的散文集《岁月风铃》。那年我年届 75，学习写作将满 60 周年。作协儿委会的朋友有意搞点什么活动表示祝贺。正好赶上作协儿委会在西双版纳举行一年一度的年会，于是"顺路搭车"，在年会期间，抽空举行了一次《岁月风铃》座谈会。这次座谈会可说是风清气正。会议参加者除儿委会成员外，没另请相关领导，也没请媒体朋友。会议没发审读费，也没发车马费。会议室里不摆名签，随意入座。朋友们的发言把我的为文与为人联系起来评说，各抒己见，畅所欲言，有情深意切的赞扬，也有直言不讳的批评。既肯定这本书"折射了中国文坛的风云变幻"，"展示了作者的人格魅力"，也指出它"过于朴实，略输文采"，"有些拘谨，没完全放开"。

这样一次以文会友、坦诚相见、感情交流、心灵碰撞的会，深深镌刻在我的记忆深处，永远难以忘怀。

三是为中国作协提供了一本"个人化的别样'会史'"。

从1952年跨进中国作协门槛，到2007年告别作协儿委会，我在作协工作了大半辈子。作为一个"老作协"，记录下自己走过的文学路，并为作协乃至当代文坛留下几帧真切的史影，一直是我萦绕于怀的一个愿望。2015年《我的舞台我的家——我与中国作家协会》问世，算是稍稍了却了我的心愿。论者、文友肯定这本书"具有独特和丰富的文学史料价值，同时又是一部平实质朴的个人心路历程的回忆录"，"真实抒写曲折而'典型'的人生"，"'我'的精神世界堪称共和国时期一代文学组织者的典型个案"，"为当代文学史留下了大量第一手材料"。这些评价也许是过誉了，但我相信朋友们热切呼唤撰写一部中国作协会史的声音是真诚的。

写到这里，我不能不想到，谈自己写作上的成败得失，不能光说收获、成绩而讳言过错、失误。我不会忘记在文坛风风雨雨中也当过"炮手"，也不会忘记在"大跃进"年代，主编县报宣扬过浮夸风。更不会忘记在不堪回首的动乱岁月，违心地写过斗私批修的大字报和检查材料，而在评论、散文写作上却颗粒无收。写作历程上留下的这些脚印是无法抹掉的，是一辈子都要引以为训的。

回望自己70年的笔耕历程，永远忘不了我的老师、领导对我的指点和教诲。初学写作时，《青年界》主编赵景深先生就鼓励我写自己熟悉的校园生活，多读一点中外文学名著。大学时代，唐弢教授不止一次提醒我：要言之有物，不发空泛的议论，努力把自己的真切感受写出来。走上工作岗位后，几位老领导更是语重心长地告诫我："不要急于拿出成果，一点一滴地积累"（严文井语）；"要把写作当作日课，随时记下所见、所闻、所感，一天不动笔就算缺勤"（沙汀语）；"无论工作多忙，都要坚持读作品、写文章，否则，会员不会承认、接受你这个文化官员"（张光年语）。

正是在这些前辈名家的指引下，我这个学新闻出身、长期当秘书的文学爱好者，养成了记日记、开会作记录、读作品写札记、走访作家作笔记的习惯，平时也注意搜集报刊、书信、文件、简报等资料，这就为我写纪实作品、评论文章提供了有用的素材，打下较为扎实的写作基础。

写了这么多年，说不上有什么体会、经验，但我在写作上始终恪守真诚与勤奋这两条。

我相信真挚比技巧更重要，天真比才华更重要。讲真话，抒真情，向读者敞开心扉，是我在散文写作上的追求。与人为善、实话实说、有胆有识、入情入理，则是我在评论写作上的追求。

我还相信勤奋比天赋更重要，勤能补拙。写作是快乐又艰辛的劳动。一份耕耘，一份收获。一定要手脑并用，勤于观察，勤于思考，勤于学习，勤于练笔，不惜付出心血和汗水，懈怠、懒惰是绝不会有成果的。

2017 岁末，面对文友、同事"身健笔健"的美好祝愿，年届耄耋的我，似已感到力不从心，不是那么信心满满。但在辞旧迎新的日记上还是写下一句勉励自己的话：珍惜 70 年来与文字结下的情缘，只要力所能及，不轻易放下手中的笔。

2017 年除夕

倾情关注儿童心灵成长

——我的儿童文学观

少年儿童是祖国未来的建设者，是具有中国特色的社会主义事业的接班人。把少年儿童一代培养成为德、智、体、美全面发展，有理想、有道德、有文化、有纪律的社会主义新人，是关系着祖国前途命运，实现中华民族伟大复兴的中国梦的大事。

文艺是铸造灵魂的工程。三亿六千万少年儿童是文学艺术最大的受体。儿童的可塑性最大，少年儿童文学对于未成年人熔铸意志性格、陶冶道德情操、提高精神素质、提升审美能力，可以发挥润物细无声、潜移默化的独特作用。小小心灵非常需要诗的乳汁、文学乳汁的润泽、滋养。一个孩子从小爱听儿歌，爱听故事，爱看图画书，长期保持对文学的爱，接受文学的熏陶，长大以后，就可能成为一个心地善良、胸襟开阔、感情优美、想象丰富的人。毫不夸张地说，儿童文学是少年儿童生命成长、精神成长、心灵成长不可或缺的维生素。

以情感人，以美育人，是包括儿童文学在内的一切文艺的特征和功能。充分而完美地体现时代对未来一代的期望和要求，真实而生动地反映少年儿童丰富多彩的生活，鲜明而丰满地塑造少年儿童的典型性格、形象。勇敢而执着地探求孩子们喜闻乐见的新形式、风格，是摆在儿童文学作家面前光荣而艰巨的任务，也是提高儿童文学创作质量题中应有之义。要千方百计努力创造向上向善、文质兼美的作品，把爱的种子，真善美的种子，正义、友爱、乐观、坚韧、同情、宽容、奉献、分享的种子，播撒到孩子的心灵深处，让它们生根、发芽、开花。

儿童文学的接受对象、服务对象是少年儿童。从事儿童文学创作、评论、编辑、出版、组织工作的人，要更加牢固地树立起"儿童本位""以儿童为主体"的观念。在创作思想上更完整、准确地认识儿童文学的功能，全面发挥它的教育、认识、审美、娱乐多方面的功能。并深切认识到儿童文学的教育、认识、审美、娱乐作用，都要通过生动的艺术形象和审美愉悦来实现。儿童文学的教育功能是包含着净化心灵、陶冶情操、启迪智慧、培育审美能力的，坚持"寓教于乐"，始终不离审美愉悦。儿童文学的服务对象分为幼儿、儿童、少年三个层次，在创作实践上要更加自觉地按照不同年龄段孩子的心理特点、精神需求、欣赏习惯、接受程度来写作。

在我看来，儿童文学作家要永葆童心。失却童心，失却童年生活对自己的馈赠，就可能捕捉不到生活中的美和诗意，捕捉不到孩子们独特的情感、心理、想象，以致难以成为一个为儿童写作的优秀诗人或作家。

无论是艺术的儿童文学，大众的儿童文学，还是雅俗共赏的儿童文学，都要矢志不渝地坚守文学的基本品质，不能脱离文学艺术的基本特征和创作的特殊规律，用艺术形象、爱心、诗意、美感来打动孩子的心灵，一刻也不要忘了儿童文学首先必须是文学。要着力于儿童心灵的发现与塑造，富有更加丰沛的想象，坚持创新，发扬艺术的多样性、独创性，逐步形成独树一帜的艺术风格。我执着地相信：对于一个从事文学创作的人来说，勤奋比天赋更重要，真挚比技巧更重要，想象比知识更重要。

创作、评论是儿童文学的两翼。只有同时抓好创作与评论，儿童文学才能展翅高飞。为了推动儿童文学的发展、繁荣，促进儿童文学创作思想、艺术质量的提高，也为了提高读者的鉴赏水平、审美能力，必须进一步加强儿童文学理论建设，积极开展文学评论，鼓励理论上的开拓、创新，努力提高文学批评的水平。

我虽然只是儿童文学队伍的散兵游勇，并非专业儿童文学研究、评论工作者，但在这块园地里也耕耘了五六十年，可算是一个老园丁。回望我的评论生涯，在儿童文学领域里，我一向着力提倡、弘扬的，主要有这么几点：一是对儿童情趣的赞美和倡导；二是对艺术创新的鼓励和支持；三是对小读者的关注和尊重；四是对儿童文学走向的观察和把握。

我深切体会到，儿童文学理论批评是一项寂寞而艰辛的事业，必须潜下心来，下苦功夫，从学养、胆识、生活积累、文本阅览诸方面不断充实和提高自己，才能在评论上取得一点收获和成果。也就是说，一要丰富学养，不要不学无术；二要厚积薄发，不要急功近利；三要有胆有识，不要畏首畏尾。这可说是我一直努力追求的目标，但如今实际达到的相距甚远。

我期盼儿童文学界树立和发扬公正、健康、科学、说理的批评品格，呼唤一种生动活泼、自由论辩的学术空气，提倡一种独立、严谨、坦诚、纯粹的批评精神，鼓励与人为善、实事求是、入情入理、文情并茂的文学批评。

总而言之，无论从事儿童文学创作、评论还是编辑、出版，都要把关注少年儿童心灵的健康、快乐成长放在第一位。

2016 年 3 月

乐此不疲地鼓与呼

　　——束沛德先生访谈录

束沛德　史伟峰

史伟峰：写在前面

　　束沛德老师，是我国新时期儿童文学的一个领军人，也是最早参与我国当代儿童文学理论建设的批评家之一。

　　如果说儿童文学是一片待开垦的沃土，束沛德先生则站在高处以其睿智独到的眼光，俯视着这片沃土。他的俯视是热忱的，善良而悲悯的，是用极宽广的胸怀与爱去关注着的；同时他又像一位务实的园丁，热情地开垦着，耕耘着这片特别需要偏肥偏水的土壤。他让我想起西方古典戏剧中那位为人类盗取火种的普洛米修斯，拥有对人类爱的灵魂。我相信，束老师之所以对儿童文学富有这样的热忱，也是因为他对于孩子的爱、对于人类的爱，使得他对于儿童文学的意义早已跨越了仅仅是工作性质这样的范畴。同时又是作为中国作协领导的他具有那种"俯首甘为孺子牛"的谦卑奉献精神，因而为儿童文学界带来了福音。他主张真正为孩子而写作，真正一切为了孩子，为了未来！

　　笔者有幸在一个春寒料峭的午后，拜访了束沛德老师。交谈、对话的内容大致整理如下。

选择评论的初衷

　　史伟峰（以下简称史）：束老师，您作为儿童文学领域的一个领军人，为儿童文学事业付出了您太多的精力和心血，并一直满怀热忱把它当作您一生的事业去追求。您不仅是儿童文学事业的一个出色的组织工作者，更不愧为有成就的儿童文学评论家。我记得您曾说过一句话："我心甘情愿在儿童文学界跑龙套，为繁荣当代儿童文学，做一点擂鼓助威、拾遗补缺的工作。我深切地感到，能为塑造未来一代美好心灵这个伟大工程添砖加瓦，既是一种责任，也是一种幸福。"

我们想了解的是，您缘何从最初就选择了从事儿童文学研究、评论工作？

束沛德（以下简称束）： 上世纪 50 年代初，我在大学时代就涉足文学评论了。我读的是新闻系，但选读了中文系许杰教授的"文学批评"这门课。课余我试着写了一些评介性的文字。恰好我选修的另一门课"现代散文诗歌"，由唐弢先生讲授。他当时兼任《文汇报·磁力》（"笔会"的前身）的主编。我最早的一些评论习作，就是经唐弢之手在"磁力"上发表的，如 1950 年写的《把文艺批评提高一步》《文艺漫笔二题》《笔与枪》等。这些文章后收入《束沛德文学评论集》。许杰、唐弢先生可说是我学习文学评论的引路人。

至于说到介入儿童文学评论，那就得回溯到 1952 年。我大学毕业后分配到中国作家协会，在创作委员会当秘书。儿童文学家严文井是我到中国作协后的第一个上级，张天翼则是创作委员会儿童文学组负责人，他们的作品和言传身教，都使我把理论批评的兴趣和热情日益向儿童文学靠拢。特别是 1955 年 9 月《人民日报》发表题为《大量创作、出版、发行少年儿童读物》的社论，尖锐批评了中国作协很少认真研究发展少年儿童文学创作的问题，号召作家为少年儿童写作。这时，中国作协和郭沫若、冰心等文学前辈响应号召，倡议每个作家"一人一篇"。我在创作委员会，参与了起草中国作协《关于发展少年儿童文学的指示》和组织作家为少年儿童写作的工作。我虽然不搞儿童文学创作，当时也不是作家协会会员，但作为一个初学写作者，也觉得有义务和责任，为孩子做一点力所能及的事。于是，结合我当时在创作委员会分工阅读作品的印象和感受，拿起笔来，写了两篇儿童文学评论，那就是 1956 年、1957 年刊登在《文艺报》上的《幻想也要以真实为基础——评欧阳山的童话〈慧眼〉》《情趣从何而来？——谈谈柯岩的儿童诗》。从此，与儿童文学评论结下了不解之缘。

史：大家知道，您的这两篇评论可谓一石激起千层浪，一经发表便产生很大影响，引起了文学界广泛关注。关于《慧眼》的讨论长达两年之久。您当时更多借鉴了苏联的文艺理论，展开了有关童话中幻想与现实关系的讨论，并针对当时的文学创作提出了一些值得思考和探讨的看法和意见。您不仅仅是那个时期也是当下儿童文学评论的一个先行者，因为您的富有激情和灵感的真知灼见在当下也具有非同凡响的价值和对儿童文学创作深刻的指导意义！

束：我最初的这两篇文章，现在看来，《幻想也要以真实为基础》显得稚嫩一些，说理也有不够透彻的地方。相比而言，《情趣从何而来》要成熟一些。此文刚发表前后，就得到责编、青年批评家敏泽和《文艺报》副总编辑侯金镜的肯定和鼓励。侯金镜认为这篇评论从作品的实际出发，抓住了作者的创作特色，做了深入的艺术分析。这是评介柯岩儿童诗最早的、也是作者最为满意的一篇文章。柯岩谈道："把情趣和生活、和作者观察事物的眼光、心态等等都结合起来谈，对我帮助是很大的。"有的评论家认为，我对儿童情趣的赞美，"深深影响了一代儿童文苑"。至今不少中青年儿童文学评论工作者仍念念不忘我这篇评论，说是它对他们跨进儿童文学评论门槛起了启蒙和引领作用。

史：所以说，您的诸多来自于现实生活和创作实践的文学批评观点，不仅对当时的儿童文学有巨大的激励、推动作用，对当下的研究者和创作者也依然是具有启迪、借鉴价值和永不消逝的魅力！

束：说起来未免让我汗颜，写了大半辈子评论，没写出什么有分量的东西，至今被看作我的代表作的仍是二十五六岁时写的这篇评论。五六十年，没什么长进啊！不过，回过头来看，《情趣从何而来》之所以能站住脚，保存下来，倒也还有一些可资参考的经验：一是我选这个题目，可说是完全出自个人的审美情趣和发现文学新人的喜悦。当时，我读了柯岩的儿童诗，沉浸在阅读的愉悦之中，为这些诗篇所展现的纯真的童心、童趣所打动，情不自禁地要拿起笔来予以赞扬和评说。那时我和柯岩素昧平生，也没有报刊向我约稿，真正是自己有话要说，有感而发。二是动笔写这篇文章之际，正是1957年春天，文艺界贯彻"双百"方针，思想比较活跃，头脑里没太多条条框框，敢于探索，勇于求新，着重从艺术特色和风格上来剖析作品的成败得失，努力把握文学批评的审美特质，没有过多陷于意识形态的论述。尽管文中也有"以共产主义精神教育年轻一代"的时代印痕，但总体上不失为一篇侧重艺术分析、美学思考的文章。正因为如此，它才具有较为久远的生命力。

为工作需要而写的特色

史：您在好多场合和文章里都谦虚地把自己称作在儿童文学舞台上跑龙套的，并说自己是儿童文学评论里的散兵游勇。那么，您的评论文字和儿童文学工作又有着什么关系呢？

束：是的，我不是专门从事儿童文学研究的。尽管上世纪 50 年代中期我就涉足儿童文学评论，但后来之所以与它难解难分，不能割舍，除了个人兴趣外，多半是因为工作的关系，可说是工作的分工把我推上了评论、研究的岗位。80 年代初，我进入中国作协领导班子。由于我在 50 年代就写过几篇儿童文学评论，作协书记处就分工让我来联系儿童文学界，主管儿童文学工作了。从 1986 年到 2007 年底，我担任作协儿童文学委员会负责人达 21 年之久。"在其位，谋其政"，我在书记处、儿委会的岗位上，和同事们一起，尽力做了一些有利于推动儿童文学理论批评发展的工作。1986 年、2001 年，中国作协主席团先后通过了两个关于儿童文学的文件，即《关于改进和加强少年儿童文学工作的决议》《关于进一步加强儿童文学工作的决议》，都是我执笔起草的。这两个决议都强调"加强对儿童文学的理论研究和作品评论工作"。1986 年、2000 年、2004 年先后在山东烟台、北京、广东深圳召开的三次全国儿童文学创作会议，也都把探讨儿童文学现状、走向和前景，总结提高儿童文学创作质量的经验当作重要议题。《文艺报》从 1987 年 1 月起开辟了每月一期的《儿童文学评论》专版。1987 年创设中国作协全国优秀儿童文学奖，并从第五届起，增设了理论批评奖。从 2001 年开始编选《中国儿童文学年鉴》，收入年度创作、理论批评述评和当年的优秀论文。

无论是召开儿童文学创作会议或作品研讨会，举办儿童文学评奖，编选儿童文学年鉴或年度作品选，都离不开对儿童文学现状的调查了解，离不开对作品的阅读、研究。由于我处在分管儿童文学工作的位置，就义不容辞也无可逃遁地进入儿童文学评论领域。所以说，我的评论是与儿童文学组织工作紧密相联、与儿童文学创作实践息息相关的。工作岗位决定了我的批评走向，我的文章大多是按照工作需要来撰写的，这可说是我的评论与众不同的一个特色。就这一点来说，我可算是儿童文学评论界具有独特色彩的"这一个"。

　　史：这些年来，您以中国作协领导的身份，积极地为儿童文学事业做出了贡献。在您的参与和主持下，作协儿童文学奖至今举办了 8 届，推出了 170 多部（篇）优秀作品和一批儿童文学新秀；《文艺报》的儿童文学评论版出了 300 多期，守住了独属于儿童文学自己的一块阵地；从事儿童文学的作协会员由新时期之初的不足 200 人发展到现在的 600 多人，中青年作家成为创作的中坚力量。您还写了那么多会议开幕词、创作评奖述评、儿委会工作的回顾总结……

　　而这一切的成果，都与您作为一位有着长远目光的儿童文学评论家和中国作协领导的努力密不可分的！而更重要的是，从您的行动和文章中，我们看到的不仅仅是您对儿童文学的呐喊，更是出于您对于儿童文学的一份热爱，心中只有孩子，一切为了孩子！

留下一份有用的记录

　　史：在去年 8 月为庆贺您的 80 岁生日而召开的儿童文学评论座谈会上，与会者对您在评论上取得的成就给予很高的评价。有的说您"撰写了很多具有历史价值的重要文章，是当代儿童文学历程的见证者、参与者，成为当代儿童文学史上一个重要的坐标"；有的说您"高屋建瓴地把握新时期以来儿童文学发展的全局，纵横交错地描绘了一幅立体的当代儿童文学地图"。您对自己的评论如何估价？它有哪些意义和作用呢？

　　束：显然，朋友们是过誉了。其实，我没写出什么有分量、有特色的文章，更谈不上有多少学术价值、理论色彩。我的文章大体上分为三类：一是对全国或一个地区的儿童文学现状或作家群体作宏观扫描、整体描述的，如《回眸与前瞻》《新景观　大趋势——世纪之交中国儿童文学扫描》《开拓·探索·创新·嬗变——新中国儿童文学六十年的一个轮廓》等。二是对儿童文学某种文体、题材或现象进行述评、探讨的，如《繁荣迈向新世纪的幼儿文学》《寻求新的突破——略谈战争题材儿童文学》《关于儿童文学创新的思考》等。三是对卓有成就的儿童文学前辈或当今活跃于儿童文苑的中青年作家作品的评说、赏析，如对冰心、张天翼、陈伯吹、严文井等的回忆、怀念和对柯岩、金波、常新港、曹文轩、秦文君、黄蓓佳等的评论。如前所说，我的评论文字是紧密联系创作实际的，力避空对空、不着边际地无的放矢。同时，我乐于充当吹鼓手，对儿童文学佳作特别是新人新作，更多的是肯定、赞扬和鼓励，满怀热情地推介创作新成果，鼓励作家多样化的艺术探索和追求，为儿童文学领域的新生力量、新生事物鸣锣开道。

如果说我的评论还有点优长和用处的话，我以为主要表现在以下三方面：一是满怀热情地为儿童文学鼓与呼，一而再、再而三地呼吁文学界、宣传文化界、新闻出版界、教师、家长、社会有关方面更多地关注儿童文学，为儿童文学的发展、繁荣提供良好的环境和必要的条件。二是为新中国60年，特别是改革开放30多年来儿童文学发展历程留下一份虽不完整、系统，但颇具个性色彩的记录，可供研究者、爱好者参考，也许像朋友们说的多少有点"史料价值""文献价值"吧。三是一以贯之地倡导、阐释了一些既体现党的文艺方针政策又符合儿童文学特征、创作规律的理念、主张，如对儿童文学的功能和作用、主旋律与多样化、精品意识等的论述，也就是朋友们说的尽可能"智慧地平衡了政治的原则和文学的原则"。

着力弘扬的文学理念、主张

史：束老师，我注意到您在评论文章中十分重视儿童文学潜移默化的独特作用，特别强调"以情感人""以美育人"。您还不止一次地谈到文学作品要讲究质量，"以一当十，以质取胜"。我对您这些主张很感兴趣，觉得对从事创作的朋友很有帮助。您能更具体地介绍一下您对儿童文学创作、评论的要求吗？

束：回望我的评论生涯，在儿童文学领域里我一向提倡、强调的，主要有以下几点：一是对儿童情趣的赞美和倡导；二是对艺术创新的鼓励和支持；三是对小读者的关注和尊重；四是对儿童文学走向的观察和把握。

1. 早在50年代，在严文井、菡子等前辈启迪、影响下，我鉴赏作品时就注意把握"以情感人"的艺术特征，由衷赞扬那些"富有情趣的构思和想象""沁人心脾的诗意和美感"。作品的情趣是从生活中来，从儿童世界里来，借着巧妙的构思、丰富的想象把生活中有趣的事物揭示出来。作品写得既有情又有趣，才能打动孩子，让他们充分享受阅读的快乐。

2. 创新是文学艺术生命的活力之本。儿童文学不开拓创新，就不能前进，不能适应当代亿万小读者的需求。儿童文学的探索、创新，必须正确认识和回答创新与时代、创新与当代儿童特点、创新与传统的关系等问题。面向伟大变革的时代，胸怀三亿六千万孩子，借鉴古今中外经典名著，这样，才有可能创造出思想艺术上出新、为孩子们喜闻乐见的作品来。

3. 儿童文学的工作对象、服务对象是少年儿童。要把"为小读者"当作自己的创作准则，"以走入少年心灵为本"，所有艺术上的探索、追求，都要围绕少儿的视角、情感、审美、接受美学的规律这个根本。儿童文学评论要同小读者贴得更近，充分尊重、细心研究少儿的生存状态、接受心理、审美情趣和欣赏习惯，了解把握不同年龄、不同层次小读者的精神需求和阅读兴趣。

4. 评论工作者应当力求在熟悉、把握儿童文学现状的基础上，对它的发展趋势、前景提出前瞻性的看法、构想。我在《新景观　大趋势》一文中，就理想主义与人文关怀、贴近时代与拥抱自然、幻想文学与科学文艺、幽默品格与游戏精神、立足中华与走向世界，勾勒了我所憧憬、向往的新世纪儿童文学的新格局。在《开拓·探索·创新·嬗变》一文中，我试着从正确处理儿童文学与少年儿童读者的关系，儿童文学与教育的关系、继承、借鉴与创新的关系，儿童文学与少年儿童生活的关系四个方面，梳理、总结了新中国六十年儿童文学发展的基本经验。

上面谈到的这些理念、观点、主张，是我多年来始终用心思考、着力弘扬的；至于在文章中表达、体现得怎么样，也许并不那么清晰、充分。这不能怨别的，只能怨自己笔下的功底不够。

史：您担负着组织、推动我国当代儿童文学的重任，全身心地投入工作，您不仅有"俯首甘为孺子牛"的精神，而且在理论批评上您也下了这么多的时间精力，并结合当今创作的实际状况，在文学理论的探讨和创作经验的总结上都有了可喜的、令人瞩目的成果。您的这种敬业精神、刻苦钻研精神，不仅让我们受益匪浅，更让我们感动和深受激励！

评论工作者应有的素养

史：您从事评论工作五六十年，对文学批评的甘苦深有体会，您能谈谈一个评论工作者应当具备哪些素养吗？

束：对儿童文学理论批评，我还是有兴趣和热情的，这可能与我的个性、气质有关。评论与创作同为儿童文学的两翼，它的重要性是不言而喻的，是值得为之奉献毕生心血、精力的。根据多年从事儿童文学评论的经历，我深切体会到，这是一项寂寞而艰辛的事业，必须潜下心来，下苦功夫，从学养、胆识、生活积累、文本阅览诸方面不断充实和提高自己，才能在评论上取得一点收获和成果。

要丰富学养，不要不学无术。童年、少年时代，我读过《鲁滨孙漂流记》《爱的教育》《表》和苏联的一些儿童文学作品。大学时代，又按照赵景深教授开列的参考书目，读过沙尔·贝洛、安徒生、王尔德、格林兄弟、豪夫、科洛狄等儿童文学大家的经典名著。在文学理论上，年轻时涉猎过"车、别、杜"（车尔尼雪夫斯基、别林斯基、杜勃罗柳波夫）。在50年代相当长一段时间里，则与《苏联文艺理论小译丛》为伴，可说是略知文学批评的ABC，但缺乏多方面深厚的学术底蕴。哲学、美学、经济学、历史学、社会学、教育学、心理学等，我都只接触到一些皮毛，没有系统、深入地做过学习、研究。根基浅，底蕴薄，对作品的解读、评析，往往难免停留在表层印象上，浅尝辄止，不能深入文本的核心，揭示问题的本质。学养不够，这对从事评论的人来说，是个致命的弱点。

要厚积薄发，不要急功近利。从事当代儿童文学评论，必须认真、仔细地阅读大量文本，经常、系统地了解、掌握儿童文学的现状和发展趋势。同时，还要关注世界儿童文学发展思潮、走向，了解、熟悉外国最新创作成果。如果对中外儿童文学历史、现状和经典作家、作品不甚了解，不能从宏观上把握儿童文学全局，又不能从横向上与世界儿童文学名著、精品参照比较，孤立地来谈一部作品或一个作家的成败得失，就很难做出科学的、富有真知灼见的美学判断。对现实生活、对少年儿童的生存状态、内心世界以及他们的阅读兴趣、鉴赏水平，也要不断地观察、体验、熟悉、了解。唯其如此，你评价一部作品的思想、艺术水平、审美价值，评述一种创作现象的是非长短，才能抓住要害，切中肯綮。对创作状况、社会现实、儿童世界的熟悉了解，都是一个长期的、日积月累的过程，必须持之以恒。积累越丰厚，就越能在评论园地里自由驰骋笔墨。

要有胆有识，不要畏首畏尾。对儿童文学领域的优秀作品、文学新人、新鲜事物的发现，既需要有敏锐的、睿智的目光，也需要有支持探索、创新的勇气。创作需要激情，批评同样需要激情。只有当你真正被作品所抒发的感情或主人公的遭际命运所打动，觉得有话要说，有感要发，这样的评论文章，才能表达自己真实的艺术感受，因而往往会文情并茂。如果自己面对文本无动于衷，仅仅是碍于情面，或为媒体炒作而勉强为之，写出的文章很可能是毫无激情、了无新意的评论八股。评析作品的成败得失，支持新生事物，批评不良现象，敢于思考和提出重要的或值得探讨的创作、理论问题，都需要有敢想敢说、敢作敢为的胆量。一味唱赞歌、喷香水，或是隔靴搔痒，温吞水，该尖锐的不尖锐，都不是一个正直的、有作为的批评家应有的品格和风范。

以上几个方面可说是我一直努力追求的目标，但由于缺乏必要的、足够的修炼和准备，如今已经达到的可能与既定目标相距甚远。

八旬老人的期盼

史：您的很多真知灼见都写进您的文学评论著作中，我相信，《束沛德谈儿童文学》等著作不仅仅对从事儿童文学研究、评论的有借鉴和学习意义，对作家同样有非常深刻的启迪、指导意义；不仅具有彼时的价值，更具有此时当下的意义。最后，我还想听听您对今后儿童文学理论批评的发展有哪些希望和建议？

束：简而言之，我有这么三点希望：一是希望文学团体、宣传、文化、教育、新闻、出版部门，无论如何不要把儿童文学研究、评论置于一个被冷落、遗忘的角落，应当经常给予足够的关注。二是希望儿童文学理论批评队伍后继有人，深切期盼有志于这项事业的年轻人加入这个行列，并不断提高自己的思想、业务素质。三是树立和发扬公正、健康、科学、说理的批评品格，呼唤一种生动活泼、自由论辩的学术空气。浙江师范大学儿童文化研究院、儿童文学研究所倡导的独立、纯粹、坦诚的批评精神和"红楼学术研讨体制"，值得称道。这几点是一个逐渐淡出儿童文苑的八旬老人的心愿和期盼。

史伟峰：访谈后记

束老迈入耄耋之年，创造力依然如喷泉迸发。他先后出版了散文集《龙套情缘》《岁月风铃》《多彩记忆》《红线串着爱与美》，评论集《束沛德文学评论集》《儿童文苑漫步》《守望与期待》《追求真善美——跟少年朋友谈谈读与写》《为儿童文学鼓与呼》《束沛德谈儿童文学》等。他在《文艺报》发表的题为《新景观　大趋势——世纪之交中国儿童文学扫描》的长文，在海峡两岸儿童文学界都引起广泛关注。他提出上世纪90年代中后期我国儿童文学的上空高扬起"幽默文学、幻想文学、大自然文学"三面美学旗帜，面对儿童文学的发展态势，朋友们都认同和赞赏他这一鲜明、准确的概括。2003年，他由于在儿童文学组织工作、评论工作上的突出成就，荣获了宋庆龄儿童文学奖特殊贡献奖。

束沛德先生不仅作为一位德高望重的儿童文学界的引路人和领军人，也是一位为儿童文学理论建设兢兢业业奉献的著名评论家和开拓者。他的诸多文学评论观念历久弥新，因为他的文学评论总是既贴近那个时代更贴近现实和当下，所以在任何时期他的文学观点都透着陈香更透着清新。他的艺术思想也如老酒越沉越香，不论是我国新时期的儿童文学还是当下的儿童文学都在他的视野之下，他都对其有独到的见解，而这对于一位八十岁的老人来说，依然焕发着青春与活力，这是他用生命和爱去抒写的华章！

衷心地祝愿束老与儿童文学一同青春不老，童心永驻！

（史伟峰采写、整理，2012 年 4 月）

缘分·机遇·责任

——我与儿童文学

　　多年来，我主要做文学组织工作，偶尔写一点评论文章。在儿童文学评论队伍里，我只能算是个散兵游勇。我是如何介入儿童文学工作，又是怎样写起儿童文学评论来的呢？这就要回溯到本世纪 50 年代中期。

一

　　1955 年 9 月 16 日，《人民日报》发表了题为《大量创作、出版、发行少年儿童读物》的社论。社论中尖锐地批评了"中国作家协会很少认真研究发展少年儿童文学创作的问题"，并明确地提出：为了改变目前儿童读物奇缺的情况，"首先需要由中国作家协会拟定繁荣少年儿童文学创作的计划，加强对少年儿童文学创作的领导"。在《人民日报》社论的推动下，同年 10 月，中国作协二届理事会主席团举行第 14 次扩大会议，讨论并通过了近期发展少年儿童文学创作的计划，决定组织 193 名在北京和华北各省的会员作家、翻译家、理论批评家于 1956 年底以前，每人至少写出（或翻译）一篇（部）少年儿童文学作品或一篇研究性的文章。接着，又于 11 月 18 日向作协各地分会发出《中国作家协会关于发展少年儿童文学的指示》。当时，我作为作协创作委员会秘书，参与了调查研究、文件起草等工作。如今，我还清晰地记得，1955 年春，负责创委会日常工作的副主任李季同志派我参加了团中央召开的第三次全国少年儿童工作会议。从会上我了解到当时少年儿童的思想、学习、生活情况以及他们对文学艺术的需求，并聆听了胡耀邦同志所作的题为《把少年儿童带领得更加勇敢活泼些》的讲话。作协主席团第 14 次会议前，李季同志让我根据《人民日报》社论精神，结合从少年儿童工作会议上了解到的情况，并参考第二次全苏作家代表大会上波列伏依所作的《苏联的少年儿童文学》补充报告，代作协草拟一个要求作协各地分会加强对少年儿童文学创作的指导意见。我写出初稿后，经过几次讨论，多位领导同志修改补充，最后形成11月18日下达作协各地分会的《中国作家协会关于发展少年儿童文学的指示》，这是我第一次接触儿童文学工作。也正是从这个时候开始，我把理论批评的兴趣和视野更多地投注于儿童文学领域。

二

作协创作委员会从1953年建立之日起，就把阅读当时发表、出版的作品，经常了解、研究创作情况和问题，定期（一个季度一次）向作协主席团汇报，当作自己的一项主要任务。1955年10月以后，根据作协主席团会议的精神，进一步加强了对儿童文学创作现状的研究。我发表于1956年、1957年的两篇儿童文学评论《幻想也要以真实为基础——评欧阳山的童话〈慧眼〉》《情趣从何而来？——谈谈柯岩的儿童诗》，正是在创委会期间分工阅读作品、有感而发之作。同时，这也是响应当时发出的"一二年内，每一位作家至少为少年儿童写一篇东西"的号召。那时，从事儿童文学评论的人少得可怜。我作为一个初学评论写作者，也就满怀热情地、勇敢地投入到这个队伍中来了。《幻想也要以真实为基础》一文在《文艺报》发表后，引起了有关童话体裁中幻想与现实的关系乃至童话的基本特征、艺术逻辑、表现手法等问题的讨论。《人民文学》《作品》《北方》《儿童文学研究》等刊物先后发表了十多篇论争文章，这场讨论持续了两年之久。新时期以来出版的多种中国当代儿童文学史，儿童文学理论批评史、童话史、童话学等论著，对这场讨论都给予了肯定的评价，认为："《慧眼》之争，开创了新中国成立后童话讨论的前声""对于当时的儿童文学理论界是有益的""不但促进了我国儿童文学的创作发展，而且也丰富了50年代尚不完备的我国童话理论"。现在看来，如果说我那篇文章有什么可取之处的话，正在于它率先提出了问题，引起了一场认真的、说理的自由讨论，或多或少地活跃了当时儿童文学界学术论争的气氛。至于文章本身，毋庸讳言，确实存有说理不够透彻、有些论断失之于简单化的毛病，这也反映了自己理论上准备不足和学养不够丰富。

从 1955 年底到 1956 年春夏之交，我从《人民文学》上先后读到柯岩的《儿童诗三首》《"小兵"的故事》《帽子的秘密》《爸爸的眼镜》等作品，我沉浸在阅读的愉悦之中，为这些诗篇所展现的纯真的童心、童趣所打动，情不自禁地要拿起笔来予以赞美和评说。于是我把当时能找到的柯岩的儿童诗作搜集到一起，细细品味，作了一些思考、研究，写出了《情趣从何而来？》一文。那时，我同柯岩互不相识，也没有报刊约我写这篇文章。选这个题目，可说是完全出自个人的审美情趣和发现文学新人的喜悦。文章写成后，先送《人民文学》编辑部，看能否在该刊"创作谈"一栏发表。过了一段时间，负责审读理论稿的编辑告诉我：文章可以用，但在"创作谈"中发，嫌长了些。我拿回稿子后，又反复推敲，作了若干修改。修改定稿的 1957 年 10 月，正是我女儿刚出世的时候。我住的那间十多平方米的屋子，一分为三：窗前一张两屉桌，是我挑灯爬格子的小天地；我身后躺着正在坐月子的妻子和未满月的婴儿；用两个书架隔开的一个窄条，住着我的母亲，她是特地从老家赶来帮助照料我们的。我就是在这样一种并非宁静的环境、氛围、心情下，写成这篇文章的。由于改定的稿子仍近一万字，我就把它改投《文艺报》了。当时《文艺报》负责审稿的责任编辑是敏泽，分管文学评论的副总编辑是侯金镜。金镜同志对我说：文章写得不错，从作品的实际出发，作了比较深入的艺术分析，抓住了作者的创作特色。他鼓励我沿着这个路子走下去。文章很快在《文艺报》1957 年第 35 号上刊出。这是最早评介柯岩作品的一篇文章，得到评论界和儿童文学界的好评，认为它是"有一定理论水平的作家作品论"；对儿童情趣的赞美和呼唤，"深深影响了一代儿童文苑"。这篇文章似乎成了我的代表作，先后被收入《1949—1979 儿童文学论文选》《中国儿童文学大系·理论（一）》《论儿童诗》《柯岩作品集》《柯岩研究专集》《中国儿童文学论文选（1949—1989）》《中国当代儿童文学文论选》（待出）等七八种评论选集。

由于我在 50 年代就加入儿童文学评论行列，并写了上述两篇多少尚有点影响的评论文章，因而被一些儿童文学史家看作参与建设"当代儿童文学理论的第一期工程"的实践者之一。

三

"十年动乱"期间，我不仅没写一个字，而且被逐出了文学队伍。十一届三中全会前夕，由于一些老领导、前辈作家的关怀，我才重新回到文学队伍。归队后写的第一篇儿童文学评论文章恰好又是评介柯岩的儿童诗。那是 1980 年初，第二次全国少年儿童文艺创作评奖委员会拟出一本《儿童文学作家作品论》。评奖办公室的陈子君告诉我："经与柯岩同志商议，她希望你来写写有关她和她的作品的评论。"这时，我已同柯岩相识，并在同一单位——中国作协工作。我写出《生活美·心灵美·艺术美——再谈柯岩的儿童诗》一文后，求正于柯岩。过了一些日子，她通过评奖办公室的同志转告我：看了评论文章，"从中学习到很多东西，但似无 1957 年那篇完整"。事实也的确如此，我搁笔多年不写作品评论，一旦拿起笔来，不仅文思不够洒脱，而且笔头也发涩，比起当年写《情趣从何而来》来要吃力得多。后来，我曾不止一次地听柯岩说起，在评论她的儿童诗的文章中，她对我 1957 年写的《情趣从何而来》比较满意，因为它指出了作品的特点，能给作者以启发和引导。

我被分配承担儿童文学的组织工作，有机会为当代儿童文学的发展摇旗呐喊，是在 1985 年初中国作协第四次会员代表大会闭幕之后。由于新产生的作协书记处成员中，没有专门从事儿童文学创作、评论的，同事们考虑到我 50 年代曾涉足儿童文苑，就分工让我联系这方面的工作了。我深知自己在儿童文学创作、理论研究上都没有什么建树，占据这个位置很不合适。但"蜀中无大将，廖化充先锋"，凭着我对儿童文学的兴趣和热情，也就勉为其难而又心甘情愿地跑起龙套、敲起边鼓来了。

分管儿童文学工作之后，我参与策划、组织的第一件大事是：1986 年 5 月中国作协与文化部在烟台联合召开全国儿童文学创作会议（以下简称烟台会议）。为筹备这次会议，1986 年初成立了以我和罗英为组长的领导小组。领导小组先后开过四次会，作协书记处也开了两次会，讨论决定了烟台会议的宗旨、主题、讨论重点、会议规模、开法、组织领导等事项。会前我走访了严文井、金近等同志，并先后在上海、南京、北京作了调查研究，召集三四十位作家、评论家、编辑座谈，了解儿童文学创作情况和问题，听取他们对如何开好烟台会议，如何加强和改进儿童文学工作的意见和建议。在此基础上，我草拟出题为《为创造更多的儿童文学精品开拓前进》的开幕词，听取作协书记处和会议领导小组的意见后又作了若干修改、补充。

烟台会议是新中国成立以来儿童文学界前所未有的一次盛会。叶圣陶、冰心、严文井等前辈为会议题写了贺词。陈伯吹、叶君健、金近等近200位作家到会，可说是老、中、青儿童文学作家的大会师。王蒙作为作协的常务副主席，又是新上任的文化部部长，在会上作了长篇讲话。他讲了儿童文学与我们的未来、为儿童提供一个理想的精神境界、专心致志地创造新的作品等三个问题。我在开幕词中对新时期儿童文学成绩的估计、对面临的提高创作思想、艺术质量的任务的分析，得到了与会同志的赞同。后整理改写成题为《向上攀登，向下深入》《回答亿万小读者的热切呼唤》的文章，分别发表在《文艺报》《人民日报》上。这次会议对创作问题的讨论尽管还不够深入和充分，但对鼓舞作家的创作热情，推动儿童文学创作的发展和提高，还是起了积极的作用的。

四

我同儿童文学的缘分，特别明显地表现在：从 50 年代到 80 年代，中国作协主席团一共通过两个关于儿童文学工作的决议，我都有幸参与起草。前面已经提到，1955 年我参与起草了《中国作家协会关于发展少年儿童文学的指示》（以下简称《指示》）。时隔 31 个春秋，到了 1986 年烟台会议之后，由于我所处的岗位，我又参与了从执笔起草到修改定稿《中国作家协会关于改进和加强少年儿童文学工作的决议》（以下简称《决议》）的全过程。烟台会议前，内蒙古的杨啸、北京的韩作黎和陈模等 14

位会员曾先后写信给中国作协，要求切实加强对儿童文学的领导，并提出了若干建议。烟台会议期间，我又专门安排时间听取了与会者关于改进儿童文学工作的意见和建议。我把大家的愿望、要求、批评和意见集中起来，条分缕析，起草出《决议（草案）》。经作协书记处研究后，提交1986年6月举行的作协四届理事会主席团第四次会议讨论。我记得，那次会议是在国谊宾馆召开的。我在会上较为详细地汇报了烟台会议的情况，并就《决议（草案）》作了说明。到会的主席团成员都认为应采取切实有效的措施来推动儿童文学创作，加强儿童文学的研究、探讨，提高儿童文学队伍的思想、业务素质。根据荒煤、袁鹰等同志的意见，我当即在《决议（草案）》上加了一段，提纲挈领地提出了当前儿童文学创作、理论上有待认真讨论和探索的几个主要问题，即：如何进一步开拓、更新儿童文学观念，摆脱陈旧的创作思想、模式的束缚，在思想、艺术上创新的问题；如何更好地紧扣时代脉搏，反映少年儿童心声，塑造更多闪耀时代光彩的少年儿童形象的问题；如何按照当代少年儿童的心理特点、审美趣味、欣赏水平，创作出为小读者所喜闻乐见的作品问题。

经主席团审议通过的这个《决议》在《文艺报》发表并下达作协各地分会后，就按部就班地抓《决议》中提出的八项措施的落实。经过充分酝酿、协商，在原有创作委员会儿童文学组的基础上，恢复了儿童文学委员会，仍由老作家严文井任主任委员，我和刘厚明担任副主任委员。作协主办的报刊也按《决议》要求率先经常刊登儿童文学作品、评论文章。《文艺报》从1987年1月起开辟了每月一期的《儿童文学评论》专版。《人民文学》也同时增辟了"儿童文学"栏目。书记处在讨论、制订作协1987年工作计划时，将举办首届儿童文学创作评奖列为其中的一项。如果说1955年作协发的那个《指示》的巨大影响在于动员会员作家每人每年为少年儿童写一篇作品的话，那么1986年作协《决议》的主要成果则是把儿童文学界企盼已久的创作评奖落到了实处。

五

1953 年，中国人民保卫儿童全国委员会发起举办了首届（1949～1953年）全国少年儿童文艺创作评奖；1979 年，中国人民保卫儿童全国委员会、共青团中央、中国作协等八个单位联合举办了第二届（1954～1979年）全国少年儿童文艺创作评奖。这以后，全国性的儿童文学创作评奖中断了七八年。到了 1987 年举办中国作协首届（1980～1985 年）全国优秀儿童文学奖，才在评选范围、时间上与中国人民保卫儿童全国委员会等单位举办的上述两次评奖衔接起来。过了 5 年，1992 年又举办了中国作协第二届（1986～1991 年）全国优秀儿童文学奖。作协举办的这两届评奖，都是全国性的，包含儿童文学各种体裁、样式的评选。

可说是由于一种历史的机遇，把我这么一个既没有成就，又没有名气的"打杂"的，推上了实际负责作协两届儿童文学评奖的位置。首届评奖由严文井同志挂帅，我和王一地具体操作，康文信承担了初评的组织工作。1988 年初我染重病后，作协书记处又委托韶华协助抓了首届评奖的后期工作。第二届评奖聘请冰心、严文井、陈伯吹、叶君健、袁鹰几位前辈任顾问，实际工作的担子落到了我的肩上，樊发稼、高洪波协助我做具体组织工作。两次评奖都经过这样几个步骤：各地作协、出版社推荐作品，初评读书班提出备选篇目，评委在阅读、讨论的基础上通过无记名投票的方式产生获奖作品。据我了解的情况，评委会与初评小组有一个共同的愿望，就是力求把这项评奖办成足以反映当时我国儿童文学创作水平的、具有一定权威性的、高层次的奖励。在评选过程中，委员会坚持认真阅读作品，广泛交换意见，严格掌握评选标准，坚持少而精的原则，讲究质量，宁缺毋滥，尊重评委与初选组成员个人的判断和选择，充分贯彻民主的原则，树立全国一盘棋的思想，秉公办事，警惕、杜绝评奖工作中的不正之风。我作为评奖的组织工作者，是努力按照这些原则、要求去做的。尽管如此，每次评奖仍难免有遗珠之憾，工作中疏漏、失误之处也肯定会有的。所有获奖的作品都还需要进一步接受群众的检验，时间的考验。虚心听取批评意见，认真总结经验教训，不断改进评奖工作，是我们做组织工作的应取的态度。但是，对于一些毫无根据的批评（如 1987 年底个别会员擅自用某作协分会的名义，指责作协首届评奖的初选工作是"一两家杂志包办""某人做了手脚""纯属哥儿们评奖"，甚至扬言要退出作协举办的评奖），则必须冷静、耐心而又毫不含糊地做思想工作，及时排除对评奖活动的干扰。

六

我在作协书记处这个位置上，今年已进入第 10 个年头。正是由于职务的关系，这些年我还兼任了国际儿童读物联盟中国分会执行委员、全国少年儿童文化艺术委员会委员、《儿童文学》编委等社会职务，并不时要代表作协主持、参与有关儿童文学创作、理论问题座谈会或作家、作品研讨会。除上述 1986 年烟台会议外，1988 年 10 月我还代表中国作协儿童文学委员会在烟台主持召开过一次儿童文学发展趋势研讨会，参加会议的有来自 14 个省、区、市的 70 多位作家、评论家、编辑，那是儿童文学界又一次较有代表性和影响的聚会。我在会上作了题为《更贴近大时代，更贴近小读者》的发言。

近 10 年来，我应各省、市作协及少年儿童出版社、儿童文学研究会等单位之邀，先后参加过 1985 年 11 月在贵阳花溪召开的全国儿童文学创作座谈会，1990 年 6 月在北京召开的国际儿童图书与插图研讨会，1990 年 11 月在上海召开的'90 上海儿童文学研讨会，1991 年 7 月在河北承德召开的全国儿童文学创作分析会，1992 年在北京平谷召开的'92 北京儿童文学研讨会，1993 年 5 月在上海召开的第二届中日儿童文学研讨会，1993 年 8 月在四川温江召开的海峡两岸儿童文学交流会，以及在浙江、山东、云南、湖南、新疆等地召开的研讨会、座谈会、笔会。

参加这些会议，我经常要扮演两种角色：会议主办单位往往希望我作为分管儿童文学的书记代表中国作协讲几句祝贺的话，而我自己则愿意作为一个评论工作者，围绕会议的主题、讨论重点，讲一点自己的想法和看法。我这个人一向比较认真，加上长期当秘书养成的习惯，凡是答应参加的研讨会或座谈会，总要事前写出发言稿或详细的发言提纲，我不愿意、也不善于即席发表即兴式的讲话。正因为如此，我往往不得不在会前利用有限的时间，仓促地做一点调查研究，占有必要的材料，经过认真、深入的思考，选一个角度或一个侧面，写成发言稿。会后再在发言的基础上整理成文章。这些年来，我写的为数不多的儿童文学评论文章，十之八九是这样产生的。这些文章就其内容来说，大体上分为三类：一是对儿童文学中某个问题或某种题材、文体进行探讨的，如《关于儿童文学创新的思考》《谈儿童文学的主旋律及其他》《增强少年小说的吸引力》《寻求新的突破——略谈战争题材儿童文学》《童话的艺术魅力——〈世界童话精品〉序》等；二是对全国或一个地区的儿童文学现状或作家群作宏观扫描的，如《山东儿童文学的新收获》《云南儿童文学前途似锦》《发扬优势，提高质量》《回眸与前瞻——纵观八九十年代儿童文学创作态势、走向及队伍建设》《共同的探索与追求——试谈海峡两岸童话理论和创作之异同》等；三是对卓有成就的儿童文学作家或文学新人的作品作评说、介绍的，如对金近、陈模、林良、林焕彰、常新港、刘海栖、孙云晓、李国伟等作家作品的评论。

我的这些文章大多严谨有余，活泼不足，囿于传统观念，缺乏新鲜气息。文章的这种得与失，可能都同我长期做组织工作，在文学界"打杂"有关。因为多年当秘书，对报告、讲话、发言这种文体比较熟悉，写起来可说是得心应手。在 60 年代初，我就被同事们戏称为"材料作家""文件作家"。也正因为老写讲话、发言，就不容易完全摆脱"报告八股"的束缚。对创作中新事物的敏感减弱了，感受、把握形象的艺术感觉差了，文风也就不够生动活泼。这也许正是双重身份——又是组织工作者又是评论工作者赋予我的评论个性和特色。

七

絮絮叨叨说了这么多，似有"王婆卖瓜，自卖自夸"之嫌。我的本意只是为了记录下我在儿童文苑留下的印痕，让朋友、同行、读者了解我与儿童文学的缘分。其实，说起来也很简单，我同儿童文学的姻缘，可概括为 5 个"两"，即两个决议（参与起草 1955 年、1986 年作协关于儿童文学的两个决议）、两篇文章（50 年代中期写了《幻想也要以真实为基础》《情趣从何而来?》这两篇小有影响的评论文章）、两次会议（1986 年、1988 年主持在烟台召开的两次儿童文学创作会议）、两届评奖（1987 年、1992 年参与、主持作协举办的首届、第二届儿童文学创作评奖）、两种角色（既作为作协书记处书记又作为评论工作者参加各种儿童文学活动）。这么些年，我在儿童文学方面的所作所为，仅此而已。本来，在作协书记处书记、儿童文学委员会副主任委员这个位置上，理应为儿童文学界更多地干一点实事。然而，由于主客观诸多因素，未能如愿。从 1989 年春夏之交到现在，中国作协下设的 7 个委员会，包括儿童文学委员会在内，由于一些说不清道不明的原因，一直处于暂停启动的状态。近 5 年来，作协除了于 1992 年举办了第二届儿童文学创作评奖外，就没能再用儿童文学委员会的名义开展任何活动，包括作品及创作、理论问题的讨论，组织参观访问、与小读者见面等。面对这种状况，我无能为力，只好听之任之。何况我年届花甲，身体又不太好，也就不愿去操那份心了。每当我想到自己未能更好地抓住机遇，充分履行自己的职责，为儿童文学的发展、为孩子们的身心健康，更多地做一点有益的事情，心中不免留下些许遗憾和愧悔，深感有负儿童文学界同行的期望和委托。

过去的已追悔莫及，只有今后用实际行动来弥补了。我当抖擞精神，继续为孩子们呐喊，同儿童文学战线的老将新兵一起，在塑造未来一代美好心灵的事业中，贡献自己微薄的力量。

1994 年 6 月 30 日

亲情抒怀

又安静又好动

——童年琐记

　　我的家乡在沪宁线的一个小站——丹阳县的城里。我6岁那年，抗日战争的烽火燃遍了大江南北。我的童年、少年时代，整个是在"八年抗战"的动荡岁月里度过的。每当我回忆儿时的生活，最先浮现在眼前的，往往是这样一些难以忘怀的情景。

　　我站在家门口，注视着热血沸腾的青年男女组织起来的抗日救亡宣传队，迈着整齐的步伐，唱着悲壮激越的"起来，不愿做奴隶的人们……""大刀向鬼子们的头上砍去……"，走向街头巷尾。

　　当我和邻居家的孩子正在庭院里拍皮球或踢毽子的时候，忽听到敌机袭来的声音，马上仓皇地逃遁回家，来不及钻防空洞，祖母让我赶快钻到覆盖着好几条棉被的八仙桌底下。

　　家乡沦陷前夜，我们一家人也随着大批逃难的人群，藏身到乡村一个远房亲戚家。我和姑母在紧挨着牛棚的那间房里打了地铺，天蒙蒙亮，牛的犄角就从门缝中顶了进来。

　　从乡村回城的那天，第一次见到在城门口站岗的日本兵，握着上了刺刀的三八枪，凶神恶煞地盘问每个过路行人有没有"良民证"，把人们随身携带的行李、包袱翻了个底朝天。

　　在我幼小的心灵上，就这样蒙上了一层战争的阴影。正是在这种紧张、恐惧的氛围中，我迈进了小学的大门。

　　在小学时代，我是个典型的"五分加绵羊"的学生，听话，用功，斯文，腼腆。在班上，各门功课成绩优秀，参加年级或学校的速算、书法比赛，总能拿个好名次。四年级的时候，我写的一篇作文，题目是《给妈妈的一封信》，被选登在当时的县报——《新丹阳报》上。我的习作第一次用铅字排印出来心里美滋滋的。我还不止一次地领到"品学兼优"的奖状，并被选为"模范儿童"。不过，在二、三年级，期末拿到的成绩单上其中"操行"一栏总写着一句评语："安静欠活泼。"这可说是准确地勾勒出我小时性格上的弱点。至今我还清晰地记得这么一件事：我的大弟比我小三岁，和我在同一所小学里上学。大弟右耳上长了一个豌豆似的肉疙瘩，圆嘟嘟的，顶惹人喜爱，大人小孩见了，往往怀着好奇的心理轻轻地抚摸它。有一次，他班上的同学轮番揪他耳上的肉疙瘩，揪得他生疼，终于放声哭个不停。他的同学跑到我教室，让我去"救驾"。我见到满面泪水的大弟，既说不出一句安慰他的话来，也不会疾言厉色地训斥欺负他的同学，显得束手无策，不声不响地站在那里，竟然情不自禁地跟着我大弟流下了眼泪。事后，大人们知道了，都说我："太老实，不中用！"

可是，孩子毕竟是孩子。爱玩、好动是儿童的天性。即使像我这样文静、怯弱的孩子，也禁不住那些充满乐趣的郊游、体育比赛等活动的诱惑。在小学五六年级的时候，我们十多个同班同学每天散学以后就急匆匆、兴冲冲地聚集到学校附近的一个同学家，把两张八仙桌拼起来赛乒乓球。有时采用淘汰制，有时采用循环制，每天非决出个雌雄不可。在赛场上，一个个全神贯注，奋力拼搏，不仅打得满头大汗，有时还为一个有争议的球闹得面红耳赤。后来，我们还别出心裁地成立了"友联社"，刻了个木头图章。每次比赛结束，发给冠军、亚军、季军的奖状上，都郑重其事地盖上"友联社"的大章。大伙还把节省下来的零花钱凑起来，买了铅笔、练习本、乒乓球，作为奖品发给优胜者。我的乒乓球打得还不错，就是在这两张八仙桌上练出来的。

当我在课外看了连环画《鲁滨孙漂流记》这类书之后，就产生了漫游、历险的渴望。有一次，班上几个比较顽皮的孩子在一起商量，为了逃避第二天将要举行的《自然》课考试，决定瞒着老师，悄悄地结伴到城郊练湖、桑园去游玩。我虽有几分犹豫，但终为好奇和探索自然奥秘的心理所驱使，还是加入了这个逃考的行列。那天风和日丽，我们玩得痛快极了。在湖畔摸小鱼小蟹，爬上桑树摘桑葚，吃得满嘴乌紫，一直玩到天色灰暗才回家。这次"逃考"行动，气坏了教《自然》课的傅老师。她声色俱厉地批评我们不求上进，不守纪律。特别还走到我的课桌前，带着一种惋惜的口气对我说:"你怎么也跟着他们逃考呢?"我低着头,沉默不语。唉,傅老师!你怎么就不理解一个循规蹈矩的好学生,同样蕴藏着一颗拥抱大自然、向往新事物的火热的心呢!

真是"本性难移"呵!从小铸就的内向而多思、文静而执着的性格,至今在我身上依然烙有深刻的印记。也许正是这种性格特征,才使我既长期安于平凡的工作,又勤于在事业上、文字上有所追求、探索的吧。

1993 年 5 月 4 日

童年记趣

游戏伙伴小昆虫

我从小就喜欢小昆虫。萤火虫、金铃子、叫哥哥、蛐蛐儿、蚱蜢、知了，都是我童年时代的游戏伙伴。那鲜活的小生命，带给我无限的乐趣和遐想。

我四五岁的时候，闷热的夏夜，同祖母一起在院子里乘凉。湛蓝的天空星儿闪烁，祖母指着明亮的星星，教我的第一首儿歌就是："天里一颗星，地下一颗钉，叮叮喈喈敲油瓶，油瓶漏，吃颗豆……"当萤火虫闪着晶莹的光芒从我们眼前掠过时，祖母又唱起："虫、虫、虫飞，飞啊飞上天，夜夜红，亮晶晶，好像天里许多星……"同时扳着我的两个食指一张一合做飞翔状。当我好奇地问祖母："萤火虫为什么发光啊？"祖母不假思索地回答："那是打着小灯笼给走夜路的人照明哩！"小星星、萤火虫、小灯笼，连同那韵律优美的儿歌，从那时起就深深地镌刻在我幼小的心灵里。

我上小学那几年，家住鱼巷，靠近小县城的新北门。家门口一条青石板铺成的小路，通向城墙下一片开阔的空地。那里野花盛开，杂草丛生，是我和小伙伴捉花蝴蝶、红蜻蜓、叫哥哥、蛐蛐儿的好地方。约摸七八岁，我和大弟玩搭积木，摆来摆去，就那么几种图形，觉得没什么意思。于是别出心裁，玩出了新花样：用积木搭成几条长长的通道，把我们从草丛中捉来的蚱蜢、螳螂分别放在各个通道口，让它们沿着通道向前爬，看谁先到达出口处。然后按照比赛成绩、名次，分别把它们放入用积木搭成的形状各异、规格不等的小屋里。

捉蛐蛐儿，斗蛐蛐儿，那是最有趣的游戏了，有时简直痴迷到废寝忘食的地步。哪里有蛐蛐儿嚁嚁嚁的叫声，我们就蹑手蹑脚地跟踪到哪里。入夜之后，打着手电筒或小火把，到潮湿的石板、水缸底下或墙缝里去寻觅、搜索。有时，小姑姑、小表叔也加入捉蛐蛐儿的队伍，帮我们捉那叫声宏亮而又藏匿得极其隐蔽的蛐蛐儿。斗起蛐蛐儿来，那全神贯注、较真儿、不服输的劲儿，真是又可笑又可爱。有一次，我那只背上有两个红点、连胜十多仗的"常胜将军"，终于败在表哥的"红头大王"脚下，而且被咬伤了一条腿。面对败局，我闷声不响，难受极了。当表哥慷慨答应把"红头大王"送给我时，我又露出羞涩的笑容。

小戏迷

我小时候还是个京戏迷。

40年代，我们县城里只有一个丹光大戏院。戏院经常邀请外地的戏班子来演出，门口张贴出重金礼聘"梅派著名青衣""麒派著名老生"领衔主演的海报。临街那面墙还挂着红底白字的长方形木牌，上面写着演员的姓名、行当，谁挂头牌、谁挂二牌，一目了然。也许正是一种"追星族"的心理吧，那时我总想尽早一睹挂头牌演员的风采，尤其崇拜文武老生。

下午放学回家，丹光大戏院是必经之地。我们几个小戏迷在戏院门口，探头探脑，东张西望。日场戏快要散场，检票员也就高抬贵手放我们进去了。时间一长，同检票员混熟了，我们竟有幸成了白看压轴戏的常客。我记得看过的剧目有：《打渔杀家》《徐策跑城》《四郎探母》《八大锤》《九更天》《群英会》《失、空、斩》《玉堂春》等。当时，我还特别爱看武打戏，对擅长于翻跟斗、大劈叉、舞刀耍枪花样翻新的武生演员，可说是佩服得五体投地。我同狂热的观众一起连声叫好。一出《长板坡》，让我对智勇双全的赵子龙赞叹不已。散戏之后，归家路上就不禁哼起："长板坡，救阿斗，杀得曹兵个个愁……"

戏看多了，手也痒痒起来，先是找来一根竹竿当金箍棒，对着镜子耍起来。春节手头有了几个压岁钱，到庙会上买回木制玩具大刀、长矛和画着京剧脸谱的假面具。我和大弟戴上假面具，一个舞刀，一个耍枪，对打起来。我还学武生演员从八仙桌加椅子的高处往下跳。正当我们玩得痛快时，引来了祖父的厉声斥责，也就只好草草收场了。

从小看京戏、听说书、读《三国演义》，给我上了有关历史人物、传统文艺的生动一课。

体育发烧友

我爱好体育，是从在小学里拍皮球、踢毽子开始的。两张八仙桌拼成乒乓球案，练就了一手好球。直到我年过半百时，上高中、爱打乒乓球的儿子，依然是我的手下败将。这不能不归功于少年时代打下的基本功。

上初中时，每年学校里都要举行春、秋季运动会。县里隔上一两年也要举行一次全县运动会。我是这些运动会的热心观众和积极的啦啦队员。我总是从头到尾看完比赛的全过程，直到拉下帷幕，也不愿离开赛场。

我最喜欢看撑竿跳高和三级跳远比赛。那凌空一跃、越过横竿的优美姿势，那一踮一跨一跳、奋身向前的巧妙动作，真是妙不可言，令人赞不绝口。

我身材矮小，体质又弱，自知不是一块田径运动员的料。但这丝毫也打消不了我那跃跃欲试的劲头。在学校里轮不到我练，就把家里后院那块狭小的荒地当作田径场了。开头先练掷铅球，选一块圆形的石头当铅球。我和大弟轮流上阵，每掷一次，用皮尺丈量，记录下成绩。十天半月下来，记录被多次刷新，心里乐滋滋的，劲头就更足了。我们又自己动手用废木料制成跳高架，用一根较粗的晾衣裳的竹竿作为撑竿。没有沙坑，竟在平地里练起撑竿跳高来。功夫不负有心人，我的成绩达到了1米45，超过自己的身高了。要知道，当时校运动会冠军的成绩也还超不过2米哩！

我对体育的爱好，从小到老，长盛不衰。上高中时，我的短跑100米成绩为13.9秒；在绿茵场上，是三六队的门将。读大学时，篮下投篮，一分钟能投入30多个；我还是团委会篮球队的队长哩。参加工作后，60

年代初，为了观看第 26 届世乒赛的一场半决赛，我从天津专程赶回北京，看了松崎君代对高基安的那场扣人心弦的比赛，就无可奈何地提前退场了，因为体育馆门口还有另一位球迷在等着我这张票看下半场呢。

如今我年届古稀，每逢田径、球类大赛，仍聚精会神地坐在电视荧屏前收看现场直播，也算得上一个体育发烧友了。

2001 年 2 月 10 日

爷爷逼我读两本书

《鲁滨孙漂流记》(连环画)、《寄小读者》、《爱的教育》、《历史人物故事》这些书，是我童年时代爱不释手的读物。这些书中描述的人物、故事，深深地刻印在我小小的脑袋里，对我性格的形成，起了潜移默化的影响。除了这类文艺书，还有两本应用性、工具类的书，成了我童年时代的亲密朋友，一本是《日用杂志》，一本是《尺牍大全》。这两本书都是爷爷逼着我经常读、反复读的。

去年秋天，我带着几份怀旧的心情，踏着江南家乡的青石板路，走进小巷深处我童年时代住过的几间老房子。一进庭院，眼前立即清晰地浮现出小时候在天井里拍皮球、堆雪人的情景。跨进坐北朝南的那三间房，首先忆起的是爷爷让我在一盏煤油灯下记家庭日用账的往事。那时我十一二岁，读小学五六年级。爷爷已是年过花甲的老人，赋闲在家。每天薄暮时分，吃罢晚饭，妈妈刚洗好碗筷，爷爷就催促我："快把今天的账记上！"我打开那印着红格子、分上下两栏的旧式账簿，上栏记载收入项目，下栏记支出项目，都是用毛笔竖写。妈妈坐在我身边，一边想，一边报账。我在账簿上逐项记下："青菜五分""毛豆八分""豇豆一角二分""鲫鱼三角五分""肥皂两角四分""开水两分"，等等。有时碰到我一时写不上来的生字难字，如"荸荠""藕""三瓣头"(野菜名)、"鳝鱼""簸箕"等，爷爷就让我查《日用杂志》。这本《日用杂志》编得好极了，蔬菜、水果、鱼虾、服装、日杂用品……分门别类，还配有插图，查找起来很方便，不消半分钟，就可一一找到答案。天天、月月与这本书做伴，几年下来，我把收集在内的各种食物、日用品的名字背得滚瓜烂熟，增长了不少生活知识，而这些都是小学课本里没学到的。

爷爷是个很古板、很严肃的人。他不仅让我天天记账，还要求每天核对收支是否相符。我拨动算盘珠，打了一遍又一遍，有时仍对不上。即使差几分钱，爷爷也得让妈妈再想想，再想想。妈妈左思右想，实在想不出来。这时奶奶走到我跟前，贴着我的耳朵，悄悄地说，写上零用或零食花了多少吧，对爷爷打了个马虎眼。我从小受到省吃俭用、勤俭持家这种家风的熏染，几十年如一日，不管是手头拮据还是略有余裕，都坚持量入为出，精打细算，从没有大手大脚、挥霍浪费。

爷爷逼我认真读的另一本书《尺牍大全》，也就是《书信大全》。牍是古代书写用的木简，用一尺长的木简写书信，所以叫尺牍。那时，我爸爸远离家乡，在外地就业。每逢接到爸爸来信后，隔上一些日子，爷爷就催我写回信。开头我对书信的格式一点也不摸门，读了《尺牍大全》，才知道该怎么起头，怎么落款。于是，也照猫画虎地写起："父亲大人，膝下，敬禀者"，结尾写上："敬请福安！儿沛德叩上"。熟能生巧，常常动笔写信，逐步掌握了书信这种应用文体的特点，我对写信一点也不发怵了，而且有了兴趣和热情。从那以后，不管是在中学、大学读书，还是东跑西颠，在外工作，我一直勤于给亲人、朋友、同学写信，因而被弟妹、儿女戏称为"写信积极分子"。

《尺牍大全》不仅教会我写信，更重要是在思想、品德、修身治家上，给了我可说是刻骨铭心的影响。我记得，上小学五年级时，学校里开运动会，表演团体操，要求同学做统一的运动服。我回家向妈妈要钱，妈妈死活也不答应。她担心叠罗汉时我从高处摔下来。加上当时家里也不太宽裕，要花这笔额外的钱，她也怕爷爷那里通不过。那时我不理解妈妈的心情和难处，又哭又闹，奶奶、姑姑怎么劝我哄我也不行，甚至连晚饭也不吃了。后来还是妈妈悄悄地答应掏出她的私房钱来交制运动服的款，这场小风波才算平息下来。过了些日子，爷爷针对这件事耐心地教育了我。他翻开《尺牍大全》，与我一起读曾国藩给二儿子纪鸿的一封信，其中有一段写道："凡仕宦之家，由俭入奢易，由奢返俭难。尔年尚幼，切不可贪爱奢华，不可惯习懒惰。无论大家小家、士农工商，勤苦俭约未有不兴，骄奢倦怠未有不败。"爷爷语重心长地对我说："你要记住，由节俭变奢靡容易，由奢靡再变为节俭就难了，从小可要养成勤劳、节俭、朴素的作风啊!"从那时到现在,六十年过去了。如今我的脑海里依然不时闪现出"由俭入奢易,由奢返俭难"这句话。它成了我日常生活的准则,做人治家的座右铭。

2003 年 1 月 21 日

父子一夕谈

　　我的父亲读过多年私塾，平生爱好书画艺术，写得一笔好字，也喜欢吟诵古典诗词。我清晰地记得，我读小学四年级的时候，父亲已届而立之年，他在房间里挂上了自己的一帧放大了的半身照片。照片下面写有一首《自题小像》的五言诗，表达他青年时代的壮志豪情。相片一侧还挂着父亲用隶体手书的条幅，上面写着"勤能补拙"四个字，这可以说是他的座右铭。每次我抬头瞧见那相片和条幅，父亲那炯炯的目光，那刚正端庄的书法，好像时时刻刻在鼓励我：勤奋刻苦地学习，不要懈怠。

　　抗战胜利后的第一个春天，我离开家乡到镇江去读初中。家里在为我准备行囊时，父亲特地给我买了一只新的帆布箱。特别让我高兴的是，父亲还请江南颇有名气的金石篆刻家周梅谷老先生为我刻了一枚名章。在洁白的宣纸上，我第一次郑重其事地盖上自己的图章，然后贴在帆布箱背面的中心位置。有了这枚图章，有了这只帆布箱，我顿时觉得自己长大成人了。我即将告别家乡、告别父母，独立地面对生活，独立自主地做事情，成为一个真正的小小男子汉。父亲送给我的这两样东西，伴随我走过半个多世纪的人生道路。如今，那只帆布箱已经破旧了，但那朱红色的钤印还没有褪色。那枚名章还完好地保存在我手边。我不时赏玩着周梅谷老先生在印章四周镌刻下的："笔下不难风秀，难于古朴中仍带秀气；结字不难整齐，难于疏落中却又整齐；运刀不难有锋芒，难于光洁中仍有锋芒；竖书不难于直，难于似直而曲、似曲而直。此种妙印，唯汉印有之。"这闪闪发光的文字，不仅让我稍稍懂得了篆刻艺术的真谛，更重要的是随着岁月的增长，帮我逐步领悟到充满辩证法的人生哲理。

　　我父亲悔恨自己青年时代没有机会进洋学堂，读中学、大学，没有技术专长，不能成就一番事业。他怀着实业救国的理想把希望寄托在儿女身上，热切期盼我学有所成，有一技之长，能出人头地，报效祖国。在我上中学时，父亲就不惜花钱给我购置了《代数大辞典》《几何大辞典》《三角大辞典》等工具书，还不断地向我提供《十万个为什么》《少年电机工程师》《少年化学实验手册》等科普读物。他一心要把我引上学理工的路，鼓励我读机械、电机、土木或纺织工程系。而我虽然数理化成绩还不错，从高二起又被分在理科班，但我早就对编编写写有兴趣，一门心思扑在文学、新闻学上。这样，父子之间在究竟是学工还是学文上产生了分歧和冲突。

我记得 1948 年暑假，一个炎热的夜晚，我和父亲在院子里乘凉，满天星斗，没有一丝风。父亲不停地摇着蒲扇，不无忧虑地说：时局动荡，百业凋零，维持生计越来越困难，能不能供你上大学也成了问题。他直截了当地问我：假如能上大学，你打算报考什么院系？我又一次毫不犹豫地、坚决地表示：读新闻系，将来当一个为大众说话的记者。父亲严肃地说：文人耍笔杆子，不仅容易惹是生非，而且大多生活清贫，有时连养家糊口也困难。还是学点技术好，有了真本事，将来才好找一条出路。我多少有点激动地、毫不含糊地回答：这些我都认真地考虑过，当记者，生活会比较苦，也可能遇到麻烦，但这动摇不了我早已定下的志向。这些年，亲眼看到国民党的穷凶极恶，腐败无能，横征暴敛。对现实社会的不满，越发坚定了我要当一个记者的志向。我不是羡慕"无冕之王"这顶桂冠，也不是幻想通过办报来升官发财，而是要用自己手中这支笔报道民间的疾苦，反映大众的抗争。父亲听了我这番话，既没有表示赞同也没有反对。他知道要改变我的想法也很难，只是不胜感慨地说：记者这碗饭可不好吃，在现时的环境下，要喊出民众的呼声，谈何容易！

夜深了，天上星光闪烁，有一点风吹来，心情为之一爽，我和父亲的话顺畅自然地深入下去。我又告诉父亲，这两天我正在写一篇题为《教师活不下去了！》的速写，反映省里各中学教师为生活所迫，决定总请假的情形。我谈起："我们学校里的一位体育主任，月薪 84 元，上了一趟街，买了 20 斤白薯、10 斤芋头、一包香烟，洗了一把澡，就把一个月的薪水花光了。另一位英语教师，月薪 72 元，买不了三斗米，八口之家，一日三餐喝稀粥也维持不了。""教师总请假的前夜，我的级任导师在最后一堂课上，用低沉忧郁的语调对同学们说：'诸位，明天我们就要暂别了，是逼不得已的事情。本来，我们只想获得政府有限的帮助与社会的同情。可是，真令人失望，政府只知道前线第一，根本不考虑负责培植下一代的教师的生活，漠视我们的呼吁和起码要求。因此，我们不得不暂时卸下神圣的职责。我的心情是十分沉重的，希望同学们能理解、原谅我们。'"

父亲凝神屏息地倾听着我的诉说，按捺不住心中的愤懑，气愤地说："真不像话，总不能让教师吃粉笔灰、喝西北风啊！"他当即让我把写好的稿子拿给他看看。当他读到我文中引用的《省中教师告家长书》中的"每天两餐薄粥，啃白薯芋艿聊以度日，眼看着自己的父母子女饿死冻死，天下宁有此人？……虽沿门求乞，在所不计"时，我看到父亲的泪水夺眶而出，他满怀深情地对我说："这是教师生活的真实写照，说出了教师的心里话，是一篇饱含血与泪的控诉。"

从此父亲不再向我提起学理工的事，似乎默默认同了我的志愿。一年之后，我报考了复旦、燕京、社会教育学院三所大学的新闻系，都录取了，最后选择了复旦。

2000 年 4 月

同窗情深

　　每逢大年初三，是我中学时代同班同学聚会的日子。从1979年到现在，已坚持了15载，可说是成了一个传统的节日。能有这样自由欢乐的聚会，不能不说是大气候由阴转晴的产物。

　　一年一度的聚会，由在京的9位同学轮流做东。初三那天，十点前后，同窗好友，鱼贯而入，嘘寒问暖，欢声笑语，不大的房间里顿时洋溢着一片温馨祥和的气氛。老同学聚到一起，促膝谈心，海阔天空，直抒胸臆，宽松舒畅。每年的话题常变常新，从海湾战争、苏联东欧演变到出国、下海、股票热，从工资、物价、住房、医疗制度改革到知识分子待遇、退离休后的生活安排，侃起来滔滔不绝，有声有色。每侃到下午三四点，似意犹未尽，欲罢不能。

　　尽管每次去做客的学兄学弟一再关照"一切从简，千万别围着锅台转，腾出更多的时间谈心聊天"，但东道主往往热情有加，总要在烹饪上露一手，做出有特色的菜肴或点心来请大家品尝。下决心改革聚餐方式，已嚷嚷了好几年，但囿于习惯势力，至今收效甚微。由此不禁引起诸学兄的无限感慨：可见经济、政治体制改革之艰难。不过，在改变聚会日期上，总算达成了共识：从去年开始，由正月新春改至九月金秋。这样，既免除了春节假日挤公共汽车之苦，又避开了可能碰上的春寒料峭、风雪交加之日。

　　今年的聚会，又别有一番滋味。夏秋之交的一天清晨，房间里的电话铃响了。我拿起话筒一听，是十分亲切的乡音。原来是海峡彼岸的一位老同学随农业技术考察团来大陆访问，住赛特饭店。他的行程安排得很紧，只能在北京待两三天，深切地希望在京期间能与阔别46年的诸位老同学晤面叙旧。我们当即商定当天下午三点来寒舍聚首。这样，没等到天高云淡、菊黄蟹肥的金秋时节，一个电话就把我们今年的聚会提前了，而且打破了轮流做东的顺序，我这个被戏称为同学会秘书长的，又一次临时充当了东道主。十年八年前，京城家用电话尚未普及，要搞成这么一次"飞行集会"，是很难的。如今，老同学家里都安上了程控电话，不到一小时，就都联系上了。除有一位出差在外，其余同学都放下手边的工作，或推迟了别的约会，欣然同意准时前来。

时针指向三点，一个期待已久的、激动人心的时刻来到了！被海峡隔开近半个世纪的一双双手又紧紧地握在了一起，真令人有一种说不出的感触与欢愉。来自海峡彼岸的 C 君丰采依旧，只是平添几根白发而已。他情不自禁地连声感叹："今日能欢聚一堂，真是前世修来的缘分。"我们这群年逾花甲、大多当上爷爷奶奶的准老人，霎时之间，似又回到风华正茂的青年时代。一个个充满深情地回忆当年在煤油灯下埋头苦读，在绿茵场上骁勇驰骋，在黑板上写令人发噱的打油诗，在音乐老师背后学她的口头禅，以及在教室门框上置放扫帚或黑板刷巧打女生脑袋的恶作剧……C 君还饶有兴味地探寻我和老伴中学同窗时在爱情上未露蛛丝马迹，后来又如何结为伉俪的秘密；并力图揭开在座另一位女同学当年从事地下活动的神秘面纱。谈笑风生，欢乐开怀。真是"欢笑情如旧，萧疏鬓已斑"。

46 年杳无音信，恍如隔世。话题很自然地集中到各自在风雨人生中走过来的路及家庭状况中来。C 君当年就是我们班的班长，学业成绩好，善于辞令，有组织才能。如今，仍是口若悬河，侃侃而谈其苦读、自我奋斗的经历。他家境并不富裕，当年是听从父亲的安排，随哥哥去了台湾的。刚到台湾，举目无亲，人地生疏，生活没着落，打过工，当过小职员。第二年夏天，凭优异成绩考进台湾一所名牌大学，专攻农业经济。毕业后留系任助教，由于导师的提携，曾两次去美国进修，分别获得硕士、博士学位。不惑之年，升为教授。他不无得意地说："教了一辈子书，当过系主任、农学院院长，只差没当过校长。"说起婚姻来，那就不是一帆风顺了。50 年代，台湾女人一般都不愿嫁给来自大陆、无根无底的男人。只是在他学有所成，拿到博士学位，并出版了专著、有了版税收入之后，才找到合适的伴侣，步入洞房时已三十大几了。说起夫人和子女来他又不免流露出几分欣喜："我爱人是安徽人，学医的，人挺贤惠，长相也还过得去，下次来大陆一定带她来拜见诸位学兄学姐。"他们有二子一女，都是大学毕业。女儿赴美深造获经济硕士学位，并已结婚。长子在美一所久负盛名的高等学府进修，次子在台湾就业。C 君今年已满 65 岁，一个多月前刚办理退休。讲到这里，他感慨系之："如今家里只剩下愚夫妇二人，相依为命。"

谈起两岸统一这个敏感的话题，C 君毫不隐晦自己的观点："我是一个大中国主义者，也是一个乐观主义者。随着经济的发展，政治上的开明，沟通、交流的日益深入，两岸总是要走到一起来的。'和为贵'，双方都要大度一点，宽容一点。"听君一席话，更深切地感受到那血浓于水的骨肉同胞之情，我们的心贴得更近了。

万没想到的是这次聚会竟也一波三折。C 君刚到我家时，就感到胃部不适。谈话中间，腹痛一阵一阵加剧，他的脸色一下子变得又黄又白，额角渗出细细的汗珠来。这时，我们面面相觑，束手无策。有的同学建议马上"打的"送医院急诊室。我老伴急中生智，想起了同楼住的汪大夫，随即请她来为之诊治。汪大夫仔细了解 C 君发病的经过和过去的病史后，诊断为饮食不当、休息不好引起的胃痉挛，当即让 C 君服了一片强痛定、两片普鲁本辛。在沙发上躺了半个多小时，腹痛逐渐缓解。一小时后，C 君面露笑容，精神又好起来。汪大夫的三片药终于挽救了我们这次难得一见而又几乎夭折的聚会。同窗好友的交谈又继续下去。C 君谈兴不减，又大侃其"简单化、原则化、系统化"的教学经验。我们都劝他少说为好，保养精神，且听一听生活在大陆的同学用浓缩了的语言简略介绍一下个人的遭际和家庭生活。

晚上聚餐时，我们和 C 君频频为久别重逢干杯，为割不断的同窗情谊干杯，为火热的中国心、两岸情干杯。C 君风趣地说："今天没能尝到嫂夫人的手艺，是我没有福气。但嫂夫人特地为我准备的家乡风味的盐水煮毛豆、北京特色的王致和腐乳、两碗又白又香的大米稀饭，胜过山珍海味，使我终生难忘。"

1994 年 9 月 21 日

好儿女志在前方

　　每当我耳畔响起激越悲壮的《共青团员之歌》，眼前便立即浮现出50年前复旦园里热血青年投身抗美援朝运动的动人情景。

　　那是一个初冬的夜晚，多少已有几分寒意，但年轻人的血是热的，胸中燃烧着抗美援朝、保家卫国的熊熊之火。3000复旦人集会于421室，控诉美帝国主义者侵略朝鲜的罪行。会场里灯火辉煌，热气腾腾。"年轻人，火热的心，紧紧跟随毛泽东前进""再见吧，妈妈！别难过，莫悲伤，祝福我们一路平安吧"的歌声此起彼伏，扣人心弦。青年学子一个个义愤填膺、慷慨激昂地控诉美帝国主义者的残暴行径和精神毒害，共同发出"不看美国电影，不听美国之音，全力支援抗美援朝"的呼喊。我记得，农艺系的十多位同学坚决表示要参加志愿军，到战火纷飞的朝鲜前线去抗击美帝国主义者。新闻系、经济系的几位女同学带头捐献，当场摘下金戒指、绿宝石项链。他们勇敢、高尚的行为感人肺腑，激起了一阵又一阵暴风雨般的掌声、口号声。全复旦人都卷入高涨的爱国主义热潮之中。大家都真心实意地要为最可爱的人——人民志愿军献出自己的一份爱心，捐款、献血、写慰问信、做棉手套……表达了广大同学捍卫祖国的拳拳之忱。

　　在反美侵略控诉大会上，一位平素文静、内向，表现并不那么积极的女同学，声泪俱下地讲述自己勇敢地丢掉家庭包袱、坚决要求参加志愿军的事迹。她的爱国热忱深深地打动了我。我情不自禁地连夜写下了一首题为《写给妈妈》的诗：

　　　　妈妈，亲爱的妈妈！
　　　　去年的夏天，

我准备好了行李，
要随军向大西南进发，
您的哭哭啼啼，
压抑了我的革命热情，
我在您的泪水里，
停住了刚要迈开的步伐。

妈妈，我亲爱的妈妈！
今年的初秋，
我要独个儿到东北去上学。
您舍不得您的独生女儿，
要我紧贴您的怀抱；
那时，我真是太懦弱，
又无奈地放下了扛起的行囊。
妈妈，我亲爱的妈妈！
您的懦弱的女儿，
今天，勇敢庄严地宣誓：
"我要到前线去杀敌！"
妈妈，您一定会伤心地哭吧?！

妈妈，亲爱的妈妈！
谁不愿意过安逸的日子，
谁又愿意远离自己的双亲，
可是，美国强盗来了，
它的大炮正敲打我们的国门，
它的飞机正轰炸我们的家园，
战火正在我们身旁燃烧，
威胁着千万个妈妈，
千万个儿女，

妈妈,您说我们能不闻不问吗?

妈妈,亲爱的妈妈!
我是妈妈的好女儿,
我也是毛主席的好孩子,
我衷心热爱自己的妈妈,
我也热爱千万个像您一样的妈妈!

妈妈,亲爱的妈妈!
苏维埃的好女儿丹娘,
中国人民的好女儿郭俊卿,
为了保卫祖国和人民,
曾勇敢无畏地打击敌人。
今天,李蓝丁医疗队的儿女们,
已经开到战火纷飞的朝鲜前线,
妈妈,您的女儿怎么能偷生苟安、裹足不前?!

妈妈,亲爱的妈妈!
您的女儿虽不是共产党员,
也不是青年团员,
但我是人民共和国的女儿,
为了保卫我们的祖国,
为了世世代代的妈妈和儿女,
我要参加抗美援朝的志愿军。

妈妈,亲爱的妈妈!
请别牵挂也别悲伤,
女儿的意志像钢铁一般坚强,
英勇无畏地奔向朝鲜战场,

等到彻底打败美国野心狼，

幸福美好的生活，

将永远属于我们！

　　这首朴实无华的诗记述了那位女同学真实的故事，也抒写了我自己发自内心的真情实感。它在 1950 年 11 月 25 日华东《青年报》上一发表，引起了不少青年朋友的共鸣。

　　差不多也就是在写上面这首诗的同时，我又挤出时间，满怀激情地写了一封长信寄给住在家乡——江苏丹阳县的父母。在那封信里，我开宗明义地写道：战火已烧至鸭绿江边，抗美援朝运动在复旦校园里如火如荼地展开了。我是学生会执委、新闻系学会主席，是学生干部，也是青年团员，当祖国需要的时候，我随时随地准备奔向前线。我在信里如实地叙述了自己要求参加志愿军所经历的激烈思想斗争：我舍不得远离亲爱的父母和弟妹，舍不得远离可爱的故乡和校园，也舍不得抛下自己热爱的新闻专业，但为了捍卫祖国，为了保卫和平，我不得不告别温馨的家庭、可爱的学校，不得不暂时放下当新闻记者的美好理想。我们的祖国正处在生死存亡的关头，个人的欢乐与忧患无不与国家的命运息息相关，个人的前途、兴趣、爱好不能不自觉服从祖国的前途和需要。在信的结尾，我真诚地请求："亲爱的爸爸妈妈，理解你的儿子、支持你的儿子吧！"

　　这封信送到父母的手里，可说是一石激起千层浪，极大地震撼了他们以至祖父母、外祖父母的心灵。尽管事情过后，父亲还曾当面称赞我："这是你写得最好的一封信，晓之以理，动之以情，很有说服力、感染力。"但当初他们可没有一点精神准备，万万没有想到自己的儿子、孙子就要远离祖国、奔赴前线呵！

　　我的妈妈少年时代曾就读于著名画家、美术教育家吕凤子为校长的私立正则女子学校；年轻时还专门学过刺绣，是一个心地善良、性情温顺的家庭妇女。她平素对子女的关爱、体贴无微不至。儿是娘身上的肉，她怎能舍得自己最钟爱的大儿子离开自己身边、奔向前线呢？！面对我写去的那封信，她心急如焚，坐立不安，以为我马上就要告别学校、踏上征程了。她决心要赶到上海同我见上一面。

这时候，祖国发出了动员青年学生、青年工人参加各种军事干部学校的号召。复旦园里立即掀起了报名参干的热潮。学校的各个角落贴满了红红绿绿的标语，悬挂着醒目的红底白字的横幅，上面书写着："热烈响应祖国的召唤！""保卫我们祖国神圣的天空、土地和海洋！""年轻人，让我们的青春更美丽！""报名去，让祖国挑选！"鲜明有力的标语口号鼓起的爱国热情，在每个人心中激荡。短短的十多天，就有682人走进张灯结彩的光荣门，在报名簿上庄重地写下自己的名字。我也走在新闻系队伍的前列，勇敢地、毫不犹豫地报了名。各系报名参干的同学组成了"毛泽东战斗队""陈毅战斗队""保尔·柯察金战斗队""丹娘战斗队""马特洛索夫战斗队"……整个校园沉浸在一片富有英雄气概的战斗气息里。

正当我满怀豪情等待组织批准参干的时刻，我的妈妈在外公的陪同下，乘火车急匆匆地赶到了上海。他们一个电话打到学校，让我去武定路鸿庆里我舅舅家同母亲见面叙谈。我记得，那天晚上，母子一见面，再也按捺不住激动的情绪。妈妈目不转睛地凝视着我，泪水簌簌地流了下来。我细细地向妈妈诉述自己报名参干前后的思想历程和学校里一些同学说服家长、教授鼓励爱女参干的典型事例，一再表示"好男儿要把祖国的需要放在第一位""我爱妈妈，但我更爱祖国"。母亲默默地倾听着，既没有鼓励我，也没有责备我，只是千叮咛、万嘱咐："一定要把学校领导和老师的话放在心里""不管走到哪里，都不要忘了给家里写信""在外要当心，注意自己的身体"。我情不自禁地投入母亲的怀抱，激动地说："妈妈，您放心吧！"

学校最后批准283位同学光荣参干，我因学生工作需要，加上左肺部有一钙化点，没能如愿走上国防建设岗位。但通过抗美援朝运动，我经历了一次严峻的思想斗争，如同经受了血与火的洗礼，摆正了个人志趣与祖国需要、个人利益与人民利益的关系。送走参干同学不到两个月，我就被批准加入了中国共产党。

2000 年 3 月 12 日

八十抒怀

三伏天刚过迎来了我的 80 岁生日。生日前夕和当天先后收到诸弟妹、侄、甥和几位老友发来的 E-mail，或打来电话，祝贺我的生日。特别是二弟还写了一篇情真意切的短文，四弟则精心编选了有关我的照片专辑发在网上为我的生日祝福。生日那天晚上，全家人在江苏大厦聚餐，分享生日蛋糕。席间我们欢声笑语，频频碰杯，小孙子举杯"祝爷爷活到 100 岁"，气氛极为欢乐和谐。

几天前，我在致一位老友的信中谈及流光如逝，58 年前我迈进全国文协（中国作协的前身）门槛的情景犹历历在目，转瞬之间，我竟已跻于耄耋老人之列。回眸往昔，我原本体质单薄瘦弱，中学时代一度染上肺结核，上世纪 80 年代末，又曾遭癌魔袭击，走过的人生路也不算太平坦。我想，之所以能活到这把年纪，除医疗保健条件改善外，一是自己一直坚持手脑并用，始终没有闲着。在职时勤于工作，勤于思考；退下来后，也还保持多少读点书、写点短文、参加一些活动、做一点力所能及的事。二是生活比较有规律，饮食起居，定时定量，不吸烟，不喝酒，不暴食，没有不良习惯，保持着普通人健康的生活方式。三是性情平和，遇事冷静沉着，一般能保持心态平衡，不急躁，不激愤，少计较，少抱怨。四是长期从事儿童文学工作，多少还保持几分天真，没有完全失却纯真的童心。往往用孩子的眼光看人、看生活、看世界。正因为如此，经历了几十年政治运动、文艺斗争、社会变革风风雨雨的我，如今对周围的一切人和事，对世界风云的变幻，都想得比较开了，对鲜花、掌声、头衔、座次、名利、地位乃至生死，都看得比较淡了。

我依然把冰心老人的"人生自八十开始"作为激励自己继续前进的动力。毕竟老了，我没有什么雄心大志，也没有什么豪言壮语，我将怀着一颗平常心，从容地读一点想读的书，量力而行地做一点愿做的事；与几十年风雨同舟、在最艰难的时刻矢志不渝支持我的老伴携手并进，力求把晚年生活安排得更闲适自在一点。在没有走完的人生路上，我将踏踏实实、一步一个脚印地走下去。抵达终点的时候，回头一望，如果还算得上是一个认认真真做事、清清白白做人、朴朴实实为文的人，那也就问心无愧了。

2010 年 8 月 21 日

让我欣慰的 2011 年

台历翻到最后一页，又到了年终盘点的时刻。即将告别的 2011 年，对我来说，可说是双喜临门、怡然自得的一年。

让我喜悦、欣慰的，主要是这么两件事：一是圆了兄弟姐妹八家在家乡大团聚的梦；二是在真挚、温馨的友爱氛围中度过了 80 岁生日。

十年前，我兄弟姐妹连同儿、女、侄、甥辈建立的小家庭，曾有过一次难得的大团聚。随着时间的推移，当年的 16 个小家庭如今已发展为 21 个，家庭成员也由原来的 42 人增至 51 人。我家今年真是喜事连连，从春到秋，我三个最小的侄女、侄儿和外甥女先后步入婚姻殿堂，成家立业。八兄妹趁金秋时节回家乡参加外甥女婚礼的大喜日子，实现了梦寐以求的、空前规模的家庭大团聚。51 个家庭成员中，除因病住院的大弟妹和旅居新加坡的大侄女一家三口没能回来外，其余老老少少 47 人都赶回来了。从年逾八旬的老头、老太到刚满百日的小毛头，分别从北京、上海、广州、珠海、太原、马鞍山乘飞机、高铁或自驾小轿车回到阔别多年的家乡大地。

今年的家庭聚会有个鲜明的主题，即纪念我们兄妹八个的父母百年诞辰。我们的父母是辛亥革命的同龄人。他们是国家求独立、人民求自由的见证人，也是兵荒马乱、天灾人祸的亲历者。在纪念辛亥革命百年之际，越发牵动了我们对亲爱的父母的怀念之情，感激之情，深切缅怀他们心地善良、为人厚道、做事认真、生活俭朴的美好品格、作风。亲情是血肉相连、至亲至爱的感情，是人间最纯真、最珍贵的感情。对父母的浓浓的亲情像一根红线把我们八兄妹紧紧地串联在一起，并形成相互关爱、团结互助、一方有难、八方支援的好传统、好家风。至纯至美的亲情也渗透到姑嫂、妯娌、连襟、叔侄、舅甥、堂兄弟、表姐妹之间。大家相聚在一起，说说笑笑，亲密无间，知心话、家常事，还有共同关注的住房、看病、教育子女、理财、反腐等话题，真是三天三夜也说不完。

这次聚会办得像模像样，井然有序。座谈、合影、游园、聚餐，还打印了在追思会上的发言和家庭成员通信录，编选、制作了录入几百张新、老照片的家庭电子相册，一件精致的水晶石纪念品，上面刻有"谁言寸草心，报得三春晖"的诗句。按照大家的建议，二弟、四弟还在编选一本题为《大井头6号——一户普通人家写照》的纪念文集，内容包括："团聚纪实""追忆亲人""兄妹剪影""家园拾叶"；准备自费印刷、分送亲友，留作永恒的纪念。这次情深深、意浓浓的家庭大团聚，将永远镌刻在老老少少亲人的心坎上。

说起我的80岁生日，按照家乡"做九不做十"的习惯，去年虚岁80时，儿女、弟妹已为我做过生日，我还写了一篇《八十抒怀》的短文。今年我80周岁生日的前夜，恰逢安徽少年儿童出版社出了一本《束沛德谈儿童文学》。这是我50多年来所写儿童文学评论的一个选集。这本书问世后，热心的朋友倡议召开一次关于我的儿童文学评论座谈会。我想，如能直率地谈谈我在评论上的成败得失，有好说好，有坏说坏，真正发扬良好的批评风气，那我还是乐于接受的。事前我再三表示，最好不要把座谈会同祝贺我的生日挂钩，尽量淡化生日色彩。可朋友们的盛情难却，最后还是定格为"束沛德先生80华诞暨儿童文学评论座谈会"，我无可奈何，也只好听其自然了。在座谈会上，朋友们说了不少鼓励和赞扬的话，比如："他是一只大家愿意紧紧握住的引领者的大手"，他"纵横交错地描绘了一幅中国新时期以来儿童文学的立体地图"，"他懂政治，更懂文学"，"智慧地平衡了政治的原则和文学的原则"，"我们需要一个感谢他的机会"，等等。对我的这些评估，显然是过誉了，但我相信朋友们的真诚。

座谈会后，没想到又在中少总社的儿童阅读体验大世界继续举行欢乐、有趣的庆贺活动。两个造型新颖的大头娃娃从舞台上走下来同我紧紧握手，向我献花，美丽的姑娘一个个端着点亮的红蜡烛夹道欢迎。我和朋友们一起徜徉在琳琅满目的书的世界里，在"红袋鼠"咖啡座分享生日蛋糕和"变变变"饮料。置身于这样一种热烈、温馨、童趣盎然的氛围里，我喜不自胜，真有点不知所措。我心里明白，朋友们举办如此精彩、别致的庆贺活动，并非我个人在文学评论上有多大成就和贡献，而是借此表达对跑龙套角色的肯定和尊重，认同儿童文学这个"小儿科"确实需要有人热情地为之鼓与呼。干了大半辈子文学组织工作，得到这样的肯定和认同，我也就心满意足了。

2011 年岁末

我赢得二十五年美好时光

搬来安外东河沿 8 号楼已将近 25 年了。搬家前三四个月，我被协和医院确诊患上令人忧虑的鼻咽癌。

1988 年 1 月 11 日，那是严寒季节一个阴暗的日子。在耳鼻喉科门诊室，面对主治大夫在我的病历上写下可怕的"ca（癌）"字，我的身心就被笼罩在癌魔的阴影之下。我努力说服自己，要"勇敢面对""处之泰然"；同事、朋友也劝慰我："放开，不要有负担，把一切置之度外"。然而，当我想起只差三年半就到退休年龄，本可以从容地读点书，写点文章，偏偏在这即将"到站下车"的时刻遭到癌魔的无情袭击，心中不免有几分悲凉情绪。

大病初愈，不敢有很高的期待，心里暗自许了一个愿：先争取 3 年、5 年的存活期吧。没料到，8 年、10 年、15 年、20 年，一个一个坎都平安顺利地迈过来了。如今我已闯过 25 年大关。看来可以骄傲地说：我已彻底战胜了癌魔。

其实，我与癌魔搏斗，也没什么妙法绝招，只是老老实实、认认真真地坚持了老生常谈的三条：一是切实遵医嘱，放疗 6 周，服中药两三年，这段时间按中医大夫说的不吃螃蟹和无鳞鱼；无论如何不乱投医，不乱用什么偏方。二是少生气，少埋怨，少攀比，保持平和乐观的心态，遇麻烦事力求心理上的平衡。三是休养四五个月，就照常上班，适当掌握工作、生活节奏，避免过于劳累；多少参加一点体育锻炼，学过气功，做做自编的健身操，坚持散散步。

从 1988 年 1 月到 2013 年 1 月，我整整赢得了 25 年美好时光。25 年，在历史长河中是短暂的一瞬间。而如果按平均寿命 75 岁来算，那 25 年就相当于人生旅程的三分之一；即使按长命百岁来说，25 年也占了漫漫人生路的四分之一里程了。25 年，对人的一生来说，可是无比重要、宝贵、不可多得的啊！

回望逝去的这 25 年岁月，且不说国际风云的变幻、中华大地的沧桑，单看我个人的经历、遭际，也可说是三生有幸。

这 25 年，我在文学工作岗位上超期服役 7 年，直到 67 岁才退休；特别是在儿童文学组织工作岗位上又当了十多年义工，主持了多次儿童文学评奖和作品研讨会，76 岁才挥手告别中国作协儿委会。在年逾古稀之际，还得了一纸奖状——宋庆龄儿童文学奖特殊贡献奖。

这 25 年，我坚持边工作边读书，边思考边练笔，先后出版了 10 本评论集和散文集。尽管这些文章质量平平，没多少特色，但总算留下了一份有点个性色彩的人生记录和读书札记。在我 75 岁、80 岁生日前后，作协儿委会、中少社还分别为我召开了散文集《岁月风铃》座谈会和"束沛德儿童文学评论座谈会"，让我这样一个业余老作者，有幸当面聆听到朋友们对自己笔耕成果的批评意见。

这 25 年，由于出访、开会、探亲、旅游，我有机会多次走出国门，在意大利、泰国、缅甸、加拿大、美国留下自己的脚印。在职时一心投入工作，不止一次放弃了游览名山大川的机会。退下来以后终于得以补补课，先后游历了黄山、庐山、武夷山、峨眉山、张家界、鼓浪屿，并登上美丽的台湾宝岛。外出走走，呼吸点新鲜空气，开阔了眼界，增长了知识，愉悦了身心。

这 25 年，我与老伴同甘共苦、相依为命，手拉手、心连心地一起度过 60 岁、70 岁、80 岁生日和金婚纪念。年过 70 后，先后抱上两个孙子，尝到含饴弄孙之乐趣。我兄弟姐妹八个，加上儿、女、侄、甥辈，如今已组成 21 个小家庭，家庭成员总共 51 人。2001 年、2011 年，在家乡丹阳有过两次难得的大团聚，深深体味到至诚至纯的亲情的温馨和欢乐。

25 个春秋，自然也遇到过一些不称心如意的事，但我确实应当知足了。试想，如果 25 年前癌魔夺去了我的生命，那我就不会有前面所说的那些人生阅历，也就品尝不到那些聊以自慰或值得庆幸的人生滋味。不用说，那样，我会带着不少遗憾、悔恨撒手人间。如今我年届 82，思维也还清晰，步履还算稳健，还没显出龙钟老态，偶尔还动动笔，日常生活也能自理。保持如此生存状态，我是心满意足了。即使明天闭上眼睛，似也死而无憾了。此时此刻，我由衷感谢社会的进步、生活的馈赠，由衷感谢亲人、朋友、师长、同事的理解和关爱！

2012 年 12 月

绿色的德宏

在风和日丽的季节，我们穿过澜沧江、怒江，越过高黎贡山，在滇缅公路上颠簸 800 公里，终于赶在泼水节前来到了心驰神往的孔雀之乡——德宏傣族景颇族自治州。

汽车在黄绸带似的盘山公路上绕行时，陪同访问的傣族朋友就向我们介绍，周总理 1956 年 12 月在具有重要历史意义的中缅边民联欢大会上曾说过："德宏是祖国边疆的一块宝地，一个美丽的地方。"我们这一行，大多是第一次来德宏。德宏的山川风光，民情风俗，历史文化，资源物产，在我们心目中，似乎都抹上了一层新奇、神秘的色彩。

我忘不了德宏的大青树、凤尾竹和龙竹。一踏上德宏这片神奇的土地，就被大青树的气势和凤尾竹的风姿征服了。雄伟魁梧、绿叶婆娑的大青树到处伸手，把无数的枝干、丫杈任意地向四周和高空扩展，形成了一个铺天盖地的树冠，好似一顶绿色的巨伞。它又把无数的气根深深扎进富饶的土地，虬根蟠结，坚实而稳健地屹立着，忠诚地守卫着边境的村寨。而那轻柔细长、青翠欲滴的凤尾竹，随风摇曳，婀娜多姿，给傣族竹楼增添了诗情画意。

我也忘不了傣家人的真诚、热情。在一年一度、盛大的泼水节前夕，德宏自治州政府邀请来自国内外的宾客吃民族团结饭。在方家傣味饭店的小院里，热情的主人、自治州文联主席致祝酒词，他意味深长地说："请尊贵的客人尝一尝民族团结饭的酸、甜、苦、辣。"我们一边细细品味着味酸而香的腌竹笋，糯米粉拌红糖、溢着芭蕉叶清香的泼水粑粑，别有风味的苦肠米线，辣中带甜的豌豆羹，一边不由得思索、体味着社会、人生的酸甜苦辣，建设新生活的酸甜苦辣。泼水节之前，傣族朋友告诉我：有四种人是不会被泼水的，即 45 岁以上的（傣族一般结婚较早，45 岁以上就被尊为老人），残疾人，孕妇，背小孩的妇女。泼水节仪式结束时，主席台上年轻美丽的傣族姑娘只是用花枝蘸水，在我肩膀上轻轻地掸了两下，这就使我对不会向老人等泼水的说法更加深信不疑了。在由人民广场回招待所的路上，我同一位头发花白的朋友结伴而行，本以为保险系数更大了，没有料到，神采飞扬的傣家姑娘提着水桶从路旁跑了过来，把一搪瓷茶缸的水向我后背泼了下来，浇得我浑身湿漉漉的。此时此刻，身上虽不那么好受，但我却为傣家人真挚的、深情的祝福所感动，也为年已花甲的我没有被看成一个老人而庆幸，顿时觉得自己变得年轻了。泼水节那几天，置身于能歌善舞的少数民族之中和欢乐沸腾的节日氛围里，我这个一向不会唱歌、不会跳舞的人，也打起了象脚鼓，敲起了铜锣，情不自禁地手舞足蹈起来。

我还忘不了五光十色的瑞丽。云南民间有句谚语："不到瑞丽，不算到云南；不到弄岛，不算到瑞丽。"这次我们有幸到了瑞丽和弄岛，既领略了瑞丽的繁华喧嚣，也欣赏了弄岛的江边风光。在瑞丽这个令人眼花缭乱的商业城市，贸易中心、商场商号、个体摊点鳞次栉比，珠宝首饰、化妆品、柚木雕、象牙象骨制品、高档低档服装……各色商品琳琅满目。来自国内各地和缅甸、印度、尼泊尔、泰国、巴基斯坦等国的商人游客如潮如涌，摩肩接踵。他们操着不同的语言叫买叫卖，讨价还价，中国和缅甸的钞票同时流通，呈现在我们面前的是一幅色彩斑驳的社会风情画。离瑞丽县城不远的姐告，是我国位于瑞丽江南岸的唯一村寨，它离缅甸的重镇木姐只有两公里，可说是近在咫尺。中缅两国边民确是共饮一江水，同赶一条街。这个过去被遗忘了的西南"天涯海角"，如今已被推到开发、开放的前沿。姐告经济开发区主任以热情洋溢、富有魅力的语言，为我们描绘了姐告未来经济、社会发展的蓝图：这里将建成一个国际自由贸易城市，将逐步建成具有现代化设施的购物中心、康乐中心、度假村、酒吧、影剧院、学校、医院、停车场……我们高兴地看到，类似沙头角中英街的中缅街已初具规模；新建的大货场上，中缅两国满载货物的汽车穿梭往来。我们憧憬着，有朝一日这里将会出现深圳、珠海那样的开放城市。

1991 年 6 月 14 日

相见时难别亦难

——居京琐记

送走今夏家里来的最后一批亲戚，顿时觉得松了一口气。我回到多日被临时挪作卧室的书房，坐在写字台前，打开台灯写日记，恢复一个多月来多少被打乱的生活秩序。

自从在北京有了个落脚点，特别是近几年住房比较宽敞之后，每年总要接待几次来自远方的亲友。赋闲在家的老人，比如我的父亲、姑母、舅父母，都挑选春暖花开的四月、五月或秋高气爽的九月、十月来京旅游；而尚有上学孩子的亲戚则别无选择，只能在热浪滚滚的暑期携儿带女逛北京。

今夏我家又迎来了一个待客的小高潮，从6月底到8月上旬，一个半月光景，先后接待了四批亲戚：先是年逾古稀、业已退休的内堂兄自中原来。随后，我的弟媳妇带着小学刚毕业的儿子从江苏老家来。接踵而至的是我的一个在太原刚参加完高考的外甥女。最后，是我的小姨子从遥远的乌鲁木齐来。我和老伴深知，他或她，来一趟北京真不容易，不仅跋涉千里，一路辛苦劳顿，而且要准备一笔相当可观的车旅费和令人咋舌的参观游览费。靠死工资过日子的，早几年就得为逛北京积攒盘缠了。小字辈的来北京，更是他们翘首以待、向往已久的事。几年前，我回老家时，就听到四弟对他的儿子许了愿："等你小学毕业，带你上北京旅游。"我的妹妹也曾对女儿说："各门功课都考80分以上，就让你上北京大舅舅家去玩一些日子。"对我的侄儿、侄女、外甥、外甥女来说，逛北京等于是从父母那里领了一次高规格、高档次的奖赏，确实是机会难得。正因为如此，我和老伴虽年逾花甲，在盛夏酷暑，不堪家务重负，但还是一心一意，尽力使远方来客在饮食起居上称心满意，玩得开心。

好在我们住京多年，待客已有经验，特别是6年前有过同时接待4家

12人的经验，如今接待三五位零散来客，可说是成竹在胸、游刃有余了。多少年来，我家的几个成员自然而然地形成一种井然有序的分工，各司其职，各尽所能。儿子负责送往迎来，逢上星期天，还要充当一两次导游。他自封为接待科长，这两年又戏说该晋升为礼宾司长了。我凭借多年做文学组织工作的经验，责无旁贷地协助安排参观游览日程，按着《北京市交通游览图》，指点乘车、换车路线。我还自告奋勇担任采购员，每天清晨下楼散步、做操时，顺便到附近的农贸市场选购新鲜的菜蔬。老伴则专司掌勺、整理内务。女儿、女婿有时也来帮一把手，按照菜谱，照猫画虎，做一两道时新菜肴，换换口味。新来的客人饱览京都风采之余，也忙里偷闲，帮助我们家搞卫生。勤快、能干的弟媳妇、小姨子、外甥女，又擦地板又擦玻璃，旮旮旯旯儿都打扫得干干净净，还把油渍麻花的瓶瓶罐罐擦洗得透明锃亮。我开玩笑说："家里来了两支卫生大军，一支是来自江苏的东路军，一支是来自新疆、山西的西路军，两军协同作战，攻克所有的死角，使我家迈进了'清洁户'的行列。"

　　亲人相聚，推心置腹，谈天说地，其乐无穷。交谈的话题极为广泛，从子女侄甥的升学、就业到亲朋好友的出国、下海，从物价、股市的涨落到住房、医疗制度的改革，从家乡丹阳入选全国百强县到新疆边境的中哈贸易，从彗木相撞到世界性的酷热，可说是天上人间，无所不谈，真是一次方方面面的信息大汇总、大交流。谈吐中有喜有忧，酸甜苦辣，五味俱全。外甥女不无欣喜地谈到她的爸爸妈妈今年同时晋升为高级工程师，但又不无忧虑地诉说父母所在的国有企业经济效益极差，今年已有两个月发不出工资。弟媳妇谈起我的几个在家乡的弟妹家中都安装上了程控电话，最近又筹措款项买下了自己的住房，但各家几乎都动用了全部积蓄，有的还欠下了一笔不小的债。内堂兄诉说不久前回乡办理落实私房政策的遭遇，怒不可遏地抨击当今办事非得找关系、走后门、请客送礼不可的腐败现象。他翻开《宝应历代县志类编》一书"教育类"第三章第四节，指着刘启勤的名字，对我老伴说："我们家是书香门第。你祖父是清朝末代举人，他漂洋过海，到日本留学，宣统三年，即1911年辛亥革命那一年，毕业于明治大学法政科。如果他老人家还健在，一定会运用法律的武器毫不留情地惩治那些利欲熏心的腐败分子。"

茶余饭后，远方来客你一句我一句畅谈自己对北京的印象。我弟媳妇感慨地说："同我 1980 年来京旅行结婚时相比，首都面貌大不一样了。那时只有前三门矗立着一排高层宿舍楼，如今举目一望，北京四郊高楼大厦林立，立交桥四通八达，黄色'面的'满街奔驰，确有一个大都会的气派了。"说到这里，我的 12 岁的侄儿竟冷不丁地插了一句："也不过如此!"原来，他小小年纪，却见多识广，不止一次地去过南京，到过上海，苏州、无锡也都游览过，加上电影、电视、刊物、画报，多种现代传播媒介所展示的大都市景观，对他来说，已是司空见惯。在他眼中，不管南方北方，高楼大厦，亭台楼阁，无非是一堆房子，看来看去，"也不过如此"。当我问他："你这次游北京，最感兴趣、印象最深的是哪个景点？"他不假思索地回答："最有趣的是在天文馆里看彗木相撞；最过瘾的是在石景山游乐园玩原子滑车、急流勇进。"少年儿童的兴趣、心理和视角，毕竟和成人存在很大的差异，我们做爷爷奶奶、爸爸妈妈、叔叔阿姨的，是不是都能很好地理解他们的精神需求呢？!

在品尝了北京烤鸭、美国肯德基、麦当劳之后，我又有意识地问小侄儿："你在北京，最爱吃什么？"答案又一次出乎我的意料，他毫不含糊地回答："炸酱面，味道好极了!"应他的要求，大伯母为他做了三次炸酱面。他仍不满足，临走前又让他妈妈买了六袋六必居的甜面酱带回老家去。说是要存放在冰箱里，隔上一段日子，吃一次炸酱面，细细品尝。而生长在北方的小姨子、外甥女却对我按家乡传统烹调法制作的家常菜——毛豆、青椒炒茄丁情有独钟，赞不绝口，说是一定要把这道菜引进新疆和山西。看来，吃的艺术、饮食文化也是需要相互借鉴，南北大交流呵!

天下没有不散的筵席。热热闹闹、乐乐和和了一阵子，山南海北的亲戚一个个告辞离别了。这时，我和老伴既有一种从忙碌、烦乱中解脱出来的轻松感，同时心中又不禁升起一缕"相见时难别亦难"的依依之情。

1994 年 8 月 14 日

难得大团聚

今年国庆、中秋两个节日喜相逢，是个家庭大团圆的好日子。我们这一家，经过历时半年的筹划，终于在家乡——江苏丹阳实现了老老少少28人的大团聚，了却多年来梦牵魂绕的一个心愿。

还是38年前，1963年春节，我们兄弟姐妹8人都回到家乡，同父母一起，共叙天伦之乐，并到照相馆留下唯一的一帧弥足珍贵的合家欢。从那以后，母亲在"文革"中含冤而死；父亲好不容易熬到噩梦醒来，又突发脑溢血而撒手人间。学有所成、刚挑起重担的大弟也英年早逝。留下我们兄妹7人，天南海北，各处一方，再也没有找到机会来一次全家团聚。今年10月2日，即农历8月16，正好是我母亲90诞辰纪念日。二弟倡议趁这个日子举办家庭聚会，既可对已故的父母亲表示深挚的怀念之情，又可借以增进我们一家祖孙三代的亲情交流。我和弟妹们都举双手赞成二弟的这个倡议。

节日前夜，我们兄妹7人携儿带女，从北京、上海、太原、马鞍山等地分别乘火车、小巴或飞机按时赶到家乡。除旅居国外和个别因工作实在不能抽身的外，能来的都赶来了。这是一次空前规模的家庭大团圆。38个春秋，对于历史老人来说，只是弹指一挥间。而人的一生又能有几个38年呢！？我们一家人，特别是我们兄妹7人，怎能不为这次难得的大团聚而激动无比又感慨万千呢！

久别重逢，兄弟姐妹间、姑嫂妯娌间，真有诉不尽的离情别绪，说不完的知心话儿。一个话题接着一个话题，谈得最热烈的还是家乡面貌、家庭生活的发展变化。就拿我们家来说吧：1963年的10口之家，已繁衍为当下的15个小家庭，人口翻了两番。祖祖辈辈住了几十年的老房子已无影无踪，在那地皮上修成了一条宽阔的、贯通城市东西的新民路；绿草如茵的市中心人民广场即将呈现在眼前。在家乡工作的三个小弟妹，旧宅拆迁之后都住上了三室一厅的居民楼，电视、空调、煤气灶、卫生间一应俱全，再也不用为生炉子、倒马桶发愁了。我还记得38年前团聚时，刚度过三年经济困难，物质极度匮乏，什么都凭票证供应，我从天津带回几斤高价"高级点心高级糖"，都觉得很稀罕。这次家庭团聚，两次到饭店聚餐，美味佳肴应有尽有；还到老字号金鸡饭店品尝了水晶肘子、蟹黄包子、鳝丝面等富有家乡传统特色的早点，实实在在地感受到了当下物质产品的丰富。说起通信联络，多少年来，我们兄弟姐妹一直保持书信往来。如今家家都安上了电话，大多用上了电脑，子、女、侄、甥辈还都有了手机，平时长途电话、"伊妹儿"穿梭往来，谈心聊天，方便快捷，连我这个素以勤于写信著称的大哥也懒得动笔了。当年团聚只能到照相馆拍上一张合家欢，这次我女婿却可用摄像机真实而生动地录下家庭聚会的全过程。社会的发展进步是多么迅猛呵。每个普通人家确实都得到了改革开放的实惠。

家庭是社会的缩影，时代变革的大潮也无一例外地波及家家户户。我们这一家同样是机遇与挑战、希望与隐忧并存。一说起下岗待业、集资购房、学费过高这些沉重的话题，我的两个弟妹和一个小妹就不免露出忧虑的神色。她们不到45岁，由于所在单位不景气，不得不提前办理退休，或面临一次买断工龄的威胁。面对困难，她们没有怨天尤人，而是起早贪黑、含辛茹苦地去打工，或在自己家里照管一个来自农村的中学生的食宿，千方百计地攒一点钱，以供给儿女上大学或重点中学。在外地工作的哥哥姐姐，一听到小弟妹有困难，马上毫不犹豫地伸出援助之手，想方设法，一齐凑钱，以救购房、缴纳大笔学费的燃眉之急。这些年来，尽管父母早早离开我们，但家里并没缺了主心骨。血浓于水的亲情把我们兄弟姐妹紧紧地联系在一起；那如胶似漆的凝聚力，是什么东西也分离不开的。我们心连心、手拉手地迈过人生路上一道坎又一道坎，同甘共苦地走过来。亲朋好友、左邻右舍都情不自禁地赞扬我家兄妹、姑嫂团结互助、亲密无间。

在缅怀父母的追思会上，我不无激动地谈起我们兄弟姐妹恪守祖辈、父辈言传身教的"奉公守法""勤能补拙""量入为出""和衷共济"的做人准则，努力做一个正直的人、勤奋的人、俭朴的人。热切期望全家人发扬光大家庭的传统美德，把它当作传家宝一代又一代地传下去。我的一席话引起全家老少的共鸣。古老又清新、强劲又温馨的门风、家风，连同浓浓的手足情、父子情，深深地刻印在亲人们的心灵深处。

2001 年 12 月 12 日

尝到了家乡味（外一章）

临近春节，弟妹偕同侄女从家乡来，捎来极具家乡特色和风味的荠菜馅与炒和菜，顿时勾起我长久以来萦绕于怀的回家过年的愿望。

我的家乡在运河畔、长江边、沪宁线上一个县城里。按家乡的习俗，大年三十，早晨吃汤圆，中午吃馄饨，晚上吃年夜饭。三弟用野生荠菜和肉末调制而成的馅，可以包馄饨，也可以包汤圆，其味道之鲜美，真是令人叫绝。说起野生荠菜，我的思绪一下子拉回到 70 年前。六七岁时，日寇入侵，故乡沦陷，到乡下避难。冬去春来，与邻居家的小女孩一起，挎着小篮子，到田埂塘边挑荠菜。当我们见到那一片片匍匐在地面又鲜又嫩的荠菜时，情不自禁地欢欣雀跃。敌机掠空而过，也置若罔闻。我多么期盼有朝一日再回家乡，同孙儿们一起到田野去挑荠菜，体味那随岁月流逝了的童趣童真。同儿时一样，除夕能吃上两大碗荠菜馅馄饨、八只荠菜馅大汤圆，那是多么开心啊！

三弟精心制作的炒合菜，虽不是什么山珍海味，却是一道既普通又精致、色香味俱佳的素菜。说它普通，在于它是用红萝卜、胡萝卜、芹菜、豆芽菜、香菇、金针菇、木耳、百叶、花生仁、毛豆仁这些常见的蔬菜搭配起来的。说它精致，在于要把红萝卜、胡萝卜斜切成薄片，再切成细丝，很讲究刀工；而各种蔬菜，红绿相间，色泽鲜丽。炒好出锅前淋以香油，就有了一种与众不同的、鲜美的味觉效果。春节期间，鸡鸭鱼肉，荤菜吃腻了，吃上一点清淡的炒合菜，感到特别可口。我也试做过多次，可至今做不出那种特有的味道来，看来还得虚心向三弟取经哩。

今年又没能回故乡过年与弟弟、妹妹、侄儿、外甥和孙子辈的亲人们团聚，心里有几分惆怅。但大年三十总算能品尝到久违了的家乡风味，也就心满意足了。

2006 年 1 月

早市好

如今，我家的餐桌上能摆上青煸鲜蚕豆、青椒毛豆炒干丝、盐水虾、茭白炒肉丝这样一些富有家乡风味的菜肴，不能不感谢农贸市场开辟了早市。

过去菜市场、副食店的作息时间，与我们单位同步进行，上午 8 点开门，下午 5 点关门，我们双职工常为没有买菜时间而叫苦不迭。自从离家不远的那条冷僻胡同里有了早市，就再也不必为此发愁了。

无论春夏秋冬，我每天清晨下楼散步，做完健身操，顺便去逛一趟早市，就把当天要买的菜蔬提溜回来了。每天不到 6 点钟，早市上已是人来人往，熙熙攘攘。窄窄的胡同两旁，一个摊位接一个摊位，摆满了各色各样的新鲜蔬菜，红彤彤的西红柿，鲜嫩嫩的黄瓜，水灵灵的生菜，偶尔还有活蹦乱跳的鲫鱼、青虾，真令人目不暇接。当我寻觅到家乡常有、北方少见的荠菜、苋菜、豌豆苗、蒿子秆儿等菜蔬时，心里不免乐滋滋的，思乡之情也油然而生。

在早市很少见到在国营菜市场、副食店常见的那种不爱搭理人的、冷冰冰的面孔。摊主们叫卖声不绝，主动、热情地招徕顾客。菜蔬一般分成一、二、三等，依质论价，任你挑选、比较，绝不会遭到白眼。早市一端放着公平秤，加上有的老大娘兜里还揣着弹簧秤，所以也不用害怕摊主会缺斤少两。

每次我提溜着一篮子新鲜菜蔬离开早市，心中总是情不自禁地、默默地称赞：方便，便宜，称心，早市真好！

1992 年 7 月 8 日

深情的祝福

今天是亦平和李玲步入婚姻殿堂，结为终身伴侣的大喜日子。让我当证婚人，感到格外高兴和荣幸。说实话，我年届八旬，还是第一次当证婚人哩！我兄弟姐妹多，侄、甥辈差不多覆盖了十二生肖。我也是第一次参加侄、甥的婚礼，第一次在家乡的土地上喝侄、甥们的喜酒。

亦平和李玲的恋爱、婚姻，是一对幸福的组合，是十分珍贵的缘分。李玲的家乡在天府之国，亦平的家乡在长三角，一条浩浩荡荡的长江把一个四川辣妹子与一个江南小伙子紧紧地、亲密地联结在一起，真是千里姻缘一线牵。祝他们的爱情像长江一样源远流长。

李玲学的专业是生物，亦平学的专业是医药，都与大自然、与生命科学分不开。祝他们的爱情、婚姻像探索大自然的奥秘、生命的奥秘那样永远神奇、新鲜、美妙，魅力无穷。

李玲和亦平都工作在著名的花城广州。祝他们的爱情、婚姻之花像南国花市那样色彩缤纷，香飘万里。

婚姻是爱情的升华、爱情的归宿；也是人生幸福的一个新起点。正像李玲、亦平登记结婚那一天，在题为《我们一路走来》那首充满真情的诗中所表达的：

> 无论风雨，我们都会携手前行
> 我们是幸运的
> 因为彼此幸运地等到了要等的人
> 美丽幸福的花朵，永远在我们心中绽放

这是他们共同的心声。我作为证婚人，见证了他们从相遇相识到相知相爱，确实是志同道合，情投意合；不是奉父母之命、媒妁之言，是完全自由的、心心相印的结合。

我真诚地祝愿他们在事业上、工作上兢兢业业、扎扎实实、红红火火。

祝愿他们在生活上、感情上亲亲热热、甜甜蜜蜜、和和美美。

祝愿他们从新的起点出发，一步一个脚印，以更加坚实的步伐向前行，向着银婚、金婚、钻石婚的美好目标登攀！

我和所有在场和不在场的亲朋好友一起，深情地祝福新郎新娘亦平、李玲婚姻美满，生活幸福，夫妻恩爱、早生贵子、百年好合，白头偕老！

2011 年 5 月 2 日

弥足珍贵的亲情

金色的收获季节，天高云淡，秋风送爽，在家乡的大地上迎来又一次家庭聚会，这是一件十分令人高兴的事情。

2001年秋，我们曾有过一次难得的大团聚。从那时到现在，又过去整整十年。十年间，国家面貌、社会生活都发生巨大的变化。家庭是社会的缩影，我们家同样有了很大的变化。与上次团聚相比，这次参加聚会的人数更多了，由原来的28人增为47人。十年又增添了五个小家庭，小家庭数由原来的16个增至现在的21个。人丁兴旺，十年新添了9个婴幼儿，第四代小字辈由原来的2个增为现在的11个。在年龄结构上，参加聚会的，从刚满百日的小毛头到80岁的老头儿、老太太。从籍贯和出生地看，除江苏丹阳外，京、沪、皖、晋、粤、闽、吉、川……东西南北中，遍布中华大地，还有出生在新加坡、加拿大、美国的。从职业来说，工程师、会计师、教师、律师、公务员、工人都有，而以从事教育、财会、医药工作的居多。随着时间的推移、年龄的增长，21个家庭总共51个成员中，已有14人先后离退休，占总人数的27.4%。有的退下来后，还在不同的岗位上忙碌地工作着。家庭的幸福、和谐、文明程度是与社会的经济发展、道德风尚和文化教养紧密相连的。经历了百年沧桑，回顾我家的总体状况，可以引以自豪地说，我们是生活在一个向上、文明、和睦的大家庭里。

这次家庭聚会的主题是纪念束啓钧、张汉玉诞辰100周年。我们兄弟姐妹八个的父母是辛亥革命的同龄人。他们是国家求独立、人民求自由的见证人，也是兵荒马乱、天灾人祸的亲历者。他们的一生是勤奋劳碌的一生，含辛茹苦的一生。在纪念辛亥革命百年之际，越发牵动了我们对亲爱的父母的怀念之情、感激之情。

在我的心目中，父母亲心地善良，做事认真，为人厚道，生活俭朴。这些美好的精神、品格、作风，是他们留给子孙后代的宝贵的、永恒的精神财富，是我们世世代代应当学习、继承和发扬的。

今天我们纪念父母百年诞辰，要牢记父母的教诲，进一步加深我们兄弟姐妹之间的亲情。亲情包括父子、母女之情，夫妻之情，祖孙之情，兄弟姐妹之情，婆媳之情，姑嫂妯娌之情，叔伯与侄儿、舅舅与外甥之情，堂兄弟姐妹、表兄弟姐妹之情等。亲情是由血缘、家庭传统、乡土风俗人情凝结而成的一种血肉相连、至亲至爱的美好感情，是人间最亲密、最珍贵的感情。对父母的浓浓的亲情像一根红线把我们兄弟姐妹八个紧紧地联结在一起。我们要满怀热情地珍惜它，百倍小心地维护它，倾心倾力地发展巩固它。今后我们要更好地发扬孝敬父母、尊重老人、关爱兄弟姐妹，精心培育下一代的好传统、好家风。

为我们的大团聚干杯！

为大家的健康、快乐、幸福干杯！

期待着有朝一日在家乡再团聚！

2011 年 10 月 3 日

情系丹阳大井头6号

　　读完二弟、四弟编选定稿的《大井头6号——一户普通人家写照》，亲人面影、家庭往事历历在目，不禁让我百感交集，思绪万千。

　　编印这本书的初衷，是为了让家庭成员和子孙后代了解我们的父母及其子女——我们兄妹八个的经历、工作、生活、家境和家风。家庭是以婚姻和血缘关系为基础的社会单位，包括父母、子女和其他共同生活的亲属在内。它是社会的一个细胞、一个基本单位，是社会的缩影。家庭的兴衰枯荣，家庭成员的遭际、命运，往往是与社会的变迁、发展紧密相连、息息相关的。从我们这一家的经历、遭遇中，同样可以清晰地看出历史的、时代的投影和折光。就这个意义来说，这本书不仅是给子孙后代提供一本必读的家史；同时也是为现、当代"社会调查"留下一份真实的、有一定史料价值的记录。

　　以家庭住址、门牌号码——大井头6号作为书名，表达了我们对家园和亲人的眷恋之情、怀念之情。呼唤亲情，赞美亲情，珍惜亲情，弘扬亲情，是这本书的主题和基调，它像一根红线贯穿全书从头到尾的字里行间。不久前我在《新民晚报》发表过一篇题为《让我欣慰的2011》，文中写到去年圆了兄弟姐妹八家老老少少47人在家乡大团聚的梦。多位朋友来信赞扬我家的恰恰亲情，其中一位谈道："你的家庭就是中国一段历史的写照"，"这样和睦的大家庭以后在中国会越来越少了"；另一位写道："如果我们国家的每个家庭都能如此，那就真的进入和谐社会了。"收入《难忘亲情》的不少文章，从不同角度、不同侧面反映了家庭成员彼此之间的亲密关系，颂扬了血浓于水、难以割舍的亲情。和睦家庭是和谐社会的基石。讴歌亲情，就是为了更好地培育、弘扬和谐精神。

　　善良、认真、勤俭、正派，是祖辈、父辈留给我们后辈弥足珍贵的精神财富。它的价值是万贯家财、金玉满堂所无法比拟的。固然，我们的思想观念、精神道德要与时俱进，要跟随时代的步伐发展变化。但万变不离其宗，无论如何，我们要把"温良恭俭让"这样的好传统、好家风作为传家宝一代一代地传下去。

《大井头6号》这本书是集体创作的成果。家庭成员中的成年人都为它的问世付出了自己的心血和精力。特别是二弟、四弟，对此书的策划、组稿、撰写、编选、印制，真可说是费尽心机、不遗余力了。我深切期盼每个家庭成员以及子孙后代珍惜这份来之不易的劳动成果，好好地利用它，保存它。

2012年2月4日（龙年立春）

美在方寸

　　集邮是一项富于人文内涵和高雅情趣的业余文化活动，它有益于陶冶性情，开阔眼界，增长知识，愉悦身心。

　　我四弟建德在少年时代就涉足邮苑，至今已有 50 多个春秋。他从事集邮写作，也有二十六七年，算是辛勤耕耘于邮苑的一个老园丁了。

　　我一向相信："志趣＋勤奋＋毅力＝成功"这个公式。建德弟之所以能在集邮上有所作为，稍有成果，正由于他对此情有独钟，怀有炽热的感情和浓厚的兴趣；又勤于练笔，勤于钻研，坚持不懈，持之以恒。他原本只有中学文化程度，而通过收集研究邮票，阅读集邮专著，获得文学艺术的滋养，逐步提高了自己的文化素养。我也一度热爱集邮，特别赞赏我国花鸟题材和匈牙利体育题材的邮票。但由于缺乏锲而不舍的精神，没能坚持下来，至今还引以为憾哩。

　　多年来，建德以前辈集邮家郭润康为榜样，坚持走"收集、研究、写作"之路。他满怀热情，在力所能及的范围里积极收藏各种邮票，主要是新中国邮票和邮资封片。他的脚步不止于收集，更着力于"方寸世界"的探索、研究，力求揭示它的思想、艺术之美，不断提高鉴赏力。尤为可贵的是，他把学习、研究的心得、体会及时写成文章，与广大集邮爱好者交流。他的集邮写作，不限于自己动笔为文，还主编了《郭润康集邮书信选》《郭润康集邮剪影》等书，并主编《邑丹邮刊》。他心系邮苑，与时俱进，在网络集邮新时代，早在 2006 年就在新浪网开辟了自己的博客"云邮天下"。博客成为他练笔的空间，他勤奋耕耘，写邮人、写邮事，持续不断发表博文 1200 多篇，熟能生巧，如今他已成为一个集邮写作的行家里手。

　　置于我案头的这本《美在方寸——束建德集邮文选》，正是他多年来集邮写作的结晶和缩影。我以为这是一本有品位又有趣味，有知识又有感情的邮书。它有以下几个鲜明特色。

一是选题新颖，题材内容广泛而又重点突出。

这本书的取材，可说是古今中外，无所不包。历史人物、名胜古迹、山水花鸟、体育运动、民俗节日、十二生肖……从小小邮票这个"方寸"窗口，可以清晰窥见色彩斑斓的大千世界。而书中浓墨重彩描述的集邮家郭润康及丹阳邮人的集邮生涯和业绩，更是独特的，别具特色的，对读者有很大的吸引力。

二是知识性与趣味性结合。

每枚邮票、每件邮品背后都蕴含独特的内涵和丰富的知识。无论是对人物的介绍或对名胜的解读，作者都力求用简洁的笔触把相关的生平、历史、价值、特点勾勒出来，尽可能使读者得到不少新鲜的知识。作者采用多种文体，如散文、随笔、游记、书评、日记来写邮文。《带着邮票游广州》《走进邮票中的宏村》等，把集邮写作与旅游结合在一起，情景交融，娓娓道来，引人入胜。《世界之最》这一辑里的文章，也都既有知识含量，又引人生趣。

三是图文并茂，雅俗共赏。

作者的文笔简练清新，不少文章配以各式构图精巧、特色鲜明的邮票或封片，从而更增强了可读性，观赏性，给人以艺术享受和美的启迪。在我看来，建德弟这本书也是践行郭润康"大众化集邮理念"的一个尝试。通俗易懂有助于向集邮爱好者普及集邮知识。而书中有关集邮文献的篇章，对集邮研究者、集邮行家也不无裨益。作者追求的雅俗共赏，是值得称道的。

我把建德弟出版的这本《美在方寸》看作他集邮写作的一个新起点。真诚地祝愿他今后有新的开拓，新的收获，写出更多美文佳作。

2017 年 2 月 15 日

2009年、2010年辞旧迎新日记

2009.12.31（星期四）

还有两个多小时，新年的钟声就要敲响了。即将跨入2010年门槛之际，回望过去这一年，国际国内大事、要闻一桩桩、一件件清晰地浮现在眼前：喜庆新中国六十华诞，经济增长率保八胜利在望，海峡两岸和平发展初见端倪，全球金融危机阴云不散，甲型流感在世界各地猖獗，哥本哈根气候谈判难以达成共识……所有这些，令人喜忧参半，难以忘怀。

就我个人经历和家庭情况来说，2009年，值得记上一笔的，略加梳理，似有以下一些事情。

一　出了两本书：一本是《为儿童文学鼓与呼》（二十一世纪版），这是我继《儿童文苑漫步》《守望与期待》之后的第三本儿童文学评论集；另一本是《多彩记忆》（中少版），则是我以少年读者为对象的一本散文选。收入这本集子的新作不多，大半系旧作炒冷饭。

二　参与了三种向中华人民共和国六十华诞献礼的儿童文学图书的编选工作。一种是《共和国儿童文学金奖文库》（30本，中少版），由我写了序言；另一种是《中国儿童文学六十周年典藏》（4卷6册，外研社版），其中散文选《遥远的歌溪》由我作序；再一种是《中国儿童文学六十年（1949-2009）》（上、下卷，350万字，湖北少儿版），其中收入我写的评论文章、职务性文章、相关文件计19篇。

三　在纪念中华人民共和国成立六十周年之际，获得中国作家协会颁发的从事文学创作六十周年的荣誉证书和纪念章。我深知自己写龄虽然不短，但在创作、评论上都没有什么建树，拿到这张证书，只能说是一段历史的记录罢了。

四 今年除先后去桂林、京郊、天津参加儿童文学理论研讨会、幼儿文学六十年研讨会、《童话王国》创刊十五周年暨"童话与儿童阅读"研讨会外，没有出远门，到其他地方去。本来，我和老伴刘崑曾有去承德、北戴河、东莞的中国作协创作之家或生活基地短期休息的机会，都因家里离不开而放弃了。

五 阳春三月，应一位已退下来的中央领导同志之约，参加了一次十多位复旦老同学的餐叙。同窗情深，当年在复旦一起做学生工作、团的工作的老友，阔别多年，一旦相逢，回忆往昔，畅叙当下，有说不完的话题，无拘无束地自由交谈，十分亲切愉快。另，复旦新闻系同班同学在"五一"节后也有过一次聚会，应到 15 人，因事因病缺席 6 人，开始呈现七零八落之势。而持续了 20 多年的、一年一度的镇江中学同学聚会，这两年已组织不起来，似已溃不成军。岁月不饶人，毕竟老矣，不禁令人感慨系之。

六 今年 4 月又添了一个小孙子，取名嘉星。8 月底，儿子竞鸥、儿媳张瑞携嘉星由波士顿、蒙特利尔举家回到北京。大孙子嘉晖近一年多一直在我们身边，每天去幼儿园。阖家大团圆，我和刘崑既尝到含饴弄孙之乐趣，也不时尝到小家伙淘气、吵闹，令人不得安宁之烦恼。

七 我和刘崑身体状况平稳，对各自所患慢性老年病，仍坚持常年服药，不敢掉以轻心。我还不时为睡眠状况不好所困扰。除此而外，幸好没增添什么新毛病。刘崑忙中偷闲，操持家务之余，今年也在《北京青年报》发表了《夕阳芳草碧连天——中国作家协会老作家支部往事琐忆》等文。

八 小卫（女婿）从事陶行知、陈鹤琴等教育思想研究，担任中国陶行知研究会理事、北京市陈鹤琴教育思想研究会常务理事。2008 年出版长篇传记文学《陈鹤琴传》，并发表多篇传记文学作品；今年出版了《当代北京餐饮史话》，另一本《当代北京剧场、电影院史话》即将出版；现在又开始写作新一本史话作品。

还有一个半月将步入虎年，按虚岁算，届时我和刘崑都是八旬老人了。此时此刻，我的耳畔又一次响起冰心老人"人生自八十开始"的至理名言。在新的一年，在注意保健、生活自理的前提下，还是要力争能坐下来更从容地读点书，多少写一点文坛忆旧、作家剪影之类的文章。如有需要和可能，愿继续为儿童文学敲敲边鼓。

下午5点左右，菱舟（女儿）、小卫先后来家。大家一齐动手做了几样富有家乡风味的菜肴。老少三代、一家八口围坐在圆桌旁，频频举杯，"祝新年快乐！""祝身体健康！""祝事事如意、岁岁平安！"欢声笑语不断，气氛活跃和谐，共享天伦之乐。

2011.01.01（星期六）

迎来了21世纪第二个十年的元年元旦。除了大学时代曾在上海度过新年元旦外，这还是我参加工作后第一次在上海迎新年。

回顾刚过去的2010年，我的生活中有以下几项值得记上一笔：

一　编选了两本书：一本是散文随笔集《红线串着爱与美》；另一本是评论选集《束沛德谈儿童文学》。

二　两次去江西：一次是参加二十一世纪出版社在南昌、婺源举行的儿童文学芳菲之旅；一次是参加中国作协在庐山举办的作家国际夏令营。

三　4月、8月和崑（老伴）一起先后去杭州、北戴河中国作协创作之家休息十天。

四　12月赴南京参加中国作协第八届全国优秀儿童文学奖颁奖大会暨全国儿童文学创作会议。

五　在南京参加会议后，先后去江苏丹阳、上海，与家人团聚，参加弟妹、儿女庆贺我和崑80（虚岁）生日的餐叙。

六　随着张瑞（儿媳）工作的变动，竞鸥、张瑞8月在上海租了房，安了家；大孙子嘉晖入了上海市实验小学，小孙子嘉星进了鹤琴文艺幼稚园。

七　崑偶尔也动动笔，继去年发表《夕阳芳草碧连天——中国作家协会老作家支部往事琐忆》后，今年又发表了《我的京剧缘》《从茅盾的信到胡耀邦讲话——亲历1979年文艺界的一次重要会议》等。

八　柯小卫今年加入中国作协，又先后出版了《当代北京剧场影院史话》《当代北京环境卫生史话》等书。菱舟随单位组织的代表团于10月底11月初去法国、德国参观访问半个月。

九　8月体检时发现直肠有一个小息肉，做结肠镜检查时已切除；另发现有室性前期收缩（早搏），待进一步检查。

新的一年，在注意保健的前提下，量力而为，多少做点力所能及的事。看来，在帮同竞鸥、张瑞照料家务上，还得花点力气和时间。特别是崑去年10月至12月一直在沪帮同照料，短期内似难以脱身。

晨7点至8点，和崑一起散步至儿子住处附近的川杨河桥畔。晚全家在一起涮锅，共庆新年。

年终岁末致老友

传坤、开基兄：你们好！

2013 年的台历只剩下最后几页没翻过去，即将迎来 2014 年。岁末年初，向远在西北的你们，致以深情的祝福，祝新年快乐，阖家安康！

一个多月前，作协人事部让我到作协新进人员培训班讲一讲：《作协的职责和文学组织工作》。当我走进会场，看到几十张年轻的、生气勃勃的面庞，不禁想起 61 年前我跨进作协门槛时，是个 21 岁的年轻小伙子，如今已两鬓斑白，跻身于耄耋老人行列，不能不发出岁月无情的感慨。

过去的一年，日常生活平平淡淡，似乏善可陈。由于你们不用电脑、手机，平时不能通过 E-mail、发短信保持经常联系，一年四季很少沟通交流。因此，想借写这封信的机会，把我各方面的情况较为详细地告诉你们。

我的健康状况，2013 年可说是经历了两次"有惊无险"：一次是 3 月 P.S.A 升高至 11.46（正常值要求 <4），泌尿科大夫疑为前列腺癌，斩钉截铁地让我做穿刺检查，幸好最后诊断为良性前列腺增生，算是躲过又一次与癌字沾边的厄运；另一次是 10 月体检又发现室性早搏（频发），在这之后不久，有一天早晨突然头晕、手麻、心率过缓，后到医院做了 24 小时动态心电图，检查结果除心律不齐外，也没发现太大的问题，又算躲过一劫。总之，毕竟 82 岁了，体力、视力、记忆力与前几年相比，都有所下降，手拎十斤八斤东西登上过街天桥已感到吃力。但脑子还不糊涂，步履也还稳健，日常生活能自理。今后几年，若能继续保持这种状态，我就心满意足了。

再说说参加文学活动和读书、写作的情况。自从 2007 年底不再担任作协儿委会负责人后，近些年可说是逐渐淡出儿童文苑了。除了有时碍于情面，偶尔写几篇书评、序言、导读之类的短文，或参加几次作品研讨会外，没有再做什么。今年下半年，先后参加过老作家、老领导舒群、张光年、陈荒煤等的百年诞辰纪念会，有的还在会上发了言，或写了忆念文章。

有些朋友不止一次地向我建议，应根据自己长期从事文学组织工作的经历，把有限的精力用到写点文坛忆旧、作家剪影之类的文章上来，可以留下一点有用的资料。由于自己的怠惰，缺乏持之以恒的韧性，写得也不多。继去年冬天写了《忆50年代的创委会》《一个记录者眼中的周扬》（分别刊于今年出版的《新文学史料》《纵横》）外，今年又写了一组《难忘的文学名家剪影》《四次青创会琐忆》等。还有几个题目，至今没有理出头绪来，迟迟没有动笔。今年倒有机会出了两本书：一本是《情趣从何而来——束沛德自选集》，另一本是《发出自己的声音》。前者包括理论批评和散文随笔两辑，可说是浓缩了我几十年边跑龙套、边笔耕的收获；后者列入《新视野中国儿童文学理论研究书系》，是在我2003年出的那本评论集《守望与期待》的基础上调整篇目，修订而成。两本书皆系旧作炒冷饭，收入的新作不多，因此也就不打算寄赠求教了。

读书看报可说是日常生活中重要的、不可或缺的部分。几份日报，一份《参考消息》，加上《文艺报》《文学报》《作家文摘》《中华读书报》等，每天拿到手，大致翻一翻，总得花上一两个小时。平时读的书不外乎有关现、当代文学的回忆录、传记、儿童文学新作和当前引起热议的图书，如《故国人民有所思》等。这些书大多是同事、朋友和出版社赠给的。对大部头长篇作品，不免望而生畏，已缺乏坐下来从容阅读的耐心。无论读书或写作，都量力而为，掌握节奏，把它当作一种休闲的方式。

在这里，我还想把近一年探亲会友的情况扼要地告诉你们：50年代作协创委会在京的几位老同事，早就想找个机会聚在一起叙叙旧、谈谈心，但从春到冬，历时一年，由于健康、天气等方面的原因，至今未能兑现。我大学时代的同学，在京的原有17位，如今健在的只有11位了。改革开放以来，坚持了30年的、一年一度的聚会，今年也因病因事凑不到一起而化为泡影。我和刘崑中学时代的同学，在京的原有9位，现也只剩下4

位了。正好今年春暖花开时节，有一位中学同学夫妇自大洋彼岸回祖国参观游览，从而使在京中学同学有了一次难得的聚会。短短几小时推心置腹地谈心、聊天，感受了"有朋自远方来，不亦乐乎"的激动与"今宵离别后，何日君再来"的依依惜别，那缕感情实在是既深挚又复杂。

我的两个儿女，女儿已于今秋退休，有更多时间帮同照料我们的生活。原在加拿大的儿子、儿媳，在上海工作了四年，今夏又带着两个孩子回美国了。春夏之交，我和刘崑曾去上海住了一段日子，与儿孙共叙天伦之乐。

拉拉杂杂写了三页纸了，就此打住。今日冬至，进入数九寒冬，深切期盼你们保重身体，颐养天年。新年、春节接踵而至，遥祝事事如意、岁岁平安！

弟沛德

2013 年 12 月 22 日

从同窗情到钻石婚

"纸上谈情"的成功

我和导涓在中学时代相遇相识时，还是年方二八、生气勃勃的少男少女，如今已是年满八五、两鬓斑白的耄耋老人了。时间呀，飞速前进，一眨眼，我俩已在一起度过70个春秋。

1947年夏秋之交，导涓从兰州女中转学到镇江中学，从此我俩在一个班级同窗两年。那个年代，男女同学之间的交往还不是那么活跃潇洒，个别接触、交谈是很少的。我和导涓也就是在办壁报、参加时事研究会和班级组织的春游、秋游活动中，相互留下了一些美好的印象。我觉得她单纯、热情、开朗、向上，而她对我的印象是：真诚、勤奋、肯钻研、有志向。也许正是这种感觉、印象，埋下了爱的种子。难忘的同窗情，仅此而已，与一些朋友、同事想象的"早恋"、谈情说爱还不沾边。

解放大军渡江，镇江解放，我和导涓就分手了。她满怀革命热情参加了工作，从南京二野军大到二野《后勤导报》，随军抵达重庆，后又调到《新疆日报》。而我抱着一心要当记者的愿望，进入复旦大学新闻系，毕业后分配到中国作家协会。从1949年5月在镇江分别到1953年4月在北京重逢，我俩分处两地整整有四年光景。她在重庆、迪化（乌鲁木齐），我在上海、北京，持续不断的上百封书信往来，终于使爱的种子生根、萌芽、开花了。"纸上谈情"的成功，不能不感激语言文字的神奇魅力。

开头在信中彼此谈学习、工作、写作、家庭情况，谈各自的优缺点、兴趣爱好、人生追求。我抒述在抗美援朝中报名参干，为《文汇报》写"思想改造学习随笔"专栏；她告知赴南疆麦盖提参加土改，到八一纺织厂、钢铁厂采访报道。过了一段时间，就一步一步更多地在信中抒发彼此想念的感情了。

"你的来信和照片扰乱了我的心"

从友情到爱情的突破，是由于我勇敢地迈出第一步，主动寄给她一张在复旦大学德庄宿舍门口的照片引发的。我在寄去照片的那封信中表达："在镇江中学，你给我留下一个美好的、永不磨灭的印象。我们的情谊是深厚的，是建立在一致的方向与共同的目标上的。

你现在做报纸工作，而我的志愿也是做一个有作为的新闻工作者。如今与我同学、同志、同行、同伴的，就只有你一个。希望我俩真正成为亲密的同志、朋友和伴侣。"

她喜欢那张照片中的我，欣赏我的清秀、文雅、青年学子的朝气。后来她在一封信中坦率地表白："你的来信和照片扰乱了我的心。我的心开始被你占据了一个很重要的位置，初恋的爱在我幼小的心灵上生了根，它是稳固而有基础的。""由我不懂得爱情和开始懂得爱情时，我只爱过一个人，那会是谁呢？亲爱的沛德，就是你。我向你公开了我的秘密，你知道我的心在跳动，我的脸在发烧吗？"她回赠我一张在文艺宣传队伍里打腰鼓的照片，让我越发觉得她纯真明朗、活泼可爱，更坚定了我与她相恋相爱的决心。

上世纪 50 年代初，根本没有 E-mail、微信、iPad，连打个长途电话也很困难，通信联系的唯一方式是写信。而一封航空信从乌鲁木齐寄到上海或北京，在邮途中要耽搁十天八天。发出一封信，要等到对方的回信，至少得半月二十天。从 1952 年秋到 1953 年春，是我和导涓热恋的一段日子。那时，常常扳着指头算日子，盼望、期待远方来信的那种急切的心情，真可说是望眼欲穿。随着相互了解的加深，爱情的火花也越发强烈、绚丽地迸发出来。信中的称呼不断升温，从沛德、导涓到亲爱的沛德、导涓，亲爱的哥哥或妹妹。信的结尾从握手、紧握你的手到吻你、亲吻你、紧紧地拥抱。真是"一在东来一在西，你想我来我想你"。

1953 年初春时节，我和导涓正式确定了恋爱关系。接着就面对一个如何调动到一起的问题。我在致导涓的信中真诚地表示："我关心祖国边疆的建设，热爱边疆人民，也同样热爱每一个参加建设边疆的干部，当然啦，我也是爱你的。"导涓也在复信中回应："如果我们一旦晨夕与共，该是多么的幸运。我记忆着江边的别离，也热情地等待着我们在天山脚下会面的一日。"当年支援边疆建设是干部分配的大趋向，我俩是真心实意想一起在新疆工作的，没有奢望相聚在首都北京。然而，当我向上级严文井提出要求调往新疆时，得到的回答很干脆：正在加强中国作协的工作，人手很少，不可能放你走的。他让我把导涓的所在单位和简历写给他。后来，中宣部干部处给新疆分局组织部打了电话，商调导涓来京。过了一个多月，这事就办成了。

在接受批判、审查那段日子里

我还清晰地记得，导涓从乌鲁木齐乘汽车到兰州、西安，又转乘火车到北京，一路上风尘仆仆，折腾了半个多月。她到达北京的当天傍晚，我到石碑胡同中宣部招待所去看她。她披着一件列宁式的棉上衣，桌上放着一本正在阅读的苏联郭尔巴托夫的小说《宁死不屈》。离别了四年，一旦相逢，那喜悦、激动是难以用语言比拟的。

调到一起头两年，我在中国作协，她在《中国青年报》，工作、学习、生活，一切都还称心如意。星期日、节假日，只要不加班，总是约会相聚在一起。北海、景山、颐和园、中山公园，都留下我俩谈情说爱的甜蜜记忆。阅读文学作品是我俩的共同爱好，特别是俄罗斯和苏联的作品，从屠格涅夫、契诃夫到肖洛霍夫的《静静的顿河》、尼古拉耶娃的《收获》，都是当年我俩经常的、饶有兴味的话题。

导涓来北京后不久，我才写信告诉家里和她相恋相爱的事，并在信中附去一张我俩在北海五龙亭的合影。那张小小的四方形照片是用莱卡相机拍的，年逾古稀的老祖母戴上老花镜也没能看清楚未来的孙媳妇是什么模样。结婚前半年，导涓借去江、浙采访之便，路过我家乡江苏丹阳时，第一次去探望公婆和我的弟弟妹妹。她还清晰地记得，我母亲讷于言辞，不善交际，特地把我的外婆请来负责接待。外公、外婆请导涓到中华老字号丹阳金鸡饭店用早餐，品尝了丹阳肴肉、蟹黄包子、鳝丝面。我母亲在家里烹饪了红烧狮子头、清蒸桂鱼、肉丝腰子汤，也让她品尝了家乡味。导涓用随身携带的相机给小弟妹们留了影。我的相册里至今还保存着那些老照片呢。丹阳之行，情深深，意浓浓，外婆的热情、干练，母亲的亲切、善良，弟妹们的活泼可爱，家庭的温馨和睦，都给导涓留下难忘的印象。

然而好景不常，在反胡风斗争中我遇到了麻烦，因为所谓"泄密"错误而受到批判。审查了一年多，才得出：与胡风集团没有组织上的联系，犯了严重自由主义错误的结论，并给予我党内严重警告处分。在我接受批判、审查那段日子里，我和导涓的联系一度中断。在1955年国庆前夜，导涓所在单位的领导给她打招呼：节日期间不要和束沛德见面，避免把问题搞复杂了。报社有的好心的同事甚至劝说导涓和我分手，幸好导涓很坚定，她相信我的为人，在爱情上没有动摇。

婚事"低调、低规格"

反胡风斗争尘埃落定，我和导涓被"运动"耽搁了很久的终身大事才提到日程上来。我的上级、时任创作委员会副主任的女作家菡子了解到，我和导涓相识已达10载，确定恋爱关系也已有四年之久。

我俩的婚姻通过漫长的恋爱季节，又经受了斗争风雨的洗礼，应该说是水到渠成、瓜熟蒂落了。菡子对此表示充分的理解，热情支持我们尽快地办喜事。1956年12月5日，寒冬腊月，我和导涓到朝阳门外芳草地派出所领了结婚证，在芳草地中国作协宿舍里举行了简朴的婚礼。由于我还背着刚受处分的沉重包袱，我和导涓达成了婚事"低调、低规格"办理的共识。除了我俩所在部门的同事外，连我们中学、大学时代的同窗好友也都没有邀约。新房是一间不足14平方米的简易平房，没有玻璃窗，只有一层可卷上卷下、用以挡风的窗户纸。

所有的家具都是从机关借用的，没有添置多少新的生活用品，只买了一台红星牌收音机，临时从作协对面的供销社抱回一条红绸被面的棉被。

举行婚礼那天薄暮时分，陆陆续续来了40多位宾客，菡子也冒着寒风来了。一间房挤不下，住隔壁的同事王景山、李昌荣夫妇又打开通向他们家那套间的门。菡子带来一件古朴典雅的、白底黑花的陶瓷花瓶，上面贴着她亲手剪的大红的双喜字，表达她对我和导涓的深情祝福。在一块粉红色的、印有喜鹊登枝、龙凤呈祥图案的签名绸上，菡子和诸位来宾饱蘸酣墨签上了自己的名字。一束鲜花，一杯清茶，几把喜糖，欢声笑语，热热闹闹，两间小房里顿时洋溢着欢乐祥和的气氛。那情景，那场面，使原本强颜欢笑的我实实在在地感受到了人情的温暖。六十年过去了，菡子那亲切的"祝你们喜结良缘，白头偕老"的江南口音，依然萦绕在我的耳边。老领导沙汀从四川来京开会，补送给我俩那块绸料台布，前些年还覆盖在我家冰箱上哩。

我所有文章的第一读者

1956—2016 年，整整一甲子。半个多月前，我和导涓迎来了人生难得的钻石婚。在异国他乡的儿子一家和我的弟妹侄甥们，先后打来电话或发来微信表示祝贺；还有几位热心的朋友为我俩精心制作了音乐相册。女儿、女婿送来鲜花，为我俩的健康、幸福干了杯，并拍了几帧照片留念。钻石婚纪念日就这么未加张扬而又欢乐开怀地度过了。回望 60 年走过来的路，可说是还算顺利、幸运，但也尝到不少酸甜苦辣，不禁让人感慨系之。

在事业、写作上，没有什么成就和建树，但数十年如一日，认真负责地做了力所能及的工作，在这一点上我俩是问心无愧的。我长期从事文学组织工作，也做了点为儿童文学鼓与呼的实事，还出了十几本评论集、散文集。导涓担任《中国青年报》驻浙江、河北记者多年，在新闻战线也参加过一些重要的采访活动；她还和一位同事合出了一本散文集。我写文章、出书，大多是导涓在电脑上一字一句敲出来的，她成了我的老秘书，也是我所有文章的第一读者。我南腔北调，拼音不准，也就懒得在电脑上敲键盘了。

在历次政治运动、文艺批判中，我在反胡风、反右派、"文革"、反资产阶级自由化、80年代末那场风波中，碰过钉子，栽过跟头；在大风大浪里学游泳，总共喝过五口水。导涓也在反右斗争中遇到过麻烦，入党没能按期转正，延长了一年候补期。但相比而言，我俩毕竟没被戴上什么帽子，算不上命运多舛。

在家庭生活上，可说是和谐、美满的。我和导涓一直心心相印，相濡以沫。在家务事上，从来是共同操持，没让导涓一人围着锅台转。管儿女，带孙子，也是同甘共苦，各尽所能。80年代末我战胜癌魔的袭击，至今赢得了29年美好时光，也是与导涓的温馨体贴、悉心照料分不开的。我还记得，大病初愈，作协领导让我去北戴河创作之家短期休养，导涓还带着小电炉、药罐子，天天给我煎中药哩。

我俩对家庭的关心照顾，也算是尽心尽力。从上世纪50年代初到80年代初，一直从微薄的工资中抽出钱来资助家用，为弟妹们上学助一臂之力。80年代初，家里的老房子拆迁，拿到两万多元拆迁费，在弟妹们分这笔钱时，我俩和大弟、大弟妹毫不犹豫地放弃那应得的一份，使在家乡的弟妹可以多分到一点。孝敬老人、关照弟妹、省吃俭用，是我家祖辈、父辈留下的好传统、好家风啊。

分离之苦与团聚之乐

当然，在改革开放前，从1958年下放到"十年浩劫"，这20年间，我俩也尝够了两地分居、离多聚少之苦。我永远不会忘记，每当报社派导涓到外地采访，周末我得从天津返回北京，匆匆赶到青年报幼儿园时，往往只剩下我女儿一人。她那张小脸紧贴在窗户玻璃上，眼巴巴地等着家人来接。面对这个情景，我的眼泪几乎夺眶而出。

1963年河北发大水，导涓到永年县采访，被洪水围困在县城里，与报社也失去联系。这时我恰好在北戴河、秦皇岛参加河北省委宣传部召开的地、市委宣传部长会议工作，把不到六岁的女儿留在天津大营门幼儿园。周末没人接，老师只好把她带回自己家里去。想起当年各处一方、杳无音信的那种焦急不安的心境，至今还不免心有余悸哩。

"文革"头几年，我在宁晋河北省委五七干校，导涓在河南潢川团中央五七干校，只好把九岁的女儿和两岁的儿子留在保定，让保姆照料。一家分处三地，怎么能不让人牵肠挂肚呢。

写到这里，我不禁想起改革开放 30 多年来，我们阖家团圆，享天伦之乐，那是多么温馨、欢乐、幸福！

2001 年、2011 年，我们大家庭在故乡大地有过两次难得的大团聚。21 世纪初的团聚，参加聚会的 28 人，隔了十年再次聚会时增加为 47 人。浓浓的亲情把我们兄弟姐妹八家紧紧地联结在一起。导涓和我一样，深深体会到至亲至爱的兄弟姐妹之情、姑嫂妯娌之情。每当面对那张在家乡绿树成荫的万善公园拍的合家欢，照片上那三代人个个眉开眼笑，精神饱满，真让人心旷神怡。

从 80 年代到 90 年代，我俩的儿女都先后成家立业，并在古稀之年尝到含饴弄孙之乐。小孙子早就会喊爸爸、妈妈、奶奶，唯独不会喊爷爷。没想到，正月初一，他喊出第一声"爷爷"，像是为了向爷爷拜年似的，真让人高兴。我和导涓曾两次到加拿大蒙特利尔儿子、儿媳处小住；一年前又去他们在美国新泽西州新安的家住了五个月。

同时，我女儿、女婿也去美国旅游。我们一家老少又有幸在美国大团聚了。尤其难忘的是祖孙三代，一行八人，从加拿大温哥华到美国阿拉斯加乘豪华邮轮作海上七日游。一路上，观赏了近在眼前的冰川和在海上跳跃的大鲸鱼。停船时上岸观光，我俩虽年届耄耋，但精神还好，能跟上队伍，一个码头、一个景点都没有错过，对此不能不聊以自慰。

分离之苦与团聚之乐，今昔对比，怎能不让人感慨万千，又怎能不由衷感激多彩生活的馈赠呢！？

度过钻石婚，又站在一个新的起点上，我俩将手拉手，心连心，力求平稳地、一步一个脚印地走完漫漫人生路。

2016 年 12 月 25 日

异 域 掠 影

列宁墓前

当我们乘坐的伊尔 62 飞机，掠过西伯利亚上空时，透过舷窗俯瞰大地，依然是白雪皑皑，千里冰封。几个小时后飞抵莫斯科，却已冰化雪消、风和日丽了。鸭子抖着翅膀在刚刚解冻的池塘里追逐嬉闹，枞树吐出一层新的嫩绿，令人强烈地感受到：春姑娘终于姗姗地来到了莫斯科。

在莫斯科逗留的时间很短暂，我们怀着一种急切的心情，要亲眼去看一看久已向往的红场和列宁墓。去瞻仰红场那一天——1985 年 4 月 22 日，恰好是伟大的列宁诞生 115 周年纪念日。莫斯科街头到处是旗帜、鲜花、巨幅的列宁画像和书写着"我们的旗帜是列宁主义""列宁的思想和事业万古长存""共产主义必胜"的大字标语。这些响亮的标语口号，是不是能够点燃起当代苏联人革命热情的火焰，我们无法做出准确的判断。

红场，不如我们想象的那样宽广，然而庄重、雄伟而壮丽。我漫步在红场上，凝望着用晶莹美丽的花岗岩砌成的列宁墓，脑子里闪过了列宁墓前的风风雨雨：1924 年，在严寒的日子里，上百万劳动者含着热泪护送列宁的灵柩入墓，庄严宣誓一定要彻底执行列宁的遗训。1941 年，希特勒匪徒逼近莫斯科的时候，斯大林在列宁墓前发表演说，号召全国军民彻底消灭德国侵略者。……今天，等候拜谒列宁墓的队伍，同 10 年、20 年、50 年前一样，似一条长龙，沿着克里姆林宫墙，一直延伸到位于红场附近的亚历山大罗夫斯基花园的尽头。在这支队伍里，大多是天真烂漫的少年儿童和生气勃勃的青年男女，也有一些两鬓似霜、步履蹒跚的老年人。人们跟随整齐的队列循序渐进，秩序井然，没有一点喧哗嘈杂的声音。我们看到，一对对穿着漂亮礼服的新婚夫妇，面露笑容，手捧鲜花，在男女傧相的陪同下，超越川流不息的长队，径自进入陵墓瞻仰。作为外国客人，我们也享受了优先权，经一位红军军官许可，插入队伍的前列。排在我们前头和后面的，都是十四五岁的中学生。面对那一张张俊俏、可爱的面孔，浅蓝的眼睛，金黄的发辫，我好像看到了熟悉又亲切的卓娅、舒拉、奥列格、古丽雅、马特洛索夫的身影。这些苏联卫国战争中的英雄，为了保卫祖国，献出了自已年轻的生命。如果卓娅、舒拉还活着，该是60岁上下的老年人，当是这些中学生的爷爷奶奶了。今天，在庆祝反法西斯战争胜利40周年的时刻，这些沐浴着灿烂阳光的年轻人，他们当不会忘怀那些在卫国战争的枪林弹雨中流血牺牲的烈士们吧！

正当我沉思默想的时候，已经走近列宁墓了。陵墓门口有两位表情严肃、目不斜视的红军战士守卫着，他们以立正的姿势持枪站岗，毕恭毕敬，纹丝不动，就像两尊青铜塑像一般。你走在拜谒的行列里，如果衣帽不整齐，扣错了纽扣，以至细微到领口的风纪扣没有扣上，站立两旁的红军军官都会严肃地、一丝不苟地提醒你。进入陵墓，沿着一级级台阶往下走，每个人都把脚步放得轻轻的，凝神屏息，好像生怕惊扰了正在安眠的列宁。再往前走，向右拐个弯，透过橙黄色的灯光，我们看到了列宁安详地闭上了那双充满睿智的眼睛，一只手握着拳头，一只手自然地放在胸前。这不禁使我想起作为宣传家、鼓动家的列宁发表演说时那一手按着胸口、一手指向前方的动人姿势。仿佛他夜以继日地工作，过于疲劳了，现在需要闭上眼睛休息片刻，可他的大脑还在不停地活动，缜密地思考着如何学会管理经济，如何培养劳动者自觉的纪律性，如何消灭官僚主义，如何纯洁党的组织……

走出陵墓，转回红场。只见换岗的红军战士雄赳赳、气昂昂地迈着正步走向克里姆林宫正门，那姿势就像在阅兵典礼上接受检阅似的。在红场一侧，一队队少先队员正在举行新队员入队仪式。站在少先队行列里的，还有胸前挂满金光闪闪勋章的苏联将军、战斗英雄、劳动英雄。他们是少先队的校外辅导员，退休以后，依旧为培育未来一代倾注着热情和心血。我们看到少先队的老队员庄重地为新队员系上新领巾，辅导员带领新队员庄严宣誓。孩子们的眼光里蕴含着真诚、纯朴的感情。在列宁墓前，我凝视着一条条飘动的、鲜艳夺目的红领巾，想起了50年代初读过的苏联著名诗人马尔夏克题为《列宁》的那首诗：

在克里姆林宫近旁的花岗石墓宫
他安静地躺在无数面国旗当中，
在世界上，他举起的那面大旗正迎风飘扬，
好像那朝霞发着红光。

这面旗帜有时会大得无边无限，
有时它又变成一块小红绸
系在伊里奇的小孙儿——
少先队员的脖颈上。

如今，列宁举起的旗帜在四面八方飘扬，越发光辉灿烂，列宁的一代又一代小孙儿系上了红领巾，从小立志做列宁事业的接班人。在红场上，我们听见苏联少先队辅导员向孩子们讲述列宁热爱儿童、关心儿童的感人事迹。

在圣诞节，列宁带着送给孩子们的节日礼物，赶往莫斯科近郊的林间学校参加枞树晚会，由于在路上遇到土匪的袭击而迟到了。

在饥荒的年代——1919 年，列宁特别表现了对儿童和他们饮食的关怀，亲手颁布了对非农业区 14 岁以下所有儿童免费供给饮食的法令。

在共产国际第四届世界大会期间，列宁怀着欣喜的感情对克拉拉·蔡特金谈起，从边远小村孩子们的来信中了解到，一所教养院里的几百个儿童都在用功读书，努力学习文化，爱清洁，讲卫生，天天早晨洗澡，每次吃东西都洗手。列宁微笑着，满意地说："村子里的小孩子已经在帮助我们建设苏维埃了。既然这样，我们还怕会不成功吗？"

孩子们睁大了眼睛，聚精会神地倾听着。列宁对年青一代的殷切期望，对美好未来的胜利信心，像一股暖流淌进孩子们幼小的心灵。从孩子们笑容可掬而又若有所思的表情里，我们感觉到他们对列宁老爷爷尊敬、仰慕的深情。

当我们告别红场的时候，克里姆林宫的钟声和少先队员的歌声交融在一起，清脆悦耳，缭绕不绝，我的心中油然生起一缕"在列宁的旗帜下胜利前进"的情愫。

1986 年 3 月 5 日

新结识的匈牙利朋友

去匈牙利之前，对这个美丽可爱的国家，我只有一鳞半爪的了解。从电视、画报上，我看到过蓝色的多瑙河、著名的英雄广场、壮丽的国会大厦、景色如画的巴拉顿湖。从文学作品中，我结识了裴多菲、约卡伊、米克沙特、莫里兹、尤若夫这样一些出色的诗人、作家。在体育圈里，我还熟悉西多、高基安、别尔切克、约尼尔这些乒坛健儿闪光的名字。除此以外，我也没有忘记，1956年那个多事之秋，发生在匈牙利的一场政治风波，曾经引起多少中国人的忧虑和关切。我更不会忘记，以匈牙利伟大诗人光辉名字命名的"裴多菲俱乐部"，后来又如何变成一道紧箍咒，刺伤了中国多少正直的作家、艺术家的心灵。

我带着这样一些杂乱无章的印象和感慨，踏上了匈牙利的国土。4月的布达佩斯，名不虚传，确是一个美丽的春城。那灿烂的阳光，清新的空气，那苍翠的树木，碧绿的草坪，那争奇斗艳的鲜花，水珠晶莹的喷泉，还有自由飞翔的鸽子，五光十色的房子……这一切让你感到仿佛置身在一个五彩缤纷的大花园里。透过鲜明、柔和的色彩，我强烈地感受到匈牙利人具有的那种充满青春朝气、活力的性格和对生活、对未来的坚强信心。

我们结识的第一个匈牙利朋友，是中文名叫谷兰的女同志。她是匈牙利作家协会为我们配备的翻译。在布达佩斯机场宽敞明亮的迎宾室里，我们初次见面，就谈得很融洽，她能讲一口清晰悦耳的中国普通话，比我这个在北方待了30多年的江苏人的南腔北调好听多了。原来她50年代中期曾在北京大学学习了七年汉语和中国文学，吴组缃、王瑶教授都是她的老师。现在欧洲出版社当编辑，负责编辑关于东方各国的书稿，用匈文出版的王蒙短篇小说集《说客盈门》，就是她经手编辑的。

谷兰这个名字很雅致，让你联想到长在深谷里的幽兰，清馨的香气扑面而来。可她衣着朴素，不尚装扮，胭脂、口红、发油等化妆品似乎同她无缘。平时总穿色彩淡雅的衣裳，只有一个晚上陪我们到国家歌剧院去看匈牙利歌剧《邦首相》，她才换上了色彩斑斓的连衣裙。她岂止朴素端庄，还有点不修边幅呢。那双半旧不新、从来也没擦亮的皮鞋，很不合脚，走起路来，一点不利索，十分引人注目，然而她自己并不在意。相处一些日子，我们很快了解到，这是一个典型的知识分子，有很浓重的学者气质，一心扑在读书、翻译、写文章、做学问上，不愿把时间、精力花费在梳妆打扮、逛街、逛商店上。

谷兰对中国怀有深挚的友好感情。谈起在中国的那段学习生活，她常常沉浸在美好的、深情的回忆里。她是多么想念那些曾经朝夕相处的老师和同学啊！她满怀激情地诉说："我的第一个孩子生在中国，分娩后不能带孩子住校，在北大附近租了老百姓的房子居住。房东老大娘很善良，把我当作亲生女儿，包饺子给我吃，总是嫌我吃得太少。"一个远离祖国的年轻妈妈，在异国他乡，受到了素昧平生的中国母亲无微不至的照料。时间过去了20多年，当年呱呱坠地的婴儿，今日已长大成人、成家立业了。她又怎么能忘记好大娘的深情厚谊呢！谷兰到过南京、上海、杭州、长春、哈尔滨、重庆、武汉等地，对西湖、三峡的优美风光赞不绝口。她向往着再次访问中国，特别想去看一看兰州、敦煌。大西北的开拓与建设，莫高窟的壁画与雕塑，对她富有巨大的吸引力。

正因为谷兰对中国一往情深，加上没有语言的隔阂，因此我们能像老朋友那样推心置腹地交谈，很亲切随便。她告诉我："从60年代初到'文革'十年，我们的处境也很困难。在那多云转阴，阴转风雨的日子里，我们当然不能再为中国唱赞歌；然而我们对中国人民是了解的，打心眼儿里也不愿意批评、指责中国，只能保持沉默。现在烟消云散，天气晴朗了，我们可以自由交往了。等到这一天，真不容易啊！"这可以说是所有对中国友好的匈牙利人的共同心声。他们热爱中国，关心中国，以极大的热情和兴趣注视着中国大地上正在发生的历史性的变革，期待着中国在改革和开放方面获得成功。由此谈到匈牙利的改革，谷兰告诉我：从1968年开始进行的经济改革，近几年虽然遇到了一些困难，但人民的生活比过去毕竟是改善了。市场、商店里的食品、日用品很丰富，不少人有了自己的小汽车，在城郊还有别墅，周末能休息两天，应当说日子过得不错。谷兰陪我们逛过附近的南车站商场。我们亲眼看到，五光十色的橱窗里，货架上，各式商品琳琅满目。每样东西都标明了价格，顾客一目了然。比如，开膛鸡每公斤两元七八角，鸡蛋每只一角四分，牛奶每公斤三角五分至四角，苹果每公斤一元。按匈牙利职工人均月收入二百五六十元来计算，这些食品的价格就够便宜的了。谷兰还告诉我们，按全国平均，一个三口之家就有一套两间房的住宅，九人至十人就有一辆私人小汽车，家家都有电视机，但彩电不算多。从我们看到的、听到的，得出一个印象：匈牙利人民的生活虽然不算很富裕，但似已接近我们所说的小康水平了。谷兰是50年代的青年，她的生活经历、文化教养，使她形成了自己的道德观念、价值标准。在她看来，还有比物质生活更重要的东西，那就是人总得有点理想、道德、情操。当她向我们谈起匈牙利改革后出现的一些年轻人缺乏理想、少数人只顾自己挣钱、社会风气和服务态度不好这一类现象时，她往往摇晃着头，摊开双手，表示出一种隐隐的忧虑和不安。她的这种心情，很容易为我们所理解。经济改革在人们思想上引起的变化，对意识形态工作提出的新课题，确实发人深思。如何在抓好物质文明建设的同时，切实抓好精神文明建设和思想政治工作，确是一个需要不断探索、总结的大题目。

离开匈牙利的前夜，谷兰执意邀请我们到她家里做客。盛情难却，我们只好领情了。她的住宅坐落在玫瑰山的半山坡上，环境很优美、清静。据说，玫瑰山被人们叫作"干部山"，因为这里大多是负责干部的寓所。当我们跨进谷兰的房间，好像进入一个中国作家的书房，书架上陈列了很多中国出版的文学、戏曲书籍和《辞海》之类的工具书，其中有不少是她50年代在中国上学时购置的。那些书籍的开本、封面、装帧，都是我所熟悉的。谷兰的爱人是个左臂有残疾的文弱书生，懂得英、法、德、俄好几国文字，从事翻译工作，是个自由职业者。她的小儿子在部队服役，那天正好休假回家。这是个漂亮的小伙子，高挑个儿，蓝眼睛，白皙的皮肤，见了中国客人还有点腼腆，顶惹人喜爱。谷兰为了使这次聚会给我们提供一个交流情况、交换意见的机会，还特别邀请了《说客盈门》一书的译者鲍罗尼和一位熟悉匈牙利文学现状的女批评家来作陪。可惜那位女批评家因为家里临时来了客人，没能如约前来。鲍罗尼也是50年代北大留学生，他除了翻译过王蒙的作品外，还翻译了高行健的剧本《车站》，正在译古华的小说《芙蓉镇》。他的中国话也说得很流利。在谷兰忙着准备饭菜的时候，我们自然而然就同鲍罗尼攀谈起来。他说，匈牙利的经济改革引起人们生活的变化，在小说、诗歌、剧本这些文学样式中并没有明显的反映，而在报告文学、散文中却表现得比较充分。他很坦率地说："中国同志不能按照自己的欣赏习惯，只注意小说、剧本，应当更多地注意我国的报告文学、回忆录以及像《生活与文学》《源泉》这样的同现实生活密切联系的刊物。"他还建议，中国翻译介绍西欧各国的文学作品，最好看一看东欧的批评家是如何评价的。因为我们地处欧洲，在传统、风俗习惯、生活方式上相近，对西欧作品中反映的生活更易于理解。

谈兴正浓的时候，餐桌上已经摆好了来自中国的白底蓝花的盆、碟、匙、碗，还有我们多日不见的中国筷子。谷兰还真能干，为我们做出了一桌地道的色香味俱佳的中国菜，有清蒸鱼、红烧鸡、香酥鸭、糖醋排骨、宫保鸡丁……拼盘上的小红萝卜还雕了花呢。当我们夸奖谷兰的烹调艺术时，她微笑着说："在中国，女同学教会了我做中国菜。现在我每次在家里请客，朋友们总让我做中国菜。"边吃边谈，话题很广泛，从中西餐的菜谱到筷子、刀叉的用法，从中匈两国的风土人情到文学作品的翻译出版，可说是海阔天空，无所不谈。当我们问起匈牙利一本书的出版周期时，鲍罗尼马上把"矛头"引向谷兰，不断地向她"开炮"："这要问谷兰，她有发言权！""你们问问她，《说客盈门》出书用了多长时间？"从他们的谈吐中，我们听出来，匈牙利尽管出版、印刷条件比较先进，但出书的周期也很长，一本书从交稿到出版，至少一两年。著译者对这种状况很不满意，但也无可奈何。

席间，谷兰的小儿子不断为客人斟酒。我不会喝酒，早已涨红了脸。这时，谷兰又高兴地谈起不久前两次看了内蒙古京剧团在匈牙利的访问演出，对京剧的表演程式和演员的精湛技艺极为赞赏。她是研究中国戏曲的，用匈文翻译的《元人杂剧选》已经出版，现正在研究《中国地方戏曲与民间文学》这个课题。我们知道她治学谨严、勤奋，频频举杯祝愿她为中匈文学艺术的交流做出新的贡献。

访匈期间，我们结识的新朋友中，还有一位中文名叫米白的同志。他思想敏捷，谈吐犀利，为人热情坦率，给我留下了深刻的、难以忘怀的印象。当我们刚到匈牙利，在作家协会的办公室商谈活动日程时，作协外事书记就告诉我们，不久前随匈文化代表团访问中国归来的米白，邀请我们去参观他所在的工艺美术博物馆，并请我们到他家里做客。我们的心弦被一位素不相识的外国朋友的热情好客拨动了。

风和日丽、春意盎然的布达佩斯，在 4 月底那几天，竟然一会儿凉风飕飕，一会儿细雨绵绵，一会儿又天空晴朗，阳光普照大地。无怪乎匈牙利有句谚语：剧变，像 4 月的天气。那是一个雨后的傍晚，米白驾着自己的小汽车来接我们到他家做客。他真诚地表示愿意通过自己的家庭，让我们更好地了解匈牙利知识分子的工作和生活。这正符合我们的心愿。米白，也是 50 年代初在北京中央工艺美术学院当研究生的，现在肩负着匈牙利工艺美术博物馆馆长的重任。他的家在一条幽静的街道旁的住宅楼里。他的书房相当宽敞，足有二十五六平方米。推开窗户，可以看到一个青草如茵、绿树如盖的庭园，令人心旷神怡，那是米白读书、写作之余休憩、散步的地方。书房四周都竖立着高大的、多层次的书架，雪白的墙壁上挂着齐白石、黄宾虹、吴作人的令人赏心悦目的中国画。书柜里、写字台上放着一件件精致的中国小摆设和工艺美术品。我们好像又回到祖国一个艺术家的家庭里。女主人——一位已经退休的女教师，温文尔雅，举止大方。她已经亲手为我们制作了外形美观、香甜可口的匈牙利点心，还准备了威士忌、啤酒、葡萄酒和各种饮料。米白风趣地称他的夫人为"米太太"，他请米太太为中国客人的光临干了一杯。

米白是研究美术的，但涉猎的面很广，他的著述包括中国文学史、中国绘画史、中国工艺美术、绘画技巧等。他还是匈牙利少有的几位翻译介绍中国现代文学的汉学家之一。他从书架上取下一本又一本关于中国的书，其中包括他翻译的郭沫若的《青少年时代》，老舍的《骆驼祥子》《茶馆》，曹禺的《雷雨》等。他还打开收录机，让我们倾听冯至、卞之琳等二三十年代诗作的朗诵录音。显然，他很欣赏这两位中国诗人感情真切、艺术完整的诗篇。当谈起最近这次访问中国的印象时，他说："见到了许多老朋友、老同学，感到中国有不少人思想很开阔，没有什么框框，过去同中国人交谈，总要有两句共同语言：一是打倒美帝国主义，一是苏联万岁。现在用不着这样了，可以按照各自的认识畅谈自己的看法。"他很神秘地问我们："中国妇女有了变化，你们知道是什么变化？"我们的脑子还没有转过弯来，他自己带着欣喜的感情作了回答："中国妇女有了乳房！"他搞美术，模特儿是他观察、描写的对象。他注意到现在中国妇女乳房丰满，更加健美了。米白在看到我国取得的成绩和进步的同时，也毫不客气地指出，现在中国有一点很不好，不仅街道上不那么整洁，环境卫生不好，而且社会风气和社会秩序也不是太好，有些人的思想不那么干净，可能是受了"左"的思想和外来思想的影响。我被他的这些肺腑之言深深地打动了，觉得他的心真是和中国人民的心连在一起的。一个外国人肯于如此直率地指出我们工作、生活中的缺点和弊端，这是多么难得的、珍贵的友谊啊！

当我们的话题转到中国在改革中实现干部"四化"时，米白高兴地告诉我们，他也有了自己的接班人，最近正在交接工作，将由一位40多岁的、从事新闻工作的同志来接替他的馆长职务。他的新岗位是工艺美术博物馆下属的东方博物馆。这样可以从繁杂的日常行政、组织工作中摆脱出来，集中更多的时间、精力搞研究。他把这种新旧交替看作合乎规律的正常现象，一点也不恋栈，也没有觉得担负低于原来职务的工作，有什么不光彩。米白倒是自觉地做到了能上能下、能官能民哩！

通过米白的家庭，我们约略了解到匈牙利知识分子的工作、生活条件。像米白这样学有专长，又担负一定领导职务的知识分子，虽说有自己的书房，但整个住房面积并不是很宽敞。他那辆小汽车也是老式的，半旧不新的，车身也很小。也还有一些年纪不小的知识分子，上班还得乘地铁或公共汽车哩。一个大学教授或一个刊物编辑每月工资收入大约为300元至350元。他们一般都兼任一两项别的工作，加上学位补贴、稿费、编辑费、授课费等其他收入，总共为五六百元，比全国职工人均月收入高一倍。同一些发达国家相比，匈牙利知识分子的生活待遇不能说是很优厚，只能说是对复杂的脑力劳动给予了起码的、必要的补偿罢了。要知道，一人身兼数职，那是很辛苦的。劳动强度之大，工作节奏之紧张，都是非同小可的。

在米白家里，从傍晚一直畅谈到深夜，度过了一个愉快的、难忘的夜晚。米白很健谈，话题变换了一个又一个，真像开了闸似的，关也关不住。我们考虑到第二天早晨还要到外地去参观访问，不得不告辞了。走出楼外，雨又在淅淅沥沥地下个不停。五颜六色的灯光与似烟似雾的春雨交织在一起，闪闪烁烁，朦朦胧胧。此情此景，不禁勾起了一缕离情别绪。我们紧紧地握着手，依依惜别，不约而同地说出了"后会有期"。

再见吧，米白！再见吧，谷兰！愿我们的友谊像巴拉顿湖一样清澈见底，像扬子江一样源远流长！

1985 年 6 月 1 日

匈牙利农村掠影

在我房间的一角，挂着一个深黄色的、样式奇特的长把儿葫芦，那上面精雕细刻着匈牙利的田园风光：枝叶繁茂的树木，错落有致的房舍，展翅翱翔的飞鸟，自由嬉戏的鹅群，还有勤劳美丽的农村少妇。匈牙利普通劳动者赠给的这件别具风采的纪念品，把我的思绪又引回到佩斯省多瑙波格旦农业合作社的田野上。

我们到达布达佩斯的第二天，就向匈牙利作家协会的负责同志表示，希望有机会实地了解一下匈牙利经济改革以后农村的面貌。主人满足了我们的愿望，为我们选择了一个普通的、规模较小的、并非先进的合作社，这样可以了解当前匈牙利农村的一般情况。那是"五一"劳动节前夕，布达佩斯街头已是一派节日景象，到处飘扬着红、白、绿三色构成的匈牙利国旗，宏伟的建筑物上悬挂着色彩鲜明的大幅标语。我们出发的时候，天气晴朗，春意融融。没想到，车行不到半小时天色阴沉下来，忽然下起了滂沱大雨。我们顿时感到有几分凉意。不一会儿，天又放晴了。雨后的田野，丛丛绿树青翠欲滴，层层山峦明净如洗，真是风景如画，令人心旷神怡。这时候，车子在一栋米黄色的二层楼前戛然而止。迎候在门口的多瑙波格旦农业合作社主任赫洛瓦特·安道尔领我们上了楼。

合作社办公室窗明几净，陈设简朴。四壁琳琅满目的奖状表明，这个社虽不是先进社，但饲料、牛奶、草莓等单项生产成绩，在区里、省里还是名列前茅的。我们在铺着墨绿色台布的长方桌旁坐了下来，边喝咖啡，边吃点心，细心倾听赫洛瓦特主任介绍这个社的概况。这是佩斯省面积最小的一个合作社，八百公顷土地中，有四百八十公顷种植粮食作物，一百三十公顷草牧场，主要用于饲养奶牛。1984 年全社工农业总收入一亿四千万福林，折合人民币约七百万元，其中 85% 来自工业、副业生产，农业的收入仅占15%。这个百分比引起我们极大的兴趣，隐隐约约地感觉到，这个数字背后可能蕴藏着农村治穷致富的奥秘。于是"打破砂锅'问'到底"，向主人详细探询合作社的发展历程。质朴而干练的赫洛瓦特用极其简洁的语言作了有说服力的回答。他说："1968年经济管理体制改革后，由于开展技术革命，广泛采用机器，农业劳动就不再需要那么多人。为了充分利用劳动力，合作社扩大了经营项目，陆续办起了一些工厂，更多的社员转向工业、副业，这是农村生活中的最大变化。"我们了解到，这个农业合作社现在拥有塑料制品厂、皮革加工厂、马口铁制品厂、印刷厂、手套厂、丝织品印染厂，还有生产汽车零配件、建筑工业材料、门窗御寒材料的车间。经营项目、产品种类可说是五花八门。生产门路多了，经济搞活了，合作社的收入和社员个人的收入也就随着增加。去年社员的平均收入为五千一百福林，折合人民币二千五百元，与匈牙利全国职工的人均收入相差无几。这个社的发展变化告诉我们，发展多种经营，发展商品生产，是农村致富的必由之路，匈牙利如此，中国也如此。

走出合作社办公室，赫洛瓦特领我们去参观印刷厂。边走边谈，他又慢条斯理地告诉我们，现在社员不只是用双手劳动，而是要学会开机器，还要会修理机器。匈牙利的大多数合作社，都像一个工厂，经营管理工作很重要，需要一批精通业务的专家和懂得管理的出色领导者。这些年，一些专家陆续来到合作社工作，全社共有十七个大学毕业生。合作社领导成员七人，大学毕业的有两个。赫洛瓦特本人就是农业大学毕业的，学的是合作社管理专业。挑选熟悉本行业务的专家担负领导工作，这是经济体制改革以后出现的又一重大变化。赫洛瓦特热爱自己的工作，把自己的美丽青春、聪明才智献给了农村经济改革事业。他在这个合作社已经工作了七八年，对这里的一山一水、一草一木、父老兄弟怀有深挚的感情。从他的谈吐中，我们了解到，他的最大心愿是要让这个中等水平的合作社早日跨入先进行列。

当我们进入印刷厂的车间时，看到工人们正在印刷图案美丽、色彩鲜艳的商标和大小不一的画片。主人送给我们一套画片，上面印有飞禽走兽、草木虫鱼的图像，花团锦簇，五彩缤纷。这些画片图文并茂，寓知识于趣味、美感之中，令人爱不释手。赫洛瓦特告诉我们，近两年，布达佩斯和其他城市街头的书报摊上和书店、商场里都有印着女人裸体照的画片、月历、笔记本出售，这些印刷品有损孩子的身心健康。我们印制这些画片，就是为了争夺阵地，着眼于下一代的健康成长。我们听了，不能不由衷赞佩他们崇高的社会责任感和精心培育花朵的实干精神。

多瑙波格旦农业合作社共有五百五十户，约三千人。现在家家户户都有电视机、电冰箱，私人汽车有一百四十五辆，摩托车四十二辆。村里有电影院、文化室、体育场，社员每周可以看到两三次电影，马戏团、民间歌舞团也到村里来演出。在附近的山丹勒斯镇，还可以看到戏剧演出。我们去过山丹勒斯，那是一个繁华美丽的城镇，离布达佩斯不远。鳞次栉比的商店陈列着耀人眼目的珠宝首饰、色彩鲜丽的民族服装、设计新颖的各式玩具。几处同时举行的美术、摄影展览，也吸引了众多的观众。多瑙波格旦紧挨着这么一个城镇，社员信息灵通，视野开阔，文化生活相当丰富。节假日有些社员还坐上小汽车或骑上摩托到布达佩斯去看歌剧或芭蕾舞的演出哩。

物质生活较为富裕之后，人们就需要更多更好的精神食粮。合作社把安排群众文化生活列为重要议事日程，有一位负责人分管文化工作。我们参观了合作社的小礼堂、文化室和图书室。一个可容纳三四百人的小礼堂，座位宽敞舒适，光线柔和明亮，这里既是社员集会的场所，又可以进行小型文艺演出。文化室里静悄悄的，年轻的社员正在凝神屏息地阅览各种杂志画报，有的在全神贯注地下国际象棋。图书室管理员告诉我们，现在共藏书一万四千多册，他随手从书架上拿下一本用匈牙利文翻译出版的《西游记》。在远离祖国的地方，看到这本中国古典文学名著，我们感到格外亲切。据说，这本书在匈牙利很受欢迎，初版一万册，在很短的时间内销售一空。孙悟空的生动形象已经刻在成千上万个匈牙利读者的心坎上。可惜的是，中国当代作家的作品似乎还没有进入这个农业合作社社员的精神领域。已经译为匈文出版的王蒙短篇小说集《说客盈门》，还没有普及到这个并非偏僻的角落。我们还参观了文化室举办的德国少数民族生活习俗展览。赫洛瓦特向我们介绍，这里居住着一部分德意志族的社员，他们和德国人有着亲缘关系。多瑙波格旦社员购置的家用电器绝大部分来自德国，相当先进。举办这个展览，是为了让合作社的男女老少更好地了解德意志民族的历史、文化、风土人情、生活习俗，从而在日常交往中更加尊重少数民族的风俗习惯。合作社领导人在贯彻民族政策方面所思所想，所作所为，是相当周全的。

我们早就希望看看社员家庭的生活。赫洛瓦特领我们来到坐落在苗圃旁的一户人家。那是一幢色彩淡雅的平房，房前屋后绿树成荫。女主人是一位年逾花甲、已经退休的社员。

她面露喜悦之情地告诉我们，儿子在布达佩斯工作，孙子正在苏联学习。我们看了她的卧室和她儿子的卧室，房间里装饰得相当漂亮，各式各样的小摆设新颖别致，引人注目，电视机、电冰箱、收录机、电唱机，一应俱全。同我们在布达佩斯看过的知识分子家庭相比，除了书籍少一点以外，别的也看不出有多大差别。在我的印象中，社员的住房面积比一般知识分子还宽敞一些哩。厂房、卫生间收拾得井井有条，一尘不染，一眼就可看出女主人是个勤劳、能干、精力还很充沛的主妇。她退休在家，有足够的时间料理家务。

跨进苗圃，一个年轻的小伙子迎了过来。他是个中技学校毕业生，有文化知识，又有事业心，把自己的心血、汗水、智慧全部注入了苗圃之中。他好像要把自己劳作的成果毫无遗漏地展示给我们，不管雨后田间小道的泥泞，带领我们几乎走遍了苗圃的每个角落，让我们观看他亲手培育的果木树苗、西红柿、青椒、南瓜等菜秧，和他自己动手建造的玻璃温室。看了那一片葱绿、美丽犹如织锦的园地，我们情不自禁地惊叹年轻人出众的才干和手艺。小伙子的父亲在布达佩斯造船厂工作，原是个园艺能手，如今还担任着村园艺爱好者小组负责人。那天正好是"五一"前夕，厂里提前下班，他回到家里，刚脱下劳动服。

听说中国客人到来，马上盛情邀请我们去参观他家的酒窖。沿着石阶往下走十几级，就是一个近二十平方米的酒窖，里面整齐地摆列着好多个酒坛。父子俩用玻璃器皿把各色美酒吸到容器里，斟了一杯又一杯，请我们品尝。和我同行的诗人高平为主人的热情好客所打动，显得特别兴奋将葡萄美酒一饮而尽，说道："我是醒着来的，恐怕要醉着回去了。"我笑着说："我的同伴来到贵国之后，诗兴大发，几天之中，已经写出十多首歌颂中匈人民友谊的诗。即使醉了，我相信他今晚照样能写出优美的诗篇。"这时，园艺能手父与子以那件独具匠心的纪念品，也就是本文开首就说到的那个长把儿葫芦相赠。我们一同举起杯来，为了友谊，为了和平，为了建设新生活的劳动，干杯！

这个普通的、并非先进的农业合作社，给了我新的启示，新的情感，新的憧憬，留下了异乎寻常的、难以忘怀的印象。

1985 年 7 月 7 日

从刊物这个窗口看到的

——匈牙利文苑漫步

在匈牙利为期两周的访问中，我们先后走访了《新作品》《大世界》《源泉》三个文学刊物编辑部和果洛维那出版社。通过文学期刊书籍这个窗口，对匈牙利文学生活和文学工作现状有了更多的了解。我们深切地感觉到，在这个领域里，既有一些新鲜的、富有生机和活力的东西，也有一些停滞的、需要改革的东西。

匈牙利这个一千万人口的国家，出版发行的报刊有一千一百多种。在布达佩斯出版的文学刊物有：《新作品》《同代人》《地平线》《大世界》（以上月刊），《节日前夜》《流动世界》和周刊《生活与文学》。在外地出版的主要有：克契克梅特市的《源泉》、佩奇市的《当代》、德布勒森市的《大平原》、塞格德市的《蒂萨风光》等。出版社有播种出版社、果洛维那出版社、欧洲出版社等。出乎我们意料的是，匈牙利作家协会既没有主办一个刊物，也没有一家自己的出版社。所有中央一级的文学艺术刊物都由政府文教部主管，地方刊物由当地政府主管。

在《新作品》编辑部

我们在访问《新作品》编辑部时，刊物主编尤哈斯·费朗茨热情地接待了我们。他是匈牙利当代有名的诗人，年纪很轻的时候，就获得过柯苏特文学艺术奖金。从他的概略介绍中，我们知道《新作品》是一个发表小说、散文、报告文学、诗歌、剧本、评论的综合性文学刊物；有时还发表一些美术作品和有关哲学、美学的文章。这个刊物发行最多时曾达两万册，目前发行九千册。九千册，听起来似乎是个不大的数字，但是如果按人口平均，那就意味着每一千一百个匈牙利人就有一本《新作品》，这在我国就相当于一本发行达百万册、读者面很广的刊物了。

尤哈斯·费朗茨直率地、毫不隐讳地告诉我们："人家说我们思想保守，没有把刊物办好，我自己对刊物还是相当满意的。"由此谈到青年作家的状况，他说："年轻的人和我们不一样，他们要走自己的路。在我看来，他们当中有些人是先锋派。"他对一些青年作家以现代化和艺术革新为借口，盲目崇拜、模仿外来的东西，表示不以为然。《新作品》广泛联系各方面的作家，并注意发现、培养青年作家。费朗茨以今年4月号刊版面为例，说道：4月11日是匈牙利著名诗人尤若夫·阿蒂拉诞生日，也是匈牙利诗歌节。《新作品》既发了老诗人、中年诗人的作品，又集中发了二十九位青年诗人的作品。他诙谐地说："刊物每天收到很多诗歌稿件，写诗的人简直比匈牙利人口还多！刊物是青年诗人的摇篮，但也可能是他们的坟墓。"我们揣摩这句话的意思，大概是说一些年轻人在刊物上崭露头角，有的可能逐步成长，成为有名的诗人，有的也许昙花一现，从此就销声匿迹了。

诗人尤哈斯·费朗茨对匈牙利诗歌创作的发展满怀深情和信心，他向我们透露心底的秘密："如果让我自己挑选的话，我愿意当诗歌刊物的主编。"

在《大世界》编辑部

当我们来到《大世界》编辑部时，主编凯里·拉斯洛刚开始同我们谈话，电话铃声就响个不停，他接完两次电话后，幽默地说："我们的编辑部简直像个疯人院，希望中国作家、评论家来给我们治治病。"我们告诉他，中国很多刊物编辑部嘈杂的情况与《大世界》差不多，可以说是同病相怜。

《大世界》是一个向匈牙利读者介绍世界各国文学的刊物，和我国的《世界文学》是同一类型的杂志。它刊登小说、散文、诗歌、报告文学、剧本等各种作品，文艺评论、书评约占1/3篇幅。选登外国文学作品，首先是苏联的，其次是美国的，这两个国家的作品差不多每期都有。第三是东欧各国的，往往是每期重点介绍其中一个国家的作品。再次是东方各国以及西欧、拉美的。刊物主要译载当代作品，只在为了纪念某个著名作家时，才登古典的作品。

谈到对我国文学的翻译介绍时，我们了解到，近几年，《大世界》译登过王蒙的短篇小说《说客盈门》、高行健的剧本《车站》。正在编辑的一期，打算译登肖红的一个短篇；后来听我们说起肖红是30年代的女作家，她已于1942年病逝。他们露出惊讶的表情，似要重新考虑原来的选题计划。看来，编辑部负责东方文学的那位女同志，对中国文学现状不甚了解，隔膜得很。他们苦于没有迅速准确的信息和完整系统的资料，从浩如烟海的当代作品中，不知道该挑选什么。当我谈起，这次出访之前，为了向匈牙利文学界和读者扼要介绍我国新时期文学所取得的成就和它的主要特色，曾写了一篇题为《中国新时期文学概貌》的文章。主编凯里·拉斯洛听了我对这篇文章内容提要的介绍，很感兴趣，认为非常适合《大世界》读者的需要，当即拍板决定在刊物上发表。

在《源泉》编辑部

一个春雨霏霏的上午，我们来到克契克梅特市的《源泉》编辑部。刊物主编和三位编辑同我们进行了亲切的交谈。主编丹尼尔是个诗人，作家协会会员，已出了三本诗集，第四本诗集《海盗的旗帜》即将问世。他还出过一本社会速写集和一本短篇小说集。

《源泉》1969年创刊，至今已有十七年历史。这是一本以发表社会速写为特色的文学月刊。每期刊物有1/4至1/3的篇幅登载社会速写。什么叫社会速写？丹尼尔介绍说，就是忠实记录我们社会生活情况和问题的纪实作品，它要有文学的语言和技巧；也可以叫作文学性的社会调查。最近一段时间，《源泉》陆续刊登过下列这些题目的社会速写：一个村庄农民信神的心理和生活方式；农村医生的生活和工作；社会一些阶层的分化及其生活条件；一个小城市妇女在性关系方面的表现；匈牙利农村在爱情婚姻方面的习俗；沙土与混凝土（写克契克梅特市四十年来的变化）；等等。

丹尼尔深有体会地说："写社会速写的作家，既要有高度的社会责任感，又要有社会学方面的丰富知识，以及对生活的热情和敏感。""社会速写如果不对社会生活做出评价，不对现实中的某些缺点进行批评，就不成其为文章。正因为进行了批评，就经常会遇到麻烦，有时麻烦一个接一个，你要准备为此进行战斗，因此我的头发都白了。"担任了十年主编职务的丹尼尔，不胜感慨地告诉我们："有时与政府意见不一致，政府就可能责备编辑部。政府有权威，我们没有权威；没有权威，就白生气。"

匈牙利有九个人口十万以上的城市，克契克梅特是其中之一。《源泉》归市政府主管，但面向全国发行，现每期发行二千五百册，其中包括少量国外订户。

在果洛维那出版社

果洛维那出版社建于 1955 年，已有整整三十年的历史。这不是一个文学出版社，而是一个向外宣传介绍匈牙利科学、文化成果的外文出版社。它每年出书一百六十种左右，其中外文书占 2/3，用匈牙利文出版的占 1/3。除了科学、文学、美术方面的书籍外，还出版一部分关于旅游的书。文学书籍出得比较少，每年六种至八种，每本书都有好几种文字的版本。出版社主任巴尔特·依斯特万谈到，他们出的外文版匈牙利文学作品，质量并不差，但外国不愿意要，因此非常希望外国出版社翻译出版匈牙利文学作品。最近几年采取与外国出版社合作出书的方式，出了几本较有分量、为读者喜爱的书，如与美国哥伦比亚大学出版公司合出的《匈牙利当代诗选》，是由果洛维那出版社组织力量翻译、印刷，然后运往美国装订、销售。另外，还与英国美术出版社共同出版美术方面的书籍。我们看到合出的这些书，从封面设计到印刷、装帧都极其精致。出版美术书籍可以赚点钱，用来补贴出版文学书籍的亏损。《人体解剖与美术》是果洛维那出版社成立三十年来最成功的一本书，因为世界各国都没有类似的出版物，所以出了二十多种文字的版本，每年印几千册，销路很好。原来也曾计划出中文版，由于种种原因，没有能落实。

当我们问起出版社如何确定选题、出版计划时，英文编辑万尔道·真蒂作了回答，她说："我们通过国际书市来了解出版动态、信息。联邦德国法兰克福书市是世界规模最大的书展之一，每年举办一次。还有莱比锡书市、两年一次的莫斯科书市以及意大利儿童书市等。我们往往带上选题计划或某本已经译好若干章节的书到书市去，让人家了解书的内容提要，如有愿意出版的，就签订合同，然后再把书稿寄给他们。出版物一定要适合外国读者的需要，比如说书籍要有色彩，否则人家就不买。"

巴尔特·依斯特万还告诉我们，匈牙利虽有现代化的、先进的印刷设备，但出书周期很长，一本书从发稿到印好，往往要一年时间，美术书籍更慢。这是由于印刷厂积压了大量书稿，按先后次序排队，不到时间上不了机器。

编制·经费·管理

在我们国家里，办一个刊物或出版社，总免不了为编制、经费问题伤脑筋。我们约略了解了一下匈牙利有关这方面的情况。我们总的印象是，刊物编辑部人员比较精干，用人的方式也较为灵活。《新作品》编辑部共七人，大部分是专职，也有个别的是签订合同的。比如找了个大学生看青年习作者的来稿，合同期两三个月，有时长达一年。《大世界》编辑部十五人，其中有十二人以编辑部工作为主。在匈牙利，不少知识分子都是以一项工作为主，同时还兼任其他工作。《源泉》编辑部十人，只有三人是专职编辑，其他都是兼职。比如诗人布达·费伦茨，他一半时间在编辑部工作，另一半时间在当地档案馆工作。果洛维那出版社共一百四十人，其中编辑四十七人，包括德、英、法、俄及西班牙文的编辑。中央一级的刊物主编由政府文教部任命。据文教部文学司司长说，任命主编前一般都同作家协会商量一下。地方刊物的主编由当地政府任命。刊物编辑则由主编聘任；他们每周固定时间来编辑部两三次，其他时间轮流值班。在办公室，往往是讨论选题计划，或同作家谈话，稿子一般都带回家去看。

刊物的经费都由国家提供。《新作品》主编尤哈斯·费朗茨直率地说："刊物如果单纯是商品，就不应该由国家补贴。照我看，那是不能做到的。"以《源泉》为例，政府每年补贴二百万福林，折合人民币十万元。刊物为二十四开、九十六页，定价十六福林，合人民币八角。据说成本费比定价高得多。

对刊物的领导管理，文学司司长介绍说，文教部不审稿，稿件完全由主编负责。大体上每两个月，由文学司召集一次刊物主编会议，就刊物工作的情况和问题交换意见。文学司每年还分别同各刊物座谈一次，评价它们的工作，或表扬或批评，并商量下个年度的计划。对著作的稿酬、版税，文学司只管方针、原则，尽力支持作家的合理要求。

1985 年 7 月 21 日

夜宿庄园

北碧府著名企业家阿南·库玛尼先生独钟文学，爱写诗，是泰国诗人协会的顾问。他盛情邀请我们访泰作家代表团一行八人到他的庄园去做客。

从北碧到告赛庄园约摸 60 公里。公路两旁是大片稻田和蔗林，满目喜人的丰饶景象。车子穿行过蜿蜒起伏的丘陵，绿树成荫的林间小路，来到一片开阔的平原，这就是阿南先生经营的告赛新村。我们下榻于阿南在告赛的乡村别墅。这两座木楼的造型，宛若傣家竹楼，板壁、地板都是用质地极好的木料做的。房屋四周花木扶疏，绿地如茵，环境十分幽静优美。阿南夫人特地从曼谷赶回庄园接待远方来客。女主人的名字加隆，泰语的原意是一种美丽的白色的花。加隆穿着入时，举止大方，犹如她的名字一样端庄秀丽。在她的精心安排下，我们代表团连同陪同人员一行十多人很快地各得其所。

告赛新村占地 900 莱，一莱合 5.4 亩，总面积将近 5000 亩。新村处在两座山之间，连绵不断的群山成了它的天然屏障。阿南带领我们参观新村中的果园。他戴一顶精编的小草帽，穿一件深色的短袖衫，中等偏矮的个儿，胖墩墩的，步履稳健地走在我们中间，不时地停下来，向我们这些门外汉不厌其烦地介绍杧果、菠萝、柚子、荔枝、香蕉等各种果树的习性、栽培技术和果木用途。他说，这里栽的果树大多是常绿乔木，性耐寒。整个果园由 20 多个工人管理，全部实现了机械化。他还特别向我们介绍一种酸角树。这种树栽下后两年就结果，五年之后就能采摘果实 100公斤。善于经营、精于计算的阿南当即给我们算了一笔账：同样面积的土地，种水稻、甘蔗只能收入泰币 2000 铢，而种酸角可获益 10 万铢，经济效益高出 50 倍。当我们来到山脚下，回过头来，一眼望去，夕阳余晖映照下的大片果林纵横有致，疏阔秀丽，一个个啧啧称赞。阿南说，一到雨季，果林苍翠欲滴，显得格外清新漂亮。他又指着山下那一幢幢拔地而起、式样新颖的别墅，对我们说：正在建筑的第一度假村，投资6000万，能卖1亿2千万。他热情地表示，下次中国作家代表团来，可以在我的度假村多住一些日子，从容地休息、写作，充分领略泰国的风情。

在庄园附近一家餐馆品尝了鱼虾蟹的美味之后，已是薄暮时分。好客的主人又在别墅前的藤萝架下摆好了一张长方桌，让我们围桌而坐，一边纳凉，一边品尝各式各样的新鲜水果。桌上不仅有我们常见的菠萝、椰子、柚子、龙眼、荔枝、波罗蜜、葡萄、西瓜，还有鲜见的杧果、番石榴、酸角、红毛丹、山竹子、仙人果、蛇皮果，以及一些连我们的翻译也译不出适当名字的果品。真是一席丰盛的水果宴！习习凉风送来馥郁的花香，夜空增添了湿润新鲜的气息，令人感到舒适清爽。大家谈兴很浓，话题十分广泛：从泰国"果王"榴梿奇异的色香味说到社会、人生的酸甜苦辣，从明清瓷器、潮州移民说到中泰的血缘情结、文化交流。阿南夫人很健谈，她说起自己原来学的自然科学，在中学里当数学老师。"天天上讲坛，喊破了嗓子，再教下去，说不定要得喉癌了。"后来她离开学校，帮助丈夫做水泥生意，曾先后到过北京、西安、杭州、广州。她对中国的名胜古迹赞不绝口，并饶有兴趣地问起秦陵兵马俑二号坑何时开始发掘，表示要再次到西安欣赏秦代高超的雕塑艺术。阿南告诉我们，他的夫人是华裔，对中国有着十分深厚的感情，又特别能吃苦耐劳，是他事业上的好帮手。

接着，阿南向我们谈起自己的经历。他是法政大学法律系毕业的，在校半工半读时同加隆相识，毕业后担任过保险公司推销员、房地产公司销售部经理。现在主要经营房地产，兼营果园、水泥等，担任新村房地产协会秘书长，并兼任北碧府住房局顾问、花卉瓜果学会会长。当他回答"作为一个企业家，成功的秘诀是什么"这一问题时，十分干脆利落地说："一是要勤奋，不怕吃苦；二是遇到麻烦、困难、挫折时，务必要忍耐，坚强地挺过去；三是要善于用人，并在工作上、生活上关心、体贴自己的职员、雇员以至他们的妻子、儿女。"他重视企业的现代化管理，重用具有专业知识的人才。他经营的一个工厂的经理是学管理的，同他共事 15 载，建立了相互信任、相互谅解的良好关系。阿南还谈到，他女儿也是学管理的，正在美国读硕士学位。学成归国后，准备把房地产交给她经营。今后阿南将集中精力经营果园、农业，并腾出更多时间来写作，同时尽心尽力支持文学事业。他已捐献 320 万泰币，在北碧府建立一个学院，为作家、诗人、音乐家提供了一个舒适的写作、工作环境。

阿南越谈越高兴，又即席朗诵了他日前参观以泰王后纳卡琳的名字命名的水坝后写的一首诗。诗的大意是：千百座山峰镶嵌在水坝周围／把它装扮得分外漂亮／年年月月蓄清水发电流／化为推动众多机器运转的能量……

正当乘凉晚会进入了高潮的时候，我们代表团的两位女士穿着睡袍一惊一乍地从楼上跑下来求援，请男士们去帮助驱赶卧室里来回游动的壁虎。由于第二天清晨还要乘火车去参观"死亡铁路"，主人让我们早一点休息，充满诗情画意的友好聚会也就到此收场了。

回到卧室，躺在光洁地板上厚厚的软垫上，注视着窗外朦胧的月色，婆娑的树影和房间里陈列的泰国王的塑像、阿南先生年轻时的照片，倾听着窗外传来的唧唧的虫鸣、汪汪的狗吠……心绪一时平静不下来。待稍有睡意时，已传来久违了的公鸡报晓声。在异国他乡，度过了一个温馨的、别有一番情趣的夜。

1994 年 4 月 12 日

亦文亦商

湄江大酒店坐落在开阔壮丽的湄南河畔。窗外高大的棕榈树、椰子树绿意葱茏，生气盎然；一丛丛、一片片玫瑰花、茉莉花五彩缤纷，争妍斗奇。多功能厅里欢声笑语，喜气洋洋。泰国华文作家协会在这里欢迎中国作家代表团，这是一次欢乐的、充满乡亲情谊的聚会。没有语言的隔阂，自由地、无拘无束地攀谈，就像回到家里一样。正在泰国访问、讲学的一位中国朋友告诉我："泰华作协现有一百二三十个会员，大多是亦文亦商，会长司马攻、副会长梦莉就是其中的佼佼者。""亦文亦商"这个题目引起了我的兴趣。我调好了焦距，镜头对准了司马攻先生和梦莉女士。

司马攻出身在一个商人世家，传到他已是第三代生意人。从 21 岁开始经商，到如今年届花甲，可说是在商场上驰骋了 40 年的一员老将了。他一直担任着五福染织厂有限公司董事长和祥通公司总经理。不敢说他已大发为一个腰缠万贯的大亨，但他经营有方，生财有道，却是不假的，用他自己的话来说："副业稍有所成"，"我的物质财富是保了值的"。初会司马攻，他给我的印象是：质朴、诚挚、平和、沉稳，面庞清癯略有倦容，有的是书生气，却看不到一点商人气。当我听了他在座谈会上致的欢迎词，更认定他是一位学识广博、才思敏捷、具有学者风度的文化人。在短短一刻钟时间里，他用极为简洁的语言勾勒了泰国华文文学的历史、现状和发展趋势。他很有说服力地论证：泰华文学虽然离不开中国文学的传统和影响，但它植根于泰国土地，有它自己的内涵，自己的个性，是泰国文学的一部分，而不是中国文学的支流。他关于泰华文学定位的一席话，闪耀着真知灼见，给我们留下了深刻的、难忘的印象。

他不止一次颇为风趣地谈到自己"亦文亦商"的感受："我曾经有过这样一个感觉：我是一个精神分裂症的患者，我把我的 80% 的神经用在经营商务上，20%的神经用来写文章。""我承认，我的神经分裂得颇为'成功'；我打理商务时，我忘记了我是司马攻；当我写文章时，我是100%的司马攻。"他白天用马君楚的名字做生意，夜晚用司马攻的笔名写文章。两段时间，两个名字，两种角色，他扮演得都很成功。你不能不佩服他那种只争朝夕、执着追求的精神和忙里偷闲、见缝插针的本领。自然，司马攻也有他的苦恼。在泰国这样一个重商轻文的商业社会里，往往对亦文亦商的人另眼相看，不时会听到"搞写作没出息，太无聊""还不是为了扬名，出风头"这样的闲言碎语。加上当今曼谷街头车水马龙，拥挤不堪，交通堵塞的现象越来越严重，他每天花在车上的时间由两个多小时增加到四个多小时。这又夺去了他可用于读书和写作的、宝贵的两个钟头。他承受了来自舆论的压力和长期睡眠不足的折磨，执着地坚持写作。业余时间有限，就长话短说，"大材小用"，写短小精悍的作品。他是创作的多面手，散文、特写、杂文、随笔、诗歌、小小说各种体裁都得心应手，运用自如，而尤擅长写杂文。至今他已出版了两本杂文集和六本其他作品集。他是《新中原报》副刊"冷热篇"小品专栏最活跃的作者，出的第一本杂文集就叫《冷热集》。司马攻的杂文议论纵横，言之有物，尖锐泼辣，幽默风趣，深得读者和文友的赞赏，拥有一批"冷热迷"。

泰国的读者群中，不仅有一批"冷热迷"，还有一批"梦莉迷"。去泰国之前，我读到了梦莉女士的两本散文集《烟湖更添一段愁》《在月光下砌座小塔》。她笔下流泻的那真挚细腻的感情，委婉淡雅的格调，使我久久不能忘怀。第一次同她见面，是在曼谷拍喃西路660号314室——泰华作协租赁的一间办公室里。那天，泰华作协的会长、副会长、秘书、副秘书和部分理事先后来这里。由于堵车，梦莉来得稍晚。她面带微笑地同我们一一握手，并以不久前大陆出版的《梦莉散文选》相赠。坐在我旁边的泰国朋友告诉我：梦莉同司马攻一样，对泰华作协是既出力又出钱，坚持不向社会伸手。为解决协会经费困难，几年前，司马攻带头捐献泰币10万铢，梦莉捐了6万铢。他们还资助出版《泰华作协文学丛书》，并鼓励、资助一些文友出书。

雍容大度、绰约多姿、写得一手好散文的梦莉，同时又是一个勇于开拓、敢于拼搏的女实业家。如今，她是永泰发、蚁氏兄弟、曼谷航运等几家大公司的副董事长、副总经理。从闺房走向商场，由一个书香世家的文弱小姐变成一个走南闯北的经营能手，她走过了一条艰辛曲折的路。在中泰还没有建交的时候，她冒险架设了中泰船用齿轮箱贸易的桥梁。从 80 年代以来，她一年之中差不多有半年时间奔走于中国各地，同杭州齿轮箱厂等厂商谈生意，订合同。她还带领泰国渔民及渔业机构代表团访问京、沪、杭。回到泰国，又风尘仆仆地往返于内地各府，千方百计地做推销工作。她还经常深入渔港和海湾，走访渔船，了解渔民的意见和要求，以推动厂家改进产品结构，提高产品质量。不知经历了多少风险，尝到了多少辛酸，她终于使中国出品的齿轮箱，占泰国年销量 6% 以上，因而获得泰国副国务院长颁发的第一金盾章。

梦莉也是在一天繁忙的商务活动之余，到深更半夜才能坐下来默默地爬格子。她的散文享誉海内外华文世界，先后获得"中华精短散文大赛"优秀作品奖、"情系中华"永芳杯奖。行家称道她的散文"好在至真至诚至善至美。淡淡哀愁是她的格调，浓浓的爱是她的主旋律"。艺术上独标一格，被称作"梦莉体"。

司马攻、梦莉都是深知"亦文亦商"个中滋味的。一个说是"在苦中作乐，乐中寻苦"，"文章大多数是在孤独和寂寥之中写成的"；另一个说是"多数的时间是苦多于乐，我常常在痛苦中写作"。正是在矛盾、寂寞、痛苦的煎熬中，编织出他们的启人思迪的杂文和感人至深的散文。

1994 年 4 月 19 日

帕他耶人妖

帕他耶的黎明静悄悄。这个通宵达旦狂欢喧闹的不夜城，现在终于安静下来，进入酣畅的梦乡。我漫步在海滨绵长、柔软的沙滩上，面对那一片湛蓝的海水，迎着凉爽宜人的海风，远处白帆点点，近处椰树摇曳，我的精神顿时松弛下来，领略到帕他耶这个驰名中外的旅游胜地的另一种宁静美。

昨晚主人安排我们去观看人妖表演并逛帕他耶的娱乐区，整个晚上沉浸在五光十色、扑朔迷离的氛围之中。一位泰国朋友说：不到帕他耶，不算到过泰国；不看人妖表演，不算到过帕他耶。而泰国作协秘书长白翎女士清晰地表述了她的看法："人妖不能代表泰国的文化。人妖是两性人、第二类女人，泰国人对他们的遭际抱有同情，但从心眼里看不起他们。人妖表演主要是吸引外国游客，泰国人来看的不多，今天我也是第一次看。"我耳边萦绕着这两种不同的声音，迈进了颇有气派的阿卡萨剧院。

我们的座位在二楼第一排。一张门票得花泰币 500 铢，合 20 美元。主人又给我们每人买了一本装帧精美、印有人妖彩色剧照的画册，每本 100 铢。邻座的泰国朋友告诉我：人妖有两种情况，一种是面容姣美、女性化倾向很重的男青年或少年，做了变性手术，又服用女性荷尔蒙药物，胡须脱落，乳房丰满起来，皮肤越发细嫩，在生理、心理上都同女性没有多少差别了；另一种是没有做手术，只是用了激素，具有了女性的某些特征。不少人妖来自东北部山区，出身清寒，为生活所逼迫，才加入这个行列的。当然，也不排除有的人妖是出于自身的爱好和追求，有的还把它当作一门艺术哩！正当我们轻声交谈的时候，剧场里的灯光暗淡下来，音乐声起，绛色丝绒帷幕慢慢拉开，一群浓妆艳抹、服装鲜丽的人妖出现在我们面前。

从 21 点到 22 点 10 分，整个演出为时 70 分钟。节目以歌舞为主，穿插着小品、短剧。当我们听到熟悉的中国歌曲《血染的风采》、台湾歌曲《阿里山的姑娘》、日本歌曲《拉网小调》，看到穿戴清代服饰的剧中人时，心中不禁升起一缕亲切的情愫。我注视着舞台上一个个载歌载舞的人妖，我的印象是：确有那么几个出众的，富有女人的风韵和魅力，但为数不少的仍是半男半女、不男不女，没有完全摆脱男人的特征，或颧骨凸出，或喉结明显，更不要说大手大脚了。倒不是我先入为主，有什么成见，我的"左邻右舍"——一位泰国朋友、一位中国同事也都有这个感觉。说到表演，那倒是相当认真的，看得出来，受过专业训练，具有一定的艺术水平。服装、化装、灯光、音响也都很讲究，可说是上乘的。恰如曾多次访问泰国的、我们代表团的翻译所说，现在泰国的人妖表演是向艺术型发展，而不是以裸露、色情来招徕观众。

有一个节目《一半是男人，一半是女人》，引起了观众的兴趣。当一个蛾眉明眸、秀发披肩、珠光宝气、亭亭玉立的美女出现在你面前时，她摇身一变，又成了一个眉清目秀、春风满面、西装革履、风度翩翩的美男子。原来剧中人是由一个人妖经过特殊化装、穿上特制的服装扮演的，营造出亦真亦假，真假难分的艺术效果，让你看不出一点破绽，不能不拍案叫绝。

整个演出的格调轻松、风趣，特别是穿插了一些小丑表演和台上台下的交流，更是令人忍俊不禁。一会儿，一个人妖从台上走下来，来到前排观众面前，出其不意地吻了一位男士，并拉他上台一同演出。看来，这位男士是黄皮肤、黑头发的东方人，从服饰、仪表看，说不定正是来自中国的公职人员。尽管人妖三请四邀，他坚决推辞。最后，人妖邀了另一位高鼻子、蓝眼睛的男士上台去了。我在二楼头排观众席上居高临下，清楚地看到了东方观众的尴尬和西方观众的洒脱。心里还有点沾沾自喜：幸好我们今天没有坐在楼下前排。

演出结束，走出剧场，我们看到还没有卸妆的人妖正在招徕生意，同热情、好奇的观众合影。主人理解外国同行想多侧面观察泰国生活的愿望，又领着我们去参观帕他耶的娱乐区。穿过几条马路，转了一个弯，只见色彩缤纷的霓虹灯闪闪烁烁，富于挑逗性的广告、海报比比皆是。不同肤色、不同装束的男男女女摩肩接踵，熙熙攘攘。马路两旁，咖啡厅、酒吧间、卡拉 OK、按摩院、脱衣舞厅一家挨一家。你左顾右盼，随时能看到搔首弄姿、强颜欢笑的泰国女郎同洋人浅斟低酌，谈情打俏。碰杯、合影、亲吻、拥抱，各种镜头俯拾即是。再转一个弯，步入一条灯火不那么璀璨、较为窄狭的街道。脱衣舞厅拉客的小伙子凑到我们跟前，说是最低消费 200 铢⋯⋯泰国朋友低声地告诉我们：你进去之后，就会给你提供各种服务，把你的腰包掏尽了才算完。从舞厅半开半掩的大门往里看，只见袒胸露臂的女郎在朦胧的灯光之下，踏着迪斯科的节拍，扭腰摆臀。当我们一行中的几位女士走近大门要看个究竟时，大门砰然关上了。我们走马观花式地体验帕他耶的夜生活，也就到此结束了。

1994 年 4 月 22 日

"死亡铁路"

凝视着玻璃柜里那件精致的工艺品——泰国北碧府府尹赠给的桂河大桥模型，我的眼前清晰地浮现出半年前参观"死亡铁路"的情景。

天蒙蒙亮，还有几分凉意，我们匆匆赶到一个名叫南斗（泰语的原意是瀑布）的小车站。站里乘客稀少，冷冷清清。从南斗到北碧，途经19个车站，车行两个多小时。全张车票泰币17铢，不到一美元，按泰国的物价，可说是收费很低的。我们乘坐的是窄轨小火车，总共只挂了四节车厢。车厢显得很古老，座位都是用柚木做的。据说这样的车厢在泰国境内，只有这条路上才有了。列车在狭窄的轨道上缓慢地行进。铁路两侧，一边是峰峦起伏的群山，一边是蜿蜒曲折的小桂河。有的地段悬崖峡谷，极为险峻。陪同我们参观的泰国朋友向我们谈起当年修建这条铁路的艰难。

那是第二次世界大战期间，日本侵略军为了打通泰国与缅甸的陆上运输线，驱使20万盟军战俘（他们中间有英、美、荷、澳、马、新、中、缅等国人）和10万泰国劳工，在赤日炎炎、荆棘丛生、疫病流行、拳足交加的恶劣环境与非人待遇下，用一年的时间，修建了一条全长415公里的铁路。白天黑夜、每时每刻都有修路的劳工死于饥饿、疾病的折磨和皮鞭刺刀的暴虐之下，真是"一根枕木，一条人命"，一年之中葬送了10万条性命。这是一条用盟军战俘和泰国劳工的血肉筑成的路，无怪乎人们称它为"死亡铁路"。

透过列车的玻璃窗，映入眼帘的，既有供旅游者住宿的、色彩缤纷的帐篷、桴屋，也有残留下的当年战俘居住的低矮简陋的灰房子。列车在一个小站停靠下来，站台上那修饰成孔雀、鸵鸟状的绿莹莹树木，令人心旷神怡；而挂在那里当钟敲的、锈迹斑斑的弹壳片，则不禁令人抚今追昔，思绪万千。

我们到达北碧的时候，适逢"死亡铁路"和桂河大桥建成50周年纪念日。为了让人们记住战争带来的灾难和痛苦，后来把这一天叫作和平日。今年前来凭吊亲人亡灵的西欧人、美国人、澳洲人比往年多，北碧市区的宾馆、旅社爆满。盟军牺牲者的陵园里，不少墓碑前摆着一束束鲜花。据说，竖有大理石墓碑、写有金色碑记的牺牲者共6982人。更多的牺牲者则没有留下姓名，没有碑记可查。有些前来寻找亡灵的外国人，面对着万人墓，不知自己的亲人魂在何处，此时此刻，怎能不潸然泪下呢?!

桂河大桥横跨大桂河，"死亡铁路"从桥上穿越过去，一直通向缅甸。我们漫步在桂河桥上，举目瞭望，只见青山绿水，风景美极了。但当我们看到桥上那用茅草、树皮盖的瞭望台，竖立在桥头的那炸弹模型，以及陈列在铁轨上的、当年日军用过的火车头，也就没有闲情逸致观赏异国风光了。与我同行的泰国朋友告诉我：两年前，日本政府曾向泰国建议，由日方捐资来重建一座现代化的桂河大桥；这个建议被泰国婉言拒绝了。让桂河桥保持本来面目，使人们在和平的日子里看到战争的遗迹，永远记住战争的惨痛教训，"前事不忘，后事之师"。我不禁暗自赞赏泰国决策者的远见卓识。

当我们来到离桂河桥不远的战争与艺术博物馆。那一幅幅反映日本军国主义残暴行径和战俘、劳工苦难生活情景的图片，令人摄魂震魄。一张照片留下了一个欧洲战俘与一个泰国女人生了三个孩子的镜头，从这个战争幸存者的异国姻缘中，不难咀嚼出一种苦涩味。另一个展室里，陈列着一个赤身露体、只在下身挡着一块布条的战俘塑像。雕塑者把他那不堪忍受酷暑与重负的痛苦表情，刻画得丝丝入扣，栩栩如生。塑像的解说词带有辛酸的幽默："我害羞，只能看一次!"一个年轻的外国旅游者走过来，好奇地掀起遮羞布，瞥了一眼，就多少有点尴尬地离去了。

登上博物馆楼顶，桂河大桥、"死亡铁路"，乃至战略要地北碧的全景尽收眼底。今日重温"二战"历史的一页，我陷入无法排遣的沉思默想之中……

1994年5月9日

猴城·猴宴

在市中心姹紫嫣红的花坛上，一个双眼炯炯有神、造型生动逼真的猴子塑像特别引人注目。白底红字的大幅标语用泰、中、英、日四种文字书写着："热烈欢迎光临华富里府——猴子的城"。

透过车窗，只见三塔寺塔身塔顶、塔前塔后，到处都是活蹦乱跳、自由自在的长尾猴。车子停下来，我看到一只调皮的小猴子，从三塔寺的铁栅栏跃上一辆公共汽车车顶，撒了一泡尿，又跳到另一辆小面包车上。车子开始启动，它跟了一程；当车子加速前进时，它迅即跳回铁栅栏。我们在赞赏猴子的动作灵敏时，泰国朋友告诉我们："华富里的猴子神极了，每年龙眼节或是香蕉成熟的时候，它们就成群结队地爬上火车，由南到北，跋涉千里，到位于泰国北部的清迈府，在那里吃饱吃足了新鲜水果，又乘火车返回华富里。"我们下榻的华富里宾馆门口，也置放着两个惟妙惟肖、憨态可掬的猴子木雕，一个长尾巴钩挂在树枝上，正在从容地啃芭蕉；另一个穿靴戴帽，毕恭毕敬地肃立着，像是宾馆服务员在欢迎客人的光临。宾馆前马路两侧郁郁葱葱的树木上，灵活敏捷的猴子东荡西跃，上下攀缘；而漫步在树荫之下的年轻人或外国旅游者，有不少穿着印有猴子图案的 T 恤衫，色彩鲜丽，生气勃勃。来到华富里，仿佛进入一个亦真亦幻、如诗如画的童话世界，大猴子、小猴子、真猴子、假猴子、树上的猴、画中的猴、木雕的猴、石刻的猴，围绕着你的是千姿百态的猴，叫你目不暇接，眼花缭乱。啊，华富里，真是一座名不虚传的猴城。

猴城最新鲜、最具轰动效应的事，当数一年一度的猴宴。在华富里，每年 11 月最后一个星期日，已成为猴子的传统节日。在这一天，市里举办盛大的宴会款待成群的猴子。华富里人对猴子何以如此青睐？人们猜度，这也许同泰国被称为"微笑的国度"，90% 以上的居民信仰佛教有点关系。虔诚的信徒为了积德行善，不仅向托钵化缘的僧人恭敬地奉献斋饭，而且对酷似人类祖先的猴子也感恩戴德，乐于施舍。但据了解，更主要的还是一种生意眼、生意经。"猴子搭台，经贸唱戏。"中外如此，概莫能外。举办猴宴正是为了吸引更多的国内外的游客和顾客。华富里宾馆的"简介"上就有一张猴宴的彩照，说明词是："用中国式的圆桌为猴子设宴，已使华富里宾馆闻名于世"。据说，1989年首次猴宴，就是由这家宾馆的老板、善于经营的泰籍华人倡议举办的。猴宴越办越红火，规模一年比一年大，应邀赴宴的猴子越来越多。最初只摆五桌筵席，1994年已发展到50桌，赴宴的猴子多达三四百只。"宾客"盈门，一处容纳不了，只好分在三塔寺、城隍庙两处。这两个地点都是游客如云的旅游胜地。近两年的猴宴吸引了好几万观众，其中不少是好奇览胜的外国旅游者。

组织一次猴宴也是相当费劲的。为使宴会有条不紊地进行，动员了120人维持秩序。摆席前，先要用弹弓把那些不请自来、垂涎三尺的猴子轰走。一切准备就绪，再由工作人员带领猴子鱼贯而入，依次就席。一张张餐桌上都铺了蓝色的台布。桌子当中是一个大拼盘，放了色泽缤纷、香味馥郁的香蕉、杧果、西红柿等各式水果，盘子中心还用一朵绿叶相衬的小红花来点缀。大小不等的绿色塑料盆里盛满了猴子爱吃的木瓜叶、生鸡蛋等。宴会进行中间还上两道点心，最后上的主食是什锦炒饭。见到猴子熟练地打开可口可乐易拉罐、仰面畅饮的动作和它们大快朵颐、眉飞色舞的神情，不禁令人捧腹。

宴会的主人想得很周到。宴会结束时，每个猴子还能领到一份小纪念品，诸如小镜子、梳子、牙刷、塑料眼镜、玻璃球等日用品和玩具。这时，有的猴子揽镜自照，有的猴子戴上眼镜做鬼脸，还有几只猴子走到水池前，自己拧开自来水龙头，又洗手又刷牙。你看到这些镜头，不能不叹服属于灵长类的猴子真是善于模仿，聪明透顶。

1994 年 5 月 17 日

象国·象舞·象童

　　泰国素有"白象王国"之称,大象被尊为国兽。在大城府,如今还保留着捕象栅的遗址,那是古代皇帝观看御象师捕捉野象的场所,在"象乡"素辇府,每年11月第三周周末都要举行一次盛大的赛象会。在南邦府,则有全世界独一无二的、担负驯象任务的"大象学校"。泰国作家协会副主席、历史学博士环迪·阿娃武迪猜满怀深沉的爱国之情,给我们讲述了泰国历史上的"白象之战"。一路为我们开车的海军中士猜亚在参观捕象栅时,情不自禁地唱起了《大象之歌》。而泰国华人作家协会赠送给我们的纪念品,又是一座错彩镂金、栩栩如生的象雕。访泰半月,可说是同大象形影不离,结下了不解之缘,不由得对它产生一种格外亲近的感情。

　　在兰花公园,在北榄鳄鱼湖动物园,先后两次观看大象表演,那真是令人欢乐开怀的美妙享受。

　　大象果然是名不虚传的、出色的表演家。它踏着音乐的节拍,舞起长鼻子,扇动大耳朵,摇晃着脑袋,扭动着身子,跳起了迪斯科。大象吹口琴,做体操,拾物竞跑,过独木桥,一个个节目精彩纷呈,赢得了满堂彩。

　　最有趣不过的是大象踢足球。有头大象看来临门一脚的功夫欠佳,几次射门,都踢飞了,它索性用鼻子钩着球,绕开驯象师,在离球门不到3米处,把球放在地上,用又粗又笨的脚轻轻拨动一下,终于射进了球门。观众为这头又憨厚又聪明的大象的有趣表演,笑得前俯后仰,乐不可支。

　　人和大象的拔河比赛尤为激动人心。几十个、上百个积极参与的观众,大多是年轻小伙子,组成一方,一个个拉紧了绳子,鼓足了劲,用泰语齐声呼喊:"一、二、三!"开头,一头大象这一方按兵不动,若无其事，似很放松。这时，绳子中端的红结多少有点向众人这一方倾斜。台上的观众有节奏地高喊："加油！加油！"期待着出现战胜"大力士"大象的奇迹。能连根拔起10米以下的大树、拉千吨木头的大象岂肯示弱，它猛一使劲，众人这一方马上招架不住，几十个队员摔倒在地，溃不成军，不得不俯首称臣了。

最让人提心吊胆的表演是大象跨过一个个仰卧在地的观众。表演场中央整齐地放着八条凉席、八个枕头，两个床位之间的距离超不过1米。有幸争得这八个位置的大多是青少年，其中也有一个上了年纪的老者和一个黄头发、蓝眼睛的外国女郎。他们一个个凝神屏息，等待着那惊心动魄的一刹那。两头披红戴绿的大象，一前一后，举起粗壮如柱的脚，稳健而准确地跨过了一个个人体。有头大象用长鼻子在一个少年身上从上到下扫了一下，又抬起一只脚按在少年的腰部。正让人捏一把汗时，大象在少年肚子上轻轻按摩了两下，就继续前行了。有惊无险的一幕也就过去了。

表演结束后，大象对喂以香蕉、芭蕉的观众彬彬有礼地鞠躬致谢。有些观众投以钱币，大象用鼻子卷起来，立即到附近的水果摊买香蕉吃了。训练有素的大象也懂得了"以钱易物"的交换法则。

让大象用又粗又长的鼻子把人卷至半空拍张照，是颇有魅力的游乐方式。我很想尝尝这个滋味，但终因年过花甲，身体又欠佳，被同行们劝阻了，至今想起来，还不免感到有点遗憾呢。但幸好得到另一种补偿。过去，我在新疆骑过骆驼，在青海骑过牦牛。这次在泰国，第一次骑上大象，绕场一周，潇洒地挥动手中的泰式草帽，向我的旅伴招手示意，算是增添了一种新的体验。

在排队等候乘坐大象时，还结识了一个13岁的象童，他的名字叫根，在泰语中根是很棒的意思。他稚气未脱，面露微笑，极其认真地向每个骑象者收费20铢。在短时间的交谈中，他告诉我：他的家在泰国东北部农村，爸爸在曼谷做工。他有五个兄弟姐妹，哥哥21岁，已结婚，在家乡种地；姐姐在一家饭店打工，他自己小学没毕业就出来当童工了。现在他每月收入800铢，这在泰国是很微薄的工资。除去吃饭等日常生活费用，所剩就不多了。但他毫不含糊地表示："赚了钱，我还要上学读书。"他这句话，深深地刻在我的脑海里。

在泰国，像根这样的童工为数很多。但愿他们心想事成，都能拥有一个美好的未来。

1994 年 5 月 20 日

环迪博士，考布昆！

出访之前，多次去过泰国的朋友告诉我：泰国古都阿瑜陀耶很有特色，不久前被联合国教科文组织定为重点保护的世界历史文化名城，值得去看一看。一到曼谷，看到主人为我们安排的活动日程，第二站正好是我心驰神往的阿瑜陀耶即大城府。而陪同我们参观访问的又恰好是学识渊博的历史学博士环迪·阿娃武迪猜女士。她任教于赫赫有名的法政大学，兼任着泰国作家协会副主席。

我们一到大城府，从曼谷专程赶来的环迪女士已在那迎候。她衣着整洁高雅，举止端庄大方，笑容可掬的面庞上架着一副金丝眼镜，透出一派学者的风韵。在开往大皇宫遗址的小巴士车厢里，她展开亲自绘制的一张大城府示意图，口若悬河地向我们讲述大城府的自然环境和历史变迁；美丽的湄南河环抱着大城府，这里气候、水利条件极好，土质肥沃，物产丰饶，是泰国稻米产区的中心。从14世纪中叶国王拉马底帕提一世建都大城，阿瑜陀耶王朝历时417年，这期间皇帝换了33位，但皇都始终没有迁移。历代帝王都在这里建造了不少富丽堂皇的宫殿、金碧辉煌的寺庙，光佛寺就有500多座。可是，我们看到车窗外马路两侧却是一个接一个的废墟。环迪博士感情激动地说："16世纪中叶，外国军队曾两次攻陷大城，1761年第二次攻破大城时，一把火烧了七天七夜，死难者达20万人，宫殿、寺庙都化为灰烬。大皇宫里精雕细刻的佛像也都被焚毁。只有一尊幸免于难。"讲到这里，环迪博士热泪盈眶，我深深地为她的悲愤之情所打动。

第二天，我们去参观大城府的捕象栅遗址，那是古代皇帝观看御象师捕捉野象的场所。环迪告诉我们：泰国的大象越来越少了，现在都是驯养的家象，几乎没有野象了。在古代，大象除了种地、驮运东西外，主要的用途是打仗。她三句不离本行，由此又滔滔不绝给我们讲开了泰国历史上曾经发生的由于缅甸国向泰国索取三头大象不遂而引起的"白象之战"。尽管这是发生在几百年前的事情，泰缅交战这一页早已翻过去，但它毕竟不是美丽的传说，而是血写的历史，因此环迪博士如今讲起来依然那么动情。我凝神屏息地倾听着，心中不由得涌起一缕炽热的感情：人民痛恨战争，甚至连大象也痛恨战争吧？！追求安居乐业的和平生活，热爱大自然，保护生态平衡，这是世界各国人民共同的愿望。

在大城，我们还参观了古代泰国民居，那是一幢用柚木建造的高脚楼。房屋四周绿树成荫，青草如茵。据环迪介绍，这幢楼是按长篇叙事诗《昆昌与昆平》中主人公的住房式样建造的。这部民间文学巨著产生于文学艺术一度繁荣的阿瑜陀耶王朝中期，在泰国可说是家喻户晓。房屋楼上的正房父母住，儿子结婚后住两侧厢房，中间有一宽敞的凉台，作迎客、乘凉和吃饭用。我们在凉台上席地而坐，津津有味地听环迪讲述《昆昌与昆平》所描写的古代泰国错综复杂、引人入胜的恋爱故事；并想象着古代泰国妇女在高脚楼下一边织布，一边哼睡眠曲的情景。

结束了一天的参观访问，在回阿瑜陀耶饭店的路上，不知疲倦的环迪继续向我们讲解。她指着车窗外一片黄灿灿的稻田，对我们说："这里的水稻为什么长得这么好，那是因为大城是抵御外族侵略的古战场，我们的祖先用鲜血浇灌了这大片土地。"我对环迪说："今天你给我们上了一堂生动的、充满爱国主义精神的课，你是我们的出色的老师。"她随即开玩笑说："那我要考考你们这些来自中国的学生了。"她指着远处村落里几棵高高的、苍翠挺拔的大树，问我们那是什么树。我们连猜带蒙地回答，有的说是椰子树，有的说是棕榈树、杧果树，结果谁也没有答对，原来那是槟榔树。环迪说："考试不及格啊，还得留在泰国继续学习。"接着，她又认真、耐心地教我们学常用泰语。我们像一年级小学生那样，跟着她高声朗读："萨瓦迪"（你好）、"考布昆"（谢谢）、"腊颂"（再见）、"贡"（虾）、"扑拉"（鱼）……

当我们的大城之行画上完满的句号，临别依依，都怀着深情对环迪博士说："考布昆！考布昆！"

1994 年 5 月 3 日

北碧儿童村学校掠影

儿童村学校坐落在泰国北碧府远郊密密的森林里。婆娑茂密的椰子树，亭亭玉立的棕榈树，交织成遮蔽烈日的绿色大伞。林间小河流水哗哗响，欢快地、从容地流淌在山谷林壑之间。在椰林蕉丛的掩映下，隐约可见一幢幢典型的泰式两层楼房，那是儿童村学校的校舍。

北碧儿童村学校是富有 SOS 精神，又有泰国特色的、将家庭与学校融为一体的教育机构。这所学校在校学生共有 120 人，是从泰国各地招收来的。他们当中，年龄最小的 5 岁，最大的 20 岁，大多是孤儿，90% 是穷苦人家的孩子，或在家庭、社会受过虐待、伤害的少年儿童。

抚育培养这些经历不同、性格各异而大多受过心灵创伤的孩子，是一种特殊的教育艺术。学校负责人和教师深深了解这些孤苦孩子的情感、心态，想方设法让他们享受到童年的欢乐、家庭的温馨。我们来到儿童村时，看到有的孩子插上翅膀，化装成飞人在林间小路上风驰电掣，往来如飞，令人想起瑞典女作家阿·林格伦所塑造的小飞人卡尔松形象。当我们在阶梯教室里听一位老师介绍学校概况时，有两三个小家伙爬上窗户，用玩具水枪往我们身上喷水，对我们这些远道而来的外国客人一点儿也不客气。每天下午 4 点以后是孩子们游泳、洗澡的时间，孩子们三五成群地来到小河边，在碧绿清澈的河水里扑腾翻滚，追逐嬉戏，无忧无虑。尊重孩子们天真活泼、顽皮好动的天性，让他们按照自己的兴趣、爱好，自由自在地游戏、生活，这是北碧儿童村学校引人注目的一种教育指导思想。

我们参观了男生宿舍。高脚楼前草木葱茏，花团锦簇。楼上一间大房子住着六个孩子，每个孩子的床头都有自己的一个小天地：或置放着自己喜爱的书籍、乐器，或张贴着当今走红的影星、歌星彩照。有一位女教师同孩子们生活在一起，她住在隔壁的一间小房子里。楼下有教室、厨房、洗手间。一幢楼就是一个家庭，老师也就是家长，负责孩子的衣、食、住等方面的生活管理，同时承担讲课、辅导、批改作业等教学任务。我们看到孩子们同老师一起择菜、洗菜；还跟老师学做小点心。两个孩子把晾干的衣服收下来，叠得整整齐齐，放进了自己的床头柜。早晨，孩子和老师一起打扫房间，清扫房前屋后的树叶。晚上，在一起乘凉，讲故事，看电视。孩子们在集体生活中既领略到幸福的母爱和天伦之乐，又学会了自我管理生活的本领，充分体现了教育与实际生活相结合的良好效应。

儿童村学校规定的入学年龄为5岁至7岁。刚进校的学生，先让他们熟悉、适应学校的环境和集体生活，暂不到课堂学习。从三年级起，每天上午9点至12点就必须到教室听课了，学习泰语、数学、自然、美术等课程。下午参加各种讲座和文体活动，有时请高僧来讲佛法，有时请艺术家来教音乐、舞蹈。学完小学课程后，继续进行职业培训，或到校外学习会计、农村发展等专业课程，使学生掌握一门就业的生产技能，成为于社会有用之材。

我们饶有兴味地了解到，学校特别注意教学与大自然结合。孩子们得天独厚，置身于大自然的环抱之中，不仅可以"多识于鸟兽草木之名"，而且耳濡目染，与日俱增地加强了热爱大自然、保护人类生存环境的意识。15岁以上的孩子每天要上不少于两小时的农业课，让他们在参加种菜、管理果木的劳动过程中，细心观察植物的萌芽、生长、开花、结果，加深与大自然之间的感情，并掌握播种、除草、修枝、施肥、防治病虫害的知识与本领。孩子们使用的劳动工具是锄、锹、铲、剪，而不是现代化的农业机器，这也是为了让他们更好地体验劳动的甘苦。学生劳动所得，20%归自己，其余部分作为学校的发展基金。

这所学校的18位教师都是大学或师范学院毕业，大部分是年轻女教师。学校董事长披普、校长拉差妮是夫妇，已落户儿童村多年了。带领我们参观的是一位教机械、电工的老师。他夫人原来在曼谷政府机关任公务员，由于不堪忍受曼谷的交通堵塞，想找一个空气清新、环境幽静的地方，就随丈夫来儿童村工作了。学校的经费主要靠慈善机构资助。教师的工资待遇和普通中、小学差不多，并没有什么特别的照顾。据介绍，教师的流动性比较大，有的待上一年半载，甚至仅仅一两周，就悄然离开了。能坚持下来的，都有一颗对孤苦孩子的炽热的爱心，有一种含辛茹苦、重塑儿童心灵的奉献精神。

当我们告别儿童村时，有几个十五六岁的孩子随我们乘的小巴士一起进城。一打听，原来是学校派他们到北碧夜市上去摆摊出售自己编织的小工艺品。那几天，正是纪念"死亡铁路"和桂河大桥建成 50 周年的节日。外国旅游者云集北碧，夜市上生意红火。小小年纪，就要到商海中去闯荡，是喜是忧，我一时真还说不清。我默默地祝他们好运，早日成材，展翅翱翔！

1994 年 6 月 4 日

圣诞节游威尼斯

我们来到风景如画的世界水都威尼斯，正好是圣诞节的前夜。

400多座大大小小、千姿百态的桥梁把亚得里亚海湾中的118个小岛连接成为一个奇妙的岛城。150多条河道、2300多条水巷纵横交错，成了这个城市四通八达的大街小巷。色彩典雅和谐的教堂、宫殿、公寓、剧院错落有致地屹立在运河两岸。人们身临其境，不得不由衷赞叹世代相传的威尼斯人绘制的这张城市建设蓝图，真是大手笔的别出心裁的经典之作。无怪乎威尼斯赢得了"海上明珠""海上美人""亚得里亚皇后""爱之城""世界的心"一顶又一顶的桂冠。

名扬四海的"贡多拉"，是一种黑色的、尖头尖尾的细长小艇。据说它是为吊唁17世纪威尼斯瘟疫时遇难者而制作的，现在成了这座城市的主要交通工具。我们雇了一条贡多拉去领略水城的诗情画意。船工的装束引人注目，一身黑色的紧身衣，白色草帽上还系着两条红色的飘带，显得十分俊逸潇洒。老船工划起长桨，贡多拉就进入狭窄的、曲曲弯弯的水道。首先通过"叹息桥"，据说当年桥的一端是监狱，另一端是法庭，犯人受审、判罪都要经过这座桥，见到桥下来探望的亲人，桥上桥下都不禁发出伤心绝望的叹息。小船拐了几个弯，一幢米黄色的楼房映入眼帘，那是我们从小在历史教科书上就读到的著名旅行家马可·波罗的故居。700多年前，马可·波罗就是从这里迈出家门，跋涉千山万水，走进华夏大地，成了东西方文化交流的友好使者。不远处，那座里亚尔托桥，是莎士比亚笔下的威尼斯商人频繁往来之地。另一座小桥旁的圆形小楼，则是德国大诗人歌德18世纪初住过的寓所。贡多拉穿越一条又一条水巷，一路是说不完的历史故事，道不尽的风流人物，我们沉浸在大饱眼福的喜悦和回味历史的思索之中。

从贡多拉码头登岸，有名的圣·马可广场近在咫尺。这个被拿破仑称作"世界上最美丽的广场"，正面是壮丽巍峨的，融拜占庭式、哥特式等建筑风格于一体的圣·马可教堂和耸入云霄的两座钟楼。两侧和教堂对面环绕的是浅色素雅的、有圆柱长廊的两三层楼房。我们欣赏了圣·马可教堂里金碧辉煌的穹顶画和四壁精雕细琢的镶嵌画，又到广场一侧的咖啡馆里寻觅法国大作家福楼拜坐过的椅子。正当我们同占据了大半个广场、无所畏惧的灰鸽子做伴嬉戏时，一队军容威武的士兵从东南角迈着正步走进广场。哦，原来是要举行降旗仪式了。当红、白、绿三色相间的意大利国旗徐徐下降时，所有在场的军人都毕恭毕敬地举手行军礼。相依相偎、喁喁私语的情侣，拄着拐杖、牵着爱犬的老翁，兴高采烈地学骑童车的女孩也一个个原地肃立，凝神屏息地向国旗行注目礼。来自五湖四海的外国游客迅速按动相机快门，记录这极富感情色彩的一瞬间。我不由联想到天安门广场冉冉升起五星红旗的情景。爱国主义的旗帜具有多么强大的凝聚力呵！

薄暮时分，全程陪同参观访问的罗贝尔达小姐带领我们到广场附近一家饭馆用晚餐。饭馆里张灯结彩，圣诞树上灯光闪烁，每一张餐桌上都点着红蜡烛，烛光摇曳，充满节日的气氛。我们品尝了意大利风味的牛排、海螺、皮皮虾和马可·波罗面。举起盛满红色葡萄酒的酒杯，用刚学会的意大利语喊着"亲亲！亲亲！（干杯）"、祝贺圣诞快乐时，感到特别亲切温馨，就同在自己家里一样，忘了是在异国他乡。当我代表作家访问团把龙井茶、景泰蓝筷子、瓷盘等小礼品送给罗贝尔达时，她用发音欠准的汉语连声说："漂亮，漂亮！""谢谢！谢谢！"情不自禁地亲了我的两颊。她一再真诚地表达了"一定要到向往已久的中国去看一看"的心愿。我们争相表示到时候一定陪她登长城、逛颐和园，请她品尝北京烤鸭。欢声笑语，把这次难得的圣诞聚会推向了高潮。

节日前夜，逛商店的摩肩接踵。威尼斯年轻的父母在忙着为孩子挑选心爱的圣诞礼物。外国游客则被闻名遐迩的造型生动奇特的假面具和五颜六色的彩玻璃所吸引。走出商业街，我们拐进一条小巷。曲里拐弯，转来转去，连罗贝尔达也分不清东西南北了，好不容易又回到了圣·马可广场，我们才走出了迷宫，也算领略了威尼斯大街小巷的独特风韵。

夜深了，浓浓的雾气笼罩着整个圣·马可广场，增添了几分朦胧神秘。亚得里亚海湾涨潮了，涌上岸的潮水包围了圣·马可教堂。虔诚的教徒和好奇的外国游客在通向教堂的跳板上排起了龙一样的长队。我们也加入了这个行列。这时广场送来了清脆嘹亮的钟声，时针指向午夜零点，一年一度的圣诞节来到了。人们拥抱在一起，互致深情的祝福。进入教堂，只见黑压压的一片，各个角落都站满了人，几乎找不到立足之地。我抬起头，踮起脚，从万头攒动的缝隙里窥见正在进行的祈祷仪式。大主教按圣经宣讲，信徒们口中念念有词，儿童唱起圣诞颂歌，悠扬的乐声缭绕不绝。透过肃穆庄严的氛围，我似乎感受到了那一颗颗祈望和平幸福生活的、善良的心的跳动。

回到宾馆，打开电视机，正好看到罗马教皇在书房窗口宣读圣诞祝词。不一会儿，教皇身体支持不住，中断了讲话，由身边的人搀扶着退入书房，让私人秘书代为宣读。这时电视镜头转向圣彼得教堂前的广场，我看到成千上万的信徒一张张惊诧不安的面庞。播音员说，一位教皇因病中断在公开场合的讲话，这在本世纪还是第一次。我躺上床闭目遐想，迷迷糊糊地进入了梦乡……

1997 年 12 月 7 日

喜从天降

"团长！团长！"同我一起出国访问过的作家朋友，偶然见了面，常常习惯于这样亲切而戏谑地称呼我。我当团长，倒也有些年头了。从20世纪80年代中期到90年代末，我先后四次率中国作家代表团访问过匈牙利、泰国、意大利、缅甸，当了四次团长。我心里明白，无论是按文学成就还是资历、声望，都轮不上我当团长。只是因为当时我在作家协会书记处这个岗位上，戴着"书记"这顶乌纱帽，就怎么也推脱不了这份苦差事。

本来，有机会出国访问，同外国朋友交流交流，领略一下异域风情，开开眼界，增长点见识，是一桩美差。可是，一挂上团长这个头衔，麻烦就接踵而至。在各种场合忙于应酬交际，座谈会、演讲会、宴会、拜会政府官员，接受记者采访，以至于参观游览，你都得带头讲话、发言、致辞、答问，十天半月下来，有时真感到口燥唇干。如果遇上讷于言辞的主人，为了打破冷场的尴尬局面，你还得挖空心思，没话找话，那就更是苦不堪言。我又不是那种伶牙俐齿、能说会道的人，没有侃侃而谈、对答如流的本事，对当团长就更加发怵了。

1995年12月，中国作家代表团一行五人赴意大利参加在西西里岛巴勒莫市举行的第21届意大利蒙德罗国际文学奖的颁奖活动。我又勉为其难地挑起团长这副担子。我们乘坐的飞机经米兰、罗马，到达巴勒莫市已经是深夜了。主人、评委会主席兰蒂尼先生到机场迎接我们。在从机场到代表团下榻的宾馆，一路寒暄，谈笑风生。当话题转到本届蒙德罗国际文学奖的评选情况时，兰蒂尼冷不丁地通过翻译告诉我：这次评委会还决定给中国作家代表团的五位成员授奖。对这突如其来的消息，我毫无思想准备，真是丈二和尚摸不着头脑。我们是来参加颁奖活动的，来意大利之前，邀请我们来访的主人并没有告知中国作协，要给我们发奖啊，莫非翻译把主人的话译错了。我困惑不解，但在车上又来不及进一步探问，只好含糊其词地表示："我们怀着很高的热情和兴趣来参加蒙德罗文学奖的颁奖活动。获这项奖的作家，都会十分珍视这份荣誉。"

我们去意大利之前，对蒙德罗国际文学奖有一个概略的了解，知道它创立于 1975 年，每年评选一次，是意大利众多文学奖项中较有影响的一个奖。蒙德罗是西西里首府巴勒莫市一个美丽的滨海小镇，是意大利颇有名气的旅游胜地和文化中心。设立蒙德罗文学奖的目的是：表彰意大利当代文学的优秀成果，加强意大利与外国的文学交流；同时也是为了扩大西西里地区在意大利乃至全球的影响和知名度。评委会由熟悉当代意大利文学、英语文学、法语文学的专家、学者、教授组成，有一定的权威性。日本作家大江健三郎和爱尔兰诗人谢默斯希尼在获得蒙德罗国际文学奖的第二年或第三年又获得了诺贝尔文学奖。我国著名作家王蒙和研究意大利文学的学者、翻译家吕同六曾于 1988 年、1990 年先后获得蒙德罗文学奖。该奖评委会还于 1993 年决定授予中国作协会一项特别奖，并盛情邀请作协主席巴金前往领奖。巴金年事已高，不能远行，委托作协副主席、著名评论家冯牧赴意代他领了奖。

抵达巴勒莫市的第二天清晨，我和另一位作家在宾馆前花园里散步时，还在议论：这次来访的五位作家中，除了《万家诉讼》（后改编为电影《秋菊打官司》）作者陈源斌的小说被威尼斯大学一教授译成意大利文出版外，其余几位，意大利文学界的朋友并不了解，怎么会给代表团每个成员都发奖呢？！心中的疑团始终解不开。直到这一天下午，兰蒂尼来宾馆看望代表团全体成员，我们终于准确无误地得知：为了表彰中国作协多年来对意中文学交流做出的贡献，评委会决定授予这次来访的中国作家代表团各位成员以蒙德罗国际文学奖特别奖。但由于经费筹措困难，这次特别奖只颁发荣誉证书，不给个人发奖金，奖金用于接待代表团访问意大利其他城市活动之用。这时我恍然大悟：原来喜从天降的这份奖励，是既促进友好交流又落实接待费用一举两得的良计妙策。我不再受宠若惊，如释重负地松了一口气。

又过了两天，隆重的颁奖仪式在灯火辉煌的西西里银行基金会总部会议厅举行。兰蒂尼和巴勒莫市文化局长、罗马大学一教授十分动情地回顾了蒙德罗文学奖的成绩、经验和影响，一致发出"拯救蒙德罗奖"的呼吁，并表示要共同努力，克服基金短缺等困难，把这个奖办得更好。我为他们那执着的敬业精神和共渡难关的协作精神所打动，情不自禁地鼓起掌来。

这一届颁奖仪式没有邀请意大利电视台有名主持人来主持，由女诗人、墨西那大学教授斯帕恰尼主持。兰蒂尼在会上宣布：今年颁奖仪式分为两部分：首先授予中国作家代表团五位成员以特别奖；第二部分，分别授予四位意大利作家以青年处女作、翻译作品、小说、诗歌奖，并授予一位俄罗斯作家以外国作家小说奖。在向我们授奖前，兰蒂尼又满怀深情地介绍，这次中国作家协会派来的代表团成员中，有文学评论家、小说家、散文家、翻译家和长期从事文学交流的人员，包括了文学界的各个方面，这集中体现了中国作家协会进一步加强意中文学交流的愿望。为此，评委会决定向他们颁发特别奖。会上还一一介绍我们代表团每个成员的简历和文学上的成就。

当我从曾多次来华访问的本届评委、艺术评论家瓦尼谢维勒手中接过特别奖的证书时，会场里的闪光灯束一齐投射到我身上，摄影记者按下快门，"咔嚓、咔嚓"地记下那激动人心的一刻。主持人请我登台代表中国作家代表团发言。我激动地说："我们荣获蒙德罗国际文学奖，并非我们个人在文学创作、评论、翻译上有多大的成就，不是的，我们的成绩是微不足道的。我们深深懂得评委会的一番美意，从一定意义上讲，这个奖可说是授给中国作家协会5000多名会员的，这是中意两国作家和人民之间深厚友谊的象征，也表达了进一步加强中意文学交流的良好愿望。对此，我向兰蒂尼先生和全体评委致以深切的谢意。"当我谈到自己童年时代就爱读意大利作家写的《木偶奇遇记》《爱的教育》，受到爱和美的熏陶、启迪；现在从事儿童文学评论，向亿万中国孩子推荐介绍优秀作品时，会场里响起特别热烈的掌声。我又一次真切地感受到，热爱孩子，关心孩子，是没有国界的。

回到住所，掂掂这张由各位评委亲笔签名的"蒙德罗国际文学奖特别奖"证书的分量，深感它负载的情谊是很重很重的，但把我的名字同这个奖连在一起又纯属偶然。由此我又不禁想到，国际文学奖有时也不是那么神秘莫测、高不可攀的。作为一个作家，不要把得奖与否看得太重，重要的是写出问心无愧的好作品，得到广大读者的承认。

2000 年 6 月 11 日

1999 年缅甸之旅日记

5 月 30 日（星期日）

访缅中国作家代表团一行五人乘 CA905 航班经昆明于下午一点抵达仰光。缅作协主席、秘书长等到机场迎接。

代表团下榻于城市酒店，稍事休息后，即去参拜闻名遐迩的仰光大金塔。小巴穿过几条绿树成荫的马路，透过窗玻璃就能见到金碧辉煌、雄伟壮丽的大金塔耸立在丁固拉达山岗上。

这座始建于两千五百多年前的大金塔，据说塔内珍藏着当年从仰光去印度经商的两兄弟带回的、释迦牟尼赐予的八根佛发。整个大金塔建筑面积为十四英亩，塔高九十九点四米，底座周长四百二十七米，是世界七大佛教圣地之一。

进入塔院，见到地面都是用漂亮的大理石铺成的。乘坐分为四层的自动扶梯来到大金塔塔基前。导游介绍，大金塔塔顶用黄金铸成，上有重十二点五吨的金属宝伞。宝伞上挂有一千四百八十五枚风铃，其中金铃一千零六十五枚。风铃迎风摇曳，叮当作响，悠扬悦耳，宝伞上还有一个镶嵌着四千多颗钻石、宝石的钻球，其中最大的一颗钻石重七十六克拉。最近一次修缮，给塔身贴金箔，就用去黄金七吨，真是举世罕见，价值连城！我们绕大金塔转了一圈，见到大金塔四周还有六十四座各具特色的小金塔簇拥着，塔群的东西南北各有一个供着佛像的大殿。拜佛的善男信女络绎不绝。听说现在每天来大金塔朝拜的有四千人，春节期间多达一万人。大金塔比爱国主义旗帜和各种思想、理论学说似具有更加巨大、神奇的吸引力、凝聚力！我们尊重缅甸的风俗习惯，在一座大殿的佛像前点香，献花，双手合十，躬身施礼。我在留言簿上写下了："与人为善，心地光明。"

晚九点半,缅电视台播放中国作家代表团抵达缅甸、参拜大金塔的新闻。

5月31日（星期一）

清晨细雨蒙蒙。雨后天晴,树木青翠欲滴,鲜花璀璨夺目,整个仰光被洗濯得一尘不染、光洁晶莹了。全程陪同代表团活动的文学宫出版社编辑吴饮梭带领我们先后参观了人民广场、国家博物馆、军事博物馆。这个多民族国家抗击外来侵略、争取民族独立的历史和淳朴的民风民俗、优秀的民族文化传统,在我脑海里留下了深刻的印象。高高挂在博物馆大厅里的国家和平与发展委员会（即军人组成的政府）诸成员的大幅彩色相片,也十分引人注目。

上午去缅政府宣传部拜会副部长昂登准将。晚间,昂登在城市酒店顶层餐厅宴请代表团。白天会见时昂登准将一身戎装,十足军人风度;夜晚他换上了无领对襟长袖衫,下身穿沙笼,颇有民族气派。座谈会上和宴会席间谈笑风生,气氛融洽,没感到有什么拘束。话题涉及中缅友谊、文化政策、风土人情等。副部长希望代表团到缅甸各地走一走,亲眼看一看今日的缅甸是否像西方传媒报道的那样:到处是"荷枪实弹的军人和蜷缩在街角的饥民",戒备森严,没有一点自由。他还对科索沃形势表示特别关注,坚决反对民族分裂之情溢于言表。

6月1日（星期二）

凌晨四点被酒店服务台电话叫醒,匆匆赶往仰光机场。办理登机手续,不排队,你拥我挤,秩序很乱。托运的行李完全由搬运工人手提、车拉,没有传送带等设备。作为重要国际航空站之一的敏加拉顿机场,显得古老、落后了。

坐飞机一小时就抵达有"万塔之城"美称的古都蒲甘。在蒲甘方圆十六平方英里的土地上，漫山遍野都是佛塔。据说，最兴盛时共有佛塔一万三千座，历年来毁于战乱和地震等自然灾害，如今只剩下二千二百一十七座了。我们参观了蒲甘最著名的四座佛塔中的两座：一座是全部用巨大石块垒成的瑞喜宫佛塔。它有三层塔基，塔基壁上嵌有五百四十七块绘有佛本生故事的釉陶画。塔院旁还建有 1960 年周总理访缅捐赠的佛亭。陪同参观的金姗女士说，这是中缅"胞波"情谊的象征。另一座是造型新颖别致的阿难陀佛塔。塔基四面各有一大拱门，拱门内各有一尊高三十一呎、分别用檀香木、柚木、松木、玉兰木雕刻而成的佛像。其中有一尊佛像，你站在近处仰视，大佛面容庄重肃穆，当你拉开一定距离再看时，又觉得大佛面带微笑，眉慈目善了。我联想到杭州南屏山净慈寺里的济公像，无论你从什么角度、侧面看，似乎他总绽露笑容面对着你，真是奇妙之极。

四千多万缅甸人中，80% 信仰佛教。很多缅甸人一生节衣缩食，临终前把毕生积攒下来的全部钱财捐献出来用于修造佛塔。在他们看来，佛塔是佛的化身，建造佛塔可以积最大的功德。缅甸人建塔的热情至今不减。由此我不禁发出这样的感慨：如果把这些钱财投资于现代化建设或公益事业，这个国家又会是一种什么面貌呢？！

6月2日（星期三）

在吴钦梭、金姗陪同下，乘小巴去游博巴山和博巴公园。车行一个多小时后停车休息，顺便访问了路旁的一户农家。夫妇俩热情好客，女主人忙着给我们每人端上一杯用棕榈树叶泡的茶，男人迅即爬上棕榈树，摘下新鲜的棕榈果，让我们品尝。他们在地头置放着两只大铁锅，用像茄子般的棕榈果，炼出糖汁，制成状如花生粘的乌糖，装入用芦苇叶编织的小提兜里，拿到市场上去出售。收入虽不多，但还勉强可以养家糊口。他们有三个男孩，正在田间追逐嬉戏，见了陌生的客人好奇地围拢上来。他们脸上都抹了黄色的、散发着芳香的檀那卡粉。据金姗介绍，檀那卡粉是缅甸女子喜欢抹在脸上或四肢的一种传统化妆品。它是用檀那卡树（学名黄香楝树）的树干锯成小段，在石盘上加水研磨而成。这种粉浆幽逸清香，可以保护皮肤，具有祛斑清凉、防晒解毒等功能。我们同三个像是三花脸的男孩合了影、临别时主人送给我们每人一小提兜乌糖。当我们要付给若干缅币时，主人执意不收，最后硬塞进那个最小的孩子口袋里，就匆匆上车拱手告别了。

登上巴博山，极目远眺，呈现在我们面前的是一个绿色世界。棕榈、杧果、波罗蜜、柚木、印度楝各种树木挺拔茂密，潺潺的山泉擦肩而过，色彩斑斓的蝴蝶飞来飞去。代表团里年纪最大的王肯兄似回到童年时代，情不自禁、连蹦带跳地去扑蝶。我们参观了建在巴博山上的环境保护教育中心。热情又精干的旦旦义女士向我们介绍了教育中心承担的开展环保教育、保护珍稀动物、种植药材、向附近五个村子供应泉水等六项任务。旦旦义从药材园端出一盆绿油油的作物，让我们辨认是不是高丽参。来自人参之乡的王肯作了否定的回答，并简要地介绍了高丽参的形状、特征、生长过程。他欢迎教育中心的朋友有机会到中国长白山访问，届时将赠以真正的高丽参。旦旦义笑着问：是不是真的？我说，东北人性格豪爽，说话是算数的。王肯因此而被戏称为：Mr.Gaolshen（高丽参先生）。

下午四点半，气温高达 41℃，热浪滚滚。我们冒着酷暑去逛瑞喜宫前的小市场，购买了檀那卡粉，准备回国后送给妻子、女儿和女同事。

6 月 3 日（星期四）

清晨六点半去蒲甘机场。小飞机起飞后不到二十分钟就抵达缅甸第二大城市，也是文化古都的曼德勒市。代表团下榻于宇宙宾馆。

参观著名的曼德勒皇宫。这是缅甸最后一个皇帝锡袍王的父亲——贡榜王朝的宫殿。1859 年建成，后毁于"二战"，1996 年重建。宫内有一百零四座大殿，分为议政厅、寝宫、后宫三部分。皇宫里还有中国建筑师设计的二十个花园。红砖砌成的宫墙外，有宽阔的护城河，河水清澈，绿树环抱。参观皇宫文物展览后，我在留言簿上写了："历史是一面镜子，要善于从中吸取经验教训。"

夕阳西照时，登上著名佛教圣地曼德勒山。从山顶俯瞰曼德勒全景，新城区与皇宫相连，绿树，红墙，金色的佛塔，白色的大厦，交相映辉，构成一道亮丽的风景线。

上午去曼德勒市政府拜会市长阳登准将。晚，阳登在安喜餐厅幽静的院子里设宴款待作家代表团。阳登性格沉稳，讷于言辞，往往要由我引出话题，东拉西扯，没话找话，才得以打破那冷场的尴尬局面。由此我又一次尝到了出国访问当团长之苦。从阳登简短的谈话中，约略了解到曼市近年来的发展、少数民族工作、文学团体状况。

6 月 4 日（星期五）

八点出发去游览著名的避暑胜地彬乌伦（即眉苗）。进入市区，只见到处开满了色彩绚丽的翠菊（当地称它为眉苗花）和大丽花。植物园里树木郁郁葱葱，花卉争奇斗妍。眉苗果然是一座名不虚传的花园城市。

神秘莫测的贝钦妙岩洞吸引了众多的游客。我们赤脚蹚过洞前清澈见底的泉水，进入光线暗淡的岩洞。沿着湿漉漉的、曲里拐弯的青石板路缓步前行，浮光掠影地观赏着岩壁上千姿百态、栩栩如生的佛像，谛听着有关奇岩怪石的种种美丽传说。因为路滑，憋闷，代表团一行五人中有两位打了退堂鼓，中途折回了。我紧跟团里最年轻的王黎小姐奋力向上攀登，又走了七八百米，终于登上岩洞的最高处。一尊高大的佛像前，有两位来自远方的、带着行囊的老人席地而坐，口中念念有词，虔诚、专注地在拜佛诵经，祈祷佛祖保佑他们来世脱离苦海，升入天堂。他们还心甘情愿地掏出节衣缩食积攒下来的钱，作为修建岩洞内佛像费用。在缅甸，募捐、施舍已成为人们生活中的一种习惯。

晚上在原籍云南的女老板开的吉祥缅餐馆用餐。吴钦梭说，缅餐便宜，同吃中餐相比，只花 1/5 的钱。我们异口同声地表示要为主人节省开支。说实在的，地道的缅餐比蹩脚的中餐好吃得多。

6月5日（星期六）

上午参拜著名的摩诃牟尼大佛。这是仅次于仰光大金塔、在缅甸排名第二的大佛像。佛高十二英尺，重八吨，其中含金两吨。佛身上嵌有无数珍宝。在主人的引领下，我们登上佛像底座，靠近佛身，用一块一块金箔给大佛贴金。按缅甸习俗，女子不能给菩萨贴金。我们代表团唯一的女团员王黎无可奈何，只好望佛兴叹。

晚上出席我驻曼德勒总领事馆为作家代表团召集的聚会，领事馆约了曼德勒几位作家、新闻工作者参加，使我们多结识了几位同行的朋友。与我同桌的吴钦貌积特别健谈。他年届古稀，是一位从事新闻工作达五十一年的老报人，现仍担任《曼德勒日报》顾问。50年代和七八十年代，他曾三次访问中国。他随身带来当年访问京、沪、杭、西安、昆明等地拍摄的照片，让我们传看，并眉飞色舞、滔滔不绝地讲述中国的青山绿水、名胜古迹和文学界朋友，给他留下的美好印象。他满怀深情地表示，将争取早日再次访华，看一看近几年中国改革开放后的新面貌。

曼德勒以精湛的传统手工艺技术闻名于缅甸。今日还参观了一家木雕厂。工人在狭窄、昏暗的车间里精雕细刻，劳动条件很差。

6月6日（星期日）

从曼德勒乘飞机，不到一小时，就回到仰光。

参观连接仰光河两岸的丁茵大桥。此桥系中缅专家共同设计，建成于1989年，主桥长一千八百二十二米，颇为壮观。在吴钦梭、秋秋丹（文学宫出版社编辑、女翻译家）陪同下逛昂山市场。代表团诸团员各自选购了一些富有缅甸特色的小纪念品。王臻中教授为夫人、女儿各选购了一只宝石戒指，陈喜儒兄精心挑选了一个檀香木雕佛像，这算是今天排名第一、第二的两件珍贵礼物、纪念品了。

晚上参加缅作家和新闻工作者协会举办的缅中作家聚会。到会的四十多位缅甸作家、诗人都穿传统民族服装，女作家还披了彩色披巾。缅作协主席吴觉昂致欢迎词，我致答谢词。座谈话题集中在两国文学现状和作家的地位、待遇上，我们了解到，每年缅历9月1日是缅甸文学节，庆祝活动从城市发展到农村，时间长达整整一个月。在节日里举办各种文学讨论会、讲演比赛、诗歌比赛，颁发国家文学奖、文学宫手稿奖等。听说缅甸政府还赠给全国一千二百位作家每人一块土地，用以盖自己的书房、住宅。对缅作家受到的这种特殊照顾，不免有些羡慕。在聚会结束前，一位曾访问过中国的女作家，热情洋溢地用中文唱了《康定情歌》。喜儒兄也即兴演唱了王肯作词的《呼兰河小曲》。顿时大厅里笑声、掌声四起，把这次难得的聚会推向了高潮。

6月7日（星期一）

今天的日程又排得满满的。上午参观莱达雅工业区和FMI城（即第一缅甸投资有限公司）。担任工业区计划助理的李先生会讲汉语。据他介绍：工业区于1995年开始兴建，现有十七个工业区，人口二十万。我们参观了工业区下属的两个厂：一个是电缆厂，它的机器设备来自比利时、瑞士、日本和中国台湾。全厂只有四十多个工人，平均月工资为二百五十美元，年轻经理的工资为五百美元。另一个是成衣厂，主要加工制作销往欧洲各国的夹克衫、羽绒服等。全厂一千二百名工人，平均月工资为三千至六千缅币，合八美元至十六美元。年轻的女经理来自中国香港，谈吐干脆利落，看来很精明能干。FMI城已建成一千套住宅。我们参观了三种不同式样的住宅，都窗明几净，设施完善，宽敞舒适，环境优美。只是每套房价高达二十五万美元，除外商、大亨外，一般平民百姓是不敢问津的。

下午走访了文学宫出版社及其下属的图书馆和书店。与出版社的七八位编辑座谈交流。这个出版社既出版大百科、年鉴等工具书，也出版卡通画报等大众化读物。它归宣传部出版印刷局领导、管理，全部销售收入上交政府，然后由政府拨给纸张、印刷费、工资等经费，小小的图书馆藏书五万多册，每天接待三四百个读者，我们去参观时，室外倾盆雨大，积水成河，而阅览室里照样座无虚席，一个个凝神屏息地在读书看报。

离开出版社，又赶往缅文化部，会见副部长、著名诗人吴梭钮。吴梭钮出版有十四本诗集，代表作《啊，湄公河上的一片黄叶》1961 年获文学宫奖。他曾长期在部队服役，从上尉一步一步擢升至中校。他告诉我们：用了十二年时间写成一部计有一千页（缅文）的长篇小说《伊洛瓦底江川流不息》，反映缅甸人民争取独立和独立后的历史发展进程。此书由吴觉昂作序，肯定它热情讴歌了缅甸人民的爱国主义精神，表现了对国家命运的关切。

同吴梭钮漫谈了一个多小时，谈及战争题材创作、专业作家体制、写作方式（手写还是用电脑写）等。吴梭钮先后五次来我国访问，十分关注中缅文学交流，多次提议互译作品。他正把自己的作品译成英文，然后争取译成中文。

6月8日（星期二）

缅甸以盛产红宝石、玉石、琥珀驰名于世。下午饶有兴味地参观了珠宝宫。该馆顾问吴泰文先生年近耄耋，目光炯炯，精神矍铄，从头到尾陪同参观，并作了生动、详尽的讲解，使我们增长了不少知识。我在留言簿上写下："珍珠宝石赏心悦目"几个字。天下着雨，老顾问又诚恳地邀我们去观赏珠宝宫前的一块大玉石，说是：抚摸这块大玉石，可以心想事成，健康长寿。我轻轻地抚摸了几下，由衷感谢老顾问的诚心美意。王肯、喜儒身体不适，今日未能前往参观。五人代表团变成三人小组，快溃不成军了。

晚上出席我驻缅大使梁栋为中国作家代表团访缅举行的宴会。昂登副部长、吴觉昂主席及缅宣传、文化部门的头头脑脑大多来参加了。宴会前在使馆休息室漫谈了一会儿。我简要地谈了访缅十日的印象和感受，称赞缅资源丰饶，重视自然环境保护；人民纯朴善良、乐善好施；社会气氛宁静平和；尊重民族文化传统等。至于当局怕学生闹事，各大学已停课多年等犯忌的话题，只好避而不谈了。

缅甸朋友对茅台酒很感兴趣，边喝酒边聊天，气氛亲切和谐。王肯在访缅期间写出了一组短诗,歌唱梦中的大金塔、心驰神往的柚木树、可爱的抹檀那卡粉的孩子。他在宴会上满怀激情地用汉语朗诵了其中的四首,然后由秋秋丹女土译成缅文朗诵,效果很好,赢得了热烈的掌声。

6月9日(星期三)

吴钦梭八点来到城市酒店,赠给我们作收藏用的缅甸硬币、纪念邮票和乌糖。他是一个老实厚道、埋头苦干的人,十天来从早到晚忙里忙外,尽心尽力地为我们提供热情、周到的服务。他怀有到中国走一走、看一看的强烈愿望,但至今未能实现。日前在出版社座谈时,我还在他头头面前为他说项。不知吴钦梭访华的梦想何日才能成真!?

十一点半去仰光机场。作协主席、文学宫出版社负责人、吴钦梭及我驻缅大使馆文化参赞等到机场送行。临别依依,深情话别。CA906航班于下午一点半飞离仰光,结束了为期十一天的缅甸之旅。

1999年11月摘抄

草坪·枫林·松鼠

加拿大之旅最让我赏心悦目、留连忘返的是：碧草如茵的绿地、色彩绚丽的枫林和随处可见、惹人喜爱的松鼠。

大自然母亲似乎对加拿大情有独钟，恩宠有加，在它幅员辽阔的大地上，到处覆盖着郁郁葱葱的森林、一望无际的草原、星罗棋布的湖泊……而大自然优秀之子加拿大又特别懂得关爱母亲，保护母亲。加拿大全境有29个风景秀丽、如诗如画的国家公园，650个省立公园，这都是可以寻幽探胜的自然保护区。我旅居的蒙特利尔市就有300多个公园，打开市区的地图，满眼都是绿色的标志，那就是草木葱茏的公园所在地。

我在加拿大住了五个月，跨越了夏、秋、冬三个季节。夏天绿意盎然，秋天层林尽染，冬天银装素裹，我有幸领略了加拿大独具魅力的自然风情。

踏上加拿大国土，首先映入眼帘的就是那绿油油的草坪。我可是生平第一次见到那么多开阔的、漂亮的绿地。在蒙特利尔，皇家山之巅的草坪紧紧地依傍着卡斯托尔斯湖；麦吉尔大学校园的草坪为久负盛名的、富于法国风情的古老建筑所包围；奥林匹克中心的草坪则镶嵌着式样新颖别致的体育建筑群。在魁北克，站在战场公园的草坪上，可以眺望对面劳伦斯河的美景。在渥太华，以园林之胜闻名的加拿大总督府前的草坪与美丽的花圃连成一片。在多伦多，皇后公园的草坪上耸立着红墙碧瓦、古色古香的安大略省议会大厦。所有这些各具特色的草坪无不让我感到心旷神怡，留下终生难忘的印象。如果说上面提到的这些草坪都还属于旅游景点，不足为奇；那么，当你面对散布在加拿大各个城市马路两侧、房前屋后那大片的或小块的数不清的草坪，就不能不由衷称赞这真是名不虚传的"草坪上的加拿大"了。

我喜欢在草坪上徜徉。清晨或傍晚，我踏遍了住宅周围的每一块草坪。我还带上地图，乘坐地铁，如痴如醉地去寻找蒙特利尔各个角落的草坪。每有新的发现，回家后总要情不自禁地向家人诉说自己的喜悦。我成了绿色的追逐者、十足的草坪迷。每到一处，我就恋恋不舍，往往会安逸地躺在柔软的草坪上，凝视那湛蓝的天空，那浮动的白云，那灿烂的阳光，贪婪地呼吸那青草散发出的新鲜、芬芳的气息。久住空气污浊的城市，真想在加拿大的草坪上把新鲜的空气吸个够，够我用上一辈子。

　　有草坪，有树木，就能见到精灵、活泼的松鼠。森林大国加拿大庇护了大量松鼠。每天清晨，我跨出家门，总会遇到两三只松鼠站立在我面前，两只乌黑的眼睛友好地注视着我，好像是问我早安，当我亲切地对它说："Good morning！"时，它迅捷地蹿上茂密的枫树。在公园里松鼠爱与游客交朋友。当我坐在草坪上，向它一招手，它马上围到我的身边，跳来跳去，东张西望，那姿态，那神情，确实逗人喜爱。有一次，我见到一个约摸三四岁的女孩用花生米、核桃仁、小饼干逗引松鼠，不一会儿，竟有十多只松鼠来到她的跟前。松鼠披着一身灰色的皮毛，拖着那又粗又长的尾巴，加上它那几撇不长不短的胡子，与天真活泼、充满童稚的孩子相映成趣，构成一幅人与自然和谐相处的生动画面。正因为松鼠性情和蔼，活泼有趣，对人友好多情，因而多伦多市政府选择松鼠作为市徽的图案。在旅游商店陈列的纪念品中，也有不少刻印上了松鼠的形象。松鼠在这里成了人们亲密的、形影不离的朋友。

　　加拿大的国土面积与我国相差无几，但它得天独厚，森林覆盖率高达46%，而我国仅有15%。加拿大漫山遍野都是阔叶林、针叶林，尤以枫树为多。从西岸到东岸，你可以欣赏到绵延达万里的如醉的枫林。由此，你就不难理解加拿大人为什么要把鲜红的枫叶绣上红白相间的国旗，当作他们国家的象征。

　　秋风飒飒，我亲眼看到枫叶一天天地由绿转红。我怀着激动、急切的心情来到以阔叶林著称的魁北克去观赏红叶。当我们的车子接近魁北克附近的水晶瀑布时，它周围那一片火红的枫林，像色彩绚丽的油画，清晰地呈现在我眼前。水晶瀑布的落差为83米，从断崖上直泻下来，极为壮观。

我为层林尽染的秋色所吸引，决心上山探个究竟。已届古稀之年的我抖擞精神，一口气爬了共有470多级的梯子，终于登上瀑布上方的铁桥。原来红艳艳的枫树和红色的槭树、黄色的橡树、常青的松柏交织在一起争奇斗艳，这才构成我在山下看到的那赤橙黄绿、五彩缤纷的画面。我置身于满山红叶中，像是投入大自然母亲的怀抱，心灵变得更加单纯，胸怀似也更加开阔。我细心拣了不少色泽鲜红、暗红或深紫的大大小小的落叶，准备寄给远方的亲人、朋友，或夹在书里作为纪念。

记得有一次，当一本刊物的编辑问我"最喜欢什么颜色"时，我的回答是："蓝色，蓝色的天空，蓝色的海洋，蓝色的火焰，都让我浮想联翩，心旷神怡。"经历了草坪上的加拿大之旅，现在我会毫不含糊地说："我更爱绿色。绿色象征着萌芽、成长、青春、活力。"生命呼唤绿色。绿色需要环保。保护绿色，保护生态环境，让我们"从我做起"吧。

2004 年 4 月 7 日

感受飞瀑

　　尼亚加拉大瀑布是我久闻其名，心驰神往的一个世界天然奇景。前年去加拿大小住，终于如愿以偿，得以一睹它那迷人的风采。

　　从加拿大第一大城市多伦多到瀑布所在地尼亚加拉小镇，行程不到两小时。旅游大巴开到距大瀑布还有数里之遥的地方，就能清晰地听到由远而近的、雄浑的瀑声。

　　原来尼亚加拉瀑布位于美国和加拿大接壤处。一条连接美国伊利湖和加拿大安大略湖的尼亚加拉河，流至美、加交界处，遇到斜度极大的绝壁，陡然倾斜，河水垂直下泻，落差达50多米，于是形成世上罕见的、宽度近1200米的大瀑布。由于山羊岛的阻隔，又将瀑布分成三股：在美国一侧的两股，一股为美利坚瀑，又称彩虹瀑。另一股罗那瀑，又称婚纱瀑。在加拿大一侧的那一股，弯曲呈马蹄形，称为马蹄瀑，又名加拿大瀑。三瀑之中，马蹄瀑最大，最为壮观，宽达762米。彩虹瀑次之，宽323米。罗那瀑最窄，只有91米，但它那宛若新娘婚纱的婀娜风姿，深得年轻恋人的青睐，吸引了不少新婚夫妇前来这里欢度蜜月。

　　当我来到安大略湖畔的维多利亚公园，面对三股奔腾直泻的飞瀑，那汹涌的水势，那轰轰的响声，那跳跃的水珠，那弥漫的水雾，不禁让我凝神屏息，惊叹不已，当即被尼亚加拉大瀑布壮阔的规模和磅礴的气势所震撼了。你想，组成尼亚加拉瀑布的三个瀑布，每一秒钟平均流量为6400立方米，相当于每秒钟可以灌满100万只浴缸的水量。那铺天盖地、排山倒海、一泻千里、不可阻挡之势，怎么能不让人惊心动魄呢！

　　暮色茫茫，两岸灯火闪烁。正当我凭栏注视夜色朦胧中的飞瀑时，忽见美、加两边几十盏巨型探照灯，射出或红或蓝、或黄或绿的强烈光芒，把大瀑布照得晶莹透亮、五彩缤纷。婚纱瀑好似童话里的美丽公主，她那飘逸的长裙不断变幻色彩，越发显得楚楚动人了。这时候，绚丽的烟花又凌空竞放，火树银花，与探照灯的光束交相辉映，一幅用浓墨重彩绘出的五色瀑夜景清晰地呈现在人们面前。河岸上摩肩接踵的游客，都在选择最佳角度，拍下这精彩纷呈、激动人心的奇景。

第二天清晨，我又加入期待已久的乘船观瀑的行列。在维多利亚公园的一角，我们坐电梯下到接近游船码头处，穿上游轮公司发给的浅蓝色雨披，登上名为"少女之雾"的游轮。横跨尼亚加拉河、连接加拿大安大略省与美国纽约州水牛城的彩虹桥就在眼前。水牛城的上空飘扬着美国国旗，还有一只特大的蓝色气球随风摇曳，气球上面十分醒目地书写着："I Love New York！（我爱纽约）"触景生情，使身处异国他乡的我，心中不免荡漾起一缕思家乡、恋故土的情愫。缓缓启动的游轮，首先驶至美国境内的彩虹瀑、婚纱瀑前。巨瀑溅起的水珠像是细雨，很快沾湿了我的雨披。我清晰地看到对岸一群群穿着黄色雨披的游客，从岸上沿铁梯拾级而下，绕过崎岖泥泞的路，向婚纱瀑的落点靠拢。他们聚在瀑布底下，欢笑着、呼唤着，领略那从天而降的瀑布激起的水花雨丝劈头盖脑打来的滋味。一对对年轻恋人依偎在一起，任凭风吹雨打，一心一意要从被看作爱情源泉的尼亚加拉瀑布汲取永不枯竭的力量。

当游轮开足马力驶近加拿大境内的马蹄瀑中心时，只见犹如万马奔腾的飞瀑迎面扑来，顿时白浪滔天，碧波翻滚，水沫飞扬，吼声轰隆。一阵阵疾风掀起我的雨帽、雨披，我快成了落汤鸡。一片白茫茫的水雾，模糊了我的视线。我干脆摘下眼镜，这才若隐若现地看到乳白色、浅绿色相间的巨瀑近在咫尺。我很想投身于瀑布的怀抱，尽量贴近它，靠拢它，去感受它那无可匹敌的威力。游轮的掌舵人似乎很了解我的愿望，想方设法极力把船开到迫近瀑布处。无奈瀑布急湍冲下的力量，总是把游船阻挡在一定距离之外。马蹄瀑呈半圆形，游船转了大半圈，始终与瀑布平行，怎么也不能进一步靠近它。好在当游船驶至马蹄瀑中央时，瀑布从正面和左右两侧泻下来，三面之水碰撞在一起，形成巨大的漩涡。这时，船身左右摇晃，河水漫进船上，一些胆小的游客不禁发出惊恐的尖叫。这也算是让我们过把瘾，充分体验瀑布冲击的紧张与惊险。

半小时的船上观瀑，似兴犹未尽。上得岸来，我决心放弃旅游团安排的海洋公园之游，争取在尼亚加拉瀑布前多待上两三个小时。我想细细端详它的容貌，静静倾听它的声音，稍稍了解它的脾气、性格。

　　我漫步在维多利亚公园开阔的草坪上，无心欣赏公园中央那用2.5万株鲜花砌成的、直径12.2米、构思精巧的大花钟，沿着河岸的栅栏，急匆匆赶到最靠近马蹄瀑的一角。极目眺望，终于看清源自伊利湖的尼亚加拉河，原本是从平原上流过来，流到安大略湖畔，地势陡然一落，河水直泻谷底，这才有了眼前的飞瀑奇观。一横一拐一竖，呈一直角，大自然神来之笔真是奇妙极了。我置身于水雾烟波之中，耳畔是雷鸣般、振聋发聩的轰响，眼前是青天碧波、水天一色的美景。注视着游轮上裹着蓝色雨披的人群与蓝天碧水融为一体，不由得向往那"天人合一"的美好境界。

　　我赞美飞瀑那奔流不息、一往无前的精神，那海纳百川、不抉细流的胸怀，还有那撼天动地、震慑人心的威力。由衷感谢大自然母亲赐予人类如此雄伟瑰丽的奇观。作为大自然之子，我们一定要善待母亲，加倍热爱她，百般保护她，用捍卫绿色家园、营造绿色文化空间的行动来报答她。

2004 年 4 月 27 日

万圣节，真来劲！

　　初夏时节，我和老伴赴美丽的枫叶之国加拿大探亲。抵达目的地蒙特利尔的第二天，正赶上加拿大国庆节。成千上万肤色、服饰、语言不同的男女老少，组成一支浩浩荡荡的游行队伍，挥舞着镶着红色枫叶、红白相间的国旗，兴高采烈地行进在市中心圣嘉芙莲大道上。当我还没来得及细细品味这个移民国家盛大节日蕴含的开放性、多元文化时，国际烟火节、国际爵士乐节、搞笑节（幽默盛会）、龙舟节、儿童节又一个一个接踵而至。我这个初来乍到的外国人，不能不发出"蒙特利尔的节日真是多"的感慨。一切都感到新鲜，这也想看，那也想看，真有点应接不暇，顾此失彼。

　　客居蒙特利尔短短140天，度过一个又一个节日。在这些节日中，最令人难忘的是快乐有趣的万圣节。这个原本始于中世纪祛除鬼怪、带有宗教色彩的节日，随着时间的推移，如今已演变成富有童话、神话色彩、孩子们纵情玩耍的节日。在加拿大、在北美、在西方，万圣节前夕，10月31日这一天，成了仅次于圣诞节、感恩节的重大节日。

　　约摸在万圣节前一周光景，我就惊喜地发现许多商店、超市的橱窗、吊顶、四壁布置了好多富有创意、想象力的精灵古怪的装饰物，从南瓜到麦秸，从蜘蛛到蝙蝠，从魔鬼到怪物，会飞的巫婆骑着扫帚，还带着一只神气活现的大黑猫，独眼的猫头鹰栖息在鬼屋前的枫树上，穿着大皮靴、戴着黑眼睛的怪老头跨着火箭腾云驾雾，白色的小精灵在张开的大蜘蛛网上飘游……所有这些，让孩子们笑逐颜开，心驰神往，遨游在一个神奇美妙的想象世界里。清晨在社区散步，我还注意到好多别墅、公寓门口摆放着一个个黄澄澄的大南瓜，不少南瓜上刻着或哭或笑的鬼脸，形态各异，情趣盎然。也有一些人家门旁窗前站立着稚拙可爱的稻草人、麦秸小人，或挂着精雕细刻的南瓜灯、南瓜风铃。象征万圣节的南瓜、稻草人，构成了蒙特利尔秋日街头一道独特的、富有情趣的风景。

万圣节的活动多姿多彩，不少活动都是专门为孩子精心安排的，如故事会、雕刻南瓜比赛、南瓜大餐、参观鬼屋、南瓜灯展览……其中最受孩子欢迎的是蒙特利尔图书馆、植物园举办的儿童化装晚会、化装游行。来参加晚会、游行的都是打扮得奇形怪状的三四岁到十一二岁的孩子。为了在晚会上出奇制胜、引人注目，孩子和他们的父母在化装、打扮上可说是煞费苦心，绞尽脑汁。有的打扮成外星人、嬉皮士的模样；有的打扮成大灰狼、小松鼠的模样。我见到一位装饰时尚的年轻妈妈领着三个孩子来参加晚会，他们分别穿着装扮成小兔、小猫、小熊的动物外套，一个个胖墩墩的，十分可爱。与会的年龄小一些的孩子往往打扮成白色的小天使、美丽的小公主、胖胖的南瓜宝宝，或是小羊、青蛙、美人鱼的有趣造型；而年龄大一点的孩子追求新奇怪异，戴着面具或涂上油彩，身着长袍或穿盔带甲，点上蜡烛或举着刀叉，既威严怪异又滑稽有趣。晚会上欢声笑语，载歌载舞，洋溢着一片欢乐、温馨的气氛。原本鬼影幢幢、阴森恐怖的万圣节，在孩子这里已变成无忧无虑、快乐自由的游戏世界。

相传从公元 9 世纪开始，基督教信徒跋涉于穷乡僻壤，挨家挨户乞讨用面粉和葡萄干制成的"灵魂之饼"。据说慷慨捐赠糕饼的人家，都相信教徒的祈祷，期待由此得到上帝的保佑，让已故亲人早日进入天堂。这种挨家乞讨的传统习俗，如今已演变成孩子们提着南瓜灯挨家挨户讨糖吃的游戏。万圣节前夕，夜幕降临，穿着奇装异服的孩子三五成群，提着刻有鬼脸的南瓜桶，走街串巷，挨家挨户敲开邻居的门，向主人讨糖吃。入乡随俗，那天我家也准备了一些糖果。也许由于我家门口没有放着南瓜灯等节日的装饰以表示欢迎光临，讨糖的孩子擦门而过，颇使我心里有几分失落。隔壁邻居下班回来告诉我，他在林荫道上遇见几个脸上画着几撇胡子的淘气的"小鬼"，装腔作势地说出那句口口相传了上千年的唬人的话：TRICK OR TREAT！（不款待就捣乱）他身边没有带糖，只好从口袋里掏出几枚硬币，投入孩子们捧着的为残疾儿童募捐的小纸盒里，才算侥幸过关。捐钱，又是怎么回事呢？原来从 1965 年起联合国儿童基金会就建议在万圣节期间为残疾儿童募捐。真是化腐朽为神奇，鬼节又有了充满关爱、同情、慈善的人性化色彩。

我是第一次在异国他乡过万圣节，真切地感受到：这是一个真正属于孩子的节日，没有哪一个节日的神秘、精灵、幽默、怪趣能赛过万圣节。它可算是顺应孩子天性、张扬游戏精神，培养少年儿童想象力的一座好学校。

2004 年 4 月 3 日

八十四小时的美国之旅

2002 年 8 月 31 日（星期六）

我和老伴于清晨 5 点起床，匆匆赶到蒙特利尔市唐人街，参加协和旅行社组织的"美国东部四日游"。同乘一辆旅游大巴的 40 多位游客都是黄皮肤、黑头发的炎黄子孙，大多是来自海峡两岸的移民、留学生及其来加探亲的家属。导游小姐用普通话、粤语、英语三种语言向游客介绍旅游日程和景点概况。同路人不存在什么语言隔阂，相互之间可以自由交谈，颇感快慰。

车行约两小时，9 点抵达美加交界处的美国香槟镇。办理入境手续花费一小时，我凭窗凝望，只见天空的小鸟自由飞翔，草坪上的松鼠跳来跳去，它们出入境不需要什么护照签证，不禁让人有几分羡妒。大巴沿 87 号公路前行，一路都是广阔的原野、翁郁的树木、清澈的湖沼，可以说是风景如画。

下午 3 点多，大巴通过林肯隧道穿越赫得逊河，历时八小时，终于踏上曼哈顿岛，到达闻名遐迩的美国最繁华的大城市——纽约。

日程安排得很紧，一到纽约，就马不停蹄地去参观联合国大厦。我们经常从电视里看到的那幢巍然矗立，形状如火柴盒或骨牌、墓碑的 39 层大楼，是联合国办公大厦。在会议大厦的走廊里，我们看到墙上悬挂着联合国成立以来历届秘书长的巨幅彩照。安南秘书长那心事重重、不苟言笑的熟悉面庞鲜明地呈现在眼前。我们先后参观了安理会、经社会、托管会的议事厅。从安理会议事厅二楼观察员席上，俯视布置成马蹄形的会场，桌上放着中、俄、美、英、法五个常任理事国国名标示牌，让你不由得要掂量掂量五大国在讨论决定国际事务时所握有的那一票可以否决的权力的分量。参观各会员国赠送的礼品时，我特别注意到我国赠送的那座表现成昆铁路修建的象牙雕刻，精雕细刻，工艺精湛，把那艰巨工程的恢宏气势表现得淋漓尽致。英国赠送的用马赛克制作的巨幅画像也引人注目，主题是表现普天下人祈求和平，画面上那20多个不同肤色、不同装束的男女老少的眼神、表情刻画得生动逼真，栩栩如生，给我留下了难忘的印象。

在渔人码头用了一点简单的晚餐，乘上游轮，在赫得逊河上绕了一圈。接近河的入海口，远远地就能看到那座名满全球的自由女神像耸立在万顷碧波之上。这座铜像高93米，重225吨，是美国独立100周年之际，法国人民赠送给美国人民的珍贵礼物。自由女神一柱擎天，右臂高举自由火炬，左手握着独立宣言，头上所戴的皇冠上射出七支光束，在晚霞的映照下显得格外璀璨。我凝神注视着这座雄伟神圣的铜像，脑海里闪现匈牙利著名诗人裴多斐的名篇："生命诚可贵，爱情价更高；若为自由故，二者皆可抛。"来自五湖四海的游客面对自由女神像沉思默想，似都在品味着自己心中的美国自由，思索着为争取自由所付出的代价，愿把满腔的心里话向自由女神诉说。

夜幕降临，漫步于摩天大楼林立的纽约市中心，抬起头来，只见一线天。走过著名的华尔街，这里集中了美国最大的银行、证券交易所、保险公司，是操纵世界金融的中心，但想不到它竟是一条仅一里长的狭窄街道。白天人声鼎沸、熙熙攘攘的股票市场，现在静悄悄的。一天下来，随着股票指数的升降起伏，几家欢乐几家愁，只有天知道！

2002年9月1日（星期日）

昨晚投宿于新泽西州的雷迪逊酒店。这里紧挨着纽约市，住同一星级的旅馆，房费要比纽约市区便宜得多，精打细算的旅行社自然就看中了它。今天上午8点出发，去纽约市中心，参观建于1931年的帝国大厦。这是纽约目前最高的建筑物，高443米，共102层，仅次于一年前毁于"9·11"事件的、高110层的世界贸易中心大厦。从帝国大厦86层的回廊上眺望纽约全景，东西南北一览无余，只见一群群摩天大楼像雨后春笋般拔地而起，穿梭往来的、五颜六色的汽车像小甲虫在爬行，川流不息的人群则像排成队的蚂蚁在搬家。偌大的纽约，虽然也有一些草坪、花圃、树木，但从高处一眼望去，似看不到更多的绿色。这也许正是人口稠密、地皮紧张的大都会无法完满解决的难题。

从帝国大厦到唐人街，路经纽约最繁华的第5、6、7大道和第42街。而著名的百老汇、时报广场是闹市中的闹市，集中了剧院、歌舞厅、电影院、夜总会等众多的娱乐场所。观众在这里可欣赏到精彩纷呈的戏剧歌舞演出，阔绰的大亨则可一掷千金，享受纸醉金迷的夜生活。我们徜徉在时报广场上，尽管是白天，依然是五光十色，色彩绚丽的海报，不断变幻的广告，来回滚动的电视新闻，令人眼花缭乱。

步入唐人街，满眼都是用汉字书写的商店招牌，餐馆茶楼酒家鳞次栉比，川、湘、粤、淮、扬各色风味一应俱全。只要腰包里有钱，挂炉烤鸭、水晶肘子、海鲜煲、叉烧饭、担担面等各种美食，都可以品尝到。唐人街的一侧，有一幢高48层的孔子大厦，楼前竖有庄严的孔子塑像。在异国他乡见到孔老夫子，又听说这大厦、塑像都是上世纪70年代初国内批林批孔时兴建的，心里真有一番说不出的滋味。

下午1点多，告别纽约、驶离曼哈顿岛前，路过世贸中心遗址，面对那用蓝色挡板围起来的、堆满乱石残砖的一片废墟，不能不为一年前发生的"9·11"惨剧而摇头叹息。恐怖主义一日不除，就世无宁日、民无宁日。

费城是我们"四日游"的第二站。这是一个古老的、具有光荣革命历史的城市；也是一个正在不断改造、发展的现代化城市。在细雨中，我们参观了久负盛名的独立厅。那是一幢二层红砖楼房，顶上高耸着一乳白色的钟楼。这个建筑虽说不上气派恢宏，但庄重典雅。美国独立宣言和美国宪法都是在这幢楼里通过的。独立厅前的走廊陈列着重2080磅的自由钟。久经沧桑，铜钟已有裂痕。当年这口钟发出的洪亮悦耳的声响，宣告了美利坚合众国的诞生。漫步在碧草如茵的独立广场，寻觅美国开国元勋华盛顿、杰斐逊、麦迪逊、富兰克林等的脚印。200多年过去了，这些为独立自由而战的伟人的名字，仍然深深刻印在美国乃至全世界人民的心坎上。

在费城逗留约三个小时，薄暮时分，旅游大巴开向"四日游"的第三站华盛顿。当晚下榻于坦斯茵酒店。

2002 年 9 月 2 日（星期一）

华盛顿既是世人瞩目的政治中心，也是一个美丽的花园城市。这里没有高耸入云的摩天大楼，也没有鱼贯不断的车水马龙，多的是纪念堂、纪念塔、博物馆、广场、铜像、喷泉，它的庄严静谧与纽约的繁华喧闹形成鲜明的对比。当我们来到市中心，首先映入眼帘的就是那像一支巨大的锥形石笔昂然挺立、直冲云霄的华盛顿纪念塔。塔高 170 米，是华盛顿的最高建筑物。当年美国国会曾通过一条法律，规定华盛顿的所有建筑物不能高于纪念塔，以此来表示对开国元勋的尊敬。以纪念塔为中心，它的四周是赫赫有名的白宫、国会山庄、杰斐逊纪念堂、林肯纪念堂。这五大乳白色的建筑物之间，以碧绿的草坪、苍翠的树林、鲜丽的花圃、清澈的池塘连接起来，构成一幅十分匀称、美丽的图画。优美的田园风光与浓重的人文色彩如此和谐地融合在一起，让你不能不啧啧称赞设计家独具慧眼，别具匠心。由于时间仓促，没有来得及到白宫、国会大厦内参观。站在相距两三百米的铁栅栏之外，眺望那幢极其普通的白色三层楼房，那就是美国元首权威的象征、最高决策的中心——白宫。尼克松、福特、卡特、里根、老布什、克林顿、小布什及其幕僚就是在这里运筹帷幄、叱咤风云的。当我脑际闪过这里也是克林顿和莱温斯基绯闻产生地时，不禁扑哧一笑。我躺在国会山庄前的草坪上，凝视那幢建筑于山坡上的乳白色、圆穹形屋顶，每层四周都是圆柱支撑着的国会大厦，想象着众参两院里的共和党、民主党议员针锋相对、唇枪舌战的情景，揣摩着"西方议会民主"的真伪利弊。

从国会大厦到华盛顿纪念塔之间有一条很长、很漂亮的林荫大道。大道两侧分布着建筑风格各异、设计新颖别致的众多博物馆，其中最为著名的有：历史博物馆、国家美术馆、自然史博物馆、航空航天展览馆、国会图书馆、非洲建筑和艺术馆、肯尼迪文化中心等。走进航空航天馆，一眼就能看到悬挂于屋顶的莱特兄弟于 1903 年发明的第一架飞机。耸立于大厅中间的载有人造卫星的先锋火箭似要腾空而起。在展览厅里，我看到了世界上第一架超音速的喷气机，第一位美国宇航员乘坐的友谊 7 号飞船，第一次把太空人送上月球的阿波罗 11 号航天器的登月指挥舱。我还有幸抚摸了从月球采回来的那块小小的岩石，登上宇航科学家生活工作达三个月之久的空间实验室的生活舱，目睹餐厅里的那些生活用品，想象着他们在失重的状态下如何用餐。啊，科学技术的发展真是突飞猛进，在历史长河的一瞬间，人类腾云驾雾、上天揽月的梦想就变成了活生生的现实。

航空航天馆的对面是著名的国家美术馆，由东、西两幢楼组成。东楼是建筑设计大师贝聿铭的杰作，呈三角形，新颖别致，楼内主要陈列现代派的作品。西楼是老楼，它的三楼有 90 个色调素雅、光线柔和的陈列室，陈列着从古代、意大利文艺复兴时期到 19 世纪各国的绘画和雕塑。我三步并作两步奔走于各展室之间，稀世珍品目不暇接，对达·芬奇、米开朗琪罗、伦勃朗、安格尔、凡·高、列宾等大师的传世之作也只能匆匆一瞥。我真想能有十天半月，以从容、悠闲的心情来细细品味这些艺术瑰宝。

下午 2 点半，怀着依依之情离开华盛顿。6 点抵达我们"四日游"的最后一站大西洋城。这是美国东部最大的赌城。旅行社把它列入旅游日程，不言而喻，是为赌场组织赌客和观光客，从中捞取好处。对我这样生平从未进过赌场的人来说，实在是别无选择，无可奈何。既然来了，也只能借此机会见见世面、开开眼界了。

入晚，我们徜徉在大西洋岸边一条笔直的街道上，只见面对大海的马路一侧矗立着一群色彩缤纷、富丽堂皇的建筑物，那就是一家挨一家的赌场。走进著名的印度皇宫赌场，装饰华丽的大厅里灯火辉煌、人声鼎沸，七彩灯来回闪动，爵士乐不绝于耳。上千部像电子游戏机般的"老虎机"吸引了大群神情专注的男女赌客，只见他们投下硬币或筹码，按下电钮，老虎机上的许多图案就滚动起来，赌客的心跳也随之加剧，直到图案停止转动，根据图案的不同组合，决定你是否中彩。正如中国俗话说的："十赌九输。"绝大部分硬币或筹码都被老虎机吞掉了，只有少数幸运者中彩，不无惊喜地见到三五倍乃至五十倍、上百倍于本钱的硬币或筹码从老虎机里哗啦啦流出来。赌博的花样很多，除老虎机外，我还见到有扑克、骰子、轮盘等，这些赌具的输赢就更大了。赌场二楼还有专供大赌客豪赌的包间。我转悠了近一小时，实在不习惯赌场里那喧闹得几近疯狂的气氛，就匆匆离开了。在回旅社的路上，我在沉思：今宵又不知哪位赌客会成为一出倾家荡产、妻离子散的悲剧中的主角？！

2002 年 9 月 3 日（星期二）

早晨到大西洋岸边散步。从东半球来到西半球，从太平洋畔来到大西洋畔，心中顿然萌生一种新鲜、奇异的感觉。面对一望无际、碧波如镜的大海，确实令人心旷神怡。我和老伴在海滩上拾贝壳，兴致勃勃地寻找色彩斑斓的小石子，似又回到天真无邪的孩提时代。

旅游团的大巴于上午 8 点半驶离大西洋城，中午到达纽约州中央山谷名店购物中心。这个中心分为红、绿、紫、蓝、黄五个区，集中了 200 多家销售名牌产品的商店。我们在蓝区逛了十多家商店，囊中羞涩，除了老伴挑中一双阿迪达斯旅游鞋外，别的就不敢问津了。

晚 9 点过海关进入加拿大境内。在滂沱大雨中，结束了历时三天半、共计 84 小时的"飞车观花"的美国之旅。

2004 年 5 月 9 日摘抄

附录　评论文章选辑

站在中国儿童文学的制高点上

——读束沛德理论新著《束沛德谈儿童文学》

汤　锐

　　作为一个后进之辈，我对束沛德先生始终怀有深深的敬意。

　　拜读束沛德先生的理论新著，我感触很深。特别是重读《情趣从何而来》这一篇，感到分外亲切，因为这篇文章是把我带入儿童文学研究领域的第一盏引路灯，是我学写儿童文学评论的第一篇重要范文。那是我在读大三的时候，应该是 1980 年，我参加了北师大中文系老师组织的儿童文学兴趣小组，那时候对儿童文学研究还很懵懂，也不知道儿童文学评论如何写，可以参考学习的资料又极少，到图书馆去大海里捞针寻找相关的学习资料，好不容易在善本室里发现了《情趣从何而来》这篇文章，如获至宝，但是因为是善本室的资料，不能借出来复印，我只能坐在那里一个字一个字地手抄，抄在我自己的本子上，这个细节这么多年来一直历历在目，让我对束沛德先生也一直怀有一种亲切的感激之情。可以说，反复精读了那篇文章，我才开始尝试写儿童文学评论。而后来，1987 年，在束沛德先生的提倡下，《文艺报》开设了"儿童文学评论版"，我就是在 1987 年这一年应吴秦昌先生邀请，有幸成为"儿童文学评论版"的第一任特约编辑，专门负责组稿，那套"新潮儿童文学丛书"的好几篇序言就发表在了这个版面上，那个阶段，正好也是我自己刚刚在儿童文学评论领域上路的阶段，恰好获得了这样一个施展发挥的舞台，对我后来在专业上的发展有着很重要的影响。所以说，我自己的专业成长历程中，与束沛德先生直接的间接的影响和提携分不开，这是一种美好的缘分，让我心怀感激。

　　读《束沛德谈儿童文学》，我不由得思考一个问题，即，束沛德先生对中国儿童文学的贡献是极其特殊的，在中国儿童文学史上是要留下重重一笔的，这个贡献主要是在两个方面。

一方面，特别是新时期以来，束沛德先生作为中国作协的领导和儿委会的领导，作为中国儿童文学的优秀组织者、推动者，把他的热情、才华和精力都无私地献给了中国的儿童文学事业，做了大量实事，包括创办《文艺报》"儿童文学版"和作协儿童文学评奖中增加理论奖项等，20世纪80年代以来的中国儿童文学走上了一条发展的快车道，这些年无论创作还是理论研究都得到了极大的繁荣和发展，积累了大量的宝贵财富，这些成绩的取得当然与束沛德先生的辛勤工作和无私奉献有着直接的关系。可以说，他是尽最大努力推动促进着当代中国儿童文学创作和理论研究的繁荣。

另一方面，束沛德先生又是一位睿智、严谨、眼光独到的儿童文学理论家、评论家。摆在我们面前的这本新作其实就可以一目了然。

束沛德先生的儿童文学论文，对当代中国儿童文学有着全面而深入的阐述、精准和独到的分析，他的思考广泛而又深刻研究的目光关注着当代儿童文学的每一个新动向，（如大幻想文学、大自然文学、冒险文学等等）、每一点一滴的开拓与创新、每一批新人的涌现，涉及儿童文学的题材、体裁、美学领域的拓展等许多方面，特别是他的高屋建瓴的视角和严谨的思维特点，对全局态势与各个层次的精到把握和深刻而富有前瞻性的观察，非常值得我们学习和研究。比如这本新书中的《回眸与前瞻》《新景观大趋势》《开拓·探索·创新·嬗变》等一些长篇论文，都具有这种鲜明的特征，对新时期以来每一个阶段中国儿童文学的发展脉络进行富有层次的梳理、归纳和准确形象的描述（譬如《新景观大趋势》中的"一道亮丽风景、两种艺术追求、三面美学旗帜、四块驰名品牌、五个创作方阵"）给人印象极其深刻，敏锐地挖掘出问题并准确地抓住问题的症结，且对中国儿童文学的未来一段时期的发展轨迹做出前瞻性预测。除了这样的全局性宏观研究论文，还有对一个省的儿童文学创作或是对儿童文学的某一种文体的观察，以及对一批或一位作家的创作的分析评论……可以说，他从纵的方向描述了中国儿童文学的发展趋势，从横的方向描绘了儿童文学的发展格局，就这样纵横交错地描绘了一幅中国新时期以来儿童文学的立体地图。

因此，束沛德先生的儿童文学论述从整体上，对中国儿童文学创作与研究具有非常重要的文献价值和理论学科价值。

束沛德先生的职位恰站在中国儿童文学的制高点上，站得高必然看得远，这为他观察和把握中国儿童文学的发展、大趋势创造了高屋建瓴的视角。而对中国儿童文学高屋建瓴的把握，又反过来促使他的领导工作更加有的放矢，更富于成效。所以说，束沛德先生对于中国儿童文学的特殊贡献是只有他才能够达到的、独一无二的。

除了组织工作和潜心研究，束沛德先生还怀着一颗博爱、宽容的心，不遗余力地培养年轻作家，提携年轻的儿童文学工作者，这方面很多受到过束沛德先生关注和帮助的同志都深有体会，包括我自己。

束沛德先生在他的《追求真善美——跟少年朋友谈谈读与写》一书"卷首语"中这样写道："座右铭：凡事讲究一个'真'字，读书、做事要认真，待人、处世要真诚，言谈、写作要真挚。人生追求：做堂堂正正的人，写朴朴实实的文，力求做人与为文的完美统一。"我觉得，这段话完全就是束沛德先生的自我写照。

写于 2011 年 8 月 16 日
束沛德先生八十寿诞座谈会前夕

守望麦田的情怀

——读束沛德随笔集《红线串着爱与美》

陈天中

一位老人，用他炽热的激情点燃了儿童文学前进的灯盏，在历史的滚滚洪流中为中国儿童文学事业奔走呼喊；他历经了共和国儿童文学事业从萌芽到发展再到繁荣的历程，目睹了儿童文学事业沧海桑田般的巨变；他几十年不变，默默埋头在儿童文学这块田地里耕耘，呵护着一代代青年儿童文学作家成长；他戏称自己是儿童文学界"打杂""跑龙套"的小人物……他就是束沛德先生。

束老师今年已经80岁了，可一谈到儿童文学，他俨然变成一个心无旁骛的孩子，字里行间透露出对儿童的无限欢喜，洋洋洒洒数十万言仍意犹未尽。福建少年儿童出版社最近推出他的随笔《红线串着爱与美》，全书共收入了他的散文随笔60篇，这本书从某种角度来说既是他从事儿童文学组织工作的一个轮廓，也是我国儿童文学发展历史的一个精彩缩影。全书分三大块：前辈风采、文友魅力、园丁本色。三部分内容层次分明，条理清晰，以散文随笔形式回忆儿童文学界的前辈、同道和老领导、老同事，记述了作者对一些文友的印象，对他们创作成就、艺术特色的评价，以及作者从童年、青年一直到退休前后，亲朋好友、老师同学对他的教诲、指点和期望。

当我读完这部情真意切的散文随笔，仿佛切身体会到作者在儿童文学光荣的荆棘路上踯躅前行的艰辛。他怀着麦田守望者的情怀，一次次将孩子们从悬崖边上拉回来，为孩子的快乐和幸福守望着，至今退休了仍然继续守望，矢志不渝。

束老师的这部散文随笔我以为有三大特点：第一，表真情，抒真意，不作无病呻吟和画蛇添足的文字堆砌；第二，文笔平实、朴素，一如他的为人，不张扬，不高调，不矫情；第三，叙述节奏收放自如，既不丢失重要细节，又不烦冗乏味。

表真情，抒真意。这一点很容易从文章中看出来。作者对每一个历史事件的回忆都本着实事求是的态度来叙述，不因自己的好恶而任意贬损或拔高谁。他真诚地对待自己的每一位师友，珍惜与每一位师友的情谊，其中几篇对已逝师友的追忆文章读来更令人唏嘘不已。如第一篇《大爱无垠的冰心》，作者与冰心老人从相识到互相鼓励，再到共同关心儿童文学组织工作，以及最后冰心老人逝世时作者所抒发的沉痛而惋惜的心情，每一个字都浸透着切切之意，有的细节描摹读来让人感觉仿佛冰心先生音容笑貌悠然可见。再如《我的第一个上级》中的严文井就像一位慈父，作者描写他对部下关怀备至的一件件小事，暖意融融。《水仙花开怀郭风》，借"亭亭玉立、婀娜多姿、散发着缕缕清香的水仙花"表达出作者对儿童文学大师郭风深深的怀念，感叹光阴流逝的无情。《亦师亦友的沙汀》中平易近人的沙汀，"常常闯到我的房间门前，用浓重的四川口音大喊一声'束沛德'，约我到饭馆去打牙祭"。让人在哑然一笑中感受到当时生活的艰难……即便是一些老前辈老上级对自己的批评，作者也毫不回避，实事求是地写到文章里。由此可见，束老师对写文章的态度是客观的、严肃的、认真的，所抒发的情感完全出自内心。

文笔平实、朴素。如果说散文一定要在辞藻华美和内容生动上选择一个的话，我会毫不犹豫地选择后者。辞藻华丽固然能让散文显得鲜亮可人，然而我更认同束老师这种平实、朴素的文笔风格。词藻应当为内容服务，没有内容，即便堆砌再多华丽的辞藻也算不上好文章。正如束老师这本《红线串着爱与美》一样，书名虽不能"惊艳四座"，但在平实而朴素的词汇当中已经让读者领会了书的内容和真意。当你打开书悉心阅读时，你很快会发现，文章基本以第一人称"我"来叙述，就好像作者此时就坐在面前与你促膝长谈。束老师的言辞如一位知心好友，用尽可能通俗易懂的语言向你娓娓道来。这种平实朴素的文字风格，非常值得广大青少年朋友去品味，非常值得大家去揣摩和学习。

叙述节奏收放自如。散文讲求"形散而神不散"，这些文章谋篇布局张弛有度，从写作结构和构思技巧上来说，这本书的确是孩子们学写散文的一个理想范本。如《书上的题签》，文章从小处着眼，由一个个小小的题签说开去，牵出了一位位个性鲜明的文友。我们就像被作者带进一间特别的收藏室，通过作者"字如其人"的生动演绎，看到一直像个老顽童的任溶溶在挥毫调侃着自己的年龄；我们依稀可见袁鹰将自己的书送给束老师时，写下"穿开裆裤"和"哂正"时的会心一笑；我们还能体会到老作家沙汀在题签上写了密密麻麻的一段话所表达的寓意……文章层层推进，每进一层都有一个鲜活的人物跃然纸上，读来令人击节叫好。《新结识的匈牙利朋友》，作者以时间为脉络，从之前对匈牙利的印象，到接触匈牙利朋友时的实际感受，再到最后离开匈牙利时的情形，全文洋洋洒洒五千多字，读起来并不让人疲倦，那种异国文化差异所带来的新鲜感一直强烈地刺激着我们的神经，让我们不知不觉一口气就将它读完，我们也借此与作者一起到匈牙利神游了一番。

　　总而言之，因为拥有守望麦田呵护孩子的情怀，束老师在儿童文学的路上走出了一条光荣的荆棘路；因为走上这条荆棘路，才有着奋斗历程的起起落落，才有着一群志同道合的师长和朋友；因为有这么多起起落落和同道师友的帮助，这份呵护的情怀才变得更加具体，更加生动；也正因为有了更具体更生动的呵护情怀，才让作者妙笔生花写下本书，让本书得以与像我一样热爱儿童文学的读者们见面。他是一位称职的麦田守望者，他用红线串起爱与美，用真挚的情怀装点了中国儿童文学这片璀璨飘香的麦田。

2012 年 9 月

朴素而斑斓的风景

——读《情趣从何而来——束沛德自选集》

殷健灵

时值初秋，束沛德先生寄来了他的自选集《情趣从何而来》。洋洋近五十万言的著作，我读得很慢——书中收入的文字，每一篇都是如此扎实而没有水分与虚言，不慢，是读不下来的。

沛德先生的文章早已拜读过不少，比如早先出版的《龙套情缘》《岁月风铃》等。我所在的《新民晚报》"夜光杯"也有幸编发过他记述日常生活和文坛旧事的随笔散文。他是经历过半个多世纪文坛风云的文学前辈和"组织工作者"，一直希望他能为读者多写一些相关文字，但这个愿望总是不能很好地实现。这是我心里的一个遗憾。好在，在过去的岁月里，沛德先生在繁忙的工作之余，早已写下十余本评论集和散文集，留下了弥足珍贵的具有史料意义的文坛印痕和独具个人创见的理论文字。阅读那些平实朴素从容的文章，犹如在阅读半部当代文学史，仿佛在和一位平易可亲的前辈促膝交谈。"文如其人"用在沛德先生身上，是最恰切不过的了。

这一本《情趣从何而来》，则是精选了他个人最看重的篇什，是他六十五个春秋写作与从事文学工作成果的浓缩版，显得分外精练耐读。全书分为"理论批评""散文随笔""附录"三部分。其中，评论56篇，散文52篇，总共108篇。当我逐篇细读时，既有似曾相识的亲切感，又时有惊喜与诧异，更多的是对他为人为文发自心底的敬重。

"理论批评"中收入的文章，从宏观的文学创作扫描，到具体而微的作家论；既敏锐捕捉不同时期的儿童文学现象全景，又以"督导"身份评述局部景观。他的"作家论"，涉及老中青三代，在恳切鼓励和推介的同时，也不惜直言批评。更为难得的，是沛德先生的"先见之明"，他在十数年前甚至几十年前的理论阐述、指出的文学创作问题，放到今天，依然具有现实意义。

全书开篇之作《情趣从何而来——谈谈柯岩的儿童诗》，是一篇可以成为经典的批评文章。该文 1957 年甫一问世，便激起强烈反响。这篇文章，不仅让年仅 28 岁的女诗人柯岩引起了文坛关注，更重要的是，文中对"儿童生活情趣"的独到发现，对儿童文学"美学追求"的极力彰显，对"趣味高下"的判别……这些即便在今天都显得灼灼照人的观点，在强调儿童文学"教育功能"的 50 年代会显得多么卓尔不群！

周作人先生提出过"有意味的'没有意思'"这一儿童文学的极高标准，并认为，只有那些有异常才能的人，才能写没有意思的作品。而这种"有意味的'没有意思'"，换言之，即是儿童的生活情趣，是可以意会难以言传的真趣味。年仅二十多岁的沛德先生不仅发现和欣赏了柯岩儿童诗中"令人激动的儿童情趣"，还有创见地提出，"作品的情趣，不仅是作家在生活中独特的发现，而且是和作家巧妙的构思、生动的想象分不开的，没有这种创造性的构思和想象，就不能把生活中有趣的事物充分地揭示出来"。而这样的才能，正是周作人先生所说的"异常才能"，它得自天赋，也来自作者后天的修炼。因为，并不是每个成年人都能以儿童的心理和目光来打量生活。他在文中强调，"不能用成人的想象来代替儿童的想象"，想象和现实生活有着不可分割的关系，"对现实生活和儿童心理的理解愈深，作者就能借着想象的翅膀飞得愈高愈远；以现实为基础的想象愈加开阔、丰富，那么，作品揭示出来的情趣就会更加浓郁，愈加具有打动儿童心灵的力量"。

这篇评论文章之所以新鲜好读，是因为除了"知其然"，还提出了"知其所以然"的门道。比如，他引用诗人马尔夏克的话说，深受孩子喜欢的儿童诗，应该是"积极的、行动的、有韵脚的"；据此，作者以为还需要"善于从儿童日常生活中选择一些有趣而又是必要的细节、动作和冲突把儿童性格勾画出来"，其实，这不仅是儿童诗的创作真谛，也是所有儿童文学的创作真髓。

他一再强调"趣味问题对儿童文学来说，是一个非常重要的问题"，反对把"儿童文学作品当作'立见功效'的万用膏药"，因为如此，就

"忽视了文学的美学要求，忽视了文学在塑造儿童心灵上的那种潜移默化的影响"。而在文章的结尾，他所揭示的趣味高下之判别，"轻佻的逗笑""油滑的噱头"谈不上趣味，只是"廉价地博得孩子的笑声"，"离开生活的真实追求到的离奇的趣味，或者是挖空心思编造出来的小趣味，一定是庸俗的、灰色的、没有意思、没有生命的"。

以上我所引用的当年沛德先生提出的创作问题，时至今天，依然有着振聋发聩的现实意义和警示作用。这些儿童文学创作规律和创作奥秘，时隔近六十年，毫不过时，因为他揭示的是文学创作的永恒真理，正如经典文学作品一样永远会熠熠闪光。

作为儿童文学的组织者和领导者，沛德先生写过很多全景式的扫描文章。他的扫描文章，不罗列数据，不浮泛议论，而是言之有物，更有反思式的思考与建议。比如写于1986年的《关于儿童文学创新的思考》，先见性地提出"在借鉴、吸取中外文学精华时，要多分析、多消化、融会贯通，不能生吞活剥、简单照搬；还要多思考，多了解自己，走自己的路，也就是要注意探求同自己的经历、气质、个性、特长、兴趣相适应的创作路子、风格，扬长避短，充分发挥自己的优势，不勉强从事自己所不熟悉、不擅长的题材、样式的创作"。联想到后来随着儿童文学市场繁荣而引发的一连串的"跟风写作""魔法学校满天飞"等创作出版现象，不得不让人苦笑叹息。

而写于1991年的《增强少年小说吸引力》一文，便已敏锐提醒："我们的少年小说，特别是中长篇小说，如果取材角度过于狭窄，展现的生活场景过于单调，人物关系过于简单，就很难满足小读者的审美需要"，"我们要精心选取新的、独特的角度来揭示少年与学校、家庭、人生、社会、自然的千丝万缕的联系，表现少年对生活的向往、对世界的憧憬、对未来的幻想"。他鼓励作家要展现广阔丰富的生活画卷，积累生活库存。二十多年过去，当年所提到的儿童（少年）小说的问题，是好转了呢？还是愈益严重了呢？我想，每个人心里自有答案。

沛德先生于不同年代写下的理论文字，并没有明显的时代痕迹，因为他讲的，是"放之四海而皆准"的文学规律和真理，提出的，是在任何时代都可能产生的创作问题和矛盾。唯其如此，他的这些从不使用高深专有名词、不用艰涩理论唬人的理论文章，才拥有了长久而强大的生命力。

不过，相比理论文章，我个人更喜爱读后半部分的"散文随笔"。这部分文章，既有童年往事、成长经历，更有他和文坛名人的交往逸事。那些写人的回忆文章，因其真切朴素，襟怀坦诚，极具感染人的魅力。

散文贵在"真"，讲真话，写真情实感，以肝胆示人。沛德先生曾在文中忆及老领导、女作家菡子对他创作观的影响。菡子强调散文的基本特色是"由小见大"，情景交融、诗意盎然、精巧别致、清新流畅是菡子所推崇的散文极致，也启发年轻的沛德先生鉴赏作品时更好地把握"以情感人"的艺术特色，揣摩和品味不同作者的艺术特色。而这些创作观想必也影响到了他自己的散文创作。

沛德先生在散文中，回忆了和冰心、周扬、严文井、沙汀、邵荃麟、郭小川、李季、菡子、远千里、张光年、冯牧、葛洛、唐达成、张天翼、金近、陈伯吹、郭风、任溶溶等文化人物的交往。这些文章，不是资料汇编，更不是隔靴搔痒的道听途说，统统是融入了独特体验的人生记录，充满了活生生的生活细节以及闪耀光辉的真知灼见，平实而质朴地写来，特别具有抓人的力量。它们可以当作史料来读，更是一篇篇上佳的散文精品。

他充满感情地回忆亦师亦友的沙汀：当他还是个二十一二的小青年时，年近半百的沙汀不碍年龄差距，与他成了"忘年交"。"每到周末傍晚或星期日，他常常闯到我的房间门前，用浓重的四川口音大喊一声'束沛德'，约我到饭馆去打牙祭"，两人边吃边聊，无所不谈。这是两人在北京共处的短暂时光。后来沙汀回到成都，沛德先生经历几番沉浮又回到中国作协的岗位上，二十多个春秋后，他们的交往才又日渐频繁。文中特别写到沙汀对"文革"前17年文艺工作的反思，他说，为什么很多富有经验的老作家在新中国成立后没写出多少有分量的作品？沙汀认为，一是安排作家当"代表""委员"或"局长、主席"，陷于文山会海，无暇创作；二是在创作题材上要坚持多样化，不能把写重大题材、现实问题强调到不适当的高度，而忽略了其他方面。

沙汀还告诫他要注意记日记，写散文随笔，凡有所见所闻所感，都记上一笔。这一建议想必对沛德先生产生了重要影响，阅读他的散文，不得不佩服他的记忆力之好，如果没有记日记的习惯，恐怕是很难做到如此准确详尽的。

文章最动人的部分，是写到沙汀晚年，"已是春暖花开时节，我去看望他，只见面庞瘦削的老头，一个人孤独地坐在一张沙发上，室内温度较低，他穿着棉袄棉裤，着了棉鞋，还围着围巾。没有老伴照顾，儿女又不在身边，生活上的困难真不少。他一再对我说：'你看，咋整啊！'"每次见面辞别，沙汀都要坚持送别。有一次，沙汀搭着他的肩膀，深情说了一句："好像见面的机会不多了，见一次少一次！""我见他眼眶湿润了，这时我竟说不出一句能给他以慰藉的话来。"

读到这里，不禁鼻头发酸。数千字不长的篇幅记叙了作者和沙汀先生的半生交往，朴实真挚，自然坦诚，既生动地再现了沙汀的真性情，他对文学创作的思考，也寄寓了太多人生无常的无奈悲愁与人情温暖。相比那些摆弄噱头、文风华丽的文字，这样的文章一定更能赢得读者的心。

而这样的风格，在沛德先生的其他散文随笔里是一以贯之的。他不忌讳坦白"秘书生涯"里遭受的挫折，也不惧剖析自我性格的弱点。通过他的文字，我们不仅触摸到了"半部当代文学史"，还真实可感地看到那些举足轻重的文化人物有血有肉的"另一面"，同时，也获得了醍醐灌顶般的思想启悟。

沛德先生一直是我尊敬的文坛前辈，我们的交往和交谈并不多。但每次谈话，都会留给我如沐春风的感觉。平和大度、朴素平易、从容淡泊、低调谦逊……这是很多熟识沛德先生的人给予他的评价，似乎还可以加上一句：温润如玉。他在文章里写到少年时的自己"内向而多思、文静而执着"，如今，他已至耄耋之年，但那少年的影子依然在那里。

谢谢沛德先生让我们领略如此诗意、朴素而又丰富斑斓的风景。

2014年11月8日

《情趣从何而来——束沛德自选集》

湖北少年儿童出版社 2014年1月

文学背后的暖意和力量

——评束沛德纪实散文集《我的舞台 我的家——我与中国作家协会》

李学斌

束沛德先生是我敬重的师长。之所以这样说，不仅仅因为他曾长期在中国作协任职，并做过二十余年儿童文学的"掌门人"，而更是由于作为一个德高望重的儿童文学前辈，他为当代儿童文学事业发展鼓呼，替转型期儿童文学理论批评鼓气，为儿童文学新人成长鼓劲的拳拳热忱、殷殷期待，以及作为颇有建树的老一辈儿童文学评论家，他由那些观点鲜明、思维开阔、逻辑谨严、笔调平易的评述文字，所体现出的刚柔相济、信达合一的批评本色。也正是这种客观、公允、晓畅、简约的评论风格曾让我在初涉文学评论之初，就洞悉了文学评论工作者所应具备的素养、所要秉持的准则。基于这样的理解，束先生在我心目中一直是一个沉稳、内敛、正直、豁达、宽厚、仁爱的长者形象。而读完他最新出版的纪实散文集《我的舞台我的家——我与中国作家协会》，敬仰之情不禁又添几分。

这是一本平实、素朴的纪实散文集。集中所收 79 篇文章，其文字之平和、素朴、亲切如常与叙述的自白、简约、不事雕琢浑然一体，俨然就是束先生为人的风格写照。用他自己的话说，是"浓缩七十年风雨人生，回味跑龙套酸甜苦辣"。具体说来，集中所述七十年风雨人生，所涉及的不仅仅是职业范围内的文学组织活动、作协领导工作，还包括了文学实践层面的儿童文学批评、纪实散文写作等。更重要的，是这些文学活动、文学实践所透示出的为人、为文、为事之道，以及在沧桑流转中所折射出来的当代文坛人事沉浮、世事变迁，以及隐蓄其中作者的人格魅力与精神闪光。从这个层面说，这部纪实散文集正可谓源自于"文学"，而又超越了文学；伊始于"文学"，却不止于文学。正如作者所说："我的成长，我的挫折，我的欢乐，我的痛苦，都与中华人民共和国的命运血肉相连，息息相关。在我的身上，可以清晰地看到时代、历史的投影和折光。"

这一点，让人联想到传统的文学研究范式。孟子在《万章下》中曾说："颂其诗，读其书，不知其人，可乎？是以论其世也。"意思是说，要恰如其分地评价文学作品，就应该对作家本人的身世、经历、思想有所了解、把握。而20世纪美国大批评家艾勃拉姆斯在《镜与灯》一书中也经由"作品、作家、环境、读者"文学四要素再次强调了作家、作品与文学环境之间的深层联系。所有这些，都表明自古以来，透过时代背景、文学环境、作家履历来解析作品不失为文学研究的有效路径。以此来审视束先生在纪实散文集《我的舞台我的家——我与中国作家协会》中所体现出的为人之道、为文之风、为事之则，窃以为颇为恰切。

通观全书，在《我的舞台我的家——我与中国作家协会》这部纪实散文集中，束先生所述文坛史影主要涉及如下四个方面。

一　龙套情缘

散文集中，开篇，束先生就追溯了自己与中国作家协会的"情缘"，并将自己数十年的文学组织工作命意为"在文学界'打杂''跑龙套'"。而在《我当秘书的遭遇》《"文件作家"的甘苦》等篇什里，作者又一再以"散兵游勇""材料作家""拾遗补缺"来"自我定位"。这样的身份表述一方面固然真实反映了束先生曾长期隐身幕后、兀兀穷年、恪尽职守的工作属性，但另一方面，透过这样的"自谦""自嘲"甚至"自贬"，人们看到的却是一个"利而不宣，为而不争"、淡泊内敛、宽朴厚仁、清峻平和的传统知识分子形象。

实际上，正如束先生在"龙套印痕"小辑里所述，正是因为长期在作协担任秘书工作的特殊经历，才让他由当代文学的记录者、见证者、组织者，逐渐成长为新时期儿童文学事业的参与者、推进者、领导者。而在这其中，集多重身份于一身的束先生在诸多"跑龙套""打杂""拾遗补缺"的文学组织活动中所体现出的甘当绿叶的奉献意识、默默无闻的骆驼情怀、任劳任怨的龙套品格、矢志不移的求实思维，以及磊落真诚的自省精神都让人在阅读中印象深刻，感佩不已。至于那些闪烁在巴金、冰心、沙汀、严文井、张天翼、陈伯吹等诸多作家和文坛史实背后的人情、人性、人事、人品的光亮、暖意，则更是以一种特殊方式呈示着文学的力量。

比如，在《归队·挑担子》中，作者详细记述了"四人帮"覆灭、"文艺黑线专政"被推翻后，在老作家沙汀、严文井、李季等帮助下，自己实现夙愿，重返文学岗位的经过。字里行间浸透出对文坛往事的缅怀之意，对已故师长的感恩之情。还比如，在《心甘情愿跑龙套》里，作者追溯了参与、组织1986年"全国儿童文学创作会议"的经过，对自己"为了孩子，为了未来，'跑断腿磨破嘴'"的往昔经历颇为"津津乐道"、欣慰不已。品赏这一幕幕朴实无华的文坛史影，每每让人为那一代作家磊落、宽广的襟怀，淡定、从容的气度所感动，同时也愈加感佩作者隐逸于"龙套情缘"背后的人格力量。

二 文学情怀

检视束沛德先生的文学履历，不难发现，"龙套情缘"既是自我定位，也是职业风范，其中，更是寄寓着一份浓得化不开的"文学情怀"。

比如，在《我当秘书的遭遇》中，作者表述了自己大学时代的愿望就是搞"文艺理论研究"或从事"文学编辑"工作。而在获悉要给时任中宣部副部长的著名文艺理论家周扬当秘书后，可谓"正中下怀"、兴奋不已。此后，文学对他来说不仅是职业，更是缱绻一生的精神憩园，以至于数十年间，所作所为、所思所想、所憾所省，全部由文学而起，拜文学所赐，得文学所馈，文学已然成为人生的基准、航标。

还比如，在《涉足儿童文苑》《缘分·机遇·责任——我与儿童文学》等文章里，作者感念于自己涉足儿童文学批评过程中，曾得益于赵景深先生的引导、鼓励；受惠于严文井先生的激励和鞭策；浸淫于冰心、张天翼、金近、侯金镜等前辈作家的熏陶和感染。由这些前辈作家对作者的鼓励、扶掖、提携，我们依稀触摸到了中国文学承前启后、源远流长、浩浩汤汤的精神脉动。

束先生的文学情怀也体现在对自己文学活动的反思上。

在《我也当过"炮手"》一文中，作者毫不讳言在那个信奉"斗争哲学"的特定年代，自己作为"跟跟派""虽无哗众取宠之心，也无邀功请赏之意，但那里面确实掺杂着表白自己与右倾思想决裂的私心杂念"，"用鸡蛋里挑骨头的方法，戴着有色眼镜在字里行间找问题"，写了批判丁玲的文章。如今，"当我今天重新面对这篇判决书似的文章时，不能不为自己也曾挥舞过棍棒而感到羞惭"。

同样，作者也深刻反思了自己对秋耘《刺在哪里？》和刘真小说《英雄的乐章》两篇文章的错误批判，并从中得出"私心杂念不可有，看风使舵不可取，违心之事不可为，明辨是非最可贵"的人生警示。确实，人非圣贤，孰能无过。尤其在那样一个黑白颠倒、人人自危的年代。然而，世易时移之后，能够不文过饰非，直面过去，反省错谬，这无疑是需要勇气和担当。由上述文章，足可以见出一个知识分子知行合一、刚健有为的精神风范。

三　批评情旨

众所周知，已过八十高龄的束先生退休前除了曾长期担任文学组织工作外，另一个重要身份是儿童文学评论家。或许正因为身份双重，他的评论文章不仅与文学组织工作密不可分，而且所涉评述对象也多为儿童文学领域内的新作品、新作者、新现象。比如，早在上世纪50年代，束沛德先生就曾以《幻想也要以真实为基础——评欧阳山的童话〈慧眼〉》《情趣从何而来——谈谈柯岩的儿童诗》两篇有分量的儿童文学评论引起文坛关注。前者是那场关于"童话物性"与艺术逻辑关系讨论的重要文献，后者则获得了作家柯岩的高度认可，一直被视为作者儿童文学评论的代表作。在这之后，束先生又先后撰写了《关于儿童文学创新的思考》《谈儿童文学的主旋律及其他》《回眸与前瞻——纵观八九十年代儿童文学创作态势、走向及队伍建设》等诸多重要的理论、评论文章。

这一切都充分表明，束沛德先生不仅仅是一个眼界高远、磊落正直、坦荡无私的文学组织者，还是一个勤勉踏实、恳切宽厚、严谨锐敏的批评者。他有着明晰而纯粹的批评情旨——代儿童文学发展鼓呼；为儿童文学理论批评助力。

例如，在《缘分·机遇·责任——我与儿童文学》和《乐此不疲鼓与呼——与史伟峰对话录》等文章里，束沛德先生不仅将自己的儿童文学评论观概括为：（一）对儿童情趣的赞美和倡导；（二）对艺术创新的鼓励和支持；（三）对小读者的鼓励和尊重；（四）对儿童文学走向的观察和把握。而且，还对文学批评工作者的基本素养做了准确而全面的表述，可谓一语中的。在笔者看来，他所说的"三要""三不要"（即要丰富学养，不要不学无术；要厚积薄发，不要急功近利；要有胆有识，不要畏首畏尾）一定程度上可视为理论评论的基本原则。对比今日文坛难尽如人意的文学批评生态，这样的批评箴言颇有警示意味。

实际上，束沛德先生所倡导的求真务实、与人为善、入情入理的文学批评观，与他"做事要认真，待人要真诚，为人要真实"的人生信条一脉相承。从这一点上说，他的儿童文学评论可谓"知人论世""文如其人"的典范。

四　师友情谊

《我的舞台我的家——我与中国作家协会》作为散文集，除了叙写作者的文学活动之外，另一个令人印象深刻的内容是记叙了作者与诸多文学前辈的交往和友谊。所有这些叙述，感情真挚、文笔朴实，不虚饰，不渲染，真实抒写作者的切身经历和真情实感，不仅为当代文坛留下一帧帧珍贵的史实剪影，同时也勾勒出了诸多文坛大家的精神风貌。

比如，《我的第一个上级严文井》回忆了严文井作为工作上级和文学师长的宽厚、体贴、睿智、幽默；《亦师亦友的沙汀》则见证了自己与名作家沙汀之间温馨和暖的"忘年"情谊；《我所敬重的荃麟同志》写了文艺评论家邵荃麟的学养深厚、严谨细致；《团泊洼畔忆小川》则记述了郭小川率真、热忱，棱角分明的诗人本色；《"老天叔叔"张天翼》刻画了天才作家张天翼谙熟童心、率先垂范的创作气质；《温故而知新》则缅怀了一代大师陈伯吹老人直言不讳、克勤克俭的高尚情操；《胸怀大局奋进不懈的光年》描述了时任作协掌门人的张光年热情澎湃、有胆有识的文学韬略；《历经风雨的唐达成》深情回顾了世事沉浮中唐达成的任劳任怨、宽宏大度；《兼具诗心童心爱心的洪波》则由衷赞赏新一代儿童文学"当家人"高洪波的敏锐幽默、多才多艺……

此外，作者还以"走在生活前头"命意诗人李季质朴爽朗、谈笑风生的工作风格；以古道热肠、善解人意追念散文家菡子的温情勉励；以谦逊率直、淡泊名利概括葛洛的为人风格；以温文尔雅、平易近人评价金炳华的为官之德；等等。

这些或长或短的记述，既见证了历史和现实的变迁，也融合着文学与心灵的思索。随着时间的流逝、沉淀，未来，它们或许更显浓酽、醇厚，更觉隽永、绵长。一切都是因为，借助于这些朴素、平实的记忆，我们分明品悟到了情缘中的品格和情怀，文学里的暖意与力量。

一份"老作协"的记录

陈　辽

　　很久以前，中国作家协会的一位领导人曾不止一次地提出：应该组织力量编写一本中国作家协会的"会史"，记述作协的基本情况、发展历程、重大事件、成绩与错误；哪怕先着手编一本简史或大事记也好，可以让文学工作者、广大读者从中了解作协在几十年风风雨雨中走过的路以及有些什么经验、教训。但是，由于多种原因，这样的作协简史至今并未问世。现在，束沛德这位"老作协"写了一本《我的舞台我的家——我与中国作家协会》（作家出版社 2015 年 2 月出版，以下简称《我与中国作协》），以他"个人的视角为中国作协乃至当代文坛留下几帧真切的史影"，在某种意义上算得上是"一个人的半部作协史"。

　　束沛德同志自 1952 年从复旦大学新闻系毕业踏进中国作协大门，直到 1998 年 7 月办理退休，虽曾一度下放，但始终与作协保持密切联系，即使在退休后，仍然长期担负作协儿童文学委员会的多种工作。他对作协的基本情况、发展历程、重大事件、成绩与错误，因其亲历而又敢于说真话，所以《我与中国作协》事实上已经写出了一部作协的简略小史。

　　第一次文艺工作者代表大会于 1949 年 7 月 2 日到 19 日在北平正式举行。中华全国文学工作者协会也在这次大会上成立。在会上，实现了从解放区和国统区走出来的两支文学大军的会师。1953 年 9 月 23 日至 10 月 7 日在北京举行了第二次文代会。在第二次文代会上正式成立了中国作家协会。在文协和作协的组织、动员、促进下，一大批优秀作品，如《铜墙铁壁》《三千里江山》《龙须沟》《在新事物面前》《谁是最可爱的人》《南征北战》等相继问世，受到广大读者的热烈欢迎。1953 年作代会后，广大文学工作者深入生活，运用革命现实主义创作方法表现生活，塑造人物，注意克服公式化、概念化的倾向，创作水平进一步提高。《保卫延安》《三里湾》《万水千山》《放声歌唱》《平原游击队》等优秀作品，几乎人尽皆知。新中国成立十周年前后，《红日》《红旗谱》《红岩》《创业史》《青春之歌》等力作誉满全国。新中国成立至"文化大革命"发生前的十七年间，当代文学史中的一系列杰出作品的诞生，既是作家们辛勤创作的产物，也和文协、作协的组织、动员、促进、指导分不开。但谈及"十七年时期"，《我与中国作协》一书并没有为中国作协在《武训传》批判、《红楼梦研究》批判、肃清"胡风反革命集团"、反"右派""文艺整风"等运动中的过失避讳，体现了实事求是的精神。

"文化大革命"一来，作协被迫停止活动。粉碎"四人帮"，新时期到来。此时，作协的实际负责人是张光年和冯牧等。他们大胆拨乱反正，并开始在作协启动改革。这时，作协成了拨乱反正和启动改革的一个重要"指挥部"。"四人帮"污蔑并大加挞伐的"写真实论""现实主义广阔道路论""中间人物论"等被重新肯定，而"四人帮"倡导的"三突出论""根本任务论""写与走资本主义道路的当权派斗争论"，则受到了彻底批判。张光年"经过深思熟虑，勾画出一幅作协改革的蓝图"，"为了解放文学生产力，作协就要有较大幅度的改革"。张光年提出，作协的改革，首先是领导班子的改革。当时，作协主席团成员大多年事已高，又分散在各地、各单位，很难开成符合法定人数的会，于是他主张将主席团大部分的权力下放到书记处，使书记处成为担负作协日常业务、行政工作的机构。从第四次作代会开始，书记处真正成为一个有职有权、运转自如的工作实体。

到了80年代初，唐达成被推上了中国作协的领导岗位，他和束沛德、谢永旺及其他党组成员和书记处成员一起，坚持改革不动摇，"深信唯有融洽、和谐、活泼、宽松的气氛才有利于文艺的更大繁荣，对作家、对文学工作应宽松一些"。这延续、深化了张光年、冯牧开辟的作协改革之路。自改革开放后的历届作协领导班子，在社会主义市场经济机制下，逐渐地、有序地把作协改革成为作家服务的"服务部"。这从作协儿童文学委员会1992年以来的全部活动中可以看得很清楚。儿童文学委员会20多年来的工作，无一不和为儿童文学作家和儿童文学事业服务有关。《我与中国作协》中的《小百花园打杂手记》一文，便是儿童文学委员会尽力为儿童文学作家和儿童文学事业服务的最好例证。作协的创联部、创研部、外联部以及其他部门也莫不如此。

《我与中国作协》是一部文艺回忆录，它除了写一部中国作协的简略小史外，还写出了中国文坛几位老人的心路历程。

从文协成立到作协在"文革"中停止活动的十七年间，周扬是作协的实际领导人。他被人们称为"毛泽东文艺思想的宣传者、解释者和贯彻者"。"文革"前，周扬对这方面的工作很自信。他在 1952 年 12 月 11 日至 16 日召开的胡风文艺思想讨论会上发言（束沛德作了详细记录），把冯雪峰、秦兆阳、艾青、罗烽、白朗、陈涌、刘绍棠等同志批成"右派"。他在《文艺战线上的一场大辩论》中也显得十分自信。然而，十年"文化大革命"的极"左"思潮，把周扬打"醒"了，打"悟"了。周扬复出以后，真诚向上述同志道歉。他于 1979 年第三次作会上坦承："新中国成立以来，除很短时间，我一直在搞宣传文化工作，犯了不少缺点错误""我过去犯的错误很多，搞错了很多人……""在这里，向这些同志道歉"。周扬在会上的讲话，特别是对他主管文艺期间受过伤害的同志表示真诚道歉和深切悔悟，获得了代表们的认同和谅解。束沛德写道："周扬一生的功过是非将留待同辈、晚辈及后人来评说。我相信历史老人是公正的、实事求是的，会还他以真实的本来面目，及其在现当代文学史上应有的地位。"

新时期到来后，张光年和冯牧等人负责中国作协的工作，他们也有自己的心路历程。张光年是《黄河大合唱》的词作者，"在他身上兼有诗人与战士、理论家与实干家的品格"。在张光年看来，能否调动作家、文学工作者的积极性，是作协改革成败的关键。无论多么忙，张光年都要挤出时间读作品。1983 年到 1984 年，为了起草第四次作代会的报告，他见缝插针，认真阅读了一大批作品。他说："如果脱离作家，作协有可能变质，有变成衙门的现实危险。"他对改革充满信心："我这次下去看到了改革确实不可逆转，'左'的那一套搞不下去了，前途还是大有希望的。"

冯牧是作协领导人中的另一典型。他这样谈论自己的长处和短处：对文学艺术的基本规律有一点认识，有一定素养，但水平不高；对新事物比较敏感，对新涌现的作家、作品感情深，兴趣浓，但向老作家请教少，看望他们不多，有一种不健康的清高思想；十分重才、爱才，但有时容易轻信，过于宽容，温情主义，说是东郭先生、伊索寓言里的农夫，都有一定的道理。他还讲起自己不会弹钢琴，当不了班长，不善于做行政组织工作，有相当浓烈的个体的、自由职业者的书生气，对机关事务往往大而化之，心不在焉。冯牧如此近乎苛刻地为自己画像，说明他襟怀坦白，严于律己，宽以待人。

唐达成可以说是作协领导人中的"这一个"。他任劳任怨，宽宏大度，遇到不称心、不愉快的事情尽量忍耐，但忍耐到一定程度就要爆发，就难免激动、急躁。他曾多次宣泄自己在作协工作时的苦恼、气愤之情："文艺界矛盾多，老一代从30年代延续下来的恩恩怨怨，至今纠缠不清，要化解这些矛盾，我无能为力；一些年轻作家自恃甚高，气壮如牛，我也说服不了他们。""一位领导干部夫人颐指气使，动辄训人，真让你忍无可忍；还有位作家夫人对其丈夫的工作安排说三道四，竟来干涉党组的工作，简直莫名其妙！""一个又一个作品研讨会、首发式，主办者不仅希望你参加，还非让你发言表态不可，有时连作品都来不及看，那就只能讲套话、空话，真是苦不堪言！"唐达成就是这么一个有血有肉、有棱有角、堂堂正正、磊落淡泊的人。

《我与中国作协》叙写了中国作协的简略小史，又呈现了几位文坛老人的心路历程，因此每一个想了解中国作协的发展情况和中国作协几位领导人晚年心境的作家和文学爱好者，都可以认真阅读这本书。

2015年9月

束沛德：真实书写曲折而"典型"的人生

刘绪源

在各种关于"典型"的论述中，我最喜欢的是屠格涅夫的一段话。当年钱谷融先生在讨论"文学是人学"时曾特地拈出过：

> 如果被描写的人物，在某一个时期来说，是最具体的个人，那就是典型。（见《译文》杂志 1956 年 1 月号，第 154 页）

这里点出了能否成为文学典型的要害，是"具体"。既是最具体的个人，又须处于某一具体的时代。概念化、贴标签的人物都是抽象而不具体的，托尔斯泰说"幸福的家庭都是一样的"其原因也在于那只是"幸福"的图解而非具体真实的人生。

按照这样的标准，读束沛德先生《我的舞台我的家——我与中国作家协会》（作家出版社 2015 年 2 月版），我竟有了一种读传记甚至读小说的感觉。我觉得，在这样一个我们熟悉的时代，束沛德的曲折的人生，其实是很"典型"的。即使本书只是他几十年来有关文章的结集。我试着从中勾勒出"这个"人物的轨迹——

上世纪 50 年代初，他是复旦新闻系的大学生，是充满热情的文学青年。他给唐弢先生主持的《文汇报》副刊投稿，深得唐弢赏识。他本来可以成为一个优秀的记者，但被分配到了北京的"全国文协"（中国作协前身）。文协还在草创阶段，在中宣部任职的作家严文井代理文协秘书长，带着两个年轻的秘书上任，束即其中之一。所以，他其实也是最初的作协筹办者。他的另一身份是周扬的秘书，要替周扬起草文稿。新中国成立初的文学青年对周扬这样的大理论家的崇拜，那是可想而知的。他还担任了作协党组的记录。那时的他，心是火热的，工作是神圣的，日子是灿烂的。他正与分配到新疆的中学同学谈恋爱，爱情也是神圣的，所以他提出要支援新疆。严文井不放，叫他安心工作，一边设法调人，不久真的将那位女生调到了北京，他内心的感激无以言表。他得到了周扬的指导，起草的报告也获得好评。正当前程似锦的时候，他犯错误了。那是在批胡风的前夕，他无意中将批判的步骤告诉了同宿舍的严望，严望又告诉了与胡风有关的人。当时谁也想不到后来的斗争会如此惨烈，严望成了胡风分子，束也受到批判，被视为"胡风的坐探"。他只给周扬当了50天秘书，从此就抬不起头来。幸好，后来查明与胡风没有组织联系，他受到了党内严重警告的处分。很快又到"反右"前夕，大鸣大放期间，他一度失去的年轻人的朝气又恢复了，单枪匹马闯东北，跑了沈阳、哈尔滨等九个城市，访问了六十多位作家、学者，除完成收集材料、编写简报的任务外，还额外地为《文艺报》写了两篇五六千字的长通讯，其中一篇已发，另一篇因形势骤变未问世。(已发的那篇《迎接大鸣大放的春天》是对老作家汪馥泉、废名、蒋锡金的访谈，这三位都颇具影响而较少露面，所谈内容扎实真切，读来很觉震撼。可见，作者如当真以记者为业，将一定会有大成就；但在运动不断的年头，也很有可能跌大跟斗。)因年少气盛，在单位的鸣放会上，他也没少发言，如对恩师严文井就提了"不学有术"的意见("不学"指没时间读书，"有术"指有能力而非指权术)，这很伤了严的心，到晚年还曾借机提起。但严文井文学水平的真正体现是在新时期，到这时人们才发现他是一个思想非常超前的批评家，在作协系统很少有哪位领导能与比肩，束也才知道严是如何长期勤奋读书与思考的，这是后话。幸而，束没有为当时的"丁陈反党集团"说话，也没为自己反胡风时的处分翻案，再加当时作协所划右派已太多，他才没戴帽子，只划为严重右倾。以后他下放河北劳动，又调到河北省宣传部文艺处，成为宣传部领导远千里信用的笔杆子，成了专门起草报告、社论的"文件作家"。远千里曾是优秀诗人(有《三唱集》等面世)，孙犁"文革"后复出，写过忆郭小川、侯金镜、赵树理等人的散文名篇，第一篇却是《远的怀念》，就是回忆老战友远千里的。他称远是一位快乐、聪明、干练的人，"他在青年时是一名电工，我想如果他一直爬在高高的电线杆上，也许还在愉快勤奋地操作吧"。但束所认识的远千里，已是疾病缠身，少有诗味，每日为工作和没完没了的政治运动所苦的老干部。"文革"来临，远即被迫害至死。束也因是远的红人，加上胡风问题和曾是周扬的秘书，而备受冲击。直到动乱结束，他才终于回到中国作协，后被提拔为书记处书记，主要还是从事文件起草等工作。不料一场风波卷来，他和同时提拔的几位书记处成员都受到冲击。这时，老领导严文井的话是感人肺腑的，严为他作了最坏的设想："不要有任何个人得失的考虑，把曾当过作协书记呀、不满 60 岁就不能工作呀等等这一些想法都彻底扔掉。根据自己的条件，订一个计划，读一点书，选一两个题目，研究一些问题，使精神有所寄托。不要急于拿出成果，一点一滴地积累。要尽可能保持心态平衡，精神愉悦，多到户外活动活动。"这些看似平常的话，体现了真心的体贴，方方面面都为束考虑到了，确是无微不至！再后来，风波过去，束以作协书记职位至退休，又在严文井的推荐下担任了"儿委会"主任（原主任是严本人），为中国儿童文学做了很多工作。他本来可以成为名记者（有《迎接大鸣大放的春天》为证）；也可成为优秀的批评家（1957 年束曾在《文艺报》发表《情趣从何而来——谈谈柯岩的儿童诗》，可谓才华横溢、充满创见，但晚年编文集，感叹自己说来说去总是这一篇。纵观束的文章，要从中找出同样水准的另一篇，当真不易）。结果，在政治风浪的颠簸中，他成了一名重要的"文件作家"。退休时，得一评语："束沛德不是理想的帅才，是个好秘书。"他已干大半辈子了，闻此言，似也心满意足。这样的时代与个人命运的具体交织，颇具"典型"的意义与意味。至少在我，读来内心很不平静，引起几多思考，几多回味，几多慨叹……

束先生的这本集子，除了可作小说或传记读，还有两点非常突出，不可不提：其一是真情实感之动人，其二是不容忽略的史料价值。

书中写到很多名家，多为束的领导，他们间的情感很动人。比如菡子，那是束在学生时代就很迷的散文家，她调到作协创委会成为束顶头上司时，他正因"胡风问题"而灰溜溜，菡子并不疏远或歧视，却以老大姐身份主动接近和关心，多次与他倾心长谈。在处分结论下来时，见其中有"留党察看一年"，便建议他写报告要求减轻处分。她仔细看了他写好的报告，又多处动笔修改，至今束还保留着有菡子秀丽笔迹的底稿。她在其中加了"在沉痛中，也感到与党接近的轻松和愉快"等充满散文家色彩的句子；还补了一句："现在离揭发我错误的日子已将近一年零四个月，离我比较彻底地承认错误的时间也已有一年多。"——这话对后来减轻处分极有利。按理说这是不合组织原则的，但作为"具体的个人"，半个多世纪前的这些细节委实感人。严文井对束的师谊是最深的，在拜访晚年的严文井时，严在别人称他"老束"时瞪圆了眼睛，因在严的心里，他永远是"小束"。毕生洒脱的严又对一件小事耿耿于怀：束在一篇回忆作协的文章中写到好多人，其中没有严！束一再解释，肯定写了，一开头就写了严领他进作协，但严连连摇头："就是没有！"后来束猜测，可能严读到的是哪个报纸的删节版。严在这种地方体现的孩子气，正是一个智者内心情感的流露——他对束关爱之深，几乎已视同己出。这一对人物关系，在束的回忆中，是最为小说化的。束之为文平实诚恳，文如其人，对过往人事总能认真反思，从不文过饰非，这也是此书感人的地方。1959 年，河北文坛对女作家刘真有过一场很没道理的批判，束也参与其间，他在四十多年后写了《我也当过"炮手"》一文，表示忏悔。对于自己对丁玲、黄秋耘的批判，他也一一写明，深表羞惭。而对自己遭遇的种种不公，则能平静待之，并不深究，这都体现了人的修养和胸怀。

本书写了周扬、巴金、邵荃麟、张光年、严文井、沙汀、郭小川、李季、菡子、冯牧、葛洛、唐达成等重要人物，为当代文学史留下了大量第一手材料，对很多误传的史事有匡正作用。比如，坊间一直传说周扬在复出之后没有对丁玲说一句"对不起"，造成了文坛的长期对立；书中《留下几帧真切的史影——一个记录者眼中的周扬》一文，就有周扬在第三次作代会上发言的记录，其中两段是：

> ……我过去犯的错误很多，搞错了很多人。一是丁陈反党集团，一是丁玲右派，作协做党的工作的同志已向中宣部写了平反报告。我是有责任的，有错误的，是搞错了。我利用这个机会在这里向丁玲、陈企霞同志道歉。并不是说丁玲的观点不可以批

评、争论，但应当在党内批评、争论。陈企霞这个同志敢讲话，和我顶撞过，这是他好的一面。

关于写有关丁、陈的报告，可以说一下，没有搞什么小报告，都是在中央领导下进行的。当然我们有责任，反映的情况不全面。你要批评我，我也可以说是有来头的，都是经过主席的，但我们确实有责任，定丁陈反党集团的报告不确实、不客观，虽然我们没有造谣，但看法不对，有一种"左"的思想情绪。1956年已感到丁陈反党集团不能成立，要平反，但后来来了一个反右派。现在看来，绝大多数同志都搞错了。除了向丁玲、陈企霞道歉外，还应当向更多的同志道歉，包括艾青、陈涌、冯雪峰同志，根本不应该说他们是右派。还有秦兆阳、罗烽、白朗同志，在这里，向这些同志道歉。

可见，周扬对丁玲，可以说是作了公开的、反复的道歉，"唯独不对丁玲道歉"的说法有误。书中对第四次作代会前后经过等记录，也都极具价值。作协史，是中国当代文学史的重要组成部分。过去曾有张僖先生的《只言片语——中国作协前秘书长的回忆》（北京十月文艺出版社 2002 年版），提供了有关作协前期和作协上层的大量史料，堪称弥足珍贵；但书中明显的错误也不少（如将邵荃麟夫人葛琴误记为田间的妻子）。可能张僖写作时年事过高，记忆已渐模糊。而束沛德此书记忆清晰，资料翔实，更为可靠。虽可读性不若张僖，掌握材料的范围也有局限，但对文学研究者来说，仍是一部不可多得的好书。

一部个人化的别样"中国作协史"

——读束沛德纪实散文集《我的舞台我的家——我与中国作家协会》

徐　妍[①]

　　当个体生命在耄耋之年送走无数个寒来暑往时，类似于生命的归属问题会常常浮现于个体生命的脑际。或者，更确切地说，夜晚的你常常会向白日的你询问：你到底行走了一条怎样的道路？回答是困难的。倘若人们生逢一个风云变幻的时代，回答便愈加困难。在出发时往往貌似确立的某种方向，日后看来却带有诸多不可抗拒的偶然的命运要素。至于出发后那条漫长道路的走向，则更不是个人的一己之力所能够掌控的。可是，既然人们在一个特定的时代中确立了某种方向，且行走了某些曲折的路程，就不会让记忆化为转瞬即逝的过眼烟云。而是相反，在时间的推移中，记忆会愈来愈彰显出个人与时代相伴相生的内在关系。这种种时代变迁、缕缕生命踪迹，皆在束沛德的纪实散文集《我的舞台我的家——我与中国作家协会》中或隐或显地呈现。

一

　　从本书的《后记》中得知，编选本书的动因是因中国作家协会的"一位老领导不止一次地提出：应该组织力量编写一本中国作家协会的会史"。[②]但，作者考虑到自己"年逾八旬，确实力不从心了"，便选取以一

---

① 徐妍（1964.7—），女，吉林长春人，文学博士，现为中国海洋大学文学院教授，主要从事中国现当代文学研究，鲁迅研究，儿童文学研究。

② 束沛德著《我的舞台我的家——我与中国作家协会》第431页，作家出版社，2015年2月版。

位"老作协"的身份做点力所能及的事情，即：编选一本纪实性散文集，以提供一本个人视角的"中国作家协会史"。

基于这一编选动因，本书的结构是以共和国时间演变为经脉，以共和国时期中国作家协会的人物与事务为血脉的。其一，在时间向度上，本书的文章发表于1953年至2014年间，历时60年。这是一个值得关注的问题，因为"对于叙述者以及研究者，选定一个时间的点，有可能更出自策略上的考量：可供开发的线索凭借这一个'点'而缩合，也缘此而发散——如果那确实是个值得拈出的点（'时刻'、'瞬间'）"①"我"未必一定要主观拈出某个时间点，但这个时间点的拈出确实几乎与共和国文学的时间长度相同。其二，在内容的选取上，本书可以概括为一位共和国时期的文学组织者与中国作家协会一道经历的各种际遇。特别是，本书中的"我"参与并见证了共和国期间中国作家协会的历史演变进程（"我"除了因青年学子的身份而未能参加"第一次文代会"外，参加并见证了后来历届中国作协的代表大会），有一种亲历者或经历者的特别身份。

本书共七十九篇纪实性散文，分为三辑："龙套印痕"追忆了作者个人"在中国作家协会从事文学组织工作的经历和在政治运动、文艺批判中的遭遇"；"师友风采"记述了中国作家协会的一些历史性人物的文学业绩、精神风貌、命运变化，以及这些历史性人物与作者之间往来的深情厚谊；"往事纪实"讲述了作者所亲历或经历的中国作家协会主办的文学工作、文学活动和文学会议。每一辑的内容都放置在"我"的视角下，都围绕"我与中国作家协会"来记述。这样，尽管本书所选之文多是曾经发表过的、散落在各处的"旧文"，但在"我"——一位文学组织者的个人视角下，因《我的舞台我的家——我与中国作家协会》这部纪实散文集而与作者近年所写的"新文"汇合在一起，一并生发出新的意义。

进一步说，这部纪实性散文集叙写了一种个人化的别样"中国作家协会史"。当然，对于本书所具有的这一重要意义，一向谦逊有加的作者可能不会轻易接受。作者如是评价本书的意义："编选出版这本《我的舞台

———————————
① 赵园著《想象与叙述》第7—8页，人民文学出版社，2009年版。

我的家——我与中国作家协会》，也许能从我个人的视角为中国作协乃至当代文坛留下几帧真切的史影。在某种意义上，这是否也算是'一个人的半部作协史'呢。"[①]但，即便是"史影"或"半部"，也称得上是别样的"中国作家协会史"。

那么，这本纪实散文集作为别样的"中国作家协会史"，具有哪些特点呢？如何评价它的价值？它为"后来者"续写"中国作家协会史"提供了哪些可以借鉴的资源？是否存在某种难以逾越的限度？

当我面对这部书追问上述问题时，恰恰是本书封面和后记赫然醒目地出现的"我与中国作家协会"这个核心关键词组的意指所在。至于本书的内容，更是反复深描了"我与中国作家协会"这个核心关键词组所承载的内在要义：一位文学组织者"我"与中国作家协会之间的复杂关系。

二

那么，如何理解本书中的"我"与中国作家协会的关系？这是阅读这部别样的"中国作家协会史"的核心问题。

在本书中，"我"不仅是中国作家协会历史的讲述者，而且是中国作家协会历史的亲历者和参与者。更确切地说，"我"是中国作家协会中的"我"，中国作家协会是"我"的视角下的中国作家协会。所以，这本横跨共和国六十年的纪实性散文集，无论怎么读，都既是作者跨入中国作家协会这一文学组织后长达六十年的精神传记，又是六十年"中国作家协会史"的别样读本。在"叙史"过程中，尽管"我"的叙述语调平静如水，颇具历史叙事的不露声色的纪实特质，但还是不禁投放了个人生命的情感温度。特别是，那种看上去波澜不惊的平实语调更加意味深长地传递出了一位桑海归来的"我"与中国作家协会之间的稳靠性与矛盾性。

那么，如何解读"我"与中国作家协会之间的稳靠性与矛盾性？我们如何在本书中与"我"一道梳理一位文学组织者与中国作家协会相互缠绕

① 束沛德著《我的舞台我的家——我与中国作家协会》第 432 页，作家出版社，2015 年
2 月版。

的记忆的"乱麻"？或许"我"在不同时期的角色转换可以提供出一条梳理的路径。

1952年秋天，"我"作为复旦大学新闻系的优秀毕业生被调到中宣部干训班进修。学习不满一个月，干训班丙班班主任找"我"谈话，"说是'周扬同志需要一个助手，组织上考虑调你去很合适，你的意见如何？'我当即毫不犹豫地表示服从组织调动"。[1] 随后，"我"又服从组织需要而被调入到全国文协（中国作家协会的前身）担任秘书。那时，全国文协，对于青年时代的"我"来说，是一份伟大的爱，一项伟大的使命，一个伟大的希望。所以，"在毕业生调查表上，我填写的志愿是：文艺理论研究、文学编辑或党的宣传工作"。[2]。从此，青少年时代就对文学批评和文学创作情有独钟的复旦大学高才生，成为了中国作家协会的一位文学组织者。毫不夸张地说，中国作家协会，就是青年时代"我"的精神归属地。事实上也是如此：在新中国成立十七年期间，"我"不仅开启了一生中的儿童文学评论工作（早在1956年和1957年，"我"就在《文艺报》上发表了《幻想也要以真实为基础——评欧阳山的童话〈慧眼〉》和《情趣从何而来——谈谈柯岩的儿童诗》，较早地提出了"以情感人""以美育人"的内在化的儿童文学批评标准），而且担任了中国作家协会创委会的秘书，在周扬、严文井、邵荃麟、沙汀等分别领导下，负责掌管资料研究和调查、联络工作。"我"全心全意，满腔热诚地投入到自己所承担的工作中去，取得了漂亮的工作成绩。比如："我"一周内就出色地完成了自己的报告"处女作"——周扬在第二次全苏作家代表大会期间的演讲稿《为社会主义而斗争的新中国文学》；为第二次"作代会"前的社会主义现实主义学习撰写了八九千字的《学习情况报道》；为第二次"文代会"会上代表们的发言整理了《历史估价问题和创造人物问题的讨论》；等等。但是正当"我""全神贯注地进入'研究助手''业务秘书'的角色"而"得

---

[1] 束沛德著《我的舞台我的家——我与中国作家协会》第7页，作家出版社，2015年2月版。

[2] 束沛德著《我的舞台我的家——我与中国作家协会》第7页，作家出版社，2015年2月版。

心应手""沾沾自喜"之时，"一场来势凶猛的'急风暴雨'把我卷了进去"。①"我"挨了批评，下放劳动，随后被调到河北文联和河北省委宣传部（仍然主要担任秘书工作），心存余悸。直到"新时期"到来，"我"才回到了最初供职的单位和部门——中国作协创作联络部（它的前身是中国作协创作委员会）。新时期以后，"我"除了继续从事儿童文学批评工作之外，还担任了中国作协党组成员、主席团委员、书记处书记、创作联络部主任、儿童文学委员会主任委员等。集这么多身份于一身，全在于"我"对中国作家协会的归属之心。"我"再度以全身心的热情和忠诚去回报中国作家协会的信任。于是新时期以后，"我"一手持评论（评论集《儿童文苑漫步》②和《束沛德文学评论集》③中的大多数评论都写作于新时期以后），一手缔结儿童文学作家、儿童文学批评家与中国作家协会的联系，将大半生时光都贡献给中国儿童文学界的建设与发展上。但与此同时，"我"又深陷于"文山会海"之中，感受到中国作协前辈沙汀等人的矛盾和苦楚，以至于"我"多次将自身定位为一个"打杂"者或"跑龙套"者。

这样，新时期以后，"我"每一次身份的改变，都既给"我"的精神世界带来了稳靠性的支撑，又构成了矛盾性的要素。可以说，回顾"我"的人生旅程，中国作家协会固然庇护了"我"的精神世界，但同时也考验了"我"的精神世界。后者正如"我"日后所述："在人生风雨路上，我磕磕碰碰地闯过五道关：反胡风、反右派、'文革'、反资产阶级自由化、1989政治风波，碰过钉子，栽过跟头，挨过批评，受过处分。"④。但无论"我"遭遇怎样的心灵风雨，"我"作为个体生命对于中国作协这个文学组织的忘我投入始终没有改变。

概言之，作为一位文学组织者，"我"始终将中国作家协会视为自己

---

① 束沛德著《我的舞台我的家——我与中国作家协会》第9页，作家出版社，2015年2月版。

② 束沛德著《儿童文苑漫步》，江苏少年儿童出版社，1995年3月版。

③ 束沛德著《束沛德文学评论集》，明天出版社，1991年12月版。

④ 束沛德著《多彩记忆》第70页，中国少年儿童出版社，2009年10月版。

的精神归属地。

此外，中国作家协会对于"我"还是一个特别的家庭。如果说"如何的机构都会变老；任何的家庭都有其趋向，如它的封闭和它的偏见"①，那么"我"对中国作家协会这个特别的家庭的整体情感则是恒久的忠诚，可又偶有偏离和犹疑之处。即是说，自进入中国作家协会这个特别的家庭以后，"我"所行走的道路大致顺畅，可又间或出现曲折的踪迹。这种种复杂的生命况味，"我"体味得最为真切："回顾自己走过的路，没能完全按照自己的志趣、爱好、个性发展，没能圆青少年时代的梦，不能说没有一点遗憾。然而，从另一个角度细细一想，我又无怨无悔。"②

总之，正是在"我"的自述中，传递了一代共和国文学组织者的复杂的精神形态：将个体生命与中国当代现实政治、文化结合起来，以实现个体生命的价值和信念。在这个意义上，"我"的精神世界堪称共和国时期一代文学组织者的典型个案。

三

但是，《我的舞台我的家——我与中国作家协会》肯定不只是为了讲述"我"的精神自传，而更多的是为了记述"中国作家协会史"。再者说，就算"我"手执一支自传之笔，从头到尾追忆"我"的生命行程，也无法剥离于中国作家协会这一文学组织所提供的历史舞台。事实上，本书的名字"我的舞台我的家"已经传递出了本书的重心所在。如果说"我"与中国作家协会的关系中的一个极点是"我"的精神自传，那么另一个极点则是"中国作家协会史"。

由于"我"主要是在中国作家协会"创联部"（前身叫"创委会"）工作，"我"对"中国作家协会史"的历史叙事也便主要是通过这一特定部门的历史"窗口"来实现的。而且，"我"的讲述方法很是别致。本书虽

---

① ［法］让－皮埃尔·韦尔南：《神话与政治之间》32 页，余中先译，三联书店，2005年 12 月版。

② 束沛德著《多彩记忆》第 14 页，中国少年儿童出版社，2009 年 10 月版。

然是由一个个单篇纪实性散文所构成，但当将它们合为"一体"时，还是体现出了既参与其中，又保持间距的总体历史叙事方法，由此避免了简单化的"中国作家协会史"的讲述。其实，"我"作为一位文学组织者，无论如何具有"个体生命"意识，都不可能不"参与其中"，但倘若"我"一味参与其中，则很难实现历史叙事的客观性和复杂性。可是，话儿虽是这个理儿，但做起来却并不容易。身处其中却又置身其外，如何叙事？这真是"我"的叙事难题。为此，"我"选取了两种具体叙事方法：叙事作协人物与叙事作协事务。在对人物与事务的叙事上力求回到历史现场，重现历史"本相"，保持着"我"与所记对象之间的平衡。这样，"我"的视角下的"中国作家协会史"即是"我"的视角下的中国作家协会人物精神史与中国作家协会事务史。

在本书中，在"我"的视角下的中国作家协会中的人物，除了前述的"我"，更有引领"我"、陪伴"我"的中国作家协会的师友们。新中国成立十七年时期，"我"有幸凭借中国作家协会"创委会"这个历史"窗口"结识了共和国时期的著名作家、文艺理论家、诗人等。他（她）们是："我"的第一个上级严文井、亦师亦友的沙汀、一直敬重的时任党组书记邵荃麟、中国作家协会时任秘书长郭小川、诗人李季、创委会时任副主任菡子。新时期以后，"我"已经进入到中国作家协会的领导层行列，既拥有了与前辈作家近距离学习的机会，也增加了与同代作协人、后代作协人交流的机会。这些作协人是：德高望重的时任作协主席巴金、时任党组书记、诗人兼战士的张光年、爱心和童心兼具的世纪老人冰心、"老天叔叔"张天翼、"可敬的老园丁"陈伯吹、人品文品兼优的金近、"老领导"冯牧、"当了一辈子文学编辑"的葛洛、"从29岁被打成右派、到51岁落实政策回到北京"的作协"四大"后新任党组书记唐达成、保有"普通一兵"本色的作家舒群、又是校友又是"班长"的中国作协党组书记金炳华、"英年早逝"的儿童文学作家刘厚明、"兼具童心诗心爱心的洪波"，等等。这些身份不同、代际不同、命运不同的中国作协人皆集中在本书的第二辑里。他（她）们共同具有对党性的忠诚和对文学性的坚守。他（她）们与"我"一样，都归属于中国当代文学的一极，又归属于中国当代政治的另一极，由此构成了"中国作家协会史"的矛盾性和复杂性。

在"我"的追忆视角之下，中国当代文学的发端的确给中国作协人带来了新生命，让他（她）们看到了共和国文学的新图景：社会主义现实主义文学。这一新的文学图景深刻地影响了中国作协人的世界观、文学观，决定了他（她）们的工作方法和文学观念。我们大多知道：中国作家协会创委会从一开始就承担着"加强对文学创作活动的组织和指导"[①]的工作任务，即忠诚于"党性"。为此，一直称呼"我"为"小束"的第一个上级严文井曾经语重心长地开导"我"的世界观、提醒我"不要轻视旧世界观的影响"[②]；担任全国文协党组书记、创委会主任邵荃麟"不止一次地对我们说：要同作家密切保持联系……"[③]；1955 年至 1956 年担任中国作协创委会副主任的李季以实际行动唤醒了"我""投入新生活的热情与探索新事物的勇气"[④]；50 年代中期调来当中国作协党组书记的张光年"十分重视文学队伍的建设，特别是领导班子的建设；80 年代初期中国作协书记处常务书记冯牧的"旗帜鲜明、不遗余力地坚持文艺的社会主义方向"的立场[⑤]、葛洛以"勇挑重担"的共产党员精神深刻地影响了"我"的思想、工作作风。但，作为中国作协的文学组织者在完成这些工作任务过程中所付出的心力常常不为"外人"道也。特别是，中国作协人在文学与政治的两极间需要承受怎样的矛盾才能维持二者的平衡？严文井影响了心爱的童话创作，沙汀耽误了小说创作，心痛得让他"一再大声疾呼：爱护作家，照顾作家，主要不是让他们当代表，当委员，或当这个'长'那个

---

① 束沛德著《我的舞台我的家——我与中国作家协会》第 14 页，作家出版社，2015 年 2 月版。

② 束沛德著《我的舞台我的家——我与中国作家协会》第 164 页，作家出版社，2015 年 2 月版。

③ 束沛德著《我的舞台我的家——我与中国作家协会》第 179 页，作家出版社，2015 年 2 月版。

④ 束沛德著《我的舞台我的家——我与中国作家协会》第 187 页，作家出版社，2015 年 2 月版。

⑤ 束沛德著《我的舞台我的家——我与中国作家协会》第 220 页，作家出版社，2015 年 2 月版。

'长'，而是给他们提供深入生活，认真创作的条件"。[1] 邵荃麟因"中间人物论"而先消失于中国作协，后失去了生命。唐达成在 29 岁时就打成"右派"，在"文革"时，又被看作"老牛鬼蛇神"而被关进"牛棚"，待在"新时期"复出时已经 51 岁了，又历经风雨。可见，中国作协人在政治和文学之间尽管试图维持二者的平衡，但在特定的时代里，却难免会有二者失衡、甚至出现破裂的状况。而在由失衡到破裂的过程中，中国作协人作为个体生命，会体验到异乎寻常的疼痛和忧伤。这本书所记述的"中国作家协会史"在某种意义上就是要呈现中国作协人在不同时代里的幸福与疼痛同在的灵魂回响。

在中国作家协会的人物之外，中国作家协会的事务也是本书中的"中国作家协会史"的不可或缺的组成部分。对于中国当代文学而言，有时，"事务"直接决定人物的命运和文学史的走向。在这个意义上说，本书第三辑里记述的"我"作为一位文学组织者所起草的重要会议论文与重要活动报道，以及重要政策文件，都不仅确证了"我"的生命历程，而且参与并构成了"中国作家协会史"的内容与中国当代文学史的内容——它们标志着作为个体生命意义上的"我"与"中国作家协会史"、中国当代文学史在某一阶段的历史进程中形成同构关系。当然，基于"我"在创委会与创联部时的分工不同，"我"所从事的事务的重心也有所不同。在新中国成立十七年时期，"我"作为创委会秘书，主要是从事重要或重大文学工作、活动、会议、访谈的文字报道、采访工作；在新时期以后，"我"作为作协书记处书记、创联部的领导，除了继续担当重要文学会议和文学活动的领导组织者，更担负起了中国儿童文学界的领导工作。但无论哪一个时期，"我"都以个体生命的独特视角和独特体验、以中国作协人忠诚于党性与文学性的叙事立场、以既置身于历史现场又保持历史间距的叙事方式、以寓"史实"于平实文字的叙述风格来记述中国作家协会的诸多事务。其中特别具有"中国作家协会史"意义的重要事务有：1953 年 6 月至 7 月记述的全国文协组织北京部分作家、批评家和各文艺机关的领导干

---

[1] 束沛德著《我的舞台我的家——我与中国作家协会》第 175 页，作家出版社，2015 年 2 月版。

部四十余人在从 1953 年 4 月下旬对社会主义现实主义理论的学习和讨论；1953 年 9-10 月记述的全国第二次文代会期间文学界各小组对"五四"以来中国文学的历史估价问题和创造人物问题的讨论；1982 年 7 月记述的中国作协在 1982 年 6 月 27 日至 30 日新时期恢复工作后召开的第一次工作会议；1984 年 12 月 28 日在中国作家协会第四次代表大会预备会议上对《中国作家协会章程》修正草案的讨论；2001 年 11 月在台湾台东师范学院举办的海峡两岸儿童文学学术研讨会上作了题为《新景观 大趋势——世纪之交中国儿童文学扫描》的演讲；2008 年 6 月，作了题为《一切为了孩子的心灵成长——回顾改革开放 30 年来中国作家协会的儿童文学工作》的总结。作者对这些重要事务的记述对于回返"中国当代作家协会史"的历史现场提供了鲜活的场景、生动的细节、复杂的语境，以及迄今铭记在"我"等一代人生命深处的记忆。即便是那些不能被称为重要事务的访谈和追忆，也往往会打捞出险些被时间的波浪所淹没的历史细节。如：《迎接百花齐放的春天——访长春的几位作家》首次披露了五十年代中期冯文炳（废名）在长春时的真实处境和真实心境，非常珍贵。

不可否认，作为一位文学组织者，"我"在叙述自身所属的"中国作家协会史"时，会不可避免地投放自己的情感与倾向。但，"我"并未讳言中国作家协会在历史进程中的曲折和坎坷，并不掩饰个人生命历程中的矛盾和遗憾。而且，正是在"我"的个人生命与中国作家协会命运交织的过程中，"我"才自始至终都更加确信个人生命与中国作家协会的"相依为命"。不仅如此，作为一位将生命、情感都毕生贡献给中国作家协会的文学组织者而言，在叙写这部别样的"中国作家协会史"之时，更寄予了他内心深处对中国作家协会的由衷祝愿：愿中国作家协会继续发展！愿中国作协人平顺、温暖、有为！

2019 年 1 月 15 日修订

束沛德先生的文学世界

张洁

一

怎样的新奇！沪宁线、镇江、丹阳火车站、上海——一串紧紧牵扯我童年记忆的地理路标，在束沛德的文章里："我的家乡在沪宁线的一个小站——丹阳县的城里。"（《又安静又好动》）"抗战胜利后的第一个春天，我离开家乡到镇江去读初中三年级。"（《父子一夕谈》）"共和国诞生的时候，我正在复旦大学读新闻系。"（《难解难分的情结》）……

这是一些记述作者成长经历的散文。

在我儿时漂流或者因长辈的身世而深深遐想的地点。

年少的束沛德和同伴们痴迷地四处捉蛐蛐儿，乐此不疲地拿它们斗着玩。星星满天的夏夜，他坐在院子里，跟随祖母一边聊天一边唱儿歌。他将两张八仙桌拼成乒乓球桌，苦练球技。他流连忘返于《历史人物故事丛书》《爱的教育》等各种书报。为了目睹京戏名角的风貌，放学后他到戏院门口打探，幸运地蹭到一场又一场压轴。16 岁，他的小说获得《中学月刊》暑期征文比赛名誉奖……

他还亲历了八年抗战的日子；在中国解放战争中，又目睹国民党士兵逃离和解放军战士进城的场景，并将之记在日记中；百姓的疾苦令他揪心，他因此梦想将来成为记者，为他们奔走和呼吁……

跟随束沛德童年、少年乃至青年时的身影，我感觉自己成了童年时的一条影子。亲临与幻想中的环境浮动着另一个时代的影像。曾经我不由自主既好奇又亲近地凝望这个时代，想象父母及其他长辈置身其间的情境，但是没有一次，如此清晰地看到那时的他们，那样的面容和意气奋发。

飘出私人的思绪。其实阅读本身就笼罩着一层个人色彩。我心底浮出很多年前读"作家的童年"书系中沈从文、艾芜、冰心等卷本时的温暖和宽广，以及后来流连林海音的童年往事时的清澈与一点怅然。

我爱的这些作家的童年故事书写，除了都具有鲜明的个体化，在个人叙写时又覆盖了广阔天地。它们浸润着人生的斑斓。它们裹挟作者赋予的纯粹。它们轻轻、静静地流淌，浪花却在读的人心中翻腾，经久不息。

二

束沛德写散文，还写评论，此外，跟很多作家不同，他写下了大量与中国文学事业相关的文件和报告，比如1953年中国文学艺术工作者第二次代表大会的研讨综述《历史估价问题和创造人物形象问题的讨论》、中国当代儿童文学起步之初下达作协各地分会的《关于发展少年儿童文学的指示》（1955年）、1986年全国儿童文学创作会议的开幕词、中国作协第四和第五次代表大会上关于修改《作协章程》的说明、为《人民日报》撰写的署名"本报评论员"的文章《论儿童文学繁花似锦》（1996）等。

当年，如愿进入复旦大学新闻系就读，以品学兼优毕业后，束沛德服从分配来到全国文协，从此开始文学组织工作。"假如把你起草的讲话、报告都收辑进去，也许能出四卷、五卷哩！"当他把自己的第一本评论集送给老友时，他们跟他打趣。他见证了全国文协改组成中国作家协会，参与创建和编辑内部刊物《作家通讯》，不辞辛劳地繁忙于一项项文学事务，兢兢业业地引领中国儿童文学工作发展。

"既没当成新闻记者，也没当成文学批评家"，谈及自己与秘书工作、文字工作结下不解之缘时他写道。但他以自身新闻记者、文学批评家、作家的才能写成了一部大著作：束沛德的所有作品汇聚于脑海，我惊异地看到它们构成了一部纪实文学。

有关作者大学毕业之前的篇目（1931—1952年）为第一部分，这是整部著作的序曲，那个亲近阅读和作文的孩子由兴趣生出梦想，一点点朝梦想靠近。随着现实世界全方位扑来，主旋律奏响，主人公参加工作起至"文革"结束初的内容为第二部分（1952—1978年），他重回作协工作至退休是第三部分（1978—1998 年），以后是第四部分。

这是一个人的经历以及视角。

书中严谨的笔端流动着温情，平缓的声音里隐含知识分子的反省意识和独立精神。它如画卷一般展现出别样的历史容量：中国社会的时代印痕，中国当代文学事业的发展，中国作家协会的成长故事，文学事件，文学人物，文学现象，文学活动……

"可说是怀有一种如漆似胶、须臾不可离的亲密而深挚的感情。"作者叙述的自己跟书的关系同样是他与文学的。这样的倾心注定了他的纯粹，一份习以为常的自然状态。作为新中国文学建设和发展的见证者和参与者，他特有的人生也是中国当代文学史事业的一个侧影，是一份精神传承。

这部"纪实文学"独特、丰厚、珍贵。

三

《情趣从何而来》是束沛德的第一篇儿童文学评论，阐述当时创作起步不久的柯岩的儿童诗，1957 年发表，颇有新意地提出儿童文学创作中儿童情趣的不可或缺，成为中国当代儿童文学史上一篇重要的儿童文学理论之作。

"我读柯岩的诗，特别感兴趣的是，她的诗篇里充满着令人激动的儿童情趣。"他写道。他的情绪一目了然，"特别感兴趣"，"令人激动"，生动呈现了他对儿童情趣的感应以及共鸣，展示出一种源于生命内涵的对应。是的，情趣就在他心中，在他的血液里流淌，读他的作品，能看到它们冷不丁冒出来，让人感觉到有趣、有意思，让人"激动"，忍不住赞叹作者的灵动及如孩童般的明朗。

《办壁报》一文，写中学时跟室友们一时兴起，办起一份占据半面墙的壁报。五十年过去，束沛德叙述这段往事时，十七岁左右少年们的兴奋、热闹、认真、齐心协力的状态尽显字里行间。只有好记忆、写作功力、内在情趣俱备，才能绘出如此富有感染力的图景。

《花不完的 60 万》是顽童之心的创作。不富足年代里的满足和丰富十分感人。

《喜从天降》写中国作家代表团赴意大利参加蒙德罗国际文学奖颁奖活动，他为团长，从评委会主席口中蓦然获知评委会要给中国代表团的五位成员授奖，于是陷入一团雾水，不时纠结，直到疑团解开，"我不再受宠若惊，如释重负地松了一口气"。我读到这儿，笑，仿佛探得一个成人跟一个孩子一样的秘密。因为这段描写，对常人来说遥不着边际的国际文学奖活动也变得异常亲切，瞬间让人感到它的文学温度，从而感受到那五份特别奖远非荣誉可及的含量，进而再度感触到文学给生活带来的爱与美好。

谈及个人创作，束沛德一再谦虚地说自己"没有才气"，但他的创作才情显而易见。不仅是富有情趣的表达，还在细节描写、感觉幻象的直观书写和宏观视角等诸多方面。

在《新结识的匈牙利朋友》中，关于"四月的布达佩斯"的描述："那灿烂的阳光，清新的空气，那苍翠的树木，碧绿的草坪，那争奇斗妍的鲜花，水珠晶莹的喷泉，还有自由飞翔的鸽子，五光十色的房子……这一切让你感到仿佛置身在一个五彩缤纷的大花园里。"语句浅显、精练，传神地刻画出上世纪 80 年代人从中国降临欧洲国度时的梦幻感。文中表达匈牙利人翻译的一口漂亮普通话，他这样写道："比我这个在北方待了三十多年的江苏人的南腔北调好听多了。"

沙汀"极浓"的"作家气质"栩栩如生地浮现在《深情的怀念》里，主人公跟年迈与疾病的抗争和无奈在我眼前和脑海画出一片苍凉。另一篇《为葛洛送行》是首凄美的挽歌。

在自己的文学世界，束沛德实诚地叙述，日常词汇经由他的手后总是富有质感地传达出他的情绪。他的写作凝结了新闻记者的忠实和评论家的严谨。

四

束沛德抒写师友的篇章，将一个个令人难忘的姓名绘成肖像。读着其中的一些句子，我感叹：

"沙汀这种严于律己、勇于自我解剖的精神，给我留下了极为深刻的印象。"（《深情的怀念》）

"哪里有石油井架、钻台，哪里就有李季，就有李季的'石油诗'。'石油诗人'的桂冠不是从天上掉下来的，而是石油工人和广大群众对他的勤奋、忘我的创造性劳动的最高奖赏。"（《永远面向新的生活》）

《难忘菡子》中，菡子"古道热肠、善解人意"。

《言传身教　情真意切》写冯牧"他平等待人，和蔼可亲"，"他对当代文坛的动态、信息，可说是了如指掌"。

《爱心连着童心》里的冰心："她那善良、宽容而又率真、刚毅的精神品格，她那同情心、正义感，代表着时代的良知、文人的良心……"

……

不难看出：他欣赏和关注人物忠诚、认真、友善、正直、谦逊、勤奋的风骨。而在我心目中，他正是这样的人！

至今，我对束沛德先生的印象，保持着1997年二十一世纪出版社的笔会时留下的：轻声说话，不紧不慢，言语不多，目光炯炯，总是微笑着，典型知识分子的形象和气质，一位亲切的师长。

回想起来，记忆的星空下 一小群萤火虫轻轻飞舞，记得，有回当他西装革履出现在文学大会的主席台上，我忘却了周遭，惊异和万分欣喜：束老师穿西装是那般神气——我心中的束沛德，就是那个跟我们一起爬山的前辈。1997年，当一拨年富力强的人停在山腰直喘粗气时，他和葛冰老师出现在道口，一副神闲气定的模样，面对众人的惊讶，他们露出明亮的笑容。后来我在他的文字里读到："我对体育的爱好，从小到老，长盛不衰。"(《童年记趣》)，60 年代初，他居然跟球友合用第 26 届世乒赛一场半决赛的一张球票，为了看这半场比赛，专程从天津赶回北京，看完了半场后恋恋不舍地退场，换球友接下去看下半场。

《记少年时的读和写》里有个情节令我会心地笑："我从小爱书如命，中学时代开始拥有自己的一个小小的书柜。我把自己的三四百册藏书分类编号，登记在册，并逐一盖上自己的印章。半个世纪前养成的这种有条不紊、完整无缺地保存书刊的习惯，至今依然如故。"我在《儿童文学选刊》（曾更名《中国儿童文学》）做编辑时，他曾写来两封信，写下样刊邮寄缺失的期数，询问能不能帮他补上，以使他的收存完整。

因为我编《儿童文学选刊》平时需要阅读大量儿童报刊，他选编年度中国儿童文学佳作集时，特地打电话、写信给我，让我补充他的选目，他唯恐自己漏读刊物或者因为单独一人的评判，疏忽有特色的作品。他这样征询的人肯定不止是我一个。

我还从他坚持亲笔撰写的文学综述中看到，他对作品、新作、新人等的熟悉，他描述的文学动向、评论观点也总是能窥见独到之处，带给人启示。

虽然他从来不说，他始终那样微微笑着待人，但是我相信，无论我还是其他儿童文学写作者，不管是只在相遇时跟他点个头致意，还是从未谋面甚至从不相识，我们的成长都受到来自他的关爱，以他一贯的豁达与平和，他始终给我们鼓励，默默呵护我们前行。

七十岁生日之际，这位令人敬仰的长者写下感言："凡事讲究一个'真'字，一切都求真务实，做事要认真，待人要真诚，为文要真实。"（《谈谈我自己和我的写作》）确切地说，他的作品和人都凝结着真：认真，真实，真诚，真情。对我来说，他是一本大大的书。

评介束沛德及其论著的部分文章篇目

一 综合评介

批评是为了发展——束沛德儿童文学研究漫议

    彭斯远　　　　　　《文艺报》1994.3.12

为三亿小读者呐喊——访儿童文学评论家束沛德

    贺小虎　　　　　　《中国医药报》1994.9.8

甘为儿童文学鼓与呼——束沛德的肺腑之言

    刘　媛　雪　华　　《中国教育报》1996.3.18

甘为文苑"跑龙套"——访儿童文学评论家、中国作协书记束沛德

    卢　琳　　　　　　1996 年

默默"打杂"的人——记著名儿童文学理论批评家束沛德

    张国擎　　　　　　《镇江日报》1997.4.6

辛勤的文学园丁——记儿童文学理论批评家束沛德

    石　头　　　　　　《丹阳日报》1997.5.1

书是你一生的朋友

    安武林　　　　　　《少年月刊》2002.3

为了孩子默默耕耘的园丁——访"宋庆龄儿童文学奖特殊贡献奖"获得者

    谭旭东　　　　　　《少年月刊》2004.3

我的老领导束沛德

    卢群英　　　　　　《文艺报》2006.8.15

我给作代会"打杂"

    徐庆群　　　　　　《中国作家·纪实》2006 年第 11 期

束沛德的启示

    关登瀛　　　　　　《野店的童话》大众文艺出版社 2008 年 12 月版

付出是一种深切的幸福——我所知道的束沛德先生

　　李东华　　　　　　　《思无邪——当代儿童文学扫描》

　　　　　　　　　　　　湖北少年儿童出版社 2010 年 6 月版

沛德印象

　　杨志达　　　　　　　《杨志达随笔》

　　　　　　　　　　　　华夏文艺出版社 2015 年 12 月版

乐此不疲地鼓与呼——访束沛德

　　史伟峰　　　　　　　《文艺报》2012.7.20

勇于开拓　勤于耕耘

　　王知十　　　　　　　《王知十作品选（上）》

　　　　　　　　　　　　南京大学出版社 2016 年 8 月版

束沛德先生的文学世界

　　张　洁　　　　　　　《文学报》2016.12.8

束沛德：70 年，见证新中国儿童文学发展历程

　　陈菁霞　　　　　　　《中华读书报》2019.5.29

二　评介《龙套情缘》

在平凡中品味人生——读《龙套情缘》

　　吴　然　　　　　　　《春城晚报》2001.11.13

　　　　　　　　　　　　《文艺报》2001.11.20

书生本色　赤子情怀——评束沛德新著《龙套情缘》

　　王泉根　　　　　　　《中国文化报》2001.11.22

听晚星下那些喃喃低语——关于《蓝夜书屋》

　　徐　鲁　　　　　　　《中国儿童文学）2000 年第 1 期

　　　　　　　　　　　　《文汇报》2002.4.19

拥抱儿童文学——读《龙套情缘》

　　彭斯远　　　　　　　《重庆日报》2001.12.7

　　　　　　　　　　　　《中华工商时报》2002.2.27

一世情缘——读束沛德的《龙套情缘》

　　安武林　　　　　　　《青岛日报》2002.1.11

平实：是风格更是品格

　　肖复兴　　　　　　　《文学报》2002.2.22

束沛德的龙套情缘

　　李东华　　　　　　　《文艺报》2003.8.19

冰清玉润　赤子情怀

　　谭旭东　　　　　　　《重绘中国儿童文学地图》

　　　　　　　　　　　　西北大学出版社 2006 年 4 月版

三　评介《守望与期待》

束沛德的守望与期待

　　刘丽诗　　　　　　　《文艺报》2004.2.10

与儿童文学结缘

　　王泉根　　　　　　　《中国图书商报 . 书评周刊》2004.3.5

为繁荣儿童文学鼓与呼——读《守望与期待——束沛德儿童文学论集》

　　韩　进　　　　　　　《人民日报 . 海外版》2004.5.14

呼唤精品——读《守望与期待——束沛德儿童文学论集》

　　韩　进　　　　　　　《中国儿童文学》2004 年第 4 期

束沛德印象——兼评《守望与期待》

　　郭大森　　　　　　　《作文之友》(初中版)

四　评介《岁月风铃》

"打捞" 城与人的历史碎片

　　王泉根　　　　　　　《中华读书报》2006.5.17

束沛德的岁月风铃

　　陈　辽　　　　　　　《文艺报》2006.6.29

无悔龙套生涯

　　路　侃　　　　　　《文汇报》2006.7.16

　　　　　　　　　　　　《文学报》2006.8.10

追求人生与文学的"诗与真"

　　徐　鲁　　　　　　《作家通讯》2006年第4期

　　　　　　　　　　　　《文学报》2007.2.9

束沛德的75年"岁月风铃"

　　卢群英　　　　　　中国作家网2006.8.7

真率赤诚的文学书写——读束沛德新著《岁月风铃》

　　彭斯远

专家座谈《岁月风铃》

　　刘　颋　　　　　　《文艺报》2006.12.21

一路上有文学相伴的诗意人生——读束沛德散文集《岁月风铃》

　　侯　颖　　　　　　《文坛风景线》2007.4

给束沛德的信

　　高　平　　　　　　《飞天》2010年4月（上）

五　评介《追求真善美——跟少年朋友谈谈读与写》

做堂堂正正的人，写朴朴实实的文——评束沛德《追求真善美》

　　汤　锐　　　　　　《中华读书报》2008.3.26

六　评介《束沛德谈儿童文学》

一份关于儿童文学的证词

　　刘秀娟　　　　　　《文艺报》2011.7.6

"我们需要一个感谢他的机会"——记束沛德儿童文学评论座谈会

　　刘秀娟　　　　　　《文艺报》2011.8.19

儿童文学园地里的守望者——读评《束沛德谈儿童文学》

　　陈　辽　　　　　　《文艺报》2011.8.19

七 评介《红线串着爱与美》

八 评介《情趣从何而来——束沛德自选集》

朴素而斑斓的风景——读《情趣从何而来——束沛德自选集》

　　殷健灵　　　　　　《文艺报》2014.11.28

九 评介《我的舞台我的家——我与中国作家协会》

文学背后的暖意和力量——评束沛德纪实散文集
《我的舞台我的家——我与中国作家协会》

　　李学斌　　　　　　《光明日报》2015.7.13

一份"老作协"的记录

　　陈　辽　　　　　　《文艺报》2015.9.11

束沛德：真实书写曲折而"典型"的人生

　　刘绪源　　　　　　《文学报》2015.12.24

评束沛德《我的舞台我的家——我与中国作家协会》

　　徐　妍　　　　　　《中国现代文学研究丛刊》2016 年第 8 期

"像牛一样劳动，像土地一样奉献"

　　徐　鲁　　　　　　《文艺报》2017.3.15

十 评介《在人生列车上》

束沛德 80 岁回望文学人生

　　陈　香　　　　　　《中华读书报》2015.4.22

束沛德的人生道路——读《在人生列车上》

　　瑞　祥　　　　　　《壹周》2016.3.10

附注：上列评介文章，凡以楷体字排的，已分别收入《为儿童文学鼓
　　　　与呼》(二十一世纪出版社，2009 年版)、《情趣从何而来——
　　　　束沛德自选集》(湖北少年儿童出版社，2014 年版) 和本书
　　　　《束沛德自选集》散文卷附录。

束沛德主编或参与编选的部分图书目录

《中国儿童文学大系》（15 卷）

编委　　　　　　　希望出版社　　　　　1988 年 11 月版

《新编一千零一夜》（上、中、下）

主编　　　　　　　北京科学技术出版社　　1991 年 3 月版

《世界童话精品》

编选　　　　　　　陕西人民出版社　　　1995 年 7 月版

《中国儿童文学作家成名作丛书》（4 卷）

编委　　　　　　　安徽少年儿童出版社　1995 年 12 月版

《中国当代儿童诗丛》（8 本）

主编　　　　　　　湖北少年儿童出版社　1997 年 12 月版

《人与自然的颂歌——刘先平大自然探险文学评论集》

主编　　　　　　　安徽少年儿童出版社　1999 年 3 月版

《中华人民共和国五十年文学名作文库·儿童文学卷》

副主编　　　　　　作家出版社　　　　　1999 年 9 月版

《中华鲟儿童文学新作丛书·儿童系列》（10 本）

主编　　　　　　　安徽教育出版社　　　2000 年 6 月版

《中华鲟儿童文学新作丛书·少年系列》（7 本）

主编　　　　　　　安徽教育出版社　　　2000 年 10 月版

《中国 20 世纪儿童文学史》

编委　　　　　　　辽宁少年儿童出版社　2006 年 12 月版

2001 年、2002 年、2003 年、2004 年、2005 年《中国儿童文学年鉴》

与高洪波共同主编　江苏少年儿童出版社　2002—2007 年版

《中国 20 世纪儿童文学史》

  编委   辽宁少年儿童出版社 2006 年 12 月版

《百年百部中国儿童文学经典书系》

  高端选编委员会成员 湖北少年儿童出版社 2006—2007 年版

《改革开放 30 年中国儿童文学金品 30 部》

  顾问委员会顾问   新世纪出版社   2008 年 9 月版

《共和国 60 周年儿童文学金品文库（1949—2009）》（30 部）

  编委   中国少年儿童出版社 2009 年 7 月版

《中国儿童文学 60 周年典藏》（4 卷 6 册）

  编委   外语教学与研究出版社 2009 年 7 月版

《中国儿童文学大系》（25 卷）

  顾问   希望出版社   2009 年 9 月版

《中国儿童文学 60 年（1949—2009）》（上、下）

  编委   湖北少年儿童出版社 2009 年 9 月版

《中国动物文学大系》

  高端选编委会成员 湖北少年儿童出版社 2011 年 5 月版

《中国儿童文学大家随笔书系》

  副主编   福建少年儿童出版社 2012 年 7 月版

《中小学生阅读大系·中国当代儿童文学精品库》（14 卷）

  编委会顾问   农村读物出版社   2012 年 1 月版

《好孩子阶梯阅读文库》

  高端顾问委员会成员 学习出版社   2012 年 1 月版

《云南七彩儿童文学精品书系》

  编委   晨光出版社   2013 年 8 月版

《全国优秀儿童文学奖获奖作家书系》

  顾问委员会顾问   长江少年儿童出版社 2014 年版

《中国幼儿文学百年集成（1911—2011）》

  编委，散文卷主编 重庆少年儿童出版社 2017 年版

《儿童粮仓·童话馆》

　　与徐德霞共同主编　　广西师范大学出版社　　2018 年 10 月版

《儿童粮仓·小说馆》

　　与徐德霞共同主编　　广西师范大学出版社　　2019 年版

《共和国儿童文学光荣榜书系》

　　高端选编委员会成员　　现代出版社　　2019 年版

后　记

从寒冬腊月到迎春花开，历时一个多月，总算把我的三卷《自选集》编选出来了，了却了许久以来萦绕于怀的一个心愿，顿时感到一身轻松。

我一向给自己定位为一个文学组织工作者。长期在当代文坛"打杂"、跑龙套，没有写多少东西，更没有写出什么有分量、有特色的文章。严格地说，我算不上一个作家或评论家。在儿童文学评论队伍里是个散兵游勇；在散文写作上，是个初学乍练的新兵。对此，我还是心里有数，有自知之明的。

像我这样的写作经历，这么一点写作成果，有没有必要、是否值得编《自选集》，我是踌躇再三的。后来，考虑到自己是新中国第一代大学生，这一生走过的道路，在我们这一代知识分子中可说有相当代表性。近70个春秋工作在文学岗位上，接触了文坛上不少人和事，见证了当代文学，特别是儿童文学发展历程。我历年来写的一些评论、纪实散文，也许还有助于读者或研究者窥见当代文坛尤其是儿童文苑的一些侧影。正因为如此，终于下决心趁自己脑子、精力尚可时，抓紧梳理一下自己所写的文章，编成这个《自选集》。

迄今为止，我共出过15本书，包括散文集、评论集和散文、评论合集。

其中有两本曾再版或改版，如《龙套情缘》扩充为《在人生列车上》；《守望与期待》改版为《发出自己的声音》。至于同一篇文章收入不同的集子，有的文章还用了不同的题目，这样的情况更是屡见不鲜。这次编选，避免重复、混淆，力求按文章首发的本来面目呈现在读者面前。

《自选集》分为三卷：包括文论两卷，散文一卷。文论（一）《耕耘与守望》是有关各种体裁、样式儿童文学作品的评说赏析和对儿童文学评论、报刊、少年习作的点评。文论（二）《坚守与超越》是对儿童文学现状的宏观扫描，对一些儿童文学态势、思潮的观察思考，以及对当代一些文学作品、现象的论文、短评。散文卷《缘分与担当》包括师友风采、文坛往事、成长经历、异域采风等；并附录部分文友评介我论著的文章。我一辈子从事文学组织工作、儿童文学工作，可说是一种缘分。既然在这个岗位上，就得自觉地担当起为繁荣文学服务，为灵魂工程添砖加瓦的工作。而作为一个儿童文学园地的守望者，我一向关注坚守文学品质，讲究艺术创新，鼓励不断超越，迈向高峰。

因此，我分别采用《耕耘与守望》《坚守与超越》《缘分与担当》作为书名。

在文学园地笔耕了70个春秋，确实没有什么成就、建树。然而，当了一辈子秘书的我，总算留下了一份比较清晰、还多少有点意义的记录，也就无怨无悔了。在中国作协工作了大半辈子，前些年，作家出版社出过我一本《我的舞台我的家——我与中国作家协会》。当我的写作即将画上句号之际，作家出版社又慨允出版我的三卷《自选集》。在我看来，这是对往往被忽视、冷落的文学组织工作、儿童文学评论工作的厚爱和支持。对此，我是由衷感激的。在这里，我还要对所有在我人生路、写作路上给予教诲、导引、帮助、鼓励的领导、师长、同事、朋友、亲人，表示真挚的、深深的敬意。

2019 年 2 月 20 日

图书在版编目（CIP）数据

缘分与担当 / 束沛德著 . -- 北京：作家出版社，2019.9
（束沛德自选集）
ISBN 978 - 7 - 5212 - 0695 - 1

Ⅰ . ①缘…　Ⅱ . ①束…　Ⅲ . ①散文集 – 中国 – 当代
Ⅳ . ①I267

中国版本图书馆 CIP 数据核字（2019）第 185768 号

缘分与担当

作　　者：束沛德
责任编辑：赵　莹
装帧设计：张晓光
出版发行：作家出版社有限公司
社　　址：北京农展馆南里 10 号　　　　邮　　编：100125
电话传真：86 – 10 – 65067186（发行中心及邮购部）
　　　　　86 – 10 – 65004079（总编室）
E – mail: zuojia@zuojia. net. cn
http: // www. zuojiachubanshe. com
印　　刷：三河市兴博印务有限公司
成品尺寸：152 × 230
字　　数：491 千
印　　张：33.25
版　　次：2019 年 9 月第 1 版
印　　次：2019 年 9 月第 1 次印刷
ISBN 978 – 7 – 5212 – 0695 – 1
定　　价：160.00 元（全三册）